तोड़ो, कारा तोड़ो

(औपन्यासिक जीवनी)

1

निर्माण

किताबघर प्रकाशन
नयी दिल्ली

निर्माण

तोड़ो, कारा तोड़ो

नरेन्द्र कोहली

प्रकाशक
किताबघर प्रकाशन
4764/23, अंसारी रोड, दरियागंज, नई दिल्ली-110002
फोन : 011-79600407, 7827720848
E-mail : kitabgharprakashan@gmail.com
Website : www.kitabgharprakashan.com

संस्करण : 2025

आवरण : सतीश राय

मूल्य : नौ सौ रुपये

मुद्रक : आर. के. ऑफसेट
शाहदरा, दिल्ली-110095

TORO, KARA TORO : 1 *(Nirman)* (Novel in Hindi)
by Narendra Kohli
Price : ₹ 900

ISBN—978-81-7016-094-6

प्रतिभा स्वरूप, भक्ति श्रीवास्तव
तथा रीना मंडल
के लिए;
उनकी प्रेरणा तथा उत्साहपूर्ण सहयोग के प्रति
कृतज्ञ होकर।

तोड़ो, कारा तोड़ो

"बधाई हो विश्वनाथ! पुत्र हुआ है।"

विश्वनाथ ने प्रसन्न दृष्टि से बुआ को देखा, "आपको भी बधाई हो पीशी माँ! मुझे दासी कुछ आभास तो दे गई थी।"

"चुड़ैल अटकल लगाकर बता गई। मैंने तो किसी से एक शब्द भी नहीं कहा।"

"कोई बात नहीं पीशी माँ! निर्धन स्त्री है। पारितोषिक की जुगाड़ में दुस्साहस कर गई।"

बुआ बैठ गईं, "यहाँ बैठो, विश्वनाथ!"

विश्वनाथ आकर बुआ के पास बैठ गए। मन अत्यंत उल्लसित था, किंतु समझ नहीं पा रहे थे कि इस उल्लास को प्रकट कैसे करें। बुआ ने उन्हें अपने पास शायद इसीलिए बैठाया था कि यदि वे कुछ पूछना चाहें, तो पूछ लें। प्रसूति-कक्ष से बुआ अभी-अभी निकलकर आई थीं, और वे ही उनके नवजात पुत्र के विषय में सबसे अधिक प्रामाणिक जानकारी दे सकती थीं। किंतु विश्वनाथ का उल्लास उन्हें यह सोचने ही नहीं दे रहा था कि उन्हें क्या और कैसी जानकारी चाहिए।

आज कृष्ण सप्तमी थी। पौष का अंतिम दिन। मकर संक्रांति का त्योहार। सोमवार, 12 जनवरी, 1863 ई॰। प्रातः के लगभग सात बज रहे थे। नगर कोहरे से ढका हुआ था। शीत से ठिठुरते हुए नर-नारियों के दल स्नान के लिए भागीरथी की ओर जा रहे थे; किंतु उनसे भी कहीं बड़ा पर्व आज विश्वनाथ दत्त के मन में आकर बैठ गया था। चार-चार बेटियों के पश्चात् यह पुत्र हुआ था। पहला पुत्र आठ महीनों का होकर दिवंगत हो गया था। दो पुत्रियाँ भी जीवित नहीं रही थीं। हरमोहिनी और स्वर्णमयी के पश्चात् अब यह···भगवान् इसे सुदीर्घ जीवन दे।···

सहसा उन्होंने बुआ की ओर देखा, "बालक स्वस्थ तो है न, पीशी माँ?"

बुआ ने एक प्रसन्न दृष्टि उस पर डाली, "स्वस्थ है। हृष्ट-पुष्ट। सुंदर है। गोरा-चिट्टा। काला टीका लगाकर आई हूँ। उसका कंठ फूटा तो कैसा प्रबल चीत्कार किया उसने। नवजात शिशु की वाणी में इतनी शक्ति। मैं तो चमत्कृत रह गई, विश्वनाथ! बड़ा होगा, तो जाने उसकी वाणी क्या करेगी!"

विश्वनाथ प्रफुल्ल होकर कहना चाहते थे, 'अपनी वाणी से विश्व को हिलाएगा। संसार का सबसे बड़ा बैरिस्टर बनेगा।' किंतु अपने सद्यःजात पुत्र के विषय में ऐसा कुछ कहना उन्हें उचित नहीं जान पड़ा। पूछा, "किस पर पड़ा है?"

बुआ ने तत्काल उत्तर नहीं दिया। कुछ क्षण दूसरी ओर मुँह किए, शून्य में देखती रहीं, जैसे कुछ सोच रही हों; और फिर कोई निश्चय कर, साहसपूर्वक बोलीं, "अपने दादा पर! एकदम अपने

दादा पर! मुझे तो लगा विश्वनाथ! जैसे भैया ही पुनः जन्म लेकर, अपने घर लौट आए हैं।'' बुआ ने दृष्टि उठाकर विश्वनाथ को देखा : विश्वनाथ का चेहरा गंभीर ही नहीं, कुछ चिंतित लगा। बुआ भाँप गईं कि विश्वनाथ के मन में क्या है। सांत्वना देने के विचार से बोलीं, ''तुम चिंता मत करो। आवश्यक तो नहीं कि भैया की आकृति ली है, तो चरित्र भी उन्हीं का लेगा, भाग्य भी वही लेगा।''

विश्वनाथ सायास मुस्कराए, ''आपने ही तो कहा पीशी माँ! कि आपको लगा है कि जैसे पिताजी ही नया जन्म लेकर पुनः अपने घर लौट आए हैं।''

''आकृति से तो यही लगा पुत्र!'' बुआ बोलीं, ''किंतु मेरा मन कहता है कि इस बार वे संन्यासी बनने के लिए नहीं आए हैं। घर को त्याग संन्यासी ही बनना होता तो उसी घर में पुनः जन्म लेने की क्या आवश्यकता थी? मेरा मन तो कहता है...''

विश्वनाथ का मन जैसे दो भागों में बँट गया था—एक वह जो अपनी चिंताओं से जूझ रहा था, और दूसरा वह जो बुआ से बातें कर रहा था। अन्यमनस्क-से बोले, ''आपका मन क्या कहता है?''

''मेरा मन कहता है कि अपनी अभुक्त वासनाओं को लेकर पुनः इसी घर में वे इसलिए आए हैं कि जो भोग पिछले जन्म में भोग नहीं सके उनका भोग पूर्ण कर लें।''

विश्वनाथ चुप बैठे रहे, जैसे बुआ की बात पर विचार कर रहे हों; और फिर धीरे से बोले, ''मेरे मन में संन्यासियों के लिए बहुत सम्मान है पीशी माँ! संसार त्यागना बहुत कठिन होता है; अर्जन से भी कठिन। अर्जन तो सब कर सकते हैं; किंतु विसर्जन तो कोई बिरला ही करता है।'' उन्होंने बुआ पर एक भरपूर दृष्टि डाली, ''जब कभी किसी संन्यासी को अपने द्वार पर खड़ा देखता हूँ तो मेरे मन में आता है कि मेरे पिता भी इसी प्रकार किसी के द्वार पर खड़े हुए होंगे। उनका सत्कार हुआ होगा, तो वे सुखी हुए होंगे। दुत्कारा गया होगा, तो उन्हें क्लेश हुआ होगा...किंतु फिर भी...''

वे चुप हो गए। बुआ प्रतीक्षा करती रहीं कि शायद वे अपनी बात पूरी करेंगे; किंतु जब विश्वनाथ कुछ नहीं बोले तो बुआ ने पूछ ही लिया, ''फिर भी क्या विश्वनाथ?''

''मैं नहीं चाहूँगा कि अब कभी इस परिवार में से कोई संन्यासी बने।...मैं जानता हूँ कि मेरी माँ, पिताजी की खोज में कहाँ-कहाँ भटकी थीं।'' वे शून्य में देखते हुए पुनः बोले, ''यदि एक व्यक्ति हो ही नहीं, तो उसका अभाव कष्ट देता है; किंतु वह होते हुए भी न हो, तो उसकी यातना कहीं अधिक होती है।''

''कौन नहीं जानता विश्वनाथ।'' बुआ कुछ भावुक स्वर में बोलीं, ''कि वे तुम्हारा मुख देखकर ही, घर त्यागकर चले गए थे। उस समय तो बोऊदी उन्हें खोजने नहीं जा सकती थीं; किंतु जब तुम तीन वर्षों के हुए, तो बोऊदी ने तुम्हारे साथ, नाव से काशी तक की यात्रा की थी। कितना भटकी थीं वे, काशी के मंदिरों में और घाटों पर! शायद ही काशी की कोई ऐसी वीथि हो, जो उन्होंने न छान मारी हो, और अंततः वे अचेत होकर गिर पड़ी थीं। उनके माथे पर चोट आ गई थी...''

''मैं जानता हूँ पीशी माँ! एक संन्यासी ने ही उनकी सेवा कर, उनकी चेतना लौटाई थी।...किंतु मेरे मन में आज भी यह संशय है कि वे संन्यासी क्या सचमुच पिताजी ही थे? कहीं वह माँ के अचेत मस्तिष्क की कल्पना ही तो नहीं थी?''

''नहीं विश्वनाथ! वे तुम्हारे पिता ही थे। बोऊदी की चेतना लौटी और उन्होंने आँखें खोलकर

देखा तो भैया के मुख से निकला, 'माया! ओ माया!' और वे बोऊदी को वहीं छोड़कर काशी की भीड़ में कहीं विलुप्त हो गए। यदि वे तुम्हारे पिता न होते तो उन्हें इस प्रकार अकस्मात् ही भाग जाने की कोई आवश्यकता नहीं थी।"

"जो भी हो!" विश्वनाथ मन का संकल्प अपनी जिह्वा पर ले आए, "मैं नहीं चाहूँगा कि मेरा यह पुत्र, जो अपने दादा का रंग-रूप लेकर आया है, अपने दादा का आचरण भी ले; और हम सब उसे वैसे ही खोजते फिरें, जैसे पिताजी को खोजा गया था; या उसे भी वैसे ही ताला लगाकर कमरे में बंद रखना पड़े, जैसे पिताजी को रखा गया था।"

"तभी तो मैं कहती हूँ विश्वनाथ! कि यह बालक संन्यास के लिए नहीं आया है। जो व्यक्ति ताले में बंद, तीन दिनों तक इसलिए भूखा बैठा रहा कि वह इस घर से मुक्त हो सके, वह स्वयं अपनी इच्छा से उसी घर में पुनः जन्म ले ले—तो इसका क्या अर्थ?"

विश्वनाथ बुआ की ओर देखते रहे और फिर जैसे निःश्वास छोड़ते हुए बोले, "तुम्हारी ही वाणी सत्य हो पीशी माँ!"

भुवनेश्वरी के मन की विचित्र स्थिति थी। वह स्वयं समझ नहीं पा रही थी कि ऐसा क्यों है। वह अपने नवजात शिशु की ओर देखती थी, तो उसके मन में वे सारे दिन घूम जाते थे, जब वह आशुतोष महादेव शिव के मंदिरों में मस्तक टेककर उनसे एक पुत्र की याचना करने जाया करती थी। वर्ष-भर तक वह सोमवार के व्रत करती रही थी। रिश्ते की एक चाची के माध्यम से काशी के वीरेश्वर महादेव के मंदिर में अनुष्ठान करवाती रही थी।...क्या उसका यह पुत्र उसी सारी तपस्या का वरदान था? क्या उसकी वह याचना और उसका यह पुत्र परस्पर बिंब-प्रतिबिंब थे? क्या उन दोनों में कोई कार्य-कारण संबंध था? क्या साधना सचमुच सिद्ध होती है? क्या तपस्या का वरदान मिलता है?...

उसने भी अपने चारों ओर होने वाली गुप्त चर्चा सुन ली थी कि उसका पुत्र अपने दादा का रूप-रंग लेकर आया है। अपने पति के चिंतित चेहरे से भी उसने बहुत कुछ पढ़ा और समझा था। कभी वह अपने मन में एक खीझ का-सा अनुभव करती थी कि उसके पति, पुत्र-जन्म से प्रसन्न नहीं हैं; और कभी उनकी चिंता और आशंका की गंध मात्र से ही उसका मन काँप जाता था।...फिर भी नवजात शिशु के कारण, वह बहुत व्यस्त थी और बहुत मग्न भी। जब कभी कोई आशंका उसके निकट फटकती, तो वह उसे फटकारकर अपने पुत्र संबंधी ढेर सारे कार्यों में व्यस्त हो जाती। वह नहीं चाहती थी कि किसी संभावित अनहोनी के विचार से त्रस्त होकर, वह पुत्र-सुख का अनुभव ही न करे, जबकि उसका पुत्र, उसकी गोद में था। उसे वर्तमान के यथार्थ को ही स्वीकार करना था, भावी की आशंकाओं को नहीं।...

विश्वनाथ कमरे में आए तो भुवनेश्वरी बोली, "सुनो! तुमने अपने पुत्र के लिए नाम क्या सोचा है?"

विश्वनाथ ने आश्चर्य से उसकी ओर देखा, "क्यों? नामकरण का समय आ गया क्या?"

"आ ही जाएगा।" भुवनेश्वरी बोली, "पीशी माँ कह रही थीं कि इसका नाम पिताजी के नाम पर ही रखा जाए।"

"पिताजी के नाम पर।" विश्वनाथ ने जैसे स्तब्ध होकर पूछा, "पिताजी का नाम तो दुर्गाप्रसाद था। वे इसका नाम क्या रखना चाहती हैं?"

"वे कह रही थीं कि इसका नाम दुर्गाप्रसाद रखा जाए। क्या आप भी यही चाहते हैं?"

विश्वनाथ मौन रहे। थोड़ी देर पश्चात् बोले तो उनकी वाणी में क्षोभ भरा था, "मैं समझ नहीं पा रहा हूँ कि इस शिशु के भाग्य को हर क्षण पिताजी के भाग्य के साथ जोड़ने का प्रयत्न क्यों किया जा रहा है? क्या प्रत्येक बालक को देखकर उसके दादा को ही याद किया जाता है?" उन्होंने मुड़कर भुवनेश्वरी को देखा, "क्या तुम भी यही चाहती हो?"

भुवनेश्वरी का स्वर तनिक भी उद्वेलित नहीं था, "मैंने तो अपने पुत्र को वीरेश्वर महादेव से माँगकर लिया है। इसका नाम तो वीरेश्वर ही होना चाहिए।" और वह जैसे एक छोटी बच्ची बनकर चंचलता भरे तुतलाते स्वर में बोली, "है न मेरे बीलेश्वर! मेरा बिलेह···छोटा-सा बिलेह।" उसने दृष्टि उठाकर अपने पति को देखा, "आपका क्या विचार है?"

विश्वनाथ जैसे किसी असमंजस में थे और असमंजस से निकलने के लिए ही उन्होंने कहा, "मैं! मेरा क्या। तुमने ठीक ही सोचा है—वीरेश्वर···बिलेह! वीरेश्वर महादेव से माँगकर पाया है, तो वीरेश्वर तो उसे होना ही चाहिए। हम कृतघ्न तो नहीं हो सकते न?"

किंतु भुवनेश्वरी अपने पति के असमंजस को भाँप चुकी थी। वे उसका विरोध नहीं कर रहे थे; किंतु कदाचित् यह नाम उनकी अपनी इच्छा के अनुकूल नहीं था। भुवनेश्वरी को पति पर अपनी इच्छा का बलात् आरोपण प्रिय नहीं था। संभव है, विश्वनाथ के मन में कोई और अच्छा नाम हो। संभव है, वे इस समस्या को किसी और दृष्टि से देखते हों। आग्रहपूर्वक बोली, "किंतु आपके मन में भी तो कोई नाम होगा। यह कैसे संभव है कि आपके मन में अपने पुत्र के नाम की कोई कल्पना ही न जागी हो।"

विश्वनाथ उसकी ओर मुड़े, "हाँ! कुछ हलका-सा सोचा तो था, पर अब रहने दो। तुमने अच्छा, उपयुक्त और सार्थक नाम सोचा है।"

"नहीं! आप बताएँ कि आपने क्या सोचा है।"

विश्वनाथ का संकोच हट गया। बोले, "मैं सोच रहा था कि हमारा यह पुत्र श्रेष्ठ मनुष्य बने। श्रेष्ठतम! मनुष्यों के राजा-सा। नरों में इंद्र। नरेन्द्र! घर में हम इसको नरेन कहकर पुकारा करेंगे।"

भुवनेश्वरी ने मुग्ध दृष्टि से अपने पति को देखा, "इतना सुंदर नाम सोचकर भी आप इसे छुपा रहे थे। अर्थ भी बहुत अच्छा है; और कितनी नवीनता लिए हुए है··· ।"

"किंतु वीरेश्वर महादेव के प्रति क्या यह कृतघ्नता नहीं होगी?"

"कृतघ्नता क्यों होगी।" भुवनेश्वरी बोली, "वीरेश्वर महादेव की कृपा से ही तो हमारा पुत्र नरों का इंद्र होगा। वैसे मैं इसे घर में बिलेह ही पुकारा करूँगी।"

विश्वनाथ लेटे तो उन्हें तत्काल नींद नहीं आई। लगता था, आज नींद आएगी भी नहीं।···आज कितनी सारी पुरानी घटनाएँ और कितने ही विचार उनके मस्तिष्क में बवंडर मचाए हुए थे। लगता था, पिता संबंधी उनकी सारी स्मृतियाँ न केवल जाग उठी थीं, वरन् उनके संबंध में अनेक प्रश्न आज तांडव करने लगे थे : पिता ने क्यों संन्यास ग्रहण किया? क्यों बनता है कोई संन्यासी? उनके मन में ईश्वर का अनुराग इतना अधिक प्रबल था कि वे संसार में रह नहीं सकते थे; या संसार ने उन्हें इतना प्रताड़ित किया था कि वे इससे इतनी घृणा करने लगे थे कि ईश्वर की शरण में जाने के सिवाय, उनके पास और कोई विकल्प ही नहीं था? वह ईश्वर-प्रेम था या संसार-विरोध? ईश्वर-प्रेम के कारण, संसार छोड़ने की क्या आवश्यकता है, यह विश्वनाथ कभी समझ नहीं पाए।

···यह संसार भी तो ईश्वर का ही बनाया हुआ है। इसका ऐश्वर्य और इसका भोग भी तो उसी की विभूति है। विश्वनाथ ने तो आज तक सांसारिक ऐश्वर्य को ईश्वर की दया के रूप में ही ग्रहण किया है। सांसारिक सुख-भोग को उसकी इच्छा और उसकी करुणा मानकर ही स्वीकार किया है। इसीलिए तो धन कमाने में उन्हें किसी प्रकार का संकोच नहीं है; किंतु उस धन का दान करने में भी उन्हें कोई असुविधा नहीं होती। वह उनका नहीं, ईश्वर का है। उसका भोग वही व्यक्ति करेगा, जिसके भाग्य में, ईश्वर ने उसे अंकित कर दिया है।···संसार में रहकर भी मनुष्य, ईश्वर का होकर जी सकता है।···ईश्वर प्रेम के कारण उनके पिता ने संसार का त्याग नहीं किया होगा।···संसार के त्याग का संबंध जीवन की सफलता तथा संसार की प्रवंचना से है, ईश्वर-प्रेम से नहीं!···

दादा के असामयिक और आकस्मिक निधन के कारण, पिता सर्वथा असहाय हो गए थे। उनके तरुण होने तक दादी को कितने ही लोगों ने ठगा था।···स्वयं उनकी अपनी पुत्री और दामाद ने।···और ये बुआ, विधवा होकर, इस घर में आ आधिपत्य जमाकर बैठ गई थीं; और तब से आज तक यहीं हैं।

विश्वनाथ ने सुना था कि एक बार उनकी माता पालकी में मायके से लौटी थीं, तो इन्हीं बुआ ने ननद के अधिकार से उन्हें अपमानित कर, वापस उनके मायके भेज दिया था। पिता ने यह सब अपनी आँखों से देखा था। उनके सम्मुख उनकी निर्दोष पत्नी का अपमान और तिरस्कार हुआ था। उसे केवल इसलिए दंडित होना पड़ा था, क्योंकि उसके पालकी में बैठकर आने से उसकी ननद को ईर्ष्या हुई थी।···क्या अपने ही परिवार की घटनाओं ने पिता के मन में अधिकार, धन तथा भोग के प्रति वितृष्णा उत्पन्न नहीं कर दी थी? क्या उनके अपने ही परिवार ने उन्हें संन्यास की ओर नहीं धकेला था?···

विश्वनाथ अपने विषय में सोचते हैं तो वे और भी उलझ जाते हैं। पिता संसार त्यागकर संन्यासी हो गए थे और माता ने लंबी आयु नहीं पाई थी। अनाथ विश्वनाथ का पालन-पोषण उन्हीं काका ने किया था, जिन्होंने उनके पिता को बलात् तीन दिनों तक एक कमरे में बंद रखा था। तब उन्हें माता का स्नेह भी इन्हीं बुआ से मिला था, जिन्होंने उनकी माता को अपमानित और तिरस्कृत कर, घर से बाहर निकाल दिया था। इन लोगों के प्रति कैसा भाव हो सकता है, विश्वनाथ के मन में?··· विश्वनाथ जितना सोचते हैं, उतना ही उलझते जाते है।···एक दृष्टि से उन्हें अपने काका, काकी, बुआ···सब लोग अत्यन्त वात्सल्यमय और अपने हितू दिखाई देते हैं, जिन्होंने अनाथ विश्वनाथ का पालन-पोषण किया; और जैसा भी हुआ, उन्हें माता-पिता का स्नेह दिया।···और दूसरी ओर ये ही लोग हैं, जिन्होंने उनके माता-पिता को प्रताड़ित किया, उन्हें वंचित और पीड़ित किया···विश्वनाथ को लगता था कि उनकी स्थिति बहुत कुछ युधिष्ठिर के समान है, जिसे मालूम था कि धृतराष्ट्र ने उसके पिता को पीड़ित किया था। पांडु भी तो राज्य त्यागकर साधना करने के लिए शतशृंग पर चला गया था।··· फिर भी युधिष्ठिर कभी धृतराष्ट्र से घृणा नहीं कर सका।···भीम को विष दिया गया था, पांडवों को वारणावत में जलाने का प्रयत्न किया गया था···फिर भी युधिष्ठिर ने धृतराष्ट्र की आज्ञा मानकर जुआ खेला और अपना सब कुछ स्वाहा कर दिया।···इतना रक्तपात कर जब युधिष्ठिर को राज्य मिला, तो उसने धृतराष्ट्र और गांधारी की अपने माता-पिता के समान सेवा की। वे वनवास के लिए गए तो कुंती अपने पुत्रों का राज्य त्याग कर उनकी सेवा के लिए, उनके साथ वन में चली गई···तो विश्वनाथ अपने काका कालीप्रसाद से, काकी माँ से,

अपनी बुआ से घृणा कैसे कर सकते थे···कभी-कभी तो उन्हें लगता है कि उनके बचपन में उनके साथ जो कुछ हुआ, उसके लिए काका तनिक भी दोषी नहीं हैं। वे तो जैसे स्वयं ही काकी के हाथों पीड़ित और प्रताड़ित हैं। काकी जैसी कर्कशा स्त्री के साथ जीवन-निर्वाह करना उन्हीं का काम है। काका संन्यासी नहीं हुए, यह उनका ही साहस है। काकी और बुआ तो अपने व्यवहार से, किसी के भी मन में वैराग्य उत्पन्न कर सकती हैं···।

वे अपने पुत्र के मन में संसार-विरोध को कभी अंकुरित नहीं होने देंगे···वे उसे राजकुमारों के समान पालेंगे। उसे संसार का इतना ऐश्वर्य देंगे कि वह किसी अन्य दिशा में देख ही नहीं पाएगा।···वे इतना धन अर्जित करेंगे कि कोई कितना भी माँगे, उन्हें उसे मना नहीं करना पड़े। उनके पुत्र को कभी सांसारिक अभाव पीड़ित नहीं करेंगे। उसके मन में कभी संसार-विरोध नहीं जागेगा। वह ईश्वर से कितना भी प्रेम क्यों न करे, उसे अपने दादा के समान घर, परिवार, समाज और संसार त्यागना नहीं पड़ेगा। वे उसे संसार का भोग करना भी सिखाएँगे और ईश्वर के श्रेष्ठ मानव के रूप में जीना भी। वह सांसारिक ऐश्वर्य को ईश्वर की अनुकंपा के रूप में ही ग्रहण करेगा।

2

तीन वर्षों का नरेन्द्र आँगन में दौड़ रहा था।

उसके हाथ में सब्जी काटने वाला चाकू था। उसकी मुद्रा से स्पष्ट था कि वह उस चाकू को अपने पास बनाए रखने के लिए ही इस प्रकार बचकर भाग रहा था। उसके पीछे-पीछे दो नौकरानियाँ उसे पकड़ने के लिए दौड़ रही थीं, किंतु उनकी अवस्था, स्थूल काया तथा अनभ्यास उन्हें इतना तेज दौड़ने ही नहीं दे रहा था कि वे नरेन्द्र को पकड़ पातीं। पैरों में गति नहीं होने के कारण उनकी वाणी में कुछ अधिक बल आ गया था। वे लगातार चिल्ला रही थीं, "बिलेह! छुरी दे दे। अरे, लग जाएगी तुझे। देख, कहीं तेरा हाथ न कट जाए।"

नरेन्द्र पर न उनके पीछे दौड़ने का कोई प्रभाव पड़ रहा था, न उनकी आशंकाओं का। उसे जैसे इस खेल में रस आ रहा था। वह उन्हें जितना अधिक छकाता और वे असमर्थ होकर जितना अधिक हाँफतीं, उसके शरीर में उतनी ही ऊर्जा बढ़ती जाती थी। अंततः नौकरानियों ने अपनी सहायता के लिए घर भर को पुकारना आरंभ किया, "देखो तो इस दुष्ट को। अरे, कोई पकड़ो इसे। पकड़ो···।"

बड़े-से आँगन के चारों ओर बने हुए कमरों में से परिवार के अनेक लोग झाँक रहे थे और इस खेल का रस ले रहे थे। बाहर निकलकर पकड़ने का प्रयत्न किया भी तो विश्वनाथ की वृद्धा बुआ ने। उन्होंने अपनी रौबदार आवाज में उसे डाँटा, "क्या पाजीपन फैला रखा है तूने! मैं कहती हूँ, रुक जा।" और उन्होंने अपनी भुजा ऐसे फैला दी, जैसे उनके भय से नरेन्द्र स्वयं ही आकर उनकी भुजा से चिपक जाएगा; किंतु नरेन्द्र उनके हाथों से वैसे ही फिसल गया, जैसे कोई जीवित मछली पकड़ने वाले हाथों से फिसलकर, पुनः पानी में कूद जाती है।

बुआ के सम्मान को ठेस लगी : उनके आदेश को इसके बाप ने भी कभी टालने का साहस नहीं किया। इसके दादा जब तक इस घर में रहे, उनकी उपेक्षा नहीं कर सके; और यह बित्ते-भर का लड़का उनकी कुछ सुनता ही नहीं।···समय ही इतना खराब आ गया है कि किसी का सम्मान

अक्षुण्ण रह ही नहीं सकता। उनका-सा समय होता तो इस अपराध के लिए इस लड़के को दिन-भर कमरे में बंद कर, भूखा रखा जा सकता था। इतना ही नहीं, इसके अपराध के लिए इसकी माँ को सप्ताह भर के लिए मायके भेजा जा सकता था।...पर अब किसे चिंता थी, उनके मान-सम्मान की!

बुआ को निकलते देख नौकरानियों के मन में जो आशा बँधी थी, नरेन्द्र को इस प्रकार छूटते देख, वह हताशा में बदल गई। उन्होंने भुवनेश्वरी के लिए ही गुहार की, "बोऊदी! इसे देखिए, यह तो हम से सँभलता ही नहीं। कभी कोई कपड़ा लेकर भाग जाता है, कभी रस्सी तोड़ देता है, कभी बरतन फेंक मारता है। अब छुरी लेकर भाग गया है, बोऊदी!"

भुवनेश्वरी अपने कमरे में से सब कुछ सुन रही थी, फिर भी अब तक यह सोचकर बाहर नहीं निकली थी कि कोई-न-कोई नरेन्द्र को पकड़ ही लेगा। किंतु यह तीन वर्षों का लड़का तो जैसे कोई झंझावात था, जिसने सारे घर को सिर पर उठा रखा था। सब लोग असहाय होकर सिवाय गुहार करने के और कुछ भी नहीं कर पा रहे थे।

ऐसा कोई पहली बार तो हुआ नहीं था। यह तो नरेन्द्र का प्रायः नित्य-कर्म ही हो गया था। दिन में एक-आध बार इस प्रकार का कोई करतब वह अवश्य करता था। जाने उसमें इतनी ऊर्जा कहाँ से आ जाती थी कि सारा घर मिलकर भी उसे पकड़ नहीं पाता था। वह ऊधम जैसे उसका खेल था। अन्य सारे लोगों की असमर्थता देखकर, वह किसी अपूर्व आनंद का अनुभव करता था। पर भुवनेश्वरी का मन कहता था कि वह तनिक भी दुष्ट नहीं था। यह तो उस अबोध बालक का निर्दोष आनंद मात्र था।... किंतु कई बार अपनी इच्छा पूरी न होती देख, वह असाधारण रूप से क्रुद्ध हो जाता था। इतने छोटे-से बच्चे का ऐसा क्रोध, भुवनेश्वरी ने पहले कभी नहीं देखा था। अभी कल ही तो उसने आपे से बाहर होकर, हाथ में आई प्रत्येक वस्तु उठाकर पटकनी आरंभ कर दी थी। कोई वस्तु टूट जाएगी अथवा उससे किसी को चोट आ जाएगी, इसका विचार तो उसे जैसे था ही नहीं। वह तो मानो एक बवंडर था, जो अपनी पकड़ में आने वाली प्रत्येक वस्तु को पीसकर रख देना चाहता था।...या फिर यह वीरेश्वर शिव का तांडव ही था...विनाश! विनाश!! विनाश!!!...

भुवनेश्वरी कमरे से बाहर निकल आई! उसने यह भाग-दौड़ देखी। दूर से देखने पर लगता था कि जैसे घर के बच्चे और बड़े मिलकर कोई खेल खेल रहे हैं। बस! नरेन्द्र के चेहरे का उल्लास और पीछे दौड़ने वाले लोगों की खिसियाहट उसे खेल नहीं बनने दे रही थी। क्षण-भर के लिए भुवनेश्वरी के मन में एक बिंब उभरा : गोकुल में जैसे नन्द बाबा के आँगन में नटखट बालकृष्ण लीला कर रहे थे। सारा ब्रज उनके पीछे पड़ा था और वे अबोध भाव से क्रीड़ा में मग्न थे।...'हम कृष्ण की बाललीला में इतना रस लेते हैं, तो अपने ही बच्चे की क्रीड़ा पर कुपित क्यों होते हैं?'...उसने सोचा।

पर यह बिंब अधिक देर तक टिका नहीं। उसे स्मरण हो आया कि माता यशोदा भी कृष्ण को ऊखल से बाँध देती थीं...चाहे बाद में पछताती ही हों...

नरेन्द्र इस समय फिर अपनी उसी उद्दंड मुद्रा में था, जिसमें न वह किसी की कोई बात मानता है, न किसी की पकड़ में आता है। उसकी उद्दंडता की बात सोच, एक क्षण के लिए भुवनेश्वरी के मन में क्षोभ और हताशा के भाव जागे; किंतु अगले ही क्षण उसका वात्सल्य, उन भावों को निगल गया।...बालक ही तो है। अन्य बालक क्या उद्दंडता नहीं करते। हाँ! नरेन्द्र कुछ असाधारण

अवश्य है, नहीं तो इतना छोटा-सा लड़का, इतने सारे लोगों के सँभाले न सँभले—यह कैसे संभव है!

उसने आवाज लगाई, "बिलेह! दे दे छुरी। यह बच्चों के खेलने के लिए नहीं है।"

नरेन्द्र पर उसका कोई प्रभाव नहीं पड़ा। वह उसी तरह भागता रहा और भागते-भागते उसने बिना पीछे मुड़े यांत्रिक ढंग से दो शब्द हवा में उछाल दिए, "नहीं दूँगा।"

भुवनेश्वरी को बुरा लगा : यह प्यार से कोई बात मानता क्यों नहीं? उसे माँ के रोष की कोई चिंता नहीं है। भुवनेश्वरी का प्यार ही इतना अपर्याप्त है कि उसे बाँध नहीं पाता या यह बच्चा ही निरा निर्मोही है?...

प्यार को अप्रभावी देख, भुवनेश्वरी के मन में सहज ही उसे भयभीत करने की बात आई। बोली, "बाबा पीटेंगे फिर!"

नरेन्द्र खिलखिलाकर हँस पड़ा, "नहीं पीटेंगे। बाबा मुझे नहीं पीटते।" और भागते-भागते वह थोड़ा-सा पीछे की ओर मुड़ा, और अपने पीछे भागती नौकरानियों की ओर इंगित करके बोला, "इन्हें पीटेंगे। डंडे से पीटेंगे।" सहसा वह रुककर, छुरी को फेंककर मारने की मुद्रा में खड़ा हो गया, "छुरी से पीटेंगे।"

नौकरानियाँ भयभीत होकर रुक ही नहीं गईं, चीखकर कुछ पीछे भी हट गईं। नरेन्द्र खिलखिलाकर हँसा और फिर से भागने लगा।

भुवनेश्वरी को पहले ही इस युक्ति पर बहुत भरोसा नहीं था। नरेन्द्र को डराना शायद संभव ही नहीं था। कभी-कभी तो भुवनेश्वरी स्वयं ही यह सोच-सोचकर, चकित होती रहती थी कि क्या सचमुच इस बालक के मन में भय का लेशमात्र भी नहीं है? क्या सामान्य बालकों का कोई भी गुण इस बालक में नहीं है?

लाचार भुवनेश्वरी ने डराना छोड़, लोभ और प्रेम का सहारा लिया, "अच्छा, नहीं पीटेंगे। ला, छुरी तो दे दे। मैं तुझे ढेर सारा प्यार करूँगी। छोटी किरण को गोद में नहीं लूँगी, तुझे लूँगी।"

किंतु नरेन्द्र पर इस युक्ति का भी कोई प्रभाव नहीं हुआ। वह वैसे ही भागता-भागता बोला, "नहीं चाहिए प्यार! तुम्हारा प्यार मुझे पकड़ने का बहाना है।"

भुवनेश्वरी का हृदय धक्-सा रह गया : यह तो अभी से संन्यासियों की भाषा बोल रहा है। प्रेम बंधन में बाँधकर रखने का प्रलोभन मानता है। मुक्त होने के लिए वह प्रेम को ठुकरा देगा?...

उसने अपने मन को रोका : यह बच्चे की वाणी नहीं थी, यह तो उसके अपने मन की आशंका थी। इतना-सा बच्चा तो यह सब समझता भी नहीं, जितना कुछ वह क्षण-भर में मन-ही-मन बुन गई है...बच्चे को बच्चा ही समझना चाहिए। उसके शब्दों में अपने मन के अर्थ नहीं ढूँढ़ने चाहिए।...

भुवनेश्वरी ने इस बार उसे लुभाया, "मैं तुझे खिलौना ले दूँगी। एकदम नया। बढ़िया खिलौना।"

नरेन्द्र के पाँव कुछ सोचकर धीमे हो गए; किंतु अगले ही क्षण वह फिर उसी गति से भागने लगा, "नहीं चाहिए खिलौना।"

वह ऊपर जाने वाली सीढ़ियों की ओर भागा। सीढ़ियों पर उसके पीछे भागना, नौकरानियों के लिए और भी कठिन था, किंतु वह अपनी पराजय स्वीकार कर, उसका पीछा छोड़ तो नहीं सकती

थीं। किसी प्रकार वे भी उसके पीछे सीढ़ियों की ओर लपकीं।

भुवनेश्वरी ने ऊँचे स्वर में पुकारकर कहा, ‘‘मिठाई दूँगी। संदेश खाएगा? छुरी दे दे राजा बेटा!’’

नरेन्द्र को इस खेल में, किसी भी मिठाई से अधिक रस आ रहा था। वह माँ की आज्ञा का उल्लंघन नहीं कर रहा था, वह तो जैसे किसी खेल के नियमों के अनुसार प्रत्येक प्रलोभन को अस्वीकार कर रहा था। उसने वैसे ही भागते हुए ऊपर के बरामदे से कहा, ‘‘नहीं चाहिए संदेश। नहीं चाहिए रसगुल्ला।’’

सहसा एक कमरे में से हरमोहिनी निकली और अनजाने में ही नरेन्द्र उससे आ टकराया। हरमोहिनी ने बाँहें फैलाकर उसे पकड़ लिया, जैसे अंधे के हाथ बटेर लगी हो। नरेन्द्र उसकी पकड़ में आ तो गया, किंतु न तो उसने उसे छुरी दी; और न ही उसके नियंत्रण को स्वीकार किया। वह उसके हाथों में से निकल भागने का निरंतर और विकट प्रयत्न करता रहा। हरमोहिनी को भी लगातार लगता रहा—वह अब छूटा कि तब छूटा।

सहसा नरेन्द्र ने इतनी जोर की चीख मारी, जैसे आकाश ही फट पड़ा हो, या धरती डोल गई हो। चीत्कार की आकस्मिकता से हरमोहिनी की पकड़ ढीली पड़ गई और नरेन्द्र छूट भागा। जब तक हरमोहिनी उसकी चीख के प्रभाव से मुक्त हुई, नरेन्द्र उससे बहुत दूर जा चुका था।

नरेन्द्र के पकड़े जाने से सबके चेहरों पर आया हुआ संतोष लुप्त हो गया और एक थकी-सी भाग-दौड़ फिर आरंभ हो गई।

अपने स्थान पर खड़ी भुवनेश्वरी ने स्पष्ट देख लिया था कि नरेन्द्र इनमें से किसी के भी वश का नहीं था। उसने ऊँची आवाज में पुकारा, ‘‘खोकोन! अरे चारु! जरा पकड़ो तो बिलेह को।’’

ऊपर के एक कमरे में से दो लड़के निकले और उन्होंने यह विचित्र खेल देखा। उनका मन तो वैसे ही इस खेल में सम्मिलित होने को अकुला आया था, और अब तो भुवनेश्वरी ने भी उन्हें आदेश दे दिया था। दोनों ने लपककर नरेन्द्र को घेर लिया और उसे पकड़ा ही नहीं, धर दबोचा। पकड़े जाने से नरेन्द्र न शांत हुआ, न हताश। लगा, जैसे उसके भीतर अकस्मात् ही चिल्लाने का कोई यंत्र चल पड़ा हो। उसका चिल्लाना इतना असाधारण था कि कोई भी देख सकता था कि कोई बालक सामान्य रूप से अपना विरोध अथवा रोष दिखाने के लिए, इस प्रकार नहीं चीख सकता। यह तो जैसे कोई दौरा ही पड़ गया था। खोकोन और चारु के चेहरे पर असमंजस, परेशानी और घबराहट के सघन भाव उभरे। उन्हें लग रहा था कि किसी भी क्षण या तो नरेन्द्र ही उनके हाथ से छूट भागेगा या शायद वे ही घबराकर उसे छोड़ देंगे।

भुवनेश्वरी ने उनकी परेशानी भाँप ली और वहीं से पुकारकर कहा, ‘‘छोड़ना नहीं। इसे मेरे पास ले आओ।’’

उत्तर में परेशान-सा खोकोन बोला, ‘‘पर काकी माँ! देखिए तो सही, यह कैसे चीत्कार कर रहा है। इसे कुछ हो न जाए।’’

‘‘कुछ नहीं होगा इसे। तुम ले आओ।’’ भुवनेश्वरी बोली, ‘‘स्वयं अपने पैरों पर चलकर न आए, तो उठा लाओ।’’

चारु अपनी सुरक्षा के लिए भयभीत हो रहा था, ‘‘कहीं हमें काट ही न खाए काकी माँ! और इसके हाथ में छुरी भी है।’’

भुवनेश्वरी हँसी, ‘‘नहीं! जान-बूझकर यह किसी को आहत नहीं करता।’’

कुछ आश्वस्त होकर लड़कों ने उसे दोनों ओर से दोनों भुजाएँ पकड़कर उठा लिया। नरेन्द्र उसी प्रकार, बिना तनिक भी धीमा पड़े, चिल्लाता ही चला गया।

भुवनेश्वरी ने आगे बढ़कर, पहले उसके हाथ से छुरी लेकर, नौकरानी को पकड़ा और फिर नरेन्द्र को गोद में उठा लिया। वह उसे पुचकारती रही, समझाती रही, प्यार करती रही; किंतु नरेन्द्र न तो चुप हुआ, और न ही माँ से सँभला। वह इस प्रकार मचलता रहा कि भुवनेश्वरी को भी लगता रहा कि कहीं वह उसके हाथों से फिसलकर भूमि पर ही न जा गिरे। एक अनाम-सा भय भुवनेश्वरी के मन को क्रमशः लीलता जा रहा था···क्या है यह? यह इस बालक का क्रोध है या रोग? इस इतने-से बालक का ऐसा क्रोध कि जैसे अभी उसके मुख से झाग निकल आएगा, अथवा वह अचेत ही हो जाएगा।···

भुवनेश्वरी ने स्वयं को सँभाला। घबराने से तो काम नहीं चलेगा। कोई-न-कोई उपाय तो करना ही होगा। बच्चा यदि माँ से भी नहीं सँभलेगा, तो फिर उसे कौन सँभालेगा?

कुछ सोचकर भुवनेश्वरी, नरेन्द्र को सीधे स्नानागार में ले आई। नौकरानियाँ, बिना कुछ सोचे-समझे असहाय-सी, उसके पीछे-पीछे चली आई थीं। भुवनेश्वरी ने नरेन्द्र को फर्श पर बैठाया और उन्हें संकेत किया, "इसे पकड़ो।" उसने मचलते हुए नरेन्द्र को नौकरानियों की सहायता से किसी प्रकार थामा और एक लोटा पानी नरेन्द्र के सिर पर उँडेल दिया।

ठंडा पानी सिर पर पड़ते ही नरेन्द्र विकट रूप से चिल्लाया, जैसे कोई विस्फोट हुआ हो। भुवनेश्वरी धक्-सी रह गई : कहीं उससे कोई भूल तो नहीं हो गई? किंतु फिर अपने खेल को पूरा करने का विचार कर, उसने पूरा लोटा भी नरेन्द्र के सिर पर उँडेल दिया; और बोली, "देखो, आकाश से गंगा आई, शिव की जटाओं में। बोलो शिव! शिव बोलो। शिव-शिव बोलो।"

नरेन्द्र का उत्पात कुछ धीमा हुआ। वह अब भी विरोध कर रहा था, किंतु उसके विरोध में न वैसी प्रबलता थी, न वैसी भयंकरता।

भुवनेश्वरी पानी डालती गई और लगातार आग्रह करती गई, "बोल जय-जय महादेव। बोलो शिव! शिव बोलो। शिव बोल। हर-हर गंगे! बोलो शिव! बोलो शिव!"

क्रमशः नरेन्द्र शांत होता गया और धीरे-धीरे उसके चेहरे पर उसकी सहज कोमलता लौटने लगी, और फिर जैसे वह भी माँ के खेल में सम्मिलित हो गया, "शिव, शिव! हर-हर महादेव! बोल शिव! बोल शिव!"

भुवनेश्वरी ने चकित दृष्टि से देखा कि नरेन्द्र के बोलने में उत्पात तो नहीं ही था, उलटे एक प्रकार की तन्मयता थी। उसका बोलना उल्लासमय भी था और संगीतमय भी। लगता था कि उसे कोई उन्माद हो गया है, और वह अभी उठकर नटराज के समान नृत्य करने लगेगा।···

भुवनेश्वरी के हाथ रुक गए। वह मौन हो गई। उसने नौकरानियों को भी संकेत से चुप करा दिया। कहीं बिलेह को चिल्लाने के स्थान पर नाचने का उन्माद न हो जाए। वह धीरे से बोली, "बिलेह! अब तू पाजीपन करेगा तो महादेव तुझसे रूठ जाएँगे।"

नरेन्द्र पर उसका तत्काल प्रभाव दिखाई पड़ा। उसने आशंकित दृष्टि से माँ की ओर देखा, "सच, माँ?"

"और नहीं तो क्या!" भुवनेश्वरी बोली, "माँ को तंग करने वाले से भगवान् महादेव प्रसन्न रहेंगे क्या? गणपति बहुत उत्पात करते थे, किंतु उन्होंने कभी माँ पार्वती को परेशान किया था क्या? वे तो वही करते थे, जो माँ की इच्छा होती थी।"

"तुम्हें कैसे मालूम है माँ?"

"मैंने कथा पढ़ी है।"

"मुझे भी सुनाओ।"

"सुनाऊँगी! पर तू पाजीपन तो नहीं करेगा न?"

"नहीं माँ! एकदम नहीं करूँगा।" नरेन्द्र ने पूर्ण निष्ठा के साथ कहा।

"तो सुन!" भुवनेश्वरी ने कथा आरंभ की, "किशोरावस्था में एक दिन खेलते हुए गणेशजी की दृष्टि एक बिल्ली पर जा पड़ी। अपनी चपलता के वशीभूत होकर, उन्होंने उसे नाना प्रकार के कष्ट देते हुए, मार-पीटकर घायल कर डाला। किसी प्रकार अपने प्राण बचाकर बिल्ली भाग गई। कुछ देर पश्चात् गणेशजी अपनी माता के पास पहुँचे। उन्होंने आश्चर्य से देखा कि माँ के अंगों पर स्थान-स्थान पर मार के चिह्न वर्तमान थे। उन्होंने अत्यन्त व्यथित होकर उसका कारण पूछा। माँ ने विषण्णता के साथ उत्तर दिया, 'तुम्हारे ही कारण मेरी यह दुर्दशा हुई है।' गणेशजी ने अत्यंत व्यथित होकर, आँखों में आँसू भरकर पूछा, 'क्या कह रही हो माँ! मैंने तुमको कब मारा?' देवी ने उत्तर दिया, 'तुम ही विचार कर देखो कि आज तुमने किसी प्राणी को मारा है या नहीं?' गणेशजी बोले, 'हाँ! अभी कुछ देर पहले मैंने एक बिल्ली को मारा है।' माँ बोलीं, 'ध्यान रखो पुत्र! तुम किसी को भी पीड़ित कर रहे हो, तो मुझे ही पीड़ित कर रहे हो। अंततः तुम्हारे उस पाजीपन का दुष्परिणाम मुझे ही भुगतना पड़ता है।' "

"माँ!" नरेन्द्र की आँखों में आँसू आ गए, "मैं किसी को भी परेशान नहीं करूँगा माँ!"

भुवनेश्वरी ने उसका मुख चूम लिया; और उसे नौकरानी को सौंपते हुए कहा, "तुम दोनों को एक छोटे बच्चे के लिए रखा और वह भी तुमसे सँभलता नहीं। जाओ, ले जाओ इसे। बदन पोंछकर कपड़े पहना दो। देखो तो कैसा सीधा लड़का है यह···।"

वे दोनों डरी-डरी-सी नरेन्द्र को लेकर चली गईं। भुवनेश्वरी की दृष्टि दूर तक उनका पीछा करती रही। जब वे तीनों दृष्टि से ओझल हो गए, तो उसने आँखें मूँदकर, हाथ जोड़ दिए, "हे महादेव! मैंने तो आपसे एक पुत्र माँगा था। आपने स्वयं न आकर अपना यह कौन-सा विकट भूत भेज दिया है।"

3

भुवनेश्वरी ने नरेन्द्र को धोती बाँधनी सिखाई थी और अब उसे समझा रही थी कि उसे गाँठ बाँधनी ठीक से सीख लेनी चाहिए, नहीं तो धोती खुल जाएगी और सब लोग उस पर हँसेंगे। बीच बाजार में उसका तमाशा बनेगा, तो उसको अच्छा तो नहीं लगेगा न!

नरेन्द्र धोती बाँधे नंगे बदन चुपचाप खड़ा था। उसके चेहरे से प्रकट था कि उसे यह सब एकदम अच्छा नहीं लग रहा। भुवनेश्वरी भी समझ रही थी कि यह उन्मुक्त, नटखट बालक बंधन में बँधना नहीं चाहता; किंतु बच्चे तो विरोध करते ही रहते हैं। उन्हें उनकी इच्छा के अनुसार अशोभनीय स्वतंत्रता तो नहीं दी जा सकती!

"और चुन्नट भी ठीक पड़ने चाहिए।" भुवनेश्वरी कुछ इस प्रकार बोली, जैसे उसे नरेन्द्र की अप्रसन्नता का तनिक भी आभास नहीं था, "नहीं तो लोग कहेंगे कि बिलेह बाबू गँवार हैं।

उन्हें तो धोती बाँधनी भी नहीं आती।...और लाँग भी ठीक से लगाना कि कहीं आगे-आगे बिलेह और पीछे-पीछे लाँग सड़क पर घिसटती जाए।"

भुवनेश्वरी के विचार से अब तक नरेन्द्र को हँस पड़ना चाहिए था और उसकी चंचलता को लौट आना चाहिए था; किंतु नरेन्द्र वैसे ही चुपचाप ही नहीं, गुमसुम खड़ा था। उसकी उस मुद्रा को देखकर, वह कुछ सहम-सी गई। वह नरेन्द्र की उद्दंडता से घबराती तो अवश्य थी, किंतु उसकी इस प्रकार की गंभीरता अथवा चुप्पी से वह डर जाती थी। इससे तो कहीं अच्छा था कि वह घर-भर में ऊधम मचाता, दौड़ता फिरे; चीजें फेंकता और तोड़ता चले; और घर-भर उसको पकड़ने के प्रयत्न में उसके पीछे शोर मचाता चले। उस सारी भाग-दौड़ में जीवन का उल्लास तो था। यह भीषण मौन तो जैसे सजीवता का विरोधी था।

"तू कुछ बोलता क्यों नहीं?" भुवनेश्वरी ने पूछा, "इस प्रकार मुँह फुलाए क्यों खड़ा है?"

और पहली बार नरेन्द्र ने मुँह खोला, "माँ! धोती तुम बाँध दिया करो।"

"नहीं! तू स्वयं बाँधा कर।" भुवनेश्वरी बोली, "अब शिशु नहीं है तू कि तुझे कोई और कपड़े पहनाए। अपने-आप सीख सब कुछ। अपना काम स्वयं ही करना चाहिए।" उसने नरेन्द्र की बड़ी-बड़ी सुंदर आँखों पर अपनी दृष्टि टिकाई, "और फिर मेरे पास, तेरी छोटी बहन किरण भी तो है। उसकी देख-भाल करूँ कि तेरे काम करूँ?"

नरेन्द्र ने संशयरहित निर्भीक दृष्टि से माँ की ओर देखा, "तो फिर मैं धोती नहीं बाँधूँगा।"

भुवनेश्वरी चकित रह गई, "तो सुनो, इस लड़के की बातें। धोती नहीं बाँधेगा तो क्या इतना बड़ा लड़का जाँघिए में घूमता रहेगा। हैं? बाबू नरेन्द्रनाथ दत्त क्या चड्डी में घूमेंगे?" भुवनेश्वरी हँस पड़ी, "जरा देख तो अपनी धोती। उसका पाड़ देख। कैसी सुंदर कढ़ाई है। इसकी कारीगरी देख। तेरे लिए विशेष रूप से कढ़वाई है मैंने। खोकोन और चारु के पास भी नहीं है ऐसी धोती। और देख तो सही, कितना सुंदर लग रहा है तू इसमें! एकदम बाबू नरेन्द्रनाथ दत्त! काला टीका लगा दूँ तुझे?"

नरेन्द्र पर माँ की चापलूसी का कोई प्रभाव नहीं पड़ा। वह कुछ भी नहीं बोला, पहले के ही समान फिर से गुन-बथुन खड़ा रह गया।

इस बार भुवनेश्वरी ने उसकी चुप्पी की चिंता नहीं की। जो बातें माँ के रूप में बच्चे को सिखानी थीं, वे तो वह सिखाएगी ही। "देख! यदि तू अपनी धोती इधर-उधर नहीं फेंकेगा, तो मैं तुझे और भी सुंदर धोतियाँ लेकर दूँगी। नहीं फेंकेगा न?"

"नहीं!" नरेन्द्र ने धीरे से उत्तर दिया।

"मिट्टी में चोट तो नहीं लगाएगा?"

किंतु नरेन्द्र ने उसका सीधा उत्तर देने के स्थान पर, आशंकित स्वर में पूछा, "माँ! क्या उससे धोती खुल जाएगी?"

"नहीं! उससे धोती गंदी हो जाएगी।" भुवनेश्वरी ने उत्तर दिया, "अच्छे बच्चे न गंदे कपड़े पहनते हैं, न अपने कपड़े गंदे करते हैं। धोती गंदी नहीं करेगा न?"

"नहीं करूँगा।" इस बार नरेन्द्र ने सहज रूप से उत्तर दिया।

"इसे फाड़ेगा भी नहीं?" भुवनेश्वरी ने पुनः पूछा।

नरेन्द्र चुपचाप माँ की ओर देखता रहा, जैसे कहना चाहता हो कि आखिर उस पर इतने अधिक बंधन क्यों लगाए जा रहे हैं? माँ के मन में किसी प्रकार की कोमलता जगाने में असमर्थ

होकर, जैसे पीछा छुड़ाने के लिए बोलना नहीं पड़ेगा।

"तू बहुत राजा बेटा है।" भुवनेश्वरी ने उसे प्यार किया, "मैं तुझे और भी, एक से एक अच्छी धोती लेकर दूँगी। जा, अब खेल। पर अपनी धोती का ध्यान रखना।"

माँ चली गई तो नरेन्द्र को लगा कि वह अब स्वतंत्र है और वह अपनी इच्छानुसार अपनी धोती का निरीक्षण कर सकता है। माँ ने धोती की प्रशंसा में जो कुछ कहा था—संभव है, वह सत्य ही हो।…उसने अपनी धोती देखी। चल-फिरकर अपनी सुविधा-असुविधा देखी। थोड़ा-सा तेज चलकर और कुछ कूद-फाँदकर भी देखा। उसे लगा कि उसकी टाँगें कुछ बँधी तो अवश्य हैं; किंतु उसकी गतिविधि पर कोई विशेष बंधन नहीं है।

वह कमरे से बाहर निकल आया; और घर के उस खंड की ओर भागा, जहाँ गाय बाँधी जाती थी। दौड़ते ही उसे यह ज्ञात हुआ कि धोती उसके मार्ग की बाधा तनिक भी नहीं थी।…और धोती तथा बंधन की बात जैसे उसके मन से निकल ही गई। वह गाय के बछड़े के साथ खेलने के लिए स्वतंत्र था। उसकी बहुत इच्छा थी कि वह गाय के बछड़े की सवारी करे; किंतु डरता था कि बछड़ा अभी छोटा था। शायद सवारी कराना न जानता हो। उसे अपने गिरने का भय नहीं था, किंतु गाय का छोटा-सा बछड़ा यदि ठोकर खाकर गिर पड़ा तो उसे चोट लग जाएगी।…और गाय की सवारी, वह स्वयं कर नहीं सकता था। गाय बड़ी और ऊँची थी। वह छलाँग मारकर उसकी पीठ तक पहुँच नहीं सकता था, और परिवार का कोई बड़ा व्यक्ति इस बात के लिए कभी तैयार नहीं हुआ कि उसे उठाकर गाय की पीठ पर बैठा दे। जाने क्यों घर के सारे लोग गाय की सवारी निषिद्ध मानते थे।

नरेन्द्र ने बाहर से बग्घी आने की आवाज सुनी। उसके मन से गाय और गाय के बछड़े की सवारी करने की इच्छा तत्काल लुप्त हो गई। बग्घी आ गई थी। वह उसमें सैर करने जा सकता था। वह अपनी इच्छानुसार घोड़े और साईस की भी सवारी कर सकता था। वहाँ उसे तनिक की कठिनाई नहीं थी। बात न मानी जाने की कोई आशंका नहीं थी। साईस उसका मित्र था, जिसे मालूम-भर होना चाहिए था कि बिलेह बाबू की इच्छा क्या है।…

नरेन्द्र भागता हुआ बाहर आया। साईस बग्घी में से घोड़ों को खोलकर, उन्हें थान पर बाँध रहा था। नरेन्द्र ने झुके हुए साईस को खड़े होने का अवसर ही नहीं दिया। वह भागकर उसकी गरदन से झूल गया।

इस अचानक धक्के का कारण समझने में साईस को कुछ ही क्षण लगे। उसने नरेन्द्र को अपनी भुजाओं में उठा लिया, "ओह! बिलेह मोशाय! वाह-वाह! आज तो धोती बाँधी है। साधारण धोती नहीं है, बिलेह मोशाय आपकी। बहुत सुंदर है। ऐसी धोती तो लोगों को अपने विवाह पर भी नहीं मिलती। और बिलेह मोशाय! आप तो एकदम बाबू साहब लग रहे हैं। भद्र लोग। बस, जरा कुर्ते की कमी है। एक अच्छा-सा नवाबी कुर्ता पहन लें, तो फिर कहना ही क्या।…तो फिर बाबू साहब…।"

"मुझे बाबू साहब नहीं बनना है," नरेन्द्र तुनककर बोला, "इसलिए मैं कुर्ता नहीं पहनूँगा।"

साईस ने जैसे चमत्कृत होकर नरेन्द्र को देखा, "तो फिर क्या बनना है आपको बिलेह मोशाय?"

नरेन्द्र ने उसे ध्यान से देखा। यह निर्णय कर लेने के पश्चात् कि साईस इतना विश्वसनीय हो सकता है कि उसे मन की बात बताई जाए, वह धीरे से बोला, जैसे कोई गोपनीय बात बताने जा रहा हो, "अभी तो कुछ नहीं बनना।"

"तो कब बनना है?" साईस ने उत्सुकता दिखाई।

"बड़े होकर।" नरेन्द्र ने अपना रहस्य कुछ और खोला।

साईस ने चर्चा को आगे बढ़ाया, "बड़े होकर ही सही। पर क्या बनना है आपको?"

नरेन्द्र ने क्षण-भर रुककर साईस को इस दृष्टि से देखा, जैसे फिर असमंजस में पड़ गया हो कि उसे बताए या न बताए। किंतु बता देने का निर्णय भी उसने तत्काल ही कर लिया, "मुझे बड़े होकर साईस बनना है।"

साईस जोर से हँसा, "क्यों, साईस क्यों भाई? रईस न बनकर, आप साईस क्यों बनना चाहते हैं?"

नरेन्द्र को अपनी योजना पर अपने मित्र साईस का इस प्रकार हँसना अच्छा नहीं लगा। उसने अपना रोष जताते हुए पूछा, "इसमें हँसने की क्या बात है भला?"

साईस गंभीर हो गया, "हमें तो कोई बाबू साहब बना दे तो हम आज बन जाएँ और आप साईस बनना चाहते हैं। क्यों?"

नरेन्द्र ने पहली बार अपने मन का गहन रहस्य पूरा-का-पूरा खोल दिया, "साईस की वर्दी कितनी अच्छी होती है। यह अचकन। यह पगड़ी···और यह साँटा। कढ़ाई वाली धोती क्या है इनके सामने? साईस अपनी वर्दी में तो ऐसा लगा जैसे कोई सम्राट् खड़ा हो।"

साईस ने आश्चर्य में अपनी आँखें फैलाईं, "अच्छा! और?"

"और सबसे बड़ी बात है," नरेन्द्र बोला, "कि साईस सदा घोड़ों के साथ रहता है। बाबू साहब तो अपने कमरे में बैठकर हुक्का ही पीते हैं। मैं तो बड़ा होकर बस साईस ही बनूँगा।"

"साईस बनकर क्या करोगे? वर्दी पहनकर खड़े रहा करोगे?" साईस ने चुहल की।

"नहीं! खड़ा क्यों रहूँगा।" नरेन्द्र ने प्रतिवाद किया, "मैं काम करूँगा।"

"क्या काम?"

"मैं! मैं!" नरेन्द्र क्षण-भर के लिए रुक गया, किंतु उसको अपना काम स्मरण करने में अधिक समय नहीं लगा, "मैं घुड़साल में अपना कार्यालय बनाऊँगा और घोड़ों को तंग करने वालों को साँटे से पीटूँगा। साट्···साट्···साट्···।"

साईस बड़ी गंभीरता और एकाग्रता से नरेन्द्र का काम देखता रहा और फिर हँसा, "वह कार्यालय थोड़ी होगा। वह तो कचहरी होगी। जो घोड़ों को साँटा मारेगा, तुम उसको साँटा मारोगे। घोड़ों के लिए तो राम-राज्य ही आया समझो।"

"हाँ!" नरेन्द्र प्रसन्न था कि उसके मित्र ने उसके काम तथा उसके महत्त्व—दोनों को ही स्वीकार कर लिया था। "अच्छा साईस! लोग घोड़ों को तंग क्यों करते हैं?"

साईस के पास उत्तर एकदम तैयार था, "क्योंकि वे लोग घोड़ों से प्रेम नहीं करते।"

"क्यों प्रेम नहीं करते?" नरेन्द्र की प्रश्न-शृंखला आगे बढ़ी, "मैं तो सब से प्रेम करता हूँ।"

"तुम्हारी क्या बात है बिलेह मोशाय! हमारा बिलेह तो मनुष्यों में रत्न है।" साईस कुछ रुककर बोला, "अच्छा! यदि आपकी अनुमति हो तो मैं घोड़ों के लिए दाना ले जाऊँ अश्वपति।"

नरेन्द्र को उसका प्रश्न और संबोधन—दोनों ही अच्छे लगे। उसे यह भी अच्छा लगा कि साईस उसकी आज्ञा के बिना कोई काम नहीं करता। उसने तत्काल आदेश दिया, "अवश्य! घोड़ों को भूखा नहीं रखना चाहिए।"

"किंतु जब तक मैं दाना लाऊँगा और घोड़े खाना खाएँगे, तब तक तुम क्या करोगे?" साईस

ने पूछा।

"मैं जाकर बकरी और मोर से खेलूँगा।"

साईस को वहीं खड़ा छोड़कर नरेन्द्र भाग गया। सहसा ही लंबे, ऊँचे, दीर्घाकार घोड़े के पश्चात् उसे अपना छोटा-सा मेमना याद आ गया था। मार्ग में नरेन्द्र की दोनों बड़ी बहनों—हरमोहिनी तथा स्वर्णमयी—की दृष्टि धोती बाँधे हुए, भद्रलोक बिलेह पर पड़ी।

"देख तो स्वर्णमयी।" हरमोहिनी ने उसे चिढ़ाया, "इस बंदर को तो देख! धोती बाँधकर लंगूर बन गया है।"

"दीदी! यह तो बिलेह मोशाय हैं। कचहरी जा रहे हैं। कचहरी में बाबा के साथ वकालत करेंगे।"

"और वहीं जज़ इसको एक ठो कुर्ता भी देगा।" हरमोहिनी ने जोड़ा।

"नहीं, कुर्ता नहीं देगा दीदी! रूमाल देगा, और कहेगा—बिलेह मोशाय! पहले नाक पोंछना सीखिए।"

बहनों का यह परिहास नरेन्द्र को अच्छा नहीं लगा। उसे यदि धोती बाँध दी गई थी, तो उसमें उसका क्या दोष, कि दोनों बहनें मिलकर उसे चिढ़ाने लगी थीं। मन की खीझ को दबाता हुआ बोला, "दीदी!"

उसने अपनी ओर से खीझ को दबाया था, किंतु इस एक संबोधन में ही उसका सारा रोष जैसे मूर्तिमंत्र होकर अभिव्यक्त हो गया था।

बिलेह चिढ़ रहा है, यह देखकर बहनों को प्रसन्नता हुई। उनका उत्साह कुछ और बढ़ गया। हरमोहिनी अत्यंत मधुर ढंग से बोली, "क्या है बिलेह मोशाय! क्या कचहरी में वकालत नहीं करेंगे? जज बनेंगे?"

इस बार नरेन्द्र न अपना रोष छिपा सका, न अपना भाव! स्पष्ट आवेश के साथ बोला, "दीदी! मुझे चिढ़ाओ मत। नहीं तो···।"

"नहीं तो क्या रे?" स्वर्णमयी ने शिष्टाचार का आवरण हटाकर, जैसे उसे चुनौती दी।

"नहीं तो क्रोध में अपनी धोती फाड़ देंगे बिलेह मोशाय!" हरमोहिनी बोली, "फिर जाँघिये में जज क्या, बड़े लाट ही लगेंगे।"

नरेन्द्र ने दूसरी चेतावनी दी, "दीदी!"

स्वर्णमयी ने सीधे नरेन्द्र से कुछ नहीं कहा। अपने हाथ में पकड़ी हुई गुड़िया को संबोधित करते हुए बोली, "चुप! बिलेह मोशाय को चिढ़ाओ नहीं। नहीं तो···।" वह मुस्करा रही थी।

नरेन्द्र को स्वर्णमयी की वह मुस्कान कुछ इतनी विषैली लगी कि वह अपने क्रोध के वेग को रोक नहीं सका, और उसने बाज के समान झपटकर स्वर्णमयी के हाथ से वह गुड़िया छीन ली और भाग निकला।

दोनों बहनें उसके पीछे भागीं, किंतु नरेन्द्र को पकड़ पाना उनके लिए संभव नहीं था। वे तीनों आगे-पीछे दौड़ते हुए घर से बाहर निकल गए। हरमोहिनी का विचार था कि बाहर निकलकर, आगे जाने का मार्ग न होने के कारण, नाले के तट पर वह नरेन्द्र को पकड़ ही लेगी; किंतु वह क्या जानती थी कि बाहर का वह खुला नाला, नरेन्द्र के लिए किसी प्रकार की बाधा नहीं था। भागता हुआ नरेन्द्र तो उस खुले नाले में उतर गया; और दोनों बहनों के लिए जैसे धरती की सीमा ही आ गई। वे कीचड़-भरे उस नाले में पग धरने की कल्पना भी नहीं कर सकती थीं।

नरेन्द्र समझ गया कि अब वे लोग उसका पीछा नहीं करेंगी और वहीं किनारे पर खड़ी उसे टुकुर-टुकुर ताकती रहेंगी। बहनों की असमर्थता देखकर, उसका क्रोध अब विनोद में बदल गया था। उन्हें चिढ़ाते हुए वह बोला, "पकड़ो! मुझे पकड़ो। बिलेह मोशाय न वकील है, न जज। बिलेह मोशाय तो चोर है। बिलेह मोशाय को नाक पोंछनी आए, न आए, गुड़िया छीननी आती है। पकड़ो मुझे।" नरेन्द्र को एक प्रकार का नया खेल मिल गया था। वह अपनी बहनों को अँगूठा दिखा-दिखाकर नाच रहा था, "दीदी! पकड़ो मुझे। पकड़ो मुझे।"

इतने पर भी जब न हरमोहिनी ने पग बढ़ाया, न स्वर्णमयी ने, तो उसे अपना आनंद बनाए रखने के लिए अपनी गतिविधि को तेज करना पड़ा। अँगूठा दिखाने के साथ-साथ वह उन्हें मुँह भी चिढ़ाने लगा था; और बीच-बीच में बंदर के समान 'खों-खों' भी कर लेता था, "आओ न दीदी! पकड़ो मुझे।"

स्वयं को सर्वथा असहाय पाकर हरमोहिनी का क्रोध रुदन की ओर बह चला। वह जानती थी कि अब वह अपनी क्षमता के भीतर नरेन्द्र का कुछ भी नहीं बिगाड़ सकती। रुआँसी होकर बोली, "तू ठहर जरा। मैं बाबा से कहकर तुझे ऐसा पिटवाऊँगी कि तुझे जीवन-भर याद रहेगा। नई धोती पहनकर नाले में घुस गया है। धोती गंदी नहीं होगी क्या? बाबा से कहती हूँ।" वह घर की ओर मुड़ गई।

नरेन्द्र का आनंद जैसे खंडित हो गया। हरमोहिनी और स्वर्णमयी वहाँ से चली जाएँगी तो फिर वह किसको चिढ़ाएगा, और उसके इस खेल का क्या होगा? किसी भी प्रकार उसे अपनी बहनों को यहाँ रोके रखना था।

"दीदी! मुझे पकड़ो। नहीं तो तुम्हारी गुड़िया को कीचड़ से नहला दूँगा।" उसने झुककर नाले का कीचड़ अपने हाथ में उठा लिया।

स्वर्णमयी के लिए यह अकल्पनीय था, "छिः-छिः! पाजी! गंदा है यह तो। नाले का कीचड़ उठाता है।"

नरेन्द्र को लगा कि उसका खेल फिर से अपने पुराने प्रवाह में आ गया है, "मेरे पास आओ। यह कीचड़ तुम्हारे मुख पर मल दूँगा।"

"ओ बाबा! यह तो बहुत ही दुष्ट हो गया है..." स्वर्णमयी ने हथियार डाल दिए।

"तू ठहर जा स्वर्णमयी।" हरमोहिनी ने उसे सांत्वना दी, "इसने हमारी गुड़िया को तनिक भी क्षति पहुँचाई तो मैं इसके बंदर को भी खोल दूँगी, इसके मोर को भी भगा दूँगी, और वे सफेद-सफेद चूहे हैं न इसके, उन्हें तो मार ही डालूँगी।"

बहन की बात सुनकर नरेन्द्र के मन में संकट और परेशानी की घंटियाँ बजने लगीं। यदि कहीं दीदी ने अपना कहा पूरा कर दिया तो बहनों को चिढ़ाना उसे बहुत ही महँगा पड़ेगा। वह स्वयं तो इस नाले में खड़ा, अपनी बहनों की पहुँच से बाहर और सुरक्षित था, किंतु उसके पाले हुए ये जीव-जंतु अपने घरों में सुरक्षित नहीं थे। उसे उनकी रक्षा के लिए पहुँचना ही होगा। और इसके लिए उसे अपनी बहनों के पास से गुजरने का जोखिम उठाना ही होगा।

अगले ही क्षण वह सपाटे से घर की ओर भागा; और जब वह अपनी बहनों के पास से होकर निकलने का प्रयत्न कर रहा था, उसी समय वे दोनों भी झपटकर, उसे पकड़ लेने की तैयारी में थीं। किंतु नरेन्द्र भी कच्चा खिलाड़ी नहीं था। उसने स्वर्णमयी की गुड़िया उन दोनों की ओर उछाल दी, और जब तक वे अपनी गुड़िया को सँभालने का प्रयत्न करतीं, वह घर के भीतर प्रवेश

कर चुका था।

भागता हुआ वह घर के उस खंड में पहुँचा, जहाँ उसके पशु-पक्षी थे। उसने पशुओं के घेरे के भीतर घुसकर फाटक बंद कर लिया। उसके पशु-पक्षी सुरक्षित थे; और अब वह उनकी रक्षा के लिए स्वयं उनके पास था। अब उसकी बहनें उनका कुछ नहीं बिगाड़ सकती थीं।

बहनों का आतंक उसके मन से निकल चुका था और वह पुनः खेलने की मनःस्थिति में आ गया था। सबसे पहले वह बंदर के पिंजरे के पास गया। उसने उसे मुँह चिढ़ाया, जैसे उसका अभिवादन कर रहा हो। उसके पश्चात् उसने उसे तरह-तरह से उकसाने का प्रयत्न किया, ताकि बंदर उछल-कूद की मुद्रा में आए और उसे कुछ खेल का-सा मजा मिले।

बंदर आज अत्यंत शांत था। जाने उसे भूख लगी थी या उसका मन उदास था। नरेन्द्र ने अपनी उछल-कूद का कोई लाभ न देखा, तो वह मोर के पास चला गया। मोर कुछ करे या न करे, वह वैसे ही बहुत सुंदर लगता था। नरेन्द्र ने अपनी अंगुलियों से उसके पंखों को प्यार से छुआ और फिर मोर को भूलकर, स्वयं ही उसकी मुद्रा में नाचने लगा। तभी बकरी का मेमना उसके सामने पड़ गया और नरेन्द्र उसे अपनी गोद में उठाकर गिनीपिग से मिलाने के लिए ले चला। मेमने और गिनीपिग को आमने-सामने बैठाकर देखने में भी कोई आनंद नहीं था। इससे तो कहीं अच्छा था कि वह गिनीपिग को अपनी हथेली पर उठाए और उसके छोटे-छोटे पंजों से अपनी हथेली पर अद्भुत गुदगुदी का आनंद ले। उसने मेमने को गोद से उतार दिया और गिनीपिग को अपनी हथेली पर रखने का प्रयास करने लगा।

4

गौरमोहन मुखर्जी वीथि में एक संन्यासी भजन गाता हुआ आया और आकर दत्त परिवार के द्वार पर खड़ा हो गया, जैसे वही उसका गंतव्य था; अथवा वह भजन उसे वहीं पूरा करना था ;

"तातल सैकत वारि बिंदु सम, सुत-मित रमनी समाजे।
तोहे बिसारि मन ताहि समर्पिनु, अब मझु हब कौन काजे।।
माधव! हम परिनाम निरासा।
तू ही जग-तारन, दीन दयामय, अतय तोहर बिसवासा।
आध ज़नम हम नीन्द गंमायल, जरा-सिसु कत दिन गेला।
निधुबन रमनि-रभस रंग मातनु, तोहे भजब कौन बेला।
कत चतुरानन मरि-मरि जाओत, न तुव आदि अवसाना।
तोहे जनमि, पुन तोहे समाओतु सागर लहरि समाना।
भनई विद्यापति सेष-समन-भय, तुअ बिन गति नहीं आरा।
आदि अनादि नाथ कहाओसि, अब तारन भार तोहारा।"

गीत समाप्त कर संन्यासी ने आँखें खोलीं। उसकी पुकार सुनकर कोई नहीं आया था। उसने पुकारा, "माँ गो! याचक को एक मुट्ठी भिक्षा मिले माँ।"

घर के किसी कोने में नरेन्द्र के कानों में भजन की ध्वनि पड़ी थी। वह बाहर आने की सोच ही रहा था कि उसे बुलाने के लिए याचक की गुहार आ पहुँची। वह अब अपने खेल में व्यस्त नहीं रह सकता था। खेल चाहे कितना ही प्यारा क्यों न हो, याचक की गुहार उससे अधिक आकर्षक थी। अपना खेल छोड़, वह भागता हुआ बाहर आया।··· सामने संन्यासी खड़ा था। नरेन्द्र स्वयं नहीं जानता था कि वह किसलिए भागता हुआ बाहर आया था।···शायद कुछ नया देखने का कौतुक मात्र···

संन्यासी ने हँसकर उसका स्वागत किया, "ओ बाबा! तुम आए!"

नरेन्द्र उसे देखता रहा। कुछ बोला नहीं।

"घर के स्वामी तुम ही हो?" संन्यासी ने पूछा।

"नहीं!" नरेन्द्र को बोलना पड़ा, "बाबा हैं!"

संन्यासी हँस पड़ा, "मेरे लिए तो तुम ही स्वामी हो। जो याचक की पुकार सुने—वही तो स्वामी है।"

"नहीं! मैं तो अभी बहुत छोटा हूँ।" नरेन्द्र बोला।

संन्यासी इससे हतप्रभ नहीं हुआ। बोला, "बच्चा क्या स्वामी नहीं होता?" और फिर वह मुक्त कंठ से हँसा, "बालकृष्ण क्या जगत् के स्वामी इसलिए नहीं हो सकते; क्योंकि वे बालक-रूप हैं। वे तो त्रिलोकी के स्वामी हैं।"

"पर मैं इस घर का स्वामी नहीं हूँ।" नरेन्द्र ने अपनी मान्यता, फिर से दुहरा दी।

"चलो! तुम इस घर के स्वामी नहीं हो।" संन्यासी आकाश की ओर देखकर हँसा, "जो स्वामी नहीं होता, वह स्वयं को स्वामी मानकर अहंकार में फूला रहता है, और जो स्वामी है—वह कहता है कि मैं स्वामी नहीं हूँ।"

नरेन्द्र को अब इस विवाद में रस आने लगा था। उसी रस को बनाए रखने के लिए वह बोला, "पर मैं तो स्वामी नहीं हूँ।"

संन्यासी अत्यंत मधुर ढंग से हँसा, जैसे कोई अत्यंत महत्त्वपूर्ण सूचना दे रहा हो, "स्वामी तो अकेले तुम ही हो बाबा! और तुम केवल स्वामी हो, और कुछ नहीं हो। मैं तो तुमसे ही भिक्षा लूँगा।"

इस चर्चा ने अब तक नरेन्द्र के लिए एक क्रीड़ा का रूप धारण कर लिया था। उसने जैसे संन्यासी को छकाया, "पर मेरे पास तो कुछ है ही नहीं।" और फिर स्वयं ही अपना निर्णय बदल कर बोला, "अच्छा! मैं लाता हूँ।"

वह घर के भीतर जाने के लिए मुड़ा; किंतु संन्यासी ने उसे टोक दिया, "बाबा! भीतर जाकर माँ से कुछ माँगोगे?"

"हाँ!" नरेन्द्र बोला, "माँ से माँगने पर ही तो मिलता है सब कुछ।"

"मिलता तो सब कुछ माँ से माँगने पर ही है; किंतु मैं तो तुमसे ही माँग रहा हूँ। मुझे तो वही चाहिए, जो तुम्हारा है, मात्र तुम्हारा।" संन्यासी बोला, "दूसरे की वस्तु देना तो उचित नहीं है। जो कुछ तुम्हारा अपना है—उसी का दान कर दो।"

नरेन्द्र ने अपनी अकिंचनता में दोनों हथेलियाँ संन्यासी के सामने कर दीं, "पर मेरे पास तो कुछ भी नहीं है।"

"है क्यों नहीं!" संन्यासी हँसा, "तुम्हारे पास तो बहुत कुछ है। तनिक सोचो तो।"

संन्यासी का परामर्श मान नरेन्द्र सोचने लगा और संन्यासी उसके सामने खड़ा मुस्कराता रहा। नरेन्द्र ने अपने दोनों हाथ देखे : खाली थे। उसने अपने शरीर पर दृष्टि डाली···और नरेन्द्र को समाधान सूझ गया।···उसने तत्काल अपनी धोती उतार संन्यासी को पकड़ा दी, "लो बाबा! यह धोती मेरी अपनी है। न बाबा इसे पहन सकते हैं, न माँ। फिर यह उनकी कैसे हो सकती है?"

संन्यासी के चेहरे पर आह्लाद की धारा बह निकली। उसने धोती इस प्रकार स्वीकार की, जैसे वह किसी महान् सम्राट् से कोई अत्यंत मूल्यवान वस्तु प्राप्त कर रहा हो। उसने नरेन्द्र के हाथ पकड़कर अपनी आँखों और माथे से लगाए; धोती को अपने सिर से लपेटा और गाना आरंभ किया :

"मैं राम रतन धन पायौ।
वस्तु अमोलक दी मेरे सत गुर, करि किरपा अपणायौ।
जनम-जनम की पूँजी पाई, जग में सबै खोवायौ।
खरचे नहिं, कोई चोर न लेवे, दिन-दिन बधत सवायौ।
सत की नाव खेवटिया सतगुर, भव-सागर तरि आयौ।
मीराँ के प्रभु गिरधर नागर, हरखि-हरखि जस गायौ।"

संन्यासी गाता हुआ चला गया और नरेन्द्र जाते हुए संन्यासी को उदास दृष्टि से देखता रहा। संन्यासी आँखों से ओझल हो गया तो नरेन्द्र शिथिल पगों से घर के भीतर लौटा।

भुवनेश्वरी ने उसे देखा, तो देखती ही रह गई, "बिलेह! धोती कहाँ फेंक आया?"

"एक संन्यासी आया था माँ!" नरेन्द्र सहज भाव से बोला, "उसी को दे आया।"

भुवनेश्वरी कुछ उत्तेजित होकर बोली, "जिसे मुट्ठी-भर चावल देने से काम चल जाता, उसे तू इतनी सुंदर धोती दे आया। तुझे मालूम भी है कि वह धोती कितने की थी?"

"क्या बहुत मूल्यवान थी माँ!" नरेन्द्र के स्वर में तनिक भी चिंता नहीं थी।

"और नहीं तो क्या।"

"तभी तो दे दी माँ।" नरेन्द्र हँसा, "दान तो मूल्यवान वस्तुओं का ही होता है। कबाड़ का त्याग तो त्याग नहीं, स्वार्थ होता है न माँ।"

भुवनेश्वरी फटी-फटी आँखों से अपने पुत्र को देखती रह गई; उसके मन में नचिकेता की कथा घूम गई : उद्दालक ऋषि ने फल की कामना से विश्वजित् नामक यज्ञ किया। उन्होंने दक्षिणा में बूढ़ी तथा दूध न देने वाली गौवें दीं तो नचिकेता ने कहा था—दान तो उसी वस्तु का करना चाहिए, जो अपने को सुख देने वाली हो, प्रिय हो और उपयोगी हो तथा वह जिनको दी जाए, उन्हें भी सुख और लाभ पहुँचाने वाली हो।··· क्या भुवनेश्वरी के घर भी कोई नचिकेता ही आ गया है···उसने कुछ आक्रामक स्वर में पूछा, "तेरे हाथ में सोने का कंगन होता, तो तू वह भी संन्यासी को दे देता?"

"मैं तो दे देता," नरेन्द्र उसी प्रकार सहज भाव से बोला, "किंतु संन्यासी के लिए स्वर्ण का क्या मूल्य है माँ? वह सेठ-साहूकार तो है नहीं कि स्वर्ण-कंगन पहने।"

भुवनेश्वरी ने इस प्रकार अवाक् होकर अपने पुत्र को देखा, जैसे उसे विश्वास न हो रहा हो कि यह उसका नन्हा बिलेह ही है।

'"हे वीरेश्वर शिव! यह कैसी लीला है तुम्हारी।' भुवनेश्वरी ने सहमकर मन-ही-मन महादेव को हाथ जोड़ दिए।

रात को बच्चों के सो जाने के पश्चात् भुवनेश्वरी ने विश्वनाथ से कहा, "जानते हो, आज बिलेह ने क्या किया?"

"फिर कोई उत्पात किया है क्या?" विश्वनाथ ने शांत भाव से पूछा, "कुछ तोड़ तो नहीं दिया?"

"नहीं! तोड़-फोड़ तो नहीं की; किंतु अपनी नई धोती किसी संन्यासी को दे आया!"

विश्वनाथ चौंके; किंतु फिर सहज होने का प्रयत्न करते हुए बोले, "धोती ही तो थी, कोई बहुत मूल्यवान् वस्तु तो नहीं दी।"

"कोई और मूल्यवान वस्तु उसके पास थी ही नहीं। होती तो वह भी दे आता।" भुवनेश्वरी बोली।

विश्वनाथ मन-ही-मन कुछ चिंतित हो उठे; किंतु वे नहीं चाहते थे कि उनकी चिंता भुवनेश्वरी को भी व्यथित करे। उसे आश्वस्त करने का प्रयत्न करते हुए बोले, "तुम चिंता मत करो। मेरे पास पर्याप्त धन है। थोड़ा-बहुत दान देने में कोई ऐसी बड़ी हानि नहीं है। उसे और धोतियाँ मँगवा दो।"

"दान करने के लिए?"

"नहीं! पहनने के लिए भाई!" विश्वनाथ सायास हँसते हुए बोले, "तुम तो चिंतित दिखाई दे रही हो। दान ही तो किया है, चोरी तो नहीं की। तुम भी दान करती हो, मैं भी दान करता हूँ। ऐसे में यदि पुत्र ने कुछ दान कर दिया तो कौन-सी बड़ी बात हो गई।"

"मैं दान से चिंतित नहीं हूँ।" भुवनेश्वरी बोली।

"तो?"

"अब बनो मत।" भुवनेश्वरी तुनकी, "तुम भली प्रकार जानते हो कि मैं चिंतित क्यों हूँ। संन्यासियों के प्रति उसके इस आकर्षण से मैं भयभीत हूँ।"

विश्वनाथ गंभीर हो गए, "आशंकाएँ तो मेरे मन में भी हैं, किंतु सोचता हूँ कि कहीं यह मेरा पूर्वग्रह ही न हो। मैं अपने पूर्वग्रहों के कारण अपने बेटे का सहज विकास तो नहीं रोक सकता"।"

"मैं वह सब नहीं जानती।" भुवनेश्वरी बोली, "मैं तो एक ही बात जानती हूँ कि इस घर के द्वार संन्यासियों के लिए बंद होने चाहिए। न यहाँ संन्यासी आएँ, न बिलेह उनकी ओर आकृष्ट हो।"

"तुम तो शुद्धोदन के समान अपने गौतम की सारे संसार से रक्षा करना चाहती हो। न संसार गौतम को देखे, और न गौतम संसार को। किंतु तुम यह भी जानती हो कि यह नहीं हो सकता।"

"क्यों नहीं हो सकता," भुवनेश्वरी बोली, "जब तक इसका हृदय कोमल है, उसकी बुद्धि कच्ची है, तब तक हमें संसार के छल-प्रपंच से उसकी रक्षा करनी ही होगी। बड़ा हो जाएगा तो अपनी प्रौढ़ बुद्धि से जो करना चाहेगा, करेगा।"

"मैंने कभी किसी गृहस्थ याचक की फैली हथेली को भी खाली नहीं लौटाया, तो संन्यासियों के लिए इस घर का द्वार कैसे बंद हो सकता है?" विश्वनाथ बोले, "मैं यह भूल नहीं सकता भुवन!

कि मेरे पिता भी संन्यासी हो गए थे। मैं अपने घर पर किसी संन्यासी का सत्कार कर, वस्तुतः अपने पिता का ही सत्कार करता हूँ। मेरे घर पर उनका तिरस्कार नहीं हो सकता। मैं अपने पिता की भावना का अपमान नहीं कर सकता।''

''तुम चाहते हो कि तुम्हारा पुत्र भी संन्यासी हो जाए,'' भुवनेश्वरी बोली, ''और गली-गली, द्वार-द्वार भजन गा-गाकर भीख माँगता फिरे?''

''आवश्यक तो नहीं कि संन्यासियों का सत्कार करने वाला प्रत्येक व्यक्ति संन्यासी हो जाए।'' विश्वनाथ समझ नहीं पाए कि वे स्वयं अपने आपको बहला रहे थे या भुवनेश्वरी को आश्वस्त कर रहे थे, ''मैं स्वयं न संन्यासी हुआ, न होने की सोचता हूँ।...और भुवन! हम नरेन के लिए इसलिए आशंकित हैं, क्योंकि उसके दादा संन्यासी हो गए थे, किंतु न तो यह ही कोई नियम है कि प्रत्येक संन्यासी का पोता संन्यासी हो जाए; और न ही यह देखा गया है कि संन्यास वही व्यक्ति ग्रहण करता है, जिसका दादा संन्यासी हो गया हो। संन्यासियों के पोते भी गृहस्थ हुए हैं, और गृहस्थों के दादा भी संन्यासी हो गए हैं।''

''मुझे नियमों से क्या लेना-देना और क्या करना है तुम्हारी इन वकीलों की-सी बहसों का। मैं तो केवल इतना जानती हूँ कि मेरा पुत्र संन्यासी न हो,'' भुवनेश्वरी बोली, ''उसके लिए जो कुछ करना आवश्यक हो—वही करो।...यदि संन्यासियों के लिए इस घर के द्वार बंद नहीं हो सकते, तो बिलेह को भीतर बंद कर दो, ताकि वह बाहर खड़े संन्यासियों तक न जा सके।''

विश्वनाथ चिंतित मुद्रा में लेटे रहे, और छत को घूरते रहे, ''मैं प्रयत्न करूँगा कि नरेन संन्यासियों से दूर रहे।'' वे रुक गए और फिर कोहनियों के बल उचककर उन्होंने भुवनेश्वरी को देखा, ''मैं ही क्या, तुम भी प्रयत्न करना कि उसके मन में संन्यास के प्रति आकर्षण न जागे।'' सहसा विश्वनाथ के चेहरे पर उत्साह लौट आया, ''तुमसे चर्चा ही नहीं हुई...।''

''किस बात की?''

''मैंने एटर्नी की जो परीक्षा दी थी न, उसमें मैं सफल हो गया हूँ।'' विश्वनाथ मुस्करा रहे थे; किंतु वह मुस्कान स्पष्ट कह रही थी वह तो मात्र एक झरोखा थी, वास्तविक उल्लास की मात्रा तो उससे कहीं अधिक थी, जिसे विश्वनाथ अभी प्रकट नहीं कर रहे थे।

''मिठाई भी नहीं लाए और चर्चा भी नहीं की।'' भुवनेश्वरी को भी विश्वनाथ का आह्लाद स्पर्श कर गया था। उसकी आँखों में सुहाग लहराया, ''बड़े दुष्ट हो!''

विश्वनाथ के मन पर भुवनेश्वरी की वह छवि जैसे अंकित हो गई; बड़ी-बड़ी भाव-भरी आँखें, और लंबी-लंबी बरौनियाँ। उन आँखों में मुग्धकारी सौंदर्य भी था और अधिकार का बोध भी।

भुवनेश्वरी उठकर खड़ी हो गई, ''अच्छा! मैं लाती हूँ कोई मिठाई। मुँह तो मीठा होना ही चाहिए। रसोई में कुछ पड़ा ही होगा।''

वह चली तो विश्वनाथ उसे देखते ही रह गए : पच्चीस वर्ष की अवस्था थी भुवनेश्वरी की। व्यक्तित्व दृढ़ और प्रभावशाली था। कद थोड़ा छोटा था; किंतु चाल कैसी राजसी थी। साधारण युवती नहीं थी भुवनेश्वरी...

''सुनो!'' सहसा विश्वनाथ जैसे चौंककर बोले, ''ठहरो! अभी तो पूरी बात ही नहीं हुई है।''

भुवनेश्वरी लौटी, ''क्या है पूरी बात?''

''निकट आकर यहाँ शांति से बैठो, तो बताऊँ।'' विश्वनाथ बोले।

भुवनेश्वरी आकर पलंग पर बैठ गई, ''बोलो।''

"हमने···मेरा तात्पर्य है कि मैंने और आशुतोष धर ने मिलकर एक नई फर्म की स्थापना की योजना बनाई है—'धर एंड दत्ता' समझी?" विश्वनाथ ने अपने अवगुंठित उल्लास को उन्मुक्त कर दिया, "नई एटर्नी फर्म! अपनी—पूर्णतः अपनी। इसलिए रसोई में रखी, बची हुई थोड़ी मिठाई से काम नहीं चलेगा। इस खुशी में तो दावत होगी। बड़ी दावत। बहुत सारे लोग आमंत्रित होंगे। मेरी क्लाईंट हैं एक मुगल महिला, जो नवाब मीर कासिम के सेनापति गुरगन खाँ की संतान हैं। उन्हीं का रसोइया आएगा। वह मुगल पद्धति से खाना बनाएगा···।"

"क्या-क्या पकेगा तुम्हारी दावत में?" भुवनेश्वरी ने पूछा, "उसमें केवल मांसाहार ही तो नहीं होगा?"

"नहीं! दोनों प्रकार का भोजन होगा। कुछ वैष्णव भी तो आएँगे।" विश्वनाथ हँसे, "पर वह रसोइया बनाएगा पुलाव और रोगनजोश।"

"तभी तो लोग कहते हैं कि तुम हिंदू शास्त्रों का अनादर करते हो।" भुवनेश्वरी ने कहा; किंतु स्पष्टतः वह विश्वनाथ से रुष्ट नहीं थी। संभवतः यह सब विश्वनाथ को मात्र चिढ़ाने के लिए ही कहा गया था।

"जैसे कहने वाले वे लोग हिंदू शास्त्रों को जानते, पढ़ते, समझते और उनका अनुसरण करते हैं।" विश्वनाथ हँसे, "उन लोगों के विचारों को स्वीकार करें, तो यह भी स्वीकार करना होगा कि भगवान् ने केवल भारतवर्ष ही बनाया है। बाहर का संसार तो किसी और की ही सृष्टि है।"

"स्पष्ट है कि हिंदू भगवान् ने तो हिंदू जन ही बनाए होंगे।" भुवनेश्वरी हँसी, "वह मुसलमान क्यों बनाने लगा।"

"यह तो नास्तिकों का चिंतन है, जो भगवान् को सर्वशक्तिमान नहीं मानते," विश्वनाथ बोले, "मैं तो शुद्ध रूप से आस्तिक हिंदू हूँ, इसलिए श्रीकृष्ण की इस उक्ति को मानता हूँ, जिसमें उन्होंने कहा है कि सारे मार्ग उन्हीं तक ले जाते हैं। जहाँ और जिस व्यक्ति में कुछ भी दिव्य है, वह उन्हीं का अंश है। सब उन्हीं के बनाए हुए जीव हैं। मानवों को संप्रदायों के आधार पर बाँटा नहीं जा सकता। मैं इसीलिए छुआछूत नहीं मानता।"

"जानती हूँ, जानती हूँ।" भुवनेश्वरी बोली, "कौन नहीं जानता कि तुम धर्म के संदर्भ में इतने समतावादी हो कि हिंदू के घर में जन्म लेकर भी प्रतिदिन प्रातः उठकर बाइबल पढ़ते हो।"

"उसे पढ़कर मुझे बहुत शांति मिलती है।" विश्वनाथ ने धीरे से कहा और आँखें मूँद लीं, "कृष्ण कहते हैं, तुम कर्म करो और फल तुम्हें मैं दूँगा; दूसरी ओर ईसा कहते हैं कि तुम खोजो तो पाओगे, खटखटाओगे तो द्वार खुलेगा।" विश्वनाथ ने आँखें खोलकर भुवनेश्वरी को देखा, "कहाँ अंतर है इनमें? कर्म की कितनी उत्कट प्रेरणा है दोनों में। कितना बड़ा आश्वासन है। आश्वासन ही नहीं, वरदान है। शायद इसीलिए कृष्ण कहते हैं कि अकर्म में तुम्हें प्रीति न हो।"

भुवनेश्वरी मुग्ध नेत्रों से अपने पति को देखती रह गई : प्रकटतः नास्तिक जैसा दिखने वाला यह व्यक्ति कितना बड़ा आस्तिक है—बाह्य विधि-विधान और विभाजनों से मुक्त तथा अप्रभावित···

विश्वनाथ को नींद नहीं आ रही थी। बार-बार उनकी आँखों के सम्मुख जैसे अपनी जीवन-यात्रा के चित्र घूम जाते थे।···उनके काका कालीप्रसाद ने उनके साथ और जैसा भी व्यवहार किया हो; किंतु उन पर एक उपकार अवश्य किया था कि उन्हें पढ़ने के लिए काली भट्टाचार्य के टोल में भेज दिया।···वह जैसा भी था, किंतु शिक्षा का आरंभ **तो** हो ही जाता था···उस समय तक अधिकांश लड़के तो गाँव-मुहल्ले के ऐसे टोलों में ही पढ़ते थे। धीरे-धीरे जूनियर और सीनियर परीक्षाएँ पार

कर गए थे और तब उन्होंने एक साथ ही बहुत सारा धन कमाने के प्रयत्न में व्यापार करने की सोची थी···किंतु कुछ ही दिनों में उन्हें स्वयं ही मालूम हो गया था कि व्यापार के लिए न उनके पास सुविधाएँ थीं, न बुद्धि! व्यापार-बुद्धि कुछ और ही चीज होती है। विश्वनाथ धन तो कमाना चाहते थे; किंतु वे उसके लिए नीचता की ओर पग नहीं बढ़ा सकते थे; वे किसी को कष्ट नहीं दे सकते थे, ठग नहीं सकते थे··· । तब उन्होंने मिस्टर टैंपल की फर्म में आर्टिकल क्लर्क की नौकरी कर ली थी।···पर साथ-ही-साथ यह स्वप्न भी देखा था कि किसी दिन वे स्वयं भी एटर्नी बनेंगे और अपनी स्वतंत्र फर्म की स्थापना करेंगे।··· ईश्वर उनके प्रति बहुत उदार था···अब वे एटर्नी भी हो गए थे और उन्होंने साझे में फर्म भी बना ली थी। भविष्य में भी भगवान् की कृपा रही तो वे अपनी एक स्वतंत्र फर्म की स्थापना करेंगे और अपने इस पुत्र को अपना साझीदार बनाएँगे।···

उनके अधरों पर एक मुस्कान आई और उनकी आँखें झँपने लगीं।

गली में कहीं संन्यासियों का एक दल भजन गा रहा था। जैसे-जैसे वह दल निकट आता जा रहा था, वैसे-वैसे उनके शब्द स्पष्ट होते जा रहे थे :

"मन लागो मेरो यार फकीरी में।
जो सुख पावों, राम भजन में, सो सुख नहीं अमीरी में।।
भला-बुरा सब को सुनि लीजै, करि गुजरान गरीबी में।।
प्रेमनगर में रहनि हमारी, भालि बनी आई सबूरी में।।
हाथ में कूंड़ी, बगल में सोंटा, चारों दिशा जगीरी में।।
आखिर यह तन खाक मिलैगा, कहा फिरत मगरूरी में।।
कहत कबीर सुनो भाई साधो, साहिब मिले सबूरी में।।"

नरेन्द्र समझ नहीं पा रहा था कि बाहर के स्वर में ही इतना आकर्षण था कि वह खिंचा चला जा रहा था, या उसके भीतर से कोई उसे बाहर चलने के लिए धक्के दे रहा था···उसका मन जैसे उछल-उछलकर बाहर आने की तैयारी कर रहा था।

संन्यासियों का स्वर स्थिर हो गया था···शायद संन्यासी उसके द्वार पर आकर खड़े हो गए थे। अब और प्रतीक्षा करने का कोई कारण नहीं था।···यदि उसने अब और विलंब किया तो संन्यासी आगे बढ़ जाएँगे। फिर न वह उन्हें देख पाएगा, न उनका भजन सुन पाएगा···नरेन्द्र के भीतर जैसे कोई दीवार धसक गई···

वह उठकर बाहर की ओर भागा।

वह कमरे से निकला ही था कि उसे खोजती हुई भुवनेश्वरी वहाँ आ पहुँची।··· भुवनेश्वरी ने भी अपने कमरे में से भजन के शब्द सुने थे और उसका मन भजन के भाव में लीन होने के स्थान पर नरेन्द्र के लिए आशंकित हो उठा था : ये लोग मधुर कंठ से फकीरी की इतनी भावुक प्रशंसा कर रहे थे कि कोई भी उनके साथ बह जाएगा।··· नरेन्द्र तो छोटा-सा बच्चा ही था।

बाहर की ओर भागते हुए नरेन्द्र को देखकर, उसका मन कुछ आश्वस्त हुआ। वह समय से पहुँच गई थी। यदि उसे दो क्षण का भी विलंब हो जाता तो शिवजी का यह भूत बाहर पहुँच गया होता।

"बिलेह!" भुवनेश्वरी ने पुकारा।

नरेन्द्र के पग थम गए, "हाँ माँ!"

"कहाँ जा रहा है?"

"बाहर कुछ साधु आए हैं माँ!" नरेन्द्र ने अत्यंत सरल और अबोध भाव से कहा। उसे रुकना पड़ा था, इसलिए उसके चेहरे पर यातना उभर आई थी। उसके सारे व्यक्तित्व में एक याचना थी : 'माँ! मुझे मत रोको।'

"तुझे कहा था न कि तुझे साधुओं के पास नहीं जाना है।" भुवनेश्वरी बोली, "वे बच्चों को बहकाकर, अपने साथ भी ले जा सकते हैं।"

नरेन्द्र को जैसे अपना अपराध समझ में आ गया। बोला, "मैं आज उन्हें अपनी धोती नहीं दूँगा माँ।" उसके मन में यह आया ही नहीं कि साधुओं के लिए बच्चों का भी कोई उपयोग हो सकता है।

"धोती तो तू नहीं देगा," कहती हुई भुवनेश्वरी ने नरेन्द्र के निकट आकर उसकी कलाई थाम ली, "पर तेरा क्या भरोसा है। तू उन्हें अपना मन ही दे बैठे।"

"क्या दे बैठूँ माँ?" नरेन्द्र पूछता ही रह गया और भुवनेश्वरी उसे ऊपर जाने वाली सीढ़ियों की ओर ले चली।

"क्या दे बैठूँ माँ?" नरेन्द्र ने पुनः पूछा।

"मन! मन!!" भुवनेश्वरी उसके प्रश्न का उत्तर देने की इच्छा से नहीं, उसे बातों में लगाए रखने के लक्ष्य से बोली। वह उसे जल्दी-से-जल्दी ऊपर पहुँचाने का प्रयत्न कर रही थी।

"वह कैसे दिया जा सकता है माँ?"

"तेरा जानना आवश्यक नहीं।" भुवनेश्वरी जल्दी-जल्दी सीढ़ियाँ चढ़ती जा रही थी।

नरेन्द्र ने हैरान होकर माँ की ओर देखा, "ऊपर कहाँ जा रही हो माँ? वे लोग तो नीचे हैं।"

"वे लोग नीचे हैं; पर तू ऊपर चल।" भुवनेश्वरी बोली।

"क्यों माँ?"

"ऊपर चलेगा तो बताऊँगी।"

घिसटता हुआ नरेन्द्र, माँ के साथ ऊपर पहुँच गया, तो जैसे उसका धैर्य समाप्त हो गया। बोला, "अब बताओ माँ!"

"कमरे के भीतर आ और खिड़की से साधुओं को देख।" भुवनेश्वरी बोली, "नीचे उतरकर उनके पास मत जाना।"

नरेन्द्र का ध्यान इस ओर गया ही नहीं कि उसकी माँ साधुओं को खिड़की से देखने के लिए क्यों कह रही है। वह उन्हें देखने की उत्सुकता में भागता हुआ कमरे में चला गया और खिड़की से झाँकने लगा। उसका ध्यान उस ओर लगाकर भुवनेश्वरी जल्दी से कमरे से बाहर निकल आई और उसने किवाड़ धीरे से भिड़ाकर, बाहर से कुंडी लगा दी। थोड़ी देर तक नरेन्द्र को पता ही नहीं चला कि वह खिड़की में से साधुओं को देखने के प्रलोभन के माध्यम से कमरे में बंद कर दिया गया है। वह पूरी तन्मयता से खिड़की की सलाखों को पकड़े, भजन सुनता रहा।

अपना भजन समाप्त कर साधुओं ने इधर-उधर देखा। घर में से कोई भी प्रकट नहीं हुआ था। क्या घर में कोई नहीं है?

"माँ गो! साधुओं को कुछ दान मिले। अलख निरंजन!" उन्होंने पुकार लगाई; किंतु घर

से कोई भी बाहर नहीं निकला।

सहसा उनमें से एक साधु कुछ ऊँची आवाज में बोला, "कहाँ हो स्वामी! याचकों को कुछ दान मिले।"

अब नरेन्द्र की समझ में आया कि वह साधु तो उसे ही पुकार रहा है। शायद यह वही संन्यासी था, जिसको उसने अपनी धोती दी थी।

नरेन्द्र सलाखों के बीच में से चिल्लाया, "मैं यहाँ हूँ, साधु बाबा! क्या चाहिए?"

संन्यासी ने चेहरा ऊपर उठाकर कहा, "जो स्वामी की इच्छा हो, दे दे। भिक्षुक तो भिक्षा ही माँगता है।"

नरेन्द्र को अब अपनी बाध्यता का अहसास हुआ, साथ-ही-साथ उसे कुछ क्रोध भी आया।···किंतु कपाट पीटने से तो कहीं सुविधाजनक था कि खिड़की में से ही बातें करता रहे। बोला, "साधु बाबा! मैं नीचे नहीं आ सकता। माँ ने कमरे में बंद कर रखा है।"

संन्यासी हँस पड़ा, "जब स्वामी ही इतना असहाय है तो याचक क्या करे—लौट जाए?"

नरेन्द्र के लिए यह प्रश्न जैसे कोई भीषण आघात था। वह स्तब्ध-सा खड़ा, साधु को देखता रह गया; और फिर मन-ही-मन उसने भीषण संकल्प किया, "ठहरो! मैं अभी देता हूँ।"

वह मुड़ा और कमरे में रखी वस्तुओं पर उसने एक दृष्टि डाली : कमरे में इतना कुछ था। सामान से अटा पड़ा था कमरा।···और यह सब किसके काम का था? घर में तो किसी को भी कभी इन वस्तुओं की आवश्यकता नहीं पड़ी···और बाहर, वे साधु खड़े थे, जिनके पास कुछ नहीं था। यह सब कुछ उनके लिए उपयोगी हो सकता है··· कुछ देर वह देखता रहा और फिर उसने निश्चय कर लिया। उसने पहले एक-एक कर, कमरे में टँगे हुए कपड़े सलाखों में से नीचे गली में फेंकने शुरू किए। टँगे हुए कपड़े समाप्त हो गए, तो उसने बिस्तर पर की चादरें नीचे फेंक दीं।···फिर जैसे उस पर कोई उन्माद छा गया। जो वस्तु भी उसके हाथ लगी, और जो सलाखों से नीचे फेंकी जा सकती थी—उसने नीचे फेंक दी, "ले लो। जिसे जो चाहिए, ले लो।"

संन्यासियों की टोली ने चकित होकर ऊपर देखा। एक ही उपालंभ ने स्वामी को इतना उदार बना दिया था?

भुवनेश्वरी को अपनी भूल का अनुभव हुआ। वह अपने बच्चे का देने वाला हाथ तो पकड़ सकती थी; किंतु याचक के हाथ से भीख में पाया हुआ सामान छीनना उसके वश का नहीं था। वह ऊपर की ओर भागी, "ठहर जा बिलेह! मैं आ रही हूँ।"

विश्वनाथ घर आए तो भुवनेश्वरी ने बताया, "इतना उत्पात मचाया इस बिलेह ने कि मैं सोचने लगी कि इससे तो अच्छा था कि मैं स्वयं ही उसकी बाँह पकड़कर, उसे साधुओं के पास ले जाती और उसके हाथों से, उन्हें कुछ दान करा देती।"

"वही उचित रहता।" विश्वनाथ गंभीर हो गए, "हमें समझना चाहिए कि साधुओं के प्रति बिलेह के आकर्षण का दमन नहीं किया जा सकता।"

"तो?"

"उसका संयमन होना चाहिए।" विश्वनाथ बोले, "साधुओं का जो गुण उसे आकृष्ट करता है, उसकी संतुष्टि किसी और माध्यम से हो।"

"हाँ! यह तो मैंने भी देख लिया है कि उस पर शासन नहीं किया जा सकता। उसका क्रोध

तो महादेव के वीरभद्र के क्रोध के ही समान अदमनीय है। ऐसा स्वेच्छाचारी भी कोई बच्चा होगा, जिसकी इच्छा का विरोध करना ही संभव न हो।'' भुवनेश्वरी ने कहा, ''उसे समझाया जा सकता है, रोका नहीं जा सकता।''

''तो फिर उसे प्यार से मनाओ। बल प्रयोग मत करो।'' विश्वनाथ के स्वर में चिंता बनी हुई थी।

हरमोहिनी और स्वर्णमयी कमरे में अपना एक छोटा-सा घर बनाए गुड्डे-गुड़ियों का खेल खेल रही थीं। नरेन्द्र बाहर से दौड़ता हुआ आया और बिना यह चिंता किए हुए कि उनका खेल बिगड़ जाएगा तथा घर बिखर जाएगा, उनके बीच में से दौड़ता हुआ निकल गया। अपने इस कृत्य से वह इतना आनंदित हुआ कि कूदकर बिस्तर पर चढ़ गया और वहाँ से खिड़की की सलाखें पकड़ उसकी चौखट पर खड़ा हो गया।

5

हरमोहिनी और स्वर्णमयी, दोनों ने ही भौचक दृष्टि से उसकी ओर देखा और उनका निरवकाश चीखना-चिल्लाना आरंभ हो गया।

''ठहर जा दुष्ट!'' हरमोहिनी उठकर उसकी ओर भागी, ''तुझे अभी ठीक करती हूँ। यह तो एकदम यज्ञ-ध्वंसक असुर के समान आता है और सब कुछ नष्ट कर जाता है। राक्षस!''

नरेन्द्र ने देखा कि हरमोहिनी उसके निकट आ चुकी है और बहुत संभव है कि वह उसे पकड़ भी ले। वह खिड़की से पलंग पर जा कूदा और उसने तकिया उठाकर हरमोहिनी की ओर उछाल दिया। तकिया हरमोहिनी के मुँह पर जा लगा और वह लड़खड़ा गई। बहन की सहायता को आई, और उसे सँभालने का प्रयत्न करती हुई स्वर्णमयी भी, उसके साथ ही फर्श पर लुढ़क गई। नरेन्द्र को यह दृश्य बहुत ही आह्लादकारी लगा। वह उन्मुक्त कंठ से हँसा और उसने चादरें तथा बिस्तर के अन्य कपड़े भी उठाकर उन पर डाल दिए। वह उछल-उछलकर तालियाँ बजाने लगा। अपने आवेश में हरमोहिनी और स्वर्णमयी जितना ही स्वयं को मुक्त करने का प्रयत्न करतीं, उतनी ही वे उन कपड़ों में उलझती जातीं और नरेन्द्र का सुख भी उतना ही बढ़ता जाता।

किसी प्रकार स्वयं को मुक्त कर वे दोनों नरेन्द्र के पीछे भागीं। वह सीढ़ियाँ चढ़कर ऊपर की मंजिल पर चला गया; किंतु बहनों ने उसका पीछा नहीं छोड़ा। निकल भागने का अवसर होते हुए भी, नरेन्द्र उनके ऊपर पहुँच जाने की प्रतीक्षा करता रहा; और जब वे उसके निकट आ गईं तो वह पलटकर भागा। इस भाग-दौड़ में वे तीनों ही बारी-बारी, सब्जी की टोकरी लेकर आती हुई कनक से टकराए; और न केवल कनक के हाथ से सब्जी की डलिया छिटककर फर्श पर गिर गई, वरन् फर्श पर गिरी हुई सब्जी उनके पैरों तले कुचली भी गई।

कनक अपनी परेशानी और इन बच्चों को डाँटने-मारने की अपनी असमर्थता में जड़ीभूत, नष्ट होती हुई सब्जी को देखती रही।...सहसा वह सचेत हुई कि सब्जी के नष्ट होने का दोषी उसे ही माना जाएगा। कौन मानेगा कि दोष नौकरानी का नहीं, स्वामी के बच्चों का है।...इस दोष से बचने के लिए उसके पास एक ही मार्ग था। उसने चिल्ला-चिल्लाकर भुवनेश्वरी को बच्चों के उत्पात की सूचना बार-बार दी; और साथ-साथ धाराप्रवाह रोती भी रही।

बच्चों के कोलाहल और कनक के चीत्कार की ध्वनि से भुवनेश्वरी कमरे से बाहर निकली, ''क्या हो रहा है यह सब?''

''इस राक्षस को देखो न माँ! यह केवल यज्ञ-ध्वंस का काम करता है। अहंकारी अपने आपको हिरण्यकशिपु समझता है।'' हरमोहिनी ने शिकायत की।

''और तुम स्वयं को महिषासुरमर्दिनी दुर्गा समझ रही हो, जो त्रिशूल लेकर उसके पीछे भाग रही हो?'' भुवनेश्वरी ने उसे डाँटा, ''इतनी बड़ी हो गई और अभी तक छोटे बच्चों के समान उधम मचाती है।''

उन दोनों के वार्तालाप ने नरेन्द्र को मानो क्षण-भर के लिए तो स्तब्ध ही कर दिया; किंतु अगले ही क्षण वह समझ गया कि निकल भागने का भी यही अवसर है। उसने एक ही छलाँग में चार-पाँच सीढ़ियाँ पार कीं और भागा।

''बिलेह! तुझे चोट लग जाएगी बेटा!'' भुवनेश्वरी ने पुकारकर कहा, ''बेशी भागा-दौड़ी मत किया कर।''

''चोट नहीं लगती माँ! मैं तो ऊपर के तल्ले से भी नीचे कूद सकता हूँ।'' और उसने पलटकर माँ की ओर देखा, ''कूदकर दिखाऊँ?''

वह सचमुच ही ऊपर के तल्ले से कूदने की तैयारी में, सीढ़ियाँ चढ़कर वापस आने लगा।

''नहीं, कूदना नहीं है।'' भुवनेश्वरी ने सहमकर कहा, ''इधर आ, मेरे पास।''

''आऊँगा; किंतु किसकी कहानी सुनाओगी?'' नरेन्द्र का स्वर स्पष्ट कह रहा था कि वह आने का निश्चय कर चुका था; किंतु भाव-तौल कर रहा था।

''तोता-मैना की।'' भुवनेश्वरी बोली।

''नहीं।'' नरेन्द्र ने आग्रह किया, ''हिरण्यकशिपु की।''

''धत् पगला! कहानी प्रह्लाद की होती है, हिरण्यकशिपु की नहीं।''

''पर दीदी ने तो मुझे हिरण्यकशिपु कहा है।'' नरेन्द्र बोला।

''हाँ! दीदी ने कहा तो है, पर कहानी केवल सत्पुरुषों की होती है, दुष्टों की नहीं।'' भुवनेश्वरी बोली, ''हिरण्यकशिपु, प्रह्लाद की कहानी का एक दुष्ट पात्र है।''

''अच्छा, प्रह्लाद की कहानी सुनाओगी?''

''अच्छे बच्चे के समान आकर मेरी गोद में बैठेगा, तो सुनाऊँगी।''

''और महिषासुरमर्दिनी की भी?''

''हाँ, महिषासुरमर्दिनी की भी।''

नरेन्द्र माँ के पास आ गया। वह भूल गया था कि जो हरमोहिनी उसे मारने के लिए, उसके पीछे भाग रही थी, वह अभी तक वहीं खड़ी थी।

हरमोहिनी के लिए यह सुवर्ण अवसर था। वह अपनी पूरी शक्ति से प्रहार करने के लिए झपटी; किंतु भुवनेश्वरी ने अपनी बाँह फैलाकर उसे मार्ग में ही रोक दिया; आँखों-ही-आँखों में डपटा और नरेन्द्र की बाँह पकड़कर उसे अपने कमरे में ले गई।

''बैठ! तुझे अभी कहानी सुनाती हूँ।'' भुवनेश्वरी बोली।

''अभी सुनाओ माँ! मैं तुम्हारी गोद में बैठकर सुनूँगा।'' नरेन्द्र बोला।

''छोटा-सा शिशु है न तू! गोद में बैठकर सुनेगा। आसन लेकर यहाँ मेरे पास बैठ जा। मुझे बहुत सारे काम करने हैं।''

"तुमको अवकाश नहीं है, तो मैं जाता हूँ।" नरेन्द्र बोला, "तुम अपने काम कर लो।"

भुवनेश्वरी घबराई, "तू कहाँ जा रहा है?"

"ऊपर के तल्ले से नीचे आँगन में छलाँग लगाऊँगा।" नरेन्द्र बोला, जैसे अपनी किसी उपलब्धि की सूचना दे रहा हो, "मैं ऊँचे-से-ऊँचे स्थान से भी छलाँग लगा सकता हूँ।"

भुवनेश्वरी ने झपटकर उसकी भुजा पकड़ ली, "तू पगला है क्या? बैठ! आधी कहानी गोद में बैठाकर सुनाऊँगी और आधी आसन पर बैठकर सुननी पड़ेगी। तुझे गोद में लिए बैठी रहूँगी, तो किरण किसकी गोद में सोएगी?"

"दीदी की गोद में सोएगी किरण।" नरेन्द्र बोला, "दीदी क्या इतना काम भी नहीं कर सकती?"

"दीदी तो बहुत काम करती है।" भुवनेश्वरी ने उसे डाँटा, "तू क्या करता है दिन भर, सिवाय ऊधम मचाने के?"

"अच्छा! किरण को मैं अपनी गोद में ले लेता हूँ।" नरेन्द्र बोला, "दीदी दूसरे काम कर ले।"

"अभी नहीं!" भुवनेश्वरी डर गई, यह पगला बिलेह कहीं हठ कर बैठा, तो किरण को गोद में लेकर ही बैठेगा; फिर चाहे अपनी चंचलता में उसे पटक ही दे, "जब तू बड़ा हो जाएगा तो अपनी छोटी बहन को सँभालना।"

नरेन्द्र ने स्वीकृति में सिर हिला दिया, "अच्छा!"

भुवनेश्वरी के लिए अब सबसे पहला काम नरेन्द्र को कहानी सुनाना था। कहीं ऐसा न हो कि वह किसी और काम में हाथ डाले और महादेव का यह गण फिर कोई उत्पात खड़ा कर दे।

भुवनेश्वरी बैठ गई और उसने नरेन्द्र की बाँह पकड़कर उसे अपनी गोद में बैठा लिया।

× × × हिरण्यकशिपु तथा हिरण्याक्ष—दो दैत्य भाई थे, जो अत्यंत दुष्ट थे। उनमें से हिरण्याक्ष का वध, भगवान् विष्णु ने महावराह बनकर किया था। हिरण्यकशिपु वहाँ से भाग गया और वन में आकर कठोर तपस्या करने लगा। तपस्या की सिद्धि पर ब्रह्मा प्रकट हुए और उन्होंने कहा, "हिरण्यकशिपु! उठो, उठो। तुम्हारी तपस्या सिद्ध हो गई। मैं तुम्हें वरदान देने आया हूँ। तुम्हारी जो इच्छा हो, निःसंकोच माँग लो।"

हिरण्यकशिपु प्रसन्न मन से उठ खड़ा हुआ। उसने ब्रह्मा को प्रणाम किया और बोला, "मुझे वर दीजिए कि मैं अमर हो जाऊँ। मेरी मृत्यु कभी न हो।"

"यह असंभव है।" ब्रह्मा बोले, "इसलिए नहीं कि मेरी इच्छा यह वरदान देने की नहीं है, वरन् इसलिए कि यह सृष्टि के संविधान के विरुद्ध है। जिसका जन्म हुआ है—उसकी मृत्यु भी होगी।"

हिरण्यकशिपु ने कुछ देर तक विचार किया और फिर बोला, "तो फिर मुझे ऐसा वर दीजिए कि मैं आपकी सृष्टि से किसी भी प्राणी से—चाहे वह मनुष्य हो या पशु, जीव हो या अजीव, देवता, दैत्य हो या नाग—किसी के हाथों भी मेरी मृत्यु न हो। घर के भीतर या खुले आकाश के नीचे, दिन के समय अथवा रात के समय, किसी भी अस्त्र-शस्त्र से, पृथ्वी या आकाश में मेरी मृत्यु न हो। युद्ध में कोई मेरा सामना न कर सके।" × × ×

"ब्रह्माजी ने यह वर दे दिया माँ?" नरेन्द्र ने टोका।

"हाँ पुत्र! वे तो वरदान देने ही आए थे, और तपस्या सिद्ध होने पर वरदान को कोई नहीं रोक सकता।"

"फिर तो हिरण्यकशिपु अमर हो गया माँ! उसकी मृत्यु तो संभव ही नहीं लगती।" नरेन्द्र ने टिप्पणी की।

"तू कहानी सुन।" भुवनेश्वरी बोली, "बीच में टोकेगा तो कहानी नहीं सुनाऊँगी।"

अच्छा माँ!" नरेन्द्र शांत होकर बैठ गया। कहानी तो उसे सुननी ही थी।

× × ×ब्रह्माजी ने उसे यह वर दिया और हिरण्यकशिपु मृत्यु की ओर से निश्चिंत होकर, ऐश्वर्य और शक्ति के मद में मतवाला हो उठा। वह अहंकार में चूर होकर शास्त्रों की मर्यादा का उल्लंघन करने लगा। वह अन्यायी और अत्याचारी हो गया। यहाँ तक कि वह स्वयं को भगवान् मानने लग गया।…"× × ×

"क्यों माँ?" नरेन्द्र ने पूछा, "वह अपने को भगवान् क्यों मानने लगा?"

"उसने सोचा कि जो मर नहीं सकता, वह अमर है; और केवल भगवान् ही अमर हो सकता है।" भुवनेश्वरी बोली, "तूने फिर बीच में टोका न।"

नरेन्द्र सुनने की मुद्रा में बैठ गया, जिसका अर्थ था कि वह अब नहीं बोलेगा।

× × ×हिरण्यकशिपु ने अपने पुत्र प्रह्लाद को शुक्राचार्य के पास शिक्षा ग्रहण करने के लिए भेजा।…किंतु वह शुक्राचार्य पर भी पूर्णतः निर्भर नहीं रहना चाहता था। कुछ समय के पश्चात् उसने स्वयं अपने पुत्र के ज्ञान की परीक्षा ली।

"पुत्र प्रह्लाद!" उसने कहा, "इतने दिनों में तुमने गुरुजी से जो शिक्षा प्राप्त की है, उसमें से कोई अच्छी-सी बात हमें बताओ।"

"पिताजी! संसार के प्राणी 'मैं' तथा 'मेरा' के झूठे आग्रह में पड़कर सदा ही उद्विग्न रहते हैं।" प्रह्लाद बोला, "ऐसे प्राणियों के लिए मैं यही ठीक समझता हूँ कि वे अपने अधःपतन के मूल कारण, घास से ढँके हुए अंधे कुएँ के समान, इस घर को छोड़कर, वन में चले जाएँ और भगवान् श्री हरि की शरण ग्रहण करें।"

हिरण्यकशिपु ने आश्चर्य से अपने पुत्र को देखा और फिर जैसे स्वयं को संयत करता हुआ बोला, "यह प्रलाप नहीं, कोई अच्छी-सी बात बताओ।"

प्रह्लाद ने अपने पिता को देखा : जाने ये अच्छी-सी बात किसे कहते हैं; और फिर अपने पूर्व निश्चय के ही अनुसार उसने कहा, "पिताजी! विष्णु भगवान् की भक्ति के नौ भेद हैं—श्रवण, कीर्तन, स्मरण, सेवा, पूजा-अर्चना…।"

हिरण्यकशिपु क्रोध से उन्मत्त हो उठा : यह क्या! उसके अपने ही घर में उसके शत्रु का भक्त उत्पन्न हुआ था।…× × ×

"वह भगवान् को अपना शत्रु क्यों समझता था, माँ?" नरेन्द्र ने पूछा, "भगवान् तो किसी का भी शत्रु नहीं है।"

"भगवान् तो किसी के भी शत्रु नहीं हैं पुत्र! किंतु अहंकारी मनुष्य स्वयं ही उन्हें अपना विरोधी मान लेता है।" भुवनेश्वरी बोली, "इसीलिए हिरण्यकशिपु भी भगवान् को अपना शत्रु मानने लगा था…वैसे घटनाओं की दृष्टि से तो यही मानना होगा कि चूँकि भगवान् विष्णु ने उसके भाई

हिरण्याक्ष का वध किया था, इसलिए वह उन्हें अपना शत्रु मानता था।" भुवनेश्वरी ने नरेन्द्र की ओर देखा, "कहानी के बीच में न बोलने का वचन देकर फिर क्यों बार-बार बोलता है रे?"

किंतु इस बार नरेन्द्र का स्वर बदला हुआ था, "कहानी समझ में न आए, तो भी न पूछूँ? बिना समझे सुनता जाऊँ?"

भुवनेश्वरी को उसके क्रोध पर प्यार आ गया, "नहीं! समझ में न आए तो अवश्य पूछ मेरे पुत्र! तुझे समझ न आए तो मेरे सुनाने का लाभ ही क्या। अच्छा सुन!"

× × ×हिरण्यकशिपु क्रोध में उठ खड़ा हुआ और उसने प्रह्लाद को उठाकर भूमि पर दे पटका। वह चिल्लाकर बोला, "दैत्यो! इसे ले जाओ और इसका वध कर दो।"

हिरण्यकशिपु ने प्रह्लाद को शस्त्रों से कटवाया, मतवाले हाथियों से कुचलवाया, विषधर सर्पों से डसवाया, कृत्या राक्षसी से आक्रमण करवाया, पहाड़ की चोटी से नीचे फिंकवाया, माया का प्रयोग करवाया, अँधेरी कोठरी में बंद करवाया, विष पिलाया और उसका भोजन बंद कर दिया; किंतु प्रह्लाद का बाल भी बाँका नहीं हुआ।

तंग आकर हिरण्यकशिपु ने अपने राज्य में भगवान् का नाम लेने का निषेध कर दिया; किंतु प्रह्लाद पर उसका कोई प्रभाव नहीं हुआ, वह भगवान् का नाम लेता ही रहा। बाध्य होकर हिरण्यकशिपु ने प्रह्लाद को अपने पास बुलाया और कहा, "मैं तनिक-सा क्रोध करता हूँ तो तीनों लोक और उसके लोकपाल काँप उठते हैं। फिर मूर्ख! तूने किस शक्ति के भरोसे निर्भय होकर मेरी आज्ञा का उल्लंघन किया है?"

"शक्ति तो एक ही है—विष्णु!" प्रह्लाद बोला।

"और मैं?"

"जो लोग अपना सर्वस्व लूटने वाले इंद्रियरूपी इन डाकुओं पर तो विजय प्राप्त नहीं करते और ऐसा समझने लगते हैं कि उन्होंने दसों दिशाएँ जीत ली हैं—वे मूर्ख हैं।" प्रह्लाद ने निर्भय होकर उत्तर दिया।

"अभागे!" हिरण्यकशिपु बोला, "तू मुझे जगत् का स्वामी नहीं मानता तो बता कि वह कहाँ है, जिसे तू जगत् का स्वामी मानता है?"

"वह सर्वत्र है।"

"इस स्तंभ में भी?"

"हाँ, स्तंभ में भी!"

क्रोध में डगमगाता हुआ हिरण्यकशिपु उठा और उसने अपनी गदा से स्तंभ पर जोर का आघात किया। उसका विचार था कि उसके प्रहार से स्तंभ टूट जाएगा और यह प्रमाणित हो जाएगा कि स्तंभ में भगवान् नहीं हैं। इससे प्रह्लाद की यह मान्यता भी असत्य सिद्ध हो जाएगी कि भगवान् सर्वत्र हैं।···किंतु स्तंभ तो टूटा नहीं, उलटे उसमें से नृसिंह भगवान् प्रकट हुए और उन्होंने हिरण्यकशिपु को पकड़कर अपनी गोद में लिटा लिया तथा अपने नखों से उसके वक्ष को चीर डाला। इस प्रकार ब्रह्मा का दिया हुआ वरदान भी पूरा हुआ और हिरण्यकशिपु की मृत्यु भी हो गई।"× × ×

"हिरण्यकशिपु की मृत्यु हो गई तो ब्रह्माजी का वरदान कैसे पूरा हुआ माँ?" नरेन्द्र ने चकित होकर पूछा।

"वरदान पूरा हुआ पुत्र!" भुवनेश्वरी ने बताया, "भगवान् नृसिंह ब्रह्मा की सृष्टि नहीं थे।

उन्होंने किसी शस्त्र से उसे नहीं मारा था। वह न भूमि पर मरा था, न आकाश में, क्योंकि नृसिंह ने उसे अपनी गोद में लिटाकर अपने नखों से फाड़ डाला था। वह न दिन में मरा, न रात में, क्योंकि वह संध्या का समय था।''

''माँ! भगवान् कितने बुद्धिमान हैं न!'' नरेन्द्र के चेहरे पर प्रशंसा का भाव था, ''कोई कितनी ही चालाकी करे, वे उसकी चलने नहीं देते।''

''हाँ, पुत्र! वे तो हैं ही महाचैतन्य के सागर।''

''किंतु माँ!'' नरेन्द्र को अभी अपनी सारी शंकाओं का समाधान नहीं मिला था, ''हिरण्यकशिपु ने भी तो घोर तपस्या की थी। उसने भी तो भक्ति से ही वरदान पाया था, तो फिर उसे क्यों भगवान् दिखाई नहीं दिए? वह भगवान् का शत्रु क्यों हो गया?''

भुवनेश्वरी ने चकित भाव से नरेन्द्र को देखा, ''उसने भौतिक शक्ति के लिए सकाम तपस्या की थी पुत्र! इसलिए उसे सांसारिक सफलता ही मिली। उसने अहेतुक भक्ति नहीं की थी, इसलिए न उसे भक्ति मिली; और न भगवान् के दर्शन ही हुए।''

''तो फिर सांसारिक सफलताएँ तो निःसार ही हुईं न माँ?'' नरेन्द्र ने प्रश्न किया।

''हाँ, मेरे लाल!'' भुवनेश्वरी ने पुत्र को प्रशंसा-भरी दृष्टि से देखा, ''तूने तो कथा का सार ही ग्रहण कर लिया।''

6

दोपहर के भोजन के पश्चात् दत्त-परिवार की अधिकांश महिलाएँ घर के पूजा-मंडप में एकत्रित हुईं। यह घर में किसी एक धार्मिक ग्रंथ के सामूहिक रूप से पढ़े और सुने जाने का समय था।

भुवनेश्वरी आई तो नरेन्द्र भी उसके साथ था। वह माँ के पास शांत भाव से बैठ गया।

''अरे बिलेह! तू यहाँ बैठेगा?'' विश्वनाथ की बुआ ने पूछा।

''हाँ, ठाकुर माँ!'' नरेन्द्र बोला।

''तू खेलने नहीं जाएगा?''

''नहीं! आज महाभारत सुनूँगा।''

''तुझे महाभारत सुनना खेल से भी अच्छा लगता है?''

''हाँ, ठाकुर माँ!''

''और तू उतनी देर तक शांत बैठा रहेगा? कोई उत्पात नहीं करेगा?''

नरेन्द्र कुछ नहीं बोला। पहले थोड़ा मुस्कराया और फिर संकुचित हो गया—क्या वह इतना उत्पाती है?...

कालीप्रसाद की छोटी बहू ने 'महाभारत' खोलकर पढ़ना आरंभ किया।

× × ×वैशम्पायन जी कहते हैं—जनमेजय! कर्ण की बात सुनकर, समस्त पांडव अपने-अपने उत्तरीय वस्त्र उतारकर सभा में बैठ गए। राजन्! तब दुःशासन ने उस भरी सभा में द्रौपदी का वस्त्र बलपूर्वक पकड़कर खींचना आरंभ किया। जनमेजय! जब वस्त्र खींचा जाने लगा, तब द्रौपदी ने भगवान् श्रीकृष्ण का स्मरण किया। द्रौपदी ने मन-ही-मन कहा—मैंने पूर्वकाल में महात्मा वशिष्ठ

की बताई हुई बात को भली प्रकार समझा है कि विपत्ति पड़ने पर भगवान् श्रीकृष्ण का स्मरण करना चाहिए।

वैशम्पायन जी कहते हैं—जनमेजय! ऐसा विचार कर द्रौपदी ने बारंबार—'गोविन्द' और 'कृष्ण' का नाम लेकर पुकारा और आपत्ति काल में अभय देने वाले लोक-प्रपितामह नारायणस्वरूप भगवान् श्रीकृष्ण का मन-ही-मन चिंतन किया।

"द्रौपदी : हे गोविन्द! हे द्वारकावासी श्रीकृष्ण! हे गोपांगनाओं के प्राणवल्लभ केशव! कौरव मेरा अपमान कर रहे हैं, क्या आप नहीं जानते? हे नाथ! हे रमानाथ! हे ब्रजनाथ! हे संकटनाशन जनार्दन! मैं कौरव-रूपी समुद्र में डूबी जा रही हूँ। मेरा उद्धार कीजिए। सच्चिदानन्द स्वरूप श्रीकृष्ण! महायोगिन्! विश्वात्मन्! विश्वभावन्! गोविंद! कौरवों के बीच कष्ट पाती हुई, मुझ शरणागत अबला की रक्षा कीजिए।"

याज्ञसेनी की वह करुण पुकार सुनकर कृपालु श्रीकृष्ण गद्गद हो गए। तब शैया तथा आसन छोड़कर, दया से द्रवित होकर पैदल ही दौड़ पड़े।× × ×

महिला ने महाभारत पर से दृष्टि उठाकर आश्चर्य से नरेन्द्र की ओर देखा, "अरे, यह ऊधमी बच्चा इतना शांत कैसे बैठा है?"

"मुझे महाभारत बहुत अच्छा लगता है काकी!" नरेन्द्र ने कुछ इस प्रकार कहा, जैसे वह आशंकित हो कि कहीं उसे ऊधमी बच्चा कहकर महाभारत सुनने से वंचित ही न कर दिया जाए।

पाठ के पश्चात् जब भुवनेश्वरी अपने कमरे की ओर चली, तो भी नरेन्द्र ने उसका पीछा नहीं छोड़ा। वह अंगुली पकड़कर साथ-साथ ही चल रहा था।

"माँ! क्या पुकारने पर भगवान् सचमुच आ जाते हैं?"

भुवनेश्वरी ने नरेन्द्र की ओर देखा : यह बच्चा सचमुच असाधारण था! इसके मन में प्रश्न उठते थे। इसके पास अन्वेषक दृष्टि थी···और यह सत्य की तह तक जाना चाहता था···

"पुराणों में तो यही कहा जाता है पुत्र!"

"जीवन में क्या होता है माँ?"

'तो यह पुराणों की बातों को भी जीवन के सत्य के रूप में परखना चाहता है।' भुवनेश्वरी ने सोचा, 'यदि अभी वह कह देगी कि जीवन में ऐसा नहीं होता तो वह पुराणों को झूठा कहकर उन्हें धिक्कारने लगेगा।'···

"हाँ पुत्र, जीवन में भी वे आते हैं।" भुवनेश्वरी बोली, "किंतु पुकार सच्ची होनी चाहिए।"

"तुमने भी कभी उन्हें पुकारा है माँ?"

भुवनेश्वरी क्षणिक असमंजस में फँस गई···क्या कहे?···पर पुकारा तो उसने भी था। बोली, "हाँ पुत्र! पुकारा था! मैंने उन्हें संकट की घड़ी में नहीं, अपने स्वार्थ की घड़ी में पुकारा था।"

"तो वे आए?"

"उन्होंने मेरी पुकार सुन ली! वे स्वयं नहीं आए।"

"क्यों?"

"क्योंकि मैंने उन्हें तो बुलाया नहीं था।" भुवनेश्वरी के स्वर में हलका अवसाद था, "मैंने जो माँगा था, वह उन्होंने भेज दिया!"

"तुमने क्या माँगा था माँ?"

भुवनेश्वरी की आँखों में स्नेह उमड़ आया, ''तुम्हें माँगा था पुत्र! तुम आ गए।''

''तुमने भूल की माँ!'' नरेन्द्र निष्कंप स्वर में बोला, ''तुम्हें उनके दर्शनों की याचना करनी चाहिए थी। पुत्र तो सबके होते हैं; किंतु भगवान् के दर्शन किसने किए हैं।''

भुवनेश्वरी स्तंभित खड़ी अपने बिलेह को देखती रह गई!

रामलीला के छोटे-छोटे दृश्यों का अभिनय करने वाली एक टोली दत्त परिवार में आई थी। टोली में छोटे-छोटे बच्चों को राम, सीता और लक्ष्मण के वनवासी रूप में सजाया गया था। एक स्त्री और पुरुष कथा-गायन कर रहे थे।

परिवार के लोग आँगन में एकत्रित हो गए तो टोली के बच्चों ने अभिनय आरंभ किया और गायन-युगल गाने लगा :

''कीर के कागर ज्यों नृपचीर विभूषण, उप्पम अंगनि पाई।
औध तजी भगवास के रूख ज्यों, पंथ के साथी ज्यों लोग-लुगाई।।
संग सुबंधु, पुनीत प्रिया मनो धर्म क्रिया धरि देह सुहाई।
राजिव लोचन राम चले तजि बाप को राज बटाऊ की नाईं।।
कागर चीर ज्यों भूषण चीर, सरीर लस्यो तजि नीर ज्यों काई।
मातु-पिता प्रिय लोग सबै सनमानि सुभाय सनेह सगाई।।
संग सुभामिनी भाई भलो, दिन द्वै जनु औध हुते पहुनाई।
राजिव लोचन राम चले तजि बाप को राज बटाऊ की नाईं।।

गायन समाप्त कर उन्होंने झोली पसारी तो परिवार के वयस्क लोगों ने उसमें दानस्वरूप कुछ-न-कुछ डाला। वे झोली समेटकर चलने लगे, तो नरेन्द्र कुछ संकोच से बोला, ''मंडली वाले! कल भी आना।''

नरेन्द्र ने कह तो दिया; किंतु उसके अपने मन में स्पष्ट नहीं था कि उसे यह कहने का अधिकार था भी या नहीं। उसने तो उनकी झोली में कुछ भी डाला नहीं था। किंतु उसने देखा था, मंडली वालों ने प्रसन्न मुख से उसकी ओर देखा था। उसे यह नहीं लगा था कि उसके कुछ न देने तथा पुनः बुलाने पर वे कुछ रुष्ट हुए हों।

फिर भी उसके मन का ताप गया नहीं। उसे कुछ-न-कुछ दान तो करना ही चाहिए था।...

अवसर पाते ही उसने माँ से अपने मन की बात कह दी, ''माँ! मैंने तो मंडली को कुछ भी दान नहीं दिया!''

''कोई बात नहीं पुत्र!'' भुवनेश्वरी ने उसे आश्वस्त किया, ''एक परिवार की ओर से तो एक व्यक्ति ही दान कर दे तो बहुत होता है। हमारे परिवार में से तो अनेक लोगों ने कुछ-न-कुछ दिया है।''

नरेन्द्र कुछ आश्वस्त हुआ, माँ ठीक कह रही हैं। उसका मन स्थिर हुआ। वह स्वयं को अपने परिवार और अपने माता-पिता से पृथक् क्यों माने। सारे पैसे तो बाबा के ही हैं। बाबा दान करें, या वह दान करे—बात तो एक ही है!...

ऊपर से अपराध-बोध हटा तो उसकी वास्तविक जिज्ञासा उभर आई, ''माँ! वे लोग राम के वन जाने की घटना के विषय में इतने दुःख से क्यों गाते हैं?''

भुवनेश्वरी ने कुछ चकित होकर उसकी ओर देखा, "अपना घर छोड़कर, अपना राज्य त्याग, वन में जाना तो दुःख का ही कारण होता है पुत्र!"

इस बार चकित होने की बारी नरेन्द्र की थी, "त्याग तो सुख का कारण है माँ! दुःख का नहीं। तपस्या करने का अवसर तो बड़े सौभाग्य से मिलता है, जैसे ध्रुव को मिला।..."

भुवनेश्वरी की चेतना भय से स्तब्ध हो गई। कितने ही क्षणों तक वह कुछ बोल नहीं पाई। प्रयत्न करके बोली, "अपने माता-पिता, भाई-बहनों से बिछुड़ना दुःख का कारण होता है बिलेह! क्या तुझे अपनी बहनों से बिछुड़ना अच्छा लगेगा? अपनी माँ से, बाबा से?"

"यह तो मैंने कभी सोचा नहीं माँ!" नरेन्द्र बोला, "किंतु तपस्या में अवश्य सुख है।"

"तुझे कैसे मालूम है?" भुवनेश्वरी ने पूछा, "तूने क्या तपस्या की है?"

"तपस्या से भगवान् मिलते हैं माँ!" उसने उत्तर दिया, "भगवान् से बड़ा सुख और क्या हो सकता है।"

भुवनेश्वरी मुख से कुछ बोली नहीं; किंतु उसका मन जैसे चीत्कार कर रहा था, 'तू इतना सब क्यों जानता है बिलेह?...'

हरि के साथ नरेन्द्र एक वृक्ष की डाल पर बैठा झूला झूल रहा था। सहसा, झूलने अथवा शाखा को हिलाने में उसकी रुचि समाप्त हो गई। वह शाखा से उतर आया और बोला, "हरि! घर पर सब लोग किसी-न-किसी देवी-देवता की पूजा करते हैं—माँ काली, माँ दुर्गा, महादेव शिव, वासुदेव, श्रीकृष्ण, दशरथ नंदन राम...।"

"तो?" हरि ने पूछा।

"मेरी समझ में नहीं आता कि मैं किसकी पूजा करूँ!"

"इसमें समस्या क्या है," हरि बोला, "सब लोग अपने-अपने इष्टदेव की पूजा करते हैं, तुम भी अपने इष्टदेव की पूजा करो।"

"यही तो समझ नहीं पा रहा कि मेरा इष्टदेव कौन है?"

"अरे! जो तुझे सबसे अच्छा लगे।" हरि ने ज्ञानी बनकर कहा।

"अच्छा लगने और हितकर होने में अंतर है," नरेन्द्र बोला, "किसी को रसगुल्ले अच्छे लगते हैं, तो उसका अर्थ यह नहीं है कि वे उसके लिए हितकर भी हैं।"

हरि भौचक खड़ा रह गया। जाने यह बिलेह क्या कह रहा था। "यह सब मैं नहीं समझता।" हरि बोला, "मैं तो एक ही बात समझता हूँ कि जिसकी पूजा में मन लगे, उसी की पूजा करनी चाहिए।"

"मेरा मन रामकथा में बहुत लगता है।" नरेन्द्र बोला, "जैसा आनंद उसमें है, वैसा और किसी कथा में नहीं है।"

"तो ठीक है फिर।" हरि ने अपना निर्णय दे दिया, "भगवान् राम तुम्हारे इष्टदेव हुए। तुम सीता-राम की भक्ति करो।"

नरेन्द्र को उसकी बात भा गई, जैसे उसकी अपनी मनोकामना ही हरि के मुख से उच्चरित हुई हो। बोला, "सीता-राम! हाँ, यह ठीक है। मुझे तो हनुमान भी बहुत प्रिय हैं; किंतु सीता-राम की तो बात ही और है।"

"तो चल बिलेह! बाजार से सीता-राम की एक प्रतिमा ले आते हैं।" हरि ने सुझाव दिया,

''हम लोग किसी कमरे में उन्हें प्रतिष्ठित कर, उनकी पूजा करेंगे।''

नरेन्द्र जानता था कि हरि को बाजार जाकर खरीदारी करना बहुत पसंद था। वह तो कोई-न-कोई बहाना खोजता रहता था बाजार जाने का।···किंतु इस समय उसका ध्यान दूसरी ओर था। उसने चकित होकर पूछा, ''किसी कमरे में क्यों? पूजा-मंडप में क्यों नहीं?''

''अरे! घर के बड़े लोग बच्चों का कोई अधिकार मानते भी हैं? तुम्हारे घर का तो मुझे पता नहीं, किंतु अपने घर में तो मेरी एक नहीं चलती।'' हरि बोला, ''स्वयं जो भी करना चाहेंगे, करेंगे। जो वस्तु जहाँ रखना चाहेंगे, रखेंगे। बच्चों ने जरा-सा भी कुछ इधर-उधर किया तो डाँट पड़ी। वे चाहे अपने बरतन-भांडे भी पूजाघर में रख लें। कहेंगे, ठाकुर जी के बरतन हैं। किंतु, बच्चों को तो वे वहाँ देव-प्रतिमा भी नहीं रखने देंगे।'' हरि ने रुककर उसे ऐसे देखा, जैसे कोई रहस्य की बात बता रहा हो, ''मैं तो यही कहूँगा कि किसी को बताओ भी मत। नहीं तो प्रतिमा भी छिन जाएगी और डाँट भी पड़ेगी।''

''नहीं! मेरी माँ ऐसा नहीं करेंगी।'' नरेन्द्र बोला।

''अरे, माँ नहीं करेंगी तो बाबा करेंगे।'' हरि बोला, ''बाबा नहीं करेंगे तो ठाकुर दा करेंगे, नहीं तो काकू करेंगे। बच्चों पर तो सबको ही अधिकार होता है न!···मैं तो यही कहूँगा कि व्यर्थ ही जोखिम झेलने की क्या आवश्यकता है।''

नरेन्द्र को भी लगने लगा कि हरि ठीक ही कह रहा है। पर हरि कैसे जानता है कि उसके काकू, बुआ, ठाकुर दा, ठाकुर माँ—और इतने सारे लोग उसके तथा उसके इष्टदेव के साथ कैसा व्यवहार करेंगे।

नरेन्द्र ने चिंतित दृष्टि से हरि की ओर देखा, ''तो?''

''तो सारा काम गुप-चुप करते हैं।'' हरि बोला, ''चुपचाप बाजार से लाकर किसी एकांत स्थान में प्रतिमा प्रतिष्ठित करते हैं और शांति से बैठकर भक्ति करते हैं।''

नरेन्द्र सीधे-सीधे हरि से सहमत नहीं हो पा रहा था। छिपकर कोई काम करना उसकी प्रकृति नहीं थी। वह कोई दूषित कर्म तो कर नहीं रहा कि छिपकर करे···किंतु हरि···हरि ठीक ही कह रहा था कि व्यर्थ का जोखिम क्यों लें!···किंतु नरेन्द्र के मन का विरोध हरि के तर्क से शांत नहीं हुआ, वह उसकी अपनी ही अंतःप्रेरणा से विगलित हो गया···बाबा कहा करते थे कि ईसा ने बाइबल में कहा है कि भक्ति के नाम पर चौराहे पर खड़ा होकर आँसू मत बहा, जा किसी एकांत स्थान में छिपकर रो।···सारे ऋषि-मुनि भी तो वन के किसी एकांत स्थान पर ही तपस्या करते थे···तो फिर वे ही क्यों···।

''बिलेह! अरे बिलेह! कहाँ है तू?'' भुवनेश्वरी ने पुकारा।

वह उत्तर की प्रतीक्षा करती रही; किंतु जब कोई उत्तर नहीं आया तो उसने पुनः पुकारा, ''बिलेह! ओ बिलेह!''

वह चिंतित होकर कमरे से बाहर निकल, बरामदे में आ गई, ''कनक! ओ कनक! ओ री हीरा!''

स्वामिनी की पुकार सुनकर कनक और हीरा, विपरीत दिशाओं से हाँफती हुई आकर खड़ी हो गईं, ''क्या है बोऊदी?''

''बिलेह को देखा है कहीं?''

"नहीं तो।" कनक ने तत्काल उत्तर दिया।

हीरा ने भी उसे नहीं देखा था, किंतु वह मौन नहीं रही। उसने अनुमान भिड़ाया, "हरि के साथ होगा, और कहाँ होगा।"

कनक को भी उसका समर्थन करने में ही अपनी भलाई नजर आई। बोली, "हाँ! दोनों किसी एकांत कोने में बैठकर कोई नई खिचड़ी पका रहे होंगे।"

"अच्छा जाओ!" भुवनेश्वरी बोली, "उसे खोजकर लाओ। भोजन का समय कब का हो गया और वह आया ही नहीं है। जाने कहाँ ऊधम मचा रहा होगा।"

कनक और हीरा को भेजकर भी भुवनेश्वरी को शांति नहीं मिली। उसने अपनी दोनों बेटियों को पुकारा, "हरमोहिनी! अरी स्वर्णमयी!"

दोनों बहनों ने एक कमरे के द्वार से झाँककर देखा, "क्या है माँ?"

"बिलेह को देखा है कहीं?"

"हमारे पास नहीं है।" हरमोहिनी ने उत्तर दिया।

"तुम्हारे पास होता ही कब है!" भुवनेश्वरी खीझकर बोली, "पर तुमने उसे देखा है क्या?"

इस बार उत्तर स्वर्णमयी ने दिया, "नहीं माँ! हमने नहीं देखा।" उसने हरमोहिनी का वस्त्र खींचा और धीरे से बोली, "चल दीदी! नहीं तो माँ कोई काम बता देंगी।"

"नहीं देखा, तो जाओ उसे खोजो। ढूँढ़कर लाओ उसे।" भुवनेश्वरी ने आदेश दिया।

दोनों बहनें हतप्रभ-सी खड़ी रह गईं। उनका तो खेल अभी अधूरा पड़ा था। जाने यह बिलेह कहाँ होगा और उसे खोजने में कितना समय लगेगा···।

भुवनेश्वरी ने फिर पुकारा, "खोकोन! चारु!"

उसने ऊपर की ओर देखा, दोनों लड़के ऊपर से झाँक रहे थे।

"क्या काकी माँ! क्या बात है?"

"बिलेह को देखा है क्या?"

"नहीं, काकी माँ! नहीं देखा।"

"जरा देखो, कहाँ है।" भुवनेश्वरी बोली, "बहुत देर से दिखाई नहीं दिया!"

"अच्छा, काकी माँ!"

भुवनेश्वरी अपने कमरे में लौट आई। पर उसका मन अब भी शांत नहीं हुआ था। बिलेह कभी भी उससे इतनी देर तक दूर नहीं रहा था। या तो वह स्वयं ही कोई अनुरोध लेकर उसके पास आ जाया करता था, या भुवनेश्वरी की एक पुकार पर ही कहीं-न-कहीं से प्रकट हो जाता था; या फिर उसके विषय में किसी और से कोई सूचना मिल जाती थी।···किंतु आज तो एकदम भिन्न स्थिति थी। किसी ने भी यह नहीं कहा कि उसने बिलेह को कहीं देखा है। कहाँ निकल गया यह लड़का?···

सहसा चारु ऊपर की सीढ़ियों से धड़धड़ाता हुआ उतरकर आया, "काकी माँ! काकी माँ!"

"क्या है रे? कुछ पता चला?"

"उसका पता तो नहीं चला काकी माँ! किंतु सबसे ऊपर के तल्ले का एक कमरा भीतर से बंद है। बहुत खटखटाने और पुकारने पर भी न कोई भीतर से बोलता है, न कपाट खोलता है। हो सकता है बिलेह उसी कमरे में हो।"

"चलो! मैं देखती हूँ।" भुवनेश्वरी सहज भाव से उठकर बाहर आ गई। उसने देखा कि

हलचल उसके मन में ही नहीं थी; अब तक सारे घर में पर्याप्त कोलाहल मच चुका था। घर के बच्चों और नौकरों के साथ-साथ, उस समय घर में उपस्थित सारे वयस्क भी बिलेह की खोज के अभियान में सम्मिलित हो चुके थे; किंतु अभी तक कोई भी बिलेह को खोज नहीं पाया था।...पर यदि बिलेह उस बंद कमरे में हो भी, तो वह वहाँ क्या कर रहा था? पुकारने और द्वार खटखटाने पर वह बोलता क्यों नहीं?...हे वीरेश्वर महादेव! मेरा पुत्र सकुशल हो।...

भुवनेश्वरी कमरे के द्वार तक आ गई। द्वार पर भीड़-सी लग गई थी। कदाचित् घर में उपस्थित सारे लोग उसी द्वार के सामने एकत्रित हो गए थे। चेहरों पर उत्सुकता भी थी, जिज्ञासा भी और घबराहट भी।

भुवनेश्वरी ने कपाट खटखटाए और पुकारा, "बिलेह! ओ बिलेह! तू कमरे में है क्या?...अरे, दरवाजा नहीं खोलता तो इतना तो बता दे कि तू कमरे में है तो!"

भीतर से कोई उत्तर नहीं आया।

जैसे-जैसे समय व्यतीत होता जा रहा था, भुवनेश्वरी की घबराहट बढ़ती जा रही थी। जाने भीतर कौन है!...कोई भी हो, उसे बोलना तो चाहिए।...सहसा भुवनेश्वरी नौकर की ओर घूमी, "जा! जाकर नीचे से कुल्हाड़ी ले आ। दरवाजे का कुंडा तोड़ दे। कुंडा नहीं टूटता, तो कपाट चीर दे।"

नौकर चला गया। भुवनेश्वरी की घबराहट अकस्मात् ही कई गुना बढ़ गई थी। उसे आज तक नरेन्द्र की शरारतों से कभी ऐसी परेशानी नहीं हुई थी। किंतु यह क्या खेल हुआ, कमरे में घुसकर बैठ गए और किसी प्रकार का कोई उत्तर नहीं। चाहे माँ के प्राण ही निकल जाएँ।

नौकर कुल्हाड़ी ले आया। उसने उलटी कुल्हाड़ी से द्वार के उस स्थान पर प्रहार करना आरंभ किया, जहाँ से भीतर कुंडी लगी होने की संभावना थी। उसका अनुमान ठीक निकला। चिटकनी उखड़ गई और कपाट खुल गए।

जब तक कपाट खुलते और कोई भीतर झाँकता, हरि आँधी-तूफान के समान कमरे से निकलकर भाग गया। कोई इतना सन्नद्ध नहीं था कि उसे पकड़ पाता, और वैसे भी किसी को उसे पकड़ने में कोई रुचि नहीं थी।

भुवनेश्वरी ने सबसे पहले कमरे में प्रवेश किया। नरेन्द्र वहाँ बैठा था। एक चौकी पर सीता-राम की युगल मूर्ति प्रतिष्ठित थी। उनके सामने पुष्प रखे हुए थे और धूप जलाया गया था—जैसे अभी-अभी उनकी पूजा की गई हो। उनके सम्मुख नरेन्द्र ध्यानमग्न बैठा था। इस सारी चीख-पुकार, कोलाहल, द्वार के टूटने और इतने सारे लोगों के कमरे में घुस आने का उसके ध्यान पर कोई प्रभाव नहीं पड़ा था।

भुवनेश्वरी ठिठकी : यह लड़का पाखंड कर रहा है, या सचमुच ही इतने गहन ध्यान में बैठा है?...या वाल्मीकि का अवतार है क्या?...

उसने निकट जाकर पुकारा, "बिलेह! ओ बिलेह! वीरेश्वर! नरेन्द्र!"

नरेन्द्र पर भुवनेश्वरी के किसी भी संबोधन का कोई प्रभाव नहीं हुआ, जैसे माँ का स्वर उस तक पहुँच ही नहीं रहा था। व्याकुल होकर भुवनेश्वरी ने उसका कंधा पकड़कर हिलाया, "बिलेह!"

नरेन्द्र के शरीर में स्पंदन जागा, किंतु ऐसे नहीं, जैसे जड़ में प्राण आएँ या अचेतन में चेतना जागे; उसका शरीर तो ऐसे काँपा था, जैसे कोई प्राणी असह्य पीड़ा में तड़पता है।

उसने धीरे से पलकें झपकीं।

"बिलेह!" भुवनेश्वरी ने पुनः पुकारा।

नरेन्द्र की आँखें पूरी खुल गईं; किंतु शरीर अभी पर्याप्त स्थिर था। उसके चेहरे पर गंभीरता ही नहीं, अधिकार का भाव था। उसने आदेशात्मक स्वर में कहा, "ध्यान में विघ्न मत डालो माँ! मुझे यहाँ अकेला छोड़ दो।"

भुवनेश्वरी की आँखें विस्फारित हो उठीं : क्या हो गया है इस लड़के को? वह होश में तो है? उसने पुनः पुकारा, "बिलेह!"

"जाओ माँ! मुझे अकेला छोड़ दो।" नरेन्द्र जैसे पूर्णतः चैतन्य होकर बोल रहा था, "सब लोगों को ले जाओ यहाँ से। इस कमरे में कोई नहीं ठहरे!"

उसके स्वर के अधिकार से भुवनेश्वरी स्तंभित रह गई। मुख से एक भी शब्द कहे बिना, वह बाहर की ओर चल पड़ी। उसने संकेत से सबको अपने पीछे आने के लिए कहा और सबको कमरे से निकालकर उसने स्वयं अपने हाथों से कपाट भिड़ा दिए।

यह नरेन्द्र की कोई शरारत नहीं थी—भुवनेश्वरी सोच रही थी—वह ध्यान कर रहा था; और ध्यान करने में कोई बुराई नहीं थी।···किंतु फिर भी भुवनेश्वरी का मन इतना आशंकित क्यों था? किस बात से डरती है वह?···गृहस्थ भी पूजा-उपासना करते हैं। पूजा से कोई हानि नहीं होती···नहीं! वह साधारण नहीं था। उसमें कुछ भी अशुभ नहीं था; किंतु वह असाधारण अवश्य था।···और भुवनेश्वरी अच्छी तरह जानती है कि नरेन्द्र की किसी भी असाधारणता से वह डर जाती है।···

नरेन्द्र अपने साईस के साथ खेल रहा था। आज साईस की रुचि अपने घोड़ों में न होकर नरेन्द्र की गाय में अधिक थी।

"अच्छा बिलेह मोशाय!" साईस ने पूछा, "आज आपकी गाय ने जो बछड़ा दिया है, वह कैसा है?"

"बहुत सुंदर है—उजला-उजला। खूब शक्तिशाली है।" नरेन्द्र बोला, "कूदता है, तो धरती को हिला देता है। मुझे बहुत अच्छा लगता है। महादेव के नन्दी-सा।"

"अच्छा! तुम उसका क्या करोगे?" साईस ने चर्चा आगे बढ़ाई।

"अभी ठीक से सोचा नहीं है," नरेन्द्र ने गंभीर चिंतन की मुद्रा बनाई, "पर सोचता हूँ कि इसका विवाह कर दूँ।"

"विवाह!" साईस चौंका, "विवाह ही क्यों?"

"दीदी रोज अपनी गुड़िया का विवाह करती है, और मुझे चिढ़ाती है।" नरेन्द्र ने रहस्य खोला, "मेरे पास ऐसा कुछ भी नहीं है, जिसका विवाह कर सकूँ। अब सोचता हूँ, इस बछड़े का ही विवाह कर दूँ।"

"पर विवाह तो कोई अच्छी बात नहीं है।" साईस के मन की कोई दबी पीड़ा बोली। उसका स्वर पूर्णतः गंभीर हो गया था और अब तक की परिहास की उसकी मुद्रा विलीन हो चुकी थी।

"क्यों?" नरेन्द्र चकित था कि साईस ने ऐसा क्यों कहा। उसके आसपास के सारे वयस्क लोग विवाहित थे, और बड़े होने पर सबका विवाह होता ही था। तो फिर···

"तुम नहीं जानते बिलेह बाबू! कि विवाह मनुष्य के लिए कितना बड़ा अभिशाप है। विवाह का अर्थ है—व्यक्ति को किसी एक खूँटे से बाँध देना। किसी काम का नहीं रह जाता मनुष्य, विवाह के बाद। न अपनी कोई इच्छा, न अपना कोई काम। बस, जोरू की गुलामी करता रहे। जोरू बच्चा

पैदा करती रहे; और यह उनको पालने के लिए दिन-रात खटता रहे। फिर भी समय-समय पर वह रूठती रहे और पति की कटु आलोचना करती रहे। पुरुष के विवाह करने का अर्थ है कि उसके गले में कुत्ते के समान पट्टा डालकर किसी स्त्री के हाथ में पकड़ा देना। जैसा वह कहे, वैसा करो। उठने को कहे तो उठो, बैठने को कहे तो बैठो। जो खाने को दे—वह खा लो। जिस पर कहे—उस पर गुर्राओ; और जब डाँटे तो अपनी दुम टाँगों में दबाकर घिघियाओ।"

नरेन्द्र के चेहरे पर आतंक के लक्षण प्रकट हुए, "इतनी बुरी चीज है विवाह?"

"इतनी?" साईस ने कुछ आवेश में कहा, "अरे, इससे भी बहुत अधिक बुरी। नरक बुरा स्थान है न, बिलेह बाबू?"

"हाँ।" नरेन्द्र ने सिर हिलाकर कहा।

"यह तो सब जानते हैं; किंतु क्या कोई वर्णन कर सकता है कि वह कितना बुरा, भयानक और कष्टदायक स्थान है?" साईस ने उससे पूछा, "लोग वर्णन करते हैं, पर वह वर्णन तो केवल थोड़े से लक्षण ही हैं न! वैसे ही विवाह के कुछ दोष तो बताए जा सकते हैं, किंतु वस्तुतः वह कितनी बुरी चीज है, यह तो वही जानता है जिसका विवाह हो चुका है। पर बेचारा क्या करे—अब, जब हो ही गया है, तो किया ही क्या जा सकता है। उससे निकलने का प्रयत्न करेगा तो कष्ट उठाएगा। जब घोड़े को बग्घी में जोत देते हैं तो उसके सामने एक ही मार्ग है कि वह स्वामी के आदेश पर चुपचाप दौड़ता चले। यदि इधर-उधर कुछ करेगा तो मालिक साँटे मार-मारकर खाल उधेड़ देगा। विवाह भी बग्घी में जुतने के ही समान है बिलेह बाबू।"

नरेन्द्र के चेहरे पर ऐसे भाव थे, जैसे उसके हाथ में पकड़ी हुई रस्सी के विषय में किसी ने अचानक उसे बता दिया हो कि वह साँप है। उसके मुख से अनायास निकला, "पर विवाह तो सब करते हैं।"

"सब तो मरते भी हैं," साईस बोला, "पर जान-बूझकर मरना कोई अच्छी बात है क्या?"

नरेन्द्र अवाक् खड़ा, थोड़ी देर तक उसकी ओर देखता रहा; और अंत में उसने अपनी शंका कह ही डाली, "पर कोई विवाह की निंदा तो करता ही नहीं। सब कितने प्रसन्न दिखाई देते हैं।"

"विवाह करके भी जो प्रसन्न दिखाई दे न, समझ लो कि वह झूठ बोल रहा है," साईस बोला, "और दूसरों को मूर्ख बना रहा है।"

नरेन्द्र अपनी आँखों से साईस को, और अपनी बुद्धि से उसके तर्क को तौलता रहा, और फिर जैसे उसने बहुत प्रयत्नपूर्वक कहा, "मेरे बाबा ने भी तो विवाह किया है।"

साईस तनिक भी हतप्रभ नहीं हुआ। वह जानता था कि अब जो कुछ वह कहेगा, अपने स्वामी के विषय में कहेगा, फिर भी वह उसी साहस और आवेश के साथ बोला, "तो दिन-भर खटते ही तो रहते हैं। सारे परिवार के लिए धन कमाते हैं। अपने चाचा के लिए, चाची के लिए, उनके बच्चों के लिए, पत्नी के लिए, अपने बच्चों के लिए, रिश्तेदारों-संबंधियों के लिए, अतिथियों के लिए, आश्रितों के लिए। उनके कमाए धन से सब खाते-पीते, ओढ़ते-बिछाते हैं और टाँगें पसारकर सोते हैं; और कभी अपने बाबा को भी आराम करते देखा है तुमने?"

"नहीं!" नरेन्द्र बोला।

"एक तो वे कलकत्ता से ही बाहर रहते हैं···और यदि कलकत्ता में हों भी, तो दिन-भर कचहरी, दफ्तर, मुवक्किल, मुकदमा।···विवाह न किया होता, तो इतना सब करने की कोई आवश्यकता नहीं थी। तानकर सोते दिन-भर।"

नरेन्द्र ने अपनी उत्तेजना में कुछ और ऊपर तक जाते हुए कहा, "मेरे दादा ने भी तो विवाह किया था।"

"हाँ! ठीक बताया तुमने।" साईस ने जैसे प्रतिघात किया, "उन्होंने विवाह के बंधन से छूटने का प्रयत्न किया तो घर छोड़कर भागना पड़ा। विवाह न किया होता, तो क्या आवश्यकता थी, घर छोड़कर भागने की, संन्यासी बनने की, घर-घर, द्वार-द्वार भीख माँगने की? विवाह के कारण ही तो।"

साईस के इन तर्कों के सम्मुख नरेन्द्र निरुत्तर था; किंतु उसका मन लगातार विद्रोह कर रहा था। वह मानना नहीं चाहता था, कि इतने अच्छे-अच्छे भले लोगों ने जो कुछ किया है, वह इतना हीन कार्य है। उसकी इच्छा हो रही थी कि उसे कोई ऐसा तर्क या उदाहरण मिल जाए, जिससे वह सिद्ध कर सके कि साईस जो कुछ भी कह रहा है, वह सत्य नहीं है। वह भीतर ही भीतर बहुत कुछ बुनता रहा, और अंत में जैसे साईस के सारे तर्कों को ध्वस्त करने के लिए उसने गोला दागा, "विवाह तो प्रभु रामचंद्र ने भी किया था।"

साईस समझ गया कि नरेन्द्र अब तक किस कारण से विवाह के पक्ष में प्रमाण जुटाता आ रहा था; किंतु इस अंतिम प्रमाण को भी उसने अपने पक्ष में मोड़ लिया, "तो उन्होंने ही कौन-सा सुख पाया? सीता के कहने पर स्वर्णमृग लेने गए या नहीं?" उसने रुककर नरेन्द्र पर एक भरपूर दृष्टि डाली, "यही सार है बिलेह! वैवाहिक जीवन का। स्त्री स्वर्णमृग माँगती है, और पुरुष वन-वन भटकता है।"

इस तर्क के सम्मुख, नरेन्द्र पराजित तो हो गया; किंतु वह इस पराजय को पचा नहीं पा रहा था। अंतिम क्षण तक संघर्ष करने की भावना से बोला, "फिर भी राम अपनी पत्नी से प्रेम तो करते थे।"

"तो विवाहित पुरुष और कर ही क्या सकता है?" साईस हँसा, "विवाह करते ही, वह सर्वथा सांसारिक जीव हो जाता है।"

नरेन्द्र पुनः अवाक् हो गया था। अब उसके पास न कोई तर्क था, न प्रमाण। जब राम ने भी विवाह कर कष्ट ही पाया, तो किसी और की बात ही क्या।...

वह उदास-सा सिर लटकाए, घर के भीतर चला गया। धीरे-धीरे सीढ़ियाँ चढ़ता हुआ वह छत पर जा पहुँचा। उसने सीता-राम की युगल मूर्ति को पीड़ित दृष्टि से देखा। उसकी आँखों में अश्रु थे और हृदय में वेदना, जैसे कोई उसके हृदय को आरी से धीरे-धीरे चीर रहा हो।...उसने एक बार भी न तो प्रतिमा के सम्मुख हाथ जोड़े और न उसके सम्मुख मस्तक ही झुकाया। अश्रु भरी आँखों से प्रतिमा को देखता रहा, जैसे कोई अगले ही क्षण बिछुड़ जाने वाले आत्मीयजनों को देखता है।...सहसा उसके कंठ से सिसकियाँ फूट पड़ीं और पलकों में अटके अश्रु गालों पर आ गए।

अब उसके पास सिवाय अपनी माँ के और कोई आश्रय नहीं था।

भुवनेश्वरी ने नरेन्द्र को इस प्रकार रोते देखा तो घबरा उठी—यह इस प्रकार क्यों रो रहा है, जैसे कोई असह्य पीड़ा हो।

"क्या हुआ बिलेह? क्या बात है बेटा! तू रो क्यों रहा है?"

"माँ! सीता-रात मेरे आराध्यदेव हैं।" नरेन्द्र बोला।

"हाँ, बेटा! तो?"

नरेन्द्र जैसे तड़पकर, आवेश और रोष के साथ बोला, "किंतु वे तो विवाहित हैं। विवाह के पश्चात् व्यक्ति सांसारिक हो जाता है। सांसारिक व्यक्ति की आराधना कैसे की जा सकती है?"

नन्हे-से बच्चे के मुख से फिर वही भारी-भरकम प्रश्न!...भुवनेश्वरी ने सोचा... पता नहीं, यह लड़का ऐसे शास्त्रीय प्रश्न कहाँ से निकाल लाता है।...

"तुझे उनकी आराधना नहीं करनी, तो मत कर," उसने पुत्र को सांत्वना दी, "किंतु उन्हें सांसारिक व्यक्ति तो मत कह। वे तो अवतार थे—लीला करने के लिए मनुष्य बनकर आए थे।"

"जो भी है। मैं उनकी आराधना नहीं करूँगा।" नरेन्द्र ने आक्रोशपूर्वक कहा।

"मत कर।"

"तो मैं किसकी आराधना करूँ?"

भुवनेश्वरी उसकी ओर देखती रह गई। वह उसकी पीड़ा समझ रही थी। वह आस्था के टूटने की पीड़ा का अनुभव कर रहा था। संभव है, वह यह भी न समझ रहा हो कि उसका दुःख क्या है। किंतु आस्थाओं के टूटने की पीड़ा तो बड़े-बड़े नरपुंगव भी नहीं झेल पाते, यह बेचारा तो छोटा-सा बालक है। तभी तो वह रोता हुआ, माँ के पास आया था। इस संकट से तो उसे उबारना ही होगा। बोली, "तू उनकी आराधना कर पुत्र! जो कभी सांसारिक नहीं हुए। विवाह करके भी नहीं। पत्नी के होते हुए भी वे तपस्या ही करते रहे। जो गृहस्थ होकर भी कभी घर में नहीं रहे...।"

नरेन्द्र को माँ के शब्दों में आशा की किरण दिखाई दी।...अभी सब कुछ समाप्त नहीं हुआ था। कोई मार्ग तो शेष था।

"तू महादेव शिव की उपासना कर पुत्र! तू वीरेश्वर शिव की भक्ति कर!"

नरेन्द्र आश्वस्त तो हुआ, किंतु उसके सारे संशय अभी मिटे नहीं थे। उसने कहा, "पर मेरे पास तो उनकी प्रतिमा नहीं है माँ?"

भुवनेश्वरी ने अपने आँचल के छोर में बँधे पैसे निकालकर उसे दिए, "ले! हरि को साथ ले जा; और हाट से प्रतिमा ले आ।"

नरेन्द्र चला गया तो भुवनेश्वरी एक दूसरी ही चिंता में डूब गई : उसने अपने पुत्र की दुविधा का तो समाधान कर दिया था; किंतु उसके अपने द्वंद्वों का क्या होगा? वह अपने पुत्र को अच्छे संस्कार देने के प्रयत्न में उसे भगवान् की ओर प्रेरित करती है; किंतु भगवान् के प्रति बिलेह का इतना अनुराग, उसे आशंकित कर देता है।...क्या वह इस संसार का जीव नहीं है?...इस छोटी-सी अवस्था में भी भगवान् की आराधना उसकी इतनी बड़ी आवश्यकता है कि उसके बिना वह जी नहीं सकता?...और फिर रघुवीर की उपासना करते हुए मन में गृहस्थी का विरोध तो नहीं पनपता; किंतु महादेव शिव तो वैराग्य और संन्यास की ओर ही आकृष्ट करेंगे। वह चौंकी : वह स्वयं भी तो वीरेश्वर महादेव की उपासना करती रही है; पर उसके मन में तो कभी वैराग्य नहीं जागा।...नहीं! उसकी बात और है। उसके दादा संन्यासी नहीं थे। वह किसी संन्यासी का रूप-रंग लेकर भी नहीं जन्मी थी।...फिर, उसने तो महादेव से अपने लिए एक पुत्र माँगा था, जिससे संसार में उसकी आसक्ति बढ़े, वैराग्य नहीं।... किंतु यह बिलेह! कहीं ऐसा तो नहीं कि भुवनेश्वरी ने एक छोटी समस्या को टालने के लिए, एक बड़ी समस्या को आमंत्रित कर लिया हो?

7

कथावाचक, पूजामंडप में बैठा, रामकथा सुना रहा था–

"अतुलित बलं धामं हेम शैलाभ देहं
दनुज वन कृशानुं ज्ञानिमग्रगण्यम्।
सकल गुण निधानं वानराणामधीशं
रघुपतिप्रिय भक्तं वात जातं नमामि।।
सुनहु मातु मोहि अतिसय भूखा। लागि देखि सुंदर फल रूखा।"

और कथावाचक ने अपनी व्याख्या आरंभ की, "हनुमान जी इतनी दूर से समुद्र पार करके आए थे। लंका में भी बहुत भटके थे। वे बुरी तरह थक गए थे और उन्हें भूख भी लग आई थी। अशोक वाटिका में फलों के अनेक वृक्ष थे। और उनमें हनुमान जी के प्रिय फल केले के भी असंख्य वृक्ष थे। उनका मन ललचा गया। बोले, "सुनो माता! फलों के सुंदर वृक्ष देखकर, मुझे बहुत भूख लग आई है···।"

नरेन्द्र के मन में एक विचित्र हलचल मची हुई थी। क्या यह संभव है कि आम के रहते हुए हनुमान जी को केला इतना प्रिय हो। उसने बहुत प्रयत्न किया कि यह समस्या उसके अपने भीतर ही रहे। अवसर मिलने पर वह उसे अपने आप सुलझा लेगा; किंतु पंडित जी ने केले के प्रति हनुमान जी के मोह का कुछ इस प्रकार वर्णन किया था कि नरेन्द्र अपना दमन नहीं कर पाया। कथावाचक को बीच में ही टोककर उसने पूछा, "पंडित जी! क्या हनुमान जी को सारे फलों में से केला ही प्रिय था? क्या उन्हें आम अच्छा नहीं लगता था?"

कथावाचक अपने मन की तरंग में था। उसने इस बात की चिंता ही नहीं की कि बालक का वास्तविक प्रश्न क्या था, और उसकी जिज्ञासा का मूल कारण क्या था। वह तो कथावाचक था। आज तक वाग्जाल ही रचता आया था। सत्य का अन्वेषण, उसका लक्ष्य कभी नहीं रहा था। और फिर इस समय तो प्रश्नकर्ता एक छोटा बालक था। उसके प्रश्न का कोई गंभीर समाधान क्या करना। बालक है, तो परिहास के ही योग्य है।

वह उसी मुद्रा में बोलता चला गया, "प्रिय! अरे, बहुत प्रिय हैं। उन्हें केले का फल इतना प्रिय है कि उनका वश चले तो और कुछ खाएँ ही नहीं। खाना तो खाना, उन्हें तो केले के बगीचे में रहना भी उतना ही प्रिय है। कदली-वन उनका प्रिय स्थान है। उन्होंने अपना निवास भी केले के बगीचे में ही बना रखा है। कुटिया के आगे केले, तो पीछे भी केले। द्वार खोलें तो केला ही दिखाई दे। गवाक्ष से देखें तो आकाश के बदले केला ही सुझाई दे। वे केले के इतने निकट रहते हैं कि जब हाथ बढ़ाया, केला तोड़ा और खा लिया···।"

नरेन्द्र को अन्य सूचनाओं में कोई रुचि नहीं थी। उसका मन तो इसी बात पर अटक गया था कि हनुमान जी केले के बगीचे में रहते हैं। उसकी उत्सुकता अपनी चरम सीमा पर थी। यह पहला अवसर था कि उसे किसी देवी-देवता के आवास के इतने निश्चित और इतने निकट होने का आभास मिला था। यदि हनुमान जी केले के बगीचे में रहते हैं, तो उनसे मिला भी जा सकता है।

वह अपनी उत्कंठा में बोला, "केले के बगीचे में रहते हैं हनुमान जी?"

कथावाचक महोदय अभी तक अपनी परिहास-मुद्रा में से उबरे नहीं थे। बोले, "और क्या उन्होंने कोई कोठी बनवाई है, जमींदारों के समान। वे तो वानर हैं। वानर पेड़ों पर ही रहता है। हनुमान जी को केले का वृक्ष पसंद है। इसलिए केले के बगीचे में रहते हैं।"

नरेन्द्र अब तक अपनी जिज्ञासा और उत्सुकता की उत्तेजना में सारा संसार भूल गया था। उसके मन में तो केवल एक ही वाक्य गूँज रहा था कि हनुमान जी केले के बगीचे में रहते हैं। उचककर बोला, "किस बगीचे में?"

"वे सर्वव्यापी हैं खोखा।" कथावाचक हँसा, "जहाँ भी केले का बगीचा होगा, वहाँ हनुमान जी भी होंगे।"

नरेन्द्र शांत नहीं हो पा रहा था। जैसे-जैसे उसे अपने प्रश्नों के उत्तर मिलते जा रहे थे और हनुमान जी से उसकी भेंट की संभावना बढ़ती जा रही थी, उसकी उत्तेजना में भी वृद्धि होती जा रही थी, "मैं केले के बगीचे में जाऊँगा, तो मुझे हनुमान जी वहाँ मिल जाएँगे?"

कथावाचक मुक्त कंठ से हँसा, "अवश्य मिल जाएँगे। और किसी को मिलें या न मिलें, तुम्हें तो मिल ही जाएँगे।"...और इस प्रश्नावली से अपना पीछा छुड़ाकर वह पुनः गाने लगा—

"सुनहु मातु मोहि अतिसय भूखा।
लागि देखि सुंदर फल रूखा।।
सुनु सुत करहिं बिपिन रखवारी।
पर सुभट रजनीचर भारी।।..."

नरेन्द्र ने और कोई प्रश्न नहीं पूछा। उसने उसके बाद की कथा भी नहीं सुनी। उसके मन में एक योजना आकार ले रही थी। उसने निश्चय कर लिया था कि अब उसे हनुमान जी से मिलना ही था। देव-दर्शन की प्रसन्नता तो थी ही, साथ-ही-साथ उसे अपनी अनेक जिज्ञासाओं का समाधान भी उनसे पाना था...यदि विवाह इतनी ही बुरी चीज है जितनी कि साईस बताता है, तो सर्वज्ञ होते हुए भी भगवान् राम ने विवाह क्यों किया? और भगवान् के विवाहित होते हुए भी उनके अनन्य भक्त हनुमान् ब्रह्मचारी क्यों रहे? उन्होंने अपने भगवान् की ही परंपरा का पालन क्यों नहीं किया? एक ब्रह्मचारी एक विवाहित स्त्री-पुरुष की आराधना कैसे कर सकता है?...

नरेन्द्र को लग रहा था कि हनुमान जी के मिलते ही उसकी इन सारी समस्याओं का समाधान हो जाएगा। और वह एक बार फिर से साईस को बता सकेगा कि विवाह में क्या-क्या गुण-दोष हैं और प्रभु रामचंद्र ने सर्वज्ञ होते हुए भी विवाह क्यों किया। शायद उससे उसके पिता और पितामह का दोष भी कुछ कम हो जाए।...

उधर कथा होती रही और इधर नरेन्द्र की योजना का प्रासाद खड़ा होता गया। उसने पूर्ण निश्चय कर लिया था कि वह किस बगीचे में जाएगा, कहाँ बैठेगा; और हनुमान जी से किस प्रकार अपने प्रश्नों का उत्तर माँगेगा। यदि संभव हुआ तो वह उनसे यह भी पूछेगा कि उन्हें आम की तुलना में केला क्यों अधिक पसंद है। और यदि उन्होंने कोई नई और अनोखी बात बताई तो वह उनकी अनुमति से उन्हीं के बगीचे का केला तोड़कर खाएगा और देखेगा कि क्या सचमुच वह केला इतना स्वादिष्ट है कि देवताओं का मन भी लुभा सके।...

अगले दिन प्रातः ही सबकी नजर बचाकर, नरेन्द्र घर के पास के केले के एक बगीचे में आसन जमाकर बैठ गया। पहले तो उसने यही सोचा था कि वह चुपचाप बैठा रहेगा और हनुमान

जी के आने पर, उनके पीछे से, जोर से चिल्लाकर उन्हें चौंका देगा; किंतु फिर उसने स्वयं ही अपनी यह योजना स्थगित कर दी। हनुमान जी उसके कोई मित्र तो थे नहीं कि वह उनसे इस प्रकार का खेल करता। वे तो भगवान् राम के अनन्य भक्त थे। इतने बड़े भक्त से शायद इस प्रकार नहीं मिलना चाहिए। उनका तो ध्यान करना चाहिए, जैसे भगवान् का ध्यान किया जाता है।···या शायद उनका जप करना चाहिए। हो सकता है कि जप के कारण वे शीघ्र प्रकट हो जाएँ। जब वह उनको बुलाएगा, तो वे जहाँ कहीं भी होंगे, उसकी पुकार सुनकर जल्दी लौट आएँगे।

नरेन्द्र एक पेड़ के नीचे पालथी मारकर बैठ गया और हनुमान जी का ध्यान करने लगा :

"जय हनुमान ज्ञान-गुन-सागर। जय कपीस तिहुँ लोक उजागर।।
रामदूत अतुलित बल धामा। अंजनि-पुत्र पवन-सुत नामा।।
महावीर विक्रम बजरंगी। कुमति निवार सुमति के संगी।।··"

समय बीतता गया और न हनुमान जी कहीं बाहर से लौटे और न बगीचे में से ही कहीं प्रकट हुए। कठिनाई यह भी थी कि बगीचे में कहीं कोई कुटिया नहीं थी, जिसे नरेन्द्र हनुमान जी की कुटिया मान लेता। उसे बार-बार लगता था कि अभी किसी पेड़ की कोई शाखा हिलेगी और उसे हनुमान जी दिखाई दे जाएँगे; या फिर ऊपर आकाश की ओर कोई शब्द होगा; वह दृष्टि उठाकर देखेगा तो उसे आकाश से उतरते हुए हनुमान जी दिखाई पड़ेंगे। वह बार-बार आकाश की ओर देखता था; बार-बार आँखें मूँदकर हनुमान जी का ध्यान करता था; बार-बार स्मरण की हुई किसी पंक्ति का जाप करता था, किंतु हनुमान जी किसी भी प्रकार प्रकट नहीं हो रहे थे।

समय के बीतने के साथ-साथ नरेन्द्र के मन की आशा क्षीण होती गई और उसके स्थान पर निराशा का प्रसार होता गया। अंततः वह अपने स्थान से उठ खड़ा हुआ; और उदास-सा, अपने पाँव घसीटता हुआ, घर की ओर चल पड़ा।

घर पहुँचकर वह सीधा माँ के पास पहुँचा। और था ही कौन जिसके सम्मुख वह अपने मन की पीड़ा प्रकट करता। उसे देखते ही भुवनेश्वरी समझ गई कि उसके साथ कुछ बहुत ही प्रतिकूल घटित हो गया है। उसने पूछा, "क्या हुआ बिलेह? तू इतना दुखी क्यों है?"

नरेन्द्र ने पहले तो अपनी आँखों से ही अपनी बात कहनी चाही···किंतु इतना आत्मदमन कर नहीं सका। उसके मन में देर से जमा हुआ एक वाक्य अनायास ही मुख से फिसल गया, "लोग बहुत झूठे हैं माँ।"

भुवनेश्वरी ने उसे आश्चर्य से देखा, "कौन झूठ बोलता है रे? बता तो।"

नरेन्द्र अत्यंत कटुता के साथ बोला, "कथावाचक महाशय! सुनाते हैं भगवान् की कथा और एकदम झूठ बोलते हैं।"

भुवनेश्वरी स्तब्ध रह गई।···नरेन्द्र किसी बालक के विषय में ऐसी शिकायत करता तो कोई बात नहीं थी, किंतु वह तो कथावाचक पर ऐसा भीषण आरोप लगा रहा था। यह अकारण नहीं होना चाहिए, "कथावाचक! उन्होंने क्या झूठ कहा है?"

"हनुमान जी केले के बगीचे में रहते हैं माँ! क्या यह सत्य है? मैं प्रातः से दोपहर तक केले के बगीचे में बैठा रहा। हनुमान जी मुझे तो कहीं भी दिखाई नहीं दिए।" नरेन्द्र बोला, "मैंने उन्हें बहुत पुकारा। उनका ध्यान भी किया; किंतु वे मेरे सम्मुख प्रकट नहीं हुए। यदि वे केले के बगीचे

में रहते तो क्या मुझसे छिपे रह जाते?"

भुवनेश्वरी समझ गई। कथावाचक का परिहास नरेन्द्र के लिए परिहास नहीं था।...वह नरेन्द्र की गंभीरता से सहम गई।...वह उसे बताना चाहती थी कि संसार में सामान्य लोग अपने विश्वासों तथा अपनी निष्ठाओं में, इतने गंभीर नहीं होते। न ही वे अपने वचन को इस प्रकार तौलकर बोलते हैं।...किंतु यदि वह उसे यह बताती कि उसकी इस अत्यंत गंभीर और निष्ठावान जिज्ञासा को कथावाचक ने अपने परिहास और वाचालता में उड़ा दिया था, तो निश्चित रूप से नरेन्द्र को धक्का लगता। जैसा उग्र लड़का वह है, जाने उसकी प्रतिक्रिया कितनी उग्र हो।...वह यह भी नहीं चाहती थी कि कथावाचक अथवा अन्य धार्मिक लोगों के प्रति नरेन्द्र कोई ऐसी धारणा बना ले कि फिर कभी वह उनका सम्मान ही न कर सके। वह स्वयं को सँभालती हुई बोली, "कथावाचक ने झूठ नहीं कहा था पुत्र। बहुत संभव है कि हनुमान जी भगवान् राम का कोई काम करने के लिए बहुत दूर गए हुए हों। वे तो रामजी के सेवक हैं। सेवक आराम से अपने घर में ही तो टिका नहीं रह सकता।"

"तो क्या रात को भी अपने घर नहीं आएँगे," नरेन्द्र ने पूछा, "जैसे बाबा आ जाते हैं?"

"कभी-कभी तुम्हारे बाबा को भी अपने काम से दूसरे नगरों में जाना पड़ता है।" भुवनेश्वरी बोली, "हो सकता है कि हनुमान जी भी कहीं बहुत दूर गए हों। और कई दिनों तक वापस अपने घर लौट न पाएँ। तुम्हारे बाबा तो वहीं तक जाते हैं, जहाँ तक हाईकोर्ट का प्रसार है; किंतु भगवान् राम की सृष्टि की तो कोई सीमा ही नहीं है पुत्र! हनुमान जी को तो भगवान् राम की सारी सृष्टि में घूमना पड़ता है।"

नरेन्द्र की चिंता ने एक नया मोड़ ले लिया। उसने यह तो सोचा ही नहीं था; पर कथावाचक ने भी तो ऐसी किसी संभावना की चर्चा नहीं की थी। ऐसे तो हनुमान जी से मिलना बहुत कठिन होगा। जाने वे कब घर लौटें और फिर कब काम से पुनः बाहर चले जाएँ। इससे तो उसे उस देवता की ही उपासना करनी चाहिए, जो कम-से-कम अपने स्थान पर तो मिलता हो। वह स्थान नरेन्द्र के घर के पास न हो। दूर हो, बहुत दूर, फिर भी जब नरेन्द्र बड़ा होकर उस स्थान पर पहुँचे, तो देवता वहाँ वर्तमान तो हों। ऐसा न हो कि आज की वाटिका-यात्रा के समान बड़े होकर उसकी लंबी यात्राएँ भी निष्फल जाएँ।

"महादेव शिव तो कहीं नहीं जाते माँ! वे तो किसी के सेवक नहीं हैं न?" उसने पूछा।

भुवनेश्वरी को लगा कि अपनी हताशा में से निकलने के लिए नरेन्द्र स्वयं ही एक मार्ग सुझा रहा है। उसे अच्छा लगा। बोली, "हाँ! महादेव शिव कहीं नहीं जाते। वे कैलास पर्वत पर ही रहते हैं।...पर तू कैलास पर्वत पर नहीं जा सकेगा मेरे लाल! वह बहुत दूर है और बहुत ऊँचा है। वहाँ ऐसी बर्फ जमी रहती है, जिसमें मनुष्य का रक्त भी जमकर बर्फ हो जाता है।"

"मैं कैलास पर्वत पर नहीं जा रहा माँ!" नरेन्द्र हँसा, "किंतु मैं उसी की उपासना करूँगा, जो किसी का दास नहीं है और सदा अपने ही स्थान पर मिलता है।"

"हाँ! यह ठीक है! तू वीरेश्वर शिव की उपासना कर बिलेह!"

ऊपर के कमरे से सहसा प्रकट होकर नरेन्द्र नीचे आँगन में आ कूदा। उसने सारे शरीर पर भभूत रमा रखी थी; और वह आँगन में इस प्रकार उछलता फिर रहा था, जैसे किसी भयंकर नृत्य का अभ्यास कर रहा हो।

जिसने भी उसे देखा, वह स्तंभित खड़ा रह गया—यह बिलेह आखिर कर क्या रहा है? भुवनेश्वरी भी कमरे से निकल आई। उसने पुत्र का यह रूप देखा तो सहम गई। उसके कंठ से जैसे स्वतः स्फूर्त चीत्कार फूटा, "यह सब क्या है बिलेह? सारे शरीर पर भभूत क्यों रमाई है? तू संन्यासी बना है क्या?"

नरेन्द्र पर न तो दर्शकों की उत्सुकता का कोई प्रभाव पड़ा और न ही माँ के इस आशंकित स्वर का। वह उसी प्रकार उछलता रहा, और बोला, "नहीं माँ! मैं संन्यासी नहीं हूँ। मैं तो शिव हूँ—वीरेश्वर शिव। देखो, कैसे तांडव कर रहा हूँ।"

लोगों की जिज्ञासा शांत हुई तो उनकी प्रतिक्रियाएँ प्रकट होने लगीं। सबसे पहले हरमोहिनी ने उसे चिढ़ाया, "अरे, बंदर के समान उछलने से कोई शिव बन जाता है क्या? शिव की तो जटाएँ होती हैं। तेरी जटाएँ हैं क्या?"

नरेन्द्र इस तर्क से सहमत हो गया। उसने महादेव शिव के जितने भी चित्र देखे थे, उन सबमें उनकी जटाएँ थीं।...अनायास ही उसके हाथ अपने सिर पर चले गए। हाँ! उसके सिर पर तो साधारण बालकों जैसे केश थे। बिना जटाओं के, वह शिव तो क्या, साधारण तपस्वी भी नहीं हो सकता था। पहले उसके मन में यह बात क्यों नहीं आई? उसने तो भभूत रमाकर ही समझ लिया कि वह शिव बन गया है। इतनी बड़ी त्रुटि?...पर त्रुटि का शोधन भी तो हो सकता है। भगवान् राम जब वनवास के लिए घर से निकले थे, तो उनकी जटाएँ नहीं थीं। उन्होंने वन में जाकर अपनी जटाएँ बना ली थीं। कैसे? और उसने हरमोहिनी से पूछा, "जटाएँ कैसे बढ़ती हैं?"

उसके प्रश्न का उत्तर कनक ने दिया, "तपस्या करने से बिलेह! मैंने साधुओं को देखा है—बड़ी-बड़ी जटाओं वाले साधुओं को। जो जितनी अधिक तपस्या करता है, उसकी जटाएँ उतनी ही लंबी हो जाती हैं।" उसने नरेन्द्र को परामर्श दिया, "तुम भी ध्यान करो। तुम्हारी भी जटाएँ बढ़ जाएँगी।"

ऐसे सुझाव का परिणाम क्या होगा, यह सोचने की आवश्यकता कनक को नहीं थी। वह तो केवल यह जानती थी कि नरेन्द्र जितनी देर ध्यान करने का अभ्यास करेगा, उतनी देर उसका ऊधम रुका रहेगा और घर में शांति रहेगी।

नरेन्द्र ने तत्काल निश्चय किया कि उसे पहले ध्यान करके अपनी जटाएँ बढ़ानी हैं और फिर शिव बनने का प्रयत्न करना है। उसने अपना नृत्य रोक दिया और ऊपर के उसी कमरे में चला गया, जिसमें उसने महादेव शिव की प्रतिमा स्थापित कर रखी थी।

वह प्रतिमा के सम्मुख पालथी मारकर ध्यान करने के लिए बैठ गया।...किंतु आज उसका मन न तो अंतर्मुखी हो पा रहा था और न उसका ध्यान किसी बिंदु पर केंद्रित हो पा रहा था। पहले जिस प्रकार आँखें बंद करते ही बाह्य संसार की चेतना लुप्त हो जाती थी, आज वैसा एकदम नहीं हुआ। उसकी चेतना जैसे अपने केशों के साथ ऐसी चिपक गई थी कि उसका ध्यान वहाँ से हटता ही नहीं था। थोड़ी-थोड़ी देर में वह आँखें खोलकर अपने सिर पर हाथ फेरकर देखता था कि उसकी जटाएँ बढ़ी हैं या नहीं। किंतु प्रत्येक परीक्षण पर केवल निराशा ही उसके हाथ लगी।...बड़ी-बड़ी जटाओं का तो कोई प्रश्न ही नहीं था, केश रंचमात्र भी बढ़ नहीं रहे थे। उसने बार-बार ध्यान लगाया...और बार-बार सिर का असफल परीक्षण किया। अंततः हताश होकर वह उठ खड़ा हुआ। उसका मन उतना ही दुखी था, जितना कि भगवान् राम के विवाहित होने के कारण,

उनकी पूजा करने में अपनी अक्षमता को जानकर हुआ था।

भुवनेश्वरी ने उसे देखा तो समझ गई कि यह कनक के दिए हुए परामर्श का ही दुष्परिणाम होगा, "क्या है रे?"

"मैंने ध्यान किया माँ!" नरेन्द्र अत्यंत पीड़ित स्वर में बोला, "किंतु मेरी जटाएँ तनिक भी नहीं बढ़ीं।"

भुवनेश्वरी हँस पड़ी, "तू शिव है या नहीं, कह नहीं सकती; पर तू भोला अवश्य है। पूरा बम भोलेनाथ! अरे! जटाएँ बढ़ाने के लिए तो वर्षों तपस्या करनी पड़ती है।" उसने रुककर नरेन्द्र को अपनी भुजाओं में समेट लिया, "जटाएँ तपस्या के फलस्वरूप नहीं बढ़तीं। केश न कटाने से ही, वे बढ़ते जाते हैं। जो वर्षों तपस्या करता है, वह वर्षों तक न केश कटवाता है, न उन्हें सुलझाता है। इसलिए केश लंबे भी हो जाते हैं; और परस्पर उलझ भी जाते हैं। उसी से लंबी-लंबी जटाएँ बन जाती हैं।" उसने हँसकर नरेन्द्र के मन को कुछ हलका करने के विचार से कहा, "तुम तपस्या तो करते नहीं, बस शरारत ही करते हो। मुझे तो लगता है कि तुम्हारी शरारतों से तंग आकर भगवान् शिव ने तुमको स्वयं से दूर हटाने के लिए ही कैलास पर्वत से यहाँ भेज दिया है।"

नरेन्द्र ऐसे सहम गया, जैसे उससे कोई अपराध हो गया हो। वैसे तो वह किसी को भी रुष्ट नहीं करना चाहता था; किंतु भगवान् शिव का रुष्ट होना तो उसके लिए सर्वथा असह्य था। शिव के रोष की कल्पना ही जैसे उसके मन को दहला गई। उसे लगा कि शिव तो यहाँ हैं नहीं; किंतु उसकी माँ उसके इस अपराध को भली-भाँति जान गई है। वह अपराधी मुद्रा बनाए अपनी बड़ी-बड़ी आँखों से माँ की ओर देखता रहा, जैसे उन्हीं से मूक याचना कर रहा हो, 'माँ! मैं अब शरारत एकदम नहीं करूँगा। मैं तपस्या करूँगा। मैं संन्यासी हो जाऊँगा माँ, दादा जी के समान। तब तो शिव मुझे कैलास से दूर नहीं भेजेंगे न?'

भुवनेश्वरी सिहर उठी। उसके शरीर से जैसे प्राण ही निकल गए। जिस बात से वह सदा आशंकित रहती थी, वही नरेन्द्र कह रहा था।…किंतु आज उसमें इतना साहस भी नहीं था कि वह कह सकती कि वह संन्यासी भी न बने। उसने नरेन्द्र को अपने साथ चिपका लिया। उसके माथे को चूमा और बोली, "तुझे कोई अपने से दूर कैसे भेज सकता है मेरे लाल!"

भुवनेश्वरी ने मुँह फेरकर अपनी आँखें पोंछने का प्रयत्न किया; किंतु फिर भी उसके अश्रु गालों पर टपक ही आए।

नरेन्द्र चला गया तो भुवनेश्वरी बड़ी देर तक सोचती रही : आखिर भूल कहाँ है? कहाँ उससे त्रुटि हो जाती है? वह नरेन्द्र को अच्छे संस्कार देना चाहती है, उसे धर्म के मार्ग पर चलाना चाहती है; किंतु इसलिए तो नहीं कि उसका नरेन्द्र उससे दूर हो जाए!…भगवान् उसे एक अच्छे काम का दंड क्यों देना चाहता है?…

शाम को अपनी छत पर नरेन्द्र अपने मित्रों के साथ खेल रहा था।…वह स्वयं ही समझ नहीं पा रहा था कि आज उसका मन भाग-दौड़कर क्यों प्रसन्न नहीं हो रहा। क्यों उसे अपना और अपने मित्रों का ऊधम अच्छा नहीं लग रहा? क्यों वह चाहता है कि वह कहीं एकांत में बैठ जाए। किसी से बात न करे। आसपास कहीं कोई गतिविधि न हो; और धीरे-धीरे मन अपने भीतर ही लीन हो जाए। उसे ऐसा लग रहा था कि जैसे बार-बार कोई उसकी चेतना को बाहर से खींचकर उसके भीतर ही केंद्रित कर रहा है। उसकी इच्छा हो रही थी कि वह अपनी आँखें बंद कर ले; सामने

फैला यह सारा दृश्य-जगत् कहीं विलुप्त हो जाए; और वह आकाश के शून्य को अपनी बंद आँखों से साकार होता देखे।

"क्या बात है नरेन्द्र? तुम आज ढंग से खेल नहीं रहे?" हरि ने पूछा।

"मन नहीं लग रहा। चलो, कोई नया खेल खेलते हैं।"

"नया खेल?" हरि कुछ समझ नहीं पाया।

"हाँ! हम सब लोग एक साथ बैठकर ध्यान करते हैं।"

"उससे क्या होगा?" हरि ने पूछा।

नरेन्द्र को कोई स्पष्ट उत्तर नहीं सूझा; किंतु खेल का कोई कारण तो उसे बताना ही था। इतना कहना तो पर्याप्त नहीं था कि उसकी वैसी इच्छा थी। सहसा उसकी अपनी कामना, जैसे खेल का कारण बन उसके सम्मुख खड़ी हो गई।

"ध्यान में हमें महादेव शिव के दर्शन होंगे।" उसने अपने मित्रों को बताया।

बच्चों के लिए यह खेल अद्‌भुत था। उन्होंने न कभी ध्यान किया था और न ध्यान को कभी खेल ही माना था। उनका सारा खेल-जगत् शारीरिक गतिविधि और खेल-कूद से जुड़ा हुआ था। नरेन्द्र उन्हें एक ऐसा खेल बता रहा था, जिसमें न केवल चुपचाप बैठ जाना था, वरन् अपनी आँखें भी बंद कर लेनी थीं। ऐसा तो लुका-छिपी में भी नहीं होता था। उनके लिए तो यह एक चमत्कार ही था कि हिला-डुला तक न जाए और एक खेल भी हो जाए।

कई बच्चों ने उल्लसित स्वर में एक साथ कहा, "चलो, चलो! ध्यान करते हैं।"

ध्यान के लिए उन्हें एकांत की आवश्यकता थी। एकांत उन्हें केवल ऊपर के उसी कमरे में मिल सकता था, जिसमें नरेन्द्र ने महादेव की प्रतिमा स्थापित कर रखी थी।

नरेन्द्र उन्हें उसी कमरे में ले आया। उसने सब लोगों को पंक्तिबद्ध होकर बैठना सिखाया। वे लोग थोड़ी-थोड़ी दूरी पर बैठ गए। वे ध्यान करना चाहते थे; किंतु ठीक से जानते भी नहीं थे कि ध्यान में करना क्या है। मार्ग-निर्देशन के लिए वे लोग नरेन्द्र की ओर देख रहे थे। नरेन्द्र ने उन्हें पालथी मारकर बैठना सिखाया। इसमें कुछ भी नया नहीं था। वे सारे बच्चे भोजन करते हुए और पूजा-अर्चना को देखने के समय, इसी प्रकार पालथी मारकर बैठा करते थे। उन्हें जानकर आश्चर्य हुआ कि ध्यान के लिए भी इसी प्रकार बैठा जाता है।...और फिर नरेन्द्र के ही निर्देश पर उन लोगों ने आँखें भी बंद कर लीं। सबसे अंत में नरेन्द्र स्वयं जाकर महादेव की प्रतिमा के ठीक सामने बैठ गया; और उसने आँखें मूँद लीं।

नरेन्द्र के बैठते ही कमरे में पूर्ण स्तब्धता छा गई। न कोई गति, न कोई ध्वनि।...पाँच-सात मिनट ही बीते होंगे कि मोती ने हलके से आँखें खोलकर देखा कि और लोग किस प्रकार ध्यान कर रहे हैं। उसने दृष्टि घुमाई। प्रायः सबकी आँखें बंद थीं। कोई भी उसे देख नहीं रहा था।...उसका साहस बढ़ गया। उसने पूरी तरह से आँखें खोल लीं और दिग्दर्शन के लिए चारों ओर देखा।...उसने देखा नरेन्द्र के निकट, उसके ठीक सामने एक साँप, अपना फन उठाए वैसे ही स्तब्ध बैठा था, जैसे स्वयं नरेन्द्र ध्यान-लीन था।...

मोती की घिग्घी बँध गई। उसे लगा कि वह चीखना चाहता है और उसके कंठ से स्वर नहीं फूट रहा है। वह उठकर भागना चाहता है; किंतु उसका सारा शरीर जैसे जड़ हो गया था। न वह उठ पा रहा था, न भागना उसके लिए संभव था।...और फिर जैसे कोई रुद्ध द्वार खुल गया। उसने जोर की चीख मारी, "साँप! साँप!"

मोती उठकर खड़ा तो हो गया; किंतु भागने के प्रयत्न में, घबराहट के मारे उसका पैर अपनी ही धोती में फँस गया और वह धड़ाम से अपने आगे बैठे लड़के पर जा गिरा।...

सारे बच्चों ने आँखें खोल दीं और चीखते-चिल्लाते हुए उठकर भाग गए। कोई भागने में सफल हुआ, कोई अपने में ही उलझकर गिर पड़ा; कोई दूसरे से टकराया, और कोई किसी और के धक्के से लुढ़क गया।...कुछ ही क्षणों में वे सब कमरे से बाहर हो गए।

ऊपर का यह शोर नीचे पहुँचा, तो घर के वयस्क भी सशंक हो उठे।...सारे बच्चे नीचे आ गए थे।...अकेला नरेन्द्र ऊपर बैठा था; और उसके निकट बैठा वह साँप 'ध्यान-ध्यान' का खेल खेल रहा था।

जिसके हाथ में जो वस्तु पड़ी, वह उसी को लेकर ऊपर भागा। सीढ़ियाँ चढ़कर ऊपर तो सब आ गए थे; किंतु कमरे के भीतर जाने से पहले सब एक-दूसरे की ओर देख रहे थे।...भुवनेश्वरी सबसे पहले कमरे में घुसी। उसके मन में भीषण-से-भीषण दृश्यों की कल्पना थी...बहुत संभव था कि साँप ने नरेन्द्र को डस लिया हो...तभी तो वह नीचे नहीं आया...नहीं तो क्या अन्य बच्चों के समान वह भाग नहीं सकता था?...वह फर्श पर पड़ा होगा... । उसका शरीर नीला हो गया होगा और साँप पास बैठा पहरा दे रहा होगा...

पर तभी भुवनेश्वरी के मन में कुछ आशा जागी...संभव है कि साँप से बचने के लिए नरेन्द्र सारे कमरे में भागता फिर रहा हो और साँप उसे कमरे से निकलने का अवसर न दे रहा हो...संभव है, नरेन्द्र किसी खिड़की की सलाखें पकड़े, उनसे चिपका खड़ा हो और भय के कारण नीचे उतरने का साहस ही न कर रहा हो।...यह भी तो संभव है कि साँप को देखकर नरेन्द्र स्तब्ध वहीं का वहीं बैठा हो। न वह उठने का साहस कर पा रहा हो और न ही पुकारकर किसी को सहायता के लिए बुला पा रहा हो...

चौखट पर ही भुवनेश्वरी के पग रुक गए...महादेव की प्रतिमा के सामने नरेन्द्र वैसे ही बैठा था, जैसे ध्यान कर रहा हो। उसके निकट कहीं कोई साँप नहीं था। नरेन्द्र के चेहरे पर पूर्ण शांति थी। विकलता अथवा चंचलता का कहीं कोई लक्षण नहीं था।

भुवनेश्वरी नरेन्द्र के निकट आई।...नरेन्द्र बैठा तो था...पर वह सकुशल भी था क्या?...साँप वहाँ नहीं था। जाने कहाँ चला गया था। यहीं कहीं होगा। संभव है कि छिप गया हो। वह पुनः भी आ सकता था।...

भुवनेश्वरी ने नरेन्द्र को कंधे से पकड़कर हिलाया, "बिलेह! ओ बिलेह!"

नरेन्द्र ने आँखें खोलीं। उन आँखों में प्रतिवाद था, "मेरा ध्यान क्यों भंग किया माँ!" उसने माँ का उत्तर पाए बिना ही कहा, "बड़े लोग कहते हैं कि मैं तपस्या नहीं करता, केवल ऊधम करता हूँ।...अब देखो तो, जब मैं तपस्या करता हूँ तो बड़े लोग ऊधम करने आ जाते हैं।"

"नहीं बिलेह! यह बात नहीं है।" भुवनेश्वरी ने अपनी सफाई दी, "तेरे ये सारे मित्र भागते-दौड़ते नीचे आए थे कि इस कमरे में एक साँप है। हम सब तो तेरी रक्षा के लिए आए हैं, तेरी तपस्या में विघ्न उपस्थित करने के लिए नहीं।"

"मैंने तो कोई साँप नहीं देखा माँ!" नरेन्द्र के स्वर में कुछ ऐसी त्वरा थी कि जैसे वह चाहता हो कि कब इस वार्तालाप से उसे मुक्ति मिले और कब वह पुनः आँखें बंद कर, अपने ध्यान में लीन हो जाए।

"तेरे मित्रों ने इतना चीत्कार किया, इतना हल्ला-गुल्ला किया और तूने कुछ भी नहीं सुना?"

अब भुवनेश्वरी उसे इस कमरे में छोड़कर जाने के लिए प्रस्तुत नहीं थी।

"नहीं माँ! मैंने कुछ नहीं सुना।" नरेन्द्र ने उत्तर दिया, "मैं तो ध्यान कर रहा था।"

भुवनेश्वरी समझ नहीं पाई कि वह क्या कहे।...साँप के होने की बात सुनकर, उसका रोम-रोम काँप गया था; और नरेन्द्र साँप को मक्खी के बराबर भी महत्त्व नहीं दे रहा था।...वह चाहती थी कि नरेन्द्र उस कमरे में न रहे; और नरेन्द्र वहाँ से हिलना भी नहीं चाह रहा था।

बाध्य होकर भुवनेश्वरी को ही टलना पड़ा; किंतु जाने से पहले उसने कमरे की भली-भाँति छान-बीन की...वहाँ साँप की उपस्थिति का कोई प्रमाण नहीं था...

भुवनेश्वरी नीचे आ गई; किंतु एक प्रश्न उसके मन को बार-बार कचोट रहा था, "क्या था यह? लड़कों का भ्रम? संयोग? या कोई चमत्कार?"

नरेन्द्र अपने बिस्तर पर लेटा सोच रहा था। भगवान् तो सब कुछ देखते हैं। उन्होंने भी देखा होगा कि आज नरेन्द्र ने ध्यान किया है...पर कैसे देखा होगा, दरवाजा तो बंद था।...यह तो बड़ी भूल हुई कि दरवाजा बंद कर लिया। कपाट खुले रहते, तो शायद भगवान् की दृष्टि पड़ जाती...।

...पर रात को तो सब लोग ही अपने घरों के कपाट बंद कर लेते हैं। तब भगवान् कैसे देखते होंगे? उन्हें कैसे ज्ञात होता होगा कि संसार में क्या हो रहा है?...यदि इस समय भगवान् यह देखना चाहें कि नरेन्द्र ध्यान कर रहा है या नहीं, तो कैसे देखेंगे?...संभव है कि सबके सो जाने के पश्चात् घर की छत खुल जाती हो और भगवान् उसमें से झाँकते हों...

नरेन्द्र की आँखें खुल गईं।...उसे सोना नहीं चाहिए, सोने का बहाना मात्र करना चाहिए।...उसे बीच-बीच में आँखें खोलकर देखना चाहिए कि भगवान् के झाँकने के लिए छत कैसे खुलती है?...आज वह रात-भर सजग रहेगा, जाने किस समय छत हटे और भगवान् उसमें से झाँकने लगें...

"तुम तो व्यर्थ ही चिंतित हो जाती हो।" विश्वनाथ का स्वर न टालने वाला था, न विरोध करने वाला। वे तो अत्यंत उल्लसित थे, "जीवन को सदा आशावादी दृष्टि से देखना चाहिए।"

"क्या आशा करूँ कि मेरा पुत्र बड़ा होकर काशी के किसी बड़े और संपन्न मठ का अधीश्वर बनेगा?"

"नहीं! वह वीरेश्वराबाद की जमींदारी का स्वामी बनेगा।" विश्वनाथ बोले, "जब वह अपनी हजारों बीघे की जमींदारी की व्यवस्था करेगा, उसकी आय को देखेगा, ऐश्वर्य उसके चरणों में लोट रहा होगा, तो वह उनका भोग करेगा या गेरुआ वस्त्र धारण कर काशी चला जाएगा?"

भुवनेश्वरी को समझ में नहीं आया कि विश्वनाथ किस जमींदारी की चर्चा कर रहे हैं। पूछा, "कहाँ है यह वीरेश्वराबाद?"

"सुंदरवन में!" विश्वनाथ ने रस लेते हुए कहा।

"और किसकी है यह जमींदारी?"

"नरेन की! हमारे बिलेह की।"

भुवनेश्वरी ने चकित दृष्टि से पति को देखा, "सच-सच बताओ, क्या बात है?"

"बात क्या है," विश्वनाथ बोले, "तुम नरेन की ओर से सदा चिंतित रहती हो; इसलिए सोचा, इससे पहले कि वह बड़ा होकर वैराग्य की बात सोचे, उसे संपत्ति की शृंखलाओं में जकड़

देना चाहिए। इसलिए मैंने सुंदरवन में उसके नाम से हजारों बीघे की एक जमींदारी खरीद ली है। उसका नाम रखा है वीरेश्वराबाद! समय आते ही उसका विवाह कर देंगे। फिर देखेंगे किसकी माया प्रबल है—कंचन-कामिनी की या हरिनाम की!''

''बिलेह के नाम से क्यों खरीदी? अपने नाम से क्यों नहीं?'' भुवनेश्वरी का मन अब दूसरी दिशा में चल पड़ा था।

विश्वनाथ सहसा गंभीर हो गए, ''बात यह है भुवन! कि मैं जो कुछ भी कमाता हूँ, उसमें से कुछ भी बचाकर नहीं रख सकता। मेरी सारी आय पर काली काका का अधिकार है। वे परिवार के मुखिया हैं और मैं इस संयुक्त परिवार का एक सदस्य।...मुझे इसकी तनिक भी चिंता नहीं है कि मुझे अपनी आय उन्हें देनी पड़ती है; चिंता इस बात की है कि न तो उनकी अपनी कोई आय है, न उनके पुत्रों की। खर्च करने से अपना हाथ वे रोकते नहीं। जब वे पैतृक संपत्ति की ही रक्षा नहीं कर पाए, तो मेरी आय की क्या चिंता करेंगे। मैंने सोचा कि यदि मैं यह संपत्ति बिलेह के नाम पर खरीद लूँ तो वे इस पर अपना अधिकार नहीं जमा पाएँगे। समझ लो कि इसे काली काका की लूटपाट से बचाने के लिए ही बिलेह के नाम से खरीदा है।''

''मेरी समझ में नहीं आता कि काली काका ने जीवन-भर कोई काम क्यों नहीं किया?'' भुवनेश्वरी जैसे अपने आपसे पूछ रही थी।

''व्यापारी परिवार होता तो पिता ने धन की रक्षा करनी सिखाई होती,'' विश्वनाथ बोले, ''यहाँ तो खर्च करना ही सिखाया गया था। वही काली काका ने किया।...मैं कई बार सोचता हूँ भुवन!'' वे घूमे, ''कि धनी पिता के पुत्र को कमाना नहीं आता; निर्धन पिता का पुत्र अपनी बाध्यता में कमाना सीखता है, जैसे मैंने सीखा।''

''तो फिर बिलेह का क्या होगा?''

विश्वनाथ कुछ क्षणों तक मौन रहकर बोले, ''इस लड़के ने मुझे बड़े असमंजस में डाल दिया है। इसे माया से मुक्त रखता हूँ तो उसमें वैराग्य जागने की संभावना दिखाई देती है; और माया में जकड़ता हूँ तो वह पथभ्रष्ट होता दिखाई देता है।... फिर भी भुवन!'' वे बलपूर्वक बोले, ''मैं उसे संन्यासी नहीं बनने दूँगा।''

8

नरेन्द्र छह वर्षों का हो गया था। आज उसे पाठशाला जाना था।

प्रातः उसे जल्दी उठाया गया। नहलाया-धुलाया गया। नई धोती पहनाई गई। सारे परिवार के सामने पुरोहित ने पूजा की—

''गाइए गनपति जगबंदन। संकर-सुवन, भवानी-नन्दन।
सिद्धि-सदन, गज-बदन विनायक। कृपा-सिंधु, सुंदर सब लायक।।
मोदक-प्रिय, मुद-मंगल दाता। विद्या वारिधि, बुद्धि-विधाता।
मांगत तुलसीदास कर जोरे। बसहिं रामसिय मानस मोरे।।''

उसके पश्चात् सरस्वती की वंदना की गई—

"या कुंदेन्दु तुषार हार धवला या शुभ्र वस्त्रावृता
या वीणा वर दंड मंडित करा, या श्वेत पद्मासना
या ब्रह्माच्युत शंकर प्रभृतिभिर्दिवैः सदावंदिता,
सा माँ पातु सरस्वती, भगवती निःशेष जाड्यापहा।"

पुरोहित ने नरेन्द्र के हाथ में रामखड़ी पकड़ाई और लिखाया, 'क'। नरेन्द्र ने लिखा, 'क'। पुरोहित ने लिखवाया, 'ख'। नरेन्द्र ने लिखा, 'ख'।

"यह तो बहुत ही चतुर बालक है।" पुरोहित ने घोषणा की, "माँ सरस्वती की कृपा का पात्र; नहीं तो 'क' लिखाते-लिखाते ही सारा दिन बीत जाता है।"

पुरोहित ने पाठशाला में बैठने के लिए उसे चटाई दी और कमर में लाल कलम बाँध दी।

अब नरेन्द्र पाठशाला जाने के लिए पूरी तरह तैयार था। शंख-ध्वनि के साथ नरेन्द्र को बग्घी में बैठाया गया। विश्वनाथ स्वयं पुत्र के साथ गए। पाठशाला में अध्यापक महाशय को मिठाई भेंट की, दक्षिणा दी और नरेन्द्र को उनके सुपुर्द कर दिया।

"गुरु महाशय! आज से यह आपका शिष्य हुआ।" विश्वनाथ ने विनीत भाव से कहा, "इसके भविष्य-निर्माण तथा जीवन के कल्याण का दायित्व आपका हुआ। इसको ऐसी शिक्षा दीजिए कि आगे चलकर यह आपके साथ-साथ अपने पूर्वजों का भी मुख उज्ज्वल करे।"

अध्यापक महाशय गद्गद स्थिति में थे। किसी अत्यंत दयालु देवता के समान वरदान देते हुए-से बोले, "आप निश्चिंत रहें दत्त महाशय! अब यह आपका ही नहीं, मेरा भी पुत्र हुआ। आपने इसके शरीर का निर्माण किया है तो मैं इसके मस्तिष्क का निर्माण करूँगा।"

विश्वनाथ विनीत भाव से हाथ जोड़कर बाहर चले गए। किंतु दो-तीन बार मुड़कर देखे बिना उनसे रहा नहीं गया। वे स्वयं ही समझ नहीं पा रहे थे कि उनकी मनःस्थिति ऐसी क्यों है। क्या वे नरेन्द्र को यहाँ छोड़कर जाने के कारण, यह समझ रहे थे कि वह उनसे दूर हो गया है या जिसके पास छोड़कर जा रहे थे, उस पर उन्हें विश्वास नहीं था।...

अध्यापक महाशय ने नरेन्द्र को मध्य पंक्ति में सबके आगे अपने समीप बैठने का आदेश दिया। नरेन्द्र एक बार बैठ गया, तो उस कक्षा के लड़कों में से एक हो गया। उसकी न कोई विशिष्टता थी और न कोई नवीनता । अध्यापक महाशय तो जैसे भूल ही गए थे कि कक्षा में आज कोई नया बालक आया था, जिसने वह पढ़ाई नहीं की है, जो उनकी कक्षा के लड़के पहले कर चुके थे। उन्होंने अपनी नित्यप्रति की दिनचर्या के अनुसार ही कहा, "चलो, सब लोग मिलकर गिनती बोलो—एक।"

नरेन्द्र को इसमें कोई असुविधा नहीं थी। वह भी बच्चों के उस समवेत गान में सम्मिलित हो गया, "एक।"

"दो।" अध्यापक बोले।

बच्चों ने दोहराया, "दो।"

संध्या के समय नरेन्द्र अपने पड़ोस के बच्चों के साथ कबड्डी खेल रहा था। आज उसका उत्साह कुछ अधिक ही था। जाने कहाँ की ऊर्जा उसमें प्रकट हो गई थी। उसे अन्य सारे लोग आलसी लग रहे थे। खीझकर बोला, "अबे हरि! तू इतना आलसी क्यों है? भागता क्यों नहीं?"

हरि ने फटी-फटी आँखों से नरेन्द्र को देखा : क्या कह रहा है यह! और अनायास ही उसके मुख से निकला, "तूने मुझे 'अबे' कहा?"

"तो क्या हो गया साले।" नरेन्द्र ने निरपराध भाव से उत्तर दिया, " 'अबे' कहना कोई पाप है क्या?"

इस बार हरि की आँखें ही नहीं, उसका मुँह भी आश्चर्य से खुल गया, 'अबे' के संबंध में प्रतिवाद करने पर नरेन्द्र उसे 'साला' कह रहा था। क्या हो गया है इसको? पगला गया है क्या?···और फिर वह अपनी भूल भी तो नहीं समझ रहा।···हरि का मन खट्टा हो गया। खेल का सारा उत्साह जाता रहा। उसने नरेन्द्र से कुछ भी नहीं कहा और चुपचाप खेल छोड़कर हट गया।

नरेन्द्र अपने उत्साह में था। उसे हरि के व्यवहार पर आश्चर्य हुआ। उसने पुकारकर पूछा, "कहाँ जा रहा है बे! खेल को बीच में छोड़कर?"

हरि को कहना ही पड़ा, "मैं नहीं खेलूँगा तुम्हारे साथ। तुम गंदी भाषा बोलते हो।"

नरेन्द्र का ध्यान फिर भी हरि की पीड़ा की ओर नहीं गया। उसे खेल का इस प्रकार अधूरा रह जाना, अच्छा नहीं लग रहा था। बोला, "वाह बेटा! हार गए तो रोने लगे। साले! हारकर रोना होता है, तो खेलता ही क्यों है?"

हरि ने उसे क्रोधपूर्वक देखा। इच्छा हुई कि उससे भिड़ जाए, पर कुछ सोचकर चुप रह गया। किंतु अब वह न उसके साथ खेल सकता था और न ही उस स्थान पर ठहर ही सकता था। उसने अपना रोष जताते हुए, क्रोध-भरी एक दृष्टि नरेन्द्र पर डाली और पलटकर भाग गया।

भागते हुए हरि को मार्ग में चारु मिल गया।

"अरे, हरि! कहाँ भागा जा रहा है इस प्रकार?" उसने पूछा।

हरि को लगा, वह रो पड़ेगा। अपने आँसुओं को छिपाने के लिए, वह भागता चला गया और बोला, "मैं नहीं खेलूँगा बिलेह के साथ। वह गंदी बातें करता है। उसने मुझे साला कहा है।"

हरि भाग गया और चारु मुड़कर घर की ओर चला। मार्ग में उसे हरमोहिनी मिली। इससे पहले कि वह उसे बताता, नरेन्द्र क्या कर रहा है, हरमोहिनी ने ही पूछ लिया, "चारु! बिलेह कहाँ है?"

"बाहर खेल रहा है।" चारु ने बताया।

"तुमने देखा है?"

"नहीं! मैंने तो नहीं देखा, पर हरि मिल गया था।" चारु बोला, "वह तो रोता हुआ आ रहा था। उसने बताया कि बिलेह गंदी बातें कर रहा है, इसलिए वह उसके साथ नहीं खेलेगा।"

हरमोहिनी को आश्चर्य हुआ, "बिलेह गंदी बातें कर रहा है?"

"हाँ!" चारु ने कहा, "उसने हरि को 'साला' कहा है।"

"हैं!" हरमोहिनी की आँखें फट गईं।" बिलेह ने हरि को साला कहा है? मैं अभी बताती हूँ माँ को।"

"अरी, सुनो तो···" चारु उसे पुकारता ही रह गया; किंतु हरमोहिनी रुकी नहीं। वह बिलेह की शिकायत का ऐसा स्वर्ण अवसर कैसे छोड़ सकती थी।

रात को भुवनेश्वरी ने विश्वनाथ को कहा, "तुमने सुना?"

"क्या?" विश्वनाथ ने पूछा।

"बिलेह गंदी बातें सीख रहा है।"

"मैं कहाँ से सुनूँगा। कचहरी में तो न कोई जज बिलेह की बात करता है, न कोई वकील।" विश्वनाथ हँसे; किंतु अगले ही क्षण गंभीर होकर बोले, "तुम्हें कैसे मालूम हुआ? क्या उसने तुमसे कुछ कहा?"

"नहीं! मुझसे तो कुछ नहीं कहा।" भुवनेश्वरी ने उत्तर दिया, "किंतु शाम को खेलते हुए, उसने हरि को कई अपशब्द कहे हैं।"

विश्वनाथ ने विस्मय भरी दृष्टि उस पर डाली, "अपशब्द! कैसे अपशब्द?"

भुवनेश्वरी को लगा कि विश्वनाथ उसका विश्वास नहीं कर रहे हैं। अविश्वास से आहत-सी बोली, "उसने हरि को 'बेटा', 'साला' और 'अबे' कहा है।"

विश्वनाथ ने चौंककर उसे देखा। इस बार बोले तो उनकी वाणी में आश्चर्य के स्थान पर पीड़ा थी, "कहाँ से सीख रहा है वह यह सब? हमारे घर में तो कोई इन शब्दों का उच्चारण तक नहीं करता।"

"जाने कहाँ से सीख रहा है।" भुवनेश्वरी ने कहा, और फिर स्वयं ही संभावनाओं की ओर इंगित किया, "गली के लड़कों से ही सीख रहा होगा। बड़ा हो रहा है, अब घर में तो रहता नहीं। जाने किन-किन लोगों से मिलता है, बाहर जाकर।"

विश्वनाथ धैर्य नहीं रख सके। बोले, "कहाँ है वह? बुलाओ उसे।"

"इस समय?" भुवनेश्वरी के स्वर में आपत्ति का भाव था, "इस समय तो वह बच्चों के साथ होगा, सोने के कमरे में। संभव है, सो ही गया हो। सुबह समझा देना।"

किंतु विश्वनाथ अब प्रतीक्षा नहीं कर सकते थे। अपने आवेश को दबाते हुए धीमे स्वर में बोले, "बुला लाओ, जहाँ भी है।"

"सो गया हो तो?" भुवनेश्वरी उन्हें इस समय टाल देना चाहती थी। पछता रही थी कि व्यर्थ ही इस समय यह चर्चा छेड़ दी।

"तो जगा लाओ।" विश्वनाथ का स्वर कठोर हो गया था।

भुवनेश्वरी बच्चों के कमरे में गई। इस कमरे में परिवार के सारे बच्चे एक साथ सोते थे। पड़ोस के भी कुछ बच्चे आ जाएँ, तो न किसी को आश्चर्य होता था, न आपत्ति। बच्चों की देखभाल के लिए नृसिंह दत्त उसी कमरे में सोया करते थे। इस समय भी वहाँ सारे बच्चे उपस्थित थे। वे सोए नहीं थे; किंतु सोने की तैयारी में थे। नृसिंह दत्त उन्हें सोने मे पहले भगवती स्तोत्र सिखा रहे थे :

जय भगवति देवि! नमो वर दे।
जय पाप विनाशनि बहु फल दे।
लय शुंभ-निशुंभ कपाल धरे।
प्रणमामि तु देवि नरार्ति हरे।

भुवनेश्वरी ने कपाट की ओट से संकेत किया। नृसिंह दत्त के सम्मुख जाने में उसे कोई संकोच नहीं था। वे बहुत वृद्ध न होते हुए भी संबंध में उसके नाना होते थे। उस दृष्टि से उनका पुत्र राम उसका मामा होता था, किंतु अवस्था में उससे दस वर्ष छोटा होने के कारण यह संबंध उसे कभी मान्य नहीं हुआ। वह नृसिंह दत्त को काका ही कहती थी और पहले राम को भी छोटे भाई के सगान ही मानती थी, किंतु अब उसके अपने बच्चे राम को दादा कहने लगे थे, इसलिए

उसे भी वह अपने बच्चों जैसा लगने लगा था···

किंतु बात नृसिंह काका के सम्मुख जाने की नहीं थी। वह प्रार्थना में बाधा नहीं बनना चाहती थी और न ही यह चाहती थी कि सबको मालूम हो जाए कि किसी कारण से बिलेह की अपने बाबा के सम्मुख पेशी हुई है।···

खोकोन ने उसे देख लिया और नरेन्द्र को छूकर द्वार की ओर इंगित कर दिया। नरेन्द्र चुपचाप उठकर बाहर आ गया।

''क्या है माँ?''

''बाबा बुला रहे हैं।''

नरेन्द्र ने कुछ नहीं पूछा। वह सहज भाव से माँ के साथ चला आया।

विश्वनाथ ने बिना किसी भूमिका के, कठोर स्वर में पूछा, ''बिलेह! तुमने हरि को अपशब्द कहे?''

नरेन्द्र चकित रह गया, ''अपशब्द! कौन-से अपशब्द बाबा?''

इस बार चकित होने की बारी विश्वनाथ की थी, नरेन्द्र ने अपशब्द कहे हैं और वह यह भी नहीं जानता कि वे अपशब्द हैं।

''तुमने हरि को 'साला' कहा है?'' उन्होंने पूछा।

'' 'साला' अपशब्द होता है क्या?'' नरेन्द्र के स्वर में आपत्ति नहीं, जिज्ञासा थी।

विश्वनाथ उसकी मनःस्थिति समझ गए। स्नेहपूर्वक बोले, ''कहाँ से सीखा है तुमने यह सब–'साला', 'बेटा', 'अबे'···?''

नरेन्द्र इस पूछताछ से अप्रभावित ही रहा। सहज भाव से बोला, ''पाठशाला में तो सब लोग बोलते हैं बाबा! मास्टर मोशाय भी! वहाँ तो सब लोग ऐसे ही बात करते हैं।''

विश्वनाथ का स्वर और भी कोमल हो गया। बोले, ''अच्छा! तुम जाओ।''

नरेन्द्र जैसे सहज भाव से आया था, वैसे ही लौट भी गया। विश्वनाथ उसे जाते हुए देखते रहे।···उनका मन कह रहा था कि उनके पुत्र की आत्मा इतनी निर्मल थी कि वह संसार के मल को देख ही नहीं पाती।

कुछ देर तक वे मौन बैठे रहे; और फिर बोले, ''मैंने निश्चय किया है भुवन! कि कल से नरेन्द्र पाठशाला नहीं जाएगा।''

''क्यों?'' भुवनेश्वरी चकित थी।

''पाठशाला में बच्चा इसलिए जाता है कि उसका परिष्कार हो। उसका विकास हो।'' विश्वनाथ बोले, ''इसलिए तो नहीं जाता कि वहाँ जाकर वह भ्रष्ट और विकृत हो।''

''तो उसकी शिक्षा का क्या होगा?''

''घर पर ही पढ़ेगा।'' विश्वनाथ बोले, ''गुरु महाशय आ जाया करेंगे। परिवार के अन्य बच्चे भी साथ-साथ पढ़ लेंगे।'' वे कुछ चकित होकर बोले, ''कुछ बच्चे पड़ोस से आ जाया करेंगे। पूरी कक्षा घर पर ही हो जाएगी। हम ध्यान भी रख सकेंगे कि कोई भी बच्चा किसी प्रकार का कोई अपशब्द न सीखे।''

''नृसिंह काका को ही क्यों नियुक्त नहीं करते, बच्चों की शिक्षा के लिए?'' भुवनेश्वरी बोली, ''अच्छे-खासे पढ़े-लिखे हैं। दिन-भर खाली रहते हैं। उन्हें कुछ काम मिल जाएगा; और यदि उन्हें थोड़ी सहायता की आवश्यकता हुई तो राम भी है। वह उनकी सहायता कर दिया करेगा।''

''नहीं!'' विश्वनाथ का व्यक्तित्व साक्षात् निषेध बन गया, ''बच्चों को पढ़ाने के लिए गुरु महाशय आएँगे।''

उनकी यह मुद्रा देखकर भुवनेश्वरी एकदम सहम गई : विश्वनाथ का व्यक्तित्व अत्यंत आवेशमय था; और उनके मन के भाव कितनी प्रखरता से उनके चेहरे पर प्रकट होते थे। कई बार तो लगता था कि वे अत्यंत क्रुद्ध हैं, जबकि उनके मन में क्रोध का लेश भी नहीं होता था।...किंतु बलपूर्वक अपनी बात कहने का अभ्यास और उनका तेज मिलकर अनेक बार अन्य लोगों को हतप्रभ भी कर देता था।

''नृसिंह काका ने अपनी निर्धनता के कारण हमारे घर में शरण ली है। इसका अर्थ यह तो नहीं है कि हम उनसे नौकरी करवाएँ।'' विश्वनाथ पुनः बोले, ''घर में और भी तो आश्रित हैं; कभी किसी से कोई काम करवाया है हमने?''

''इसमें नौकरी की क्या बात है?'' भुवनेश्वरी अन्य लोगों की चर्चा सायास टाल गई, ''वैसे भी तो वे दिन-भर बच्चों को कुछ-न-कुछ बताते ही रहते हैं। वे तो जन्मजात शिक्षक हैं।''

''अपनी इच्छा से वे जो चाहें करते रहें; किंतु हम उनसे कोई काम करने के लिए नहीं कह सकते, नहीं तो माना जाएगा कि या तो हम उनसे बेगार ले रहे हैं, या दी गई सहायता का प्रतिदान! मैं ये दोनों ही बातें पसंद नहीं करता। सहायता को सहायता ही रहना चाहिए।'' विश्वनाथ क्षण-भर रुककर बोले, ''और जहाँ तक राम का प्रश्न है, वह डॉक्टरी पढ़ रहा है। उसे अपनी ही पढ़ाई कर लेने दो। हम उस पर बच्चों की शिक्षा का बोझ नहीं डाल सकते। ऐसा न हो कि डॉक्टर बनता-बनता वह भी किसी पाठशाला का मास्टर मोशाय बन जाए।''

9

स्वर्णमयी ने आकर पुस्तकें पटकीं और कहा, ''माँ! मुझे भूख लगी है।''

''भात डाल दूँ?'' भुवनेश्वरी ने पूछा।

''प्रतिदिन भात ही क्यों पूछती हो?'' स्वर्णमयी ने कुछ झल्लाकर कहा, ''मिठाई क्यों नहीं देतीं?''

''अच्छा बाबा! मिठाई ही देती हूँ।'' भुवनेश्वरी ने थाली में मिठाई डालकर, स्वर्णमयी को पकड़ाई और पूछा, ''बिलेह और हरमोहिनी कहाँ हैं?''

''होंगे वहीं कहीं।'' स्वर्णमयी बोली, जैसे इस प्रश्न ने उसे कहीं आहत किया हो, ''बिलेह हरि या मोती के साथ खेल रहा होगा और दीदी अपनी किसी सखी के साथ गप्पें मार रही होगी।''

''तू दीदी की सखियों को भी नहीं पहचानती?'' भुवनेश्वरी ने पूछा, ''तुम्हारी कक्षा में बच्चे ही कितने हैं?''

''अब तो बहुत बच्चे हैं माँ! सारा पूजा-घर भर जाता है।'' स्वर्णमयी बोली, ''परिवार के तो सारे बच्चे आते ही हैं, पड़ोस से भी आ जाते हैं, और जाने बाबा के कितने मित्रों के बच्चे भी आते हैं।''

''फिर तो तुम्हारे गुरु महाशय थक जाते होंगे।'' भुवनेश्वरी ने कहा।

''थकते हैं या नहीं, मैं नहीं जानती,'' स्वर्णमयी ने उत्तर दिया, ''किंतु खीझते बहुत हैं।''

"खीझते हैं?" भुवनेश्वरी ने चकित होकर पूछा।

"हाँ, माँ! बहुत खीझते हैं।" स्वर्णमयी ने उत्तर दिया, "आज पहले तो नितिन को प्रश्न का उत्तर नहीं आया तो उसे उन्होंने बहुत डाँटा। बोले, 'उस नन्हे नरेन्द्र को देखो'—वे बिलेह को नरेन्द्र कहते हैं माँ।" स्वर्णमयी हँसी, 'जो अक्षर-ज्ञान पूरा कर पुस्तक पढ़ने लगा है और तुम फिसड्डी के समान अभी अक्षरों से ही दंगल कर रहे हो…।'

बिलेह कुछ सीख भी रहा है या ऐसे ही…?"

"नहीं माँ! बिलेह बड़ा ही कुशाग्र बुद्धि का है। आज तो एक बहुत ही रोचक घटना हुई।…" स्वर्णमयी उस घटना को स्मरण कर, उसका रस लेती हुई हँसी।

"क्या हुआ?" भुवनेश्वरी ने पूछा।

"गुरु महाशय इतिहास पढ़ा रहे थे। उनकी दृष्टि बार-बार घूमकर बिलेह पर टिक जाती थी। मैंने भी घूमकर देखा कि बात क्या है।" स्वर्णमयी ने घटना सुनाई, "बिलेह अधमुँदी आँखों के साथ प्रतिमा जैसा निश्चल बैठा था। न हिलता-डुलता था, न आँखें झपकाता था। गुरु महाशय को यह सोचकर बहुत क्रोध आया कि बिलेह उनकी कक्षा में उनके सामने ही सो रहा है। ओह माँ! वे क्रोध से भर गए। आँखें लाल किए हुए बिलेह के पास आए और कठोरता से झंझोड़ते हुए, उसे डाँटने लगे, 'कक्षा में सोता है मूर्ख! सरस्वती से इतनी ही शत्रुता है तो यहाँ क्या करने आता है…?' माँ! बिलेह को गुरु महाशय का व्यवहार बहुत अपमानजनक लगा। उसके मुख पर भी क्रोध के चिह्न प्रकट हो गए। उग्र वाणी में बोला, 'मैं सो नहीं रहा। आपसे अधिक जाग रहा हूँ।" गुरु महाशय सकपका गए। बोले, 'जाग रहा था, तो बता, क्या पढ़ा रहा था मैं।' माँ! बिलेह ने अपने जागते रहने के प्रमाण में पिछले घंटे भर में पढ़ी हुई सारी बातों को अक्षरशः ऐसे सुना दिया, जैसे वे सब उसे कंठस्थ ही हों।" स्वर्णमयी जोर से हँसी।

"तब गुरु महाशय क्या बोले?" भुवनेश्वरी अपनी उत्सुकता रोक नहीं पाई।

"बोलना क्या था। खिसियाकर हँस दिए, 'तो फिर ऐसे क्यों बैठता है, जिससे लगे कि बैठा हुआ सो रहा है।' पर माँ! बिलेह को एक बार सुनकर सब कुछ स्मरण कैसे हो जाता है? मैं तो एक पाठ को दस-दस बार रटती रहती हूँ।"

"मैं क्या जानूँ बेटी!" भुवनेश्वरी के स्वर में कृतज्ञता भर आई, "यह तो महादेव की कृपा है या माँ सरस्वती का वरदान।"

स्वर्णमयी ने खाली थाली भूमि पर रख दी और बोली, "अच्छा माँ! मैं जा रही हूँ।"

नरेन्द्र अपनी पुस्तक लेकर भुवनेश्वरी के पास आ बैठा था। थोड़ी देर तक तो अपनी पुस्तक में मग्न रहा; और फिर बोला, "माँ! तुम्हें मालूम है कि हमारी कक्षा के बच्चे गुरु महाशय से झूठ भी बोलते हैं।"

भुवनेश्वरी ने सोचा था कि वह आज कक्षा में गुरु महाशय के साथ हुई अपनी झड़प की कथा सुनाएगा, किंतु वह तो किसी और की ही चर्चा कर रहा था। उसने पूछा, "क्या कहते हैं वे?"

"आज भी नितिन के पास पुस्तक नहीं थी माँ!" नरेन्द्र ने बताया, "गुरु महाशय ने पुस्तक के विषय में पूछा तो उसने कह दिया कि आज वह पुस्तक ला नहीं सका, क्योंकि उसकी दीदी वह पुस्तक अपने साथ ले गई थी।"

"हो सकता है कि यही सत्य हो पुत्र!" भुवनेश्वरी ने कहा, "बिना कारण तुमने उसे झूठा

कैसे मान लिया?''

''नहीं माँ!'' नरेन्द्र ने प्रतिवाद के स्वर में कहा, ''कक्षा के बाद नितिन ने स्वयं मुझसे कहा कि उसने गुरु महाशय को मूर्ख बनाया है। उसने तो पुस्तक कभी खरीदी ही नहीं माँ।''

भुवनेश्वरी ने ध्यान से नरेन्द्र की ओर देखा : कहीं उसके मन में नितिन की इस चतुराई के प्रति प्रशंसा का भाव तो नहीं है?

''इसमें गुरु महाशय को मूर्ख बनाने की क्या बात है बिलेह?''

''नरेन्द्र ने अपनी चमकती आँखों से माँ की ओर देखा, ''उसके झूठ को गुरु महाशय पकड़ नहीं पाए माँ!'' वह हँसा, ''नितिन मार खाने से बच गया। वह कहता है कि संसार में झूठ बहुत ही लाभदायक उपकरण है···क्या सचमुच ऐसा है माँ?''

भुवनेश्वरी ने उसे कठोर दृष्टि से देखा और फिर अपनी वाणी को यथासंभव (रुक्ष) बनाकर बोली, ''बिलेह! एक बात अच्छी तरह से सुन ले बेटा! और उसे अपने मन में भी बैठा ले।''

इस विनोदी चर्चा में माँ को इस प्रकार गंभीर होते देख, नरेन्द्र को कुछ विस्मय हुआ, ''क्या माँ?''

''संसार में पाप, झूठ तथा लोगों के भ्रष्ट आचरण को देखकर अपनी नैतिकता कभी नहीं छोड़नी चाहिए। जीवन को कभी अपवित्र नहीं करना चाहिए, पुत्र! उसका कोई लाभ नहीं है।'' भुवनेश्वरी ने रुककर नरेन्द्र पर दृष्टि गड़ाई ''देख! तेरा यह नितिन समझता है कि झूठ बोलकर उसने अपने गुरु महाशय को मूर्ख बनाया है; पर मुझे बता कि यदि वह पुस्तक नहीं खरीदता, पुस्तक नहीं पढ़ता, ज्ञान प्राप्त नहीं करता, तो हानि किसकी होगी—गुरु महाशय की अथवा नितिन की?''

''नितिन की माँ!'' नरेन्द्र तत्काल बोला, ''वह अज्ञानी रह जाएगा। उसे ज्ञान नहीं मिलेगा।''

''तो मूर्ख कौन बन रहा है—नितिन या गुरु महाशय?''

''नितिन!'' नरेन्द्र ने उत्तर दिया।

''इसीलिए कहती हूँ कि झूठ और भ्रष्ट आचरण से कोई लाभ नहीं है।'' भुवनेश्वरी बोली, ''तुम्हारे मन में झूठ के लिए तनिक भी आकर्षण नहीं होना चाहिए।''

नरेन्द्र ने माँ की बात सुन तो ली, किंतु अभी वह अपनी पूरी बात कह नहीं पाया था। उसी रौ में बोला, ''वह कहता है माँ कि असहाय का सहायक तो झूठ ही है। जब गुरु महाशय डंडा लेकर सामने खड़े हों और कोई बचाने वाला न हो, तो निराश्रय का आश्रय झूठ ही तो है।''

''नहीं पुत्र! अशरण की शरण ईश्वर है। वही सबका सहायक और शरणदाता है।'' उसने रुककर नरेन्द्र को निहारा, जैसे दृष्टि के माध्यम से अपनी बात नरेन्द्र के मन में उतार देना चाहती हो, ''मैं नितिन की बात नहीं कह रही। वह तो स्वयं अपनी इच्छा से पुस्तक नहीं खरीद रहा और अपने लिए गुरु महाशय से डंडे खाने की स्थिति उत्पन्न कर रहा है। इसमें तो न वह असहाय है और न ही उसे ईश्वर की शरण में जाना चाहिए। किंतु जब परिस्थितियाँ अपने वश में न हों, अपने लिए समस्या का समाधान संभव न हो, तब सच्चे मन से ईश्वर की शरण में जाना चाहिए। जीवन को कभी अपवित्र नहीं करना चाहिए पुत्र! वह ईश्वर की दी हुई विभूति है; उसे अपवित्र करने का किसी को भी कोई अधिकार नहीं है।''

नरेन्द्र ने अपनी माँ को ऐसे देखा, जैसे उन्हें पहली बार देख रहा हो। यह तो माँ का कोई नया ही रूप था : जैसे माँ न हो, कोई गुरु हो, जो उसे जीवन में सीधे मार्ग पर चलने का गुरु-मंत्र दे रही हो।

दत्त परिवार में रामायण गाने वाली एक मंडली आई थी। वैसे तो इस परिवार में हर प्रकार की मंडली का स्वागत होता था, चाहे वह गीत गाने वाली हो, नृत्य करने वाली हो, रास रचाने वाली हो अथवा नाट्य करने वाली, हो; किंतु आज रामायण के प्रति कुछ अधिक ही रुचि जागी थी। शायद इसलिए भी कि रामायण-गान बंगला में न होकर, संस्कृत में था। यह टोली कृत्तिवास की रामायण नहीं गाती थी। ये लोग वाल्मीकीय रामायण का ही गायन करते थे।

परिवार के छोटे-बड़े सभी लोग आँगन में एकत्रित हो गए तो मंडली के प्रमुख ने पाठ आरंभ किया :

श्री रामः शरणं समस्त जगतां
रामं बिना का गती
रामेण प्रतिहन्यते कलिमलं
रामाय कार्यं नमः।
रामात् त्रस्यति काल भीम सर्पो
रामस्य सर्वं बसे।
रामे भक्तिर खंडिता भवतु मे
राम त्वमेवाश्रयः।

मंडली-प्रमुख ने अपने गायन पर मुग्ध श्रोताओं पर एक दृष्टि डाली और व्याख्या आरंभ करने के लिए खँखारकर गला साफ किया।

किंतु नरेन्द्र ने उन्हें व्याख्या आरंभ नहीं करने दी। बोला, "पंडित महाशय! आप 'रामस्य सर्वं बसे' कहते हैं, किंतु शुद्ध उच्चारण तो 'रामस्य सर्वं वशे' है।"

मंडली-प्रमुख ने नरेन्द्र की ओर देखा; किंतु अपने चेहरे पर उभर आई लज्जा को वह छिपा नहीं पाया। एक छोटा-सा बच्चा उसके उच्चारण की भूल की ओर संकेत कर रहा था। उसकी दृष्टि नरेन्द्र पर ठहर नहीं पाई। उसने अन्य श्रोताओं की ओर देखा। उनमें से कुछ तो पंडित जी का लज्जित चेहरा देखकर आनंदित हो रहे थे, और कुछ विस्मय से नरेन्द्र की ओर देख रहे थे।

नरेन्द्र का ध्यान इस ओर नहीं था। वह तो अपने प्रवाह में कहता जा रहा था, "आपने 'रामात् त्रस्यति काल भीम सर्पो' गाया है; किंतु शुद्ध पाठ तो 'रामात् त्रस्यति काल भीम भुजगो' है। यद्यपि सर्प तथा भुजग का अर्थ तो एक ही है, किंतु पाठ तो शुद्ध ही होना चाहिए। हम अपनी इच्छा से शब्द तो नहीं बदल सकते।..."

मंडली-प्रमुख को लगा कि यदि उसने इस बालक को चुप नहीं कराया, तो वह न जाने उसकी कौन-कौन-सी त्रुटियाँ बखानता जाएगा।...अभी तो उसने मात्र वंदना ही गाई थी।...उसने अत्यंत दीन दृष्टि से नरेन्द्र की ओर देखा, "असावधानी में हो गया खोखा! लो, अब शुद्ध पाठ सुन लो।"

उसने वंदना को पुनः गाया।

नरेन्द्र चुपचाप बैठा सुनता रहा। उसने फिर मंडली-प्रमुख को न तो किसी भूल के लिए टोका और न ही उसे जताया कि वह उससे कहीं अधिक जानता है। वह मंडली के गायन में क्रमशः अधिक-से-अधिक लीन होता गया; और थोड़े ही समय के पश्चात् लगा कि वह ध्यानस्थ ही हो गया है।

गायन के पश्चात् पड़ोस की एक महिला भुवनेश्वरी के साथ ही, उसके कमरे में आ गई।

भुवनेश्वरी के दिए हुए आसन पर बैठती हुई पड़ोसन ने बात आरंभ की, "दीदी! तुम्हारा बिलेह तो कोई चमत्कारी जीव है। देखो तो, इतना छोटा-सा लड़का, और पंडित-मंडली के पाठ तथा उच्चारण की त्रुटियों का शोधन करता है। बड़े-बड़ों का तो ध्यान नहीं गया उस ओर; और यह बीच में बोल पड़ा। बंगला की बात होती, तो भी मैं समझती कि पढ़े-लिखे घर का लड़का है, सुनकर ही सीख गया होगा।...अरे, यह तो संस्कृत का विद्वान् हो गया लगता है, जैसे इसकी मातृभाषा हो संस्कृत। कहाँ से सीख ली इसने इतनी संस्कृत?"

भुवनेश्वरी ने आत्म-गौरव का अनुभव किया, किंतु यह उसके प्रदर्शन का उचित अवसर नहीं था। उसने उसे संयत करते हुए विनीत भाव से कहा, "परिवार के सारे बच्चे जिस कमरे में सोते हैं न, उसी में हमारे नृसिंह काका भी सोते हैं—बच्चों की देखभाल के लिए। सोने से पहले, वे ही इन लोगों को कभी भजन सुनाते हैं, कभी रामायण-महाभारत। वे आजकल बच्चों को संस्कृत का व्याकरण मुग्ध-बोध भी पढ़ा रहे हैं। बिलेह को संस्कृत का आरंभिक ज्ञान उन्हीं से मिल रहा है।"

"आरंभिक ज्ञान चाहे किसी से मिल रहा हो; किंतु यह लड़का तो संस्कृत का पंडित होगा।" पड़ोसन बोली, "मेरी बात मानो तो दीदी! इसे संस्कृत के किसी अच्छे विद्वान् के पास भेजो।"

भुवनेश्वरी ने उसके परामर्श का तिरस्कार नहीं किया; किंतु उसकी स्वीकृति भी नहीं दी, "कुछ बड़ा हो ले, तो सोचेंगे। जाने किस-किस विषय का ज्ञान चाहिए इसे।"

पड़ोसन तो चली गई, किंतु उसकी बातें भुवनेश्वरी के मन में घुमड़ती रहीं। सचमुच ही नरेन्द्र में कुछ अद्भुत है। उस दिन स्वर्णमयी उसकी स्मरण-शक्ति के गुण गा रही थी, और आज पड़ोस की यह महिला, उसके संस्कृत-ज्ञान से अभिभूत थी।...

भुवनेश्वरी वह घटना भी आज तक भूल नहीं पाई है :

काली काका का अंतिम समय आ गया था...सारा परिवार उन्हें घेरकर बैठा था; और उन्होंने इच्छा प्रकट की थी कि उन्हें कोई महाभारत पढ़कर सुनाए। सारे बड़े-छोटे संकोच अथवा अक्षमता के कारण पीछे हट गए थे। एक यह छोटा-सा बिलेह ही था, जो गोद में भारी-भरकम महाभारत को लेकर बैठ गया था। उसका साथ देने के लिए हरमोहिनी भी बैठ गई थी।...उस दिन भी बिलेह ने महाभारत पढ़कर सबको चमत्कृत कर दिया था...

अवसर मिलते ही भुवनेश्वरी ने विश्वनाथ से कहा, "आज प्रातः की घटना से सब लोग बिलेह के संस्कृत-ज्ञान पर चकित हैं। पता नहीं नृसिंह काका की शिक्षा ही में कोई जादू है या नरेन्द्र की बुद्धि ही असाधारण है। एक पड़ोसन तो कह रही थी कि बिलेह को संस्कृत के किसी बड़े पंडित के पास शिक्षा के लिए भेजना चाहिए।"

विश्वनाथ कुछ सोचते रहे, जैसे मन-ही-मन कोई योजना बुन रहे हों। फिर बोले, "अच्छा ही है कि संस्कृत सीख ले। आजकल किसी को ढंग से संस्कृत आती भी तो नहीं। पर, मैं तो यह भी सोच रहा हूँ कि वह संगीत सीखे। उसका कंठ अच्छा है। संगीत में उसकी अच्छी गति होगी।"

भुवनेश्वरी ने योजना को तत्काल स्वीकृति दे दी, "किससे सीखेगा संगीत? घर में तो कोई

ऐसा सिखाने वाला है नहीं। आप स्वयं सिखाएँगे क्या?''

''जितना मैं जानता हूँ, उतना तो सिखा ही सकता हूँ!'' विश्वनाथ हँसे, ''और यदि घर में कोई सिखाने वाला नहीं है, तो कोई कुछ सीखेगा ही नहीं? हमारे घर में मुझसे पहले किसने हाफ़िज़ की कविताएँ पढ़ी थीं; और कौन बाइबल पढ़ता था यहाँ? मैं दोनों ही पढ़ता हूँ।''

''तुम्हारी तो बात ही निराली है।'' भुवनेश्वरी की शिकायत और प्रशंसा, एक-दूसरी में गड्ड-मड्ड हो गई थीं, ''हिंदू के पुत्र होकर भी हिंदुओं के किसी ग्रंथ का ज्ञान है तुमको? पढ़ेंगे भी तो बाइबल और हाफ़िज़ की कविताएँ।''

विश्वनाथ जोर से हँसे, ''इसीलिए तो कह रहा हूँ कि बिलेह को हिंदुस्तानी संगीत सिखाने के लिए कोई मुसलमान उस्ताद रख देता हूँ। भक्त कवियों की रचनाएँ गाया करेगा।'' उन्होंने रुककर भुवनेश्वरी को देखा, ''ज्ञान भी एक है, जैसे सत्य एक है। ऊपर के ये वर्ग-विभाजन या तो अज्ञानियों के लिए हैं, या मूर्खों के लिए।''

''जो तुम्हारे मन में आए, वही करो।'' भुवनेश्वरी तुनककर बोली, ''किसी की सुनते तो तुम हो नहीं।''

10

राम अकेला बैठा-बैठा ऊब गया, तो उठकर मकान के बाहर आ गया। सारी शाम उसने ऐसे ही बिता दी थी। उसका मन किसी काम में लग ही नहीं रहा था। वह जितना ही सोचता जाता था, समाधान मिलने के स्थान पर, उसका आक्रोश बढ़ता जाता था।

उसे याद है कि अपने शैशव में उसे भगवान् से कितना प्यार था। वह अपने खेलने के कमरे में देवता की मूर्ति को स्थापित कर उसे भोग लगाया करता था। कभी-कभी सखी का वेश धारण करके श्रीकृष्ण को रिझाने के लिए उनके सम्मुख नृत्य किया करता था। जब मन बहुत प्रसन्न होता था तो वह महोत्सव करता था और अपने समवयस्कों को बुलाकर प्रसाद वितरित किया करता था।···

किंतु अब तो भगवान् का नाम सुनते ही उसे क्रोध आने लगता था। क्या किया भगवान् ने उसके साथ?···ढाई वर्ष का था राम, जब उसकी माँ परलोक सिधार गई थी। यह क्या भगवान् की कृपा थी उस पर? ढाई वर्ष के बालक से उसकी माँ छीन लेना कहाँ का न्याय था?···और छोड़ दिया उसे पिता की देख-रेख में, जिन्हें सांसारिक तौर-तरीकों का तनिक भी ज्ञान नहीं था। वे जानते ही नहीं थे कि धन कैसे कमाया जाता है, कैसे बचाया जाता है और कैसे खर्च किया जाता है। वे तो बस जानते थे कि धन कैसे लुटाया जाता है।···स्वयं तो कुछ कमाया नहीं, जो पैतृक संपत्ति थी, उसे भी नष्ट कर दिया उन्होंने!···ठाकुर दा कुछ कम छोड़कर नहीं गए थे। पिता न भी कमाते, उसी को ढंग से खर्च करते तो उन पिता-पुत्र को तनिक भी कठिनाई नहीं होती।···राम प्रवेशिका में उत्तीर्ण हो चुका था। पिता ने अपनी अव्यावहारिकता से अपनी आर्थिक स्थिति यह न बना ली होती तो नारिकेलडांगा मुहल्ले के अपने मकान में वे सम्मानपूर्वक रहते और राम डॉक्टरी पढ़ता।···पर पिता को क्या कहता वह! उन्होंने अपना मकान भी बेच दिया था और यहाँ आ पड़े थे। उन्हें न उसमें तनिक भी लज्जा का अनुभव होता था, न कुछ माँगने में संकोच होता था।···आज

जब मेडिकल स्कूल में उसे पता लगा था कि उसे अपनी पुस्तकों के लिए कितने धन की आवश्यकता है, तो जैसे उसके पैरों तले की जमीन ही खिसक गई थी।...उसकी इच्छा हुई थी कि स्कूल से ही कहीं भाग जाए। पर भागना, किसी समस्या का समाधान तो था नहीं। न चाहते हुए भी परेशान होकर अंत में उसने अपने पिता से कह ही दिया था, "पिताजी! मुझे स्कूल की पुस्तकों के लिए कुछ रुपयों की आवश्यकता है।"

"विश्वनाथ से माँग लो।" पिता ने निस्संकोच भाव से कह दिया।

राम भौचक-सा पिता का चेहरा देखता रहा। कैसी सरलता से कह दिया उन्होंने 'विश्वनाथ से माँग लो' जैसे किसी से अपने खर्च के लिए धन माँगना इतना ही सहज है।

"आपको पता भी है, मुझे कितने रुपयों की आवश्यकता है।" उसने आवेश में कहा था, "डॉक्टरी की पुस्तकें बहुत महँगी होती हैं।"

पिता ने उसकी ओर देखा और उसका अभिप्राय समझकर कहा, "तुम्हें संकोच हो, तो मैं माँग दूँगा।"

पिता के लिए तो बात समाप्त हो गई थी; किंतु राम के लिए तो यह एक आरंभ था—अपमानजनक आरंभ। आगे का सारा जीवन ऐसे ही चलेगा क्या?...विचित्र स्थिति थी पिता की, जब उसने इस जीवन-शैली के प्रति अपनी अरुचि प्रकट की, तो उन्होंने बड़े सहज भाव से पूछा कि क्या किसी ने उससे कुछ कहा है? यदि किसी ने कहा है, तो वह उन्हें बताए, वे विश्वनाथ से उनकी शिकायत करेंगे...! राम उन्हें समझा ही नहीं सकता था कि कोई उसे कुछ न भी कहे, तो भी उसका स्वाभिमान आहत होता है। उसका अपना विवेक ही उसे धिक्कारता है। उसका दम घुटता है, इस प्रकार किसी पर बोझ बनकर जीने में। वह परमुखापेक्षी बनकर नहीं जीना चाहता...किंतु पिता के लिए यह सब सहज-स्वाभाविक था। उन्हें इसमें तनिक भी संकोच नहीं था। वे ब्राह्मण नहीं थे, किंतु पंडित थे। विद्वान् तो होते ही निर्धन हैं; और विद्वानों को तो भिक्षा पर ही जीवन-यापन करने की परंपरा है, भिक्षा चाहे राजा दे, कोई धनी व्यक्ति दे, कोई संबंधी दे या समाज दे...

वह असमंजस में ही था कि घर के भीतर लौट जाए या गली पार कर हेदो तालाब की ओर चला जाए कि उसे सामने से सुरेन्द्रनाथ मिश्र आता दिखाई दिया। राम को आश्चर्य नहीं हुआ, किंतु असुविधा अवश्य हुई। वह जानता था कि सुरेन्द्र का घर भी इसी गली—गौर मोहन मुखर्जी की गली में ही है; किंतु वह उसके सामने नहीं पड़ना चाहता था।...पर इस संकोच से होगा क्या? अंततः तो यह बात छिपी रह नहीं जाएगी।...

सुरेन्द्र उसके निकट आ गया, "अरे, तुम राम! यहाँ आए हो?"

राम सुरेन्द्र के साथ ही चल पड़ा। उसने उसे बताया कि अब वे—वह और उसके पिता—इस घर में विश्वनाथ दत्त के आश्रित होकर रह रहे हैं।

"तो क्या हो गया?" सुरेन्द्र बोला, "अपने संकट के दिनों में मनुष्य अपने भाई-बहनों के पास ही तो जाता है।"

"अपने किसी भाई-बहन के घर गए होते, तो कोई बात भी थी।" राम कुछ झल्लाकर बोला, "तुम जानते हो, विश्वनाथ दत्त से हमारा संबंध क्या है?"

"क्या?"

"मेरे बाबा संबंध में विश्वनाथ दत्त की पत्नी के नाना होते हैं, मैं उनका मामा हूँ।" राम

बोला।

"अरे, तो क्या हो गया?" सुरेन्द्र सांत्वना देता हुआ बोला, "विश्वनाथ बाबू इन बातों की तनिक भी चिंता नहीं करते। तुम्हारा उनसे कोई संबंध न भी होता, तो भी वे तुम को आश्रय देते। वे अत्यंत उदार व्यक्ति हैं। मुहल्ले वाले तो उन्हें दादा विश्वनाथ कहते हैं।"

"मैं जानता हूँ।" राम बोला, "वे कुछ नहीं कहते, किंतु मेरा मन तो बहुत कुछ कहता है। मेरी बुद्धि कहती है; मेरा विवेक कहता है।" वह कुछ रुककर बोला, "किंतु घर में केवल विश्वनाथ बाबू ही तो नहीं हैं···और लोग भी हैं। उनकी काकी की जिह्वा की मार अत्यंत क्रूर होती है। पूर्ण कर्कशा हैं वह।"

"जानता हूँ।" सुरेन्द्र बोला, "अब पाँचों अंगुलियाँ तो बराबर होतीं नहीं। वे कहने पर आती हैं तो विश्वनाथ बाबू को भी नहीं छोड़तीं। उनको टाल जाया करो।···कैसे···" वह रुका, "कोई असुविधा हो तो मुझे कहो।"

"नहीं! वैसी कोई भौतिक असुविधा नहीं है।" राम ने कहा, "उन्होंने मेरा नाम कैंपबेल मेडिकल स्कूल में लिखवा दिया है। मैं डॉक्टरी पढ़ रहा हूँ। पढ़ ही जाऊँगा।··· किंतु वह स्वतंत्रता और सम्मान तो नहीं है न!"

"अरे, कुछ दिन स्वतंत्रता और सम्मान को भूले रहो।" सुरेन्द्र किसी अनुभवी बुजुर्ग के समान कह रहा था, "इसे ईश्वर की इच्छा मानकर स्वीकार करो।"

"ईश्वर?" राम के स्वर में आक्रोश उतर आया, "मैं तो नास्तिक होता जा रहा हूँ। ईश्वर के अस्तित्व और उसके कृत्यों का कोई तर्क ही दिखाई नहीं पड़ता। उसी की दया और न्याय को तो भुगत रहा हूँ मैं···"

"ओह! सर्वग्रासिनी भौतिकता।" सुरेन्द्र जैसे अपने आपसे बोला, "जिसे देखो, वही नास्तिक होता जा रहा है। नास्तिक नहीं बन पाता तो ईसाई हो जाता है। चलो, तुम डॉक्टर ही बन जाओ।" वह हँसा, "अच्छा, मनमोहन का क्या समाचार है?"

"मनमोहन को मौसा जी ने अपने पास ढाका बुला लिया है।" राम बोला, "वे उसका विवाह कर देना चाहते हैं।"

"ठहर! ठहर!!" सुरेन्द्र बोला, "कुछ क्षण रुक जा भाई। ये संबंध मुझे समझ लेने दे। मनमोहन मित्र तुम्हारी मौसी का बेटा है और वह कलकत्ता में मामापुकुर मुहल्ले में अपने मौसा राजेन्द्रनाथ मिश्र के पास रहकर हिंदू स्कूल में पढ़ रहा था। है न?"

"हाँ।"

"तो राजेन्द्रनाथ मिश्र तुम्हारे भी तो मौसा हुए!" सुरेन्द्र ने जैसे कोई आविष्कार कर लिया था, "यदि वे मनमोहन को अपने पास रखकर पढ़ा सकते हैं, तो क्या वे उसी प्रकार तुम्हें नहीं पढ़ा सकते? यदि वे ऐसा करते तो तुम्हें विश्वनाथ बाबू के घर नहीं रहना पड़ता।"

"ठीक कहते हो।" राम बोला, "पर मनमोहन अपने मौसा का आश्रित नहीं था। उसके पिता समर्थ व्यक्ति हैं। मैं विश्वनाथ बाबू का आश्रित हूँ।" वह रुका, "और फिर हम लोगों के राजेन्द्र बाबू से उतने आत्मीय संबंध भी नहीं है।"

"क्यों?" सुरेन्द्र बोला, "संबंध तो तुम्हारा भी वही है, जो मनमोहन का है।"

"हाँ, संबंध तो वही है।" राम ने स्वीकार किया, "किंतु एक तो मेरी माँ का देहांत हो जाने से हमारे संबंध अविच्छिन्न नहीं रहे; दूसरे मेरे पिता की हैसियत राजेन्द्र बाबू तथा मनमोहन के

पिता के बराबर नहीं है।"

"ओहं-हो-हो।" सुरेन्द्र हँसा, "संबंधों में भी रुपया-पैसा बहुत महत्त्वपूर्ण है भाई! कहते हैं न कि धनी संबंधी, निर्धन संबंधी को पहचानता ही नहीं।"

"कुछ ऐसा ही समझ लो।" राम ने संक्षिप्त-सा उत्तर दिया।

"तो मनमोहन ढाका क्यों चला गया?" सुरेन्द्र ने पूछा, "क्या वह और नहीं पढ़ेगा?"

"शायद नहीं।"

"क्यों? वह पढ़-लिखकर विद्वान् हो गया है, कलकत्ता में ज्ञान का अकाल पड़ गया है?"

"नहीं, ऐसा कुछ नहीं है।" राम बोला, "मौसा जी का विचार है कि यहाँ रहने से मनमोहन पर ब्राह्म-समाज का अत्यधिक प्रभाव पड़ रहा है। वे आशंकित थे कि कहीं मनमोहन ब्राह्म धर्म में सम्मिलित ही न हो जाए।"

"तो?"

"वे उसका विवाह कर देंगे, ताकि वह नारी-समाज के प्रभाव में आ सके।" राम के मन का अवसाद कुछ-कुछ धुल चला था, "वे नहीं चाहते कि शिक्षा के लोभ में मनमोहन ब्राह्म-समाज के जाल में फँस जाए।"

"इसका अर्थ है कि उन्हें ब्राह्म-समाज से नारी-समाज अधिक प्रिय है।" सुरेन्द्र उच्च स्वर में हँसा।

11

भुवनेश्वरी ने प्रेम से नरेन्द्र को बैठाया और खाना परोसने लगी।

"तेरा संगीत का अभ्यास कैसा चल रहा है, बिलेह?"

"ठीक ही चल रहा है माँ!"

"संगीत सीखने में तेरा मन तो लगता है न?"

"मुझे बहुत अच्छा लगता है माँ!" नरेन्द्र जैसे यह सूचना देते हुए आनंद का अनुभव कर रहा था, "एक बार बैठ जाऊँ तो उठने की इच्छा ही नहीं होती।"

"शिक्षक अच्छे हैं तेरे?"

"मुझसे प्रेम करते हैं माँ!" नरेन्द्र ने बताया, "डाँटना तो जैसे जानते ही नहीं।"

भुवनेश्वरी ने थाली उसकी ओर बढ़ाई। नरेन्द्र ने हाथ बढ़ाकर थाली पकड़नी चाही ही थी कि भुवनेश्वरी ने अपना हाथ खींच लिया, "हाथ धोए तूने?"

नरेन्द्र ने सोचने की मुद्रा बनाई, "शायद नहीं धोए।"

"तो धो।" भुवनेश्वरी ने कहा, "बिना हाथ धोए भात की थाली को मत छुआ कर। जिस घर में जन्म लिया है, उसका कुछ आचरण भी सीख।"

नरेन्द्र कुछ नहीं बोला। वह हाथ धोने के लिए उठ गया और हाथ धोकर पुनः आ बैठा।

"संगीत मन को शांति देता है।" भुवनेश्वरी ने बात आगे चलाई, "इसलिए वह एक उत्कृष्ट और उदात्त कला है। जब तक वह साधना है, तब तक आत्मा का शुद्धिकारक है; किंतु जैसे ही व्यसन बन जाता है, वह पतन की ओर चल निकलता है। इसलिए तुम केवल ईश्वरीय संगीत

सीखो।...''

''माँ! यह भी क्या हिंदुस्तानी संगीत के समान, संगीत की कोई शाखा है?''

''माँ का उपहास करता है तू।'' भुवनेश्वरी हँसी, ''केवल भक्ति संगीत तक सीमित रखना अपने आपको। दरबारों में गाया जाने वाला संगीत, चाहे वह शास्त्रीय संगीत ही हो—सांसारिक संगीत है।...''

नरेन्द्र ने बाएँ हाथ से सिर खुजलाया तो भुवनेश्वरी का प्रवाह भंग हो गया, ''यह क्या किया तूने?''

''सिर में खुजली हो रही थी माँ!''

भुवनेश्वरी की आँखों में ताड़ना थी, ''तुझे समझाया है न कि हाथ धोए बिना भात की थाली मत छूना, और थाली हाथ में लेने के पश्चात् शरीर को मत छूना।''

''भात की थाली हाथ में लेने के पश्चात् शरीर को छूने से क्या होता है माँ?'' नरेन्द्र ने अबोध भाव से पूछा।

''यह हमारी परंपरा है।''

''परंपरा का कोई अर्थ भी तो होता होगा।''

''वह एक पृथक् विषय है।'' भुवनेश्वरी बोली, ''पर तुझे मना किया है, तो तू मानता क्यों नहीं?''

''माँ! मैं किसी बात को केवल इसलिए स्वीकार नहीं कर सकता, क्योंकि वह पहले से प्रचलित है।'' नरेन्द्र दृढ़ता के साथ बोला, ''मुझे कारण नहीं बताओगी, तो न केवल भात की थाली हाथ में लेकर शरीर और सिर खुजलाऊँगा, वरन् बाएँ हाथ से जल पीऊँगा और हाथ भी नहीं धोऊँगा।'' नरेन्द्र ने आँखों में चुनौती लिए हुए, माँ की ओर देखा।

भुवनेश्वरी हतप्रभ रह गई। कैसी बातें कर रहा है नरेन्द्र! सारे तर्क विस्मृत हो गए। क्षोभ से जैसे उसका कंठ सूखने लगा। इतना ही पूछ पाई, ''माँ के कहने पर भी नहीं मानेगा?''

''मैं मूर्खतापूर्ण बातें केवल इसलिए स्वीकार नहीं कर सकता, क्योंकि उन्हें मेरी माँ कह रही है।''

भुवनेश्वरी की आँखें भर आईं। उसका स्वर उत्तेजित हो उठा, ''मैं मूर्खतापूर्ण बातें कह रही हूँ?''

नरेन्द्र ने बाएँ हाथ से जल-पात्र उठा लिया था। भुवनेश्वरी के देखते-देखते ही नहीं, उसे जैसे चुनौती देते हुए, वह पानी पी गया और बोला, ''कह ही रही हो!''

भुवनेश्वरी अवाक् बैठी रह गई। उसने कभी कल्पना भी नहीं की थी कि उसका बिलेह उससे कभी इस प्रकार बात करेगा।...वह विनीत बालक के रूप में उससे कुछ भी पूछता तो वह उसे अवश्य बताती, समझाती; किंतु इस उद्दंड बिलेह को वह क्या कहती, जो उसकी इस प्रकार अवज्ञा कर रहा था। तर्क उसके पास थे; किंतु उन्हें कहने की इच्छा ही नहीं रह गई थी।

शाम तक भुवनेश्वरी निरंतर अवसाद में डूबती चली गई। उसे कभी अपने आपसे वितृष्णा होने लगती; और कभी नरेन्द्र के प्रति कटुता जागने लगती। उसकी समझ में नहीं आ रहा था, कि उसकी शिक्षा में कहीं कोई कमी रह गई थी अथवा नरेन्द्र ही उन बच्चों में से था, जिन पर संस्कारों का प्रभाव नहीं होता।

रात को एकांत में विश्वनाथ को अपने सामने पा, वह स्वयं को रोक नहीं पाई। बोली, ''इस

बिलेह की जितनी प्रशंसा होती है, यह उतना ही उद्दंड और अहंकारी होता जा रहा है।'' कहने को तो वह कह गई, किंतु उसके मन में एक संशय लगातार बना हुआ था कि क्या उसका पुत्र इतना दुष्ट हो गया है कि उसकी शिकायत, इस प्रकार उसके पिता से करनी पड़े?

''क्या किया उसने?'' विश्वनाथ ने सहज भाव से पूछा।

''मैं उसे भात की थाली हाथ में लेने के पश्चात् सिर खुजलाने से मना कर रही थी, तो बोला कि मैं ये मूर्खतापूर्ण बातें नहीं मानूँगा।''

''तो तुम उसे उसका कारण समझा देती,'' विश्वनाथ बोले, ''बच्चों में अंधविश्वास के प्रति निष्ठा नहीं जगानी चाहिए न।''

भुवनेश्वरी को लगा कि वह वादी के स्थान पर अपराधी बन गई। सफाई देती हुई बोली, ''कारण तो मैं बता देती; किंतु उसे माँ से इस प्रकार उद्दंडतापूर्वक बात करनी चाहिए?''

''वह तो ठीक है। मैं उसे समझा दूँगा।'' विश्वनाथ का स्वर पर्याप्त सहज था, ''पर तुम भी एक बात का ध्यान रखो। अब वह छोटा बच्चा नहीं है; किशोरावस्था की ओर बढ़ रहा है। उसका पौरुष स्वतंत्र होने के लिए छटपटा रहा है। और फिर हमने ही तो उसे तर्क करना सिखाया है। अब हम स्वयं ही तर्क का विरोध नहीं कर सकते। यदि उसे अपने प्रश्नों का संतोषजनक उत्तर नहीं मिलेगा, तो वह और भी उद्दंड हो जाएगा, और उसका इस प्रकार का अनाचार और भी बढ़ जाएगा।''

भुवनेश्वरी मन-ही-मन कहीं अपनी भूल भी स्वीकार कर रही थी; किंतु उसका मन यह मानने को प्रस्तुत नहीं था कि नरेन्द्र के व्यवहार में कुछ भी अनुचित नहीं था। बोली, ''मैं भी ध्यान रखूँगी; किंतु तुम उसे समझा अवश्य देना।''

''समझा दूँगा।''

विश्वनाथ के स्वर में कुछ ऐसा था कि भुवनेश्वरी का मन सहम गया। संकोचपूर्वक धीरे से बोली, ''देखो, उसे मारना-पीटना नहीं।''

विश्वनाथ हँस पड़े, ''नहीं पीटूँगा। अरे, आज तक मैंने कभी किसी को पीटा भी है?''

हरमोहिनी और स्वर्णमयी कमरे में प्रवेश करने से पहले, कपाट पर कुछ लिखा हुआ देखकर चौंक पड़ीं। यह वही कमरा था, जिसमें आजकल प्रायः नरेन्द्र अपने मित्रों के साथ बैठा करता था। हरमोहिनी ने अपना आश्चर्य प्रकट करने के लिए कहा, ''स्वर्णमयी! देख तो जरा।''

''क्या है दीदी?'' देखा तो स्वर्णमयी ने भी था कि कपाट पर कुछ लिखा हुआ है; किंतु उसके लिए, यह कोई बहुत आश्चर्यजनक बात नहीं थी। किसी ने कुछ लिख दिया होगा। बच्चे ऐसी शरारतें करते ही रहते हैं। बहुत संभव है कि नरेन्द्र अथवा उसके मित्रों में से ही किसी ने कुछ लिख दिया हो; किंतु हरमोहिनी के व्यवहार ने इस बात को, उसके लिए भी महत्त्वपूर्ण बना दिया था। वह हरमोहिनी के निकट आ गई; और दोनों ने एक साथ पढ़ा।

कपाट पर लिखा था, ''आज नरेन बाबू ने अपनी माता को अपशब्द कहे। वे अपनी माता की बातों को मूर्खतापूर्ण समझते हैं।''

''अरे, यह तो बिलेह के विषय में लिखा है।'' स्वर्णमयी चहककर बोली, ''बाबा आजकल उसे नरेन बाबू कहते हैं।...कल उसने माँ को कुछ कह दिया था। बाबा ने उसे न डाँटा, न समझाया; और यहाँ लिख दिया। कपाट न हुआ, बिलेह की गतिविधियों का सूचनापट्ट हो गया।''

हरमोहिनी भी उल्लास से खिल उठी, "आ, सबको बताएँ, नरेन बाबू की वीरता।"

दोनों को मानो एक आह्लादकारी, महत्त्वपूर्ण काम मिल गया था। उन्हें जो भी मिला, उसे उन्होंने बताया कि उस कमरे के कपाट पर बिलेह के संबंध में यह सूचना लिखी हुई है। उन्होंने घर भर में कुछ इस प्रकार का कोलाहल मचाया कि छोटे-बड़े सब ही अपनी उत्सुकता में उस सूचना को पढ़ने के लिए आए। किसी ने किसी को कुछ कहा नहीं। उसे पढ़कर, विस्मय से एक-दूसरे को देखा और यदि किसी ने कुछ कहा भी तो होंठों-ही-होंठों में दबे स्वर से!

नरेन्द्र की ऊधम-लीला को सब जानते थे; किंतु आज तक उसे शरारत ही माना गया था। उसे अभद्रता अथवा अशिष्टता की कोटि में किसी ने नहीं रखा था।...किंतु, आज यह सूचना इस प्रकार प्रचारित हुई थी कि उसे शालीनता का अतिक्रमण ही माना जा रहा था।

नरेन्द्र बाहर से आया तो उसके साथ हरि, मोती और प्रियनाथ भी थे। कपाट पर कुछ लिखा हुआ देखकर, वह रुक गया। उसके मित्र भी ठहर गए और उन सबने जैसे एक साथ ही पढ़ा :

"आज नरेन बाबू ने अपनी माता से अपशब्द कहे। वे अपनी माता की बातों को मूर्खतापूर्ण समझते हैं।"

मित्रों ने विस्मय से नरेन की ओर देखा, और नरेन्द्र के लिए संकुचित होकर सिर झुका लेने के सिवाय और कोई उपाय ही नहीं था।

"अरे, बिलेह!..." हरि ने कुछ कहना चाहा।

नरेन्द्र ने उसकी बात जैसे अनसुनी करते हुए कहा, "आओ, भीतर आओ। तुम लोग बैठो। मैं अभी आया।"

सबको वहीं छोड़, नरेन्द्र तेजी से भुवनेश्वरी के पास आया, "माँ!"

भुवनेश्वरी ने दृष्टि उठाकर उसकी ओर देखा। वह जानती थी कि वह उसके पास आएगा, बस, यही नहीं जानती थी कि किस मनःस्थिति में आएगा।

"कल मुझसे भूल हो गई माँ! मुझे क्षमा करो।" नरेन्द्र बोला, "मुझे वह सब नहीं कहना चाहिए था। मैंने तुम्हें मर्माहत किया है। वह मेरी नृशंसता थी माँ! व्यक्ति को अस्वीकार में भी नृशंस नहीं होना चाहिए।"

भुवनेश्वरी के सिर से जैसे मनों बोझ हट गया। कल की उस घटना के बाद से ही, वह अपने बिलेह को न दोषी ही मान पा रही थी, और न ही क्षमा ही करने की स्थिति में थी। वह भविष्य संबंधी अनेक दुष्कल्पनाएँ कर-करके इतनी भयभीत हो चुकी थी कि जीवन उसे अप्रिय-सा लगने लगा था। यदि बिलेह इसी प्रकार का व्यवहार करेगा, तो वह माँ का सम्मान कैसे कर पाएगा! और यदि वह माँ का सम्मान नहीं करेगा, तो ऐसे पुत्र को लेकर भुवनेश्वरी क्या करेगी?...किंतु क्षमा-याचना के इन दो शब्दों ने ही, जैसे आशंकाओं और दुष्कल्पनाओं के दैत्यों का नाश कर दिया था।

स्नेह से नरेन्द्र के सिर पर हाथ फेरती हुई वह बोली, "तू अपनी भूल समझ गया, यही बहुत है बिलेह!...और पुत्र सुन! स्वच्छ हाथों से भोजन करना चाहिए, इसलिए खाने से पहले हाथ धोने के लिए कहा जाता है। धुले हाथों से खुजली इत्यादि करने से हाथ पुनः गंदे हो जाते हैं, इसलिए भोजन के दौरान शरीर छूने से मना किया जाता है। सारे लोगों की बुद्धि इस योग्य नहीं होती कि सबको सारा-कुछ समझाया जा सके, इसलिए एक परंपरा बना दी जाती है, जिसका सब लोग पालन करते हैं।"

नरेन्द्र समझ रहा था कि उसके द्वारा अपनी भूल स्वीकार कर लिए जाने से, माँ उसके प्रति कितनी स्नेहमयी हो गई हैं। जो कुछ उन्होंने कल नहीं बताया था, वह आज बता रही हैं। उसने अपनी दूसरी जिज्ञासा माँ के सम्मुख रखी, "और माँ! बाएँ हाथ से जल-पात्र उठाकर पानी पीने से हाथ क्यों धोना पड़ता है? बायाँ हाथ अपवित्र कैसे है? वह भी तो हमारे शरीर का ही अंग है।"

"बायाँ हाथ अपवित्र नहीं है पुत्र! वास्तविक बात यह है कि भोजन धीरे-धीरे शांत मन से करना चाहिए, ताकि वह सुपाच्य हो सके। यदि भोजन में हम दोनों हाथों का प्रयोग करते हैं तो भोजन की मात्रा और गति दोनों ही बढ़ जाती हैं। उस मात्रा और गति को सीमित रखने के लिए ही भोजन में केवल एक हाथ के प्रयोग की अनुमति दी गई है। इसीलिए परंपरा ने एक हाथ को निषिद्ध ही घोषित कर दिया है।"

नरेन्द्र समझ गया कि माँ के पास तर्क तो कल भी थे; किंतु उसके अपने व्यवहार ने ही माँ को कष्ट दे दिया था। उसकी ग्लानि बढ़ गई, "मैं समझ गया माँ! जाने क्यों मैं उद्दंडता कर बैठा।"

वह अपने मित्रों के पास लौटा तो उसके मन में अनेक विचार थे···हम यह क्यों मान लेते हैं कि हमारे मन में जो बात आई है, वह हमसे पहले, आज तक किसी के मन में आई ही नहीं थी?···हम क्यों मान लेते हैं कि परंपरा का विश्लेषण कर, उसका तर्क समझना हमारा काम नहीं है? क्या यह परंपरा का दायित्व है कि वह हमारे सम्मुख स्वयं को स्पष्ट करे?···हम क्यों मान लेते हैं कि यदि किसी ने हमारे सम्मुख अपना तर्क नहीं रखा, तो उसके पास अपना तर्क है ही नहीं···?

12

नीचे आँगन से ऊपर तक जाने वाली सीढ़ियों में नरेन्द्र सबसे ऊपर बैठा था।

"मैं सम्राट् हूँ। राजाओं का राजा—राजाधिराज! तुम दोनों दो सीढ़ियाँ नीचे—यहाँ मेरे सामने खड़े हो जाओ। एक महामंत्री और दूसरा महासेनापति।" उसने अपने दो साथियों को संकेत किया, "तुममें से पाँच उस सीढ़ी पर खड़े हो जाओ। तुम लोग मेरे मांडलिक राजा हो। उनसे एक सीढ़ी नीचे सारे सभासद बैठ जाएँ।"

आज नरेन्द्र ने एक नए खेल का आविष्कार किया था। अब तक कभी-कभी वे लोग अन्य खेलों के साथ चोर-सिपाही भी खेला करते थे। किंतु, नरेन्द्र को चोर-सिपाही से ही संतोष नहीं था। वह इतना सरल खेल था कि उसमें नरेन्द्र जैसे लड़के के लिए, कुछ भी नया नहीं था—न करने के लिए, न कहने के लिए और न सोचने के लिए। इसीलिए आज उसने एक व्यापक खेल चुना था, जिसमें चोर-सिपाही से बहुत ऊपर तक का शासन-तंत्र सम्मिलित था।

सब लोग उसकी इच्छानुसार उसके बताए हुए स्थानों पर पहुँच गए, तो उसने महामंत्री को संकेत किया, "आज की कार्यवाही आरंभ हो।"

महामंत्री ने दोनों हाथ जोड़कर, झुककर प्रणाम किया और बोला, "सूर्यवंशावतंस पृथ्वीपति, महासागरों के स्वामी, धर्मादित्य, राजाधिराज नरेन्द्रनाथ की जय हो। महाराज! आज कुछ प्रजाजन आपसे भेंट करने आए हैं। वे चाहते हैं कि आप उनके उपहार स्वीकार करें।"

नरेन्द्र ने ओजस्वी स्वर में पूछा, ''वे उपहार देने आए हैं अथवा भेंट करने?''

''महाराज! वे आपको उपहार देने के बहाने से मिलना चाहते हैं,'' महामंत्री ने कहा, ''ताकि वे अपने कष्ट आपसे कह सकें।''

नरेन्द्र का स्वर कठोर हो गया, ''महामंत्री! हमारे राज्य में ऐसा अंधेर कैसे हो रहा है? प्रजा हमें 'कर' देती है, ताकि हम उसका पालन-पोषण और रक्षा करें, फिर अपना दुःख कहने के लिए उपहार क्यों लाने पड़ते हैं? यदि 'कर' लेने के पश्चात् भी राजा उनकी रक्षा नहीं करता, तो राजा राजा नहीं, दस्यु है। उपहार लौटा दिए जाएँ और प्रजाजन को उपस्थित किया जाए।''

''जो आज्ञा महाराज!'' महामंत्री ने द्वारपालों को संकेत किया, ''प्रजाजन को आने दो।''

द्वारपालों ने अपने दंड हटा लिए और प्रजाजन के रूप में चार बालकों ने प्रवेश किया। उन्होंने हाथ जोड़कर प्रणाम किया और समवेत स्वर में बोले, ''धर्मादित्य महाराजाधिराज नरेन्द्रनाथ की जय हो।''

नरेन्द्र ने अपना हाथ इस प्रकार उठाया जैसे अभयदान कर रहा हो, ''प्रजाजन! अपना कष्ट स्पष्ट शब्दों में कहो। भय का कोई कारण नहीं है।''

राजा का अभय पाकर भी प्रजा का भय दूर नहीं हुआ। कोई आवश्यक तो नहीं कि राजा जो कुछ जिह्वा से कह रहा है, वही उसके मन में भी हो। राजनेताओं की बातें तो मधुवृष्टि होती ही हैं, पर उनमें से कर्म तो किसी-किसी का ही कल्याणकारी होता है।

प्रजाजन ने विनीत भाव से कहा, ''महाराज! इसे हमारी शिकायत न समझें। आपके राज्य में किसी को दुःख हो ही क्या सकता है; किंतु आप हमारा एक सुझाव सुनने की कृपा करें। यदि आपको प्रिय लगे तो उसे स्वीकार कर, हमें अनुगृहीत करें।''

''प्रजाजन!'' नरेन्द्र उच्च स्वर में बोला, ''चाटुकारिता की आवश्यकता नहीं है। आप अपना कष्ट स्पष्ट रूप से कहें।''

प्रजाजन ने बताया, ''महाराज! हमारी फसल पककर तैयार हो जाती है तो रातो-रात कोई भूत उसे काटकर ले जाता है। हमारा सुझाव यह है महाराज! कि अपने राजपुरोहित से कोई ऐसा यज्ञ करवाएँ कि वह भूत दिन के उजाले में हमारे सामने प्रकट हो जाए। हम उसकी इच्छानुसार सारी फसल काटकर उसको दे देंगे । बस, वह हमें फसल काटने की मजदूरी ही दे दिया करे, ताकि हमारे बच्चे दिन में एक समय तो चना-चबेना खा सकें।''

नरेन्द्र ने क्रुद्ध स्वर में पूछा, ''कौन है वह भूत?''

प्रजाजन ने उत्तर दिया, ''हम दरिद्र प्रजाजन हैं महाराज! हमें कैसे पता लग सकता है कि भूत कौन है।'''और फिर महाराज! भूत तो भूत ही होता है, उसका कोई नाम-पता कैसे हो सकता है?''

प्रजाजन ने हाथ जोड़कर, सिर झुका दिया।

''महासेनापति! कौन है वह भूत?'' नरेन्द्र के स्वर में सिंह की-सी दहाड़ थी।

महासेनापति कुछ संकुचित तो हुआ, किंतु उसने स्पष्ट शब्दों में कहा, ''उस क्षेत्र का आपका मांडलिक राजा चंद्रसेन!''

''तो तुम्हें मालूम था?'' नरेन्द्र ने पूछा।

''हाँ, महाराज!''

''तो फिर तुम उसे बंदी कर, प्रजा की रक्षा क्यों नहीं करते?''

सेनापति ने अत्यंत शिष्ट भाव से कहा, "महाराज! हमारा काम तो प्रजा से राजा की रक्षा करना है, न कि राजा से प्रजा की रक्षा करना। और महाराज! बंदी तो साधारण जन किए जाते हैं, राजा-महाराजा नहीं।"

नरेन्द्र का प्रखर स्वर सात्त्विक तेज से उद्वेलित था, "सेनापति! राजा प्रजा का पालक और रक्षक होता है। उसके कर्मचारियों का धर्म है कि प्रजा की रक्षा करें। तुम्हें चंद्रसेन को बंदी करना चाहिए था।"

"महाराज! राज्याधिकारियों को बंदी करने की कोई परंपरा नहीं है।" सेनापति ने उत्तर दिया।

"चाहे वे अपराधी ही क्यों न हों?" नरेन्द्र ने पूछा।

"हाँ, महाराज!"

नरेन्द्र ने क्षण-भर सोचा, और महामंत्री अथवा सेनापति को आदेश देने के स्थान पर सीधा सैनिकों से ही बोला, "सैनिको! महासेनापति को बंदी करो, और प्रजा के शोषण में सहायक होने के अपराध में उसका वध कर दो।"

सैनिक बने बालक आगे बढ़ आए और उन्होंने महासेनापति के हाथ, पीठ की ओर बाँध दिए। वे उसे बाहर ले जाने लगे, तो नरेन्द्र ने पुनः कहा, "ठहरो।"

सैनिक अपने बंदी के साथ रुक गए और अगले आदेश की प्रतीक्षा में राजा की ओर देखने लगे।

"राजा चंद्रसेन को भी बंदी करो, और इन दोनों को वध-स्थल पर ले जाने के स्थान पर यहीं प्राण-दंड दो," नरेन्द्र बोला, "ताकि प्रजा देख सके कि सम्राट् का न्याय कैसा है।"

"जो आज्ञा महाराज!" प्रमुख सैनिक ने कहा, और अपने सैनिकों के साथ राजा चंद्रसेन बने बालक के निकट आ गया। उन्होंने चंद्रसेन के भी हाथ बाँध दिए, और उन दोनों अपराधियों को, प्रजाजन बने बालकों के सम्मुख खड़ा कर दिया। अपराधियों ने सिर झुका दिए और सैनिकों ने अपनी तलवारों से उनकी गरदनें काटने का अभिनय किया।

प्रजाजन बने लड़कों ने जय-जयकार किया, "धर्मादित्य, प्रजावत्सल महाराजाधिराज नरेन्द्रनाथ की जय।"

नरेन्द्र ने कमरे में प्रवेश किया। यह वह कमरा था, जिसमें उसके पिता, अपने मुवक्किलों से मिला करते थे। कमरे में जिस चीज ने उसे सबसे पहले आकृष्ट किया, वे थे हुक्के! वहाँ अनेक हुक्के थे। वे एक जैसे नहीं थे। उनके रूपाकार एक-दूसरे से पर्याप्त भिन्न थे।...वह विस्मय-भरी दृष्टि से उन्हें देखता रहा।

एक नौकर झाड़-पोंछकर उनका पानी बदल, उन पर चिलम रख, उन्हें पिए जाने के लिए तैयार कर रहा था।

नरेन्द्र के मन में अनेक प्रश्न एक साथ ही उठ खड़े हुए। अब तक वह जान गया था कि हुक्के का उपयोग क्या है, और उसके उपयोग की प्रक्रिया क्या है।...किंतु इतने सारे हुक्के?

अंततः उसने नौकर से पूछ ही लिया, "बाबा ने इतने सारे हुक्के क्यों जमा कर रखे हैं? क्या उनका एक-दो हुक्कों से मन नहीं भरता?"

नौकर हँस पड़ा, "बिलेह बाबू! ये वकील साहब के लिए नहीं हैं। ये तो मुवक्किलों के लिए हैं।"

इससे नरेन्द्र की जिज्ञासा का समाधान नहीं हुआ था। उसने पूछा, "तो इतने सारे हुक्के

क्यों? यदि बाबा एक कलम से इतने सारे मुकदमे लिख सकते हैं, तो एक हुक्के से सारे मुवक्किलों का काम नहीं चल सकता।''

नौकर को जैसे उसकी जिज्ञासाओं में रस आने लगा था। बोला, ''नहीं चल सकता, बिलेह बाबू! नहीं चल सकता।''

''पर क्यों नहीं चल सकता?'' नरेन्द्र ने कुछ आवेश में पूछा।

''इसलिए कि सारे मुवक्किल किसी एक जाति के तो होते नहीं। एक जाति का मुवक्किल, दूसरी जाति के मुवक्किल का हुक्का पी नहीं सकता, इसलिए प्रत्येक जाति के लिए एक अलग हुक्का है। जितनी जातियाँ हैं, उतने ही हुक्के हैं।''

नरेन्द्र इस व्यवहार का विश्लेषण कर, उसका कारण खोजता रहा; किंतु जब कोई समाधान नहीं मिला, तो बोला, ''पर एक जाति के हुक्के को दूसरी जाति का व्यक्ति क्यों नहीं पी सकता?''

नौकर ने कुछ चकित होकर उसे देखा : क्या वह इतनी-सी बात भी नहीं समझता? ''उससे उसकी जाति चली जाएगी।'' वह बोला, ''जाति चली गई, तो फिर शेष ही क्या बचा! सब-कुछ गड़बड़ हो जाएगा।''

''पर क्यों चली जाएगी जाति?'' नरेन्द्र ने भी उसे उतने ही आश्चर्य से देखा, ''और चली ही जाएगी तो क्या छत टूटकर गिर पड़ेगी? शरीर का कोई अंग टूट जाएगा? प्राण चले जाएँगे? क्या हो जाएगा?''

''प्राण तो नहीं जाएँगे,'' नौकर बोला, ''पर जाति चली जाएगी और सब गड़बड़ हो जाएगा।''

''क्या गड़बड़ हो जाएगा, यह तो बता!'' नरेन्द्र बोला।

''यह सब तो तभी समझोगे, जब तुम्हारी जाति भंग हो जाएगी।'' नौकर ने जैसे अपना अंतिम निर्णय दे दिया और नरेन्द्र की उपस्थिति को भुलाकर, इस प्रकार अपना काम करने लगा, जैसे अब इसके आगे कोई बात ही संभव न हो।''

नरेन्द्र कुछ नहीं बोला। वह समझ गया कि नौकर से उसे न कोई और सूचना मिल सकती है, न सहायता। यदि उसे अपनी समस्या का समाधान चाहिए ही, तो वह उसे स्वयं ही ढूँढ़ना होगा।

अपना काम समाप्त कर, नौकर कमरे से बाहर चला गया।

अपनी जगह पर बैठा नरेन्द्र अपनी दृष्टि से उसका पीछा करता रहा। जब यह निश्चित हो गया कि नौकर चला गया है, और अब उसके लौटकर आने की कोई संभावना नहीं है, तो नरेन्द्र ने सत्य जानने के लिए प्रयोग करने की ठानी।

वह अपने स्थान से उठा और जो हुक्का सबसे पहले उसके हाथ में आया, उससे उसने एक कश लिया। थोड़ी देर रुककर प्रतीक्षा की, कि उस कश का प्रभाव प्रकट हो ले, किंतु कुछ नहीं हुआ। उसने अपने शरीर के विभिन्न अंग टटोले। सब-कुछ यथास्थान था—हाथ-मुँह, नाक-कान! कुछ भी भंग नहीं हुआ था। उसे विस्मय हुआ। वह तो जाने किस-किस क्षति की दुष्कल्पना कर रहा था; किंतु यहाँ तो स्थिति में तनिक भी परिवर्तन नहीं हुआ था।

उसने हाथ बढ़ाकर दूसरे हुक्के से कश लिया और फिर पहले के ही समान, अपने शरीर का निरीक्षण किया। तीसरे हुक्के से कश लेकर, वह अपना निरीक्षण कर ही रहा था कि उसकी दृष्टि द्वार पर खड़े अपने बाबा पर पड़ी।...तो जो प्रयोग वह छिपकर कर रहा था, वह उसके बाबा ने देख लिया था। निश्चित रूप से यह प्रयोग उनकी दृष्टि से, उसके लिए वर्जित था। अब उनका क्रोध प्रकट होगा...वह किंकर्तव्यविमूढ़ खड़ा रह गया।

"क्या कर रहे हो?" विश्वनाथ ने सहज भाव से पूछा।

नरेन्द्र के मन में भय नहीं था। पिता के सहज स्वर को सुनकर, उसकी आशंकाएँ भी विलुप्त हो गईं। निःसंकोच बोला, "देख रहा था कि जाति-भंग होने से क्या होता है?"

"क्या पता चला?" विश्वनाथ ने पूछा।

"मुझे तो लगता है कि कुछ भी नहीं होता।"

"नहीं!" विश्वनाथ बोले, "बहुत कुछ होता है।"

नरेन्द्र ने संशययुक्त स्वर में पूछा, "क्या होता है बाबा?"

"जाति भंग हो जाए तो आत्मा का विकास होता है," विश्वनाथ बोले, "बुद्धि उदार होती है और अनेक लोगों के प्रति व्यवहार स्नेहयुक्त हो जाता है।"

विश्वनाथ हँसते हुए कमरे से चले गए, और आश्चर्यचकित नरेन्द्र खड़ा सोचता रहा कि बाबा ने जो कुछ कहा है, क्या वह उसे भी अपने प्रयोग से सिद्ध कर सकता है?

और सहसा नरेन्द्र को लगा कि बाबा से डरने की तो उसे कोई आवश्यकता ही नहीं थी।···उसने बाबा के एक मुसलमान मुवक्किल से लेकर संदेश खा लिया था, तो ठाकुर माँ ने दुनिया-भर का शोर मचाया था, पर बाबा ने तो तब भी उसे कुछ नहीं कहा था। उन्होंने हँसकर मात्र इतना ही कहा था, 'संदेश तो संदेश ही रहेगा, चाहे दुकान से हिंदू खरीदकर लाए, या मुसलमान···!'

13

नरेन्द्र को विश्वनाथ स्वयं पतलून पहना रहे थे; और तटस्थ भाव से एक ओर खड़ी भुवनेश्वरी मुस्करा रही थी।

"इसमें तो मुझे तनिक भी सुविधा नहीं है बाबा!" नरेन्द्र ने शिकायत की।

विश्वनाथ ने उसकी शिकायत को स्वीकार नहीं किया, "सुविधा क्यों नहीं है। सारा यूरोप यही पहनता है और बड़ी सुविधा से संसार के सारे कार्य करता है।"

"करता होगा," नरेन्द्र बोला, "किंतु मुझे तो लग रहा है कि मेरी कमर और टाँगों को कसकर बाँध दिया गया है। न मैं खुलकर भाग सकता हूँ, न उछल सकता हूँ।"

विश्वनाथ हँस पड़े, "नहीं! ऐसा कुछ नहीं है। तुम सब कुछ कर सकोगे बेटा! हर नई चीज की पहले असुविधाएँ प्रकट होती हैं; और उसकी सुविधाओं का पता बहुत देर बाद में चलता है।···"

"जैसे समुद्र-मंथन में सबसे पहले विष प्रकट हुआ था और सबसे अंत में अमृत?" नरेन्द्र ने पूछा।

विश्वनाथ ठिठककर नरेन्द्र की ओर देखते रह गए: यह लड़का संसार की प्रत्येक घटना का उदाहरण अपने पौराणिक संसार में से ढूँढ़ लाता है। यह वर्तमान संसार और पुराणों में एक साथ जीता है क्या?

"इन कथाओं का मुझे इतना ज्ञान नहीं है नरेन्द्र! पर बात वही है। तुम कुछ दिन पतलून पहनकर जाओ और देखो।" विश्वनाथ ने रुककर नरेन्द्र को देखा और अपने स्वर को कुछ और गंभीर तथा महत्त्वपूर्ण बनाकर बोले, "ध्यान रहे कि अब तुम छोटे बच्चे नहीं हो। आठ वर्षों के हो गए हो। अब घर में माँ के पूजा-कक्ष में गुरु महाशय से पढ़ने के स्थान पर तुम पंडित ईश्वरचंद्र

विद्यासागर के विद्यालय—मैट्रोपोलिटन इंस्टिट्यूशन—में पढ़ने जा रहे हो। क्या नाम है तुम्हारे विद्यालय का?"

"मैट्रोपोलिटन इंस्टिट्यूशन!" नरेन्द्र ने उत्तर दिया।

"और तुम दूसरी कक्षा के विद्यार्थी हो। समझे?"

"तुमने देखा न?" भुवनेश्वरी ने बीच में जोड़ा, "हरमोहिनी और स्वर्णमयी विद्यालय जाते हुए, कैसे अच्छी तरह साड़ी बाँधकर गई हैं!"

"वे लोग भी क्या मैट्रोपोलिटन इंस्टिट्यूशन में ही गई हैं?" नरेन्द्र ने उत्साहपूर्ण रुचि से पूछा।

"नहीं, वे लड़कियों के स्कूल में गई हैं।" विश्वनाथ ने उत्तर दिया, "बैथून कॉलेज के स्कूल विभाग में।"

उनमें नरेन्द्र की रुचि समाप्त हो गई। वह पुनः अपनी स्थिति की ओर लौट आया, "किंतु बाबा! मैट्रोपोलिटन इंस्टिट्यूशन के दूसरी कक्षा के विद्यार्थी खेलते नहीं हैं क्या?"

"खेलते क्यों नहीं! खूब खेलते हैं। न खेलने का तो कोई कारण ही नहीं है।" विश्वनाथ ने उसे आश्वस्त करना चाहा।

"तो फिर बाबा! यह…"

"यह क्या?" विश्वनाथ ने पूछा।

"यह पतलून।" नरेन्द्र ने कुछ इस भाव से कहा, जैसे विश्वनाथ को यह मालूम होना चाहिए था कि पतलून पहनकर खेला नहीं जा सकता।

"कुछ नहीं कहती पतलून तुम्हें। जमकर खेलो।" विश्वनाथ हँसे, "दर्पण में जाकर देखो—साहब लग रहे हो एकदम! साहब लोग यही पहनकर तो क्रिकेट खेलते हैं। तुमने किसी को धोती बाँधकर क्रिकेट खेलते देखा है?"

"नहीं!"

'तो फिर?" विश्वनाथ ने कहा, "अच्छा, जाओ। खूब खेलो। खूब पढ़ो।"

"अच्छा, बाबा!" नरेन्द्र ने माता-पिता, दोनों के चरण छुए और विद्यालय के लिए चल पड़ा।

इस विद्यालय में नरेन्द्र के लिए सब कुछ नया ही नया था! वेशभूषा, बैठने का स्थान, विधि-विधान और शिक्षण-शैली—कुछ भी तो पहले जैसा नहीं था। उसे बताया गया था कि पिछला जो कुछ भी था, वह हीनतर था; और अब वह सब कुछ श्रेष्ठतर ही सीखेगा। विरोध और शिकायत का कोई अवसर नहीं था, क्योंकि उसे सब कुछ नया सीखना था।

नरेन्द्र अपने डेस्क पर बैठा, तो वह उसे पतलून के ही समान असुविधाजनक लगा। कहाँ वह पालथी मारकर सुखासन में बैठना और कहाँ डेस्क पर आधे बैठे और आधे खड़े रहना। शरीर का आधार बेंच पर हो और पैर भूमि को छूते रहें, तो वह अपने आपको बैठा हुआ माने या खड़ा? फिर डेस्क भी कुछ इस प्रकार का था कि वह तुरंत आगे की ओर खिसक जाता था, और यह खिसकना ही उसे खड़े हो जाने का प्रलोभन देता था। सुखासन में बैठकर तो व्यक्ति आगे खिसक ही नहीं सकता, चाहे आगे बढ़ जाने का कितना ही मन क्यों न हो। अध्यापक की ओर से कोई महत्त्वपूर्ण बात कही जाए तो इस प्रकार बैठने से उसका मन तत्काल उस ओर लपकने का होता था; और वह पाता था कि वह तो आधा या पूरा खड़ा हो ही चुका है।

पढ़ाते-पढ़ाते सहसा अध्यापक की दृष्टि उस पर पड़ी तो वे ठिठक गए। बोले, ''नरेन्द्र! तुम अपने स्थान पर ठीक से बैठते क्यों नहीं?''

नरेन्द्र की समझ में नहीं आया कि वह क्या कहे। वह तो सुबह से ही ठीक से बैठने का प्रयास कर रहा था; किंतु एक तो यह पतलून और दूसरा यह डेस्क! अब वह किसे-किसे समझाए? स्पष्टीकरण देता-सा बोला, ''जी! बैठा तो हूँ।''

अध्यापक उसके निकट आ गए और उसे ऊपर से नीचे तक घूरते हुए बोले, ''इसे बैठना कहते हैं? ठीक से बैठो।''

नरेन्द्र ने अपनी ओर से अध्यापक के मनोनुकूल ढंग से बैठने का प्रयत्न किया; किंतु कुछ ही देर में वह फिर उसी प्रकार उचक पड़ा।

''इस पर आसन लगाकर तो बैठ ही नहीं सकते, गुरु महाशय! और ऐसे बैठने का प्रयत्न करता हूँ, तो थोड़ी देर में ही मुझे यह डेस्क उचका देता है।'' नरेन्द्र बोला, ''एक मुद्रा में थोड़ी देर बैठता हूँ तो असुविधाजनक लगने लगता है; और फिर यह...'' उसने खड़े होकर अध्यापक को अपनी पतलून दिखाई।

अध्यापक के पास भी सिवाय हँसने के, दूसरा विकल्प नहीं था। बोले, ''ओह! हाँ! तुम्हें इसका अभ्यास नहीं है। वैसे भी मुझे लगता है कि तुम बहुत चंचल हो। स्थिर होकर बैठना तुम्हारे लिए संभव नहीं है। अधिक ऊर्जा के कारण कभी-कभी ऐसा हो जाता है।''

''नहीं, गुरु महाशय! मुझे एक बार आसन पर पालथी मारकर बैठ जाने दीजिए,'' नरेन्द्र बोला, ''संध्या तक हिलूँगा भी नहीं।''

अध्यापक ने चकित भाव से उसे देखा, ''अच्छा! तुम चंचल ही नहीं, चालाक भी हो।'' उन्होंने स्नेहपूर्ण दृष्टि नरेन्द्र पर डाली, ''वस्तुतः यह तो ईश्वर की दी हुई शक्तियाँ हैं। इनका सदुपयोग हो तो समाज का कल्याण ही होता है।''

घंटी बज गई और कक्षा समाप्त हो गई। अध्यापक कक्षा छोड़कर चले गए।

नरेन्द्र अभी उठने की सोच ही रहा था कि अनेक लड़कों ने उसे घेर लिया।

''चल नरेन! खेलते हैं।''

नरेन्द्र के लिए इससे अधिक आकर्षक प्रस्ताव और क्या होता। बोला, ''चलो।''

किंतु एक लड़के ने शंका रखी, ''पर खेलेंगे क्या? मैं तो आज कंचे लाया ही नहीं!''

दूसरे ने समाधान प्रस्तुत किया, ''छोड़। कंचे भी कोई खेलने की चीज है। क्रिकेट खेलेंगे। साहब लोगों का खेल है।''

किंतु यह प्रस्ताव भी सबको स्वीकार्य नहीं हुआ। तीसरे लड़के ने आपत्ति की आड़ में विरोध किया, ''क्रिकेट क्यों खेलेंगे? तेरे पास एक बल्ला क्या हो गया कि हर समय क्रिकेट! चलो, गुल्ली-डंडा खेलते हैं।''

''बाहर चलो, बाहर! कुछ भी खेल लेंगे।'' नरेन्द्र बोला, ''यदि खेल का चुनाव करने में ऐसे ही देर करते रहे, तो बस, एक ही खेल शेष बच रहेगा।''

''क्या?'' अनेक लड़कों ने एक साथ पूछा।

''घूँसेबाजी।'' नरेन्द्र ने घूँसा चलाने की मुद्रा बनाई, ''बॉक्सिंग।''

''वह तो हमको नहीं आता।'' एक लड़के ने अबोध भाव से कहा।

"सबको आता है।" नरेन्द्र मुस्कराया, "अभी थोड़ा विवाद बढ़ गया तो अपने आप सब लोग वही खेल खेलते मिलेंगे।"

अपना हाथ बढ़ाकर, उन लड़कों को एक ओर कर, अपने लिए मार्ग बनाता हुआ नरेन्द्र बाहर निकल आया। मैदान में पहुँचते ही वह दौड़ने लगा; और तेज दौड़ता हुआ, सबसे आगे निकल गया।

प्रियनाथ ने, जो दौड़ में पहले नरेन्द्र के साथ-साथ था, रुककर मोती से कहा, "अरे! वह तो सबसे आगे निकल गया।"

मोती ने प्रशंसा-भरी एक दृष्टि नरेन्द्र की ओर उछाली, "इसकी तो पूछो मत। कौन-सा ऐसा खेल है, जो यह नहीं खेलता। कंचे यह खेलता है, क्रिकेट यह खेलता है, भागता है, दौड़ता है, कूदता है।...और मुझे तो लगता है कि मुक्केबाजी भी जरूर ही करता होगा। लगता भी तो मोटू पहलवान है।...सारे खेलों का पक्का खिलाड़ी है।"

संध्या-समय नरेन्द्र घर लौटा। वह थका हुआ नहीं था; किंतु पसीने से पूरी तरह नहाया हुआ था। उसके केश बिखरे हुए थे। शरीर पर धूल-मिट्टी लगी हुई थी, जैसा कि बहुत अधिक खेलने पर होता है। कपड़े की साफ नहीं रह गए थे।

घर में प्रवेश करते ही, भुवनेश्वरी से उसका आमना-सामना हो गया।

"आ गए बिलेह?"

"हाँ, माँ!" नरेन्द्र माँ के निकट रुका नहीं।

भुवनेश्वरी ने उसे पीछे से पुकार लिया, "इधर तो आ।"

नरेन्द्र निकट आया तो भुवनेश्वरी ने उसे कंधों से पकड़ अच्छी तरह घुमा-फिराकर ऐसे देखा, जैसे अपने पुत्र को न देख रही हो, खरीदने से पहले दुकान पर किसी वस्तु को परख रही हो, "तू कहाँ से आ रहा है?"

"विद्यालय से माँ! मैट्रोपोलिटन इंस्टिट्यूशन से।" नरेन्द्र ने सहज भाव से कहा, "क्यों?"

"लगता तो ऐसा है," भुवनेश्वरी बोली, "जैसे अखाड़े से आ रहा है।"

नरेन्द्र हँस पड़ा, "विद्यालय में हम लोग खेलते भी हैं माँ।"

"वह तो दिख ही रहा है। प्रश्न तो यह है कि पढ़ते भी हो?" भुवनेश्वरी ने कंधों से पकड़कर उसे घुमाया, "इधर घूम। हूँ! तो यह गति हो गई है, आज फिर तेरी कमीज की।" भुवनेश्वरी के हाथ में उसकी कमीज के कालर थे, "काले हो गए हैं एकदम! इन्हें तो कोई धोबी भी साफ नहीं कर सकता, नौकरों की तो बात ही क्या?"

"कपड़े तो गंदे हो ही जाते हैं माँ!" नरेन्द्र ने अपना पीछा छुड़ाया।

किंतु भुवनेश्वरी इतनी सरलता से उसे छोड़ने वाली नहीं थी! बोली, "क्यों? भूमि पर लोट लगाता है क्या?"

"लोट तो नहीं लगाता, पर लगाऊँ भी तो क्या। भारतमाता के चरणों में लोटने में दोष ही क्या है माँ?"

उसकी वाचालता से भुवनेश्वरी कुछ खीझ उठी, "दोष क्या है। आदमी गन्दा लगता है; और नौकरों का काम बढ़ जाता है।...और यह क्या है रे!" भुवनेश्वरी ने उसकी पतलून को पीछे से देखा, "यह पतलून भी फाड़ दी।"

नरेन्द्र अबोध-सा चेहरा बनाए खड़ा रहा; और फिर अपनी असहायता प्रकट करता हुआ

बोला, ‘‘फट गई क्या? मुझे तो पता भी नहीं चला।’’ और उसके स्वर में कुछ आवेश झलका, ‘‘मैंने तो पहले ही बाबा से कहा था कि मुझे धोती में ही जाने दीजिए।’’

भुवनेश्वरी नहीं चाहती थी कि वह नरेन्द्र से इस विषय में विवाद करे कि दोष नरेन्द्र का था या उसके पिता का। उसने टाला, ‘‘अच्छा जा! जाकर कपड़े बदल!’’

किंतु इस सारे प्रसंग को वह अपने मन से हटा नहीं पाई। विश्वनाथ के घर लौटने तक किसी-न-किसी रूप में उसके मन में घुमड़न चलती ही रही; और विश्वनाथ को शांति से बैठे देखकर पहले ही क्षण में उसने कहा, ‘‘आज तुम्हारा लाडला, सप्ताह-भर में चौथी पतलून फाड़ लाया है।’’

विश्वनाथ ने आश्चर्य से भुवनेश्वरी को देखा, ‘‘चौथी पतलून?’’

भुवनेश्वरी ने कुछ विस्तार से बताया, ‘‘प्रतिदिन नई पतलून पहनाकर भेजती हूँ; और वह उसे फाड़ लाता है। अब या तो ऐसा प्रबंध करो कि प्रतिदिन फटी हुई पतलून की सिलाई हो सके; या उसे समझाओ कि कपड़ों को सँभालकर पहना करे। अपने वस्त्रों का कोई ऐसा भी शत्रु होता है क्या?’’

सारी बात सुनकर भी विश्वनाथ शांत ही रहे, ‘‘इस मामले में उसे कम समझना है। हमें ही अधिक समझने की आवश्यकता है।’’

‘‘क्या मतलब!’’ भुवनेश्वरी ने तमककर पूछा।

‘‘हमें प्रसन्न होना चाहिए कि हमारे नरेन में अन्य लड़कों की तुलना में कहीं अधिक ऊर्जा है। इसीलिए वह इतना चंचल है। हमें उसकी ऊर्जा को न तो कम करने का प्रयत्न करना है, न उसके दमन का। हमें तो यह समझना है कि इतनी गतिविधि वाले लड़के के लिए कदाचित् यह वेशभूषा उचित नहीं है।’’

भुवनेश्वरी ने प्रश्न-भरी दृष्टि से अपने पति की ओर देखा।

‘‘कल से नरेन को धोती में ही विद्यालय भेजो।’’ विश्वनाथ बोले, ‘‘उसके लिए कदाचित् वही उचित परिधान है।’’

भुवनेश्वरी जैसे इस प्रस्ताव के लिए तैयार नहीं थी। जब बिलेह ने इतना विरोध किया था, तब तो माने नहीं; और अब इतनी सरलता से कह रहे हैं कि उसे धोती में विद्यालय भेजो, ‘‘विद्यालय में लोग क्या कहेंगे?’’

‘‘लोगों के कुछ कहने के भय से मैं अपने लड़के को स्थायी असुविधा में तो नहीं रख सकता।’’

‘‘तो आप स्वीकार करते हैं कि बिलेह ही ठीक कह रहा था। आप ही भ्रम में थे?’’

‘‘यह मामला हम पिता-पुत्र के मध्य का है, तुम्हें उससे क्या?’’

विश्वनाथ पूर्ण निश्चिंतता की मुद्रा में पलंग पर जा लेटे।

प्रियनाथ भागता हुआ, नरेन्द्र के पास आया, ‘‘नरेन! जल्दी चल। मोती और तरुण झगड़ा कर रहे हैं। अभी उनमें मारपीट हो जाएगी।’’

नरेन्द्र झपाटे के साथ उठ खड़ा हुआ, ‘‘चल! बता कहाँ हैं वे लोग?’’

आगे-आगे भागता हुआ प्रियनाथ निकला और उसके पीछे नरेन्द्र। वे लोग बरामदा पार करके बाहर के मैदान में आ गए। वहाँ मोती और तरुण हाथापाई तक पहुँच चुके थे। नरेन्द्र छलाँग मारकर उन दोनों के बीच में खड़ा हो गया, ‘‘क्या बात है भाई? लड़ क्यों रहे हो?’’

मोती भरा बैठा था। कोई पूछने वाला मिला तो वह ऊँचे स्वर में चिल्लाया, ‘‘देखो इस चोट्टे

को। खेल में अपनी बारी तो ले ली, अब मेरी बारी आई तो भागा हुआ कक्षा में जा रहा है।...''

तरुण ने बीच में ही मोती की बात काट दी, ''तुम ही बताओ नरेन! जब तक छुट्टी थी, तब तक हम खेले; अब घंटी बज गई है, कक्षा आरंभ हो गई है, तो हमें कक्षा में नहीं जाना चाहिए क्या?''

मोती भी उसी प्रकार झपटकर बोला, ''यह बात तो तय नहीं हुई थी कि घंटी बज जाएगी तो हम खेल बंद कर देंगे।''

''यह बात कब तय होती है?'' तरुण बोला, ''किंतु घंटी बजने पर रोज खेल बंद हो जाता है। क्या हम लोग कभी, खेल को उसके अंत तक खेल पाते हैं?''

''और नहीं तो क्या।'' मोती रोष से बोला, ''हम कहीं समय निर्धारित करके खेलते हैं। चोट्टा कहीं का। बेईमान।''

''देख! गाली मत दे।'' तरुण बिगड़ गया।

किंतु मोती का तनिक भी शमन नहीं हुआ। वह कुछ अधिक ही उग्र होकर बोला, ''क्यों नहीं दूँगा गाली, जब तू है ही चोट्टा। तेरा सारा परिवार बेईमान!...''

तरुण ने झपटकर उसकी गरदन पकड़ ली। मोती ने स्वयं को छुड़ाने के प्रयत्न में उसे धक्का दिया और तरुण भूमि पर जा रहा। किंतु जब तक कोई और हस्तक्षेप करता, वह उठकर पुनः मोती पर झपट पड़ा। दोनों एक-दूसरे से गुँथ गए थे; और किसी भी क्षण उनमें से या तो कोई गिर पड़ता अथवा घूँसे-मुक्के से किसी को चोट आ जाती।

नरेन्द्र ने यह स्थिति देखी तो कूदकर उन दोनों के मध्य आ गया। दोनों भुजाओं से उसने उन दोनों को अलग-अलग दिशाओं में ऐसे धकेल दिया कि वे एक-दूसरे के बंधन से न केवल मुक्त हो गए, वरन् उन दोनों के बीच कुछ दूरी भी हो गई। अब उन दोनों के मध्य नरेन्द्र खड़ा था। उनमें से जो भी आगे बढ़ना चाहता, उसके लिए पहले नरेन्द्र को हटाना अनिवार्य था।

''देखो! मतभेद का समाधान घूँसे-मुक्के से नहीं होता।'' नरेन्द्र बोला, ''झगड़ा तो इतना ही है न कि तरुण ने अपनी बारी ले ली और अब कक्षा में जाना चाहता है?''

''हाँ!'' मोती ने सहमति प्रकट कर दी।

''और तरुण! तुम खेल से भाग नहीं रहे, बस कक्षा में जाना चाहते हो?''

''हाँ!'' तरुण भी सहमत हो गया।

''तो फिर झगड़ा क्या है।'' नरेन्द्र बोला, ''तुम दोनों, आज छुट्टी के बाद, नहीं तो कल स्कूल से पहले अपना खेल पूरा कर लेना। नया खेल मत खेलना। इसी को आगे चलाना। ठीक है?''

''मुझे स्वीकार है।'' तरुण बोला।

''और मोती तुम्हें?'' नरेन्द्र ने पूछा।

''मुझे भी स्वीकार है।''

नरेन्द्र ने समझा था कि झगड़ा समाप्त हो गया है; किंतु तरुण को अभी कुछ शिकायत थी, ''पर इसने मुझे और मेरे परिवार को चोट्टा कहा है।''

अब तक मोती कुछ शांत हो गया था। धीरे से बोला, ''वह मैं आवेश में कह गया था। मुझसे भूल हुई।''

''तो मिलाओ हाथ; और एक-दूसरे के गले लग जाओ! नरेन्द्र ने अपने हाथों से उन्हें पकड़कर,

एक-दूसरे के समीप कर दिया; और तब तक नहीं छोड़ा, जब तक वे एक-दूसरे के गले लगकर निर्मल मन और उन्मुक्त कंठ से हँस नहीं पड़े।

"विद्यालय में तुम लड़ते हुए दो लड़कों के मध्य कूद पड़े थे?" विश्वनाथ ने नरेन्द्र से पूछा।

नरेन्द्र को आश्चर्य हुआ : बाबा को किसने बता दिया?···किसी ने तो बताया ही होगा, नहीं तो बाबा को यह सब कैसे ज्ञात हो जाता!

"हाँ, बाबा! वे एक-दूसरे से गुत्थम-गुत्था हो गए थे; और घूँसा-मुक्का करने वाले थे।" नरेन्द्र ने बताया।

"और उन घूँसों-मुक्कों को रोकने के लिए तुम उनके मध्य कूद पड़े," विश्वनाथ बोले, "जैसे तुम मनुष्य नहीं, कोई ढाल हो!"

"ढाल तो नहीं हूँ; किंतु और कोई उपाय भी तो नहीं था।" नरेन्द्र हँसकर बोला, "उन्हें रोकना आवश्यक था बाबा!"

"क्यों आवश्यक था?" विश्वनाथ ने जिरह की, "न तुम प्रधानाचार्य, न तुम विद्यालय के अध्यापक, न तुम उनके अभिभावक और न तुम कलकत्ता नगर के कोतवाल···।"

"वे दोनों ही मेरे मित्र हैं बाबा!" नरेन्द्र ने स्पष्टीकरण दिया, "मित्रों को परस्पर लड़ने से रोकना और उन्हें एक-दूसरे से प्रेम करना सिखाना तो प्रत्येक व्यक्ति का कर्तव्य है न?"

किंतु कर्तव्य का यह तर्क विश्वनाथ के लिए पर्याप्त नहीं था। बोले, "और यदि वे दोनों मिलकर, तुम्हें ही पीटने लगते तो?"

पिता की इस आशंका पर नरेन्द्र खिलखिलाकर हँस पड़ा, "वे दोनों मिलकर भी मुझे पीटने में समर्थ नहीं होते। मैं एक-एक हाथ से उन दोनों को ही सँभाल सकता था। या···यदि मैं घूँसेबाजी पर आता, तो दोनों को पीट सकता था।"

"अच्छा!···मैं नहीं जानती थी कि तू भारत-केसरी है।" भुवनेश्वरी ने टिप्पणी की।

नरेन्द्र ने या तो माँ की बात सुनी ही नहीं अथवा व्यंग्य की उपेक्षा करना ही उसने उचित समझा। अपने प्रवाह में बोला, "अरे बाबा! यदि यह जोखिम होता भी, तो मैं इस भय से उन्हें मार-पीट करते तो नहीं देख सकता था न! क्या अपनी क्षति के भय से, हमें अपने सामने अनर्थ होते हुए चुपचाप देखते रहना चाहिए?"

"नहीं, पुत्र! तूने एकदम ठीक ही किया।" विश्वनाथ से भी पहले भुवनेश्वरी बोली, और उसके स्वर में व्यंग्य के स्थान पर स्नेह था, "तूने वीर पुरुष का-सा कर्म किया।"

नरेन्द्र प्रसन्न हो गया, किंतु विश्वनाथ ने भुवनेश्वरी के इस प्रशंसात्मक वाक्य की ओर ध्यान नहीं दिया। वे नरेन्द्र की गतिविधि के विषय में और अधिक जानना चाहते थे, "क्या तुम पहले भी अपने मित्रों को इसी प्रकार लड़ने से रोकते रहे हो?"

"इसकी आवश्यकता ही नहीं होती बाबा!" नरेन्द्र मुस्कराया, "कभी कोई विवाद होता है, तो मेरे मित्र अपने आप ही मेरे पास आ जाते हैं। प्र।यः समस्या का समाधान हो ही जाता है। झगड़ा तो आज पहली बार ही हुआ है।"

विश्वनाथ हँस पड़े, "मैं तो अभी तक वकील ही हूँ। मैं क्या जानता था कि मेरा पुत्र जज बन गया है।"

लगभग बीस-बाईस लड़के कलकत्ता का दुर्ग देखने जा रहे थे। नरेन्द्र उनके नेता के समान आगे-आगे चल रहा था। जाने उसे बार-बार क्यों लग रहा था कि ये लड़के बहुत मंथर गति से चल रहे थे।

"जल्दी-जल्दी चलो, मेरे समान।" नरेन्द्र बोला, "धीरे-धीरे चलोगे तो दुर्ग तक पहुँचते-पहुँचते ही अँधेरा हो जाएगा। फिर हम देखेंगे क्या?"

लड़कों की गति कुछ बढ़ी; किंतु सूर्यकांति फिर भी वैसे ही धीरे-धीरे चलता रहा। नरेन्द्र का ध्यान उस ओर गया; पर उसने कुछ कहा नहीं और अपनी गति को पहले के समान ही बनाए रखा।

कुछ मित्रों को यह नरेन्द्र का अन्याय लगा। सब लोगों को तेज चलने के लिए कह रहा है, तो सूर्यकांति को भी क्यों नहीं कहता। वह कोई बहुत विशिष्ट व्यक्ति है…"अरे, नरेन्द्र! उस आलसी सूर्यकांति को एक कोड़ा लगाओ। वह स्वयं तो तेज चलता नहीं, शेष लोगों को भी धीरे चलने के लिए प्रेरित कर रहा है।"

"कोड़ा मारने की क्या आवश्यकता है।" नरेन्द्र बोला, "हम सब तेज-तेज चलेंगे और वह पिछड़ने लगेगा, तो अपने आप भागा-भागा आएगा। असफलता की लज्जा क्या किसी कोड़े से कम होती है?"

"तुम जितना भी तेज चलकर देख लो," प्रियनाथ बोला, "मुझे नहीं लगता कि वह कछुआ अपना पग तनिक भी जल्दी बढ़ाएगा।"

मोती ने बात को नई दिशा दी, "वैसे उस दुर्ग में ऐसा क्या है, जिसे हम देखने जा रहे हैं?"

तरुण के पास उत्तर तैयार था, "अरे! दुर्ग में होता ही क्या है—एक बड़ी-सी दीवार। मुझे तो ऐसा लगता है कि बड़ी-सी दीवार को ही शायद दुर्ग कहते हैं।"

प्रियनाथ ने आपत्ति की, "तो फिर हमारे साथ क्या करने जा रहा है? दीवारें तो तेरे मुहल्ले में भी बहुत सारी हैं।"

तरुण ने इस आक्रमण के विरुद्ध अपना बचाव किया, "अरे! मैं कोई अपनी इच्छा से आया हूँ। हम सब तो बस नरेन्द्रनाथ दत्त की इच्छा में बँधे हुए चलते हैं। वह योजना बनाता है और हम कवायद करते हुए उसके साथ चल पड़ते हैं।"

"क्यों बकवास करता है रे!" मोती बोला, "जब नरेन कोई योजना नहीं बनाता, तो तू ही सबसे अधिक कोलाहल नहीं करता कि नरेन्द्र कहीं चलो। हैं?"

"देखो! मुझे तो ऐतिहासिक स्थान बहुत अच्छे लगते हैं।" नरेन्द्र बोला, "मैं ऐसे किसी स्थान पर पहुँच जाऊँ, तो वे ऐतिहासिक पात्र जीवंत होकर मेरे मन में अभिनय करने लगते हैं। तुम्हें ऐसा नहीं लगता तरुण?"

"कैसा?" तरुण ने पूछा, "मैं तो तेरी बात ही नहीं समझा।"

"ऐसे समझो, जैसे किसी ने अपनी पाठ्य-पुस्तक में यह तो पढ़ा हो कि गंगा बहुत बड़ी नदी है," नरेन्द्र ने समझाया, "किंतु उसने कभी गंगा देखी न हो। एक दिन उसे लाकर गंगा के तट पर खड़ा कर दिया जाए, तो उसे कैसा लगेगा—वैसा ही लगता है मुझे, ऐतिहासिक स्थानों पर पहुँचकर।"

मोती ने फिर पीछे की ओर देखा, "अरे, वह सूर्यकांति तो बहुत ही पीछे रह गया।"

नरेन्द्र ने भी पलटकर देखा, और वह रुक गया, "अरे, वह तो वहीं बैठ गया।" उसने अपने मित्रों की ओर देखा, "सुनो! मुझे लगता है कि वह सचमुच किसी कष्ट में है। हममें से किसी

को उसकी सहायता के लिए जाना चाहिए।···"

नरेन्द्र दौड़ता हुआ, वापस सूर्यकांति के पास आया, "क्या बात है सूर्यकांति?"

"मुझे लगता है कि मेरी तबीयत ठीक नहीं है।"

नरेन्द्र उसके निकट बैठ गया; और अपनी हथेली से उसका माथा छूकर बोला, "अरे, तुम्हें तो ज्वर है! तुमने बताया ही नहीं!"

"घर से चला तो लगा कि ठीक हूँ।" सूर्यकांति बोला, "जैसे-जैसे समय बीतता गया, मेरी क्षमता क्षीण होती गई···।"

नरेन्द्र ने सहारा देकर उसे उठाया। सूर्यकांति को चलने में भी असुविधा हो रही थी। नरेन्द्र का सहारा हटते ही, वह लड़खड़ाने लगता था। नरेन्द्र समझ गया कि सूर्यकांति अपने सहारे नहीं चल पाएगा। उसने उसकी बाईं भुजा को अपने कंधे पर लेकर, अपनी दाईं भुजा से उसके शरीर को थाम लिया। उसका बोझ अपने ऊपर लेकर, उसने धीरे-धीरे उसे चलाया और सामने खड़ी एक बग्घी को आवाज देकर बुला लिया। कोचवान की सहायता से उसने सूर्यकांति को बग्घी में बैठाया।

"मुझे कहाँ ले जा रहे हो?" सूर्यकांति ने पूछा, "दुर्ग देखने की शक्ति अब मुझमें नहीं है भाई!"

"हम लोग तुम्हारे घर चल रहे हैं।" नरेन्द्र बोला, "तुम्हें विश्राम करना चाहिए। संभव है कि औषधि की भी आवश्यकता पड़े।"

"तो फिर तुम दुर्ग कैसे देखोगे?"

नरेन्द्र का अपना मन भी उससे यही प्रश्न पूछ रहा था कि वह दुर्ग कैसे देखेगा? वह समझ भी रहा था कि शायद वह दुर्ग नहीं देख पाएगा। मन का कोई एक भाग अवसाद में डूबता जा रहा था—इतिहास का वह पृष्ठ, जिसका वह जीवंत रूप में साक्षात्कार करने जा रहा था, अब उससे दूर हो गया था; किंतु मन का एक अन्य भाग, जैसे उसे अपने इस स्वार्थ के लिए प्रताड़ित भी कर रहा था। अंततः वह दूसरा भाग ही विजयी हुआ; और उसका उल्लास नरेन्द्र की वाणी में उतर आया, "मेरा दुर्ग देखना इतना आवश्यक नहीं है, जितना कि तुम्हारी देखभाल करना।" वह निमिष भर रुका, "दुर्ग वहीं रहेगा। मैं फिर किसी दिन जाकर उसे देख आऊँगा।"

सूर्यकांति ने एक निरीह दृष्टि उस पर डाली, "और यदि तुम नहीं जा सके, तो मुझे दोषी तो नहीं ठहराओगे?"

नरेन्द्र हँस पड़ा, "यदि मैं तुम्हें इस अवस्था में छोड़कर दुर्ग देखने चला गया, तो मेरा मन मुझे दोषी ही नहीं, पापी मानने लगेगा।"

सूर्यकांति मौन हो गया और नरेन्द्र भी आत्मलीन हो गया।···उसे लगा कि उसने जो कुछ कहा था, उसका अनुभव स्वयं भी कहने के बाद ही किया था।···उसने शायद पहली बार यह जाना था कि अपने सुख का त्याग, किसी और के सुख का निमित्त बनने का आनन्द, अपने सुख से बहुत बड़ा होता है···और···और इतिहास के खँडहरों से अधिक महत्त्वपूर्ण जीवित मनुष्य की पीड़ा है। खँडहर प्रतीक्षा कर सकते हैं, पीड़ा की ओर तो तत्काल ध्यान देना होगा···

नरेन्द्र अपने मित्रों के साथ चड़क के मेले से लौट रहा था। मेले में उन सबको ही बहुत आनंद आया था, इसीलिए लौटते हुए, दिन-भर की थकान के स्थान पर उनके चेहरों पर किसी उपलब्धि

का-सा उल्लास था। प्रत्येक बालक ने अपनी रुचि की कोई-न-कोई वस्तु मेले से खरीदी थी। नरेन्द्र के हाथ में भी मेले से खरीदी गई महादेव शिव की प्रतिमा थी।

"हरि! तुम चड़क का मेला देखने क्यों जाते हो?" सहसा नरेन्द्र ने हरि से पूछा।

हरि जैसे अपनी प्रसन्नता का विस्फोट-सा करता हुआ बोला, "मुझे मेला बहुत अच्छा लगता है। खिलौने, झूले, मिठाइयाँ और कितने सारे लोग। मेरा तो मन होता है कि मैं मेले में ही बैठा रहूँ।"

मोती ने चुटकी ली, "ऐसा कर हरि! तू मेले में मिठाई की दुकान खोल ले। उससे तुझे दिन-रात मेले में रहने का एक कारण मिल जाएगा; और हमें मुफ्त में मिठाई खाने का एक स्थान।"

नरेन्द्र ने हरि के मन की बात जानने के लिए कम, अपने मन की बात कहने के लिए ज्यादा, यह प्रश्न पूछा था। हरि का उत्तर उसे भाया नहीं तो बोला, "मुझे तो मेला अच्छा लगता है, क्योंकि वहाँ देवी-देवताओं की ऐसी सुंदर-सुंदर मूर्तियाँ मिलती हैं।" उसने अपने हाथ में पकड़ी, शिव की प्रतिमा को निहारा, "हरि! तुम मिठाई के स्थान पर मूर्तियों की दुकान खोल लो।"

···उनके आगे-आगे जाती एक स्त्री से अपना हाथ छुड़ाकर उसका चंचल बच्चा, किसी उत्सुकतावश सड़क के बीच भाग गया। सामने से एक बड़ी बग्घी पूरे वेग से आ रही थी।···कोचवान के साथ-साथ ही सारी भीड़ ने देखा कि बच्चा सड़क के ठीक मध्य में था; और इतनी जल्दी बग्घी के घोड़ों को रोकना उसके वश का नहीं था। यदि उसने आकस्मिक ढंग से बग्घी को रोकने का प्रयत्न किया, तो बच्चे को तो वह बचा नहीं पाएगा; हाँ, गाड़ी अवश्य उतर जाएगी।

दूसरी ओर सबने बच्चे की माँ की आँखों से भी देखा कि बच्चा किस संकट में था।···बग्घी रोकी नहीं जा सकती थी और बच्चे को लौटाया नहीं जा सकता था। चारों ओर इतनी भीड़ थी, किंतु सब लोग स्तब्ध खड़े थे।···माँ ने एक हताश दृष्टि उस स्तब्ध खड़े जन-समुदाय पर डाली और फिर तर्कशून्य ममत्व के आवेश में चीत्कार कर, बच्चे के पीछे भागी।

चारों ओर कोलाहल मच गया। प्रत्येक व्यक्ति समझ रहा था कि वह माँ न बच्चे को बचा सकती थी, न स्वयं बच सकती थी। माँ ने बालक का पीछा कर, जोखिम दुगुना कर दिया था। कोई और भी उनकी सहायता के लिए जाएगा, तो अपने आपको भी संकट में ही डालेगा, उनका संकट कम नहीं कर पाएगा। इसलिए अब सिवाय खड़े-खड़े देखते रहने के और किया ही क्या जा सकता था।

नरेन्द्र की भी दृष्टि इस दृश्य पर पड़ी। निमिष-भर में सारी स्थिति उसकी समझ में आ गई; और उसने निर्णय भी कर लिया। उसके पास इतना भी अवकाश नहीं था कि वह अपने हाथ में पकड़ी मूर्ति ही किसी को पकड़ा देता। उस सारे संकट को भी वह समझ रहा था···यदि सहायता करने वाले पर आने वाले संकट का विचार कर वह रुक जाता, तो वह स्त्री और उसका बालक निश्चित रूप से यमलोक पहुँच जाएँगे···और यदि वह प्रयत्न करता तो कुछ संभावना तो है ही कि शायद वह उनमें से किसी को बचा ले···अकर्मण्यता की स्थिति में उनकी मृत्यु अनिवार्य थी, किंतु पुरुषार्थ उस मृत्यु को टाल भी सकता था···

मूर्ति जैसे अपने आप ही उसके हाथ से फिसल गई और उसने चीते के समान छलाँग लगाकर बच्चे को अपनी भुजाओं में उठा लिया···यह उसकी भी समझ में नहीं आया कि उसने उस स्त्री को घसीटकर किनारे पहुँचाया था, या धक्का मारकर बग्घी की सीमा से परे फेंक दिया था।···स्त्री को चोट तो अवश्य आई थी, किंतु वह बग्घी की चपेट में आने से बच गई थी।···और बग्घी, चलने

तथा रुकने की गति तथा स्थिति के द्वंद्व में लड़खड़ाती-सी, उस स्थान से आगे बढ़ गई थी।

स्त्री उठी। उसने अपने बच्चे को, अपनी भुजाओं में लेकर, वक्ष से चिपका लिया, और उसके माथे पर चुंबन किया।

मेले में खरीदी हुई महादेव की मूर्ति टूट गई थी; किंतु नरेन्द्र को लगा कि महादेव उस छोटे-से बालक के रूप में परिणत हो गए हैं, और उसकी ओर देखकर मुस्करा रहे हैं।

"मैं आपको क्या बताऊँ काकी!" भुवनेश्वरी को हरि कुछ इस प्रकार सुना रहा था, जैसे वह कोई अत्यंत असाधारण और अद्‌भुत दृश्य देखकर आया था, और उसका उस दृश्य का साक्षी होना भी उसके लिए अत्यंत उल्लास का विषय था, "बिलेह तो ऐसे कूदा, जैसे कहानियों में सिंह कूदता है। मुझे तो दिखाई भी नहीं दिया कि कब बिलेह ने उसे देखा, कब वह कूदा, कब बालक को उठाया; और कब उस स्त्री को परे धकेल दिया···। पर एक बात है काकी! तनिक भी विलंब हो जाता तो उस बालक और उसकी माता का तो पता नहीं; किंतु बिलेह या तो घोड़ों की टाँगों में होता या बग्घी के पहिए के नीचे।"

"मैं कोई तेरे समान पागल हूँ।" नरेन्द्र बोला, "मैंने तो झपटकर बालक को ऐसे उठा लिया था, जैसे क्रिकेट में बल्ले से उठी हुई गेंद को झपट लेते हैं; और उस स्त्री को इस प्रकार परे धकेल दिया था, जैसे विकेट पर से बेल उड़ाते हैं।"

भुवनेश्वरी देख रही थी कि नरेन्द्र कुछ संकुचित था। कदाचित् वह यह प्रमाणित करने का प्रयत्न कर रहा था कि उसने किसी बड़े जोखिम का काम नहीं किया था। संभव है कि उसके मन में कहीं यह भय हो कि इस प्रकार के काम के लिए, उसे बाबा या माँ से डाँट भी पड़ सकती है।···किंतु भुवनेश्वरी का मन किसी अलौकिक उल्लास से विह्वल होकर इतना उदार हो गया था कि वह पुत्र को अपने स्नेहयुक्त चुंबनों से ढक देना चाहती थी।

उसने अपने भावावेग को संयत किया और बोली, "जीव से सदा इसी प्रकार एक सच्चे और वीर पुरुष के समान व्यवहार करना पुत्र! नियति की अनिवार्यता अथवा मनुष्य की असहायावस्था की आड़ लेकर, यदि तू अकर्मण्य रह गया होता, तो वे दो प्राणी कैसे बचते।···"

उसे लगा जैसे किसी बहुत बड़ी बात को उसने बहुत संक्षेप में निबटा दिया है। इससे तो उसकी आत्मा को कभी तृप्ति ही नहीं होगी। उसके कान, जो कुछ सुनना चाहते थे, यदि वह नहीं सुन पाएगी तो कदाचित् उसका यह उल्लास उन्मुक्त कंठ से हँस भी नहीं पाएगा, "किसी ने तुझे कुछ कहा नहीं बिलेह?"

"अरे, काकी! सारी जनता तो बिलेह को आशीर्वाद देने के लिए टूट ही पड़ी—भीड़ की भीड़।" हरि बोला, "और वह तो इस पर बलिहारी ही जाती थी।"

भुवनेश्वरी को लगा कि अब वह अपने आपको रोक नहीं पाएगी।···उसने नरेन्द्र के सिर पर आशीष का हाथ रखा और उसकी दृष्टि से अपनी इस मुग्ध-विह्वल स्थिति को छिपा लेने के लिए, उसे अपने साथ लिपटा लिया।

14

घंटी बजी और अध्यापक कक्षा में आए। लड़कों ने पुस्तकें खोलकर अपने सामने रख लीं; किंतु अध्यापक का ध्यान पुस्तक की ओर नहीं था। वे तो एक नई ही चर्चा लेकर आए थे।

"मैं चाहता हूँ कि अब तुम लोगों में से कुछ मेधावी छात्र अंग्रेजी पढ़नी भी आरंभ कर दें। मैंने इस कार्य के लिए जिन विद्यार्थियों को चुना है, उनमें से पहला नाम है नरेन्द्रनाथ दत्त का, दूसरा···।"

किंतु नरेन्द्र ने अध्यापक को आगे बढ़ने नहीं दिया। वह उठकर खड़ा हो गया और बोला, "गुरु महाशय! यदि आप अन्यथा न मानें, तो क्या मैं पूछ सकता हूँ कि हमें एक विदेशी भाषा क्यों पढ़नी चाहिए?"

अध्यापक ने आश्चर्य से नरेन्द्र को देखा, "क्या तुम नहीं देख रहे कि सब ओर पढ़े-लिखे लोगों में अंग्रेजी पढ़ने की होड़ लगी हुई है। तुम्हें तो प्रसन्न होना चाहिए कि सौभाग्य ने स्वयं आकर, तुम्हें यह अवसर दिया है।"

नरेन्द्र न अध्यापक से सहमत हो पा रहा था और न उनका तर्क उसकी समझ में आ रहा था। उसकी इच्छा हुई कि वह इतना उग्र विरोध करे कि भविष्य में गुरु महाशय कभी इस प्रकार का प्रस्ताव करने का साहस ही न करें।···किंतु उस आवेश में भी वह सजग था कि उसे न तो कक्षा का अनुशासन तोड़ना है, न अपने अध्यापक का अपमान करना है।

उसने स्वयं को अनियंत्रित होने से रोकते हुए और अपने आवेश को यथासंभव नियंत्रित करते हुए कहा, "होड़ में सम्मिलित होना तो केवल भेड़ों की वृत्ति होती है गुरु महाशय! इसलिए मैं पूछता हूँ कि हमें एक विदेशी भाषा पढ़ाने का अथवा हम पर एक विदेशी भाषा आरोपित करने का किसी को क्या नैतिक अधिकार है?"

अध्यापक हतप्रभ खड़े रह गए। उन्होंने अपने किसी भी छात्र से इस प्रकार की उग्र प्रतिक्रिया की कल्पना भी नहीं की थी।···और फिर, यह तो अंग्रेजी पढ़ने का विरोध कर रहा था; अंग्रेजी पढ़ने का, जिसको पढ़ने के लिए लाखों लोग लालायित थे।···वह मात्र विरोध ही नहीं कर रहा था, उसे देखकर तो लगता था, जैसे उसके मन में कोई भयंकर पीड़ा हो रही हो।···जैसे किसी ने उसका घोर अपमान कर दिया हो···अथवा किसी ने उसकी कोई बहुत ही प्रिय वस्तु छीनने का प्रयत्न किया हो।···उसके चेहरे पर अपमान के साथ-साथ घोर अनिष्ट के भाव थे···।

उन्होंने उसे अबोध जानकर समझाने का प्रयत्न किया, "हम सब जानते हैं कि आज का सारा आधुनिक ज्ञान-विज्ञान अंग्रेजी में ही है। सारे उन्नत तथा विकसित संसार की भाषा अंग्रेजी ही है। उस भाषा का ज्ञान पाकर, तुम्हें सारे संसार का ज्ञान उपलब्ध हो जाएगा। क्या तुम यह नहीं चाहते?" वे कुछ रुके और अपनी बात को दूसरी ओर मोड़ते हुए बोले, "संसार के सारे विद्वान् अधिक से अधिक भाषाएँ सीखना चाहते हैं।"

"मैं यह नहीं कहता कि कोई भी विदेशी भाषा अथवा अंग्रेजी नहीं सीखनी चाहिए।" नरेन्द्र पूर्ववत् आवेश में बोला, "मैं तो यह कह रहा हूँ कि अपनी भाषा में पूर्ण दक्षता प्राप्त किए बिना ही विदेशी भाषा को पढ़ने का क्या लाभ है?" नरेन्द्र ने भी रुककर अपने अध्यापक को कुछ इस

प्रकार देखा जैसे वह अपने मन की बात, बिना शब्दों के ही, उनके मन में उतार देना चाहता है, "अपने देश के उपलब्ध ज्ञान को आत्मसात् किए बिना, विदेशी ज्ञान को प्राप्त करने में हानि ही हानि है। अपनी जड़ें जमाए बिना कोई भी पौधा न फूल खिलाता है और न फल उत्पन्न करता है।"

अध्यापक को लगा कि नरेन्द्र के चिंतन में कहीं कोई व्यतिक्रम है। वह उनकी बात को, उसके ठीक रूप में ग्रहण नहीं कर पा रहा। वह अपनी आशंकाओं के बवंडर में यह समझ नहीं पा रहा कि कोई उससे कुछ छीन नहीं रहा, उसे कुछ अतिरिक्त दिया ही जा रहा है।

"यदि तुम अंग्रेजी पढ़ोगे, तो उससे तुम्हें बंगला पढ़ने से कोई रोकेगा तो नहीं।" वे उसे समझाते हुए पुनः बोले, "तुम उसके बाद भी बंगला पढ़ सकते हो।"

"पढ़ तो सकता हूँ, किंतु ऐसा होता नहीं है। नरेन्द्र का उग्र भाव अभी शमित नहीं हुआ था, "जो बच्चा अपनी माँ को अभी पहचानता भी न हो, उसे यदि किसी अन्य स्त्री की गोद में दे दिया जाएगा, तो उसके मन में अपनी माँ के प्रति प्रेम कैसे विकसित होगा?"

गुरु महाशय ने भी स्वयं को एक लंबी बहस के लिए तैयार कर लिया था। वे समझ गए थे कि यह लड़का सहज ही सहमत नहीं होगा। बोले, "पर इसमें हानि ही क्या है? जिसे अपना घर अच्छा लगता है, वह अपने घर में रहे; जिसे विदेश अच्छा लगता है, वह विदेश में रहे। अपनी माँ से तो नैसर्गिक प्रेम होता ही है, मौसी से भी प्रेम हो जाए तो क्या बुरा है?"

नरेन्द्र का चेहरा रोष से लाल हो गया। उसे स्वयं भी लगा कि अब वह अपने आपको बहुत नियंत्रित नहीं कर पाएगा। बोला, "गुरु महाशय! पता नहीं, आप जानते नहीं हैं, या जानना चाहते नहीं हैं कि जिन बच्चों को आरंभ से ही अंग्रेजी पढ़ाई जाएगी वे फिर अपनी भाषा—बंगला अथवा संस्कृत—का ज्ञान कभी प्राप्त नहीं कर सकेंगे। और फिर जिस समाज की भाषा से हम अपरिचित रहते हैं, उस समाज की संस्कृति और समस्याओं से भी हम अपरिचित रह जाते हैं। हम न उस साहित्य को समझते हैं, न उसकी कलाओं को, और न उसके धर्म को। आरंभ से ही अंग्रेजी पढ़ाकर आप इस देश में एक ऐसा नया वर्ग उत्पन्न करेंगे, जिसे न इस देश का परिचय होगा और न इससे सहानुभूति। देश के भीतर ही देश के शत्रु उत्पन्न करना चाहते हैं आप?" इस समय तक नरेन्द्र जैसे अपने और अध्यापक के बीच की दूरी को सर्वथा भूल चुका था। अब उसके मन में न तो स्वयं को नियंत्रित करने की इच्छा थी; और न स्वयं को संयत करने का कोई प्रयत्न।

अध्यापक के मन में भी रोष भर आया, "हमारे विद्यालय की शिक्षा-नीति तुम्हारी मान्यताओं से निर्धारित नहीं होगी। तुम्हें अंग्रेजी पढ़नी ही होगी।"

नरेन्द्र को लगा कि जैसे वह फट पड़ेगा।...किंतु वह यह भी जानता था कि वह मात्र एक विद्यार्थी है। अध्यापक ने ठीक ही कहा था कि विद्यालय की शिक्षा-नीति उसके चिंतन और उसकी इच्छा से निर्धारित नहीं होगी। उसे अंग्रेजी तो पढ़नी ही पड़ेगी।... नरेन्द्र को अपनी असहायता का ऐसा बोध पहले कभी नहीं हुआ था। उसकी आँखों में अश्रु छलक आए।

उसने अपनी पुस्तकें उठाईं और कक्षा से बाहर निकल गया।

वह नहीं चाहता था कि कोई उसके आँसू देखे; किंतु आँसू थे कि थम ही नहीं रहे थे। वह यह भी समझ नहीं पा रहा था कि उसे इस प्रकार रोना क्यों आ रहा था। उसकी कोई ऐसी क्षति तो नहीं हुई थी, जिस पर उसे इस प्रकार रोना पड़े। वह तो मात्र एक मतभेद था, जो उसने प्रकट भी कर दिया था।...किंतु जितना ही वह सोचता जा रहा था, उतनी ही तीव्रता से उसे अहसास हो रहा था कि कोई उसकी इच्छा के विरुद्ध उसकी प्रिय वस्तु छीनने का प्रयत्न कर रहा है; और

वह अपनी क्षमता-भर प्रतिरोध करने पर भी, उस वंचना को रोक नहीं पा रहा। पीड़ा तो ऐसी थी, जैसे मन में कोई गहरा घाव हो, जो थोड़ी-थोड़ी देर के पश्चात् स्वयं ही रिसने लगता हो। ऊपर से लाख पट्टी बाँधी जाए, उसका रिसना तो नहीं रुक सकता।···

घर पहुँच, बस्ता अपने कमरे में पटक, वह भुवनेश्वरी के पास चला गया। आज संयोग से विश्वनाथ भी घर पर ही थे। उन दोनों ने चकित दृष्टि से नरेन्द्र को देखा। कोई भी समझ सकता था कि नरेन्द्र आज कुछ बदला हुआ था···यह उसका स्वाभाविक रूप नहीं था।

"क्या बात है बिलेह?" भुवनेश्वरी ने पूछा।

"माँ! विद्यालय वालों के मन में जो आएगा, वह सब कुछ मुझे पढ़ना पड़ेगा क्या?" नरेन्द्र आक्रोशपूर्ण स्वर में बोला, "पढ़ना मुझे है और मेरी अपनी इच्छा का कोई महत्त्व ही नहीं है?"

भुवनेश्वरी यह तो नहीं जान पाई कि नरेन्द्र इतना क्षुब्ध क्यों है; किंतु समस्या का कुछ अनुमान उसने कर लिया था। फिर भी अपनी राय प्रकट करने से पहले उस स्थिति का पूर्ण ज्ञान प्राप्त कर लेना ही उचित था।

नरेन्द्र के प्रश्न का कोई सीधा उत्तर देने के स्थान पर उसने पहले नरेन्द्र को शांत कर लेना आवश्यक समझा, "बिलेह! वह तुम्हारे गुरु महाशय द्वारा पूजा-कक्ष में लगाई गई कक्षा तो है नहीं। वहाँ क्या पढ़ाया जाएगा और क्या नहीं पढ़ाया जाएगा, इसका निश्चय तो तुम्हारे अध्यापक, गुरुजन और विद्यालय के अधिकारी ही करेंगे न। तुम्हारी या तुम्हारे माता-पिता की इच्छा का उसमें क्या महत्त्व हो सकता है।···और वैसे भी पुत्र! बालकों को कहाँ पता है कि क्या उनके हित में है और क्या नहीं। बालकों की बुद्धि के परिपक्व होने तक इन सबका निर्णय तो गुरुजन ही करते हैं।"

नरेन्द्र शांत होने के स्थान पर हतप्रभ ही अधिक हुआ, "तो इसका अर्थ है कि वे लोग मेरी इच्छा के विरुद्ध मुझे अंग्रेजी पढ़ाएँगे?"

"क्या बात है नरेन्द्र?" विश्वनाथ ने उन दोनों के वार्तालाप में हस्तक्षेप किया, "क्या विद्यालय में तुम्हें अंग्रेजी पढ़ाई जा रही है?"

"हाँ! हमारे अध्यापक कह रहे थे कि अब मुझे अंग्रेजी पढ़नी चाहिए।" नरेन्द्र ने कुछ इस प्रकार बताया, जैसे उसे कोई अपराध करने के लिए कहा जा रहा है।

"इसका अर्थ यह हुआ कि वे लोग सबको अंग्रेजी नहीं पढ़ा रहे हैं," विश्वनाथ बोले, "पर उन्होंने तुम्हें अंग्रेजी पढ़ने के लिए चुना है। यह तो प्रसन्नता की बात है नरेन्द्र।"

विश्वनाथ की यह टिप्पणी नरेन्द्र को तनिक भी अच्छी नहीं लगी। उसे लगा कि बाबा भी उसके अध्यापक से मिल गए हैं, जिसकी उसे तनिक भी आशा नहीं थी। उसने कठोर आँखों से विश्वनाथ को देखा और बोला, "मुझे अंग्रेजी नहीं पढ़नी है। कोई मुझसे मेरा सारा अस्तित्व छीनने का प्रयत्न कर रहा है; और आप कह रहे हैं कि यह प्रसन्नता की बात है।"···

जिस प्रकार वह अपनी कक्षा से निकल आया था, अपना विरोध जताने के लिए, वह ठीक उसी प्रकार इस कमरे से भी निकल गया। पैर पटकता हुआ, वह उस बड़े कमरे में पहुँचा, जहाँ परिवार के बच्चों के साथ नृसिंह दत्त सोया करते थे।

नृसिंह दत्त अकेले लेटे कोई पुस्तक पढ़ रहे थे। उन्होंने पुस्तक से आँखें हटाकर नरेन्द्र को देखा। उसके हृदय का सारा क्षोभ उसके चेहरे पर अंकित था। उसे देखकर कोई भी समझ सकता था कि वह असाधारण रूप से व्याकुल ही नहीं, पूर्णिमा के सागर के समान अत्यंत क्षुब्ध था।

"क्या बात है बिलेह! इतने विचलित क्यों हो?"

नरेन्द्र तो पूछे जाने की ही प्रतीक्षा में था। नृसिंह दत्त के इस प्रश्न से वह फट पड़ा, "देखिए न ठाकुर दा। विद्यालय में ये लोग मुझे अंग्रेजी पढ़ाना चाहते हैं। अभी बंगला और संस्कृत तो मुझे अच्छी तरह आई नहीं, अपने देश की और कोई भाषा मैंने सीखी नहीं, और ये चाहते हैं कि मैं अंग्रेजी पढ़कर अपने देश के लिए पराया हो जाऊँ।"

उसके क्षोभ को समझने में नृसिंह दत्त को कई क्षण लग गए; फिर जब समझ गए तो शांत स्वर में बोले, "नहीं, बेटा! ऐसी क्या बात है। तुम अंग्रेजी के साथ-साथ संस्कृत और बंगला भी पढ़ते रहना। मैं स्वयं तुम्हें पढ़ाया करूँगा।"

उनके इस आश्वासन से, शांत होने के स्थान पर नरेन्द्र और भी उद्वेलित हो उठा। उसका क्षोभ जैसे अपने चरम उत्कर्ष पर था, "पर अंग्रेजी अभी प्रतीक्षा क्यों नहीं कर सकती? आप लोग सब समझते हैं कि वे लोग मुझे संस्कृत और बंगला के अतिरिक्त अंग्रेजी का ज्ञान देना चाहते हैं; किंतु आप लोग उनका षड्यंत्र नहीं देख रहे कि वे लोग मुझसे मेरी अपनी भाषा छीनकर, मुझे एक पराई भाषा थमा देना चाहते हैं, और इस प्रकार मुझे एक द्वितीय कोटि का पराश्रित जीव बना देना चाहते हैं।"

नरेन्द्र को लगा कि वह यहाँ अब और ठहर नहीं पाएगा। यदि यहाँ ठहरा तो उसके मुख से कुछ-न-कुछ ऐसा अवश्य निकल जाएगा, जिसे बड़ों के शब्दकोश में अभद्रता कहा जाता है।

नृसिंह दत्त ने नरेन्द्र को समझाने के लिए ही बात आरंभ की थी। वह कुछ देर और ठहरता तो वे उसे यह भी समझाते कि उनका पुत्र राम भी तो अंग्रेजी पढ़ रहा है। अंग्रेजी के माध्यम से ही तो वह आधुनिक डॉक्टरी पढ़ रहा है, नहीं तो गाँव का एक साधारण वैद्य बनकर ही रह जाता···

किंतु तभी नरेन्द्र की पीड़ा नृसिंह दत्त के मन में भी समा गई।···नरेन्द्र छोटा-सा बच्चा है तो क्या हुआ। उसने वह बात समझ ली है, तो प्रौढ़ नृसिंह दत्त और उनका मेधावी पुत्र राम—दोनों ही समझ नहीं पाए थे।···इस विदेशी भाषा के माध्यम से पाए ज्ञान के कारण ही तो, उनका राम इतना पराया हो गया था। वह राम, जो बाल्यावस्था में आस्थावान वैष्णव था, अपनी इस विद्या के कारण वज्र नास्तिक होता जा रहा है।···वे स्वयं देख रहे हैं कि वह ईश्वर के अस्तित्व को अस्वीकार कर रहा है; आस्तिकता का विद्रूप बना रहा है, किंतु वे कुछ नहीं कर सकते···

पर इतना-सा नरेन्द्र इस षड्यंत्र के तल तक कैसे देख सका?···नृसिंह दत्त ने चकित होकर अपने आपसे प्रश्न किया। उन्हें लगा कि वे प्रसन्न हैं कि कोई तो इस षड्यंत्र को समझ सका···किंतु तत्काल ही उन्होंने पुनः स्वयं से पूछा—आखिर वे चाहते क्या हैं?···उनकी अपनी समझ में नहीं आ रहा था कि वे क्या चाहते हैं।···वे यह तो चाहते हैं कि नरेन्द्र अंग्रेजी पढ़कर अपना विकास करे, किंतु वे यह नहीं चाहते कि वह भी राम के समान नास्तिक हो जाए और ईश्वर का परिहास करे···

15

नरेन्द्र, गोपू के घर खेलने के लिए गया था। कमरे में बैठे हुए, अभी वे दोनों सोच ही रहे थे कि कौन-सा खेल खेलें कि बाहर से ऊँचे स्वर में, किसी के डाँटने की आवाज सुनाई दी। वाणी प्रखर

थी और शब्द अत्यंत स्पष्ट :

"निर्लज्ज हो एकदम! लज्जा नहीं आती। हृष्ट-पुष्ट हो। युवा हो। शरीर में ताकत है। जाओ खटो। कुछ परिश्रम करो। कुछ पसीना बहाओ। निर्लज्ज के समान द्वार-द्वार भीख माँगते मत घूमो।"

नरेन्द्र ने आश्चर्य से गोपू की ओर देखा, "किसका स्वर है?"

"पिताजी किसी साधु को डाँट रहे हैं।" गोपू ने बताया।

नरेन्द्र चकित रह गया, "तुम्हारे पिताजी, यह सब कुछ एक साधु से कह रहे हैं।"

"हाँ!" गोपू के स्वर में गर्व का भाव था, "मेरे पिता भिक्षुकों के घोर शत्रु हैं। वे किसी को भी भिक्षा नहीं देते।"

नरेन्द्र की समझ में गोपू का यह गर्व नहीं आया। यह सोच-सोचकर उसका आश्चर्य बढ़ता जा रहा था कि कोई व्यक्ति किसी साधु से ऐसी अभद्र बातें भी कह सकता है।

"पर साधु तो संन्यासी होता है। वह साधारण भिक्षुक नहीं होता। साधु को कहीं यह कहा जाता है कि वह जाकर अपने श्रम से अपनी आजीविका कमाए?" नरेन्द्र ने कुछ चकित होकर कहा।

"क्यों? जब सब लोग अपने लिए आजीविका कमाते हैं तो साधु ही क्यों न कमाए। मेरे पिताजी भिक्षा-वृत्ति को प्रोत्साहित करने के विकट विरोधी हैं।" गोपू का आत्म-गौरव तनिक भी नहीं डोला था।

नरेन्द्र पर गोपू के इन विचारों का सर्वथा विपरीत प्रभाव पड़ा। उसे लगा कि उसके भीतर जैसे कोई ज्वालामुखी फूटा हो और उसका सारा लावा उसके वक्ष पर आकर संचित हो गया हो। वह यदि अपना विरोध प्रकट नहीं करेगा तो उसका वक्ष जैसे फट जाएगा।

"तुम कहते हो कि जब सब लोग अपनी आजीविका कमाते हैं तो संन्यासी ही अपनी आजीविका स्वयं क्यों न कमाए," नरेन्द्र आवेश में बोला, "सब लोग अपने-अपने स्वार्थ और भौतिक सुखों के पीछे पड़े हैं, इसलिए वे अपनी-अपनी आजीविका कमा रहे हैं। संन्यासी ने सबसे पहले अपना स्वार्थ छोड़ा है, भौतिक सुखों की कामना छोड़ी है, अपने-पराए का भेद छोड़ा है, अपना अहंकार छोड़ा है, ईश्वर पर निर्भर रहना सीखा है—इसीलिए वह अपनी आजीविका के लिए समाज पर और उससे भी बढ़कर, ईश्वर पर निर्भर रहता है।···और तुम उसे मनुष्य के तुच्छ स्वार्थों की ओर वापस धकेलना चाहते हो कि वह अपने लिए कमाए, अपने परिवार का पेट पाले, और शेष सारे समाज को वंचित करे?"

गोपू ने आश्चर्य से उसे देखा, "मैंने तो कभी यह सब सोचा भी नहीं बिलेह!"

गोपू के वाक्य में छिपी प्रशंसा की ध्वनि से नरेन्द्र तनिक भी संतुष्ट नहीं हुआ। वह बोला, "सोचना चाहिए। नहीं सोचा था, तो अब सोचो। तुमने भिक्षा की एक मुट्ठी के लिए फैली उसकी हथेली देखी है; किंतु उसके द्वारा जीवन के सुखों का त्याग नहीं देखा। संन्यास भिक्षा माँगने का साधन नहीं है···।" किसी अमार्जनीय ऊर्जा से अभिभूत होकर नरेन्द्र ने अपनी हथेली उसके सामने फैला दी, "यह देखो। यह है संन्यास रेखा। मेरे हाथ में भी है यह रेखा। अंततः मुझे भी संन्यासी ही बनना है।"

इस उद्घाटन से गोपू जैसे आतंकित हो गया।···उसके सामने खड़ा यह नरेन्द्र जैसे उसके साथ प्रतिदिन खेलने वाला बालक बिलेह नहीं था। यह तो कोई और ही था, जो इस वय के लिए अबोधगम्य, जीवन की अनेक समस्याओं के विषय में गंभीर चिंतन करता था, जो गोपू की दृष्टि

से असाधारण ज्ञानी था, और भूत तथा भविष्य को जानता था।

गोपू के मुख से अनायास ही निकला, "तुम्हें यह सब किसने बताया है?"

"मैंने ज्योतिष की पुस्तकों में पढ़ा है।" नरेन्द्र मुस्कराया।

"तुम ज्योतिषी भी हो?" गोपू ने घबराकर पूछा।

नरेन्द्र खुलकर हँस पड़ा, "अपने विद्यालय का तो मैं सबसे बड़ा ज्योतिषी हूँ। अपनी कक्षा के किसी भी लड़के की हथेली पर मुझे यह रेखा नहीं मिली है।"

गोपू का मन उदास हो गया, "तुम संन्यास लोगे?"

"मैं तो अवसर की प्रतीक्षा कर रहा हूँ।" नरेन्द्र के स्वर में असाधारण उल्लास था।

"तुम्हें संन्यास अच्छा लगता है?" गोपू ने जैसे कुछ न समझते हुए कहा।

नरेन्द्र ने उसे देखा और हलके से मुस्कराकर अन्यमनस्क हो गया, "मुझे संन्यास बेहद आकर्षित करता है। मैं कक्षा के हर लड़के से पूछता हूँ कि क्या उसके पूर्वजों में से कभी किसी ने संन्यास धारण किया था। यदि कोई लड़का यह कहता है कि उसके वंश में कभी कोई व्यक्ति संन्यासी हो गया था, तो मुझे वह लड़का भी अत्यंत प्रिय लगने लगता है। संन्यास के प्रति इस सम्मोहन का कारण मैं नहीं जानता, किंतु मेरी आत्मा को जितना सुख और संतोष संन्यास की बात सोचकर मिलता है, उतना और किसी बात से नहीं मिलता।"

गोपू अवाक् बैठा नरेन्द्र की ओर देखता रह गया···।

सहसा उस गंभीर नरेन्द्र के भीतर कहीं सोया हुआ खिलंडरा बिलेह जाग उठा। वह अपने सहज चंचल रूप में प्रकट हुआ, "चल! चलकर खेलते हैं। बातें बहुत हो गईं।"

नरेन्द्र ने गोपू के उत्तर की प्रतीक्षा नहीं की। वह उसकी बाँह पकड़कर उसे इस प्रकार उठा लाया, जैसे गोपू की अपनी कोई इच्छा ही न हो। गोपू भी उसकी छाया के समान, चुपचाप उसके साथ चला आया।

वे लोग गोपू की वाटिका में आ गए। नरेन्द्र अपने प्रिय चंपक वृक्ष की मोटी शाखा में अपने पैर फँसाए, उलटा लटककर झूलने लगा। गोपू कुछ दूरी पर खड़ा उसकी वैताल-मुद्रा का यह खेल देख रहा था।···इच्छा तो उसकी भी हो रही थी कि वह उसी के समान लटककर झूले; किंतु न तो उसे लटकने का साहस हो रहा था, और न ही उसे अपनी टाँगों में इतनी शक्ति होने का ही विश्वास था।

"तुम जानते हो, मुझे इसी गाछ पर झूलना क्यों अच्छा लगता है?" नरेन्द्र ने पूछा।

"नहीं तो, पर यह जानता हूँ कि तुम झूलते इसी वृक्ष पर हो। क्या यह बहुत सुविधाजनक है?" गोपू ने पूछा।

नरेन्द्र हँसा, "जब चमगादड़ के समान उलटा लटककर ही झूलना है, तो सुविधा क्या और असुविधा क्या?"

"तो फिर इसी गाछ पर क्यों झूलते हो?" गोपू ने पूछा।

नरेन्द्र ने उसे इस प्रकार देखा, जैसे वह कोई बहुत महत्त्वपूर्ण रहस्य उद्‌घाटित करने वाला हो, "यह चंपक वृक्ष है बुद्धू! महादेव शिव को इसके पुष्प बहुत प्रिय हैं। मुझे महादेव प्रिय हैं; इसलिए यह वृक्ष भी मुझे प्रिय है।"

गोपू के वृद्ध दादा घर से बाहर निकले। उन्होंने अपनी धुँधली दृष्टि से देखा कि चंपक वृक्ष पर कोई उलटा लटककर झूल रहा है; किंतु इतनी दूरी के कारण स्पष्ट नहीं हुआ कि झूलने वाला

कौन है। उन्होंने अपनी आँखों के ऊपर हथेली जमाई और उसकी ओट में देखा; किंतु चेहरा स्पष्ट नहीं हुआ। उन्होंने अपने अनुमान के आधार पर मान लिया कि वह और कोई नहीं, गोपू ही होगा।

"गोपू! ओ गोपू!!" उनकी वाणी में अधिकार भी था और विरोध भी।

गोपू भागकर दादा के पास पहुँचा। चकित था कि सामान्यतः मीठा बोलने वाले दादा, इस समय कठोर क्यों हो रहे हैं, "क्या है ठाकुर दा?"

दादा की धुँधली दृष्टि ने भी इतना तो देख ही लिया कि गोपू उनके पास खड़ा था, फिर भी वृक्ष पर कोई झूल रहा था।

"चंपक वृक्ष पर कौन लड़का झूल रहा है रे?"

"बिलेह!"

दादा का स्वर कोमल हो गया। उन्हें खेद हुआ कि अपने पोते के प्रति व्यर्थ ही क्रोध जताया। कदाचित् उसकी क्षतिपूर्ति के लिए ही अपनी वाणी को अत्यधिक मधुर और मृदुल बनाते हुए बोले, "बेटा! चंपक का वृक्ष कच्चा होता है। तेरा यह बिलेह, उस पर झूल-झूलकर, उसे तोड़ डालेगा, तो हम महादेव को अर्पित करने के लिए चंपक के पुष्प माँगने कहाँ जाएँगे। उसे मना कर दे। वह उस पेड़ से दूर ही रहा करे!"

गोपू संकुचित हो उठा। नरेन्द्र उसका मित्र था···और मित्र भी ऐसा जो प्रत्येक क्षेत्र में बढ़ा-चढ़ा होने पर भी उससे सर्वथा बराबरी का व्यवहार करता था। नरेन्द्र ने चाहे उस पर कभी अपना रौब नहीं जमाया; किंतु गोपू मन-ही-मन उसका रौब और बड़प्पन स्वीकार करता था। ऐसे मित्र को वह कैसे इस प्रकार का आदेश दे कि वह उसके पार के वृक्ष पर झूला ही न करे, "मैं कैसे मना करूँ ठाकुर दा! उसे इस गाछ पर झूलना बहुत अच्छा लगता है।"

दादा का मन तो भड़का; किंतु अभी-अभी पोते को डाँटकर ग्लानि का अनुभव कर चुके थे, इसलिए आवाज को ऊँचा उठाए बिना ही बोले, "तुझसे मना नहीं होता, तो मैं मना कर देता हूँ।"

वे नरेन्द्र की ओर चल पड़े।

गोपू घबरा गया : जाने दादा नरेन्द्र को क्या बुरा-भला कह दें। इससे तो कहीं अच्छा था कि वह स्वयं ही अपने ढंग से उसे समझा देता कि उसके दादा को उसका चंपक पर झूलना पसंद नहीं है। वह लपककर दादा के बराबर आया और बोला, "ठाकुर दा! आप उसे डाँटेंगे क्या?"

"अरे, नहीं! डाँटने की क्या आवश्यकता है।" दादा बहुत ही मधुर तथा आश्वस्त स्वर में बोले, "बस, जरा समझा दूँगा। बच्चा ही तो है, समझ जाएगा। मजाल है कि फिर कभी इस पेड़ पर झूल जाए। झूलना तो दूर, वह तो इसके निकट भी नहीं फटकेगा।"

गोपू समझ नहीं पाया कि उसके दादा के मन में क्या है; किंतु उसका भय, इस आश्वासन से कुछ कम अवश्य हो गया कि दादा नरेन्द्र को डाँटेंगे नहीं।

दादा धीरे-धीरे, किंतु दृढ़ मुद्रा में चलते हुए नरेन्द्र के पास आए। गोपू तटस्थ द्रष्टा की भाँति एक ओर खड़ा हो गया। वह देखना चाहता था कि दादा ऐसा कौन-सा चमत्कार करने जा रहे हैं, जिससे नरेन्द्र को डाँट भी नहीं पड़ेगी और वह चंपक के वृक्ष के निकट भी नहीं फटकेगा। उसकी मुद्रा ठीक ऐसी थी, जैसे वह अपेक्षा कर रहा हो कि अभी-अभी दादा अपने थैले में से खरगोश निकालकर, उसे चकित कर देंगे।

नरेन्द्र ने वृक्ष पर लटके-लटके ही दादा को नमस्कार किया तो दादा बोले, "अरे, बिलेह!

इस वृक्ष पर मत झूला कर बेटा!"

नरेन्द्र वृक्ष से नीचे उतर आया और आकर दादा के सम्मुख खड़ा हो गया। वह अत्यंत शालीन किंतु अधिकारपूर्ण स्वर में बोला, "क्यों ठाकुर दा?"

दादा इस प्रश्न के लिए पूर्णतः तैयार थे। वे एक ऐसे सधे हुए अभिनेता के समान बोले, जो अपनी भूमिका का अनेक बार पूर्वाभ्यास कर चुका हो, "अरे! इस वृक्ष पर एक ब्रह्मदैत्य रहता है। बड़ी-बड़ी, लाल और डरावनी आँखें हैं उसकी। लंबे-लंबे सफेद बाल हैं। काली रातों में उसकी सफेद चादर बहुत लोगों ने देखी है। जो उसे एक बार देख लेता है, उसके तो भय के मारे प्राण ही निकल जाते हैं।"

नरेन्द्र ने उत्सुकता से उनकी ओर देखा और पूछा, "और क्या होता है ठाकुर दा?"

दादा ने एक ही दृष्टि में भाँप लिया कि वे अपनी इस कथा के माध्यम से नरेन्द्र के मन में भय नहीं उपजा पाए हैं। समझ गए कि इस लड़के के लिए कथा को कुछ और भयंकर बनाना होगा। बोले, "और क्या बताऊँ बेटा! जो कोई उसके इस वृक्ष पर झूलता है, रात को दैत्य उसकी गरदन ही मरोड़ देता है।"

दादा ने अपनी बात समाप्त कर नरेन्द्र पर दृष्टिपात किया। उन्हें यह देखकर आश्चर्य हुआ कि नरेन्द्र के चेहरे पर न भय था, न जिज्ञासा। एक स्पष्ट विरोध नरेन्द्र के चेहरे पर उभर आया था।

नरेन्द्र ने जैसे दादा से स्पष्टीकरण माँगते हुए, निर्भीक स्वर में पूछा, "आज तक उसने किस-किसकी गरदन मरोड़ी है ठाकुर दा?"

कुछ क्षणों के लिए दादा असमंजस में चुप खड़े रह गए। उन्होंने कल्पना भी नहीं की थी कि नरेन्द्र उन लोगों का नाम-पता भी पूछ बैठेगा, जिनकी गरदनें ब्रह्मदैत्य ने मरोड़ी थीं।...पर अब कुछ-न-कुछ उत्तर तो देना ही था, नहीं तो न केवल, यह कल का छोकरा उनका उपहास करेगा, वरन् उसका साहस भी बढ़ जाएगा और वह इस वृक्ष के लिए भयंकर संकट सिद्ध होगा। उन्होंने अपनी वाणी को अधिक-से-अधिक प्रामाणिक बनाने का प्रयत्न करते हुए कहा, "उसके भय के कारण कोई वृक्ष के निकट आता ही नहीं है बेटा! तो फिर वह किसकी गरदन मरोड़े।" दादा ने अपनी बात को और प्रभावशाली बनाने के लिए कहा, "वैसे हमने सुना बहुत है। पहले जब लोगों को मालूम नहीं था, तब कई बेचारे परदेसी अपने अज्ञान में ही मारे गए।..." और चलते-चलते दादा जी ने जोड़ा, "तब तक तुम्हारा जन्म नहीं हुआ था बेटा! नहीं तो तुमने भी अवश्य सुना होता।"

"यह तो बहुत भयंकर बात है ठाकुर दा! इससे तो सबको सावधान रहना चाहिए।" नरेन्द्र ने अत्यंत विनीत मुद्रा में कहा।

दादा समझ नहीं पाए कि वह सचमुच ही उनसे सहमत हो गया था, या उनका उपहास कर रहा था। उनके लिए सुविधाजनक यही था कि वे मान लेते कि नरेन्द्र उनसे सहमत हो गया था। बोले, "हाँ, बेटा! तू तो बहुत समझदार है। अपने मित्रों को भी यह बात समझा देना।"

दादा अपनी आँखों में एक रहस्यमय आनंद लिए, मुड़कर चले गए। दोनों लड़के जाते हुए दादा जी को देखते रहे। उन दोनों की आँखों में चमक थी; किंतु उसका कारण अलग-अलग था।

दादा आँखों से ओझल हो गए तो नरेन्द्र पूर्ण विश्वस्त ढंग से धीरे-धीरे चलकर चंपक वृक्ष तक आया; और उसी डाली पर लटक गया, जिस पर वह दादा के आने से पहले झूल रहा था।

गोपू की आँखों की चमक विलीन हो गई; और उसने फटी-फटी आँखों से नरेन्द्र की ओर देखा।

"अरे, बिलेह! तू फिर लटक गया?" दादा की कथा का रहस्य न जानने के कारण गोपू डर गया था, "तुझे उस ब्रह्मदैत्य का तनिक भी भय नहीं है?"

नरेन्द्र वृक्ष से उतरकर गोपू के पास आया और स्नेह-सिंचित स्वर में बोला, "कैसा मूर्ख है तू कि किसी ने कहा और तूने मान लिया। अरे, यदि इस वृक्ष पर ब्रह्मदैत्य होता, तो वह कब का मेरी गरदन मरोड़ चुका होता।" वह पूरे आत्मविश्वास के साथ हँसा, "आज पहली बार तो मैं इस वृक्ष पर झूल नहीं रहा।"

किंतु गोपू इतनी सुविधा से यह मान लेना नहीं चाहता था कि उसके दादा की बात में कुछ भी सत्य नहीं था। बोला, "तो फिर ठाकुर दा···।"

नरेन्द्र की वाणी में असाधारण तेज था, "किसी भी बात को केवल इसलिए स्वीकार मत करो, क्योंकि किसी ने तुमसे कहा है, या तुमने उसे किसी पुस्तक में पढ़ा है। तुम स्वयं उस सत्य को खोजो। अपनी आँखों से उसे देखो और तब उस पर विश्वास करो।" नरेन्द्र ने उसकी आँखों में देखा, "मैं जानता हूँ कि लोग अज्ञान में भी झूठ बोलते हैं और जान-बूझकर भी। कथा-वाचक महाशय ने भी झूठ कहा था कि केले के प्रत्येक बगीचे में हनुमान जी निवास करते हैं। मैंने उनका विश्वास किया था; और कितना पीड़ित हुआ था मैं।"

नरेन्द्र फिर से जाकर चंपक वृक्ष की उसी डाली पर इस प्रकार झूलने लगा, जैसे अभी-अभी कुछ विशेष घटा ही न हो।···गोपू उसे कुछ ऐसी दृष्टि से देख रहा था, जैसे इस नरेन्द्र को उसने आज पहली बार देखा हो।

"तुझे एकदम भय नहीं लगता?" अंततः गोपू के मुख से वाणी फूटी, "किसी से भी?"

"भय का कोई औचित्य भी तो हो!" नरेन्द्र बोला।

"ब्रह्मदैत्य तो ब्रह्मदैत्य," गोपू जैसे अपने आपसे कह रहा था, "मुझे तो अपने बाबा और ठाकुर दा से भी इतना भय लगता है कि···।"

"तुम भय, प्रेम और सम्मान का मिश्रण कर सबको ही भय कह रहे हो।···" नरेन्द्र हँसा।

तभी गोपू के पिता वहाँ आ खड़े हुए।

वे गोपू की खोज में निकले थे; और उसे यहाँ नरेन्द्र के साथ गप्पें मारते देख, ठहर गए थे।···उनके मन में खीझ पनपी···नरेन्द्र रोज ही यहाँ आ जाता है। स्वयं तो पढ़ता नहीं; गोपू को भी पढ़ने नहीं देता। ऐसी मित्रता का क्या लाभ, जो बच्चे के भविष्य के लिए हानिकारक हो। उनके मन में कुसंगति की निंदा और सत्संगति की प्रशंसा संबंधी अनेक सूक्तियाँ गूँजने लगीं। उनका पुत्र सचमुच ही कुसंगति में फँस गया था; और न उसके नुकसान को समझता था, न ही उससे निकलने का कोई मार्ग जानता था। ऐसे में पिता को ही उसकी सहायता करनी होगी।

अपने पुत्र के भविष्य को लेकर उद्विग्न होने वाले पिता के रूप में उन्हें न मर्यादा का ध्यान रहा और न ही शिष्टाचार का। कुछ उग्र स्वर में बोले, "नरेन्द्र! तुम सारा दिन खेलते ही रहते हो, या कुछ पढ़ते भी हो?"

नरेन्द्र ने गोपू के पिता के इस प्रश्न में छिपे, अपने प्रति तिरस्कार को पहचाना; किंतु आहत होकर वहाँ से हट जाने के स्थान पर, उनकी भ्रांति दूर करने के लिए निर्द्वंद्व स्वर में बोला, "मैं

दोनों काम करता हूँ।"

गोपू के पिता सहज ही नरेन्द्र की बात पर विश्वास नहीं कर सकते थे। उन्हें अपने अविश्वास को स्पष्ट रूप से प्रकट करने में कोई संकोच भी नहीं था। बोले, "मुझे विश्वास नहीं होता। मैं तो जब भी देखता हूँ, तुम्हें कभी इस पेड़ से टँगे देखता हूँ, कभी उस पेड़ से। क्या पढ़ते होगे तुम?"

नरेन्द्र कुछ आहत भाव से मुस्कराया, "यदि आप विश्वास न करना चाहें तो आपको मैं बाध्य नहीं कर सकता।"

नरेन्द्र की निर्भीकता से गोपू के पिता अप्रभावित नहीं रह सके। उन्हें महसूस हुआ कि अपने आवेश में कदाचित् उन्होंने इस बालक के साथ कुछ ज्यादती कर दी है। वह इतना छोटा बालक नहीं था, जो अपने मान-सम्मान के प्रति सहज नहीं होता।...किंतु तत्काल घुटने टेक देना, अपनी भूल को स्वीकार कर लेना, उन्हें अपने लिए सम्मानजनक नहीं लगा। बोले, "तो ठीक है, मैं तुम्हारी परीक्षा लेता हूँ। यदि मेरे प्रश्नों का उत्तर तुमने संतोषजनक ढंग से दे दिया, तो मैं मान लूँगा कि तुम सच बोल रहे हो।"

नरेन्द्र को अच्छा नहीं लगा कि वह उस व्यक्ति को अपनी सच्चाई का प्रमाण दे, जो अकारण ही उस पर प्रत्यक्ष रूप से झूठ बोलने का लांछन लगा रहा था। किंतु चुनौती को छोड़कर पीछे हटना भी उसके मनोनुकूल नहीं था। बोला, "पूछिए।"

"अच्छा, यह बताओ कि वृक्ष से टूटकर आम गिरता है, तो पृथ्वी पर ही क्यों गिरता है? आकाश की ओर क्यों नहीं उड़ जाता?" गोपू के पिता ने पूछा।

"क्योंकि पृथ्वी की गुरुत्वाकर्षण शक्ति उसे अपनी ओर खींच लेती है।" नरेन्द्र के चेहरे पर ऐसा भाव था, जैसे गोपू के पिता ने उससे अत्यंत साधारण प्रश्न पूछकर उसके ज्ञान का अपमान किया था।

"तो फिर वही शक्ति आकाश पर उड़ते हुए पक्षी को खींचकर भूमि पर क्यों नहीं ला पटकती?" गोपू के पिता अपने परीक्षण को और कठोर करते गए।

"वह पक्षी को भी लगातार खींच रही है; किंतु पक्षी उसके विरुद्ध अपनी ऊर्जा के आधार पर उड़ता है।" नरेन्द्र बोला, "उसकी उस ऊर्जा का समाप्त होना ही उसकी थकान है। यदि थककर, ऊर्जाहीन होने पर भी वह उड़ने का प्रयत्न करेगा, तो आम के समान ही पृथ्वी पर आ गिरेगा, जाकर चन्द्रमा से नहीं चिपकेगा।"

गोपू के पिता कुछ हतप्रभ-से हो गए। वे नरेन्द्र को किसी भी निकष पर अयोग्य नहीं ठहरा सकते थे...किंतु अभी पराजय स्वीकार करने की स्थिति नहीं आई थी। अपनी ओर से उन्होंने एक और कठिन प्रश्न पूछा, "गुरुत्वाकर्षण का सिद्धांत किसने खोजा था?"

नरेन्द्र की आँखों में एक असाधारण ज्योति कौंधी, "आधुनिक विज्ञान में सर इसहाक न्यूटन ने।"

गोपू के पिता का ध्यान उसके शब्दों पर अटक गया। उन्होंने चौंककर पूछा, "आधुनिक विज्ञान क्यों? क्या इससे पहले भी कोई इसे जानता था?"

"मैं कह नहीं सकता।" नरेन्द्र के मुख पर एक प्रकार की उग्रता लिए हुए तेज प्रकट हुआ, "किंतु सोचता हूँ कि यदि गुरुत्वाकर्षण तथा ग्रहों के परस्पर आकर्षण को प्राचीन खगोलशास्त्री नहीं जानते थे, तो वे ग्रहों की गतिविधि का गणित कैसे जानते थे। खगोलशास्त्र और ज्योतिष का विकास कैसे हुआ?"

गोपू के पिता चकित रह गए। वे अपने पुत्र की पढ़ाई-लिखाई का इतना ध्यान रखते हैं; और उनका पुत्र है कि तनिक भी खिसक नहीं रहा। विश्वनाथ दत्त के पास तो अपने पुत्र को पढ़ाने का तनिक भी समय नहीं है—तो भी उनका ऐसा पुत्र!...गोपू के पिता जानते थे कि अपने मुकदमों के सिलसिले में विश्वनाथ पहले भी भारत के विभिन्न नगरों में जाया करते थे; किंतु अब जब से आशुतोष धर से पृथक् हो उन्होंने अपनी स्वतंत्र फर्म बनाई है, तब से तो वे कलकत्ता में टिकते ही नहीं हैं।...तो फिर उनका यह पुत्र?...

गोपू के पिता ने अपने हथियार डाल दिए। उनका मन कह रहा था कि न तो इस बालक के ज्ञान पर संदेह करना चाहिए, न ही इसके वचन पर। उन्होंने उसके प्रति अपनी प्रशंसा के भाव को अभिव्यक्त करते हुए कहा, "तुम्हारे पिता तो लाहौर गए हुए हैं। तुम्हें पढ़ाता कौन है?"

"मैं स्वयं पढ़ता हूँ।" नरेन्द्र ने सहज वाणी में कहा, "मेरी माता मुझे आवश्यक निर्देश दे देती हैं।"

गोपू के पिता का कौतूहल जैसे अभी भी शांत नहीं हुआ था। उन्होंने पूछा, "पर पढ़ते कब हो? सारा दिन तो तुम कुछ और ही कर रहे होते हो।"

"मैं प्रातः भरपूर पढ़कर ही घर से निकलता हूँ।" नरेन्द्र ने उन्हें सूचित किया, "पढ़ाई को अधूरी छोड़, खेलने के लिए नहीं निकलता।"

"ओह!" गोपू के पिता बोले, "तुम तो बालसूर्य हो, जो सृष्टि के संपूर्ण प्रकाश को आत्मसात् करके ही आकाश पर उदित होता है।"

16

नरेन्द्र अपने मित्रों के साथ मटिया बुर्ज में, लखनऊ के भूतपूर्व नवाब वाजिद अली शाह की पशुशाला देखकर लौट रहा था। दल में अनेक लोग थे। कई लड़के तो नरेन्द्र से कुछ बड़े ही थे। नरेन्द्र के कुछ शौक ही ऐसे थे कि उसे प्रायः बड़े लड़कों के साथ आना-जाना पड़ता था।

"कैसी लगी पशुशाला?" मोती ने पूछा।

"ऐसी क्या चीज है यह पशुशाला।" प्रियनाथ ने कुछ विरोध के स्वर में कहा, "इतनी बड़ी पशुशाला तो नरेन्द्र के अपने घर में भी है।"

मोती ने प्रियनाथ का विरोध नहीं किया। बोला, "अरे, नरेन्द्र की पशुशाला का क्या कहना। नरेन्द्र चाहे तो उसके देखने पर भी टिकट लगा सकता है।"

"अच्छा, अब मल्लाह से कहना कि हमें वह चाँदपाल घाट पर ही छोड़े। जहाँ से हमने नौका ली थी।" हरि ने उन्हें स्मरण कराया।

"भई! जहाँ से नौका ली जाती है," प्रियनाथ ने फिर कुछ वक्र होकर कहा, "वह लौटकर नहीं जाती है। इसमें ऐसा विशेष क्या है, जो ध्यान रखकर मल्लाह को बताया जाए।..."

इस बार भी किसी ने उसका विरोध नहीं किया; इसलिए बात आगे नहीं चली। उन सब पर एक सन्नाटा-सा छा गया। उसी सन्नाटे में घिरे हुए वे लोग घाट तक आ पहुँचे।

मल्लाह अपनी नाव में लेटा घाट पर टकटकी लगाए उनकी प्रतीक्षा कर रहा था और ईश्वर से मना रहा था कि वे लोग कुछ जल्दी लौट आएँ।...वैसे तो वे लोग उसके साथ समय तय करके

ही गए थे; किंतु फिर भी उसका लोभ यह कामना कर रहा था कि किसी भी कारण से वे लोग जल्दी लौट आएँ तो वह एक खेप अधिक लगाकर कुछ पैसे अधिक कमा ले।...किंतु लड़के जल्दी नहीं लौटे थे। जैसे-जैसे समय बीतता जा रहा था मल्लाह की खीझ कुछ बढ़ती ही जा रही थी।...अब उन्हें आया देख, जैसे उसे प्रतीक्षा समाप्त होने की प्रसन्नता हुई, किंतु जैसे ही उसका ध्यान समय की ओर गया, उसकी खुशी समाप्त हो गई। लड़के अपना पूरा समय लगाकर ही आए थे।...

उसने अनमने ढंग से लाकर नाव उनके सम्मुख खड़ी कर दी।

लड़के भी बिना कुछ कहे नाव में बैठ गए। उनमें नवाब की पशुशाला को लेकर कोई विशेष उत्साह नहीं था। वे उसे देखने अवश्य गए थे, किंतु उसने उन पर कोई विशेष प्रभाव नहीं छोड़ा था। न ही उन्हें यह लगा था कि वे लोग कोई अद्भुत स्थान देखकर लौटे हैं।...इसीलिए उनमें पशुशाला संबंधी कोई चर्चा नहीं हो रही थी।

इस चुप्पी से तंग आकर श्यामाचरण बोला, "अरे, भई! कोई अच्छा-सा गीत सुनाओ?"

नरेन्द्र ने उसे देखा : यह उसका अनुरोध था या सन्नाटे के लिए फटकार?

"कौन-सा गीत सुनना है तुम्हें?" माणिक ने जैसे श्यामाचरण को डाँटा, "वह माझी गीत? तुमने उसे छोड़ जीवन-भर कोई दूसरा गीत सुना भी है?"

श्यामाचरण का चेहरा क्रोध से एकदम विकृत हो गया। लगा, वह अभी कोई बहुत ही कठोर बात कहेगा...

किंतु उसके भी पहले हेमन्त का चेहरा कहीं अधिक विकृत हो उठा। इससे पहले कि कोई कुछ समझ पाया, हेमन्त को उबकाई आई और उसके बहुत सँभालने पर भी उसे उलटी हो ही गई।

यह सब कुछ सर्वथा आकस्मिक ही था। न तो इससे पहले हेमन्त ने तबीयत खराब होने की कोई शिकायत ही की थी, और न ही उसका जी मितलाया था। संभवतः गंगा की गीली हवा अथवा पानी में चलती नाव के कारण उसका जी मितला गया था।

किंतु अब तो उलटी हो ही चुकी थी।...अब एक ओर तो यह भय था कि कहीं वह और उलटी न कर दे; और दूसरी ओर उस गंदी नाव में, उलटी के निकट बैठना पर्याप्त असुविधाजनक था।

लड़कों में से कोई इस असुविधा अथवा अरुचि की चर्चा करता, उससे पहले ही मल्लाह रोष भरे स्वर में बोला, "यह क्या कर दिया? सारी नाव गंदी कर दी।"

लड़के अभी अपनी असुविधा से ही नहीं उबरे थे, मल्लाह की इस शिकायत से उनकी असुविधा कुछ अधिक ही बढ़ गई।

यतीन्द्र लड़कों में सबसे बड़ा था। वही बोला, "अरे, तो कोई जान-बूझकर किया है! यदि एक व्यक्ति की तबीयत खराब हो जाए, तो क्या उसके लिए, उसे अपराधी ठहराया जाएगा। जिसके साथ कोई दुर्घटना घट जाए, उसे रोगी या पीड़ित कहेंगे; वह अपराधी नहीं होता।"

"मुझे तुमसे बहस नहीं करनी है।" मल्लाह बोला, "तबीयत खराब थी तो सैर करने ही क्यों आए? अस्वस्थ आदमी को घर में लेटना चाहिए।"

तपन कुछ उग्र स्वर में बोला, "अरे, जब घर से चले थे, तो तबीयत ठीक थी। यह तो सड़ते पानी की गंध के कारण..."

किंतु इनकी बातों से शांत होने के स्थान पर मल्लाह कुछ अधिक ही क्रुद्ध हो उठा। बोला, "वह सब मैं नहीं जानता। मेरी नाव को इसी क्षण साफ करो। इस गंदी नौका का मैं क्या करूँगा? इसमें कौन बैठेगा?"

अब नरेन्द्र से रहा नहीं गया। बोला, "देखो! गंदगी को साफ करने में हमें कोई आपत्ति नहीं है; किंतु हमारे पास उसका कोई साधन नहीं है। तुम अपनी नौका को प्रतिदिन धोते और साफ करते ही होगे। अभी घाट पर पहुँचकर तुम उसे साफ कर लो। हमसे दुगुना भाड़ा ले लेना।"

"नहीं! मैं तो साफ नहीं करूँगा।" मल्लाह कुछ अधिक ही बौखलाया हुआ था, "तुम लोगों ने गंदा किया है, तुम लोग ही साफ करो।"

"तुम हमारी बात समझते क्यों नहीं!" अपनी मितलाती तबीयत से परेशान हेमन्त, मल्लाह की हठ से नाराज हो उठा, "तुम स्वयं साफ न करना चाहो तो किसी और से करवा लो। सफाई करने वाले से करवा लेना। कह तो रहे हैं कि पैसे ले लेना। और क्या चाहिए तुम्हें?"

किंतु मल्लाह के कान और मस्तिष्क जैसे इनके तर्कों के लिए ही नहीं, इनकी वाणी के लिए भी बंद हो चुके थे। वह केवल अपने ही उत्तप्त मन की वाणी सुन पा रहा था। भन्नाकर बोला, "नहीं चाहिए तुम्हारे पैसे।" उसका स्वर, पहले से कहीं ऊँचा हो गया, "पैसे का रौब मत झाड़ो। हम क्या तुम्हारी गंदगी साफ करने के लिए नाव चलाते हैं?"

"अरे, हम पैसे का रौब नहीं···" नरेन्द्र ने कुछ कहना चाहा।

तपन की उग्र वाणी ने नरेन्द्र की बात बीच में ही काट दी, "हम पैसे का रौब नहीं झाड़ रहे। तुम अपने शरीर की ताकत दिखाना चाहते हो।"

मल्लाह पर इस आरोप का कोई प्रभाव नहीं हुआ; जैसे ताकत दिखाने में कोई दोष नहीं था। वह और भी आश्वस्त स्वर में बोला, "ताकत का पता तो तुम्हें अब चलेगा।"

उसने नाव को मोड़ा और निकट के घाट से लगाता हुआ चिल्लाया, "हमीद! अरे ओ चुन्नी! पलटू! ओ मजीद! दौड़ना जरा! ये बाबू लोग खामखाह जबरदस्ती कर रहे हैं।"

मल्लाह ने योजनाबद्ध तरीके से ठीक समय पर अपने साथियों को पुकार लिया था। नाव अभी पानी में ही थी कि उसके साथी आकर घाट पर खड़े हो गए थे। यदि ये लड़के, उनसे बचकर भाग जाना चाहते, तो उन्हें पानी में कूदकर ही वहाँ से निकलना पड़ता, जिसके लिए न वे तैयार थे और न सक्षम।

मल्लाह ने अपनी नौका ठीक अपने साथियों के निकट घाट पर लगाई। लड़कों ने देखा कि मल्लाह और उसके साथी अवस्था में भी उनसे बड़े थे; और शरीर से भी हृष्ट-पुष्ट। वे समझ रहे थे कि झगड़ा बढ़ भी सकता है और ऐसी स्थिति में वे पिट भी सकते हैं।···विचित्र स्थिति थी। न वे उनसे लड़ सकते थे, न बच सकते थे, और न भाग ही सकते थे। इसका अर्थ था कि उन्हें मल्लाह की बात माननी ही पड़ेगी और उसी की इच्छानुसार व्यवहार करना पड़ेगा।···

नरेन्द्र के मन में जैसे विचारों की लहरें परस्पर टकरा रही थीं। उसके मन में आरंभ से ही सफाई करने का कोई विरोध नहीं था; किंतु इस मल्लाह का व्यवहार सर्वथा असहनीय था। यह तो शुद्ध पशु-शक्ति के बल पर अपना हठ मनवाना था।···न्याय और औचित्य के लिए कोई जोर-जबरदस्ती करता भी तो शायद नरेन्द्र को उतना बुरा नहीं लगता, किंतु यह तो पशु-बल का निर्लज्ज प्रदर्शन था···और उसके सम्मुख झुक जाना कायरता ही नहीं, पाप था, आवरणहीन नंगा पाप···

नाव एक झटके के साथ रुकी ही थी कि नरेन्द्र कूदकर तट पर जा पहुँचा और बिना किसी और की ओर देखे, सरपट सड़क की ओर भागा।

"अरे, वह भागा।" एक मल्लाह उसके पीछे दो-चार पग दौड़ा।

"अरे, रुक जा!" नाव वाले मल्लाह ने उसे डाँटा, "उस छोटे से छोकरे के चक्कर में ये सारे मुस्टंडे भाग जाएँगे। उसे जाने दे, इनसे निबट।"

"हाँ, ठीक कहता है रशीद।" उनके एक साथी ने नाव वाले मल्लाह का समर्थन किया, "एक चींपड़ी के चक्कर में इतनी सारी रोहू निकल जाने दें क्या?"

नरेन्द्र ने पलटकर नहीं देखा।···जब कोई पकड़ेगा, तब देख लूँगा उसे···नरेन्द्र ने सोचा···अभी तो भागते ही जाना चाहिए—

मल्लाह के और भी साथियों के आ जाने से, उनकी संख्या और भी बढ़ गई थी। उनमें से कुछ तो अपने साथ लाठियाँ लाना भी नहीं भूले थे। वे क्रोध में जोर-जोर से चिल्ला रहे थे। अपने इस उन्माद में वे लड़कों की कोई भी बात सुनने के लिए तैयार नहीं थे। झगड़ा बढ़ता ही जा रहा था।···मल्लाहों ने लड़कों को उनकी बाँहों और उनके वस्त्रों से पकड़कर बाहर घसीट लिया। कुछ धक्का-मुक्की हुई और लड़कों के मन में स्पष्ट हो गया कि वे लोग बुरी तरह से घिर गए थे।

नरेन्द्र दौड़ता हुआ सड़क तक आ पहुँचा।···वह मल्लाहों से तो बच निकला था; किंतु अब? यदि उसे अपना ही बचाव करना होता, तो वह अब पूरी तरह सुरक्षित था। उसके पीछे कोई नहीं आया था, और अब कोई आएगा भी नहीं। किंतु उसके सारे मित्र तो वहाँ मल्लाहों ने रोक रखे थे। बहुत संभव है कि अब तक वहाँ झगड़ा बढ़ गया हो,···वह अपनी रक्षा के लिए भागा भी नहीं था। वह तो किसी सहायता की खोज में आया था।

वह हताश-सा इधर-उधर देख रहा था···सहायता के लिए किसको पुकारे?···वहाँ कितने ही लोग आ-जा रहे थे···किंतु उसकी सहायता कौन करेगा?··· भीड़-की-भीड़ उसके साथ चलती, तो शायद मल्लाहों को रोक सकती थी; किंतु अपने किसी काम से, अपने लक्ष्य की ओर जाने वाली यह भीड़, अपना काम-धंधा छोड़कर उसके साथ क्यों चलेगी?···यदि किन्हीं एक-दो लोगों को वह अनुनय-विनय कर, अपने संकट की बात बता, अपने साथ चलने के लिए राजी कर भी लेता, तो क्या वे इतने सारे मल्लाह, उन दो-एक लोगों के रोके रुक जाते? उनकी बात मान लेते?···या दो-एक लोग, घाट पर घिर आई मल्लाहों की उस भीड़ से भिड़ने का साहस कर सकते थे?···

तभी उसकी दृष्टि पलटन के दो गोरे सिपाहियों पर पड़ी।···हाँ, ये लोग उसकी सहायता कर सकते हैं। ये लोग अपने किसी काम से कहीं जाते हुए भी नहीं लगते। नगर की सैर करने ही निकले होंगे।···ये लोग भारतीय लोगों से तो एकदम ही नहीं डरते, चाहे उनकी संख्या कितनी ही क्यों न हो···जैसे एक सिंह हजारों भेड़ों से नहीं डरता··· यदि वे किसी प्रकार उसके साथ घाट तक चले चलें, तो मल्लाह गोरे सिपाहियों को देखकर ही हट जाएँगे। वे इनसे झगड़ा करने का साहस नहीं कर पाएँगे।···किंतु वह उनसे कहे क्या?···ये बंगला समझते भी हैं या नहीं?···और नरेन्द्र अभी अंग्रेजी में पूरी तरह बात भी नहीं कर सकता।···किंतु न तो उसके पास सोचने का समय था और न ही भाषा की दक्षता के अभाव में निष्क्रिय खड़े रह जाने का अवसर।···

वह झपटकर उनके पास पहुँचा; और इससे पहले कि वे कुछ समझते, उसने उनमें से एक

का हाथ पकड़कर उसे अपनी ओर आकृष्ट किया।

गोरे सिपाहियों ने आश्चर्य से उसकी ओर देखा। एक छोटा-सा लड़का अपनी बड़ी-बड़ी आँखों में घनिष्ठता, आत्मीयता और विश्वास लिए हुए याचक के रूप में उनकी ओर देख रहा था। वह अपनी वेशभूषा से ऐसा निर्धन भी नहीं लग रहा था कि उनसे भीख माँगता।···

"हैल्प! प्लीज हैल्प!!" नरेन्द्र ने कहा।

गोरे सिपाही ने कुछ न समझते हुए, आश्चर्य से उसकी ओर देखा, "हैल्प वॉट?"

नरेन्द्र के पास अंग्रेजी की इतनी शब्दावली नहीं थी कि वह उसे अपनी पूरी बात समझा पाता। उसने उसे घाट की ओर खींचा और बोला, "कम! वी इन ट्रबल।"

गोरे सिपाहियों को इतना तो समझ में आ गया कि वह उन्हें अपनी सहायता के लिए कहीं ले जाना चाहता है।···किंतु कहाँ?···वे नहीं जानते थे। वह जानना शायद उनके लिए उतना आवश्यक भी नहीं था—भले-से घर के लगने वाले, इस छोटे-से, सुंदर और अबोध बालक की इतनी आत्मीयतापूर्ण प्रार्थना का वे निषेध नहीं कर सकते थे।···

कुछ न समझते हुए भी वे उसके साथ चल पड़े।

नरेन्द्र उन्हें साथ लेकर घाट पर पहुँचा, तो कोई कुछ न समझ सका। नरेन्द्र के अपने साथी भी नहीं जान पाए कि वे नरेन्द्र के साथ उनकी सहायता के लिए ही आए हैं। मल्लाहों ने तो इन लड़कों के उन गोरों के साथ किसी भी प्रकार के संबंध की कल्पना ही नहीं की थी।

गोरे सिपाहियों ने, लड़कों को लाठियों से लैस मल्लाहों से घिरे हुए देखा, तो वे स्वयं ही समझ गए कि वह छोटा बालक उनसे किस प्रकार की सहायता माँग रहा था। कुछ मल्लाहों ने दो-एक लड़कों को इस प्रकार पकड़ रखा था कि संदेह के लिए कोई अवकाश ही नहीं था। यह तो पूरी घेराबंदी थी। लड़के घिरे हुए थे, दुर्बल तथा असहाय थे। उनके पास कोई शस्त्र भी नहीं था।···मल्लाह सबल थे, वे अपने घाट पर थे और उनके पास लाठियाँ भी थीं···

एक गोरे सिपाही ने बड़े सामान्य ढंग से पूछा, "क्या बात है? क्यों झगड़ा करता है?"

किंतु दूसरा इतना धैर्यशील नहीं था। उसने कुछ पूछने की आवश्यकता ही नहीं समझी। उग्र होकर उसने अपना बेंत चला दिया, "बच्चा लोग को तंग करता है। यू रास्कल्स!"

यह सब कुछ अत्यंत आकस्मिक ढंग से घट गया था। मल्लाह अपने बचाव के लिए कुछ सोच ही नहीं पाए। वे तो स्तंभित, अवाक् खड़े थे। जिस प्रकार के झगड़े में कभी कोई काला हिंदुस्तानी सिपाही भी हस्तक्षेप नहीं करता, उसमें ये गोरे पलटनिया आ गए थे और बेंत चला रहे थे···

तभी दूसरा गोरा चिल्लाया, "ए बोट मैन! ब्लडीफूल! लड़का लोग को तंग करेंगे तो तुमको गोली मार देगा। चलो हटो।" उसने सचमुच ही पिस्तौल निकाल ली थी।

कहाँ मल्लाह इन लड़कों को अच्छी तरह पीटने की योजना बना रहे थे और कहाँ स्वयं ही मुसीबत में पड़ गए। अभी यह गोरा गोली चला देगा तो दो-चार लाशें गिर जाएँगी। इन पलटनिया गोरों से तो कोई पूछने वाला भी नहीं है कि उन्होंने किसी की जान क्यों ली।

मल्लाहों ने लड़कों को छोड़ दिया और चुपचाप वहाँ से खिसक गए। केवल वही नाविक वहाँ एक कोने में चुपचाप खड़ा रह गया, जो लड़कों को अपनी नौका में लाया था। वह अपनी जलती हुई असहाय आँखों से उन्हें देखता रहा। वह न अपना आक्रोश दबा पा रहा था, न छिपा पा रहा था; किंतु पलटनिया गोरे के हाथ में पिस्तौल थी···

"टेक योअर फ्रेंड्स आउट!" पिस्तौल वाले गोरे ने नरेन्द्र से कहा और फिर स्वयं ही शेष

लड़कों से संबोधित हुआ, "चलो, छोकरा लोग। बाहर आओ।"

लड़कों ने अस्वस्थ हेमन्त को पकड़कर नाव से उतारा और वे गोरों की सुरक्षा में सड़क तक आए। वे जानते थे कि यहाँ से न तो घर तक जाने के लिए किराए की गाड़ी मिलने में कोई कठिनाई थी और न मल्लाह लोग यहाँ तक आकर उन पर आक्रमण करने का साहस ही कर सकते थे।

नरेन्द्र ने कृतज्ञतापूर्ण दृष्टि से उन गोरों की ओर देखा⋯क्या कहे उनसे?⋯और कैसे कहे? यदि वे लोग उसके साथ न आए होते, तो निश्चित रूप से उसके मित्र उन मल्लाहों से पिटे भी होते और उनकी दुर्दशा भी हुई होती।⋯

"वेल! यू आर ए बोल्ड ब्वाय।" बैंत चलाने वाले गोरे ने नरेन्द्र से कहा, "आओ! हमारा साथ थियेटर चलो। इंग्लिश ड्रामा देखेगा। तुमको इंग्लिश समझता?"

"थैंक यू।" नरेन्द्र बोला, "अभी अपने मित्र की चिकित्सा करानी है। थैंक यू! आई एम ग्रेटफुल!"⋯

गाड़ीवान ने गाड़ी हाँक दी। वे लोग कुछ आगे निकल आए तो यतीन्द्र ने पूछा, "इन्हें कहाँ से पकड़ लाए बिलेह? काले लड़कों की सहायता के लिए गोरी फौज!"

वह ठठाकर हँस पड़ा।

नरेन्द्र कुछ संकुचित हुआ। जाने ये लोग क्या समझ रहे थे। जिसे वे इतना बड़ा काम मान रहे थे, वह तो बस यूँ ही हो गया था। ईश्वर ने ही सहायता की थी।

"मैं भागता हुआ सड़क तक आया, तो वे दिख गए।" नरेन्द्र बोला, "बस, समझ लो कि उन्हें मुझ पर दया आ गई।"

"हमें तो तुम्हारे साहस ने बचा लिया।" तपन ने कहा, "नहीं तो आज पिटकर अस्पताल ही पहुँचे होते।"

17

नरेन्द्र ने कागज भुवनेश्वरी की ओर बढ़ाया, "माँ! मेरा परीक्षा-फल।"

भुवनेश्वरी ने कागज पकड़ लिया, किंतु उसे खोलकर देखने से पहले पूछा, "क्यों, कैसा है?"

"देख लो माँ! बहुत बुरा नहीं है।"

भुवनेश्वरी ने कागज खोला, दृष्टि घुमाई और बोली, "देख तो, अंग्रेजी में भी तेरे कितने अच्छे अंक आए हैं! और जब तुझे अंग्रेजी पढ़ने के लिए कहा था, तो तूने कितना बवंडर मचाया था।"

"माँ! मैं इसलिए तो विरोध नहीं कर रहा था कि मैं अंग्रेजी पढ़ने में अक्षम था।" नरेन्द्र बोला, "मैं तो केवल नीति के आधार पर इसका विरोध कर रहा था। यह तो मैं तब भी जानता था कि जब भी पढ़ने लगूँगा, उसका अच्छा अभ्यास कर ही लूँगा।"

भुवनेश्वरी ने उसकी ओर उल्लसित दृष्टि से देखा, "अंग्रेजी में भी तेरे अंक सबसे अधिक हैं?"

"हाँ, माँ!"

"संस्कृत और इतिहास में भी?"

"हाँ, माँ!"

"तो फिर तुझे गणित में क्या हो जाता है? उसमें तेरे अंक इतने कम क्यों हैं?" भुवनेश्वरी बोली, "तुझे उसकी विधि समझ में नहीं आती या उसके सूत्र तुझे स्मरण नहीं रहते?"

"यह सब कुछ नहीं है माँ!" नरेन्द्र की दृष्टि में माँ के प्रति शिकायत थी—वे उसे इतना कम क्यों आँकती हैं···

"तो?"

"गणित में मेरी तनिक भी रुचि नहीं है!" नरेन्द्र बोला।

"पर क्यों बिलेह! वह भी तो पाठ्यक्रम का एक विषय है।"

"मैं पाठ्यक्रम की दृष्टि से तो पढ़ता नहीं माँ! ज्ञान के लिए पढ़ता हूँ।" नरेन्द्र हलके से मुस्कराया, "वैसे भी पंसारियों की कला का मुझे करना ही क्या है।"

भुवनेश्वरी खिलखिलाकर हँस पड़ी, "तेरे बाबा भी गणित को बनिए का चर्खा कहते हैं। शायद इसीलिए वे अपने व्यावहारिक जीवन में गणित में कुछ अधिक जोड़ नहीं पाए।"

"पर वे तो समाज के बहुत सफल व्यक्ति माने जाते हैं माँ!"

"वह सब बाहरी आवरण मात्र है।···पर तू वह सब रहने दे।" भुवनेश्वरी ने अपने स्वर के अवसाद को सँभाला, "संभव है कि तुम्हारे भी व्यावहारिक जीवन में गणित का बहुत उपयोग न हो, किंतु यह भी विज्ञान की एक शाखा है पुत्र!"

"गणित तो विज्ञान की शाखा है; किंतु मैं विज्ञान का शाखा-मृग नहीं हूँ।" नरेन्द्र हँसा, "कि उसकी प्रत्येक शाखा पर कूदता फिरूँ।"

भुवनेश्वरी ने मुग्ध भाव से पुत्र को देखा, "तू बातें बनाना बहुत सीख गया है। अच्छा, खेलने के लिए जाने से पहले कुछ खा लेना।"

"मुझे भूख नहीं है माँ!"

"मन्दाग्नि रोग ने तो तेरा स्वास्थ्य एकदम चौपट कर दिया है।" भुवनेश्वरी ने चिंतित स्वर में कहा, "कितना दुबला हो गया है। ऐसे स्वास्थ्य के साथ तू क्या खेलेगा और क्या पढ़ेगा!"

"तुम तो व्यर्थ की चिंता करती हो माँ!" नरेन्द्र बोला, "मेरा मोटापा चाहे कुछ कम हो गया हो, किंतु मैं दुर्बल एकदम नहीं हुआ हूँ—चाहे तुम्हारे वैद्यजी किसी भी रोग का नाम लेकर तुम्हें डराते रहें।"

भुवनेश्वरी सायास मुस्कराई, "नहीं बिलेह! सचमुच तेरी भूख एकदम समाप्त हो गई है। पहले तू इससे चार गुना खाया करता था। माँगकर खाता था और जो कुछ मिल जाता था, वही खा लेता था।"

"इसका अर्थ यह भी तो हो सकता है माँ! कि तब मैं आवश्यकता से बहुत अधिक खाता था, इसलिए अनावश्यक रूप से मोटा भी था। अब मैं एकदम ठीक हूँ।" नरेन्द्र ने उत्तर दिया, "तुम देखो माँ! मैं अपने विद्यालय में सबसे अधिक खेलने वाला लड़का हूँ। सब थक जाएँ, किंतु तुम्हारा बिलेह नहीं थकता। सबसे बातें करता हूँ। मिलता-जुलता हूँ। हँसता-बोलता हूँ। विद्यालय में सबसे अधिक मित्र मेरे ही हैं।···मुझसे निष्क्रिय बैठा ही नहीं जाता माँ! यदि मेरे पास पढ़ने के लिए कुछ

नहीं है, तो मैं खेलना चाहता हूँ। कोई खेल न हो, तो मैं कोई चमत्कार करना चाहता हूँ, जिसे सब लोग शरारत कहते हैं और तुम कहती हो पाजीपन। मुझे तीन-चार दिन चुपचाप बैठा दो, तो या तो मैं अस्वस्थ हो जाऊँगा या पागल! मेरे भीतर लगातार एक चक्की चल रही है माँ! जो मुझे शांत होकर बैठने नहीं देती। मेरे मित्र भी कहते हैं कि मैं पगला हूँ, पगला बिलेह!''

''पगला तो तू है ही।'' भुवनेश्वरी हँस पड़ी, ''इसीलिए तो न कुछ खाता है, न पीता है।''

''खाता तो हूँ।'' नरेन्द्र के अधरों पर एक वक्र-सी मुस्कान उभरी, ''तुम चाहो तो मैं अभी भी कुछ खा सकता हूँ।''

''बोल! क्या खाएगा?'' भुवनेश्वरी प्रसन्न हो गई।

''कोई चटपटी-सी चीज तल दो।''

भुवनेश्वरी के चेहरे पर प्रसन्नता का कोई लक्षण प्रकट नहीं हुआ। उलटे वह कुछ और भी चिंतित हो गई, ''यही तो सारी गड़बड़ है। एक तो तुझे भूख नहीं लगती और खाने की इच्छा होती है तो तली हुई मसालेदार चीज···तुझे पता है कि वैद्यजी का कहना है कि न तुझे कोई मसाला खाना है, न तला हुआ पदार्थ। ये सब खाएगा, तो तेरा रोग औ.र भी बढ़ जाएगा।''

''तो फिर रहने दो माँ!'' नरेन्द्र बोला, ''मुझे वैसे भी कुछ काम है।''

भुवनेश्वरी खड़ी देखती रह गई और नरेन्द्र बाहर चला गया। भुवनेश्वरी के मन में अपने लिए भर्त्सना जागी···उसने क्यों जाते हुए नरेन्द्र को रोक नहीं लिया। यदि वह उसकी बाँह थामकर रोक लेती और खाने के लिए बैठा देती, तो क्या वह इंकार करके चला जाता?···किंतु रोकती भी तो किस मन से?···जो कुछ वह खाना चाह रहा था, क्या वह उसे दे देती?···वस्तुतः उसे उसके अपने असमंजस ने ही जकड़ रखा था। न वह उसे जाने देना चाहती थी और न वह उसे असफल मनोवांछित खिला सकती थी, जो उसके स्वास्थ्य के लिए लाभदायक नहीं था।···

भूगोल के अध्यापक छात्रों की कॉपियाँ जाँच रहे थे। उन्होंने दो-तीन कॉपियाँ ही जाँची थीं कि नरेन्द्र की कॉपी उनके सामने आ गई। उन्होंने उसे कुछ लपककर पढ़ा और मुस्करा पड़े।

''नरेन्द्रनाथ दत्त। खड़े हो जाओ।''

नरेन्द्र अपने स्थान पर उठकर खड़ा हो गया।

''यह खाता तुम्हारा है?'' अध्यापक महोदय ने उसे कॉपी दिखाई।

''जी!''

''संयुक्त राज्य अमरीका की राजधानी कहाँ है?'' अध्यापक महोदय ने पूछा।

नरेन्द्र कुछ चकित था। उन्होंने लिखने के लिए भी यही प्रश्न किया था और नरेन्द्र ने कॉपी में लिखा भी था। उसकी कॉपी उनके सामने थी।'''तो फिर वे क्यों पूछ रहे हैं? किंतु जब उन्होंने पूछा ही था तो उत्तर तो उसे देना ही होगा।···

''वाशिंगटन!'' उसने कहा।

अध्यापक मुस्कराए, ''यही तुमने लिखा भी है।''

उत्तर में नरेन्द्र भी मुस्कराया, ''जो लिखा है, वही बता रहा हूँ, गुरु महाशय! लिखने और बोलने में किसी देश की राजधानी भिन्न तो हो नहीं जाएगी।''

अचानक ही अध्यापक के चेहरे से मुस्कान विलीन हो गई। उनकी आकृति पर रोष के लक्षण उभरे। डपटकर बोले, ''तुम्हें लज्जा नहीं आती! कक्षा में किसी छात्र को किसी प्रश्न का उत्तर न

सूझे—यह तो मेरी समझ में आता है, किंतु घर से करके लाए गए काम में भी भूल हो, यह तो अक्षम्य है। तुम्हें स्वयं नहीं आता था, तो घर में किसी से पूछ लेते। पुस्तक में देख लेते।''

नरेन्द्र समझ नहीं पा रहा था कि गुरु महाशय इस प्रकार क्यों कह रहे हैं, जैसे उसने कोई भयंकर भूल कर दी हो। उसने निर्भीक स्वर में कहा, ''गुरु महाशय! पहले मेरी भूल तो बताएँ।''

अध्यापक का रोष वाणी से चलकर उनकी आँखों में केंद्रित हो गया। कुछ क्षणों तक वे उसे चुपचाप घूरते रहे और फिर उन्होंने अपना निष्कर्ष-वाक्य उसकी ओर उछाल दिया, ''एक तो भूल करते हो और ऊपर से ऐसी उद्‌दंडता।''

नरेन्द्र का स्वर भी कुछ उग्र हो गया, ''पर मेरी भूल क्या है, गुरु महाशय?''

''संयुक्त राज्य अमरीका की राजधानी न्यूयार्क है।'' अध्यापक बोले, ''वाशिंगटन नहीं।''

नरेन्द्र पूर्णतः आश्वस्त था कि उसने कुछ भी गलत नहीं लिखा है। अध्यापक महोदय जाने क्यों ठीक उत्तर को गलत बताने पर तुले हुए थे। क्या उनके अपने ज्ञान में ही कहीं कोई त्रुटि थी? हो भी तो क्या? वे अध्यापक थे। अवस्था और सामाजिक सम्मान की दृष्टि से उससे बड़े थे। उसे उनका अपमान नहीं करना था; किंतु उनकी गलत बातों को वह स्वीकार भी कैसे कर लेता। सहज भाव से बोला, ''नहीं, गुरु महाशय, यह गलत है। संयुक्त राज्य अमरीका की राजधानी वाशिंगटन ही है।''

इस बार अध्यापक क्रोध से भभक उठे, ''इतना दुस्साहस! एक तो उत्तर लिखने में भूल की; उस पर बता रहा हूँ, तो मानता नहीं। आगे से अकड़ता है। अहंकार की भी कोई सीमा होती है। गुरुओं के सम्मुख इस प्रकार बोलना चाहिए क्या? नम्रता सीखो, अपनी भूलों को स्वीकार करो और अपने ज्ञान का विस्तार करो। अमरीका की राजधानी न्यूयार्क है।''

नरेन्द्र तनिक भी विचलित नहीं हुआ। बोला, ''किंतु गुरु महाशय! आपके उपदेश के अनुसार यदि मैं आपके उपदेश के सम्मुख नतमस्तक हो भी जाऊँ, तो भी संयुक्त राज्य अमरीका की राजधानी तो वाशिंगटन में ही रहेगी; न्यूयार्क में स्थानांतरित कभी नहीं होगी।''

अध्यापक का क्रोध अमर्यादित हो उठा। वे अब और नहीं सुन सकते थे। चाहे यह लड़का, सारे विद्यालय का कितना ही प्रिय विद्यार्थी क्यों न हो।...उन्होंने मेज पर से अपनी छड़ी उठाई और नरेन्द्र के पास आ पहुँचे, ''हाथ बढ़ाओ।''

नरेन्द्र ने अपनी हथेली फैला दी।

अध्यापक ने पहले ही सपाटे में चार-पाँच छड़ियाँ जमा दीं। उन्होंने विजय-गर्व से दृप्त दृष्टि उस पर डाली, ''अब संयुक्त राज्य अमरीका की राजधानी कहाँ है?''

नरेन्द्र ने अपने चेहरे पर उभरने वाली कठोरता छिपाई नहीं, किंतु सधे हुए स्वर में बोला, ''अब भी वाशिंगटन में ही है।''

अध्यापक ने उसे घूरा : कैसा निर्लज्ज लड़का है! उन्होंने उसकी हथेली पर दो प्रहार और किए।

नरेन्द्र अपनी हथेली फैलाए, वैसे ही खड़ा रहा। उसने हथेली हटाने अथवा किसी और प्रकार से मार से बचने का कोई प्रयत्न नहीं किया।

अध्यापक का हाथ सहसा रुक गया। उन्होंने दृष्टि उठाकर नरेन्द्र के निर्भीक चेहरे को देखा और सहम गए : यह लड़का अकारण ही इतना दुर्दम्य नहीं है।...

वे अपने स्थान पर लौट आए। कुर्सी पर बैठकर मेज पर पड़ी पुस्तक उठाई और उसके

पृष्ठ पलटे। उन्होंने उचटती हुई एक दृष्टि नरेन्द्र पर भी डाली। नरेन्द्र अब भी अपने स्थान पर खड़ा था—तना हुआ, अडिग।

अध्यापक ने पुस्तक में संयुक्त राज्य अमरीका की राजधानी खोज निकाली।...वे स्तब्ध रह गए। वे ही भूल कर रहे थे।...

संकोच से उनका व्यक्तित्व कैसा तो सिमट गया। एक बार लज्जित दृष्टि से नरेन्द्र की ओर देखा और स्वयं को सँभालने का प्रयत्न किया।

"नरेन्द्र! तुम बैठ जाओ।" वे स्वयं उठकर खड़े हो गए, "मैंने अभी पुस्तक देखी है। तुम ठीक कह रहे थे नरेन्द्र! संयुक्त राज्य अमरीका की राजधानी वाशिंगटन ही है। मुझे खेद है कि मैंने तुम्हें डाँटा और मारा।" बहुत प्रयत्न के पश्चात् उन्होंने नरेन्द्र से आँखें मिलाईं; और प्रयासपूर्वक अपने चेहरे पर मुस्कान लाए, "मुझे प्रसन्नता है कि तुमको अपनी बात पर इतना विश्वास था। इसलिए तुम सत्य पर अड़े रहे। तुम इतने दृढ़ न होते तो मुझे अपनी भूल का ज्ञान कभी न होता। मैं संयुक्त राज्य अमरीका की राजधानी न्यूयार्क ही मानता रहता; और बच्चों को भी वही पढ़ाता रहता।" उनका संकोच उनकी वाणी और चेहरे—दोनों में ही झलकने लगा था, "पर एक बात मेरी समझ में नहीं आई कि मेरे मस्तिष्क में यह न्यूयार्क कहाँ से जम गया।"

नरेन्द्र का सारा रोष धुल गया था। यदि एक व्यक्ति पूरी सच्चाई से इस प्रकार अपनी भूल स्वीकार कर रहा है, तो उसके प्रति रोष का क्या अर्थ।

"न्यूयार्क का नाम इतना प्रसिद्ध है गुरु महाशय! कि जब तक व्यक्ति किसी प्रामाणिक पुस्तक में पढ़ ही न ले, वह न्यूयार्क को ही राजधानी मान लेता है।" नरेन्द्र सहज भाव से बोला।

"पुस्तकों में तो मैंने भी पढ़ा ही है...पर कदाचित् तुम ठीक कह रहे हो नरेन्द्र!" अध्यापक के स्वर में न केवल नरेन्द्र के लिए स्नेह का भाव था, उनके मन में उसके लिए पर्याप्त सम्मान भी था।

भुवनेश्वरी ने नरेन्द्र की हथेली पर कुछ अतिरिक्त लाली देखी, तो उसके मन में संदेह जागा।

"विद्यालय में तेरी पिटाई हुई है क्या?"

न चाहते हुए भी नरेन्द्र को सारी घटना सुनानी पड़ी।

कक्षा में तो वह तात्कालिक आवेश में अध्यापक महाशय को बहुत कुछ कह चुका था; किंतु अब, जब उसका रोष समाप्त हो चुका था और अपनी भूल को स्वीकार कर लेने वाले अध्यापक के लिए, उसके मन में आदर का भाव था—उसे अपने ही शब्द कुछ अधिक कठोर और उद्‌दंड लग रहे थे। माँ के सम्मुख वह सारी घटना निस्संकोच भाव से नहीं सुनाई जा सकती थी। अभी तक तो माँ अपने मन में अध्यापक महाशय को दोषी मान रही होंगी...पर सारा विवरण सुनकर संभव है, उन्हें नरेन्द्र की उद्‌दंडता पर क्रोध आए।...किंतु वह झूठ भी तो नहीं बोलना चाहता था।

घटना सुनाकर उसने माँ की ओर देखा। शायद माँ भी उसे धिक्कारे...किंतु भुवनेश्वरी के चेहरे पर क्रोध तो दूर, तनिक-सा विरोध भी नहीं था।

"तूने अच्छा किया पुत्र! कि सत्य पर अडिग रहा।" भुवनेश्वरी ने उसके सिर पर हाथ फेरा, "सत्य पर अडिग रहना बड़े साहस का कार्य है। हमें अपना साहस नहीं छोड़ना चाहिए।"

नरेन्द्र को लगा, यही वह अवसर है जब वह अपनी माँ के सम्मुख अपनी वास्तविक मनःस्थिति को स्वीकार कर सकता है। बोला, "साहस तो मैं कितना भी कर सकता हूँ माँ! किंतु मेरी उलझन

यह है कि ऐसे सारे अवसरों पर मुझे अशिष्ट और उद्दंड मान लिया जाता है। गुरु-शिष्य का संबंध ही कुछ ऐसा होता है माँ!"

भुवनेश्वरी का चेहरा कुछ चिंतनशील हो गया। वह गंभीर वाणी में बोली, "इस बात की आशंका तो रहती ही है पुत्र! किंतु अपने सम्मान की रक्षा तो करनी ही चाहिए। बस, इस बात का ध्यान रखो कि तुम्हारी सत्य-निष्ठा से दूसरों का सम्मान आहत न हो।...सामान्यतः नियम तो यही है कि व्यक्ति को शांत रहना चाहिए; किंतु आवश्यकतानुसार उसे कठोर भी हो जाना चाहिए। उसी प्रकार हमें सदा विनीत रहना चाहिए, किंतु सत्य बोलने के लिए, मस्तक को तो उठाकर ही रखना होगा—उसे चाहे कोई अशिष्टता माने या उद्दंडता।" उसने रुककर नरेन्द्र को देखा, "गुरु की अवज्ञा की शिक्षा, मैं तुम्हें कभी नहीं दूँगी, किंतु गुरु को परखना भी तो होगा। श्रद्धा तो उसी गुरु के प्रति की जा सकती है न, जो चरित्र और ज्ञान का सच्चा हो।"

अध्यापक अभी आए नहीं थे, इसलिए कक्षा में पर्याप्त कोलाहल हो रहा था। लगता था, सारे लड़के एक साथ ही बोलने का प्रयत्न कर रहे हैं। कोई किसी की बात सुन नहीं रहा था।

अध्यापक आए तो क्रोध में भर गए। इतना शोर सुनकर कौन क्रुद्ध नहीं होगा; किंतु कक्षा थी कि उन्हें देखकर एकदम शांत हो गई। सारे लड़के अपने-अपने स्थान पर, अत्यंत निरीह भाव से बैठ गए। पर अध्यापक का क्रोध, लड़कों की इस शालीनता से भी शांत नहीं हुआ। उन्होंने कुछ उग्र स्वर में कहा, "कल मैंने जो काम करके लाने के लिए दिया था, जो-जो लड़का वह काम करके नहीं लाया, अपनी-अपनी जगह पर उठकर खड़ा हो जाए।"

सारे लड़कों ने अपने आसपास दृष्टि दौड़ाई : कौन-कौन काम करके नहीं लाया? वे सब तो करके लाए थे। लगा कि सारी कक्षा, काम करके लाई है।...अध्यापक को कुछ निराशा हुई। अब वे अपना क्रोध किस बहाने से निकालेंगे?...किंतु तभी एक लड़का उठकर खड़ा हो गया। अध्यापक ने उसकी ओर देखा। उसने कुछ कहा नहीं था। केवल सिर लटकाए चुपचाप खड़ा था, अर्थात् वह काम करके नहीं लाया था।

अध्यापक को लगा कि कक्षा के दूसरे सिरे पर भी कुछ हलचल हुई है। उन्होंने दृष्टि उधर घुमाई—एक और लड़का भी उठकर खडा हो गया था; किंतु वह पहले लड़के के समान सिर झुकाकर, चुपचाप खड़ा नहीं रह गया था। उसने पूरे आत्मविश्वास से पूछा, "जो लोग काम करके लाए हैं, वे अपना खाता आपकी मेज पर रख दें गुरु महाशय?"

अध्यापक ने मुख से कुछ नहीं कहा। केवल उस पर अपनी आँखें गड़ा दीं। वे अपनी दृष्टि में कुछ असाधारण प्रखरता उत्पन्न करने का प्रयत्न कर रहे थे। लगता था कि उनकी दृष्टि उस लड़के को किसी प्रकार की क्षति पहुँचाना चाहती है; किंतु जब उनकी दृष्टि कोई क्षति न पहुँचा सकी तो अध्यापक ने अपनी जिह्वा का सहारा लिया, "तुम इधर आओ।"

अध्यापक के हाव-भाव से लड़का समझ गया कि वे उसकी बात से प्रसन्न नहीं हुए हैं। काम करके लाने और अध्यापक की इच्छा पूरी करने का उल्लास दब गया। वह सहमा-सा धीरे-धीरे अध्यापक के पास आकर खड़ा हो गया। अब उसने भी सिर उसी प्रकार झुका लिया था, जिस प्रकार काम न करके लाने वाले लड़के ने झुका रखा था।

"हाथ आगे बढ़ाओ।" अध्यापक ने कठोर स्वर में आदेश दिया।

लड़के ने अपनी काँपती हुई हथेली आगे बढ़ा दी; किंतु कहे बिना नहीं रह सका, "पर मैंने

किया क्या है गुरु महाशय?"

अध्यापक ने उसकी हथेली पर पहला बेंत जमाने के बाद ही उत्तर दिया, "एक बेंत कॉपियों के विषय में पूछने के लिए। जब मैंने अभी केवल यह कहा था कि जो काम करके नहीं लाया, वह खड़ा हो—तुम्हारा मतलब क्या था कुछ और पूछने का!" अध्यापक ने उसे कुछ अधिक ही विकटता से घूरा और हथेली पर दूसरा बेंत जमाते हुए सूचना दी, "और दूसरा बेंत यह पूछने के लिए कि तुम्हें दंड क्यों दे रहा हूँ।"

उन्होंने रुककर सारी कक्षा पर एक सिंह-दृष्टि डाली; "गुरु को यह ज्ञात है कि वह दंड क्यों दे रहा है। शिष्य को गुरु के न्याय में निष्ठा होनी चाहिए। उसे गुरु से किसी भी प्रकार का कोई भी स्पष्टीकरण माँगने का कोई अधिकार नहीं है।" अध्यापक ने अपनी दृष्टि उस लड़के पर टिकाई और फिर ऐसे बोले, जैसे कोई देवता किसी याचक को कोई अदेय वरदान दे रहा हो, "अब जाओ और अपने स्थान पर बैठो। जब तक तुमसे कुछ पूछा न जाए, बोलने की कोई आवश्यकता नहीं।" अब उन्होंने अपनी दृष्टि उस लड़के से हटाकर, पूरी कक्षा पर इस प्रकार फैला दी, जैसे गरुड़ किसी पर्वत की ऊँची चोटी से, नीचे पूरी घाटी का अवलोकन कर रहा हो, "देखो! शिक्षा का मूल आधार है—अनुशासन; और अनुशासन का आधार है—दंड। यदि अनुशासन भंग करने वाले को कठोर दंड नहीं दिया जाएगा तो अन्य लोग अनुशासनबद्ध नहीं रहेंगे। यही कारण है कि मैं बड़े गर्व से इस बात को स्वीकार करता हूँ कि मैं कठोर अनुशासन पसंद करता हूँ, और उसके लिए कठोर दंड भी देता हूँ।" अध्यापक धीरे-धीरे चलते हुए उस लड़के के पास आए, जो घर से काम करके नहीं लाया था, "तुम काम करके क्यों नहीं लाए?"

लड़का अपने साथी को पिटते देखकर मन-ही-मन बिलबिला उठा था। अध्यापक के वक्तव्य ने उसके मन में यह बात भी स्पष्ट कर दी थी कि उसे भी कोई कठोर दंड मिलने वाला है; किंतु उत्तर तो देना ही था, अन्यथा बहुत संभव था कि उत्तर न देने के ही अपराध में उसे अधिक दंड भोगना पड़ता, "जी! जिस पुस्तक से आपने काम दिया था, वह मेरे पास नहीं है।"

अध्यापक का स्वर कुछ व्यंग्यात्मक हो उठा, "क्या मैं पूछ सकता हूँ कि तुम्हारे पास वह पुस्तक क्यों नहीं है?"

लड़का कुछ देर चुप खड़ा रहा; किंतु अंत में अत्यंत दबे स्वर में बोला, "जी! अभी खरीदी नहीं है।" उसने अपनी दृष्टि ऊपर उठाई और अध्यापक के चेहरे से यह जानना चाहा कि क्या उसका यह उत्तर संतोषजनक था।

अध्यापक के लिए यह उत्तर और अधिक क्षोभ उत्पन्न करने वाला था। उन्होंने सीधे-सपाट किंतु कठोर स्वर में पूछा, "अभी तक क्यों नहीं खरीदी?"

लड़के का स्वर रुआँसा हो गया, "बाबा कहते हैं कि इस पगार पर खरीद देंगे।"

किंतु अध्यापक के लिए लड़के के पिता का उत्तर भी संतोषजनक नहीं था। उन्हें कदाचित् इस वक्तव्य में ही आपत्ति थी। बोले, "सारे नगर के लोगों को पगार मिल गई है, तुम्हारे बाबा को ही अभी तक क्यों नहीं मिली?"

लड़के ने आँखें झुका लीं, "वे जहाँ काम करते हैं, वहाँ पगार महीने की सातवीं तारीख को मिलती है।"

अब तक अध्यापक पूर्णतः भड़क चुके थे। बोले, "तो इसका अर्थ यह हुआ कि मैंने जो काम करने के लिए दिया है, उसका होना या न होना, तुम्हारे बाबा के स्वामी की इच्छा पर निर्भर

करता है। मेरे आदेश पर नहीं।''

लड़के की आँखों में अश्रु छलक आए, ''जी! ऐसा तो नहीं है। बस, इस बार पुस्तक खरीद लूँगा, तो फिर हर बार समय से काम किया करूँगा।''

किंतु अध्यापक का मन, उसके अश्रुओं से तनिक भी प्रभावित नहीं हुआ था। वे उसे उसी प्रकार कठोर और अपमानजनक दृष्टि से देखते हुए बोले, ''तो तुम समझते हो कि मैं तुम्हारी इस कहानी पर विश्वास कर लूँगा? यदि तुम यह सारा किस्सा-कहानी न सुनाते और केवल इतना बताते कि तुमने काम नहीं किया है, तो कदाचित् मेरी दृष्टि में इतना बड़ा अपराध न होता। मैं मान लेता कि बच्चा है, भूल गया होगा; या किसी अन्य काम में लग गया होगा। पर तुमने अपनी कहानी से स्वयं यह सिद्ध किया है कि तुम्हें स्मरण था कि जिस पुस्तक से मैंने तुम्हें काम दिया है, वह पुस्तक तुम्हारे पास नहीं है। क्यों?''

''जी!''

''तुम यह भी जानते थे कि उस पुस्तक के बिना, तुम यह काम कर भी नहीं पाओगे?''

''जी!''

''फिर भी तुमने न वह पुस्तक खरीदने का प्रयत्न किया, न वह पुस्तक किसी से उधार माँगी?''

''जी!''

''इसका अर्थ यह हुआ कि तुम यह निश्चय कर चुके थे कि तुम मेरा दिया हुआ, यह काम नहीं करोगे!'' अध्यापक ने अपना निष्कर्ष सुना दिया।

लड़का एकदम सकपका गया, ''जी नहीं, गुरु महाशय!''

''नहीं के बच्चे।'' और अध्यापक का बेंत चलने लगा। वे बिना गिने ही लड़के को बेंत मारते जा रहे थे, जैसे किसी लड़के को न पीट रहे हों, रुई धुन रहे हों।

अपने स्थान पर बैठा नरेन्द्र आरंभ से ही बड़े ध्यान से यह सब कुछ देख रहा था। आरंभ में ही अध्यापक की इस कठोरता पर, उसके मन में विरोध जागा था। उसने मन-ही-मन कहा था कि यह कठोरता नहीं, क्रूरता है। उसकी आँखों में लड़के के प्रति सहानुभूति तथा इस घटना के प्रति पीड़ा का भाव बहुत ही स्पष्ट था। उसके पश्चात् तो उसके मन में विरोध के पश्चात् रोष, और रोष के पश्चात् क्रोध उत्पन्न हुआ; किंतु न तो वह अपना विरोध ही प्रकट कर सकता था और न क्रोध ही। वह विद्यालय की कक्षा थी। अध्यापक कक्षा का स्वामी होता है। अध्यापक के विरुद्ध कुछ कहना और करना तो दूर, सोचना भी उचित नहीं है। किंतु वह क्या करता?···अपने क्रोध को प्रकट न कर पाने की बाध्यता, जैसे उछल-उछलकर बाहर आना चाहती थी। वह अपने क्रोध की गेंद को जितनी जोर से चुप्पी रूपी बालू के ढेर में मारकर भीतर धँसा देना चाहता था, वह उतने ही वेग से पलटकर वापस आ जाती थी। जैसे वह रेत के ढेर में न मारी गई हो, किसी ठोस दीवार पर पटक दी गई हो। अपने क्रोध, असहायता तथा बाध्यता को नियंत्रित करने का, वह जितना ही अधिक प्रयास कर रहा था, उसमें उतना ही असफल होता जा रहा था। उसकी समझ में नहीं आ रहा था कि वह क्या करे, क्या कहे, स्वयं को कैसे नियंत्रित करे···इसी असमंजस में उसने एक विचित्र प्रकार की असमर्थता का अनुभव किया और उसके सुख से एक ऐसी विचित्र ध्वनि फूटी, जो हँसी से काफी समानता रखती थी।···या शायद अपनी उस विचित्र स्थिति से उबरने के लिए, वह हँस ही पड़ा था···।

अध्यापक का ध्यान पिटते हुए लड़के से हटकर नरेन्द्र की ओर चला गया। क्यों हँस रहा

है वह? क्या वह उनका उपहास कर रहा है? एक विद्यार्थी अध्यापक का उपहास कर रहा था, जैसे वे शिक्षा न दे रहे हों, कोई मूर्खतापूर्ण खेल खेल रहे हों···।

अध्यापक का सारा क्रोध केंद्रीभूत होकर नरेन्द्र पर टिक गया। वे अनायास ही चलते हुए उसके पास आ गए, और बिना किसी चेतावनी के उन्होंने अपने बेंत से उसे झमाझम पीटना आरंभ कर दिया। कुछ क्षणों तक मनोनुकूल धुनाई कर उन्होंने अपने हाथ को, वाणी का सहयोग भी दिया, "शपथ लो कि भविष्य में कभी मेरा उपहास नहीं करोगे।"

नरेन्द्र उस लड़के के प्रति किए गए अन्याय से ही अत्यंत पीड़ित था, अब अपने प्रति किए जा रहे इस क्रूर व्यवहार से, जैसे उसका रोम-रोम जल उठा। वह तड़पकर बोला, "मैंने आपका उपहास नहीं किया है। मैं आपकी इच्छानुसार ऐसी कोई शपथ भी नहीं ले सकता।"

अध्यापक का क्रोध उनकी बुद्धि को तो गटक ही चुका था, अब उन्हें लगा कि नरेन्द्र जान-बूझकर उनका अपमान कर रहा है। उनका क्रोध दुगुने वेग से बढ़ा और उसी गति से उनके हाथ भी चलने लगे। वे नरेन्द्र को इस प्रकार पीट रहे थे, जैसे उसके मुख से अपनी इच्छानुसार, शपथ का वह वाक्य उच्चरित करवाकर ही रहेंगे, किंतु नरेन्द्र की दृढ़ता उनकी क्रोधाग्नि में आहुति का कार्य कर रही थी। नरेन्द्र न तो उनकी इच्छा अनुसार शपथ ले रहा था, और न ही मार की पीड़ा से रो या चिल्ला रहा था। न वह अपनी भूल स्वीकार कर रहा था, न वह उनसे क्षमा माँग रहा था।···अध्यापक को लग रहा था कि नरेन्द्र यह सब कुछ केवल उनका अपमान करने के लिए ही कर रहा था। उनकी धारणा थी कि वह जितना अधिक इस दंड को सहता जाएगा, उसी अनुपात में उनका अपमान भी बढ़ता जाएगा। उसे रोने अथवा क्षमा की भीख माँगने को बाध्य न कर पाना, उनकी पराजय थी···और अपने एक शिष्य के सामने गुरु की ऐसी पराजय, गुरु का अपमान था।···अध्यापक का क्रोध बढ़ता जा रहा था, और उसी की प्रतिक्रिया में नरेन्द्र का हठ भी बढ़ता जा रहा था।

अंततः अध्यापक को लगा कि उनका यह सारा दंड व्यर्थ जा रहा है। कदाचित् नरेन्द्र जैसे लड़के के लिए यह दंड बहुत छोटा और साधारण था। उसकी सहनशक्ति और पाजीपन की क्षमता, इस दंड से बहुत अधिक थी।···उन्होंने जिसे मात्र जेबकतरे का दंड देना चाहा था, वह तो हत्यायुक्त डकैती का अपराधी था।···उसे तो कोई अत्यंत कठोर दंड दिया जाना चाहिए था···जिससे वह क्षण-भर में ही बिलबिला उठे।

उन्होंने अपने अंतिम शस्त्र के रूप में नरेन्द्र को उसके दोनों कानों से पकड़कर बेंच से ऊपर उठा दिया।

हथेली पर बेंत की मार को, नरेन्द्र ने अब तक असह्य न माना था, किंतु कानों को पकड़कर, इस प्रकार उठाया जाना उसके लिए भी असह्य था।···उसे लगा कि किसी ने जैसे उसके कानों को चीर दिया है, और उसके कानों में से रक्त बह आया है। इस अमानुषिक व्यवहार के परिणामस्वरूप, क्रोध और अपमान के मारे नरेन्द्र की आँखों में अश्रु आ गए। उसका क्रोध मर्यादा के बंधन को तोड़कर चिल्लाया, "मेरे कान मत उखाड़िए।" और उसे लगा कि इस वाक्य में जो याचना थी, चाहे वह कितनी ही क्षीण क्यों न हो, इसमें अध्यापक की क्रूरता के प्रति विरोध नहीं था। इस वाक्य में कहीं यह ध्वनि नहीं थी कि वे जो कुछ कर रहे हैं, वह गलत है, अनुचित है, अन्यायपूर्ण है।···वह मुखर क्रोध के साथ चिल्लाया, "मुझे इस प्रकार पीटने का आपको क्या अधिकार है?"

नरेन्द्र के स्वर के अधिकार ने अध्यापक को डरा दिया, और तब उन्होंने देखा कि नरेन्द्र के कानों से रक्त बह रहा था। उनकी भयभीत बुद्धि ने उन्हें चेताया—वे अपने क्रोध में शायद अपने अधिकार की समस्त सीमाओं का अतिक्रमण कर गए थे। वे नरेन्द्र को छोड़कर पीछे हट गए।

नरेन्द्र का क्रोध इतने से ही शांत होने वाला नहीं था। वह आत्मदमन के बंधन को जब तोड़ ही चुका था, तो उसे अपने मन की बात कह ही लेनी चाहिए थी।...इस बार उसने अपने पूर्ण जाग्रत क्रोध के साथ कहा, "सावधान! अब मुझे हाथ मत लगाना।"

यह व्यवहार असाधारण था। अध्यापक को एक ओर तो यह स्मरण हो आया कि वे इन बच्चों के अध्यापक थे। उनका काम उन्हें शिक्षा देकर, उन्हें संपूर्ण बनाना था, और वे दंडस्वरूप उनका अंग-भंग कर, उन्हें पंगु बना रहे थे।...

अध्यापक समझ नहीं पाए कि उनकी चेतना में जो असंख्य लहरें उठ रही थीं, वे भय से निर्मित थीं अथवा धिक्कार से...

अपने निरीक्षण-कार्य के लिए संयोगवश उधर से गुजरते हुए ईश्वरचन्द्र विद्यासागर के कानों में नरेन्द्र का यह क्रुद्ध फूत्कार पड़ा। वे रुक गए।

उनके विद्यालय का एक छात्र अपने अध्यापक को इस प्रकार धमका रहा था?...

उन्होंने कक्षा में प्रवेश किया : अध्यापक को कक्षा के मध्य में खड़े देख, उनकी दृष्टि नरेन्द्र की ओर चली गई...नरेन्द्र के कानों से रक्त बह रहा था; और वह पीड़ा, अपमान तथा क्रोध से उबल-उबलकर रो रहा था।

ईश्वरचन्द्र उसके निकट आ गए, "क्या हुआ नरेन्द्र?"

नरेन्द्र अपने निकट ईश्वरचन्द्र को देखकर न तो हतप्रभ हुआ, न उसे अपनी किसी भूल का बोध हुआ। उसे लगा कि यही उचित अवसर था कि वह अपने मन में दबे हुए चीत्कार को वाणी दे। अब न कहा, तो फिर कहने का कोई लाभ नहीं होगा; और फिर ईश्वरचन्द्र से अधिक उपयुक्त व्यक्ति और कौन हो सकता है, जिसे इस घटना की पूरी सूचना दी जानी चाहिए।

वह रुदन और रोष के साथ सप्रवाह बोला, "इनसे पूछिए, इन्होंने किस अपराध के लिए मुझे इतना मारा? केवल इसलिए कि इन्हें एक निरीह बालक को अपने बेंत से, रुई के समान धुनते हुए देखकर, मुझे इनकी महानता और अपनी असहायता पर हँसी आ गई थी? ये अध्यापक हैं या कसाई?...यह किसी शिक्षक का दंड-विधान नहीं हो सकता कि विद्यार्थी का अंग-भंग कर दे।" उसने रुककर पूर्ण विश्वास के साथ विद्यासागर की ओर देखा, "गुरु महाशय! यदि आप इस विषय में भी इनका पक्ष लेंगे, तो आप भी इस शिष्य-हंता अध्यापक के पाप के भागी होंगे।...और मैं तो..." उसने उनके सामने ही अपनी सारी पुस्तकें समेट लीं, "मैं तो सदा के लिए आपका विद्यालय छोड़कर जा रहा हूँ।"

नरेन्द्र अपनी पुस्तकें लेकर, ईश्वरचन्द्र के देखते-देखते कमरे से बाहर निकल गया। उसके कमरे से निकल जाने के पश्चात् ही ईश्वरचन्द्र भी उसके संकल्प की गंभीरता के प्रति सजग हुए।...उन्होंने अध्यापक से कुछ नहीं कहा। वे नरेन्द्र के पीछे-पीछे कमरे से बाहर निकल आए; किंतु बरामदा पार करने तक उन्होंने उसे कुछ नहीं कहा। जब बरामदा पार कर वह अपनी कक्षा से काफी दूर निकल गया, तो उन्होंने उसे पुकारा, "नरेन्द्र! रुको नरेन्द्र! मेरी बात सुनकर चले जाना।"

नरेन्द्र के पग थम गए; किंतु लौटे नहीं। वह अपने स्थान पर खड़ा उन्हें अवसर देता रहा कि ईश्वरचन्द्र चाहें तो उसके निकट आ सकते हैं। वह उनसे मानेगा नहीं। ईश्वरचन्द्र उसकी इच्छा समझ गए। वे चलकर उसके पास आए और स्नेहपूर्वक उसके कंधे पर हाथ रखकर बोले, "मेरे विद्यालय में इस प्रकार का कांड हो जाए, तो अपराधी तो मैं ही हूँ। फिर भी नरेन्द्र! इतना अवसर तो मुझे दो कि मैं तुम्हारे कानों से बहता रक्त और अश्रु पोंछ सकूँ।"

नरेन्द्र ने उनकी ओर देखा। उसकी दृष्टि में उनके स्नेह के प्रति कृतज्ञता का भाव था।

"तुम्हारे क्रोध का कारण और उसकी सीमा—दोनों को ही मैं समझता हूँ।" ईश्वरचन्द्र बोले, "किंतु यदि तुम मुझे बात करने का थोड़ा-सा अवसर दोगे, तो मैं अपराध के इस कलंक को कुछ तो हलका कर ही सकूँगा।"

नरेन्द्र ने उन्हें कोमल किंतु सशंक दृष्टि से देखा, "मैं कक्षा में वापस नहीं जाऊँगा।"

"बिलकुल नहीं! कक्षा में क्यों भेजूँगा तुम्हें मैं।" ईश्वरचन्द्र बोले, "तुम मेरे कक्ष में चलो। वहीं थोड़ा-सा वार्तालाप करेंगे।"

नरेन्द्र कुछ नहीं बोला और ईश्वरचन्द्र उसके कंधे को थामे, उसे अपने कक्ष की ओर ले चले। पहले उन्होंने अपने रूमाल से उसके कानों से बहता रक्त पोंछा और फिर बोले, "मैं यह मानता हूँ नरेन्द्र! कि माता-पिता, अध्यापक तथा अन्य गुरुजनों को थोड़ा कठोर होने का अधिकार होता है। अज्ञानी को कभी-कभी दंड सीधे मार्ग पर ले आता है।...किंतु यह स्पष्ट है कि गुरुजन जब कभी कठोरता का व्यवहार करें, खेद के साथ करें। उन्हें सदा लगे कि उन्हें यह न ही करना पड़ता तो अच्छा था। उनके कठोर व्यवहार से यदि बालक एक अश्रु बहाए, तो उनका हृदय दस अश्रु रोए...।"

वे लोग ईश्वरचन्द्र के कक्ष में पहुँच गए थे। ईश्वरचन्द्र ने नरेन्द्र को अपने सामने वाली कुर्सी पर बैठाया और घूमकर अपनी कुर्सी पर आ बैठे।"

"तुम्हारा कान किसी डॉक्टर या वैद्य को दिखा दूँ, या तुम अपने परिवार के डॉक्टर को दिखाना चाहोगे?"

नरेन्द्र इस प्रकार के प्रश्न के लिए तैयार नहीं था। उसका अपमान-बोध, उसके घाव से कहीं अधिक पीड़ादायक था। उत्तर देने में उसे दो-एक क्षण लगे, "नहीं, मैं ठीक हूँ। घर जाकर दिखा लूँगा। संभव है, उसकी आवश्यकता ही न पड़े।"

ईश्वरचन्द्र ने अपनी पिछली बात का सूत्र पुनः पकड़ लिया, "अच्छा! मैं यह कह रहा था कि क्या तुम मुझसे सहमत हो कि गुरुजनों को इतना अधिकार है?"

नरेन्द्र के लिए यह असाधारण स्थिति थी।...विद्यासागर महाशय ने आज तक कभी उस प्रकार बात नहीं की थी। वह उनका बहुत कम उम्र का एक विद्यार्थी मात्र था।...आज वे उससे समकक्षता के धरातल पर चर्चा कर रहे थे।

नरेन्द्र का रोष अब तक कुछ कम हो चुका था। बोला, "बालकों के सुधार के लिए जो दंड देना चाहें, उसका उन्हें अधिकार है, किंतु अपने अहंकार के पोषण के लिए बालकों को कष्ट देना, न तो दंड है और न उन्हें उसका अधिकार होना चाहिए।"

"मैं तुमसे पूर्णतः सहमत हूँ।" ईश्वरचन्द्र बोले, "और बालकों के कष्ट को देखकर संतुष्ट होने अथवा सुख पाने वाले व्यक्ति को तो कोई अधिकार ही नहीं होना चाहिए कि वह उन्हें फूल

की छड़ी से भी छुए।"

नरेन्द्र कुछ नहीं बोला; किंतु वह समझ रहा था कि विद्यासागर महाशय केवल उसे संतुष्ट करने के लिए ही यह सब नहीं कह रहे थे। बहुत संभव है कि उन्होंने इस विषय में पहले भी विचार किया हो···

"मैं तुमसे सच कहता हूँ नरेन्द्र! अपने विद्यालय में इधर अध्यापकों द्वारा बढ़ते हुए दंड-विधान को देखकर, मैं तनिक भी प्रसन्न नहीं था।" विद्यासागर बोले, "यह संयोग ही है कि तुम्हारे प्रति उन अध्यापक के इस व्यवहार से अकस्मात् ही एक अवसर मेरे हाथ आ गया है, जिससे मैं बालकों के प्रति यह क्रूरता समाप्त कर सकूँ। यदि बालकों के प्रति इस क्रूरता को समाप्त कराने के निमित्त तुम बन रहे हो, तो इतनी पीड़ा झेलने का तुम्हें कोई दुःख तो नहीं रहेगा?"

नरेन्द्र की आँखों में पुनः उग्रता झलकी, "पर क्या ऐसा होगा?"

ईश्वरचन्द्र का स्वर स्नेह तथा सत्यनिष्ठा से आप्लावित था, "मैं तुम्हें वचन देता हूँ कि आज से इस विद्यालय में किसी बालक को पीटा नहीं जाएगा। क्या तुम्हें मेरे वचन का विश्वास है?"

इस बार नरेन्द्र के चेहरे पर हलकी-सी मुस्कान आई। वह बोला तो उसकी वाणी में सम्मान भी था और स्नेह भी, "पूर्णतः! गुरु महाशय, पूर्णतः।"

ईश्वरचन्द्र के मुख पर कुछ ऐसे भाव उभरे, जैसे वे किसी बच्चे को नहीं, अपने किसी घनिष्ठ मित्र को मना रहे हों, "तो तुम मुझसे अथवा विद्यालय से रुष्ट तो नहीं रहोगे?"

"जी, नहीं।" नरेन्द्र को इस विषय में विचार करने की तनिक भी आवश्यकता नहीं पड़ी।

ईश्वरचन्द्र कुछ आश्वस्त हुए, "तो फिर तुम अपना विद्यालय छोड़कर तो नहीं जा रहे?"

नरेन्द्र के चेहरे पर कुछ क्षणों के लिए असमंजस के भाव आए, किंतु उन्हें परे धकेलकर वह तत्काल बोला, "नहीं, गुरु महाशय!"

"एक बात और नरेन्द्र!···" ईश्वरचन्द्र संकोच से रुक गए।

नरेन्द्र ने उनकी ओर देखा। उसकी आँखों में आश्वासन पाकर वे पुनः बोले, "क्या तुम्हारे मन में कोई ऐसी इच्छा है कि तुम्हारे साथ किए गए इस दुर्व्यवहार के लिए उस अध्यापक को भी दंडित किया जाए?"

"नहीं, गुरु महाशय, नहीं।" नरेन्द्र कुछ इस प्रकार अटपटाकर बोला, जैसे उसने किसी संभावित अनर्थ की बात सुन ली हो।

ईश्वरचन्द्र के मन में अलौकिक आह्लाद का स्रोत फूट निकला। उनके वक्ष पर से मनों बोझ टल गया। उनकी मुख-मुद्रा न केवल शांत हो आई, वरन् उस पर विह्वल वात्सल्य प्रकट हो गया। वे अपने स्थान से उठे और उन्होंने नरेन्द्र को स्नेहपूर्वक अपने साथ चिपका लिया, "यशस्वी होओ मेरे बच्चे! तुम में महानता के प्रत्यक्ष लक्षण हैं।" उन्होंने रुककर, क्षण-भर उसे देखा, "अपने अपराधी को क्षमा करना, बहुत बड़ा गुण है पुत्र! और वह तुम में है।"

नरेन्द्र की समझ में नहीं आया कि गुरु महाशय किस बात से इतने प्रसन्न हो गए हैं। उसने तो यही सब कहा था, जिससे उसको अपना सुख मिला था। अच्छा ही है कि गुरु महाशय को उसकी बातें अपने मनोनुकूल लगीं। सचमुच ही वे अन्य अध्यापकों से बहुत भिन्न थे···

नरेन्द्र घर पहुँचा तो भुवनेश्वरी ने उसके कान से बहते हुए रक्त को देखा।··· वह सहसा ही अत्यंत विचलित हो उठीं।

"यह क्या है बिलेह?" उसके स्वर में पीड़ा का चीत्कार था, "तेरे कान से रक्त क्यों बह रहा है? किसी से मारपीट हुई है क्या?"

"नहीं, माँ! क्रोध में मेरे अध्यापक ने मुझे कान से पकड़कर ऊपर उठा लिया था।" नरेन्द्र ने अत्यंत चलताऊ ढंग से कहा, जैसे इस बात का कोई महत्त्व ही न हो। वह नहीं चाहता था कि माँ चिंतित हों, अथवा किसी भी प्रकार अध्यापक को दोषी ठहराया जाए।

किंतु भुवनेश्वरी के लिए यह साधारण-सी बात नहीं थी। एक अध्यापक ने उसके पुत्र को पीट-पीटकर उसके कान से खून निकाल दिया था। वह तो जैसे जड़ हो गई थी : क्या कोई अध्यापक किसी विद्यार्थी को इस प्रकार पीट सकता है?···

थोड़ी देर तक उसके मुख से कोई शब्द ही नहीं निकला और फिर जैसे वह फूट पड़ी, "वह अध्यापक है या राक्षस? कोई अपने छात्रों का अंग-भंग करता है। कौन है वह?" और सहसा उसकी सारी आक्रामकता, निरीहता में परिणत हो गई, "तुम्हारे बाबा भी तो कलकत्ता में नहीं हैं, जो तुम्हारे विद्यालय जा सकें।"···उसके मन में और भी बहुत कुछ था, जो उसने अपने इस पुत्र के सम्मुख कहना उचित नहीं समझा···वह कहना चाहती थी कि किसी बच्चे की सुरक्षा का दायित्व केवल उसके पिता का ही तो नहीं होता। परिवार में जितने भी बड़े लोग होते हैं, सब ही बच्चों की रक्षा करते हैं···किंतु नरेन्द्र के लिए परिवार का कोई भी दूसरा व्यक्ति उसके विद्यालय नहीं जाएगा।···सबको केवल उसके पिता का धन चाहिए···उनका कोई दायित्व नहीं···

सहसा उसका ध्यान नृसिंह काका की ओर चला गया···पर नहीं! वे संस्कृत-व्याकरण पर चाहे घंटा-भर भाषण दे लें, किंतु विद्यालय जाकर वे किसी अध्यापक से लड़ नहीं पाएँगे।···हाँ! वह राम को भेज सकती है। राम यह काम अवश्य कर पाएगा।

नरेन्द्र को हँसी आ गई, "विद्यालय जाने की कोई आवश्यकता नहीं है माँ! बाबा वहाँ जाकर, हमारे अध्यापक को पीटेंगे या कचहरी में उस पर मुकदमा करेंगे?"

"तू हँस रहा है···" भुवनेश्वरी बोली, "अच्छा! ठीक है। तुम्हारे बाबा यहाँ नहीं हैं, तो न सही; मैं किसी और को भेज दूँगी तुम्हारे विद्यालय।···" वह रुकी, "अच्छा सुन। कल से तू उस विद्यालय में नहीं जाएगा। तेरे बाबा ने तुझे पाठशाला से इसलिए उठा लिया था कि तू अपशब्द न सीखे, और यहाँ तो तुझे वे लोग अपाहिज ही बनाकर छोड़ेंगे।···आज कान उखाड़े हैं, कल हाथ-पैर तोड़ देंगे।···"

माँ की विह्वलता देखकर नरेन्द्र पुनः हँसा : कैसी भोली है माँ भी! इतनी-सी बात से किस प्रकार विचलित हो गई। वह माँ को सांत्वना देने के उद्देश्य से बहुत मधुर स्वर में बोला, "माँ! जो होना था, वह हो गया। भविष्य में ऐसा कभी नहीं होगा—न मेरे साथ, न किसी और के साथ। स्वयं पंडित ईश्वरचन्द्र विद्यासागर ने मुझे वचन दिया है।"

"पंडित ईश्वरचन्द्र विद्यासागर ने?" भुवनेश्वरी को आश्चर्य हुआ, "वे तुझे कहाँ मिल गए?"

"वहीं, विद्यालय में।" नरेन्द्र बोला, "इसीलिए मैं प्रतिदिन के समान कल भी विद्यालय जाऊँगा और अपने उन अध्यापक महाशय के प्रति, मन में तनिक भी कटुता नहीं रखूँगा, जिन्होंने मेरे साथ ऐसा व्यवहार किया है।"

भुवनेश्वरी ने मुग्ध दृष्टि से अपने पुत्र को देखा। उसकी वाणी में अधिकार था, स्वतंत्र निर्णय था, संकल्प था और अपने शत्रु को प्रयत्नपूर्वक क्षमा कर देने का भाव था। क्या उसका बिलेह सचमुच इतना बड़ा हो गया है?···

"तू तो धर्मराज युधिष्ठिर के समान जितेंद्रिय होता जा रहा है।" वह प्रसन्न मन से बोली, "शत्रुओं को भी क्षमा कर देता है। तू अजातशत्रु हो पुत्र।"

18

पूजा-कक्ष में बहुत भीड़-भाड़ थी। परिवार और मुहल्ले के अनेक बच्चे एकत्रित थे; किंतु उनमें से कोई भी खेल की मुद्रा में लापरवाह नहीं लग रहा था। वे सब, एक बड़े गंभीर आयोजन में व्यस्त थे; और बड़े दायित्वपूर्ण ढंग से अपना काम कर रहे थे, जैसे एक ही दिन में अपनी अवस्था से कहीं बड़े हो गए हों...

पूजा-कक्ष में एक बड़े पलंग के आकार की चौकी रखी गई थी। यह उनका मंच था। उसके सामने परदा भी टाँगा गया था। दर्शक के रूप में दत्त परिवार के बच्चे और वयस्क भी, चौकी के सामने, नीचे फर्श पर बैठे हुए थे।

परदा हट गया। नाटक आरंभ हुआ।

[राजा उत्तानपाद अपनी गोद में अपने पुत्र उत्तम को लेकर बैठे हुए थे। धीरे-धीरे ध्रुव मंच पर आता है।

दर्शकों में बैठे हाबू ने अंगुली-संकेत से तामू को दिखाया, "वह देखो बिलेह।" तामू ने उसकी बाँह पकड़कर नीचे झुका दी, "चुप! वह बिलेह नहीं, ध्रुव है। 'भक्त ध्रुव' नाटक में बिलेह होगा या ध्रुव? पागल!"]

ध्रुव : पिताजी, मुझे भी अपनी गोद में बैठा लीजिए।

[राजा उत्तानपाद उसे गोद में बैठाने के लिए अपना हाथ बढ़ाता ही है कि उसकी रानी सुरुचि प्रवेश करती है।]

सुरुचि : बच्चे! तू राजसिंहासन पर बैठने का अधिकारी नहीं है। है तो तू भी महाराज उत्तानपाद का ही पुत्र! किंतु उससे क्या? तुझे मैंने तो जन्म नहीं दिया न! तू अबोध है। नहीं जानता कि किसी भी अन्य स्त्री की कोख से जन्म लेकर न तू इस राजसिंहासन पर बैठ सकता है, और न महाराज उत्तानपाद की गोद में। यदि तुझे इस राजसिंहासन अथवा इस गोद में बैठना है, तो जा, तपस्या करके परम पुरुष नारायण की आराधना कर, और उनकी कृपा से, मेरे गर्भ में आकर जन्म ले।

[ध्रुव क्रोध के मारे लंबी-लंबी साँसें लेता है, और उत्तानपाद बैठा चुपचाप यह सब सुनता है। ध्रुव रोता हुआ मंच से चला जाता है।

दृश्य परिवर्तित होता है। इस बार मंच पर ध्रुव की माता सुनीति बैठी है। ध्रुव रोता-रोता उसके पास आता है।]

सुनीति : मैंने सब कुछ सुन लिया है पुत्र! *(आगे बढ़कर, ध्रुव को भुजा से पकड़, अपने निकट बैठा लेती है)* बेटा! तू दूसरों के लिए किसी प्रकार के अमंगल की कामना मत कर। जो मनुष्य दूसरों को दुःख देता है, उसे स्वयं ही उसका फल भोगना पड़ता है। सुरुचि ने जो कुछ कहा है, ठीक ही कहा है, क्योंकि महाराज को, मुझे पत्नी तो क्या, दासी

स्वीकार करने में भी लज्जा आती है। पुत्र! तेरी सौतेली माँ होकर भी सुरुचि ने एकदम सत्य कहा है। यदि तू राजकुमार उत्तम के समान राजसिंहासन पर बैठना चाहता है, तो द्वेष-भाव छोड़कर, अपनी सौतेली माँ के कथन का पालन कर। भगवान् के चरणों की आराधना में लग जा। श्रीहरि के चरणों की आराधना करने से ही तेरे परदादा श्रीब्रह्मा जी को वह सर्वश्रेष्ठ पद प्राप्त हुआ था, बेटा! तू भी उन भक्तवत्सल श्री भगवान् का ही आश्रय ले। जन्म और मृत्यु के चक्र से छूटने की इच्छा करने वाले मुमुक्षु लोग निरंतर उन्हीं के चरण-कमलों के मार्ग की खोज करते हैं।

[पुनः दृश्य परिवर्तित होता है। इस बार ध्रुव वन जाने के लिए मार्ग में खड़ा है। महर्षि नारद आते हैं।]

नारद : पुत्र! अभी तो तू निरा बालक है। खेल-कूद में ध्यान रहता है। इस अवस्था में किस बात से तेरा सम्मान या अपमान हो सकता है। यदि तुझे अपमान का विचार ही हो, तो पुत्र! असल में मनुष्य के असंतोष का कारण मोह के सिवा और कुछ नहीं है। माता के उपदेश से तू योग-साधना द्वारा जिन भगवान् की कृपा प्राप्त करने चला है—मेरे विचार से साधारण लोगों के लिए उन भगवान् को प्रसन्न करना बहुत कठिन है। इसलिए तू व्यर्थ का हठ छोड़ दे और घर लौट जा। बड़ा होने पर जब परमार्थ साधन का समय आए, तब उसके लिए प्रयत्न कर लेना।

ध्रुव : भगवान्! मुझे घोर क्षत्रिय स्वभाव प्राप्त हुआ है। अतएव मुझमें विनय का प्रायः अभाव है। मेरी सौतेली माता ने अपने कटु वचन रूपी बाणों से मेरे हृदय को विदीर्ण कर डाला है, इसलिए उसमें आपका यह उपदेश नहीं ठहर सकता। ब्राह्मण! मैं उस पद पर अधिकार करना चाहता हूँ, जो त्रिलोकी में सबसे श्रेष्ठ है तथा जिस पर मेरे पूर्वजों में से कोई भी आरूढ़ नहीं हो सका है। आप मुझे उसी की प्राप्ति का कोई अच्छा-सा मार्ग बताइए।

नारद : तेरा कल्याण हो पुत्र! अब तू यमुना तट पर स्थित परम पवित्र मधुबन को जा। वहाँ श्रीहरि का नित्य निवास है। कालिंदी के निर्मल जल में तीनों समय स्नान करके यथा विधि आसन बिछाकर स्थिर भाव से बैठना। प्राणायाम से धीरे-धीरे प्राण, मन और इंद्रियों के दोषों को दूर कर, धैर्य-युक्त मन से भगवान् का ध्यान करना।

[दृश्य पुनः बदलता है। ध्रुव आसन लगाए ध्यान कर रहा है। विष्णु प्रकट होते हैं; ध्रुव आँखें खोल देता है।]

विष्णु : उत्तम व्रत का पालन करने वाले राजकुमार! मैं तेरे हृदय का संकल्प जानता हूँ। यद्यपि उस पद को प्राप्त होना बहुत कठिन है, तो भी मैं तुझे वह पद देता हूँ। तेरा कल्याण हो।

[ध्रुव उठकर हाथ जोड़ता है; और परदा गिरता है।]

सारे अभिनेता मंच से नीचे उतर आए और दर्शकों ने उन्हें घेर लिया। नृसिंह दत्त ने आगे बढ़कर नरेन्द्र का हाथ पकड़ा और बोले, "बिलेह! बड़ा अच्छा नाटक रहा तुम्हारा। उसे तैयार किसने किया था पुत्र?"

हरमोहिनी नाटक में सुनीति बनी थी। वह अपने नेपथ्य से अब भी उलझ रही थी। एक ओर वह चाहती थी कि वह अपना मुख धो डाले, और दूसरी ओर वह रानीवाली साड़ी में ही सबके

बीच घूमना चाहती थी। आगे बढ़कर बोली, "बिलेह ने ही किया था ठाकुर दा।"

"तैयार क्या करना था ठाकुर दा।" नरेन्द्र बोला, "भागवत् में से देखकर संवाद बना लिए।"

नृसिंह दत्त ने उसकी शालीनता को सराहा, "फिर भी पुत्र! उसके लिए भी प्रतिभा चाहिए। तुम्हारी नाटक-मंडली कितने नाटक करेगी?"

"प्रत्येक सप्ताह एक नाटक करने का विचार है ठाकुर दा।" नरेन्द्र कुछ असमंजसपूर्ण स्वर में बोला, "कह नहीं सकता कि संभव हो पाएगा या नहीं।"

नृसिंह दत्त ने उसकी पीठ पर थपकी दी, "ओह! बहुत बड़ा काम है भाई! विद्यालय की पढ़ाई के साथ-साथ प्रत्येक सप्ताह एक नाटक तैयार करना बड़े श्रम का काम है।" उन्होंने रुककर नरेन्द्र की ओर देखा, "तो अगले सप्ताह कौन-सा नाटक हो रहा है नाटककार महाशय?"

बच्चे खिलखिलाकर हँस पड़े और अपनी हँसी के मध्य उन्होंने नरेन्द्र की ओर देखा, जैसे वह कोई महत्त्वपूर्ण घोषणा करने वाला हो।

नरेन्द्र ने भी गंभीर मुद्रा बनाई, जैसे वह अपने किसी महत्त्वपूर्ण दायित्व की गंभीर सूचना देने जा रहा हो, "दक्ष-यज्ञ-ध्वंस अथवा सती-दाह।"

"प्रसन्न रहो पुत्र!" नृसिंह दत्त बोले, "अच्छा विषय है। भगवान् तुम्हें सफल करें।" उन्होंने रुककर नरेन्द्र को देखा, "कोई समय था कि तुम्हारा राम दादा भी इन विषयों में रुचि रखता था। नाटक लिखता था और अभिनय करता था; पर अब तो जैसे इन विषयों में उसकी कोई रुचि ही नहीं रह गई है। पहले देव-पूजा में तल्लीन रहता था; पर आजकल भौतिक विज्ञान के प्रेम ने उसे घोर नास्तिक बना दिया है।"

नृसिंह दत्त उदास मन से चले गए।

अब बच्चों को अपने सामान की सुध आई। कोई अपनी माँ की साड़ी लाया था, कोई अपने पिता की पगड़ी। कोई घर का पर्दा उठा लाया था; तो कोई पलंग की चादर। कपड़े देते हुए प्रायः सबकी ही माताओं ने यह निर्देश दिया था कि वे कपड़ों को सावधानी से लौटा लाएँ। कपड़ा न मैला हो, न फटे।...किंतु नाटक की उत्तेजना में कपड़ों का किसी को ध्यान ही नहीं रहा था। अब घर जाकर, माँ तथा उनके प्रश्नों का सामना करने का अवसर निकट आया, तो सबको ही अपने सामान का स्मरण हो आया था। सामान सँभालने के नाम पर भी वे परस्पर नोच-खसोट ही कर रहे थे। एक का समेटा हुआ सामान, दूसरा बिखेर देता था; और सामान की स्थिति फिर से वही की वही हो जाती थी, जिसमें से किसी को कुछ नहीं मिल रहा था।

बच्चे बिखेरने की तैयारी में ही थे कि नरेन्द्र के चाचा लपककर आए और उन्होंने अत्यंत उत्सुकता से पूछा, "हो गया तुम्हारा नाटक?"

बच्चे प्रसन्नता से चिल्लाए, "हाँ, हो गया काकू।"

चाचा ने नाटक के विषय में और कोई जिज्ञासा नहीं की। बच्चों को हतप्रभ-सा करते हुए, उन्होंने अपने पुत्रों हाबू तथा तामू को डाँटा, "तुम लोगों को और कोई काम नहीं है कि गली के आवारा बच्चों के समान यहाँ बैठे हो। चलो, जाओ घर।"

चाचा के हाव-भाव से लग रहा था कि यदि हाबू और तामू तत्काल वहाँ से भाग नहीं गए, तो वे अवश्य ही उन्हें पीट बैठेंगे। हाबू और तामू अपने पिता का स्वभाव समझते थे। उन्होंने वहाँ से भागने में एक क्षण भी नहीं लगाया।

चाचा तब नरेन्द्र की ओर मुड़े, "देखो, नाटक अथवा नाटक करने में कोई दोष नहीं है;

किंतु तुम लोग ऊधम बहुत करते हो। यदि तुम लोग शांति से नाटक नहीं करोगे, तो सच कहता हूँ, तुम्हारा मंच-वंच सब तोड़-ताड़कर रख दूँगा।"

चाचा ने किसी के उत्तर की प्रतीक्षा नहीं की। वे बच्चों को भयभीत और त्रस्त छोड़कर, जैसे आए थे वैसे ही तेज-तेज कदमों से चलते हुए लौट गए।

नरेन्द्र अपने छोटे-से कमरे में आया और अपना कुर्ता उतारकर उसने खूँटी पर टाँग दिया।

इधर कई दिनों से उसने अन्य बच्चों के साथ बड़े कमरे में सोना बंद कर दिया था। उस कमरे में बड़ी रात गए, नींद आने तक कोई-न-कोई वार्ता चलती ही रहती थी; और नरेन्द्र क्षण-भर के लिए भी ध्यान करने के लिए नहीं बैठ सकता था।...इधर उसकी आत्मा जैसे उसे निरंतर धिक्कारती थी कि वह ध्यान क्यों नहीं करता। इससे तो कहीं अच्छा वह समय था, जब वह शिशु के रूप में, खेल-खेल में ध्यान करने बैठ जाता था। तब लोग चाहे उसे बच्चे का खेल समझकर हँसकर टाल देते थे; किंतु उसका ध्यान तो हो जाता था। अब उसका अपना मन भी उतना अबोध नहीं था। वह किसी की आँख के कोने में अपने लिए कुटिल मुस्कान की एक रेखा भी देखना नहीं चाहता था। अन्य लोगों की उपस्थिति में ध्यान लगाने का खेल अब वह नहीं खेल सकता था।...उसका मन अब यह नहीं मानता था कि ध्यान लगाना भी कोई खेल हो सकता है। यह तो उसकी आत्मा की अनिवार्य आवश्यकता थी। यदि वह ध्यान न लगाता, तो मन कैसा तो विचलित रहता था। ध्यान उसके लिए शांति का भी पर्याय था और ऊर्जा का भी। वह यह भी समझ गया था कि यह प्रदर्शन की वस्तु नहीं है। किसी की उपस्थिति में ध्यान लगाने का कोई अर्थ नहीं है। यह तो उसकी आत्मा के एकांत का भोजन था। ईसा के शब्द प्रायः उसके कानों में गूँजा करते थे : "...ढोंगियों के समान प्रार्थना मत करो। वे सभागृहों और चौकों पर खड़े होकर प्रार्थना करना पसंद करते हैं, जिससे लोग उन्हें देखें। मैं तुम लोगों से कहता हूँ—वे अपना पुरस्कार पा चुके हैं। जब तुम प्रार्थना करते हो, तो अपने कमरे में जाकर द्वार बंद कर लो, और एकांत में अपने पिता के सम्मुख प्रार्थना करो। तुम्हारा पिता, जो एकांत को भी देखता है, तुम्हें पुरस्कार देगा।...'"

दिन में नरेन्द्र को एकांत कहाँ मिलता? वह कहाँ ध्यान लगाता? अतः रात को ध्यान लगाने के लिए, एकांत पाने का एक ही मार्ग वह खोज पाया था : सोने के लिए उसने यह एकांत स्थान चुन लिया था। दरवाजा बंद कर लेने पर परिवार में किसी को यह पता नहीं चल सकता था कि वह सो रहा था अथवा ध्यान कर रहा था। उसे सोया हुआ जानकर, कोई यह पूछने नहीं आता था कि 'नरेन्द्र! क्या ध्यान कर रहे हो?...'

उसने पद्मासन की मुद्रा में सीधे बैठकर, अपनी आँखें बंद कर लीं। उसकी चेतना जैसे घनीभूत हो रही थी, और जाकर त्रिकुटी के एक विशिष्ट बिंदु पर केंद्रित होती जा रही थी। क्रमशः बाहर का जगत् और उसकी सारी गतिविधि शून्य में विलीन हो गई। भीतर भी शून्य था।...कितनी शांति थी! न गति थी, न स्तब्धता। न कहीं शब्द था, न शब्द का अभाव।...और फिर उसकी त्रिकुटी पर एक प्रकाश-बिंदु प्रकट हुआ। उस प्रकाश में एक ही रंग था। क्रमशः प्रकाश का रंग बदला। रंग बदल रहे थे और प्रकाश अपने आपमें स्थिर था। कैसी विचित्र बात थी कि प्रकाश तो था, किंतु उसमें ताप नहीं था। थोड़ी देर तक अपने स्थान पर स्थिर रहकर, वह प्रकाश-बिंदु फैलने लगा, जैसे भूमि पर गिरा हुआ कोई तैल-बिंदु हो। उसमें से असंख्य तरंगें निकल रही थीं और उसकी सारी चेतना को आच्छादित कर रही थीं।...उस प्रकाश के कुछ गोले बने और फूट गए, उन गोलों

में से रंगीन प्रकाश की तरल तरंगें, नरेन्द्र के सारे शरीर में फैलती चली गईं।...

नरेन्द्र को पता ही नहीं चला कि कब उसका ध्यान निद्रा में परिणत हो गया।

आज नरेन्द्र और उसके मित्र 'दक्ष-यज्ञ-भंग' नाटक का मंचन कर रहे थे। मंच बन गया था, परदे लग गए थे और दर्शक आकर बैठ गए थे।

[परदा हटा। मंच पर ब्रह्मा की सभा का दृश्य है। अनेक देवता और ऋषि-मुनि बैठे हुए हैं। दक्ष प्रवेश करता है। सिवाय ब्रह्मा और महादेव शिव के, सब लोग उठकर उसका स्वागत करते हैं। दक्ष ब्रह्मा के चरण छूकर बैठने लगता है तो उसकी दृष्टि अपने से भी पहले बैठे हुए शिव पर पड़ती है। उसकी आँखें क्रोध से लाल हो उठती हैं।]

दक्ष : देवता और अग्नियों सहित समस्त ब्रह्मर्षिगण मेरी बात सुनें। मैं नासमझी या द्वेषवश नहीं कहता, बल्कि शिष्टाचार की बात कहता हूँ। यह निर्लज्ज महादेव समस्त लोकपालों की पवित्र कीर्ति को धूल में मिला रहा है। देखिए, इस घमंडी ने सत्पुरुषों के आचरण को लांछित कर दिया है। इसने सत्पुरुषों के समान मेरी सावित्री सरीखी मृगनयनी पवित्र कन्या का अग्नि और ब्राह्मणों के सामने पाणिग्रहण किया था, इसलिए एक प्रकार से यह मेरे पुत्र के समान हो गया है। उचित तो यह था कि यह उठकर मेरा स्वागत करता, मुझे प्रणाम करता, परंतु इसने वाणी से भी मेरा सत्कार नहीं किया।...मैंने इच्छा न होते हुए भी भावी वश इसको अपनी सुकुमारी कन्या दे दी। इसने सत्कर्म का लोप कर दिया। यह सदा अपवित्र रहता है, बड़ा अहंकारी है और धर्म की मर्यादा को तोड़ रहा है। मैंने केवल ब्रह्माजी के बहकावे में आकर ऐसे भूतों के नेता, आचरणहीन और दुष्ट स्वभाव वाले को अपनी भोली-भाली बेटी ब्याह दी।

[महादेव दक्ष की किसी बात का प्रतिकार नहीं करते। दक्ष का क्रोध और भी बढ़ जाता है। वह हाथ में जल लेकर शाप देता है।]

दक्ष : यह महादेव देवताओं में बड़ा ही अधम है। अब इसे इंद्र-उपेन्द्र आदि देवताओं के साथ यज्ञ का भाग न मिले।

[दक्ष अपनी अंजुलि का जल भूमि पर छोड़ देता है। दृश्य बदलता है। इस बार महादेव अपने घर में, अपने आसन पर पालथी मारे हुए बैठे हैं। सती प्रवेश करती है।]

सती : महादेव! मैंने सुना है, इस समय आपके ससुर दक्ष प्रजापति बड़ा भारी यज्ञोत्सव कर रहे हैं। देखिए, सब देवता वहीं जा रहे हैं। यदि आपकी इच्छा हो तो हम भी चलें। इस समय अपने आत्मीयों से मिलने के लिए मेरी बहनें भी अपने-अपने पतियों सहित वहाँ अवश्य आएँगी। मैं भी चाहती हूँ कि आपके साथ वहाँ जाकर, माता-पिता के दिए गहने, कपड़े आदि उपहार स्वीकार करूँ। वहाँ अपने पतियों से सम्मानित बहनों, मौसियों और अपनी जननी को देखने के लिए मेरा मन बहुत उत्सुक है। इस समय अपनी जन्म-भूमि देखने को बहुत उत्सुक हो रही हूँ।

महादेव : किंतु उन्होंने तुम्हें आमंत्रित नहीं किया है देवि!

सती : सुरश्रेष्ठ! पति, गुरु और माता-पिता आदि सुहृदों के यहाँ तो बिना बुलाए भी जा सकते हैं।

महादेव : तुमने ठीक कहा सुंदरी! किंतु ऐसा तभी करना चाहिए, जब उनकी दृष्टि अतिशय प्रबल

देहाभिमान से उत्पन्न हुए मद और क्रोध के कारण द्वेष-दोष से युक्त न हो गई हो। विद्या, तप, धन, सुदृढ़ शरीर, युवावस्था तथा उच्च कुल—ये छह सत्पुरुषों के गुण हैं; परंतु नीच पुरुषों में ये ही अवगुण हो जाते हैं, क्योंकि इनसे उनका अभिमान बढ़ जाता है और दृष्टि दोष-युक्त हो जाती है, एवं विवेक शक्ति नष्ट हो जाती है। (*रुककर*) मैं जानता हूँ कि दक्ष प्रजापति को अपनी कन्याओं में, तुम सबसे अधिक प्रिय हो, तथापि मेरी आश्रिता होने के कारण तुम्हें अपने पिता से मान नहीं मिलेगा, क्योंकि वे मुझसे ईर्ष्या करते हैं। यदि तुम मेरी बात न मानकर वहाँ जाओगी तो तुम्हारे लिए अच्छा न होगा, क्योंकि किसी प्रतिष्ठित व्यक्ति का जब अपने आत्मीयजनों के द्वारा अपमान होता है, तब वह तत्काल उनकी मृत्यु का कारण हो जाता है।

[सती को महादेव का परामर्श अच्छा नहीं लगता। वह मुँह फेरकर वहाँ से चली जाती है।]

शिव : नन्दी!

नन्दी : (*प्रवेश कर*) महादेव!

शिव : सती अपने पिता के घर जा रही है। तुम कुछ अनुचरों के साथ उनकी सहायता तथा रक्षा के लिए साथ चले जाओ।

नन्दी : जो आज्ञा।

[दृश्य पुनः परिवर्तित होता है। दक्ष का यज्ञ हो रहा है। सती प्रवेश कर देखती है—वहाँ शिव के लिए कोई स्थान नहीं है।]

सती : पिताजी! भगवान् शंकर से बड़ा तो संसार में कोई भी नहीं है। वे तो सभी देहधारियों के प्रिय हैं। उनका न कोई प्रिय है, न अप्रिय; अतएव उनका किसी भी प्राणी से वैर नहीं है। आप उन्हीं भगवान् शंकर से द्वेष करते हैं। अवश्य ही आप अमंगल रूप हैं। (*रुककर*) जिस समय भगवान् शिव आपके साथ मेरा संबंध जताते हुए, मुझे हँसी में दक्ष कुमारी के नाम से पुकारेंगे, उस समय हँसी को भूलकर, मुझे बड़ी ही लज्जा आएगी। इसलिए उससे पहले ही मैं आपके अंग से उत्पन्न इस शव-तुल्य शरीर को त्याग दूँगी।

[सती तीव्रता से ऋषि-मुनियों के मध्य यज्ञ-कुंड में कूद पड़ती है और चारों ओर शोर मच जाता है। परदा गिरता है।]

नरेन्द्र के चाचा काफी वेग से चलते हुए आए। वे शायद परदा गिरने से पहले ही वहाँ तक पहुँच जाना चाहते थे; किंतु सारी जल्दबाजी के बावजूद परदा उनके आने से पहले ही गिर गया। उन्हें लगा, जैसे परदा गिरने से नाटक समाप्त नहीं हुआ, उनका मार्ग अवरुद्ध हो गया है। यह उनके मन के अनुकूल नहीं था। पहले तो वे मंच की ओर ही देखते रहे कि शायद परदा अभी हटेगा और कोई प्रकट होगा; किंतु जब परदा नहीं हटा तो उन्होंने दर्शक-रूप में, नीचे फर्श पर बैठे बच्चों से कहा, ''बिलेह को बुलाओ।''

बच्चों ने एक-दूसरे की ओर देखा : जाने चाचाजी किससे कह रहे थे।

बच्चों की निष्क्रियता देखकर चाचाजी का क्रोध बढ़ा। डपटकर बोले, ''हाबू! बिलेह को बुलाओ।''

''अभी बुलाता हूँ।'' हाबू घबराकर उठ खड़ा हुआ।

नरेन्द्र को खोजने के लिए हाबू परदे के पीछे चला गया, किंतु चाचा कुछ अधिक ही क्षुब्ध थे। वे उसके लौटने तक, धैर्यपूर्वक खड़े भी नहीं हो पा रहे थे। स्वयं को व्यस्त करने के लिए उन्होंने तामू से पूछा, "कौन-सा नाटक है?"

"दक्ष-यज्ञ-ध्वंस।" तामू के कंठ से स्वर नहीं फूट रहा था। कल उसे नाटक देखने के लिए डाँट पड़ी थी और आज फिर उसके पिता ने उसे यहाँ बैठा देख लिया था।

चाचा के कुछ और कहने से पूर्व ही नरेन्द्र मंच का परदा हटाकर नीचे आ गया। वह महादेव के वेश में था। सिर पर जटाएँ थीं, शरीर पर भभूत थी, और कमर में बाघंबर जैसा वस्त्र था।

"बिलेह! अगले दृश्य में वीरभद्र आकर यज्ञ-ध्वंस करेगा?" चाचा नरेन्द्र से संबोधित हुए।

"नहीं काकू! अगले दृश्य में नन्दी जाकर महादेव को सूचित करेगा और तब महादेव यज्ञ-ध्वंस के लिए वीरभ्रद को भेजेंगे।"

"तो उसकी आवश्यकता नहीं है।" चाचा बोले, "मैं वीरभद्र बनकर आ गया हूँ। मैंने तुमको कल ही कह दिया था कि ऊधम मचाओगे, तो सब तोड़ दूँगा।"

नरेन्द्र अभी ठीक से चाचा का अभिप्राय समझ भी नहीं पाया था कि चाचा मंच पर चढ़ गए और उन्होंने सारे परदे खींच लिए। हरमोहिनी और स्वर्णमयी ने साधारण-से टाँके लगाकर, किसी प्रकार परदे टाँगे थे। उन्हें परदे से चादर बना देने में चाचा को बहुत प्रयत्न नहीं करना पड़ा। दो-एक बाँसों पर भी चाचा का क्रोध, वज्र बनकर गिरा। तख्त को मंच का रूप देने वाले सारे उपकरण ध्वस्त हो गए।

बच्चों की समझ में कुछ नहीं आया। वे केवल इतना ही समझ पाए कि चाचा रुष्ट हैं। रोष का कारण न चाचा ने बताया था और न बच्चों में पूछने का साहस ही था।...किसी वयस्क को क्रोध में देखकर उनकी एक ही सहज प्रतिक्रिया होती थी...वे सब बिना कुछ सोचे-समझे, इधर-उधर भाग गए।...

नरेन्द्र अवाक् खड़ा था। वह जानता था कि उसे चाचा का विरोध नहीं करना था, क्योंकि अवस्था में वे उससे बड़े थे।...किंतु उसके मन में एक प्रश्न लगातार गूँज रहा था...क्या अवस्था अधिक होने मात्र से ही किसी को मनमाने अत्याचार करने का अधिकार मिल जाता है?...

19

नरेन्द्र और उसके मित्र गहरी चिंता में डूबे हुए थे : समस्या का कोई समाधान नहीं मिल रहा था।

"मेरा विचार है कि अब हम और नाटक नहीं कर पाएँगे।" अंततः नरेन्द्र ने बहुत धीरे से कहा।

"क्यों? केवल इसलिए कि तुम्हारे काकू ने क्रोध में हमारा मंच तोड़ दिया है?" मोती ने कहा, "अरे, मंच में था ही क्या? हमने कौन-सा पंडाल बनाया था। दो बाँस खड़े कर रस्सियाँ बाँधेंगे, तो फिर वैसे ही परदे लग जाएँगे। और परदे न भी लगें, तो क्या नाटक नहीं हो सकता! दुर्गा-पूजा में, खुले मैदान में रात-रात-भर जो यात्रा होती है, उसमें कौन-से परदे लगे होते हैं?"

खैर, मंच बनाने में तो ऐसी कोई कठिनाई नहीं है, किंतु मुझे लगता है कि काकू अब हमें नाटक करने ही नहीं देंगे।" नरेन्द्र बोला, "संभव है कि नाटक के कोलाहल से उन्हें असुविधा होती

हो; किंतु यह भी संभव है कि उनके मन में नाटक का ही विरोध हो। हाबू और तामू अच्छा गा लेते हैं, किंतु अपने पिता के आतंक के मारे उन्होंने हमारे किसी नाटक में भाग नहीं लिया।...लगता है, काकू की इच्छा है कि इस घर में नाटक खेले ही न जाएँ।"

"तुम उनसे पूछते क्यों नहीं? आखिर उनका विरोध किस बात से है?" हरि ने परामर्श दिया, "संभव है कि हम उनकी आपत्ति दूर करके नाटक खेल सकें।"

"नहीं! यदि ऐसा कुछ होता तो वे हमें पहले ही अपनी आपत्ति बता देते; किंतु इस व्यवहार का तो एक ही अर्थ है कि उनकी इच्छा नहीं है कि नाटक खेला जाए।" नरेन्द्र निश्चयात्मक स्वर में बोला, "बड़ी कठिनाई है। बड़े लोगों की सनक के सामने, बच्चों का कोई अधिकार ही नहीं है। यदि कोई बच्चा जरा-सी बात कह दे, तो वह अशिष्ट और उच्छृंखल कहलाएगा; किंतु बड़े लोग कितने भी अभद्र हो जाएँ, वह उनका अधिकार होता है।"

"तो?" मोती ने पूछा।

"यदि हम फिर से एक मंच बनाएँगे, तो वे पुनः उसे भंग कर सकते हैं।" नरेन्द्र बोला, "और यह भी संभव है कि उनके हाथों हमारी पिटाई भी हो जाए।"

"तो स्थान बदल लेते हैं।" हरि बोला, "हम नाटक कहीं और कर लिया करेंगे।"

"कहीं और नाटक करना सरल है क्या!" मोती ने कहा, "एक तो किसके घर में इतना खुला स्थान होगा। फिर, जिसके घर में स्थान होगा, वह हमें क्यों अपने घर में कोलाहल करने देगा। तुम कहीं किराए पर हॉल लेकर नाटक करने की तो नहीं सोच रहे?"

इतनी ही देर में नरेन्द्र जैसे अन्यमनस्क हो गया था। वह अपने चिंतन-जगत् से लौटा, "अरे, छोड़ो नाटक को। जीवन की बात करो।"

मित्रों ने उसकी ओर देखा : वे जीवन की ही तो बात कर रहे थे। उनके जीवन में से नाटक निकल जाएगा, तो फिर शेष बचेगा ही क्या...।

"नाटक-मंडली भंग कर देते हैं।" नरेन्द्र बोला, "हम लोग अभिनय ही तो कर रहे थे, बड़े-बड़े शक्तिशाली लोगों का। अब हम स्वयं वैसे ही शक्तिशाली बनने का प्रयत्न करेंगे।"

मित्रों ने पुनः उसे देखा। जाने वह क्या कह रहा था। इस पगले बिलेह का कुछ पता ही नहीं चलता कि इसके मन की तरंग कहाँ से कहाँ पहुँच गई है।

"नहीं समझे?" नरेन्द्र ने पूछा।

"नहीं!" मित्रों ने सिर हिला दिया।

इस बार नरेन्द्र गंभीर था। उसकी विनोदी मुद्रा कहीं लुप्त हो गई थी, "हम अनुकरण अथवा अभिनय करने के स्थान पर, स्वयं वे ही बनने का प्रयत्न करें, जिनका हम अनुकरण करते हैं।"

"पर कैसे?" हरि की समझ में कुछ नहीं आया था।

नरेन्द्र थोड़ी देर मौन ही रहा और उसके पश्चात् अपनी योजना की भूमिका स्वरूप बोला, "देखो, सबसे पहले तो हम इस बात को समझें कि कोई भी असाधारण कार्य करने के लिए हमें अपने मस्तिष्क और शरीर का विकास करना है। मस्तिष्क के विकास के लिए तो हम विद्यालय और घर पर अध्ययन करते हैं, किंतु शरीर के विकास के लिए...?"

"हम खेलते हैं।" मोती ने कहा।

"क्या खेलते हो—लुका-छिपी? थोड़ा फुटबाल या फिर नाटक।" नरेन्द्र कुछ आवेश में बोला, "इनसे वास्तविक रूप में शरीर का विकास नहीं होता।" उसने रुककर सबको देखा, "मैं तो कठोर

व्यायाम की बात सोच रहा हूँ, जो हमारी मांसपेशियों को दृढ़ बनाए, हममें शक्ति का भंडार भर दे।''

पर मित्र इतनी जल्दी सहमत होनेवाले नहीं थे। अपनी बात के प्रभाववश नरेन्द्र ने उनके चेहरों पर जिस कांति की कल्पना की थी, उसका तनिक-सा भी आभास उसे नहीं मिला।

''कलाकारों को व्यायाम से क्या लेना-देना?'' मोती ने कहा, ''हमें क्या कोई पहलवान बनना है?''

नरेन्द्र झल्ला उठा, 'ये लड़के उसकी बात समझते क्यों नहीं? सीमित दृष्टि से सोचते हैं और वैसे ही उत्तर देते हैं।'…उसका मन हुआ कि उन्हें उनकी मूर्खता के लिए धिक्कारे; किंतु धिक्कारने पर तो योजना उनकी समझ में आ नहीं जाएगी।

''कलाकार को भी व्यायाम का उतना ही लाभ होता है, जितना अन्य लोगों को। कलाकार क्या दुर्बल और रोगी होकर ही महान् होता है?'' नरेन्द्र ने रुककर मोती को देखा, ''और मैंने तो सदा पूर्ण मनुष्य बनने के विषय में सोचा है, कलाकार बनने के विषय में नहीं। यदि कला मुझे श्रेष्ठ मनुष्य बनाएगी, तो ही मुझे उसकी आवश्यकता है, अन्यथा नहीं…।''

''तो क्या करने का विचार है?'' अब तक चुप बैठे हुए गोपू ने जैसे ऊबकर पूछा।

''अब हम नाटक-मंडली के स्थान पर व्यायामशाला का निर्माण करेंगे।''

''कैसे?''

''कैसे क्या!'' नरेन्द्र बोला, ''व्यायाम के उपकरण लाएँगे और जमकर व्यायाम करेंगे।''

मित्रों ने चकित होकर उसे देखा : उनकी समझ में नहीं आया कि यदि वे नाटक-मंडली नहीं बना सकते, तो व्यायामशाला कैसे बना सकते हैं, ''पर व्यायामशाला बनाएँगे कहाँ?''

''यहीं,'' नरेन्द्र के स्वर में आवेशपूर्ण विश्वास था, ''अपने घर के आँगन में।''

वे अभी सोच ही रहे थे कि व्यायामशाला का निर्माण संभव भी है या नहीं कि हरि बोला, ''पर मैं तो अभिनेता बनना चाहता हूँ।''

''तो तुम व्यायाम मत करना,'' नरेन्द्र ने उसके कंधे पर हाथ मारा, ''तुम व्यायाम करने का अभिनय करना।''

अन्य मित्रों ने हँसते हुए अपनी सहमति दे दी।

नरेन्द्र को अपने माता-पिता की ओर से न नाट्य-मंडली बनाने के लिए कोई प्रतिरोध दिखाई दिया था, न व्यायामशाला बनाने में। विश्वनाथ ने तो उससे यह भी नहीं पूछा कि वह नाट्य-मंडली का ही पुनर्गठन क्यों नहीं करता; और व्यायामशाला ही क्यों बनाना चाहता है। नरेन्द्र को लगा कि उसके बाबा अपने पुत्र की इच्छा के मार्ग में नहीं आना चाहते; न ही वे इस संदर्भ में अपनी रुचि-अरुचि उस पर आरोपित करना चाहते हैं। वे तो शायद इतना ही चाहते थे कि पुत्र के जीवन में गतिरोध न आए। गति में शायद उन्हें आपत्ति नहीं थी, दिशा कोई भी हो।

विश्वनाथ अपने चचेरे भाइयों का व्यवहार देख रहे थे। वे यह भी देख रहे थे कि उस व्यवहार में बहुत कुछ अनुचित भी था, जो परिवार के अन्य सदस्यों की स्वतंत्रता को अनावश्यक रूप से बाधित कर रहा था। कहीं उनको यह भी लगा था कि नाट्य-मंडली जैसे निर्दोष आयोजन को इस प्रकार भंग करवा देने का, बच्चों के विकास पर बहुत बुरा प्रभाव पड़ेगा। किंतु संयुक्त परिवार का तंत्र ऐसा नहीं था, जिसमें विश्वनाथ इस प्रकार के मामलों में हस्तक्षेप करते। वहाँ तो वय में

बड़े प्रत्येक व्यक्ति का स्वयं से छोटे प्रत्येक व्यक्ति पर पूर्ण अधिकार था। नरेन्द्र उनका ही पुत्र नहीं था, वह दत्त परिवार का एक बालक था। उसे आरंभ से यही सिखाया गया था कि उसे अपने चाचा का पिता के समान ही आदर करना है। ऐसे में यदि वे इस संदर्भ में कुछ कहेंगे या करेंगे तो पारिवारिक कलह में वृद्धि होगी।...अच्छा है कि बच्चों ने स्वयं ही एक और मार्ग खोज निकाला है। जल-धारा को तो बहना ही है। यदि उसका एक मार्ग अवरुद्ध कर दिया जाएगा, तो वह अपने लिए कोई अन्य मार्ग खोज निकालेगी।...यदि उन्हें यह लगता कि नरेन्द्र तथा अन्य बच्चों की ऊर्जा अपने विकास के लिए और कोई मार्ग खोज नहीं पा रही है, और वे लोग कुंठित हो रहे हैं, तो कदाचित् वे इस संदर्भ में कुछ करते या कहते। वे प्रसन्न थे कि इस निषेध से नरेन्द्र तनिक भी कुंठित नहीं हुआ था। उन्हें अपने पुत्र की जिजीविषा पर गर्व हुआ, और क्लेश टल जाने पर प्रसन्नता।...

जब तक काली काका जीवित थे, वे इस परिवार के प्रमुख थे; और परिवार-प्रमुख होने के नाते वे विश्वनाथ की संपूर्ण आय पर अपना अधिकार मानते थे और उसका मनमाना खर्च करते थे; किंतु अब तो विश्वनाथ स्वयं ही परिवार के मुखिया थे।...यह दूसरी बात थी कि काली काका के पुत्र अब भी यही चाहते थे कि पिता की मृत्यु के पश्चात् भी परिवार के संचालन का मनमाना अधिकार उनके ही पास रहे।... परिवार को चलाना चाहें, वे चलाएँ; किंतु यदि विश्वनाथ अपने चाचा को पिता का-सा आदर देते रहे हैं, तो उनके चचेरे भाइयों का भी कर्तव्य था कि वे विश्वनाथ को अपना बड़ा भाई मानें, उनका सम्मान करें, उनके अधिकारों को मान्यता दें...।

कभी-कभी तो विश्वनाथ को लगता है कि उनके घर में भी महाभारत की कथा दोहराई जा रही है...काली काका धृतराष्ट्र के ही समान, अपने भाई की संपत्ति लेकर बैठ गए थे; और अब उनके पुत्र दुर्योधन के ही समान यह चाहते हैं कि विश्वनाथ न उनसे अपनी संपत्ति माँगें और न अपनी आय को ही अपने पास रखें...सब कुछ उन्हें ही सौंप दें। उनका एकछत्र साम्राज्य बना रहे।...वह सब तो विश्वनाथ फिर भी सहन कर रहे हैं; किंतु लड़कों के साथ यह अत्याचार!...और भविष्य में यदि उन लोगों ने मार-पीट भी आरंभ कर दी तो?...

नरेन्द्र अपनी व्यायामशाला के लिए कई उपकरण ले आया था—डंबल, मुगदर, भारोत्तोलन का सामान...विश्वनाथ ने अपनी इच्छा के अनुसार धन का प्रबंध कर दिया था और उसके किसी भी कार्य पर कोई आपत्ति नहीं की थी।

नरेन्द्र समझ रहा था कि नाटक-मंडली और व्यायामशाला में पर्याप्त अंतर था। परिवार तथा मुहल्ले की जो लड़कियाँ नाटकों में भाग ले रही थीं, वे व्यायामशाला का लाभ नहीं उठा सकती थीं। कुछ लड़के भी ऐसा शारीरिक व्यायाम नहीं करना चाहते थे, जिससे शरीर में पसीना आए, मांसपेशियों में पीड़ा हो और व्यक्ति हाँफकर बेदम हो जाए।...किंतु स्वयं नरेन्द्र के लिए जैसे एक नया संसार खुल गया था। उसने अपनी पूर्ण तन्मयता तथा एकाग्रता के साथ स्वयं को व्यायाम में लगा दिया था। वह उठक-बैठक तथा दंड जैसे व्यायाम तो करता ही था, जिनके लिए किसी उपकरण की आवश्यकता नहीं थी, साथ ही डंबल भी घुमाता था और मुगदर से भी व्यायाम करता था। दर्पण के सम्मुख खड़े होकर अपनी मांसपेशियों और भुजाओं की मछलियों पर दृष्टिपात करता था।...पिछले दो-एक दिनों से उसने भारोत्तोलन भी आरंभ कर दिया था।

भारोत्तोलन के लिए रखे गए लौह-दंड के पास पहुँचकर नरेन्द्र ने पूछा, "बोलो, कौन मेरे साथ भार उठाता है?"

"इसमें चुनौती की क्या बात है, भार तो सभी उठाएँगे।" गोपू ने एक प्रकार से प्रतिवाद किया, "अभ्यास ही तो करना है। जितना मैं आज उठाता हूँ, कल उससे अधिक उठाने का प्रयत्न करूँगा।"

नरेन्द्र का चचेरा भाई विपिन, उस चुनौती को इस प्रकार नहीं टाल सका। उसे लगा, जैसे नरेन्द्र अपनी श्रेष्ठता जताने का प्रयत्न कर रहा है। वह बोला तो उसके स्वर में आत्मविश्वास कम, ईर्ष्या का भाव ही अधिक था, "मैं तो नरेन्द्र से एक-आध सेर अधिक ही उठाऊँगा।"

नरेन्द्र समझ गया कि उसकी बात से विपिन चिढ़ गया है; यद्यपि उसका अभिप्राय वह नहीं था। बात बढ़ जाए, उससे पहले ही उसे सँभाल लेना चाहिए। वह बोला, "यह ठीक है।···पर यह चुनौती अथवा अहंकार की बात नहीं है। यह तो स्पर्धा के लिए है, और स्पर्धा अपनी क्षमता बढ़ाने का अच्छा माध्यम है।"

"हाँ, नरेन्द्र ठीक कह रहा है।" हरि ने समर्थन किया, "अन्यथा मिलकर व्यायाम करने का लाभ ही क्या है! बोलो बिलेह! कितना उठाते हो?"

"देखूँ, कितना उठा सकता हूँ।" नरेन्द्र ने जान-बूझकर उन्हें संशय में छोड़ दिया। ऐसा न हो कि उसके बताए हुए भार को उसकी गर्वोक्ति मान विपिन और चिढ़ जाए।

नरेन्द्र ने दंड के दोनों ओर भार टाँगकर, उसे सुविधा से उठा लिया। भार को भूमि पर रखकर, उसने उसमें और भार टाँगकर, उसे भी उठा लिया। तीसरी बार भार बढ़ाकर उठाने के पश्चात् उसने दंड को भूमि पर रख दिया, "बस! आज इतना ही। एक दिन में बहुत बढ़ाना भी नहीं चाहिए।"

विपिन अब भी खीझा खड़ा था। उसने आँखों में चुनौती भरकर, नरेन्द्र की ओर देखा, "मैं उठाऊँ?"

"उठाओ दादा।" नरेन्द्र ने सहज भाव से कहा।

किंतु विपिन सहज नहीं था। उसे तो नरेन्द्र को नीचा दिखाना ही था। अपनी क्षमता को पहचानना और बढ़ाना उसका लक्ष्य नहीं था। वह तो किसी भी प्रकार नरेन्द्र को हीन सिद्ध करना चाहता था। बोला, "इसका भार थोड़ा बढ़ा दो। मैं नरेन्द्र से बड़ा हूँ; इसलिए उससे कुछ अधिक ही उठाऊँगा, चाहे वह छटाँक-भर ही अधिक क्यों न हो।"

विपिन की मनःस्थिति से नरेन्द्र आशंकित हो उठा, "दादा! पहले इतना तो उठाकर देखो। यह उठा लोगे तो और बढ़ा लेना।"

"नहीं!" विपिन बोला, "पहले बढ़ाओ।"

हरि नरेन्द्र का आशय समझ रहा था; किंतु उसके मन में एक क्रूर परिहास भी सजीव हो उठा था। यह विपिन कुछ ज्यादा ही ऐंठने लगा था। अपने पिता की ठसक है इसमें भी। जाने पिता-पुत्र अपने आपको क्या समझते हैं।···पिता ने अपने इसी अहंकार में नाट्य-मंडली ध्वस्त कर दी थी।···अब पुत्र नरेन्द्र का सम्मान नष्ट करना चाहता है।···अच्छा है कि इस मूर्ख का दंभ टूटे···और वह नरेन्द्र से इस प्रकार की प्रतियोगिता कभी न कर पाए।···

प्रकट रूप में हरि विपिन का समर्थन करता हुआ-सा बोला, "लो! अच्छा लो! दादा कह रहे हैं, तो बढ़ा ही देते हैं। दादा को नरेन्द्र से कुछ तो बढ़कर होना ही चाहिए।"

उसने दंड के दोनों ओर एक-एक सेर का भार बढ़ा दिया और बोला, "उठाओ।"

विपिन ने दंड पकड़कर बिना अच्छी प्रकार तौले हुए, एक ही झटके में उसे उठाने का प्रयत्न किया, ताकि सिद्ध हो सके कि इतना भार तो वह खेल-खेल में, सहज ही उठा सकता है।···किंतु

दंड उठा नहीं।

विपिन की खीझ रोष में बदल गई और उसने कुछ और अधिक वेग से दंड को उठाने का प्रयत्न किया।...दंड तो कुछ दूर तक उठ आया, किंतु उसको सँभालने के प्रयत्न में विपिन स्वयं ही लड़खड़ाकर गिर पड़ा।

"दादा! भार कम कर लो।" नरेन्द्र सहायता के लिए निकट आया।

विपिन के चेहरे पर पीड़ा के भाव उभरे। उसने अपने दाएँ हाथ से बायाँ कंधा थाम रखा था और अपनी पीड़ा सहने का प्रयत्न कर रहा था।

"कहीं चोट तो नहीं आ गई!" नरेन्द्र ने चिंतित स्वर में पूछा।

"नहीं! चोट तो नहीं लगी, पर लगता है कि झटका आ गया है।" विपिन ने रुककर उसे देखा, "अच्छा! मैं चलता हूँ। मैं आज और व्यायाम नहीं करूँगा।"

नरेन्द्र तथा उसके साथियों ने भी उसके पश्चात् अधिक देर तक व्यायाम नहीं किया। नरेन्द्र के मन में कहीं यह आशा थी कि शायद विपिन लौटकर आए, किंतु वह फिर नहीं लौटा।

रात को ही नरेन्द्र को मालूम हो गया कि विपिन को साधारण चोट नहीं आई थी। उसे डॉक्टर के पास जाना पड़ा था और शायद उसकी हड्डी भी टूट गई थी। नरेन्द्र अपनी जगह बैठा यह सोचता रहा कि विपिन तो शायद इस दुर्घटना के लिए उसे दोषी न ठहराए; किंतु काकू अवश्य ही उससे रुष्ट होंगे। कई बार उसके मन में आया कि वह विपिन को देख आए; किंतु फिर वहाँ काकू का साक्षात्कार होने की स्थिति को बचाने के लिए उसने जाना उचित नहीं समझा।...वह अवसर देखकर इधर-उधर कहीं विपिन से मिल लेगा।

प्रातः बहुत जल्दी ही काकू उसके बाबा से मिलने आए। नरेन्द्र उन्हें देखते ही आशंकित हो उठा : क्या वे कल की घटना के विषय में ही बाबा से बात करने के लिए आए हैं?...

वह उनके पास नहीं फटका। उनके निकट जाकर क्यों उन्हें भड़कने का अवसर दिया जाए?...किंतु काकू को विदा कर बाबा ने उसे बुला लिया। नरेन्द्र समझ गया कि वस्तुतः कल की ही घटना के विषय में उसको बुलाहट हुई है।...पर बाबा उसे न तो क्रोध में दिखाई दिए, न ही उन्होंने उसे डाँटा।...उन्होंने शांत मन से केवल इतना पूछा कि कल क्या हुआ था?

नरेन्द्र ने उन्हें सारी घटना विस्तार से सुना दी।

"सच बोल रहे हो?" बाबा ने पूछा।

नरेन्द्र का मन क्षुब्ध हो उठा, "मिथ्या भाषण का कोई कारण है बाबा?"

विश्वनाथ उसकी मनःस्थिति समझ गए। बोले, "नहीं! मैं तुम पर कोई आरोप नहीं लगा रहा। मैं तो केवल जानना चाह रहा था कि क्या सचमुच तुम उसके बाद की घटना के विषय में नहीं जानते!"

"उसके बाद की घटना!" नरेन्द्र बोला, "उसके पश्चात् रात हो गई थी और सब लोग सो गए थे।"

विश्वनाथ मुस्कराए, "विपिन की हड्डी टूट गई है। तुम्हारे बाबा का विचार है कि यह सब तुम्हारे ही कारण हुआ है। तुम सदा ही कोई-न-कोई उत्पात करते रहते हो। यदि तुम यह सब बंद नहीं करोगे तो इस घर के सारे लड़कों की हड्डियाँ टूट जाएँगी। उनका विचार है कि तुम स्वेच्छा से यह सब बंद कर दो। यदि तुमने यह ऊधम बंद नहीं किया तो वे तुम्हें यह सब करने नहीं देंगे।"

नरेन्द्र ने आहत दृष्टि से अपने पिता को देखा, "क्या वे हमारी सारी गतिविधियाँ बंद कर देना चाहते हैं?"

"वे इसे तुम्हारी ऊधम-लीला कहते हैं।" विश्वनाथ हँसे, "उन्होंने जैसे तुम्हारी नाट्य-मंडली का मंच तोड़ा था, वैसे ही वे तुम्हारी व्यायामशाला भी भंग कर देंगे।"

"किंतु यह उचित नहीं है बाबा!" नरेन्द्र बोला, "मैंने आपको सत्य बता दिया है कि हम सबके रोकने के बावजूद विपिन दादा ने हठपूर्वक इतना अधिक भार उठाया था। अब कल यदि विपिन दादा दो तल्ले से कूद पड़ेंगे तो काकू क्या यह भवन तुड़वा देंगे?"

"मैं यह सब जानता हूँ नरेन्द्र!" विश्वनाथ बोले, "किंतु इस समय वे आवेश में हैं। उन्हें समझाया नहीं जा सकता। उन्हें समझाने से वे और भी हठ पकड़ेंगे।"

"किंतु अनुचित को तो रोका ही जाना चाहिए बाबा!"

विश्वनाथ पुनः मुस्कराए, "अनुचित को रोकने का मेरे पास एक ही साधन है—वाणी और तर्क। इस समय तुम्हारे काका पर इन दोनों का ही कोई प्रभाव नहीं पड़ेगा।"

"तो उन्हें बलात् रोका जाना चाहिए।" नरेन्द्र ने मन की बात कह दी।

"नहीं," विश्वनाथ बोले, "यदि वे हम पर बल का प्रयोग करें, तो भी उन्हें बल से नहीं रोका जाना चाहिए। इससे परिवार में कलह बढ़ेगी। तुम लड़ते हुए अपने दो मित्रों के बीच इसलिए आ जाते हो कि उनका झगड़ा समाप्त हो जाए और अब तुम यह चाहते हो कि तुम्हारे पिता और काका उसी प्रकार लड़ें, जैसे तुम्हारे मित्र लड़ते हैं।"

"नहीं! मैं यह नहीं चाहता; किंतु अनुचित को किसी प्रकार तो रोका ही जाना चाहिए। कोई तो मार्ग होगा बाबा।"

"मेरी समझ में तो एक ही मार्ग है पुत्र! और वह है उदारता। दूसरों की भूलों को क्षमा कर देना चाहिए, क्योंकि उन भूलों के पीछे भी उनकी कोई-न-कोई कुंठा होती है।" विश्वनाथ बोले, "मैं जानता हूँ कि वे ठीक ढंग से सोच नहीं पा रहे हैं; किंतु इस समय शांत रह जाना ही उचित है। कुछ दिनों में उनकी उग्रता शांत होगी और वे भूल जाएँगे कि उन्होंने व्यायामशाला पर आपत्ति की थी। तब तुम लोग अपनी गतिविधियाँ फिर से आरंभ कर लेना।"

नरेन्द्र समझ रहा था कि बाबा ठीक ही कह रहे हैं। वे अनुभवी थे, बड़े थे, उदार थे और बुद्धिमान थे···किंतु वह किसी भी प्रकार यह समझ नहीं पा रहा था कि उसे अपनी गतिविधियाँ बंद करने के लिए क्यों कहा जा रहा है। उसने तो न विपिन से व्यायाम करने के लिए कहा था और न उतना अधिक भार उठाने के लिए, फिर उसकी भूल का दंड नरेन्द्र को क्यों दिया जा रहा था। यदि विपिन भार उठा नहीं सकता या उठाना नहीं जानता, तो उसे सिखाया जाना चाहिए, उसे अभ्यास कराया जाना चाहिए या नरेन्द्र की व्यायामशाला बंद करवा दी जानी चाहिए? वह झल्लाकर पूछना चाहता था कि परिवार के बड़ों का यह कौन-सा तर्क है? कौन-सा न्याय है? नरेन्द्र का यह दमन क्या विपिन की हड्डी जोड़ देगा या नरेन्द्र को अभ्यास से रोककर अक्षम बनाए रखने पर विपिन की भारोत्तोलन क्षमता बढ़ जाएगी? काका अपने परिवार के बच्चों का विकास क्यों नहीं देखना चाहते? वे अपने अहंकार को छोड़कर, क्यों सत्य को देख नहीं सकते?

किंतु वह कर ही क्या सकता था। उसके मन का वेग उसे प्रेरित कर रहा था कि काका की इच्छा की परवाह किए बिना उसे अपनी व्यायामशाला चलाए रखनी चाहिए और उसका विवेक कह रहा था कि बाबा का निर्णय ही उचित है। परिवार में कलह को बढ़ाने का कोई लाभ नहीं

है। उसे ही अपना दमन करना चाहिए। उसे प्रतीक्षा करनी चाहिए···

अनायास ही नरेन्द्र घर के उस खंड की ओर चल पड़ा, जहाँ व्यायामशाला थी। वह अब व्यायाम तो शायद नहीं कर सकेगा; किंतु उन उपकरणों की देखभाल तो करनी ही होगी, जिन्हें मूल्य देकर खरीदा गया था।

वहाँ पहुँचकर नरेन्द्र चकित खड़ा रह गया···काका ने व्यायामशाला बंद करवाने की धमकी ही नहीं दी थी, वे तो उसका ध्वंस कर चुके थे। बहुत संभव है कि व्यायामशाला को ध्वस्त करके ही पिताजी के पास आए हों।···कुछ उपकरण टूटे पड़े थे, जैसे उन्हें बलपूर्वक उठाकर पटका गया हो, कुछ केवल बिखेर दिए गए थे और कुछ उपकरण वहाँ थे ही नहीं।···

नरेन्द्र अपने कमरे में लौट आया।···अब तक उसका विवेक उसे यह समझा रहा था कि उसे बाबा की इच्छा के अनुसार शांत रहना चाहिए, ताकि परिवार में बड़ों की अवमानना न हो या परस्पर वैर-विरोध न बढ़े; किंतु अब उसके मन में यह बहुत स्पष्ट हो गया था कि उसे शांत नहीं रहना चाहिए, निष्क्रिय नहीं होना चाहिए। नाट्य-मंडली के ध्वंस के पश्चात् वह शांत रहा था, तो क्या काका ने अपना दृष्टिकोण बदल लिया? नहीं!···अपना अधिकार स्थापित करने का उनका मोह ही बढ़ा है।···नरेन्द्र अपने बाबा की इच्छा का विरोध नहीं करेगा; किंतु वह अपनी गतिविधि भी बंद नहीं करेगा। यदि इस घर में काका का इतना ही आधिपत्य है कि उनकी इच्छा के बिना एक पत्ता भी नहीं हिल सकता, चाहे उनकी इच्छा अनुचित ही क्यों न हो, तो वह उनके अधिकार-क्षेत्र से बाहर निकल जाएगा। वह अपनी गतिविधि को ऐसे स्थान पर ले जाएगा, जहाँ अपना अधिकार जताने में काका का अहंकार भी संकोच कर जाए।···

20

नरेन्द्र अपने मित्रों के साथ अपने पड़ोसी नवगोपाल मित्र के घर आया और उनके कपाट खटखटाए। घर के भीतर से एक बच्चा प्रकट हुआ और उनके सम्मुख खड़ा हो गया। नरेन्द्र समझ नहीं पाया कि वह बच्चा भीतर से यह पूछने के लिए भेजा गया है कि आगंतुकों को क्या काम है अथवा अपनी उत्सुकतावश आकर यह देखने के लिए खड़ा हो गया है कि कौन लोग आए हैं।

"नवगोपाल दादा घर पर हैं?" नरेन्द्र ने पूछा।

बच्चे ने कोई उत्तर नहीं दिया। पीछे की ओर मुँह फेरकर वह चिल्लाया, "बाबा! आपसे मिलने कोई आया है।"

उसके उत्तर में भीतर से किसी पुरुष ने कहा, "बैठक में बैठाओ।"

बच्चा उन्हें भीतर ले आया। उसने अत्यंत आज्ञाकारी पुत्र के रूप में पिता के आदेश का पूरा-पूरा पालन किया। उन्हें बैठक में बैठाकर वह घर के भीतर चला गया।

नवगोपाल मित्र कुर्ते के बटन बंद करते हुए आए और लड़कों के नमस्कार के उत्तर में मुस्कराकर बोले, "बोलो नरेन! क्या बात है? आज इधर कैसे?"

"दादा! हम लोग आपकी व्यायामशाला में सम्मिलित होना चाहते हैं।" नरेन्द्र बोला।

नवगोपाल मित्र हँसे, "मैंने तो सुना है कि तुमने अपने घर में ही व्यायामशाला स्थापित की है।"

उत्तर में नरेन्द्र भी किंचित् हँसा, "की तो थी; किंतु हमारे काकू का ताण्डव उसे लील गया।"

"तुम्हारी व्यायामशाला अल्पायु सिद्ध हुई।" नवगोपाल हँसे, "मेरा विचार है कि तुम्हारे काकू को यह पसंद ही नहीं है कि तुम लोग घर के भीतर कोई गतिविधि चलाओ।" उन्होंने रुककर नरेन्द्र को देखा, "तो ठीक है, तुम लोग मेरी व्यायामशाला में आ जाओ। वह तो है ही इसलिए कि लड़के व्यायाम करें और शरीर को दृढ़ बनाएँ; पर···" उन्होंने अपना वाक्य अधूरा छोड़ दिया। लड़कों को उत्सुकतापूर्वक अपनी ओर देखते पाकर, पुनः बोले, "हमारी व्यायामशाला में कुछ बड़ी अवस्था के लड़के हैं। तुम लोग अभी छोटे हो, तुम्हें कोई असुविधा तो नहीं होगी?"

"नहीं, इसमें असुविधा क्या है।" नरेन्द्र ने कहा और अपने मित्रों की ओर देखा कि वे लोग उससे सहमत हैं या नहीं। उसने अपनी बात पूरी कर दी, "वे अपना व्यायाम करेंगे, हम अपना।"

"वह तो ठीक है, किंतु साथ-साथ व्यायाम करने से कभी स्पर्धा होती है, कभी तुलना। कभी विरोध भी जागता है, कभी सहायता भी मिलती है।" नवगोपाल मित्र ने उत्तर दिया।

"हमें उससे तनिक भी असुविधा नहीं है।" नरेन्द्र ने कहा और पुनः अपने मित्रों की ओर देखा।

उसके मित्रों ने सहमति में सिर हिला दिया।

नवगोपाल मित्र की व्यायामशाला में आकर नरेन्द्र को लगा कि उसके काका ने उसकी व्यायामशाला ध्वस्त करके एक प्रकार से उसका हित ही किया है। उसकी अपनी व्यायामशाला छोटी और सीमित थी, प्रशिक्षक कोई था नहीं, उपकरण इतने कम थे कि उससे बँधे रहकर नरेन्द्र यह कल्पना भी नहीं कर सकता था कि व्यायामशाला में कितना विस्तार और वैविध्य हो सकता है। अपनी व्यायामशाला में नरेन्द्र के सम्मुख कोई चुनौती भी नहीं थी। वहाँ तो वह एकछत्र सम्राट् था, जिसको उन्नति करने की कोई आवश्यकता ही नहीं थी।

यहाँ नरेन्द्र ने मुक्केबाजी का अभ्यास भी आरंभ कर दिया था।···कई बार उसके मन में यह प्रश्न भी उठा कि वह यह व्यायाम क्यों कर रहा है? वह मुक्केबाजी क्यों सीख रहा है? क्या वह किसी से लड़ना चाहता है? क्या वह अन्य लोगों से, अपने शारीरिक बल के आधार पर, अपनी बात मनवाना चाहता है?···वह जानता था कि किसी के साथ झगड़ा कर किसी को चोट पहुँचाने अथवा शारीरिक बल की सहायता से किसी को वंचित करने की कोई इच्छा उसके मन के किसी कोने में नहीं थी। वह अपने शैशव से ही किन्हीं दो लोगों को लड़ते हुए नहीं देख सकता था। उसकी इच्छा होती थी किसी भी प्रकार यह लड़ाई रोक दे···तो वह अपने शरीर को पुष्ट बनाकर क्या करेगा?···श्रम तो आवश्यक है—उसने अपने आपको समझाया—अन्यथा व्यक्ति रोगी हो जाता है···पर वह समझ रहा था कि यह सब स्वयं को बहकाने के बहाने थे। वास्तविकता यह नहीं थी। वह अच्छी तरह जानता था कि श्रम और कठोर व्यायाम में अंतर है। वह जो कुछ कर रहा था वह मात्र श्रम नहीं था···तो कदाचित् वह आत्मरक्षा के लिए स्वयं को तैयार कर रहा था···पर किससे रक्षा करनी थी उसे अपनी? कौन उसे पीटने जा रहा है? क्या उसे लगता है कि उसके कुछ ऐसे शत्रु हैं जिनसे उसे अपनी रक्षा करनी है? यदि वह किसी का शत्रु नहीं होगा तो कोई उससे शत्रुता क्यों निभाएगा?···

किंतु इस सारे ऊहापोह ने भी उसके व्यायाम में कोई अंतराल उपस्थित नहीं किया। विकास हमारा धर्म है···नरेन्द्र ने सोचा,···जैसे मैं अपने मानसिक विकास के लिए अध्ययन तथा अन्य प्रकार

के मानसिक व्यायाम करता हूँ, वैसे ही शरीर के विकास के लिए भी मैं यह व्यायाम कर रहा हूँ और फिर यदि शरीर है तो उसे नीरोग भी होना चाहिए, बलिष्ठ भी और सुंदर भी। रोगी, दुर्बल अथवा कुरूप शरीर लेकर क्यों जिया जाए? जीवन को उसके उच्चतम धरातल पर जीना चाहिए—निम्नतर धरातलों पर नहीं···नरेन्द्र ने किसी भी क्षेत्र में अपनी दृष्टि नीची नहीं रखी। वह ऊपर देखता है तो आकाश तक देखता है। वह ज्ञान प्राप्त करता है तो संपूर्ण ज्ञान की ओर बढ़ता है—उसी प्रकार शरीर को भी उसके चरम विकसित रूप तक पहुँचाने का प्रयत्न करना चाहिए···

रात के भोजन के पश्चात् नरेन्द्र को उसके छोटे भाई-बहनों ने घेर लिया। उन सबके अलग-अलग अनुरोध थे···कोई चाहता था कि वह अपनी हस्तमुद्राओं से चमगादड़ बनाकर दिखाए, कोई हरिण की आकृति देखना चाहता था और कोई कुत्ते से ही संतुष्ट हो जाता।

नरेन्द्र ने उन सबको एक कमरे में एकत्र किया और एक लालटेन ले आया। उसने प्रकाश के सामने अपने हाथों की विभिन्न मुद्राओं से दीवार पर अनेक प्रकार की आकृतियाँ बनानी आरंभ कीं। पिछले दिनों वह इस कला का भी बहुत अभ्यास करता रहा था।

उसने पहले तो अनेक पशु-पक्षी बनाए और फिर देवी-देवताओं की आकृतियाँ बनाने लगा···यह सरस्वती, यह लक्ष्मी, यह विष्णु, यह कृष्ण, यह शिव···

बच्चे उसके पीछे पड़ गए कि उन आकृतियों में कोई विशेष अंतर नहीं था। वह एक ही आकृति को एक बार विष्णु और दूसरी बार कृष्ण कह देता था···

"अरे, बुद्धुओ! विष्णु और कृष्ण तो हैं ही एक।" वह बोला, "उन दोनों में क्या अंतर होगा?"

"क्यों? विष्णु के हाथ में सुदर्शन और कृष्ण के हाथ में बाँसुरी हो सकती है।" महेन्द्र ने कहा।

नरेन्द्र ने मुस्कराकर उसे देखा, "बहुत चतुर हो गया है तू। क्या कृष्ण के हाथ में सुदर्शन नहीं होता?"

"होता तो है, किंतु विष्णु के हाथ में मुरली नहीं होती।" महेन्द्र ने उत्तर दिया।

"अच्छा, छोड़ो इसको।" नरेन्द्र ने कहा, "तुम लोगों को एक कहानी सुनाता हूँ।"

"हाँ···हाँ कहानी।" सारे बच्चे चिल्लाए, "पर कौन-सी कहानी?"

"कृष्ण की कहानी।" नरेन्द्र बोला।

"पर कृष्ण की कहानी तो बहुत लंबी है।" किरण ने कहा, "मुझे तो तब तक नींद आ जाएगी।"

"नहीं, पूरी जीवन-गाथा नहीं सुना रहा। एक अच्छा-सा प्रसंग सुना रहा हूँ।" नरेन्द्र ने कहा, "चुपचाप सुनना।"

नरेन्द्र ने खखारकर बड़े समारोह से कथा आरंभ की, "अब मथुरावासी क्या करें और कृष्ण-बलराम भी क्या करें? एक ओर से जरासंध की सेना चढ़ी आ रही है और दूसरी ओर से कालयवन की। दोनों ही सेनाएँ बहुत बड़ी और शक्तिशाली थीं। उनमें भयंकर योद्धा थे। योद्धा क्या थे, पूरे राक्षस थे। उन्हें हत्या और लूटपाट में सुख मिलता था।···कृष्ण ने सोचा कि वैसे तो क्षत्रियों का धर्म है—युद्ध। युद्ध से पीछे हटना, किसी क्षत्रिय को शोभा नहीं देता, परंतु यह भी कोई युद्ध हुआ जहाँ इतनी बड़ी-बड़ी दो सेनाएँ आकर मथुरा नगरी को पीस डालें? और ये दुष्ट तो युद्ध में लड़ने वाले सैनिकों को ही नहीं मारेंगे, ये तो घर-घर में घुसकर स्त्रियों तथा बच्चों का

भी वध करेंगे। घरों में आग लगा देंगे। वृद्धों तथा बिस्तर पर पड़े रोगियों का वध करेंगे। इन दुष्टों से क्षत्रियों की मर्यादा के भीतर रहकर नहीं लड़ा जा सकता। इनसे तो किसी और ही भाँति निबटना होगा। तभी कृष्ण ने कुशस्थली में द्वारका का निर्माण करवाया और प्रत्येक मथुरावासी को लेकर द्वारका की ओर चले। किंतु, पीछे से कालयवन की सेना आ पहुँची और यादव अभी मार्ग में ही थे। तो क्या करें? कृष्ण ने एक उपाय सोचा। वे जान-बूझकर कालयवन के सामने से होकर निकले। कालयवन उनके पीछे भागा। वे उसे दौड़ाते गए। वह उनके पीछे भागता गया। वे उसे बहका-छकाकर ले गए मुचकुंद की गुफा में…"

"मुचकुंद क्या दादा?" हाबू ने पूछा।

"मुचकुंद एक राजा था, जो तपस्या करने के पश्चात् विश्राम करने के लिए उन गुफाओं में गहरी नींद सो रहा था।" नरेन्द्र बोला, "उसको यह वरदान प्राप्त था कि जो कोई उसकी नींद में विघ्न डाल उसे जगा देगा, उस पर मुचकुंद की दृष्टि पड़ते ही वह व्यक्ति जलकर भस्म हो जाएगा।…तो कृष्ण कालयवन को बहकाकर उसी गुफा में ले गए, जिसमें मुचकुंद सो रहा था। कृष्ण तो यह सब जानते थे, इसलिए भीतर घुसकर एक ओर छिपकर खड़े हो गए। उनके पश्चात् आया कालयवन। वह क्रोध में था और अज्ञानी था। उसने देखा कि एक व्यक्ति चादर ओढ़े सो रहा है। उसने समझा कि यह कृष्ण ही है, जिसने या तो कालयवन को धोखा देने के लिए यह रूप बना लिया है, या सचमुच वह इतना थक गया है कि यहाँ छिपकर सो गया है। उसने मुचकुंद की चादर खींच ली और अपने पैरों से उसे ठोकर मारी। मुचकुंद की नींद टूट गई। उसने आँखें खोलकर कालयवन को देखा और उसकी दृष्टि पड़ते ही कालयवन जलकर भस्म हो गया। इस प्रकार बुद्धि का प्रयोग कर कृष्ण ने अपने एक भयंकर और शक्तिशाली शत्रु को नष्ट कर दिया और मथुरावासी यादवों की रक्षा की। कहानी खत्म।"

"एक कहानी और दादा, एक कहानी और!" तामू ने कहा।

"तू तो बहुत लोभी हो गया है रे!" नरेन्द्र बोला, "एक कहानी से तुझे संतोष नहीं होता?"

"बस, दादा, एक और!"

"अच्छा! एक और सुनाता हूँ, किंतु फिर और हठ नहीं करना।" नरेन्द्र बोला।

"नहीं, और नहीं। बस एक।"

"अच्छा, सुनो!" नरेन्द्र ने कहानी आरंभ की, "एक बागड़ी स्त्री के पास एक बकरी थी। एक दुष्ट व्यक्ति ने उसकी बकरी चुरा ली और उसका मांस खा गया। उसने उस स्त्री को समझा दिया कि उसकी बकरी का अमुक गाँव में काजी के रूप में पुनर्जन्म हुआ है। वह स्त्री उस दुष्ट व्यक्ति द्वारा बताए हुए गाँव में पहुँची और वहाँ उसने काजी को कचहरी लगाए हुए देखा। काजी का रंग काला था और उसकी बकरी जैसी दाढ़ी थी। स्त्री को विश्वास हो गया कि यह काजी ही उसकी बकरी है। उसने अपनी रस्सी उसकी ओर बढ़ाई और बोली, 'अर्र-र, अर्रर हिली…आओ।' काजी इस व्यवहार से बहुत रुष्ट हुआ। स्त्री को बंदी बना लिया गया। उससे उसके इस व्यवहार का कारण पूछा गया। स्त्री ने सारी घटना सुना दी। काजी समझ गया कि उस दुष्ट व्यक्ति ने इस स्त्री को धोखा दिया है। काजी ने उस व्यक्ति को पकड़ मँगवाया और उसे दंड दिया।"

बच्चे विस्मय और प्रशंसा की दृष्टि से नरेन्द्र की ओर देख रहे थे। कितनी कहानियाँ याद हैं उसे। रोज ही वह कोई न कोई नई कहानी उन्हें सुनाता है।

"दादा! आपने इतनी सारी कहानियाँ कहाँ से सीखीं?" जोगेन्द्र बाला ने पूछा।

नरेन्द्र मुस्कराया, "माँ से, नानी से और पुस्तकों से। तुम भी पढ़ो तो तुम्हें भी बहुत सारी कहानियाँ आ जाएँगी।"

व्यायामशाला से लौटते हुए नरेन्द्र को कुछ अन्यमनस्क देखकर हरि ने पूछा, "क्या बात है नरेन्द्र! आज इतने शिथिल क्यों हो?"

"शिथिल!" नरेन्द्र ने जैसे स्वयं को किसी निद्रा से जगाया, "नहीं! शिथिल नहीं हूँ। बस, चिंतन की प्रक्रिया में हूँ।"

"विषय क्या है?"

"बात यह है हरि! कि मुझे लगने लगा है, जैसे हमारे घर की व्यायामशाला एक छोटा कुआँ थी, वैसे ही नवगोपाल दादा की व्यायामशाला एक बड़ा कुआँ है।" नरेन्द्र बोला, "और मैं कुएँ का मेढक नहीं बनना चाहता, चाहे वह कुआँ कितना ही बड़ा क्यों न हो।…"

"तो क्या बनना चाहते हो तुम?" हरि ने पूछा।

"मैं महासागरों का महामत्स्य बनना चाहता हूँ।" नरेन्द्र बोला, "यदि ऊपर चढ़ने का तनिक भी अवकाश और हो, तो मैं रुक नहीं सकता, ठहर नहीं सकता, संतुष्ट नहीं हो सकता…"

"तो क्या चाहते हो तुम?"

"सोचता हूँ कि मुहर्रम में जो लड़के लाठी भाँजते हैं, उनके उस्ताद से मिलकर मैं भी लाठी चलाना सीखूँ।…"

"क्यों?" हरि चकित होकर बोला, "व्यायामशाला में सीख तो रहे हो लाठी चलाना! और हम सबसे अच्छी भी चला लेते हो।…फिर कहीं और जाने की क्या आवश्यकता है?"

"कह तो रहा हूँ कि इतने से संतुष्ट नहीं हूँ। मैं जानता हूँ कि इस कला की श्रेष्ठता को मैं यहाँ नहीं पा सकूँगा।" नरेन्द्र बोला, "तुम जानते हो हरि! इन दिनों मेरे भीतर जैसी कभी न संतुष्ट होने वाली भूख जाग उठी है। मैं संसार की प्रत्येक कला को सीख लेना चाहता हूँ और वह भी कामचलाऊ स्तर तक नहीं, उसकी उच्चतम दक्षता-प्राप्ति तक। मैंने इन दिनों तैरना, नाव चलाना, गाना तो सीखा ही है, मैं माँ से खाना पकाना भी सीख रहा हूँ।"

हरि की आँखें आश्चर्य से फैल गईं, "इतना सब कुछ! पर क्यों? कोई विशेष कारण?"

नरेन्द्र हँसा, "विशेष कारण क्या होगा। अपने विकास की इच्छा और अपनी व्याकुल ऊर्जा के लिए भोजन।"

"पता नहीं तुम मनुष्य हो या भूत।" हरि बोला, "तुम्हारी क्षमताओं को तो समझना ही कठिन है।…"

नवगोपाल मित्र की व्यायामशाला की ओर से मुहल्ले में एक मेला लगा था। मेले में व्यायामशाला के लड़के तो अपने करतब दिखा ही रहे थे, मुहल्ले की लड़कियों को भी उसमें सम्मिलित कर लेने के लिए सिलाई-कढ़ाई की एक प्रतियोगिता रखी गई थी। सारा मुहल्ला किसी-न-किसी रूप में उसमें सम्मिलित हो रहा था। हरमोहिनी को कढ़ाई की प्रतियोगिता में एक पुरस्कार दिए जाने की घोषणा हो चुकी थी।

नरेन्द्र के लिए सबसे महत्त्वपूर्ण घटना थी उस मेले में होने वाली मुक्केबाजी की प्रतियोगिता। अनेक जोड़ बनाए गए थे। अपनी-अपनी उम्र तथा भार की दृष्टि से जोड़ तय किए गए थे। एक

के बाद एक जोड़ा आता था और मंच पर घूँसेबाजी का अपना कौशल दिखाता था।

नरेन्द्र जानता था कि आज की यह प्रतियोगिता व्यायामशाला में प्रतिदिन होने वाले अभ्यास तथा स्पर्धा से भिन्न थी। व्यायामशाला की सारी गतिविधि मात्र शिक्षण के लिए थी। किसी को चोट पहुँचाने का कोई प्रयत्न वहाँ नहीं होता था, किंतु यह तो प्रतियोगिता है और प्रतियोगिता का लक्ष्य उसे जीतना ही होता है। उस विजय को प्राप्त करने के लिए अपने प्रतिपक्षी को चोट पहुँचानी पड़ती है।

नरेन्द्र अच्छी तरह जानता था कि वह अपने प्रतिस्पर्धी को चोट पहुँचाना नहीं चाहता। वह उसका शत्रु नहीं है। यदि वह शत्रु हो भी तो नरेन्द्र कभी नहीं चाहेगा कि वह मतभेद रखने वाले अथवा उसे हानि पहुँचाने का प्रयत्न करने वाले व्यक्ति पर शत्रु-भाव से आघात करे। किंतु प्रतियोगिता तो प्रतियोगिता ही है। विपक्षी पर आघात किए बिना वह जीत नहीं सकता···नरेन्द्र एक विचित्र प्रकार के असमंजस का अनुभव कर रहा था। जो कुछ वह पाना चाहता था उसके लिए उसे वह करना पड़ रहा था, जो वह करना नहीं चाहता था।···उसे यह भी ध्यान रखना था कि यदि उसने अपने प्रतिपक्षी पर आघात नहीं किया तो वह नरेन्द्र पर आघात करेगा। आत्मरक्षा के लिए भी उसे अपने प्रतिपक्षी को असमर्थ बनाना ही होगा, और उसका भी एक ही मार्ग है कि वह उस पर आघात करे···

रिंग में उतरकर नरेन्द्र ने अपने प्रतिपक्षी, गणेश पर आघात नहीं किया, वरन् अपने कौशल से आत्मरक्षा का प्रयत्न किया। सोच-समझकर जानते-बूझते किसी को पीड़ा पहुँचाने की वह कल्पना भी नहीं कर सकता था, किंतु गणेश तो प्रतिस्पर्धा जीतने ही आया था। उसके मन में आनृशंसता का सिद्धांत नहीं था।···देखते ही देखते उसने नरेन्द्र पर दो-तीन प्रहार कर दिए थे।

नरेन्द्र के जबड़े में दर्द हो रहा था, सिर भन्ना रहा था···पहली बार उसके मन में आया कि कुश्ती इससे कहीं अच्छी क्रीड़ा है। उसमें व्यक्ति आत्मरक्षा भी कर सकता है और विपक्षी को शारीरिक क्षति पहुँचाए बिना प्रतियोगिता जीत भी सकता है। दंगल जीतने के लिए अपने प्रतिपक्षी की हड्डियाँ तोड़ना तनिक भी आवश्यक नहीं है; किंतु मुक्केबाजी में यदि अपना रक्त बहने से बचाना है, तो प्रतिपक्षी का रक्त बहाना ही होगा।

नरेन्द्र के हाथ कुछ तेजी से चले। गणेश उसके आक्रमण से हतप्रभ रह गया। अपनी आरंभिक सफलता के कारण गणेश ने स्वयं को उससे कहीं श्रेष्ठतर घूँसेबाज मान लिया था। उसने यह कल्पना भी नहीं की थी कि नरेन्द्र उस पर आघात कर भी पाएगा, और यदि आघात करेगा तो वह इतना प्रहारक होगा।···

नरेन्द्र केवल एक ही बात सोच रहा था कि किस प्रकार वह अपने प्रतिस्पर्धी को कम-से-कम क्षति पहुँचाकर पराजित कर सकता है।···उसका नाक-मुँह तोड़कर उसे आहत स्थिति में भूमि पर गिरा देना तनिक भी कठिन नहीं था; किंतु उसमें कोई कौशल भी तो नहीं था। कौशल तो इसी में था कि उसके शरीर को कम-से-कम क्षति पहुँचे और वह पराजित भी हो जाए···क्रीड़ा, क्रीड़ा ही रहे···लड़ाई न बन जाए···

गणेश को लगा कि नरेन्द्र फिर से शिथिल हो गया है। उसका आत्मबल बढ़ा, किंतु साथ-ही-साथ नरेन्द्र के प्रति उसका द्वेष भी चरम स्थिति को पहुँच गया था। नरेन्द्र ने उसे पीट दिया था। उसका प्रतिशोध लिए बिना वह नहीं छोड़ेगा। उसे वह ऐसा मजा चखाएगा कि भविष्य में नरेन्द्र का रिंग में उतरने का कभी साहस ही न हो।···गणेश का क्रोध बढ़ता जा रहा था। उसका मस्तिष्क युक्ति

और चिंतन छोड़ चुका था। वह अपने आवेश में नरेन्द्र पर पूरे पशु-बल से टूट पड़ना चाहता था। उसने अवसर पाते ही घूँसों की घनघोर वर्षा आरंभ की।...

नरेन्द्र ने अपने शांत मन से यह सब देखा और गणेश की मनःस्थिति को समझा। एक चतुर खिलाड़ी के रूप में उसने यह भी समझा कि ऐसे ही अवसर पर प्रतिपक्षी को धर-दबोचा जा सकता है, क्योंकि वह अपनी सारी कला और शिक्षा भूलकर, शुद्ध पशु-बल के सहारे लड़ रहा था।...

नरेन्द्र पीछे हटा तो गणेश पूरे वेग से उस पर टूट पड़ा। नरेन्द्र जरा-सा कतराकर उसके वार को बचा गया और गणेश अपनी असावधानी में उसकी ओर इस प्रकार पलटा कि नरेन्द्र अपनी इच्छानुसार जब जहाँ और जैसे चाहता, प्रहार कर सकता था। नरेन्द्र ने घूँसा चलाया और गणेश धराशायी हो गया...

नरेन्द्र की विजय की घोषणा हो गई और वह रिंग से बाहर निकल आया। नवगोपाल मित्र ने उसे अपनी भुजाओं में भर लिया, "अरे, मैं तो तुझे नन्हा-सा नरेन ही समझता रहा। मैं क्या जानता था कि तू इतना दक्ष घूँसेबाज हो गया है। इतनी शांति, सहजता, एकाग्रता और तल्लीनता तो मैंने बड़े-बड़े घूँसेबाजों में भी नहीं देखी। मैं तुझे आशीर्वाद देता हूँ कि यदि तू अभ्यास करता रहा तो एक दिन इस देश का सबसे बड़ा घूँसेबाज बनेगा।"

नरेन्द्र प्रसन्न था कि उसने यह प्रतियोगिता जीत ली है। यह उसकी पहली प्रतियोगिता थी।...किंतु मन-ही-मन वह एक विचित्र अवसाद का अनुभव भी कर रहा था। उसका मन हो रहा था कि वह अपना पुरस्कार ले जाकर गणेश के हाथों में थमा दे और कहे, 'यह पुरस्कार तुम ले लो गणेश! मैं तो स्पर्धा की भावना से केवल एक खेल खेलना चाहता था, तुम्हें चोट पहुँचाना मेरा लक्ष्य कभी नहीं रहा...' किंतु न तो उसका अपना मन, माता-पिता को अपना पुरस्कार दिखाए बिना उससे विलग होना चाहता था और न ही गणेश की आँखों का वह जलता हुआ भाव उसे इस ओर अग्रसर होने दे रहा था... नरेन्द्र मन मसोसकर रह गया। प्रतियोगिता के पश्चात् वह गणेश से किसी प्रकार आत्मीयतापूर्वक गले मिल लेना चाहता था, किंतु वह भी संभव नहीं हो पाया।...

नरेन्द्र ने लाठी भाँजने में भी अच्छी गति प्राप्त कर ली थी। उसने इसे लोगों को पीटने के उपकरण के रूप में नहीं, एक नई कला के रूप में सीखा था। वह जिस कला पर स्वयं मुग्ध होता था, उसकी इच्छा होती थी कि अन्य लोग भी, उसे देखें और उस पर मुग्ध हों।

नवगोपाल मित्र को, नरेन्द्र में अपनी अपेक्षा से भी अधिक चतुर एक खिलाड़ी मिल गया था। उनकी स्थिति उस गुरु की-सी थी जिसे शिष्य को सिखाना कम पड़ता हो और वह सीख अधिक जाता हो। ऐसे में उनकी भी लगातार यह इच्छा रहती थी कि नरेन्द्र को अपने एक अच्छे शिष्य के रूप में स्थान-स्थान पर, लोगों के सामने प्रस्तुत करें। यह तो संभव ही नहीं था कि व्यायामशाला की ओर से कोई प्रदर्शन हो और नरेन्द्र उसमें महत्त्वपूर्ण ढंग से सम्मिलित न हो। और फिर नवगोपाल मित्र की व्यायामशाला में लाठी भाँजने वाले लड़के थे भी कितने!

नरेन्द्र अपने जोड़ के साथ क्षेत्र में उतरा और उसने सदा के समान अपने प्रतिद्वंद्वी की आँखों में हिंस्र भाव देखा। नरेन्द्र के मन में फिर वैसी ही पीड़ा जागी : ये लोग क्रीड़ा को क्रीड़ा ही क्यों नहीं रहने देते? उसमें शत्रुतापूर्ण युद्ध का भाव क्यों ले आते हैं?...उसने आँखें बंद कर ईश्वर का ध्यान किया—'हे प्रभु! मेरे मन को शांत रखना और अपने प्रतिद्वंद्वी के प्रति शत्रु-भाव उत्पन्न न होने देना।'

प्रतिद्वंद्वी ने वार किया। नरेन्द्र ने उसे रोका और पीछे हट गया। प्रतिद्वंद्वी को लगा कि यह तो आरंभ से ही भयभीत और त्रस्त है, न वार कर रहा है, न उस पर छा जाने का प्रयत्न कर रहा है, न आगे बढ़ रहा है, न प्रतिद्वंद्वी को घेरने का प्रयत्न कर रहा है।

प्रतिद्वंद्वी ने धुआँधार आक्रमण आरंभ किया। नरेन्द्र कूदकर एक ओर हटा और उसका प्रतिद्वंद्वी भी समझ नहीं पाया कि वह उसके सामने से हटकर बाईं ओर कैसे पहुँच गया है। अपने अतिरिक्त आत्मविश्वास और स्फूर्ति-प्रदर्शन की इच्छा से प्रतिद्वंद्वी मुड़ा, किंतु उसका पैर फिसल गया और नरेन्द्र की लाठी रोकने के प्रयत्न में वह भूमि पर आ गिरा। उसकी लाठी छिटककर दूर जा पड़ी थी और वह असहाय-सा नरेन्द्र की ओर इस प्रकार देख रहा था, जैसे सिंह के दाँतों में फँसा कोई शिकार उसकी ओर देखता है।...किंतु नरेन्द्र ने प्रहार नहीं किया। प्रहार की कोई आवश्यकता नहीं थी। वह प्रतिस्पर्धा तो जीत ही चुका था।...वह प्रहार करता तो उसका प्रतिद्वंद्वी उसे रोकने के लिए कुछ भी नहीं कर सकता था। ऐसे में सिवाय निरीह हिंसा के और कुछ भी नहीं होता।...

निर्णायक ने नरेन्द्र की विजय की घोषणा कर दी।

सहसा पराजित प्रतिद्वंद्वी उठकर खड़ा हो गया। उसने अपनी लाठी भी उठा ली थी। उसके चेहरे पर प्रतियोगिता में पराजित होने वाले प्रतिद्वंद्वी का सहज स्वीकार नहीं था। वह अपने आक्रोश में चिल्लाया, "यह न्याय नहीं है। नरेन्द्र मुझसे जीता नहीं है। मेरा पाँव न फिसला होता तो यह कभी मुझसे जीत नहीं सकता था।"

निर्णायक ने उसकी ओर क्रोध से देखा, "युद्ध अथवा द्वंद्व-युद्ध में पैर फिसलने या संतुलन बिगड़ने से ही कोई प्रतिद्वंद्वी गिरता है और इस प्रकार तुम्हारे गिरने के पश्चात् यदि मैं प्रतियोगिता रोक नहीं देता, तो उसके एक ही वार से या तो तुम्हारा कपाल फूटता या फिर तुम्हारी भुजा की हड्डी टूटती। पराजित तो तुम हो ही चुके हो। यदि तुम यह चाहते हो कि इसके पश्चात् तुम्हारी शारीरिक क्षति भी हो, तो मैं उसके पक्ष में नहीं हूँ...।"

निर्णायक की बात का प्रतिद्वंद्वी पर कोई प्रभाव नहीं पड़ा। उसके नथुने अब भी क्रोध से फूले हुए थे। आँखों से चिंगारियाँ फूट रही थीं। लगता था और थोड़ी देर यही स्थिति रही तो उसके मुख से झाग गिरने लगेगा।...वह उसी प्रकार आक्रोश-भरे स्वर में चिल्लाया, "यह अन्याय है। मैं इसे अपनी हार नहीं मानता।"

पराजित प्रतिद्वंद्वी के अनेक पक्षधर भीड़ में उठ खड़े हुए थे और उसका पक्ष लेकर निरंतर चिल्ला रहे थे। वे निर्णायक का ही विरोध नहीं कर रहे थे, नरेन्द्र पर निर्णायक के साथ मिलकर विजयी होने का षड्यंत्र करने का लांछन भी लगा रहे थे।...

नरेन्द्र को लगा कि उसकी यह विजय सर्वमान्य नहीं है। शायद दर्शकों की सारी भीड़ ही उसके प्रतिद्वंद्वी के पक्षधरों के साथ मिलकर नारे लगा रही है कि यह अन्याय है, बेईमानी है, चालाकी है। नरेन्द्र को इस प्रकार की लांछित और कलंकित विजय अच्छी नहीं लगी।...वह अच्छी तरह जानता था कि वह किसी भी क्षण अपने इस प्रतिद्वंद्वी को पराजित कर सकता है। उसकी विजय कोई संयोग नहीं थी। यह निश्चित तथ्य था और वह इसे बार-बार प्रमाणित कर सकता था। तो फिर इस प्रकार की संशयात्मक, लांछित और कलंकित विजय को वह क्यों अंगीकार करे...?

"देखिए!" उसने निर्णायक से कहा, "यदि यह माना जा रहा है कि मैं अपनी योग्यता के आधार पर नहीं, मात्र संयोग से जीता हूँ, तो मैं पुनः लड़ने के लिए तैयार हूँ। आप हमारी प्रतियोगिता एक बार फिर से करवा दें।"

"नहीं।" निर्णायक ने उसके प्रस्ताव को एक बार ही निश्चयात्मक ढंग से झटक दिया, "यह संभव नहीं है। ऐसे में तो प्रत्येक हारने वाला कोई न कोई कारण खोज निकालेगा और हमें प्रत्येक जोड़ को बार-बार लड़वाना पड़ेगा। जो निर्णय हो गया, वह हो गया। तुम जाओ। विजय तो विजय ही है, चाहे वह योग्यता के आधार पर हो, चाहे संयोग से हो···।"

नरेन्द्र असमंजस में खड़ा रहा।···वह देख रहा था कि सामान्य दर्शकों के मन में चाहे जो कुछ भी हो; किंतु उसके प्रतिद्वंद्वी के पक्षधरों ने कुछ ऐसा वातावरण तो बना ही दिया था कि यह असंदिग्ध विजय नहीं है। ऐसी विजय से उसे कैसे संतोष हो सकता था।···वह पुनः निर्णायक के पास पहुँचा।

"उस विजय का क्या लाभ, जिसका कोई सम्मान न हो!" वह बोला, "मेरा जोड़ एक बार फिर से हो जाने दीजिए।"

नरेन्द्र ने देखा, निर्णायक की आँखों में उसके लिए कोई सहानुभूति नहीं थी। उसने नरेन्द्र को डपट दिया, "नहीं। इस प्रकार की आपत्तियों का कोई अंत नहीं है। यह नहीं होगा। निर्णायक के निर्णय में हस्तक्षेप करने का अधिकार न पराजित पक्ष को है, न विजयी पक्ष को। तुम जाओ।"

"अच्छा, यदि ऐसी बात है, तो," नरेन्द्र ने अपने मन को अनावृत कर दिया, "फिर मेरी ओर से खुली चुनौती है—सबके लिए। जो चाहे मुझसे लड़ ले। मैं अपने जोड़ पर ही नहीं, सारे लठैतों पर अपनी श्रेष्ठता सिद्ध करूँगा। तब तो माना जाएगा कि मैं संयोग से विजयी नहीं हुआ हूँ।"

निर्णायक स्तब्ध रह गया। उसके मुख से तत्काल शब्द नहीं फूटे। वह नरेन्द्र को ऐसे देखता रहा, जैसे किसी अप्राकृतिक वस्तु को देख रहा हो, और फिर प्रत्यक्ष प्रयत्न करके बोला, " तुम समझ भी रहे हो कि क्या कह रहे हो। यहाँ उपस्थित प्रत्येक छोटे-बड़े को लाठी चलाने की खुली चुनौती का अर्थ है कि प्रत्येक दक्ष लठैत तुम्हारी चुनौती को स्वीकार कर सकता है। जोड़ और बेजोड़, सब तुमसे टक्कर ले सकते हैं। अपना शरीर, आकार और अपनी अवस्था देखो। छोटे मुँह बड़ी बात मत करो, नहीं तो बुरी तरह पिटोगे!" पहली बार उसके स्वर में करुणा जागी, "प्रत्येक लठैत दयालु नहीं होता कि तुम्हें पराजित करके ही छोड़ दे। कई लठैतों को अपने प्रतिद्वंद्वी की हड्डियाँ तोड़ने में भी सुख मिलता है। जाओ, व्यर्थ पिटने का प्रबंध मत करो।"

"नहीं पिटूँगा। अब तो मैं चुनौती दे चुका।" नरेन्द्र की वाणी में संकल्प की खनक थी।

निर्णायक न केवल खीझ उठा, वरन् क्रुद्ध हो उठा, "हाँ! भीष्म पितामह के पश्चात् अब तुम ही तो एक क्षत्रिय पैदा हुए हो।" लगा, वह जैसे नरेन्द्र को दंडित करने के लिए ही क्रोधपूर्वक घोषणा कर रहा है, "सुनिए! सुनिए!! नरेन्द्रनाथ दत्त की खुली चुनौती! जो कोई चाहे—छोटा या बड़ा, नया अथवा मँजा हुआ लाठीबाज—उससे मुकाबला करके देख ले। वह अपनी दक्षता प्रमाणित करेगा।"

दर्शकों की भीड़ पर इस घोषणा का धमाके का-सा प्रभाव हुआ। पहले तो चारों ओर एक स्तब्धता छा गई। पूर्ण सन्नाटा। फिर उस सन्नाटे के वक्ष पर एक हलका अनाश्वस्त भीरु-सा स्वर जन्मा, जैसे बर्फ की शिलाओं की छाती फोड़कर दूब की एक कोंपल फूटी हो। उसके पश्चात् अनेक हलके-तीव्र स्वरों ने उसका साथ दिया, जैसे सहस्रों धाराओं ने मिलकर गंगा का निर्माण किया हो।···गंगा के हहर-निनाद के रूप में चारों ओर प्रतिक्रियाओं का शोर मच गया। कुछ लोग उल्लास से चिल्ला रहे थे और कुछ उत्तेजित होकर उसका विरोध कर रहे थे। यह समझना कठिन था कि

कौन उसके पक्ष में था, कौन उसके विरोध में। कोई उल्लसित होकर इसलिए चिल्ला रहा था कि अब नरेन्द्र अपने विरोधी के हाथों पिटेगा और कोई इसलिए प्रसन्न था कि नरेन्द्र ने अपनी श्रेष्ठता प्रमाणित करने का अवसर पा लिया था। कोई इसलिए इस चुनौती का विरोध कर रहा था कि इससे नरेन्द्र की क्षति हो सकती थी और कोई इसलिए विरोध कर रहा था कि उसे विजयी होने का ऐसा अवसर दिया ही क्यों जा रहा है। पक्ष और विपक्ष गडमड हो चुके थे। चारों ओर केवल कोलाहल-ही-कोलाहल था।

थोड़ी देर तक तो क्षेत्र में कोई नहीं उतरा। कुछ प्रतीक्षा के पश्चात् जब निर्णायक ने ललकारा, "कोई है?" तो भी भीड़ जैसे मूर्तिवत् ही खड़ी रही।

निर्णायक ने नरेन्द्र के पराजित प्रतिद्वंद्वी की ओर देखकर फिर पूछा, "क्यों, लड़ना नहीं है?"

प्रतिद्वंद्वी के पग उल्लासपूर्वक आगे नहीं बढ़े, उलटे उसका चेहरा लटक गया।...उसके चेहरे पर अब वह आक्रामकता नहीं थी, न क्षोभ था, न क्रोध, न उद्दंडता...वह तो भय से पीले पड़े, अपने लिए कोई सुरक्षित आश्रय खोजते बालक का चेहरा था, जो भूल से स्वयं को स्वतंत्र मान, अपनी मनमानी राह चलकर, किसी भयंकर स्थल पर आ पहुँचा हो...

निर्णायक की तीसरी पुकार पर एक व्यक्ति अपनी लाठी समेत, क्षेत्र में उतर आया। कोई भी देख सकता था कि अवस्था में वह नरेन्द्र से कहीं बड़ा था। उसका शरीर नरेन्द्र से दीर्घाकार भी था और बलिष्ठ भी। नरेन्द्र अभी किशोर ही था और वह व्यक्ति पूर्ण युवा था। बड़ी-बड़ी मूँछें, दीर्घाकार शरीर और लाठी के पैंतरे को देखकर निर्णायक भी जैसे सहम गया।...वह नरेन्द्र को दंडित तो करना चाहता था, किंतु कहीं वह दंड आवश्यकता से अधिक कठोर ही न हो जाए...

नरेन्द्र प्रसन्न मन आकर उसके सम्मुख खड़ा हो गया। वह देख रहा था कि दर्शकों में या तो उसके लिए दया का भाव था या फिर घृणा का। वह अनुमान लगा सकता था कि वे लोग इस निष्कर्ष तक पहुँच चुके थे कि वह पराजित ही नहीं, अपमानित और आहत भी होगा, किंतु अपने मन में वह पूर्णतः आश्वस्त था कि वह न तो विचलित होगा, और न तमाशा देखने वाले लोगों की इच्छाओं-आकांक्षाओं से परिचालित...

प्रतियोगिता आरंभ हुई।

प्रतिद्वंद्वी में बल भी था और अनुभव भी। नरेन्द्र जैसा लड़का सामान्यतः उसके सम्मुख टिक नहीं सकता था, किंतु थोड़ी ही देर में स्पष्ट हो गया कि नरेन्द्र में साहस है, उसमें दक्षता है और उसका प्रशिक्षण श्रेष्ठतर है। कठोर प्रशिक्षण और श्रमपूर्ण अभ्यास के सारे लक्षण प्रकट हो रहे थे।...

प्रतियोगिता अपने पूरे वेग पर थी, किंतु एक बार भी नरेन्द्र दुर्बल पड़ता दिखाई नहीं दिया। प्रतिद्वंद्वी का अहम् आहत हुआ और उसका क्रोध बढ़ता चला गया। उसके आघात अधिक-से-अधिक प्रहारक और हिंस्र होते गए। नरेन्द्र अपने बचाव के लिए अपनी लाठी से भी अधिक स्फूर्ति और एकाग्रता से कार्य ले रहा था। उसने अभी तक एक बार भी अपने प्रतिद्वंद्वी को चोट नहीं पहुँचाई थी, किंतु प्रतिद्वंद्वी उसे किसी प्रकार घेर नहीं पा रहा था। प्रतिद्वंद्वी के असमर्थता-बोध से उपजा आक्रोश उसके मुख में आए झाग के रूप में प्रकट हो रहा था। शनैःशनैः अपने वर्धमान क्रोध के हाथों वह ऐसी स्थिति में पहुँच गया था, जहाँ न उसे अपना कौशल स्मरण रह गया था, न दाँव-पेच। वह तो मात्र अपने बल के ही आधार पर नरेन्द्र को धराशायी करना चाह रहा था।

और ऐसे समय में जब प्रतिद्वंद्वी यह भूल ही गया था कि नरेन्द्र भी उस पर प्रहार कर सकता है, सहसा नरेन्द्र ने उसकी लाठी पर जोर का प्रहार किया।...निर्णायक और दर्शक यह देखकर चकित

रह गए कि निमिष-भर में ही प्रतिद्वंद्वी की लाठी के दो खंड हो गए थे।...

दर्शकों की भीड़ जैसे पागल हो गई थी। ऐसा शोर मचा कि किसी की समझ में नहीं आया कि कौन क्या कह रहा है।...नवगोपाल मित्र ने नरेन्द्र को प्यार से अपनी भुजाओं में घेर लिया, "ऐसा लठैत तो मैंने कोई नहीं देखा, जो प्रतिद्वंद्वी को चोट पहुँचाए बिना पराजित कर दे।"

"चोट पहुँचाने की आवश्यकता ही क्या है दादा! यह तो प्रतियोगिता है। कोई युद्ध तो है नहीं।" नरेन्द्र शांत मन से बोला। उसकी वाणी में किसी भी प्रकार की कोई उत्तेजना नहीं थी।

नरेन्द्र के मित्र पिकनिक का कार्यक्रम बना रहे थे। उन्होंने यह तो तय कर लिया था कि वे किस दिन पिकनिक पर जाएँगे, किंतु यह निर्णय करना कठिन हो रहा था कि कहाँ जाएँगे। सहसा पल्टू ने कहा, "मैंने सुना है कि प्रिंस ऑफ वेल्स के भारत आने के अवसर पर अंग्रेजों का एक युद्ध-पोत 'दि सिरापिस' कलकत्ता बंदरगाह में आया हुआ है।"

"सुना तो मैंने भी है।" माणिक ने कहा।

"सुना ही है," नरेन्द्र ने पूछा, "किसी ने देखा तो नहीं है न?"

"देखेंगे तो तब जब तुम दिखाओगे।" मोती ने कहा।

"तो फिर ऐसा करो," नरेन्द्र बोला, "कि पिकनिक छोड़ो और युद्ध-पोत देखने चलो।"

"मैंने तो सुना है कि उसे देखने के लिए किसी गोरे अधिकारी की अनुमति लेनी पड़ती है।" प्रियनाथ ने कहा, "उसके बिना वे लोग किसी को पास फटकने भी नहीं देते।"

"तो फिर कल चलें युद्ध-पोत देखने?" नरेन्द्र ने पूछा।

"चलो।" हेमाली ने कहा, "पर अनुमति कौन लेगा गोरे अधिकारी से?"

"मैं लूँगा।" नरेन्द्र ने पूर्ण आत्मविश्वास के साथ कहा, "इसमें कठिनाई ही क्या है? देखने की ही तो अनुमति लेनी है। हमें कौन-सा उसे खरीदना है।"

"तो फिर हमें ही क्या आपत्ति हो सकती है।"

अगले दिन वे लोग बंदरगाह क्षेत्र में जा पहुँचे। यह तो वहीं जाकर देखा कि अनुमति लेने वालों की लंबी पंक्ति थी और सबके हाथों में एक प्रार्थना-पत्र था। वे लोग समझ गए कि अनुमति के लिए लिखित प्रार्थना-पत्र देना होगा। नरेन्द्र ने जल्दी से प्रार्थना-पत्र तैयार किया और जाकर पंक्ति में खड़ा हो गया। उसके मित्र थोड़ी दूरी पर अलग से खड़े, उसकी प्रतीक्षा कर रहे थे।...अनुमति के लिए एक ही व्यक्ति का पंक्ति में खड़ा होना पर्याप्त था, तो सब लोग पंक्ति में लगकर क्या करते।...किंतु इस प्रकार अलग-अलग चुपचाप खड़े रहना उन्हें बहुत उबाऊ लग रहा था। आशंकित थे कि जो दिन उन्होंने सैर-सपाटे के लिए तय किया था, वह कहीं इस प्रकार ऊब और प्रतीक्षा में ही न बिताना पड़े।...इसी चिंता में वे लोग अधिकांशतः चुपचाप खड़े इधर-उधर ताकते रहे, या शून्य को घूरते रहे। बीच-बीच में उनकी दृष्टि परस्पर टकरा जाती थी और वे लोग झेंपकर मुस्करा देते थे।

पंक्ति में नरेन्द्र के आगे असाधारण रूप से दीर्घाकार एक व्यक्ति खड़ा था। शरीर के आकार के अनुपात में ही उसकी बड़ी-बड़ी मूँछें थीं। वह प्रायः नरेन्द्र की दृष्टि को आगे देखने से रोक लेता था। जैसे मनुष्य न हो चीन की दीवार हो। या फिर नरेन्द्र की अपनी दृष्टि ही जाकर स्वतः उस पर टिक जाती थी। पंक्ति धीरे-धीरे खिसक रही थी और नरेन्द्र को लग रहा था कि हर बार थोड़ा-सा खिसककर या तो वह व्यक्ति नरेन्द्र की ओर देख लेता था अथवा नरेन्द्र की आँखें अकारण

ही उसकी ओर उठ जाती थीं। इतनी-सी देर में ही उसकी आँखें उस व्यक्ति की मूँछों से कम-से-कम सौ बार टकराई होंगी···

पंक्ति धीरे-धीरे खिसककर एक तंग द्वार के पास पहुँची, और नरेन्द्र ने देखा कि द्वार पर मेज-कुर्सी लगाए एक बाबू बैठा था। वह प्रत्येक व्यक्ति का प्रार्थना-पत्र देखता था, व्यक्ति से कुछ प्रश्न पूछता था और फिर उसे आगे बढ़ने की अनुमति दे देता था।

बड़ी-बड़ी मूँछों वाला व्यक्ति नरेन्द्र के आगे से हटा तो नरेन्द्र ने अपना प्रार्थना-पत्र, द्वार रोके बैठे उस बाबू के सम्मुख रख दिया। उसने प्रार्थना-पत्र पढ़ा नहीं, न ही उसे हाथ में लिया। उसने नरेन्द्र को, ऊपर से नीचे तक देखा और पूछा, "क्या चाहिए तुम्हें?"

नरेन्द्र ने भी चकित होकर उसकी ओर देखा : उसने अन्य किसी व्यक्ति से यह प्रश्न तो किया ही नहीं था। वह जानता था कि वहाँ प्रत्येक व्यक्ति युद्ध-पोत देखने की अनुमति लेने ही आया है। तो फिर वह नरेन्द्र से ही ऐसा अटपटा प्रश्न क्यों पूछ रहा था?

"मुझे युद्ध-पोत देखने की अनुमति चाहिए।" प्रश्न को अनावश्यक मानते हुए नरेन्द्र ने कहा।

उस व्यक्ति ने पुनः नरेन्द्र को ऊपर से नीचे तक देखा, जैसे नरेन्द्र को देखना ही उसकी बात का उत्तर रहा हो। अंततः वह बोला, "युद्ध-पोत क्या बच्चों का खिलौना है? भागो यहाँ से। बच्चों के देखने की वस्तु नहीं है युद्ध-पोत। तुम्हारे माता-पिता भी तुम्हें रोकते नहीं। हाँ, कैसे रोकेंगे? उन्होंने कभी कोई युद्ध-पोत देखा हो तब न। सोचा होगा, कोई नई डोंगी आई है। भेज दिया बच्चों को कि जाओ देख आओ। भागो यहाँ से।"

नरेन्द्र स्तब्ध-सा खड़ा उसे देखता रह गया। इस प्रकार के व्यवहार की तो उसने कभी कल्पना ही नहीं की थी।···अवस्था में कम होना क्या इतना ही बड़ा अपराध होता है कि उनके साथ कोई भी चाहे तो दुर्व्यवहार कर सके।···उसके मन में आया कि कुर्सी पर बैठे इस अफसरनुमा चपरासी में पूछे कि क्या उसके बाप-दादा ने इससे पहले कोई युद्ध-पोत देखा था?···किंतु इससे कटुता ही तो बढ़ती। उसने नरेन्द्र को आहत किया था, तो नरेन्द्र भी उसे पीड़ित कर सकता था; किंतु उसका क्या प्रयोजन? प्रतिशोध यदि मात्र प्रतिशोध के लिए था तो वह उसके लिए स्पृहणीय नहीं था। परपीड़न में नरेन्द्र को कोई रुचि नहीं थी।···

वह हाथ में प्रार्थना-पत्र पकड़े सिर झुकाए हुए अपने मित्रों के पास लौट आया।

"अब?" पल्टू ने पूछा।

माणिक जैसे पहले से ही झल्लाया हुआ था, "अब क्या? वापस चलो। जब वे बच्चों को युद्ध-पोत देखने ही नहीं देते तो हम क्या कर सकते हैं। गोरे लोग तो वैसे ही नियमों के बहुत पक्के होते हैं, और यह तो है भी युद्ध-पोत—सेना का पोत।" वह लौट जाने के लिए लगभग चल ही पड़ा था।

"ठहरो जरा।" नरेन्द्र बोला, "कुछ सोचने-समझने तो दो। यह क्या कि ऊँट की तरह मुँह उठाए चले आए और जंगली सूअर की तरह सिर झुकाए लौट गए।"

माणिक का बढ़ा हुआ पग रुक गया, "देखो, तुम मुझे पशु कहकर चिढ़ाओ मत। एक तो इतनी दूर से आए हैं। युद्ध-पोत देख नहीं पा रहे और फिर तुम मुझे ऊँट और सूअर कह रहे हो।"

"मुहावरे को गाली नहीं समझना चाहिए।" नरेन्द्र बोला, "लौटने की शीघ्रता मत मचाओ। मुझे कोई युक्ति सोचने दो। जब इतनी दूर आए हैं, समय लगाया है, ऊर्जा व्यय की है, तो बिना पूरा प्रयत्न किए लौट तो नहीं जाना चाहिए न।"

"युक्ति का क्या अर्थ है?" माणिक अपने खीझे हुए स्वर में बोला "नियमों का उल्लंघन? झूठ? धोखा? या बेईमानी? मुझे इन सबमें कोई रुचि नहीं है।"

"नहीं!" नरेन्द्र साधिकार बोला, "युक्ति का अर्थ है, इस व्यक्ति की अनाधिकार चेष्टा को निष्फल करना। तुम्हें कैसे मालूम है कि अधिकारियों ने ये ही नियम बनाए हैं, जिनका यह व्यक्ति पालन कर रहा है। इसने और किसी को भी नहीं रोका···और फिर अंतिम रूप से अनुमति देने वाला तो गोरा अधिकारी है। यह हमें उस अधिकारी तक पहुँचने देता और वह हमें मना कर देता तो मैं तुम्हारे साथ चुपचाप लौट जाता, पर···।"

"यह गोरा अधिकारी नहीं है तो हम इसकी बात ही न मानें?" माणिक आक्रोश के साथ बोला, "यह तो सारे भारतीयों का अपमान है।"

नरेन्द्र ने कुछ नहीं कहा। वह अपने चिंतन में लीन, दृष्टि उठाए उस भवन की ओर देखता रहा जैसे उसके मन में कोई योजना कार्य कर रही हो।···सहसा ऊपर के बरामदे में उसे वही बड़ी-बड़ी मूँछों वाला व्यक्ति दिखाई दिया···

नरेन्द्र का मस्तिष्क तुरंत सक्रिय हो उठा : तो उस द्वार से प्रवेश कर ऊपर पहुँचना है, और वहाँ अनुमति देने वाला अधिकारी बैठा होगा।···उन लोगों के मार्ग की बाधा तो नीचे बैठा बाबू है। अंग्रेज अधिकारी ने तो अभी कोई आपत्ति की ही नहीं है।···आवश्यक तो नहीं कि वह भी बच्चों को वैसा ही हीन और घृणित जीव मानता हो जैसा कि यह बाबू मानता है। बहुत संभव है कि यदि किसी प्रकार नरेन्द्र उसके पास पहुँच जाए तो वह उसे अनुमति दे ही दे।···उसे लगा कि कठिनाई अनुमति पाने में नहीं है। कठिनाई तो उस अधिकारी तक पहुँचने में है, जो अनुमति देता है। तो नरेन्द्र को अनुमति पाने से अधिक उस अंधिकारी तक पहुँचने का प्रयत्न करना चाहिए···पर मार्ग में तो वह अड़ियल बाबू बैठा है। जैसा व्यवहार उसने किया है, उसे देखते हुए न उससे तर्क करने का लाभ था, न विनती करने का।···अधिकार का प्रयोग कभी भी उस क्रूरता से नहीं होता, जिस क्रूरता से उसका दुरुपयोग होता है।

इन भवनों में एक ही सीढ़ी तो नहीं होती, ऊपर जाने के लिए। जितना बड़ा यह भवन है इसमें दो सीढ़ियाँ तो अगले भाग में ही होंगी, और बहुत संभव है कि एक-आध सीढ़ी पिछवाड़े में भी हो, जहाँ से नौकरों-चाकरों का आवागमन होता हो।···सामने वाले भाग में यदि कोई और सीढ़ी हुई भी तो उस पर भी एक ऐसा ही अविवेकी बाबू अथवा चपरासी बैठा होगा, किंतु पिछवाड़े की सीढ़ियाँ···

"तुम लोग यहीं ठहरो।" नरेन्द्र बोला, "मेरी प्रतीक्षा करना। मैं अभी आता हूँ।"

मित्रों की जिज्ञासा की उपेक्षा करता हुआ नरेन्द्र आगे बढ़ गया। वह भवन की दीवार के साथ-साथ चलता हुआ उसके पिछवाड़े पहुँचा। ऊपर जाने के लिए सीढ़ियाँ खोजने में उसे तनिक भी कठिनाई नहीं हुई। और वहाँ न कोई चपरासी था, न बाबू, न कोई और रोकने वाला···सीढ़ियाँ चढ़कर और बरामदे का एक चक्कर लगाकर वह भवन की पहली मंजिल के अगले भाग में आ पहुँचा। उसने पहचाना, यह वही स्थान था जहाँ उसने बड़ी-बड़ी मूँछों वाले उस व्यक्ति को खड़े देखा था। पर इस समय यहाँ कोई नहीं था। आगे, थोड़ी ही दूर पर एक कमरे में कुछ हलचल अवश्य दिखाई पड़ रही थी।

नरेन्द्र उसी कमरे की ओर बढ़ गया। द्वार पर परदा लटका हुआ था। भीतर का दृश्य दिखाई नहीं दे रहा था, किंतु भीतर अनेक लोगों के होने, उनके चलने-फिरने और दबे स्वर में बातें करने

का आभास हो रहा था। नरेन्द्र ने आगे बढ़कर परदा हटाया। सामने एक पंक्ति में चार-पाँच व्यक्ति खड़े दिखाई दिए। उन्हीं में से एक, वह बड़ी-बड़ी मूँछों वाला व्यक्ति भी था।

नरेन्द्र मन-ही-मन हँसा : यह व्यक्ति, नीचे पंक्ति में खड़ा, जितनी बड़ी बाधा था, अब उतना ही बड़ा मार्गदर्शक बन गया था। नरेन्द्र सहज गति से चलता हुआ जाकर, उस पंक्ति में खड़ा हो गया। बारी आने में अधिक समय नहीं लगा। वह मेज के पास पहुँचा और सामने बैठे गोरे अधिकारी के सम्मुख उसने अपना प्रार्थना-पत्र रख दिया। अधिकारी ने अपनी दृष्टि तक नहीं उठाई। कागज को देखा और कलम उठाकर उस पर लिखा, 'ग्रांटेड', और नीचे हस्ताक्षर कर दिए।

नरेन्द्र ने 'थैंक्यू' कहकर कागज उठाया, गोरे अधिकारी की दृष्टि भी उठी। उसने अपने सामने एक बालक को देखा तो मुस्कराया-भर। उसकी दृष्टि में कहीं कोई आपत्ति अथवा निषेध नहीं था।

नरेन्द्र प्रार्थना-पत्र लेकर, आगे की सीढ़ियों से नीचे उतर आया। भवन से बाहर निकलने के लिए उसे दरवाजे पर बैठे हुए, उसी बाबू के पास से गुजरना पड़ा। उसने नरेन्द्र को देखते ही पहचान लिया। उसके चेहरे पर विकट आश्चर्य प्रकट हुआ, "तुम अंदर कैसे गए? मैंने तो तुम्हें भीतर जाने नहीं दिया था।"

नरेन्द्र रुक गया। उसे देखकर मुस्कराया और बोला, "मैं जादूगर हूँ। हवा बनकर दीवारों के आर-पार कहीं भी आ-जा सकता हूँ।"

बाबू की आँखें तो पहले ही फटी हुई थीं, अब मुँह भी आश्चर्य से खुल गया। उसे अपनी स्थिति का अहसास तब हुआ जब उसके मुँह से गिरी हुई बीड़ी ने उसकी धोती को जला दिया।

नरेन्द्र और उसके मित्र अपनी व्यायामशाला की ओर से 'कलाबाजी का झूला' (Trapere) खड़ा कर रहे थे। झूला भारी था और उन लोगों के बार-बार के प्रयत्न से भी वह उठ नहीं रहा था। यदि जरा-सा अपने स्थान से हिलता भी, तो वे इतने डगमगा जाते कि उसका संतुलन बनाए रखना कठिन हो जाता।

नरेन्द्र को बार-बार यह लग रहा था कि यदि उसके दो-एक मित्र और होते तो कदाचित् वे लोग झूले को खड़ा कर सकते थे। किंतु वह सहायता कहाँ से आए। तमाशा देखने वाले बहुत सारे लोग—पूरी एक भीड़ की भीड़—उनके चारों ओर जुट आए थे। किंतु उनमें से कोई भी ऐसा व्यक्ति नहीं था, जिससे वे सहायता की अपेक्षा कर सकते। भीड़ में या तो छोटे बालक थे, या कुछ निर्बल किशोर। दो-एक वृद्ध भी थे, किंतु इनमें से झूला उठाने में उनकी सहायता कौन करता।...

सहसा एक गोरा सैनिक आकर उसी भीड़ में खड़ा हो गया। वह कदाचित् इस उत्सुकता में वहाँ आ गया था कि भीड़ लगी है, तो कुछ न कुछ आकर्षक घटित हो रहा होगा। उस पर दृष्टि पड़ते ही नरेन्द्र के मन में आया कि वह उनका सहायक हो सकता है।...किंतु भारतीय लोगों के इस खेल-तमाशे में एक गोरा सैनिक क्यों सहायता करेगा? उससे समता और बंधुत्व का संबंध तो है नहीं, कि उसे भी सामान्य भारतीय भद्र पुरुष के समान 'काका', 'मामा' कहकर सहायता के लिए कहा जा सकता। किंतु तभी नरेन्द्र के मन में मल्लाहों वाली घटना ताजा हो आई। तब भी तो गोरे सिपाहियों ने ही बीच में पड़कर उनको बचाया था। बहुत संभव है कि यह गोरा सिपाही भी मन का भला आदमी हो। कोई आवश्यक तो नहीं कि प्रत्येक अंग्रेज स्वयं को प्रत्येक भारतीय का शासक ही समझता हो और उसको अपना दास मानकर उसे हीन समझ, घृणा का व्यवहार

करता हो। जातियों के संबंध कुछ और हो सकते हैं और व्यक्तिगत संबंध कुछ और।...

नरेन्द्र ने दो-तीन बार इधर-उधर दृष्टि दौड़ाई और फिर साहस कर उस अंग्रेज सैनिक से संबोधित हुआ, "जैंटलमेन! आओ, हमारी थोड़ी सहायता करो।"

नरेन्द्र ने देखा, सैनिक के चेहरे पर आत्मीयता का उल्लास जागा था । शायद उसे इस प्रकार अपना मानकर सहायता के लिए बुलाया जाना अच्छा लगा था। बहुत संभव है कि इस आह्वान से उसका एकाकीपन कुछ कम हुआ हो।

वह आगे बढ़ आया, "ओह, श्योर।"

उसने उनके साथ आकर झूला पकड़ लिया और अवस्था तथा शक्ति में अधिक होने के कारण मुख्य भार उसने ही उठाया, शेष लड़के उसके सहायक हो गए थे।...अब लड़के उसे निर्देश नहीं दे रहे थे, उलटे वह ही उन्हें बता रहा था कि अब क्या करना है।

सहसा कुछ ऐसा हुआ जो किसी की समझ में नहीं आया और सारा संतुलन बिगड़ गया। संभव है, घबराहट में किसी ने झूला छोड़ ही दिया हो। नरेन्द्र ने केवल इतना देखा कि झूला गिर पड़ा, बच्चे छिटक गए और झूले का कोई भाग सैनिक के सिर से ऐसा लगा कि वह भूमि पर गिर पड़ा।...चिंता की बात यह थी कि गिरने के पश्चात् उठना तो दूर, वह हिला-डुला भी नहीं था। कदाचित् वह बेहोश हो गया था।

जैसे ही लड़के सावधान हुए उन्हें इस आशंका ने घेर लिया कि कहीं कोई बड़ी दुर्घटना न हो गई हो।...नरेन्द्र ने निकट आकर उसे हिलाया-डुलाया, उसे पुकारा, किंतु वह पूर्णतः अचेत था। उसके सिर से रक्त बह रहा था।

लड़के स्तब्ध रह गए। उनके इस खेल में एक अंग्रेज को चोट लगी थी। कौन मानेगा कि वह स्वेच्छा से उनकी सहायता करने आया था, और बिना किसी दोष के एक आकस्मिक घटना के परिणामस्वरूप वह घायल होकर गिर पड़ा था। बहुत संभव है कि उसकी मृत्यु ही हो गई हो। कौन मानेगा कि इन लड़कों ने मिलकर उसकी हत्या नहीं की है? हत्या अपने आपमें ही कोई छोटा अपराध नहीं था; और फिर एक अंग्रेज सैनिक की हत्या।...लड़कों को मारते-मारते अधमरा कर दिया जाएगा। बहुत संभव है कि उन्हें फाँसी दे दी जाए, अथवा गोली से उड़ा दिया जाए। अंग्रेजों के शासन में किसी अंग्रेज की हत्या हँसी-ठट्ठा नहीं है।

नरेन्द्र पुकारता ही रह गया और उसके सारे मित्र भाग गए। पहली प्रतिक्रिया तो नरेन्द्र की भी यही हुई कि वह अपने मित्रों के साथ ही कहीं लुप्त हो जाए; किंतु उसका विवेक कहता था कि इस प्रकार भाग जाने का न कोई कारण था और न कोई औचित्य। उनका कोई दोष नहीं था। यह तो मात्र एक दुर्घटना थी। संयोग ही था कि चोट इस सैनिक को लगी। यही चोट किसी लड़के को भी लग सकती थी। इस दुर्घटना के लिए जब वे लोग दोषी नहीं थे तो कायरों के समान पलायन करने का क्या अर्थ?... और फिर यह व्यक्ति, जो इस समय अचेत पड़ा है, उनकी सहायता करने आया था। यदि वे उसे यहाँ इसी प्रकार पड़ा छोड़ जाएँगे, तो अचेतावस्था में कोई चिकित्सा न मिलने के कारण, अथवा अधिक रक्त बह जाने के कारण, उसकी मृत्यु भी हो सकती है। यह मानवीय न्याय नहीं है। ऐसे में तो किसी शत्रु की भी सहायता की जानी चाहिए, यह तो मैत्री-भाव से उनकी ओर बढ़ा था...

नरेन्द्र ने अपनी धोती का किनारा फाड़ा और उसके घाव पर पट्टी बाँध दी, यद्यपि वह देख रहा था कि उसकी पट्टी से रक्त का प्रवाह बंद नहीं हुआ था।...वह इससे अधिक और कर

ही क्या सकता था?···पास के घर से वह पानी ले आया और उसने अचेत सैनिक के मुख पर जल के छींटे दिए तथा उसे हवा करने लगा।···

अंग्रेज सैनिक की चेतना कुछ-कुछ लौटी, और उसने पूछा, "मुझे क्या हो गया?"

नरेन्द्र को प्रसन्नता हुई कि उसकी चेतना लौट आई थी, किंतु अभी पूरी तरह से वह निश्चिंत नहीं हो पाया था। सैनिक की समुचित चिकित्सा का प्रबंध आवश्यक था।

"आप हमारी सहायता कर रहे थे।" नरेन्द्र बोला, "यह झूला गिर पड़ा, और आपको चोट आ गई।"

सैनिक उठकर बैठ गया और उसने अपने माथे पर हाथ फेरा, "बैंडेज कौन किया?"

"यह तो मैंने ऐसे ही पट्टी बाँधी है।" नरेन्द्र बोला, "आप उठ सकते हो तो मेरे सहारे से उठिए। हम पास के विद्यालय में चलते हैं। वहाँ कुछ सहायता मिल जाएगी।"

नरेन्द्र ने स्पष्ट देखा कि सैनिक के चेहरे पर रोष का तनिक-सा भी भाव नहीं था। उसके भागे हुए मित्रों की सारी आशंकाएँ व्यर्थ थीं। सैनिक ने अपनी पीड़ा के बीच भी मुस्कराकर नरेन्द्र की ओर देखा, "यू आर ए ब्रेव एंड काइंड ब्याय । तुम बहादुर भी है और दयालु भी।"

उसने अपना हाथ नरेन्द्र की ओर बढ़ाया। नरेन्द्र ने उसका हाथ पकड़ उसे उठाने के लिए अपनी ओर खींचा। सैनिक अपने ही बल से उठकर खड़ा हो गया, किंतु उसने चलने के लिए नरेन्द्र का सहारा लिया। नरेन्द्र स्वयं समझ नहीं पाया कि उसे इस सहारे की आवश्यकता थी भी अथवा वह केवल आत्मीयतावश नरेन्द्र को अपने साथ चिपकाए चल रहा था।···नरेन्द्र के दो-तीन मित्र, जो अभी दूर नहीं गए थे और आसपास छिपे हुए, आगे की घटनाएँ देख रहे थे, लौट आए थे।

नरेन्द्र ने पल्टू की ओर देखा, "तुम जाओ और नवगोपाल दादा को सूचना दो। हम तब तक ट्रेनिंग अकादमी में चलते हैं। दादा को कहना डॉक्टर को साथ ही लेते आएँ।"

पल्टू इतना महत्त्वपूर्ण काम पाकर पूरे वेग से भागा। शेष मित्रों ने सैनिक को विद्यालय तक पहुँचाने में नरेन्द्र की सहायता की।

ट्रेनिंग अकादमी में एक चारपाई प्राप्त करने में उन्हें तनिक भी कठिनाई नहीं हुई। उन्होंने सैनिक को लिटा दिया और पानी पिलाया। चौकीदार की पत्नी थोड़ा-सा दूध भी गरम करके ले आई।

नवगोपाल मित्र ने डॉक्टर के साथ आने में अधिक देर नहीं लगाई। डॉक्टर ने घाव देखा और उसे साफ कर दवा लगाकर पट्टी बाँध दी।

सहसा नरेन्द्र की दृष्टि द्वार की ओर उठी तो उसने देखा कि हेमाली और गोपू भी आ गए थे, और द्वार के पास छिपे खड़े थे। वे भीतर आने का साहस नहीं कर पा रहे थे और नरेन्द्र को बाहर आने का संकेत कर रहे थे।

नरेन्द्र बाहर आ गया तो गोपू ने पूछा, "क्या हुआ? मर गया?"

नरेन्द्र को हँसी आ गई, "मर गया होता तो डॉक्टर पट्टी करता या अंत्येष्टि? तुम लोग तो मूर्ख हो। वह होश में आ गया है। उसने पानी और दूध पीया है। अब तो पट्टी भी हो गई है। तुम लोग इसकी सेवा-सुश्रूषा के लिए तैयार रहो।"

लड़के संतुष्ट हो गए और साहस कर, नरेन्द्र के साथ भीतर आकर उसके पीछे खड़े हो गए।

डॉक्टर पट्टी कर चुका तो नवगोपाल मित्र की ओर मुड़कर बोला, "अभी इन्हें आराम की

आवश्यकता है। इनकी देखभाल कौन करेगा?"

नवगोपाल मित्र के उत्तर देने से पूर्व ही नरेन्द्र बोला, "हम करेंगे।"

डॉक्टर ने आश्चर्य से उसे देखा और पूछा, "हम माने? तुम?"

"मैं हूँ। मेरे कुछ मित्र भी अभी आ जाएँगे।" नरेन्द्र बोला, "हम इनको कोई असुविधा नहीं होने देंगे।"

"अच्छी बात है।" डॉक्टर बोला, "मैं कल फिर देख जाऊँगा और पट्टी भी कर जाऊँगा।"

डॉक्टर और नवगोपाल मित्र बाहर की ओर चले तो नरेन्द्र भी उनके साथ-साथ बाहर तक आया। डॉक्टर के विदा होते ही उसने नवगोपाल मित्र से कहा, "दादा! इनकी दवा-दारू का सारा खर्च हम देंगे।"

नवगोपाल मित्र ने उसे विस्मयपूर्वक देखा, "कहाँ से लाओगे रुपया?"

"वह कोई समस्या नहीं है।" नरेन्द्र बोला, "हम सारे मित्र मिलकर धन इकट्ठा करेंगे। दवा-दारू पर जो खर्च होगा, वह तो देंगे ही, जो राशि बच जाएगी, वह कृतज्ञतास्वरूप उसको भेंट कर देंगे।"

नवगोपाल मित्र थोड़ी देर चुपचाप प्रशंसात्मक दृष्टि से उसे देखते रहे और फिर बोले, "यदि इतना कर सको तो इससे उत्तम बात और क्या होगी। वैसे यदि न कर सको तो मुझे बता देना। मैं कल फिर आऊँगा।"

मित्र महाशय चले गए और नरेन्द्र वापस आकर सैनिक के पास खड़ा हो गया। सैनिक ने आँखें खोलीं और उसे चारपाई पर बैठने का संकेत किया।

नरेन्द्र चारपाई पर बैठ गया तो सैनिक ने धीरे से पूछा, "हम अनकांशस होकर गिर पड़ा था तो बाकी लोग के साथ तुम क्यों नहीं भागे?"

नरेन्द्र मुस्कराया, "मैं भी भाग जाता तो आपकी चिकित्सा का प्रबंध कौन करता?"

सैनिक ने उसे मुग्ध भाव से देखा, "हम अंग्रेज हैं। इंडियन लोग हमको हेट करता। हम मर जाता तो तुमको खुशी होता?"

"राजनीति अपने स्थान पर है और मानवता अपने स्थान पर।" नरेन्द्र बोला, "किसी प्राणी को पड़े-पड़े मरने देना मानवता तो नहीं है—चाहे वह हमारा शत्रु ही क्यों न हो।" नरेन्द्र कुछ रुककर बोला, "और भारतीय लोग अपने क्रूर और अन्यायी शासकों से घृणा कर सकते हैं। वे अपनी सहायता करने आए एक कोमलहृदय अंग्रेज युवक से घृणा नहीं करते।"

"यू आर डिफ्रेंट।" अंग्रेज सैनिक बोला, "तुम किसी और ही स्पीशीज का जंतु है।"

"अब आप सो जाइए।" नरेन्द्र बोला, "आपको डॉक्टर ने आराम करने के लिए कहा है।"

कालिदास का नाटक 'अभिज्ञान शाकुंतलम्' मंचित हो रहा था। बहुत भीड़ नहीं थी। लोग सुविधा से टिकट लेकर अपने-अपने स्थान पर बैठते जा रहे थे। नाटक-मंडली भी समय के प्रति निष्ठावान निकली। समय से ही मंच पर से परदा हटा और मंगलाचरण आरंभ हो गया—

या सृष्टिः स्रष्टुराधा वहित विधिहुतं या हविर्यां च होत्री
ये द्वे कालं विधत्त; श्रुति विषय गुणा या स्थिता व्याप्य विश्वम्।
या माहुः सर्वबीज प्रकृतिरिति यया प्राणिनः प्राणवंतः
प्रत्यक्षामिः प्रपन्नस्तनुभिरवतु वस्तामिरष्टाभिरीशः।।

मंगलाचरण समाप्त होने पर सूत्रधार ने प्रवेश किया और नेपथ्य की ओर देखकर उच्च स्वर में कहा, "अब बहुत विस्तार करना उचित नहीं है⋯"

तभी मंच पर एक प्रवेश और हुआ, किंतु यह व्यक्ति न तो नेपथ्य से मंच पर आया था और न ही वह कालिदास के पात्रों के युग का परिधान धारण किए हुए था। उसने तो कचहरी के चपरासी की वेशभूषा धारण कर रखी थी और चमड़े के भारी-भरकम जूते पहन रखे थे, जिन्हें खटखटाता हुआ वह हॉल की ओर से मंच पर चढ़ गया था।⋯

नरेन्द्र अपने स्थान पर बैठा कुछ अचकचा-सा गया। कालिदास के नाटक में इस प्रकार की प्रविष्टि⋯इस नाट्य-मंडली ने कहीं कोई नया प्रयोग तो नहीं किया। परंपरा के साथ इस प्रकार का खिलवाड़ करना उचित नहीं। ये लोग पश्चिम का बहुत अधिक प्रभाव ग्रहण कर रहे हैं, किंतु ऐसे तो न कालिदास, कालिदास रह पाएगा और न उसका नाटक 'अभिज्ञान शाकुंतलम्' ही रह पाएगा⋯

तभी चपरासी वेशधारी उस पात्र ने सूत्रधार से कहा, "मैं तुम्हें देश के कानून के अनुसार बंदी करता हूँ⋯"

यह संवाद कालिदास का नहीं हो सकता⋯और सहसा नरेन्द्र के मन में सत्य स्पष्ट हुआ, कि यह नाट्य-मंडली का कोई प्रयोग नहीं था। यह तो सचमुच ही कचहरी का कोई चपरासी, सूत्रधार की भूमिका करने वाले इस अभिनेता को बंदी करने आया था⋯

नरेन्द्र नहीं जानता था कि वह अभिनेता कौन था, उसका अपराध क्या था और उसे बंदी करना उचित था या नहीं, किंतु इतना तो स्पष्ट ही था कि देश के कानून को यह अधिकार नहीं था कि वह टिकट खरीदकर नाटक देखने आए इतने सारे दर्शकों के सामने, मंच पर से अभिनेता को पकड़कर ले जाए और दर्शक नाटक न देख पाने की हताशा लेकर घर लौटें। उस अभिनेता ने कोई भी अपराध किया हो, किंतु दर्शकों ने कोई अपराध नहीं किया था। उन्हें इस प्रकार दंडित करने का इस चपरासी, देश के कानून अथवा देश के शासन को कोई अधिकार नहीं था।⋯यह चपरासी उस अभिनेता को नाटक से पूर्व भी बंदी कर सकता था, और नाटक पूरा हो जाने के पश्चात् भी अपना कार्य कर सकता था। उन दोनों ही स्थितियों में, दर्शकों को किसी प्रकार की कोई असुविधा न होती।⋯

नरेन्द्र ने हॉल में चारों ओर दृष्टि दौड़ाई : सारे दर्शक स्तब्ध बैठे थे। कहीं से भी कोई प्रतिक्रिया नहीं हो रही थी।

नरेन्द्र जानता था कि इस चपरासी के कार्य में विघ्न डालना देश के कानून और शासन की दृष्टि में सरकारी कार्य में बाधा उत्पन्न करने का अपराध माना जाएगा; किंतु दर्शकों का यह अपमान उसके लिए असह्य था। वह सरकारी कार्य का प्रतिरोध करना नहीं चाहता। उसे कानून और अपराध के विषय में कुछ नहीं कहना है, किंतु देश की सरकार की इस असभ्यता का तो प्रतिकार करना ही होगा।

वह आवेश में उठ खड़ा हुआ और चिल्लाकर बोला, "मंच से हट जाओ। नाटक के समाप्त होने तक प्रतीक्षा करो। तुम कचहरी के चपरासी हो, यमराज के दूत नहीं। तुम्हें दर्शकों को इस प्रकार परेशान करने का कोई अधिकार नहीं है।"

वह शायद अभी कुछ और भी कहता, किंतु उसने देखा कि हॉल के विभिन्न कोनों में अनेक लोग उठ खड़े हुए थे। एक के साहस ने दूसरे को भी साहस प्रदान किया था। थोड़ी ही देर में छूत की बीमारी के समान सारे हॉल में साहस दिखाई पड़ रहा था। सब ओर से लोग चिल्ला रहे

थे, "मंच से हट जाओ, मंच से हट जाओ।"

चपरासी थोड़ी देर तो अपने स्थान पर डटा रहा। संभव है कि वह साहस या अधिकार के बल पर डटा न रहा हो, दर्शकों की इस प्रक्रिया से स्तब्ध खड़ा रह गया हो। कारण कुछ भी हो, किंतु वह मंच पर अपने स्थान से हिला नहीं। दर्शकों ने इसे उसका हठ ही माना और उनका आक्रोश बढ़ता गया। स्वरों की संख्या भी बढ़ गई थी, और उनमें पहले की तुलना में अधिक प्रबलता भी आ गई थी। उन स्वरों में आवेश ही नहीं, रोष और क्रोध भी ध्वनित होने लगा था। चपरासी को लगा कि अब उसके लिए अधिक टिके रहना संभव नहीं होगा। संभव है कि दर्शक चिल्लाने तक ही स्वयं को सीमित न रखें, वे लोग मंच पर चढ़कर बलात् उसे हटाने का प्रयत्न भी करें। जब भीड़ मंच पर चढ़ आएगी तो आवश्यक तो नहीं कि वे लोग उसे केवल हटाकर ही संतुष्ट हो जाएँ और उसकी पिटाई न करें। अधिक संभावना तो यही थी कि उसकी जमकर पिटाई भी होगी। साधारण लोग आजकल कुछ अधिक निर्भीक हो गए थे। अंग्रेज सरकार के चपरासी से भी नहीं डरते थे···जनता का रोष तो है ही छुतहा रोग···।

चपरासी सहमकर न केवल पीछे हट गया, वरन् विंग की ओट में कहीं अदृश्य भी हो गया।

अपने आपको नियंत्रित कर सहज बनाने में सूत्रधार को कुछ क्षण ही लगे होंगे। उसने अपना संवाद पुनः आरंभ किया, "अब और विस्तार करना उचित नहीं है···"

नाटक समाप्त हो गया···।

नरेन्द्र के मन पर पूरी तरह नाटक छाया हुआ था···उसके पात्र, उसका कथानक···उसका अभिनय···चपरासी और सूत्रधार की भूमिकाओं को वह प्रायः भूल चुका था कि हॉल की सीढ़ियाँ उतरते एक अपरिचित भद्र पुरुष ने उसके कंधे पर हाथ रखा "शाबाश! भई शाबाश! तुमने तो चमत्कार ही कर दिया।"

नरेन्द्र ने मुड़कर उनकी ओर देखा, अधेड़ उम्र के कोई सज्जन आँखों में प्रशंसा का भाव लिए अत्यंत स्नेह से उसकी ओर देख रहे थे।

नरेन्द्र को पहले तो समझ में ही नहीं आया कि वे किस बात के लिए उसकी प्रशंसा कर रहे हैं। उसने तो नाटक में भाग ही नहीं लिया था। कहीं वे किसी और के भ्रम में तो उसकी प्रशंसा नहीं कर रहे···

किंतु तभी अनेक अन्य लोग भी उसके चारों ओर घिर आए।

एक ने कहा, "इसे कहते हैं साहस। कचहरी के चपरासी को डाँटकर भगा दिया। कैसे भयभीत कुत्ते के समान दुम दबाकर खिसक गया।"

एक अन्य व्यक्ति बोला, "अजी धन्यवाद करो इनका। ये साहस न करते तो हम नाटक देखे बिना ही, टिकटें जेबों में सँभाले हुए घर लौट गए होते।"

एक अन्य व्यक्ति ने टिप्पणी की, "बड़े हाकिम तो बड़े हाकिम—छोटे-छोटे प्यादे, चपरासी भी जाने स्वयं को क्या समझते हैं। किसी का मान-सम्मान तो कुछ रह ही नहीं गया।"

नरेन्द्र के मन में सारी बातें जुड़ गईं···नाटक की तंद्रा समाप्त हो गई···और देश का वर्तमान, यथार्थ रूप में सामने खड़ा हो गया।

अनायास ही उसका आक्रोश फूट निकला, "दोष हमारा ही है। यदि हम अपने सम्मान की रक्षा के लिए कठोर नहीं होंगे तो कोई दूसरा हमारे सम्मान की रक्षा क्यों करेगा?"

पहले व्यक्ति ने अपनी सहमति जताई, ''तुमने सच कहा भाई। हो तो तुम निरे बालक ही, किंतु एकदम विलक्षण हो। वाह-वाह!''

सब लोग अपनी-अपनी राह चले गए और नरेन्द्र भी अपने मित्रों के साथ घर की ओर बढ़ा, किंतु उसके मन में एक प्रश्न अत्यंत तीक्ष्णता से चुभ रहा था—क्या सचमुच उसने किसी विकट साहस का काम किया था? क्या अपने दैनिक जीवन के छोटे-छोटे अधिकार माँगना, अपने सम्मान के इस निर्दयता से कुचले जाने का स्वाभाविक विरोध करना—क्या बहुत बड़े साहस का काम है?…कहीं इसका अर्थ यह तो नहीं कि हम लोग इतने अधिक भीरु और उत्साह-शून्य हो चुके हैं कि अपने लिए अपने विदेशी शासन से सभ्य व्यवहार का माँगना भी दुःसाहस का कार्य समझने लगे हैं…और…उस शासन का एक चपरासी भी हमारे लिए किसी साम्राज्य की सेना हो गया है…

नरेन्द्र ने पुस्तक मेज पर रख दी और अपनी आँखें बंद कर लीं। उसे लगा कि वह पुस्तक कम पढ़ रहा था, उसके माध्यम से अपने मन में उभर आए प्रश्नों पर मनन ही अधिक कर रहा था। कभी दो-चार पंक्तियाँ पढ़ लेता और कभी पुस्तक को उलटकर रख देता, और अपने विचारों में डूब जाता।… शायद उसने एकाग्र होकर पुस्तक पढ़नी ही आरंभ नहीं की थी…

तभी उसके मित्र धड़धड़ाते हुए कमरे में घुस आए।

सबसे पहले गोपू ने उपालंभ दिया, ''अरे, नरेन! क्या घर में घुसे बैठे हो। चलो, कहीं घूमने चलते हैं।''

नरेन्द्र ने बारी-बारी उन सबको देखा—गोपू, नितिन, सूर्यकांति तथा माणिक…वह अपने विचारों के सूत्रों में ऐसा बँधा था जैसे मकड़ी के जाले में मक्खी असहाय हो जाती है। पर शायद उसकी स्थिति मक्खी जैसी नहीं, स्वयं मकड़े जैसी थी। वह किसी और के बनाए जाल में फँसा-बँधा हुआ नहीं था, वह सारी तो उसकी अपनी सृष्टि थी। वह इन बंधनों को झटककर तोड़ना नहीं चाहता था। वह एक-एक कर उन्हें सुलझाना चाहता था।…

अलस स्वर में बोला, ''अरे, आए हो तो थोड़ी देर बैठो।''

सूर्यकांति ने उसकी बाँह पकड़ी, जैसे उसे बलात् उठाकर खड़ा कर देगा। बोला, ''हम बैठने के लिए आए ही नहीं हैं। बाहर निकलो। आजकल तुम बहुत घर-घुसरे हो गए हो। तुम्हें मालूम भी है, तुम्हारा घोड़ा बँधा-बँधा कितना ऊब गया है। वह कह रहा था कि नरेन तो एकदम किताबी कीड़ा हो गया है।''

''अच्छा, वह तुमसे कह रहा था,'' नरेन्द्र मुस्कराया, ''मैंने तो उसे गधों से बात करने के लिए मना कर रखा है।''

''अच्छा, मैं गधा ही सही, पर तू घर से तो निकल।'' सूर्यकांति बिना बुरा माने बोला, ''आजकल कहीं आता-जाता ही नहीं। घर से निकलेगा भी तो किसी विद्वान् का भाषण सुनने या किसी नाटक को देखने के लिए, फिर किसी बंद हॉल में जा घुसेगा।''

नरेन्द्र ने अँगड़ाई ली, जैसे अपना आलस्य झाड़ने का प्रयत्न कर रहा हो और फिर धीरे से बोला, ''कुछ ऐसा ही हो गया है मित्र! सहसा ही मेरी सारी रुचियाँ सिमटकर बौद्धिक जिज्ञासाओं में बदल गई हैं।'' उसने रुककर अपने मित्रों की ओर देखा और बोला, ''देखो! मैं भारत का इतिहास पढ़ रहा था। मन में अनेक प्रश्न उठते हैं…अरबों ने आक्रमण किया, तुर्कों ने किया, पठानों ने किया, मुगलों ने किया…इन लोगों ने भारत के विभिन्न भागों को जीत लिया और फिर शासन

किया।...इन पाँच-छह शताब्दियों तक इस देश में कोई ऐसा राजा नहीं हुआ जो इनसे लोहा ले सकता? क्या ऐसा है कि जो कोई भी बाहर से आता है, वह हमसे वीर होता है। हम लोग वीर नहीं हैं, या हमें युद्ध-विद्या का ज्ञान नहीं है, या कोई और कारण है? ऐसा कैसे हो गया कि बाहर से जो भी आया वह जीतता ही चला गया और भारतीय सेनाएँ हारती ही रहीं।"

सूर्यकांति जैसे इन प्रश्नों से पहले ही जूझ चुका था। बोला, "इतिहास को जरा भी ध्यान से पढ़ो तो स्पष्ट समझ में आता है कि भीतरी गड़बड़ न हो तो बाहरी आक्रांता कभी विजयी नहीं हो सकता। भारतीय राजाओं में बेहद मतभेद थे—जाति को लेकर, संप्रदाय को लेकर, वंश को लेकर और व्यक्तिगत राग-द्वेषों को लेकर। इनमें परस्पर एकता होती तो ऐसी वीर जाति कभी हार नहीं सकती थी।"

नरेन्द्र ने उसे देखा, जैसे उसके तर्क पर विचार कर रहा हो और बोला, "एक कारण तो यह दिखाई देता ही है। जब सिकंदर आया था, तब भी उत्तरी भारत इसी प्रकार छोटे-छोटे राज्यों में विभाजित था, और उनमें पर्याप्त राग-द्वेष था। राग कम था, द्वेष ही अधिक था। फिर भी किसी प्रकार, वे लोग मौर्य साम्राज्य के रूप में संगठित तो हो पाए। परिणामतः यवनों को यहाँ सफलता नहीं मिली।" वह रुककर पुनः बोला, "किंतु यह भी ऐतिहासिक तथ्य है कि अरबों, तुर्कों, पठानों तथा मुगलों में भी तो कोई ऐसी एकता नहीं थी। वे भी परस्पर लड़े। उन्होंने भी एक-दूसरे का विरोध किया।..."

गोपू ने उसकी बात बीच में ही काट दी, "तो दादा! सीधी-सी बात है—वे सब मुसलमान थे, और मुसलमानों को तो जीतना ही था?"

"क्यों जीतना था उनको?" नितिन ने तीखे स्वर में प्रश्न किया।

"मुझे लगता है कि यह उनके धर्म और उनके खुदा की ही जीत थी।" गोपू ने अपना समाधान दे दिया।

सूर्यकांति ने उसे विचित्र दृष्टि से देखा, जैसे वह गोपू न हो, कोई अद्‌भुत जीव हो, "उनका खुदा और हमारा भगवान्—ओह!"

"इसमें रुष्ट होने की बात नहीं है सूर्यकांति।" नरेन्द्र बोला, "कुछ लोग इसी रूप में सोचते हैं। यदि एक सेना हिंदुओं की हो और वह हर-हर महादेव का उद्‌घोष कर रही हो और दूसरी सेना मुसलमानों की हो और वे 'अल्लाह-हू-अकबर' का उद्‌घोष कर रहे हों—तो जो पक्ष जीत जाए, वह उसके ईश्वर की विजय है। यदि हिंदू हार जाए तो वह अपनी देव-मूर्ति के सम्मुख सिर पटककर यही शिकायत करेगा कि देवता ने उसे क्यों हराया। और अधिकांशतः तो वह यही मानेगा कि वह अपने प्रतिद्वंद्वी से नहीं हारा, उसका देवता अथवा ईश्वर उसके प्रतिद्वंद्वी के देवता अथवा ईश्वर से हार गया है।"

और किसी के कुछ कहने के पूर्व ही गोपू बोला, "हाँ, यही तो कह रहा था मैं।"

"यदि हम यह मान लें तो हमें यह भी मानना पड़ेगा कि हिंदुओं का ईश्वर अलग है और मुसलमानों का अलग।" नरेन्द्र बोला, "इसी प्रकार फिर ईसाइयों का ईश्वर भी अलग होगा, जिसने अंग्रेजों के साथ में भारत आकर न केवल मुसलमानों के ईश्वर को हराया वरन् पुर्तगालियों, फ्रांसीसियों तथा डच्चों के ईसाई ईश्वरों को भी हराया...।"

"पर ऐसे तो फिर बहुत सारे ईश्वर हो जाएँगे और उनमें से कोई भी सर्वशक्तिमान् ईश्वर नहीं रहेगा।" सूर्यकांति बोला, "वे सब ईश्वर अपने-अपने अनुयायियों के लिए दूसरे ईश्वरों और

उनके अनुयायियों से युद्ध करेंगे···परिणामतः ईश्वरीय न्याय नाम की कोई चीज नहीं रहेगी।''

''यही तो मैं सोचता हूँ कि यह सत्य नहीं हो सकता।'' नरेन्द्र बोला, ''ऐसे तो ईश्वर, ईश्वर न रहकर विभिन्न संप्रदायों का नेता मात्र रह जाएगा।''

''तो फिर तुम क्या सोचते हो?'' नितिन ने पूछा।

नरेन्द्र हँसा, ''बहुत कुछ सोचता हूँ और फिर जिस किसी निष्कर्ष पर पहुँचता हूँ, उसे अपने ही तर्कों से काट देता हूँ।''

''फिर भी! कुछ तो तुम सोचते ही होगे।'' सूर्यकांति बोला, ''कुछ निष्कर्ष तो होंगे जो अभी तर्कों की धार नहीं चढ़े।''

''हाँ, सोचता तो हूँ।'' नरेन्द्र ने उत्तर दिया, ''कई बार सोचता हूँ कि हमारी सीमित दृष्टि और सीमित बुद्धि सारा अनर्थ कर रही है···।''

नरेन्द्र चुप हो गया, किंतु और भी कोई कुछ नहीं बोला। सब लोग जिज्ञासा-भरी दृष्टि से उसकी ओर देखते रहे।

''यह तो कुछ ऐसा ही है कि एक पिता के पाँच पुत्र हों, किंतु उसका प्रत्येक पुत्र यह मानता हो कि अकेला वही उसका एकमात्र पुत्र है।'' नरेन्द्र चिंतन-श्लथ स्वर में बोला, ''इसलिए जब भी कोई एक पुत्र अपने किन्हीं कारणों से जीवन में कोई कष्ट पाता हो अथवा पराजित होता हो या अपने पिता को कोसता हो कि पिता होकर भी वह उसकी रक्षा नहीं कर रहा। किंतु इसमें एक महत्त्वपूर्ण बात यह भी है कि पुत्र आपस में लड़ते हैं, तो अपने अज्ञान के कारण यह नहीं जानते कि वे अपने ही पिता के अन्य पुत्रों से लड़कर, अपने ही पिता को कष्ट पहुँचा रहे हैं, और वे यह भी नहीं जानते कि जिस पर, उसे अन्य का पिता मानकर वे आघात कर रहे है, वह उनका अपना ही पिता है, किंतु थोड़ी भिन्न वेशभूषा में···''

''शेष तो सब ठीक है, किंतु इसमें सोचने की बात यह है कि यदि मुसलमानों की सृष्टि भी उसी ईश्वर ने की है, जिसने हिंदुओं को जन्म दिया है, तो फिर उसने मुसलमानों को भी हिंदुओं जैसा क्यों नहीं बनाया?'' गोपू बोला, ''उसने उन्हें अलग भाषा दी, अलग पुस्तक दी, अलग धर्म दिया। उन्हें भी उसने वही सब कुछ क्यों नहीं दिया, जो उसने हमें दिया था?''

''इसका एक सीधा-सा उत्तर तो यह है—उसकी माया अथवा उसकी लीला; किंतु चिंतन की दृष्टि से तो यह वक्तव्य वैसा ही है कि प्रकृति ने आम और पपीते के वृक्षों को अलग-अलग रूप और फल क्यों दिए? यदि उन दोनों वृक्षों की सृष्टि एक ही प्रकृति ने की है तो उसे चाहिए था कि सारे वृक्षों को एक जैसा बनाती और सब पर एक ही फल उत्पन्न करती।'' नरेन्द्र बोला, ''यह तो ऐसा है कि एक माँ किसी त्योहार पर अनेक प्रकार की मिठाइयाँ बनाकर रख देती है और उसके पुत्र अपनी-अपनी इच्छा तथा रुचि के अनुसार एक-एक मिठाई उठा लेते हैं। फिर वे इस विवाद में पड़कर झगड़ा करते हैं कि उन्हीं के द्वारा चुनी हुई मिठाई सर्वश्रेष्ठ है, क्योंकि वही उनकी माँ की बनाई हुई एकमात्र मिठाई है।''

''यह भी तो हो सकता है कि सारे पुत्र सारी मिठाइयाँ खाएँ।'' गोपू बोला।

''खा नहीं सकेंगे।'' नरेन्द्र बोला, ''उनमें इतनी क्षमता नहीं है। उनका पेट भर जाएगा, उनका मन भर जाएगा, उनकी पाचन-शक्ति जवाब दे जाएगी, उनकी जिह्वा, दाँत और जबड़े और खाने से मना कर देंगे।''

''इसका अर्थ तो यह हुआ कि वह माता चाहती ही नहीं कि उसके पुत्र सब कुछ खाएँ।''

नितिन बोला, "क्या ईश्वर नहीं चाहता कि उसके सारे पुत्र इस सत्य को जानें कि वे परस्पर भाई हैं?"

"कदाचित् वह चाहता है कि हम अपनी क्षमता का विकास करें, अपनी बुद्धि का परिष्कार करें, अपनी दृष्टि का विस्तार करें," नरेन्द्र बोला, "और अपनी सीमाओं से उठकर देखें कि वास्तविक सत्य उससे कहीं बड़ा है, जिसे हम सत्य माने बैठे हैं।"

किसी के पास अब कोई तर्क नहीं था। वे लोग अपनी-अपनी बात कह चुके थे और जो कुछ सुना था उसी पर मन-ही-मन मनन कर रहे थे।

"अच्छा, चल उठ।" सहसा गोपू बोला, "आज शाम संगीत गोष्ठी है। सैर करने नहीं चलता तो गोष्ठी में ही चल। वहाँ कई अच्छे-अच्छे कलाकार आ रहे हैं।"

"कलाकार तो वे लोग हैं ही, किंतु इन दिनों मेरी मानसिकता ऐसी है कि मुझे लगता है कि केवल लय और ताल से ही संगीत नहीं हो सकता।" नरेन्द्र बोला, "यदि उसके साथ मन में विचार न उठें तो वह संगीत है ही नहीं।"

21

नरेन्द्र बाहर से आया, "माँ! बाबा का पत्र आया है।"

भुवनेश्वरी के मन में प्रश्नों का ज्वार-सा उठ खड़ा हुआ, किंतु अपने पति के विषय में अधिक जिज्ञासा करने में उसका मन सकुचा गया। स्वयं को किसी प्रकार नियंत्रित करके पूछा, "कहाँ से पत्र आया है? रायपुर से?"

"हाँ, माँ! रायपुर से।" नरेन्द्र ने कहा।

"क्या लिखा है?" भुवनेश्वरी की उत्कंठा ने फिर सिर उठाया ही था कि उसने पुनः उसका दमन कर दिया, "स्वस्थ तो हैं न?"

"हाँ, स्वस्थ हैं। लिखा है रायपुर का काम लंबा है। संभव है उन्हें कई महीने वहाँ रहना पड़े। उनके बिना हमें यहाँ असुविधा होगी और हमारे बिना उन्हें वहाँ कठिनाई का अनुभव हो रहा है।" नरेन्द्र बोला, "इसलिए वे चाहते हैं माँ! कि हम लोग भी उनके पास रायपुर चले जाएँ।" नरेन्द्र ने पत्र माँ की ओर बढ़ा दिया।

भुवनेश्वरी ने पत्र पकड़ा नहीं। हाथ के संकेत से कह दिया कि वह उसे अपने ही पास रखे और चिंतापूर्ण स्वर में बोली, "हम लोग भी रायपुर चले जाएँ? तू जानता भी है कि रायपुर कितनी दूर है? कितनी लंबी यात्रा है?"

नरेन्द्र हँसा, "मैं तो नहीं जानता, किंतु बाबा तो जानते हैं न। उन्होंने ही हमें बुलाया है।"

भुवनेश्वरी चकित खड़ी उसे देखती रही। नरेन्द्र कैसे तो हँसा था...ठीक वैसे ही, जैसे स्वयं विश्वनाथ हँसते हैं—एक समर्थ पुरुष की विश्वासपूर्ण हँसी...और फिर जैसे अपने आप से ही बोली, "पर मैंने तो सुना है कि न वहाँ रेलगाड़ी जाती है, न नाव।"

"ठीक सुना है माँ। रेलगाड़ी तो यहाँ से इलाहाबाद, इलाहाबाद से जबलपुर और जबलपुर से नागपुर जाती है। नागपुर से रायपुर तक बैलगाड़ी से जाना पड़ेगा।" नरेन्द्र ने बताया, "पंद्रह दिनों की यात्रा है बैलगाड़ी की।"

"पंद्रह दिनों की!" भुवनेश्वरी के स्वर में विस्मय था, "और मार्ग कैसा है रे?"

"सघन वन हैं माँ!" नरेन्द्र ने बताया, "वन में से ही यात्रा करनी पड़ेगी।"...और फिर जैसे कुछ सोचकर उसने स्वयं ही जोड़ दिया, "सब लोग इसी प्रकार यात्रा करते हैं माँ!"

भुवनेश्वरी के मन में अनेक प्रश्न थे। इतनी लंबी यात्रा। छोटे-छोटे बच्चे। कैसे करेगी वह यात्रा? मार्ग में कहाँ ठहरेंगे, उनकी रक्षा कौन करेगा, उनकी सुविधाओं की ओर कौन ध्यान देगा, व्यवस्था कौन करेगा?...अंततः उसने नरेन्द्र की ओर देखा, "और इस लंबी यात्रा की व्यवस्था कौन करेगा?"

"व्यवस्था तो बाबा वहीं बैठे हुए कर रहे हैं, बल्कि व्यवस्था तो वे कर ही चुके हैं।" नरेन्द्र ने बताया, "तुम उनका पत्र पढ़ लो तो सारी बात स्पष्ट हो जाएगी।"

भुवनेश्वरी के मन में जाने कैसा हठ आ समाया था। बोली, "तूने पत्र पढ़ लिया है न! तू ही बता, क्या व्यवस्था की है उन्होंने?"

"उन्होंने अपने पत्र में लिख दिया है कि कहाँ, कौन हमारी अगवानी करेगा और कौन हमारे ठहरने, खाने-पीने तथा यात्रा की व्यवस्था करेगा।"

भुवनेश्वरी चुपचाप उसे देखती रही और उसके पश्चात् पति के प्रति आक्रोश व्यक्त करती हुई बोली, "और यह सारा दायित्व तुझे सौंपा है उन्होंने?"

"हाँ, माँ! क्यों?" नरेन्द्र हँसा, "और किसे सौंपते?"

भुवनेश्वरी को उसकी हँसी अच्छी नहीं लगी। वह बोली तो उसकी वाणी में रोष था, "इतना बड़ा हो गया है तू?"

नरेन्द्र पुनः हँसा, "बड़ा तो हो ही गया हूँ माँ।"

इस बार भुवनेश्वरी भी हँसी, किंतु स्वयं ही नहीं समझ पाई कि उसके मन में पुत्र के इतने बड़े हो जाने का उल्लास तथा गौरव था, अथवा पुत्र को अनावश्यक रूप से बड़ा मान लिए जाने के कारण पति के प्रति खीज, "जितना बड़ा तू हो गया है, उतना तो मैं भी देख रही हूँ, किंतु तेरे पिता तुझे कुछ अधिक ही बड़ा हो गया मानते हैं। तेरी अवस्था के बच्चे तो अभी माता-पिता की अंगुली थामे बिना, डग-भर भी नहीं चलते। चौदह वर्ष का है तू! और तेरे पिता तुझ पर इतना बड़ा दायित्व डाल रहे हैं कि तू अपनी माता और बहन-भाई को लेकर इतनी लंबी यात्रा करे।"

नरेन्द्र अपनी दायित्व-बोझ से कुछ और सक्षम हो आया था, बोला, "तुम देखना माँ! मैं तुम्हें कोई कष्ट नहीं होने दूँगा।"

"मैं जानती हूँ पुत्र!" वह बोली, "मैं अपने कष्ट के लिए नहीं, तेरे कष्ट के लिए चिंतित हूँ।"

कहने को तो भुवनेश्वरी ने कह दिया, किंतु न तो उसके मन की चिंता मिटी और न उसके चेहरे पर ही निश्चिंतता का भाव आया था।

"तुम चिंतित हो माँ!" नरेन्द्र ने पूछा, "तुम्हें क्या मुझ पर विश्वास नहीं है?"

"तुम पर मुझे पूर्ण विश्वास है पुत्र! और तुमसे भी बढ़कर मुझे अपने भगवान् पर विश्वास है।" भुवनेश्वरी बोली, "किंतु चिंता का कारण..."

नरेन्द्र ने कुछ चकित होकर माँ को देखा...माँ कभी उसके लिए इस प्रकार रहस्यमयी तो नहीं रही थीं, "बोलो माँ! ऐसी क्या गोपनीय बात है जो तुम मुझसे कहना नहीं चाहतीं?"

भुवनेश्वरी प्रयत्नपूर्वक हँसी, जैसे अपनी बात की पृष्ठभूमि तैयार कर रही हो, अथवा अपनी

बात की गंभीरता को कुछ हलका करने का प्रयत्न कर रही हो, ''मैं सोच रही हूँ कि क्या मैं भी मान लूँ कि तू बड़ा हो गया है, जैसा कि तेरे पिता ने मान लिया है?''

नरेन्द्र हँसा, ''मान लो माँ! मैं सचमुच बड़ा हो गया हूँ।''

भुवनेश्वरी की मुद्रा गंभीर हो गई, ''कुछ ऐसी बातें होती हैं पुत्र! जिन्हें माता-पिता यथासंभव अपने बच्चों से नहीं कहना चाहते—जीवन की कुछ आशंकाएँ, कुछ चिंताएँ···। माता-पिता नहीं चाहते कि उनके जीवित रहते उनकी संतान को चिंता की तप्त वायु छू भी जाए।'' उसने नरेन्द्र की ओर देखा, जैसे उसकी प्रतिक्रिया जानना चाहती हो, किंतु नरेन्द्र ने कुछ नहीं कहा, वह चुपचाप माँ के बोलने की प्रतीक्षा करता रहा।

भुवनेश्वरी बोली, ''तुम्हारे पिता यहाँ नहीं हैं। उन्होंने सबसे बड़े पुत्र के रूप में, तुम पर अपना बोझ डाला है, अब उसी रूप में मुझे भी अपना बोझ तुम पर ही डालना होगा···।''

नरेन्द्र को पहली बार लगा कि माँ सचमुच किसी गंभीर चिंता से ग्रस्त हैं। कोई ऐसी चिंता, जिसका उसे आभास तक नहीं है। नरेन्द्र का मन पहली बार इस प्रकार टीसा कि वह समझ पाया कि किस रूप में अपने प्रियजनों की पीड़ा अपनी पीड़ा से भी अधिक कष्टदायक होती है। उसने एक अभिभावक की-सी दृष्टि माँ पर डाली, ''बोलो माँ! ऐसी कौन-सी चिंता है?''

भुवनेश्वरी खुली, ''तुम्हारे पिता ने कभी मुझसे कुछ नहीं कहा, किंतु मुझे काली काका के परिवार के लोगों की दृष्टि साफ नहीं लग रही। हम सब यहाँ से चले गए तो पीछे यह सारा मकान उन्हीं के अधिकार में रहेगा।···''

''तो क्या हो गया माँ?'' नरेन्द्र हँसा, ''हमारी अनुपस्थिति में कोई इस मकान में रहे तो क्या हानि है। हमारे लौट आने पर कोई हमारा अधिकार छीन थोड़ी सकता है। तुम इतनी आशंकित किस बात से हो?''

''तू भी अपने पिता पर ही गया है पुत्र! लोगों की छोटी-मोटी तुच्छता पर न उनकी दृष्टि ठहरती है, न तेरी। अच्छा ही है कि तुच्छता तुम लोगों को छूती नहीं।'' भुवनेश्वरी के स्वर में शिकायत भी थी, और प्रशंसा भी, ''पर मैं जो कुछ देख रही हूँ, उसकी ओर से अपनी आँखें बंद नहीं कर सकती। तू नहीं जानता कि तेरे काका ने तुम्हारी नाटक-मंडली और उसके पश्चात् तुम्हारी व्यायामशाला भंग करवाकर क्या प्रमाणित किया···तुम्हारे पिता की कलकत्ता से प्रायः अनुपस्थिति के कारण उनका साहस जैसे बढ़ता जा रहा है, वह सब मेरे लिए बहुत असुविधाजनक है···।''

नरेन्द्र कुछ सोचता हुआ बोला, ''बहुत संभव है माँ! कि पिताजी ने इसीलिए हमें रायपुर बुला लिया हो कि उनकी अनुपस्थिति में हमें कोई असुविधा न हो···।''

भुवनेश्वरी ने ध्यान से अपने पुत्र को देखा, ''संभव है, ऐसा ही हो।···अच्छा, चलो। जो प्रभु की इच्छा। मेरी चिंता से न यह संसार-चक्र थमेगा, न लोगों की प्रकृति बदलेगी और न हमारा भाग्य ही बदलेगा।'' भुवनेश्वरी ने जैसे अकस्मात् ही अपनी सारी चिंताओं की गठरी समेटने का निश्चय कर लिया था।···

•

यात्रा की तैयारियाँ आरंभ हो गई। विश्वनाथ को समाचार भेज दिया गया कि वे लोग आ रहे हैं। उनकी ओर से भी सूचनाएँ और हिदायतें निरंतर आ रही थीं। भुवनेश्वरी को बहुत सारी तैयारियाँ करनी थीं और उन तैयारियों का माध्यम था नरेन्द्र। यात्रा में क्या चाहिए था, रायपुर पहुँचते ही किन-किन वस्तुओं की आवश्यकता होगी—उन सबके विषय में अच्छी तरह सोच-विचार कर उनकी

व्यवस्था करनी थी। कुछ वस्तुएँ बाजार से खरीदनी थीं, कुछ घर से ही निकालनी थीं, और फिर उन्हें इस प्रकार अपने साथ ले जाने की व्यवस्था करनी थी कि उनके कारण न तो यात्रा में असुविधा हो, और न ही इस परिवहन में उनको किसी प्रकार की क्षति पहुँचे···इतना ही नहीं, जो चीजें पीछे छोड़कर जानी थीं, उनको भी ऐसे ही नहीं छोड़ा जा सकता था। कहीं ऐसा न हो कि जब वे लोग लौटकर आएँ तो पीछे छोड़ी गई चीजें टूटी हुई मिलें या प्राप्त ही न हो पाएँ। उन सबको सँभाल-सहेजकर जाना था···भुवनेश्वरी नरेन्द्र की सहायता से इन सब कामों में लगी रही। सारे कमरों का सामान सहेज-समेटकर दो-तीन कमरों में बंद कर उन्हें ताला लगाया, और तब अपने सामान सहित वे लोग बग्घी में बैठे। हावड़ा से रेलगाड़ी पकड़ी और इलाहाबाद से जबलपुर जाकर जबलपुर से नागपुर।

विश्वनाथ ने हर प्रकार की व्यवस्था कर रखी थी। उन्हें कहीं भी यह नहीं लगा कि उनका कोई सहायक नहीं है, अथवा उचित रूप में उनका मार्ग-निर्देशन नहीं हुआ है।

नागपुर के स्टेशन पर विश्वनाथ के कुछ लोग उनकी अगवानी करने के लिए आए हुए थे। उन लोगों ने सामान ढोकर बैलगाड़ियों में लगाया। कई बैलगाड़ियाँ थीं—कुछ उनकी यात्रा के लिए और कुछ सामान ढोने के लिए। कुछ बैलगाड़ियों में वह सामान रखा गया, जो भुवनेश्वरी अपने साथ कलकत्ता से लाई थी, और वह रायपुर पहुँचकर ही खुलना था, तथा कुछ बैलगाड़ियों में वह सामान था जिसकी उन्हें यात्रा के दौरान आवश्यकता थी। बैलगाड़ियाँ सुखद और सुविधाजनक थीं, सिवाय इसके कि बैलों द्वारा खींची जाने के कारण वे रेलगाड़ी की गति से नहीं चल सकती थीं।···

भुवनेश्वरी ने महसूस किया कि विश्वनाथ चाहे उन लोगों के साथ नहीं थे, किंतु रायपुर में बैठे हुए भी, उन्होंने उन लोगों की यात्रा को सुविधाजनक बनाने के लिए कोई कोर-कसर नहीं छोड़ी थी। जाने कितना धन उन्होंने इसी यात्रा में लगा दिया था।···विचित्र हैं विश्वनाथ भी। धनार्जन के लिए कितना श्रम करते हैं, किंतु पैसे से उन्हें तनिक भी मोह नहीं है। पैसा बचाने के लिए न वे कष्ट उठा सकते हैं, न किसी को कष्ट दे सकते हैं। छोटी-सी सुविधा के लिए भी कितना ही पैसा खर्च क्यों न करना पड़े, वे उस सुविधा को प्राप्त करके ही रहेंगे।···कैसा उदार हृदय पाया है उसके पति ने कि दूसरों की असुविधा को भी अपनी ही असुविधा के समान अनुभव कर पीड़ित होते हैं, और उसे दूर करने के लिए मुक्त-हस्त धन लुटाते हैं।···कुछ ऐसा ही स्वभाव पाया है नरेन्द्र ने भी। यात्रा का सारा कष्ट वह स्वयं झेलने को तैयार है, और किसी भी मूल्य पर अपनी माता और भाई-बहनों को कोई भी कष्ट नहीं होने देना चाहता···

उन्हें बैलगाड़ी से यात्रा करते हुए कई दिन हो गए थे। मार्ग में रात के समय रुकना भी पड़ा था, किंतु भुवनेश्वरी को लगा कि उसके पति द्वारा भेजे गए मार्गदर्शक और सहायक इन यात्राओं के पर्याप्त अभ्यस्त हैं। शायद इसीलिए विश्वनाथ ने उन्हें भेजा भी था कि जब कभी वे लोग मार्ग में रुकें, तो उन्हें घर की-सी सुविधाएँ प्राप्त हो सकें।

बैलगाड़ियाँ पंक्तिबद्ध होकर एक लय में चल रही थीं। सबसे अंतिम बैलगाड़ी में सामान के साथ अकेला नरेन्द्र था। वह सामान के सहारे से अधलेटा-सा बैठा था। उसने यह व्यवस्था इसी दृष्टि से की थी कि पीछे रहकर वह इस बात का ध्यान रख सके कि शेष सब लोग और सारा सामान उसके आगे-आगे जा रहा है।

इस यात्रा में दीर्घकालीन एकांत के कारण नरेन्द्र अपने ही साथ बहुत सारी बातें करने लगा

था। वस्तुतः जीवन में ऐसा अवसर पहली बार ही आया था, और ऐसे अनुभव भी उसे पहली बार ही हुए थे। उसने पाया था कि बाहर के दृश्यों में उसकी रुचि बहुत बढ़ गई थी। वह लगातार कुछ-न-कुछ नया देखता रहता था और मन ही मन उसे विचारों की एक बड़ी शृंखला में बुनता रहता था।

बैलगाड़ी सघन वन के भीतर से गुजर रही थी। दोनों ओर वृक्ष ही वृक्ष थे, हरियाली का सौंदर्य मन को मुग्ध करने वाला था। कहीं छोटे वृक्ष थे, कहीं बड़े।···और नरेन्द्र सोच रहा था—अद्भुत हैं ये वृक्ष···कैसे-कैसे रूपाकार···कलकत्ता में तो मैंने कभी इनकी कल्पना भी नहीं की थी, न कभी सोचा था कि वृक्ष इतने सुंदर भी हो सकते हैं···कहीं ये एक-दूसरे के इतने निकट हैं कि जैसे साथ-साथ खड़े वार्तालाप कर रहे हों और कहीं जैसे रूठकर कुछ दूर हट गए हों।···जहाँ लताएँ भी हैं, वहाँ तो लगता है कि जैसे स्वर्ग से उन वृक्षों पर भगवत्-कृपा का आवरण आ पड़ा है।···और ये लंबे-लंबे ऊँचे वृक्ष जैसे स्वर्ग तक की सीढ़ी हों।···ओह! कैसे-कैसे जीव-जंतु हैं यहाँ।···और ये पक्षी! इनका संगीत। कैसे-कैसे रंग-बिरंगे पक्षी मैंने भी पाले हैं, किंतु ऐसा तो उनमें से एक भी नहीं था। एक पक्षी हाथ में आ जाए तो मनुष्य उसके रंगों को ही निरखता रह जाए। उसकी आकृति···और उसकी कंठ-ध्वनि···कौन स्रष्टा है उनका? क्या मनुष्य के पास इस कारीगरी का एक अंश भी है?···कहीं से आकाश दिखाई देता है, तो कैसे प्यारे रंग छिटके होते हैं उस पर। संसार का अद्भुत से अद्भुत चित्रकार सारा जीवन श्रम करके भी, उनमें से एक रंग को भी नहीं पा सकता।···और कहीं से प्रकाश, वृक्षों के बीच से छनकर आ रहा है तो जैसे अंधकार और प्रकाश का कोई अद्भुत अलौकिक खेल आरंभ हो जाता है···

बैलगाड़ियाँ विंध्य क्षेत्र की छोटी-बड़ी पहाड़ियों के मध्य के मार्ग से गुजर रही थीं। पहाड़ कहीं ऊँचे थे, कहीं नीचे। कहीं गलबाँहीं दिए हुए और कहीं एक-दूसरे से उचित दूरी बनाए हुए।···

सहसा नरेन्द्र की दृष्टि दो ऊँची चट्टानों पर पड़ी, जो एक-दूसरे की ओर झुककर जैसे आलिंगन कर रही थीं। एक चट्टान की लंबी-सी दरार में मधुमक्खियों का एक विराट छत्ता था और लाखों की संख्या में मक्खियाँ उसमें भनभना रही थीं···

'···अद्भुत! अद्भुत!! ऐसा दृश्य तो मैंने आज तक नहीं देखा।'···नरेन्द्र ने सोचा—'यह तो जैसे मधुमक्खियों का साम्राज्य बसा हुआ है। और कैसा अद्भुत स्थान खोजा है उन्होंने, जैसे हिमालय की सुरक्षापूर्ण छाया में किसी ने भारतवर्ष बसाया हो। इसमें इनकी रानी मक्खी होगी और लाखों की संख्या में ये उसकी सेविकाएँ होंगी। सबके लिए आवास होगा, सबके लिए भोजन का प्रबंध होगा, सबकी रक्षा होती होगी, सबका मान-सम्मान होगा, पद और मर्यादा होगी।···और कितनी सूक्ष्म तथा परिष्कृत व्यवस्था है, कला है, निर्माण कार्य है···यह सारा साम्राज्य मधु तैयार कर रहा है···ये मक्खियाँ सोचती होंगी कि यह छत्ता उन्होंने बनाया है, यह मधु उन्होंने तैयार किया है। वे अपने भविष्य के लिए मधु संचित कर रही हैं।···पर क्या यह उन्होंने ही बनाया है? वे समर्थ हैं यह बनाने में? वे अपनी सीमित बुद्धि से यह सोच भी नहीं सकतीं कि वे किसी और का यंत्र-मात्र हैं।···कार्य तो किसी और का है और उसका श्रेय स्वयं लेकर दंभ से फूल कोई और रहा है। पुष्प को शरीर किसने दिया? सूर्य के प्रकाश, पवन के झकोरों तथा जल-बिंदुओं से उस पुष्प में रस किसने उत्पन्न किया?···पुष्प सोचता होगा कि मकरंद उसने बनाया है। मधुमक्खी सोचती होगी कि मधु उसने बनाया है···और अभी कोई मनुष्य इस छत्ते को उतारकर उसमें से मधु निकाल लेगा तो शीशियाँ भरते हुए, स्वयं को मधु का निर्माता समझने लगेगा।···उपकरण अपने आपको निर्माता

क्यों समझने लगता है? वह अपने निर्माता, उसके माध्यम से कर्म करने वाले उस कर्ता का ध्यान क्यों नहीं करता? अहंकार के कारण? नहीं, यह अहंकार भी नहीं है। यह तो चोरी है। दूसरों की कृति को अपने नाम से प्रकाशित करना, दूसरे के कर्म का यश स्वयं लेना।···और इस पर विश्वास करना कि वह सचमुच हमारी ही उपलब्धि है, हमारी अपनी सृष्टि है···

'मैं अपने स्रष्टा के बहुत सीमित रूप को देख रहा हूँ···' नरेन्द्र सोचता चला गया, 'मेरी दृष्टि ही बहुत सीमित और संकीर्ण है। मधुमक्खियाँ, उनका छत्ता और मधु ही तो उस स्रष्टा की शक्ति की चरम सीमा नहीं है। उसने इस प्रकार के करोड़ों जीवन-जन्तु बनाए हैं। उसने करोड़ों ब्रह्माण्ड बनाए हैं, और एक-एक ब्रह्माण्ड में करोड़ों ग्रह-उपग्रह हैं। प्रत्येक ग्रह-उपग्रह में ऐसी करोड़ों चमत्कारिक सृष्टियाँ हैं। मैं तो कल्पना भी नहीं कर सकता कि उसकी शक्ति और उसके सामर्थ्य की सीमा क्या है···

'उसके विषय में जानने के प्रयत्न में सोचने से मस्तक फटने लगता है। उसके विषय में जानना संभव नहीं है। उसके सम्मुख तो मस्तक झुकाया ही जा सकता है···कितना सुख है उसके सम्मुख मस्तक झुका देने में। स्वयं अपने अहंकार को उसके चरणों में समर्पित कर देने में। मैं तो उसकी सृष्टि का एक छोटा-सा कण हूँ। मुझमें इतनी क्षमता कहाँ कि दृष्टि उठाकर उसे देखूँ, उसके विषय में जानने का दुःसाहस करूँ। मैं तो उसकी कीर्ति को अपनी सीमित बुद्धि से गा-भर सकता हूँ, उससे कृपा की याचना ही कर सकता हूँ···'

नरेन्द्र की आँखें बंद होने लगीं।···बाहर की चेतना जैसे लुप्त होती गई।···वह अपने भीतर ही भीतर लीन होता गया। उसे लगा, उसके चारों ओर रंग ही रंग हैं, प्रकाश ही प्रकाश।···कभी वह सारा प्रकाश बिखरकर विभिन्न दिशाओं से उसके भीतर समा जाता है···और कभी वह स्वयं उस प्रकाश में समाकर विलीन हो जाता है···

कितनी देर बाद उसकी चेतना लौटी, वह नहीं जानता। उसकी आँखें खुलीं तो चकित होकर उसने देखा···वह कहाँ आ गया था? मधुमक्खियों के छत्ते वाला वह स्थान तो कहीं बहुत पीछे छूट गया था।···उसे क्या हो गया था···उसने जो रंग और दृश्य देखे थे, वे क्या थे?···हे प्रभु! क्या तुम मेरे पास आए थे मेरे प्रभु?···यह कैसा अनुभव था मेरे ईश्वर! साधारण शब्दों में जिसकी किसी से चर्चा भी नहीं हो सकती···

रायपुर पहुँचते ही उन लोगों को विश्वनाथ अपनी अगवानी के लिए खड़े मिले थे। भुवनेश्वरी ने अपने पति को आज तक इस प्रकार उत्कंठित प्रतीक्षा करते नहीं देखा था। बच्चों ने भी बाबा को अपने लिए कुछ अधिक ही विह्वल पाया। "कैसे हो तुम लोग?"

"सकुशल हैं।" भुवनेश्वरी धीरे से बोली, "तुम कैसे हो?"

"आनंद में हूँ। अब तुम लोग आ गए हो तो फिर किसी कष्ट की बात ही क्या।" कुछ रुककर विश्वनाथ ने पूछा, "हरमोहिनी और स्वर्णमयी कैसी हैं?"

"प्रसन्न हैं। अपने-अपने परिवार में व्यस्त हैं।" भुवनेश्वरी ने बताया, "तुम्हें प्रणाम कहा है।"

"और किरण को कहाँ छोड़ा?"

"वह हरमोहिनी के पास है।" भुवनेश्वरी ने बताया, "अपनी इच्छा से वहाँ रुकी है। नहीं तो हमारे साथ भी आ सकती थी।"

"अच्छा, चलो।" विश्वनाथ ने जोगेन्द्र बाला और महेन्द्र की भुजाएँ थाम लीं, "आओ।"

पहला दिन परस्पर समाचार कहने-सुनने तथा सामान की व्यवस्था करने में व्यतीत हो गया। वे लोग लंबी यात्रा करके आए थे इसलिए आराम की भी आवश्यकता थी।

अगले दिन विश्वनाथ ने स्वयं ही चर्चा आरंभ की, "हमें यहाँ कितने समय तक रहना है, यह मैं स्वयं भी नहीं जानता। तुम लोग जानते ही हो कि कचहरी में मुकदमा समाप्त होने की कोई निश्चित अवधि नहीं होती। इतनी बात निश्चित है कि जब तक मुकद्मा समाप्त नहीं होता, मैं रायपुर नहीं छोड़ सकता।"

बच्चों के साथ-साथ भुवनेश्वरी ने भी विश्वनाथ की बात सुनी। यह चर्चा विश्वनाथ ने उसे संबोधित करते हुए आरंभ नहीं की थी, किंतु वह जानती थी कि यह सब कुछ वे उसे ही बता रहे हैं। परिवार की व्यवस्था तो उसे ही करनी थी। उसे ही मालूम होना चाहिए था कि कब, कहाँ, कितने दिन रहना है। बच्चों का क्या है, उन्हें जितने दिन जहाँ रहने के लिए कहा जाएगा, वे रह लेंगे। वह यह भी जानती थी कि विश्वनाथ स्पष्ट बात कहने के अभ्यस्त हैं। वे जान-बूझकर किसी को संशय में नहीं रखेंगे। फिर भी···

"कोई तो अनुमान होगा, महीना-दो महीने रहना है, साल-दो साल रहना है? यदि कोई अनुमान ही नहीं होगा तो मैं रसोई की क्या व्यवस्था करूँगी।" उसने बात आरंभ की।

विश्वनाथ हँसे, "महीना-दो महीने ही रहना होता तो मैं तुम लोगों को इतनी लंबी यात्रा करने के लिए क्यों कहता। महीने के लगभग की तो तुम लोगों ने यात्रा ही की है।"

"तो?" भुवनेश्वरी ने पूछा।

"साल-दो साल," विश्वनाथ मुस्कराए, "पाँच साल।···"

"बाप रे!" भुवनेश्वरी बोली, "तो क्या हम सदा के लिए कलकत्ता छोड़ आए हैं?"

"सदा के लिए क्यों?" विश्वनाथ पुनः हँसे, "पाँच साल का अर्थ, क्या सदा के लिए होता है।"

"फिर भी?" भुवनेश्वरी ने आग्रह किया।

"हो सकता है कि जल्दी ही निपटारा हो जाए।" विश्वनाथ बोले, "वैसे तुम लोग निश्चिंत होकर यहाँ तब तक रहो, जब तक कि यहाँ से चलने की सूचना नहीं दी जाती। तुम लोगों को किसी प्रकार का कोई कष्ट नहीं होगा।"

"और बच्चों की पढ़ाई?" भुवनेश्वरी बोली, "जब इतने लंबे समय तक यहाँ रहना है तो उनकी पढ़ाई का भी तो कोई प्रबंध करना होगा।···यहाँ बंगला में शिक्षा देने वाला कोई विद्यालय है?"

विश्वनाथ कुछ चिंतनशील हो गए, "बच्चों को बिना शिक्षा के तो नहीं रहना है, और यहाँ बंगला विद्यालय की तो बात ही क्या, किसी भी प्रकार का कोई विद्यालय अथवा कॉलेज नहीं है। इसलिए बच्चे घर में ही स्वाध्याय करें, स्वशिक्षण करें। पुस्तकें सब उपलब्ध हो जाएँगी। यहाँ कलकत्ता जैसी सामाजिक गतिविधि भी नहीं है, इसलिए स्वाध्याय में विघ्न-बाधा भी कम ही होगी। वे खूब पढ़ें। नरेन्द्र को कुछ मैं पढ़ा दिया करूँगा, कुछ वह स्वयं पढ़ लिया करेगा। जोगेन्द्र बाला और महेन्द्र को तुम और नरेन्द्र मिलकर पढ़ा दिया करना।"

नरेन्द्र को पिता की यह योजना अत्यंत रोचक लगी। यह तो परिवार का ही विद्यालय हो गया। सब लोग स्वयं-शिक्षक भी थे और एक-दूसरे के अध्यापक भी। घर और विद्यालय में कोई

भेद ही नहीं था। उसे लगा कि प्राचीन काल में कदाचित् गुरुकुल भी ऐसे ही रहे होंगे, जहाँ एक परिवार के समान रहकर लोग स्वयं अपने आपको तथा एक-दूसरे को शिक्षित करते रहे होंगे।

"किस-किस कक्षा की पढ़ाई होगी?" नरेन्द्र ने पूछा।

विश्वनाथ ने अपनी आँखों में एक अनिश्चय लिए हुए उसकी ओर देखा, "कक्षा!...तुम लोग निर्बंध अध्ययन करो। कक्षा का कोई बंधन नहीं है। कक्षा होती है, क्योंकि बच्चों के एक समूह को एक साथ पढ़ाना होता है। अकेले आदमी को कक्षा की क्या आवश्यकता? जितना समझ में आ जाए, उससे आगे पढ़ो। अपने आनंद के लिए पढ़ो। अपने ज्ञान के लिए पढ़ो। शिक्षा तो प्रेरणा में है, आरोपण में नहीं।"

नरेन्द्र को पिता की यह योजना बहुत भाई। कक्षा के पाठ्यक्रम और परीक्षा की दृष्टि से, किसी के सम्मुख अपनी योग्यता प्रमाणित करने के लिए पढ़ना उसे कभी भी बहुत स्पृहणीय नहीं लगा था। किंतु स्वांतः सुखाय पढ़ना, अपनी प्रेरणा से पढ़ना, अपनी समस्याओं और अपने प्रश्नों के समाधान के लिए पढ़ना, सचमुच आह्लादकारी था। यदि व्यक्ति प्रतिदिन अपने से ही कुछ बड़ा नहीं हो जाता तो कक्षाएँ चढ़ते जाना, क्या सुख दे सकता है?

विश्वनाथ बहुत आदरपूर्वक एक अपरिचित व्यक्ति को अपने साथ लेकर आए और उन्हें अत्यंत सत्कारपूर्वक बैठक में बैठाकर भीतर पहुँचे।

"घोष बाबू आए हैं।" उन्होंने भुवनेश्वरी से कहा, "बांगला के प्रकांड पंडित हैं। कुछ मिठाई भिजवा दो, और हाँ! नरेन्द्र को भी भेज दो। ऐसे विद्वानों की संगति में बैठेगा तो कुछ सीखेगा ही। ऊँट पहाड़ के नीचे आता है तो ही उसे अपनी वास्तविक ऊँचाई का ज्ञान होता है। नरेंन्द्र को भी अनुमान होगा कि उसके स्वाध्याय ने कहाँ तक उसका विकास किया है।"

विश्वनाथ बैठक में लौट आए, "कहिए, जीवन कैसा चल रहा है घोष बाबू! इधर बहुत दिनों से आप किसी संगीत-गोष्ठी में भी दिखाई नहीं दिए।"

"हाँ, कुछ लिखने में व्यस्त हो गया था।" घोष बाबू बोले, "घर से निकलना ही बहुत कम हो गया था। कम क्या, समझिए समाप्त ही हो गया था। नहीं तो मैं, और संगीत-गोष्ठी में न जाऊँ!"

तभी नरेन्द्र कमरे में आया और घोष बाबू को प्रणाम कर एक ओर बैठ गया। घोष बाबू से उसका परिचय नहीं था, न ही कभी उसने उनका नाम सुना था।...फिर भी जाने क्यों पिताजी चाहते थे कि वह उनके पास बैठे...

"यह मेरा बड़ा पुत्र है...नरेन्द्र।" विश्वनाथ ने परिचय कराया, "पढ़ने में इसकी रुचि है। मैं तो अपने काम-धंधे में कुछ विशेष पढ़ नहीं पाता, यह खूब पढ़ता है।"

"संगीत में भी रुचि है?" घोष बाबू ने पूछा।

"रुचि तो है, किंतु इसका जितना विकास मैं चाहता हूँ, उतना अभी हुआ नहीं है।"

"धीरे-धीरे होगा।" घोष बाबू बोले, "एक संगीत ही तो ऐसी कला रह गई है, जिसे यह तथाकथित आधुनिक पश्चिमी प्रभाव नष्ट और भ्रष्ट नहीं कर पाया है। अन्यथा क्या काव्य और क्या चित्रकारी...! यह घटिया पाश्चात्य संगीत...।"

"मैं आपसे तनिक भी सहमत नहीं हूँ।" नरेन्द्र पहली बार बोला था और उसकी वाणी में न कोमलता थी, न अपरिचित वयोवृद्ध का लिहाज। स्पष्ट ही उसमें घोष बाबू के प्रति उद्दंडता का भाव था।

घोष महाशय ने चकित होकर नरेन्द्र की ओर देखा और विश्वनाथ के चेहरे पर घबराहट के लक्षण प्रकट हो गए : उन्होंने नरेन्द्र को बुलाकर इसलिए तो यहाँ नहीं बैठाया था कि वह सम्मानित आगंतुक का अपमान करे···

किंतु घोष बाबू ने अपने आपको सँभाल लिया। वे नरेन्द्र के वाक्य से इतने हतप्रभ नहीं हुए थे कि वार्तालाप को आगे ही न बढ़ाते। धीरे से बोले, "किस बात से सहमत नहीं हो पुत्र?"

"आपके विचारों से," नरेन्द्र पर्याप्त अशालीन ढंग से बोला, "न संगीत संबंधी, न काव्य संबंधी और न चित्रकला संबंधी।"

विश्वनाथ को लगा कि संभवतः उन्हें नरेन्द्र को रोकना पड़ेगा। उन्होंने मतभेद का कभी भी निषेध नहीं किया है, किंतु यह लड़का तो उद्दंडता सीख रहा है। यदि उसे रोका नहीं गया तो वह किसी का भी अपमान कर बैठेगा···

किंतु घोष बाबू ने विस्मयपूर्वक नरेन्द्र से पूछा, "क्यों सहमत नहीं हो तुम मेरे विचारों से?"

नरेन्द्र जैसे फट पड़ा, "पाश्चात्य संगीत घटिया नहीं है, वह उत्कृष्ट संगीत है। उसमें गीत-माधुरी और लय, उस चरम सीमा को प्राप्त हो चुकी हैं, जो हमारे संगीत में नहीं है। यह बात और है कि हमारे अनभ्यस्त कानों को पाश्चात्य संगीत रुचिकर प्रतीत नहीं होता और हम सोचते हैं कि वे सियारों के समान चिल्लाते हैं। पहले मेरा भी यही विचार था, पर जब मैंने उनके संगीत को ध्यानपूर्वक सुनना शुरू किया और शास्त्र का अध्ययन किया तो प्रशंसा किए बिना नहीं रह सका। सभी कलाओं का यही हाल है। किसी उत्कृष्ट चित्र पर एक दृष्टि डालकर हम यह नहीं समझ सकते कि उसका सौंदर्य कहाँ छिपा है। जब तक चित्रकला में निपुणता प्राप्त न हो तब तक किसी कला-कृति का मर्म समझना कठिन है।"

"पर तुम इस बात से क्यों सहमत नहीं हो कि हमारा संगीत विदेशी प्रभाव से अप्रभावित और अमिश्रित है?" घोष बाबू ने अत्यंत निर्विकार रूप से पूछा, जैसे उनका अपना कोई मत न हो और वे नरेन्द्र की परीक्षा मात्र ले रहे हों।

नरेन्द्र ने जैसे अपने विचारों को एकाग्र किया और बोला, "हमारा संगीत केवल कीर्तन और ध्रुपद में ही शुद्ध रूप में जीवित है। शेष सब इस्लामी संगीत के अनुकरण से दूषित हो चुका है। क्या आप सोचते हैं कि 'टप्पा' को नाक में गाते हुए, बिजली के समान एक सुर से दूसरे सुर पर दौड़ना कोई उत्कृष्ट संगीत है? नहीं। जब तक प्रत्येक सुर हर एक स्तर पर पूरा नहीं गाया जाता, उत्कृष्ट संगीत की सृष्टि नहीं हो सकती। प्रकृति का अनुकरण कर चित्रकला चाहे कितनी भी कलामयी बनाई जा सकती है। इसी प्रकार संगीत में भी शास्त्र का अनुकरण कर जितना चाहें, उतनी दक्षता प्रदर्शित की जा सकती है, और ऐसा संगीत कानों को प्रिय भी लगेगा। भारत आकर मुसलमानों ने यहाँ की राग-रागिनियों को अपनाया तो अवश्य, पर 'टप्पा' गीतों पर उन्होंने अपने संगीत की इतनी गहरी छाप मारी कि यहाँ का संगीत नष्ट हो गया।"

घोष बाबू मुग्ध दृष्टि से नरेन्द्र को देखते रहे और फिर बोले, "ऐसा तुम कैसे कह सकते हो? 'टप्पा' तो सबको अच्छा लगता है।"

"हाँ, कुछ लोगों को झींगुरों की झंकार भी अच्छी लगती है।" नरेन्द्र जैसे तड़पकर बोला। स्पष्टतः वह घोष बाबू पर शब्दों द्वारा क्रूर प्रहार कर उन्हें चोट पहुँचाने का प्रयत्न कर रहा था, "संथाल भी अपने संगीत को सर्वोत्कृष्ट मानते हैं। आपको यह समझ में नहीं आ रहा है कि जब एक स्वर दूसरे स्वर के पीछे इतनी द्रुत गति से आता है तो केवल संगीत की सुषमा ही नष्ट नहीं

होती, वरन् एक प्रकार का बेसुरापन भी पैदा हो जाता है। सात सुरों के भिन्न-भिन्न प्रकार के संयोगों को भिन्न-भिन्न राग-रागिनियों का नाम दिया गया है। पर टप्पे में उलटी ही बात है। यहाँ तो एक राग से दूसरे राग की ओर दौड़ है। एक नई धुन बनाई जाती है और फिर आलाप-आवाज ऊँची उठाकर उसमें कंप लाया जाता है। भला इसमें कोई राग कैसे शुद्ध और पूर्ण बन सकता है? फिर यदि केवल प्रभावोत्पादन के लिए ही, लघु-गुरु आलापों का इतना प्रचुर उपयोग किया जाए, तो संगीत की काव्यात्मकता तो बिलकुल नष्ट हो जाती है। जब से टप्पे का प्रचार हुआ है, तब से भाव व्यक्त करने के लिए गीतों का गाया जाना तो बिलकुल ही बंद हो गया है। अब, फिर रंगमंच की प्रगति के साथ, शुद्ध संगीत का शनैः-शनैः जीर्णोद्धार होने लगा है, पर अब भी राग-रागिनियों की अवहेलना ही हो रही है। जो ध्रुपद गाने में दक्ष हैं उन्हें तो टप्पा कर्कश ही लगता है। पर हमारे संगीत में सुरों का आरोह-अवरोह बहुत सुंदर बन पड़ता है। फ्रांस वालों ने संगीत के इस गुण को पहचाना है और अपने संगीत में अपनाने का प्रयत्न किया है। उनको देखकर यूरोप-भर में इसका अनुकरण होने लगा है।''

घोष बाबू विस्मय से नरेन्द्र की ओर देखते रहे और फिर बिना आहत हुए अथवा बिना किसी उत्तेजना के बोले, ''मिश्रण से संगीत भ्रष्ट हुआ है, और काव्य का विदेशी प्रभाव से उद्धार हुआ है?''

''नरेन्द्र ने निर्द्वंद्व दृष्टि से उनकी ओर देखा और दृढ़ स्वर में कहा, ''निश्चित रूप से।''

''कोई प्रमाण?'' घोष बाबू ने पूछा।

''समाज में बाल-विवाह जैसी प्रथा को चलाने के पक्षधर भारतचन्द्र के कुरुचिपूर्ण तथा अश्लील काव्य सिवाय बंग देश के अन्य किसी देश के सभ्य समाज में ऐसे मान्य नहीं हुए। मेरे विचार से तो ऐसा प्रयत्न किया जाना चाहिए कि वह पुस्तक किसी बालक के हाथ में ही न पड़े।''

घोष बाबू ने उसे किंचित् तीखी नजरों से देखा, ''और वह कौन-सा उत्कृष्ट काव्य लिखा गया, जिसमें विदेशी प्रभाव देखा गया है?''

''माइकल मधुसूदन दत्त का 'मेघनाद-वध'।'' नरेन्द्र बोला, '' 'मेघनाद-वध' के समान दूसरा काव्य बांगला में तो है ही नहीं, समस्त यूरोप में भी ऐसा कोई काव्य आजकल मिलना कठिन है।''

घोष बाबू तनिक रुके रहे कि शायद नरेन्द्र कुछ और कहे, किंतु जब वह कुछ नहीं बोला तो उन्होंने कहा, ''तुम्हें नहीं लगता कि मधुसूदन दत्त को शब्दाडंबर बहुत प्रिय है?''

नरेन्द्र कुछ झल्ला गया, ''कोई परंपरा की लीक से हटकर नया काम करे तो आप लोग उसके पीछे पड़ जाते हैं। 'मेघनाद-वध' बांगला भाषा की मुकुट-मणि है। उसे नीचा दिखाने के लिए 'छछूँदर-वध' काव्य लिखा गया। पर उससे क्या हुआ? 'मेघनाद-वध' काव्य अब हिमालय के समान अटल खड़ा है, परंतु उसमें दोष निकालने में व्यस्त समालोचकों के मत और लेख, जाने कहाँ विलीन हो गए हैं, माइकल नवीन छंद और ओजपूर्ण भाषा में जिस काव्य की रचना कर गए हैं, उसे साधारण लोग क्या समझेंगे!''

''साधारण लोगों का क्या दोष?'' घोष बाबू बोले, ''उन्हें वह अच्छा नहीं लगता। तुम ही बताओ, वह उन्हें कैसे अच्छा लग सकता है?''

''एक बार बाबू राजनारायण बसु ने मधुसूदन दत्त से इसके छंद की गठन-प्रणाली के विषय में पूछा था।'' नरेन्द्र तपाक से बोला, ''तो मधुसूदन ने कहा था, इसमें पूछने और बताने की कोई बात नहीं। इसकी आवृत्ति ही सब बातें बता देगी। जो इसे हृदयंगम करना चाहें, वे बार-बार पढ़ें,

बार-बार आवृत्ति करने पर जब उनके कान दुरुस्त हो जाएँगे, तब वे समझेंगे कि अमित्राक्षर क्या वस्तु है।"

लगा, घोष बाबू की सारी आपत्तियाँ जैसे समाप्त हो गई थीं। वे अत्यंत मधुर एवं मैत्रीपूर्ण ढंग से बोले, "और तुम्हें इसका कौन-सा अंश सर्वश्रेष्ठ लगता है?"

"जहाँ इन्द्रजित युद्ध में निहत हुआ है।" नरेन्द्र बोला, "मंदोदरी शोक से कातर होकर, रावण को युद्ध में जाने से रोक रही है, परंतु रावण पुत्र-शोक को मन से जबरदस्ती हटाकर महावीर के समान युद्ध में जाना निश्चय कर, प्रतिहिंसा और क्रोध की आग में, स्त्री-पुत्र सब भूलकर, युद्ध के लिए बाहर जाने को तैयार है···वही है काव्य की सर्वश्रेष्ठ कल्पना। चाहे जो हो, पर मैं अपना कर्तव्य नहीं भूल सकता, फिर दुनिया रहे या जाए···यही है महावीर का वाक्य। माइकल ने उसी भाव से अनुप्राणित होकर काव्य के इस अंश को लिखा था।"

घोष बाबू ने विस्मय से नरेन्द्र को देखा और बोले, "मेरे पास आओ पुत्र!" और जब नरेन्द्र उनके निकट आया तो उन्होंने उसके सिर पर अपना हाथ रखकर कहा, "सुखी रहो पुत्र! यशस्वी बनो। मुझे विश्वास है कि एक दिन संसार में चारों दिशाओं में तुम्हारा ही नाम गूँजेगा।" वे विश्वनाथ की ओर मुड़े, "विश्वनाथ बाबू! आप सौभाग्यशाली हैं, जो भगवान् ने आपको ऐसा पुत्र दिया है।"

घोष बाबू चले गए। विश्वनाथ द्वार तक जाकर उन्हें विदा कर आए। लौटकर उन्होंने देखा कि नरेन्द्र उसी कमरे में शांत बैठा अनुद्वेलित भाव से कुछ पढ़ रहा था। विश्वनाथ कुछ क्षणों तक अपने अंतर्द्वंद्व से लड़ते रहे, किंतु फिर संकल्पपूर्वक उन्होंने पुकारा, "नरेन!"

नरेन्द्र ने पुस्तक पर से दृष्टि उठाकर पिता को देखा, तो विश्वनाथ बोले, "तुम पढ़-लिख रहे हो, ज्ञान प्राप्त कर रहे हो, तर्क करना सीख रहे हो—ये सब शुभ लक्षण हैं, किंतु इतने कटु होकर क्यों बोलते हो, जैसे कोई अभद्र और असंस्कृत व्यक्ति बोलता है! बोलते हुए, दूसरे व्यक्ति की अवस्था तो देख लिया करो।"

नरेन्द्र चकित था, "मैंने कुछ अनुचित कहा क्या बाबा?"

"अनुचित नहीं था क्या?" विश्वनाथ बोले, "वे कहते हैं कि टप्पा तो बहुत लोगों को अच्छा लगता है तो तुम कहते हो कि कुछ लोगों को झींगुरों की झंकार भी अच्छी लगती है। कोई शालीन लड़का, अवस्था में स्वयं से बड़े लोगों के साथ इस प्रकार बात करता है क्या?"

नरेन्द्र कुछ नर्म पड़ा, "मैं क्या करूँ बाबा! जब दूसरा व्यक्ति तर्कहीन अथवा स्तरहीन बात करता है, तो मैं स्वयं को रोक नहीं पाता हूँ।"

"किंतु स्वयं को संयत रखना तो सीखना चाहिए न।" विश्वनाथ ने कहा और भीतर चले गए।

भुवनेश्वरी भीतर के कमरे से विश्वनाथ के खीजे हुए स्वर को सुन रही थी। वे भीतर गए तो उसने पूछा, "क्या हुआ? नरेन को डाँट क्यों रहे थे?

"क्या करूँ! अपनी बौद्धिक क्षमता का अपमान होने पर यह नरेन न बड़ा देखता है, न छोटा।" विश्वनाथ बोले, "पहले भी मैंने इसे समझाया था। यह बहुत तीखा बोलता है। दूसरा व्यक्ति ही न लड़े तो न लड़े—यह तो अपनी ओर से कोई कसर नहीं छोड़ता।"

"बचपना है इसका।" भुवनेश्वरी ने जैसे विश्वनाथ को शांत करना चाहा।

"जानता हूँ।" विश्वनाथ बोले, "वैसे तो इसकी बौद्धिक क्षमताओं को देखकर मन-ही-मन प्रसन्न ही होता हूँ, किंतु इधर मैं अपनी प्रसन्नता प्रकट करूँ और उधर वह और भी उद्दंड हो

जाए तो मेरी प्रसन्नता का क्या लाभ?''

''ठीक कहते हो।'' भुवनेश्वरी बोली, ''इसीलिए कहते हैं कि बच्चों को पालना कोई सरल काम नहीं है।''

विश्वनाथ कचहरी से लौटे तो मुँह-हाथ धोकर बाहर बरामदे में आ बैठे और फिर उन्होंने पुकारकर भुवनेश्वरी से पूछा, ''नरेन्द्र कहाँ है?''

''अपने कमरे में पढ़ रहा होगा।'' भुवनेश्वरी बोली, ''कोई काम था क्या?''

''अरे, हर समय कोई काम ही होता है क्या?'' विश्वनाथ आज उत्फुल्ल मुद्रा में थे, ''उससे कहो, हर समय पढ़ते ही नहीं रहना चाहिए। बहुत पढ़ने से भी आदमी बौरा जाता है। उसे भेजो यहाँ।''

''तुम भी विचित्र हो।'' भुवनेश्वरी बोली, ''जिनके बच्चे पढ़ते नहीं हैं, वे उन्हें पढ़ने के लिए प्रेरित करते हैं, और तुम हो कि पढ़ते हुए बच्चे को भी निर्विघ्न नहीं चलने देते।''

''अरे, बुलाओ उसको।'' विश्वनाथ बोले, ''जब तक यहाँ हैं, थोड़ा बहुत अवकाश मिल जाता है तो बच्चों के साथ समय बिताया जा सकता है। एक बार कलकत्ता पहुँच गए तो एकदम समय नहीं मिलेगा। तब या तो कचहरी होगी या मुवक्किल। रायपुर के प्रवास को तो तुम सैर-सपाटा ही समझो।''

भुवनेश्वरी ने भीतर जाकर नरेन्द्र को भेज दिया। नरेन्द्र पुस्तक हाथ में लिए विश्वनाथ के पास आया तो वे बोले, ''इस पुस्तक को बंद करके कहीं रख दो।''

''क्यों बाबा?'' नरेन्द्र ने हैरान होकर पूछा।

''अरे, कुछ जीवन से भी सीखो।'' विश्वनाथ हँसे, ''कभी-कभी जीवन पुस्तकों से भी कुछ अधिक ही सिखाता है।''

नरेन्द्र की दृष्टि में आश्चर्य था, ''जीवन से क्या सीखना है मुझे···मेरा तात्पर्य है कि इस प्रकार आदेश पर भी जीवन कभी कुछ सिखाता है क्या?''

विश्वनाथ बोले, ''जीवन नहीं सिखाता, जीवन का अनुभव सिखाता है। और मैं हूँ जीवन का भरपूर अनुभव। जाओ, शतरंज उठा लाओ, मैं तुम्हें शतरंज सिखाऊँगा।''

''शतरंज खेलने के लिए मन मचल रहा होगा। साथी कोई मिला नहीं होगा। अब नरेन्द्र को फाँसने के लिए दर्शन बघार रहे हैं।'' भुवनेश्वरी ने टिप्पणी की।

''तुम यह सब समझ नहीं पाओगी।'' विश्वनाथ उसके परिहास को पूर्णतः टाल गए, ''जाओ, नरेन! शतरंज लाओ।''

नरेन्द्र शतरंज ले आया।

विश्वनाथ काफी देर तक नरेन्द्र को शतरंज के नियम समझाते रहे और तब उन्होंने खेल आरंभ किया।

नरेन्द्र को भी खेल में रस आने लगा था, जैसे कोई सेनापति अपनी सेनाओं के मोर्चे बाँध रहा हो। उसने तभी मन-ही-मन तय किया कि वह यह खेल जोगेन्द्र बाला और महेन्द्र को भी सिखाएगा···।

अगले दिन कचहरी की छुट्टी थी। नरेन्द्र ने संकेत में पिता से पूछा कि क्या वे शतरंज खेलना पसंद करेंगे, तो विश्वनाथ ठठाकर हँस पड़े, ''लगता है कि तुम्हें भी शतरंज का चस्का लग गया।''

"नहीं, वह तो ऐसे ही···" नरेन्द्र बोला, "मैंने सोचा आज आप घर पर हैं तो अभ्यास हो जाएगा, अन्यथा मैं किसके साथ खेलकर अपनी दक्षता बढ़ाऊँगा।"

"बात तो तुमने ठीक कही है।" विश्वनाथ बोले, "किंतु सुबह-सुबह शतरंज पर नहीं बैठ जाना चाहिए, अन्यथा इसी में शाम हो जाएगी। आओ, आज मैं तुम्हारा संगीत का अभ्यास करवाऊँ। मुझे भी तो पता चले कि तुम कैसा गाते हो।"

नरेन्द्र को इसमें भी उतनी ही प्रसन्नता थी। वह तत्परता से हारमोनियम और तबले उठा लाया।

विश्वनाथ ने जब बैठकर गाना आरंभ किया तो नरेन्द्र को लगा कि उसके पिता जैसे कोई दूसरे ही व्यक्ति हो गए हों···वैसे रायपुर में उसने अपने पिता के जिस रूप को देखा था, वह सचमुच ही कलकत्ते वाले रूप से बहुत भिन्न था। नरेन्द्र के प्रति वैसे तो उनका व्यवहार सदा ही मैत्रीपूर्ण रहा था, किंतु रायपुर में वे कुछ अधिक ही उन्मुक्त हो गए थे···या शायद नरेन्द्र ही पहले से कुछ इतना बड़ा हो गया था कि वह उन्हें मित्र जैसा लगने लगा था···।

विश्वनाथ ने अपना स्वर रोककर कहा, "मेरे साथ गाओ बिलेह मोशाय!" और उन्होंने पुनः आरंभ किया :

अब मैं नाच्यो बहुत गोपाल!
काम क्रोध को पहिरि चोलना, कंठ विषय की माल।
महामोह के नूपुर बाजत, निंदा सबद रसाल।
भरम भर्‌यो मन भयो पखावज चलत कुसंगत चाल।
तृष्णा नाद करत घट भीतर, नाना विधि दे ताल।
माया को कटि फेंटा बाँध्यो लोभ तिलक दे भाल।
कोटिक कला काँछि देखराई, जलथल सुधि नहिं काल।
सूरदास सबै अविद्या, दूरि करैं नंदलाल।

भजन समाप्त हुआ तो नरेन्द्र बोला, "आपका स्वर तो बहुत सधा हुआ है बाबा।"

विश्वनाथ हँसे, "यदि मेरे स्वर को सधा हुआ मानोगे तो संगीत में कोई विशेष उन्नति नहीं करोगे। मैंने न तो ढंग से संगीत की शिक्षा पाई है और न ही मेरे पास अभ्यास का कभी समय रहा है। मैं चाहता हूँ कि तुम्हें संगीत की उत्तम शिक्षा मिले और तुम अभ्यास भी जमकर करो ताकि देश के शीर्षस्थ गायक बन सको।" विश्वनाथ रुककर शून्य में देखते रहे, जैसे कहीं और खो गए हों और फिर बोले, "सत्य तो यह है पुत्र! कि मैंने पिता का सुख नहीं पाया। तुम जानते हो, मेरे पिता जन्म के पश्चात् ही गृह-त्याग कर संन्यासी हो गए थे। शायद मेरे मन में कहीं गहरे यह बात बैठी है कि मैं तुम लोगों को जितना अधिक सुख दे सकूँ, वह दूँ, किंतु यह सुख-सुविधा तुम लोगों के विकास के लिए है—भोग के लिए नहीं···।"

सहसा विश्वनाथ उठ खड़े हुए और उन्होंने अपने आपको सायास बदल लिया। बोले, "जाओ, माँ से कह दो कि आज उन्हें खाना नहीं पकाना होगा। खाना मैं पकाऊँगा और तुम मेरी सहायता करोगे, या यूँ समझ लो कि मैं तुम्हें खाना पकाना सिखाऊँगा।"

नरेन्द्र माँ को सूचना देने चला गया और विश्वनाथ रसोई में आ गए। उन्होंने नौकर को भी बाहर निकाल दिया और पकाने की व्यवस्था में लग गए।

नरेन्द्र लौटा तो विश्वनाथ ने उसे समाझाया की मछली साफ कैसे की जाती है, उसे चीरा कैसे जाता है, उसके टुकड़े कैसे किए जाते हैं और फिर उसका झोल कैसे बनाया जाता है।

उस दिन नरेन्द्र खाने बैठा तो भोजन का स्वाद ही कुछ और था। वह समझ नहीं पाया कि यह भोजन केवल भिन्नता के कारण ही अधिक स्वादिष्ट लग रहा है या सचमुच ही बाबा, माँ से भी अच्छे पाकशास्त्री हैं···नरेन्द्र को यह भी लगा कि यह एक उपयोगी कला है, जिसे सीख लेना प्रत्येक व्यक्ति के लिए लाभदायक हो सकता है। पिता ने यदि अपनी वकालत के साथ-साथ इसे सीखा है, तो नरेन्द्र के पास तो उनसे कहीं अधिक समय है···।

22

विश्वनाथ अपने परिवार के साथ कलकत्ता लौटे तो घर के द्वार पर ही अनेक प्रकार के आभास मिले कि पीछे स्थिति में काफी परिवर्तन हो गया है, किंतु उन्होंने स्वयं को तनिक भी विचलित नहीं होने दिया और अपना व्यवहार ऐसा ही बनाए रखा जैसे स्थितियों में तनिक भी परिवर्तन न हुआ हो।

सामान घर के अंदर ले जाया गया। भुवनेश्वरी आशंकित तो पहले से ही थी; अब स्थिति भाँपने में उसे क्षण भी नहीं लगा। वह उदास-सी, तटस्थ भाव अपनाकर एक ओर खड़ी हो गई। विश्वनाथ सामान की देखभाल कर रहे थे, और नरेन्द्र सामान को कमरों में रखवा रहा था।

सहसा नरेन्द्र माँ के पास आया, "माँ! वह कमरा जिसमें दीदी सोया करती थी, उस पर ताला पड़ा हुआ है।"

भुवनेश्वरी ने उसे बुझी हुई दृष्टि से देखा और बोली, "कोई बात नहीं। उस कमरे को तुम रहने ही दो। तुम्हारे काकू कहते हैं कि हरमोहिनी और स्वर्णमयी के विवाह के पश्चात् हमें उस कमरे का क्या करना है।"

नरेन्द्र को सामान के लिए स्थान तो मिल गया, किंतु उसकी समस्या का समाधान नहीं हुआ। उसने पूछा, "पर वहाँ ताला क्यों है?"

"वहाँ तुम्हारे काकू ने कुछ सामान रखवा दिया है।" भुवनेश्वरी जैसे कुछ कहते-कहते रुक गई, "तुम सामान रखवाकर जाओ और अपने मित्रों से मिल आओ।"

नरेन्द्र चला गया तो भुवनेश्वरी भी अपने कमरे में आ गई। विश्वनाथ वहीं बैठे कुछ कागज-पत्र देख रहे थे।

"यहाँ से जाते हुए ही मेरे मन में आशंका थी कि कुछ-न-कुछ गड़बड़ी होगी।" भुवनेश्वरी ने विश्वनाथ के निकट बैठते हुए कहा।

"गड़बड़ी क्या है, सब पागलपन है।" विश्वनाथ धीरे से बोले, "काली काका होते तो उनसे कुछ बात भी करता। अब ये हैं, उनके लड़के-वड़के। इनसे क्या कहूँ।"

भुवनेश्वरी को पति के इस दृष्टिकोण से तसल्ली नहीं हुई। उसके मन में तो कहने के लिए जैसे बहुत कुछ उमड़-घुमड़ रहा था, "ससुरजी सब कुछ उनके हाथों में छोड़ गए और उन्होंने सारी जायदाद औने-पौने ठिकाने लगा दी। वर्षों तक सारा परिवार आपकी आय पर चलता रहा। ये लोग भूल गए कि इनके बाबा कुछ नहीं कमाते थे। आपके ही पैसे से इनका लालन-पालन हुआ है।

आज ये मकान के कमरे गिनने लगे हैं।''

''तुम क्यों अपना मन खराब करती हो।'' पहले तो लगा कि विश्वनाथ बहुत कुछ कहने को आतुर हैं, किंतु फिर उन्होंने स्वयं को संयत कर लिया। धीरे से शांत वाणी में पत्नी से बोले, ''एक बात का ध्यान रखो भुवनेश्वरी! और यह मात्र तुम्हें सांत्वना ही नहीं दे रहा हूँ, अपने मन की वास्तविक निष्ठा तुम्हारे सामने प्रकट कर रहा हूँ···।''

भुवनेश्वरी ने अपना क्षोभ त्यागकर, मधुर ढंग से अपने पति की ओर देखा तो विश्वनाथ बोले, ''मैं सच्चे मन से मानता हूँ कि जीवन में जो धन-संपत्ति और उसका भोग हमें मिलता है, वह ईश्वर का दिया हुआ है। यह दूसरी बात है कि वह किस माध्यम से देता है। मेरा मन कहता है कि धन तो वही देता है, किंतु किसी को श्रम के बदले में देता है, किसी से हत्या करवाकर। कोई मनुष्य के रूप में धन पाता है और कोई जोंक के रूप में, कोई राक्षस के रूप में, कोई पिशाच के रूप में। जो धन हमारा अपना होता भी है, उसका हम उतना ही भोग कर सकते हैं, जितना हमारे भाग्य में होता है, अन्यथा यह धन-संपत्ति छोड़कर मेरे पिता संन्यासी न हो जाते। इसलिए मन में यही आस्था रखो कि मेरा धन वही है, जिसका भोग भी मेरे भाग्य में हो। अन्य लोग भी वही पा रहे हैं, जो ईश्वर ने उन्हें दिया है—चाहे वह हमारे माध्यम से ही दिया हो। देता तो हमें भगवान् ही है, वह चाहे पिता—पितामह बनकर दे, मुवक्किल बनकर दे, सरकार बनकर दे, स्वामी बनकर दे। इसलिए मन को क्लेश मत दो। काली काका के परिवार का भरण-पोषण मैंने नहीं किया, वह भगवान् ने ही किया है। बात केवल इतनी ही है कि ईश्वर ने उसका यश मुझे दिया है।''

अपनी विचलित अवस्था में भी यह बात भुवनेश्वरी के मन में आए बिना नहीं रही कि उसके पति का मन असाधारण रूप से उदार है। वह जैसे अपने आपको समझाती हुई बोली, ''अब आप जैसा मन और बुद्धि कहाँ से लाऊँ, जिसे न अपना धन लुटाकर परेशानी होती है और न ही अपना धन लुटते देखकर उद्विग्नता।''

''उद्विग्न तो मैं होता हूँ।'' विश्वनाथ बोले, ''कोई योगी तो हूँ नहीं।''

''कब होते हैं उद्विग्न?'' भुवनेश्वरी बोली, ''मैंने तो कभी नहीं देखा।''

विश्वनाथ कुछ देर तक खड़े सोचते रहे और फिर बोले, ''इस क्षण भी उद्विग्न हूँ।''

''क्यों?''

'तुम्हें मालूम है कि नृसिंह काका और राम अब यहाँ नहीं रहते।'' विश्वनाथ धीरे से बोले।

''सुना है राम अब डॉक्टर हो गया है और उसने अपने लिए एक मकान की व्यवस्था कर ली है और वह अपने पिता को भी अपने साथ ले गया है।''

''यह सब ठीक है।'' विश्वनाथ बोले, ''किंतु इससे बड़ा सत्य यह है कि हमारी अनुपस्थिति का लाभ उठाकर काकी ने उन्हें इस घर से निकाल दिया है। संभव है कि वे लोग समर्थ हो जाने के कारण स्वेच्छा से ही गए हों, किंतु जाते-जाते भी काकी ने कहने-सुनने में कोई कसर नहीं छोड़ी। उन्होंने और भी कितने ही रिश्तेदारों को अपमानित कर यहाँ से निकाल दिया है। उनसे यह कहा गया है कि यह विश्वनाथ के बाप का घर नहीं है कि दुनिया-भर के लोगों को यहाँ ला बैठाया है और न ही अब विश्वनाथ उनके भरण-पोषण के लिए धन देता है। अतः वे लोग चाहे सड़क पर रहें, किंतु यहाँ से निकल जाएँ।''

''अच्छा! जाने काकी इतनी कर्कशा क्यों हैं।'' भुवनेश्वरी कुछ चकित भाव से बोली, ''पर

आप उन लोगों के लिए इतने दुखी क्यों हैं। आपको अपने पुत्रों के लिए भी मैंने इतना परेशान होते नहीं देखा।''

''पुत्र!'' विश्वनाथ हँसे, ''मेरे पुत्र समर्थ होंगे अतः अपनी आजीविका स्वयं अर्जित करेंगे, किंतु वे असहाय लोग, जो यहाँ रहते थे, उनकी देखभाल करने वाला मेरे सिवाय और कौन था।

विश्वनाथ ने बहुत सोचने के पश्चात् यह निश्चय किया कि नरेन्द्र को अपनी शिक्षा के लिए पुनः पंडित ईश्वरचन्द्र विद्यासागर के विद्यालय में ही जाना चाहिए। वे स्वयं नरेन्द्र को लेकर विद्यासागर महाशय से मिलने के लिए गए। संयोग से विद्यासागर उन्हें न केवल कार्यालय में मिल गए, वरन् उन्होंने पिता-पुत्र का उल्लासपूर्ण स्वागत भी किया।

कुशल-समाचार की चर्चा हो चुकी तो विश्वनाथ ने अपने आने का प्रयोजन बताया।

विद्यासागर महाशय ने उनके प्रस्ताव का उस प्रकार मुखर स्वागत नहीं किया जैसा कि उन्होंने नरेन्द्र और विश्वनाथ का किया था। वे कुछ गंभीर होकर बोले, ''मुझे इस बात की प्रसन्नता है कि आप नरेन्द्र को उसकी शिक्षा के लिए फिर से हमारे विद्यालय में ले आए हैं। अपने विद्यालय के लिए मैं इसे गौरव की बात मानता हूँ, किंतु इसमें कुछ कठिनाई है…।''

विश्वनाथ को कुछ आश्चर्य हुआ, ''कठिनाई? कैसी कठिनाई?''

''नरेन्द्र यहाँ आठवीं में पढ़ता था। यहाँ से जाने के पश्चात् दो वर्षों तक उसने किसी भी विद्यालय में प्रवेश नहीं लिया…।'' विद्यासागर बोले, ''अब आप यह तो चाहते नहीं हैं कि हम उसे वापस आठवीं कक्षा में लें?''

''नहीं। आठवीं में नहीं, मैं तो उसके दसवीं कक्षा में प्रवेश की बात कर रहा हूँ।'' विश्वनाथ बोले, ''हम लोग कलकत्ता से बाहर न गए होते तो वह इस वर्ष आपके विद्यालय की दसवीं कक्षा में ही होता।''

''हाँ, वह दसवीं कक्षा में होता, किंतु आठवीं और नौवीं कक्षा की पढ़ाई कर, उनकी परीक्षाएँ देकर, उन कक्षाओं में उत्तीर्ण होकर…।'' विद्यासागर बोले, ''विद्यालय की दृष्टि से न तो वह आठवीं की परीक्षा में उत्तीर्ण हुआ है, न नौवीं की—फिर उसे दसवीं कक्षा में कैसे लिया जा सकता है?''

विश्वनाथ ने हलकी-सी असहायता का अनुभव किया, किंतु उनका आत्मविश्वास डोला नहीं। बोले, ''आप मेरा विश्वास कीजिए कि इन दो वर्षों में नरेन्द्र ने बहुत पढ़ाई की है। उससे कहीं ज्यादा, जितनी कि वह कक्षा में बैठकर कर सकता था। अब वह वैसा चंचल बालक नहीं है, जैसा कि वह दो वर्ष पहले हुआ करता था। अब वह एक गंभीर तरुण है। बांगला, संस्कृत, अंग्रेजी, इतिहास और गणित में उसकी अच्छी गति है।''

''अवश्य होगी। मुझे आपकी बात पर पूरा विश्वास है और नरेन्द्र की प्रतिभा से भी मैं परिचित हूँ।'' ईश्वरचन्द्र बोले, ''उसने इन दो वर्षों में बहुत ज्ञान प्राप्त किया होगा, इसमें भी मुझे कोई संदेह नहीं है, किंतु उसने निर्बंध अध्ययन किया है। परीक्षा तो पाठ्यक्रम के आधार पर होती है। विद्यालय का शिक्षण, अनुशासन में बँधकर होता है। जब अपने ज्ञान को वह परीक्षाओं के अनुशासन में बाँधेगा तो उसे ज्ञात होगा कि कहीं वह बहुत ऊँचाई पर चला गया है, इसलिए उसका नीचे उतरना कठिन हो रहा है, और कहीं वह अभी आरंभिक स्थिति में ही है, उसके लिए उसे अभी और बहुत अध्ययन करना होगा। यह भी संभव है कि वह इस निष्कर्ष पर पहुँचे कि बहुत सारे विषय तो उससे सर्वथा छूट ही गए हैं।''

"यह सब कुछ सही है, किंतु जब आप लोगों के निर्देशन में पढ़ेगा तो अपने ज्ञान को पाठ्यक्रम के अनुसार ढाल लेगा।" विश्वनाथ अपनी वाणी की अनुनय-विनय को पहचान रहे थे।

"इसका अर्थ समझ रहे हैं आप?" विद्यासागर ने पूछा, "उसे इन तीन वर्षों की पढ़ाई एक वर्ष में करनी होगी।"

उस सारे वार्तालाप में पहली बार नरेन्द्र बोला, "मैं करूँगा।"

विद्यासागर ने नरेन्द्र की ओर देखा। उनकी आँखें कह रही थीं कि वे इस बालक को कैसे समझाएँ।

"मुझे स्वयं तुम पर बहुत विश्वास है नरेन्द्र।" विद्यासागर बोले, "मैं यह नहीं चाहता कि इन परिस्थितियों के कारण तुम्हारे जीवन के ये अमूल्य दो वर्ष व्यर्थ जाएँ, किंतु मैं यह भी नहीं चाहता कि इन वर्षों को बचाने के लिए तुम किसी प्रकार तृतीय श्रेणी में प्रवेशिका पास करो और जीवन-भर वह तृतीय श्रेणी का प्रमाण-पत्र तुम्हारे माथे पर चिपका रहे।"

नरेन्द्र तनिक भी हतप्रभ नहीं हुआ। वह पूर्ण आत्मविश्वास के साथ बोला, "मुझे विश्वास है कि आपको मुझसे निराश नहीं होना पड़ेगा गुरु महाशय!"

ईश्वरचन्द्र असमंजस में निष्क्रिय-से खड़े रहे। उनका अध्यापकीय विवेक कह रहा था कि इस किशोर पर अनावश्यक ही एक साथ इतना बोझ डालना उचित नहीं है, किंतु नरेन्द्र के मुख का आत्मविश्वास उनके अध्यापकीय अनुभव के सम्मुख एक बड़ा प्रश्न-चिह्न बनकर खड़ा हो गया था।···संभव है कि वह सफल हो ही जाए। मानवीय क्षमता की कोई सीमा नहीं है। तो फिर विद्यासागर, क्यों उसके मार्ग की बाधा बन रहे हैं?···

उनका मन विह्वल हो उठा। उन्होंने कुछ कहा नहीं, किंतु अपना हाथ नरेन्द्र के सिर पर रख दिया।

नरेन्द्र को विद्यालय में छोड़कर विश्वनाथ घर पहुँचे तो पाया कि भुवनेश्वरी बहुत विचलित मनःस्थिति में थी।

"क्या बात है?"

"वह धीरज मुखर्जी हैं न! वे अपनी कन्या का विवाह कर रहे हैं।" भुवनेश्वरी ने बताया।

"यह तो प्रसन्नता का विषय है।" विश्वनाथ बोले, "इसमें परेशानी क्या है?"

"परेशानी यह है कि मुहल्ले वालों का कहना है कि विवाह तो केवल कन्या का होता है। धीरज मुखर्जी की पुत्री कन्या नहीं बाल-विधवा है।" भुवनेश्वरी बोली।

"ओह! ये मुहल्ले वाले!" विश्वनाथ के स्वर में खीझ थी, "ये लोग धीरज को अवश्य परेशान करेंगे।"

"हमें मुखर्जी बाबू की सहायता करनी चाहिए।" भुवनेश्वरी ने जैसे पति के सामने प्रस्ताव रखा।"

"चलो, चलते हैं। मैं देखता हूँ, कौन विवाह को रोकता है।" विश्वनाथ कुछ आवेश में थे, "यदि मुहल्ले वालों ने गड़बड़ की, तो पुलिस बुलवा लूँगा।"

नरेन्द्र के मित्र उसे बाहर ले जाने के लिए आए थे, किंतु नरेन्द्र उस समय सितार लिए बैठा था।

"ओह-हो! तो तुम सितार भी सीखते हो!" माणिक ने कहा।

नरेन्द्र ने अपना हाथ रोक लिया और सितार को एक ओर रखकर बोला, "आओ, बैठो।"

"बैठने के लिए तो हम आए ही नहीं। हम तो तुम्हें भी ले जाने के लिए आए हैं। क्या तुम अपना यह सितार-वादन स्थगित कर सकोगे?"

नरेन्द्र ने असमर्थता से उनकी ओर देखा, "केवल रियाज की बात होती तो मैं छोड़ भी देता और तुम लोगों के साथ चल पड़ता, किंतु अभी बेनी उस्ताद आने वाले हैं।"

"ये बेनी उस्ताद कौन हैं?" प्रियनाथ ने जिज्ञासा की।

"अरे, तुम उन्हें नहीं जानते?" नरेन्द्र आश्चर्य से बोला, "इतने विख्यात संगीतज्ञ हैं।"

"तो वे यहाँ क्या करने आ रहे हैं?" हेमाली ने अटपटाकर पूछा।

"वे मुझे संगीत सिखाते हैं।"

"अरे, उस दिन तो तुम कह रहे थे कि तुम उस्ताद अहमद खान से सीख रहे हो।"

"हाँ," नरेन्द्र मुस्कराकर बोला, "पिताजी ने ऐसा प्रबंध किया है कि मैं कम समय में अधिक सीख सकूँ, इसलिए कई अच्छे-अच्छे संगीतज्ञों से शिक्षा पा रहा हूँ।"

"कौन-कौन लोग हैं वे, जो आजकल तुम्हारे संगीत के गुरु हैं?" तरुण के स्वर में स्पष्ट उपहास था।

"इसमें उपहास की बात नहीं है। मैं सचमुच कई गुरुओं से शिक्षा पा रहा हूँ।" नरेन्द्र मुस्कराया, "और 'आजकल गुरु हैं' का क्या अर्थ? गुरु-शिष्य का नाता केवल वर्तमान तक सीमित नहीं होता। जिनसे मैं आजकल सीख रहा हूँ, केवल वे ही मेरे गुरु नहीं हैं, वरन् जिन लोगों से मैंने कभी भी, कुछ भी सीखा है, वे सब लोग मेरे पूज्य गुरु हैं। संगीत में यह नहीं होता कि हम कहें कि अमुक उस्ताद मेरे गुरु थे।"

"इसका क्या अर्थ?" प्रियनाथ जैसे उसका विरोध करता हुआ बोला, "जब हम शिक्षा पा चुकते हैं तो अपने गुरुओं के विषय में यही तो कहेंगे कि अमुक कक्षा में वे हमारे गुरु थे।"

"हाँ, सामान्यतः यही कहा जाता है।" नरेन्द्र बोला, "किंतु यह उचित नहीं है। माता हमें जन्म देती है, तो बड़े होकर हम नहीं कहते कि जन्म देते समय वह हमारी माता थी। प्रत्येक व्यक्ति जीवन के किसी एक मोड़ पर हमारे विकास में अपना योगदान करता है, उसके पश्चात् कर्म चाहे समाप्त हो जाए किंतु संबंध तो वही रहता है…।"

"अच्छा, भई! तुम यही बताओ कि कौन-कौन तुम्हारे संगीत-गुरु हैं?" तरुण ने जैसे झल्लाकर कहा, "हम आपत्ति करेंगे तो तुम अपना कोई-न-कोई दर्शन हमें पढ़ाना शुरू कर दोगे।"

"मेरे गुरु हैं बेनी उस्ताद, अहमद खान, वजीर खान, बड़े दुनी खाँ, छोटे दुनी खाँ, कन्हाई लाल ढेडी, जगन्नाथ मिश्र, काशी घोषाल…।"

"इतने सारे लोग?" गोपू घबरा गया, "आखिर तुम सीख क्या-क्या रहे हो?"

"मैं सीख रहा हूँ गायन और वाद्य-यंत्रों में पखावज, तबला, इसराज और सितार।"

"तो इनके लिए तुम अलग-अलग रियाज भी करते होगे?"

"हाँ, साधना के बिना कहीं भी सिद्धि नहीं है।"

"तो तुम पढ़ते कब हो?"

"शेष समय पढ़ता ही तो हूँ।" नरेन्द्र हँसकर बोला।

"वह शेष समय होता कौन-सा है?" माणिक ने पूछा, "दिन के समय तुम कक्षा में होते हो, अध्यापकों के भाषण सुनते हो। उनके प्रश्नों के उत्तर देते हो। उनसे प्रशंसा पाते हो। फिर घर पर इतना संगीत सीखते हो। फिर समय बचता कब है? आखिर दिन में तुम्हारे लिए भी तो

चौबीस ही घंटे हैं।''

''दिन में घंटे तो चौबीस ही होते हैं।'' नरेन्द्र हँसा, ''कुछ लोगों के लिए रात सोने-भर का समय है, पर मेरे लिए सारी रात काम के लिए है।...अब बताओ, दिन में कितने घंटे हुए?''

''अच्छा, भाई!'' तरुण ने कहा, ''इस सारी चर्चा में कहीं तुम मेरी बात मत भूल जाना।''

''कौन-सी बात?'' हेमाली ने पूछा।

''अरे, वही पारितोषिक-वितरण का उत्सव।'' तरुण बोला, ''उस दिन नरेन्द्र को भाषण करना है।''

''किस बात का भाषण?'' हेमाली ने फिर आश्चर्य से पूछा।

''अरे, तुम्हें कुछ मालूम तो होता नहीं और हर जगह टाँग अड़ाते हो।'' विनीत बोला, ''अगले सप्ताह विद्यालय में योग्य छात्रों को पारितोषिक देने के लिए एक उत्सव हो रहा है। उसी में अवकाश प्राप्त करने वाले हमारे अध्यापक बसु महाशय का भी सम्मान किया जाएगा। उसी अवसर पर नरेन्द्र को एक भाषण करना है।''

''किंतु विनीत ही क्यों भाषण नहीं करता? कक्षा का मॉनीटर तो वही है।'' हेमाली ने आपत्ति की।

''हाँ, मॉनीटर तो विनीत ही है; किंतु यह आवश्यक तो नहीं कि मॉनीटर अच्छा और उपयुक्त भाषण भी कर सके।'' तरुण ने कहा।

''पर बेचारा नरेन्द्र कैसे करेगा?'' हेमाली ने जैसे अपने आपसे कहा।

''क्यों,'' विनीत ने आपत्ति की, ''नरेन्द्र को क्या कठिनाई है?''

''नरेन्द्र के पास पहले ही इतना काम है।'' हेमाली ने सफाई दी, ''बेचारा तीन वर्षों की पढ़ाई एक वर्ष में कर रहा है। उस पर इसके पिता चाहते हैं कि वह इसी एक वर्ष में महान् गायक और संगीतज्ञ भी बन जाए। वह रात-रात-भर जागकर पढ़ रहा है। उसके पश्चात् भी तुम लोग चाहते हो कि अब वह तुम्हारे लिए भाषण भी तैयार करे।''

''तुम तो ऐसे कह रहे हो जैसे नरेन्द्र ने अपने बचाव के लिए तुमसे फरियाद की हो।'' विनीत ने उसे फटकारने की मुद्रा में कहा।

''वह तो नरेन्द्र ने नहीं कहा, किंतु हमें भी तो किसी की कठिनाई को समझना चाहिए।'' हेमाली ने अपनी टेक नहीं छोड़ी, ''क्या तुम लोगों को लगता है कि अपनी इस सारी व्यस्तता में वह अगले सप्ताह तक भाषण तैयार करके उसे याद भी कर लेगा?''

''इतनी ही सहानुभूति है तो तुम स्वयं भाषण क्यों नहीं करते।'' विनीत ने उसे डाँटा।

हेमाली की जिह्वा पहली बार लटपटाई, ''मैं! मैं और भाषण! अरे, मेरी टाँगें काँपने लगेंगी। मेरा मुख सूख जाएगा और मुझे एक शब्द भी नहीं सूझेगा।'' हेमाली बोला, ''और फिर उस दिन मैं बसु महाशय के विषय में बोलूँगा भी क्या! मुझे तो उनकी किसी विशेषता का ही पता नहीं है। बहुत होगा तो यही कहूँगा कि वे कक्षा में सबसे कम डाँटने वाले अध्यापक थे।''

''पर यह तो उनकी प्रशंसा न हुई, अन्य अध्यापकों की निंदा हो गई।'' विनीत बोला।

''इसीलिए तो कह रहा हूँ,'' हेमाली ने कहा, ''कि मैं उनकी प्रशंसा में क्या बोलूँगा और वैसे भी मुझे तो सारे अध्यापक एक-से ही लगते हैं। कक्षा में आते हैं, भाषण करते हैं, डाँटते हैं, मारते हैं, उपदेश देते हैं। वे एक-दूसरे से भिन्न हैं ही कहाँ?''

''तुम तो यह भी कह सकते हो कि भिन्न हों भी तो किसी अध्यापक में प्रशंसा योग्य बात

ही क्या हो सकती है!'' तरुण हँसा।

''हाँ, यह बात भी ठीक है। मेरी समझ में तो सचमुच यह नहीं आता कि किसी अध्यापक की प्रशंसा में कहा ही क्या जा सकता है।'' हेमाली ने तत्काल स्वीकार कर लिया।

''इसीलिए यह दायित्व तुम्हें नहीं सौंपा जा रहा।'' नरेन्द्र मुस्कराया, ''और विनीत! तुम भी निश्चिंत रहो, अवसर आने पर मैं भाषण कर ही लूँगा।'' उसने खिड़की में से बाहर झाँका, ''अच्छा, अब तुम लोग चलो, मुझे लगता है कि गुरुजी आ गए हैं।''

23

''हमारा ईश्वर इस सारे संसार को बनाता है। सूरज, चाँद और सितारे बनाता है। इस सारी कायनात को बनाता है। और इनके ईश्वर को बनाता है इनका कुम्हार।'' पादरी चिल्ला-चिल्लाकर कह रहा था, ''वह गंदा कुम्हार अपने पैरों से रौंदकर इस गंदी मिट्टी से एक घटिया-सी मूर्ति बना देता है और ये उसकी पूजा करने लगते हैं। उसे ईश्वर मानने लगते हैं।''

नरेन्द्र ने बहुत चाहा कि वह चुपचाप चलता चला जाए, जैसे उसने कुछ भी न सुना हो, किंतु उसके पैर कुछ इतने भारी हो गए थे कि उसके उठाए उठते ही नहीं थे। उसे रुक ही जाना पड़ा।

हेडो तालाब के किनारे न तो भीड़ का होना कोई आश्चर्य की बात थी और न ही वहाँ खड़े होकर गोरे अथवा काले पादरियों का चिल्ला-चिल्लाकर अपने धर्म की प्रशंसा करना। नरेन्द्र जब भी वहाँ से निकलता था, इस प्रकार का कोई-न-कोई दृश्य तो उसे दिखाई पड़ ही जाता था। पिताजी ने उसे उसकी वर्षगाँठ पर बाइबल की एक प्रति भेंट की थी। उस पुस्तक को उसने अनेक बार पढ़ा था। ईसा के शब्द पढ़कर जैसे उसे आत्मिक संतोष मिलता था, किंतु पादरियों का यह प्रचार तो उसकी सारी शांति नष्ट कर देता था। उनके इन शब्दों में रंचमात्र भी शांति नहीं थी।

...और यह पादरी तो जैसे विष उगल रहा था। उसके शब्द तीखे बाणों के समान थे। यह धर्म-प्रचार था या घृणा का प्रसार?...

वह पादरी था कि बोलता ही जा रहा था, ''हिंदू का धर्म है या राक्षसों का अघोर तंत्र। पति अपनी पत्नी को रोज पीटता है; और किसी दिन अधिक क्रोध आ जाए तो उसे जीवित जला देता है। वह नहीं जलाता तो उसकी मृत्यु के पश्चात् उसके संबंधी उसकी पत्नी को सती बनाने के नाम पर जीवित जला देते हैं...यह कोई धर्म है?''

नरेन्द्र अब स्वयं को रोक नहीं पाया। पादरी के प्रति तो उसके मन में क्रोध था ही, किंतु उसका मन उन लोगों को भी क्षमा नहीं कर पा रहा था, जो पादरी को घेरे खड़े थे और अत्यंत शांत मन से उसका यह प्रलाप बड़े चाव से सुन रहे थे, जैसे वह उनके वक्ष पर गहरे घाव न दे रहा हो, उनका मनोरंजन कर रहा हो।...

नरेन्द्र भीड़ को चीरकर, उस पादरी के ठीक सामने आ खड़ा हुआ।

''क्या प्रत्येक हिंदू पति अपनी पत्नी को जीवित जला देता है?'' उसने कठोर स्वर में पूछा।

''हाँ, जला देता है।'' पादरी ने उद्दंडता से कहा, और उसकी ओर उपेक्षा से ऐसे देखा, जैसे वह मनुष्य न होकर कोई निकृष्ट कीड़ा हो।

"तो फिर इतनी सारी सुहागनें जीवित कैसे हैं?" नरेन्द्र ने उसे डाँटा, "और यदि सारी विधवाओं को जीवित जला दिया जाता है तो प्रत्येक मंदिर में इतनी सारी विधवाओं की भीड़ कहाँ से आ जाती है?" नरेन्द्र बिना रुके ही कहता चला गया, "और कुछ मूर्खों के दुष्कर्मों के कारण तुम सारे हिंदू धर्म को कलंकित कैसे कर सकते हो? अपराधी को दंडित न करवाकर, हमारे धर्म को कलंकित करने में लग गए हो।"

नरेन्द्र का चेहरा क्रोध से तमतमा गया था। उसकी इच्छा हो रही थी कि वह अभी इस पादरी को गरदन से पकड़कर भूमि पर दे पटके, किंतु उसका विवेक जैसे उसकी बाँह पकड़े हुए था, "तुम समाज की कुप्रथाओं को धर्म पर आरोपित कर धर्म को कलंकित कर रहे हो। अंग्रेजों को शराब पीते देख हमने तो कभी नहीं कहा कि ईसा ने मदिरा-सेवन का समर्थन किया है···या सारे ईसाई शराबी होते हैं।"

"ऐ! होश में आओ।" पादरी चिल्लाया, "तुम हमारे पैगम्बर का अपमान नहीं कर सकते।"

"अपने पैगंबर का अपमान तो तुम स्वयं कर रहे हो।" नरेन्द्र ने कहा, "अपने कृत्यों से तुम हमारे समाज के दोषों को हमारे धर्म के दोष बता रहे हो। अपने भिन्न दृष्टिकोण के कारण सत्य को देख नहीं रहे हो। पति द्वारा जीवित पत्नी को जलाने का तो एक भी उदाहरण नहीं है हमारे ग्रंथों में, और ऐसे अनेक उदाहरण हैं जहाँ पति की मृत्यु के पश्चात् भी किसी पत्नी ने चितारोहण नहीं किया। कुंती और कौशल्या जैसी नारियाँ भी पति की मृत्यु के पश्चात् जीवित रहीं। सती वह नहीं होती जो पति के साथ चितारोहण करती है···।"

"वही होती है।" क्रोध के मारे पादरी की आँखें लाल हो गईं, "तुम लोग अविश्वासी हो, औरतों को जला देते हो। तुम्हारी माताएँ अपने जीवित बच्चों को नदी में फेंक देती हैं। तुम लोग मनुष्य नहीं, पशु हो। मिट्टी की मूर्तियों की पूजा करते हो···।"

नरेन्द्र ने देखा था कि उन दोनों के आसपास भीड़ बढ़ गई थी। कुछ लोग उत्सुकतावश खड़े थे और कुछ लोग तो एक या दूसरा पक्ष ले रहे थे, हो सकता है कि थोड़ी देर में यहाँ झगड़ा भी आरंभ हो जाए, किंतु नरेन्द्र उस पादरी का यह सारा अनर्गल प्रलाप कैसे सुन सकता था।

"तुम्हारे गिरजों पर क्या क्रास पर टँगी ईसा की मूर्ति नहीं होती? तुम क्या माता मरियम की मूर्ति नहीं बनाते हो?"

"ऐ! जुबान सँभालकर बात करो। अंग्रेजों के राज में तुम एक पादरी का अपमान कर रहे हो।" पादरी ने अपना घूँसा हवा में लहराया, "जब जेल में सड़ोगे, तब जानोगे कि किससे बात कर रहे हो।"

एक बलिष्ठ पुरुष ने भीड़ में से आगे बढ़कर पादरी का हाथ पकड़ने का प्रयत्न किया, "खबरदार! जो इस बच्चे पर हाथ उठाया तो।"

पादरी हतप्रभ होकर उस व्यक्ति की ओर देख ही रहा था कि एक अन्य व्यक्ति ने कहा, "तर्क नहीं कर सके तो घूँसेबाजी पर उतर आए।"

"तुम चुप रहो।" पादरी के एक पक्षधर ने उस व्यक्ति को डाँटा, "ज्यादा बकवास करोगे तो तुम्हारे ये दाँत तोड़ दूँगा, जो मुँह से बाहर निकल आए हैं।"

लगा कि दोनों ओर से अनेक लोग गुत्थम-गुत्था होने की तैयारी में थे।

कुछ गड़बड़ देखकर एक सिपाही भी आ गया, "ऐ, कौन झगड़ा कर रहा है? देखो, दंगा करोगे तो मार-मारकर हड्डियाँ तोड़ दूँगा। अंग्रेजों का राज है, इसे नवाबी राज मत समझना।"

"हम दंगा नहीं कर रहे," नरेन्द्र ने शांत स्वर में कहा, "किंतु इन्हें तो सँभालिए, जो धार्मिक प्रवचन के नाम पर निरंतर हमारा अपमान करते रहते हैं।"

"अच्छा, समझा दूँगा इन्हें भी। तुम तो चलो।" सिपाही बोला, "जिसे देखो वही बहुत बड़ा विद्वान् हो गया है?"

भीड़ बिखर गई। नरेन्द्र भी चल पड़ा, किंतु उसके मन का क्षोभ नहीं मिटा।...सचमुच ही उनका समाज इस समय निकृष्ट स्थिति में था, घृणास्पद। सिमुलिया तो जैसे पियक्कड़ों की बस्ती ही थी। वहाँ रहने वाले आठों बसु परिवार गर्वपूर्वक सार्वजनिक रूप से एक ही बड़े प्याले में पीते थे। रविवार या किसी छुट्टी वाले दिन सड़क किनारे के नाले में पड़े हुए शराबी—एक सामान्य-सा दृश्य था। कैसे बेसुध पड़े होते थे...वह दृश्य तो नरेन्द्र को भूलता ही नहीं...सड़क किनारे के बड़े नाले में एक शराबी नशे में धुत्त पड़ा सो रहा था। सारा शरीर कीचड़ में लिथड़ा हुआ था और सिर के नीचे उसने भंगी का झाड़ू इस प्रकार ले रखा था, जैसे वह तकिया हो। वह तो ऐसी मुद्रा में सो रहा था, जैसे विश्राम-कक्ष में आराम कर रहा हो।

सिपाही की दृष्टि उस पर पड़ी तो उसने बाँह पकड़कर उसे बाहर घसीट लिया, "चल थाने। दो दिन हवालात में सड़ेगा तो अपने-आप बुद्धि ठिकाने आ जाएगी।"

पर शराबी न तो घबराया, न लज्जित हुआ। सिपाही को धमकाकर बोला, "क्या अपराध किया है मैंने?"

"शराब पी है तूने, और क्या?" सिपाही बोला।

"जो तेरे इलाके में अपराध होगा, तो ही बंदी बनाएगा न।" शराबी ने कानूनी जिरह आरंभ की।

"हाँ, यह मेरा ही इलाका है।" सिपाही ने उसे खींचा, "मैं किसी और के इलाके में गश्त करता ही नहीं।"

शराबी अकड़कर खड़ा हो गया, "जहाँ मैं लेटा था, वह तेरा इलाका तो क्या सारी पुलिस के अधिकार क्षेत्र से बाहर है।"

"वहाँ किसका अधिकार है तब?" सिपाही क्षण-भर को हतप्रभ खड़ा रह गया, "तेरे बाप का?"

"नहीं! नगरपालिका का।" शराबी पूरे आत्मविश्वास से जमकर खड़ा था।

सिपाही दो-एक क्षण तो स्तब्ध खड़ा रह गया, किंतु जैसे फिर होश में आकर बोला, "नगरपालिका की ओर से भी अपराधियों को हम ही पकड़ते हैं मूर्ख।" वह शराबी को घसीट कर ले चला। शराबी चल तो पड़ा, किंतु अत्यंत बलिदानी मुद्रा में बोला, "इस अत्याचार को यह देश अब अधिक दिन नहीं सहेगा।"

नरेन्द्र का मन सामाजिक अभद्रता से जैसे विषण्ण हो उठा था...उत्सवों की स्थिति भी कितनी गर्हित हो चुकी थी...नवमी के दिन पूजा के अवसर पर बकरे अथवा भैंस की बलि देकर, लोग उसके कटे सिर को कीचड़ में सानकर गलियों में ग्राम्य और अश्लील गीत गाते फिरते थे। वृद्ध दादा कोई अश्लील पंक्ति गाता था और उसके अधेड़ बेटे और जवान पोते मिलकर उसे दुहराते थे। जिन पंक्तियों को गाने के अपराध में गायक को कोड़े मारे जाने चाहिए थे, उसे गा-गाकर लोग धार्मिक आनंदोत्सव मनाते थे...

लोगों की शालीनता ही पंगु नहीं हो गई थी, उनकी सामाजिकता भी अचेत हो गई थी।

किसी के घर में मृत्यु हो जाए, तो लोग किसी-न-किसी बहाने से, उसके दाह-संस्कार में भी उसके परिवार की सहायता करने से किनारा कर जाते थे। जिसका अभी विवाह भी नहीं हुआ, वह कह देता था कि उसकी पत्नी गर्भवती है, इसलिए वह अशौच के भय से शवयात्रा में सम्मिलित नहीं हो सकता···जो व्यक्ति पक्का झूठा, मक्कार और पहुँचा हुआ ठग था, उसे ही लोग बहुत बुद्धिमान समझते थे। जाली दस्तावेज बनाकर अन्य लोगों की वैधानिक जमीन-जायदाद से उनको वंचित कर देने को, या अनपढ़, असहाय, अबोध विधवाओं को ठगने को ही चतुराई समझा जाता था। इससे भी अधिक दूषित तथा क्रूर कर्म करने वाले लोग स्वयं को असाधारण रूप से बुद्धिमान समझते थे। समाज का विवेक जैसे गहरी नींद सो गया था···

···आठ या नौ वर्ष की कन्याओं का विवाह कर दिया जाता था। सोलह-सत्रह वर्ष के होते-होते यदि लड़के का विवाह नहीं होता था तो उसका जातीय बहिष्कार हो सकता था···परिवार तथा समाज क्रूर, कठोर तथा मूर्खतापूर्ण नियमों से अनुशासित थे।···

नरेन्द्र का मन अपने क्षोभ में जैसे असहाय होकर हँस पड़ा···किसी शुभ अवसर पर अपने घर पर भोजन के लिए आमंत्रित करने के लिए आने वाले व्यक्ति से सैकड़ों फूहड़ प्रश्न किए जाते थे।···क्या वह अपने पूर्वजों की सात पीढ़ियों के नाम गिना सकता था? प्रतिनिधि बनकर आए व्यक्ति का गृहस्वामी से क्या संबंध था? वह उसका पुत्र था या छोटा भाई? क्या सामाजिक प्रचलन की दृष्टि से उसे प्रतिनिधि बनने का वैधानिक अधिकार था?···इस प्रकार के इतने अभद्र प्रश्न किए जाते थे कि उस निमंत्रण से स्नेह और सद्भाव बढ़ने के स्थान पर, एक स्थायी शत्रुता का बीज-वपन हो जाता था।···यह सबकुछ असह्य था नरेन्द्र के लिए···

एक भट्टाचार्य ब्राह्मण भागवत् पुराण के पाठ में सम्मिलित होने की उदारता में कमी नहीं दिखाएगा। श्राद्ध इत्यादि जैसे सामाजिक उत्सवों में भी वह भोजन के लिए उस पंक्ति में कभी नहीं बैठेगा, जिसमें कोई गोस्वामी ब्राह्मण बैठा हो।···

एक ओर रूढ़ियों की मूर्खतापूर्ण कट्टरता थी और दूसरी ओर आत्मनिष्ठा का पूर्ण अभाव था। चारों ओर हीनभावना से ग्रस्त लोग थे।···स्वयं को सुशिक्षित मानने वाला व्यक्ति, जो भाषा बोलता था, वह न बांगला थी, न अंग्रेजी। वह तो कोई विचित्र-सा मिश्रण था, दोनों का। शिक्षित समाज में बांगला में पत्र लिखना तक असभ्यता मानी जाती थी। यहाँ तक कि किसी को प्रणाम करने के लिए झुकना भी अंधविश्वास मान लिया गया था। कितने ही सामाजिक और धार्मिक उत्सवों और समारोहों की गणना अंधविश्वासों में होने लगी थी और अनेक भले लोग उनका त्याग करने लगे थे। काली-पूजा को भैरवी-चक्र इत्यादि की सिद्धि का साधन मानकर अनेक लोगों ने इसे निषिद्ध घोषित कर दिया था। सरस्वती तथा कार्त्तिकेय की पूजा केवल कुख्यात घरों में होती थी, अतः भले लोग इनकी भी पूजा करना नहीं चाहते थे। लोकनाट्य तथा लोकसंगीत के अनेक रूप केवल वृद्धों के सहारे ही जीवित थे। नई पीढ़ी उनसे कोई संबंध ही रखना नहीं चाहती थी।

···धार्मिक पुस्तकों के नाम पर बाजार में केवल ईसा मसीह की जीवनियाँ ही उपलब्ध थीं। इसी का लाभ उठा रहे थे ये बंगाली पादरी! सड़कों पर, चौराहों पर, बाजारों में···जहाँ देखो, खड़े होकर ईसाई धर्म का प्रचार करते रहते थे। रविवार को तो जैसे उन्हें हिंदू देवी-देवताओं को अपमानित करने का, अपशब्द कहने का विशेषाधिकार ही मिल जाता था। ये मिशनरी सब ओर फैलते ही जा रहे थे। जो बंगाली ईसाई हो गए थे, उनके कारण इनकी संख्या बढ़ती जा रही थी। वे हिंदू विश्वासों का निर्विरोध, निर्विघ्न अपमान करते थे, उन्हें विकृत करते थे, काले रंगों में रँगते थे।

वे प्रचार करते थे कि गंगा-स्नान से पाप होता है, सरसों के तेल की मालिश कर नहाना पाप-कृत्य है, दाढ़ी बनाना अंधविश्वास है। कुछ सरल लोगों ने तो उनके प्रचार से प्रभावित होकर दाढ़ी बनाना ही छोड़ दिया था। उन पादरियों के अनुसार तो हिंदू जो कुछ भी करते थे, वह सब अंधविश्वास ही था। तर्क और विवेक-संगत तो केवल वे ही बातें थीं, जो वे स्वयं कहते और करते थे।

···लोग जानते ही कहाँ हैं कि हिंदू धर्म है क्या, या उसके मूल तत्त्व क्या हैं।···नरेन्द्र सोचता चला गया···मूल ग्रंथों और शास्त्रों को तो बहुत ही कम लोगों ने पढ़ा था। वे सब उपलब्ध ही कहाँ थे। जब लोग स्वयं ही नहीं जानते थे कि हिंदू धर्म क्या है तो वे इन पादरियों के आक्षेपों का क्या उत्तर देते। वैसे भी अंग्रेजों के राज्य में इनसे झगड़ा बढ़ाना, लोग हितकर नहीं समझते थे···नरेन्द्र जानता था कि जिस किसी को पता चलेगा कि उसने किसी पादरी से विवाह किया है, वह उसे ही समझाएगा कि यह उसने उचित नहीं किया और भविष्य में तो ऐसा कभी करना ही नहीं चाहिए। पादरी लोग तर्क करने वालों को अपना विरोधी मानते हैं और अपने विरोधी के प्रति वे लोग अत्यंत क्रूर हो सकते थे।

···हिंदुओं का अज्ञान भी विचित्र था। वे अपने ही विषय में कुछ नहीं जानते। कितने लोगों को चैतन्य महाप्रभु के विषय में ज्ञात था? कितने लोग जानते थे कि वैष्णव मत क्या है? गीता और उपनिषदों का नाम भी सुना था किसी ने? कुछ थोड़े से भट्टाचार्य ब्राह्मण थे, जो चंडी-पाठ कर सकते थे। और पादरी थे कि घर-घर घूमकर बाइबल की प्रतियाँ मुफ्त बाँटते फिरते थे। धार्मिक पुस्तक के नाम पर लोगों को एक वही पुस्तक उपलब्ध थी···और किसी सीमा तक उसे ही पढ़ रखा था, पढ़े-लिखे लोगों ने। नास्तिकता और अनुशासनहीनता की जैसे बाढ़ आई हुई थी। अनिश्चय के जीवन से मुक्ति पाने के लिए अनेक नवयुवक ईसाई हो गए थे, किंतु अधिकांश युवकों को तो धर्म से कुछ लेना-देना ही नहीं था, चाहे वह धर्म कोई भी हो। प्राचीन विश्वासों में लोगों की आस्था नहीं रह गई थी और नया उन्हें कुछ भी ज्ञात नहीं था। तो क्या करते वे लोग? किधर जाते? जाने इस देश का क्या होगा?···

घर पहुँचकर भी नरेन्द्र उस पादरी की बातें भूल नहीं पाया। वह सब कुछ क्या भुलाया जा सकता था। कभी-कभी तो उसे स्वयं अपने आप पर आश्चर्य होने लगता था कि उसने उस पादरी को अदंडित कैसे छोड़ दिया।···किंतु साथ ही साथ उसका विवेक निरंतर कह रहा था कि उसने ठीक ही किया। बल-प्रयोग से न विवादों का निर्णय हो सकता है और न सत्य तक पहुँचा जा सकता है। ये पादरी भी तो अपने शासन के बल के भरोसे ही इतना कुछ कह और कर रहे हैं। नहीं, हिंसा किसी भी धर्म का उपकरण नहीं हो सकती।···किंतु वह धर्म-स्थापना के लिए हिंसा की बात नहीं सोच रहा था··· वह तो अपना अपमान करने वाले को, उसी का क्यों, सारे हिंदू धर्म, सारे भारतीय समाज का अपमान करने वाले को दंडित करने की बात सोच रहा था···किंतु क्या दंड देने का अधिकार उसे था? क्या वह अपने क्रोध को कभी जीत नहीं पाएगा? क्या अपने भीतर क्षमा का तत्त्व कभी विकसित नहीं कर पाएगा?···

किंतु क्षमा के नाम पर, सब कुछ देखते-बूझते निष्क्रिय होकर बैठे रहने का क्या अर्थ? वह पादरियों का मुख बंद नहीं कर सकता तो उन आरोपों तथा आक्षेपों की कारणभूत, हिंदू समाज की बुराइयों तथा कुप्रथाओं को दूर करने का प्रयत्न तो कर ही सकता है···

आजकल कलकत्ता में केशवचन्द्र सेन के भाषण हो रहे थे। नरेन्द्र ने सुना था कि वे भी

पादरियों के समान सड़कों पर, चौराहों पर, सार्वजनिक स्थानों पर भाषण करके सामान्य लोगों को धर्म का स्वरूप समझाते हैं। बुराइयाँ दूर करने का उपदेश देते हैं। धर्म की रक्षा की बात करते हैं।···यदि हिंदू समाज की कुप्रथाएँ समाप्त कर दी जाएँ तो पादरी लोग निराधार झूठ भी कितना बोलेंगे?···और कुप्रथाएँ तो समाप्त होनी ही चाहिए···पादरियों के आक्षेप हों या न हों···नरेन्द्र को केशवचन्द्र सेन की सभाओं में जाकर सुनना चाहिए कि वे क्या कहते हैं···

नरेन्द्र अपने संगीत-गुरु काशी घोषाल के साथ ब्राह्म समाज में हो आया था। संगीत का बहुत महत्त्व था उस समाज में। कीर्तन पर उनका कितना बल था।

···नरेन्द्र को याद है कि उसने जब संगीत सीखना आरंभ ही किया था तो माँ ने कहा था कि वह ईश्वरीय संगीत ही सीखे। दरबारी संगीत न सीखे!···और आज नरेन्द्र को लगता है कि वस्तुतः संगीत तो है ही नहीं, जो ईश्वर के निकट ले जाए। ब्राह्म समाज में जब लोग प्रार्थना करते हैं अथवा भजन गाते हैं तो नरेन्द्र अपने आपको तथा अपने परिवेश को भूलकर लीन हो जाता है, जैसे वह इस पार्थिव जगत् से असंपृक्त होकर किसी दिव्य लोक में आत्मविभोर अवस्था में बैठा हो।

ब्राह्म समाज के आयोजनों में नरेन्द्र का विशेष महत्त्व हो गया था। वह उनकी संगीत-मंडली का अनिवार्य अंग बन गया था। स्वयं महर्षि देवेन्द्रनाथ ठाकुर के पुत्र रवीन्द्रनाथ के कुछ नए गीत रचकर न केवल गाने के लिए नरेन्द्र को दिए थे, वरन् उसे परामर्श भी दिया था कि वह किस पद्धति से उन्हें गाए।···गायन अब नरेन्द्र को कार्य तो लगता ही नहीं था; वह तो उसकी भक्ति का ही अंग था। वह गाने बैठता था तो क्रमशः भक्ति में लीन हो जाता था, और मन में भक्ति-भाव आते ही जैसे उसके भीतर संगीत के स्वर गूँजने लगते थे। कई बार तो इच्छा होती थी कि गले में ढोल लटकाकर वह चैतन्य महाप्रभु के समान संकीर्तन करता हुआ सड़क पर निकल जाए। उसके लिए अब संगीत और भक्ति दो पृथक् भाव ही नहीं रह गए थे।

ब्राह्म समाज के अधिकांश नेता उसके बाबा के परिचित थे। वे लोग किसी-न-किसी अवसर पर बाबा से मिलने के लिए उसके घर पर भी आ चुके थे। बाबा का उनसे मेल-जोल तो था···नरेन्द्र सोच रहा था···किंतु कदाचित् वे उनकी मान्यताओं से बहुत सहमत नहीं थे, क्योंकि वे ब्राह्म समाज की किसी सभा में कभी सम्मिलित नहीं हुए।···वैसे भी बाबा इन मामलों में सदा व्यक्तिवादी और स्वतंत्रचेता ही रहे थे। वे कभी किसी धार्मिक संगठन के सदस्य नहीं बने। बहुत संभव है कि वे धर्म तथा भक्ति को भक्त और भगवान् के बीच का निजी संबंध मानते रहे हों। इससे क्या फर्क पड़ता है कि कौन-सा संगठन क्या कहता है!

नरेन्द्र को भी ध्यान करने के लिए किसी संगठन अथवा उसके नियमों की आवश्यकता नहीं थी। वह उसका निजी कर्म था। उस समय तो वह पूर्ण एकांत चाहता था। आसपास कहीं कोई न हो। कोई ध्वनि, कोई संकेत, कोई प्रतीक—कुछ भी उसे अच्छा नहीं लगता था। कभी-कभी तो वह सोचता था कि वह नगर में रहता ही क्यों है, जहाँ उसके आसपास इतने लोगों की भीड़ थी, इतनी प्रकार की बातें थीं। उसे तो वन का-सा एकांत चाहिए था, जहाँ केवल वह हो और उसका चिंत्य भगवान्। कोई व्यक्ति, कोई घटना, कोई चर्चा न हो, जिससे उसका ध्यान बँटे···ध्यान के लिए और चाहिए ही क्या था। वह आँखें बंद करता था और उसका मन कहीं लीन होने लगता था···किंतु भजन अथवा संकीर्तन के लिए तो उसे समाज की भी अपेक्षा रहती थी। किसी एकांत गुफा में भगवान् का संकीर्तन करने का क्या लाभ? संकीर्तन में तो लोगों की उपस्थिति एक प्रकार का प्रोत्साहन देती है।···

कितनी आत्म-विरोधी बातें थीं दोनों कि उसे एकांत भी चाहिए था और भीड़ भी। किंतु उससे क्या! नरेन्द्र के मन में अपने भविष्य को लेकर भी तो आत्म-विरोधी कल्पनाएँ जागती थीं। अपने भविष्य की कल्पना करने पर कभी-कभी तो उसकी आँखों के सम्मुख सुख-सुविधा और वैभव के जीवन का चित्र बनता जाता था। बाबा कहा करते थे कि व्यक्ति का धर्म है कि वह खूब परिश्रम कर विपुल धन कमाए, सुख-सुविधाएँ अर्जित करे और जीवन के भोग का आनंद उठाए। स्वयं सुख से रहे और असहाय और दुखी लोगों की सहायता कर उन्हें सुख दे। जिस प्रकार दूसरों की सहायता के लिए वे पैसा बहाया करते थे उसे देखकर न केवल नरेन्द्र को आश्चर्य होता था, वरन् कभी-कभी तो उसके मन में विरोध भी जागता था···जब तक वे किसी असहाय विधवा के भरण-पोषण के लिए धन देते थे, किसी निर्धन विद्यार्थी को अपने घर में रखकर उसका पालन-पोषण कर उसे विद्यार्जन की सुविधा प्रदान करते थे–तब तक तो उसे अच्छा ही लगता था, किंतु वे तो निकम्मे और नशेड़ी लोगों पर अपना धन बर्बाद कर रहे थे। कभी-कभी तो नरेन्द्र को लगने लगता था कि अपने पैसे के विषय में न केवल वे सावधान नहीं थे, वरन् उसके व्यय को लेकर वे नासमझ भी थे···नरेन्द्र को याद है कि अपने एक दूर के रिश्तेदार को लगातार नशे में धुत्त पड़े रहते देखकर, उसे उस रिश्तेदार पर तो क्रोध आया ही था, बाबा के प्रति भी उसके मन में विरोध का भाव जागा था। उसने स्पष्ट शब्दों में बाबा से पूछा था कि अपने इन निकम्मे रिश्तेदारों को नशा करने के लिए धन देकर वे कौन-सा पुण्य कमा रहे हैं? धन के इस अपव्यय का क्या लाभ है उन्हें?···उस दिन पिता ने पुत्र के इस विरोध का बुरा नहीं माना था। उन्होंने न उसे डाँटा, न उपदेश दिया, न चुप रहने के लिए कहा। शांत भाव से उन्होंने नरेन्द्र को करुणा का महत्त्व समझाया था। उन्होंने उससे कहा था कि अभी वह छोटा है और संसार से सर्वथा अनभिज्ञ है। जैसे-जैसे वह बड़ा होगा और जीवन का अनुभव प्राप्त करेगा, वैसे-वैसे वह जानेगा कि जीवन में कैसे-कैसे दुःख हैं और उन्हें भुलाने के लिए मनुष्य कैसे-कैसे उपाय करता है। उन्हीं में से एक उपाय यह नशा भी है।···नरेन्द्र जब उनके दुःख समझेगा तो उसके मन में भी करुणा जागेगी और वह उनके दुःख दूर करने का उपाय करेगा।···

नरेन्द्र बाबा से सहमत तो नहीं हो पाया था, किंतु उनकी करुणा को जान गया था। वह यह भी समझ गया था कि धर्मपूर्वक धन कमाया जा सकता है और उसका सदुपयोग भी किया जा सकता है।···शायद इसीलिए नरेन्द्र के मन में भी सुख-वैभव के जीवन की कल्पना उभरती थी। धन, संपत्ति, अधिकार, सम्मान, यश तथा ख्याति की कामना जन्म लेती थी। सुखी परिवार, पत्नी का प्रेम, संतान का सुख···भवन, वाहन, नौकर-चाकर···

किंतु अगले ही क्षण संसार से विमुख होकर उसके मन में एक संन्यासी का चित्र उभरता था। एक परिव्राजक, जिसका अपना कुछ नहीं था। न धन, न संपत्ति, न भवन, न जमीन-जायदाद। उसका अपना कोई स्थान भी नहीं था। निरंतर चलना ही उसका धर्म था। उसकी चेतना ईश्वरीय अस्तित्व में डूबी हुई थी और वह ईश्वरीय इच्छा की धारा में प्रभु-कृपा के झोंके से कागज की नाव के समान इधर-से-उधर परिचालित होता चलता था। संयोग से प्राप्त हो गए भोजन को ग्रहण करता था और रात को किसी वन में अथवा किसी पर्वत-कंदरा में माँ प्रकृति की गोद में सो जाता था।···

नरेन्द्र को अपने जीवन के ये दोनों ही चित्र समान रूप से आकृष्ट करते थे। दोनों ही उसे बहुत सुहाने और लुभावने लगते थे। वह स्वयं समझ नहीं पाता था कि यदि इन दोनों में से कोई

एक भविष्य चुनना पड़े तो वह किसे चुनेगा। उसे लगता था कि वह दोनों ही प्रकार के जीवन व्यतीत कर सकता था, दोनों में ही सुखी रह सकता था।...फिर भी शायद ग्रहण की तुलना में त्याग अधिक श्रेयस्कर था। अर्जन से विसर्जन अधिक कठिन, अतः अधिक कमनीय था। संग्रह के स्थान पर अपरिग्रह अधिक कठिन था। अर्जन करने के लिए तो प्रत्येक मनुष्य यत्नशील था, किंतु विसर्जन करने वाले कितने लोग थे।...पर चुनौती तो कठिन काम में ही थी। बाबा जीवट वाले व्यक्ति थे, तभी तो अपने पैसे को इस प्रकार बहा रहे थे।...

ब्राह्म समाज में जाकर नरेन्द्र को अपने अनेक द्वन्द्वों से मुक्ति मिली थी। उसे वहाँ जाना शायद इसलिए भी अच्छा लगता था कि वहाँ उसे अपने ही विचारों की प्रतिध्वनि मिल रही थी। ब्राह्म समाज के नेता न तो मूर्तिपूजा को मानते थे, और न ही बहुदेववाद में उनको विश्वास था। नरेन्द्र के मन में शैशव से जो कष्टकारी प्रश्न थे, उनका जैसे समाधान हो गया था। अब यह सोचने की आवश्यकता नहीं थी कि वह राम की भक्ति करे या शिव की। मूर्तिपूजा का महत्त्व न होने के कारण मूर्ति का चुनाव भी आवश्यक नहीं था।...वह एक निराकार किंतु सगुण ईश्वर की उपासना कर सकता था। साकार ईश्वर में विश्वास न होने के कारण किसी अवतार को मानने की भी कोई बाध्यता नहीं थी और न ही अपनी साधना में उसे किसी गुरु की आवश्यकता थी।...

समाज की ऊँच-नीच और छुआछूत को नरेन्द्र का मन किसी भी रूप में स्वीकार नहीं कर पाता था। वह कैसा धर्म है, जो अपने ही ईश्वर के बनाए हुए दूसरे मनुष्य को हीन बताए और उससे घृणा करे। इस प्रकार के भेद-भाव से भरे मन में स्वच्छता कैसे रहेगी और वह अहंकार से कैसे बच पाएगा। और यदि मन में अहंकार रहेगा तो वह ईश्वर के सम्मुख आत्मनिवेदन कैसे कर पाएगा?

केशवचंद्र सेन, शिवनाथ शास्त्री तथा विजयकृष्ण गोस्वामी इत्यादि नेता जब अपने प्रवचनों में सती-प्रथा का मूल कारण बाल-विवाह को बताते हुए, उन दोनों का ही निषेध करने का परामर्श देते थे, तो नरेन्द्र को अपार हर्ष होता था।...क्यों यह समाज नहीं समझता कि समाज की उन्नति का अर्थ समग्र की उन्नति होता है। किसी एक वर्ग को पीछे छोड़, उसका दमन अथवा शोषण कर, उसके साथ अन्याय कर...संपूर्ण समाज आगे नहीं बढ़ सकता। स्त्रियों को अशिक्षित रखने का कोई तर्क नहीं है। वे अशिक्षित रहेंगी तो समाज शिक्षित कैसे होगा?...नरेन्द्र को लगता था कि लोग छोटी-छोटी कन्याओं का विवाह भी शायद इसलिए कर देते थे, ताकि उन्हें पढ़ाना ही न पड़े। न पढ़ेंगी, न प्रबुद्ध होंगी, न माता-पिता अथवा सास-ससुर एवं पति की इच्छा का विरोध करेंगी। पूरा शोषण-चक्र बना रखा था लोगों ने सामाजिक प्रथाओं के नाम पर।

यदि कन्याओं का विवाह बड़ी अवस्था में किया जाए, तो मायके में रहकर, वे थोड़ा-बहुत पढ़ भी जाएँगी। इससे उनका अज्ञान कुछ तो मिटेगा...और फिर बाल-विधवाओं की समस्या भी कम होगी...

राखाल और प्रियनाथ के साथ नरेन्द्र महर्षि देवेन्द्रनाथ के दर्शन करने भी गया था। महर्षि अन्य लोगों से कुछ भिन्न थे। आकृति में भी और व्यवहार में भी। बहुत सारे प्रश्नों के विषय में नरेन्द्र उनसे ढेर सारी चर्चा करना चाहता था, किंतु उन्होंने इन सब बातों का अवसर ही नहीं दिया। वे नरेन्द्र की ओर देखते रहे। फिर अपना स्नेह-भरा हाथ उसके मस्तक पर रखकर बोले, "तुम्हारी आँखें एक योगी की आँखें हैं पुत्र! तुम ध्यान किया करो।"

पहले तो नरेन्द्र के मन में आया कि कहे कि वह तो अपने बचपन से ही ध्यान करता आ

रहा है···किंतु फिर उसने स्वयं को रोक लिया···वह पूछने और जानने आया था···अपने विषय में बताते नहीं।···पर शायद महर्षि का यह स्वभाव ही नहीं था कि वे आगंतुक को इच्छानुसार अपनी बात कहने दें।

पर केशवचंद्र सेन के साथ ऐसी बात नहीं थी। उनके साथ खुला वार्तालाप हो सकता था। वे शायद कुछ अधिक व्यावहारिक पुरुष थे। लोक में उनकी दूसरे ढंग से रुचि थी। वे लोक के निकट जाते थे, उससे भागते नहीं थे। अपनी मान्यताओं का उसमें प्रचार करना चाहते थे।···प्रचार के माध्यम के रूप में ही उन्होंने नाटक को अंगीकार किया था। अनेक नाटकों में वे स्वयं भी अभिनय करते थे···

नाटकों के मंचन के दौरान केशव बाबू अन्य कलाकारों के साथ काफी खुल गए थे। उनके साथ नरेन्द्र विवाद भी कर लेता था। उनसे प्रश्न भी पूछे जा सकते थे और अनेक वक्तव्यों पर आपत्ति भी की जा सकती थी। वे उससे रुष्ट नहीं होते थे। न उन्हें लगता था कि उनका अपमान किया जा रहा है। वे तर्कों का उत्तर तर्कों से देते थे।···नरेन्द्र तो बिना तर्क और प्रमाण के किसी की कोई बात स्वीकार कर ही नहीं सकता था।···ब्राह्म समाज में एक और युवक भी था जो तर्क करता था और अच्छा भाषण भी कर लेता था—प्रतापचंद्र मजूमदार। उससे तर्क-वितर्क तो बहुत होता था, किंतु वह नरेन्द्र का मित्र कभी नहीं बन सका। मित्र के रूप में राखाल उसके साथ था, जो इसके पहले अंबु गुहा के अखाड़े में उसका मित्र बना था। नरेन्द्र उसे 'पहलवान' कहकर पुकारता था। कुछ स्थूलता लिए हुए उसका स्वस्थ और पुष्ट शरीर जो था। राखाल ने कभी उसकी बात का बुरा नहीं माना।

ब्राह्म समाज में सारे व्यसनों का निषेध था। वे मांस नहीं खाते थे, मदिरा नहीं पीते थे, तंबाकू का उपयोग नहीं करते थे।···ब्राह्म समाज के नेता न केवल इन्हें सामाजिक बुराइयाँ मानते थे, वरन् उनका यह भी विचार था कि इन व्यसनों के कारण भी अनेक हिंदू युवक ईसाई धर्म की ओर आकृष्ट हो रहे थे।···नरेन्द्र ने मदिरा कभी पी नहीं थी। मांसाहार उसने त्याग दिया था, किंतु धूम्रपान को त्यागना उसने कभी आवश्यक नहीं समझा था।···जाने क्यों, उसे कभी लगा ही नहीं कि इससे उसकी आत्मा का पतन हो रहा है अथवा किसी अन्य व्यक्ति को इससे कोई असुविधा हो रही है।

24

संध्या-समय विश्वनाथ घर लौटे तो केवल उनका शरीर ही थका हुआ नहीं था, उनका मन भी काफी बोझिल था। वे थके-से एक कुर्सी पर बैठ गए और अपने हाथ में पकड़े कागज भी उन्होंने अपने पास ही रख दिए।

"उठो। मुँह-हाथ धोकर कुछ खा-पी लो।" भुवनेश्वरी ने कमरे में प्रवेश करते हुए कहा।

"अभी उठता हूँ।" विश्वनाथ ने अत्यंत मंद स्वर में कहा और बिना हिले-डुले वैसे ही निष्क्रिय बैठे रहे।

भुवनेश्वरी ने उन्हें ध्यान से देखा और उनके निकट चली आई, "क्या हुआ? बहुत परेशान लग रहे हो।"

विश्वनाथ की इच्छा हुई कि भुवनेश्वरी को टाल दें। कह दें कि कुछ नहीं हुआ।···किंतु झूठ

बोलना उनके लिए सरल होगा क्या? और फिर झूठ बोलने की आवश्यकता ही क्या थी!

"काकी ने मुझे वकील के माध्यम से कानूनी नोटिस भिजवाया है कि हम उनके पति के घर में अनधिकृत रूप से रह रहे हैं।" विश्वनाथ धीरे से बोले, "यह भवन उनके पति का है और हम लोग बलात् इस पर कब्जा किए बैठे हैं। वे एक असहाय विधवा हैं, इसलिए हमसे झगड़ा नहीं कर सकतीं। यदि हमने यह भवन शीघ्र खाली नहीं किया तो वे अदालत से प्रार्थना करेंगी कि हमसे भवन खाली करवाकर, पूरी तरह से उन्हें सौंपा जाए।"

भुवनेश्वरी चुपचाप पति की ओर देखती रही। किसी प्रकार के विवाद की संभावना तो थी; उसके लक्षण तो उसे कई दिनों से दिख रहे थे। किंतु उसने इस बात की कल्पना भी नहीं की थी कि बात आरंभ ही मुकदमे से होगी।

"तो फिर क्या सोचा है तुमने?" भुवनेश्वरी ने पूछा, "काकी के विरुद्ध मुकदमा लड़ोगे या नहीं?"

"मुकदमा क्यों नहीं लड़ूँगा।" विश्वनाथ झपटकर बोले, "तुम क्या समझती हो कि इस मिथ्या आरोप को मैं चुपचाप स्वीकार कर लूँगा।"

"नहीं, असत्य से समझौता तो कभी नहीं करना चाहिए।" भुवनेश्वरी ने सहमति प्रकट की, "किंतु इस घर में हमारा जीवन विषाक्त हो जाएगा। ऐसा तो काकी के लिए स्वाभाविक नहीं है कि वे कचहरी में हमसे मुकदमा लड़ें और घर में हमसे सहज स्नेह बना रहे।"

"नहीं, यह तो शायद काली काका के जीवन में भी संभव नहीं होता। उनके न रहने पर तो इसकी कल्पना भी नहीं की जा सकती।" विश्वनाथ बोले, "वैसे इस आरोप के रहते हुए मैं इस मकान में रहना भी पंसद नहीं करूँगा। इतना बड़ा कलंक मैं अपने माथे पर कैसे लूँ कि मैं एक वृद्धा असहाय अबला के मकान पर बलात् कब्जा किए बैठा हूँ।" विश्वनाथ के चेहरे पर आहत अभिमान की पीड़ा भी थी और संकल्प की दृढ़ता भी, "अब तो इस घर में तभी रहूँगा जब अदालत ही यह निर्णय कर देगी कि इस मकान में मेरा भी वैध अधिकार है। सत्य तो यह है कि अपने पिता का एकमात्र उत्तराधिकारी होने के कारण यह भवन मेरा है···सारा-का-सारा भवन मेरा है।"

भुवनेश्वरी ने चकित होकर अपने पति को देखा, "तो क्या इस मकान को छोड़ दोगे?"

"हाँ!"

"तो हम रहेंगे कहाँ?"

"कहीं कोई मकान किराए पर ले लेंगे।"

"किराए पर?"

"हाँ! क्यों?"

"अपना घर रहते हुए···।"

"अपना घर अब है कहाँ?" विश्वनाथ ने क्षुब्ध स्वर में पूछा, "काकी ने यही तो आरोप लगाया है कि यह घर हमारा नहीं है, उनका है, और हम उनके घर में जबरदस्ती रह रहे हैं।"

"उन्होंने आरोप लगाया और तुमने स्वीकार कर लिया कि यह घर उनका ही है, हमारा नहीं है।" भुवनेश्वरी बोली, "ऐसे तो कोई भी किसी भी प्रकार का आरोप लगाएगा और तुम सब कुछ त्यागते जाओगे? मैदान छोड़कर भागना तो कोई अच्छी बात नहीं है।"

"मैं न कुछ त्याग रहा हूँ, और न ही पलायन कर रहा हूँ।" विश्वनाथ के स्वर में स्पष्ट खीझ थी, "मैं केवल पहले इस कलंक को धो डालना चाहता हूँ।"

भुवनेश्वरी तत्काल कुछ भी नहीं बोली, चुपचाप अपने पति को देखती रही। फिर मंद किंतु कुछ उत्तेजित स्वर में बोली, "आखिर क्या तर्क है उनका? क्यों यह भवन उनका है और हमारा नहीं? भवन के जैसे उत्तराधिकारी वे हैं, वैसे ही हम भी हैं, बल्कि ससुरजी तो काका से बड़े थे। उनका अधिकार ही जायदाद पर अधिक बनता है, और उनके पुत्र होने के नाते···।"

"अभी तक सारी बातें खुलकर सामने नहीं आई हैं।" विश्वनाथ ने भुवनेश्वरी की बात पूरी नहीं होने दी, "किंतु जो कुछ मैंने सुना है, उससे लगता है कि वे लोग यह तर्क अपनाने जा रहे हैं कि यह सारी जायदाद पिताजी और काका की सम्मिलित जायदाद थी, किंतु पिताजी ने स्वेच्छा से संन्यास लिया और संन्यास ग्रहण करते हुए उन्होंने अपने सारे सांसारिक अधिकारों का त्याग कर दिया था। अपना सब कुछ वे काका को सौंप गए थे या कम-से-कम अपना अधिकार उन्होंने त्याग दिया था। उस समय से न तो यह संयुक्त परिवार ही रह गया था और न ही दुर्गाप्रसाद का पुत्र होने के नाते इस जायदाद पर मेरा कोई अधिकार ही रह गया था।"

"पांडु का राज्य हड़पने के लिए धृतराष्ट्र ने भी कुछ इसी प्रकार के तर्क दिए थे।" भुवनेश्वरी का मन क्षुब्ध हो उठा था।

"तभी तो महाभारत का आरंभ हो गया है।" विश्वनाथ बोले।

"काकी बिलकुल भूल गई हैं कि आपकी सारी कमाई इसी घर में खर्च होती रही है। उस पर काका अपना पूरा अधिकार समझते थे, क्योंकि वे इस संयुक्त परिवार के मुखिया थे। आप इस घर को त्यागकर कभी कहीं नहीं गए। सासुजी ने इन लोगों के सारे अत्याचार सहकर भी यह घर नहीं छोड़ा।···फिर भी यह संयुक्त परिवार नहीं है।···जब लेना था तो संयुक्त परिवार था और आज···।"

"वे कह सकते हैं कि काका ने मुझे अनाथ समझकर दयावश अपने साथ रखा था और मेरा पालन-पोषण किया था। उससे न तो मैं उनके परिवार का सदस्य ही बन जाता हूँ और न ही यह परिवार, संयुक्त परिवार हो जाता है।"

इस संभावित तर्क को सुनकर भुवनेश्वरी जैसे स्तब्ध खड़ी रह गई, इस सीमा तक भी झूठ बोला जा सकता है क्या? वह कुछ क्षणों तक जैसे इस झटके को झेलकर प्रकृतिस्थ होने का प्रयत्न करती रही और फिर धीरे से बोली, "तुम जानते थे कि तुम्हारे काका तनिक भी उदार नहीं हैं। तुम यह भी जानते थे कि उन्होंने तुम्हें पग-पग पर ठगा है और जितनी जायदाद वे हजम कर सकते थे, उन्होंने कर ली है। फिर भी तुम अपनी सारी कमाई उन्हीं की झोली में डालते गए। एक पैसा भी अपने लिए अलग से बचाकर नहीं रखा···।"

"देखो, यह आरोप तुम मुझ पर नहीं लगा सकतीं कि मैंने यह धूर्तता नहीं की।" विश्वनाथ उस अवसाद में भी हँस पड़े, "सुंदर वन में जो हजारों बीघे भूमि मैंने नरेन्द्र के नाम पर खरीदी थी, तुमने उसका नाम तो वीरेश्वराबाद रख दिया, किंतु उसकी रक्षा तुमने नहीं की।"

उस संपत्ति के नष्ट होने का खेद भुवनेश्वरी के चेहरे पर प्रकट हुआ, किंतु अपनी भूल का संकोच भी वह छिपा नहीं पाई, 'अब मैं क्या जानती थी कि काका मेरे साथ ऐसी धूर्तता करेंगे। उन्होंने तो जायदाद के कागज देखने-भर की इच्छा प्रकट की थी। कोई बहू अपने ससुर से यह कैसे कह सकती है कि वह उन्हें संपत्ति संबंधी कागज दिखाएगी भी नहीं। मैं क्या जानती थी कि वे जाकर उस भूमि को गिरवी रख आएँगे।"

"यदि उनसे इस प्रकार की धूर्तता की आशंका न होती तो मैं वह भूमि नरेन्द्र के नाम से

खरीदता ही क्यों और उसके कागज तुम्हारे पास क्यों सँभलवाता?" विश्वनाथ बोले, "मैं जानता था कि मेरे पास जो कुछ भी होगा, या तो मैं स्वयं अपने हाथों ही उन्हें सौंप दूँगा, या फिर वे ही अवसर पाकर उस पर आधिपत्य जमा लेंगे। पर मेरी सावधानी भी किसी काम नहीं आई।"

"जब आप स्वयं सब कुछ जानते-बूझते उनका इतना सम्मान करते थे और उनकी किसी इच्छा का तिरस्कार नहीं कर सकते थे, तो मैं कैसे उनको मना कर देती।" भुवनेश्वरी ने स्पष्टीकरण दिया।

"और वह कर्वला टैंक के पास वाली संपत्ति?" विश्वनाथ जैसे उसकी भूलें बता-बताकर उसे खिजाने का सुख ले रहे थे, "वह तो तुम्हारे नाम से थी। वह तो काका ने नहीं ली थी। तुमने स्वयं उन किराएदारों का किराया माफ कर दिया और संपत्ति भी हाथ से निकल गई। नहीं तो शायद हम लोग वहीं जा रहते।"

उस घटना का स्मरण कर भुवनेश्वरी संकुचित हो गई, किंतु चुप नहीं रह सकी, "अच्छा! मैं नृशंस नहीं हो सकी तो वह भी मेरी भूल हो गई। तुम जानते भी हो कितने बुरे दिन थे वे। लोगों को खाने के लिए रोटी भी नहीं मिल रही थी। ऐसे में उनसे किराए के लिए हठ करने का अर्थ था मरे हुए को मारना। पर मैंने तो केवल उनका कष्ट दूर होने तक उन्हें किराया न देने की छूट दी थी। मैं क्या जानती थी कि वे धूर्त कभी भी किराया नहीं देंगे और अंततः इसी आधार पर संपत्ति पर अपना आधिपत्य जमा लेंगे।"

"मैंने वह संपत्ति इसलिए तुम्हारे नाम से खरीदी थी कि लोग मेरी अव्यावहारिकता का लाभ न उठा सकें। वे लोग जब किराया-माफी के लिए मेरे पास आए थे तो मैंने यही कहकर उन्हें टाला था कि वह संपत्ति मेरी है ही नहीं, तो मैं किराया कैसे माफ कर दूँ। पर मैं क्या जानता था कि वे लोग गुहार करने तुम्हारे पास आ जाएँगे और तुम मुझसे भी अधिक अव्यावहारिक हो जाओगी।..."

"तो क्या करती मैं?" भुवनेश्वरी कुछ उत्तेजित स्वर में बोली, "नहीं हो सकी मैं अमानवीय... ।"

"तो मैं कौन-सा तुम्हें दोष दे रहा हूँ।" विश्वनाथ बोले, "हमें तो इतना-भर समझ लेना है कि अमानवीय हुए बिना शायद न केवल संपत्ति एकत्रित नहीं की जा सकती, अपनी संपत्ति की रक्षा भी नहीं की जा सकती।"

"तो फिर ठीक है। मानवता और संपत्ति में से मुझे यदि किसी एक का चुनाव करना होगा तो मैं मानवता को ही चुनूँगी।" भुवनेश्वरी बोली, "मानवता को त्यागकर मुझे नहीं चाहिए संपत्ति।"

विश्वनाथ ने उसे कुछ मुग्ध भाव से देखा, "तो मैं ही कहाँ तुम्हारा विरोध कर रहा हूँ। मैं यह घर भी इसीलिए तो छोड़ रहा हूँ कि मुझ पर अमानवीयता का दोष न लगाया जा सके।"

"अपने पूर्वजों का यह भवन छोड़ना आपको बुरा नहीं लगेगा क्या?" भुवनेश्वरी को लगा कि वह भी जैसे अपने पति के माध्यम से अपने मन को इस परिवर्तन के लिए तैयार कर रही है।

"बुरा क्यों नहीं लगेगा।" विश्वनाथ बोले, "किंतु मैं न तो यह कलंक अपने माथे पर लूँगा और न ही क्लेश का जीवन जीऊँगा।"

"कोई मकान देखा है क्या?"

"देखा तो है, किंतु अभी निश्चय नहीं किया है।" विश्वनाथ ने भुवनेश्वरी को देखा, "भैरव विश्वास की गली में सातवें मकान के विषय में सोच रहा हूँ।"

"वह मकान तो माँ के घर के पास ही है।" भुवनेश्वरी ने उत्तर दिया, "भैरव विश्वास की

गली तो रामतनु बसु की गली के ही पास है।''

''ठीक कह रही हो।'' विश्वनाथ बोले, ''रोचक बात यह है कि माँ का मकान भी अपनी गली का सातवाँ मकान है और जिसकी मैं चर्चा कर रहा हूँ, वह अपनी गली का सातवाँ मकान है। किंतु···।''

''किंतु क्या?'' भुवनेश्वरी ने जिज्ञासा भरी दृष्टि से अपने पति की ओर देखा।

''मकान कुछ छोटा है। इतने कमरे नहीं हैं कि सब बच्चों को अलग-अलग कमरे मिल सकें।'' विश्वनाथ का स्वर कुछ धीमा हो गया, ''नरेन की पढ़ाई के दिन हैं, यह न हो कि उसे उस छोटे मकान में भीड़-भाड़ अधिक लगे और उसे अध्ययन में कठिनाई हो।''···

''तो कोई बड़ा मकान देख लो।'' भुवनेश्वरी ने अत्यंत सहज भाव से कहा।

''बड़ा मकान!'' विश्वनाथ न केवल चुप हो गए, वरन् उठकर टहलने भी लगे।

''क्या बात है?'' भुवनेश्वरी ने कुछ चकित होकर पूछा।

''बड़े मकान के विषय में भी सोचा था मैंने।'' विश्वनाथ का स्वर उत्साहशून्य था, ''किंतु उनका किराया बहुत अधिक है।''

भुवनेश्वरी ने विस्फारित नयनों से अपने पति को देखा : विश्वनाथ पैसे की बात कर रहे हैं, वह भी कुछ चिंतित स्वर में।

''रायपुर से लौटने के बाद मुझे पता चला है कि हमारी फर्म की हालत कुछ ठीक नहीं है। मेरी अनुपस्थिति में उसमें काफी कुछ गड़बड़ की गई है। अब तक मैंने उसकी चिंता नहीं की थी।···किंतु अब, जब यह मकान भी हाथ से निकल रहा है, मुझे लग रहा है कि मुझे अपनी आय तथा व्यय का संतुलन बनाने के लिए हाथ को कुछ खींचकर ही खर्च करना होगा। इसलिए···।''

''कोई बात नहीं।'' भुवनेश्वरी ने स्वयं को सँभालने से भी पहले विश्वनाथ को सांत्वना देने का प्रयत्न किया···जीवन में आज पहली बार उसके पति ने अपनी आय और व्यय के विषय में चिंता प्रकट कर उसके संतुलन की चर्चा की थी।···भुवनेश्वरी को पति की इस मानसिकता को तो तभी समझ जाना चाहिए था, जब उन्होंने किराए पर मकान लेने की बात कही थी। आर्थिक स्थिति इतनी गंभीर न होती तो वे मकान खरीदने की सोचते, किराए पर लेने की नहीं।···भुवनेश्वरी का ध्यान इस ओर पहले ही जाना चाहिए था।···रायपुर से लौटकर विश्वनाथ ने बग्घी और कोचवान की व्यवस्था नहीं की थी। घर के नौकर भी एक-एक कर हटा दिए थे। वह सब अकारण ही तो नहीं था···।

''पर मैं सोच रहा हूँ,'' विश्वनाथ बोले, ''कि पास ही किसी दूसरे मकान में नरेन्द्र के लिए अलग से एक कमरा ले लिया जाए, ताकि उसे पढ़ने में असुविधा न हो।''

''पढ़ने के लिए नरेन्द्र माँ के घर चला जाया करेगा।'' भुवनेश्वरी ने अर्धसंकुचित स्वर में कहा, ''रामतनु की गली, भैरव विश्वास की गली से है ही कितनी दूर। माँ भी प्रसन्न हो जाएँगी कि नरेन्द्र ने अपनी नानी पर इतना तो अधिकार माना।''

विश्वनाथ ने तत्काल कोई उत्तर नहीं दिया।

''क्या बात है? आप सहमत नहीं हैं?'' भुवनेश्वरी ने पूछा, ''मैंने कुछ अनुचित कह दिया क्या?''

''नहीं, तुमने अनुचित तो कुछ नहीं कहा।'' विश्वनाथ धीरे से बोले, ''किंतु सोचता हूँ कि इन सब बातों से कहीं मेरी निर्धनता का अधिक ही प्रचार न हो जाए।'' उन्होंने रुककर भुवनेश्वरी

की ओर देखा, ''कहीं ऐसा तो नहीं कि तुम मुझे एकदम कंगला समझ बैठी हो कि अपनी माँ का सहारा लेने के लिए कह रही हो। अभी स्थिति उतनी बुरी नहीं है भाई।''

भुवनेश्वरी को समझने में तनिक भी कठिनाई नहीं हुई कि विश्वनाथ उसे बहकाने का प्रयत्न कर रहे हैं, किंतु वह यह भी नहीं चाहती थी कि उसकी किसी बात से उसके पति के स्वाभिमान को ठेस पहुँचे। बोली, ''जैसी आपकी इच्छा। मैंने तो इसलिए कहा था कि माँ का भी मन बहला रहेगा और नरेन्द्र को भी अपने मनोनुकूल एकांत मिल जाएगा, पर···।''

''पर क्या?'' विश्वनाथ ने पूछा।

''आप बाहर चले जाएँगे और नरेन्द्र अलग मकान में सोएगा तो मैं बच्चों के साथ अकेली?···''

''तब तुम माँ को बुला लेना।'' विश्वनाथ बोले, ''वे तुम लोगों के साथ रह जाया करेंगी।''

25

आज पारितोषिक-वितरण का समारोह था। विनीत, हेमाली, नितिन, प्रियनाथ सारे ही लड़के परेशान थे : पता नहीं नरेन्द्र ने अपना भाषण लिखकर याद भी किया था या नहीं। वह अभी तक विद्यालय में आया भी नहीं था। कहीं ऐसा न हो कि वह आकर कह दे कि उसे तो भाषण तैयार करने का समय ही नहीं मिला। हजार बातों में तो उसने अपनी टाँग फँसा रखी है।···यदि ऐसा कुछ हो गया तो सारा समारोह गड़बड़ हो जाएगा, किंतु जब तक वह आएगा नहीं, कुछ भी जानना कठिन था।

नरेन्द्र आया तो लड़कों ने उसे घेर लिया, ''इतनी देर क्यों कर दी?'' विनीत ने पूछा, ''सब लोग तब से घबराए पड़े हैं और तुम हो कि अब आ रहे हो।''

''पर अभी देर तो नहीं हुई। कार्यक्रम आरंभ हो गया क्या?'' नरेन्द्र ने सहज भाव से पूछा।

''कार्यक्रम तो आरंभ नहीं हुआ,'' झल्लाया हुआ विनीत बोला, ''हम आशा कर रहे थे कि तुम समय से काफी पहले आ जाओगे। कार्यक्रम आरंभ हो जाने पर ही आना था क्या तुमको?''

''वह हुआ यह कि,'' नरेन्द्र धीरे-धीरे बोला, ''रात मैं देर तक पढ़ता रह गया, इसलिए सुबह नींद कुछ देर से ही टूटी···।''

''अरे, तुमने भाषण तैयार किया या नहीं?'' तरुण का स्वर हताशा में डूब रहा था।

''नहीं, भाषण तैयार करने का समय तो मुझे मिला ही नहीं?'' नरेन्द्र बोला।

''तो फिर भाषण कैसे करोगे?'' विनीत खौंखियाया, ''तुम सब चौपट करोगे। अब भाषण नहीं होगा तो बसु महाशय का सम्मान कैसे होगा।''

''अरे, तो मैंने यह कब कहा है कि मैं भाषण नहीं करूँगा।'' नरेन्द्र बोला, ''अपने गुरु की प्रशंसा में कुछ वाक्य कहने हों तो उसमें इतनी तैयारी की क्या आवश्यकता है।''

''तुम्हें कुछ पता भी है,'' विनीत उसी प्रकार अधीर स्वर में बोला, ''अध्यक्षता के लिए आ रहे हैं सुरेन्द्रनाथ बैनर्जी। इतने बड़े वक्ता! उनका भाषण सुनने के लिए लोग दूर-दूर से आते हैं और अच्छे-अच्छे वक्ताओं की उन्हें देखते ही टाँगें काँपने लगती हैं। तुम समझ क्या रहे हो?''

नरेन्द्र मुस्कराया, ''यह सब तो मैंने सोचा ही नहीं, पर टाँगें काँपने अथवा मुंडी के हिलने का कोई कारण मुझे दिखाई नहीं देता। तुम लोग समारोह आरंभ करो।''

विनीत झल्लाता हुआ अपने साथियों को लेकर चला गया। उधर एक लड़के ने आकर यह सूचना दी कि सुरेन्द्रनाथ बैनर्जी आ गए हैं, और ईश्वरचन्द्र महाशय के पास बैठे हैं।

लड़के सभा की व्यवस्था में कुछ ऐसे लगे कि उन्हें बहुत सोचने का अवसर ही नहीं मिला। सारे विद्यार्थियों को लाकर बड़े कक्ष में बैठाया गया। प्रतिभाशाली विद्यार्थियों को दिए जाने वाले पारितोषिक भी लाकर मेज पर सजाए गए, और फिर अध्यापकों के साथ आकर ईश्वरचन्द्र महाशय तथा सुरेन्द्रनाथ बैनर्जी विराजमान हुए···और तब जाकर विनीत को ध्यान आया कि नरेन्द्र को भी खोजना है।

किंतु नरेन्द्र को खोजने की आवश्यकता नहीं पड़ी। वह पहली पंक्ति में ही पूर्ण आत्मविश्वास के साथ बैठा हुआ था।···विनीत को उस पर क्रोध आया कि वह भाषण की बात से तनिक भी विचलित नहीं है, बल्कि स्वयं विनीत उसके भाषण की बात सोच-सोचकर घबराया पड़ा है।

विनीत ने अपनी अटपटी, लड़खड़ाती आवाज में घोषणा की कि उनके अध्यापक बसु महाशय अपने अध्यापन-कार्य से अवकाश ग्रहण कर रहे हैं, इसलिए वे लोग उनके सम्मान में कुछ कहना चाहते हैं। विद्यार्थियों के प्रतिनिधि के रूप में नरेन्द्र उनके उद्‌गार प्रकट करेगा।

विनीत ने सिर उठाकर नरेन्द्र की ओर देखा। नरेन्द्र सहज रूप में अपने स्थान से उठा और मंच की ओर आया। उसके सधे हुए डगों को देखकर विनीत ने अनुभव किया कि उसकी अपनी टाँगें काँप रही हैं···।

नरेन्द्र आकर मंच पर खड़ा हुआ और उसने गुरुजनों की ओर देखकर हाथ जोड़ प्रणाम किया और अपनी आँखें बंद कर लीं, जैसे अपने विचारों को संचित कर रहा हो।

विनीत को लगा कि क्षण के बाद क्षण बीतते जा रहे हैं, और नरेन्द्र उसी प्रकार आँखें बंद किए हुए ध्यान-मग्न खड़ा है।···कहीं वह सो तो नहीं गया? इस मोटू का कोई भरोसा नहीं कि कब क्या कर बैठे।···नहीं, वह सोया नहीं है। मनुष्य खड़ा होकर सो नहीं सकता। सम्भव है कि वह समाधिस्थ हो गया हो···उसने अपने कुछ मित्रों से सुना था कि नरेन्द्र घर पर रात को ध्यान का अभ्यास भी करता है। यदि वह समाधिस्थ हो गया तो कितनी लज्जाजनक स्थिति हो जाएगी! लड़के फब्तियाँ कसने लगेंगे और अध्यापक दृष्टि झुकाकर मन-ही-मन उसे कोसने लगेंगे। सुरेन्द्रनाथ बैनर्जी मन-ही-मन मुस्कराएँगे कि वे किन मूर्खों के निमंत्रण पर यहाँ आ गए···नरेन्द्र का क्या बिगड़ेगा। वह ऐसे ही समाधिस्थ खड़ा रह जाएगा, और अपमान का यह गरल तो विनीत को ही गटकना पड़ेगा। आयोजन तो उसी का था न···अरे, समाधि-पमादि कुछ नहीं।···नरेन्द्र पाखंड कर रहा है। उसे कुछ सूझ नहीं रहा कि क्या बोले, तो प्रतिमा बनकर स्तब्ध खड़ा हो गया है···।

तभी नरेन्द्र ने आँखें खोलीं और अत्यंत शालीन तथा आश्वस्त स्वर में बोला, "आदरणीय अतिथि महोदय, गुरुजनो तथा मित्रो! मेरे लिए यह सारी स्थिति बहुत विचित्र है। हमें बताया गया है कि हम अपने गुरु बसु महाशय का, उनके अध्यापन-कार्य से अवकाश ग्रहण करने पर विदाई के अवसर पर सम्मान कर रहे हैं। यह सूचना गलत नहीं है। व्यावहारिक दृष्टि से हम सचमुच यही कर रहे हैं। हमारा समाज इस सारी प्रक्रिया को इन्हीं शब्दों में व्यक्त करेगा। फिर भी मेरा मन इसमें से किसी एक बात को भी स्वीकार नहीं करता। इसीलिए मैं कह रहा हूँ कि मेरे लिए यह बड़ी विचित्र स्थिति है।"

नरेन्द्र ने अपना सिर उठाकर, जैसे पहली बार अपनी आत्मलीनता से बाहर निकल, अपने श्रोताओं की आँखों में देखा और बोला, "आप ही बताएँ, क्या कोई अध्यापक, अध्यापन-कार्य

से अवकाश ग्रहण कर सकता है? यदि विद्यालय छोड़ने के पश्चात् वे अध्यापन से इंकार करें, हम उनके पास कोई जिज्ञासा लेकर जाएँ और वे हमारी जिज्ञासा का स्वेच्छा से समाधान न करें, यदि अज्ञानी किंतु जिज्ञासु को सामने पाकर भी वे उसे ज्ञान का दान न करें, तो आप कह सकते हैं कि उन्होंने अध्यापन से अवकाश ग्रहण कर लिया है। किंतु मैं जानता हूँ, और आप भी जानते हैं कि यह संभव नहीं है। धारा के लिए यह संभव ही नहीं है कि वह अपने दोनों किनारों को सींचे बिना ही आगे बह जाए। यदि बसु महाशय ऐसा कर सकें तो हम यह मानेंगे कि वे या तो आजीवन अध्यापक ही नहीं रहे या फिर उनके पास कोई अलौकिक सिद्धि है, जिससे उन्होंने अपनी प्रकृति को, अपने स्वधर्म को, बदल लिया है। पर क्या ऐसा संभव है?''

नरेन्द्र ने बसु महाशय की ओर देखा और अनायास ही बसु महाशय की गरदन अस्वीकृति में हिल उठी।

नरेन्द्र ने फिर अपनी बात आरंभ की, ''हम यह मान रहे हैं कि हम अपने गुरु को आज विदाई दे रहे हैं। मेरी बुद्धि इससे सहमत नहीं हो पाती। गुरु हमारे हृदय में बैठा है। गुरु को हृदय से विदा करना जैसे ईश्वर से मुख मोड़ना है, किंतु उनसे हमारा जो निरन्तर सूक्ष्म सम्बन्ध है, उसे भंग नहीं किया जा सकता। गुरु के साथ हमारा प्रतिदिन का संपर्क न रहे यह तो स्वीकार किया जा सकता है। गुरु प्रतिदिन न मिलें, विद्यालय में न आएँ, हम उनके घर न जाएँ, तो भी क्या उनसे हमारा असंबंध हो गया, असंपर्क हो गया, वे हमसे विदा हो गए? नहीं, गुरु-शिष्य का यह संबंध ही नहीं है। गुरु तो ईश्वर के समान, प्राणों के समान, श्वासों के समान हमारे अस्तित्व से जुड़ा हुआ है। वह हमारे व्यक्तित्व का एक अभिन्न अंग है। यदि ऐसा नहीं है, तो या तो वे हमारे गुरु नहीं, या हम उनके शिष्य नहीं।'' नरेन्द्र ने रुककर सामने बैठे श्रोताओं पर एक सिंह-दृष्टि डाली और बोला, ''बहुत संभव है कि कुछ लोगों के मन में यह बात आए कि मैं या तो बहुत प्राचीन काल के संबंधों की बात कर रहा हूँ, या फिर यह समझा जाए कि मैं कपोल कल्पित आदर्शों के भ्रम-जाल में आपको उलझा रहा हूँ। किंतु ऐसा कुछ भी नहीं है, और न ही कोई ऐसा असाधारण काल्पनिक आदर्श हो सकता है, जो यथार्थ में परिणत न किया जा सके। गुरु शब्द का अर्थ ही है, बड़ा। जिसकी आत्मा महान् हो, उदात्त हो, निःस्वार्थ हो। यदि हम अपनी तुच्छता के कारण सागर से एक लोटा जल ही भर पाएँ तो उससे सागर छोटा नहीं हो जाता। हमें पहले अपनी दृष्टि का विस्तार करना होगा, तभी हम गुरु की महानता को समझ पाएँगे। पिता भी कभी-कभी अपने पुत्र का विश्वास, उन्नति और प्रगति इसलिए चाहता है कि उससे उसका अपना भी लाभ हो, किंतु गुरु तो अहेतुक कृपा-सागर है। शिष्य के विकास में उसका अपना कोई स्वार्थ नहीं है। वह शिष्य का विकास, शिष्य के कल्याण के लिए चाहता है। वह पहले दिन से जानता है कि वह स्वयं जहाँ बैठा है, वहीं बैठा रहेगा, और उसके शिष्य अपना विकास करते हुए उससे बहुत आगे और दूर निकल जाएँगे। वह जानता है कि वह भौतिक समृद्धि के लिए न प्रयत्न करेगा, न उसे प्राप्त करेगा। वह केवल गुरुत्व की ऊँचाइयों को पार करता हुआ और उच्चतर होता जाएगा। ऐसे महान् गुरु को हम विदा करने की बात कह ही कैसे सकते हैं?''

नरेन्द्र ने श्रोताओं पर प्रश्न ही नहीं उछाला, वरन् अपनी दृष्टि भी उन पर टिका दी। वह दृष्टि नहीं थी—शूल था, जो प्रत्येक हृदय में चुभकर पूछ रहा था कि उन्होंने गुरु के प्रति ऐसी अपमानजनक बात कह कैसे दी?

''और जहाँ तक तथाकथित विदाई के अवसर पर उनके सम्मान की बात कही जा रही है,

मैं उससे भी सहमत नहीं हो पाता। यदि मैं इस वक्तव्य से सहमत हो जाऊँ तो मुझे यह भी स्वीकार करना पड़ेगा कि आज से पहले मैं उनका सम्मान नहीं कर रहा था। ऐसी बात में सोच भी नहीं सकता। मैं अधिक-से-अधिक इतना ही मान सकता हूँ कि विद्यालय की नौकरी के संदर्भ में भौतिक परिस्थितियों का स्वरूप कुछ बदल रहा है। हम आज उस परिवर्तन से ही साक्षात्कार कर रहे हैं, और इस अवसर पर उनके चरण छूकर कृतज्ञतापूर्वक उन्हें प्रमाण करते हैं।''

नरेन्द्र ने सचमुच बसु महाशय के चरण छूकर प्रणाम किया और मंच से नीचे उतर जाने के लिए मुड़ा।

बसु महाशय अत्यंत विह्वल स्थिति में अपने स्थान पर निष्क्रिय बैठे रह गए। आशीर्वाद देने के लिए उनका हाथ तक नहीं उठा, किंतु उनका रोम-रोम जैसे यह स्वीकार कर रहा था कि आज तक उनके किसी शिष्य ने उन्हें इस प्रकार प्रणाम नहीं किया था···।

श्रोताओं की तालियाँ कुछ धीमी पड़ीं तो सुरेन्द्रनाथ बैनर्जी बोलने के लिए उठे और उन्होंने अपना भाषण ही नरेन्द्र की प्रशंसा से आरंभ किया। वे बोले, ''मैं भी उस गुरु और उस संस्था को प्रणाम करता हूँ जिसने नरेन्द्रनाथ दत्त जैसे शिष्यों का निर्माण किया है। मुझे विश्वास है कि आज का यह किशोर आगे चलकर निश्चित रूप से एक अत्यंत प्रभावशाली वक्ता बनेगा और जब वह बोलेगा तो दुनिया न केवल उसे सुनेगी वरन् देखती की देखती रह जाएगी···।''

विश्वनाथ बाहर से आए तो अत्यंत मग्न थे। मुख से कुछ बोले तो नहीं, पर उनकी आँखें किसी को ढूँढ़ रही थीं। भुवनेश्वरी सामने पड़ी तो उन्होंने पूछा, ''नरेन्द्र कहाँ है?''

भुवनेश्वरी भी उनकी उत्कंठा भाँप गई, ''क्यों, आज क्या बात है? आज इस समय नरेन्द्र को खोज रहे हैं?''

विश्वनाथ मुस्कराए, ''क्यों, पुत्र को खोजने में ऐसी कौन-सी असाधारण बात है, जो तुम्हें उसका कारण बताना होगा।''

''कुछ तो असाधारण है ही।'' भुवनेश्वरी बोली, ''आपके चेहरे का उल्लास छिपाए नहीं छिप रहा है। कोई भी समझ सकता है कि आप बहुत प्रसन्न हैं।''

विश्वनाथ से अब और टाला नहीं गया। बोले, ''तुम्हें मालूम नहीं हुआ, नरेन्द्र का परीक्षा-फल आया है।''

''अच्छा!'' भुवनेश्वरी की उत्सुकता भी पूर्ण तीव्रता में जाग उठी, ''उत्तीर्ण तो हो गया न?''

''उत्तीर्ण! अरे, वह प्रथम श्रेणी में उत्तीर्ण हुआ है।'' विश्वनाथ बोले, ''सारे विद्यालय में अकेले उसी को तो प्रथम श्रेणी मिली है। अपने विद्यालय में वह सर्वाधिक अंक लाया है।''

''अरे! इतना···।''

''बुलाओ उसे।'' विश्वनाथ जैसे कुछ व्याकुलता में बोले, ''वह कहाँ है?''

भुवनेश्वरी ने विश्वनाथ के प्रश्न का उत्तर न देकर, पुकारकर हीरा से कहा कि वह नरेन्द्र को बुला लाए और उससे कहे कि बाबा ने बुलाया है।

''अभी बुलाकर लाती हूँ बोऊदी।'' हीरा ने हाथ का काम छोड़ते हुए उत्तर दिया।

''जानती भी है कि वह है कहाँ?'' भुवनेश्वरी ने पूछा।

''जानती हूँ बोऊदी।'' हीरा ने पूर्ण विश्वास के साथ उत्तर दिया, ''अब बिलेह बाबू बहुत शांत और गंभीर हो गए हैं। अपने कमरे में बैठे पढ़ते रहते हैं। मैं अभी बुलाकर लाई।''

हीरा चली गई तो विश्वनाथ बोले, "इस लड़के ने तीन वर्षों की पढ़ाई एक वर्ष में की है, और फिर भी परीक्षा में प्रथम आया है। कोई साधारण बात नहीं है। चमत्कार है यह। साथ ही संगीत भी सीखा है और भाषण भी दिए हैं।...मैं कैसे बताऊँ, कितना प्रसन्न हूँ मैं। सोलह वर्ष का मेरा नरेन अब कॉलेज जाएगा।"

"आपने बुलाया बाबा?" नरेन्द्र ने निकट आकर पूछा।

"ओह नरेन! मैं बहुत प्रसन्न हूँ।" विश्वनाथ को इतने उद्वेलित होते हुए भुवनेश्वरी ने भी कभी नहीं देखा था, "देखो, तुम्हारे लिए क्या पुरस्कार लाया हूँ।"

नरेन्द्र कुछ नहीं बोला, केवल पिता की ओर देखता रहा कि वे क्या लाए हैं : विश्वनाथ ने अपनी जेब से एक कलाई-घड़ी निकाली और अपनी हथेली पर जमाकर नरेन्द्र की ओर बढ़ाई ताकि वह अच्छी तरह से उसे देख ले।

नरेन्द्र ने घड़ी देखी। उसके चेहरे पर उल्लास जागा। किंतु अपनी प्रसन्नता से अधिक महत्त्वपूर्ण उसके लिए पिता का हर्ष था। उसने पिता की आँखों में देखा : वहाँ जैसे वात्सल्य का महासागर पूर्णिमा के अवसर पर आंदोलित होकर अपनी मर्यादा को भी पार कर रहा था।

26

रामचन्द्र दत्त अपने स्थान पर जड़ हुआ बैठा था। आँखें खुली थीं, किंतु वह जैसे कुछ भी देख नहीं रहा था। चारों ओर उसके मित्र, परिचित तथा संबंधी बैठे थे, किंतु राम को उससे तनिक भी सांत्वना नहीं मिल रही थी। वह तो जैसे अकेला ही बैठा था। चारों ओर की यह भीड़ उसे परेशान ही कर रही थी। उसे लग रहा था कि वे लोग जैसे उसके वक्ष पर ही बैठे हैं।...वे लोग हट क्यों नहीं जाते? वे लोग उसे अकेला क्यों नहीं छोड़ देते कि वह जी भरकर रो तो ले। इच्छा हो तो फर्श या दीवार के साथ सिर तो मार सके...कोई उसकी पीड़ा नहीं समझता, किसी को उससे कोई सहानुभूति नहीं है। सब मात्र आडंबर है, लोकाचार...

उसको अब भी लग रहा था कि उसके अपने ही ये हाथ उसके शत्रु हो गए थे। संभव होता तो अपने इन हाथों को वह अवश्य ही दंडित करता। काटकर अपने इन शत्रुओं को इस शरीर से पृथक् कर देता। क्या अधिकार था इन हाथों को उसके इस शरीर के रक्त पर पलने का, जिन्होंने उसकी अपनी बेटी को इस प्रकार गंगा में जल-समाधि दे दी।...

कितना दुखी हुआ था वह, जब उसके पिता ने नारिकेल डाँगा का अपना पैतृक मकान बेच दिया था।...पर यह तो वह आज ही समझ पाया है कि वह कोई दुःख नहीं था। ईंट-पत्थर के मकान का क्या दुःख, जो रोज बेचा और खरीदा जा सकता है, जो रोज बनाया और ढाया जा सकता है। पिता के पास धन की कमी हुई तो उन्होंने नारिकेल डाँगा वाला मकान बेच दिया। राम ने डॉक्टर बनकर धन कमाया तो मधुराय की गली में यह नया मकान बनवा लिया।...किंतु उसकी बच्ची तो कोई मकान नहीं है कि रुपया-पैसा हो तो उसे लौटा लाया जा सके।...किस काम आया उसका धन, जो खोखी का इलाज नहीं करवा सका? किस काम आई उसकी डॉक्टरी, जो अपनी ही बच्ची के प्राण बचा नहीं पाई।...अब वह कुछ भी कर ले, खोखी वापस नहीं आ सकती।...वह अपने इन्हीं हाथों से उसे श्वेत वस्त्र में लपेटकर, नौका में बैठे, गंगा की मध्य धार

में छोड़ आया था। वह पानी में डूबती जा रही थी।…कुछ बुलबुले उठ रहे थे, जल की उथल-पुथल की कुछ हलकी-सी ध्वनि हो रही थी, और राम का कलेजा फटा जा रहा था।…उसकी आँखों के सामने उसकी बच्ची पानी में समाती जा रही थी और वह चुपचाप नाव में सुरक्षित बैठा था। क्यों नहीं छलाँग लगा दी उसने, उसे बचाने के लिए? अपने प्राणों से उसे इतना मोह क्यों था? वह भी नहीं रहेगा तो संसार की ऐसी कौन-सी क्षति हो जाएगी? पानी के बुलबुले ऊपर आते थे, तो उसे लगता था, जैसे खोखी का स्वर ही उसे पुकारकर कह रहा था, "बाबा! मुझे बचा लो। मैं डूब रही हूँ।"

नरेन्द्र आकर राम के पास बैठ गया, "दादा! कुछ तो अपने आपको सँभालिए। यदि आपकी ही ऐसी स्थिति रही, तो बोऊदी को कौन सँभालेगा।"

राम ने अधखुली आँखों से नरेन्द्र की ओर देखा : यह भी कुछ समझता है, या मात्र लोकाचार…

"मैं तो स्वयं को बहुत सँभाल रहा हूँ नरेन!" राम ने कहा, "किंतु सब कुछ अपने वश में तो नहीं है न!…"

राम चुप हो गया और नरेन्द्र उसकी ओर देखता रहा। राम दादा ने ठीक ही कहा है कि सब कुछ अपने वश में नहीं है…किंतु मनुष्य का सारा संघर्ष ही तो इस परवशता से मुक्त होने का है। सारा प्रयास ही अपनी इच्छा के अनुसार जीने का है।…पर शायद राम दादा यह सब नहीं सोच रहे थे। उनके मन में किन्हीं और ही विचारों का मंथन चल रहा है।…क्या सोच रहे थे वे?…

"नरेन! जब मेरे बाबा ने अपने पिता की सारी संपत्ति नष्ट कर दी, अपना घर भी बेच दिया और हम तुम्हारे बाबा के संरक्षण में पहुँचे, तो मैं बहुत दुखी था।…" अंततः राम बोला, "मैं यह मानता था कि वह सब बाबा के कारण ही हुआ। यदि वे चाहते तो हमारी संपत्ति नष्ट होने से बच सकती थी और हम सम्मानपूर्वक अपने घर में रह सकते थे।…और फिर जब मैं डॉक्टरी की अपनी पढ़ाई पूरी कर कुनीन-निरीक्षक की चालीस रुपए की नौकरी पर नियुक्त हुआ तो मेरी धारणा और भी दृढ़ हुई कि यह सारा भौतिक संसार मानवीय बुद्धि पर ही चलता है। बाबा ने ध्यान नहीं दिया तो उन्होंने सब कुछ नष्ट किया। मैंने प्रयत्न किया तो धन कमाया। रासायनिकी पढ़कर मुझे और भी लाभ हुआ। मेरी आय बढ़ गई। नौकरी के साथ मैं निजी कार्य भी करता रहा हूँ। मेरी आय हजार रुपए मासिक के आसपास हो गई है।…तो मैं क्यों न मानता कि यह सब मेरी अपनी बौद्धिक चतुराई और शारीरिक श्रम का प्रतिफलन है। मैंने मकान भी बना लिया। कुछ संपत्ति भी एकत्रित कर ली। भौतिक सुख-सुविधाएँ एकत्रित कीं और भौतिक दर्शनों में खो गया। तब ईश्वर की मुझे तनिक भी आवश्यकता नहीं थी।" राम ने अपने आँसू पोंछकर नरेन्द्र की ओर देखा, "मैं न केवल स्वयं नास्तिक हो गया था, वरन् किसी अन्य व्यक्ति के द्वारा ईश्वर की चर्चा करने पर उसका उपहास भी करता था…।"

"मुझे मालूम है दादा!" नरेन्द्र धीरे से बोला।

"आज सोचता हूँ कि यदि अपनी संपत्ति की रक्षा न कर सकने के कारण मैंने अपने बाबा को मूर्ख समझा तो अपनी पुत्री की रक्षा न कर पाने के कारण तो मैं महामूर्ख हूँ। वे तो असहाय थे, धन-संपत्ति के कानून और उसकी व्यावहारिकता को तनिक भी नहीं समझते थे। मैं तो डॉक्टर हूँ। मनुष्य के शरीर और उसके रोगों के विषय में सब कुछ जानता हूँ। तो मैं क्यों उसके रोग से लड़कर उसके प्राणों की रक्षा नहीं कर सका?"

राम की आत्मग्लानि को नरेन्द्र समझ रहा था। पुत्री की मृत्यु का दुःख तो उन्हें था ही, अपनी असहायता का बोध भी उन्हें पीड़ित कर रहा था। टूटे अहंकार के टुकड़े उनके हृदय में काँच के टुकड़ों के समान गड़ रहे होंगे।···फिर भी अभी उनमें कितना अहंकार शेष है···

नरेन्द्र ने हलके से राम की हथेली को अपने हाथों में लिया, "आप शरीर और उसके रोगों के विषय में ही जानते हैं दादा! शरीर की रक्षा और रोगों के प्रतिकार का कार्य आपने किया, किंतु आप प्राणों के विषय में तो कुछ नहीं जानते न? आत्मा के विषय में तो आपको कोई ज्ञान नहीं है न?···तो आप प्राणों को कैसे बचा लेते? आत्मा को कैसे रोक लेते?"

राम को नरेन्द्र की बात तर्कसंगत लगी। वह कुछ और असहाय होकर बोला, "हाँ, न मैं प्राणों के विषय में जानता हूँ, न आत्मा के विषय में। पर यदि तुम कहोगे कि मैं परमात्मा के विषय में कुछ नहीं जानता, तो मैं तुम्हारी बात नहीं मानूँगा।" वह कुछ अधिक ही आवेश में बोला, "मैं परमात्मा के विषय में जानता हूँ। जब हम—मैं और मेरे बाबा—उसे मानते थे, तो उसने हमारा घर-बार छीनकर हमें निर्धन बना दिया। और जब मैं उसे नहीं मानता था, तो जीवन में मुझे उन्नति, प्रगति, पद तथा धन सबकुछ मिला।···तो फिर क्यों माने कोई उसे? और अब उसने मेरी खोखी मुझसे छीन ली है···। क्या वह मुझे मेरी नास्तिकता के लिए दंडित करना चाहता है?" राम रुका अवश्य किंतु नरेन्द्र को कुछ कहने का अवसर न देते हुए पुनः बोला, "या फिर तुमने ठीक ही कहा है। मैं प्राणों के विषय में कुछ नहीं जानता, आत्मा के विषय में कुछ नहीं जानता। अब मुझे प्राणों और आत्मा के विषय में जानना होगा, ताकि मैं अपनी खोखी को बचा सकूँ।" राम उन्मादी होता जा रहा था, "शरीर को जानना काफी नहीं है। प्राण शरीर का अंग नहीं है? प्राणों की रक्षा से ही शरीर की रक्षा होती है?"

"दादा!" नरेन्द्र धीरे से बोला, "मैंने तो अब तक यही जाना है कि आत्मा को जान लेना ही परमात्मा को जान लेना है, क्योंकि आत्मा और परमात्मा एक हैं। ऐसे में आपको अपनी नास्तिकता छोड़ देनी चाहिए। ईश्वर की सत्ता में विश्वास करना चाहिए।"

"मुझे आस्तिकता और नास्तिकता से क्या लेना रे!" राम ने उत्तर दिया, "मुझे तो मन की शांति चाहिए। आस्तिक होकर मिल जाए, तो ठीक। नास्तिक होकर मिल जाए, तो ठीक। मैं अशांत होकर नहीं जी सकता।"

"पर मैं सोचता हूँ दादा! क्या आस्तिक हो जाने मात्र से मनुष्य का दुःख नष्ट हो जाता है? क्या भक्तों को दैहिक, दैविक और भौतिक यातनाएँ नहीं सहनी पड़तीं?" नरेन्द्र ने रुककर राम को देखा, "दादा! मेरे मन में हजारों प्रश्न हैं। लोग कहते हैं कि ईश्वर दयालु और करुणामय है। यदि ईश्वर करुणामय है और इस यातनामय संसार को भी उसी ने बनाया है, तो उन दोनों में सामंजस्य कैसे बैठेगा? दयालु होकर वह अपनी सृष्टि के जीवों को इतने कष्ट क्यों देता है?"

"मैं क्या जानूँ नरेन! मैंने तो कभी सोचा ही नहीं। मैं तो पदार्थों की रासायनिक क्रियाओं-प्रतिक्रियाओं को जानने में ही इतना व्यस्त रह गया कि मैंने ईश्वर के लक्षणों को जानने का प्रयत्न ही नहीं किया। किंतु अब लगता है कि सृष्टि वहीं तब सीमित नहीं है, जहाँ तक दिखाई पड़ती है। इस आवरण के पीछे भी कुछ है। शायद वही भगवान् हो।"

नरेन्द्र को लगा, राम दादा की तर्क-पद्धति बदल रही थी। बहुत संभव है कि इससे उनको कुछ मानसिक शांति मिले। किंतु कहीं यह श्मशान-वैराग्य मात्र ही तो नहीं?···

"मैंने ईश्वर की ओर पीठ कर ली थी।" राम बोला, "और अपने सांसारिक सुखों में मग्न

हो गया था।···क्या ईश्वर को मेरे सुख से ईर्ष्या हुई? उसने मुझे यह दुःख इसीलिए दिया कि मैं उसे याद करूँ? उसका भजन करूँ?··· पर मैं तो उसे उस स्थिति में भी स्मरण कर सकता था···सुख में भी···खोखी के जीवित रहते हुए भी। उसने किसी दुष्ट पहलवान के समान अपना शक्ति-प्रदर्शन क्यों किया? क्यों? क्या दूसरों को तड़पाकर ही उसे सुख मिलता है? जितने अधिक लोग उसका भजन करेंगे, क्या उसी अनुपात में उसकी महानता सिद्ध होती है?''

''मैं तो ऐसा नहीं सोचता दादा!'' ऐसी स्थिति में भी नरेन्द्र प्रतिवाद किए बिना नहीं रह सका।

''तो फिर तू क्या सोचता है?'' राम उसकी ओर इस प्रकार मुड़ा, जैसे उसे ईश्वर का प्रतिनिधि मानकर उससे स्पष्टीकरण माँग रहा हो।

''मैं तो समझता हूँ कि वह इतना महान्, विराट और उदात्त है कि हमारी पूजा-उपासना अथवा भजन-पूजन से उसे कोई अंतर ही नहीं पड़ता। वह हमारी उपासना, साधना और तपस्या से निरपेक्ष है।'' नरेन्द्र ने रुककर राम की ओर देखा, ''दादा! यदि हम हिमालय के चरणों में बैठकर लगातार यह कहते रहें कि हिमालय! तू बहुत ऊँचा है। तो उससे हिमालय की ऊँचाई बढ़ तो नहीं जाएगी। सागर-तट पर बैठकर कहें कि सागर अनंत है तो उसका विस्तार बढ़ तो नहीं जाएगा।''

''तो फिर वह अपनी प्रशंसा क्यों सुनना चाहता है?'' राम के स्वर में दुःखपूर्ण आवेश था, ''क्यों चाहता है कि हम उसकी स्तुति करते रहें?''

''आपसे किसने कहा कि वह अपनी प्रशंसा और स्तुति सुनना चाहता है?'' नरेन्द्र ने कुछ चकित होकर पूछा।

तो फिर वह मनुष्य को कष्ट क्यों देता है? क्यों वह उसके सुख छीन लेता है? अपना महत्त्व जताने के लिए ही तो? मनुष्य को उसकी तुच्छता का भान कराने के लिए ही तो?'' राम का आवेश कुछ और बढ़ गया था।

''हो सकता है दादा! कि वह मनुष्य को कष्ट न देता हो। वह सब मनुष्य के अपने कर्मों का ही फल हो।'' नरेन्द्र बोला, ''किंतु, यदि आपकी ही बात मान ली जाए तो मैं समझता हूँ कि चूँकि सुख के क्षणों में मनुष्य सांसारिकता में लिप्त होता ही जाता है, इसलिए ईश्वर कृपापूर्वक उसे दुःखों का भान करा देता है, ताकि वह अपनी सांसारिकता की नींद से जागे और सत्य की ओर आकृष्ट हो। हमें तो ईश्वर का कृतज्ञ होना चाहिए कि वह हमारे लिए वे परिस्थितियाँ उत्पन्न करता है, जिनमें हमारे मन में मिथ्या सुखों के प्रति वैराग्य उत्पन्न होता है और हम वास्तविक सुख की खोज में प्रवृत्त होते हैं।'' नरेन्द्र के स्वर में कुछ अतिरिक्त उत्साह जागा, ''दादा! तभी तो संसार के महानतम भक्तों ने निर्धनता और कठिनाइयों के जीवन को आगे बढ़कर गले लगाया। इसीलिए तो संन्यास की इतनी महिमा है।''

राम का मन अपनी चेतना से चिपके दुःख से कुछ हटकर नरेन्द्र के कथन की ओर गया। कथन की नवीनता उनके लिए अद्भुत थी। जीवन को इस दृष्टि से तो उन्होंने कभी देखा ही नहीं था···क्या ईश्वर की ओर से भेजा गया दुःख भी मनुष्य के लिए सुखों का मार्ग खोंलने का ही साधन है?···

और यह बात उन्हें कौन बता रहा है···सोलह वर्ष का नरेन्द्र। जिसे आज तक वे निरा बालक मात्र समझते रहे। वह इतना समझदार हो गया है? ईश्वरीय मार्ग में उसकी विशेष गति है क्या?

''शायद तुम ही ठीक कह रहे हो नरेन!'' राम के नरेन्द्र को ऐसे देखा, जैसे आज पहली

बार अपनी आँखें खोल, उसे पूरी तरह देखा हो।···

गोपाल मित्र को आया देखकर राम ने अपने हाथ की पुस्तक रख दी और उसका स्वागत किया, "आओ।"

"क्या पढ़ा जा रहा है?" गोपाल ने बैठकर वह पुस्तक उठा ली, "ओह! बाइबल! तो आजकल बाइबल का अध्ययन चल रहा है।"

"हाँ, आजकल यही सब पढ़ रहा हूँ।" राम ने कहा, "पहले जो वैष्णव ग्रंथ हाथ लगे वे पढ़ डाले। फिर ब्राह्म संप्रदाय की पुस्तकें हाथ लगीं; और अब यह···।"

"पहले तो सिवाय डॉक्टरी या रासायनिकी के और कोई पुस्तक तुम्हारे हाथ में नहीं देखी।" गोपाल ने कहा।

"नहीं, ऐसी तो कोई बात नहीं है। मुझे नाटक में भी रुचि रही है। पर मैं बहुत जल्दी ही समझ गया था कि साहित्य में मेरी वैसी गति नहीं है, जैसी विज्ञान में है।" राम का स्वर सहसा ही उत्साहशून्य हो गया, "पर खोखी के जाने के बाद से मेरे मन में विज्ञान के प्रति भी कुछ अरुचि उत्पन्न हो गई है। उससे मेरे मन को तनिक भी शांति नहीं मिलती। इसलिए जिस किसी संप्रदाय का भी ग्रंथ मिल जाए, उसी में शांति खोजने का प्रयत्न करता हूँ।"

थोड़ी देर के लिए उनके मध्य एक अवसन्न सन्नाटा छा गया···किंतु गोपाल ने उसे शीघ्र ही तोड़ दिया, "तुमने अपने कुलगुरु से उपदेश ग्रहण करने का प्रयत्न नहीं किया? वे तुम्हारी मानसिक शांति के लिए कुछ नहीं कर सकते?"

राम मौन ही रहा, जैसे कुछ कहने में उसे संकोच हो रहा हो। फिर धीरे से बोला, "मेरा ध्यान भी सबसे पहले उनकी ओर ही गया था, किंतु···।"

"किंतु क्या?"

"उनका आचरण देखकर मुझे असीम ग्लानि हुई···वे हमारे कुलगुरु हैं। छिः! जो व्यक्ति अपना ही संयमन न कर सके, वह दूसरों का मार्ग-प्रदर्शन क्या करेगा।" राम बोला, "तब से अन्यत्र संधान कर रहा हूँ। इधर-उधर भटक रहा हूँ।"

"मनमोहन भी बहुत व्यथित है।" गोपाल ने कहा, "जब से उनकी भी सात महीने की कन्या का देहांत हुआ है, वह विक्षिप्त-सा हो उठा है। मुझे तो भय है कि कहीं वह आत्महत्या न कर ले।"

राम कुछ अन्यमनस्क-सा हो उठा, "हाँ! बहुत दुखी है, वह भी। पहले वह कुछ तो आत्म-संतुष्ट था। अपने बाल्यमित्र राजमोहन की संगति में ब्राह्मसमाज में जाया करता था। कुछ अच्छे-अच्छे विशेषण जोड़कर परब्रह्म की आराधना करता था और उसी को उपासना समझता था, किंतु मैंने ही अपनी वैज्ञानिक युक्तियाँ दे-देकर उसका वह मोहक स्वप्न-जाल भंग कर दिया···और अब मैं अपनी इस मानसिक स्थिति में उसे भी क्या सांत्वना दूँ।"···

वे दोनों थोड़ी देर चुपचाप बैठे रहे, जैसे सोच रहे हों कि मनमोहन को किस प्रकार सांत्वना दें।··· सहसा गोपाल ने कहा, "चलो! जरा मनमोहन के पास हो आएँ। सियुलिया स्ट्रीट।"

"चलो।" राम तत्काल ही तैयार हो गया।

गोपाल को साथ लेकर राम जब मनमोहन के घर पहुँचा, तो उसने उसे अत्यंत विचलित स्थिति

में पाया।

"अच्छा हुआ, तुम लोग आ गए।" मनमोहन ने कहा, "मेरी तो कुछ समझ में ही नहीं आ रहा कि मैं क्या करूँ।"

"क्यों? क्या हो गया?" राम ने पूछा।

"तुम लोग बैठो। अभी बताता हूँ।" मनमोहन बोला, "मैंने आज प्रातः प्रभात बेला में एक स्वप्न देखा है। अद्भुत स्वप्न। उसी से मैं आमूलचूल जैसे हिल गया हूँ।"

"पर स्वप्न था क्या?" राम ने पूछा।

मनमोहन चुप रहा, जैसे वह स्वप्न अभी भी उसकी आँखों में तैर रहा हो। उसके चेहरे पर जड़ीभूत भय के स्पष्ट लक्षण थे।

"आज प्रातः आँख खुलने से पहले मैंने एक स्वप्न देखा कि संसार में जहाँ तक दृष्टि जाती है, चारों ओर जल-ही-जल है, जैसे महाप्रलय हो गया हो और जल-प्लावन की स्थिति हो। उस प्रबल वेग में मैं अकेला ही बहा जा रहा हूँ। माँ, बहन, पत्नी, कन्या···कहीं कोई भी दृष्टिगत नहीं हुआ। मैं परेशान था कि ये सब लोग कहाँ गए हैं कि सहसा एक देववाणी गूँजी, 'संसार में कहीं भी कोई जीवित नहीं बचा है—सभी का प्राणांत हो गया।' मेरे मन में आया, 'तो फिर मैं ही क्यों जीवित हूँ? इस संसार में इस प्रकार अकेले जीवित रहने का क्या लाभ?' मेरे मन के ऊहापोह के उत्तर में पुनः देववाणी हुई, 'आत्महत्या पाप है।' मैंने कहा, 'जब कोई भी नहीं रहा, तो मैं किसके साथ रहूँ?' देववाणी ने उत्तर दिया, 'जो लोग भगवान् को जानते हैं, केवल वे ही जीवित हैं।' " मनमोहन ने रुककर राम और गोपाल पर अपनी दृष्टि टिकाई, "तब से सोच रहा हूँ कि वे कौन लोग हैं जो भगवान् को जानते हैं और जीवित हैं। मैं उनसे मिलना चाहता हूँ राम।"

राम स्थिर दृष्टि से मनमोहन को देखता रहा, जैसे कुछ आँक रहा हो और फिर बोला, "तू क्या मानता है कि वह सचमुच कोई अलौकिक संकेत था?"

"मुझे तो ऐसा ही लगता है।"

"कहीं ऐसा तो नहीं कि वह तेरे ही मन के सायास और अनायास चिंतन का ही निष्कर्ष हो।" गोपाल ने कहा, "तुम्हारी भक्ति-भावना ही तो इस रूप में नहीं बोली कि 'जो लोग भगवान् को जानते हैं, केवल वे ही जीवित हैं?' "

"ऐसा कुछ हो तो मैं कह नहीं सकता।" मनमोहन बोला, "किंतु मैं अब और इस प्रकार जीवित नहीं रह सकता। ब्राह्म समाज में भी मुझे कोई सांत्वना नहीं मिल रही।···"

"तुम ठीक कहते हो मनमोहन।" राम ने आत्मलीन-से स्वर में कहा, "मेरी अपनी भी प्रायः यही स्थिति है। लगता है कि जैसे अथाह जल में डूब रहा हूँ। प्राण बचाने के लिए कोई सहारा पाने के लिए छटपटाता हुआ, चारों ओर हाथ-पैर मार रहा हूँ, किंतु एक तिनका तक हाथ में नहीं आ रहा।" राम रुका, "पर एक बात मेरे मन में है।···"

"क्या?"

"क्या तुम लोगों का ध्यान इस ओर गया है कि केशवचंद्र सेन तथा अन्य ब्राह्म नेता आजकल दक्षिणेश्वर के काली मंदिर के एक साधु श्री रामकृष्ण परमहंस की बहुत चर्चा कर रहे हैं। 'इंडियन मिरर' तथा 'धर्म-तत्त्व' में उनकी कोई-न-कोई चर्चा प्रकाशित होती ही रहती है। लगता है, ब्राह्म लोग स्वयं ही उनसे बहुत अधिक प्रभावित हैं। यह देखो, प्रथम अगस्त, 1879 के 'धर्म तत्त्व' में क्या प्रकाशित हुआ है।" राम ने पत्रिका निकालकर पढ़ना आरंभ किया, "भागवत् पुराण में उल्लिखित

भक्त के सारे लक्षण, इस संत पर पूरे उतरते हैं। ईश्वर की स्तुति गाते हुए कितनी ही बार उनकी चेतना लुप्त हो गई। वे एक शिशु के समान रोए, और फिर उत्फुल्ल होकर हँस पड़े। उन्होंने नृत्य भी किया। उनका स्वर अत्यंत मनमोहक है। वे पिछले रविवार को केशवचंद्र सेन के घर भी गए थे। वे 'सच्चिदानन्द घन' के उच्चारण मात्र से समाधिस्थ हो गए। जब वे समाधि में थे, उनका एक चित्र भी लिया गया।''

राम ने पढ़ना बंद कर उनकी ओर देखा।

''राम!'' मनमोहन ने कहा, ''आज छुट्टी का दिन है। क्यों न हम भी आज दक्षिणेश्वर चलकर उस संत के दर्शन करें। संभव है कि हमें भी उनके दर्शन से कुछ सांत्वना मिल सके।''

''आज?''

''हाँ, आज! नहीं तो फिर अगली छुट्टी तक रुकना पड़ेगा।'' मनमोहन ने उत्तर दिया, ''दक्षिणेश्वर तक जाना है, तो आने-जाने में कुछ समय तो लगेगा ही।''

''फिर प्रतीक्षा कैसी। चलो, आज ही चलते हैं।'' राम सहमत हो गया।

दक्षिणेश्वर में रानी रासमणि के काली-मंदिर तक आने में उन्हें तनिक भी असुविधा नहीं हुई। नाविक ही उन्हें मंदिर के घाट तक छोड़ गया।...घाट पर उतरकर मंदिर में आ तो गए, किंतु उनकी समझ में यह नहीं आ रहा था कि परमहंस को वे कहाँ खोजें। न तो अलग से कोई विशिष्ट कमरा दिख रहा था, जिसमें परमहंस के होने की संभावना थी और न ही किसी स्थान पर पंक्तिबद्ध होकर लोग किसी सिद्ध पुरुष के दर्शन कर रहे थे। तो किससे पूछें?

चाँदनी में कुछ लोग खड़े थे। उन्हीं में से एक से पूछा, ''क्यों भाई! श्री राम-कृष्णदेव परमहंस कहाँ रहते हैं?''

उस व्यक्ति ने उन तीनों को बारी-बारी देखा, और उनके प्रश्न का उत्तर देने के स्थान पर पूछा, ''पहली बार दक्षिणेश्वर आए हैं?''

''हाँ!'' राम ने सिर हिलाकर स्वीकृति दी।

''तभी इतना लंबा-चौड़ा नाम पूछ रहे हो।'' वह व्यक्ति हँसा, ''पूछो, ठाकुर का कमरा कौन-सा है? यहाँ सब लोग उन्हें ठाकुर ही कहते हैं।''

''अच्छा! अच्छा!'' राम ने पुनः सिर हिलाया, ''ठाकुर का कमरा कौन-सा है?''

''उधर उत्तरी बरामदे में चले जाओ। सीधे वहीं पहुँच जाओगे।'' उस व्यक्ति ने संकेत किया।

वे तीनों आगे-पीछे चल पड़े। देखा : उत्तर-पूर्व के बरामदे में कुछ पुलिस वाले बैठे थे। जाने वे लोग वहाँ क्या करने के लिए आए थे...

''ये ठाकुर भी कहीं साधु के चोले में राजनीति तो नहीं करते?'' गोपाल ने धीरे से पूछा, ''पुलिस वाले टोह लेने के लिए आए हुए हैं। कहीं, हमें भी न धर लें।''

''पागल मत बनो।'' राम ने धीरे से, किंतु तीखे स्वर में कहा, ''वे लोग भी उनके दर्शन करने के लिए आए हो सकते हैं।''

''तो फिर करते क्यों नहीं दर्शन?'' गोपाल ने भी अपने स्वर को दबाकर कहा, ''यहाँ क्यों बैठे हैं?''

राम ने कोई उत्तर नहीं दिया। वह आगे बढ़ गया। द्वार पर पहुँचकर देखा कि किवाड़ भिड़े हुए थे। बाहर कोई था भी नहीं, जिससे अनुमति लेकर अंदर जाने का प्रयत्न करते। तीनों खड़े

होकर एक-दूसरे का चेहरा देखने लगे···अब?

"मैं झाँककर देखूँ?" गोपाल ने पूछा।

"ऐसा शिष्टाचार-विरोधी कार्य करना उचित होगा क्या?" मनमोहन ने निषेध के स्वर में कहा, "जिसकी कृपा पाने के लिए आए हैं, उसे चिढ़ाने का क्या लाभ है?"

"तो कपाट खटखटाकर भीतर चले जाते हैं।"

"नहीं।" इस बार राम ने मना कर दिया, "जब कपाट भिड़े हैं, तो इसका स्पष्ट अर्थ है कि अभी ठाकुर के दर्शन नहीं किए जा सकते, नहीं तो कपाट भिड़ाकर रखने का क्या अर्थ?"

वे तीनों लौटकर चाँदनी में आए। फिर उसी व्यक्ति को ढूँढ़कर उसे अपनी कठिनाई बताई।

"अरे, कपाट भिड़े हैं तो उन्हें ठेलकर भीतर चले जाओ।" वह व्यक्ति हँसा, "साधु का कमरा है, किसी अंग्रेज अधिकारी का नहीं, जहाँ बाहर चौकीदार बैठा होगा।"

"पर यह अच्छा लगेगा क्या?" मनमोहन ने पूछा।

"वह ठाकुर का कमरा है।" वह व्यक्ति बोला, "उनके भक्त तो उनके पास ऐसे ही आते-जाते हैं।"

वे लोग लौटे। कपाट अब भी भिड़े थे। किंतु अब और कोई उपाय नहीं था। शिष्टाचार-विरुद्ध हो या कुछ भी हो—अब तो कपाट खटखटाने या ठेलने पड़ेंगे···।

राम ने कपाट पर हथेली रखकर उसे धीरे से धकेला। कपाट खुल गया। उन्होंने भीतर प्रवेश किया।

सामने जो व्यक्ति बैठा था, वह सामान्य साधुओं से भिन्न था। क्या ये ही श्री रामकृष्णदेव परमहंस हैं···? न उन्होंने गेरुआ वस्त्र धारण कर रखा था और न ही उनकी सामान्य साधुओं के समान बड़ी-बड़ी जटाएँ थीं। चेहरे से भी वे कोई गहन-गंभीर व्यक्ति नहीं लग रहे थे। चेहरे पर बाल-सुलभ उल्लास लिए वे उत्सुकता से उनकी ओर देख रहे थे। उन्होंने लाल किनारी वाली सफेद धोती बाँध रखी थी। बाल छोटे-छोटे कटे हुए थे और दाढ़ी कुछ बढ़ी हुई थी।

इससे पहले कि ये लोग उनका अभिवादन करते, ठाकुर ने ही स्वयं भूमि पर मस्तक लगाकर उन्हें प्रणाम किया।

राम, गोपाल और मनमोहन अचकचाए-से एक-दूसरे को देखते रहे थे। उन्होंने स्वयं आज तक किसी साधु-महात्मा इत्यादि को भूमिष्ठ होकर प्रणाम नहीं किया था, फिर यह कल्पना कैसे कर सकते थे कि ठाकुर उन्हें इस प्रकार प्रणाम करेंगे···।

इस स्वागत के उत्तर में भी उन तीनों में से कोई भी उस प्रकार भूमि पर माथा टेक प्रणाम नहीं कर सका। उन्होंने पाश्चात्य ढंग से केवल थोड़ा-सा सिर झुकाकर अभिवादन किया।

"आओ, आओ। यहाँ बैठो।" ठाकुर ने अपने बिस्तर की ओर संकेत किया।

उन तीनों की स्थिति नगर में पहली बार आए देहातियों की-सी हो रही थी, जो वहाँ का आचार-व्यवहार कुछ भी समझ नहीं पा रहे थे और वहाँ सब कुछ उन्हें अपनी अपेक्षा के विपरीत-सा लग रहा था।···फिर भी न तो वे ठाकुर के आदेश की अवज्ञा करने की बात सोच सकते थे, न उनके आग्रह की उपेक्षा करने की। वे लोग उनके आदेश के अनुसार उनके बिस्तर पर जा बैठे।

संध्या-समय ठाकुर से विदा लेकर वे लोग घाट पर आए और कलकत्ता लौटने वाली पहली नाव में बैठ गए।

"ऐसी प्रशांत मूर्ति, मधुर वार्तालाप, आडंबर-शून्यता, सहज शंका-समाधान···" राम ने जैसे अपने आपसे कहा, "मैं तो मुग्धावस्था में ही बैठा रह गया। समय के इस प्रकार बीत जाने का पता ही नहीं लगा। ओह! ऐसा युक्तिपूर्ण भगवत्तत्व पहले कभी सुनने में ही नहीं आया। नास्तिकता तो इनके सामने टिक ही नहीं सकती।"

"उन्होंने हम लोगों के साथ ऐसा व्यवहार किया मानो हम उनके अत्यंत आत्मीय और पुराने परिचित हों।" मनमोहन ने अपनी राय प्रकट की।

"महापुरुष का यही तो लक्षण है कि वे पूर्णतया अपरिचित व्यक्ति को भी क्षण मात्र में ही परम आत्मीय बना लेते हैं।" राम ने निःश्वास छोड़ा।

27

जनवरी की एक सुबह थी। ऋतु ठंडी तो थी, किंतु कष्टदायक नहीं थी। प्रेसिडेंसी कॉलेज कलकत्ता के बरामदों और परिसर में जैसे समय से पूर्व ही वसंत ऋतु आ गई थी। नया वर्ष आरंभ हुआ था। नए विद्यार्थियों ने कॉलेज में प्रवेश लिया था। पुराने विद्यार्थी भी अपनी पिछली कक्षा पार कर नई कक्षा में आए थे। चारों ओर हर्षोल्लास का वातावरण था।

नरेन्द्र अपने मित्रों के साथ बरामदे में एक ओर खड़ा था। उसने चपकन और पाजामा पहन रखा था और कलाई में पिता की दी हुई घड़ी बाँध रखी थी।

"तुम ये ही कपड़े पहनोगे?" तरुण ने उससे पूछा।

"पश्चिमी वेशभूषा की तुलना में तो ये ही ठीक हैं।" नरेन्द्र बोला।

पल्टू इस विषय को लेकर कुछ अधिक ही विचलित था। बोला, "ये लोग हमें धोती-कुर्ता क्यों नहीं पहनने देते?"

"भई! अंग्रेज साहब बहादुर का सरकारी कॉलेज है। अधिकांश अध्यापक या तो अंग्रेज हैं अथवा यूरोपीय।" नरेन्द्र के स्वर में व्यंग्य की कटुता के स्थान पर परिहास का मद था, "उन लोगों को हमारा धोती-कुर्ता शिष्ट परिधान नहीं लगता। इसलिए या तो टाई के साथ पतलून और कोट पहनो या फिर चपकन और पाजामा।" नरेन्द्र जोर से हँसा, "और कलाई पर घड़ी भी होनी चाहिए।"

"यह कलाई पर घड़ी की बात मेरी समझ में नहीं आई।" अमल ने आपत्ति प्रकट की, "कॉलेज में घंटी तो बजती ही है, फिर यह कलाई-घड़ी···?"

"अरे, बंगालियों को समय की निष्ठा भी तो सिखानी है, वह बिना घड़ी के कैसे संभव है।" नरेन्द्र पुनः उच्च स्वर में हँसा।

इस सारे वार्तालाप से उदासीन माणिक कुछ गंभीर स्वर में बोला, "और नरेन्द्र! तुमने विषय कौन-कौन-से लिए हैं?"

"मैंने। मैंने लिए हैं···" नरेन्द्र ने उत्तर दिया, "बांगला साहित्य, अंग्रेजी साहित्य, गणित, तर्कशास्त्र और मनोविज्ञान अर्थात् लॉजिक एंड साइकोलॉजी।"

"न इतिहास में अधिक अंक मिलते हैं, न साइकोलॉजी में।" माणिक कुछ आपत्तिपूर्ण स्वर में बोला, "तुमने ऐसे विषय क्यों लिए?"

नरेन्द्र जोर से हँसा, "भई! डरता हूँ कि कहीं अधिक अंक आ गए तो उन्हें कहाँ और कैसे

सँभालूँगा। मेरे पास इतना बड़ा कोई बटुआ ही नहीं है, जिसमें अधिक अंक समा सकें।''

''तुम तो प्रत्येक बात को हँसी में उड़ा देते हो।'' माणिक बोला, ''मैं गंभीरता से पूछ रहा हूँ। प्रत्येक समझदार छात्र वही विषय लेना चाहता है जिसमें अच्छे अंक आएँ और प्रथम श्रेणी बने, और तुम...''

''बात यह है कि जितने समझदार छात्र हैं न, वे सब अंकों के लिए पढ़ रहे हैं, और मैं... ।'' नरेन्द्र कुछ कहते-कहते रुक गया।

''और तुम?'' पल्टू ने पूछा।

''मैं पढ़ रहा हूँ ज्ञान के लिए।'' नरेन्द्र ने अब तक का सबसे जोर का ठहाका लगाया।

''फिर परिहास!'' माणिक कुछ बुरा मान गया।

''अरे, इसमें परिहास की क्या बात है भाई! ठीक-ठीक बता रहा हूँ तुम्हें।'' नरेन्द्र का स्वर अब भी पूर्णतः परिहास-मुक्त नहीं था, ''परीक्षा में कहीं तुम्हारे अधिक अंक आ गए और उनके समतुल्य न तुम्हारा मानसिक विकास हुआ और न तुम्हारा ज्ञान बढ़ा, तो वे अधिक अंक तुम्हें लज्जित नहीं करेंगे क्या?''

''इसमें लज्जित होने की क्या बात है। संसार तुम्हारे अंक देखता है—तुम्हारा सर्टिफिकेट।'' अमल बोला, ''तुम्हारा ज्ञान देखता ही कौन है? सारे पद तो अंक देखकर मिलते हैं, ज्ञान देखकर नहीं।''

बात पूर्णतः गंभीर हो चुकी थी। लगा, नरेन्द्र ने भी परिहास की मुद्रा त्याग दी थी। उसकी वाणी में इस स्थिति के विरुद्ध खीज भरी हुई थी, ''पद के लिए अंक ठीक हैं, प्रतिभा के लिए नहीं। प्रतिभा को ज्ञान चाहिए। अंक दूसरों को प्रभावित करने के लिए हैं, ज्ञान अपने परितोष के लिए है।''

''नरेन! हम गंभीरता से पूछ रहे हैं।'' इस बार तरुण बोला।

''मैं गंभीरता से ही बता रहा हूँ।'' नरेन्द्र बोला, ''देखो, मेरी रुचि साहित्य में है, क्योंकि वह मानव का हृदय है, उसकी भावना है, उसकी अनुभूति है, मानवीय संबंधों की समझ है। इसलिए मैंने बांगला तथा अंग्रेजी साहित्य पढ़ने का विचार किया है। फिर अपने मानसिक विकास तथा इस सृष्टि को समझने के लिए—मैंने गणित और दर्शन-शास्त्र लिए... ।''

''दर्शनशास्त्र कहाँ लिया,'' पल्टू ने उसे टोक दिया, ''तुमने तो साइकोलॉजी और लॉजिक लिए हैं।''

''अरे, साइकोलॉजी और लॉजिक ही तो आगे चलकर फिलॉसफी में परिणत हो जाते हैं। बी.ए. में दर्शनशास्त्र ले लूँगा।'' नरेन्द्र ने उत्तर दिया।

''ओह! और यदि इन विषयों में पढ़ाई से तुम्हें कोई अच्छी नौकरी नहीं मिली तो?'' पल्टू ने पूछा।

नरेन्द्र ने एक भरपूर दृष्टि पल्टू पर डाली, ''हमारी सबसे बड़ी समस्या है कि हमें अपना विकास नहीं करना है, हमें नौकरी करनी है। नौकरी के लिए हमें अच्छे अंक चाहिए—ज्ञान चाहे हो या न हो। अच्छे अंक प्राप्त करने के लिए हम केवल वे विषय पढ़ते हैं, जिनमें सुविधा से अधिक अंक मिल जाते हैं, वे विषय हमारे विकास में योगदान करें या न करें। हमें उनमें रुचि हो या न हो। उन विषयों का भी हम उतना ही अध्ययन करेंगे, जितना हमारे पाठ्यक्रम की बाध्यता है। और यदि संभव होगा तो पाठ्यक्रम के भी वे ही अंश पढ़ेंगे जो परीक्षा में आने वाले हैं।'' नरेन्द्र

ने रुककर अपने मित्रों को इस प्रकार देखा जैसे वह उनसे कोई कठोर बात कहने वाला हो, "यह शिक्षा नहीं है···।"

"तो क्या है यह?" अमल बोला।

"यह व्यवसाय है, व्यापार-धंधा।" नरेन्द्र ने कुछ इस प्रकार कहा जैसे उसने अब तक अपनी कही हुई बात पर सत्य की मुद्रा अंकित कर दी हो।

"शिक्षा तो होती ही इसलिए है कि हमें कोई व्यवसाय मिले।" माणिक ने कुछ चकित होते हुए कहा।

नरेन्द्र अब सहज नहीं रह गया था। उसके चेहरे पर आवेश का स्पष्ट आभास था, "नहीं, शिक्षा इसलिए होती है कि हम अपना शारीरिक और मानसिक विकास कर सकें, और जो व्यक्ति विकसित होकर भी कोई व्यवसाय नहीं कर पाता, वह किसी विशिष्ट विद्या का प्रशिक्षण प्राप्त करता है।"

"तुम्हारी बातें तो मेरी समझ में नहीं आतीं।" माणिक बोला, "तुम सबकुछ उलझाकर रख देते हो। मैं तो एक सरल-सा जीवन जीना चाहता हूँ।"

"अज्ञान में प्रसन्न हो तो प्रसन्न रहो, कोल्हू के बैल के काम को व्यवसाय मानते हो तो मानो।" नरेन्द्र का आवेश उग्रतर हो गया था, "किंतु न मैं जीवन को इतना संकीर्ण बनाना चाहता हूँ और न शिक्षा का लक्ष्य इतना सीमित करना चाहता हूँ। मेरे मन में सहस्रों प्रश्न हैं। मुझे उन प्रश्नों के उत्तर चाहिए—अपनी शिक्षा से, अपने अध्यापकों से और नित्य-प्रति प्रकाशित होने वाली पुस्तकों से।"

"कैसे प्रश्न हैं तुम्हारे?" पल्टू ने पुनः जिज्ञासा की।

"संसार किसने बनाया? क्यों बनाया···?" नरेन्द्र की भंगिमा कह रही थी कि उसके मस्तिष्क में इसी प्रकार के असंख्य प्रश्न थे।

"इस विषय में मेरा ज्ञान अत्यंत स्पष्ट है।" अमल बोला, "मुझे निश्चित रूप से ज्ञात है कि यह संसार मैंने नहीं बनाया।"

अमल अपनी बात पर स्वयं ही हँस पड़ा। निमिष-भर बाद अन्य सारे मित्र भी हँसी में सम्मिलित हो गए। किंतु नरेन्द्र हँस नहीं पाया। उसे लगा कि उसके मन में इन लड़कों की इस मानसिकता के विरुद्ध क्रोध का जैसे एक भयंकर ज्वार उठा है, किंतु उसने स्वयं को सायास संयत किया···उसे क्रोध करने का कोई अधिकार नहीं था। उसने जैसे अपने क्रोध को बलात् गटक लिया और उन्हीं की मुद्रा में मुस्कराकर बोला, "और मैं दिन-रात यह सोच-सोचकर परेशान हूँ कि इस संसार को कहीं मैंने ही तो नहीं बनाया।" नरेन्द्र ने जोर का अट्टहास किया, किंतु उसके मित्रों से यह छिपा नहीं रह सका कि यह मात्र उसका परिहास नहीं था। बहुत संभव है कि यह अट्टहास उसकी गंभीरता की तीव्रता का आवरण मात्र हो···।

28

अँधेरा हो गया था और कुसुमलता को अब तनिक भी भय नहीं था कि कोई उसे देख लेगा। अब तो वह अपने कमरे की लालटेन बुझाकर ठीक अपनी खिड़की पर निःसंकोच खड़ी हो जाए, तो

भी किसी को पता नहीं चलेगा कि वह वहाँ खड़ी है और गली पार के उस मकान के ऊपर वाले कमरे में झाँक रही है···।

सहसा वह मन-ही-मन हँसी···वह सोच क्या रही है। उसे जाकर खिड़की पर खड़े हो ही जाना चाहिए। सारी शाम वह अपने कमरे में से, इस या उस कोने से झाँकने का प्रयत्न करती रही है, किंतु उसे नरेन्द्र की एक झलक भी नहीं मिली थी। वह जानती थी कि वह अपने कमरे में है। किसी आगंतुक से बातें करते हुए उसका स्वर कुसुमलता को यदाकदा सुनाई दे जाता था और या तो उसके मन में उल्लास का ज्वार फूट आता था या फिर पेट के भीतर किसी गहरे स्थल में मरोड़ की-सी अनुभूति होती थी। वह तय ही नहीं कर पा रही थी कि नरेन्द्र के इस प्रकार उसके इतने निकट होने की अनुभूति उसके लिए सुखद थी या कष्टकारक···।

पर यह द्वंद्व केवल उसी का तो नहीं था···कुसुमलता ने अपने मन को समझाया···मीरा ने भी तो बहुत स्पष्ट शब्दों में कहा था, 'जो मैं ऐसा जानती प्रीत किए दुःख होय, नगर ढिंढोरा पीटती, प्रीत करे जनि कोय।'···प्रेम का सुख शायद उसमें जलने की पीड़ा का ही है।

···आरंभ में कुसुमलता यह सब नहीं जानती थी। यह ही क्या, वह संसार के विषय में जानती ही क्या थी। वह यही जानती थी कि वह एक ब्राह्मण कन्या है और बाल विधवा है। उसके लिए सारे सांसारिक सुख निषिद्ध हैं और तपस्या ही उसका जीवन है।

आज सोचती है तो वह अपने ऊपर भी हँसती है, और अपने समाज पर भी।···वह यह तो जानती थी कि भौतिक सुख उसके लिए निषिद्ध हैं, किंतु वह यह नहीं जानती थी कि भौतिक सुख होते क्या हैं। जो भोजन घर में बनता था, वही वह खाती थी और उससे उसकी स्वादेंद्रिय की तृप्ति भी हो जाती थी। वह किसी और स्वाद को जानती ही नहीं थी, इसलिए अतृप्ति की अनुभूति भी उसे कभी नहीं हुई। जो वस्त्र वह पहनती थी, उससे श्रेष्ठतर वस्त्र न कभी उसने पहने थे और न कभी उन्हें पहनने की कामना उसके मन में जन्मी थी। जब अन्य स्त्रियों को शृंगार और प्रसाधन में अनुरक्त देखती थी तो उसके मन में वितृष्णा ही जागती थी। क्या आवश्यकता थी, इस सारे ताम-झाम की, बाह्यडंबर की···?

और उन्हीं दिनों, गली-पार के सामने वाले मकान के उस ऊपरी कमरे में यह लड़का नरेन्द्र आ बसा था।

नौकरानी को कमरे की सफाई करते देख उसे सहज उत्सुकता हुई थी। उसके मन में आया कि वह उससे पूछे कि आज यह सफाई क्यों हो रही है।···किंतु फिर उसके विवेक ने स्वयं ही उसे रोक दिया···इसमें पूछने की क्या बात है। सफाई तो हर घर में होती है और प्रतिदिन होती है। उनके घर में नहीं होती क्या सफाई? कभी कोई पूछने आया उनसे कि घर में सफाई क्यों हो रही है···किंतु उसकी उत्सुकता इतने से ही दमित नहीं हुई। उसकी उत्सुकता भी जैसे पूर्णतः सन्नद्ध थी और तर्क कर रही थी—हाँ! प्रत्येक घर में प्रतिदिन सफाई होती है, क्योंकि लोग उसमें रहते हैं। यहाँ तो कोई नहीं रहता। कमरा बंद ही पड़ा रहता है। आज तक तो कुसुमलता ने उसमें सफाई होती नहीं देखी। तो फिर आज ही क्या विशेष बात है कि सदा ही बंद रहने वाला वह कमरा खोला जा रहा था···।

अंततः उसने पूछ ही लिया, "क्या बात है लक्खी? कमरे की सफाई क्यों हो रही है?"

"कोई किराएदार आने वाला है दीदी।" नौकरानी ने चलते-चलते बताया।

"किराएदार!" कुसुमलता की जिज्ञासा कुछ और प्रबल होने लगी थी, "कैसा किराएदार?"

"किसी भले घर का लड़का है।" नौकरानी ने इठलाकर कहा, "अपने परिवार की भीड़-भाड़ से बचकर अपनी पढ़ाई-लिखाई के लिए उसे यह कमरा चाहिए। बहुत सुदर्शन पुरुष है दीदी।"

भले घर का लड़का! सुदर्शन पुरुष···!

इस बार उसका विवेक जिज्ञासा पर भारी पड़ा···उसे क्या लेना-देना है इस बात से। कोई हो, उसे क्या···?

उसने अपनी ओर से तो उत्सुकता को पूर्णतः दबा दिया, और लगभग भूल ही गई कि उसके कमरे की खिड़की के सामने, गली-पार कोई मकान भी है।

किंतु संध्या-समय जब उस कमरे में प्रकाश के साथ कुछ हलचल हुई तो कुसुमलता को लगा कि उसके भीतर की जिज्ञासा का शमन नहीं हुआ था। उसके भीतर की जिज्ञासा कुछ इस प्रकार आतुर और विह्वल होकर सक्रिय हो उठी थी, जैसे कोई शांत, सोया व्यक्ति जागकर अतिरिक्त रूप से चंचल हो उठे।

तभी उसे एक नवयुवक कमरे में कुछ सामान सरियाता दिखाई दिया था। वह उसका चेहरा नहीं देख पाई थी, किंतु उसका शरीर स्वस्थ और हृष्ट-पुष्ट था। उसे स्थूल चाहे न कहें, किंतु शरीर भरा हुआ अवश्य था। वह पुस्तकों को झाड़-पोंछकर सजा रहा था और साथ-ही-साथ कुछ गुनगुनाता जा रहा था।

अपने मन के इस रूप को पहली बार देखा था कुसुमलता ने। वह इतना आतुर क्यों था, उस नवयुवक का चेहरा देखने के लिए? और क्यों व्याकुल था उसके शब्द सुनने के लिए? उसकी निर्लज्जता इतनी मुखर थी कि कुसुमलता स्वयं ही झेंप गई। क्या रुचि थी उसकी उस नवयुवक में? उसे क्या लेना-देना था उससे?

कुसुमलता खिड़की से हट गई थी।

रात तक वह उस खिड़की के पास नहीं गई। किंतु जब सोने के लिए लेटी, तो जाने क्यों उसका ध्यान फिर से उस युवक की ओर चला गया। वह भी अपने कमरे में अपने बिस्तर पर लेटा होगा। हो सकता है कि सो गया हो।···और सहसा कुसुमलता को लगा कि एक सुदर्शन, युवा पुरुष उसके बहुत निकट सो रहा था। उन दोनों के मध्य दूरी ही कितनी थी? एक तंग-सी गली और दो दीवारें?···कुसुमलता को कैसी तो सुखद सिहरन हुई और अगले ही क्षण लज्जा ने उसे घेर लिया।···उसने पहचाना अपनी लज्जा को। और वह कितनी भयभीत हो गई थी!

उसके विवेक ने उसे डाँटा और उसने स्वयं को समझा लिया कि उसे यह सब कुछ भूलकर अब सो जाना चाहिए।

थोड़ा-सा प्रयत्न करने पर उसे नींद आ भी गई थी।···किंतु उसे लगा कि अगले दिन वह पहले जैसी कुसुमलता ही नहीं रह गई थी। वह अब अपने रूप, अपने केश-विन्यास और अपनी वेशभूषा के प्रति पहले के समान उदासीन नहीं रह सकती थी। वह दोपहर तक बालों में बिना कंघी किए घूमते रहने की बात भी नहीं सोच सकती थी।···वह क्या कोई रंगीन साड़ी नहीं बाँध सकती, जो उसके गोरे रंग को कुछ और निखार दे?···और यदि उसे सफेद धोती ही बाँधनी है तो वह ढंग से धुली हुई तथा माँड़ लगाकर लोहा की हुई क्यों न हो···?

अपने मन के इस विद्रोह को देखकर कुसुमलता डर गई। क्या यह उसका मन था? और यदि यही था उसका मन, तो उसकी ताड़ना ही नहीं, उसका दंडित होना भी आवश्यक था। यह

क्या किसी सुशील नारी का मन था? उस ब्राह्मणी का, जो बाल विधवा थी···?

वह अपने कमरे के द्वार की ओर बढ़ी···वह नीचे चली जाएगी। न इस कमरे में रहेगी और न ही उसका मन जिज्ञासु होकर इस प्रकार की अनुचित उछल-कूद मचाएगा···किंतु नीचे जाते-जाते भी उसके पग अपने कमरे के द्वार पर रुक गए और उसकी आँखों ने मुड़कर अपनी खिड़की से देखा : वह नवयुवक अपने कमरे के मध्य में लालटेन ऊपर उठाए कुछ इस ढंग से खड़ा था कि सारा प्रकाश उसी के चेहरे पर पड़ रहा था। कुसुमलता को लगा कि वह उसे अपना चेहरा दिखाने के लिए ही इस प्रकार खड़ा है···

उसकी धमनियों में जैसे रक्त जम गया : सामने खड़ा नवयुवक साधारण नहीं था। उसकी वे बड़ी-बड़ी आकर्षक आँखें। गोरा रंग। भरा हुआ चेहरा। काले चमकदार बाल।···

अपनी स्तब्धता से उबरी तो कुसुमलता जैसे अपने रंग-रूप और वेशभूषा पर झेंप उठी। कहीं उसने उसे इस रूप में देख लिया तो? क्या सोचेगा वह उसके विषय में, कैसी फूहड़ लड़की है वह?···फिर उसने अपने आपको कोसा···क्या सोचेगा उसके विषय में? वह उसे जानता ही कहाँ है···और कुसुमलता को लगा कि अपना वैधव्य भी उसे कभी इतना बड़ा दुर्भाग्य नहीं लगा था, जितना उस नवयुवक का उसे नहीं जानना। वह उसके अस्तित्व से भी परिचित नहीं है। उसे कैसे मालूम होगा कि उसके इतने निकट इस दीवार के पीछे कुसुमलता नाम की एक अभागिन भी रहती है, जो उसके चेहरे से अपनी आँखें हटा नहीं पा रही।···

कुसुमलता का मन कुछ स्थिर हुआ तो उसका विवेक जागा···यह सब उचित नहीं है कुसुम!··· पाप है यह सब। कन्या तो फिर भी किसी पुरुष की कामना कर सकती है, किंतु विधवा को यह अधिकार नहीं है।··· किंतु वह कामना कहाँ कर रही थी।···उसने अपने विवेक को भरमाया···वह तो केवल उत्सुकतावश सामने आए किराएदार को देख रही थी···

किंतु न तो विवेक को ही कोई भ्रम था और न कुसुमलता के मन को। वह जानती थी कि उसका मन किसके लिए लालायित हो रहा है?···अंततः मन ढीठ हो गया और अपने कमरे की लालटेन बुझाकर वह निर्द्वंद्व रूप से सामने के कमरे में झाँकने लगी।

···कुसुमलता आज याद करती है तो उसे लगता है कि उसके जीवन में यदि कोई सुख था तो बस नरेन्द्र को देखना। वह अपने कमरे में बैठा पढ़ता रहता था। बीच-बीच में गाने लगता था, या फिर किसी मित्र के आ जाने पर उसके साथ ठहाके लगाने लगता था।···कुसुमलता के अपने परिवार का कोई व्यक्ति कभी ऊपर उसके कमरे में नहीं आता था और यदि वह लालटेन न जलाए तो उसे बाहर से देखा भी नहीं जा सकता था। इसलिए जब तक नरेन्द्र के कमरे की खिड़की खुली रहती थी, कुसुमलता मनमाने ढंग से उसे देख सकती थी।···

···किंतु कुछ ही दिनों में कुसुमलता को अपनी यह उपलब्धि अपर्याप्त लगने लगी थी।···उसने स्वयं को पहचाना।···पिछले वर्ष जब वह अपने माता-पिता के साथ पुरी गई थी, तब भी उसकी यही स्थिति हुई थी। पहले-पहल तो वह तट की बालू पर बैठकर, बहुत दूर से सागर को देखती रही। कितना सुंदर था सागर, कितना विशाल! उसे देखते ही व्यक्ति के मन पर उसका आतंक भी छा जाता और व्यक्ति उस पर मुग्ध भी हो जाता था, जैसा कि नरेन्द्र को देखने पर उसके साथ हुआ था।···उठती-गिरती लहरों को थोड़ी देर देखने के पश्चात् उसकी तृप्ति जैसे छीज गई थी और उसकी इच्छा होने लगी थी कि वह अपनी यह तटस्थता छोड़े और सागर के निकट जाए। उसके जल को छुए। अपने हाथ-पैर गीले करे, मुख धोए, आचमन करे···सागर से कुछ तो निकटता

हो।…किंतु तृप्ति इतने से ही नहीं हुई थी। जब लहरों से हाथ-पाँव भीग गए तो उसकी इच्छा हुई कि वह लहरों के साथ सागर के वक्ष पर तैरे। उनके साथ डूबे और इतराए। वह पूरी की पूरी सागर को समर्पित हो…उसका तन, मन, उसकी आत्मा और सागर पूरा का पूरा उसका हो, वह जहाँ चाहे सागर की लहरों पर तैरती फिरे…किंतु तभी माँ ने उसकी बाँह पकड़कर उसे पीछे घसीट लिया, "चल अब! पानी से निकल। ऐसा न हो कि लहर तुझे बहाकर ही ले जाए और हम तट पर ही टापते रह जाएँ।"…कुसुमलता की बहुत इच्छा थी कि वह कहे, 'माँ! मैं तो कब से चाह रही हूँ कि सागर मुझे अपनी बाँहों में ले ले…।'…किंतु यह सब कह सकना सरल था क्या…

नरेन्द्र को देखने के पश्चात् से कुसुमलता की फिर वही स्थिति हो गई थी। अब वह तट पर बैठी नहीं रह सकती थी। उसे अपनी तटस्थता छोड़नी ही पड़ेगी। वह इस सागर को देखना ही नहीं चाहती, वह उसमें भीगना भी चाहती है, उसे पीना चाहती है, उसमें डूबना चाहती है…

किंतु कुसुमलता के मन में बैठी लज्जा जैसे जाग उठी…क्या सोच रही है कुसुमलता! वह समझ भी रही है कि क्या है उसके मन में? यह मनोज है। काम! यह पुरुष-संग की इच्छा है।…नरेन्द्र पर-पुरुष है। कुसुमलता विधवा है। यह संग कभी नहीं होगा। इसकी अनुमति कोई नहीं देता…न परिवार, न समाज, न धर्म…

कुसुमलता अपनी ग्लानि का सामना नहीं कर पाई।

संध्या-समय कुसुमलता की तंद्रा टूटी…अपने कमरे में नरेन्द्र मधुर स्वर में गा रहा था—

रमैया बिन नींद न आवै।
नींद न आवै विरह सतावै, प्रेम की आँच ढुलावै।
बिन पिया जोत मंदिर अँधियारो, दीपक दाय न आवै।
पिया बिन मेरी सेज अलूनी, जागत रैन बिहावै।

कैसा मधुर स्वर था और कितनी पीड़ा थी उसमें। याचना का यह स्तर।…कुसुमलता को एक दूसरी प्रकार की ग्लानि ने घेर लिया। वह सामने के कमरे से पुकार रहा है और वह अपने व्यर्थ के ऊहापोह में घिरी बैठी है, कुसुमलता तो समझे बैठी थी कि वह उसे जानता ही नहीं है। कितनी बार उसके मन में एक कसक भी उठी थी कि वह उसे निरंतर निहारती रहती है और नरेन्द्र की दृष्टि ने कभी उसे देखा ही नहीं।…किंतु नहीं, ऐसी बात नहीं है। वह जानता है कि सामने के कमरे में कुसुम है। आज वह चारपाई पर ही लेटी रही है। उठकर खिड़की पर खड़ी नहीं हुई तो कैसा करुण गीत गा रहा है वह! अपनी आत्मा की सारी पीड़ा कुछ थोड़े-से शब्दों में ही उँडेल दी है उसने!

कुसुमलता को लगा, अब वह अपने आपको रोक नहीं पाएगी। वह स्वयं अपने आपको चाहे कितनी भी पीड़ा दे ले, किंतु वह नरेन्द्र को इस प्रकार तड़पा नहीं पाएगी। यह पाप है। यह पुरी का सागर नहीं है, जहाँ से उसकी माँ उसे घसीट लाएँगी। यह तो प्रेम का सागर है। उसकी पुकार अनसुनी नहीं की जा सकती।…और कुसुमलता को लगा कि उसे कुछ मतिभ्रम हो गया है। वह समझ ही नहीं पा रही कि उन दोनों में से सागर कौन है। नरेन्द्र सागर है, जो अपनी लहरों की भुजाएँ फैलाए उसकी ओर बढ़ता आ रहा है और अपने प्रेम के गर्जन से उसकी आत्मा को पिघलाता जा रहा है,…या स्वयं कुसुमलता सागर है, जिसके वक्ष में, नरेन्द्ररूपी राकेश को पाने के लिए उत्ताल तरंगें उठ रही हैं, एक के पश्चात् एक…विराट, प्रबल और वेगमयी…

कुसुमलता को लगा जैसे कृष्ण की बाँसुरी सुनकर गोपियाँ रुक नहीं पाती थीं, वैसे ही नरेन्द्र के इस आह्वान के पश्चात् अब वह रुक नहीं पाएगी। उसे नरेन्द्र के पास जाना ही होगा। अंधकार कुछ और गहरा ले। गली में एकांत हो ले। उसके माता-पिता सो लें। वह गली पार कर उसके मकान की सीढ़ियाँ चढ़ जाएगी। नीचे का दरवाजा खुला ही तो रहता है। सीढ़ियाँ चढ़ते ही वह उसके कमरे में जा पहुँचेगी। आज वह अपने चंद्रमा को अपनी भुजाओं में भर लेगी, सागर के समान हाहाकार मचाकर धरती पर अपना सिर पटकने का क्या लाभ?

गली में एकांत हो गया। प्रायः घरों में बत्तियाँ बुझ गईं। नीचे के कमरे में उसके माता-पिता भी सो गए।···

कुसुमलता उठ खड़ी हुई।

उसने अच्छी तरह बाल सँवारे। बढ़िया रंगदार धोती बाँधी। कानों, गले और कलाइयों में कुछ आभूषण पहने। वह अभिसार के लिए जा रही थी, तो इसे कुछ शृंगार तो करना ही होगा···

उसके पग आगे बढ़े ही थे कि उसका विवेक जैसे किसी भयंकर नाग के समान फन फैलाए उसके मार्ग में खड़ा हो गया, 'जाने से पहले कुछ सोच ले कुसुमलता! तू अपना सर्वनाश करने जा रही है। यह प्रेम नहीं है। यह काम-वासना है। तू शरीर-सुख चाहती है—पुरुष संग।'

कुसुमलता संकुचित नहीं हुई। वह निर्द्वंद्व भाव से बोली, "मैं जानती हूँ, मैं क्या करने जा रही हूँ। काम-वासना है, किंतु वह भी देव-भाव है। काम भी देवता हैं। उनकी पूजा होती है। यदि आज मेरे मन में मनसिज अवतरित हुआ है, तो कौन-सा पाप हो गया? यदि मेरे शरीर में काम-ज्वर जागा है तो कुछ अप्राकृतिक हो गया क्या?···

'तुम्हारे लिए यह अप्राकृतिक ही है।' उसके विवेक ने कहा, 'तुम विधवा हो।'

'कोई मुझे चाहे विधवा पुकारे, किंतु मुझे कुछ नहीं हुआ। मुझमें कोई विकार नहीं आया है। मैं पूर्ण और स्वस्थ नारी हूँ।' उसने अपने विवेक को झिड़क दिया, 'कहीं किसी एक व्यक्ति की मृत्यु हो गई है, जिसे मैंने न कभी देखा, न कभी जाना, किंतु समाज ने उसे मेरा पति मान लिया था। मृत्यु उसकी हुई, मेरी नहीं। मैं जीवित हूँ और स्वस्थ हूँ। मैं किसी को वंचित करने नहीं जा रही। उलटे समाज ने ही मुझे वंचित कर रखा है। मेरी प्राकृतिक आवश्यकताओं के अधिकार को भी छीन लिया है।···हट जाओ मेरे सामने से। आज मैं मनोज देवता की अर्चना के लिए निकली हूँ।···'

उसका विवेक जैसे सहमकर दुबक गया। कुसुमलता सीढ़ियाँ उतरकर नीचे आ गई। परिवार के सब लोग सो चुके थे और चारों ओर अंधकार था। गली निर्जन थी। कहीं कोई खटका नहीं था। नरेन्द्र के कमरे तक ले जाने वाली सीढ़ियों के कपाट भिड़े हुए थे।···कहीं भीतर से बंद ही न हों। यदि कहीं ऐसा हुआ तो उसका यह सारा दुस्साहस व्यर्थ जाएगा।··· किंतु यदि द्वार बंद ही रखना था तो इतनी पीड़ा से याचना-भरे स्वर में आने का निमंत्रण क्यों दिया?···नहीं, कपाट बंद नहीं होंगे।···उसने कपाट पर अपनी हथेली रखकर धकेला।···कपाट भीतर से बंद नहीं थे।···कुसुमलता नरेन्द्र की चतुराई पर मुग्ध हो उठी। उसने कुसुमलता का मात्र आह्वान ही नहीं किया था, उसके आने के लिए द्वार खुला रखा था, ताकि कहीं कोई कठिनाई न हो···

वह दबे पाँव सीढ़ियाँ चढ़ गई। मार्ग में कोई बाधा नहीं थी। जब कहीं कोई था ही नहीं, तो उसे टोकता कौन, रोकता कौन···

वह घर से ठीक ही सोचकर चली थी : कामदेव उसके सहायक थे। जब वे नर-नारी के

परस्पर आकर्षण के लिए इतने आयोजन कर सकते थे, प्रकृति का शृंगार कर सकते थे, धरती और आकाश पर वसंत का प्रसार कर सकते थे, मधु की सरिताएँ बहा सकते थे, तो उसे सुरक्षित नरेन्द्र तक पहुँचाने में उन्हें कठिनाई ही क्या थी?…

नरेन्द्र के कमरे का द्वार उन्मुक्त खुला था। कमरे में अभी प्रकाश भी था। वह कोई पुस्तक लिए भूमि पर चटाई बिछाए बैठा था…कितनी कलात्मक मुद्रा थी, प्रिया की प्रतीक्षा थी…वह मन-ही-मन मुस्कराई : यह सरस्वती की साधना थी अथवा काम प्रिया रति की?

कुसुमलता द्वार के ठीक बीचोबीच जाकर खड़ी हो गई। उसकी इच्छा हुई कि कहे, 'साधक! तेरी साधना पूरी हुई। उठ, देख, साक्षात् रति तुझे वरदान देने के लिए उपस्थित हुई है।'

नरेन्द्र का ध्यान उचटा। उसने दृष्टि उठाकर देखा : बीच द्वार एक किशोरी खड़ी थी। वह उसे नहीं जानता था, किंतु वह अकेली उसके कमरे के द्वार पर खड़ी थी। रात का समय था। सब ओर एकांत था। किशोरी विशेष प्रयत्न से प्रसाधन करके आई थी।

नरेन्द्र उठने के प्रयत्न में घुटनों के बल बैठ गया। उसके हाथ जुड़ गए, "बोलो माँ! मैं तुम्हारी क्या सेवा कर सकता हूँ।"

कुसुमलता के पग ठिठक गए : 'माँ!' वह उसे 'माँ' कहकर संबोधित कर रहा था। कैसा सात्विक भाव था, उसके मुख पर।…कुसुमलता पर जैसे घड़ों पानी पड़ गया। उसे लगा, जैसे भरे हाट में वह अपनी किसी भूल के कारण कोई भयंकर निर्लज्जता का कार्य कर बैठी है…

"बोलो माँ!" नरेन्द्र ने पुनः कहा, "मैं अपनी माँ के समान ही तुम्हारी सेवा करूँगा। आदेश दो। अपने पुत्र को आदेश देने में संकोच कैसा?"

कुसुमलता ने देखा : अभी थोड़ी देर पहले तक उसके मन में जो मनोज कुसुमों के आयुध लिए वीर वेश में खड़ा था, जिसके मुख पर मधु और आँखों में मद था, जिसने पुष्प-संभार कर रखा था और जो विश्व-विजयी मुस्कान से सुशोभित था, उसे नरेन्द्र की एक दृष्टि ने सर्वथा अशोभनीय, कलुषित तथा पापिष्ठ बना डाला था। नरेन्द्र की दृष्टि जैसे त्रिनेत्र की दृष्टि थी, जिसके खुलते ही काम-दहन हो गया था…कामदेव की दिव्य आभा मलिन ही नहीं हो गई थी, मल में परिणत हो गई थी…उसे अपने आपसे घृणा होने लगी थी…

कुसुमलता उलटे पाँव लौट पड़ी। उसे अपना सारा शरीर सर्वथा अपवित्र लग रहा था और मन तो पाप की खान ही था। उसने डाली भी, तो किस पवित्रात्मा पर पाप-दृष्टि डाली! उसके मन में कलुष भी जागा तो किस तपस्वी के लिए!…भूल थी उसकी। वह उर्वशी बनकर उसे रिझाने चली थी तो कम-से-कम यह तो देख लेती कि कहीं वह अर्जुन तो नहीं है…

नरेन्द्र को लगा, एक भयंकर दुष्ट ग्रह प्रकट हुआ तो था, किंतु अपना प्रभाव दिखाए बिना ही जैसे अस्त हो गया।…फिर भी उसका इस प्रकार अकेले घर में स्वतंत्र रूप से रहना सर्वथा सुरक्षित नहीं था। यह कोई तपोभूमि तो थी नहीं, कलकत्ता नगर था। उसके आसपास मानव समाज था और मनुष्य के मन में वासना का होना कोई अस्वाभाविक तो नहीं। वह चाहे किसी की कामना न करे, किंतु वह तो किसी का आकांक्ष्य हो सकता है…

उसने निश्चय किया कि वह कल ही अपना सामान उठाकर नानी के घर चला जाएगा।

नरेन्द्र अपनी पुस्तकों के साथ अपनी नानी के घर पहुँचकर कमरे पर आधिपत्य जमा चुका तो

विश्वनाथ को सूचना मिली। विश्वनाथ को नरेन्द्र का व्यवहार कुछ विचित्र लगा : उसे वह कमरा छोड़ना ही था, तो उनसे बात तो करता। यदि उसे कोई असुविधा थी तो वे उसे दूर करने का प्रयत्न करते। मकान-मालिक से भी चर्चा करते। वह तो बिना किसी से एक शब्द कहे, सामान समेत नानी के घर पहुँच गया, "ठाकुर माँ! मैं आपके साथ रहूँगा। मुझे एक कमरा चाहिए।"

ठाकुर माँ उसे मना कर देती क्या? उन्होंने उसे ऊपर के तल्ले पर एक कमरा खोल दिया। नरेन्द्र अपने सामान के साथ वहाँ जम गया।

भोजन के समय वह घर आया तो विश्वनाथ ने पूछा, "वह कमरा क्यों छोड़ दिया?"

"वहाँ कुछ असुविधा थी।" नरेन्द्र ने सहज भाव से उत्तर दिया।

"वही तो पूछ रहा हूँ कि क्या असुविधा थी?" विश्वनाथ बोले।

"पड़ोसियों के व्यवहार के कारण मेरी तन्मयता भंग होती थी।" नरेन्द्र बोला, "आप चिंतित न हों। मैं ठाकुर माँ के घर पर मजे में हूँ।"

"जानता हूँ।" विश्वनाथ बोले, "किंतु तुम्हें यह सोचना चाहिए था कि यदि तुम्हें ठाकुर माँ के घर ही छोड़ना होता तो मैं अलग से तुम्हारे लिए कमरा किराए पर क्यों लेता। यदि तुम्हें वह कमरा असुविधाजनक लग रहा था तो मुझे बताते, मैं तुम्हारे लिए किसी और कमरे की व्यवस्था कर देता।"

"नहीं! और कोई कमरा नहीं चाहिए।" नरेन्द्र का सारा शरीर जैसे सिहर उठा था, "मैं ठाकुर माँ के घर पर ही रहूँगा।"

"उससे उन्हें असुविधा होगी।" विश्वनाथ बोले, "तुम वहाँ रहोगे तो वे चाहेंगी कि तुम खाना भी उनके पास ही खाओ। इस प्रकार उन्हें रोज तुम्हारे लिए खाना बनाना पड़ेगा। उन्हें इतना कष्ट देने की क्या आवश्यकता है। स्वयं तो वे कुछ खातीं नहीं। अब तुम्हारे लिए हर समय रसोई में लगी रहेंगी।"

"नहीं, खाना खाने मैं अपने घर ही आया करूँगा।" नरेन्द्र बोला, "मैं उनको मना लूँगा।"

"पर यदि तुम्हें एक अलग कमरा ले दिया जाए तो तुम्हें उसमें क्या परेशानी है?" विश्वनाथ बोले, "तुम रहोगे ठाकुर माँ के पास और खाना खाने यहाँ आओगे—तो तुम्हारी ठाकुर माँ को अच्छा लगेगा क्या?"

"बाबा! मुझे किसी भी कमरे में पड़ोसियों के कारण असुविधा हो सकती है।" नरेन्द्र बोला, "इसलिए मैं रहूँगा तो ठाकुर माँ के ही घर।"

विश्वनाथ उससे अपनी असुविधा कह नहीं पा रहे थे और वह अपनी असुविधा उन्हें बता नहीं रहा था। कुछ खीजकर बोले, "मानव समाज में रहना है तो पड़ोसियों की थोड़ी-बहुत असुविधा तो रहेगी ही। तुम्हारे कारण किसी को असुविधा नहीं होती क्या? तुम भी तो दिन भर बाजा लिए बैठे रहते हो।"

नरेन्द्र को लगा, उसके पिता जान-बूझकर क्रूर होने का प्रयत्न कर रहे हैं ताकि वह कुछ उगल दे। किंतु वह उन्हें क्या बताता? बताने योग्य होता, तो अब तक कब का बता चुका होता।

अंततः विश्वनाथ को ही हारना पड़ा। वे जानते थे कि नरेन्द्र जब अड़ जाता था तो उसे डिगाना कठिन होता था। वह अभद्र नहीं होता, किंतु कठोर तो हो ही जाता है। वे अपना विरोध जता सकते थे और क्रोध भी दिखा सकते थे, किंतु उपयुक्त तर्क के अभाव में नरेन्द्र अपनी बात से टलता नहीं।...और विश्वनाथ के पास नरेन्द्र को हटाने के लिए कोई तर्क था नहीं।

नानी के घर में नरेन्द्र को पढ़ने की भी सुविधा थी, गाने की भी और ध्यान करने की भी। गौर मोहन की गली में अपने घर पर प्रायः उसे ध्यान करने से पहले कमरा बंद कर लेना पड़ता था। कमरा बंद देखकर मान लिया जाता था कि वह पढ़ रहा है। नरेन्द्र ने इस विषय में न कभी स्वयं कुछ कहा था और न ही किसी भ्रम-निवारण का प्रयत्न किया था। एक तो यह घोषणा करने की आवश्यकता ही नहीं थी कि वह ध्यान कर रहा है, और यदि भ्रम का प्रत्याख्यान करने के लिए वह यह प्रचारित करता कि वह कमरा बंद करके पढ़ता नहीं, ध्यान करता है, तो बहुत संभव है कि अनेक लोगों की उत्सुकता जाग जाती और वे लोग देखना चाहते कि वह ध्यान कैसे करता है।

नानी के घर में वह निर्विघ्न लंबे समय तक ध्यान कर सकता था। ध्यान के लिए यहाँ रात हो जाने की प्रतीक्षा करने की भी आवश्यकता नहीं थी। वह एक प्रकार से प्रकटतः तपस्वी जीवन व्यतीत कर सकता था। उसने मांस-मछली खाना छोड़ दिया था। अब तपस्वियों के समान भूमि पर चटाई बिछाकर सोना भी आरंभ कर दिया था। अध्ययन से जो भी समय बचता, उसमें वह ध्यान करने लगा था। महर्षि देवेन्द्रनाथ ने कहा था कि उसकी आँखें, एक योगी की आँखें थीं। वह साधना करे तो सिद्ध योगी हो सकता था। रात के निर्विघ्न सन्नाटे में तो कई-कई घंटे वह ध्यान-मुद्रा में ही बैठा रह जाता था।

नरेन्द्र ने अनुभव किया कि अब उसे पढ़ने से भी कहीं अधिक आनंद ध्यान में आता है। पढ़ने का आनंद एक प्रकार का बौद्धिक आनंद था। वह मन में एक प्रकार की सक्रियता उत्पन्न करता था—रजोगुणी सक्रियता। अध्ययन से प्राप्त ज्ञान से मन आत्मलीन नहीं होता था। वह उसको अभिव्यक्ति भी देना चाहता था, उसकी चर्चा करना चाहता था।···ध्यान से मन जैसे शांत और आत्मलीन हो जाता था। वह किसी और के सम्मुख अभिव्यक्ति की आतुरता से उद्वेलित नहीं होता था। उसमें से जैसे क्रिया बहिष्कृत हो जाती थी और वह एक प्रकार की पूर्णता का अनुभव करता था···

नरेन्द्र ने अनुभव किया कि अवलंबशून्य करके मन को स्थिर रखते समय अंतर में एक प्रशांत आनंद की धारा प्रवाहित होती थी। ध्यान-भंग होने पर भी उसके प्रभाव से नशे में विभोर रहने का-सा भाव बना रहता था, जैसे किसी वाद्य-यंत्र की अनुरणन ध्वनि देर तक परिवेश में व्याप्त रहे। उसकी इच्छा ही नहीं होती थी कि आसन छोड़कर उठ जाए और चारों ओर व्याप्त समाधि के इस अनुरणन भाव को छिन्न-भिन्न कर दे। यह तो आकाश पर व्याप्त इंद्रधनुष को आलोड़ित कर वायुमंडल में विलीन कर देने का-सा अपराध था। नरेन्द्र उसी तंद्रा में बैठा हुआ जैसे प्रकृति की परम शांति का अनुभव करता रहता था।

उस दिन भी नरेन्द्र ध्यान में बैठा तो उसका मन तत्काल ही भली-भाँति तन्मय हो गया। वह कितनी देर ध्यान में बैठा रहा, इसकी चेतना उसे नहीं थी। अंत में जब ध्यान भंग हुआ तो उसकी चेतना लौट-लौटकर उसी प्रकार वापस तन्मय हो जाना चाहती थी, जैसे नींद में अलसाया हठी बालक, माँ के बार-बार जगाने पर भी वापस बिस्तर पर जा लेटता है।

वह जानता था कि ध्यान भंग हो चुका है और अब उसे उठना ही है, किंतु शरीर था कि जैसे इस निर्णय को स्वीकार ही नहीं कर रहा था। यह आलस्य नहीं था, आनंद था। आनंद खंडित करने का क्या लाभ?

···सहसा कमरे में उसे प्रकाश का आभास हुआ, किंतु यह साधारण लालटेन का प्रकाश

नहीं था। इस प्रकाश में ताप नहीं था। वह प्रकाश अपने अस्तित्व से काली छायाएँ नहीं बना रहा था।···दरवाजा अब भी बंद था। किसी ने न उसे खटखटाया था, न खोला था। किंतु जैसे दक्षिण दीवार में से दिव्य आलोक से घिरी हुई एक आकृति कमरे में प्रवेश कर गई थी।···यह प्रवेश नहीं था···नरेन्द्र का मन पूछ रहा था···यह अवतरण था? आविर्भूति थी। प्रकटीकरण था?···क्या था यह? उस मूर्ति के मुख-मंडल पर अद्‌भुत ज्योति थी, किंतु कोई भाव नहीं था···वह प्रशांत संन्यासी-मूर्ति थी, स्तंभित कर देने वाली प्रशांत, उदासीनता-युक्त अंतर्मुखता। शरीर पर गेरुआ वस्त्र। मुंडित मस्तक। हाथों में दंड-कमंडल।

संन्यासी कुछ कहने के लिए तत्पर हो रहे थे। वे नरेन्द्र की ओर बढ़े। नरेन्द्र की समझ में नहीं आ रहा था कि यह सब क्या हो रहा है।···यह सब उसके मन का भ्रम मात्र था या सचमुच कोई चमत्कार घटित हो रहा था? यह सत्य था? उसके मस्तिष्क का विकार था? या प्रेत विद्या थी?

···अकस्मात् ही नरेन्द्र के मन में एक विचित्र प्रकार का भय अंकुरित हुआ और क्षण भर में उसने नरेन्द्र के मन को इस सघनता से अभिभूत कर लिया, जैसे कोई छोटी-सी बदली, बात की बात में ही सारा आकाश व्याप्त कर ले।···नरेन्द्र समझ नहीं सका कि वह किस प्रकार का भय था। इस भय ने उनकी ध्यानजनित तंद्रा को तोड़ दिया, और बिना यह जाने कि उसे किस प्रकार की हानि हो सकती है, वह आत्म-रक्षा के लिए तत्पर हो उठा। वह अपने स्थान से उठा और कमरे के किवाड़ खोलकर बाहर निकल आया।···कमरे से बाहर निकलते ही भय की प्रतिक्रिया हुई। नरेन्द्र के मन ने भय के उस व्यामोह को तोड़ दिया और साहसपूर्वक पूछा, 'भय किस बात का?'···नरेन्द्र जैसे अपनी भूल समझ गया था···उसे कमरे में रुकना चाहिए था। संन्यासी उससे कुछ कहना चाह रहे थे, उसे वह सुनना चाहिए था। घर आए संन्यासी का इस प्रकार तिरस्कार करना उसके लिए उचित था क्या?

किंतु अब भी उसके मन का कोई क्षीण-सा स्वर जैसे अपने कृत्य का समर्थन कर रहा था–'वे सात्विक संन्यासी ही थे और उसका अहित नहीं करना चाहते थे तो फिर इस अप्राकृतिक ढंग से क्यों प्रकट हुए? यदि वे कपाट खटखटाकर द्वार से भीतर आए होते तो नरेन्द्र क्यों इस प्रकार भाग खड़ा होता? वह क्यों उनका तिरस्कार करता?···'

पर नरेन्द्र के साहस को इस बार तनिक भी विभ्रम नहीं हुआ। वह दृढ़ स्वर में बोला, 'साधारण प्राकृत जन होते तो कपाट खटखटाकर ही क्यों, नीचे सीढ़ियों से ही उसे पुकारते हुए आते। किंतु वे साधारण संन्यासी नहीं थे।···'

नरेन्द्र कमरे में लौट आया। संन्यासी अब वहाँ नहीं थे।···नरेन्द्र कमरे के बाहर ही तो खड़ा था, पर उसने उन्हें बाहर निकलते नहीं देखा। वे बाहर निकले ही नहीं थे, या बाहर निकलते हुए उन्होंने स्वयं को अदृश्य कर दिया था? जो पक्की ईंटों की दीवार में से अपना स्थूल शरीर आर-पार निकाल सकता है, वह क्या मानवीय आँखों से स्वयं को अदृश्य नहीं कर सकता?···तो क्या वे चले गए?···या यहीं कहीं हैं और दिखाई नहीं दे रहे?

नरेन्द्र को अपनी मूर्खता पर ग्लानि हुई। ऐसे अवसर क्या बार-बार आते हैं? उसने तो अपनी नासमझी में स्वयं ही अपनी ऐसी क्षति कर ली।···जाने अब वे प्रकट हों या न हों।···

नरेन्द्र पुनः अपने स्थान पर जा बैठा। उसने ध्यान की मुद्रा भी बनाई। किंतु उसकी प्रतीक्षा फलीभूत नहीं हुई।···वह बैठा सोचता रहा···संन्यासी तो उसने बहुत सारे देखे थे, किंतु ऐसे अपूर्व

श्रीमुख का भाव किसी में कभी नहीं देखा। वह चेहरा तो जैसे उसके चित्त पर सदैव के लिए अंकित हो गया था।...

नरेन्द्र के मन ने विश्वास कर लिया कि अब वे प्रकट नहीं होंगे। उनकी प्रतीक्षा व्यर्थ थी। यह उनकी कठोरता नहीं, नरेन्द्र के द्वारा दिखाई गई उपेक्षा ही थी, जिसने उन्हें उससे विमुख कर दिया था।...पर वे थे कौन, जो इस प्रकार दया कर उसे अपने दर्शन देने आए थे? उन्होंने अपने विषय में कुछ नहीं बताया था, न ही वे अपने पीछे कोई प्रमाण छोड़ गए थे।...किंतु नरेन्द्र की अंतर्प्रेरणा कह रही थी कि शायद वे भगवान् बुद्ध थे।...करुणा के पुंजीभूत रूप...भगवान् बुद्ध।...

नरेन्द्र ने लक्ष्य बना लिया था कि उसे आज संध्या तक पुस्तक समाप्त करनी ही थी। अध्ययन की इच्छा इतनी बलवती थी और पुस्तकों का भंडार इतना विराट् था कि पढ़ने की मंथर गति से उसे संतोष ही नहीं होता था। इस गति से तो नौ दिन चलकर अढ़ाई कोस ही पहुँचा जा सकता था। कितने जीवन लग जाएँगे ऐसे इन पुस्तकों का अध्ययन करने में?...

उसने अपना ध्यान पुस्तक पर केंद्रित किया। व्यर्थ की बातें सोचने का क्या लाभ?...पहले-दूसरे शब्द से ही वह जैसे स्वयं को एकाग्र करने में सफल हो जाता था और वाक्य पूरा होते-न-होते, तल्लीनता की स्थिति में पहुँच जाता था।...सहसा उसका ध्यान भंग हुआ...अनुच्छेद के पहले दो वाक्य पढ़ लेने पर उसने जो कुछ ग्रहण किया था, अनुच्छेद पूरा हो जाने के पश्चात् भी उससे अधिक तो उसने कुछ भी प्राप्त नहीं किया।...पर क्यों? क्या लेखक ने बाद के वाक्यों में कुछ लिखा ही नहीं है?...उसने उसी अनुच्छेद को पुनः पढ़ा...प्रत्येक वाक्य में लेखक कुछ-न-कुछ नया कहता ही गया था।...तो फिर?...नरेन्द्र सहसा सजग हो उठा...यह कैसे हुआ? पर हुआ तो यही है। पहले तीन वाक्यों को पढ़कर ही उसके मन ने लेखक का संपूर्ण भाव ग्रहण कर लिया था। वह उसकी तर्क-पद्धति को इस पूर्णता से अंगीकार कर चुका था कि लेखक के तर्क के आरंभ से ही वह उसकी संपूर्णता को जान गया था।...

नरेन्द्र को कुछ विस्मय हुआ। यह इसी एक अनुच्छेद के साथ हुआ है, या हर बार ऐसा ही होगा?...उसने प्रयोग के लिए अगला अनुच्छेद आरंभ किया। इस बार भी यही हुआ। आरंभ के दो वाक्य पढ़कर ही पूरी बात उसकी समझ में आ गई थी। अगले वाक्य उसके लिए अनावश्यक थे।...

प्रयोग के लिए नरेन्द्र ने अगले अनेक अनुच्छेदों के आरंभिक दो-तीन वाक्य तथा अंत के दो-तीन वाक्य पढ़े और उसने देखा कि सचमुच ही उसे पूरा-का-पूरा अनुच्छेद पढ़ने की कोई आवश्यकता नहीं थी।...जैसे वह अक्षरों अथवा शब्दों को न पढ़कर पूरा वाक्य एक साथ पढ़ता था, उसी प्रकार उसे पंक्ति-पंक्ति न पढ़कर पूरा अनुच्छेद एक साथ ग्रहण करना चाहिए था।...हाँ, वह उसे ग्रहण करना ही कहेगा। पढ़ना इससे भिन्न होता है।...आरंभ में उसे थोड़ा विस्मय अवश्य हुआ था, थोड़ी उत्साहजनक उत्तेजना भी हुई, किंतु वह शीघ्र ही सहज हो गया। इसमें कुछ बहुत असाधारण नहीं था।...कोई भी चित्रकार किसी व्यक्ति के चेहरे को एक-एक बिंदु अथवा एक-एक रेखा कर ग्रहण नहीं करता। वह तो एक संपूर्ण चेहरे को एक बार देखता है और अपनी आँखों के माध्यम से उसे अपने मन में ग्रहण कर लेता है। फिर उसे पुनः उस चेहरे को देखने की आवश्यकता नहीं रहती। वह अपनी आँखें बंद करके भी उस चेहरे की कल्पना कर सकता है तथा कागज पर उसका चित्र बना सकता है।...साधारण व्यक्ति यह नहीं कर सकता, क्योंकि उसकी तथा चित्रकार

की पद्धति में ही अंतर है।···तो नरेन्द्र पुस्तक को उसी प्रकार ग्रहण कर रहा था, जिस प्रकार चित्रकार एक आकृति अथवा दृश्य को ग्रहण करता है।···जो अंतर एक साधारण व्यक्ति और चित्रकार में है, वही अंतर एक साधारण पाठक और नरेन्द्र में हो सकता है।···या शायद अंतर साधारण पाठक और नरेन्द्र का नहीं, उनकी एकाग्रता का है। निश्चित रूप से साधारण व्यक्ति की दृष्टि में वह एकाग्रता नहीं है, जो चित्रकार के देखने में है।···संभव है, नरेन्द्र की यह एकाग्रता उसके ध्यान के अभ्यास के कारण हो···

रविवार का दिन था। नरेन्द्र ब्राह्म समाज की प्रार्थना-सभा से ही, अपने मित्रों के साथ नगर-भ्रमण के लिए निकल गया था। उसे लगता था कि अपने मित्रों के साथ कलकत्ता-भ्रमण अथवा गंगा में देर तक जलक्रीड़ा का उसका यह अभ्यास, उसकी शैशव-कालीन उद्दंडता का ही कोई अवशेष था। या फिर यह उसकी अपनी ऊर्जा का कोई भीषण उच्छलन था, जिसके प्रभाव में वह सहज मर्यादित जीवन की सीमाओं को तोड़कर कोई असाधारण हलचल का कार्य करना चाहता था—वह चाहे अनवरत घूमते रहना हो, लगातार चिल्लाते रहना हो अथवा देर तक पानी से मल्लयुद्ध करते रहना हो। जब वह यह सब करता था तो उसके मन का कोई कोना उसे सचेत करता रहता था कि वह एक प्रकार के दौरे की-सी स्थिति में है। माँ बहुधा उसे बताया करती थीं कि उसके शैशव में उसे कभी-कभी विनाश के दौरे पड़ा करते थे, जब वह हाथ में आई प्रत्येक वस्तु पटककर तोड़ दिया करता था। अब उसे विनाश के दौरे नहीं पड़ते थे। वह तोड़-फोड़ नहीं करता था।···पर हाँ, ऊर्जा का विस्फोट तो होता ही था।

आज सुबह ही उन्होंने किराए की घोड़ा-गाड़ी ली थी और सारे लड़के घंटों गाते-बजाते, गला फाड़ते सारे नगर में घूमते फिरे थे। फिर बड़ी देर तक वे लोग गंगा में तैरते रहे थे, ऊधम मचाते रहे थे।

शाम को लौटकर नरेन्द्र जब घर आया तो उसे कुछ थकान-सी लग रही थी।···नहीं। यह थकान से कुछ अधिक ही था। पहले भी वह अपने मित्रों के साथ सैर-सपाटे के लिए जाया करता था, किंतु इस प्रकार टूटन का अनुभव तो उसने कभी नहीं किया था···

विश्वनाथ ने उसे देखा और संशय-भरे स्वर में बोले, "कोई नशा तो नहीं कर बैठे आज?"

"बाबा!" नरेन्द्र के भीतर आवेश का उफान उठा।

विश्वनाथ समझ गए कि उन्होंने पुत्र को आहत किया है। उसकी पीड़ा को कुछ कम करने के विचार से बोले, "तुम्हारे कुछ मित्र मुझे एकदम पसंद नहीं हैं। उनके साथ आवारागर्दी करते हो तो मुझे आशंका बनी ही रहती है।"

"मुझे मालूम नहीं कि वे आपको इतने बुरे क्यों लगते हैं।" वह वितृष्णा से बोला, "और यदि उनमें कोई दुर्गुण है भी तो मेरी इच्छा के विरुद्ध तो वह दुर्गुण अपने आप मुझमें प्रवेश नहीं कर जाएगा।"

उसे एक ओर तो लगा कि वह जैसे बोलते-बोलते ही बेहद थक गया है, और दूसरी ओर लगा कि उसके शरीर में एक फुरफुरी-सी उठी है, जैसे उसे ठंड लग रही हो।

"क्या बात है?" भुवनेश्वरी ने उसके व्यवहार के असामान्य को भाँपा, "तुम स्वस्थ नहीं हो क्या?"

"हलकी-सी ठंड लग रही है।"

देर-देर तक गंगा के जल में डुबकियाँ लगाने से यही तो होगा।" विश्वनाथ ने अपना रोष जताया, "तुम कोई मछली तो हो नहीं कि जल तुम्हारा सहज आवास हो और उसमें तुम घंटों तक स्वस्थ रह सको। और आजकल तो तुम मछली भी नहीं खाते कि शरीर में कुछ जान-प्राण ही रहे।"

"तुम क्यों पीछे पड़ गए हो उसके!" भुवनेश्वरी ने उसका बचाव किया, "दिन-भर का थका-माँदा घर आया है। धूप-लू कुछ लग गई होगी।"

"वही तो कह रहा हूँ मैं।" विश्वनाथ बोले, "दिन-भर उन लोफरों के साथ आवारागर्दी करेगा तो लू ही लगेगी, और क्या होगा।"

नरेन्द्र के कुछ कहने से पहले ही उसे वहाँ से हटा ले जाने के विचार से भुवनेश्वरी ने उसकी बाँह थाम ली किंतु उसे वहाँ से हटा ले जाने के स्थान पर भुवनेश्वरी स्वयं भी वहीं खड़ी रह गई। उसके चेहरे के भाव तत्काल बदल गए, "तुझे तो ज्वर है रे!"

"ज्वर!" विश्वनाथ ने भी उसका माथा छुआ, "कुछ अधिक ही लग रहा है।"

उनका सारा रोष विलुप्त हो गया, "इसे बिस्तर पर लेटाओ। मैं डॉक्टर को लेकर आता हूँ।"

जब तक डॉक्टर आया तब तक नरेन्द्र को इतनी अधिक ठंड लगने लगी थी कि उसके दाँत बज रहे थे। भुवनेश्वरी ने उसे दो कंबल ओढ़ा दिए थे और अँगीठी जलाकर उसके पास रख दी थी, किंतु इतने पर भी उसका काँपना बंद नहीं हो रहा था। शरीर तप रहा था और सिर में भयंकर पीड़ा थी।

डॉक्टर ने आने में अधिक देर नहीं की। उसने आकर नरेन्द्र की पूरी तरह जाँच की। पेट, आँखें, जीभ और नाड़ी देखीं। इस दौरान भी नरेन्द्र लगातार ठंड से काँपता जा रहा था और उसके दाँत बज रहे थे। भुवनेश्वरी उसे पकड़े बैठी थी कि किसी प्रकार उसे काँपने से रोक सके। किरण बाला, जोगेन्द्र बाला और महेन्द्र परेशान-से निकट खड़े थे।

"क्या बात है डॉक्टर साहब?" विश्वनाथ ने कुछ चिंतित होकर पूछा।

"मुझे तो लगता है दत्त मोशाय! कि आपके पुत्र को मलेरिया हो गया है। इसे कुनीन पिलानी पड़ेगी। आप जानते हैं न कि वह कितनी कड़वी दवा है। खाने-पीने का परहेज करना पड़ेगा। कुछ दिन तो लग ही जाएँगे ठीक होने में।" डॉक्टर ने कहा, "दवा के बाद यदि इसका काँपना कम हो जाए और इसका ज्वर नीचे आने लगे तो समझिएगा कि मलेरिया ही है।"

"कितने दिन लग जाएँगे डॉक्टर साहब, इसके ठीक होने में?" भुवनेश्वरी बोली, "यह काम करता है तो भूत के समान, उस समय सोचता ही नहीं कि शरीर को इतना कष्ट देगा, तो शरीर भी इसे कष्ट देगा। लोग भी कहते रहते हैं कि यह बहुत स्वस्थ है, मोटा है···। किंतु मुझे तो लगता है डॉक्टर साहब, कि घर में सबसे अधिक यही बीमार पड़ता है।"

डॉक्टर हँसा, "इसे मलेरिया होने का अर्थ यह तो नहीं कि यह निर्बल तथा सदा रुग्ण रहने वाला लड़का है। मलेरिया का मच्छर स्वस्थ से स्वस्थ व्यक्ति को भी इसी प्रकार धराशायी कर देता है।" डॉक्टर रुका, "वैसे, घबराने की कोई बात नहीं है। औषधि पिलानी आरंभ कर दीजिए। ठीक होने लगेगा। कल इसे ज्वर नहीं चढ़ेगा, किंतु उससे यह मत समझ लीजिएगा कि ज्वर चला गया है और यह स्वस्थ हो गया है। फिर कहीं यह भागने-दौड़ने ही न लगे। विश्राम करने की आवश्यकता है, क्योंकि यह बारी का ज्वर है। एक दिन चढ़ेगा और एक दिन नहीं चढ़ेगा। क्रमशः ज्वर कम होकर समाप्त हो जाएगा।"

डॉक्टर ने जैसा कहा था, वैसा ही हुआ। नरेन्द्र को ठंड लगनी तो बंद हो गई, किंतु वह सारा दिन ज्वर में तपता रहा। संध्या-समय जाकर कहीं ज्वर के ढलने के लक्षण दिखाई दिए। रात-भर ज्वर कम होता गया और अगले दिन ज्वर एकदम नहीं था। सिर में दर्द भी नहीं था, किंतु नरेन्द्र एक ही दिन में इतना दुर्बल हो गया था, जैसे महीनों का रोगी हो। ज्वर ने उसकी ऊर्जा एकदम निचोड़ ली थी और उसका मन था कि उसमें कहीं किसी कोने में भी कुछ भी खाने की इच्छा शेष नहीं थी। मुँह का स्वाद भी एकदम कड़वा हो गया था। माँ के आग्रह पर जो कुछ भी मुँह में रखा, वह कड़वा ही लगा। माँ ने आग्रह और अनुनय-विनय को असफल होते देखकर अधिकार के बल से थोड़ी बाली उसे पिला दी थी, किंतु नरेन्द्र के पेट ने उसे भी धारण नहीं किया। उसे उलटी हो गई।

भुवनेश्वरी चिंतित हो उठी : एक ही दिन में उसके पुत्र की यह अवस्था हो गई है तो आगे क्या होगा? डॉक्टर साहब कह रहे थे कि यह बारी का ज्वर था, एक दिन छोड़कर पुनः आएगा। ऐसे तो चार-पाँच दिनों में ही उसके पुत्र की स्थिति शोचनीय हो जाएगी···किंतु सेवा-शुश्रूषा के अतिरिक्त वह और कर ही क्या सकती थी।···या फिर वह महादेव के सम्मुख हाथ जोड़ सकती थी, जो वह नित्य कर ही रही थी।

बारह दिनों के पश्चात् ऐसा दिन आया, जिस दिन ज्वर की बारी थी, किंतु ज्वर नहीं आया। पूरे दो दिन हो गए थे, नरेन्द्र को ताप नहीं चढ़ा था। डॉक्टर ने आकर उसे जाँचा और आश्वस्त होकर बोला, "विश्वनाथ बाबू! आपको बधाई हो। आपका पुत्र अब नीरोग हो गया है। मलेरिया से उसकी लड़ाई समाप्त हुई। उसे ज्वर नहीं आएगा। किंतु यह ध्यान रखिए कि अभी से निश्चिंत होने की बात नहीं है। नरेन्द्र को विश्राम करना होगा। यह न हो कि वह कल से अपने क्रियाकलाप में लग जाए। शरीर दुर्बल है। अभी अधिक श्रम सहन नहीं कर सकेगा।"

"मैं विश्राम ही करूँगा डॉक्टर महाशय!" नरेन्द्र स्वयं बोला, "इस अवस्था में और कुछ कर भी तो नहीं सकता।"

दो दिनों तक ज्वर नहीं चढ़ा तो घर में एक प्रकार की आश्वस्तता का वातावरण बन गया। परिणामतः इतने दिनों की एकरस जड़ता को तोड़ने की योजनाएँ ही नहीं बनने लगीं, उसके प्रयत्न भी होने लगे।

"बाहर आकर बरामदे में बैठ जा बिलेह!" भुवनेश्वरी ने कहा, "इतने दिनों से कमरे में ही लेटा है, जहाँ खुली हवा भी नहीं आती। आ जा बेटे! बाहर आ जा।"

नरेन्द्र भी सोच रहा था कि स्थिति में कहीं कुछ तो परिवर्तन हो। तो फिर पहला परिवर्तन स्थान का ही क्यों न हो। बाहर बरामदे में हवा भी अच्छी आएगी। कुछ दृश्य भी बदलेगा। आँखों को कुछ नया देखने को मिलेगा। गली में खेलते बच्चों की कुछ नई आवाजें भी आएँगी।

नरेन्द्र तत्काल उठ खड़ा हुआ, किंतु जिस स्फूर्ति से वह उठकर खड़ा हो गया था, उसी स्फूर्ति से आगे चल नहीं पाया। उसे लगा कि शायद वह खड़ा भी नहीं रह पाएगा। उसे तो चक्कर आ रहे थे। यदि हाथ बढ़ाकर उसने खिड़की का पल्ला पकड़ न लिया होता तो बहुत संभव है कि वह चकराकर गिर ही पड़ा होता।

भुवनेश्वरी ने उसे सहारा दिया और बाहर बरामदे में लाकर चारपाई पर बैठाया, "मेरा विचार है कि तुम लेट ही जाओ। अभी तुममें इतनी शक्ति नहीं है कि अधिक श्रम कर सको।"

"श्रम थोड़ी करना है," नन्हा महेन्द्र बोला, "दादा को बैठना ही तो है।"

"तू चुप रह।" किरण बाला ने उसे डाँटा, "तू समझ ही कैसे पाएगा कि बैठने में भी श्रम होता है।"

भुवनेश्वरी ने तकिए मँगवाकर ऐसा प्रबंध कर दिया कि नरेन्द्र सहारे से बैठ सके। नरेन्द्र स्थिर होकर बैठ गया तो भुवनेश्वरी बोली, "आज कुछ खा भी ले बेटा! इतने दिन हो गए हैं, तूने ढंग से कुछ खाया ही नहीं।"

"जो कुछ तुम खाने के लिए कहती हो, उसमें से कुछ भी खाने की इच्छा नहीं होती माँ!" नरेन्द्र बोला, "और वैसे भी जाने मुझे क्या हो गया है, जो कुछ भी मुँह में डालता हूँ, कड़वा ही लगता है। पानी तक का स्वाद ठीक नहीं लगता।"

"पता नहीं डॉक्टर ने कैसी-कैसी औषधियाँ पिलाई हैं तुझे।" भुवनेश्वरी बोली, "ज्वर तो उतार दिया, किंतु तू स्वस्थ नहीं हुआ।"

"दादा! एक कहानी सुनाओगे?" महेन्द्र ने अवसर पाते ही अपनी बात कह डाली।

"तू चुप नहीं रह सकता।" जोगेन्द्र बाला ने उसे डाँटा, "दादा अस्वस्थ हैं और तुझे अपनी कहानी की पड़ी है।"

"उसे डाँटो मत।" नरेन्द्र ने दुर्बल स्वर में कहा, "वह बेचारा भी क्या करे। कितने दिन हो गए उसे कहानी सुनाए।" नरेन्द्र जैसे हाँफ गया, किंतु अपने साँस को स्थिर कर बोला, "आज तुझे एक कहानी भी सुनाऊँगा, किंतु कुछ ठहरकर।"

नरेन्द्र का बिस्तर संध्या-समय तक बरामदे में ही रहा। उसके भाई-बहनों ने यह सारा समय उसके साथ बिताया। भुवनेश्वरी को इतने सारे समय में जो बात सबसे अधिक विचित्र लग रही थी, वह थी उनमें से किसी का परस्पर झगड़ा न होना। बस, महेन्द्र को एकाध बार किरण बाला या जोगेन्द्र बाला ने दादा को परेशान करने के लिए डाँटा था, किंतु नरेन्द्र ने स्वयं ही यह कहकर उन्हें रोक दिया था कि उसे कोई परेशानी नहीं है। दोनों बहनों ने नरेन्द्र को एक बार भी किसी बात के लिए चिढ़ाया नहीं था, न नरेन्द्र ने ही उन्हें किसी बात के लिए डाँटा था।...भुवनेश्वरी मन-ही-मन एक सहज उल्लास का अनुभव कर रही थी कि नरेन्द्र की इस रुग्णता के कारण बहन-भाइयों की वह स्नेह-सरिता प्रकट हो गई थी, जो अब तक अंतःसलिला बनी हुई थी।...

संध्या-समय विश्वनाथ घर लौटे तो नरेन्द्र को इस प्रकार बरामदे में बैठा देखकर प्रसन्न हुए, किंतु उन्होंने उसकी चारपाई कमरे के भीतर करवा दी। शाम ढल रही थी, उसका अब और बाहर रहना उचित नहीं था। व्यर्थ ही कहीं उसे ठंड लग गई तो...

"आज नरेन ने कुछ खाया या नहीं?"

"खाया है।" भुवनेश्वरी ने उत्तर दिया, "थोड़ा भात भी खाया है। पर उसके मुँह का स्वाद ही बिगड़ गया है। कहता है, हर चीज कड़वी लगती है। वैसे भी थोड़ा-सा ही खा ले तो छाती पर बोझ-सा लगने लगता है और प्रत्येक क्षण लगता है कि जैसे उलटी हो जाएगी।"

"हाँ, आज मेरी एक और डॉक्टर से बात हुई है।" विश्वनाथ ने बताया, "उन्होंने भी यही कहा है कि कुनीन से मलेरिया तो ठीक हो जाता है, किंतु यकृत बहुत कष्ट पाता है। मनुष्य की सारी पाचन-क्रिया दुर्बल हो जाती है। उसे ठीक होने में काफी समय लगता है।" विश्वनाथ कुछ रुके, "उस डॉक्टर ने परामर्श दिया है कि हम नरेन को अधिक खिलाने की जल्दी न मचाएँ। वह धीरे-धीरे ही सामान्य भोजन तक आ पाएगा।"

रात को नरेन्द्र ठीक से सोया, किंतु अगले दिन प्रातः उठने पर उसे लगा कि आज फिर

उसे ठंड ही नहीं लग रही, उसे कँपकँपी भी चढ़ रही है।···भुवनेश्वरी ने देखा : आज उसे फिर से ज्वर चढ़ आया था।

डॉक्टर ने आकर जाँच की और निराशा में सिर हिलाया, "मुझे लगता है कि मलेरिया फिर से लौट आया है। अब तो आपको लंबे उपचार के लिए प्रस्तुत रहना होगा दत्त महाशय!"

"लंबे उपचार से क्या अभिप्राय है आपका?" भुवनेश्वरी तत्काल चिंतित हो उठी।

"महीना-दो महीने।" डॉक्टर ने उत्तर दिया, "अब ज्वर का प्रकोप शायद उतना न हो। ताप कम ही रहेगा, किंतु न तो जल्दी समाप्त होगा और न ही शीघ्र नियंत्रण में आएगा। और···"

"और क्या डॉक्टर साहब?" विश्वनाथ ने पूछा।

"जब कभी ज्वर कुछ नियंत्रण में आ जाए और आपको लगे कि इनका स्वास्थ्य यात्रा के योग्य हो गया है तो इन्हें किसी स्वास्थ्यवर्धक स्थान पर ले जाइए।" डॉक्टर बोला, "किसी अच्छे, खुले स्थान पर, जहाँ ठंड भी अधिक न हो। न हो तो देवघर ही ले जाइए।"

विश्वनाथ डॉक्टर की बात सुनकर कुछ बोले नहीं। बस, मौन रह गए।

29

नरेन्द्र को जनरल असेंबली इंस्टिट्यूशन के प्रिंसिपल प्रो॰ विलियम हैस्टी से मिलने के लिए समय लेने में विशेष असुविधा नहीं हुई। अपने निश्चित समय पर जब वह उनके कार्यालय में पहुँचा तो प्रो॰ हैस्टी ने उसे तत्काल भीतर बुला लिया। कमरे में प्रवेश कर उसने नमस्कार किया। उन्होंने उसे सामने वाली कुर्सी पर बैठने का संकेत किया।

प्रो॰ हैस्टी ने एक बार उसका पूर्ण निरीक्षण किया और बोले, "नरेन्द्रनाथ दत्त! तुम प्रेसिडेंसी कॉलेज क्यों छोड़ना चाहते हो? वह कलकत्ता का सर्वश्रेष्ठ कॉलेज माना जाता है।"

"सर! मैं प्रेसिडेंसी कॉलेज छोड़ना नहीं चाहता।" नरेन्द्र बोला, "मुझे बाध्य होकर छोड़ना पड़ रहा है।"

"क्यों?"

"वे लोग मुझे एफ॰ए॰ की परीक्षा में बैठने की अनुमति नहीं दे रहे।" नरेन्द्र ने बताया।

"उसका कोई कारण भी तो होगा।"

"उनका कहना है सर! कि कॉलेज में मेरी उपस्थिति अपेक्षित संख्या से कम है।"

"तुम क्लास छोड़कर भागते रहे हो?"

नरेन्द्र ने अपने चेहरे पर प्रो॰ हैस्टी की प्रखर दृष्टि का अनुभव किया।

"नहीं, सर! मैं अस्वस्थ हो गया था।"

प्रो॰ हैस्टी ने कुछ नहीं कहा। वे चुपचाप नरेन्द्र की ओर देखते रहे, किंतु उनकी दृष्टि स्पष्ट कह रही थी कि उन्हें नरेन्द्र का विश्वास नहीं है। इस बात का अनुभव नरेन्द्र को भी हो रहा था, किंतु जब तक प्रो॰ हैस्टी अपने मुख से ही कुछ न कहें, वह न तो तर्क-वितर्क कर सकता था, न स्पष्टीकरण ही दे सकता था।

"क्या हुआ था?" प्रो॰ हैस्टी ने एक लंबे अंतराल के पश्चात् पूछा।

"मलेरिया।" नरेन्द्र ने संक्षिप्त-सा उत्तर दिया।

प्रो॰ हैस्टी ने उसे फिर वैसी ही संशय-भरी दृष्टि से देखा, किंतु इस बार वे चुप नहीं रहे। बोले, "क्या मलेरिया इतने दिन चला कि तुम्हारी अटेंडेंस कम हो गईं?...और यदि ऐसा ही था तो तुम मेडिकल सर्टिफिकेट दे सकते थे।"

"मैंने मेडिकल सर्टिफिकेट भी दिया था, सर!" नरेन्द्र बोला, "किंतु वह कॉलेज को मान्य नहीं है।"

"वस्तुतः कोई बीमारी इतनी लंबी नहीं होती कि विद्यार्थी की अटेंडेंस ही कम हो जाएँ।" प्रो॰ हैस्टी बोले, "इसका अर्थ यह है कि तुम अदरवाइज भी कॉलेज में रेग्युलर नहीं थे।"

"नहीं, सर!" नरेन्द्र के स्वर में आवेश का मिश्रण हो आया, "वैसे तो मैं नियमित रूप से कॉलेज जाता था, पर मेरा ज्वर कुछ अधिक ही लंबा खिंच गया था।...और फिर ज्वर उतरने के पश्चात् मैं इतना दुर्बल हो गया था कि कई दिनों तक कॉलेज नहीं जा सका।"

प्रो॰ हैस्टी ने नरेन्द्र को ध्यान से देखा। उनकी दृष्टि, परीक्षक की दृष्टि थी। वे जैसे अपनी बात का प्रभाव देखने के लिए एक-एक शब्द को चबा-चबाकर बोले, "यदि मैं यह कहूँ कि मैं तुम्हारी बात का विश्वास नहीं करता...।"

ये शब्द नरेन्द्र के लिए इतने अनपेक्षित थे कि पहले तो जैसे उसने इनका अर्थ ही नहीं समझा। उसकी आँखों में एक शून्य था...किंतु फिर जैसे ही उसने प्रो॰ हैस्टी का मंतव्य समझा, उसकी आँखों में क्षोभ और विरोध एक साथ ही जाग उठे। चेहरे पर विस्फोटक भाव उभरे और फिर जैसे उस विस्फोट को रोके रखने के प्रयत्न की तीव्रता का भाव ही प्रमुख हो उठा। उसने सीधे प्रो॰ हैस्टी की आँखों में देखा और बोला, "मैं मिथ्या भाषण नहीं करता। आप जैसे सुसंस्कृत व्यक्ति से यह अपेक्षा नहीं थी कि आप मुझे झूठा कहकर इस प्रकार मेरा अपमान करेंगे।"

नरेन्द्र जाने के लिए उठ खड़ा हुआ। वह मुड़ा ही था कि प्रो॰ हैस्टी ने कहा, "ठहरो।"

नरेन्द्र उस आदेश की उपेक्षा नहीं कर सका। वह रुका और प्रो॰ हैस्टी की ओर मुड़ा, किंतु न तो लौटकर कुर्सी पर बैठा और न ही आगे बढ़ने के लिए उसने अपना पग ही बढ़ाया।

"मेरी बात का बुरा नहीं मानना," प्रो॰ हैस्टी बोले, "किंतु क्या तुम नहीं देखते कि इस सारे समाज में अच्छे-भले लोग भी अपने तनिक-से स्वार्थ के लिए, बड़े से बड़ा झूठ बोलने में इंच मात्र भी संकोच नहीं करते?"

"जानता हूँ, किंतु मैं मिथ्या भाषण नहीं करता।" नरेन्द्र बोला, "इसलिए यह आरोप मुझे सामान्य-सी बात नहीं लगती।"

पहली बार प्रो॰ हैस्टी के चेहरे पर कुछ खुलापन आया। वे बोले, "मुझे प्रसन्नता है कि तुम्हारे लिए सत्य का इतना महत्त्व है। अब मैं एक और बात पूछना चाहता हूँ?" उन्होंने रुककर नरेन्द्र की ओर देखा "जिस कमी के कारण तुम्हें प्रेसिडेंसी कॉलेज वाले परीक्षा में बैठने नहीं दे रहे, तुम उसे साधारण कमी मानते हो या हमारे कॉलेज को इतना गिरा-पड़ा समझते हो कि हम तुम्हारी उस कमी को नजरअंदाज कर अपने कॉलेज की ओर से परीक्षा में बैठने की अनुमति देंगे?"

नरेन्द्र भी मुस्कराया, "जिस कारण से वे मुझे परीक्षा में बैठने की अनुमति न देकर मेरा एक वर्ष नष्ट करवाना चाहते हैं—वह मेरा दोष नहीं, मेरी बाध्यता थी। एक व्यक्ति अस्वस्थ हो तो वह अपने लिए सहानुभूति की अपेक्षा करता है, न कि उसे अपना कलंक मानता है। वह दैवी विपत्ति थी, जिस पर मेरा कोई वश नहीं था, किंतु वे अपने नियमों में, अमानुषिक होने की सीमा तक कठोर हैं। आपके पास मैं इसलिए आया हूँ, क्योंकि आपके कॉलेज को मैं नगर के कॉलेजों

ों श्रेष्ठता की दृष्टि से दूसरे स्थान पर रखता हूँ। मेरी इच्छा यह है कि यदि मैं सर्वश्रेष्ठ कॉलेज का विद्यार्थी होने का अवसर न पा सकूँ तो कम-से-कम द्वितीय श्रेष्ठ कॉलेज का विद्यार्थी तो बन ही जाऊँ।''

प्रो॰ हैस्टी बैठे कुछ सोचते रहे, जैसे वे कोई निर्णय ले रहे हों। अंततः बोले, ''यदि हम तुम्हें अपने कॉलेज में ले लें तो क्या इस परीक्षा में पास होने के पश्चात् अगले वर्ष तुम फिर से प्रेसिडेंसी कॉलेज में जाना चाहोगे? तब तो उन्हें, तुम्हें अपने कॉलेज में लेने से कोई आपत्ति नहीं होगी।''

नरेन्द्र को एक क्षण भी सोचने की आवश्यकता नहीं पड़ी। वह तत्काल बोला, ''नहीं, अब लौटकर वहाँ नहीं जाऊँगा।''

''क्यों?'' प्रो॰ हैस्टी ने पूछा, और फिर जोड़ा, ''तुम्हारे अपने कथनानुसार वह कॉलेज कलकत्ता का सर्वश्रेष्ठ कॉलेज है।''

''आप ठीक कहते हैं सर!'' नरेन्द्र बोला, ''यह सत्य है कि प्रेसिडेंसी कॉलेज कलकत्ता का सर्वश्रेष्ठ कॉलेज है, किंतु यह भी सत्य है कि मुझे अपना सम्मान प्यारा है और मैं कृतघ्न नहीं हूँ।''

प्रो॰ हैस्टी की आँखों में विस्मय भर आया और वे मुस्कराए, ''ओ॰के॰ मिस्टर नरेन्द्रनाथ दत्त! हम तुम्हें अपने कॉलेज में प्रवेश देते हैं। तुम ऑफिस में जाकर फार्म भर दो।''

''थैंक्यू, सर! थैंक्यू सो मच।'' नरेन्द्र की आँखें उसके शब्दों से भी कहीं अधिक आभार व्यक्त कर रही थीं।

पीरियड समाप्त हुआ और अध्यापक कक्षा छोड़कर चले गए।

विद्यार्थियों का बंधन खुल गया और उनके चेहरों तथा हाव-भाव में उन्मुक्तता लौट आई। नरेन्द्र अपने डेस्क से उठकर बाहर बरामदे में आ गया। उसके साथ ही दो-तीन मित्र भी आ गए। वे अभी कमरे से निकलकर बरामदे में खड़े ही हुए थे कि साथ के कमरे में से निकलकर काजल भी उनसे आ मिला।

''आज हमें अर्थशास्त्र के अध्यापक ने बहुत डाँटा।'' काजल ने आते ही कहना आरंभ किया, ''बाप रे बाप!''

''क्यों? ऐसा क्या हो गया कि इतनी डाँट पड़ गई?'' हेमाली ने पूछा, ''कोई भारी शरारत कर बैठे थे क्या?''

''अरे, नहीं, शरारत क्या करनी थी। हमारे अध्यापक महोदय ने अपना व्याख्यान समाप्त कर कहा कि किसी की कोई जिज्ञासा हो तो पूछ ले।'' काजल ने बताया, ''सारी कक्षा में किसी को कोई प्रश्न नहीं सूझा। बस, वे क्षुब्ध हो उठे। बहुत डाँटा। बोले, 'मैं क्या एकदम माटी की मूरतों को पढ़ा रहा हूँ। तुम लोगों को कुछ भी समझ में नहीं आता। तुम्हारे मन में कोई प्रश्न नहीं उठता। तुम लोग पढ़ते नहीं हो या तुम्हें बुद्धि नहीं है।'...बाप रे बाप! इतना डाँटा, इतना डाँटा कि सारी कक्षा को रुला दिया।''

''पर इसमें रुष्ट होने की क्या बात थी।...ऐसा भी तो हो सकता है कि प्रश्न पूछने की आवश्यकता ही न हो...'' नरेन्द्र बोला, ''देखो! तुम लोगों को यह कहना चाहिए था कि यदि हम पढ़ते नहीं हैं, तो हमें इस विषय का ज्ञान ही नहीं होता। तो हम क्या पूछें?...और यदि हम पढ़ते हैं, तो हमें सब कुछ समझ में आ जाता है, तो फिर हम क्या पूछें? हम या तो पढ़ते हैं या नहीं

पढ़ते हैं। इसलिए या तो हम पूछने लायक कुछ जानते ही नहीं हैं या फिर हम सब कुछ समझते हैं। इसलिए कुछ पूछने की क्या आवश्यकता है?"

काजल चमत्कृत हो उठा, "यह क्या···यह क्या···क्या यह तर्कशास्त्र है?"

"हाँ, यह पाश्चात्य तर्कशास्त्र का सिलॉजिज्म है।"

काजल को जैसे अपनी समस्या का समाधान ही मिल गया था। बोला, "कितना मजा है न। तर्कशास्त्र पढ़ लो तो प्रत्येक व्यक्ति की प्रत्येक बात का मुँहतोड़ उत्तर दिया जा सकता है। यदि मैंने भी तर्कशास्त्र पढ़ा होता तो उनको यही उत्तर दे देता।"

"तुम यह उत्तर दे तो देते," नरेन्द्र हँसकर बोला, "किंतु तब उन्होंने भी तर्कशास्त्र पढ़ रखा होता और वे इसमें तर्क-सिद्धांत के दोष बता देते।"

"अच्छा! इसमें भी दोष है?" काजल ने चकित होकर पूछा, "क्या त्रुटि है इसमें?"

"अरे, सीधी-सी बात है", नरेन्द्र सहज भाव से बोला, "तुम जो कुछ पढ़ते हो क्या वह सब कुछ तुम्हारी समझ में आ जाता है?"

"नहीं तो!" काजल बोला, "जितना अधिक पढ़ता हूँ, उतना ही कम समझ में आता है।"

"तो फिर हम कैसे कह सकते हैं कि मैं जो कुछ पढ़ता हूँ, वह सब कुछ मेरी समझ में आ जाता है, अतः मुझे कोई प्रश्न पूछने की आवश्यकता नहीं है?"

लगा, काजल निरुत्तर हो गया है, किंतु तत्काल ही उसे एक नई बात सूझ गई, "मैं नहीं कह सकता, किंतु तुम तो कह सकते हो नरेन। संसार में ऐसा कोई विषय है, जो तुम पढ़ो और तुम्हारी समझ में न आए? तुम्हारे मन में कोई प्रश्न होता है, जिसका उत्तर तुम्हें न मिलता हो और उसके विषय में दूसरे लोगों से पूछना पड़ता हो?"

नरेन्द्र जोर से हँसा, "अरे, यह सिलॉजिज्म तो मैंने ऐसे ही विनोद में बनाया है।" उसका स्वर गंभीर हो गया, "सत्य तो यह है कि आजकल मेरे मस्तिष्क में प्रश्नों के बवंडर उठ रहे हैं। जितना पढ़ता हूँ, उतने ही नए प्रश्न उत्पन्न होते हैं। जितना सोचता हूँ, उतनी ही समस्याएँ खड़ी कर लेता हूँ।"

"कमाल है, तुम्हारे मन में भी प्रश्न हैं, जिनके उत्तर नहीं मिलते?" हेमाली भी काजल के स्वर में बोला, "कैसे प्रश्न हैं वे?"

"एक तो हिंदुओं का बहुदेववाद ही मेरी समझ में नहीं आता।" नरेन्द्र बोला, "ये देवता, ईश्वर हैं या उसके अधीनस्थ जीव? यदि वे सब ईश्वर हैं, तो ईश्वर सर्वशक्तिमान् कैसे हुआ? और यदि वे सारे देवता सर्वशक्तिमान् हैं तो यह सृष्टि अब तक कैसे बची हुई है? उनके परस्पर झगड़ों में वह नष्ट क्यों नहीं हो गई?"

हेमंत पहली बार बोला, "अरे, तो इन सब चीजों के विषय में सोच-सोचकर अपना माथा खराब करने की क्या आवश्यकता है? इनके बिना हमारा कौन-सा काम रुका हुआ है?"

"इन विषयों को जाने बिना तो कोई काम क्या, मेरा जीवन रुका हुआ है।" नरेन्द्र के स्वर में विषाद था, "मेरी समझ में यह नहीं आता कि यदि हम यह सब नहीं जानते तो हम जानते ही क्या हैं?"···

"अरे! प्रिंसिपल साहब आ रहे हैं।" सहसा माणिक बोला, और इस तेजी से वहाँ से भागा जैसे प्रिंसिपल द्वारा उसका वहाँ खड़े रहना देखा जाना, अपराध माना जाएगा।

नरेन्द्र अपने मित्रों के साथ वापस अपनी कक्षा में आ गया। वे लोग अपने स्थान पर बैठे ही थे कि प्रिंसिपल, प्रो॰ हैस्टी ने उनके कक्ष में प्रवेश किया। वे उन्हीं की कक्षा लेने आ रहे थे।

"अरे! ये तो हमारी ही कक्षा में आ गए।" अमल ने जैसे कुछ सकपकाकर कहा।

प्रो॰ हैस्टी ने कक्षा पर एक दृष्टि डाली और मुस्कराकर बोले, "आज तुम्हारे अंग्रेजी साहित्य के अध्यापक नहीं आए हैं, इसलिए तुम्हारी यह कक्षा मैं लूँगा।" उन्होंने एक स्नेहमयी दृष्टि स्तब्ध बैठे लड़कों पर डाली, "मैं भी तो देखूँ कि तुम लोगों ने अंग्रेजी साहित्य का कितना ज्ञान प्राप्त किया है।"

"तो आजकल तुम क्या पढ़ रहे हो?"

"विलियम वर्ड्स्वर्थ की 'एक्सकर्षन'।" लड़कों ने बताया।

"एक्सकर्षन। ठीक है, हम वही पढ़ेंगे?"

प्रो॰ हैस्टी ने रजिस्टर उठाकर पहले हाजरी ली और उसके पश्चात् पढ़ाने के लिए उन्होंने पुस्तक उठा ली, "तुम लोग जानते हो कि विलियम वर्ड्स्वर्थ प्रकृति के कवि हैं। जब हम कहते हैं कि वर्ड्स्वर्थ प्रकृति के कवि हैं तो सामान्य पाठक इतना ही समझ पाता है कि शायद प्रकृति उनकी कविताओं का विषय है। वे प्रकृति के विषय में ही लिखा करते थे। यह ठीक है कि उनका विषय प्रकृति था, किंतु यही उनका पूर्ण सत्य नहीं है। वे प्रकृति से लगभग उसी प्रकार प्रेम करते थे, जिस प्रकार कोई ईश्वर से प्रेम करता है। मानवीय प्रेम में द्वैत आवश्यक है। हम जिस मनुष्य से प्रेम करते हैं, उसके सान्निध्य में रहना पसंद करते हैं। उसकी निकटता हमें प्रसन्नता देती है, ऊर्जा देती है, किंतु फिर भी हमारा द्वैत बना ही रहता है। उस प्रिय के साथ हमारा तादात्म्य भी हो सकता है, किंतु अद्वैत नहीं हो सकता। प्रेम में अद्वैत की यह स्थिति तभी संभव है जब हमारा आलंबन ईश्वर अथवा प्रकृति जैसी कोई विराट सत्ता हो। उस प्रेम में हम अपने आलंबन में खो जाते हैं और अपने अस्तित्व की चेतना को खोकर एक ट्रांस--आत्मविस्मृति अथवा भाव-समाधि--की-सी स्थिति में आ जाते हैं।"—प्रो॰ हैस्टी रुके, फिर बोले, "अब इन पंक्तियों को देखो :

"............so familiarly
Do I perceive her manner, and her look
And presence, and so deeply do I feel
Her goodness. That not seldom in my walks
A momentary trance comes over me;
And to myself I seem to muse on one
By sorrow laid asleep."

प्रो॰ हैस्टी ने लड़कों पर एक दृष्टि डाली और बोले, "यह ध्यान की एकाग्रता ही है जो यात्री के सम्मुख नायिका का साक्षात् व्यक्तित्व ही प्रस्तुत नहीं कर देती, वरन् उसके गुणों में लीन होकर वह आत्मविस्मृति अथवा भाव-समाधि को प्राप्त हो जाता है। यही है ट्रांस।" वे रुके और लगा कि क्षण-भर के लिए जैसे वे अन्यमनस्क हो गए हैं।

नरेन्द्र पूरी तन्मयता से न केवल प्रो॰ हैस्टी का व्याख्यान सुन रहा था, वरन् उनका निरीक्षण भी कर रहा था। उनकी अन्यमनस्कता भी उससे छिपी नहीं रह सकी और न ही उसे यह समझने में कठिनाई हुई कि उनका मन एक विचार से दूसरे विचार की पटरी पर उतर गया है।..."ट्रांस

या भाव-समाधि की स्थिति में प्रत्येक व्यक्ति नहीं पहुँच सकता। इसमें सात्विक मन की शुद्धता और एकाग्रता—दोनों की ही आवश्यकता होती है। ट्रांस की इस स्थिति में मैंने आज तक केवल एक व्यक्ति को ही देखा है। दक्षिणेश्वर के काली मंदिर के रामकृष्ण परमहंस। यदि 'ट्रांस' को सचमुच समझना और अनुभव करना हो तो हमें परमहंस को ही देखना चाहिए···।'

नरेन्द्र का मन एक विचित्र-सी व्याकुलता का अनुभव कर रहा था। उसकी रुचि वर्ड्स्वर्थ में कम, 'ट्रांस' में अधिक थी। उसके भीतर जैसे कोई यक्ष समा गया था, जो बार-बार उसे झकझोर रहा था···क्या यह भाव-समाधि वही है, जिसका अनुभव उसने रायपुर जाते हुए बैलगाड़ी में किया था।···वह भी तो माता प्रकृति के सौंदर्य को देखकर अभिभूत हो गया था। उसकी भी तो चेतना जैसे लुप्त हो गई थी। उसका अस्तित्व भी उसी विराट सौंदर्य में विलीन हो गया था। उसने भी तो चेतना लौटने पर यही पूछा, 'हे प्रभु! क्या तुम मेरे पास आए थे?'···ऐसा कैसे हुआ कि उसने माता प्रकृति के माध्यम से प्रभु को ही स्मरण किया?···

सहसा नरेन्द्र का ध्यान दूसरी ओर मुड़ा···और कौन हैं ये रामकृष्ण परमहंस। प्रिंसिपल साहब कहते हैं कि वे ट्रांस का अनुभव करते हैं। क्या प्रतिदिन? प्रायः वह ट्रांस का अनुभव करते हैं? क्या वे प्रभु के निकट रहते हैं? क्या उन्होंने ईश्वर के दर्शन किए हैं? क्या मैं उनसे मिल सकता हूँ?···

नरेन्द्र सूर्यकांति को साथ लेकर ब्रजेन्द्र लाल सील से मिलने के लिए घर गया। उसका ब्रजेन्द्र लाल से परिचय नहीं था, किंतु कॉलेज में माना जाता था कि दर्शनशास्त्र में उसका अच्छा अध्ययन था, अतः गहरी पैठ थी। इन दिनों नरेन्द्र के मन में जितने प्रश्न, जितनी जिज्ञासाएँ उठती रहती थीं, उनका समाधान दर्शनशास्त्र में ही ढूँढ़ा जा सकता था···

"तुमसे मिलाने के लिए अपने एक मित्र को लाया हूँ।" नरेन्द्र की ओर संकेत कर सूर्यकांति ने कहा, "ये हैं नरेन्द्रनाथ दत्त। हमारे ही कॉलेज में पढ़ते हैं···।"

"इन्हें पहचानता हूँ मैं।" ब्रजेन्द्र ने हँसकर कहा, "प्रिंसिपल साहब ने एक बार इन्हें स्टडी-सर्कल में मुझसे मिलाया भी था। ये शायद भूल गए हैं।"

"नहीं, मैं तो भूला नहीं हूँ।" नरेन्द्र बोला, "किंतु मैंने सोचा कि इतनी भीड़ में उन्होंने मुझे आपसे मिलाया था···संभव है, आपको स्मरण न रहा हो। आप सीनियर भी तो हैं मुझसे।"

"नहीं, मुझे अच्छी तरह याद है।" ब्रजेन्द्र सौहार्दपूर्ण ढंग से मुस्कराया, "वैसे हम दोनों ही एक-दूसरे से सीनियर हैं। आप मुझसे अवस्था में सीनियर हैं, मैं आपसे कक्षा में सीनियर हूँ।" वह अपनी बात का आनंद लेते हुए हँसा, "शायद आप जानते नहीं हैं कि जो कुछ आपके विषय में मुझे बताया गया है, जिस किसी को बताया जाएगा वह आपको भुला नहीं पाएगा।"

नरेन्द्र भी हँस पड़ा, "अच्छा! ऐसा क्या बता दिया गया आपको मेरे विषय में?"

"उन्होंने बताया है कि आप असाधारण रूप से प्रतिभाशाली युवक हैं।" ब्रजेन्द्र बोला, "आप मिलनसार हैं, अपने तौर-तरीकों में स्वतंत्र और रूढ़ि-मुक्त हैं। आप बहुत अच्छे गायक हैं और सामाजिक उत्सवों के प्राण और उनकी शोभा हैं। आपका वार्तालाप बहुत मोहक होता है, किंतु जब कभी वक्र होकर बोलते हैं तो कभी-कभी बहुत कटु भी हो जाते हैं।"

नरेन्द्र कुछ संकुचित हो उठा, "प्रिंसिपल साहब ने तो बहुत ही अधिक प्रशंसा कर दी है मेरी।"

"बात यह है ब्रजेन्द्र!" सूर्यकांति ने कहा, "कि हम एक विशेष कारण से तुम्हारे पास आए हैं।"

"बोलो।"

"ब्रजेन्द्र जी! मैं आरंभ से ही जाति-प्रथा का बहुत विरोधी रहा हूँ।" नरेन्द्र ने अपनी बात आरंभ की, "मेरा विश्वास सदा से मानव की एकता में रहा है। ऐसे में जाति तथा उच्चता-नीचता इत्यादि को मैं स्वीकार कर ही नहीं पाता। क्रमशः अपने मानसिक विकास के साथ-साथ, बहुदेववाद और मूर्तिपूजा भी मुझे अर्थशून्य लगने लगी है। समाज में स्त्री की स्थिति तथा शिक्षा इत्यादि विषयों को लेकर मैं ब्राह्म समाज की ओर आकृष्ट हुआ था। मैं आज भी ब्राह्म समाज के सम्मेलनों और गोष्ठियों में जाता हूँ। महर्षि देवेन्द्रनाथ और केशवचंद्र सेन महाशय से मिला भी हूँ। पर जब मैंने जान स्टुवर्ट मिल के 'थ्री एस्सेस ऑन रिलिजन' पढ़ लिए तो उस पुस्तक ने मेरे मन में अनेक प्रश्न उठाए हैं। मेरे मन में रमे हुए सर्वशक्तिमान्, न्यायप्रिय, सुखदाता ईश्वर का बिंब सर्वथा खंडित कर दिया है। मेरी समस्या यह है कि एक ओर उस सर्वज्ञ तथा सर्वशक्तिमान् ईश्वर तथा दूसरी ओर प्रकृति एवं मनुष्य में विद्यमान् अशुभ तथा अनिष्ट का मैं किसी प्रकार सामंजस्य नहीं बैठा पाता। इन दोनों का अस्तित्व एक साथ कैसे हो सकता है? ईश्वर है, तो फिर पाप क्यों है? और यदि ईश्वर के होते हुए भी पाप है, तो ईश्वर का अस्तित्व तथा स्वरूप दोनों ही पर प्रश्नचिह्न लग जाता है।"

सूर्यकांति ने बीच में हस्तक्षेप किया, "मैंने नरेन्द्र को ह्यूम का संशयवाद तथा हर्बर्ट स्पेंसर के अज्ञेयवाद के माध्यम का परामर्श दिया था, किंतु उसके अध्ययन से इसे किसी प्रकार का कोई समाधान नहीं मिला, और न ही मन की शांति।" सूर्यकांति हँसा, "जब तक यह गाता रहता है, अपने संगीत में डूबा रहता है, तभी तक कुछ शांत दिखाई देता है, अन्यथा इसकी व्याकुलता का कोई अंत नहीं है।"

"मेरे संशयों ने मुझे इतना हताश कर दिया है कि मुझे लगता है, पूर्ण सत्य तक शायद कभी नहीं पहुँचा जा सकता।" नरेन्द्र के स्वर में आवेश जागा, "और यदि सत्य को नहीं जाना जा सकता तो फिर जीवन की सार्थकता ही क्या है? अज्ञान में, संशय में अथवा भ्रम में ही जीना है, तो जीने योग्य नहीं है यह जीवन।" उसने ब्रजेन्द्र की ओर देखा, "मैं आपके पास इसलिए आया था कि आप मुझे कुछ ऐसी पुस्तकों के विषय में बताएँ, जो मेरी स्थिति के व्यक्ति को कुछ समाधान सुझा सकें, जो मेरे प्रश्नों का उत्तर दे सकें।"

ब्रजेन्द्र की आँखें नरेन्द्र के चेहरे पर थीं और मन उसके लिए पुस्तकों का चयन कर रहा था···थोड़ी देर बाद वह बोला, "मेरे विचार से तो आपको देकार्त तथा स्पिनोजा को पढ़ना चाहिए। आप बर्गसां तथा लॉस्की को भी पढ़ सकते हैं। संभव है कि उनका इंट्यूशनलिज्म आपकी सहायता कर पाए। वैसे तो सत्य की खोज बहुत लंबी है।"

"खोज लंबी हो तो कोई बात नहीं, किंतु खोज संभव तो हो।" नरेन्द्र बोला, "यदि गंतव्य निश्चित हो तो लंबी यात्रा करने का धैर्य रखता हूँ।" नरेन्द्र उठ खड़ा हुआ, "वे कहते हैं कि ईश्वर है। मैं कहता हूँ कि है तो मुझे भी दिखाओ। वे हँस पड़ते हैं और कहते हैं कि ईश्वर को तो उन्होंने भी नहीं देखा। मैं उन पर हँस पड़ता हूँ और कहता हूँ जब तुमने देखा ही नहीं है तो कैसे जानते हो कि वह है?" नरेन्द्र रुक गया, "इसका उत्तर वे नहीं देते।"

ब्रजेन्द्र उसे ऐसी दृष्टि से देख रहा था, जैसे कह रहा हो, 'यह तो पगला गया है एकदम।'

नरेन्द्र ने कॉलेज के पुस्तकालय में प्रवेश कर, सारे कक्ष को ध्यान से देखा। उसे बताया गया था कि ब्रजेन्द्र लाल सील इस समय पुस्तकालय में ही मिलेगा। वह सचमुच सामने की एक मेज पर बैठा आसपास की गति से सर्वथा असंपृक्त पूरी तन्मयता से अपनी पुस्तक में लीन था।

नरेन्द्र धीरे-धीरे चलता हुआ उसके पास आया और फुसफुसाकर उसके कान में बोला, "आपकी तल्लीनता भंग कर रहा हूँ। कुछ बातें करनी हैं। बाहर चलेंगे?"

ब्रजेन्द्र ने अपनी पुस्तकें समेट लीं और उठकर खड़ा हो गया, "चलो।"

वे दोनों कॉलेज के लॉन को पार करते हुए एक बड़े वृक्ष के नीचे आकर बैठ गए।

"मैंने आपकी बताई हुई कुछ पुस्तकें पढ़ीं, किंतु अंतःप्रज्ञावादियों तथा स्कॉच कॉमनसेंस स्कूल के तर्क इतने घिसे-पिटे हैं कि उनसे मेरी अनास्था और भी पुष्ट हो गई है।" नरेन्द्र ने रुककर ब्रजेन्द्र को देखा, "उस दिन आपने लंबी यात्रा की बात कही थी। लंबी यात्रा से मैं आज भी भयभीत नहीं हूँ, किंतु इतना धैर्य मुझमें नहीं है कि मैं असंख्य साधारण लोगों की नीरस और सामान्य पोथियाँ उलटता-पुलटता रहूँ। मैं शायद पुस्तकों से उतना नहीं सीख पाऊँगा, जितना कि व्यक्तिगत अनुभव तथा सजीव संभाषणों से। मैं किसी ऐसे व्यक्ति को खोज रहा हूँ, जिसके पास अपना अनुभव हो—जो अनुभवशून्य शुष्क तर्क-वितर्क ही न करता हो, जो ऋषियों के समान सत्य का द्रष्टा हो। प्रत्यक्ष गुरु!"

ब्रजेन्द्र को नरेन्द्र की यह बात समझ में नहीं आई। वह पुस्तकें पढ़ता था और बुद्धि के स्तर पर तर्क-वितर्क को समझने का प्रयत्न करता था। उसकी कल्पना में ही यह बात नहीं समाती थी कि बुद्धि के अतिरिक्त भी अनुभव का कोई अन्य माध्यम हो सकता है। तर्क भी तो मानव की अनुभूति ही है। यह ऋषियों के समान सत्य का दर्शन क्या होता है? सत्य का दर्शन तो जैसे साधारण आदमी अपनी बुद्धि से करता है वैसे ही ऋषि भी अपनी बुद्धि के आधार पर ही तो करेगा।···हाँ! नरेन्द्र द्वारा अनुभूति की चर्चा से उसका मन कुछ दार्शनिक कवियों की ओर मुड़ गया, जो दार्शनिकों के तर्कों की चर्चा न कर अपनी अनुभूति की बात कर रहे हैं—"शैली की रचना 'ओड टू इंटेलेक्चुअल ब्यूटी' पढ़ी है आपने? मुझे पूरा विश्वास है कि दार्शनिकों के कोरे अनुमानों से अधिक आपको कवि की अनुभूतियाँ प्रभावित करेंगी।" ब्रजेन्द्र बोला, "शैली के निर्वैयक्तिक प्रेम का, सर्वेश्वरवाद तथा समानता के आधार पर हजार वर्षों में निर्मित मानव-समाज का विजन आपको अवश्य ही प्रभावित करेंगे। शैली का यह विचार है कि यह सृष्टि निर्जीव तथा प्रेमविहीन यंत्र मात्र नहीं है। इसमें आध्यात्मिक एकता का सिद्धांत काम कर रहा है।"

ब्रजेन्द्र ने अपनी बात समाप्त कर नरेन्द्र की ओर देखा, तो उसे लगा कि उसके चेहरे की अनास्था कुछ कम नहीं है। शायद वह स्वयं को दार्शनिकों की तुलना में कवियों के निकट पाता है।

"ठीक है, मैं आज से शैली के काव्य का अध्ययन करता हूँ।" नरेन्द्र ने उत्तर दिया।

"वैसे जहाँ तक मैंने अध्ययन किया है, मुझे लगता है कि इस सृष्टि की पूर्णता तथा उसकी मूलभूत एकता को समझने के लिए हमें तीन सिद्धांतों का मिश्रण करना पड़ेगा···

"कौन से तीन सिद्धांत?" नरेन्द्र ने कुछ इस प्रकार ब्रजेन्द्र की ओर देखा जैसे ब्रजेन्द्र ने अपने पास इस रहस्य की कोई सार्थक कुंजी होने का संकेत दिया हो।

"वेदांत का अद्वैत, हेगेल के द्वंद्ववाद का परम चित्त तथा फ्रांसीसी क्रांति की समता, स्वतंत्रता तथा बंधुत्व का सिद्धांत।" ब्रजेन्द्र बोला, "इन तीनों को मिलाया जाए तो शायद हम परब्रह्म के

स्वरूप के कुछ निकट पहुँच सकें। सारा पाप वैयक्तीकरण में है और सारा पुण्य सार्वभौमता में।''

नरेन्द्र ने एक गंभीर दृष्टि ब्रजेन्द्र पर डाली, ''मेरा तर्क तो सार्वभौमता के सम्मुख घुटने टेक देता है, किंतु मेरा हृदय व्यक्ति को खोजता है। एक शुष्क, रक्तशून्य तर्क सिद्धांततः तो सर्वशक्तिमान् है, किंतु वास्तविकता में नहीं। वह लोभ के क्षणों में मेरा हाथ पकड़कर मुझे बचा नहीं सकता, पतन के क्षणों में मुझे रोक नहीं सकता। मेरे हृदय की जलन को अपने स्नेह से शांत नहीं कर सकता। मेरे प्रत्येक तर्क का प्रत्यक्ष उत्तर देकर, मेरे अहंकार को घुटने टेकने के लिए लुभा नहीं सकता। मुझे वह सत्य हाड़-मांस और रूपाकार में चाहिए। मेरी आवश्यकता उस शक्ति की है, जो हाथ बढ़ाकर मुझे बचा सके, मेरी रक्षा कर सके, मेरा अभ्युत्थान कर सके···कोई शक्ति, कोई गुरु, कोई स्वामी।···''

ब्रजेन्द्र ने नरेन्द्र को देखा : वह इस समय सहज-स्वाभाविक नहीं था।···ब्रजेन्द्र समझ नहीं पाया कि वह किस सत्य को हाड़-मांस में खोज रहा है, किंतु यह सोचकर वह भयभीत अवश्य हो गया कि कहीं ऐसा न हो कि वह किसी ढोंगी गुरु अथवा पाखंडी संन्यासी के प्रभाव में अपना जीवन नष्ट कर ले।

''आपको ब्राह्म समाज ने कोई मार्ग नहीं सुझाया?'' ब्रजेन्द्र स्वयं समझ नहीं पाया कि उसने इस समय नरेन्द्र से यह प्रश्न क्यों पूछा।

''वहाँ समाज-सुधार की दिशा तो मिली,'' नरेन्द्र बोला, ''किंतु वह सब लौकिक है, अलौकिकता कहीं भी दिखाई नहीं दी। मैं ईश्वर की ओर एक डग भी तो नहीं बढ़ा।''

''ईश्वर की ओर बढ़ने से क्या तात्पर्य है आपका?'' ब्रजेन्द्र से पूछे बिना रहा नहीं गया।

''मैं ईश्वर को देखना चाहता हूँ, उससे मिलना चाहता हूँ, उसका अनुभव करना चाहता हूँ।''

ब्रजेन्द्र ने मुख से कुछ नहीं कहा, किंतु उसका मन जैसे किसी ढीठ तोते के समान रटे जा रहा था, 'यह तो एकदम पगला गया है। विचार को पदार्थ मान बैठा है। असंभव को संभव बनाना चाहता है।'

30

विश्वनाथ कई दिनों से भयंकर ऊहापोह में फँसे हुए थे। न वे स्वयं कुछ निश्चय कर पा रहे थे और न ही भुवनेश्वरी से ही चर्चा करने को उचित ठहरा पा रहे थे। भुवनेश्वरी से चर्चा तो तब करते, जब स्वयं अपने मन को समझा पाते। जब उनका अपना मन ही विद्रोह कर रहा था तो भुवनेश्वरी से क्या कहते।···किंतु अंततः किसी निष्कर्ष तक तो उन्हें ही पहुँचना था। वे परिवार के मुखिया थे तो अपना दायित्व उन्हें ही निभाना था।

छोटे बच्चे स्कूल चले गए थे और नरेन्द्र भी कहीं जाने की तैयारी में था।

''कहाँ जा रहे हो?'' विश्वनाथ ने पूछा।

''कोई काम है क्या बाबा?'' नरेन्द्र ने पलटकर पूछा।

''नहीं, काम तो कोई नहीं है।'' विश्वनाथ सायास मुस्कराए, ''किंतु यह जानने में क्या हर्ज है कि मेरा बेटा कहाँ जाता है, क्या करता है!''

नरेन्द्र देख रहा था कि विश्वनाथ का उससे बात करने का ढंग काफी बदल गया है। पहले

वे उससे केवल अभिभावक के रूप में ही बात करते थे। कभी उसे आदेश देते थे, कभी उपदेश। रायपुर के प्रवास में वे उसके काफी निकट आ गए थे और उन्होंने अपने व्यवहार से दोनों के मध्य की दीवार तोड़कर नरेन्द्र के मन का संकोच मिटा डाला था। नरेन्द्र अब भी उनके लिए छोटा बच्चा ही था, किंतु वे अपना बड़प्पन त्यागकर शिखर से नीचे उतर आए थे···इधर फिर से उनके व्यवहार में कुछ परिवर्तन आया था। अब उनका व्यवहार बताता था कि नरेन्द्र बड़ा हो गया है। उसका अपना स्वतंत्र जीवन है, पृथक् चिंतन है। अब नरेन्द्र ने जैसे अपने चारों ओर दीवारों की चिनाई कर ली है और विश्वनाथ के मन में यह संकोच है कि उन्हें उन दीवारों से पार झाँककर देखने की अनुमति भी है या नहीं। उन्हें उसके जीवन में हस्तक्षेप करना भी चाहिए या नहीं···

"कोई हर्ज नहीं है। आपको जानना ही चाहिए। वैसे आपका पुत्र किसी गलत स्थान पर नहीं जाता।" नरेन्द्र भी मुस्कराया, "मैं ठाकुर माँ के घर जाता हूँ। कॉलेज जाता हूँ। मित्रों के घर जाता हूँ। ब्राह्म समाज में जाता हूँ। व्यायामशाला जाता हूँ।"

"क्या तुम्हें लगता है कि ब्राह्म समाज ने तुम्हें कुछ ऐसा नया दिया है, जो सनातन धर्म ने तुम्हें नहीं दिया था?" विश्वनाथ ने पूछा।

"बाबा! वैसे तो मैं ब्राह्म समाज में उनके सामाजिक कार्यक्रम के लिए जाता हूँ, पर धर्म की दृष्टि से भी उनके चिंतन में मेरे मन के अनुकूल कई बातें हैं।" नरेन्द्र धीरे से बोला, "मैं बहुदेववाद को स्वीकार नहीं कर सकता और न ही मूर्तिपूजा से किसी प्रकार सहमत हो पाता हूँ।"

"पुत्र! अब तुम बड़े भी हो गए हो और समझदार भी।" विश्वनाथ अपने स्थान से उठ खड़े हुए, "इतना तो तुम्हारी समझ में आ ही गया होगा कि महत्त्व इस बात का नहीं है कि तुम ईश्वर की इस रूप में पूजा करते हो या उस रूप में। न ही इस बात का महत्त्व है कि तुम मूर्ति की पूजा करते हो, चित्र की अथवा निराकार की। महत्त्व है धर्म-पूर्वक जीवन-यापन का, अधर्म के त्याग का। धर्म है प्रेम, त्याग और अपरिग्रह; अधर्म है स्वार्थ, अधिग्रहण तथा परिग्रह। सबसे बड़ी साधना धर्म के मार्ग पर चलने की है।"

"मैं आपसे असहमत नहीं हूँ बाबा!" नरेन्द्र बोला, "किंतु मेरे लिए जीवन की साधना मात्र यहीं तक नहीं है। मैं ईश्वर को जानना चाहता हूँ, उसका अनुभव करना चाहता हूँ, उसे देखना चाहता हूँ।"

"मुझे मालूम है।"

नरेन्द्र ने आश्चर्य से अपने पिता को देखा, "आपको मालूम है? कैसे जानते हैं आप?"

"मुझे मालूम हुआ है कि आजकल तुम इसी धुन में लगे हो।" विश्वनाथ बोले, "तुमने केशवचंद्र सेन से पूछा है कि क्या उन्होंने ईश्वर को देखा है; और भी अनेक साधकों से तुम यह प्रश्न कर चुके हो।"

"हाँ, बाबा! मैं प्रत्येक साधक से पूछता हूँ कि क्या उन्होंने ईश्वर को देखा है।" नरेन्द्र धीरे से बोला, "मेरी तृप्ति मात्र धर्म की चर्चा से नहीं होती। मैं ईश्वर को साक्षात् देखना चाहता हूँ।"

"वे सब पौराणिक कथाओं की बातें हैं पुत्र! आज के संसार में तो कोई ऐसा व्यक्ति है नहीं, जिसने ईश्वर को देखा हो।" विश्वनाथ बोले, "इसलिए तुम भी ईश्वर का भजन-पूजन करते हुए अपने सांसारिक दायित्वों की ओर ध्यान दो।"

नरेन्द्र ने एक विचित्र दृष्टि से पिता को देखा, "ईश्वरीय नियम युगांतर के साथ बदल जाते हैं क्या? मैं इससे सहमत नहीं हूँ। यदि किसी एक युग में ईश्वर का साक्षात्कार हो सकता है, तो

प्रत्येक युग में हो सकता है। यदि कोई एक व्यक्ति अपनी साधना के बल पर ईश्वर के दर्शन कर सकता है, तो प्रत्येक व्यक्ति वैसा ही करने में समर्थ है।"

नरेन्द्र के आवेश से विश्वनाथ अप्रभावित नहीं रहे, किंतु वे उसे क्या कह सकते थे। उन्होंने तो इस प्रकार साधना की नहीं थी। वैसे भी उन्होंने इस विषय पर चर्चा करने के लिए नरेन्द्र को नहीं रोका था। बोले, "खैर! इस विषय में मैं तुमसे विवाद नहीं कर सकता। मैं तो गृहस्थ हूँ पुत्र। गृहस्थी के दायित्वों को जानता हूँ और उसी की चर्चा करना चाहता हूँ।"

नरेन्द्र ने पिता की ओर देखा अवश्य, किंतु कहा कुछ नहीं।

"अब मैं शिथिल हो रहा हूँ और तुम बड़े हो गए हो, इसलिए सांसारिक सामर्थ्य तुम्हें प्राप्त करना है।" विश्वनाथ बोले, "मैं चाहता हूँ कि तुम कानून की पढ़ाई करो और एटर्नी की परीक्षा की तैयारी करो।"

"क्यों?"

"ताकि तुम कुछ धन अर्जित कर सको।"

"पर क्यों?" नरेन्द्र ने कुछ विचलित स्वर में पूछा, "मुझे अभी धन की तनिक भी आवश्यकता नहीं है।"

"मैं जानता हूँ कि तुम्हें धन की आवश्यकता नहीं है, किंतु मुझे है।" विश्वनाथ बोले, "मैंने कहा न कि मेरी आयु मुझे शिथिल कर रही है। तुम कमाने लगोगे तो मैं तुम्हारे छोटे भाई-बहनों के भविष्य की ओर से आश्वस्त हो सकूँगा।"

नरेन्द्र के लिए यह सब सर्वथा अप्रत्याशित था। विश्वनाथ ने उससे आज तक इस विषय में चर्चा नहीं की थी। वे सदा एक समर्थ संरक्षक तथा अभिभावक के रूप में ही बात करते थे। धन अथवा धन के अभाव की तो उन्होंने कभी चर्चा ही नहीं की थी।...पर आज यदि वे कह रहे थे तो उसका भी कोई कारण होगा। पिता जब अपने पुत्र से इस प्रकार की सहायता माँग रहा हो तो पुत्र यह उत्तर तो नहीं दे सकता कि 'आप कमा ही रहे हैं, तो मुझे कमाने की क्या आवश्यकता है?'

"अच्छा! मैं प्रयत्न करूँगा कि आपके निर्देशों का पालन कर सकूँ।" नरेन्द्र ने धीरे से कहा और आगे बढ़ गया।

"ठहरो!" विश्वनाथ बोले, "क्या बहुत जल्दी में हो?"

"नहीं, ऐसा कुछ तो नहीं है।" नरेन्द्र रुक गया, "कहिए।"

"बैठ जाओ।"

नरेन्द्र बैठ गया।

"मैं चाहता हूँ कि तुम अपने विवाह के विषय में भी गंभीरता से सोचो।" विश्वनाथ बोले, "तुम अट्ठारह वर्ष के हो गए हो। तीन-चार महीनों में उन्नीस के हो जाओगे। अब तुम्हारा विवाह हो जाना चाहिए। जब मेरा विवाह हुआ था, मैं सोलह वर्ष का था।"

इस बार नरेन्द्र ने विस्फारित नेत्रों से पिता की ओर देखा, "मैं अभी विवाह नहीं कर सकता।"

"क्यों?"

"मैं अभी विद्यार्थी हूँ। पढ़ रहा हूँ।" नरेन्द्र बोला, "शास्त्रों ने गृहस्थ आश्रम की अवस्था पच्चीस वर्ष तय की है बाबा!"

विश्वनाथ मुस्कराए, "जानता हूँ, किंतु वह भी पौराणिक युग की बात है। तुम पुराण-पुरुष

हो क्या? आज हमारे समाज में कोई व्यक्ति उस अवस्था तक अविवाहित नहीं रहता।''

''मैं किसी एक युग विशेष को सनातन काल से पृथक् कर नहीं देखता।'' नरेन्द्र का स्वर आवेशमय था, ''विवाह के लिए मुझे बाध्य न करें। मैं उसके लिए कदाचित् तैयार नहीं हूँ...और फिर यह तो मेरी समझ में आता है कि मेरी आजीविका से घर का खर्च चलाने में आपको सहायता मिलेगी, किंतु मेरे विवाह से तो आपका खर्च बढ़ेगा। क्या आपको यह नहीं लगता बाबा! कि आज आप परस्पर विरोधी बातें कर रहे हैं? एक ओर आपको धन की आवश्यकता है और दूसरी ओर आप मेरे द्वारा कमाए गए धन से अधिक खर्च करने का भी प्रबंध कर रहे हैं।''

''जीवन तो है ही परस्पर विरोधी बातों का नाम।'' विश्वनाथ ने नरेन्द्र की बात हँसी में टाल दी, ''मैं चाहता हूँ कि तुम कमाओ, ताकि मैं तुम्हारा विवाह कर सकूँ। जैसे मुझे घर का खर्च चलाने के लिए तुम्हारे धन की सहायता की आवश्यकता है, वैसे ही तुम्हारी माँ को, घर सँभालने के लिए तुम्हारी वधू की सहायता की आवश्यकता है। तुम्हारी बड़ी बहनें अपने-अपने ससुराल चली गई हैं। हरमोहिनी तो ईश्वर के पास पहुँच गई।'' सहसा उन्होंने जैसे स्वयं को बहकने से रोका, ''महेन्द्र और भूपेन्द्र दोनों बहुत छोटे हैं, और मैं पहले के समान नौकर-चाकर रखने की स्थिति में नहीं हूँ।''

नरेन्द्र पुनः उठ खड़ा हुआ, ''मैं अभी विवाह के विषय में सोच भी नहीं सकता बाबा!''

''तुम विवाह नहीं करना चाहते?'' विश्वनाथ ने पूछा।

''इस विषय में अभी मैं कुछ कह नहीं सकता।'' नरेन्द्र ने उत्तर दिया, ''किंतु अभी विवाह नहीं कर सकता। चाहे आप इसे मेरी उद्दंडता मानें। मैं विवाह के लिए सहमत नहीं हो सकता।''

नरेन्द्र के स्वर की दृढ़ता ने विश्वनाथ को जैसे हिला दिया। उनका आत्मनियंत्रण शिथिल हो गया। ऊँचे स्वर में बोले, ''मेरी आज्ञा का उल्लंघन करोगे?''

''उल्लंघन! नहीं, उल्लंघन नहीं करना चाहता, किंतु आपकी आज्ञा-पालन में असमर्थ हूँ।''

इस बार नरेन्द्र रुका नहीं और विश्वनाथ ने भी उसे पीछे से पुकारना आवश्यक नहीं समझा।

भुवनेश्वरी दूसरे कमरे से पिता-पुत्र का सारा वार्तालाप सुन रही थी। नरेन्द्र बाहर चला गया तो वह विश्वनाथ के पास आई, ''क्यों लड़के को परेशान कर रहे हो? वह पढ़ना चाहता है तो उसे पढ़ने क्यों नहीं देते?''

विश्वनाथ को अपनी अन्यमनस्कता से निकलने में कुछ समय लगा। बोले, ''परेशान नहीं कर रहा, उसे संसार के मार्ग पर लाने का प्रयत्न कर रहा हूँ। उसका विवाह नहीं किया और वह इसी प्रकार ईश्वर को खोजता फिरा तो किसी भी दिन पिताजी के समान भगवा धारण करके चल देगा और हम उसे खोजते-खोजते ही मर जाएँगे।''

भुवनेश्वरी सहम गई। उसके मुख से एक शब्द भी नहीं निकला। विश्वनाथ सच ही कह रहे थे। शैशव से ही वह पूजा-पाठ, साधना-उपासना, ध्यान-तपस्या, दान-धर्म की ओर आकृष्ट रहा है। युवावस्था आ गई है, किंतु सांसारिकता का कोई लक्षण नहीं जागा उसमें। मिल जाए तो अच्छा खा-पी लेता है। कपड़ों पर भी कुछ अधिक खर्च कर देता है। किंतु यह सब तो उसके पिता की शैली है। भुवनेश्वरी आज तक समझ ही नहीं पाई कि यह जीवन-शैली, इन पिता-पुत्र की पैसे के प्रति आसक्ति के कारण है अथवा धन के प्रति विरक्ति का प्रमाण।...पैसे में आसक्ति कभी भी नहीं दिखाई बिलेह ने।...और नारी का आकर्षण तो जैसे है ही नहीं। गाएगा तो भजन। जाएगा

तो समाज-सेवा करने।···ठीक कहते हैं उसके बाबा।···

"एक संबंध की चर्चा चल रही है। मैंने अभी तक तुमसे भी चर्चा नहीं की।" विश्वनाथ ने कहा, "घर अच्छा है। वे लोग दस हजार रुपए दहेज में देने की बात कह रहे हैं।···"

"दस हजार रुपए! दहेज की राशि तो बहुत अधिक है।···पर तुम्हें धन का लोभ कब से होने लगा?" भुवनेश्वरी तनिक मुस्कराई।

किंतु विश्वनाथ मुस्करा नहीं सके, "मैंने जो भी कमाया, उसमें से कभी कुछ बचाया नहीं है। काली काका ने कभी कुछ कमाया नहीं और पैतृक संचित धन पूर्णतः समाप्त कर डाला। और अब हम वह मकान भी छोड़ आए हैं।" विश्वनाथ कुछ रुके, "इधर मुझे यह भी मालूम हुआ है कि मेरे कलकत्ता से बाहर रहने पर मेरे सहयोगियों ने फर्म की देखभाल तो नहीं ही की, बहुत सारा ऋण लेकर वे लोग स्वयं खा गए हैं। उसका कोई हिसाब नहीं है, किंतु वह ऋण मेरे जिम्मे आ पड़ा है। अब उसे मुझे ही चुकाना होगा।···लोग चाहे मुझे कितना रईस समझें, किंतु वास्तविकता यह है कि मेरी स्थिति दिवालिया व्यक्ति की-सी है। मुझे परिवार चलाना है, मकान के लिए मुकदमा लड़ना है···और मैं चाहता हूँ कि नरेन्द्र कानून की पढ़ाई करने विलायत जाए।" विश्वनाथ ने भुवनेश्वरी की ओर देखा, "ऐसे में यदि यह संबंध हो जाए और दहेज की राशि की सहायता से संकट-मोचन हो जाए, तो क्या तुम मुझे रुपए का लोभी कहोगी?"

भुवनेश्वरी आत्मलीन-सी शून्य आँखों से पति को देखती रही, और फिर धीरे से बोली, "लड़की और उसका परिवार ठीक है न? तुम धन के लोभ में तो यह संबंध स्वीकार नहीं कर रहे?"

विश्वनाथ मौन रहे।

"बोलते क्यों नहीं?"

"क्या बोलूँ।" विश्वनाथ बोले, "यही प्रश्न तो मैं तब से अपने आपसे पूछ रहा हूँ।"

"क्यों?"

विश्वनाथ की दृष्टि जैसे भुवनेश्वरी के आर-पार देखती रही। फिर बोले, "लड़की जरा साँवली है।"

भुवनेश्वरी के पैरों तले की जमीन खिसक गई, उसके मुख से जैसे चीत्कार फूटा, "तुम अवश्य ही धन के लोभ में यह संबंध स्वीकार कर रहे हो।"

विश्वनाथ के चेहरे पर प्रत्याख्यान का भाव था, "धन की आवश्यकता है मुझे, लोभ नहीं है। साँवली लड़कियों का विवाह नहीं होता क्या? और यदि दस हजार रुपयों के दहेज की बात न होती तो क्या मैं संबंध इसलिए छोड़ देता कि लड़की साँवली है?"

"नहीं छोड़ते?" भुवनेश्वरी ने उन्हें प्रखर दृष्टि से देखा।

"निश्चित रूप से मैं कुछ भी कह नहीं सकता।" विश्वनाथ कुछ सजग-से हुए, "नरेन को समझाओ, वह व्यर्थ का हठ न करे। विवाह तो उसे करना ही है, समय से कर लेगा तो उससे सबको सुविधा होगी।"

"और यदि उसने मेरी भी बात नहीं मानी तो?" भुवनेश्वरी ने पूछा, "तुम देख ही रहे हो कि वह अपने सिद्धांतों पर किस प्रकार अड़ जाता है।"

"तो राम से कहो कि उसे समझाए। आजकल वह उसकी संगति में काफी रहता है और उसकी बात भी मानता है।"

विश्वनाथ अभी आँगन के एक कोने में स्नान कर ही रहे थे कि स्नान-ध्यान करके नरेन्द्र भोजन करने के लिए आ गया। वह रसोई के भीतर द्वार के निकट ही आसन बिछाकर पालथी मारकर बैठ गया।

"माँ, खाना।" उसने पुकारकर कहा।

भुवनेश्वरी छत पर कपड़े सुखा रही थी। वह चाहती थी कि विश्वनाथ भी आ लें तो वह पिता-पुत्र को एक साथ ही भोजन परोस दे, किंतु अब उसकी इच्छा प्रायः पूरी नहीं होती थी। नरेन्द्र प्रातः बहुत जल्दी उठ जाता था। कभी-कभी तो भुवनेश्वरी को लगता था कि शायद वह रात-भर सोया ही नहीं है। यह जानना कठिन था कि वह कब सोता है और कब जागता है। नानी के घर जाकर वह पूर्णतः स्वतंत्र हो गया था। उसकी नानी का भी यही कहना था कि बस! उसके कमरे के किवाड़ों का रात को बंद होना तथा प्रातः खुलना ही देखा जा सकता था। वैसे भी अब वह इतना छोटा तो नहीं था कि कोई उसके सोने और जागने के समय का ध्यान रखता। भुवनेश्वरी के छोटे बच्चे थे। वह किरण, जोगेन्द्र बाला और महेन्द्र का ही ध्यान कर लेती तो बहुत था। उसकी सहायता के लिए आजकल घर में कोई नौकर भी नहीं था।...और विश्वनाथ न तो नरेन्द्र के समान प्रातः ही जाग जाते थे, न उतनी सुबह नहाकर भोजन के लिए प्रस्तुत हो सकते थे। वे रात को कुछ देर तक काम करते थे और प्रातः नींद पूरी करके ही उठते थे। छुट्टी का दिन होता तो उनका प्रत्येक कार्य आराम से ही होता था। काम का दिन होता तो वे कचहरी जाने के समय से ही नहाना और खाना करते थे।...वे भुवनेश्वरी की इच्छा और कठिनाई—दोनों को ही समझते थे, किंतु नरेन्द्र का साथ देने के लिए वे अपना नित्यकर्म तो नहीं बदल सकते थे...और नरेन्द्र का तो अपना ही संसार था।...उसका किसी अन्य के कार्यक्रम के अनुसार स्वयं को ढालना तनिक भी संभव नहीं था।...उसके सामने हर समय अपना कार्यक्रम मुँह बाए खड़ा रहता था, वह स्वयं को बदल ही कैसे सकता था...

भुवनेश्वरी ने किरण को संकेत किया, "भोजन परोस दे किरण!"

किरण ने नरेन्द्र के सम्मुख पहले पानी का गिलास रखा और फिर थाली रख, बड़े पतीले से भात परोसा। छोटे बरतनों से दो सूखी सब्जियाँ परोसीं और ऊपर से सब्जी की तरी डाल दी।

नरेन्द्र के पास प्रतीक्षा करने के लिए न समय था, न धैर्य। उसने तत्काल हाथ से भात और सब्जी को मिलाना आरंभ किया और एक बड़ा-सा कौर मुख में डाला। उसने थोड़ी देर उसको चबाया और निगलने से पहले ही रुक गया। उसने एक जिज्ञासु दृष्टि किरण पर डाली और दूसरी माँ पर। सहसा वह उठकर रसोई से बाहर आ गया। उसने मुँह का कौर नाली में थूक दिया और पानी लेकर कुल्ला किया।

भुवनेश्वरी चौंकी : लगता है आज फिर बिलेह के मुख में कंकड़ आ गया। वह किरण से कहती भी रही थी कि उबालने से पहले वह चावल की थाली उसे दिखा दे, किंतु यह लड़की भी अपनी ही चलाती है : 'मैंने देख लिया है माँ! चावल एकदम साफ हैं।' चावल साफ थे तो बिलेह के मुख में यह कंकड़ कहाँ से आ गया? और वह भी पहले ही कौर में?...वह ध्यान तो रखती है, किंतु फिर भी यदि कोई छोटा-मोटा कंकड़ रह ही जाए तो वह नरेन्द्र की थाली में ही क्यों जाता है?...अब पता नहीं यह शेष खाना भी खाएगा या थाली पटककर चल देगा।...

नरेन्द्र लौटकर आया। उसने गिलास भूमि पर रखा, किंतु स्वयं आसन पर नहीं बैठा। मुख उठाकर उसने किरण की ओर देखा, "तुम्हें मालूम नहीं क्या कि मैं केवल निरामिष भोजन करता हूँ?"

इस प्रश्न से किरण की चंचलता जाग उठी। इठलाकर बोली, "मुझे मालूम है। किसे मालूम नहीं कि बिलेह ब्राह्म समाज में जाता है; उसके नियमों का पूरा-पक्का पालन करता है। वह आजकल केवल निरामिष भोजन करता है। सारा मुहल्ला जानता है इस बात को, तो क्या मैं नहीं जानूँगी?"

नरेन्द्र ने उसकी नटखट मुद्रा तथा परिहास पर तनिक भी ध्यान नहीं दिया। हलके आवेश के साथ बोला, "तो फिर तुमने मुझे मछली क्यों परोसी?"

"कब परोसी मछली?" किरण के स्वर में जिज्ञासा ही नहीं, प्रतिवाद भी था।

"यह निरामिष है?" नरेन्द्र ने भोजन की थाली की ओर इंगित कर कहा।

किरण भी समझ रही थी कि यह प्रश्न नहीं, उस पर आरोप है। बोली, "और क्या है?"

"मछली निकालकर उसका झोल तुमने मुझे दे दिया तो वह निरामिष हो गया?" नरेन्द्र बोला, "यह निरामिष नहीं है। और किरण तुम्हारा यह व्यवहार भी उचित नहीं है।"

किरण कुछ नहीं बोली। भुवनेश्वरी अपने स्थान पर धक्-सी बैठी रह गई : यह इस लड़की ने क्या किया। इससे तो अच्छा था कि वह नरेन्द्र को सब्जी न ही परोसती। दाल-भात ही दे देती।···

विश्वनाथ ने अपने सिर पर डालने के लिए पानी का लोटा उठाया ही था कि उनका हाथ रुक गया। बिना किसी को संबोधित किए हुए, वे रोषपूर्वक बोले, "इसकी चौदह पीढ़ियों ने मछलियाँ और कछुए खाकर जीवन व्यतीत किया है। अब यह ब्रह्मदैत्य बन गया है और मछली नहीं खाता। पूछो इनसे, बंगाल में रहेगा और मछली नहीं खाएगा तो क्या खाएगा?"

नरेन्द्र अपने प्रति पिता का विरोध समझ रहा था। ब्राह्म समाज के प्रभाव के प्रति अपनी वितृष्णा जताते हुए ही उन्होंने उसे ब्रह्मदैत्य कहा था।···पर वह न तो ब्राह्म समाज छोड़ सकता था, न उसके नियमों का उल्लंघन कर सामिष भोजन कर सकता था, और न ही अपने पिता की रुचि को बदल सकता था।

उसने एक बार अपने पिता की ओर देखा-भर, और बिना कुछ कहे, घर से बाहर निकल गया।

किरण सन्न खड़ी रह गई। उसने तो अपनी चंचलता में बिलेह को थोड़ा चिढ़ाने का प्रयत्न किया था। वे लोग बचपन से आज तक कितनी ही शरारतें करते आए थे।···पर वह क्या जानती थीं कि उसका निर्दोष परिहास यह रूप धारण कर लेगा। पिता-पुत्र की इस प्रत्यक्ष टकराहट से वह सन्न रह गई थी।

भुवनेश्वरी अपने स्थान से चल विश्वनाथ के निकट आई, "यह तुमने क्या किया?"

"क्या कर दिया मैंने?" विश्वनाथ ने प्रतिप्रश्न किया। स्पष्टतः उनका रोष अभी चुका नहीं था।

"लड़के को डाँट दिया," भुवनेश्वरी बोली, "वह अब बच्चा नहीं है कि तुम्हारी हर बात चुपचाप सह जाए। आगे से बोलता नहीं तो क्या हुआ। खाना तो छोड़ गया न। अब सारा दिन भूखे पेट बाहर की गलियाँ नापता फिरेगा।"

"तो क्या करूँ मैं?" विश्वनाथ का क्रोध कुछ और मुखर हो उठा, "बच्चा नहीं है, इसीलिए गोद में बैठाकर खिला नहीं सकता। बच्चा होता तो मैं उसे अपने हाथों से मछली ही नहीं, रोगन जोश भी खिलाता।" उन्होंने सीधे भुवनेश्वरी की आँखों में देखा, "और तुम भी सुन लो, मुझे उसके ये रंग-ढंग अच्छे नहीं लगते। मांस-मछली नहीं खाएगा···विवाह नहीं करेगा···तो क्या करेगा—अपने दादा के समान भगवा धारण कर काशी-वास करेगा?"

भुवनेश्वरी का पति के प्रति सारा रोष समाप्त हो गया। वह समझ गई कि वे नरेन्द्र से इसलिए नाराज नहीं हैं कि वह मछली नहीं खाता। नहीं! वे अपनी इच्छाएँ अपने बच्चों पर इस प्रकार आरोपित नहीं करते। वे तो चिंतित हैं, उसके जीवन की दिशा से! यह तो वह भी नहीं चाहती कि उसका बिलेह संन्यास-पथ का गामी हो···

"तो तुम उसे ब्राह्म समाज की सभाओं में सम्मिलित होने से रोक क्यों नहीं देते?" उसने पूछा, "तुम जानते नहीं क्या कि वह न केवल धर्म-भाव की तीव्र प्रेरणा से अखंड ब्रह्मचर्य के पालन एवं कठोर तपस्या में नियुक्त है। वह शाकाहारी भोजन करता है, भूमि पर कंबल बिछाकर सोता है। क्यों नहीं रोकते उसे?"

"मैं न अपने बच्चों का विकास रोकना चाहता हूँ, न उनकी स्वतंत्रता का दमन करना चाहता हूँ," विश्वनाथ बोले, "और वैसे भी मेरा ब्राह्म समाज से क्या विरोध है। वहाँ जाए, अच्छे लोगों से मिले-जुले, भजन गाए, संसार के छल-प्रपंच से दूर रहे···और भी तो इतने लोग हैं ब्राह्म समाज में। सब क्या इसके समान ही हठी हो गए हैं। लोग तो मुख से कहते-भर हैं। यह उसका आचरण करने लगता है। यह लड़का तो विचित्र है।···"

"जब इतना कुछ जानते हो तो उसे डाँटते क्यों हो?" भुवनेश्वरी का स्वर शांत था।

"क्योंकि मुझे भी अपने विचार प्रकट करने की स्वतंत्रता है।" और सहसा विश्वनाथ भावुक हो उठे, "पिता हूँ मैं उसका। मुझे उसकी चिंता है।···"

अवाक् भुवनेश्वरी, विश्वनाथ को देखती ही रह गई।

31

नरेन्द्र का मन बहुत उखड़ा हुआ था। कारण वह स्वयं भी समझ नहीं पा रहा था। बहुत संभव था कि इस मनःस्थिति का कारण पिता द्वारा उसके विवाह की चर्चा चलाया जाना ही हो।···यद्यपि वह जानता था कि वह अपने पिता को दोष नहीं दे सकता। वे कुछ भी नया नहीं कर रहे थे। उनकी स्थिति में कोई भी पिता यही काम करेगा। वे सच कह रहे थे, सारे कलकत्ते में खोजने पर भी किसी भी खाते-पीते घर का, नरेन्द्र की अवस्था का एक भी लड़का अविवाहित नहीं मिलेगा। सब विवाह करते थे और प्रसन्नतापूर्वक करते थे। कुछ लोग तो उसके लिए इतने आतुर रहते थे···पर उसे क्यों लगता था कि विवाह उसके मार्ग की भयंकर बाधा है, क्यों वह विवाह को विनाश का पर्याय मानता है?···उसे क्यों ऐसा लगता है कि विवाह हो गया तो जैसे उसका सब कुछ लुट जाएगा?···आज बहुत दिनों के पश्चात्, नरेन्द्र को अपने शैशव के मित्र, उस साईस की याद आई थी···कहीं उसके द्वारा कही गई बातें ही तो नरेन्द्र के मन में बद्धमूल नहीं हैं, जो उसके मन में विवाह विरोधी उथल-पुथल मचा रही हैं?··· कारण कुछ भी हो, किंतु नरेन्द्र पिता से सहमत नहीं हो सकता था। वह विवाह नहीं कर सकता था।

वह आसन लगाकर ध्यान करने बैठ गया। इस मानसिक ऊहापोह से बचने का एक ही मार्ग था कि वह इस जीवन को भूलकर, ध्यान में स्थित हो जाए। उसे कभी-कभी लगने लगता था कि 'ध्यान' उसके लिए नशे के समान था, जो उसे चिंताओं से मुक्त कर देता था।

अपनी इस मानसिक अस्थिरता के बावजूद उसे ध्यानस्थ होने में अधिक समय नहीं लगा। उसका मन जैसे एकतान हो गया। सारे विचार एक-एक कर मन से निकल गए। वहाँ एक शून्य था, महाशून्य। और फिर उसमें अनेक रंग उग आए, जैसे रंग-बिरंगे पुष्पों से लदा कोई पौधा उग आया हो। ये रंग नरेन्द्र अपनी ध्यानावस्था में ही देख पाता था···उनमें कुछ ऐसा था जो दिव्य था। ऐसे रंग पार्थिव वस्तुओं में कहीं नहीं देखे जा सकते···वे सारे रंग जैसे महानगर की तरंगें थीं, जो क्रमशः महासागर में विलीन हो गईं। उन लहरों के ऊपर कमल का एक फूल तैर रहा था। और सहसा नरेन्द्र को लगा, उस कमल पर एक संन्यासी बैठा हुआ था। उसने गेरुए वस्त्र धारण कर रखे थे और पद्मासन लगाकर वह पूर्ण तन्मयता और शांति के साथ ध्यान कर रहा था।···सहसा जाने क्या हुआ कि समुद्र की लहरें और कमल का फूल सब शून्य में विलीन हो गए, रह गया केवल वह संन्यासी। वह उसी प्रकार ध्यानस्थ बैठा रहा, किंतु अब वह सागर के मध्य न होकर, अपनी कुटिया में था। कुटिया किसी वन में थी। उसके निर्माण में केवल वनस्पति का ही उपयोग हुआ था। कुटिया के भीतर आसन पर मृगचर्म बिछा था। एक ओर दंड-कमंडल और एक कंबल रखा हुआ था। और अकस्मात् नरेन्द्र को लगा, कि वह संन्यासी और कोई नहीं वह स्वयं ही था। वह कुटिया उसी की थी, दंड-कमंडल, कंबल और मृगचर्म—सब उसके ही थे, किंतु उनके अतिरिक्त उसकी और कोई संपत्ति नहीं थी।···सहसा संन्यासी ने आकाश की ओर देखा और पूछा, "प्रभु! क्या केवल यही, और कुछ नहीं?"···और जैसे उसके प्रश्न के उत्तर में दसों दिशाएँ चीत्कार करती हैं, 'और कुछ नहीं! कुछ नहीं, कुछ नहीं!!'

नरेन्द्र का ध्यान भंग हो गया। उसने घड़ी देखी! रात आधी से ज्यादा बीत चुकी थी। वह इतनी देर का संकल्प करके नहीं बैठा था, किंतु ध्यानस्थ हो जाने के पश्चात् अपनी इच्छा का अर्थ ही क्या था···'

प्रातः नींद टूटी तो उसके मन में ध्यान की स्थिति में देखे गए दृश्य निरंतर घूमते रहे। एक बार तो उसे संदेह हुआ कि वह ध्यान में देखा गया दृश्य था, या उसने स्वप्न देखा था?···पर नहीं। वह स्वप्न नहीं हो सकता। तब तक तो वह ध्यानस्थ ही था। वहाँ से उठकर, घड़ी में समय देखकर, वह बिस्तर पर लेटा था।···हाँ! उसके पश्चात् वह शीघ्र ही सो गया था।

···पर जो कुछ भी उसने देखा था, वह क्या था? उसने ध्यान में वह दृश्य देखा था?···क्या वह उसका भावी जीवन था?···या फिर उसके अपने मन का ही ऊहापोह?···नरेन्द्र को याद आया कि कुछ समय पहले तक उसके मन में जब अपने भविष्य की कल्पनाएँ जागती थीं तो वह दोनों दृश्य समानांतर रूप से देखा करता था···संन्यासी जीवन का भी और गृहस्थ जीवन का भी, किंतु अब गृहस्थ जीवन का बिंब उसकी कल्पना में से जैसे विलुप्त ही हो गया था।···और आज तो उसने अपना भविष्य जैसे साक्षात् ही देख लिया था···कमरे के बाहर से किसी ने पुकारा, "नरेन्द्र!"

नरेन्द्र ने बाहर निकलकर देखा। सुरेन्द्रनाथ मित्र सीढ़ियाँ चढ़कर ऊपर आ रहे थे।

"अरे, मित्र मोशाय! आइए, आइए।" नरेन्द्र ने स्वागत किया।

सुरेन्द्रनाथ मित्र उनके पड़ोसी थे, किंतु उससे कहीं अधिक वे राम दादा के मित्र थे। राम दादा उन्हें सुरेश बाबू कहते थे। अपने मित्रों में शायद वे इसी नाम से प्रसिद्ध थे।···नरेन्द्र का उनसे बहुत मिलना-जुलना नहीं होता था। विश्वनाथ से भी उनकी कोई मैत्री नहीं थी।···वे डास्ट कंपनी में प्रबंध अधिकारी थे। अच्छा वेतन पाते थे और खाने-पीने के शौकीन थे।···नरेन्द्र से उन्हें शायद

ही कभी कोई काम पड़ा हो, किंतु आज···संभव है, राम दादा से संबंधित कोई काम हो।···

सुरेश बाबू आकर उसकी चारपाई पर बैठ गए, "नरेन्द्र! मैं अपनी एक आवश्यकता से तुम्हारे पास आया हूँ।"

"कोई कार्यक्रम है घूमने का?" नरेन्द्र ने पूछा। छुट्टी का दिन था। संभव है, सुरेश बाबू को पर्यटन की सूझी हो।

"कार्यक्रम तो है," सुरेश बाबू बोले, "किंतु घूमने का नहीं। छुट्टी के दिन का लाभ उठाने के लिए अपने वर एक उत्सव का आयोजन किया है। कुछ लोगों को अपने घर बुलाया है।"

"बड़े-बड़े लोग हैं क्या?" नरेन्द्र ने पूछा।

"नहीं, वैसे तो सब साधारण लोग ही हैं, किंतु एक व्यक्ति असाधारण भी है—दक्षिणेश्वर के काली मंदिर के श्री रामकृष्ण देव।"

नरेन्द्र के मन में यह नाम बिजली के समान कौंध गया···उस दिन प्रोफेसर हैस्टी ने वर्ड्स्वर्थ पढ़ाते हुए, भाव-समाधि के संदर्भ में जिस संत का नाम लिया था वे रामकृष्ण परमहंस ही तो थे···क्या ये वही हैं?

"आप उन्हें कैसे जानते हैं मित्र मोशाय?" नरेन्द्र अपनी जिज्ञासा स्थगित नहीं कर सका, "मुझे बताया गया था कि वे अत्यंत उच्च कोटि के साधक हैं। पर शायद पढ़े-लिखे एकदम ही नहीं हैं।"

"अरे, मैं क्या जानता हूँ," सुरेश बाबू बोले, "जानते तो तुम्हारे राम दादा हैं। वे उनके परम भक्त हैं।"

"राम दादा!" नरेन्द्र को कुछ आश्चर्य हुआ, "वे तो आधुनिक, पढ़े-लिखे, युक्ति-विलासी बुद्धिजीवी हैं। वे संतों के निकट कब से बैठने लगे?"

"तुम शायद नहीं जानते। दो वर्ष पहले तुम्हारे राम दादा की बड़ी पुत्री और उनकी दो भांजियों ने हैजे के कारण एक सप्ताह के भीतर-भीतर प्राण त्याग दिए थे। अपने परिवार में तीन-तीन मृत्यु देखकर तुम्हारे राम दादा पूर्णतः विक्षिप्त हो उठे थे। उस समय उन्हें किसी सहारे की बहुत आवश्यकता थी।···और ऐसा सहारा युक्तियों और तर्कजाल से नहीं, श्रद्धा से ही प्राप्त होता है। ऐसे में शांति पाने के लिए दक्षिणेश्वर चले गए थे। उस विक्षिप्तावस्था में ठाकुर ने उनके मन की शांति लौटा दी थी।····"

"ठाकुर कौन?" नरेन्द्र ने पूछा।

"वही हमारे श्रीरामकृष्ण देव।" सुरेश बाबू हँसकर बोले, "हम लोग उन्हें ठाकुर ही कहते हैं।"

"तो आपको राम दादा ले गए उनके पास?" नरेन्द्र ने पूछा।

"हाँ!" सुरेश बाबू बोले, "तुम्हारे राम दादा का विचार था कि वैसे तो मैं भला आदमी हूँ, किंतु मदिरापान का व्यसन कुछ अधिक ही है मुझे। कोई जुआ खेलता दीख जाए तो वहाँ भी बैठ जाता था। एक अच्छे मित्र के समान वे चाहते थे कि किसी प्रकार मेरा यह व्यसन छूटे। वे चाहते थे कि ठाकुर से मिल लूँ। बहुत संभव है कि ठाकुर की कृपा से मेरा यह व्यसन छूट जाए।"

"तो आप मान गए?"

"मान तो मैं गया, क्योंकि मैं भी चाहता था कि किसी प्रकार मुझे इस पिशाच से मुक्ति मिले। तुम मेरा विश्वास करो कि उससे मुक्ति पाने के लिए उन दिनों मैं आत्महत्या करने की सोच

रहा था। राम का आग्रह मुझे भला लगा, किंतु मेरा मन सहज ही इन बातों को स्वीकार नहीं करता। पर मैं न राम दादा की बात काट सकता था और न ही अपनी मुक्ति की इच्छा की उपेक्षा कर सकता था। इसलिए मैं चलने के लिए तैयार तो हो गया, किंतु एक शर्त लगा दी कि यदि उन्होंने मेरी समस्या का समाधान नहीं किया तो मुझे उनके कान पकड़कर खींचने की स्वतंत्रता होगी।'' सुरेश बाबू हँसे, राम दादा डर गए कि कहीं सचमुच ही ऐसा हो गया तो? मेरा दुस्साहस तो प्रसिद्ध है ही—तुम्हें भी मालूम ही है। किंतु उन्हें अपने गुरु पर भी विश्वास था। वे मान गए। मैंने सोचा, मुझे तो कोई क्षति हो ही नहीं सकती। मेरे व्यसन छूट गए तो ठीक, नहीं तो राम दादा और उनके गुरु—दोनों की ही कसकर हजामत करूँगा।'' सुरेश बाबू रुककर गंभीर स्वर में बोले, ''मैं गया तो था उनका तमाशा बनाने, किंतु वहाँ जाकर उनका भक्त बन गया।''

नरेन्द्र विस्मयपूर्वक उनकी ओर देखता रहा। सुरेश बाबू के स्वर में गम्भीरता ही नहीं, श्रद्धा भी थी।

''धीरे-धीरे मैं उनके निकट होता गया और अब तो मेरे मन में सिवाय उनकी भक्ति के और कुछ नहीं है।'' सुरेश बाबू बोले, ''बहुत दिनों से प्रयत्न कर रहा था कि किसी दिन वे अपने चरणों की धूल से मेरे घर को पवित्र करें। आज बड़ी कठिनाई से उनको अपने घर ला पाया हूँ।''

''कहिए, मैं आपकी क्या सेवा कर सकता हूँ?'' नरेन्द्र को लगा, उसके मन में प्रोफेसर हैस्टी के शब्द गूँज रहे हैं…

''थोड़े समय के लिए तुम्हें अपने घर लिवा ले जाना चाहता हूँ। कोई बहुत महत्त्वपूर्ण कार्य न कर रहे हो तो मेरे साथ चलो। चल सकोगे?'' सुरेश बाबू ने पूछा।

''क्यों ले जाना चाहते हैं? ताकि मैं भी उनका भक्त हो जाऊँ?'' नरेन्द्र हँसा, ''आप जानते हैं, मैं सरलता से किसी का महत्त्व स्वीकार नहीं करता। मैं राम दादा नहीं हूँ, न ही उनके समान अपने दुःखों के कारण द्रवित स्थिति में हूँ।''

''मैं जानता हूँ, पर मैं तो तुम्हें एक विशेष प्रयोजन से बुलाने आया हूँ।'' सुरेश बाबू हँसे, ''सत्संग है न! तो कुछ भजन-कीर्तन भी होना चाहिए।'' वे रुके, ''जिन्हें भजन गाने के लिए आना था, वे आए नहीं हैं। जाने कारण क्या है। इसीलिए तुम्हें कष्ट दे रहा हूँ। सोचा, ऐसे समय में तुम पर अपने अधिकार का लाभ उठाऊँ। चलो, दो-एक भजन सुना दो भाई। सत्संग बिलकुल ही सूखा न चला जाए न।''

''चलिए।'' नरेन्द्र के मन में कोई द्वंद्व नहीं था, ''भजन तो मैं गाता ही रहता हूँ। वह तो मेरा अपना सुख है।''

सुरेश बाबू के साथ नरेन्द्र उनके घर आ गया। बहुत सारे लोग आए बैठे थे। बैठक पुरुषों से प्रायः भरी हुई थी और साथ के कमरे में स्त्रियाँ बैठी हुई थीं। बैठक के एक सजे-सजाए कोने में परमहंस बैठे थे। उनकी आँखें बंद थीं और वे सीधे बैठे थे। कदाचित् वे भाव-समाधि में थे।…नरेन्द्र ने ध्यान से उन्हें देखा : अबोध शिशुओं जैसा भाव था उनके चेहरे पर।…किंतु उसको उनमें कोई असाधारणता दिखाई नहीं दी। वे साधारण-से देहाती व्यक्ति जैसे दीख रहे थे।…पर इतने लोग उनके दर्शनों के लिए क्यों आए बैठे थे। मुहल्ले की बहुत सारी स्त्रियाँ भी आकर उनकी चरण-वंदना कर लौट रही थीं।…

सुरेश बाबू ने नरेन्द्र को संकेत किया। वह वाद्य-यंत्रों के पास जा बैठा। उसने हारमोनियम अपने हाथ में लेकर सुरेश बाबू की ओर देखा।

"गाओ।" सुरेश बाबू ने संकेत किया।

सहसा ठाकुर ने आँखें खोल दीं। उन्होंने नरेन्द्र पर एक दृष्टि डाली और सुरेश बाबू की ओर देखा, "यह लड़का कौन है?"

"यह नरेन्द्रनाथ दत्त है ठाकुर।" सुरेश बाबू ने बताया, "कॉलेज में एफ़.ए. में पढ़ता है। इसके पिता विश्वनाथ दत्त हाईकोर्ट में एटर्नी का काम करते हैं। बहुत भले आदमी हैं। मुहल्ले में तो उनको दाता विश्वनाथ कहा जाता है।..."

"यह लड़का भजन गाएगा?" ठाकुर ने पूछा।

"हाँ, ठाकुर!" सुरेश बाबू ने कहा।

नरेन्द्र ने गाना आरंभ किया—

"रहना नहीं, देस बिराना है।
यह संसार कागद की पुड़िया; बूँद पड़े घुल जाना है।
यह संसार काँटों की बाड़ी, उलझ-पुलझ मरि जाना है।
यह संसार झाड़ ओ झाँखर आग लगि बरि जाना है।
कहत कबीर सुनो भाई साधो! सतगुरु नाम ठिकाना है।"

ठाकुर ने पूरी तन्मयता से नरेन्द्र का भजन सुना और फिर इधर-उधर देखा। उनकी दृष्टि रामचंद्र दत्त पर रुकी। उन्होंने संकेत से उसको अपने पास बुलाया।

रामचंद्र उनके निकट आए तो ठाकुर ने धीरे से कहा, "सुरेश ने बताया कि यह लड़का नरेन्द्रनाथ दत्त है।"

"हाँ, महाराज!"

"तुम्हारा संबंधी है क्या?"

"हाँ, महाराज! हम लोग दूर के रिश्तेदार हैं। इसके पिता की मुझ पर बहुत कृपा रही है।" राम ने उत्तर दिया, "मैंने उन्हीं के संरक्षण में, उनके घर में रहकर ही शिक्षा पाई है।"

"अच्छा है। अच्छा है। इसे लेकर दक्षिणेश्वर आना।" उन्होंने सुरेन्द्रनाथ मित्र की ओर देखा, "सुना सुरेश! इसे लेकर दक्षिणेश्वर आना।"

"अच्छा, ठाकुर!" सुरेश बाबू ने अपनी सहमति प्रकट कर दी।

ठाकुर उठ खड़े हुए, "अच्छा, मैं चलूँगा।" वे चलकर नरेन्द्र के निकट आए और उसका मुख निहारते हुए खड़े रह गए, "तुम बहुत अच्छा गाते हो।" उन्होंने बारी-बारी उसके दोनों हाथ पकड़कर उन्हें उलट-पलटकर देखा, जैसे कुछ खोज रहे हों और बोले, "तुम बहुत अच्छे लड़के हो। किसी दिन दक्षिणेश्वर आना। माँ काली के दर्शन करना।" ठाकुर ने उसकी ओर देखा और आग्रहपूर्वक पूछा, "आएगा न?"

नरेन्द्र को ठाकुर का सारा क्रिया-कलाप कुछ विचित्र-सा लग रहा था। जाने यह बूढ़ा कैसा आदमी है। सबको दक्षिणेश्वर आने का निमंत्रण देता रहता है। क्या यह अपने प्रचार के लिए ही लोगों के घरों में जाता है? वैसे अधिक लोगों को मंदिर में बुलाकर क्या होगा? दक्षिणेश्वर का काली मंदिर तो रानी रासमणि का मंदिर है। वे धनी लोग हैं, उन्हें भक्तों के चढ़ावे का लोभ नहीं होना चाहिए।

वह कुछ कहता उससे पूर्व ही ठाकुर ने पुनः पूछा, "आएगा न?" और फिर जैसे आग्रहपूर्वक

कहा, "जरूर आना।"

नरेन्द्र ने हलके से सिर हिला दिया जैसे सहमति प्रकट की हो। उन्हें टालने के लिए इस समय वह और कर ही क्या सकता था···किंतु मन-ही-मन वह जानता था कि काली मंदिर जाने का कोई विचार उसके मन में नहीं था। वह ब्राह्म समाज का सदस्य था और उसने शपथ ले रखी थी कि वह किसी देव-प्रतिमा को नमस्कार भी नहीं करेगा। ऐसे में वह दक्षिणेश्वर के काली मंदिर में क्या करने जाता···पर यह सब वह ठाकुर को समझा तो नहीं सकता था।

यद्यपि नरेन्द्र के मन में एक क्षण के लिए भी काली मंदिर जाने का विचार नहीं आया, किंतु ठाकुर को वह सहज ही अपने मन से निकाल नहीं सका। उस व्यक्ति में कुछ-न-कुछ असाधारण अवश्य है। एक अबोध बालक का-सा सहज भाव, वैसा ही सहज आकर्षण और वैसा ही सहज आत्मीय आग्रह···किंतु लोग उनके पास क्या करने जाते हैं। वह व्यक्ति कुछ पढ़ा-लिखा भी नहीं लगता था। कोई बहुत विद्वत्तापूर्ण बात भी उसने नहीं कही थी। ब्राह्म समाज में तो एक-से-एक विद्वान् व्यक्ति थे। असाधारण वक्ता और धर्म-प्रचारक···महर्षि देवेन्द्रनाथ ठाकुर, केशवचंद्र सेन, प्रतापचंद्र मजूमदार, पर ईश्वर कहाँ था?···नरेन्द्र का मन इन चीजों से ऊब चुका था। क्या विद्वत्ता से ईश्वर मिलेगा?···अनेक विद्वान् दुश्चरित्र भी होते हैं और घोर नास्तिक भी। रावण को भी तो अत्यधिक विद्वान् माना जाता है। पर क्या था वह?···इन विद्वानों में बहुत सारे गुण होते हैं···कोई बहुत अच्छा भाषण दे सकता है, तो कोई दूसरों के तर्क काट सकता है···पर क्या भाषण के आकर्षण में ईश्वर उसके पास आ जाएगा? नरेन्द्र की समझ में कुछ नहीं आता। नारद ने कहा है कि ईश्वर न धन से मिलता है न ज्ञान से। ईश्वर तो आचरण से मिलता है और आचरण कैसा? किसको अपने आचरण से ईश्वर मिला है?···और प्रो॰ हैस्टी!···उन्होंने भी तो ठाकुर के विषय में कहा था कि वे 'ट्रांस' का अनुभव करते हैं। और उन्होंने यह भी कहा था कि इस प्रकार की भाव-समाधि के लिए आवश्यक है···सात्विक मन की शुद्धता और एकाग्रता।···तो क्या ठाकुर के ये ही गुण उसे आकृष्ट कर रहे हैं?

नरेन्द्र व्याकुल होकर घर से निकल पड़ा। एक बार तो उसकी इच्छा हुई कि वह गंगा किनारे जा बैठे। शायद गंगा के जल से भीगी हुई ठंडी हवा से उसका मन कुछ शांत हो सके।···किंतु फिर उसका मन दूसरी ओर मुड़ गया और उसके पगों की दिशा भी बदल गई। सचेत तब हुआ जब वह राखाल के घर तक पहुँच गया था। उसने कपाट खटखटाए तो राखाल स्वयं आकर उसे भीतर ले गया। माणिक, अतुल, प्रियनाथ और हेमाली यहाँ पहले से ही बैठे थे। उसे लगा कि उसने अच्छा ही किया कि वह इधर आ गया। यहाँ तो मित्र लोग पहले से ही बैठे थे और उनमें जोर की चर्चा छिड़ी हुई थी।

नरेन्द्र के बैठ जाने पर राखाल ने बताया, "ये लोग कह रहे थे कि हम दोनों ब्राह्म समाज में जाकर व्यर्थ ही अपना समय नष्ट कर रहे हैं। ब्राह्म समाज से हिंदू समाज का उद्धार नहीं होगा। ब्राह्म समाज हमारी परंपराओं का विकास न कर उसकी जड़ें काट रहा है। वह हिंदू धर्म का विकास नहीं, अंग्रेजों का अनुकरण मात्र है।"

सामान्यतः ऐसी बात सुनकर नरेन्द्र को भड़क उठना चाहिए था; किंतु आज जैसे यह विरोध उसे चुभा ही नहीं। वह अन्यमनस्क-सा बोला, "ब्राह्म समाज रूढ़ियों की जड़ें काट रहा है या परंपराओं की, यह मैं कह नहीं सकता, किंतु वह ईश्वर-मिलन की ओर आगे नहीं बढ़ रहा।"

"कैसे?" राखाल ने कुछ चकित होकर पूछा।

"मुझे लगता है कि वहाँ भी थोड़ा-सा रूढ़ि-विरोध और समाज-सुधार ही है। किंतु यह सब तो सांसारिक प्रपंच ही है। सुधार के नाम पर कहीं हम संसार को ही तो और अधिक बलपूर्वक पकड़कर बैठ नहीं गए हैं? ईश्वर की खोज की तीव्र आकांक्षा, वह आवेश, वह पागलपन मुझे वहाँ भी दिखाई नहीं देता।"

"किंतु मैंने तो सुना है कि तुम्हारा ईश्वर तुम्हें मिल गया है।" माणिक का स्वर वक्रता लिए हुए था, "सुना है कि वह निराधार है, किंतु उसमें गुण बहुत सारे हैं।"

नरेन्द्र अपनी आत्मलीनता से पूर्णतः मुक्त नहीं हो पाया था। बोला, "हाँ, ईश्वर के इस रूप को मेरी बुद्धि ने स्वीकार अवश्य किया है, किंतु न मेरी जिज्ञासा यहीं तक शांत होती है, न मेरा अन्वेषण यहाँ पूरा हो जाता है।"

"तो और क्या चाहिए तुम्हें?" राखाल ने पूछा।

"मेरी बुद्धि कहती है कि यदि ईश्वर का अस्तित्व है तो उसका अनुभव किया जाना भी संभव होना चाहिए। उसका साक्षात्कार होना चाहिए, उससे मिलना, उसके निकट रहना, उससे बातें करना...सब संभव होना चाहिए।"

"...अरे, ये सब प्राचीन काल की बातें हैं।" हेमाली ने कहा, "शायद कभी संभव होता होगा। आजकल यह सब संभव नहीं है।"

नरेन्द्र की अन्यमनस्कता विलीन हो गई। उसका दमित आवेश मुखरित हो उठा। उसका चेहरा तमतमा गया। उसकी आँखें आरक्त हो उठीं। वह बोला, तो उसके स्वर में आवेश और आक्रोश से कहीं अधिक पीड़ा का भाव था, "काल-परिवर्तन से न ईश्वर का रूप बदलता है, न प्रकृति के नियम। यदि ईश्वर का साक्षात्कार किसी भी युग में संभव था तो आज भी संभव होना चाहिए, और किसी एक मनुष्य के लिए संभव था तो सबके लिए संभव होना चाहिए। यदि वह कर्म संभव है तो उसकी कोई विधि होनी चाहिए। क्या है वह विधि?" नरेन्द्र को जैसे उन्माद हो गया था, "क्या है वह विधि? कौन जानता है उसे? कौन बताएगा मुझे?"

मित्र लोग चुपचाप उसे देखते रहे। कहीं यह आवेश में कुछ कर ही न बैठे। वे लोग उसे उसकी बाल्यावस्था से जानते हैं। बिलेह तो सदा से ही पगला था। किंतु नरेन्द्र अपनी पीड़ा को नियंत्रित कर चुका था और उसका उन्माद भी क्रमशः मंद हो गया है।

"तुम ब्राह्म समाज में ही किसी से क्यों नहीं पूछते?" राखाल ने पूछा, "वे लोग हमारी जिज्ञासाओं का समाधान करते ही रहते हैं।"

"तुम महर्षि देवेन्द्रनाथ ठाकुर से पूछ लो। उनसे अच्छा आध्यात्मिक गुरु इस युग में और कौन होगा?" प्रियनाथ ने कहा, "एक बार उनसे भी पूछकर देखो।"

नरेन्द्र अपने स्थान से उठकर इस प्रकार टहलने लगा जैसे अपने भीतर उठे हुए किसी उद्वेलन को शांत कर रहा हो। और फिर धीरे से बोला, "पूछा तो था। एक बार उनसे ईश्वर का साक्षात्कार करने का मार्ग ही तो पूछा था। उन्होंने कहा कि योग से ही ईश्वर के दर्शन हो सकते हैं। वे हमें योग के सिद्धांत समझाते रहे। ध्यान-योग की विधि स्पष्ट करते रहे।"

"मेरा तो विचार है कि तुम भी और लोगों के समान ईश्वर को मानते रहो और अपना काम करते रहो।" माणिक बोला, "मुझे तो नहीं लगता कि आज तक किसी ने कभी भी ईश्वर को देखा है। पुराणों में कुछ कपोल-कल्पनाओं की कहानियाँ अवश्य हैं।"

नरेन्द्र का आवेश पुनः जाग उठा, ''यदि उसे किसी ने देखा ही नहीं, यदि वह देखा ही नहीं जा सकता, तो वह फिर है ही नहीं। और जब वह है ही नहीं तो व्यर्थ का एक अंधविश्वास पालने का क्या लाभ?'' नरेन्द्र जैसे अपने आपसे बोला, 'जाने क्यों लोग अपने आपको धोखा देते रहते हैं। क्या रखा है इस झूठ के जीवन में। मान्यता तो यह हो कि ईश्वर है, सब स्थानों पर है, हर कण में है, और आचरण ऐसा हो कि जैसे ईश्वर कहीं है ही नहीं।' नरेन्द्र ने अपने मित्रों की ओर देखा, ''क्या तुम लोग किसी ऐसे पुत्र की कल्पना भी कर सकते हो जिसने कभी अपने पिता को देखा न हो और जब उसे यह बताया जाए कि उसके पिता यहीं कहीं उसके आसपास ही हैं, तो वह पुत्र अपने पिता को खोजने, उनसे मिलने, उन्हें अपने घर लाने का प्रयत्न न करे? मान ले कि उसके पिता कहीं आसपास हैं और अपने काम में लगा रहे?''

''नहीं, ऐसा पुत्र नहीं हो सकता।'' राखाल ने कहा।

''किंतु हम सब तो परम पिता परमेश्वर के वैसे ही पुत्र हैं।'' नरेन्द्र बोला, ''और तुम लोग चाहते हो कि मैं भी वैसा ही बना रहूँ।''

रात को नरेन्द्र बिस्तर पर लेटा तो भी उसका मन शांत नहीं था। भयंकर ऊहापोह से उसका मन जैसे विस्फोट की स्थिति तक पहुँच गया था। विचारों के अंधड़ जैसे उसके अस्तित्व के चिथड़े उड़ा देना चाहते थे।...अब वह किसी भी प्रकार लेटा नहीं रह सकता था। वह उठकर खड़ा हो गया और कमरे में एक सिरे से दूसरे सिरे तक टहलता रहा।

संसार का एक लक्ष्य तो है...इंद्रिय-भोग। धन-दौलत, सोना-चाँदी, प्रासाद-हाथी-घोड़े, दास-दासियाँ, वस्त्राभूषण, भोजन-व्यंजन, कामिनी-कंचन—इन सबका अर्जन! वह टहलता चला गया...और दूसरा लक्ष्य है इन सबका विसर्जन। इन सबसे मुक्ति; क्योंकि ये सब बंधन हैं। आत्मा को वे मुक्त नहीं रहने देते।...भोग से मुक्ति का अर्थ है—संन्यासी का जीवन। हिमालय की गुफा, वल्कल वस्त्र, सिर पर जटाएँ। तपस्या, तपस्या और तपस्या, ईश्वर से प्रेम, ईश्वर की भक्ति, ईश्वर के दर्शन, ईश्वर का साक्षात्कार...क्या करना है मुझे? क्या?...

अब नरेन्द्र के लिए अपने कमरे में ठहरना असह्य था। उसने कपाट खोले और कमरे से बाहर निकल आया। वह जैसे अपना आत्म-नियंत्रण खो बैठा था। उसका शरीर मन की इच्छा का दास हो गया था या विवेकपूर्वक लिए गए एक निर्णय का अनुचर...वह समझ नहीं पा रहा था। वह तो बस इतना ही जानता था कि आज तक उसने स्वयं को जिस काम से रोका था, आज वह वही करने जा रहा था। वह जानता था कि न तो यह समय बाहर सड़कों पर घूमने का था, न किसी भले आदमी के घर जाने का, किंतु उसे जाना ही होगा।...

नरेन्द्र विभिन्न गलियों के आल-जाल के चक्कर काटता हुआ मुख्य सड़क पर पहुँचा और गंगा-तट की दिशा में चल दिया। गंगा के जल से भीगी ठंडी हवा मुख पर लगी तो उसकी चेतना कुछ सुगबुगाई : 'यह समय किसी भले आदमी से भेंट करने का नहीं है।...'मैं जानता हूँ', उसके हठ ने उसकी चेतना को समझाया, 'किंतु अब मैं और प्रतीक्षा नहीं कर सकता। मुझे जाना ही होगा। अब और आत्मदमन संभव नहीं है।'...

नरेन्द्र गंगा-तट पर आकर खड़ा हो गया। उसने अंधकार में ही अपनी आँखें एक क्षेत्र विशेष पर गड़ा दीं...'यहीं कहीं होना चाहिए।'

...थोड़ी देर वह देखता रहा, किंतु इस अंधकार में गंगा के वक्ष पर तैरते हुए कुछ बजरों

की रोशनी के सिवाय और कुछ भी तो दिखाई नहीं दे रहा था। इतनी दूरी पर खड़े बजरे में टँगी एक छोटी-सी लालटेन मात्र से यह पहचान लेना तो बहुत कठिन था कि कौन-सा बजरा किसका था···उसे पहले जल में कूदना होगा और तब ही वह खोज पाएगा कि कौन-सा बजरा किसका था···

नरेन्द्र जैसे स्वयं ही अपने इस निष्कर्ष पर मुग्ध हो गया : पहले कूदना होगा तभी खोजा जा सकता है।···पहले खोजकर कूदा नहीं जा सकता।···यह बात उसे पहले क्यों नहीं सूझी? अब तक तो वह तट पर खड़ा रहकर ही अपने ईश्वर को खोज रहा था। कूदने से संकोच कर रहा था कि कहीं पैरों तले की तट-भूमि छूट गई तो क्या होगा। उसे स्वयं अपने आप पर ही हँसी आ गई : वह अपने पैरों-तले तट-भूमि भी बनाए रखना चाहता है और बजरे तक भी पहुँच जाना चाहता है।···संसार छोड़ना भी नहीं चाहता और ईश्वर को पा भी लेना चाहता है···मूर्ख!

नरेन्द्र छपाक से जल में कूद गया।···सर्वग्रासी अंधकार में डूबे जल में अकस्मात् कूद पड़ने पर उसे एक विचित्र अनुभूति हुई। उसके पैरों के नीचे अपना कोई आधार नहीं था और उसकी आँखें भी कुछ देख नहीं पा रही थीं। उसने अपने-आपको समूचे तौर पर जल को सौंप दिया था। बस, वह अपने हाथ-पैर चला रहा था।···वैसे ही वह अपने आपको संपूर्णतः ईश्वर को सौंप देगा। अपना अहंकार भी, अपनी बुद्धि भी, अपना विवेक भी। उससे पृथक् कोई भी क्या है। वही उसका आधार होगा, वही लक्ष्य। वही उसका साध्य होगा, वही साधन! हाँ! वह अपना प्रयत्न करता जाएगा, पूरी क्षमता से। कर्म उसका, फल ईश्वर का···

नरेन्द्र को लगा : ऐसी अनुभूति उसे पहले तो कभी नहीं हुई। किसी पुस्तक ने उसे ऐसे निष्कर्ष नहीं दिए! यह किसी पुस्तक से प्राप्त कोई सूचना नहीं थी, यह तो जीवन का अनुभव था, जैसे सत्य का साक्षात् दर्शन···

उसने पानी में से अपना सिर उठाया : वह मध्य धार में तैर रहा था और बजरों के बहुत निकट था। कई बजरे लगभग पंक्तिबद्ध खड़े थे। इन्हीं में से कोई उसका लक्ष्य होगा···किंतु कौन-सा?···

वह बजरों के सामने से उनकी पूरी लंबाई तैर गया, किंतु उनमें वह बजरा नहीं था। तो फिर?···हो सकता है कि वह बजरा कहीं और खड़ा हो···पर यह भी तो संभव है कि वह इनमें से ही एक हो और नरेन्द्र तैरने की आपाधापी में उसे पहचान न पाया हो।···उसने दृष्टि उठाकर देखा : बजरों की कतार से हटकर कुछ दूर एक और बजरा भी था।···वह न ठीक से खड़ा था, न चल ही रहा था। लगता था कि उसे वहाँ लाकर छोड़ दिया गया था। चाहे तो किसी किनारे लग जाए, या फिर धारा के साथ बहता चला जाए।···तभी नरेन्द्र को सूझा कि शायद ऐसा नहीं है। बहुत संभव है कि उसे जान-बूझकर शेष बजरों से अलग, तट से हटकर पानी के मध्य रखा गया हो, ताकि महर्षि को एकांत मिल सके।···यदि ऐसी बात थी तो उस बजरे को प्रयत्लपूर्वक चलाया तो नहीं जाएगा, किंतु उसे किनारे लगने से भी रोका जाएगा और मध्य धार में बह जाने से भी।···

नरेन्द्र उसी बजरे की ओर मुड़ गया। वहाँ पहुँचने के लिए न उसे अधिक श्रम करना पड़ा और न अधिक समय ही लगा। प्रसन्नता की बात यह थी कि उसने निश्चित रूप से पहचान लिया था कि यह महर्षि देवेन्द्रनाथ ठाकुर का ही बजरा था···नरेन्द्र ने एक डुबकी लगाई और बजरे के पास जाकर जल से बाहर निकला। उसने बजरे की पट्टी पकड़ी और उचककर ऊपर आ गया। बजरे के भीतर पूर्ण शांति थी। जो माझी अथवा नौकर-चाकर रहे होंगे, वे सामने कहीं दिख नहीं

रहे थे। नरेन्द्र को किसी ने टोका नहीं और वह चलता हुआ बजरे के मुख्य कक्ष में जा पहुँचा···

उसका अनुमान पूर्णतः सत्य था। पूर्ण एकांत में बजरे के उस मुख्य कक्ष के मध्य में पद्मासन लगाए महर्षि देवेन्द्रनाथ ठाकुर ध्यान कर रहे थे। उन्होंने जन-रव से दूर रहने का यह मार्ग निकाला था। ठीक भी था, यहाँ आसपास गंगा के प्रवाह के सिवाय और कोई स्वर नहीं था। उनसे मिलने के लिए न कोई यहाँ आएगा, न उनके ध्यान में बाधक होगा। माँ प्रकृति के सान्निध्य में ऐसा एकांत···

नरेन्द्र के मन में जैसे महर्षि के प्रति स्पर्धा का भाव जागा।···वह क्यों इधर-उधर भटकता फिर रहा है? वह क्यों इसी प्रकार कहीं एकांत में नहीं जा बैठता?··· पर उसे एकांत नहीं, ईश्वर चाहिए। महर्षि ने एकांत तो पाया है, पर क्या उन्होंने ईश्वर भी पाया है?···

"महाशय!"

महर्षि का ध्यान टूट गया। उन्होंने आँखें खोलीं। देखा : सिर से पैर तक पूरी तरह भीगा हुआ, एक लड़का उनके सामने खड़ा था। उसके बालों और कपड़ों से पानी टपक रहा था और फर्श पर बिछा हुआ कालीन गीला कर रहा था। किंतु उसे शायद इसका अहसास भी नहीं था। लगता था कि इस अँधेरे में यह लड़का गंगा में से तैरकर आया है। किसी डोंगी में आया होता तो सिर से पैर तक इस प्रकार भीगा हुआ न होता।···उन्हें पहचानने में कठिनाई नहीं हुई : यह नरेन्द्रनाथ दत्त था। वह ब्राह्म समाज का सदस्य था। उसके विभिन्न कार्यक्रमों में आता-जाता था और उत्सवों में गाता था।···किंतु आधी रात को मध्य गंगा में स्थित उनके इस बजरे में वह कहाँ से प्रकट हो गया?···पहले तो वे चौंके ही थे, किंतु अब उलझन में भी पड़ गए···

उनके कुछ पूछने से पहले ही नरेन्द्र जैसे अपनी उन्मादावस्था में बोला, "महाशय! क्या आपने ईश्वर का साक्षात्कार किया है?"

महर्षि स्तब्ध-से उसे देखते रह गए : इस प्रश्न के लिए इस लड़के ने कौन-सा समय और स्थान चुना है!···

"महाशय! क्या आपने ईश्वर को देखा है?" अपने प्रश्न का उत्तर न मिलने पर नरेन्द्र ने पुनः पूछा।

महर्षि ने स्वयं को कुछ संयत किया। वे इस लड़के के उन्माद को कुछ-कुछ समझ रहे थे। उन्होंने सीधे प्रश्न का सरल उत्तर नहीं दिया। बोले, "पुत्र! तुम्हारे नेत्र एक योगी के नेत्र हैं।"

नरेन्द्र की आँखों में कठोरता का भाव जागा : अर्थात् उन्होंने भी ईश्वर का साक्षात्कार नहीं किया। किया होता तो सीधे-सीधे प्रश्न का उत्तर देते, उसे इस प्रकार टालने का प्रयत्न न करते।

"तुम ध्यान किया करो।" महर्षि पुनः बोले, "मैं तुम्हारे अन्दर एक महान् योगी का भविष्य देख रहा हूँ।"

नरेन्द्र की आँखों में कठोरता का भाव सघन होता गया : जिसने स्वयं ईश्वर का साक्षात्कार नहीं किया, वह मेरी सहायता क्या करेगा···

नरेन्द्र ने एक शब्द भी और नहीं कहा। वह मुड़ा और बाहर की ओर चल पड़ा···

"सुनो पुत्र!" महर्षि ने स्निग्ध स्वर में उसे पीछे से पुकारा।

किंतु नरेन्द्र को अब कुछ नहीं सुनना था। जो कुछ सुनने वह आया था, उसे वह सुन चुका था।···और उसका मस्तिष्क था कि आक्रोश से जैसे फट जाना चाहता था··· किसी ने नहीं देखा ईश्वर को···किसी ने भी नहीं···

अपने मन के ताप से घबराकर जैसे उसे शीतल करने के लिए वह गंगा के जल में कूद पड़ा। यांत्रिक ढंग से बिना कुछ सोचे-समझे वह हाथ-पाँव चलाता जा रहा था। न उसे दिशा का ध्यान था, न समय का। अपने भीतर उमड़ते-घुमड़ते झंझावातों से लड़ने के लिए उसके पास यही एक साधन था···

अंत में वह एक स्थान पर किनारे आ लगा। उसे अहसास था कि वह गंगा के तट पर आ गया है। रेत गीली थी। उसके कपड़ों से पानी निचुड़ रहा था। बालों से बूँदें टपक रही थीं।···किंतु वह अपनी धुन में चलता जा रहा था···कोई नहीं, जिसने ईश्वर को देखा हो। बड़े-बड़े महात्मा और धर्मात्मा, महर्षि और गुरु! किसी ने नहीं देखा है ईश्वर को। तो फिर ये किसी और को क्या दिखाएँगे। सहसा उसका ध्यान पलटा···उस दिन दक्षिणेश्वर के काली मंदिर के पुजारी आए थे।···उन्होंने मुझसे बातें की थीं और दक्षिणेश्वर बुलाया था।···क्या उन्होंने ईश्वर का साक्षात्कार किया है?···लोग उन्हें परमहंस कहते हैं। सुरेश बाबू भी उनके पास जाते हैं और राम दादा भी। वे लोग उन्हें 'ठाकुर' कहते हैं। उनके लिए रामकृष्ण देव जैसे साक्षात् देवता हैं।···और उस दिन प्रिंसिपल विलियम हैस्टी ने भी तो कहा था कि 'ट्रांस' का अनुभव करने वाले जिस एकमात्र व्यक्ति को वे जानते हैं, वे दक्षिणेश्वर के रामकृष्ण परमहंस ही हैं।···तो क्या परमहंस ने ईश्वर को देखा है?···मुझे उनके पास भी जाना चाहिए और उनसे पूछना चाहिए···

32

नरेन्द्र ने कमरे में प्रवेश कर पूछा, "आपने मुझे बुलाया बाबा?"

"हाँ, नरेन!" विश्वनाथ बोले, "मैं यह जानना चाह रहा था कि अब क्या करने का इरादा है तुम्हारा?"

"जी! मैं समझा नहीं।" नरेन्द्र सोच रहा था कि यदि बाबा फिर से उससे विवाह के विषय में पूछ रहे हैं, तो उसका कुछ न समझना ही अच्छा है, और यदि वे सचमुच कुछ और पूछ रहे हैं, तो वह उसे कैसे समझ सकता है।

"इसमें समझने की ऐसी क्या बात है।" विश्वनाथ बोले, "एफ़.ए. का परीक्षाफल आ चुका। तुम द्वितीय श्रेणी में पास हो गए हो। अब आगे क्या करना चाहते हो?"

"यही तो मैं समझ नहीं पा रहा हूँ कि आप मुझसे ऐसा प्रश्न क्यों पूछ रहे हैं!" नरेन्द्र बोला, "एफ़.ए. में पास हो गया हूँ, इसलिए बी.ए. करूँगा। एफ़.ए. शिक्षा की अंतिम सीढ़ी तो नहीं है बाबा!" उसने रुककर अपने पिता की ओर देखा, "क्या आप नहीं चाहते कि मैं आगे पढ़ूँ?"

"क्यों नहीं चाहता। मैं तो चाहता हूँ कि तुम बी.ए. करो और फिर कानून की पढ़ाई कर एटर्नी बनो। किंतु पिता के रूप में मेरे कुछ और दायित्व भी तो हैं।"

"और क्या दायित्व हैं बाबा?"

"तुम्हारा विवाह!" विश्वनाथ बोले।

नरेन्द्र इसी विषय को छेड़ना नहीं चाहता था, किंतु लगता था कि बाबा हाथ धोकर इसके पीछे पड़ ही गए हैं। और नरेन्द्र यह भी जानता था कि बाबा यदि किसी काम को अपना अभियान बना लें, तो वह काम पूरा हुए बिना रह ही नहीं सकता था। पर उसकी बुद्धि किसी भी प्रकार

इस जटिल समस्या को सुलझा नहीं पा रही थी कि जिस पुत्र को अपने विवाह की आवश्यकता का तनिक-सा आभास भी नहीं है, उसके पिता उसके विवाह को इतना आवश्यक क्यों माने बैठे हैं।

"मैंने आपसे उस दिन भी कहा था बाबा!" नरेन्द्र बोला, "कि मैंने अभी अपने विवाह की कल्पना भी नहीं की है। शास्त्रों के अनुसार पच्चीस वर्षों की अवस्था तक तो ब्रह्मचर्य आश्रम का पालन होता है बाबा!"

"वह धर्मशास्त्र के अनुसार होता है।" विश्वनाथ बोले, "पर अब तो अर्थशास्त्र का युग है। आजकल सत्रह-अट्ठारह वर्ष की अवस्था के लड़के का विवाह होता है। बड़ी अवस्था के लड़के के लिए हमारे समाज में लड़की कहाँ से मिलेगी?"

"पर बाबा, मैं अभी गृहस्थी के दायित्वों में स्वयं को बाँधना ही नहीं चाहता।"

"पागल है क्या तू?" विश्वनाथ का स्वर कुछ ऊँचा हो गया, "हम घर में बहू लाएँगे तो दायित्व हमारा होगा या तुम्हारा? मेरे वर्तमान रहते तुम्हारे दायित्व का अर्थ?"

"नहीं।" नरेन्द्र अधिकारपूर्ण स्वर में बोला, "पत्नी का पालन पति का दायित्व है, और संतान का पालन पिता का। विवाह करके न मैं गृहस्थी के दायित्वों से बच सकता हूँ, न उसके प्रलोभनों से।" नरेन्द्र अपने पिता के सम्मुख जैसे अड़कर खड़ा हो गया, "मैं अभी विवाह नहीं कर सकता बाबा!"

विश्वनाथ आवेश में भरकर उठे, किंतु कुछ बोले नहीं। क्रोध में अपने हाथ झटककर रह गए। नरेन्द्र ने भी और कुछ कहना उचित नहीं समझा। वह द्वार से बाहर निकल गया। विश्वनाथ उसके पीछे-पीछे द्वार तक आए, किंतु उसे पुकार नहीं सके। कुछ सोचकर रुक गए। फिर जैसे अपने आपसे ही बोले, 'यह तो एकदम ही हाथ से निकला जा रहा है।'

घर लौटते हुए नरेन्द्र की रामचन्द्र दत्त से भेंट हो गई।

"अरे, नरेन! कहाँ से आ रहे हो?"

"ब्राह्म समाज की सभा में गया था दादा!"

राम हँस पड़ा, "तो समाज-सुधार करके आ रहे हो!"

"आप व्यंग्य कर रहे हैं राम दादा!" नरेन्द्र के स्वर में हलका-सा प्रतिवाद था, "क्या समाज-सुधार का काम इतना ही उपहासास्पद है कि समझदार लोग उससे घृणा करें!"

राम को लगा कि कहीं अजाने ही वह नरेन्द्र के साथ कुछ ज्यादती कर बैठा है, "नहीं! समाज-सुधार तो अपने आपमें उपहासास्पद नहीं है।" उसका स्वर कुछ गंभीर हो गया, "वैसे भी सुधार का अर्थ ही है, किसी को कष्ट, अन्याय अथवा अत्याचार से मुक्ति दिलाना। इसलिए समाज-सुधार तो व्यंग्य के योग्य है ही नहीं।"

"तो फिर इस प्रकार क्यों पूछ रहे थे?"

राम अपने चिंतन में गहरे उतर गया, "वस्तुतः ब्राह्म समाज एक नए धार्मिक संप्रदाय के रूप में उभरा था।...मुझे लगता है कि धर्म-दृष्टि तो स्वयं अपने आप ही ईश्वर की सारी सृष्टि के प्रति इतनी सदय हो उठती है कि समाज-सुधार की कोई गुंजाइश ही उसमें नहीं रह जाती। व्यक्ति को अपने ही इतने दोष दिखाई देने लगते हैं कि वह उन्हें सुधारने से ही अवकाश नहीं पाता। व्यक्ति दूसरों के आधिपत्य के विरुद्ध लड़ने के स्थान पर अपने विकारों से ही महासमर करता है।..." राम तनिक रुककर बोला, "ईश्वर को पाने का लक्ष्य त्याग, सामाजिक विधि-विधान

को आड़ा-तिरछा करने का काम धर्म-लाभ करने के आकांक्षियों के लिए कोई उपयुक्त लक्ष्य नहीं हो सकता।"

नरेन्द्र को अपने सारे शरीर में जैसे रोमांच का-सा अनुभव हुआ, "पर मैं तो ईश्वर को ही खोज रहा हूँ राम दादा!"

"ब्राह्म समाज में?" राम को लगा कि कहीं वह फिर से न हँस पड़े। वह स्वयं को सँभालकर बोला, "घर की ही ओर चल रहे हो?"

"हाँ," नरेन्द्र ने उत्तर दिया, "आप किधर जा रहे हैं?"

"चलो, मैं भी घर ही जा रहा हूँ।" राम बोला, "मार्ग में कुछ बातें भी होंगी। आज तुमने विषय भी बड़ा अच्छा छेड़ दिया है।"

वे दोनों दो-चार डग ही चले थे कि राम ने कहा, "नरेन! मैंने सुना है कि तुम्हारा विवाह हो रहा है।"

नरेन्द्र चौंका। आज तक इस विषय में केवल बाबा से ही चर्चा हुई थी। माँ से भी नहीं। आज राम दादा ने कैसे यह चर्चा छेड़ दी?...

नरेन्द्र को कोई उत्तर न देते देख, राम पुनः बोला, "क्यों? क्या मेरी सूचना ठीक नहीं है?"

अब नरेन्द्र उसकी और उपेक्षा नहीं कर सकता था। बोला, "इतनी सूचना तो ठीक है दादा! कि बाबा मेरा विवाह करना चाहते हैं, किंतु मैंने उसे स्वीकार नहीं किया है।"

"अभी नहीं करना चाहते, किंतु बाद में करोगे? कब?" राम ने पूछा।

"बाद की बाद में देखी जाएगी।" नरेन्द्र बोला, "पर अभी तो मैं अपने विवाह की कल्पना भी नहीं कर सकता।"

"क्यों? क्या इसलिए कि लड़की साँवली है?" राम के स्वर में हलका-सा रोष था।

नरेन्द्र की पीठ पर कोड़ा-सा पड़ा। तमककर बोला, "क्या? बाबा ने कहीं बात भी की है क्या?" वह रुका, "मैं तो समझ रहा था कि वे इस दिशा में अपना प्रयत्न आरंभ करने से पहले मेरा मन देखने के लिए मुझसे चर्चा कर रहे हैं।"

"क्यों? तुमसे अनुमति लेने के लिए?" राम हँसा, "अभी तो हमारे समाज में पिता इतना अधिकार-विहीन नहीं हुआ है कि इन सब बातों के लिए भी अपने पुत्र से अनुमति ले।"

"नहीं, अनुमति नहीं। पर मेरी इच्छा जानने के लिए।"

"नहीं, ऐसी कोई बात नहीं है।" राम विश्वासपूर्ण स्वर में बोला, "चर्चा ही नहीं हो रही, लड़की देखी भी जा चुकी है। उसका वर्ण कुछ अधिक ही साँवला है। इसलिए क्षतिपूर्ति के रूप में कन्या के पिता दस हजार रुपए नकद देने के इच्छुक हैं।"

नरेन्द्र स्तब्ध खड़ा रह गया, "दस हजार रुपए!"

"क्या विश्वनाथ दत्त जैसे बड़े आदमी के इतने सुदर्शन तथा गुणवान पुत्र का इतना भी मूल्य नहीं आँका जाएगा।" राम हँसा, "तुम्हें कोई सूचना ही नहीं है...इतने अबोध हो तुम! वैसे तो तुम्हारे बाबा ने भी मुझसे चर्चा की थी, किंतु कन्या के पिता ने तो मेरे घुटने पकड़कर अनुनय के स्वर में गंभीर आग्रह किया है कि मैं किसी भी प्रकार तुम्हें राजी कर लूँ। तुम्हें समझाऊँ, मनाऊँ और आवश्यक हो तो थोड़ा दबाव भी डालूँ।"

"तो क्या बाबा इन रुपयों के लिए मेरा विवाह करना चाहते हैं?" नरेन्द्र समझ नहीं सका कि वह अपने आपसे पूछ रहा है, या राम दादा से, "क्या बाबा को रुपयों की इतनी आवश्यकता है?"

"वह सब मैं नहीं जानता। उन्होंने मुझसे ऐसी कोई चर्चा नहीं की है।" राम बोला, "वैसे इस संबंध से तुम्हें एक धनाढ्य ससुराल मिलेगा।"

नरेन्द्र अपने घर नहीं गया। राम के साथ ही वह उसके घर आ गया। जब वे दोनों बैठ गए, तो नरेन्द्र असाधारण रूप से दृढ़ स्वर में बोला, "दादा! मैं विवाह नहीं करना चाहता।"

"क्यों?" राम ने हँसकर पूछा, "लड़की अधिक रूपवती चाहिए, या धन अधिक चाहिए, या लड़की पढ़ी-लिखी चाहिए···या···या तुमने स्वयं ही कोई लड़की पसंद कर ली है?"

नरेन्द्र का चेहरा अत्यधिक गंभीर हो उठा, "आप अभी तक मेरी बात समझ नहीं पा रहे हैं दादा! मैं कह रहा हूँ कि मुझे विवाह ही नहीं करना है।"

नरेन्द्र की गंभीरता का प्रभाव राम पर भी हुआ, "पर कोई कारण तो मालूम हो।"

"क्योंकि विवाह मेरी आवश्यकता नहीं है। वह मेरे लक्ष्य तक पहुँचने के मार्ग की बाधा है।" नरेन्द्र बोला, "मेरा लक्ष्य न रूप है, न यौवन, न धन, न संतान।"

"तो क्या है तुम्हारा लक्ष्य—विद्या? ज्ञान? यश? ख्याति?"

"नहीं।"

"ऊँचा पद?"

"नहीं।"

"समाज-सुधार? देश की स्वतंत्रता?"

"नहीं।"

"तो?"

"मैं आपको बता चुका हूँ कि मैं पत्नी नहीं, ईश्वर को खोज रहा हूँ।" नरेन्द्र का स्वर जैसे चट्टान पर अंकित हो जाने जैसा दृढ़ था, "उससे कम में मुझे संतोष नहीं होगा। मुझे यह संसार नहीं चाहिए, मुझे चाहिए ईश्वर।"

राम स्तब्ध रह गया।···तो नरेन्द्र इस मार्ग पर चल रहा था और वह उसे एक साधारण महत्त्वाकांक्षी युवक समझ रहा था। वह उसे किन सांसारिक वस्तुओं में लुब्ध करने का प्रयत्न कर रहा था।···

"तुम विवाह इसलिए नहीं करना चाहते, क्योंकि तुम्हारी इच्छा धर्म-लाभ की है?" उसके मुख से अनायास ही निकल गया, "इसलिए नहीं कि वह लड़की काली है?"

"उस विषय में तो मुझे कुछ पता ही नहीं है दादा।" नरेन्द्र के स्वर में याचना का-सा भाव आ गया था, "आप समझते क्यों नहीं, मैं ईश्वर को खोज रहा हूँ, पत्नी को नहीं।"

राम को लगा, उसे जैसे कोई उन्माद हो गया है। उसके सारे शरीर में एक सुखद-सी सिहरन दौड़ गई और आँखों में अश्रु भर आए। हृदय कैसा तो विगलित हो गया था, जैसे उसे कोई अत्यधिक सात्विक अनुभूति हुई हो।

"इतने लोग विवाह करते हैं। बच्चों को जन्म देते हैं। उनका पालन-पोषण करते हैं।" राम बोला, "वे लोग क्या धर्म-लाभ नहीं करते? वे लोग क्या मंदिर नहीं जाते या पुण्य अर्जित नहीं करते?"

"यह तो उनकी दिनचर्या है दादा!" नरेन्द्र हँसा, "वे मंदिर जाकर प्रसाद पाते हैं, ईश्वर नहीं। मैं तो ईश्वर को पाना चाहता हूँ—साक्षात्। अपनी कल्पना या भावना में नहीं, प्रत्यक्ष।" नरेन्द्र उठकर खड़ा हो गया, "उससे मिलना चाहता हूँ, बातें करना चाहता हूँ, जैसे पौराणिक कथाओं

में साधकों ने उसे पाया है।"

राम ने नरेन्द्र को पुनः आश्चर्य से देखा : क्या सचमुच यह लड़का अपने जीवन का लक्ष्य तय कर चुका है?

"तुम जानते भी हो कि तुम क्या कह रहे हो?" राम बोला, "ईश्वर को पाने के लिए संसार को त्यागना पड़ता है।"

"जानता हूँ।" नरेन्द्र निष्कंप स्वर में बोला, "कबीर ने कहा है न–

'हम घर जारा आपना, लिया मुराड़ा हाथ।
अब घर जारौं तासुका, जो चलै हमारे साथ।।'

"दादा! मैं भी किसी ऐसे व्यक्ति को खोज रहा हूँ, जो अपना घर जला चुका हो और अब मेरा घर भी जला सके।"

राम नरेन्द्र की बात से बहुत गहरे तक प्रभावित हुआ, किंतु वह विश्वास ही नहीं कर पा रहा था कि यह नरेन्द्र का लड़कपन नहीं है, "इस मार्ग की कठिनाइयाँ जानते हो?" उसके स्वर में चेतावनी थी।

"जानता नहीं हूँ।" नरेन्द्र बोला, "पर जो भी हों, उनके लिए तैयार हूँ। जीवन के सुख-आराम छोड़ सकता हूँ। घर-बार से नाता तोड़ सकता हूँ। भोजन और निद्रा का त्याग कर सकता हूँ। आवश्यकता पड़ने पर प्राण भी दे सकता हूँ। और कुछ?"

और सहसा राम ने आवेश में उठकर नरेन्द्र को उसकी दोनों भुजाओं से थाम लिया, "यदि यह सत्य है नरेन! कि तुम्हें धर्म-लाभ ही करना है तो फिर इधर-उधर कहाँ व्यर्थ ही भटक रहे हो। क्यों अपना समय, प्रयत्न और ऊर्जा नष्ट कर रहे हो। पास में गंगा बह रही हो और प्यासा मनुष्य उसकी ओर पीठ कर, वन में भटकता फिरे, तो उसे कौन समझदार कहेगा?" राम ने रुककर जैसे अपना अंतिम निर्णय सुना दिया, "ईश्वर को ही पाना है, तो दक्षिणेश्वर चले जाओ और ठाकुर के चरण पकड़ लो।"

ठाकुर···फिर वही ठाकुर। दक्षिणेश्वर के काली मंदिर का वह पुजारी। नरेन्द्र ने सोचा···ये सब लोग उस पर इतने मुग्ध क्यों हैं? नरेन्द्र के मन के सारे संशय फिर से जाग उठे थे।···

राम ने देखा कि ठाकुर का नाम सुनकर नरेन्द्र के उत्साह में तनिक भी वृद्धि नहीं हुई थी। उलटे वह तो कुछ हतोत्साहित हो गया लगता था।

"दादा! मैंने सुना है कि दक्षिणेश्वर के काली मंदिर का वह पुजारी एकदम गँवार है।" नरेन्द्र बोला, "मैंने स्पेंसर, हैमिल्टन, लॉक तथा अन्य चिंतकों के सारे दर्शन ग्रंथ पढ़ डाले हैं। जो कुछ मुझे उन ग्रंथों में नहीं मिला, वह मुझे उस पुजारी से मिल जाएगा?"

"तुम उस गँवार पुजारी को नहीं जानते नरेन?" राम ने आहत स्वर में कहा, "वे इन दार्शनिकों को नहीं जानते, किंतु वे भगवान् को जानते हैं। मुझे तो लगता है कि तर्क-प्रधान वैज्ञानिकों तथा बुद्धिजीवियों के इस लोक में, इस बौद्धिक युग के मध्य उस पगले ठाकुर ने शायद यही सिद्ध करने के लिए अवतार ग्रहण किया है कि ईश्वर-प्राप्ति के लिए बहुत बुद्धि, ज्ञान और तर्क की आवश्यकता नहीं होती। वह तो मात्र निर्मल हृदय से ही प्राप्त हो जाता है।"

"आप उनका इतना सम्मान करते हैं दादा?"

"हाँ, नरेन!" राम बोला, "वस्तुतः मैं तुम्हें बता नहीं सकता कि उनके चरणों में बैठकर मैंने क्या पाया है।"

"आप मुझे क्षमा करेंगे दादा!" नरेन्द्र धीरे से बोला, "किंतु मुझे लगता है कि जब आप कुछ कष्ट में थे, जब आपकी मनःस्थिति निराशा, पीड़ा और हताशा की थी—तब आप पुजारी के पास गए थे। उस मनःस्थिति में व्यक्ति कहीं भी सांत्वना पा लेता है। डूबते को तिनके का सहारा होता है। किंतु, जो व्यक्ति डूब नहीं रहा, वह तिनके को कैसे अपना सहारा मान ले?"

"तुम ठीक कह रहे हो नरेन्द्र!" राम सहमत हो गया, "किंतु तुम सुरेश बाबू का उदाहरण लो। वे तो डूब नहीं रहे थे। वे किसी मानसिक कष्ट में भी नहीं थे। वरन् वे तो बहुत सरस जीवन जी रहे थे। मदिरा-पान का व्यसन जैसे उनके रक्त में समा गया था। जुए के बिना वे जीवित नहीं रह सकते थे। कुछ और व्यसन भी थे उनको। दुस्साहसी इतने थे कि जब केशवचंद्र सेन ने बीडन गार्डन में एक सभा की और खोल के साथ उसमें कीर्तन किया तो सुरेश बाबू ने अपनी तरंग में खोल के दोनों ओर मढ़ा हुआ चमड़ा ही काट डाला।" राम ने रुककर नरेन्द्र की ओर देखा, "वे न निराश थे, न हताश, न दुखी, किंतु उनके व्यसनों से मैं पीड़ित था और चाहता था कि वे उन सबसे मुक्ति पाएँ। मुझे मालूम था कि वे भले और उदार मनोवृत्ति के सज्जन पुरुष हैं। बस, युग के प्रचलन के मारे कुसंगति में पड़ गए हैं और अब उससे मुक्त नहीं हो पा रहे हैं। इच्छा तो उनकी भी थी, किंतु अपने संकल्प और प्रयत्न से वे उसमें सफल नहीं हो पा रहे थे। मैंने उन्हें ठाकुर की शरण में जाने का परामर्श दिया था। जानते हो, उन्होंने उत्तर में क्या कहा था?"

"क्या?"

"उन्होंने कहा, 'देखो, तुम कहते हो तो मैं उस पुजारी से मिल लेता हूँ, किंतु यदि वह मेरी समस्या का समाधान नहीं कर पाया तो मैं उसके ऐसे कान खींचूँगा कि वह भी याद रखेगा।' 'अच्छा खींच लेना तुम कान—उनके भी और मेरे भी।' मैंने कहा था, 'पर तुम एक बार चलो तो।' सुरेश बाबू तैयार हो गए।" राम रुका, "मैं जानता हूँ कि सुरेश बाबू, ठाकुर की खिल्ली उड़ाने के लिए गए थे, किंतु ठाकुर के चरणों में एक बार बैठ गए तो बैठ ही गए। अब वह उनकी चरण-वन्दना करते हैं।"

"जानता हूँ।" नरेन्द्र बोला, "पर अपने लिए डरता हूँ कि मुझे वे निराश न करें।"

"नहीं! वहाँ जाकर तुम्हें निराशा हाथ नहीं लगेगी। ठाकुर के आसपास कोसों तक निराशा का अस्तित्व नहीं है।" राम बोला, "चलोगे?"

"आप कहते हैं तो चला चलूँगा।" नरेन्द्र में अब भी कोई विशेष उत्साह नहीं था, "किंतु एक बात मैं भी कहे देता हूँ कि यदि उसने रसगुल्लों से मेरा उचित सत्कार नहीं किया तो मैं उस गँवार को ऐसा पाठ पढ़ाऊँगा कि वह भी याद रखेगा।"

"ठीक है, जो मन में आए करना।" राम बोला, "बताओ, कब चलोगे?"

"सोचकर बताऊँगा।" नरेन्द्र उठ खड़ा हुआ, "किंतु तब तक आप एक कृपा मुझ पर करें।"

"क्या?" राम ने उसकी ओर देखा।

"आप बाबा को समझा दें कि मैं किसी भी अवस्था में विवाह नहीं करूँगा। वे व्यर्थ ही न हठ करें, न मुझ पर दबाव डालें।" वह रुका, "और उस साँवली कन्या के पिता को भी यह समझाने की कृपा करें कि वे यह विचार ही त्याग दें। नारी-जाति मेरे लिए केवल मातृ-जाति ही है। मैं नारी को और किसी दृष्टि से देख ही नहीं सकता।"

राम जाते हुए नरेन्द्र को देखता रहा और सोचता रहा, 'भगवान् इसका भला करे। यह लड़का सचमुच ही अद्भुत है।'

नरेन्द्र अपने घर लौटा तो उसके मन में विकट द्वंद्व था।…अब जब वह पुस्तकों में खोज-खोजकर परेशान और लोगों से पूछ-पूछकर निराश हो गया था, राम दादा कह रहे थे कि उसे दक्षिणेश्वर जाना चाहिए।…कितने आशान्वित थे वे कि नरेन्द्र की समस्या का समाधान ही हो जाएगा। …अब तो स्थिति यह थी कि नरेन्द्र को स्वयं ही सोचकर आश्चर्य होने लगा था कि क्या सचमुच कोई जीता-जागता, हाड़-मांस का मनुष्य ऐसा हो सकता है, जो यह कहे कि उसने ईश्वर को देखा है…और वह उसकी विधि भी बता सके।…राम दादा कह रहे हैं कि वह पुजारी ऐसा ही व्यक्ति है…क्या सचमुच? उसके प्रति कितनी श्रद्धा है राम दादा और सुरेश बाबू के मन में! उस दिन नरेन्द्र ने भी देखा था : दोनों कैसे बिछे जा रहे थे, उसके सम्मुख! उसके एक-एक शब्द को अमृत की बूँद समझकर कानों से पीते थे और उसके एक-एक भाव को अपनी पलकों से चुगते थे। उनके लिए तो जैसे वह स्वयं ही साक्षात् ईश्वर था।…तो क्या नरेन्द्र के लिए भी उचित नहीं था कि वह भी उस पुजारी के निकट बैठकर उसका परीक्षण करता? राम दादा और सुरेश बाबू कोई इतने नादान लोग तो हैं नहीं कि किसी मूर्ख के झाँसे में आ जाएँ…

पर नरेन्द्र का मस्तिष्क जैसे यह बात सोचते ही विद्रोह करने लगता है। उस देहाती, गँवार-से मनुष्य में नरेन्द्र को एक भी बात ऐसी दिखाई नहीं दी थी, जिससे उसमें नरेन्द्र की तनिक भी निष्ठा जम सके।…उसकी साधना का तो नरेन्द्र को पता नहीं है, किंतु पढ़ा-लिखा वह एकदम नहीं है। अंग्रेजी, संस्कृत, हिंदी अथवा अन्य किसी भाषा का तो ज्ञान उसे क्या होगा, वह तो किसी पढ़े-लिखे बंगाली के समान बांगला भी नहीं बोल सकता। देहाती स्त्री-पुरुषों या घरेलू स्त्रियों के समान बांगला बोलता है और वह भी हकलाकर। उससे दर्शनास्त्र के गहन सिद्धांतों की चर्चा कैसे की जा सकती है। उसने तो कभी उन दार्शनिकों, उनकी पुस्तकों और उनके सिद्धांतों का नाम भी नहीं सुना होगा।…जिस व्यक्ति को ढंग से अपनी धोती बाँधनी भी नहीं आती वह आध्यात्मिक समस्याओं का समाधान क्या करेगा! नरेन्द्र उसे उस प्रकार महान् विभूति कैसे मान ले, जिस प्रकार राम दादा और सुरेश बाबू मानते हैं।…यदि उसने ईश्वर के अस्तित्व का एक संकेत भी पाया होता तो उसकी चेतना उद्बुद्ध न हो गई होती? वह ज्ञान का भंडार न हो गया होता?…

किंतु नरेन्द्र को अब ईश्वर को पाना ही है। वह और प्रतीक्षा नहीं कर सकता। और नरेन्द्र उन लोगों में से तो है नहीं, जो पुस्तक पढ़े बिना उसकी व्यर्थता की घोषणा कर दे। परीक्षण के बिना किसी व्यक्ति के विषय में अच्छी या बुरी धारणा बनाने का नरेन्द्र को क्या अधिकार है?…उसे इस पुजारी को भी परखना होगा।…

सुरेन्द्रनाथ मित्र दफ्तर से लौटे ही थे कि नरेन्द्र उनके घर जा पहुँचा।

"कैसे हो नरेन?" सुरेन्द्रनाथ ने कहा, "ठाकुर तुम्हारे गाने की बड़ी प्रशंसा कर रहे थे। तुम्हें याद है न कि उन्होंने तुम्हें दक्षिणेश्वर आने के लिए कहा था!"

"याद है।" नरेन्द्र धीरे से बोला, "राम दादा भी मुझे वहाँ चलने के लिए कह रहे थे। पर…"

"पर क्या?" सुरेन्द्रनाथ ने पूछा।

"सोचता हूँ कि वहाँ जाने का कोई लाभ भी है या नहीं।"

"क्यों, लाभ क्यों नहीं है?" सुरेन्द्र कुछ उत्तेजित स्वर में बोले, "जो एक बार भी ठाकुर के पास हो आता है, तत्काल उसके लाभ का अनुभव करता है। मुझे ही देखो…"

"मुझे उससे इनकार नहीं है सुरेश बाबू!" नरेन्द्र बोला, "किंतु प्रत्येक व्यक्ति की प्रकृति भिन्न होती है। उसकी पृष्ठभूमि भिन्न होती है। मैं विश्वविद्यालय की आधुनिक शिक्षा प्राप्त कर

रहा हूँ। मेरे मन की संरचना अन्य प्रकार की है। वे पुरानी परिपाटी के व्यक्ति हैं। मेरी आस्था निराकार ईश्वर में है और वे काली मंदिर के पुजारी हैं··· ऐसी ही अनेक और बातें भी कही जा सकती हैं।···"

"मुझे इन बातों का बहुत ज्ञान नहीं है।" सुरेन्द्र बोले, "मैं तो एक ही बात जानता हूँ, और वह मैंने ठाकुर से ही सीखी है···।"

"क्या?"

"तुम ईश्वर के किस रूप में आस्था रखते हो, वह महत्त्वपूर्ण नहीं है।" वे बोले, "महत्त्वपूर्ण यह है कि तुम ईश्वर को अपने कितने निकट अनुभव करते हो। तुम उसके अस्तित्व को कितनी तीव्रता से अनुभव करते हो। ठाकुर के निकट जाते ही, अपने चारों ओर जीवंत ईश्वर का आभास होने लगता है।···"

नरेन्द्र के शब्द उसके कंठ में ही रह गए और उसके विचार जैसे मस्तिष्क में ही जम गए।···क्या कह रहे थे सुरेश बाबू!···ठाकुर के निकट जाते ही जीवंत ईश्वर का आभास होने लगता है···क्या सचमुच?···

"सुरेश बाबू! क्या आप सच कह रहे हैं?" थोड़ी देर के पश्चात् नरेन्द्र बोला, "क्या ईश्वर का आभास होता है?···"

"हाँ!" सुरेन्द्र बोले, "उसके रूप, गुण, आकार के विषय में मैं कुछ नहीं जानता, किंतु एक अत्यंत सूक्ष्म अतींद्रिय सात्विक अनुभूति होती है। मैं उसे ही ईश्वर का आभास कहता हूँ।"

"आपको पूरा विश्वास है कि यह सब आपके उस पुजारी का सम्मोहन नहीं है?" नरेन्द्र का संशय मिट नहीं रहा था।

"तुम इसे मेरा निमंत्रण मानकर मेरे साथ एक बार दक्षिणेश्वर चलो।" सुरेन्द्र बोले, "तुम्हारे जैसे दृढ़ संकल्प युवक को कोई सम्मोहित नहीं कर पाएगा।"

नरेन्द्र चुपचाप बैठा कुछ सोचता रहा।

"इस रविवार को चलो।" उन्होंने कहा, "मेरी बग्घी जाएगी ही।"

"अच्छा, चलूँगा।" नरेन्द्र बोला, "किंतु एक बात कहे देता हूँ कि न तो मैं आपके समान उन्हें अपना गुरु समझूँगा और न ही उनके कहने पर ब्राह्म समाज छोड़ूँगा।"

"कोई तुमको यह सब करने को नहीं कहेगा।"

"मेरे साथ मेरे दो-तीन ब्राह्म मित्र भी होंगे।"

"मुझे कोई आपत्ति नहीं है।" सुरेन्द्रनाथ बोले, "चाहे जितने मित्रों को ले चलो और अपनी बुद्धि तथा विवेक से उन्हें अच्छी तरह परख लो।"

"ठीक है, मैं आपके साथ चलूँगा।"

33

अगले रविवार को सुरेन्द्रनाथ मित्र की बग्घी कलकत्ता की धूल-भरी ऊबड़-खाबड़ सड़कों पर पाँच-छह मील की यात्रा कर दक्षिणेश्वर पहुँची। बग्घी रुक गई तो उसमें से नरेन्द्र तथा उसके तीन मित्र—प्रियनाथ, मोती तथा दाशरथि सान्याल उतरे। रामचन्द्र दत्त सबके पश्चात् बग्घी से उतरे।

नरेन्द्र ने सुरेन्द्रनाथ मित्र के साथ दक्षिणेश्वर आने की योजना बना तो ली थी, किंतु उसका द्वंद्व अंत तक मिट नहीं पाया था। जब भी वह काली मंदिर के उस पुजारी के विषय में सोचता था तो उसकी बुद्धि इस श्रम को सर्वथा निरर्थक मानकर जाने का निषेध कर देती थी, किंतु ईश्वर को खोज पाने की बावरी आशा उससे लगातार राम दादा और सुरेश बाबू की बात मान लेने का आग्रह करती रहती थी। वह स्वयं ही झल्लाकर स्वयं से पूछता था कि वह जाना चाहता है या नहीं?···इतना अनिर्णय और द्वंद्व तो उसने पहले कभी नहीं झेला था।···किंतु किसी एक स्पष्ट निर्णय पर वह अंत तक नहीं पहुँच पाया था। न वह अपनी तर्क-प्रणाली का विरोध कर पाया और न ही अपने लोभ का शमन। न वह अपनी बौद्धिकता को चुप करा पाया, न अपनी श्रद्धा के पाँवों में बेड़ियाँ डाल पाया।···अंत में उसने अपने मित्रों को साथ लाने का निर्णय किया और मित्रों में से भी केवल उन्हीं को चुना, जिनकी न ईश्वर में कोई रुचि थी, न मंदिर में और न ही मंदिर के पुजारी में। वे तो केवल सैर-सपाटे के लिए नरेन्द्र के साथ आ गए थे। उससे नरेन्द्र की बुद्धि को भी संतोष हुआ कि वह पुजारी के लिए कोई बहुत श्रद्धा भाव लेकर नहीं जा रहा था। बहुत संभव था कि पुजारी को पाठ पढ़ाने की ही आवश्यकता आ पड़े—जैसा कि उसने राम दादा से कह दिया था।···

नरेन्द्र ने देखा, मंदिर के घेर में प्रवेश करते ही सुरेश बाबू और राम दादा—दोनों ही श्रद्धा से नत हो गए थे। वे जैसे भूल ही गए थे कि वे लोग अपने साथ नरेन्द्र और उसके मित्रों को भी लाए हैं। वे तो बस सिर झुकाए और हाथ जोड़े दर्शन के लिए मंदिर के भवन की ओर चल पड़े थे। नरेन्द्र और उसके मित्र भी चुपचाप उन दोनों के पीछे-पीछे चले, जैसे किसी बाध्यता में पैर घसीट रहे हों।

राम दादा और सुरेश बाबू की श्रद्धा देखकर नरेन्द्र का मन कुछ विचलित हो उठा था : कहीं वह अपनी उद्‌दंडता प्रकट कर इन दोनों का मन तो नहीं दुखा देगा? पुजारी उसकी श्रद्धा का पात्र चाहे न हो, किंतु ये दोनों तो उसको भगवान् का प्रतिरूप ही मानते थे।···और फिर प्रो॰ हैस्टी ने भी तो कहा था···

नरेन्द्र ने निश्चय किया कि वह अकारण ही अश्रद्धा प्रकट नहीं करेगा। वह मूक दर्शक बनकर बैठा रहेगा। यदि कुछ पूछने का अवसर आया तो बस एक ही प्रश्न पूछेगा : क्या पुजारी ने ईश्वर को देखा है?···उसके मित्र तो वैसे ही कुछ बोलने वाले नहीं थे। वे तो मूक द्रष्टा के रूप में ही तमाशा देखेंगे।

वे लोग ठाकुर के कक्ष के सामने जाकर रुक गए। कमरा भरा हुआ था। लोग फर्श पर बैठे हुए पूरी तन्मयता से ठाकुर की बातें सुन रहे थे। ठाकुर पूर्व की ओर मुँह किए, तख्त पर बैठे थे और प्रसन्नवदन ईश्वर की चर्चा कर रहे थे।

"जब एक बार हरि-नाम या राम-नाम लेते ही रोमांच हो जाता है, आँसुओं की धारा बहने लगती है, तब निश्चित समझो कि संध्यादि कर्मों की आवश्यकता नहीं रह गई है। तब कर्म-त्याग का अधिकार पैदा हो जाता है—कर्म आप-ही-आप छूट जाते हैं। उस अवस्था में केवल राम-नाम, हरि-नाम या केवल ओंकार का जप करना ही पर्याप्त है।···संध्या-वंदना का लय गायत्री में होता है और गायत्री का ओंकार में···"

नरेन्द्र का मन ठिठका : इस व्यक्ति को चाहे अनपढ़ और गँवार कह लें, किंतु उसकी चर्चा तो गँवारों वाली नहीं है।···

पश्चिम की ओर के द्वार से नरेन्द्र ने अपने साथियों के साथ प्रवेश किया। रामचन्द्र दत्त और सुरेन्द्रनाथ मित्र ने भूमिष्ठ हो प्रणाम किया, किंतु नरेन्द्र तथा उसके मित्रों ने हाथ जोड़ना ही पर्याप्त माना।···इस प्रकार श्रद्धानत हो जाने का कोई कारण नरेन्द्र की समझ में नहीं आ रहा था···।

ठाकुर की दृष्टि उन पर पड़ी और फिर जैसे वह नरेन्द्र पर ही ठहर गई···इसे जैसे अपने शरीर की भी चेतना नहीं है। केशों और वेशभूषा की ओर से भी पूर्णतः लापरवाह लगता है।···ठाकुर ने सोचा···साधारण लोगों के समान भौतिक संसार में आसक्ति नहीं है इसकी। सभी कुछ अद्भुत है। आँखें देखकर लगता है, इसका मन पूर्णतः अंतर्मुखी है।···ठाकुर चकित थे···विषयी लोगों की भूमि कलकत्ता में भी क्या ऐसा सत्वगुणी मनुष्य हो सकता है?···

"वहाँ बैठो।" ठाकुर ने कहा, और उन्होंने फर्श पर बिछी चटाई की ओर संकेत कर दिया।

नरेन्द्र और उसके मित्र चटाई पर बैठ गए। ठाकुर जैसे उनका निरीक्षण करते रहे। उनकी दृष्टि नरेन्द्र के मित्रों पर पड़ी। उनके मन ने कहा : इसके मित्रों का स्वभाव तो संपूर्णतः इसके विपरीत है—साधारण विषयी मनुष्यों के समान। उनकी दृष्टि भोग की ओर है। यह कहाँ उनको अपने साथ लिए घूम रहा है?···

सुरेन्द्रनाथ मित्र ने ठाकुर के निकट आकर धीरे से कहा, "ठाकुर! यह वही नरेन्द्रनाथ दत्त है, जिसने उस दिन मेरे घर पर गीत गाया था।"

"हाँ-हाँ, अच्छा भजन था वह।" ठाकुर ने कहा, और नरेन्द्र की ओर देखा, "और क्या सीखा है--कोई बांगला गीत भी गाते हो?"

नरेन्द्र को लगा कि जैसे उसका कोई दुर्बल पक्ष पकड़ लिया गया हो। बोला, "बांगला गीत तो अभी दो-चार ही सीखे हैं।"

ठाकुर ने जैसे उल्लसित होकर कहा, "तो उन्हीं में से कोई गाओ।"

नरेन्द्र को संकोच ने घेर लिया। उसने बांगला गीतों पर कभी कोई विशेष ध्यान नहीं दिया था, किंतु स्पष्ट रूप से मना करना भी अच्छा नहीं लगेगा···उसने सुरेन्द्रनाथ मित्र की ओर देखा।

सुरेश बाबू समझ गए। उसका संकोच तोड़ने के लिए प्रोत्साहित करते हुए बोले, "हाँ···हाँ···गाओ। ठाकुर सुनना चाहते हैं। बांगला गीत गाने में संकोच क्या है भाई!"

नरेन्द्र ने स्वयं को साधा और गाना आरंभ किया—

"मन चलो निज निकेतने
संसार विदेशे, विदेशीर वेशे भ्रम केनो अकारणे।
विषय पंचक आर भूतगण, सब तोर पर, कहो नय आपन,
पर प्रेम केनो होय अचेतन, भूलिछो आपन जने।
सत्य पथे मन करो आरोहण, प्रेमेर आलो ज्वालि चलो अनुक्षण
संगेते संबल लहो भक्ति धन, गोपने अति जतने।
लोभ मोह आदि पथे दस्युगण, पथिकेर केर सर्वस्व शोषण
ताई बलि मन रेखो रे प्रहरी, शम दम दुई जने
साधु संग नामे आछे पान्थधाम, आंत होले तथाय करिओ विश्राम
पथ भ्रांत होले सुधाइयो पथ, से पान्थ निवासी गणे।
जदि देखो पथे भयेरि आकार, प्राण पणे दिओ दोहाई राजार,
से पथे राजार प्रबल प्रताप, शमन डरे जार शासने।"

अयोध्यानाथ पाकराशि का लिखा यह गीत ब्राह्म समाज में प्रायः गाया जाता था। नरेन्द्र ने यहाँ भी वह गीत अभ्यासवश ही गाया था, किंतु अन्यमनस्कता से आरंभ किए गए इस गीत में वह इतना तन्मय हो जाएगा, वह शायद स्वयं भी नहीं जानता था। अजाने ही जाने कब उसे लगने लगा कि वह किसी और का लिखा गीत नहीं गा रहा था, यह तो उसकी अपनी ही आत्मा की पुकार थी। वह उसकी ही आत्मा तो थी, जो इस विदेश में अकेली पड़ गई थी और अपने देश लौट जाने के लिए तड़प उठी थी···उसने अपना मन और तन ढालकर, अवसन्न स्वर में वह गीत इतनी एकाग्रता से गाया, जैसे वह ध्यानस्थ होकर ही गा रहा हो।

गीत सुनते-सुनते ठाकुर एकाग्र और ध्यानस्थ ही नहीं, भावाविष्ट भी हो उठे।

गीत समाप्त होते ही सुरेश बाबू ने बड़ी आतुरता से नरेन्द्र से दूसरा गीत आरंभ करने का आग्रह किया, "ठाकुर भावाविष्ट हैं। उन्हें सामान्य भूमि पर लाने के लिए और गीतों की आवश्यकता पड़ेगी। गाओ, तुरंत गाओ। रुको मत।"

नरेन्द्र ने बेचाराम चटर्जी का लिखा गीत 'जाबे कि हे, दीन आमार बिफोले चालिए' गाना आरंभ किया।···आज उन गीतों के भाव से उसका असाधारण तादात्म्य हो रहा था। वह जैसे अभ्यासवश नहीं गा रहा था। अपने हृदय के चीत्कार को अभिव्यक्त कर रहा था···तन्मयता के लिए उसे तनिक भी प्रयत्न नहीं करना पड़ रहा था।···यह इस स्थान का प्रभाव था, या ठाकुर के सान्निध्य का प्रतिफल?···

गीत के समाप्त होते-होते ठाकुर की चेतना भी बहिर्मुखी हो आई···

ठाकुर अपने आसन से सहसा उठ खड़े हुए और नरेन्द्र के पास आए।

नरेन्द्र को कुछ आश्चर्य हुआ। उन दोनों की बातचीत तो अपने-अपने स्थान पर बैठे रहकर भी हो सकती थी। तो फिर वे उसके पास क्यों चले आए हैं?···

ठाकुर ने बिना कुछ कहे नरेन्द्र का हाथ पकड़कर उसे उसके स्थान से उठा लिया और कमरे से उत्तर की ओर बरामदे में खींचकर ले गए।

आश्चर्यचकित नरेन्द्र उनके साथ खिंचता चला गया, किंतु उसने प्रतिरोध नहीं किया। यदि वह उन्हें रोकता तो शायद ठाकुर उसे इस प्रकार खींच नहीं सकते थे।··· किंतु उसके अपने मन में ही बल-प्रयोग की इच्छा नहीं जन्मी। वह स्वयं नहीं जानता था कि वह उनकी इच्छा के अधीन अवश हो गया था, या उसका मन एक कौतुक में बँध गया था···

शीतकाल था। उत्तरी हवा रोकने के लिए बरामदे के खंभों के बीच टट्टर लगे हुए थे। ठाकुर, नरेन्द्र को खींचते हुए उसी स्थान पर ले गए।···उन्होंने भीतर से कपाट बंद कर लिया। अब उन्हें बाहर से कोई भी नहीं देख सकता था।

नरेन्द्र को उनके व्यवहार में कई बातें विचित्र लग रही थीं। न तो वह इस व्यवहार की पूर्व-कल्पना ही कर सकता था और न यह उसके लिए सुखद ही था।···पर इन साधुओं को सामाजिकता और सभ्य समाज के आचरण का अभ्यास नहीं होता। बहुत संभव है कि वे एकांत में उसे कोई उपदेश देना चाहते हों। कोई मंत्र या कोई ऐसी बात, जिसे वे सार्वजनिक नहीं करना चाहते।···या फिर यह एक एकांतवासी साधु की सनक भी हो सकती है···

ठाकुर ने अब तक नरेन्द्र का हाथ पकड़कर उसे खींचा था, किंतु अब उन्होंने उसका हाथ कुछ इस प्रकार पकड़ लिया, जैसे कोई आत्मीयजन अपने स्नेह के आवेश में प्रियजन का हाथ पकड़ लेता है। उनके नेत्रों से आनंद के अश्रुओं की धारा बहने लगी थी और किसी पूर्व परिचित ही

नहीं; घनिष्ठ व्यक्ति के समान वे उपालंभ भरे स्वर में बोले, "तू इतने दिनों के पश्चात् आया। मैं किस प्रकार तेरी प्रतीक्षा कर रहा था—तू सोच भी नहीं सकता। विषयी मनुष्यों की व्यर्थ की बकवाद सुनते-सुनते मेरे कान जले जा रहे हैं। अपने मन की बात किसी से न कह सकने के कारण, मेरा पेट फूलता जा रहा है।…"

अवाक् नरेन्द्र चकित दृष्टि से उन्हें देखता रहा : विचित्र है यह व्यक्ति! कोई किसी अपरिचित से इस प्रकार का व्यवहार भी करता है?…

ठाकुर जैसे रो ही पड़े थे। उनका विह्वल मन अश्रु बनकर उनकी आँखों में प्रकट हो गया था।…

अगले ही क्षण वे नरेन्द्र के सम्मुख हाथ जोड़कर खड़े हो गए, "मैं जानता हूँ प्रभु! आप वही पुरातन ऋषि—नर रूपी नारायण हैं। जीवों का इस दुर्गति से उद्धार करने के लिए आपने पुनः संसार में अवतार लिया है।…"

नरेन्द्र स्तंभित खड़ा रह गया, "मैं किसके दर्शन करने चला आया। यह तो सर्वथा उन्मत्त व्यक्ति है। पगला…मैं विश्वनाथ दत्त का पुत्र, नरेन्द्रनाथ दत्त हूँ…और यह मुझसे इस प्रकार वार्तालाप कर रहे हैं, जैसे मैं अभी-अभी आकाश से उतरा हुआ, कोई देवता हूँ।"

और इससे पहले कि नरेन्द्र कुछ कहता, ठाकुर बोले, "ठहरो। यहीं मेरी प्रतीक्षा करना। कहीं जाना नहीं।"

ठाकुर ने कपाट खोला और अपेक्षाकृत अधिक स्फूर्ति से वे बाहर चले गए।

नरेन्द्र को कुछ शांति मिली…ओह! ये तो अपूर्व पागल हैं। जाने क्या करने गए हैं…और नरेन्द्र के मन में सहसा उन्माद के समान भाव आया कि वह तत्काल यहाँ से निकल भागे। यहाँ ठहरने का कोई अर्थ ही नहीं था। राम दादा और सुरेश बाबू न जाने क्यों उसे इस व्यक्ति से मिलवाना चाहते थे। अब तक जो कुछ उन्होंने किया था वह सब अद्‌भुत ही था और अब आकर कहीं वे उससे भी बड़ा कोई चमत्कार न कर बैठें…नरेन्द्र सोचता गया…किंतु उसके शरीर ने वहाँ से चले जाने का कोई भी उपक्रम नहीं किया।…वह स्वयं समझ नहीं पा रहा था कि यह उसका असमंजस था, जो उसे वहाँ से जाने नहीं दे रहा था या इस अधपगले की कोई ऐसी शक्ति थी जिसने उसके पाँव जकड़ रखे थे।

थोड़ी ही देर में ठाकुर लौट आए। उनके हाथों में मक्खन, मिस्री तथा कुछ मिठाइयाँ थीं। वे आकर उसके सम्मुख खड़े हुए और अपना हाथ बढ़ाकर उसके मुँह में बलात् मिठाई ठूँसते हुए बोले, "खाओ।"

नरेन्द्र के मन ने चकित होकर प्रश्न किया, कहीं राम दादा अथवा सुरेश बाबू ने उन्हें यह तो नहीं बता दिया कि उसने आने के लिए परिहास में ही यह शर्त रखी थी कि यदि वे उसका रसगुल्लों से अच्छी तरह सत्कार नहीं करेंगे तो वह उनको अच्छी तरह पाठ पढ़ाएगा?…पर नहीं, यह सत्कार नहीं था। यह तो एक प्रकार की स्नेह-विह्वलता थी, जिसमें खिलाने वाला स्वयं यह भी नहीं जानता कि वह कितना अटपटा काम कर रहा है, जैसे कोई बालक अपने प्रेम के आवेश में अपने गंदे हाथों में पकड़ी अथवा धूल में लिपटी कोई मिठाई अपने किसी बड़े को खिलाने का आग्रह कर रहा हो।…या फिर शबरी अपने स्नेह के आवेग में अपने जूठे बेर भगवान् राम को खिला रही हो।

नरेन्द्र चौंका, वह ये सब क्या सोच रहा है। वह राम नहीं है, न ही ठाकुर बच्चे हैं…किंतु

वह स्पष्ट देख रहा था कि उनकी आतुरता और विह्वलता एक अबोध बालक की-सी ही थी।

अंततः वह बोला, "आप मिठाई मुझे दे दीजिए। मैं अपने मित्रों के साथ बाँटकर खाऊँगा। इस प्रकार उनसे छिपकर एकांत में खाना कोई शोभनीय कर्म तो नहीं है।"

किंतु ठाकुर उसकी मानने वाले नहीं थे। बोले, "वे लोग भी खाएँगे, पहले तुम तो खा लो।"

ठाकुर नरेन्द्र को खिलाते रहे, और अनिच्छा से ही सही, पर नरेन्द्र मानो बाध्य होकर खाता रहा। डरता था कहीं उसने कठोरता से मना कर दिया तो उनका मन दुखी होगा। उसके अपने ही मन का कोई खंड जैसे उस पर हँस रहा था···तुझे इस पगले के मन दुखने की क्या चिंता है? तूने तो आज तक इस प्रकार की चिंताएँ नहीं पालीं।···नरेन्द्र ने अपने मन के इस परिहास का भी कोई उत्तर नहीं दिया। उसने सोचा कि यदि वह अपना मुँह खोलकर मिष्टान्न स्वीकार नहीं करता तो वे तो उसके मुँह पर मक्खन मलकर उसे बालकृष्ण बना देंगे।

कुछ खिलाकर ठाकुर को जैसे संतोष हुआ। उन्होंने पुनः उतनी ही आत्मीयता और स्नेह से नरेन्द्र का हाथ पकड़ लिया, "बोल, तू शीघ्र ही एक दिन मेरे पास आएगा—अकेला। आएगा न? बोल।"

नरेन्द्र को लगा कि उनके आग्रहपूर्ण अनुरोध के सम्मुख वह एकदम लाचार होता जा रहा है। वह स्वयं अपने ऊपर ही चकित हो रहा था कि उनके इस सारे अटपटे व्यवहार और आग्रह के कारण उसके मन में क्रोध का लेश भी नहीं पनप रहा था। उसने उनके चेहरे पर दृष्टि डाली। वह जैसे एक अबोध तथा सरल शिशु का चेहरा था। उन आँखों के आग्रह को अस्वीकार नहीं किया जा सकता था।

"आऊँगा।"

ठाकुर प्रसन्न हो गए, किंतु उन्होंने अपना आग्रह नहीं छोड़ा, "शीघ्र आना। अधिक विलंब मत करना···और अकेले आना।"

ठाकुर ने कपाट खोल दिया और बाहर निकल आए। नरेन्द्र भी उनके पीछे-पीछे आ गया और वे दोनों अपने-अपने स्थानों पर पुनः इस प्रकार बैठ गए जैसे अब तक कुछ भी अस्वाभाविक घटित न हुआ हो।

इस बार ठाकुर ने उपस्थित लोगों को संबोधित किया, तो वे ईश्वर-चर्चा के स्थान पर नरेन्द्र की ही चर्चा कर रहे थे, "देखो, नरेन्द्र सरस्वती के प्रकाश से किस प्रकार दीप्तिमान है।"

लोगों ने आश्चर्य से नरेन्द्र की ओर देखा, और नरेन्द्र ने उनसे भी अधिक चकित होकर ठाकुर की ओर देखा। उससे तो ठाकुर की कोई ऐसी चर्चा ही नहीं हुई, जिससे वे उसकी बुद्धि अथवा ज्ञान के स्तर को जान सकते। उन्होंने इस प्रकार की घोषणा कैसे कर दी? यह व्यक्ति निपट पगला है क्या?···

और फिर ठाकुर नरेन्द्र से संबोधित हुए, "सोने से पहले क्या तुम्हें कोई प्रकाश दिखाई देता है?"

"जी हाँ!" नरेन्द्र ने सहज भाव से कहा और फिर आश्चर्य से पूछा, "क्या अन्य लोगों को दिखाई नहीं देता?"

ठाकुर ने नरेन्द्र की बात का कोई उत्तर नहीं दिया। और मानो वे अपने आपसे ही बोले, "सब कुछ सिद्धांतानुकूल है।" और उन्होंने पुनः अपने सामने बैठे हुए लोगों को संबोधित किया, "देखो, यह लड़का अपने जन्म से ही ध्यान-सिद्ध है।" क्षण-भर वे अन्यमनस्क रहे और कुछ स्मरण

कर पुनः बोले, "तुम लोगों को जैसे देख रहा हूँ, तुम लोगों से बातचीत कर रहा हूँ, वैसे ही ईश्वर को भी देखा जा सकता है और उनसे बात की जा सकती है।" उनके स्वर में अवसाद उतर आया, "परंतु वैसा चाहता कौन है। लोग स्त्री-पुत्र के शोक में घड़ों आँसू बहाते हैं। विषय और धन के लिए तरसते रहते हैं। किंतु ईश्वर के दर्शन नहीं हुए—कहकर कौन रोता है? कौन यह कहकर दुखी होता है, जैसा कि नरेन्द्र ने गाया, 'जाबे कि हे दीन आमार बिफोले चालिए'।"

नरेन्द्र ठाकुर को देख रहा था, उनकी बातें सुन रहा था और उसका मन निरंतर टिप्पणी करता जा रहा था···चाल-ढाल, बातचीत और दूसरों के प्रति व्यवहार में तो उन्माद का कोई लक्षण नहीं है। उनके दिव्य वचन और भाव-समाधि देखकर तो लगता है कि सचमुच ही ये ईश्वरार्थ सर्वत्यागी हैं और जो कहते हैं, स्वयं उसका अनुष्ठान भी करते हैं···

ठाकुर कहते जा रहे थे, "ईश्वर को मैं नहीं पा सका—यह सोचकर यदि कोई व्याकुल होकर उन्हें पुकारता है, तो वे अवश्य ही उसे दर्शन देते हैं···"

नरेन्द्र के भीतर चिंतन-प्रक्रिया चलती ही जा रही थी···ये कितने विश्वास के साथ ईश्वर के दर्शन के विषय में कह रहे हैं। क्या ये मुझे भी ईश्वर के दर्शन करवा सकते हैं? क्या ये मेरे गुरु हो सकते हैं?···

नरेन्द्र के मन में सदा चलने वाला झंझावात पुनः सजीव हो उठा···कहते सब हैं, पर सब बातें ही बातें हैं···इसमें कोई सत्य भी है क्या?···यहाँ बैठे सिद्धांत बखान रहे हैं, पर क्या इन्होंने स्वयं ईश्वर के दर्शन किए हैं?···नरेन्द्र अपना आत्म-नियंत्रण खो बैठा।···वह यह तो समझ रहा था कि वह क्या करने जा रहा है, किंतु अपने आपको रोक लेना अब उसके वश में नहीं था।···उसके मन में से कहीं एक स्वर उठ रहा था कि उसे यह नहीं करना चाहिए···यह उसके लिए उपयुक्त अवसर नहीं था···किंतु आवेग, बंधन से प्रबलतर था···वह अनायास ही सरकता जा रहा था और सहसा उसने पाया कि वह ठाकुर के अत्यंत निकट पहुँचा हुआ है। उसने अपनी गरदन उठाई और ठाकुर के एकदम सम्मुख पहुँच, उनकी आँखों में आँखें डालकर पूछा, "क्या आपने स्वयं ईश्वर के दर्शन किए हैं?"

ठाकुर कुछ इस प्रकार हँसे, जैसे किसी अबोध बालक ने अपने प्रश्न में किसी छोटी-सी चीज को बहुत बड़ा मान लिया हो। बोले, "हाँ-हाँ, मैं उन्हें वैसे ही देखता हूँ, जैसे तुम्हें देख रहा हूँ।"

उत्तर इतना अनपेक्षित था कि नरेन्द्र को अगला प्रश्न ही नहीं सूझा। वह अवाक् बैठा ठाकुर की ओर देखता रहा। किंतु उसका मन अब भी लगातार अपनी प्रतिक्रिया प्रकट कर रहा था···आज मैं पहली बार एक ऐसे मनुष्य को देख रहा हूँ, जो यह कहने का साहस करता है कि उसने ईश्वर को देखा है। इसका अर्थ है कि धर्म एक ऐसी वास्तविकता है, जिसका अनुभव किया जा सकता है···इस संसार से भी अधिक सघन अनुभूति हो सकती है उसकी।···वे अन्य धर्म-प्रचारकों के समान कल्पना अथवा रूपक का सहारा लेकर व्याख्यान नहीं देते। सत्य ही सर्वस्व त्यागकर उन्होंने ईश्वरानुभव किया है और वे अपने प्रत्यक्ष अनुभव की बात कह रहे हैं···किंतु जैसा व्यवहार उन्होंने मेरे साथ किया है उसका उनके प्रवचन के साथ सामंजस्य कैसे स्थापित हो सकता है?···ये अर्धोन्मादी हैं क्या?···पर उन्माद होने पर भी ईश्वर के लिए वैसा त्याग, संसार में विरले ही कर सकते हैं। उन्मादी होने पर भी ये महापुरुष पूर्ण सात्विक और महान् संन्यासी हैं। ये हमारी श्रद्धा, पूजा तथा सम्मान पाने के वास्तविक अधिकारी हैं।···

पर नरेन्द्र का विद्रोही मन उसके भीतर जन्मी इस श्रद्धा पर निरंतर प्रहार कर रहा था।

उस पर प्रश्न-चिह्न लगाता जा रहा था···क्या वह इस निष्कर्ष को सत्य मान ले? क्या इस पर पुनर्विचार की आवश्यकता नहीं है?

नरेन्द्र उठ खड़ा हुआ। उसके साथ ही उसके उकताए हुए मित्र भी उठ खड़े हुए। उन्होंने बिना कुछ कहे हाथ जोड़कर ठाकुर से विदा ली और बाहर निकल आए।

34

रात को नरेन्द्र आकर अपने बिस्तर पर बैठा तो जैसे उसे स्वयं अपने आपको सूचना देने की इच्छा हो रही थी कि आज का दिन बहुत व्यस्त रहा।

कोई-कोई दिन तो ऐसा आता है कि जैसे जीवन-भर की गतिविधियाँ एक ही दिन में समा जाएँगी।···उसने सोचा···मानो एक दिन न हो, पूरे जीवन का एक लघु रूप हो। परमाणु रूप···।

उसके संगीत के गुरु आजकल प्रातः बहुत सवेरे आ जाते थे। रविवार को भी नरेन्द्र एक-आध घंटा अधिक सोना चाहता तो नहीं सो सकता था। उनके आने से पहले ही उसे तैयार रहना पड़ता था। अधिक सोना तो दूर, आजकल प्रातः जल्दी उठने की चिंता में वह रात को भी ठीक प्रकार से सो नहीं पाता था।···आजकल पखावज का अभ्यास जोरों पर था। काशी घोषाल घर में उसे पखावज और तबला सिखाते, अभ्यास कराते और फिर वहीं से वे उसे ब्राह्म समाज ले जाते थे।···आज वहाँ से लौटने की नौबत नहीं आई। वहीं से उसके मित्र लोग उसे पकड़कर सैर-सपाटे के लिए ले गए थे। किराए की गाड़ी में वे लोग सारा दिन कलकत्ता नगर की सैर करते रहे थे। गाड़ी में ही गाना-बजाना, चिल्लाना, जोर-जोर से बातें करना और ठहाके लगाना। फिर वे लोग गंगा-तट पर जा पहुँचे थे और दो-तीन घंटे जल में ही क्रीड़ा करते रहे थे।···वहाँ से लौटकर नरेन्द्र अंबु गुहा के अखाड़े में चला गया था। वैसे शायद वह आज न भी जाता; किंतु राखाल आज प्रातः भी ब्राह्म समाज की प्रार्थना-सभा में नहीं आया था। कहीं वह अस्वस्थ ही न हो।···अखाड़े में उससे भेंट हुई। वह स्वस्थ था। बस प्रातः कहीं चला गया था, इसलिए प्रार्थना-सभा में नहीं आया।···पर कहाँ गया वह? नरेन्द्र के पूछने पर भी राखाल टालता ही गया था।

नरेन्द्र को उसकी यह अनियमितता अच्छी नहीं लगी। इस प्रकार कहीं भी चले जाने का क्या अर्थ? जिस दिन प्रार्थना-सभा हो, उसी दिन कहीं और जाने का कार्यक्रम उसने रखा ही क्यों? नरेन्द्र ने उसका पीछा नहीं छोड़ा। बहुत कुरेदने पर धीरे-धीरे राखाल ने उसे बताया था कि वह ठाकुर से मिलने के लिए दक्षिणेश्वर चला गया था।

नरेन्द्र चौंका : तो यह भी दक्षिणेश्वर जाने लगा है।···नरेन्द्र के मन में अपने दक्षिणेश्वर जाने की वह सारी घटना सजीव हो उठी। ठाकुर के व्यवहार की एक-एक बात जैसे जीवंत होकर उसकी आँखों के सामने से गुजरने लगी।···उनका वह अटपटा व्यवहार, उन्मादी स्वरूप···किंतु उनकी सरलता और सात्त्विकता के आकर्षण को इस तीव्रता से अनुभव करता है तो वह राखाल को क्या कह सकता है। आखिर राखाल को भी तो वह आकर्षण कुछ खींचता ही होगा।···

नरेन्द्र ने लीलापूर्वक कुछ कठोर दृष्टि से उसे देखा, "जब तुझे प्रार्थना-सभा में जाना था तो तू दक्षिणेश्वर क्यों चला गया?"

राखाल ने अपनी ओर से तो टालमटोल की, किंतु नरेन्द्र उसे छोड़ने वाला नहीं था, "तुझे

मालूम तो है न कि तू ब्राह्म समाज का सदस्य है। तूने उसकी नियमावली पर हस्ताक्षर किए हैं।···और तू यह भी जानता है कि दक्षिणेश्वर के काली मंदिर का पुजारी प्रतिमा-पूजन करता है।''

''जानता हूँ।'' राखाल सहज भाव से बोला, ''किंतु ठाकुर की ममता मुझे सबकुछ भुला देती है। उनकी ममता मुझे अपनी माँ की ममता से भी अधिक सघन लगती है। उनके पास पहुँचकर मुझे एकदम ऐसा लगता है कि मैं माँ की गोद में पहुँच गया हूँ।''

नरेन्द्र को ठाकुर का स्नेहपूर्वक उसे मिठाई खिलाना स्मरण हो आया। सचमुच, वह माँ का रूप ही था, पिता का नहीं। वे देकर भी दाता नहीं बनते थे, याचक बनकर कहते थे 'और खा ले।' और कौन होगा जो खिलाकर भी याचक बना रहे?···

''वह सब ठीक है।'' नरेन्द्र ने कहा, ''किंतु इस ममता के चक्कर में कहीं अपनी नियमावली मत भूल जाना। हमने प्रतिमा-पूजन के विरोध का संकल्प किया है।''

नरेन्द्र ने कह तो दिया, किंतु उसकी चेतावनी में कोई विशेष बल था नहीं।

''मुझे मालूम है।···'' राखाल के स्वर के खोखलेपन को नरेन्द्र भी पहचान रहा था।

किंतु अब अपने कमरे के एकांत में भूमि पर बिछे अपने इस बिस्तर पर लेटते ही नरेन्द्र जैसे कुछ और हो गया। दिन-भर की जिन सांसारिक गतिविधियों में उसने स्वयं को भुलाए रखा था, वे सब अब स्वप्नलोक की बातें हो गई थीं। इस समय उसका अपना वास्तविक व्यक्तित्व ही नहीं, उसकी आत्मा की चिरंतन भूख भी जाग उठी थी···उसे ईश्वर के दर्शन करने थे। आज का दिन भी बीत गया था और कोई प्रगति नहीं हुई थी···उसका ध्यान ठाकुर की ओर चला गया।···राखाल ठीक कहता है कि उनके निकट पहुँचकर ऐसा ही अनुभव होता है, जैसा किसी बालक को अपनी माँ के पास पहुँचकर होता है···नरेन्द्र की आत्मा की भूख जागी थी तो उसे भी तो ठाकुर की ही याद आई थी···।

उन्होंने कहा था कि ईश्वर के दर्शन करना संभव है। उसी प्रकार, जिस प्रकार हम एक-दूसरे को देखते हैं और वार्तालाप करते हैं···नरेन्द्र ने करवट बदली तो उसके मन ने भी जैसे करवट बदल ली···किंतु उस व्यक्ति का क्या विश्वास? वे उन्मत्त हैं। बुद्धि और तर्क की कोई बात नहीं करते।···कैसे हाथ जोड़कर मेरे सामने खड़े हो गए थे···'तुम नर रूपी नारायण हो'···। आँखों से अश्रु बहने लगे। वह सारा तो प्रलाप ही था जैसे। उन सब बातों को नरेन्द्र की बुद्धि, गंभीरता से यथार्थ कैसे स्वीकार कर सकती है।···क्या पता, उन सब बातों के समान ही यह भी कह दिया हो कि न केवल उन्होंने स्वयं ईश्वर को देखा है, वरन् वे दूसरों को भी दिखा सकते हैं।···ऐसे व्यक्ति का क्या भरोसा···कल को वे यह ही कह दें कि वे स्वयं ही ईश्वर हैं।···नहीं, ऐसे व्यक्ति का बिना किसी प्रमाण के विश्वास नहीं किया जा सकता···।

नरेन्द्र के मन ने पुनः अपनी दिशा बदली···नहीं, वे ऐसे तो नहीं हैं। उन्हें मिथ्याभाषी और पाखंडी नहीं कहा जा सकता। नरेन्द्र का मन कभी भी यह स्वीकार नहीं करेगा।···उनके शब्द कितने सच्चे और पवित्र थे।···इतने अधिकार के साथ कोई धर्म-गुरु अथवा धर्म-प्रचारक नहीं बोलता।···वे ग्रंथों और प्रवचनों के शब्द नहीं थे। वे अनुभव की आँच में तपे हुए शब्द थे···पवित्र और सच्चे···।

नरेन्द्र की बुद्धि ने पुनः विरोध किया···मुझे तो वे कुछ पढ़े-लिखे भी नहीं लगते! बोलते हुए कुछ तुतलाते भी हैं। उन्होंने दर्शन की शायद एक भी पुस्तक न पढ़ी हो। फिर वे प्रतिमा-पूजक भी हैं। दक्षिणेश्वर की काली बाड़ी के पुजारी।···वे क्या नरेन्द्र जैसे आधुनिक शिक्षा पाए हुए, बुद्धिवादी नवयुवक के गुरु हो सकते हैं?

इससे पहले कि नरेन्द्र की बुद्धि इस संभावना को सदा के लिए अस्वीकार कर देती, उसके मन ने एक झटके के साथ प्रखर प्रतिवाद किया :···अधिक पढ़े-लिखे तो शायद वे नहीं हैं। प्रतिमा-पूजक भी वे हैं ही।···किंतु उससे क्या? महर्षि देवेन्द्रनाथ ठाकुर भी कभी इस प्रकार उसकी आँखों में आँखें डालकर, विश्वासपूर्वक कह सके हैं कि उन्होंने ईश्वर का साक्षात्कार किया है?···आँखों में आँखें डालकर तो क्या, सिर झुकाकर संकोचपूर्वक भी, वे कभी नहीं कह सके कि उन्होंने स्वप्न में भी ईश्वर की परछाईं को देखा है···नरेन्द्र क्या चाहता है?···गुरु की विश्वविद्यालयों से प्राप्त डिग्रियाँ···या···या···उसकी ईश्वर से निकटता···नरेन्द्र को विश्वविद्यालय की मान्यता चाहिए या ईश्वर···?

अपनी व्याकुलता में नरेन्द्र उठकर खड़ा हो गया···उसका मस्तिष्क परस्पर विरोधी तर्कों की टकराहट से जैसे दर्द करने लगा था···उसकी इच्छा हुई कि वह जोर-जोर से चिल्लाकर कहे—'मेरे प्रश्नों के उत्तर विद्वान् लोग नहीं दे पा रहे। पुस्तकें मौन हैं। तर्क तो मेरे पास है, किंतु ज्ञान का प्रकाश नहीं है।···ईश्वर का आलोक तो कहीं भी नहीं है।···तो फिर मैं क्यों सद्गुरु की खोज में नहीं जाता?···मैंने इतने लोगों से ज्ञान चाहा है, किंतु वह कहीं से नहीं मिला···तो जो मुझे ज्ञान देने के लिए बुला रहा है, मैं उसके पास क्यों नहीं जाता?···क्या है यह?···बस! मेरा अहंकार?··· इतने पढ़े-लिखे और बौद्धिक लोगों के मध्य इस पगले ने क्या इसीलिए जन्म लिया है कि उन सबके अहंकार को तोड़ सके···?

नरेन्द्र का उन्माद बढ़ता ही जा रहा था। उसे लग रहा था कि उसका यह अंतर्द्वंद्व उसके लिए घातक ही न हो। उसके मन और मस्तिष्क का यह संघर्ष तो जैसे उसके प्राण ही ले लेगा···।

उसकी व्याकुलता बढ़ती ही जा रही थी और समाधान कोई था नहीं। इससे मुक्ति का तो बस एक ही मार्ग था कि वह सब कुछ भूलकर ध्यान करने के लिए बैठ जाए।···न उसका इस संसार से संपर्क रहेगा, न इसके तर्क और द्वंद्व उसे पीड़ित करेंगे···।

नरेन्द्र पद्मासन में बैठ गया। उसने अपने श्वास को नियंत्रित किया, ध्यान को केंद्रित किया। क्रमशः वह आत्मलीन होता जा रहा था। अब उसके चारों ओर संसार जैसे था ही नहीं। न ही उसकी मान्यताएँ थीं, न उसके तर्क, न द्वंद्व, न ऊहापोह। चारों ओर शांति ही शांति थी।

अब चाहे सारी रात ऐसे ही कट जाए।

ठाकुर का मन बहुत उदास था। एक विचित्र प्रकार की व्याकुलता ने उन्हें घेर लिया था। थोड़ी देर तक वे अपनी चौकी पर बैठे रहे और फिर उठकर टहलने लगे।

रामलाल ने उन्हें इस प्रकार व्याकुल देखा तो पूछा, "क्या बात है ठाकुर?"

ठाकुर ने उसे इस दृष्टि से देखा जैसे कह रहे हों कि क्यों परेशान करता है, और फिर बोले, "हृदय में वेदना हो रही है रे!"

"कैसी वेदना?" रामलाल कुछ समझ नहीं पाया, "आपको किसी सांसारिक वस्तु की इच्छा नहीं। हर समय ईश्वर के ध्यान में जुटे रहते हैं। माँ काली सदा आपकी आँखों के सम्मुख रहती हैं। फिर कैसी वेदना?"

"ऐसी वेदना जैसे कोई अंगोछा निचोड़ने के समान मेरे कलेजे को जोर से निचोड़ रहा हो।"

"मैं समझा नहीं ठाकुर!"

"तू समझेगा भी नहीं।" ठाकुर अब और अधिक कमरे में नहीं ठहर सके। वस्तुतः वे अपनी

वेदना को ही उस समय सँभाल नहीं पाए। दौड़ते हुए उत्तर की ओर झाऊ तला में चले गए, वहाँ कोई और नहीं जाता था।

एकांत पाते ही उनकी आँखों से झर-झर अश्रु बहने लगे, कंठ से मानो चीत्कार और सीत्कार निकलना चाहते हों। उन्होंने स्वयं को बहुत सँभाला, तो भी उनके मुख से निकला, "अरे! तू चला आ। तुझे देखे बिना मैं नहीं रह सकता।"

ठाकुर देर तक बैठे अपनी व्याकुलता में रोते रहे और पुकारते रहे। मन जब कुछ शांत हुआ तो जैसे उन्होंने अपने आपसे ही प्रश्न किया, 'और भी तो लोग हैं, उनसे मिलने के लिए भी तो व्याकुलता होती है, पर इस प्रकार तो वे कभी भी व्याकुल और परेशान नहीं हुए। नरेन्द्र में ही ऐसी क्या बात है?' वे टहलते रहे और अपने आपसे पूछते रहे···पर उनका मन कोई उत्तर न देकर केवल इतना ही कहता था कि नरेन्द्र की बात और है। उनकी आँखों से पुनः अश्रु बहने लगते और वे फिर से पुकार उठते, "अरे, तू चला आ, तुझे देखे बिना मैं नहीं रह सकता।"

नरेन्द्र ने तय किया कि उसे दक्षिणेश्वर जाना है।···तत्काल ही जैसे उसके मन ने उसका विरोध किया, क्यों जाना चाहता है वह उस अर्धोन्मादी के पास? क्या एक बार जाना पर्याप्त नहीं है? क्या मिला उसे उस भेंट से—मिठाई, मक्खन, मिस्री···और वह विचित्र व्यवहार?···राम दादा और सुरेश बाबू से भी उसे किसी प्रकार का आश्वासन नहीं मिला था कि दुबारा जाने पर उसके साथ ठाकुर वैसा ही व्यवहार नहीं करेंगे।···पर उनसे ऐसा आश्वासन मिलता भी कैसे? न उसने उनसे एकांत में हुई उस घटना की चर्चा की थी और न उन्होंने ही उससे पूछा था कि ठाकुर ने एकांत में उससे क्या बातचीत की।···हाँ! ठाकुर ने यह अवश्य कहा था कि उन्होंने ईश्वर के दर्शन किए हैं···पर वह असत्य भी तो हो सकता है।

नरेन्द्र का मन हठ पकड़ बैठा था कि ठाकुर के पास जाना ही है। वह उन्हें वचन देकर आया था कि वह फिर आएगा और अकेला आएगा। और किसी काम से नहीं, तो उसे अपना वचन पूरा करने के लिए ही जाना चाहिए। एक महीना हो गया था, न वह गया था और न ही उसके पास कोई ऐसा विशेष कारण था जिसने उसे दक्षिणेश्वर जाने से रोका हो। वह तो वैसे ही अपने आपको दैनंदिन जीवन के विभिन्न कार्यों में उलझाए हुए था ताकि वे उसे दक्षिणेश्वर जाने से रोके रहें। वह कलकत्ता के विभिन्न मुहल्लों में ब्राह्म समाज के अनुकरण पर प्रार्थना तथा विचार-विनिमय समितियाँ गठित करता रहा था। हाँ, यह प्रयत्न उसके अपने मित्रों के मानसिक तथा आध्यात्मिक विकास के लिए था।···फिर भी यह कोई ऐसा काम नहीं था जो दक्षिणेश्वर जाने के मार्ग में कोई बड़ी बाधा रहा हो। इसके अतिरिक्त उसने क्या किया?···ध्यान किया, कॉलेज की कक्षाओं में बैठा, संगीत का अभ्यास किया, व्यायाम करता रहा···और जो कुछ करना चाहिए था, वही नहीं किया—वह दक्षिणेश्वर नहीं गया···।

नरेन्द्र प्रातः ही दक्षिणेश्वर के लिए चल पड़ा। इस बार न उसने वहाँ जाने की किसी से चर्चा की, न किसी को संग लाने की बात सोची। यहाँ तक कि राम दादा और सुरेश बाबू को भी नहीं। उसने गाड़ी भी नहीं ली। पैदल ही चल पड़ा।···वराहनगर के दाशरथि सान्याल और सातकड़ि लाहिरी आदि मित्रों के घर तो कभी-कभी जाया ही करता था। तो दक्षिणेश्वर वहाँ से दूर ही कितना होगा। रानी रासमणि का बाग भी उन मित्रों के घर के आसपास ही कहीं होगा।

किंतु जितना ही वह चलता जाता था, उतना ही रास्ता लंबा होता जा रहा था। उसकी समझ में ही नहीं आ रहा था कि इस रास्तें को हो क्या गया है। इसका कोई अंत भी होगा या नहीं?

जब पहली बार वह सुरेश बाबू की बग्घी में आया था तो उसे इस दूरी का रंच मात्र भी आभास नहीं हुआ था।···सहसा उसके मन में शंका जागी : कहीं वह मार्ग भूल तो नहीं गया? नहीं तो अब तक उसे दक्षिणेश्वर पहुँच जाना चाहिए था। बहुत संभव है कि वह भटक गया हो और व्यर्थ ही गलत दिशा में चलता जा रहा हो। इस प्रकार तो वह कभी भी अपने गंतव्य तक नहीं पहुँचेगा।···

उसने दो-एक जगह मार्ग पूछा। लोगों ने बताया कि दक्षिणेश्वर अभी कुछ दूर था। वह ठीक मार्ग पर ही जा रहा था। किंतु इतनी दूर? यदि दक्षिणेश्वर इतनी ही दूर था तो उसे इस प्रकार अकेले पैदल नहीं चल पड़ना चाहिए।···और सहसा उसकी बुद्धि ने जैसे झल्लाकर पूछा कि आखिर उसे यहाँ आने की आवश्यकता ही क्या थी?···किंतु मन सहमत था कि आना तो सार्थक ही था। उसे आना ही चाहिए था, किंतु यदि वह जानता कि उसे इतनी दूर जाना है तो वह या तो किराए की गाड़ी ले लेता या फिर इस मानसिक तैयारी के साथ चलता।···उसके मन ने उसे समझाया कि वस्तुतः दक्षिणेश्वर इतनी दूर था नहीं जितना उसे लग रहा था। यह शायद इसलिए क्योंकि वह मान बैठा था कि वह निकट के ही किसी स्थल पर जा रहा है।···तो फिर इतनी थकान क्यों? वह कोई दुर्बल व्यक्ति नहीं था। उसे चलने का ही नहीं, भागने-दौड़ने का भी पर्याप्त अभ्यास था। वह घंटों पानी में तैर सकता था। तो फिर आज उसका शरीर इस प्रकार थकता क्यों जा रहा था? क्या उसे हतोत्साहित करने के लिए?···किंतु इस जरा-सी थकान से तो वह हतोत्साहित होने वाला ही नहीं था। हाँ, चकित अवश्य हो सकता था।

दक्षिणेश्वर पहुँचते-पहुँचते नरेन्द्र की लगभग वही स्थिति हो गई थी, जो दौड़ में अपने गंतव्य तक पहुँचते-पहुँचते धावक की हो जाती है। समाप्ति की सीमारूपी रस्सी तक वह पहुँच जाए, चाहे उसके पश्चात् वह थककर गिर ही क्यों न पड़े।

नरेन्द्र ठाकुर के कमरे के द्वार पर पहुँचा तो उसने देखा कि कक्ष में उनके सिवाय और कोई नहीं था। वे अकेले ही भाव-विभोर बैठे थे। नरेन्द्र के मन में एक संशय जागा : क्या वे उसे पहचान लेंगे? आज तो उसके साथ न राम दादा थे न सुरेश बाबू। यदि ठाकुर ने न पहचाना तो उसका परिचय कौन देगा। किंतु तत्काल ही उसने स्वयं को समझाया कि पहचानेंगे क्यों नहीं! उन्होंने स्वयं ही तो उसे बुलाया था। और यदि इस पर भी उन्होंने नहीं पहचाना, तो वह स्वयं ही उन्हें अपना परिचय दे देगा। यदि उन्होंने उसे पहचानकर भी पूछा कि वह क्या करने आया है तो?···तो क्या? कह देगा कि वह अपना वचन पूरा करने आया है। वह उनसे कह गया था कि वह आएगा, इसलिए आया है।···इतना ही क्यों, वह यह भी कह सकता है कि वह ईश्वर के दर्शन करना चाहता है, वे उसकी सहायता करें। अधिक-से-अधिक यही तो होगा कि वे कहेंगे कि उसे तपस्या करनी पड़ेगी। वह तपस्या करेगा···।

ठाकुर ने उसे देखा तो उनका आनंद सहज ही प्रकट हो गया। न पहचानने की तो कोई बात ही नहीं थी। उन्होंने उसे उत्साह और उल्लास के साथ पुकारकर अपने पास, अपनी चौकी पर बैठा लिया।

नरेन्द्र चौकी पर बैठ गया। उसने देखा कि ठाकुर तत्काल ही जाने किस भाव में तन्मय हो गए थे, और अस्पष्ट स्वर में कुछ बुदबुदाते हुए, स्थिर दृष्टि से उसे देखते हुए धीरे-धीरे उसकी

ओर सरकते आ रहे थे।

नरेन्द्र का मन फिर से असमंजस में पड़ गया। उन्होंने उसे पहचान तो लिया है, किंतु वे आज फिर पहले दिन के ही समान कोई पागलपन कर बैठेंगे। किस विचित्र दृष्टि से वे उसे देख रहे थे।···उसके मन के किसी अज्ञात कोने से एक धीमा-सा स्वर उठा···तुझे ही तो इस अधपगले के पास आने का शौक चर्राया था···बहुत व्याकुल था न तू अपना वचन निभाने के लिए! ले, अब निभा अपना वचन···!

जब तक नरेन्द्र कुछ और सोचता, करता अथवा कहता, ठाकुर ने अपना दाहिना पैर उसके शरीर पर जैसे संस्थापित ही कर दिया···।

नरेन्द्र की विचित्र स्थिति हो गई। वह समझ नहीं पाया कि उन्होंने यह क्यों किया? किसी के शरीर पर अपना पैर···पर यह कैसा स्पर्श था? वह सिहर उठा। वह अपनी खुली आँखों से देख रहा था कि कमरे की दीवारों के साथ-साथ सारी वस्तुएँ कहीं शून्य में विलीन होती जा रही थीं···। क्या था यह? क्या सारे ब्रह्मांड के साथ उसका क्षुद्र अहम् भाव भी सर्वव्यापक महाशून्य में विलीन होता जा रहा था?···वह घबरा गया···अहम् भाव का नाश ही तो मृत्यु थी और वह मृत्यु उसके सामने, अत्यंत निकट आ गई थी।···वह स्वयं को और रोक नहीं पाया। चिल्लाकर बोला, "यह क्या कर रहे हैं आप? घर पर मेरे तो माँ-बाप हैं।"

ठाकुर खिलखिलाकर हँस पड़े, जैसे कोई बालक अपने खेल की सफलता पर प्रसन्न होकर हँसता है। उन्होंने नरेन्द्र का हाथ पकड़ लिया और उसके वक्ष को सहलाते हुए बोले, "अच्छा तो फिर, अभी रहने दे। एकदम ही होने की कोई आवश्यकता भी नहीं है। समय आने पर ही सब होगा।"

नरेन्द्र चकित रह गया : ठाकुर के छूते ही वह सारा दृश्य, वह अपूर्व प्रत्यक्ष, विलुप्त हो गया। कमरे के भीतर और बाहर की सारी वस्तुएँ पूर्ववत् ही अवस्थित हो गईं।···हे ईश्वर! यह सब क्या है···?

नरेन्द्र प्रकृतिस्थ हो गया, किंतु उसका मन जैसे वायु-वेग से भागता जा रहा था···यह सब क्या हुआ? एक अद्भुत पुरुष के प्रभाव से वह भाव एकदम उपस्थित हुआ और फिर लुप्त भी हो गया।···पुस्तकों में उसने मोहिनी शक्ति तथा सम्मोहन विद्या के विषय में पढ़ा था। क्या यह सब भी वही था?···किंतु नरेन्द्र के मन ने इस तर्क को तत्काल झटक दिया, नहीं, यह संभव नहीं है। इच्छा-शक्ति संपन्न व्यक्ति दुर्बल मन पर प्रभाव डालकर यह सब कर सकता है, किंतु वह वैसा दुर्बल नहीं था। अब तक तो वह स्वयं को विशेष रूप से बुद्धिमान और मानसिक शक्ति से संपन्न मानता आया था। वह साधारण व्यक्ति के समान मोहित भी नहीं हुआ था···उसने तो उन्हें आधा पागल समझ रखा था। तो फिर उसमें यह परिवर्तन, यह नया भाव किस कारण आया?···उसे शेक्सपीयर की उक्ति याद आई, 'पृथ्वी और स्वर्ग में ऐसे अनेक तत्त्व हैं, जिनके रहस्य-भेद की, मनुष्य-बुद्धि द्वारा रचित दर्शनशास्त्र कल्पना भी नहीं कर सकता।' ···यह भी कुछ वैसा ही था।···मनुष्य की बुद्धि ही सब कुछ नहीं है।···फिर भी उसे सावधान रहना चाहिए कि भविष्य में कहीं यह अद्भुत पागल उस पर अपना प्रभाव डाल, उसे वशीभूत पर, उसमें वैसा भावांतर उत्पन्न न कर दे···।

ठाकुर अत्यंत सहज रूप से मुस्कराए, "आज तो तू सुरेश की बग्घी में नहीं आया?"

"नहीं।" नरेन्द्र ने उत्तर दिया।

"तो फिर कैसे आया तू? किराए की गाड़ी में?" उनके स्वर में अत्यधिक स्नेह का भाव था।

"नहीं, आज तो पैदल आया हूँ।" नरेन्द्र ने उत्तर दिया। वह देख रहा था कि ठाकुर एकदम सहज थे, जैसे थोड़ी देर पहले उन दोनों के बीच कुछ भी असाधारण घटित न हुआ हो, किंतु वह तो प्रयत्न करने पर भी उनके समान सहज नहीं हो पा रहा था।

"फिर तो तू एकदम थक गया होगा।" ठाकुर ने कहा, "कलकत्ता से बहुत दूर है दक्षिणेश्वर।"

"हाँ, दूर तो है।" नरेन्द्र ने उत्तर दिया, "पहली बार गाड़ी में आया था तो दूरी का कुछ पता ही नहीं चला था।"

"अच्छा, तू बैठ। मैं तेरे खाने के लिए कुछ ले आऊँ।" ठाकुर उठकर खड़े हो गए, "तू थका भी होगा और भूखा भी।"

ठाकुर ने नरेन्द्र के उत्तर की प्रतीक्षा नहीं की। वे कमरे से बाहर चले गए।

नरेन्द्र का मन फिर पहले के समान ही दौड़ने लगा था···इच्छा मात्र से यदि यह पुरुष मेरे जैसे व्यक्ति के चित्त के दृढ़ संस्कार-युक्त गठन को इस प्रकार नष्ट-विनष्ट कर, मिट्टी के लोंदे के समान ढाल सकता है, तो मैं इसे पागल कैसे समझूँ?···किंतु प्रथम दर्शन के दिन, मुझे एकांत में ले जाकर उन्होंने जिस प्रकार संबोधित करते हुए बातें की थीं, उससे इन्हें सिवाय उन्मादी के और क्या समझा जा सकता है?···अभी जो कुछ हुआ है उसका कारण समझ नहीं आ रहा और न ही शिशु-सदृश इस सरल देव-पुरुष के विषय में कोई मत स्थिर हो पा रहा है। क्या है यह सब?

नरेन्द्र की व्याकुलता सहसा समाप्त हो गई थी। उसे किसी प्रकार की घबराहट का अनुभव नहीं हो रहा था। न ही इसकी इच्छा यहाँ से भाग जाने की हो रही थी। उसके मन में जिज्ञासाओं के पर्वत के पर्वत उग आए थे।

वह उठकर टहलने लगा···अपने जीवन में होश सँभालने के पश्चात् से वह शोध तथा तर्क की सहायता से प्रत्येक वस्तु तथा व्यक्ति के विषय में अपना मत स्थिर करता रहा है। आज बुद्धि और तर्क पर प्रचंड आघात हुआ था। उसके हृदय में कैसी तो वेदना हुई थी···तो क्या वह हताश हो जाए? बुद्धि और तर्क का त्याग कर दे? अंधविश्वासों में घिरता चला जाए?···नहीं। नहीं···। नरेन्द्र के चेहरे पर दृढ़ संकल्प उभरा···इस प्रकार घुटने टेकने का क्या अर्थ?···जैसे भी हो इस अद्भुत पुरुष की प्रकृति और शक्ति को समझना होगा···।

ठाकुर लौट आए थे। उनके हाथों में फल और मिठाइयाँ थीं। वे आकर चौकी पर बैठ गए, "ले, खा। यही सब ला सका हूँ तेरे लिए।"

नरेन्द्र आकर उनके पास बैठ गया। वह समझ नहीं पा रहा था कि वह उनके इस स्नेहपूर्ण आमंत्रण को स्वीकार करना नहीं चाहता था या कर नहीं सकता था।

ठाकुर ने अपने हाथ से मिठाई खिलाने का प्रयत्न किया, "खा, ले, खा।"

विचित्र हैं ये···नरेन्द्र सोचता जा रहा था···ये स्वयं अबोध शिशु के समान हैं या मुझे छोटा-सा बालक समझते हैं। यह एक वयस्क व्यक्ति द्वारा अपने घर आए अतिथि का सत्कार नहीं था। यह तो ममतामयी माँ का अपने शिशु को खिलाकर संतोष प्राप्त करने जैसा कुछ था। ये लीलामय हैं या कौतुकी? क्षण-भर में एक दूसरे ही व्यक्ति हो जाते हैं और अपरिचय अथवा किसी प्रकार की दूरी तो बीच में रहने ही नहीं देते। कैसे किसी पूर्व-परिचित और घनिष्ठ मित्र के समान आचरण करने लगते हैं!

नरेन्द्र ने कुछ अपने हाथों से खाया और कुछ ठाकुर ने अपने हाथों से खिलाया; किंतु उसका मन लगातार भागता जा रहा था। वह ठाकुर के विषय में अनेक कल्पनाएँ कर रहा था। मन में

कभी एक विचार आता, कभी दूसरा। कुछ भी तो स्थिर नहीं हो पा रहा था।

खा-पीकर नरेन्द्र उठ खड़ा हुआ, "अच्छा, अब चलूँ।"

ठाकुर के चेहरे की वह नैसर्गिक प्रसन्नता तत्काल विलीन हो गई, "अभी से?"

नरेन्द्र सहज भाव से हँसा, "मुझे कलकत्ता लौटना भी तो है।"

ठाकुर कुछ सहज हुए, और फिर जैसे भविष्य के लिए आश्वस्त होने के लिए बोले, "बोल, फिर शीघ्र ही आएगा तो?"

'फिर वही···फिर वही आग्रह···।' नरेन्द्र क्षण-भर के लिए कुछ सोचता खड़ा रहा और फिर बोला, "आऊँगा।"

उसका मन लगातार कह रहा था, 'इनको मना भी तो नहीं किया जा सकता।'

कलकत्ता लौटते हुए नरेन्द्र सोच रहा था···उसने ठाकुर से न कोई प्रश्न पूछा, न कोई चर्चा की। न ईश्वर के विषय में बात की, न भक्ति के विषय में पूछा। ठाकुर के निकट जाते ही उसके तो मन से जैसे सारे प्रश्न ही तिरोहित हो गए थे। उसने उनसे यह भी नहीं पूछा कि उन्होंने उसके शरीर पर अपना पैर क्यों रखा और न ही यह पूछा कि वे उसके साथ खिलवाड़ कर रहे हैं।···बस, खा-पीकर, पास बैठकर, फिर आने का वचन देकर चला आया···।

35

शरत् को धीरेन्द्र पाल के विषय में जितनी भी सूचनाएँ मिल रही थीं, वे सबकी सब उसे विचलित करने वाली ही थीं। जाने उसे क्या हो गया था, जो भी कार्य कर रहा था, अनुचित ही कर रहा था।

शरत् को याद आता है कि धीरेन्द्र ऐसा नहीं था। वह तो बड़ा शालीन और सीधा लड़का हुआ करता था। चार-पाँच वर्षों तक वह उसका सहपाठी था। पढ़ने-लिखने में अच्छा था और सामाजिक तथा राजनीतिक विषयों में जागरूक भी था। उसका सामान्य अध्ययन भी अच्छा था।···फिर सुना था कि वह विलायत चला गया है। पर बाद में पता चला कि वह विलायत जाने के लिए कलकत्ता से चला तो था, किंतु बंबई से आगे नहीं जा पाया। कारण का पता शरत् को नहीं लग पाया।

कलकत्ता लौटकर धीरेन्द्र पाल ने आगे अध्ययन करने का विचार छोड़ दिया। वह साहित्यकार बनने के लिए प्रयत्नशील तो था ही, कविताएँ तथा लेख आदि लिखता था। फिर जाने कैसी व्यवस्था की कि एक पत्रिका का प्रकाशन आरंभ कर स्वयं उसका संपादक बन बैठा। उसने विवाह कर लिया था और किराए के एक मकान में रहता था। शरत् ने यह भी सुना था कि धीरेन्द्र को अनुचित साधनों से धन अर्जित करने में भी कोई संकोच नहीं है।

शरत् को यह सब अच्छा नहीं लगा। उसके मन में धीरेन्द्र के लिए जो सद्भावना थी, वह यह मानने के लिए तैयार ही नहीं थी कि धीरेन्द्र का इतना पतन हो सकता है।···किंतु सूचनाएँ सर्वथा निराधार तो नहीं हो सकतीं। उनका कोई-न-कोई आधार तो होगा ही। संभव है कि स्थिति इतनी खराब न हो, किंतु कुछ-न-कुछ तो होगा ही।···ऐसी स्थिति में शरत् को स्वयं जाकर पता करना चाहिए कि वास्तविकता क्या है। क्या सचमुच ही धीरेन्द्र के चरित्र का इतना पतन हो गया

है?...और यदि हुआ है तो उसका कारण क्या है? क्या धीरेन्द्र को इस मार्ग पर और आगे चलने से रोकने का कोई उपाय नहीं है? अंततः शरत् ने अपने चचेरे भाई शशि तथा मित्रों बुद्धदेव और कालीप्रसाद चक्रवर्ती के साथ धीरेन्द्र पाल के घर जाने का निर्णय किया।

धीरेन्द्र पाल आजकल सिमुलिया मुहल्ले की गौर मोहन वीथि में किराए का मकान लेकर रह रहा था। बुद्धदेव भी सिमुलिया में ही रहता था। वही उनका मार्ग-निर्देशक बना। रविवार को प्रातः ही शरत्, शशि और कालीप्रसाद, बुद्धदेव के घर पहुँच गए। वह भी तैयार ही बैठा था। वे धीरेन्द्र पाल के मकान की ओर चले।

मार्ग में बुद्धदेव ने एक मकान को दिखाकर कहा, "इस घर में एक लड़का रहता है, जो असाधारण रूप से घमंडी और उजड्ड है। बी॰ए॰ में पढ़ता है इसलिए जमीन पर पैर ही नहीं धरता। सबको तुच्छ समझता है। किसी को कुछ गिनता ही नहीं। सामने चाहे उसके पिता बैठे हों या काका, या कोई और बड़ा आदमी...किसी भी क्षण तबला ठोकना आरंभ कर देगा, या गाना गाने लगेगा। किसी का कोई लिहाज नहीं, किसी का आदर नहीं। निर्लज्जता से होंठों में सिगरेट दबाए, गली में से गुजर जाएगा। अवस्था और सम्मान में उससे कितने ही वृद्ध लोग सामने पड़ जाएँ किंतु वह वैसे ही सिगरेट धुक-धुकाता रहेगा। ऐसा ही है बस!... भगवान् किसी को अहंकारी न बनाए।"

शरत् का मन खट्टा हो गया। ऐसे-ऐसे लोग हैं दुनिया में, तो फिर क्या कहना। और उन्हीं के मुहल्ले में आ बसा है यह धीरेन्द्र पाल।...

"अच्छा! यहाँ से जल्दी आगे बढ़ो!" शरत् ने वितृष्णा से नाक सिकोड़ते हुए कहा। उसका वश चलता तो वह अपनी नाक पर रूमाल रख लेता, जैसे किसी भयंकर दुर्गंध के मध्य से गुजर रहा हो।

"आगे कहाँ बढ़ना है?" बुद्धदेव ने उत्तर दिया, "यहीं तो रहता है धीरेन्द्र पाल। ठीक इसके सामने।"

बाध्य होकर शरत् को रुकना पड़ा।

वे लोग सामने के मकान की सीढ़ियाँ चढ़कर ऊपर पहुँचे। कपाट खटखटाए तो नौकर ने दरवाजा खोला।

"धीरेन्द्र बाबू हैं क्या घर पर?" शरत् ने पूछा।

"जी, हैं!" नौकर बोला, "आप लोग...?"

"उनसे मिलने आए हैं।" शरत् बोला, "उनसे जाकर कहो, उनके सहपाठी शरत्चंद्र चक्रवर्ती, शशिभूषण चक्रवर्ती, बुद्धदेव और कालीप्रसाद चक्रवर्ती आए हैं।"

"आप लोग बैठिए।" नौकर ने मार्ग छोड़ दिया।

वे लोग बैठ गए तो नौकर समाचार देने भीतर चला गया।

शरत् ने कमरे में दृष्टि घुमाई : कमरा तो ठाठदार था। नौकर भी रखा हुआ था। लगता है, खूब पैसा बना रहा है धीरेन्द्र पाल। पत्रिका भी निकालता है, पुस्तकें भी छापता है, प्रेस भी चलाता है।...किंतु अनुचित साधन तो अंगीकार नहीं करने चाहिए।...और अधर्म के मार्ग पर तो कभी भी नहीं चलना चाहिए।

तभी बाहर की ओर से एक युवक आया और उन तीनों की ओर ध्यान दिए बिना ही, निस्संकोच एक मोटे गाव तकिए का सहारा लेकर आराम से बैठ गया। उसने न कपाट खटखटाए थे, न आवाज लगाई थी; और न ही अब अपने आने का समाचार भीतर भेजने का कोई प्रयत्न किया था। लगता

था कि वह गृहस्वामी का कोई बहुत ही आत्मीय व्यक्ति है, जिसे घर के लोगों के-से ही अधिकार प्राप्त हैं।

शरत् ने देखा : युवक बहुत रसिया तो नहीं लगता था, किंतु उसके वस्त्र साफ थे, केश भली प्रकार से सँवारे हुए थे। शरत् को लगा, यह भी धीरेन्द्र पाल का संगी-साथी है, तो भला आदमी तो यह भी नहीं होगा।

तभी बुद्धदेव ने उसे कोंचा, "यह वही घमंडी और उद्‌दंड लड़का है, जिसकी मैंने चर्चा की थी।"

'तभी! तभी!!' शरत् ने सोचा, 'तभी तो यह ऐसा व्यवहार कर रहा है। घमंड के मारे देखता ही नहीं कि कमरे में कोई और भी बैठा है। उसे किसी का परिचय प्राप्त करने की भी कोई आवश्यकता नहीं है। घमंड के सम्मुख शिष्टाचार कहाँ टिकेगा।'...शरत् ने सोचा, 'उन्हें भी उसके साथ वैसा ही व्यवहार करना चाहिए। वे लोग भी उसका परिचय नहीं पूछेंगे। ऐसा ही व्यवहार करेंगे, जैसे कमरे में उनके अतिरिक्त कोई और व्यक्ति है ही नहीं।'

उस युवक ने उन्हें अपनी उपेक्षा करने का अवसर ही नहीं दिया। उसने जैसे स्वयं को कमरे में अकेला मानकर गुनगुनाना आरंभ कर दिया।

'हद है।'...शरत् ने सोचा, 'कोई ऐसे भी करता है।' किंतु उस युवक को तनिक भी संकोच नहीं हुआ। वह आत्मलीन होकर गा रहा था। उसका स्वर मधुर किंतु मंद था। शरत् पूरी तरह से गीत के शब्द सुन नहीं पा रहा था। किंतु इतना समझ गया था कि गीत बांगला में न होकर हिंदी में था। उसके जो थोड़े शब्द उसके कानों में पड़े और उसे समझ में आए, उनमें एक 'कन्हाई' और दूसरा 'बाँसुरी' था।

शरत् का मन और भी खराब हो गया। हिंदी के प्रेम-गीत गाने वाले इस छैले युवक के विषय में कोई अच्छी बात सोची ही क्या जा सकती है। ऐसे चरित्रहीनों की संगति में रहकर धीरेन्द्र पाल का क्या भला होगा। व्यक्ति जैसा स्वयं होगा, आखिर वैसी ही तो उसकी संगति होगी। तो ऐसे-ऐसे मित्र हैं धीरेन्द्र पाल के! उसके चरित्र के पतन का और क्या प्रमाण चाहिए शरत् को।...सब कुछ अपनी आँखों से ही देख लिया।

तभी भीतर से धीरेन्द्र पाल आया। उसने अपने सहपाठियों को देखा तो एक औपचारिक मुस्कान अपने चेहरे पर ले आया।

"कैसे हो तुम लोग?"

"प्रसन्न हैं।" शरत् बोला, "तुम कैसे हो? सुना है, तुमने विवाह भी कर लिया।"

"हाँ! कुछ तो करना ही था।" धीरेन्द्र बोला, "सो, विवाह ही कर लिया।"

वह मुड़कर उस युवक के पास जा बैठा, "तुमने मेरी नव-प्रकाशित कविता देखी नरेन्द्र?"

शरत् का मन एकदम बुझ गया। न उनके आने पर प्रसन्नता जताई। न अपने विषय में विस्तार से कुछ कहा। न अपनी पत्नी से मिलाने की कोई चर्चा। जैसे वे लोग सर्वथा पराए तथा अनावश्यक हों।...उसने बुद्धदेव और काली की ओर देखा : उनके चेहरे भी सर्वथा बुझे हुए थे। ऐसी उदासीनता। उदासीनता नहीं, यह तो उपेक्षा थी। वे लोग इतने दिनों के पश्चात् आए हैं, अपने बाल्यबंधु के घर! वे लोग उसके विषय में चिंतित थे। जानना चाहते थे कि वह किस स्थिति में है। और वह इस प्रकार उनसे उपेक्षापूर्ण व्यवहार कर रहा है, जैसे वे लोग उसकी छाती पर रखा हुआ बोझ हों।

शरत् की इच्छा हुई कि वह तत्काल उठे और अपने मित्रों को यहाँ से खींचकर ले जाए।···किंतु इस प्रकार अकस्मात् उठकर चल देना शिष्टाचार के विरुद्ध होगा।···यदि धीरेन्द्र उनके साथ अभद्रतापूर्ण व्यवहार कर रहा है, तो वे भी असभ्य हो जाएँ?···

"अधिक बैठेंगे नहीं।" शशि ने धीरे से उसके कान में कहा।

"मैंने तुमसे पहले ही कहा था कि यहाँ आने का कोई लाभ नहीं है।" बुद्धदेव फुसफुसाया।

"अभी चलते हैं।" शरत् ने उसका हाथ दबा दिया।

शरत् का ध्यान उन दोनों की चर्चा की ओर चला गया : वे दोनों इस प्रकार डूबकर अंग्रेजी तथा बांगला साहित्य के विषय में वार्तालाप कर रहे थे, जैसे कमरे में इन चारों मित्रों का कोई अस्तित्व ही न हो।

"तुम्हारी कविता का जो गुण है, वह है उसका यथार्थ चित्रण।" वह युवक कह रहा था, "उसमें प्रकाशित भाव यथार्थ जीवन के बहुत निकट है। स्वाभाविक और नैसर्गिक है। किंतु मेरे मन में बार-बार यह प्रश्न उठता है कि मानव-जीवन के भाव मात्र के प्रकाशन को श्रेष्ठ साहित्य की कोटि में रखा जा सकता है क्या?"

"साहित्य और है ही क्या?" धीरेन्द्र पाल बोला, "मानव की भावनाओं का यथार्थ, सटीक और कलात्मक चित्रण ही तो श्रेष्ठ साहित्य है।"

"नहीं! मैं मात्र भाव-चित्रण को साहित्य नहीं मान सकता।" युवक ने कहा, "यदि कोई रचना सुरुचिपूर्ण नहीं है और किसी प्रकार के उच्च आदर्श की प्रतिष्ठा नहीं करती है तो उसे श्रेष्ठ साहित्य की श्रेणी में नहीं गिना जा सकता।"

शरत् ने एक प्रकार से मुँह बाए युवक की ओर देखा : वह अंग्रेजी के कवि चौसर से लेकर शेली और कीट्स तक, तथा बंगला के नए-पुराने साहित्यकारों के उद्धरण इस वेग से देता जा रहा था, जैसे वह व्यक्ति न हो, विश्व-कोश हो। अंत में, उसने अपना निष्कर्ष स्थापित किया, "अच्छे और बुरे सब प्रकार के भावों की उपलब्धि करने पर भी मनुष्य सदैव अपने अंतर के आदर्श को व्यक्त करने के लिए ही चेष्टा करता है। अपने आदर्श की उपलब्धि और उसे प्रकट करने के ढंग के विषय में ही मनुष्यों में अनेक प्रकार के भेद दिखाई पड़ते हैं। उदाहरणार्थ प्रायः दिखाई पड़ता है कि साधारण मनुष्य रूप-रसादि के भोगों को नित्य और सत्य समझकर उनकी प्राप्ति को ही जीवन का उद्देश्य समझ बैठा है—They idealize, what is apparently real? पशु और ऐसे मनुष्यों में बहुत थोड़ा अंतर है। ऐसे मनुष्यों के द्वारा श्रेष्ठ साहित्य की सृष्टि कभी संभव नहीं है। इसके विपरीत एक दूसरे प्रकार के मनुष्य हैं, जो नित्य रूप से प्रतीयमान भोग-सुखादि लाभ से संतुष्ट न रहकर ऊँचे से ऊँचे आदर्शों का अपने अंतर में अनुभव करके, बाहरी सभी विषयों को उसी साँचे में ढालने की चेष्टा करते हैं—They want to realize the ideal. ऐसे मनुष्य ही यथार्थ साहित्य की रचना करते हैं। उनमें से भी जो लोग सर्वोच्च आदर्श का अवलंबन कर उसे अपने जीवन में परिणत करने के लिए प्रयत्नशील रहते हैं, उन्हें प्रायः संसार के बाहर जाकर खड़ा होना पड़ता है। उस प्रकार के आदर्श को जीवन में पूर्ण रूप से परिणत करते मैंने केवल दक्षिणेश्वर के परमहंस देव को ही देखा है। इस कारण मैं उन पर श्रद्धा रखता हूँ।"

शरत्, युवक की इस भावपूर्ण वाणी और पांडित्य से विस्मित हुआ। उसे आश्चर्य हुआ कि इस प्रकार का युवक दक्षिणेश्वर के संत के प्रति श्रद्धा की बात कर रहा है···अगले ही क्षण शरत् ने स्वयं को सँभाला···यह सब मात्र पाखंड है। यदि इतनी ही श्रद्धा होती, यह युवक इतना ही

सात्विक होता जितना कि वह बता रहा है, तो धीरेन्द्र पाल से उसके ऐसे संबंध न होते। स्पष्ट ही उसके वचन तथा कर्म में एकरूपता नहीं है। कुछ लोग बातें तो बहुत ऊँची करते हैं, किंतु उनका आचरण निकृष्ट ही रहता है।

शरत् और उसके मित्र उठ खड़े हुए, ''अच्छा, हम चल रहे हैं।''

धीरेन्द्र पाल ने उन्हें रुकने अथवा फिर कभी आने का एक बार भी आग्रह नहीं किया। वह तो जैसे उन लोगों से पीछा छुड़ाकर अपने उस युवक मित्र से चर्चा करने के लिए उतावला हो रहा था।

जब वे लोग गली से बाहर निकल आए तो शरत् ने पूछा, ''तुमने ध्यान दिया शशि! वह घमंडी लड़का दक्षिणेश्वर के संत के प्रति अपनी श्रद्धा व्यक्त कर रहा था।''

''मुझे तो लगता है कि जब से 'इंडियन मिरर' में केशवचंद्र सेन ने रामकृष्ण परमहंस के विषय में लिखा है, तब से अपने वार्तालाप में यदा-कदा उनकी चर्चा करना भी आत्माडंबर का माध्यम हो गया है।'' काली ने कुछ मुँह चिढ़ाकर कहा।

''वह लड़का चाहे कितना भी घमंडी और नकचढ़ा क्यों न हो, किंतु परमहंस के प्रति उसके श्रद्धा-ज्ञापन में मुझे कोई आडंबर नहीं लगा।'' शशि ने बहुत धीरे से अपना मत दिया।

''अरे! तुम उसे नहीं जानते।'' बुद्धदेव ने कहा, ''धनी बाप का बिगड़ैल विलासी बेटा है। कहाँ वह, और कहाँ श्रद्धा।''···

नरेन्द्र के मन में पुनः दक्षिणेश्वर जाने की उत्कंठा बढ़ती जा रही थी। वह बार-बार अपने आपसे पूछ रहा था कि यह उत्कंठा उसकी अपनी इच्छा का परिणाम था या यह ठाकुर की किसी मोहिनी शक्ति का प्रभाव। उसका मन उसे बार-बार एक ही उत्तर देता था कि वह स्वयं उस अद्‌भुत पुरुष को समझने का संकल्प कर चुका था। इसलिए उसे वहाँ जाना ही होगा।···किंतु उसकी बुद्धि बार-बार उसके मन के निष्कर्ष पर प्रश्न-चिह्न लगा देती थी। कहीं ऐसा तो नहीं कि उसका मन इतना अधिक सम्मोहित हो चुका था कि वह ठाकुर की इच्छा को ही अपनी इच्छा मान बैठा था?

नरेन्द्र का यह द्वंद्व चलता रहा और वह स्वयं को अपनी दिनचर्या में जोते हुए, इस द्वंद्व के अंतिम निष्कर्ष की प्रतीक्षा करता रहा।···चौथे दिन से उसे लगने लगा कि अब और वह न तो इस द्वंद्व को सहन कर सकता है और न ठाकुर से अधिक समय तक दूर ही रह सकता है। पहली बार वह राम दादा तथा सुरेश बाबू के आग्रह और अपनी उत्सुकता के वशीभूत होकर गया था। दूसरी बार कदाचित् वह अपना वचन पूरा करने तथा साथ ही अपनी उत्सुकता शांत करने के लिए गया था, किंतु इस बार तो उसे अपनी इच्छा और अपने संकल्प के कारण ही जाना होगा। यदि वह इस एक मनुष्य को ही नहीं समझ पाएगा तो वह सृष्टि और सृष्टिकर्ता के अद्‌भुत रहस्यों को कैसे समझेगा···

अगले रविवार को वह पुनः दक्षिणेश्वर की ओर चल पड़ा। उसे लगा कि यदि वह आज नहीं गया तो अगले रविवार की प्रतीक्षा नहीं कर पाएगा। उसका आहार-विहार और विश्राम कुछ भी संभव नहीं रह पाएगा। मन की शांति के लिए आवश्यक है कि वह ठाकुर के सम्मुख उपस्थित हो। उनसे ईश्वर मिले न मिले, पर इस अशांति से तो मुक्ति मिले।

उसकी बुद्धि उसे लगातार सचेत करती रही कि उसे ठाकुर की किसी सम्मोहिनी शक्ति से अभिभूत नहीं होना है। मन को दृढ़ और सावधान रखना है।···किंतु एक बात उसके मन में बहुत

स्पष्ट थी कि वह ठाकुर से न तो भयभीत था, और न ही उसके मन में किसी अनिष्ट की हलकी-सी भी आशंका थी।...ठाकुर के विषय में विचार करते ही उसके मन में जैसे स्नेह का कोई उत्स जन्म ले लेता था...

नरेन्द्र को देखकर ठाकुर प्रसन्न हो गए। उन्होंने उसका आह्लादपूर्ण स्वागत किया और बोले, "आज यहाँ नहीं बैठेंगे। आज यहाँ आवागमन कुछ अधिक ही है। तुझसे एकांत में कोई चर्चा नहीं हो सकेगी। चल, यदुलाल के बगीचे में टहल आते हैं।"

नरेन्द्र को इसमें क्या आपत्ति होती। वह तो स्वयं ही एकांत में उनसे चर्चा करने के लिए उत्सुक था।...ठीक ही कहा उन्होंने कि यहाँ तो आवागमन लगा ही रहेगा। छुट्टी का दिन था। लोग उनके दर्शनों को आएँगे ही। अन्य लोगों को यहाँ छोड़कर अधिक देर के लिए कहीं और चले जाना संभव नहीं होगा। ठाकुर यदि स्वयं ही आमंत्रित कर रहे हैं तो उसे ऐसा अवसर छोड़ना नहीं चाहिए।

"यदुलाल का बगीचा क्या सबके लिए खुला रहता है?" उसने ठाकुर के साथ चलते हुए पूछा।

"सबके लिए खुला है या नहीं, यह तो मैं नहीं जानता।" ठाकुर ने स्नेहपूर्ण स्वर में कहा, "किंतु यदुलाल मल्लिक तथा उसकी माता मेरे प्रति कुछ श्रद्धा रखते हैं, इसलिए मेरे जाने की मनाही नहीं है। उसके कर्मचारी भी मुझे पहचानते हैं। मैं यदा-कदा टहलने के लिए वहाँ चला जाता हूँ। सुंदर है उसका बगीचा। तुझे भी भाएगा।"

"क्या यदुलाल मल्लिक इस समय वहाँ होंगे?" नरेन्द्र ने पुनः पूछा।

"उसका होना-न होना आवश्यक नहीं है रे!" ठाकुर बोले, "उसने अपने कर्मचारियों को आदेश दे रखा है कि उसकी अनुपस्थिति में भी यदि मैं आऊँ तो गंगा किनारे वाली बैठक मेरे लिए खोल दी जाए। सुंदर स्थान है। उस बैठक से गंगा का बड़ा मनोरम दृश्य दिखाई पड़ता है।"

वे लोग यदुलाल मल्लिक के बगीचे में पहुँचे तो चौकीदार ने सम्मानपूर्वक ठाकुर को प्रणाम किया। नरेन्द्र ने देखा, ठाकुर ने ठीक ही कहा था। वे अधिकारपूर्वक वहाँ आ-जा सकते थे।

"तू! ईश्वर को भी स्मरण करता है या केवल यदुलाल की संपत्ति का ही ध्यान करता है?" ठाकुर ने हँसकर चौकीदार से पूछा।

"स्वामी की संपत्ति का तो ध्यान करना ही चाहिए।" चौकीदार हँसकर बोला, "मेरा तो यही धर्म है। उसी का पालन करता हूँ।"

ठाकुर पुनः हँसे, "तू तो धर्म का बड़ा मर्मज्ञ हो गया है। बात कहता तो ठीक है, पर उसे समझता नहीं है।"

चौकीदार ने चकित होकर ठाकुर की ओर देखा, "कैसे ठाकुर?"

"तेरा स्वामी यदुलाल मल्लिक ही है, ईश्वर नहीं?" ठाकुर बोले, "यदुलाल की संपत्ति का ध्यान रखता है, ईश्वर के ऐश्वर्य का स्मरण नहीं करता?"

चौकीदार अवाक् खड़ा उन्हें देखता रह गया। उसे लगा कि बात तो उसी की थी, पर ठाकुर ने उसका अर्थ एकदम बदल दिया था। हाथ जोड़कर बोला, "मैं ठहरा मूरख। इतनी दूर तक कहाँ सोच पाता हूँ। आपकी कृपा हो तो थोड़ा धर्म-लाभ मुझे भी हो जाए।"

"आज तो केवल मेरे लाभ की बात सोच।" ठाकुर हँसे, "इस लड़के को बगीचा दिखाने लाया हूँ। गंगा किनारे वाली बैठक भी खोल दे। हम लोग थोड़ी देर वहाँ बैठेंगे।"

चौकीदार हाथ जोड़कर मुँह-ही-मुँह में कुछ बुदबुदाता हुआ आगे-आगे भाग गया।

ठाकुर और नरेन्द्र थोड़ी देर तक गंगा-तट पर टहलते रहे। आज ठाकुर अत्यंत चपल मनःस्थिति में थे। वे छोटी-छोटी चीजों की ओर नरेन्द्र का ध्यान खींच रहे थे। कभी गंगा की किसी लहर की ओर इंगित करते, कभी जल के ऊपर कूद आई किसी मछली को दिखाते। फूलों और पक्षियों में आज उनकी कुछ अधिक ही रुचि जाग गई थी। नरेन्द्र चकित था कि वे उससे उसके विषय में कुछ भी क्यों नहीं पूछ रहे थे। न वे उससे यह पूछ रहे थे कि वह उनके पास क्यों आता है, न वे यह जानना चाहते थे कि घर पर वह क्या करता है। न उससे ब्राह्म समाज का कार्य छोड़ने को कह रहे थे, न काली मंदिर में जाकर प्रतिमा को प्रणाम करने का आग्रह कर रहे थे। वे तो जैसे अनासक्त भाव से बालक बनकर किसी अन्य मित्र को फूल और तितलियाँ दिखा रहे थे।...

"आ, अब चलकर थोड़ी देर बैठक में भी बैठें।" उन्होंने कहा और बैठक की ओर चल पड़े। उन्होंने पलटकर नरेन्द्र की ओर नहीं देखा, न ही उसके निकट आ जाने की प्रतीक्षा की। अपनी गति से चलते हुए वह बैठक में आकर बैठ गए।

जब तक नरेन्द्र उनके निकट आया, लगा वे समाधिस्थ होते जा रहे हैं। नरेन्द्र उनके पास बैठ गया।

वे सचमुच समाधिस्थ हो चुके थे। नरेन्द्र के लिए यह और भी अच्छा अवसर था। वह उन्हें निकट से देख और परख सकेगा...। वह उन्हें स्थिर भाव से देखता रहा। तभी अकस्मात् ही ठाकुर ने पिछली बार के समान ही आगे बढ़कर उसका स्पर्श किया। नरेन्द्र पर्याप्त सावधान था, किंतु जाने उस शक्तिपूर्ण स्पर्श में ऐसा क्या था कि वह अभिभूत हो गया। पिछली बार तो उसे ब्रह्मांड घूमता हुआ दिखाई दिया था, किंतु इस बार उसका ब्रह्मज्ञान ही लुप्त हो गया।

ठाकुर के होंठ हिले और उन्होंने उसी अवस्था में शब्द उच्चरित किए, "तू कौन है?"

नरेन्द्र उनके सामने अचेतावस्था में ही लेटा हुआ था। उसने कोई उत्तर नहीं दिया, किंतु ठाकुर की मुद्रा ऐसी थी कि जैसे वे समाधिस्थ होकर भी अपने प्रश्न का मौन उत्तर पा रहे हैं। थोड़ी देर तक जैसे वे उत्तर को सुनते रहे और फिर उनके अधरों ने उसी प्रकार प्रश्न उच्चरित किया, "कहाँ से आया है?" लगा, उन्हें इस प्रश्न का उत्तर भी पहले के ही समान मिल गया है। उन्होंने अगला प्रश्न किए, "क्यों आया है? कितने दिन यहाँ रहेगा?"

ठाकुर ने आँखें खोल दीं। हाथ बढ़ाकर नरेन्द्र के वक्ष को सहलाया। इस समय वे पूर्णतः प्रकृतिस्थ थे, और उनके अधरों पर उपलब्धि की मधुर मुस्कान थी।

नरेन्द्र की चेतना लौटी तो उसको कुछ भी समझ नहीं आया कि उसके साथ क्या हुआ था। यह अद्भुत पुरुष उसके लिए जैसे और भी अबूझ हो गया था, किंतु उसका मन बार-बार कह रहा था कि वह अपनी बुद्धि से शायद इस व्यक्ति को कभी नहीं समझ पाएगा। इस अलौकिक महापुरुष को समझने के लिए तो उसे उनकी ही कृपा प्राप्त करनी होगी।

36

दक्षिणेश्वर में राखाल को देखकर नरेन्द्र प्रसन्न हो उठा, "तुम कब आए राखाल?"

"आज ही आया हूँ।" राखाल का स्वर इतना धीमा था, जैसे कोई रहस्य की बात बता रहा हो।

"आज ही आया हूँ का अर्थ?" नरेन्द्र ने कुछ चकित होकर पूछा, "क्या तुम यहाँ कई-कई दिन रह जाते हो?"

"हाँ!" राखाल ने बताया, "मेरा तो घर लौटने का मन ही नहीं होता। अध्ययन में मेरा मन नहीं लगता। संसार से भी विरक्ति होने लगी है।"

नरेन्द्र चकित हुआ, "और तुम्हारी पत्नी?"

"वह कुछ नहीं कहती।" राखाल ने बताया, "उसी के बड़े भाई मनमोहन मित्र ही तो मुझे यहाँ लाए थे।"

"मनमोहन मित्र अर्थात् राम दादा के मौसेरे भाई?"

"हाँ! वे ही लाए थे। मेरी तो सास भी ठाकुर के प्रति श्रद्धा रखती है।" राखाल ने बताया, "एक बार मेरी पत्नी भी आई थी। ठाकुर ने उसकी परीक्षा कर देखा। पैर से लेकर सिर के केशों तक देखा और बोले, 'भय का कोई कारण नहीं है। दैवी शक्ति है। पति के धर्म-पथ में कभी बाधा नहीं डालेगी।' ठाकुर ने नौबतखाने में कहला भेजा कि माँ रुपए देकर पुत्रवधू का मुख देखें।"

"नौबतखाने में किससे कहला भेजा?" नरेन्द्र ने पूछा।

"माँ को! और किसको?"

"माँ कौन?"

"ठाकुर की पत्नी!" राखाल ने बताया।

"ठाकुर विवाहित हैं?" नरेन्द्र ने चकित होकर पूछा।

"तुम्हें नहीं मालूम?"

"नहीं।"

"ठाकुर विवाहित तो हैं, किंतु वे दोनों तपस्या करते हैं।" राखाल बोला, "माँ वहाँ नौबतखाने में रहती हैं और ठाकुर यहाँ। दोनों का जीवन पति-पत्नी जैसा नहीं है।"

नरेन्द्र स्तब्ध खड़ा रह गया : यह सब तो उसे ज्ञात ही नहीं था। तो ठाकुर भी विवाहित हैं।...उसका ध्यान इस ओर गया ही नहीं था...

उसकी आँखों के सामने उसका साईस घूम गया...और फिर सीता-राम की युगल-मूर्ति।...उसने सीता-राम की उपासना छोड़ दी थी...क्योंकि वे विवाहित थे...पर शिव-पार्वती?...क्या ठाकुर और माँ भी शिव-पार्वती के ही समान हैं?...

"क्या सोच रहे हो नरेन्द्र?" राखाल ने उसे हिलाया।

नरेन्द्र सजग हुआ, "कुछ नहीं। अपनी बाल्यावस्था की कुछ बातें याद आ गई थीं।" वह रुका, "तुम कई-कई दिन यहाँ रह जाते हो तो तुम्हारे पिता चिंता नहीं करते?"

"मेरे पिता सांसारिक व्यक्ति हैं। वे चाहते हैं कि मैं भी संपत्ति की व्यवस्था में उन्हीं के समान दक्ष हो जाऊँ। उन्हें भय है कि साधु की संगति में मैं भी साधु ही बन जाऊँगा।" राखाल ने बताया, "वे मुझे मना करते थे किंतु मुझसे घर पर रहा ही नहीं जाता। इसलिए बार-बार यहाँ आ जाता था। इस बार जब मैं घर पर लौटा तो उन्होंने मुझे एक कमरे में बंद कर दिया।"

"पिता के इस विरोध से मुक्ति पाने के लिए क्या तुम्हारी इच्छा नहीं हुई कि ठाकुर को भूल ही जाओ?"

"नहीं, इसके एकदम विपरीत हुआ।" राखाल बोला, "अवरोध के कारण मेरा मन ठाकुर के प्रति और भी आकृष्ट हुआ।"

"तो फिर क्या किया तुमने?"

"वे मुझे बंदी के समान अपने पास बैठा विभिन्न मुकदमों के कागज-पत्रों में लीन हो गए।" राखाल ने बताया, "मेरे लिए यह बहुत ही अच्छा अवसर था। मैं दबे पाँव कमरे से निकलकर दक्षिणेश्वर चला आया।...अब घर नहीं लौटूँगा। ठाकुर के पास ही रहूँगा।"

नरेन्द्र थोड़ी देर मौन खड़ा राखाल के विषय में सोचता रहा। उसकी माँ का देहांत हो चुका था। पिता ने दूसरा विवाह कर लिया था। घर पर वह प्रसन्न रह ही कैसे सकता था।...

"ठाकुर कहाँ हैं इस समय?" उसने पूछा।

"शायद माँ भवतारिणी के मंदिर में हैं।" राखाल बोला, "मैं देखता हूँ उन्हें।"

राखाल चला तो नरेन्द्र भी अनायास ही उसके पीछे-पीछे चल पड़ा।...ठाकुर मंदिर से बाहर निकलेंगे, तो नरेन्द्र वहीं उनसे भेंट कर लेगा।...

नरेन्द्र अनमना-सा धीरे-धीरे चल रहा था। राखाल निश्चित मन से ठाकुर को खोजने के लिए जल्दी-जल्दी पग उठाता हुआ आगे-आगे चला गया था।

नरेन्द्र ने दूर से ही देखा—ठाकुर मंदिर के भीतर थे। राखाल उनके पास पहुँच गया था और उसने उनके साथ ही भूमिष्ठ हो प्रतिमा को नमस्कार किया...

नरेन्द्र के पग रुक गए...इसने पुत्तलिका को प्रणाम किया?...झूठा कहीं का! वहाँ ब्राह्म समाज के नियमों के अनुसार आचरण करने के लिए संकल्प-पत्र पर हस्ताक्षर करता है और यहाँ आकर प्रतिमा के सम्मुख भूमिष्ठ हो प्रणाम करता है। प्रतिज्ञा भंग करने वाला पाखंडी...

अवसर मिलते ही राखाल को अकेला पाकर नरेन्द्र ने डाँटा, "तुझे लज्जा नहीं आती। अपनी प्रतिज्ञा भंग करता है और समझता है कि तुझे ईश्वर-लाभ होगा। पाखंडी! तुझे ईश्वर क्या मिलेगा, पाखण्ड-सम्राट् की उपाधि अवश्य मिलेगी।"

राखाल सहम गया। उसके मुख से एक शब्द भी नहीं निकला। नरेन्द्र का वह बहुत सम्मान करता था और उसकी सत्य-निष्ठा से भलीभाँति परिचित था। नरेन्द्र का तेज उसके लिए असह्य था। इस ताड़ना के उत्तर में तो वह अपना कोई तर्क भी नहीं दे सकता था।

राखाल ने कुछ नहीं कहा। क्या कहता? नरेन्द्र उसकी बात मान जाएगा क्या? वैसे भी वह उसके सामने मिथ्या-भाषी प्रमाणित हो चुका था। संकोच के कारण नरेन्द्र के सामने उसकी आँखें ही नहीं उठती थीं। वह चुपचाप चला गया और एकांत खोजकर कहीं बैठ गया।

ठाकुर की आँखों से यह सब छिपा नहीं रह सका। उन्होंने राखाल को बुलाकर पूछा, "क्यों रे! नरेन्द्र से तेरा कोई झगड़ा हुआ है?"

"झगड़ा नहीं ठाकुर!"...और उसने सारी बात बता दी।

"अच्छा! तू जा। अब नरेन्द्र तुझे कुछ नहीं कहेगा।" ठाकुर ने उसे आश्वासन दिया, "तू तो सचमुच ही राखाल है। ब्रज का राखाल! गायों की रखवाली करने वाला। नरेन्द्र से ऐसे डरता है, जैसे वह स्वयं कृष्ण हो।"

राखाल निश्चिंत होकर चला गया तो ठाकुर ने नरेन्द्र को बुलाया, "देख, राखाल से और कुछ नहीं कहना। वह तुझे देखते ही भयभीत हो जाता है। इस समय उसे साकार पर विश्वास हुआ है, तो बता, वह क्या करे? सभी लोग क्या प्रारंभ से ही निराकार में विश्वास कर सकते हैं?"

"तो उसने प्रतिज्ञा क्यों की थी?" नरेन्द्र बोला।

"बालक है। तुझसे डरता है। तेरे प्रभाव में की होगी।" ठाकुर बोले, "अब यदि उसका

मन बदला है, तो क्या करे? तेरी रुचि कभी नहीं बदल सकती क्या? तू उसे बदलने का अधिकार भी नहीं देगा।''

''क्यों बदलेगी रुचि?'' नरेन्द्र बोला, ''यह भी कोई बच्चों का खेले है कि जब चाहा, अपना भगवान् बदल लिया।''

ठाकुर चुपचाप नरेन्द्र को देखते रहे और फिर सहसा खिलखिलाकर हँस पड़े, ''जब तू अपना भगवान् बदलेगा तो तुझसे भी पूछूँगा कि क्या यह बच्चों का खेल है?''

''आप तो उसका ऐसे पक्ष ले रहे हैं, जैसे वह छोटा बालक हो और आप उसकी माँ हों।'' नरेन्द्र ने उपालंभ दिया।

''तू ठीक कह रहा है।'' ठाकुर हँस पड़े ''राखाल के यहाँ आने के कुछ दिन पूर्व मैंने देखा कि जगदंबा, एक बालक लाकर एकाएक मेरी गोद में बैठाकर कह रही हैं, 'यह तेरा पुत्र है।' मैं भय से सिहरकर कह उठा, 'यह क्या? मेरा पुत्र कैसा' उन्होंने हँसकर समझा दिया, 'साधारण सांसारिक दृष्टि से पुत्र नहीं, त्यागी मानस पुत्र।' तब मैं निश्चिंत हुआ। उस दर्शन के बाद ही राखाल आया और मैं समझ गया कि यह वही बालक है।'' ठाकुर ने नरेन्द्र की ओर देखा, ''उन दिनों राखाल का स्वभाव ठीक तीन-चार वर्ष के बालक के समान था। मुझे ठीक माँ के समान मानता था। कभी-कभी अचानक दौड़कर आकर मेरी गोद में बैठ जाता था। अपने घर जाना तो दूर, वह वहाँ से एक पग भी हिलना नहीं चाहता था। मुझे देखकर, आत्म-विभोर राखाल के भीतर जिस बाल-भाव का उद्रेक होता था, वह कहकर समझाने की बात नहीं है। उस समय जो कोई उसे उस रूप में देखता, वही अवाक् रह जाता। मैं भी भावावेश में उसे खीर, मक्खन आदि खिलाता। कितनी ही बार मैंने उसे अपने कंधे पर भी चढ़ाया है। इसमें उसको जरा भी संकोच नहीं होता था।''

''इसका यह अर्थ तो नहीं है कि आप उसका कभी शासन ही नहीं करेंगे, चाहे वह कुछ भी करता रहे।'' सब कुछ सुनने के बाद भी नरेन्द्र अपनी बात पर अड़ा था।

''शासन क्यों नहीं करूँगा। अनुचित करेगा, तो अवश्य डाँट खाएगा।'' ठाकुर बोले, ''मंदिर के प्रसाद का मक्खन आया था। राखाल को भूख लगी थी, अतः उसने मेरी अनुमति की प्रतीक्षा किए बिना मक्खन की डली उठाकर मुख में डाल ली। मैं तत्काल नाराज होकर बोला, 'तू तो बड़ा लोभी है रे! यहाँ आकर, कहाँ तो लोभ-त्याग करने का प्रयास करना चाहिए, और कहाँ तू स्वयं ही उठाकर खा जाता है।' '' ठाकुर कुछ रुके, ''फिर भी राखाल का दोष मन में लाना उचित नहीं है। उसका गला दबाने से दूध निकलता है। वह दुधमुँहा बच्चा है। उसे तुम लोग कोई काम करने के लिए मत कहना। उसका स्वभाव बड़ा ही कोमल है। और सुन'''।''

नरेन्द्र ने ठाकुर की ओर देखा।

''राखाल साकार के घर का है, और तू निराकार के घर का। तू कितना भी प्रयत्न करे, वह निराकार की साधना नहीं कर पाएगा।'' ठाकुर बोले, ''जा अब! पंचवटी में बैठकर ध्यान लगा।''

37

रविवार होने के कारण दक्षिणेश्वर में भीड़ कुछ अधिक ही थी। ठाकुर अपने छोटे कमरे में छोटे तख्त पर बैठे हुए थे। कमरा आगंतुकों से ठसाठस भरा हुआ था।

''विषयासक्त संसारी मनुष्य तो धर्मपरायण संन्यास की निंदा करेगा ही। मदिरापान करने वाला व्यक्ति गंगा-जल पीने वाले की प्रशंसा थोड़ी करेगा। प्रश्न यह है कि उनके प्रति संन्यासी का व्यवहार कैसा हो?'' ठाकुर नरेन्द्र की ओर मुड़े, ''हाथी जब चलता है तो उन पर कितने ही पशु भौंकते-चिल्लाते हैं, पर हाथी पलटकर देखता भी नहीं है। कोई तेरी निंदा करे तो क्या समझेगा?''

''समझ लूँगा कि कुत्ते भौंक रहे हैं।'' नरेन्द्र तत्पर ढंग से बोला।

''इतना कठोर मत हो।'' ठाकुर हँस पड़े, ''वैसे तो सब जीवों में परमात्मा का ही वास है, किंतु केवल भले लोगों की ही संगति करनी चाहिए। बाघ में भी परमात्मा का वास है, इसलिए हम बाघ को गले तो नहीं लगा सकते न। यदि कोई कहे, बाघ भी तो नारायण है, इसलिए उसे देखते ही हम क्यों भागें? तो यह भी सोचना चाहिए कि बाघ को देखते ही जो लोग तुम्हें वहाँ से हट जाने का परामर्श दे रहे हैं, वे लोग भी तो नारायण ही हैं। तो फिर हम सुरक्षा का उपाय बताने वाले नारायण का ही कहना क्यों न मानें।'' ठाकुर ने अपने श्रोताओं पर एक दृष्टि डाली और बोले, ''एक कहानी सुनो। किसी वन में एक महात्मा थे। उनके कई शिष्य थे। एक दिन उन्होंने अपने शिष्यों को उपदेश दिया कि सर्वभूतों में नारायण का वास है, यह समझकर सभी को नमस्कार करो। एक दिन उनका एक शिष्य हवन के लिए वन में से लकड़ी लेने गया। उसी समय वन में यह शोर मचा कि कोई कहीं हो तो भाग जाए, क्योंकि एक पागल हाथी आ रहा है। सभी भाग गए, किंतु यह शिष्य न भागा। उसे विश्वास था कि हाथी तो नारायण है। तो फिर नारायण से भागने की क्या आवश्यकता थी। वह हाथी के आने पर न केवल खड़ा रहा,वरन् उसने हाथी के सम्मुख जाकर उसे नमस्कार किया और उसकी स्तुति करने लगा। महावत चिल्ला-चिल्लाकर उसे भागने के लिए कहता रहा, किंतु उसने एक डग भी न उठाया। हाथी उसके निकट आ गया। शिष्य अपने स्थान पर खड़ा रहा। हाथी ने उसे अपनी सूँड़ में लपेटकर एक ओर फेंक दिया और अपने रास्ते पर चला गया। शिष्य को बहुत सारी चोटें आईं और वह अचेत हो गया।

''गुरु को सूचना मिली तो वे अन्य शिष्यों के साथ वहाँ पहुँचे। शिष्य को उठाकर आश्रम में लाए। उसकी सेवा-सुश्रुषा की और जब उसकी चेतना लौटी तो उससे पूछा कि वह पागल हाथी के सम्मुख से हटा क्यों नहीं? शिष्य ने बताया कि उसने गुरुजी के उपदेशानुसार हाथी को भी नारायण माना था, तो फिर नारायण से डरने की क्या बात थी। गुरुजी बोले, 'पुत्र! तूने हाथी में नारायण को देखा, यह तो अच्छा किया, किंतु उस महावत नारायण की बात भी तो सुन लेनी चाहिए थी, जो चिल्ला-चिल्लाकर तुम्हें हट जाने के लिए कह रहा था।' '' श्रोताओं में फूटा हँसी का ज्वार कुछ कम हुआ तो ठाकुर पुनः बोले, ''शास्त्रों में लिखा है : 'आपो नारायण', अर्थात् जल नारायण है। परंतु किसी जल से देवता की सेवा होती है, और किसी से लोग मुँह-हाथ धोते हैं, कपड़े फींछते हैं और बरतन माँजते हैं। उस जल को न पीते हैं, न उससे ठाकुरजी की सेवा होती है। इसी प्रकार साधु-असाधु, भक्त-अभक्त—सभी के हृदय में नारायण का वास है, किंतु असाधुओं और अभक्तों से व्यवहार या अधिक हेल-मेल नहीं चल सकता। किसी से केवल थोड़ी-बहुत बातचीत कर लेनी चाहिए, और किसी से वह भी नहीं।''

ठाकुर रुके ही थे कि एक श्रोता ने जिज्ञासा की, ''महाराज! यदि दुष्टजन हमारा अनिष्ट करना चाहें या हमारा अनिष्ट कर दें तो क्या हमें कुछ नहीं करना चाहिए? चुपचाप बैठे रहना चाहिए?''

''दुष्टजनों के मध्य रहने की बाध्यता होने पर आत्मरक्षा के लिए कुछ तमोगुण दिखाना

चाहिए।'' ठाकुर ने उत्तर दिया, ''किंतु कोई अनर्थ कर सकता है, यह सोचकर उसका अनर्थ नहीं करना चाहिए।'' ठाकुर पुनः कहानी सुनाने की मुद्रा में आ गए, ''किसी वन में कुछ चरवाहे गौएँ चराते थे। वहीं एक बड़ा विषधर सर्प भी रहता था। उसके भय के कारण, लोग वहाँ से बहुत सावधानी से आया-जाया करते थे। एक बार एक ब्रह्मचारी उसी मार्ग से जा रहे थे। चरवाहे दौड़ते हुए आए और उन्होंने ब्रह्मचारी को उस मार्ग पर जाने से रोका। ब्रह्मचारी ने कहा, 'तो क्या हुआ पुत्र! मुझे कोई भय नहीं है, मैं सर्प का मंत्र जानता हूँ।' ब्रह्मचारी उसी मार्ग पर चले गए, किंतु चरवाहे उनके साथ नहीं गए। साँप पहले तो ब्रह्मचारी पर झपटा, किंतु ब्रह्मचारी के मंत्र पढ़ने पर, वह उनके चरणों में लोटने लगा। ब्रह्मचारी ने कहा, 'तू हिंसा क्यों करता है? ले, मैं तुझे एक मंत्र देता हूँ। इस मंत्र का जाप करेगा तो तुझमें ईश्वर-भक्ति जगेगी और तुझे ईश्वर के दर्शन होंगे, फिर तुझमें यह हिंसा-वृत्ति नहीं रह जाएगी।' ब्रह्मचारी ने सर्प को मंत्र दिया। मंत्र पाकर सर्प ने गुरु को प्रणाम किया और पूछा, 'भगवन्! मैं क्या साधना करूँ?' ब्रह्मचारी ने कहा, 'हिंसा छोड़ दे और मंत्र का जाप कर। मैं फिर आऊँगा।'

''समय बीतता गया। चरवाहों ने देखा कि अब साँप काटता नहीं है। ढेला मारने पर भी क्रोध नहीं करता। एकदम केंचुए के समान हो गया है। एक दिन चरवाहों ने उसके पास जाकर, उसकी पूँछ पकड़कर उसे घुमाया और भूमि पर दे मारा। सर्प के मुख से रक्त आ गया और वह अचेत हो गया। चरवाहों ने सोचा कि साँप मर गया है। वे लोग उसे वहीं छोड़कर चले गए।

''बहुत रात बीते सर्प की चेतना लौटी तो वह धीरे-धीरे चलता हुआ अपने बिल के भीतर चला गया। उसकी देह चूर-चूर हो गई थी और उसमें हिलने तक की शक्ति नहीं रह गई थी। बहुत दिनों के पश्चात् जब वह कुछ स्वस्थ हुआ तो भोजन की खोज में बाहर निकला। अब वह केवल रात को बाहर निकलता था। हिंसा भी नहीं करता था। केवल घास-फूस तथा फल-फूल खाकर जी रहा था।

''वर्ष-भर बाद ब्रह्मचारी फिर आए। आते ही सर्प की खोज करने लगे। चरवाहों ने उन्हें बताया कि सर्प तो मर गया है, किंतु ब्रह्मचारी को इसका विश्वास नहीं हुआ। वे जानते थे कि जो मंत्र उन्होंने दिया था, वह जब तक सिद्ध नहीं होगा, तब तक सर्प की देह नहीं छूट सकती थी। वे अपने दिए हुए नाम से सर्प को पुकारने लगे। गुरु का स्वर सुनकर सर्प अपने बिल से बाहर निकल आया और गुरु को भक्ति-भाव से प्रणाम किया। ब्रह्मचारी ने पूछा, 'तू इतना दुबला क्यों हो गया है?' सर्प ने कारण बता दिया। सतोगुण बढ़ जाने से वह किसी पर क्रोध भी नहीं कर सकता था। इसलिए मार की बात भी भूल गया था। ब्रह्मचारी ने कहा, 'केवल न खाने ही से किसी की यह दशा नहीं हो सकती। कोई दूसरा कारण अवश्य होगा। तू अच्छी तरह सोच।' सर्प को चरवाहों की बात याद आ गई। उसने यह घटना सुनाकर कहा, 'उन अज्ञानियों को तो मेरे मन की अवस्था मालूम थी नहीं। वे कैसे जानते कि मैंने हिंसा का त्याग कर दिया है।' ब्रह्मचारी बोले, 'राम! राम!! तू ऐसा मूर्ख है।अपनी रक्षा करना भी तू नहीं जानता। मैंने तुझे काटने से मना किया था, किंतु फुफकारने से कब रोका था? फुफकारकर उन्हें भय क्यों नहीं दिखाया?' '' ठाकुर ने कथा समाप्त की, ''इस प्रकार दुष्टों के सम्मुख फुफकारना चाहिए, उन्हें भय दिखाना चाहिए, जिससे वे तुम्हारा अनिष्ट न कर बैठें, पर उन्हें विषदंश नहीं देना चाहिए, उनका अहित नहीं करना चाहिए।''

''महाराज! संसार में इतने प्रकार के प्राणी हैं कि यह निश्चय करना ही कठिन हो जाता

है कि हम किसके साथ कैसा व्यवहार करें।'' एक अन्य जिज्ञासु बोला, ''कृपा कर हमें जरा विभिन्न प्रकार के प्राणियों के विषय में बताएँ।''

''परमात्मा की सृष्टि में नाना प्रकार के जीव-जंतु तथा पेड़-पौधे हैं।'' ठाकुर बोले, ''पशुओं में अच्छे हैं और बुरे भी। उनमें बाघ जैसा हिंस्र प्राणी भी है और केंचुए जैसा निरीह जंतु भी। वृक्षों में अमृत-फल भी लगते हैं और विष-फल भी। इसी प्रकार, मनुष्यों में भी भले-बुरे, साधु-असाधु सब प्रकार के लोग हैं। उनमें संसारी जीव भी हैं और भक्तगण भी!'' ठाकुर क्षण-भर के लिए रुके, ''वस्तुतः जीव चार प्रकार के होते हैं—बद्ध, मुमुक्षु, मुक्त और नित्य! नारदादि नित्य जीव हैं। ऐसे जीव अन्य जीवों के हितार्थ उन्हें शिक्षा देने के लिए संसार में रहते हैं। बद्ध जीव सांसारिक विषयों में फँसा रहता है। वह ईश्वर को भूल जाता है, कभी भूलकर भी भगवद्‌चिंतन नहीं करता। मुमुक्षु जीव वह है, जो मुक्ति की इच्छा रखता है। उनमें से कुछ लोग मुक्त हो जाते हैं और कुछ प्रयत्न करके भी मुक्त नहीं हो सकते। मुक्त जीव संसार के कामिनी-कांचन में नहीं फँसते। इनके मन में विषय-बुद्धि नहीं होती। वे सदा ईश्वर के पाद-पद्‌मों की चिंता करते हैं।'' ठाकुर ने कहा, ''जब तालाब में जाल फेंका जाता है, तब चतुर मछलियाँ जाल में नहीं फँसतीं। वे नित्य-जीवों का उदाहरण हैं। अन्य मछलियाँ जाल में फँस जाती हैं। उनमें से कुछ निकल भागने की चेष्टा करती हैं, वे मुमुक्षु जीव हैं। सब मछलियाँ भाग नहीं सकतीं। केवल दो-चार ही उछलकर जाल से बाहर निकल पाती हैं। जो जाल में फँसी रह जाती हैं, उनमें से अधिकांश मछलियाँ न निकल पाती हैं, न निकलने का प्रयत्न करती हैं। वे जाल को मुँह में फाँसकर, मिट्टी के नीचे सिर घुसेड़कर चुपचाप पड़ी रहती हैं और सोचती हैं कि वे बड़े आनंद में हैं, भय की कोई बात नहीं है। वे यह नहीं जानतीं कि मछुआ उन्हें घसीटकर ले जाएगा। वे बद्ध जीव हैं।'' ठाकुर का स्वर करुणामय हो गया, ''बद्ध जीव कामिनी-कांचन में फँसे हैं। उनके हाथ-पैर बँधे हैं, किंतु फिर भी वे सोचते हैं कि सारा सुख कामिनी-कांचन में ही है और उन्हें किसी प्रकार का भय नहीं है। उन्हें यह भी दिखाई नहीं पड़ता कि मृत्यु उनके सिर पर मँडरा रही है। जब बद्ध जीव की मृत्यु होती है तो उसकी पत्नी रोकर कहती है, 'तुम तो चले, किंतु मेरे लिए क्या कर गए?' माया भी ऐसी चीज होती है कि बद्ध जीव पड़ा तो है मृत्यु-शैया पर, किंतु जलते दीपक को देखकर कहता है, 'तेल बहुत जल रहा है, बत्ती नीची कर दो।' बद्ध जीव ईश्वर का स्मरण नहीं करता। चाहे वह समय व्यर्थ की गप्पबाजी में बिताए या ताश-शतरंज खेलकर।''

ठाकुर के स्वर में करुणा थी, किंतु श्रोताओं के चेहरों की स्तब्धता उनके मन के त्रास को प्रकट कर रही थी।...ठाकुर की चेतावनी के कारण उन्हें अपने भविष्य की चिंता हो रही थी।

''तो संसारी जीवों के लिए कोई उपाय नहीं है महाराज?'' एक अन्य श्रोता ने पूछा।

''उपाय है क्यों नहीं!'' ठाकुर ने उन्हें सांत्वना दी, ''कभी-कभी साधुओं का संग करना चाहिए और कभी-कभी निर्जन स्थान में ईश्वर का स्मरण और विचार। ईश्वर से भक्ति और आस्था की प्रार्थना करनी चाहिए। आस्था जागी कि सफलता मिली। आस्था और विश्वास से बढ़कर और कुछ नहीं है।'' उन्होंने केदार की ओर देखा, ''विश्वास में कितना बल है, यह तो तुमने सुना है न? पुराणों में लिखा है कि रामचंद्र को, जो स्वयं साक्षात् पूर्ण ब्रह्म नारायण हैं, लंका जाने के लिए सेतु बाँधना पड़ा था, परंतु हनुमान राम-नाम के विश्वास से ही कूदकर समुद्र के पार चले गए। उन्हें सेतु की आवश्यकता ही नहीं पड़ी।''

श्रोताओं के चेहरों पर उत्साह जागा : यह तो इतना कठिन नहीं था। उन्हें निराश होने

की आवश्यकता नहीं थी···।

"किसी को समुद्र के पार जाना था। विभीषण ने एक पत्ते पर राम-नाम लिखकर, उसके उत्तरीय की खूँट में बाँधकर कहा कि 'तुम्हें अब कोई भय नहीं है। विश्वास कर पानी के ऊपर से चले जाओ, किंतु अविश्वास हुआ तो पानी में डूब जाओगे।' वह व्यक्ति बड़े मजे में समुद्र के जल पर चलता हुआ जा रहा था। उसी समय उसकी यह इच्छा हुई कि गाँठ को खोलकर देखूँ तो इसमें क्या बँधा है। गाँठ खोलकर उसने देखा तो पाया कि एक पत्ते पर मात्र राम-नाम लिखा था, और कुछ भी नहीं। वह डर गया और तत्काल पानी में डूब गया।" ठाकुर ने अपने श्रोताओं को देखा, "जिसको ईश्वर पर विश्वास है, वह यदि महापातक करे, तो भी अपने विश्वास के बल से वह बड़े-बड़े पापों से मुक्त हो सकता है।" और ठाकुर ने गाना आरंभ किया—

"दुर्गा-दुर्गा अगर जपूँ मैं, जब निकलें मेरे प्राण।
देखूँ कैसे नहीं तारती, कैसी हो करुणा की खान।।
गो-ब्राह्मण की हत्या करके, करके भी मदिरा का पान।
जरा नहीं परवाह पापों की, लूँगा निश्चय पद निर्वाण।।"

ठाकुर का मधुर स्वर और भाव का आवेश श्रोताओं को अपने साथ बहाकर ले गया। सब बैठे मंत्र-मुग्ध से सुनते रहे। ठाकुर अपना गीत पूरा कर हँसे, "विश्वास की सिद्धि की बात ही और है। वह व्यक्ति को एक और ही प्रकार का मनुष्य बना देती है।" उनकी दृष्टि जाकर नरेन्द्र पर ठहर गई, "इस लड़के को देखते हो न! चंचल बालक जब अपने पिता के निकट बैठता है, तब कैसा सीधा बना, मौन बैठा रहता है, किंतु जब चाँदनी पर खेलता है तो उसका स्वरूप ही कुछ और जाता है।" उनका स्वर कुछ ऊँचा हो गया, जैसे बलपूर्वक कुछ प्रमाणित करना चाह रहे हों, "ये लड़के नित्य-सिद्ध हैं। ये कभी संसार में नहीं बँधते। छोटी ही अवस्था में इन्हें चैतन्य हो जाता है और ये ईश्वर की दिशा में उन्मुख हो जाते हैं। ये अन्य लोगों को शिक्षा देने के लिए संसार में आते हैं। कोई सांसारिक व्यापार इन्हें लुब्ध नहीं करता। कामिनी-कांचन में इनके लिए कोई आकर्षण नहीं है।" ठाकुर जैसे साँस लेने के लिए रुके, "वेदों में 'होमा' पक्षी की क्या कथा है। यह पक्षी आकाश पर बहुत ऊँचाई पर रहता है। वहीं अंडे देता है। अंडा ऊपर से गिरने लगता है, किंतु वह इतनी ऊँचाई से गिर रहा होता है कि मार्ग के मध्य में ही फट जाता है। उसमें से शावक निकल आता है और वह पृथ्वी की ओर गिरने लगता है। गिरने की इस यात्रा में ही उसकी आँखें खुल जाती हैं और पंख उग आते हैं। आँखें खुलने पर वह पक्षी-शावक देखता है कि वह गिर रहा है और पृथ्वी पर गिरकर उसकी मृत्यु हो जाएगी, तो वह अपनी माँ के पास जाने के लिए पुनः आकाश की ऊँचाइयों में उड़ जाता है।"

नरेन्द्र के लिए अब वहाँ बैठना कठिन हो गया है : ठाकुर ने अभी उसे नित्य-सिद्ध कहा है। अब वे उसकी तुलना होमा पक्षी से करेंगे। जब वे उसकी प्रशंसा करने पर आते हैं तो कोई ओर-छोर ही नहीं देखते।···पहले ही दिन उन्होंने उसे 'नर' और 'नारायण' कह दिया था···

वह उठ खड़ा हुआ और चुपके से कमरे से बाहर निकल गया।

ठाकुर धाराप्रवाह बोलते जा रहे थे, "देखो, नरेन्द्र गाने-बजाने में, पढ़ने में—सब विषयों में अच्छा है। उस दिन उसने केदार के साथ तर्क किया था। केदार की बातों को खटाखट काटता गया।" और सहसा वे महेन्द्र गुप्त की ओर मुड़े, "अंग्रेजी में क्या कोई तर्क की पुस्तक है?"

महेन्द्र गुप्त सप्ताह-भर पूर्व ही पहली बार ठाकुर के दर्शन करने दक्षिणेश्वर आया था। ठाकुर से यह उसकी तीसरी ही भेंट थी। वह ईश्वरचंद्र विद्यासागर के एक विद्यालय में हेडमास्टर था। उस समय दक्षिणेश्वर के निकट वराहनगर में अपनी बहन के घर ठहरा हुआ था। जबसे ठाकुर के दर्शन हुए थे, वह उनके सम्मोहन से मुक्त नहीं हो पा रहा था। आँखों के सम्मुख सदा वही आनन्दमय रूप था और कानों में वही अमृतवाणी। वह सोच रहा था कि इस निर्धन ब्राह्मण ने इन गंभीर आध्यात्मिक तत्त्वों को कैसे खोज निकाला? किस प्रकार उनका ज्ञान प्राप्त किया? इससे पहले उसने इतनी सरलता से इन गूढ़ तत्त्वों को समझाते हुए कभी किसी को नहीं देखा था। किंतु ठाकुर का वह परिहास भी वह भूल नहीं सकता था, जब ठाकुर ने उससे पूछा था कि क्या वह पढ़ा-लिखा है? उसकी समझ में तत्काल आ गया था कि ठाकुर आध्यात्मिक ज्ञान की चर्चा कर रहे थे।···और फिर अब ठाकुर पूछ रहे थे कि क्या अंग्रेजी में तर्क की कोई पुस्तक है?···जाने वे वस्तुतः जानना चाहते हैं अथवा परिहास कर रहे हैं। फिर भी उत्तर तो देना ही होगा।

"जी हाँ, है।" महेन्द्र गुप्त बोला, "अंग्रेजी में इसको न्यायशास्त्र कहते हैं।"

"अच्छा!" ठाकुर ने कुछ और रुचि दिखाई, "कैसा है यह न्यायशास्त्र, कुछ सुनाओ तो।"

महेन्द्र गुप्त को लगा कि वह कठिन परिस्थिति में डाल दिया गया है। इस प्रकार इतने लोगों के सामने आकस्मिक रूप से पूछे गए इस प्रश्न का उत्तर वह ठाकुर को क्या दे। पर यदि कुछ नहीं कहेगा तो वह और भी अधिक कठिन स्थिति में पड़ जाएगा। अंततः बोला, "एक बात यह है कि साधारण सिद्धांत से विशेष सिद्धांत पर पहुँचना, जैसे सब मनुष्य मरेंगे, पंडित भी मनुष्य हैं, इसलिए वे भी मरेंगे।···और एक बात यह है कि विशेष दृष्टांत या घटना को देखकर साधारण सिद्धांत पर पहुँचना। जैसे यह कौआ काला है, वह कौआ काला है, और जितने कौए दीख पड़ते हैं वे भी काले हैं इसलिए सब कौए काले हैं··· ।"

ठाकुर अन्यमनस्क हो गए। उन्होंने इन बातों को सुन-भर लिया, किंतु न कुछ कहा और न ही कुछ और पूछा।

सभा भंग हो गई। दर्शनार्थी लोग उठकर इधर-उधर टहलने लगे। महेन्द्र गुप्त भी पंचवटी इत्यादि स्थानों को देखता रहा। उसे बताया गया था कि यह ठाकुर की तपस्या का क्षेत्र था। उसे यह सब कुछ अत्यंत विचित्र लग रहा था, जैसे पुराणों की कोई कथा वहाँ से निकलकर उसके सम्मुख साक्षात् हो रही हो। यहाँ आने से पहले उसने कभी कल्पना भी नहीं की थी कि उसके समय में भी कलकत्ता नगर के इतने निकट, मानव-समाज के घेरे में कोई व्यक्ति पौराणिक कथाओं के समान इतनी तपस्या कर सकता है कि ईश्वरीय शक्तियों को साक्षात् देख सके।

लगभग पाँच बजे महेन्द्र गुप्त, ठाकुर के कमरे की ओर लौटा। कमरे में पहुँचने से पूर्व ही उसके पैर ठिठक गए। उत्तर की ओर छोटे बरामदे में एक अद्‌भुत घटना घटित हो रही थी : ठाकुर स्थिर भाव से खड़े थे और नरेन्द्र गा रहा था। दो-चार अन्य भक्त भी आसपास खड़े थे। महेन्द्र गुप्त भी निकट आकर गायन सुनने लगा और उसका मन उस पर मुग्ध होता गया। ठाकुर के गाने को छोड़कर ऐसा मधुर गीत उसने पहले कभी नहीं सुना था। अकस्मात् ठाकुर की ओर देखकर वह स्तब्ध रह गया। ठाकुर की देह निस्पंद हो गई थी और नेत्र निर्निमेष। श्वासोच्छ्वास चल रहा था या नहीं, बताना कठिन था।···

उसने संकोच से, निकट खड़े भक्त से पूछा, "ठाकुर को क्या हुआ है?"

भक्त ने कुछ आश्चर्य से उसकी ओर देखा जैसे कह रहा हो कि क्या वह इतना भी नहीं

जानता, और फिर बोला, "यह समाधि है।"

महेन्द्र गुप्त ने ऐसा न कभी देखा था, न सुना था। वह विस्मित होकर सोचने लगा : भगवान् का चिन्तन करते हुए मनुष्यों का बाह्य ज्ञान क्या इस सीमा तक लुप्त हो जाता है? न जाने कितनी भक्ति और विश्वास हो तो मनुष्य की यह अवस्था होती है।...

नरेन्द्र गा रहा था, "ऐ मन! तू चिद्घन हरि का चिंतन कर। उसकी मोहन मूर्ति की कैसी अनुपम छटा है, जो भक्तों का मन हर लेती है। वह रूप नए-नए वर्णों से मनोहर है, कोटि चंद्रमाओं को लजाने वाला है। उसकी छटा क्या है मानो चपला चमकती है। उसे देखकर आनंद से जी भर जाता है।"

गीत के इस चरण को सुनकर ठाकुर कुछ चौंकने-से लगे। देह पुलकित हो उठी, आँखों से आनंद के अश्रु बहने लगे। बीच-बीच में कुछ मधुर दृश्य देख-देखकर मुस्कराने लगे, जैसे कोटि चंद्रमाओं को लजाने वाले उस अनुपम रूप का साक्षात् दर्शन कर रहे हों...

'क्या यही ईश्वर-दर्शन है?'...महेन्द्र गुप्त सोच रहा था, 'कितनी साधना, कितनी तपस्या, कितनी भक्ति और विश्वास से ईश्वर का ऐसा दर्शन होता है?...'

नरेन्द्र पुनः गा रहा था, "हृदय रूपी कमलासन पर इन चरणों का भजन कर, शांत मन और प्रेम-भरे नेत्रों से उस अपूर्व मनोहर दृश्य को देख ले।"

ठाकुर के अधरों पर सम्मोहिनी मुस्कान आ गई। शरीर वैसा ही निश्चल हो गया। आँखें बंद हो गईं, मानो वे कुछ अलौकिक देख रहे हों और देखकर आनंद से परिपूर्ण हो रहे हों।

नरेन्द्र ने पुनः गाया, "चिदानन्द रस में, प्रेमानन्द रस में, परम भक्ति से सदा के लिए मग्न हो जा।"...

महेन्द्र गुप्त को घर लौटना था। समाधि और प्रेमानन्द की इस अद्भुत छवि ने इसको आकृष्ट भी बहुत किया, किंतु एक विचित्र प्रकार के अनजाने भय का अनुभव भी वह कर रहा था। वह और नहीं रुका। उस मधुर गीत को गुनगुनाते हुए, ठाकुर की समाधि के विषय में सोचते हुए वह घर लौट गया।

अगले दिन भी छुट्टी थी। स्कूल बंद था। अतः वह कलकत्ता न लौटकर वराहनगर में ही रात के लिए रुक गया था। अपराह्न तीन बजे महेन्द्र गुप्त पुनः दक्षिणेश्वर पहुँचा। ठाकुर अपने कमरे में बैठे थे। फर्श पर चटाई बिछी थी। नरेन्द्र, भवनाथ तथा दो-एक और लड़के बैठे थे। लड़कों की अवस्था उन्नीस-बीस के लगभग होगी। ठाकुर तख्त पर बैठे हुए प्रफुल्ल मन से उनके साथ कुछ चर्चा कर रहे थे, जैसे उनके ही समवयस्क हों।

महेन्द्र गुप्त कुछ चकित हुआ : ये लड़के रात को यहीं रुक गए थे, या कल कलकत्ता जाकर आज पुनः लौट आए हैं? पर ये लड़के तो अभी अपने माता-पिता के अधीन, अपने परिवार में ही रहते होंगे। ये लोग रात को यहीं रुक जाएँ तो इनके माता-पिता को चिंता नहीं होती होगी?

महेन्द्र गुप्त को कमरे में प्रवेश करते देखकर ठाकुर ने हँसते हुए कहा, "यह देखो, फिर आया।"

लड़के हँसने लगे। महेन्द्र गुप्त को समझने में कठिनाई नहीं हुई कि पहले भी उसकी चर्चा हो रही थी। कोई और समय होता तो शायद ठाकुर के इस परिहास तथा लड़कों के इस हास्य को वह अपने लिए अपमानजनक मानता। किंतु ठाकुर के प्रति मन में जन्मी श्रद्धा ने उसके अंहकार

को जैसे बहलाकर सुला दिया था। यही कारण था कि उसने खड़े-खड़े हाथ जोड़कर प्रणाम नहीं किया, जैसे कि वह आज तक करता आया था, वरन् उसने पहली बार भूमिष्ठ होकर ठाकुर को प्रणाम किया।

ठाकुर ने उसके प्रणाम का कोई उत्तर न देते हुए लड़कों की ओर देखकर हँसते हुए कहा, "एक मोर को किसी ने चार बजे अफीम खिला दी। दूसरे दिन से वह अफीमची मोर ठीक चार बजे आ जाता था। यह भी अपने समय से आया है।"

लड़के हँस पड़े किंतु उनका हँसना महेन्द्र गुप्त को बुरा नहीं लगा। सोचने लगा, वे ठीक ही तो कहते हैं। घर जाता हूँ तो मन यहीं रमा रहता है। यही सोचता रहता हूँ कि फिर कब यहाँ आऊँ और कब ठाकुर के दर्शन करूँ। जैसे कोई खींचकर यहाँ ले आता है। इच्छा होने पर भी किसी दूसरी जगह जा नहीं पाता।...अद्भुत चरित्र था ठाकुर का। कहाँ कल की वह समाधि और वह अपूर्व प्रेमानन्द और कहाँ आज यह हास-परिहास, हँसी की लहरें...आज कैसे प्राकृत मनुष्य जैसा व्यवहार कर रहे हैं। क्या इन्हीं ने मुझे पहले दिन उपदेश देते हुए धिक्कारा था और पूछा था, 'तुम ज्ञानी हो?' इन्हीं ने साकार और निराकार दोनों की सत्यता की स्थापना की थी? इन्होंने ईश्वर को सत्य और सब कुछ को अनित्य बताया था। इन्हीं ने मुझे संसार में उस दासी की भाँति रहने का उपदेश दिया था, जो रहती तो स्वामी के महल् में है, किंतु मन में सदा जानती है कि उस प्रासाद का एक कण भी उसका नहीं है?"

महेन्द्र गुप्त विस्मित स्थिति में ठाकुर के सम्मुख बैठ गया।...पर ठाकुर तो जैसे आज परिहास की तरंगों में बह रहे थे। रामलाल की ओर देखकर बोले, "इसकी अवस्था कुछ अधिक हो गई है न! इसी से कुछ गंभीर है। ये सब हँस रहे हैं, पर यह चुपचाप बैठा है।"

महेन्द्र गुप्त की अवस्था सत्ताईस वर्ष की थी। पहले तो उसे लगा कि कदाचित् ठाकुर उसका ध्यान उन लड़कों के मध्य उसकी बढ़ी हुई अवस्था की ओर दिला रहे हैं। किंतु तत्काल ही उसका ध्यान ठाकुर की अवस्था की ओर चला गया। जब वे इन लड़कों के साथ समवयस्क के समान हास-परिहास कर सकते हैं तो उसकी अवस्था को क्या हुआ है कि वह उनके हास-विलास में सम्मिलित नहीं हो सकता?...

ठाकुर पुनः हँसे, "इसे अभी मालूम नहीं है कि इसका लक्ष्य क्या है। शायद इसीलिए यह ढंग से हँस भी नहीं पा रहा था। उन्हें देखो!" और ठाकुर ने दीवार पर टँगे हनुमान के चित्र की ओर संकेत किया, "हनुमान का भाव कैसा है। धन, मान, शरीर-सुख कुछ भी नहीं चाहते, केवल भगवान् को चाहते हैं। जब स्फटिक-स्तंभ के भीतर से ब्रह्मास्त्र निकालकर भागे, तब मंदोदरी नाना प्रकार के फल लेकर उन्हें लुभाने लगी। उसने सोचा कि वानर हैं, संभव है, फल के लोभ में नीचे उतरकर शायद वे ब्रह्मास्त्र फेंक दें, पर हनुमान इस भुलावे में कब पड़ने लगे? उन्होंने कहा, 'मुझे फलों का अभाव नहीं है। मुझे जो फल मिला है, उससे मेरा जन्म सफल हो गया है। मेरे हृदय में मोक्षफल के वृक्ष श्री रामचन्द्र जी हैं। श्रीराम-कल्पतरु के नीचे बैठा रहता हूँ, जब जिस फल की इच्छा होती है, वही खाता हूँ। फल के विषय में कहता हूँ, मुझे फल न दिखा, मैं इसका प्रतिफल दे जाऊँगा।' "

ठाकुर ने इसी भाव का एक गीत गाना आरंभ किया और वे समाधिस्थ हो गए : देह निश्चल हो गई, नेत्र स्थिर! ऐसे बैठे हुए थे, जैसे कोई मूर्ति हो। अभी तक सब हास-परिहास कर रहे थे, हँस रहे थे, किंतु अब चारों ओर भय-मिश्रित श्रद्धा का वातावरण था। सारे लड़के ठाकुर की अद्भुत

स्थिति को एकटक देख रहे थे।

थोड़ी देर के पश्चात् अवस्था का परिवर्तन हुआ। देह कुछ शिथिल हुई, मुख सहास्य हो गया, इंद्रियों में स्पंदन लौटा। नेत्रों से आनंदाश्रु बहने लगे और जिह्वा से वाणी प्रस्फुटित हुई, "राम! राम!!"

क्रमश : ठाकुर प्रकृतिस्थ हुए और परिहास की अपनी पिछली मनःस्थिति में लौट गए। बोले, "नरेन्द्र! जरा इस मास्टर से अंग्रेजी में तो बात कर। मैं सुनूँगा। देखूँ तो सही कि दो लोग अंग्रेजी में कैसे वार्तालाप करते हैं।"

नरेन्द्र ने हँसकर धीरे से महेन्द्र गुप्त से कहा, "ठाकुर को दंगल का शौक हो रहा है। पर कहीं आरंभ ही मत कर दीजिएगा। ठाकुर तो ऐसी लीला करते ही रहते हैं।"

महेन्द्र गुप्त भी हँसा, "इनके सामने में कैसे तर्क कर सकता हूँ, इन्होंने तो तर्क का द्वार ही बंद कर दिया है।"

पाँच बजने को आए। अधिकांश दर्शनार्थी जा चुके थे। महेन्द्र गुप्त अभी तक रुका हुआ था। ठाकुर से कुछ चर्चा करने का लोभ भी था, और कहीं यह आशा भी थी कि शायद ठाकुर कोई भजन गाएँ। ठाकुर का गायन सुनने के लिए महेन्द्र गुप्त सारी रात भी बैठा रह सकता था।...बीच-बीच में उसके मन में संशय भी उठा कि कहीं कोई उन्हें डाँट ही न दे कि अभी तक यहाँ क्यों रुका हुआ है, किंतु यह देखकर साहस जुटाए हुए था कि अभी तक वह लड़का नरेन्द्र भी यहीं था। फिर देखा कि नरेन्द्र मुँह-हाथ धोने के लिए गया है तथा महेन्द्र गुप्त भी बगीचा देखने के बहाने इधर-उधर घूमता रहा।

'कोठी' के पास से निकलकर हंस तालाब की ओर आते हुए देखा कि तालाब की दक्षिणी सीढ़ियों के चबूतरे पर ठाकुर खड़े हैं। निकट ही, हाथ में गडुआ लिए हुए नरेन्द्र भी खड़ा था। महेन्द्र गुप्त भी उनके निकट चला गया।

"देख, और जरा ज्यादा जल्दी-जल्दी आया कर।" ठाकुर कह रहे थे, "तूने हाल में ही आना शुरू किया है न। जान-पहचान के आरंभिक दिनों कुछ जल्दी-जल्दी आया जाता है, जैसा नया-नया पति।" उन्होंने दृष्टि उठाकर नरेन्द्र की ओर देखा।

नरेन्द्र हँस पड़ा। महेन्द्र गुप्त भी उदाहरण से चमत्कृत हुआ। यह संन्यासी भी कितने सांसारिक उदाहरण देता है।

"आएगा न?" ठाकुर ने पूछा।

"कोशिश करूँगा।" नरेन्द्र ने उत्तर दिया।

वे तीनों ठाकुर के कमरे की ओर चले। ठाकुर ने महेन्द्र गुप्त की ओर देखा, "किसान बाजार से बैल खरीदने जाता है, तो जानता है कि कौन-सा बैल अच्छा है, कौन-सा बोदा! वे पूँछ के नीचे हाथ लगाकर परखते हैं। कोई बैल पूँछ पर हाथ लगाते ही लेट जाता है। किसान ऐसा बैल नहीं खरीदता। वही बैल खरीदा जाता है, जो पूँछ पर हाथ रखते ही तेजी से कूद पड़ता है। नरेन्द्र इसी जाति का बैल है। भीतर खूब तेज है।" ठाकुर मुस्कराए, "कोई-कोई बैल तो ऐसा होता है, जिसमें मानो न जान है, न जोर, न दृढ़ता।"

कमरे में आकर ठाकुर अपने तख्त पर बैठ गए। नरेन्द्र उन्हें छोड़कर कमरे से बाहर चला गया था। ठाकुर ने ईश्वर-चिंतन के लिए आँखें बंद कर लीं। महेन्द्रनाथ बैठा उन्हें देखता रहा।

मंदिर में आरती आरंभ हुई। ठाकुर ने आँखें खोलीं। महेन्द्र गुप्त को सामने देखकर बोले, "तुम जाकर नरेन्द्र से बातचीत करो और फिर बताना कि वह कैसा लड़का है।"

"वह अभी घर नहीं गया?" महेन्द्र गुप्त को आश्चर्य हुआ।

"नहीं, अभी यहीं कहीं होगा।"

महेन्द्र गुप्त नरेन्द्र को खोजने के लिए निकला। बड़ी देर इधर-उधर भटकने के पश्चात् उसने चाँदनी के पश्चिम में नरेन्द्र को पाया।

"तुम ठाकुर के शिष्य हो?" महेन्द्र गुप्त ने पूछा।

'मैं ब्राह्म समाजी हूँ।" नरेन्द्र बोला, "मूर्तिपूजा में मेरा विश्वास नहीं है।"

नरेन्द्र ने ठाकुर को अपना गुरु मानने से स्पष्ट इनकार नहीं किया था, किंतु महेन्द्र गुप्त को उसका आशय समझने में तनिक भी कठिनाई नहीं हुई। मूर्तिपूजा में उसका विश्वास नहीं था, तो एक मूर्तिपूजक उसका गुरु कैसे हो सकता था।

"कहीं नौकरी करते हो?' महेन्द्र गुप्त ने पुनः पूछा।

"नहीं! अभी तो जैनरेल असैंबली इंस्टिट्यूशन में पढ़ता हूँ।"

'तो यह विद्यार्थी है'···महेन्द्र गुप्त सोच रहा था—'आजकल की आधुनिक शिक्षा पाने वाले विद्यार्थियों की अपने धर्म में आस्था ही कहाँ हैं···किंतु यह तो यहाँ आता है। माँ काली की मूर्ति के सम्मुख सिर नहीं झुकाता, किंतु भजन गा-गाकर ठाकुर की सेवा तो करता है।'···महेन्द्र गुप्त समझ नहीं पाया, 'नरेन्द्र की ठाकुर में श्रद्धा है या नहीं? उसकी उपस्थिति और सेवा देखकर कोई कह नहीं सकता था कि ठाकुर के प्रति उसके मन में असीम श्रद्धा नहीं है। ठाकुर के मुख से भी उसकी प्रशंसा के ही शब्द निकलते रहते हैं।···पर वह कह रहा है कि मूर्तिपूजा में उसकी श्रद्धा नहीं है···'

रात हो गई थी। महेन्द्र गुप्त सोच रहा था कि उसे अब घर जाना चाहिए; किंतु इच्छा हो रही थी कि अभी कुछ और देर यहीं ठहरे। संभव है, ठाकुर या नरेन्द्र का एक-आध भजन सुनने को मिल जाए।

नरेन्द्र से विदा होकर वह ठाकुर की खोज में निकला। इस समय ठाकुर अपने कमरे में नहीं थे।···वे माँ काली के मंदिर के सामने के नाट्य-मंडप में अकेले टहल रहे थे। मूर्ति के दोनों ओर दीपक जल रहे थे। विस्तृत नाट्य-मंडप में प्रकाश के लिए एक लालटेन रखी हुई थी। पर्याप्त प्रकाश न होने के कारण तिमिर और प्रकाश का एक विचित्र-सा मिश्रण वहाँ किसी इंद्रधनुषी रहस्य का सृजन कर रहा था।

महेन्द्र गुप्त ने अत्यंत संकोच से पूछा, "क्या आज फिर गायन होगा?"

"नहीं, अब आज नहीं होगा।" ठाकुर को जैसे कुछ स्मरण हो आया, "मैं कलकत्ता में बलराम के घर जाऊँगा। तुम भी आना। वहाँ गाना होगा।"

"जैसी आपकी आज्ञा।"

"तुम जानते हो बलराम बसु को?" ठाकुर ने पूछा।

"जी, नहीं।"

"बलराम बसु! बोस-पाड़ा में उनका घर है।"

"मैं पता लगा लूँगा।" महेन्द्र गुप्त ने कहा।

"अच्छा! तुमसे एक बात पूछनी है।" ठाकुर बोले, "तुम्हें क्या लगता है—मुझे कितने आना

ज्ञान हुआ है?"

महेन्द्र गुप्त इस अनपेक्षित प्रश्न का तत्काल उत्तर नहीं दे सका। कुछ सोचकर बोला, "आने की बात तो मैं नहीं कर सकता, किंतु ऐसा ज्ञान, प्रेम-भक्ति, विश्वास, वैराग्य तथा उदार भाव मैंने और कहीं नहीं देखा।"

ठाकुर हँसे। कुछ बोले नहीं।

प्रणाम कर महेन्द्र गुप्त चल पड़ा। फाटक तक आकर उसे कुछ याद आ गया। उलटे पाँव नाट्य्-मंडप में लौट आया।

उस मंद प्रकाश में ठाकुर अकेले टहल रहे थे—निःसंग! जैसे वन में अकेला सिंह अपनी मौज में फिरता रहता है।

"क्यों? लौट क्यों आए?" ठाकुर ने पूछा।

"बलराम बसु तो धनी आदमी होंगे। संभव है, मुझे भीतर न जाने दिया जाए।" महेन्द्र गुप्त बोला, "सोच रहा हूँ कि उनके घर न जाऊँ। यहीं आकर आपसे मिल लूँ।"

"तुम्हें कोई नहीं रोकेगा।" ठाकुर बोले, "तुम मेरा नाम लेना। कहना, मुझसे मिलना है। उनमें से कोई तुम्हें मेरे पास छोड़ जाएगा।"

"जैसी आपकी आज्ञा!" महेन्द्र गुप्त ने पुनः प्रणाम किया और लौट गया।

रात को वापस लौटते हुए नरेन्द्र को काफी देर हो गई थी, इसलिए चुपके से जाकर, नानी के घर, अपने कमरे में जा पहुँचा। दक्षिणेश्वर में उसने यह सोचकर भोजन नहीं किया था कि घर पहुँचकर ही भोजन करेगा···किंतु उसका समय का अनुमान ठीक नहीं रहा था। लौटते-लौटते इतना समय हो गया कि भोजन के लिए जाकर माँ को जगाना उसे अच्छा नहीं लगा।

भूखे पेट नींद आने में कठिनाई हो सकती है—वह जानता था, किंतु अपनी नींद के सुख के लिए वह अन्य लोगों की नींद तो खराब नहीं कर सकता था।···और फिर वहाँ बाबा भी हैं, जो यह जानकर अवश्य रुष्ट होंगे कि वह इतनी रात गए बाहर रहता है।···

'नींद न आ रही हो तो सबसे सुखद काम था, ध्यान के लिए बैठ जाना।···अच्छा ही है कि उसने खाना नहीं खाया है'—नरेन्द्र ने सोचा—'नहीं तो इस समय तक नींद से उसकी आँखें बोझिल हो रही होतीं और मस्तिष्क जड़ हो चुका होता। तब वह ध्यान कैसे करता?···'

वह पद्मासन में बैठ गया। आँखें बंद कीं। स्वयं को एकाग्र किया।···त्रिकुटी पर प्रकाश-बिंदु चमकने लगे थे।···

प्रातः जब वह भैरव विश्वास की गली वाले मकान में पहुँचा तो उसकी अपेक्षा के अनुसार ही बाबा ने पूछा, "रात को तू भोजन करने भी नहीं आया। मैं तेरी प्रतीक्षा करता रहा।"

नरेन्द्र देख रहा था कि बाबा रुष्ट नहीं थे।···वे तो मात्र प्रतीक्षा करने का समाचार भर दे थे।···माँ प्रतीक्षा करतीं तो इसलिए कि वह आए और भोजन कर ले। किंतु बाबा···

"तुम्हें मालूम है दादा! कल बाबा की एक पुस्तक छपकर आई है।" जोगेन्द्र बाला बोली, "बाबा तुम्हें दिखाना चाह रहे थे?"

"ओह! यह बात है। कहाँ है पुस्तक?"

नरेन्द्र के मन में अनेक प्रश्न उभरे : वह तो जानता ही नहीं था कि उसके बाबा लेखक भी हैं। जब रात को लैंप जलाकर वे लिख रहे होते थे तो वह यही समझता था कि वे अपने मुवक्किलों

के मुकदमे लिख रहे हैं। वह कैसे समझता कि वे एटर्नी के अतिरिक्त लेखक भी हैं...

भुवनेश्वरी ने लाकर पुस्तक नरेन्द्र के हाथ में पकड़ाई, "यह देख!"

नरेन्द्र ने पढ़ा, 'शिष्टाचार पद्धति', भाग एक। लेखक : विश्वनाथ दत्त।

"यह क्या है बाबा! आपने तो कभी बताया ही नहीं।" नरेन्द्र के चेहरे पर आश्चर्यमिश्रित उल्लास था, "इसकी तो दावत होनी चाहिए।"

"बताना क्या था," विश्वनाथ बोला, "यही सोचा था कि जब पुस्तक प्रकाशित होगी तो सबको मालूम हो ही जाएगा।"

" 'शिष्टाचार-पद्धति' में है क्या?" नरेन्द्र पुस्तक के पृष्ठ उलटने लगा, "उपदेश?"

"नहीं! उपदेश नहीं हैं," विश्वनाथ बोले, "यद्यपि इस नाम से इस प्रकार का कुछ आभास मिलता अवश्य है।"

"तो है क्या?"

"जिन-जिन प्रदेशों में घूमा हूँ, उनके शिष्टाचार का निरीक्षण किया है मैंने।" विश्वनाथ बोले, "उसी का वर्णन है। दूसरा भाग अभी लिख रहा हूँ।"

नरेन्द्र का आश्चर्य भी बढ़ा और उल्लास भी, "आपने तो कमाल ही कर दिया बाबा! इतना बड़ा काम और चुपके-चुपके!"

"चुपके-चुपके की क्या बात है।" विश्वनाथ के स्वर में कुछ भाव-परिवर्तन आया, "इसी घर में अपनी मेज पर बैठकर लिखता रहा हूँ, किंतु तुमने न कभी मेरे काम में रुचि ली, न ही तुम्हारे पास मेरे लिए समय है।..."

नरेन्द्र भाँपने का प्रयत्न करता रहा कि यह बाबा का परिहास मात्र है या वस्तुतः वे यह आरोप लगा रहे हैं।

"अब तो सुना है कि तुम रात को भी बाहर रहने लगे हो।...कल रात भी दक्षिणेश्वर में बिताई क्या?"

"नहीं! यह सत्य नहीं है।" नरेन्द्र बोला, "मित्रों के घर कभी-कभार रह जाता हूँ, किंतु दक्षिणेश्वर में मैंने कभी रात नहीं बिताई। किंतु..." उसने अपने पिता की आँखों में देखा, "आवश्यकता पड़ने पर रात को वहाँ रुक भी सकता हूँ।"

"मैंने तुम्हारे लिए एक बैरिस्टर के जीवन की कल्पना की थी।" विश्वनाथ के स्वर में असहायता का अंश सम्मिलित था, "तुम जाने किस जीवन की तैयारी कर रहे हो।..."

"दिव्य जीवन की बाबा!" नरेन्द्र हँसा, "ये छोटे-मोटे व्यवसाय मुझे आकृष्ट नहीं करते। मैं तो एक असाधारण व्यवसाय की खोज में हूँ, जो जीवन को अपवित्र न करे, जीवन की अपवित्रता का हरण करे।"

"भगवान् तुम्हारी सहायता करें।" विश्वनाथ बोले, "मैं तुम्हें बाध्य नहीं करता कि तुम मेरी कल्पना के अनुरूप जीवनयापन करो, किंतु अपनी कल्पना के अनुरूप भी कुछ असाधारण बनना। साधारण लोगों की भीड़ में खोकर अनाम जीवन व्यतीत कर मुझे दुखी मत करना।"

विश्वनाथ ठहरे नहीं। नरेन्द्र को लगा, कदाचित् वे अपनी विह्वलता छिपाने के लिए ही भीतर चले गए हैं।

"दादा! तुम्हें मालूम है, बाबा ने एक उपन्यास भी लिखा था," जोगेन्द्र बाला ने उसका ध्यान अपनी ओर खींचा, "उसका नाम है 'सुलोचना'।"

"अच्छा!" नरेन्द्र की अन्यमनस्कता कुछ भंग हुई, "तो कहाँ गया वह?"

"वह तो प्रकाशित हो चुका।" जोगेन्द्र बाला ने बताया।

"कब?"

"काफी पहले।"

"मैंने तो कभी देखा ही नहीं!"

"देखते कैसे!" जोगेन्द्र बाला बोली, "बाबा ने संकोचवश उसे गोपाल काका के नाम से प्रकाशित करवा दिया था।"

"ओह!"

नरेन्द्र के मन में सारा प्रसंग जीवंत हो उठा। उसने वह पुस्तक भी देखी थी : 'सुलोचना', लेखक : श्री गोपालचंद्र दत्त।···गोपाल काका बाबा के काका थे। तो वह पुस्तक भी बाबा ने लिखी थी?···पर यह कैसा संकोच?···बाबा को अपनी पुस्तक अपने नाम से प्रकाशित करवाने में संकोच हुआ और गोपाल काका को किसी और की पुस्तक अपने नाम से प्रकाशित करवाने में संकोच नहीं हुआ?···

38

राखाल अपने गाँव से लौटा था। उसके साथ बाबूराम घोष और रामदयाल थे। दक्षिणेश्वर पहुँचते-पहुँचते संध्या हो गई थी। ठाकुर अपने कमरे में नहीं थे। पूछने पर ज्ञात हुआ कि ठाकुर जगदंबा के मंदिर गए हैं। राखाल वहाँ जाकर उन्हें ले आया। लौटते समय ठाकुर के पग लड़खड़ा रहे थे। कदाचित् वे भावावेश में थे। उसी प्रकार अपने कमरे में प्रविष्ट होकर वे अपनी छोटी चौकी पर बैठ गए। उन्हें प्रकृतिस्थ होने में कुछ समय लगा। स्वाभाविक अवस्था में लौटकर उन्होंने राखाल से आगंतुकों का परिचय पूछा। उन्होंने कोहनी से अंगुली तक बाबूराम के हाथ की परीक्षा की, वजन जाँचा और कुछ क्षण अपने हाथ में पकड़े रखकर बोले, "अच्छा है।" फिर उन्होंने रामदयाल की ओर देखा, "कलकत्ते से आए हो?"

"जी!"

"नरेन्द्रनाथ दत्त को जानते हो?"

"जी!" रामदयाल ने कहा।

ठाकुर कुछ उत्साहित हो उठे, "स्वस्थ तो है?"

रामदयाल ने नरेन्द्र के स्वस्थ होने की सूचना दी तो बोले, "वह बहुत दिनों से यहाँ आया नहीं है। उसे देखने की बहुत इच्छा होती है। एक बार उसे यहाँ आने के लिए कह देना।"

"जी! कह दूँगा।"

ठाकुर निश्चिंत हो गए। बहुत देर तक ईश्वर संबंधी चर्चा करते रहे। भोजन आया तो सबका ध्यान इस ओर गया कि रात काफी हो गई है। ठाकुर के कमरे के पूर्व की ओर आँगन के उत्तरी बरामदे में बाबूराम और रामदयाल ने सोने की व्यवस्था की। राखाल के लिए ठाकुर के कमरे के भीतर ही बिस्तर लगाया गया था।

लेटने के पश्चात् एक घंटा भी नहीं बीता था कि ठाकुर बाहर बरामदे में आ गए और पुकारकर

बोले, "रामदयाल! सो गए क्या?"

रामदयाल और बाबूराम दोनों ही उठ बैठे, "जी, नहीं।"

देखो! नरेन्द्र के लिए मेरा हृदय कोई इस प्रकार मरोड़ रहा है, जैसे अंगोछे को सुखाने के लिए मरोड़ा जाता है। उसे एक बार भेंट करने के लिए कहना। वह शुद्ध सत्त्वगुण का आधार और साक्षात् नारायण है। बीच-बीच में उसे देखे बिना मैं रह नहीं सकता।" ठाकुर के स्वर में उनके हृदय की वेदना साक्षात् बोल रही थी।

रामदयाल कुछ समय से दक्षिणेश्वर आ-जा रहा था। ठाकुर के बालक के-से व्यवहार से वह परिचित था। उनका आचरण देखकर वह समझ गया कि ठाकुर भावाविष्ट हो गए हैं। ठाकुर को आश्वस्त करते हुए बोला, "भोर होते ही मैं नरेन्द्र से मिलकर उसे यहाँ आने के लिए अवश्य कह दूँगा।"

"अवश्य कह देना।" ठाकुर बोले, "उसे समझाकर कहना कि मैं कितना व्याकुल हूँ। वह अवश्य आए।"

"मैं अवश्य उसे कह दूँगा।" रामदयाल ने उन्हें पुनः आश्वस्त किया।

ठाकुर लौट गए। वे अपने बिस्तर पर लेट तो गए, किंतु उन्हें नींद नहीं आई। व काफी देर तक करवटें बदलते रहे। उनका ध्यान बार-बार इस ओर जाता था कि उन्होंने बहुत दिनों से नरेन्द्र को नहीं देखा है और बाहर बरामदे में एक ऐसा व्यक्ति लेटा है, जो न केवल कलकत्ते में रहता है वरन् नरेन्द्र को जानता भी है। उसके माध्यम से नरेन्द्र तक उनका संदेश पहुँच सकता था। तो फिर वे अपने बिस्तर पर लेटे हुए क्या कर रहे हैं? उन्हें रामदयाल से आग्रह करना चाहिए कि वह नरेन्द्र को अवश्य भेजे।

उन्हें यह स्मरण ही नहीं रहा कि वे घंटा-भर पहले ही रामदयाल से इस प्रकार का आग्रह करके लौटे हैं। वे उठ बैठे और धीरे-धीरे चलते हुए दबे पाँव बाहर बरामदे में आकर धीमे से बोले, "रामदयाल! तुम सो तो नहीं गए?"

रामदयाल गहरी निद्रा में नहीं था। उनींदी अवस्था में ठाकुर की आवाज सुनकर वह उठ बैठा और बोला, "क्या बात है ठाकुर?"

ठाकुर बहुत करुण स्वर में बोले, "नरेन्द्र को देखे बिना हृदय में कैसी तो यंत्रणा हो रही है!" उनका स्वर ग्लानि का भाव लिए हुए था, "मैं तुम लोगों की नींद खराब कर रहा हूँ, किंतु क्या करूँ, मुझसे रहा नहीं जाता। नरेन्द्र से अवश्य कहना कि वह यहाँ आए।"

"अवश्य कहूँगा, ठाकुर!" रामदयाल ने उन्हें आश्वासन दिया।

"अच्छा, मैं चलता हूँ।" ठाकुर बोले, "तुम लोग सो जाओ।"

ठाकुर चले गए किंतु डेढ़-दो घंटे पश्चात् पुनः उसी याचना के साथ लौट आए। सारी रात यही क्रम चलता रहा। बाबूराम को अपनी नींद खराब होने का उतना कष्ट नहीं था जितना ठाकुर की इस कातरता का। उसके मन में बार-बार यह भाव आ रहा था कि जिस व्यक्ति के लिए इनके मन में इतना प्रेम और इतनी आतुरता है वह व्यक्ति यहाँ न आकर कितनी कठोरता बरत रहा है।

प्रातः नहा-धोकर जगदंबा मंदिर में दर्शन कर ठाकुर के चरणों में प्रणाम कर विदा होने के लिए वे आए तो ठाकुर अपेक्षतया कुछ अधिक सामान्य लगे। बाबूराम ने अपने स्वर को सायास कोमल करके पूछा, "ठाकुर! यह नरेन्द्र कौन है जिसके लिए आप इतने व्याकुल रहते हैं?"

"नरेन्द्र!" ठाकुर हँसे, "विश्वनाथ दत्त का बेटा है नरेन्द्र।"

"वह तो है ही।" बाबूराम ने कहा, "किंतु उसमें ऐसा क्या है जिसने आपको इस प्रकार आतुर बना रखा है?"

ठाकुर ने उन दोनों की ओर देखा और बोले, "एक दिन मैंने स्वप्न देखा—मन, समाधि के मार्ग में ज्योतिर्मय पथ में ऊपर उठता जा रहा है। चंद्र, सूर्य, नक्षत्र-युक्त स्थूल जगत् का सहज में ही अतिक्रमण कर वह पहले सूक्ष्म भावजगत् में प्रविष्ट हुआ। उस राज्य के ऊँचे-ऊँचे स्तरों में वह जितना ही उठने लगा, उतना ही अनेक देवी-देवताओं की मूर्तियाँ पथ के दोनों ओर दिखाई पड़ने लगीं। क्रमशः वह उस राज्य की अंतिम सीमा पर जा पहुँचा। वहाँ देखा, एक ज्योतिर्मय परदे के द्वारा खंड और अखंड राज्यों का विभाजन किया गया है। उस परदे को लाँघकर मन क्रमशः अखंड राज्य में प्रविष्ट हुआ। वहाँ देखा, मूर्त रूपधारी कुछ भी नहीं है, यहाँ तक कि दिव्य देहधारी देवी-देवता भी वहाँ प्रवेश करने का साहस न कर सकने के कारण बहुत दूर नीचे अपना-अपना अधिकार फैलाकर अवस्थित हैं। किंतु दूसरे ही क्षण दिखाई पड़ा कि दिव्य ज्योतिर्धनतन सात प्राचीन ऋषि वहाँ समाधिस्थ होकर बैठे हैं। समझ लिया कि ज्ञान और पुण्य में तथा त्याग और प्रेम में ये लोग मनुष्य का कहना ही क्या, देवी-देवताओं तक के परे पहुँचे हुए हैं। विस्मित होकर इनके महत्त्व के विषय में सोचने लगा। उसी समय सामने देखा, अखंड भेदरहित, समरस ज्योतिर्मंडल का एक अंश घनीभूत होकर एक दिव्य शिशु के रूप में परिणत हो गया। वह शिशु उनमें से एक के पास जाकर अपने कोमल हाथों से आलिंगन करके अपनी अमृतमय वाणी से उन्हें समाधि से जगाने की चेष्टा करने लगा। शिशु के कोमल प्रेम-स्पर्श से ऋषि समाधि से जागृत हुए और अधखुले नेत्रों से उस अपूर्व बालक को देखने लगे। उनके मुख पर प्रसन्नोज्ज्वल भाव देखकर ज्ञात हुआ, मानो वह बालक उनका बहुत दिनों का परिचित, हृदय का धन है। वह अद्भुत देव-शिशु अति आनंदित होकर उनसे बोला, 'मैं जा रहा हूँ। तुम्हें भी आना होगा।' उसके अनुरोध का ऋषि ने कोई उत्तर न दिया, किंतु उनके प्रेममय नेत्रों से अंतर की सम्मति प्रकट हो रही थी। इसके अनंतर ऋषि बालक को उसी प्रेममय दृष्टि से देखते हुए, पुनः समाधिस्थ हो गए। उस समय आश्चर्यचकित होकर मैंने देखा कि उन्हीं के शरीर-मन का एक अंश उज्ज्वल ज्योति के रूप में परिणत होकर विलोम मार्ग से धरा-धाम में अवतीर्ण हो रहा है।" ठाकुर ने बाबूराम की ओर देखा, "नरेन्द्र को देखते ही मैं समझ गया था कि यही वह है।"

बाबूराम अवाक् खड़ा रह गया। उसकी तो कल्पना में भी कहीं नहीं था कि उसके प्रश्न के उत्तर में ठाकुर इस प्रकार की अद्भुत बात सुनाएँगे···किंतु उस अवस्था में भी उसके मन में जिज्ञासा उठी कि वह देव-शिशु कौन था—क्या स्वयं ठाकुर?···किंतु क्या ठाकुर इस बात को स्वीकार करेंगे?···

आज ठाकुर बड़े आनंद में हैं। दक्षिणेश्वर के काली मंदिर में नरेन्द्र आया है। ठाकुर के कुछ और अंतरंग भक्त भी हैं। नरेन्द्र ने यहीं आकर स्नान किया और प्रसाद पाया। ठाकुर के कमरे में राखाल, रामलाल, हाजरा और मास्टर महेन्द्र गुप्त हैं। नरेन्द्र के साथ उसके मित्र प्रियनाथ और भवनाथ भी आए हैं।

भोजन हो जाने पर ठाकुर ने अपने ही कमरे में बिस्तर लगा देने के लिए कहा, जिससे ये लड़के वहाँ आराम कर सकें। बिस्तर लगा दिया गया तो लड़के उस पर बैठ गए। ठाकुर भी उनके

समवयस्क के समान उनके निकट ही बिस्तर पर आ बैठे।

''साधना की एक स्थिति के बाद केवल ईश्वर संबंधी बातें सुनने की ही व्याकुलता होती थी।'' ठाकुर बोले, ''भागवत्, अध्यात्म रामायण, महाभारत—कहाँ इनका पाठ हो रहा है, यही सब ढूँढ़ता फिरता था। आर्यादह के कृष्ण किशोर के पास अध्यात्म रामायण सुनने जाया करता था।'' ठाकुर अपनी मौज में आ गए, ''कृष्ण किशोर की आस्था अद्‌भुत है। वह वृंदावन गया था। वहाँ एक दिन उसे प्यास लगी। कुएँ के पास जाकर उसने वहाँ खड़े व्यक्ति से पानी माँगा। उस व्यक्ति ने उत्तर दिया, 'मैं नीच जाति का हूँ और आप ब्राह्मण हैं, मैं कैसे आपको पानी निकाल दूँ?' कृष्ण किशोर ने कहा, 'तू कह 'शिव'। 'शिव' कहने से ही तू शुद्ध हो जाएगा।' उस व्यक्ति ने 'शिव-शिव' कहकर कुएँ से जल निकाला। निष्ठावान् ब्राह्मण होकर भी कृष्ण किशोर ने वही जल पिया। कैसा विश्वास है।'' ठाकुर ने अपनी मौज में दूसरी कथा आरंभ की, ''आर्यादह के घाट पर एक साधु आया था। हमने सोचा कि एक दिन देखने जाएँगे। काली मंदिर में मैंने हलधारी से कहा कि कृष्ण किशोर और मैं साधु-दर्शन के लिए जाएँगे। तुम चलोगे? हलधारी ने कहा, 'एक मिट्टी का पिंजरा देखने जाने से क्या होगा?' हलधारी गीता और वेदांत पढ़ता था न, इसी से उसने साधु-शरीर को मिट्टी का पिंजरा बताया। मैंने जाकर कृष्ण किशोर से वह बात कही तो वह बड़े क्रोध में आ गया। उसने कहा, 'जो ईश्वर-चिंतन करता है, राम-चिंतन करता है और जिसने उसी उद्‌देश्य से सर्वत्याग किया है, क्या उसका शरीर मिट्टी का पिंजरा है? हलधारी नहीं जानता कि भक्त का शरीर चिन्मय होता है।' उसे इतना क्रोध आ गया कि जब काली मंदिर में फूल तोड़ने आया करता था तो हलधारी से भेंट होने पर मुँह फेर लेता था। उससे बोलता तक नहीं था।...उसने तो मुझसे भी पूछा था, 'तुमने जनेऊ क्यों फेंक दिया?' '' ठाकुर ने जैसे अपना रहस्य बताया, ''जब मेरी वह अवस्था हुई तब आश्विन की आँधी की तरह एक भाव आकर वह सब कुछ न जाने कहाँ उड़ा ले गया, कुछ पता ही न चला। पहले का एक भी चिह्न नहीं बचा। चैतन्य ही जैसे लुप्त हो गया था। जब कपड़ा ही खिसक जाता था, तो जनेऊ कैसे रहे?'' ठाकुर रुके, ''मैंने उससे कहा, 'एक बार तुम्हें भी उन्माद हो जाए, तो तुम समझो।' फिर हुआ भी वैसा ही। उसे उन्माद हो गया। तब वह केवल 'ओउम्', 'ओउम्' कहा करता और एक कोठरी में चुपचाप बैठा रहता था। यह समझकर कि वह पागल हो गया है, लोगों ने वैद्य को बुलाया। नाटागढ़ का राम कविराज आया। कृष्ण किशोर ने उससे कहा, 'मेरा रोग तो दूर कर दो, किंतु देखो, मेरे ओंकार को मत छुड़ाना।' '' ठाकुर ने लड़कों के साथ मिलकर ठहाका लगाया, ''एक दिन मैंने जाकर देखा कि वह बैठा सोच रहा है। पूछा, 'क्या हुआ है?' बोला, 'टैक्स वाले आए थे, इसीलिए सोच में पड़ा हूँ। उन्होंने कहा है, रुपया न देने से घर का माल बेच लेंगे।' मैंने पूछा, 'तो सोचकर क्या होगा? यदि वे उठा ले जाएँ तो उठा ले जाने दो। और बाँधकर ही ले जाएँ, तो तुम्हें थोड़े ही ले जा सकेंगे। तुम तो 'ख' हो।...' ''

'' 'ख' क्या ठाकुर?'' लड़कों ने हँसते हुए पूछा।

''कृष्ण किशोर कहा करता था कि मैं आकाशवत् हूँ।'' ठाकुर ने बताया, ''वह अध्यात्म रामायण पढ़ता था न। 'तुम ख हो,' कहकर मैं उससे परिहास किया करता था। इसीलिए मैंने हँसी में कहा, 'तुम ख हो, टैक्स तुम्हें खींचकर नहीं ले जा सकेगा।' '' ठाकुर स्वयं ही उन्मादावस्था के दूसरे लक्षण पर आ गए, ''उन्माद की दशा में मैं लोगों को सब कुछ स्पष्ट कह देता था—सच-सच! किसी की भी परवाह नहीं करता था। अमीरों को देखकर मुझे डर नहीं लगता था। यदु मल्लिक के बगीचे में यतीन्द्र आया था, मैंने उससे पूछा, 'कर्तव्य क्या है? क्या ईश्वर का चिंतन करना ही

हमारा कर्तव्य नहीं है?' यतीन्द्र ने उत्तर दिया, 'हम संसारी आदमी हैं। हमारे लिए मुक्ति कैसी! राजा युधिष्ठिर तक को नरक-दर्शन करना पड़ा था।' मुझे बड़ा क्रोध आया। मैंने कहा, 'कैसे आदमी हो तुम। युधिष्ठिर का केवल नरक-दर्शन ही तुमने याद रखा है? युधिष्ठिर का सत्य वचन, क्षमा, धैर्य, विवेक, वैराग्य, ईश्वर-भक्ति—यह सब तुम्हें याद नहीं रहता।' मैं और भी बहुत-कुछ कह देता, किंतु हृदय ने मेरा मुँह दबा दिया। 'मुझे काम है।' कहकर यतीन्द्र चला गया। कुछ समय बाद वह सौरीन्द्र ठाकुर के घर पर मिला। मैंने कहा, 'मैं तुम्हें राजा-वाजा नहीं कह सकूँगा, क्योंकि वह झूठ है।' उसने मुझसे थोड़ी-सी बात की और चला गया…। उसी उन्माद की दशा में एक दिन वराहनगर के घाट पर मैंने देखा कि जय मुकर्जी जप कर रहा है, किंतु अनमना होकर! मैंने उसे निकट जाकर उसे दो थप्पड़ लगा दिए।…एक दिन रासमणि दक्षिणेश्वर में आई। पूजा के समय वह आया करती थी और मुझसे दो-एक गीत गाने को कहती थी। मैं गीत गा रहा था, देखा कि वह अनमनी होकर पुष्प चुन रही है। बस, दो थप्पड़ जमा दिए। तब होश सँभालकर हाथ बाँधे रही। हलधारी से मैंने कहा, 'भैया, यह कैसा स्वभाव हो गया है। क्या उपाय करूँ?' फिर माँ को पुकारते-पुकारते वह दशा सुधरी।" ठाकुर जैसे सारे वार्तालाप के निष्कर्ष की ओर आ गए थे, "उस अवस्था में ईश्वरीय प्रसंग के सिवा और कुछ अच्छा नहीं लगता था। वैषयिक चर्चा होते सुनकर मैं बैठा रोया करता था। जब मधुर बाबू मुझे अपने साथ तीर्थों को ले गए, तब थोड़े दिन हम वाराणसी में राजा बाबू के मकान पर रहे। राजा बाबू और मधुर बाबू के साथ बैठकखाने में बैठा था। सांसारिक बातें हो रही थीं : 'इतने रुपए का नुकसान हुआ है, इतने का लाभ।' मैं रोने लगा। कहा, 'माँ! मुझे यह कहाँ ले आई। मैं रासमणि के मंदिर में ही ठीक था। तीर्थ करते समय भी वे ही कामिनी-कांचन की बातें।' " सहसा ठाकुर रुक गए, "अच्छा! अब थोड़ा आराम करो। नरेन्द्र! तू भी थोड़ा सो ले। उठकर घूमने मत चल देना।"

ठाकुर उठकर अपने छोटे तख्त पर आकर लेट गए।

तीसरा प्रहर हुआ और मृदंग बजने लगा। राखाल, लाटू, महेन्द्र गुप्त, नरेन्द्र का ब्राह्म मित्र प्रियनाथ—सब ही थे। नरेन्द्र ने गाना आरंभ किया, "ऐ मन! तू चिद्घन हरि का चिंतन कर। उनकी मोहन मूर्ति की कैसी अनुपम छटा है।…" पहला गीत समाप्त होते ही उसने दूसरा गीत आरंभ कर दिया, "सत्य-शिव-सुंदर का रूप हृदय-मंदिर में शोभायमान है, जिसे नित्य देखकर हम उस रूप के समुद्र में डूब जाएँगे।" और फिर उसने तीसरा गीत गाया, "आनंद से मधुर ब्रह्म नाम का उच्चारण करो। नाम से सुधा का सिंधु उमड़ आएगा।…"

मृदंग और करताल अपने चरम पर थे। ठाकुर को घेरकर नरेन्द्र तथा अन्य लड़के कीर्तन कर रहे थे, "प्रेमानन्द रस में चिर दिन के लिए मग्न हो जा…।"

अंत में नरेन्द्र ने स्वयं मृदंग उठा लिया और जैसे उन्मत्त होकर ठाकुर के साथ गाने लगा, "आनंद से मधुर ब्रह्म नाम का उच्चारण करो।"

कीर्तन समाप्त हो गया, किंतु ठाकुर को दूसरे ही प्रकार का उन्माद हो गया था। वे नरेन्द्र को बार-बार अपने वक्ष से लगा रहे थे, "आह, आज तूने मुझे कैसा आनंद दिया।"

ठाकुर के हृदय से जैसे प्रेम-सरिता उमड़ रही थी। आज वे अपने प्रेम में सबको डुबो देना चाहते थे। वे प्रेमोन्मत्त-से होकर जैसे स्वयं को नियंत्रित करने के लिए उत्तर के लंबे बरामदे में निकल आए, और अकेले ही एक सिरे से दूसरे सिरे तक जल्दी-जल्दी टहलने लगे। बीच-बीच में बोलने भी लगते थे, जैसे जगदंबा से बातें कर रहे हों। और फिर जाने क्या हुआ, उन्मत्त की भाँति

लड़ते हुए बोले, "तू मेरा क्या बिगाड़ लेगी?"

नरेन्द्र, प्रियनाथ और महेन्द्र गुप्त चकित रह गए। जाने किससे झगड़ा कर रहे थे। जगदंबा से तो वे कभी इस प्रकार नहीं बोलते थे।...

किसी ने उन्हें नहीं टोका। वे स्वयं ही लड़-झगड़कर शांत हो गए। उस झगड़े का लेश मात्र प्रभाव भी न उनके चेहरे पर था, न उनके व्यवहार में। उसके विपरीत वे तो अत्यंत उल्लास में थे।

"आज रात तू यहीं रह जा नरेन्द्र!" ठाकुर ने कहा, "रात को पंचवटी में साधना कर!"

"मैं न नानी से कहकर आया हूँ ठाकुर, न माँ से।" नरेन्द्र ने अनायास ही उत्तर दिया।

"कोई माँ अपने पुत्र को माँगने पर तपस्या के लिए अनुमति देती है क्या?" किंतु तत्काल ही ठाकुर का स्वर बदल गया, "माँ तो यहाँ भी है। उसे ही बता दे!"

"भवतारिणी के मंदिर वाली माँ?" नरेन्द्र हँसा।

"मंदिर वाली माँ! नौबतखाने वाली माँ।" ठाकुर भी हँसे, "पर तू कैसे कहेगा? तेरा तो अभी माँ से परिचय ही नहीं है।..."

नरेन्द्र देख रहा था कि ठाकुर शब्दों के साथ खिलवाड़ कर रहे थे, किंतु निश्चय ही वे उसे उपालंभ भी दे रहे थे कि दक्षिणेश्वर आकर भी उसने काली से परिचय प्राप्त नहीं किया था।

नरेन्द्र भी उनके परिहास में सम्मिलित हो गया, "क्या कहीं भी माँ से कहने से काम चल जाएगा?"

"माँ तो एक ही है," ठाकुर बोले, "मातृ-शक्ति का विभाजन कैसे किया जा सकता है। यहाँ हो, वहाँ हो, कहीं हो।" वे नरेन्द्र की ओर मुड़े, "तो आज रात को रुक जाएगा न?"

पंचवटी में साधना करने का प्रस्ताव रखकर ठाकुर ने नरेन्द्र को पहले ही लुभा लिया था।...उसकी तो जैसे मनोवांछित कामना पूरी हो रही थी।

"रुक जाऊँगा।" नरेन्द्र बोला।

ठाकुर का उल्लास मर्यादा तोड़कर प्रकट हुआ, "आज तूने मेरे लिए महोत्सव की सृष्टि कर दी नरेन!"

उनकी स्थिति उस बालक की-सी थी, जिसने घर आए किसी प्रिय अतिथि को लौटते समय अपने आग्रह से पुनः रोक लिया हो।

"अरी वृन्दा!" ठाकुर ने कहारन को पुकारा, "जा, नौबतखाने में जाकर माँ से कह दे, आज नरेन भी यहीं भोजन करेगा।" वे अपने भतीजे की ओर मुड़े, "रामलाल! वहाँ, मेरे कमरे के दक्षिण-पूर्व वाले बरामदे में भोजन के लिए चौकियाँ लगवा दे।"

ठाकुर प्रसन्न मन अपने कमरे में चले गए।

सहसा नरेन्द्र ने देखा कि वहाँ सन्नाटा छा गया है। ठाकुर चले गए हैं और सबका संवाद रुक गया है।...

"आजकल के लड़कों के विषय में क्या धारणा है आपकी?" नरेन्द्र ने वह सन्नाटा तोड़ने के लिए महेन्द्र गुप्त से वार्तालाप आरंभ किया।

"बुरे नहीं हैं।" महेन्द्र गुप्त ने उत्तर दिया, "किंतु वे धर्म का उपदेश नहीं पाते।"

"मैंने स्वयं जो देखा है, उससे तो जान पड़ता है कि सबके सब बिगड़ ही रहे हैं।" नरेन्द्र बोला, "चुरुट पीना, ठट्ठेबाजी, ठाटबाट, स्कूल से भागना—यह सब तो सदा से होते देखा था,

किंतु खराब और बदनाम स्थानों पर जाना···।"

महेन्द्र गुप्त को अपना समय याद आ गया, "जब हम पढ़ते थे, तब तो ऐसा न देखा, न सुना।"

"शायद आप बुरे लोगों से मिलते-जुलते भी नहीं रहे होंगे!" नरेन्द्र बोला, "अब तो चरित्रहीन लोग इन लड़कों से इतने परिचित हैं कि उनका नाम लेकर पुकारते हैं। इतनी आत्मीयता।"

महेन्द्र गुप्त चकित होकर नरेन्द्र की ओर देखता रह गया।

"मैं जानता हूँ कि बहुतों का चरित्र बिगड़ गया है।" नरेन्द्र पुनः बोला, "स्कूल के संचालकों और लड़कों के अभिभावकों को इस दिशा में ध्यान देना चाहिए।"

ठाकुर अपने कमरे से निकलकर आए और उनके निकट खड़े हो गए। कुछ क्षण उनकी चर्चा सुनने के पश्चात् बोले, "यह चर्चा लाभप्रद नहीं है। ईश्वर-विषयक चर्चा को छोड़कर शेष चर्चा निरर्थक है।" वे महेन्द्र गुप्त की ओर घूमे, "तुम अवस्था में इन लोगों से बड़े हो। सयाने हो गए हो। तुम्हें तो इन लोगों को ऐसी चर्चा में नहीं पड़ने देना चाहिए था।"

महेन्द्र गुप्त ने लज्जा से मुख झुका लिया। नरेन्द्र और प्रियनाथ चुपचाप बैठे रहे।

तभी भोजन आ गया। ठाकुर ने स्वयं निकट खड़े होकर उन लोगों को भोजन करवाया। वे अत्यंत आनंदमय स्थिति में थे, जैसे उनके घर कोई उत्सव हो रहा हो।

भोजन के पश्चात् वे लोग ठाकुर के कमरे में आए और फर्श पर बिछे हुए बिस्तर पर बैठ गए।

ठाकुर ने कहा, "नरेन्द्र! जरा वह गाना तो गा, 'चिदाकाश में पूर्ण चंद्र का उदय हुआ।'"

नरेन्द्र तो जैसे तैयार ही बैठा था। वैसे भी वह जानता था कि रात को दक्षिणेश्वर में रुकने के पश्चात् भजन-कीर्तन तो होगा ही। उसने स्वर उठाया तो अन्य लोगों ने मृदंग और करताल उठा लिए।

नरेन्द्र ने गाया, "चिदाकाश में पूर्ण प्रेमचंद्र का उदय हुआ। क्या ही आनंदपूर्ण प्रेमसिंधु उमड़ आया है। जय दयामय, जय दयामय, जय दयामय। चारों ओर भक्तरूपी ग्रह ज़गमगाते हैं। भक्तसखा भगवान्, भक्तों के संग लीलारसमय हो रहे हैं। जय-जय दयामय! स्वर्ग का द्वार खोल, आनंद का तूफान उठाते हुए नव-विधान-रूपी वसंत-समीर चल रहा है। उससे लीलारस और प्रेमगंध वाले कितने ही फूल खिल जाते हैं, जिनकी महक से योगीवृन्द योगानन्द से मतवाले हो जाते हैं, जय दयामय! संसार-ह्रद के जल पर नवविधानरूपी कमल में आनंदमयी माँ विराजती हैं, और भावावेश से आतुर भक्तरूपी भौंरे उसमें सुधापान कर रहे हैं। वह देखो माता का प्रसन्न वदन, जिसे देखकर चित्त खिल उठता है और जगत् मुग्ध हो जाता है। और देखो, माँ के श्रीचरणों के पास साधुओं का समूह, वे मस्त होकर नाच-गा रहे हैं। अहा, कैसा अनुपम रूप है···जिसे देखकर प्राण शीतल हो गए। प्रेमदास सबके चरण पकड़कर कहता है कि भाई, सब मिलकर माँ की जय गाओ।"

कीर्तन के इस आवेश में किसी का ध्यान भी इस ओर नहीं गया कि कब ठाकुर ने कीर्तन करते-करते नृत्य आरंभ कर दिया और शेष लोग भी उन्हें घेरकर नृत्य में सम्मिलित हो गए।

प्रातः नींद खुलने पर सबने देखा : ठाकुर किसी शिशु की भाँति दिगंबर खड़े थे। वे विभिन्न देवी-देवताओं के नाम उच्चारण करते हुए अपने कमरे में टहल रहे थे। कभी गंगा पर अपनी दृष्टि

टिका देते थे, कभी देव-देवियों के चित्रों के पास जाकर प्रणाम करते थे, और कभी मधुर स्वर में नाम-कीर्तन करने लगते थे। तभी वे बोले, "वेद, पुराण, तंत्र, गीता, गायत्री, भागवत्, भक्त, भगवान्! गीता, गीता, त्यागी, त्यागी।" और फिर क्षण-भर रुककर बोले, "तुम्हीं ब्रह्म हो, तुम्हीं शक्ति, तुम्हीं पुरुष हो, तुम्हीं प्रकृति, तुम्हीं विराट् हो, तुम्हीं स्वराट्, तुम्हीं नित्य हो, तुम्हीं लीलामयी, तुम्हीं सांख्य के चौबीस तत्त्व हो।…"

काली मंदिर और राधाकांत के मंदिर में मंगल आरती हो रही थी। शंख और घंटे बज रहे थे। देवों की पूजा के लिए फुलवारी में से फूल चुने जा रहे थे और प्रभाती रागों की लहरें फैलाती हुई, नौबत बज रही थी। ठाकुर उत्तर-पूर्व वाले बरामदे में पश्चिम की ओर खड़े थे। नरेन्द्र और उसका मित्र प्रातःक्रिया से निबटकर आए थे।

"पंचवटी में कुछ नानक-पंथी साधु बैठे हैं।" नरेन्द्र ने कहा।

"हाँ, वे कल आए थे।" ठाकुर बोले, "अब तुम लोग सब चटाई पर बैठ जाओ। थोड़ी चर्चा करेंगे।"

लड़के चटाई पर बैठ गए तो ठाकुर बोले, "भक्ति ही सार वस्तु है। ईश्वर को प्रेम करने से विवेक-वैराग्य अपने आप ही आ जाते हैं।"

"एक बात पूछूँ," नरेन्द्र बोला, "क्या तंत्रों में स्त्रियों के साथ मिलकर साधना करने का आदेश दिया गया है?"

"वे सब अच्छे मार्ग नहीं हैं। बड़े कठिन हैं और उनसे प्रायः पतन ही हुआ करता है।" ठाकुर ने कहा, "साधना के तीन मार्ग हैं—वीर-भाव, दासी-भाव और मातृ-भाव। मेरी साधना मातृ-भाव की है। संतान-भाव बड़ा शुद्ध भाव है। दासी-भाव भी अच्छा है। वीर-भाव की साधना बड़ी कठिन है।"

तभी नानक-पंथी साधुओं ने आकर 'नमो नारायण' कहकर ठाकुर का अभिवादन किया।

"आइए! पधारिए।" ठाकुर ने उन्हें बैठने को कहकर नरेन्द्र की ओर देखा, "तुम लोग गंगा-स्नान कर पंचवटी में वट के नीचे बैठकर ध्यान करो। आसन दूँ?"

"नहीं! हम ले लेंगे।" नरेन्द्र बाला, "आप इनसे चर्चा करें।"

साधुओं ने ठाकुर को देखा : ठाकुर के न केश मुँड़े हुए थे, न उनके सिर पर जटाएँ थीं और न ही उन्होंने भगवा धारण कर रखा था। वे तो लाल किनारे की सफेद धोती बाँधे सांसारिक पुरुषों के ही वेश में थे।

"आपको यहाँ कोई कष्ट तो नहीं है?" ठाकुर ने पूछा।

"नहीं। कोई कष्ट नहीं है। सारी सुविधाएँ उपलब्ध हैं।" उनमें से एक बोला, "कृपया बताएँ कि तुर्कों के शासन के पश्चात् अब अंग्रेजों के साम्राज्य की स्थापना हो जाने पर हमारे धर्म की रक्षा हो सकेगी?"

"ईश्वर के लिए कुछ भी असंभव नहीं है।" ठाकुर बोले, "न कोई उसका यथार्थ स्वरूप बता सकता है, न उसकी इच्छा। किंतु होगा वही, जो वह चाहेगा।"

"ऐसा लगता तो नहीं है।" पुनः एक साधु बोला, "लक्षण बहुत ही विपरीत हैं।"

"एक स्थान पर दो योगी साधना कर रहे थे।" ठाकुर बोले, "वहीं से होकर नारद कहीं जा रहे थे। उनका परिचय पाकर एक योगी ने कहा, 'तुम नारायण के पास से आ रहे हो। वे क्या कर रहे हैं?' नारद ने कहा, 'वे सुई के छेद में से हाथी और ऊँट घुसाते हैं और निकालते

हैं।' पहले योगी ने नारद की बात सुनकर कहा, 'इसमें आश्चर्य की बात ही क्या है। उनके लिए सभी कुछ संभव है।' पर दूसरा योगी सहमत नहीं हुआ। बोला, 'भला ऐसा कभी हो सकता है? तुम झूठ बोल रहे हो, तुम नारायण के पास गए ही नहीं।' ''

साधु उनकी कथा के मर्म को समझकर अप्रभावित नहीं रह सका। बोला, ''आपकी निष्ठा प्रणम्य है। सचमुच, हमें लक्षण नहीं देखने चाहिए। प्रभु में आस्था रखनी चाहिए।''

ठाकुर उठ खड़े हुए, जैसे उन्हें कोई आवश्यक कार्य याद आ गया हो, ''आप लोग विश्राम करें। मैं अभी आया।''

ठाकुर पंचवटी की ओर आए और सीधे वहाँ पहुँचे, जहाँ नरेन्द्र, भवनाथ तथा प्रियनाथ ध्यान कर रहे थे। ठाकुर के आने की आहट से भवनाथ तथा प्रियनाथ की आँखें खुल गईं। केवल नरेन्द्र ही विचलित नहीं हुआ।

''ध्यान करते समय ईश्वर में डूब जाना चाहिए।'' ठाकुर बोले, ''ऊपर-ऊपर तैरने से क्या जल की तह में पड़े रत्न मिल जाएँगे? देखो तो, नरेन्द्र कैसा तन्मय बैठा है।'' और ठाकुर ने गाना आरंभ किया, ''ऐ मन! काली कहकर हृदयरूपी रत्नाकर के अथाह जल में डुबकी लगा। यदि दो ही चार डुबकियों में धन हाथ न लगा, तो भी रत्नाकर शून्य नहीं हो सकता। पूरा दम लेकर एक ऐसी डुबकी लगा कि तू कुल कुंडलिनी के पास पहुँच जाए। ऐ मन! ज्ञान-समुद्र में शक्तिरूपी मुक्ताएँ पैदा होती हैं। यदि तू शिव की युक्ति के अनुसार भक्तिपूर्वक ढूँढ़ेगा तो तू उन्हें पा सकेगा। उस समुद्र में काम आदि छह घड़ियाल हैं, जो शिकार के लोभ में सदा भ्रमण करते हैं। तू विवेक-रूपी हलदी बदन में चुपड़ ले—उसकी गंध से वे तुझे नहीं छुएँगे। कितने ही लाल और माणिक उस जल में पड़े हैं। रामप्रसाद का कहना है कि यदि तू कूद पड़ेगा, तो तुझे वे सब-के-सब मिल जाएँगे।''

गीत से नरेन्द्र की आँखें भी खुल गईं। वह अपने मित्रों के साथ चबूतरे से उतरकर ठाकुर के निकट आ गया।

''हृदयरूपी रत्नाकर के अथाह जल में काम आदि छह घड़ियाल रहते हैं, पर वैराग्य रूपी हलदी चुपड़ने से फिर वे तुम्हें न छुएँगे।'' अपने कमरे की ओर चलते हुए ठाकुर बोले, ''केवल पंडिताई या लेक्चर से क्या होगा, यदि विवेक-वैराग्य न हुआ? ईश्वर सत्य है, शेष सब कुछ अनित्य। वे ही वस्तु हैं, शेष सब अवस्तु—इसी का नाम विवेक है। पहले हृदय में उनकी प्रतिष्ठा करो। वक्तृता, लैक्चर आदि जो चाहो, उसके बाद करना। केवल 'ब्रह्म-ब्रह्म' कहने से क्या होगा, यदि विवेक-वैराग्य न रहा? वह तो व्यर्थ ही शंख फूँकना है।'' और ठाकुर ने एक कथा आरंभ कर दी, ''किसी गाँव में पद्मलोचन नाम का एक लड़का था। लोग उसे पदुआ कहकर पुकारते थे। उसी गाँव में एक प्राचीन और जीर्ण मंदिर था। भीतर कोई देव-प्रतिमा भी नहीं थी। मंदिर की दीवारों पर पीपल और अन्य प्रकार के पेड़-पौधे उग आए थे। मंदिर के भीतर चमगादड़ अड्डा जमाए हुए थे। फर्श पर धूल-मिट्टी और चमगादड़ों की विष्ठा पड़ी रहती थी। मंदिर में कोई आता-जाता ही नहीं था।

''एक दिन संध्या के थोड़ी देर बाद गाँव वालों ने शंख की ध्वनि सुनी। मंदिर की दिशा में जोर से शंख-नाद हो रहा था। गाँव वालों ने सोचा कि किसी ने देव-प्रतिष्ठा की होगी और अब संध्या के बाद आरती हो रही होगी। लड़के-बूढ़े, स्त्री-पुरुष—सब दौड़ते हुए मंदिर के सम्मुख उपस्थित हो गए—देव-दर्शन करेंगे और आरती देखेंगे। उनमें से एक ने मंदिर का दरवाजा धीरे से खोलकर देखा कि पद्मलोचन एक कोने में खड़ा होकर भों-भों शंख बजा रहा है। देवता की प्रतिष्ठा नहीं हुई। मंदिर में झाड़ू तक नहीं लगाया गया। उसने चिल्लाकर कहा, 'तेरे मंदिर में माधव कहाँ पदुआ!

तूने तो व्यर्थ ही शंख फूँककर हुल्लड़ मचा दिया है। उसमें ग्यारह चमगादड़ रात-दिन उड़ान भर रहे हैं।' " ठाकुर ने नरेन्द्र और उसके साथी लड़कों की ओर देखा, "यदि हृदय-मंदिर में माधव-प्रतिष्ठा की इच्छा हो, यदि ईश्वर-लाभ करना चाहो, तो भों-भों शंख फूँकने से क्या होगा। पहले चित्त-शुद्धि चाहिए। मन शुद्ध हुआ तो भगवान् उस पवित्र आसन पर आ विराजेंगे। चमगादड़ की विष्ठा रहने से भगवान् नहीं लाए जा सकते। ग्यारह चमगादड़ का अर्थ है, ग्यारह इंद्रियाँ।—पाँच ज्ञानेंद्रियाँ, पाँच कर्मेंद्रियाँ और एक मन। पहले माधव प्रतिष्ठा, बाद में इच्छा हो तो वक्तृता, लेक्चर आदि देना। पहली डुबकी लगाओ, लाल उठाओ फिर दूसरे का काम करो।" ठाकुर का स्वर कुछ उदास हो गया, "कोई गोता लगाना नहीं चाहता। न साधन, न भजन, न विवेक-वैराग्य—दो-चार शब्द सीख लिए। बस, लगे लेक्चर देने। शिक्षा देने का अधिकार सबको नहीं है। ईश्वर-दर्शन के बाद, यदि कोई उनका आदेश पाए, तो वह लोगों को शिक्षा दे सकता है।" ठाकुर थोड़ी देर रुके और फिर जैसे उनके मन में पुनः विचार की उच्छल तरंग आई, "लोक-शिक्षा देना बड़ा कठिन है। यदि ईश्वर का साक्षात्कार हो और वे आदेश दें, तो यह संभव हो सकता है। नारद, शुकदेव आदि को आदेश हुआ था, शंकराचार्य को आदेश हुआ था। आदेश न मिलने से तुम्हारी बात कौन सुनेगा? कलकत्ता के लोगों की हुल्लड़बाजी तो जानते ही हो। जमकर कोई काम नहीं करते। बस, इधर-उधर कूद-फाँद।"…वे रुके, शायद समझ गए थे कि विषय से बहक गए हैं। बोले, "परंतु हमें आदेश मिला है, यह सोच लेने से ही काम नहीं चलता। ईश्वर सचमुच ही दर्शन देते हैं और बातचीत करते हैं। इसी अवस्था में आदेश प्राप्त हो सकता है। इम प्रकार आदेश प्राप्त व्यक्ति की बातों में कितना जोर होता है। उसके कहने से पर्वत भी टल जाता है। सिर्फ लेक्चर से क्या होगा? लोग कुछ दिन सुनेंगे और फिर भूल जाएँगे, उसके अनुसार नहीं चलेंगे।"

ठाकुर का कमरा आ गया था। वे अपने तख्त पर जा बैठे। नरेन्द्र और उसके मित्र फर्श पर बिछी चटाई पर बैठ गए।

ठाकुर ने अपनी बात आगे बढ़ाई, "उस ओर हालदार पुकर नाम का एक तालाब है। उसके किनारे कुछ लोग रोज पाखाना फिरा करते थे। जो लोग सवेरे स्नानादि के लिए आते थे, वे लोग यह देखकर खूब चीखते-चिल्लाते, खूब कोसते। पर दूसरे दिन फिर वही हाल! तब लोगों ने कंपनी वालों तक यह बात पहुँचाई। कंपनी वालों ने एक चपरासी को भेजा। जब ईस्ट इंडिया कंपनी के उस चपरासी ने आकर एक कागज चिपका दिया—'यहाँ पाखाना न फिरें।'—तब सब बंद हो गया।"

लड़के ठाकुर का उदाहरण सुनकर हँसे, किंतु ठाकुर ने उसकी तनिक भी चिंता नहीं की। बोले, "लोगों को शिक्षा देनी हो तो चपरास चाहिए। नहीं तो वह हास्यास्पद बात हो जाती है। स्वयं तो कुछ पाया नहीं और दूसरे को देने चला। एक अंधा दूसरे अंधे को राह बताते हुए ले चला है।" ठाकुर हँसे, "इससे हित होने के स्थान पर अहित ही होता है। ईश्वर-लाभ होने पर अंतर्दृष्टि प्राप्त होती है, उसी समय किसे कौन-सा रोग है, यह समझ में आता है। तभी उसके योग्य उपदेश दिया जा सकता है।" ठाकुर अपनी बात के निष्कर्ष तक आ पहुँचे थे, "आदेश के बिना शिक्षा देने वाले के मन में अहंकार जागता है कि मैं लोगों को शिक्षा दे रहा हूँ। अहंकार होता है अज्ञान के कारण! अज्ञान से ही लगता है कि मैं कर्ता हूँ। ईश्वर ही कर्ता है, ईश्वर ही सब कुछ कर रहा है, मैं कुछ नहीं कर रहा…यह बोध हो जाने पर मनुष्य जीवन्मुक्त हो जाता है। मैं कर्ता हूँ, इस बोध के कारण ही इतना सुख और इतनी अशांति पैदा होती है।"

39

बैकुंठनाथ सान्याल ठाकुर के दर्शनों के लिए दक्षिणेश्वर आया था।

ठाकुर के कमरे तक पहुँचकर द्वार से झाँका तो धक्-सा खड़ा रह गया।··· ठाकुर अत्यंत व्याकुल होकर इधर-उधर टहल रहे थे। कभी किसी स्थान पर खड़े होकर छत की ओर देखने लगते और कभी अपने आपसे ही बातें करने लगते।

बैकुंठ का मन भी कुछ विचलित हो गया : जिस व्यक्ति को वह परमहंस मानकर उनके दर्शन करने आया है, वह साधारण-से विक्षिप्त व्यक्ति के समान इधर-उधर अशांत भाव से टहल रहा है। यदि आज तक स्वयं ही शांति प्राप्त नहीं कर सका तो दूसरों की अशांति वह कैसे दूर करेगा?···उसके मन में इस भर्त्सना के साथ-साथ ही हलकी-सी जिज्ञासा भी जागी : पर इतने अशांत क्यों हैं ठाकुर? अशांति तो कामना का परिणाम है। ठाकुर के मन में कौन-सी कामना है, जो उन्हें इस प्रकार विक्षिप्त किए हुए है?

बैकुंठ ने निकट आकर ठाकुर को प्रणाम किया।

ठाकुर ने उसे देखा और बोले, "देखो! नरेन्द्र आज भी नहीं आया है। मैंने देखा है कि वह अखंड के घर के चार में से एक, तथा सप्तर्षियों में से एक है। उसके गुणों की सीमा नहीं है। जैसा गाने-बजाने में, वैसा पढ़ने-लिखने में, वैसा ही बातचीत में और फिर धर्म-विषय में भी। वह रात-भर ध्यान करता है, ध्यान करते-करते भोर हो जाता है, होश नहीं रहता। मेरे नरेन्द्र के भीतर थोड़ी भी कृत्रिमता नहीं है। बजाकर देखो तो ठन-ठन शब्द होता है। ध्यान करने के लिए बैठते ही उसे ज्योति-दर्शन होता है, उसे मैं यूँ ही प्यार नहीं करता।"···कहते-कहते ठाकुर अधीर होकर रो पड़े, जैसे पुत्र-विरह की मारी कोई माता बिलखती है।

बैकुंठ किंकर्तव्यविमूढ़-सा खड़ा रह गया : क्या करे? वह किस प्रकार ठाकुर को सांत्वना दे?···ठाकुर जैसा अनासक्त जीव भी यदि नरेन्द्र के मोह में विह्वल हो उठा है, तो अवश्य कोई बात होगी।···

ठाकुर किसी भी प्रकार स्वयं को सँभाल नहीं पा रहे थे। उनकी आँखों से निरंतर अश्रु बह रहे थे।···उनके मन में निरंतर यह भाव उठ रहा था कि यह आगंतुक उनके विषय में क्या सोच रहा होगा? कोई तो देखेगा और क्या कहेगा? किंतु धैर्य का बाँध ऐसा टूटा था कि प्लावन रुक ही नहीं पा रहा था।

ठाकुर उठकर बरामदे में चले गए। किंतु अन्य लोगों के सामने से हट जाने पर मन का संकोच दूर हो गया और उनका हृदय जैसे खुलकर रो पड़ा।

बैकुंठ ने कमरे में बैठे हुए सुना। ठाकुर रोकर कह रहे थे, "माँ, उसे देखे बिना मैं रह नहीं सकता।"

थोड़ी देर वे सिसकते रहे और उसके पश्चात् जैसे उन्होंने स्वयं को नियंत्रित कर लिया। स्वयं को सँभालकर वे कमरे में लौट आए और निस्संकोच बैकुंठ से बोले, "इतना रोया परंतु नरेन्द्र नहीं आया। उसे एक बार देखने के लिए मेरे हृदय में भीषण यंत्रणा हो रही है। छाती के भीतर जैसे कोई मेरे हृदय को मरोड़ रहा है। परंतु मेरे खिंचाव को वह नहीं समझता।"

ठाकुर पुनः अस्थिर हो गए। वे उठकर कमरे से बाहर चले गए। किंतु इस बार बाहर जाकर सँभलने में उन्हें अधिक समय नहीं लगा। बहुत थोड़ी ही देर में वे पुनः लौट आए और बोले, "मैं

बूढ़ा आदमी उसके लिए ऐसा बेचैन हो रहा हूँ। इतना रो रहा हूँ। इसे देखकर लोग क्या कहेंगे—तुम्हीं लोग बताओ। तुम लोग तो अपने आदमी हो। तुम्हारे सामने कहने में लज्जा नहीं आती, किंतु अन्य लोग देखकर क्या सोचेंगे, तुम्हीं बताओ। मैं इतना असहाय कभी नहीं था। अपने को सँभाल नहीं पाता।"

नरेन्द्र के प्रति ठाकुर का ऐसा प्रेम देखकर बैकुंठ अवाक् रह गया। वह नहीं जानता था कि नरेन्द्र कौन है⋯शायद कोई देवतुल्य मनुष्य होंगे। नहीं तो उनके लिए ठाकुर के मन में इतना आकर्षण क्यों?

सांत्वना देने के लिए बैकुंठ ने कहा, "ठीक ही तो है महाराज! उसका तो यह भारी अन्याय है। उसे देखे बिना आपको इतना कष्ट होता है, यह बात जानकर भी वह नहीं आता।"

"उसे देखने के लिए व्याकुलता बढ़ने लगी। प्राण छटपटाने लगे तब भोलानाथ से पूछा।" ठाकुर रुके, "भोलानाथ को जानते हो?"

"नहीं! मैं नहीं जानता।"

"अरे, ठाकुर बाड़ी के मुंशी।" ठाकुर ने बताया, "भोलानाथ से मैंने पूछा, 'क्यों जी, मेरा मन ऐसा क्यों होता है? नरेन्द्र नाम का एक कायस्थ लड़का है, उसके लिए ऐसा क्यों होता है?' भोलानाथ बोले, 'इस संबंध में महाभारत में लिखा है कि समाधिवान मनुष्य का मन जब नीचे उतरता है, तब सतोगुणी लोगों के साथ विलास करता है। सतोगुणी मनुष्य देखने से उसका मन शांत होता है।' यह सुनकर मेरे चित्त को शांति मिली।" ठाकुर ने बैकुंठ की ओर देखा, "तुम्हें मिले तो कहना, मुझसे मिल जाए।"

"अवश्य कहूँगा।" बैकुंठनाथ ने सांत्वना दी।

फाल्गुन की शुक्ला द्वितीया थी। आज ठाकुर की जन्म-तिथि होने के कारण दक्षिणेश्वर में उत्सव था। उनके अंतरंग भक्त, अनुचर, शिष्य, प्रशंसक तथा परिचित उनके सान्निध्य में इस दिन को धूमधाम से मनाना चाहते थे। बैकुंठ प्रातः जब दक्षिणेश्वर पहुँचा तो देखा, भवनाथ, उसके मित्र कालीकृष्ण तथा राखाल पहले से ही पहुँचे हुए हैं।

ठाकुर के भक्तों ने उन्हें नए वस्त्र पहनाए थे। चंदन-चर्चित किया था। पुष्प-मालाएँ पहनाई थीं। उन्हें किसी देव-प्रतिमा के समान सजाने का प्रयत्न किया गया था।

ठाकुर काली मंदिर में पूजा करने गए। गंध-पुष्प कभी माता के चरणों में रख देते थे और कभी अपने सिर पर रख लेते थे। अंत में, माता का निर्माल्य अपने सिर पर रख, भवनाथ से बोले, "यह लो डाब!"

भवनाथ ने माँ का प्रसाद ग्रहण किया।

थोड़ी देर में कोन्नगर से कुछ भक्त मृदंग और झाँझ लिए संकीर्तन करते हुए बगीचे में आए। वे लोग नाम-कीर्तन करते हुए, ठाकुर के पास उसी उत्तर-पूर्व वाले बरामदे में पहुँचे।

ठाकुर प्रेमोन्मत्त हो उठे।

कुछ समय तक भावाविष्ट होकर बैठे रहे। बीच-बीच में उन्होंने कीर्तन के साथ दो-एक पद भी गाए, किंतु न उनके गायन में ही उल्लास था और न उनके मुख पर ही वैसा हास। थोड़ी देर में उन्होंने इधर-उधर देखा और पूछा, "नरेन्द्र तो नहीं आया?"

नरेन्द्र नहीं आया, यह जानकर उनका सारा उत्साह जैसे समाप्त हो गया। उन्होंने कहा कुछ

भी नहीं, किंतु उनके चेहरे के भाव स्पष्ट व्यक्त कर रहे थे कि यह सारा समारोह उनके लिए तनिक भी सुखदायी नहीं था।

केदार, सुरेश, राम, मनमोहन, गिरीन्द्र, भवनाथ, महेन्द्र गुप्त आदि इतने लोग उपस्थित थे। राखाल आजकल ठाकुर के पास ही रहता था, इसलिए उसके पिता उससे मिलने के लिए वहीं आए हुए थे।

''राखाल घर नहीं आता।'' उसके पिता ने जैसे शिकायत की, ''मुझे ही यहाँ आना पड़ता है।''

''राखाल की माता की मृत्यु के पश्चात् जैसे दूसरी स्त्री ले आए हो,'' ठाकुर हँसे, ''वैसे ही दूसरा राखाल ले आओ।''

राखाल के पिता ने तत्काल कोई उत्तर नहीं दिया। कैसे कहते कि वे तो चाहते हैं कि राखाल यहीं रहे। उससे मिलने के बहाने वे भी यहाँ आएँ और ठाकुर के पास आने वाले वकीलों और मजिस्ट्रेटों से अपना संपर्क बढ़ाएँ। उनसे उन्हें मुकदमे जीतने में बहुत सहायता मिलती है।

''तुम संसार में रहो, किंतु वैसे रहो, जैसे कुलटा स्त्री रहती है।'' ठाकुर ने उसे समझाया।

''मैं समझा नहीं। वह कैसे?' राखाल के पिता ने कहा।

''कुलटा स्त्री घर के सारे कार्य बड़ी खूबी से करती है, किंतु मन में सदा अपने जार की चिंता में लगी रहती है।'' ठाकुर ने उसे देखा और हँसे, ''जिसको भगवान् से प्रेम होता है, उसे संसार अच्छा नहीं लगता। यह देखो, भवनाथ है न! उन्नीस-बीस का हो गया है। गोरा रंग है, सुंदर देह है। किंतु विवाह नहीं करता। ईश्वर का नाम सुनते ही आँखों में आँसू आ जाते हैं। साक्षात् नारायण है यह! वैरागी वह होता है, जो अकेले-अकेले में भगवान् के लिए रोता है, तुम्हारे समान नहीं कि यहाँ पर आकर न पुत्र से मिलना अच्छा लगता है, न माँ के दर्शन में मन रमता है, न मेरी चर्चा की ओर ध्यान है। बस, डिप्टी मजिस्ट्रेट अधरचन्द्र सेन को खोजते हो, ताकि अपना मुकदमा जीत सको।''

राखाल का पिता कुछ कहना चाहता था किंतु ठाकुर का ध्यान उस ओर से हट चुका था।

''नरेन्द्र नहीं आया?'' उन्होंने पूछा।

''नहीं। अभी तो नहीं आया।'' केदार ने उत्तर दिया, ''कहीं नाटक के चक्कर में केशवचंद्र सेन के घर तो नहीं चला गया?''

''नहीं। आज वहाँ नहीं जाएगा।'' ठाकुर बोले, और फिर जैसे उन्हें कुछ याद आ गया, ''उस दिन मैं गया था केशव के घर नाटक देखने। नाटक था, 'निमाई संन्यास।' उसके चेलों ने अभिनय बिगाड़ दिया, किंतु उनकी खुशामद नहीं बिगड़ी। एक ने केशव से कहा, 'कलिकाल के चैतन्य तो आप ही हैं।' केशव हँसा और मेरी ओर देखकर बोला, 'तो फिर ये क्या हुए?' मैंने कहा, 'मैं तुम्हारे दासों का दास—रज की रज हूँ।'…पता नहीं केशव नाम और यश की अभिलाषा क्यों नहीं छोड़ पाता।'' उनकी गरदन फिर बाहर की ओर घूम गई थी, ''नरेन्द्र अभी तक नहीं आया।''

''उत्सव तो फिर भी हो जाएगा।'' मनमोहन बोले, ''आप नरेन्द्र के लिए इतने चिंतित क्यों हैं?''

ठाकुर को मनमोहन की बात अच्छी नहीं लगी। बोले, ''उत्सव के लिए चिंतित नहीं हूँ। चिंतित हूँ नरेन्द्र के लिए। नरेन्द्र और राखाल आदि ये जो लड़के हैं, ये नित्यसिद्ध हैं। ये जन्म-जन्मांतर से ईश्वर के भक्त हैं। अनेक लोगों को बड़ी साधना के बाद कहीं थोड़ी-सी भक्ति प्राप्त होती है,

परंतु इन्हें तो जन्म से ही ईश्वर पर अनुराग है, मानो स्वयंभू शिव हैं, बैठाए हुए शिव नहीं।''

''अच्छा बताइए, ईश्वर कैसे मिलते हैं?'' राखाल के पिता ने प्रयत्नपूर्वक ईश्वर-चर्चा चलाई।

''भौंरे की चिंता करते-करते झींगुर भी भौंरा ही बन जाता है।'' ठाकुर बोले, ''जानते हो, वह अनुभव कैसा होता है?···मानो हाँडी की मछली को गंगा में छोड़ दिया हो।''

''पर आप तो नरेन्द्र की चिंता कर रहे हैं, ईश्वर की नहीं।'' राखाल के पिता ने जैसे प्रतिशोध लिया।

''नरेन्द्र स्वयं नारायण का रूप है।'' ठाकुर कुछ खीजकर बोले, ''उसे देखने पर तेरा नाम क्या है? तेरा घर कहाँ है?—यह कुछ पूछने की आवश्यकता नहीं रहती। पूछने का अवसर ही कहाँ है। हनुमान से किसी ने पूछा, 'आज कौन-सी तिथि है?' हनुमान ने कहा, 'भई मैं दिन, तिथि, नक्षत्र—कुछ नहीं जानता, मैं केवल श्रीराम का स्मरण किया करता हूँ।''

उनके चारों ओर समारोह की गतिविधि चलती रही और वे उसके मध्य निर्लिप्त भाव से इस प्रकार बैठे रहे, जैसे या तो उनको इस सबसे कुछ लेना-देना ही न हो, या वे स्वयं वहाँ हों ही नहीं। उनकी अन्यमनस्कता खंडित होती, वे अपने परिवेश के प्रति सजग होते, तो उनकी दृष्टि फिर किसी की खोज में चारों ओर आतुरता से दौड़ती और फिर जैसे थककर विषादयुक्त हो बैठ जाती। वे पूछते, ''नरेन्द्र तो नहीं आया?''

ठीक दोपहर के समय नरेन्द्र आ पहुँचा और सभा के मध्य बैठे ठाकुर के चरणों पर जा प्रणत हुआ। उसे देखते ही ठाकुर का उल्लास विस्फोटक स्थिति तक पहुँच गया। वे एकदम उछलकर जैसे उनके कंधे पर ही जा बैठे और भावाविष्ट हो गए।

तत्काल ठाकुर को प्रकृतिस्थ करने का प्रयत्न आरंभ कर दिया गया।

सहज अवस्था को प्राप्त होने पर ठाकुर ने पूछा, ''तू ठीक तो है? तूने इतनी देर लगाई कि मेरा मन ही घबराने लगा था। ठाकुर ने इधर-उधर देखा और कहा, ''अरे! कुछ खाने-पीने को लाओ।''

कार्यकर्ताओं ने तत्काल फल और मिठाइयाँ प्रस्तुत कर दीं और ठाकुर सबको भूलकर नरेन्द्र को खिलाने-पिलाने में लग गए।

उस दिन ठाकुर फिर कीर्तन में नहीं आए।

''क्या ठाकुर को पता है कि तुमने केशव बाबू के यहाँ 'नववृंदावन' नाटक में अभिनय किया था।'' भवनाथ ने नरेन्द्र से पूछा।

''पता क्यों नहीं।'' नरेन्द्र ने उत्तर दिया, ''ठाकुर स्वयं वह नाटक देखने गए थे।''

''पर वे यह भी जानते हैं क्या, कि तुम उसमें पवहारी बाबा बने थे?'' भवनाथ की जिज्ञासा शांत नहीं हुई थी।

''नहीं, उन्हें नहीं मालूम।'' नरेन्द्र बोला।

भवनाथ चकित रह गया, ''विचित्र बात है कि वे नाटक देख रहे थे और उन्हें यह मालूम ही नहीं कि पवहारी बाबा का अभिनय तुमने किया।''

''नहीं, विचित्र बात नहीं है।'' नरेन्द्र धीरे से बोला, ''जितने लोग भी नाटक देख रहे थे, उनमें से किसी को भी यह ज्ञात नहीं है कि पवहारी बाबा का अभिनय मैंने किया था।''

''यह कैसे संभव है?''

"संभव है।" नरेन्द्र मुस्कराया, "यह संभव इसलिए है, क्योंकि पवहारी बाबा का अभिनय मैंने नहीं, स्वयं केशव बाबू ने किया था। मैं तो एक अन्य अज्ञात और साधारण योगी बना था।"

"तो तुम्हें क्या करना पड़ा?"

"आँखें बंद कर चुपचाप बैठना पड़ा।" नरेन्द्र हँसा, "मुझे संभाषण करना ही नहीं था, ध्यान करने का अभिनय करना था।"

"नाटक लिखा किसने था?" भवनाथ ने पूछा।

"त्रैलोक्यनाथ सान्याल ने।"

"मैंने तो सुना था कि नाटक केशव बाबू ने लिखा था।"

"तुम्हारी यह सूचना भी उतनी ही सच है, जितनी मेरे अभिनय के विषय में पहली सूचना थी।" नरेन्द्र बोला, "अच्छा! अब जो पूछना है, वह ठाकुर से पूछना। वे आ रहे हैं। मेरा स्वास्थ्य कुछ ठीक नहीं है।"

ठाकुर आकर बैठे तो उनकी दृष्टि नरेन्द्र पर पड़ी, "तू कुछ ढीला दिख रहा है।"

"हाँ, ठाकुर! इसका स्वास्थ्य ठीक नहीं है।" भवनाथ ने उत्तर दिया।

"मैं तो सोच रहा था कि इससे कहूँगा कि सब लोग इसका गाना सुनना चाहते हैं अतः गा," ठाकुर बोले, "और तुम कह रहे हो कि इसका स्वास्थ्य ही ठीक नहीं है। नरेन्द्र उपस्थित हो और उसका गायन सुनने को न मिले, तो किसी का मन शांत कैसे हो...।"

"पर नरेन्द्र का स्वास्थ्य सचमुच ठीक नहीं है।..." भवनाथ ने बलपूर्वक कहा।

नरेन्द्र ने तानपूरा उठा लिया।

"तुम गाओगे?" भवनाथ ने आश्चर्य से पूछा।

"ठाकुर की इच्छा है, तो अवश्य गाऊँगा।" नरेन्द्र बोला, "सुनो।"

नरेन्द्र ने गीत आरंभ किया, "मेरे प्राण-पक्षी गाओ। ब्रह्म-कल्पतरु पर बैठकर परमात्मा के गुण गाओ। धर्म, अर्थ, काम, मोक्षरूपी पके हुए फल खाओ। हे मेरे हृदय के प्राण-विहंगम! तुम निरंतर आत्माराम, प्राणाराम कहकर पुकारो। प्यासे चातक की तरह पुकारो। आलस मत करो।"

नरेन्द्र ने दूसरा गीत आरंभ नहीं किया। उसका स्वर एक गीत से ही शिथिल हो गया था। संभवतः वह एक भी गीत गाने की स्थिति में नहीं था, किंतु उसने ठाकुर की इच्छा का सम्मान किया था।

ठाकुर ने उससे दूसरा गीत गाने के लिए कहा भी नहीं। वे भवनाथ से बोले, "अब तू गा तो।"

भवनाथ संकुचित हुआ, "नरेन का गायन सुनकर मेरा तो संगीत ही मुझे ाग जाता है।"

"संगीत का तो पता नहीं," नरेन्द्र हँसते हुए बोला, "किंतु इसने पान और मछली को त्याग दिया है।"

'क्यों रे, पान और मछली में क्या रखा है?" ठाकुर ने हँसते हुए भवनाथ की ओर देखा, "इससे कुछ नहीं होता। कामिनी-कांचन का त्याग ही, वास्तविक त्याग है।"...और त्याग की चर्चा से उन्हें राखाल स्मरण हो आया, "राखाल कहाँ है?"

"राखाल सो रहा है।"

ठाकुर पुनः हँस पड़े, "एक आदमी बगल में चटाई लेकर नाटक देखने के लिए गया था। नाटक आरंभ होने में कुछ विलंब था। उसने सोचा, तब तक कुछ विश्राम ही कर लूँ। उसने चटाई

बिछाई और सो गया। जब उसकी आँख खुली, तो उसने देखा कि नाटक समाप्त हो चुका था और दर्शक अपने-अपने घर जा चुके थे।"

नरेन्द्र ने जोर का ठहाका लगाया।

"अच्छा! मैं चलकर उस रामदयाल को देखूँ।" ठाकुर उठे, "वह अस्वस्थ है। बेचारे को किसी चीज की आवश्यकता न हो।..."

40

केशवचंद्र सेन तथा विजयकृष्ण गोस्वामी के विदा होने के पश्चात् नरेन्द्र स्वयं को और नहीं रोक सका। बोला, "आपने यह सब क्या कह दिया?"

ठाकुर ने नरेन्द्र की ओर देखा : वह जिज्ञासा नहीं कर रहा था, यह तो उसकी आपत्ति थी।

"क्या कह दिया मैंने?" प्रसन्नवदन ठाकुर स्नेहपूर्वक उसकी ओर देख रहे थे।

"केशवचंद्र सेन तथा विजयकृष्ण गोस्वामी जैसे बड़े लोगों के साथ मुझ जैसे नगण्य लोगों की तुलना उचित है?" नरेन्द्र ने कहा, "तुलना तो तुलना, आपने तो कहा, 'केशव जिस एक शक्ति के विकास में संसार में विख्यात हुआ है, नरेन्द्र के भीतर उस प्रकार की अठारह शक्तियाँ पूर्ण मात्रा में विद्यमान् हैं।' "

"हाँ! मैंने कहा।" ठाकुर सहज भाव से बोले, "जो मैंने देखा, वही कहा।"

"और आपने कहा, 'केशव और विजय का हृदय दीप-शिखा के समान ज्ञान के प्रकाश से उज्ज्वल बना हुआ है और नरेन्द्र के भीतर ज्ञान-सूर्य ने उदित होकर माया-मोहरूपी अज्ञान को वहाँ से अपसारित कर दिया है।' " नरेन्द्र बोला, "यह भी देखा है आपने?"

"हाँ! यह भी देखा है मैंने।" ठाकुर बोले, "तुम क्या समझते हो कि बिना देखे ही मैं यह सब कहता रहता हूँ?"

"आप कहते क्या हैं, महाराज!" नरेन्द्र प्रतिवाद के स्वर में बोला, "आपकी इस बात को सुनकर लोग आपको पागल कहेंगे कहाँ जगद्विख्यात केशव और साधक प्रवर विजय, और कहाँ उनके सामने मुझ जैसा एक स्कूली लड़का।" नरेन्द्र ने जैसे उन्हें धमकाते हुए चेतावनी दी, "फिर कभी उनके साथ मेरी तुलना करके यह सब मत कहिएगा।"

नरेन्द्र के इस प्रतिवाद और डाँट-डपट का ठाकुर पर कोई विपरीत प्रभाव नहीं पड़ा। उलटे वे प्रसन्न होकर बोले, "मैं क्या करूँ! तू क्या सोचता है कि मैंने ही ऐसा कहा है?"

"तो क्या और भी किसी ने कहा है?" नरेन्द्र हँसा, "मैंने तो नहीं सुना।"

"माँ ने मुझे वैसा दिखाया, इसी कारण मैंने कहा।" ठाकुर सहज विश्वास के साथ बोले, "माँ तो मुझे सदैव सत्य ही दिखाती हैं, मिथ्या तो कभी नहीं दिखातीं। इसीलिए मैंने कहा। सत्य बोलना भी अपराध है क्या तुम्हारे समाज में?"

नरेन्द्र ठाकुर की इस बात से तनिक भी सहमत नहीं हो पा रहा था, किंतु माँ ने दिखाया और कहलाया इत्यादि कहकर ठाकुर इन बातों को तर्क और विवाद के क्षेत्र से बाहर निकाल, सुरक्षित कर लेते थे और नरेन्द्र छटपटाकर रह जाता था। पर, आज वह उनको इस प्रकार मुक्ति नहीं देगा।...वैसे भी बहुत दिनों से उसके मन में अनेक संशय और संदेह सिर उठा रहे थे। वह ठाकुर

के अबोध बालक सरीखे मन को कष्ट से बचाने के लिए, स्वयं को रोकता ही रहता था। किंतु अब इस प्रकार का दमन उचित नहीं होगा। उसे कहना ही होगा, अन्यथा ठाकुर इस दिशा में बढ़ते ही जाएँगे। उसके मन में उनके लिए अपार स्नेह है, इसलिए उनका मन दुखाना नहीं चाहता, किंतु वह यदि उन्हें टोकेगा नहीं, तो वे अपने भ्रम में बहते ही चले जाएँगे और बहुत संभव है कि अन्य लोगों को भी भ्रमित करते चलें।

"माँ दिखा देती हैं, या आपका मस्तिष्क स्वयं ही अपनी कल्पनाओं को साक्षात् देखता रहता है—इसका निर्णय कौन करेगा?" नरेन्द्र बोला, "यदि मेरे साथ ऐसा होता तो मैं निश्चित कर लेता कि वह मेरे मस्तिष्क की ही मृग-मरीचिका है, वे विकृत मस्तिष्क की कल्पनाएँ हैं।" नरेन्द्र ने ठाकुर को समझाते हुए कहा, "पाश्चात्य विज्ञान और दर्शन ने इस बात को संदेहातीत रूप से प्रमाणित कर दिया है कि चक्षु तथा कर्ण इत्यादि इंद्रियाँ, अपने विकारों के कारण अनेक बार हमें भ्रमित करती हैं।...और यदि हमारे भीतर कोई बलवती इच्छा किन्हीं बातों की कल्पना करती रहती है, तो फिर कहना ही क्या? इंद्रियाँ तो हमें पग-पग पर धोखा देती हैं। आप मुझे प्यार करते हैं और प्रत्येक क्षेत्र में मुझे बहुत महान् देखने की इच्छा करते हैं—इसीलिए संभवतः आपको वैसे मिथ्या दर्शन होते रहते हैं। इन्हें अंग्रेजी में हैल्यूसिनेशन कहते हैं। यह तो अपने ही हृदय और मस्तिष्क की माया है।"

"और किसी को ऐसे दर्शन क्यों नहीं होते?" ठाकुर बोले, "और किसी के मन में इच्छाएँ नहीं हैं, या और किसी की इंद्रियाँ भ्रमित नहीं हैं, या और किसी का मस्तिष्क माया नहीं जानता?"

"बहुत लोगों को ऐसे भ्रम नहीं होते हैं।" नरेन्द्र बोला, "ऐसे उदाहरणों से पोथियाँ भरी पड़ी हैं। बहुत महत्त्वाकांक्षी हृदय और बहुत कल्पनाशील मन के साथ ही ऐसा होता है।"

ठाकुर प्रसन्न थे कि उनके द्वारा अपनी इतनी प्रशंसा सुनकर भी नरेन्द्र के मन में तनिक भी अहंकार नहीं जागा। वह अपनी सत्यनिष्ठा के कारण उन्हीं को भ्रमित प्रमाणित करने की बाल-सुलभ चेष्टा कर रहा था।

"मुझे सचमुच माँ के दर्शन होते हैं।" ठाकुर बोले।

"हैल्यूसिनेशन में सबके साथ ऐसा ही होता है।" नरेन्द्र ने उत्तर दिया, "किसी को भूत-प्रेत दिखाई देते हैं, किसी को देवी-देवता। किंतु उन सबके भौतिक अस्तित्व का कोई भौतिक प्रमाण नहीं है।"

"माँ मुझसे बातें भी करती हैं।" ठाकुर पुनः आश्वस्त मन से बोले।

"बातें।" नरेन्द्र हँसा, "ऐसे कई लोगों के साथ तो देवी-देवता नृत्य भी करते हैं महाराज! आप अपने आपको सँभालिए। कहीं यह रोग बहुत बढ़ न जाए।"

ठाकुर का सहज विश्वासी मन नरेन्द्र की बातों से अभिभूत हो गया। वे चिंतित हो उठे : ठीक ही तो है। नरेन्द्र जैसा मन-वचन-कर्म से सत्यपरायण युवक मिथ्या भाषण तो नहीं कर सकता। उसके जैसे दृढ़ सत्यनिष्ठ व्यक्ति के मन में सिवाय सत्य के और कुछ उदित ही नहीं हो सकता, तो फिर वहाँ मिथ्या संकल्प का उदय कैसे होगा?...शास्त्र भी तो यही कहते हैं।...तो क्या मेरे दर्शन में ही कोई भ्रम है?"

"किंतु इससे पहले मैंने कितनी ही बार परीक्षण किया है, माँ मुझे सदा सत्य दिखाती हैं, कभी मिथ्या नहीं दिखातीं।" ठाकुर बोले, "और उनके मुख से मैंने बार-बार आश्वासन भी पाया है।"

"पाया होगा।" नरेन्द्र कुछ उद्दंड भाव से बोला।

"तो फिर इतना सत्यनिष्ठ होकर भी तू यह क्यों कहता है कि ये दर्शन मेरे मस्तिष्क की अपनी विकृत कल्पनाएँ हैं।"

"क्योंकि वे वस्तुतः आपके अपने मन की विकृत कल्पनाएँ हैं।" नरेन्द्र बोला।

ठाकुर का मन पीड़ित हो उठा। वे नरेन्द्र को वहीं छोड़कर माँ की शरण में चले गए।

मंदिर में लौटे तो वे अत्यंत आह्लादित दिखाई पड़ रहे थे। मुस्कराकर बोले, "मैंने माँ से तुम्हारी शिकायत की है। क्यों सत्यप्राण नरेन्द्र मेरी बातों को मेरे मस्तिष्क की कल्पना मानता है? क्यों उसका मन मेरे कहते ही उसे सत्य नहीं मान लेता?"

"तो क्या कहा माँ ने?" नरेन्द्र ने जैसे चुहल की।

"माँ ने कहा है, 'उसकी बात तू क्यों सुनता है।' " ठाकुर ने विजयी बालक के समान कहा, "माँ ने कहा है कि कुछ ही दिनों में वह तेरी सभी बातों को सत्य मान लेगा।" ठाकुर के मुख पर बालकों का-सा निर्दोष हास्य था।

नरेन्द्र समझ नहीं पाया कि यह उनकी निष्ठा थी, या उनका मन बोध की मर्यादा लाँघकर भ्रम की माया में खो गया था।

दो सप्ताह से नरेन्द्र दक्षिणेश्वर नहीं आया। ठाकुर को सूचनाएँ मिलती रही थीं कि वह साधारण ब्राह्म समाज की गतिविधियों में बहुत व्यस्त था। उसे कॉलेज भी जाना होता था। सुना था कि वह कलकत्ता-भर में कितनी ही सभा-समितियाँ स्थापित करता फिरता था, जहाँ लोग प्रार्थना भी करते थे और वाद-विवाद भी··· लड़का था भी तो इतना गुणी कि सबको ही उसकी आवश्यकता थी। गाने बैठ जाता तो गाता ही रहता। कुछ बजाने लगता तो समा बाँध देता···पर ठाकुर क्या करें? उनका मन भी उसे देखे बिना नहीं मानता था। कितने ही लोगों से संदेश भिजवा चुके थे, किंतु वह नहीं आया था···

उन्होंने स्वयं कलकत्ता जाकर नरेन्द्र को देख लेने का निश्चय किया।···किंतु आज तो रविवार था। बहुत संभव है कि वह अपने कमरे में न मिले। इतना तो चंचल है। टिककर घर में रहता ही कहाँ है।···ऐसे में कलकत्ता जाना ही व्यर्थ हो जाएगा···पर रविवार को साधारण ब्राह्म समाज की संध्योपासना के समय वह भजन गाने के लिए वहाँ अवश्य ही उपस्थित होगा। अतः वहाँ जाने पर मिल ही जाएगा।

रामलाल को ठाकुर का यह निश्चय नहीं रुचा। उसने आपत्ति की, "इस प्रकार अकस्मात् समाज में उपस्थित होने पर ब्राह्म भक्तों को असंतोष तो नहीं होगा?"

"क्यों, केशव के समाज में कई बार ऐसे ही उपस्थित हुआ हूँ।" ठाकुर बोले, "पर उसने तो सदा प्रसन्नता ही दिखाई है। उसे तो मैंने कभी असमंजस में नहीं देखा।"

"केशव की बात और है।" रामलाल ने धीरे से कहा, "यह साधारण ब्राह्म समाज है। नरेन्द्र साधारण ब्राह्म समाज में जाता है, केशव के समाज में नहीं।"

"क्यों उसकी बात क्यों और है?" ठाकुर ने पुनः आपत्ति की, "विजय और शिवनाथ आदि साधारण समाज के नेता भी तो कई बार दक्षिणेश्वर आए हैं।"

"वह ठीक है।" रामलाल ने कहा, "किंतु क्या आपको नहीं लगता कि केशव और विजय के आपसे प्रभावित होने के कारण शिवनाथ आदि अन्य अनेक ब्राह्म व्यक्तियों ने आपके पास आना

कम कर दिया है। वे आपसे दूर भागते हैं और आप उनके समाज में जा उपस्थित होंगे, तो उन्हें अच्छा लगेगा क्या?"

पर ठाकुर नहीं माने। बोले, "ऐसा सोचना ही गलत है। ईश्वर के प्रति तीव्र अनुराग से मनुष्य का मन उच्च भाव-भूमि पर उठकर उनकी कृपा प्राप्त कर जितना भी अग्रसर होगा, उतने ही उसके पूर्व के धर्म-मत क्रमशः परिवर्तित हो जाएँगे। सत्यप्रिय ब्राह्म लोग सत्य की प्रतिष्ठा के लिए ही अब तक संग्राम करते आ रहे हैं। अतः आध्यात्मिक उपलब्धियों की सीमा का निर्देश करते हुए वे किसी भिन्न मार्ग में कैसे अग्रसर हो सकते हैं?"

रामलाल को ठाकुर की बात माननी पड़ी।

संध्या हो रही थी। ब्राह्म भक्तों की सभा पद्धति के अनुसार अग्रसर हो रही थी। उपासना और ध्यान समाप्त करके आचार्य ने मंच पर ब्राह्म संघ को ईश्वर के अनुराग तथा आध्यात्मिक भाव की वृद्धि के लिए उपदेश देना आरंभ किया।

उसी समय ठाकुर ब्राह्म मंदिर में प्रविष्ट हुए। वे अर्धभावावस्था में थे और सीधे मंच पर आसीन आचार्य की ओर आ रहे थे।

उपस्थित लोगों में एक मर्मर ध्वनि-सी फैल गई। एक-दूसरे के माध्यम से क्षण-भर में ही सूचना फैल गई कि दक्षिणेश्वर से, काली मंदिर के श्रीरामकृष्ण देव परमहंस सभा में पधारे हैं।

जिन लोगों ने पहले उनके दर्शन किए थे, वे सहज भाव से उन्हें देखना चाहते थे। जिन्होंने उन्हें पहले कभी नहीं देखा था, उनकी उत्सुकता अन्य लोगों की इच्छा से भी तीव्रतर थी। किसी ने बैठे-बैठे गरदन उचकाकर उन्हें देखना चाहा। कोई उन्हें देखने के लिए उठकर खड़ा हो गया। और जो खड़ा होकर भी उन्हें देख नहीं पाया, वह बेंच पर चढ़ गया।

सभा में गड़बड़ मच गई। आचार्य ने अपना भाषण रोक दिया।

नरेन्द्र उस समय भजन-मंडली में बैठा था। ठाकुर को इस प्रकार अकस्मात् वहाँ उपस्थित देख, उनके आने का कारण समझने में उसे तनिक भी कठिनाई नहीं हुई। वह कुछ समय से दक्षिणेश्वर नहीं गया था, तो ठाकुर उसे ढूँढ़ते हुए यहाँ आ गए थे। उसका मन एकदम द्रवित हो गया। ठाकुर के मन का स्नेह अथाह और अपार था। उनके मन में न तनिक-सा अहंकार था और न अभिमान। वे स्नेह के लिए कुछ भी कर सकते थे।...किंतु मंच पर आसीन आचार्य अथवा समाज का कोई भी विशिष्ट व्यक्ति उनका स्वागत करने के लिए आगे नहीं बढ़ा था।...नरेन्द्र जानता था कि विजयकृष्ण आदि ब्राह्मों के मन में उनके प्रति विरोध और वितृष्णा का भाव है। वे लोग उनके प्रति साधारण शिष्टाचार का भी प्रदर्शन नहीं कर रहे थे।...

अब नरेन्द्र अपनी जगह पर बैठा नहीं रह सकता था। वह उठकर स्वागत के लिए ठाकुर के पास आ गया। बहुत संभव था कि उसे उनको सँभालना भी पड़े...

ठाकुर सब ओर से उदासीन मंच के निकट आए और वहीं समाधिस्थ हो गए।...नरेन्द्र चौंका...क्या वे इस सभा में यह दिखाने आए हैं कि वास्तविक आध्यात्मिकता क्या होती है?

अब तक लोग मात्र एक संत के दर्शन करना चाहते थे, किंतु समाधिस्थ ठाकुर का आकर्षण और भी बढ़ गया। वहाँ उपस्थित लोगों में से अधिकांश लोगों ने समाधि के विषय में सुना तो था, किंतु कभी किसी समाधिस्थ व्यक्ति को देखा नहीं था। जन-सामान्य का आग्रह बढ़ा और साथ ही सभा में उथल-पुथल मच गई। सभा में व्यवस्था बनाए रखना असंभव हो गया और तभी सभी

गैस-बत्तियाँ आकस्मिक ढंग से एकसाथ बुझ गईं···

नरेन्द्र को समझने में एक क्षण भी नहीं लगा कि गैस-बत्तियाँ बुझी नहीं थीं, बुझा दी गई थीं, अन्यथा वे सारी की सारी एकसाथ न बुझी होतीं। बत्तियाँ बुझाने का लक्ष्य भी स्पष्ट था, निश्चित रूप से सभा के प्रबंधक यह चाहते थे कि अब सभा समाप्त हो जाए और लोग अँधेरे में ही विदा हो जाएँ ताकि न कोई ठाकुर के दर्शन करे और न ही उन्हें किसी प्रकार का महत्त्व मिल सके।···किंतु उन्होंने यह नहीं सोचा था कि अँधेरा हो जाने के कारण लोगों में मंदिर से तत्काल बाहर निकलने का आग्रह बहुत बढ़ जाएगा। सब लोग एकसाथ बाहर निकलने का प्रयत्न करेंगे और मार्ग न मिलने के कारण भगदड़ मचेगी, धक्का-मुक्का होगा और संभव है कि कुछ लोग गिर पड़ें और अंधाधुंध भागती भीड़ के पाँवों तले कुचले जाएँ···

नरेन्द्र ने ठाकुर की भीड़ से रक्षा के लिए उन्हें अपनी बाँहों में घेर लिया···एक ओर उसका मन यह देखकर बहुत दुखी था कि किसी ने ठाकुर का स्वागत नहीं किया। इस प्रकार सायास उनकी उपेक्षा वस्तुतः बहुत ही तुच्छ मनःस्थिति की परिचायक थी। पूज्य-पूजन न करना नरेन्द्र की दृष्टि में अपराध था···किंतु साथ ही इस समय बड़ी चिंता ठाकुर को सुरक्षित वहाँ से निकाल ले जाने की थी। ठाकुर के समाधिस्थ रहते उन्हें सुविधा से ले जाया नहीं जा सकता था।···यह संयोग ही था कि थोड़ी ही देर में ठाकुर की समाधि भंग हो गई। नरेन्द्र उन्हें सँभालकर मंदिर के पिछले दरवाजे से किसी प्रकार बाहर ले आया। रामलाल की सहायता से उन्हें गाड़ी में बैठाया और स्वयं साथ बैठकर उन्हें दक्षिणेश्वर पहुँचाने के लिए चल पड़ा।

ठाकुर के इस अपमान से नरेन्द्र के मन में अथाह पीड़ा थी। ठाकुर के प्रति उसका अपना ममत्व भी जैसे पहली बार उसके सम्मुख उद्घाटित हो रहा था···दूसरी ओर ठाकुर के प्रति एक प्रकार का आक्रोश भी संचित हो रहा था।···क्या आवश्यकता थी इस प्रकार बिन बुलाए सभा में पहुँच जाने की? क्या वे नहीं जानते थे कि वहाँ जाकर उनका अपमान ही होगा···धार्मिक संप्रदाय न इतने उदार होते हैं, न सहिष्णु···

"आपको इस प्रकार उनकी सभा में नहीं आना चाहिए था।" नरेन्द्र ने उपयुक्त अवसर पाते ही कहा।

ठाकुर तनिक भी आहत नहीं दीख रहे थे। न उन्हें अपने सम्मान का बोध था, न अपमान का। वे पूर्णतः आश्वस्त थे। बोले, "तू दक्षिणेश्वर नहीं आएगा तो क्या मैं भी तुझे देखने कलकत्ता न आऊँ?"

नरेन्द्र के मन में ठाकुर के प्रति वैसे ही भाव थे, जैसे किसी हठी बालक के स्नेहवश साथ जाने का आग्रह करने पर उसके पिता के मन में होते हैं। ठाकुर का स्नेह उसे सुख देता था, किंतु उनका ऐसा अबोध हठ उसे पीड़ित कर रहा था।···इतना बड़ा कांड हो जाने पर भी, वे रंचमात्र विचलित नहीं हुए थे।

"मेरे प्रति आपका स्नेह अपनी जगह ठीक है, किंतु आपको स्वयं अपना भी तो ध्यान रखना चाहिए।"

ठाकुर हँसे, "स्नेह में अपना क्या ध्यान।"

"यह मोह है।" नरेन्द्र आक्रोश के साथ बोला, "पुराण में लिखा है कि राजा भरत दिन-रात अपने पालतू हरिण की बात सोचते हुए मरने के बाद अगले जन्म में हरिण बनकर ही उत्पन्न हुए। यदि यह बात सत्य है तो आपको मेरे विषय में इतनी चिंता नहीं करनी चाहिए। उसका परिणाम

सोचकर सावधान हो जाना चाहिए।"

ठाकुर गहरी चिंता में डूब गए। थोड़ी देर मनन करते रहे और फिर अत्यधिक सरलता से बोले, "तू ठीक कहता है। ठीक ही तो है। तो फिर क्या होगा, मैं तो तुझे देखे बिना रह नहीं सकता।"

वे लोग दक्षिणेश्वर पहुँच गए थे। न ठाकुर अपने स्नेह से टल रहे थे और न नरेन्द्र का आक्रोश ही शांत हो रहा था।

"आप अपने लिए भी कठिनाई उत्पन्न कर रहे हैं और मुझे भी कष्ट दे रहे हैं।' नरेन्द्र ने जानबूझकर उन्हें आहत करने के लिए कहा, "यह मोह है, जो अनर्थ की जड़ है। किसी व्यक्ति में भी इतनी आसक्ति का क्या अर्थ?"

ठाकुर पहली बार कुछ दुखी दिखाई दिए। वे जैसे थके पगों से माँ के मंदिर में चले गए।

नरेन्द्र अपने स्थान पर खड़ा रहा। वह समझ गया था कि वह अपने वाक् बाणों से उन्हें आहत करने में सफल हो गया था और अब वे शांति पाने के लिए माँ के पास चले गए थे। वह जानता था कि वे वहाँ जाएँगे, पुत्तलिका के सामने सिर पटकेंगे, रोएँगे और अपने मन से ही कोई आश्वासन पा भी जाएँ तो आश्चर्य की कोई बात नहीं।

तभी ठाकुर मंदिर से बाहर आए। अब वे न चिंतित थे, न दुखी। वह सहज भाव से हँस रहे थे। आते ही बोले, "अरे, मूर्ख! मैं तेरी बात नहीं मानूँगा। माँ ने कहा, 'तू नरेन्द्र को साक्षात् नारायण समझता है। इसीलिए उससे इतना प्यार करता है। जिस दिन उसके भीतर नारायण को नहीं देखेगा, उस दिन उसका मुख देखने की भी तुझे इच्छा न होगी।' "

फिर वही बात।...किंतु नरेन्द्र क्या कर सकता था।...उसकी सारी आपत्तियों, तर्कों तथा युक्तियों को ठाकुर ने एक ही बात से उड़ा दिया था।

...नरेन्द्र के भीतर का आक्रोश क्रमशः क्षीण होता जा रहा था, जैसे उफनते हुए दूध का झाग बैठ रहा हो।...ठाकुर के जो काम ऊपर से सरल तथा बिना सोचे-समझे अबोध-से लगते हैं, वे भी गम्भीर लक्ष्यों से प्रेरित होते हैं।...कहीं ठाकुर ने साधारण ब्राह्म समाज की इस सभा में असमय आकर, जानबूझकर ही तो अपना अपमान नहीं करवाया...ताकि नरेन्द्र ब्राह्म नेताओं की वास्तविकता समझ सके? उनका वास्तविक रूप देख सके?...उसके शिक्षण के लिए ठाकुर कुछ भी कर सकते हैं।...उसके प्रति अपने प्रेम के कारण वे उसके हित में अपना अपमान भी सह सकते हैं...अपना अपमान उन्हें रंचमात्र भी पीड़ित नहीं करेगा।...वे सर्वथा अबोध हैं, अथवा सब कुछ समझकर भी विचलित न होने वाले स्थितप्रज्ञ?...

नरेन्द्र प्रणाम करके बैठ गया तो ठाकुर ने अपनी सहज मुस्कान के साथ कहा, "एक भजन तो गा नरेन!"

कमरे की पश्चिमी दीवार पर तानपूरा लटका हुआ था। नरेन्द्र ने उठकर उसे उतार लिया और उसके तारों को छेड़ उनका परीक्षण करने लगा।

यंत्रों के सुर मिलाकर सब लोग गायक की ओर देख ही रहे थे कि गीत कब आरंभ होता है कि ठाकुर नरेन्द्र की ओर देखकर बोले, "देख, यह अब वैसा नहीं बजता।"

"यह पूर्ण होकर बैठा है, इसीलिए इसमें शब्द नहीं होता।"

नरेन्द्र ने बोलने वाले की ओर देखा। वे विश्वनाथ उपाध्याय थे, नेपाल-नरेश के वकील। राजप्रतिनिधि। ठाकुर के पास बहुत दिनों से आते थे और उनसे खूब खुले हुए थे। ठाकुर उन्हे

'कप्तान' कहा करते थे।

"है न पूर्ण कुंभ?" कप्तान ने सहमति चाही।

पर ठाकुर ने सहमत होने के स्थान पर प्रश्न किया, "पर नारदादि मुनि कैसे बोले? वे पूर्ण कुंभ नहीं थे?"

आज स्थिति विपरीत हो गई थी।...सामान्यतः अन्य लोग प्रश्न करते थे और ठाकुर उनके उत्तर देते थे, किंतु आज ठाकुर प्रश्न कर रहे थे और कप्तान उत्तर देने की मुद्रा में थे।

"उन्होंने दूसरों के दुःख से कातर होकर उपदेश दिए थे।" कप्तान ने समाधान किया।

इस बार ठाकुर सहमत हो गए, "हाँ, नारद, शुकदेव आदि समाधि के पश्चात् नीचे उतर आए थे। दया के कारण, दूसरों के हित की दृष्टि से उन्होंने उपदेश दिए थे।"

अब नरेन्द्र गाने के लिए तैयार था। ठाकुर तथा कप्तान में मतभेद चलता तो शायद वह और रुकता, किंतु अब रुकने का कोई अर्थ नहीं था। उसने गीत आरंभ किया, "सत्य-शिव-सुंदर का रूप हृदय-मंदिर में चमक रहा है। उसे देख-देखकर हम उस रूप के समुद्र में डूब जाएँगे। वह दिन कब होगा हे नाथ! जब अनंत ज्ञान के रूप में तुम हमारे हृदय में प्रवेश करोगे? कब हमारा अस्थिर मन निर्वाक् होकर, तुम्हारे चरणों में शरण लेगा? आनंद और अमृतत्व के रूप में कब तुम हमारे हृदयाकाश में उदित होगे? चंद्रोदय में जैसे चकोर खेलता है, वैसे ही नाथ! हम भी तुम्हारे प्रकाशित होने पर आनंद मनाएँगे।"

गीत के मध्य में ही ठाकुर गंभीर समाधि में निमज्जित हो गए थे। नरेन्द्र का ध्यान तब भी उनकी ओर गया था...शायद 'आनंद और अमृतत्व' शब्दों से ही उनकी समाधि आरंभ हो गई थी। गीत पूरा कर नरेन्द्र ने पुनः उनकी ओर देखा : ठाकुर हाथ बाँधे, पूर्व की ओर मुँह किए बैठे थे। देह पूर्णतः निश्चल थी। बाह्म ज्ञान एकदम नहीं था। साँस अत्यंत मन्द गति से चल रही थी। नेत्र निर्निमेष थे।...पूर्णतः चित्रवत्!

नरेन्द्र उठ खड़ा हुआ...ठाकुर तो इस राज्य को छोड़कर कहीं ओर चले गए थे।...वे आनन्दमय ईश्वर के रूप-समुद्र में डूबे हुए थे। प्रकृतिस्थ होने में उन्हें अभी समय लगेगा...

वह बाहर पूर्व वाले बरामदे में चला आया। वहाँ हाजरा महाशय एक कंबल के आसन पर बैठे थे। हाथ में हरि-नाम की माला थी।

प्रताप नारायण हाजरा यहीं बगीचे में रहता था—नरेन्द्र के ठाकुर के पास आने से पहले से ही। नरेन्द्र ने सुन रखा था कि वह ठाकुर के गाँव कामारपुकुर के निकट के ही किसी गाँव का रहने वाला था। किसी समय वह कुछ संपन्न व्यक्ति था, किंतु आर्थिक स्थिति बिगड़ जाने तथा कुछ ऋण चढ़ जाने के कारण उसने संन्यास ले लिया था। उसके विषय में ठाकुर की कोई बहुत अच्छी धारणा नहीं थी। वे प्रायः कहा करते थे कि 'मूर्ख हाजरा की भारी बनियाई बुद्धि है।' उनका विचार था कि यद्यपि वह निष्काम भक्ति की ऊँची-ऊँची डींगें मारा करता था, किंतु उसकी भक्ति पूर्णतः सकाम-भाव पर आधृत थी। धर्म-कर्म करते समय भी प्रतिक्षण अपने हानि-लाभ का हिसाब लगाना, उसका स्वभाव बन गया था। कदाचित् वह जप-तप भी इसीलिए करता था कि किसी प्रकार कोई सिद्धि-लाभ करके अपनी धन-कामना पूर्ण कर सके।...अथवा किसी धनी व्यक्ति को फाँसकर अपना ऋण चुकता कर सके।

पहली बार हाजरा से बात करते हुए नरेन्द्र को संकोच हुआ था, किंतु तभी उसने तय कर लिया था कि उसे संसार और संसार के लोगों को अपनी आँखों से देखना और अपनी बुद्धि से

परखना है। ठाकुर की धारणाओं पर ही चलना होता, तो वह कब का ब्राह्म समाज छोड़कर, ठाकुर के मंदिर की पुत्तलिकाओं को भूमिष्ठ हो प्रणाम कर चुका होता.।···

"कैसे हो लरेन?" हाजरा ने पूछा।

पहली बार नरेन्द्र उसके 'लरेन' उच्चारण से कुछ चौंका था। फिर उसने मान लिया कि वह वज्र देहाती व्यक्ति है, इसलिए 'न' को 'ल' के रूप में ही उच्चरित करता है। बहुत संभव है कि उसके उच्चारण में ही कोई दोष हो···

"ठाकुर समाधिस्थ हो गए हैं। सोचा, उनके प्रकृतिस्थ होने तक कुछ तंबाकू-सेवन या धूम्रपान···।" नरेन्द्र हँसा।

"पता नहीं गदाधर को कब ज्ञान होगा।" हाजरा बोला, "ईश्वर को पाने के लिए चेतना जगानी होती है। चेतना खोने से क्या मिलेगा?"

नरेन्द्र को आशा थी कि हाजरा ऐसी ही कोई बात कहेगा।···ठाकुर के गाँव के निकट का होने के कारण, वह उनको उनके बचपन के नाम से पुकारता था और प्रायः लोगों के सम्मुख स्वयं को ठाकुर से भी अधिक ज्ञानी के रूप में प्रस्तुत करता था।

"धूम्रपान?" नरेन्द्र ने उसकी बात की उपेक्षा कर कहा।

"अभी तो हरिनाम जप रहा हूँ।" हाजरा ने कहा, "जगत् स्वप्नवत् है। पूजा और चढ़ावा आदि सब मन का भ्रम है। केवल अपने यथार्थ रूप की चिंता करना ही हमारा लक्ष्य है। हम यह भूल जाते हैं कि हम वही परमात्मा हैं—सोऽहम्।"

तभी दूर से ठाकुर उस ओर आते दिखाई दिए। उनके साथ रामलाल और महेन्द्र गुप्त भी थे।

नरेन्द्र समझ गया कि समाधि भंग होते ही उन्होंने उसके विषय में पूछा होगा, और उसे अपने कमरे में न पाकर उसकी खोज में निकल पड़े होंगे।···उन्हें सँभालने के लिए ही रामलाल को भी साथ आना पड़ा होगा···

"क्या बातचीत हो रही है?" ठाकुर ने हँसते हुए पूछा।

नरेन्द्र भी हँसा, "कुछ गहरी बातें हो रही हैं। उन्हें हम ऊँची बातें भी कह सकते हैं।"

ठाकुर सहसा गंभीर होकर बोले, "शुद्ध ज्ञान और शुद्ध भक्ति एक ही है। शुद्ध ज्ञान जहाँ ले जाता है, वहीं शुद्ध भक्ति भी ले जाती है।···बस बात इतनी-सी है कि भक्ति का मार्ग अत्यंत सरल है।"

नरेन्द्र चकित हुआ; ये तो इस प्रकार भक्ति की श्रेष्ठता सिद्ध कर रहे हैं, जैसे इन्होंने अभी-अभी कही गई हाजरा की उक्ति सुन ली हो···

"ज्ञान-विचार का और प्रयोजन नहीं, माँ! अब मुझे पागल बना दो।" नरेन्द्र ने धीमे स्वर में गाया और फिर वह महेन्द्र गुप्त की ओर मुडा, "हैमिल्टन की एक पुस्तक में मैंने पढ़ा, 'A learned ignorance is the end of philosophy and begining of religion.'

ठाकुर ने नरेन्द्र से न पूछकर महेन्द्र गुप्त की ओर देखा, "इसका अर्थ क्या है?"

किंतु उत्तर पुनः नरेन्द्र ने ही दिया, "दर्शनशास्त्र की पोथियाँ पढ़कर व्यक्ति विद्वान् होकर भी मूर्ख ही रहता है, अतः वह धर्म की ओर उन्मुख होता है।"

ठाकुर कुछ मौज में आ गए।

"थैंक यू! थैंक यू।" उन्होंने कहा और नरेन्द्र ठहाका मारकर हँस पड़ा।

दिल ढलने लगा था। संध्या होने वाली थी।

"अच्छा! मैं अब चलूँ महराज!" नरेन्द्र ने विदा ली।

नरेन्द्र चला गया और ठाकुर मूक खड़े रह गए। थोड़ी देर पहले तक का उनका उल्लास, अवसाद में विलीन हो गया।...अधर और किशोरी भी उनके पास आ गए, किंतु ठाकुर का उल्लास नहीं लौटा। वे जैसे अपने आपसे ही कहने लगे, "नरेन्द्र, भवनाथ, राखाल—ये सारे लड़के नित्य-सिद्ध और ईश्वरकोटि के हैं। इनकी जो शिक्षा होती है, बिना प्रयोजन के ही होती है। तुम देखते नहीं, नरेन्द्र किसी की 'केयर' नहीं करता! मेरे साथ वह कप्तान की गाड़ी पर जा रहा था। कप्तान ने उसे अच्छी जगह पर बैठने को कहा, परंतु उसने उसकी ओर देखा तक नहीं। वह मेरा ही मुँह नहीं ताकता। फिर जितना जानता है, उतना प्रकट नहीं करता, कि कहीं मैं लोगों में कहता न फिरूँ कि नरेन्द्र इतना विद्वान् है। उसे माया-मोह नहीं है—मानो कोई बंधन ही नहीं है। बहुत अच्छा आधार है। एक ही आधार में बहुत से गुण रखता है—गाने-बजाने, लिखने-पढ़ने, सबमें ही बहुत प्रवीण है।...और जितेंद्रिय भी है—कहता है, विवाह नहीं करूँगा। नरेन्द्र और भवनाथ इन दोनों में बड़ा मेल है—जैसा पति-पत्नी में होता है।..." उनका स्वर कुछ बहका, "नरेन्द्र यहाँ अधिक नहीं आता...।" और फिर जैसे उन्होंने स्वयं को सांत्वना दी, "अच्छा ही है। उसको देखते ही मैं विह्वल हो जाता हूँ। वह जितना ही अधिक आएगा, मैं उतना ही अधिक विह्वल हो जाऊँगा।..."

महेन्द्र गुप्त खड़ा चुपचाप सब कुछ सुनकर सोच रहा था...कैसा है ठाकुर कर प्रेम।...जैसे किसी अत्यंत विह्वल माता का अपने बिछुड़े हुए पुत्र के प्रति प्रेम?...किसी दीवाने प्रेमी का अपनी वियुक्त प्रिया के प्रति प्रेम...या किसी भक्त का अपने भगवान् के प्रति प्रेम?...वह चला गया है, तो जैसे वे उसका स्मरण कर अपने मन को सांत्वना दे रहे हैं...

"मेरे विषय में नरेन्द्र कहता है," उसी आत्मलीनता में ठाकुर पुनः बोले, "कि मैं अभी भी काली मंदिर जाया करता हूँ, जब ठीक से ज्ञान हो जाएगा, मैं काली मंदिर नहीं जाऊँगा।..." ठाकुर विचित्र प्रकार के आनंद में हँसे, जैसे वह किशोर नरेन्द्र उनकी अवहेलना न कर रहा हो, उनकी प्रशंसा कर रहा हो, "वह कभी-कभी यहाँ आता है, इसलिए उसके घरवाले उससे नाराज रहते हैं।..." उन्होंने महेन्द्र गुप्त की ओर देखा, जैसे कोई बहुत ही रोचक बात सुनाने जा रहे हों, "उस दिन यहाँ गाड़ी पर आया था। उसके पास पैसे नहीं थे, इसलिए गाड़ी का किराया सुरेन्द्र ने दे दिया। इस पर नरेन्द्र की बुआ, सुरेन्द्र के घर लड़ने गई थी।"

ठाकुर उस अबोध शिशु के समान हँसे, जिसका किसी ने हार्दिक मनोरंजन किया हो।...

41

नरेद्र ने अपने इस छोटे घर का नामकरण किया था—'तंग'। किसी को साथ लाना होता तो उससे यही कहता, "चलो, 'तंग' में चलें।" कमरा निःसंदेह छोटा था। चार हाथ चौड़ा और आठ हाथ लंबा। कमरे में कैनवास की एक खाट थी, जिस पर एक मैला-सा तकिया पड़ा था। जमीन पर एक फटी हुई चटाई बिछी हुई थी। एक कोने में एक तानपूरा रखा हुआ था। उसी के साथ एक सितारा और तबले की जोड़ी रखी हुई थी। वैसे किसी वस्तु के लिए भी कोई स्थान निश्चित नहीं था। तबला चटाई पर पड़ा हुआ भी हो सकता था। कभी उसे चारपाई के नीचे धकेल दिया जाता

और कभी वह खाट के ऊपर आसन जमाए दिखाई पड़ सकता था। कमरे में पुस्तकों की बहुतायत थी, जहाँ कुछ नहीं था, वहाँ पुस्तकें थीं। आले में, खाट पर, चटाई के ऊपर जहाँ-तहाँ पुस्तकें रखी हुई थीं। पहली दृष्टि में लगता था, जैसे सारे कमरे में पुस्तकें बिखरी पड़ी हैं। दीवार में कील ठोककर डोरी बाँध दी गई थी, जिस पर पहनने के कपड़े और एक चादर लटकी हुई थी। कमरे में दो-एक टूटी-फूटी दवा की शीशियाँ भी पड़ी थीं, जो पिछले दिनों अपनी अस्वस्थता के समय नरेन्द्र लाया था। नरेन्द्र ने कमरे पर एक दृष्टि डाली, एक बार मन में आया कि वह माँ से कहे कि वे उसे बिस्तर के लिए कुछ साफ चादरें और तकिए के गिलाफ भिजवा दें। एक अलमारी भी ले आएँ ताकि अलगनी पर लटकाए हुए ये कपड़े सहेजकर अलमारी में रखे जा सकें। कोई सुन्दर-सी कलाकृति लाकर दीवार पर टाँग दे। कमरे के कोने में अपने लिए एक मेज लगा ले जिस पर ये पुस्तकें सँवारकर सम्मानपूर्वक रखी जा सकें। एक फूलदान में फूल सजाए जा सकें और यह कमरा भले लोगों के रहने योग्य जैसा दीखने लगे···किंतु दूसरे ही क्षण नरेन्द्र का भाव बदल गया, ये सब उसके मन में क्या आ रहा है। बाबा इन दिनों आर्थिक कठिनाई में न होते तो उन्हें इस प्रकार छोटा घर लेकर रहना पड़ता या क्या इस प्रकार नरेन्द्र को नानी के घर में रखने की व्यवस्था करनी पड़ती? इस प्रकार की कामनाएँ उसे शोभा नहीं देतीं। वे जब चाहेंगे, जब उन्हें सुविधा होगी तो यह सब या इससे भी कहीं ज्यादा अपने आप ही इस कमरे में चला आएगा···

नरेन्द्र के मन ने जैसे उसे दूसरी बार घुड़की दी, क्यों सजाना चाहता है वह अपने इस कमरे को? क्या वह चाहता है कि यहाँ उसके मित्र और मिलने-जुलने वाले लोग आएँ? क्या वह यहाँ अपना दरबार लगाना चाहता है? उसने तो यह कमरा यह सोचकर स्वीकार किया था कि यहाँ का पता वह किसी को देगा ही नहीं और यहाँ पूर्ण एकांत में उसका अध्ययन, मनन, पूजन, ध्यान, इत्यादि चलता रहेगा। यह तो उसका डेरा था। यहाँ सजावट तथा प्रदर्शन की क्या आवश्यकता थी?···

उसने एक पुस्तक निकाली। आज यह पुस्तक समाप्त हो जाए तो ही अच्छा, किंतु यह तो तभी हो सकता था जब आज उसके किसी भी मित्र को उसकी याद न आए।···उसने सुखासन जमाया और पुस्तक खोली। उसकी दृष्टि शब्दों पर से फिसलती जा रही थी, वाक्यों के वाक्य उसके मन में समाते चले जा रहे थे। उसका मन जैसे सधता जा रहा था। वह पुस्तक के शब्दों में से अर्थ ग्रहण नहीं कर रहा था, क्रमशः अधिक-से-अधिक आत्मलीन होता जा रहा था। शब्दों का अर्थ अपने आप स्पष्ट होता जा रहा था, जैसे मस्तिष्क उन शब्दों के पीछे न दौड़ रहा हो, वे शब्द ही अपने गर्भ में निहित अर्थ को उसके सम्मुख स्पष्ट करने के लिए उत्कंठित व्यग्रता लिए हुए उसके पीछे भाग रहे हों। अनुच्छेद का पहला वाक्य पढ़ते ही उसके मन में सारा अनुच्छेद उद्‌भासित हो जाता था। उसकी दृष्टि वायु के वेग में उड़ते हुए मेघों के समान जैसे स्वच्छंद रूप से अनायास ही पृष्ठों के पृष्ठ लाँघ जाती थी···

तभी कपाट खटके और दाशरथि सान्याल ने प्रवेश किया।

नरेन्द्र ने दृष्टि उठाकर उसे देखा। उसके चेहरे पर उसकी तल्लीनता को भंग करने वाले तथा अध्ययन में विघ्नस्वरूप आए उस मित्र के प्रति तनिक भी अस्वागत का भाव नहीं था। उसने मुस्कराकर स्वागत किया, "आओ! आओ। तुम अच्छे समय से आए।"

"अच्छा समय क्या?" दाशरथि ने कहा, "मैं जानता था कि तुम इस समय पढ़ रहे होगे। फिर भी मेरा मन कहीं और लगा ही नहीं, सोचा, तुमसे ही मिल आऊँ।"

"अच्छा किया न। बैठो।" नरेन्द्र बोला, "कहाँ बैठोगे—खाट पर या मेरे साथ चटाई पर?"

"मेरा क्या है," दाशरथि ने उत्तर दिया, "तुम्हारे साथ कहीं भी बैठ जाऊँगा। बस, शर्त यही है कि एक-दो गीत सुना दो।" सहसा उसने अपनी मुद्रा बदली, "काफी पढ़ चुके न? ग्यारह बज रहे हैं। तुम तो सुबह से ही बैठ गए होगे।"

नरेन्द्र हँसा, "सुबह से नहीं बैठा हूँ। अभी भोजन करके आया था तो सोचा, थोड़ी देर पढ़ ही लूँ। आधा-पौना घंटा हुआ होगा।"

"तो मैं जाऊँ?" दाशरथि ने पूछ तो लिया, किंतु उसकी भाव-भंगिमा से स्पष्ट था कि उसकी उठने की तनिक भी इच्छा नहीं है। हाँ! यदि नरेन्द्र ही स्पष्ट शब्दों में कह देता तो शायद बाध्य होकर उसे उठना पड़ता।

नरेन्द्र कुछ नहीं बोला, केवल शांत मन से उसे देखता रहा तो दाशरथि ने पुनः पैंतरा बदला, "भई! तुम रात को पढ़ लेना। तुम्हारा क्या है, सारी रात एक करवट बैठे रहोगे। पलक तक नहीं झपकोगे।...अभी तो दो-एक गीत सुना दो।"

नरेन्द्र ने सामने रखी पुस्तक बंद कर एक ओर खिसका दी। तानपूरा उठाया और उसकी तारों को झंकारा, स्वर को साधा और बोला, "अच्छा, तू उठा तबला।"

दाशरिथ हकबका गया, "मैं तो तबला बजाना नहीं जानता। कभी बजाया ही नहीं। स्कूल में मेज का तख्ता अवश्य बजा लेता था, पर तबला...।"

नरेन्द्र मुस्कराया, "अरे! इसमें तनिक भी कठिनाई नहीं है। ध्यान से सुन, मैं एक बार बजा देता हूँ। ध्यान देगा तो अवश्य बजा सकेगा। क्यों नहीं बजा सकेगा। इस तरह बस ठेका दिए जा और हो गया।" नरेन्द्र ने तबले पर अपनी अंगुलियाँ चलाईं और साथ-ही-साथ बजाने के बोल भी बता दिए।

दाशरथि ने संकोचपूर्वक तबला पकड़ा और असहाय दृष्टि से नरेन्द्र की ओर देखा।

"बजा न।" नरेन्द्र ने उसे स्नेहपूर्वक डाँटा और साथ-साथ बोल दोहराए।

दाशरथि ने अंगुलियाँ चलाईं और संकुचित होकर रुक गया।

"बजा न।" नरेन्द्र ने उसे पुनः उत्साहित किया, "दो-एक बार बजाएगा तो ठीक हो जाएगा। गीत सुनना है तो तबला बजा।"

दाशरथि ने पुनः प्रयत्न किया। उसे लगा कि वह किसी प्रकार ठेका दे सकता है। नरेन्द्र भी कुछ संतुष्ट दिखा। दाशरथि का साहस बढ़ गया। उसने पुनः तबले पर ठेका दिया और नरेन्द्र की ओर प्रश्नवाचक दृष्टि से देखा।

नरेन्द्र ने गाना आरंभ किया। एक के पश्चात् दूसरा गीत, दूसरे के पश्चात् तीसरा...तान और लय में लीन होकर वह अपने साथ दाशरथि को भी बहा ले गया।...नरेन्द्र का स्वर हृदय स्पर्शी था। उसके पास बांगला, हिंदी और संस्कृत के गीतों का अक्षय भंडार था। वह टप्पा, ढप, ख्याल और ध्रुपद में विभिन्न गीत गाता ही चला गया। लगा कि यह क्रम शीघ्र रुकने वाला नहीं था।

किसी नवीन ठेके की आवश्यकता होती तो नरेन्द्र सरलता से बोल बताकर नया ठेका भी बजाकर दिखा देता। उसने दाशरथि से कव्वाली, एकताला, आड़ा ठेका, मध्यमान् यहाँ तक कि सुर-फाँक ताल भी बजवा लिया। दाशरथी तो जैसे कठपुतली के समान उसके कहने के अनुसार अंगुलियाँ चलाता जा रहा था...

दाशरथि हिन्दी और संस्कृत के गीत नहीं समझता था, इसलिए नरेन्द्र आरंभ में उसे गीत

का अर्थ भी समझा देता था। गीत के भाव के साथ स्वर और लय का अपूर्व ऐक्य दिखाकर वह उसे मुग्ध करता चल रहा था।

दिन कहाँ गया, किसी को पता ही नहीं चला। संध्या आई। नौकर एक टिमटिमाता हुआ दिया रख गया तो वे दोनों कुछ चौंके, किंतु उनके कार्यक्रम पर उसका कोई विशेष प्रभाव नहीं पड़ा। एक हलके से विराम के पश्चात् धारा पुनः उसी प्रकार बह निकली। दस बज गए, तब कहीं नरेन्द्र को ध्यान आया कि उसे तो भोजन के लिए अपने घर भी जाना है। माँ भोजन लिए बैठी उसकी प्रतीक्षा कर रही होंगी।...

वह हड़बड़ाकर उठ खड़ा हुआ, "दाशरथि! हो गए तेरे दो-एक गीत?"

दाशरथि भी हँस पड़ा, "हाँ, दो-एक तो हो ही गए हैं।"

'तंग' में नरेन्द्र के साथ उसके सहपाठी हरिदास चट्टोपाध्याय और दाशरथि सान्याल बैठे थे। उद्देश्य तो साथ बैठकर पढ़ना ही था, किंतु वार्तालाप का भी निषेध नहीं था। इस बात की ओर किसी का ध्यान ही नहीं गया कि कितनी देर उन्होंने अध्ययन संबंधी चर्चा की, और कितनी देर वे लोग इधर-उधर की बातों में लगे रहे हैं।

"नरेन! नरेन!" नीचे गली से आवाज आई। कोई घर के द्वार पर खड़ा नरेन्द्र को पुकार रहा था।

नरेन्द्र हड़बड़ाकर उठ खड़ा हुआ और मित्रों से कुछ कहे बिना ही नीचे की ओर भागा।

"शायद रामकृष्ण देव आए हैं।" दाशरथि ने धीरे से हरिदास को कहा।

"तुमने कैसे जाना?" हरिदास ने पूछा, "तुम उनका स्वर पहचानते हो क्या?"

"जिस घबराहट में नरेन्द्र आगंतुक का स्वागत करने के लिए भागा है, उसी से मैंने अनुमान लगाया है। आजकल नरेन्द्र उनकी बहुत चर्चा करता है और उनके प्रति उसका पूज्य भाव किसी से भी छिपा नहीं रह सकता।" दाशरथि ने इतने मंद स्वर में कहा कि यदि वे लोग ऊपर आ भी रहे हों, तो उसकी बात न सुन सकें।

दोनों मित्रों ने उचककर देखा : बीच सीढ़ी में नरेन्द्र का उनसे साक्षात्कार हुआ। ठाकुर ने नरेन्द्र के अभिवादन की भी प्रतीक्षा नहीं की। बोले, "तू इतने दिनों तक आया क्यों नहीं?"

उनका स्वर अत्यंत गद्गद था और शायद उनकी आँखों में अश्रु भी आ गए थे। उन्होंने अपने वाक्य को कई बार दोहराया, किंतु न वे नरेन्द्र के उत्तर के लिए रुके और न ही उसकी अपेक्षा जताई। वे जैसे उससे प्रश्न नहीं कर रहे थे, अपने आने का कारण बता रहे थे। वे नरेन्द्र का सहारा लेकर धीरे-धीरे ऊपर आए। पीछे-पीछे रामलाल सीढ़ियाँ चढ़ता हुआ ऊपर आ गया।

कमरे में आकर ठाकुर चारपाई पर बैठ गए और उन्होंने अंगोछे में बँधे हुए संदेश खोल लिए। उन्होंने न तो अंगोछा नरेन्द्र की ओर बढ़ाया और न ही इस बात की प्रतीक्षा की कि वह उनके अंगोछे से संदेश उठा लेगा। उन्होंने अपने हाथ में उठाकर, उसके हाथ में देने के लिए नहीं, उसके मुख में डालने के लिए संदेश आगे बढ़ाया, "ले, खा।"

नरेन्द्र कुछ संकुचित हुआ। वे उसे एक छोटे बच्चे के समान खिलाना चाह रहे थे। उनके वात्सल्य का इस ओर ध्यान ही नहीं था कि नरेन्द्र का अपने मित्रों के सामने इस प्रकार अकेले खाना शिष्टाचार-विरोधी होता।

"ले, खा।" उन्होंने ममतामयी माँ के समान पुनः आग्रह किया।

नरेन्द्र ने हाथ बढ़ाया, "लाइए, दीजिए। अपने मित्रों को भी तो दूँ।"

रामकृष्ण देव ने अनिच्छापूर्वक संदेश उनकी ओर बढ़ा दिए। उनके मुख के भाव से स्पष्ट था कि स्वयं खाए बिना नरेन्द्र का अपने मित्रों को संदेश देना, उन्हें तनिक भी सुखद नहीं लगा था। उनका सुख तो नरेन्द्र को खिलाने में था, किंतु फिर भी अपने पुत्र के सुख के लिए जैसे माँ अन्य बच्चों को खिलाती है, वैसे ही ठाकुर ने वे संदेश उनकी ओर बढ़ाए थे।

नरेन्द्र ने अपने मित्रों को संदेश दिए और फिर स्वयं भी खाया। नरेन्द्र ने संदेश का टुकड़ा जैसे ही अपने मुख में डाला, ठाकुर के चेहरे पर परम संतोष के लक्षण प्रकट हुए, जैसे उनका यहाँ तक आना सार्थक हो गया।

ठाकुर ने मुग्ध भाव से नरेन्द्र की ओर देखा और बोले, "अरे! तेरा गाना बहुत दिनों से नहीं सुना, जरा गाना तो गा।"

नरेन्द्र ने उत्तर में एक शब्द भी नहीं कहा और हाथ बढ़ाकर तानपूरा उठा लिया। स्वर बाँधकर उसने गाना आरंभ किया, "ओ माँ कुल-कुण्डलिनी! जागो। तुम नित्यानन्द स्वरूपिणी हो, ब्रह्मानन्द स्वरूपिणी हो, ऐ मूलाधार पदम् में बसने वाली माँ! तुम सर्प के समान सोई हुई हो। त्रिताप रूपी अग्नि से, ओ माँ मेरा तन-मन जला जा रहा है। ऐ स्वयंभू शिव की सहचरी शिवे! मूलाधार को छोड़, स्वाधिष्ठान में उदित होकर सुषुम्ना के पथ से ऊपर उठो। फिर माँ मणिपुर, अनाहत, विशुद्ध और आज्ञाचक्रों में से होते हुए मस्तक में पहुँचकर परमशिव के साथ युक्त हो जाओ, और हे सच्चिदानन्द दायिनी! वहाँ पर आनंद के साथ क्रीड़ा करो।"

गीत आरंभ होते ही ठाकुर भावस्थ होने लगे। गाने की एक-एक पंक्ति के साथ उनका मन जैसे ऊपर उठने लगा, आँखें अपलक हो गईं, अंग स्पंदनहीन हो गए। चेहरे पर एक प्रकार का अपार्थिव भाव प्रकट हुआ। धीरे-धीरे किसी प्रस्तर मूर्ति के समान वे निस्पंद हो गए। वे निर्विकल्प समाधि में लीन हो चुके थे। दाशरथि और हरिदास दोनों ही विचलित हो उठे। उन्हें लगा, ठाकुर अचेत हो गए हैं। इस प्रकार अचेत होने का क्या अर्थ? और इसका उपचार क्या है?

दाशरथि भागकर जल्दी से पानी ले आया। वह ठाकुर के मुख पर छींटे देकर उन्हें सचेत करने का प्रयत्न करने ही वाला था कि नरेन्द्र ने उसका हाथ पकड़ लिया।

दाशरथि ने आश्चर्य से नरेन्द्र की ओर देखा : नरेन्द्र न केवल उपचार के इस प्रयत्न से रोक रहा था, वरन् उसके चेहरे पर किसी प्रकार की कोई चिंता भी नहीं थी।

"इसकी कोई आवश्यकता नहीं है।" नरेन्द्र मुस्कराकर बोला, "वे संज्ञाशून्य नहीं हुए हैं, मात्र भावस्थ हुए हैं।"

"तो?" दाशरथि अपनी चिंता और घबराहट में साक्षात् प्रश्न बना हुआ था।

"फिर से गीत सुनकर वे चेतनायुक्त हो जाएँगे।" नरेन्द्र बोला और उसने पुनः गीत आरंभ किया :

"एक बार तेमनि तेमीन तेमनि करे, नाचो माँ श्यामा।"...

इस गीत के पश्चात् भी नरेन्द्र रुका नहीं। वह अनेक गीत गाता ही चला गया। कुछ भजन काली के संबंध में थे, और कुछ कृष्ण के संबंध में। ठाकुर की स्थिति एक जैसी नहीं थी। वे कभी पूर्णतः भावस्थ हो जाते, कभी स्वाभाविक स्थिति की ओर लौटते हुए-से लगते। नरेन्द्र ने अपने भजनों का प्रवाह तब तक नहीं रोका, जब तक कि उसे स्वयं विश्वास नहीं हो गया कि ठाकुर

पूर्णतः स्वाभाविक स्थिति में लौट आए हैं।

नरेन्द्र ने अपना स्वर रोका तो ठाकुर ने अत्यंत स्वाभाविक, किंतु आग्रहपूर्ण स्वर में पूछा, "दक्षिणेश्वर चलेगा?" उन्होंने उसके उत्तर की प्रतीक्षा नहीं की। स्वयं ही बोले, "कितने दिनों से नहीं गया है।" और जैसे नरेन्द्र की संभावित अस्वीकृति की आशंका से बचने के लिए पुनः आग्रह किया, "चल ना। अभी लौट आना।"

हरिदास को यह आग्रह अत्यंत विचित्र लगा। एक तो इन महाशय ने इन दिनों आकर नरेन्द्र का वैसे ही बहुत सारा समय नष्ट किया है। यदि लोग इस प्रकार आकर नरेन्द्र से गीत गाने का अनुरोध करते रहेंगे, और वह उनके अनुरोध की रक्षा के लिए हर समय गाता-बजाता रहेगा, तो वह अपनी पढ़ाई कब करेगा? उसकी परीक्षा की तैयारी कब होगी?...और ऊपर से अब ये नरेन्द्र को साथ ले जाने के लिए आग्रह कर रहे हैं। यदि नरेन्द्र साथ चला गया तो उसका आज का सारा दिन तो नष्ट हुआ ही समझो...वैसे भी जब वे आज स्वयं आ ही गए हैं, तो नरेन्द्र को साथ ले जाने का क्या अर्थ? भेंट तो हो ही चुकी है। यदि उसे बुलाना ही है तो कुछ दिनों के पश्चात् बुलाते...

हरिदास आश्वस्त था कि यही प्रक्रिया नरेन्द्र के मन में भी चल रही होगी। वह अवश्य ही किसी-न-किसी प्रकार उन्हें टाल ही देगा। किंतु उन्हें स्वयं भी तो कुछ समझना चाहिए...पर नरेन्द्र तो जाने की तैयारी कर रहा था—हरिदास के आश्चर्य की सीमा नहीं रही। नरेन्द्र की सारी पुस्तकें वहीं की वहीं पड़ी रह गईं। उसने केवल तानपूरे को यत्नपूर्वक सँभालकर रख दिया और ठाकुर के साथ जाने के लिए उठ खड़ा हुआ।

इस समय नरेन्द्र जैसे अपने वश में ही नहीं था। उसे कुछ भी समझाना व्यर्थ था।...हरिदास मन मसोसकर रह गया। उसके मन में नरेन्द्र को कहने के लिए अनेक बातें उमड़-घुमड़ रही थीं...वह नरेन्द्र को कहने के इस व्यवहार से इतना आशंकित था, किंतु एक तो वह ठाकुर के सम्मुख कह ही क्या सकता था, और दूसरे नरेन्द्र स्वयं ही कुछ सुनने को तैयार नहीं था।...वह अपने और दाशरथि के प्रति नरेन्द्र की इस उपेक्षा से कहीं अप्रसन्न भी था। अपने मित्रों का कहीं इस प्रकार तिरस्कार किया जाता है?...किंतु नरेन्द्र के मन में जैसे इस समय उसके मित्र थे ही नहीं। हरिदास और दाशरथि को लगा कि नरेन्द्र उनका घोर अनादर करके उन्हें बलात् धकियाता हुआ, ठाकुर के साथ चला गया है।

42

योगीन्द्रनाथ चौधरी को अब अपनी भूल का अहसास हो रहा था। भूल छोटी-मोटी नहीं थी। न तो अब उसका सुधार हो सकता था और न ही उससे हुई क्षति को सहज स्वीकार किया जा सकता था...

"यदि कमाने में मन नहीं लगाएगा, तो फिर विवाह ही क्यों किया?" माँ का स्वर कितना कर्कश, कठोर और निर्मम था।

उत्तर में योगीन ने तड़पकर कहा, "मैंने तो उसी समय तुम लोगों को बार-बार कहा था कि मैं शादी नहीं करूँगा। तुम्हारा रोना-धोना और सिर पटकना सहन न कर पाने के कारण ही

तो अंत में इस विवाह के लिए राजी हुआ था।''

किंतु योगीन का यह सत्य माँ का मुँह बंद नहीं कर सका। माँ और भी प्रचंड होकर बोली, ''यह भी कोई बात हुई। अपनी इच्छा न होने पर भी तूने सिर्फ मेरे ही लिए, विवाह किया है? यह संभव है क्या?''

''हाँ, भगवान्! जिसका कष्ट न देख सकने के कारण, तुम्हें छोड़ने को तैयार हुआ, अब उसी के मुख से ऐसी बात!'' योगीन का मन जैसे नमक के ढेर में गिर पड़े केंचुए के समान तड़प रहा था, ''इस संसार में मन के साथ मुख का मेल, ठाकुर के अतिरिक्त और किसी में नहीं है, किसी में भी नहीं। कहते हैं न जिसके लिए चोरी करो, वही कहे चोर···।''

योगीन को अपना शैशव स्मरण हो आता है···कैसा समृद्ध परिवार था उनका···दक्षिणेश्वर का विख्यात सावर्ण चौधरी वंश!···उनके पिता नवीनचंद्र चौधरी, निष्ठावान धार्मिक ब्राह्मण थे और अपना पर्याप्त समय पूजा तथा ध्यान इत्यादि में लगाया करते थे। समृद्ध जमींदार वंश में जन्म लेने पर भी सांसारिक कार्यों में उनकी रुचि नहीं थी।···सांसारिक कार्यों में क्या, उनकी सांसारिकता में ही रुचि नहीं थी। वे सांसारिकता को सँभाल नहीं पाए और समृद्धि उनके हाथों से छन-छनकर मानो गंगा में बह गई। वे पूर्णतः निर्धन हो गए थे···तब योगीन की किशोरावस्था थी···पिता यह आशा करते थे कि बड़ा होकर योगीन न केवल गृहस्थी सँभाल लेगा, वरन् इस निर्धनता को भी दूर करेगा।···

किंतु योगीन को स्वयं इन बातों में तनिक-सी भी रुचि नहीं थी। वह तो स्वयं अपने आप से पूछता रहता था, 'यह मैं कहाँ जा रहा हूँ? मैं तो इस परिवेश का जीव नहीं हूँ।'

दक्षिणेश्वर के काली मंदिर के निकट आवास होने के कारण वह प्रायः उसके उद्यान में घूमने जाया करता था। उसके पिता तो पूजा के लिए फूल चुनने तथा गंगा-स्नान के लिए भी प्रतिदिन रानी रासमणि के देवालय में जाया करते थे।···योगीन ने सुन रखा था कि इस मंदिर में एक 'परमहंस देव' हैं, किंतु न तो कभी वह उनसे मिलने के लिए गया था, न उन्हें पहचानता था।···मंदिर है तो, साधु भी होंगे ही। अब यह आवश्यक तो नहीं कि यदि योगीन्द्र मंदिर के उद्यान में जाता है तो वह मंदिर के साधुओं से भी मिले···

किंतु जब केशवचंद्र सेन तथा ब्राह्म समाज के अन्य नेताओं की लेखनी के माध्यम से 'परमहंस' का परिचय पाया तो योगीन के मन में ठाकुर के दर्शन करने की इच्छा जागी, किंतु परिचय कौन कराता? अपनी इच्छा को योगीन ने मन में ही संकोच के पर्वत तले दबाए रखा···

उन्हीं दिनों काली मंदिर के उद्यान में घूमते हुए, एक दिन योगीन को एक फूल तोड़ लेने की प्रबल इच्छा हुई थी। पर वह उद्यान उसका नहीं था।···किसी और के उद्यान में से फूल तोड़ने का उसे कोई अधिकार नहीं था। एकांत देखकर एक-आध फूल तोड़ लेने में कोई कठिनाई नहीं थी, किंतु वह चोरी होती···और योगीन चोरी की बात सोच भी नहीं सकता था।

योगीन ने पुष्पों की उन्हीं क्यारियों में एक व्यक्ति को देखा : नंगे बदन, सफेद धोती बाँधे···। वह व्यक्ति इन क्यारियों का माली ही हो सकता था। योगीन ने उसके सम्मुख एक पुष्प की इच्छा प्रकट कर दी। माली ने उसकी इच्छा का तनिक भी अनादर नहीं किया। तत्काल एक फूल तोड़कर उसके हाथ में पकड़ाया और बिना कुछ कहे, वहाँ से चला गया। धन्यवाद के दो शब्दों की अपेक्षा में भी नहीं रुका।···

ठाकुर से मिलने की इच्छा बलवती होती गई, और एक दिन योगीन ने बिना किसी परिचय

के ही ठाकुर से मिलने का निश्चय किया।...वह ठाकुर के कमरे की ओर यह सोचकर चला गया कि बहुत होगा तो कोई उसे डाँटकर भगा देगा, और ठाकुर से मिलने नहीं देगा, किंतु उसे प्रयत्न तो करना ही चाहिए।

कमरे में बहुत सारे लोग एकाग्रचित्त होकर जिस व्यक्ति की बातें सुन रहे थे, वह और कोई नहीं, योगीन का वही पूर्वदृष्ट माली था।...और वह माली तत्त्व-ज्ञान की चर्चा इस प्रकार कर रहा था। जैसे कोई असाधारण रूप से उच्च कोटि का विद्वान् अबोध बालक को छोटी-छोटी बातें समझा रहा हो।...

योगीन के पाँव ठिठक गए। मस्तिष्क विस्मय और लज्जा से जड़ीभूत हो गया...उसने जिस व्यक्ति को साधारण माली समझकर उससे फूल माँगने की धृष्टता की थी, वह और कोई नहीं, वही व्यक्ति था, जिसे दक्षिणेश्वर के लोग 'पागल बाम्हन' कहते थे, और केशवचंद्र सेन जैसे लोग जिन्हें 'परमहंस' मानते थे।...पर यदि ये पागल थे, तो इतने लोग इनकी बातें सुनने के लिए क्यों आते थे?...

ठाकुर ने अपनी बात रोक दी। सबसे पीछे बैठे श्रोता को संकेत किया, "जो लोग बाहर खड़े हैं, उन्हें भीतर बुला लाओ।"

बाहर और कोई नहीं था, अकेला योगीन ही था। वह तो स्वयं भीतर जाना चाहता था, किंतु उसकी जड़ता उसे रोके हुए थी। अब तो उस व्यक्ति के रूप में साक्षात् निमन्त्रण आ गया था। न उसे भीतर जाने में कठिनाई थी, न परिचय प्राप्त करने में।

योगीन भीतर आकर बैठ गया।...ठाकुर ने अपनी बात पूरी करके श्रोताओं को विदा कर दिया और स्वयं चलकर योगीन के पास आए।

"कौन हो भाई तुम?"

योगीन ने अपना परिचय दिया।

"तब तो तुम हमारे पहचान के ही घर के हो जी!" ठाकुर ने उल्लसित स्वर में कहा, "उन दिनों मैं तुम्हारे घर कितना जाता था—भागवत्, पुराण आदि सुना करता था। तुम्हारे घर के बड़ों में कोई-कोई मेरा बहुत आदर-सत्कार किया करते थे।"

रामलाल के साथ कुछ और लोग ठाकुर से मिलने आ गए थे। ठाकुर ने उन लोगों को योगीन का परिचय दिया, "ये लोग दक्षिणेश्वर के सावर्ण चौधरी हैं। उन दिनों इनके प्रताप से बाघ और गाय एक ही घाट पानी पीते थे।..." वे पुनः योगीन से संबोधित हुए, "जान-पहचान हुई, अच्छा हुआ। आया-जाया करो। तुम्हारा सद्वंश में जन्म है। तुममें सारे अच्छे लक्षण हैं। अच्छा आधार है। भगवद्भक्ति खूब होगी।"

योगीन का मन ठाकुर के पस खूब लगता था, किंतु दक्षिणेश्वर के लोग ठाकुर को पागल मानते थे और उनका आरोप था कि ठाकुर जाति-विचार का पालन नहीं करते।...ऐसे में योगीन खुल्लमखुल्ला ठाकुर से संपर्क रखकर, उस समाज में नहीं रह सकता था। गोपनीय रूप से जितना समय वहाँ व्यतीत कर सकता था, कर आता था।...

प्रवेशिका की परीक्षा के पश्चात् योगीन ने पढ़ाई बंद कर दी। उस कोरे पढ़ने-लिखने से क्या लाभ, जिससे ईश्वर ही न मिले। ठाकुर कहते थे कि 'काम' और 'कांचन' का त्याग किए बिना ईश्वर को पाने की आशा करना ही व्यर्थ है...और इस स्कूली पढ़ाई का तो लक्ष्य ही था...संसार!

घरवालों के विवाह-संबंधी दबाव से बचने के लिए, नौकरी करने के बहाने योगीन कानपुर

चला गया, किंतु घर में बीमारी की सूचना भेजकर उसे वापस दक्षिणेश्वर बुला लिया गया। योगीन को पता चला कि उसके विवाह की तैयारी हो रही है। माता ने पुत्र के दोनों हाथ पकड़कर रोते हुए कहा था, "बेटा! मेरे सिर की सौगंध है। नाहीं मत करो, अपने पिता की पत रखो। वे कन्या के पिता को वचन दे चुके हैं। तुम्हारी अस्वीकृति से उनका घोर अपमान होगा। अपनी इच्छा न होने पर भी तुम मेरे लिए विवाह कर लो।"

योगीन न माता-पिता का षड्यंत्र तोड़ सका, न विवाह से बच सका।...विवाह हो गया और वह आत्मग्लानि में डूब गया।...उसने प्रतिज्ञा भंग की थी। अब काली मंदिर के उस प्राण-मन-हरणकारी ठाकुर के पास कौन-सा मुँह लेकर जाएगा।...जो अपनी प्रतिज्ञा का पालन नहीं कर सकता, उसके समान हीन और कौन होगा? क्या ठाकुर अब उससे स्नेह करेंगे?...वे काम-कांचन त्यागी हैं...योगीन को कामिनी-कांचन के साथ ही जीवन व्यतीत करना है।...अब योगीन का उनके पास जाने का क्या काम?...दो-एक बार ठाकुर का संदेश भी आया, किंतु वह गया नहीं...ठाकुर उसे बुला तो रहे हैं, किंतु जब उनको मालूम होगा कि उसने विवाह कर लिया है, तो उसका मुख भी नहीं देखेंगे।...

...योगीन का मन दिन में कितनी-कितनी बार रोता था... जिस माँ के कारण उसने अपने ठाकुर को छोड़ दिया, वही माँ उसे कोस रही है।...ऐसी माँ की कल्पना भी कर सकता है कोई? यह तो सर्पिणी है, जो अपनी ही संतान को खा जाना चाहती है...

इस यातना से अभी वह उबरा भी नहीं था कि उसे मालूम हुआ कि काली मंदिर जाने वाले प्रत्येक व्यक्ति के सम्मुख, ठाकुर उसकी निंदा कर रहे हैं, "नवीनचन्द्र चौधरी का बेटा योगीन्द्रनाथ राय चौधरी कैसा आदमी है। कानपुर जाने से पहले यहाँ का कुछ पैसा उसके पास था, उसका हिसाब भी नहीं देता, बुलवाने पर आता भी नहीं। जाकर उससे कह तो देना!..."

इतना अपमान!...योगीन का सिर फटने लगा।...अब इसके पश्चात् कुछ शेष रह गया है सुनने को? जिस माँ के कारण ठाकुर को छोड़ा, उस माँ ने अपमानित किया। जिस ठाकुर से बिछुड़ने का दुःख उसे खाए जा रहा था, वही ठाकुर उसे संसार-भर के सम्मुख इस प्रकार कलंकित कर रहे हैं...हाँ! कानपुर जाने से पहले मंदिर के खजांची ने खरीदारी के लिए उसे कुछ पैसे दिए थे। उसमें से चार आने बचे थे। वे योगीन के पास ही रह गए थे, और वह कानपुर चला गया था। वहाँ से लौटा तो विवाह के झंझट में फँस गया। न ठाकुर को मुँह दिखा सका, न चार आने लौटा सका। अब भी वह सोच ही रहा था कि किसी के हाथ चार आने लौटा दे कि ठाकुर का यह दोषारोपण...वे उसे चोर समझते हैं। इतना पतित नहीं है वह...

योगीन की ग्लानि को उसके क्षोभ ने ढक लिया। अब वह ठाकुर से मुँह नहीं चुराएगा। वह उनके चार आने लौटाकर ही आएगा।...

ठाकुर अपनी छोटी चौकी पर दिगंबर बैठे थे। योगीन को सामने पाया तो उठ खड़े हुए।...भाव-विह्वल स्थिति में उन्होंने योगीन का हाथ पकड़ लिया, "विवाह किया तो क्या हुआ? मैंने भी तो विवाह किया है। विवाह किया है तो इसमें डरने की क्या बात है?" उन्होंने अपने वक्ष पर हाथ रखा, "यहाँ की कृपा रहे तो एक क्यों, लाख विवाह करने पर भी तेरा कुछ नहीं बिगड़ेगा। यदि तेरी इच्छा संसार में रहने की हो, तो एक दिन अपनी पत्नी को यहाँ ले आना। उसको ऐसा कर दूँगा कि वह तेरे धर्मपथ में सहायक ही होगी—बाधा कभी नहीं होगी।...और यदि संसार करने की इच्छा न हो," ठाकुर ने उसे मुग्धकारी आँखों से देखा, "तो बताना, तेरी माया-ममता सब खा डालूँगा।"

योगीन स्तब्ध खड़ा रह गया! उसने ठाकुर के विषय में क्या सोचा था, और वे क्या निकले! वे उसकी माँ के समान नहीं हैं। वे उसे कलंकित नहीं कर रहे थे, उसका उद्धार करने के लिए उसे अपने पास बुला रहे थे। कैसे लीलामय हैं···यदि वे उस पर इस प्रकार निर्मम होकर दोषारोपण न करते, तो शायद वह जीवन-भर उनके सम्मुख आने का साहस नहीं जुटा पाता···

''और वे चार आने?''

''उस टूटे टीन के डब्बे में डाल दे।'' योगीन समझ गया, ठाकुर को उसकी चिंता थी, चार आनों की नहीं।

ठाकुर ने अपने सामने खड़े लड़के को देखा : उसका गठन बड़ा सुंदर था। व्यायाम इत्यादि के फलस्वरूप उसकी देह लंबी-ऊँची, सबल तथा सुडौल थी। आँखों का भाव निर्भीक तथा वीरतापूर्ण था। अट्ठारह वर्ष की अवस्था रही होगी।

''कौन हो भाई तुम?''

''मैं चौबीस परगना जिले के राजारहाट-विष्णुपुर गाँव का नित्य निरंजन घोष हूँ। पिताजी का नाम अम्बिका चरण घोष है।''

''कलकत्ता में रहते हो?''

''जी!''

''किसके पास?''

''पंडित कालीकिंकर मित्र मेरे मामा हैं। उनके ही पास रहता हूँ।''

''पढ़ते हो?''

''हाँ! शिक्षा के लिए ही मामा के पास रहता हूँ।''

''तो यहाँ क्या करने आए हो?'' ठाकुर ने पूछा, ''वहीं शिक्षा ग्रहण करो।''

निरंजन कुछ देर तक चुपचाप खड़ा रहा, जैसे उसके पास कोई उत्तर न हो। फिर धीरे से बोला, ''ये अहीरी टोला के डॉक्टर प्यारी चाँद मित्र हैं। इनके घर एक प्रेतात्मवादी दल से परिचित हुआ था। ये लोग प्रेत का आह्वान कर असाध्य रोगों की चिकित्सा इत्यादि कार्य करते हैं।''

''तू इनके साथ क्या करता है?'' ठाकुर ने पूछा।

''ये लोग प्रेत-आह्वान के माध्यम के रूप में मेरा उपयोग करते हैं।'' निरंजन ने बताया, ''मुझे प्रेत का आवेश बड़ी सरलता से हो जाता है।''

''तू इन्हें अपना उपयोग क्यों करने देता है?'' ठाकुर ने पूछा।

''मानव की सेवा के लिए।'' निरंजन बोला, ''क्या मुझे मानव की सेवा नहीं करनी चाहिए?''

''करनी चाहिए, किंतु भगवान् के विषय में भी तो कुछ सोच।''

''मानव से प्यार नहीं करना चाहिए?'' निरंजन ने पुनः पूछा।

''करना चाहिए।'' ठाकुर बोले, ''पर यदि तू संसारी आदमी के निन्यानबे उपकार करे और एक अपकार न करे, तो लोग तुझे सह नहीं सकेंगे। ईश्वर के समीप यदि तू निन्यानबे अपराध करे और एक काम उनकी पसंद का करे, तो वे तेरा सारा अपराध क्षमा कर देंगे। मनुष्य के प्रेम और भगवान् के प्रेम में इतना अंतर जानना।'' ठाकुर ने उसे देखा, ''यदि तू लोगों का उपकार कर प्रसन्न है, तो फिर यहाँ क्या करने आया है?''

''एक धनाढ्य व्यक्ति ने अट्ठारह वर्ष की लंबी अवधि तक अनिद्रा रोग से कष्ट भोगने

के पश्चात् मेरी सहायता ने इस रोग से मुक्ति पाई···।''

''अच्छा ही हुआ।'' ठाकुर बोले।

''वह तो अच्छा ही हुआ।'' निरंजन ने कहा, ''किंतु ऐसा धन-कुबेर होकर भी वह इतना कष्ट उठा रहा है, यह देखकर मेरे मन पर धन-संपत्ति की असारता की छाप पड़ी।···मेरी समझ में आ गया कि शाश्वत सुख का मार्ग वह नहीं है।''

''तुमने उस धनाढ्य व्यक्ति का कितना उपकार किया, यह मैं नहीं जानता,'' ठाकुर बोले, ''किंतु उसने तुम्हारा अनंत उपकार किया है।''

''महाराज! एक उपकार आप हम पर भी करें।'' डॉ॰ प्यारी चाँद मित्र ने पहली बार मुँह खोला, ''आप एक बार हमारे लिए प्रेत-अवतरण का माध्यम बन जाएँ। हम देखना चाहते हैं कि आप जैसे व्यक्ति के माध्यम बनने से इस पूरी प्रक्रिया पर उसका क्या प्रभाव पड़ता है।···''

ठाकुर ने एक बार निरंजन की ओर देखा और उसके चेहरे के अनुरोध को पढ़कर तत्काल सहमत हो गए, ''बताओ, क्या करना होगा?''

डॉ॰ प्यारी चाँद प्रसन्न हो गए और ठाकुर का मार्ग दर्शन करते हुए, उन्हें 'चक्र' तक ले गए। ठाकुर बिना किसी आनाकानी के जाकर उनके चक्र में बैठ गए।···

निरंजन के मित्रों ने अपनी प्रक्रिया आरंभ की। मंत्रोच्चार का स्वर अभी सधा ही था कि ठाकुर आसन छोड़कर उठ आए। सब लोग चकित खड़े रह गए···

ठाकुर ने जाकर निरंजर का हाथ अपनी हथेलियों में ले लिया, ''देख निरंजन! भूत-भूत करने पर तू भूत हो जाएगा और भगवान्-भगवान् करने से भगवान् हो जाएगा। इनमें से कौन-सा अच्छा है?''

''तब तो भगवान् होना ही अच्छा है।'' निरंजन ने उत्तर दिया।

''तो तू प्रेतों और प्रेतात्मवादियों का संग छोड़ दे।''

निरंजन ने सचमुच ही अपने मित्र प्रेतात्मवादियों का संग छोड़ दिया। वह उनके साथ नहीं लौटा। उसके मित्र एक-एक कर चले गए और निरंजन ठाकुर के पास बैठा रहा। ठाकुर को आज इतने दिनों बाद निरंजन के रूप में अपना आदमी मिला था, उनकी बातें समाप्त होने को ही नहीं आ रही थीं···

अँधेरा बढ़ने लगा तो ठाकुर ने कहा, ''संध्या हो गई है, आज घर नहीं गया, तो भी क्या। आज यहीं रह जा न।''

पर निरंजन घर में बताकर नहीं आया था। रात को घर न लौटने पर मामा को अवश्य ही चिंता होगी। वे नाराज भी होंगे। निरंजन रात को रुक नहीं सकता था।

''अरे, इतनी दूर जाने में कष्ट होगा।'' ठाकुर ने आग्रह किया, ''मत जा! आज यहीं रह जा।''

''नहीं, यह अनुचित है।'' निरंजन बोला, ''घर पर बिना बताए, इस प्रकार रात-भर घर से बाहर रहना उचित नहीं है।''

''अच्छा, जाना ही है तो जा, पर फिर आना।'' निरंजन को असहमत देख, ठाकुर सहमत हो गए, ''बोल, कब आएगा?

''शीघ्र आऊँगा।'' निरंजन बोला और चला आया।

निरंजन लौट तो आया, किंतु ठाकुर की छवि उसके मस्तिष्क पर छाई रही। उनका वह आग्रह

कितना आकर्षक था···ठहर जाना ही उचित था। व्यर्थ ही उसने उनके निमंत्रण का अनादर किया।···पर मामा?···

तीसरे दिन निरंजन पुनः दक्षिणेश्वर जा पहुँचा। वह थके-थके पगों से उनके द्वार पर पहुँचा ही था कि ठाकुर ने जल्दी से आगे बढ़कर, उसे अपनी भुजाओं में भर लिया और अत्यंत व्याकुल वाणी में बोले, "अरे, निरंजन! दिन तो बीते जा रहे हैं—तू भगवत्प्राप्ति कब करेगा? इसी प्रकार दिन बीत गए तो भगवत्प्राप्ति के बिना सब कुछ व्यर्थ हो जाएगा। बोल, तू कब उन्हें प्राप्त करेगा? कब उनके चरण कमलों में मन लगाएगा? मैं तो यही सोच-सोचकर व्यग्र हो जाता हूँ।"

निरंजन अवाक् खड़ा रह गया···इन्हें उसकी इतनी चिंता है? कौन हैं वे?···वे वास्तविक साधु हैं।···अब तक तो निरंजन सचमुच ही प्रेतों का संग कर रहा था···

43

हरिदास, नरेन्द्र के पास 'तंग' में आया तो उसके मन में अनेक बातें थीं।

पिछले कई दिनों से उसके मन में भयंकर उथल-पुथल मची हुई थी। कितनी ही बार उसके मन में आया था कि एक मित्र के नाते उसका कर्तव्य है कि वह नरेन्द्र को सावधान करे कि वह अपनी परीक्षा की ओर थोड़ा ध्यान अवश्य दे और दक्षिणेश्वर एवं दक्षिणेश्वर के संत के मोह में अपना समय नष्ट कर, अपना जीवन बर्बाद न करे।···किंतु वह नरेन्द्र के स्वभाव से परिचित था। नरेन्द्र अपनी निष्ठाओं में अत्यंत दृढ़ था। कहीं ऐसा न हो कि वह हरिदास की बात का बुरा ही मान जाए।···यहीं आकर हरिदास का साहस जवाब दे जाता था। वह एक बार भी मन में यह निर्णय नहीं कर पा रहा था कि नरेन्द्र बुरा मानता है तो माने, किंतु मित्र के रूप में वह तो उसे उचित परामर्श देगा ही। नरेन्द्र के रोष की कल्पना करते ही हरिदास का मन स्थिर नहीं रह पाता था।···

बी.ए. की परीक्षा के लिए फीस जमा करने का समय सिर पर आ गया था। लड़कों ने अपनी कॉलेज-फीस के साथ-साथ परीक्षा की फीस भी जमा कर दी थी। किंतु हरिदास की आर्थिक दशा ठीक नहीं थी। वह अभी तक कॉलेज की फीस ही नहीं दे पाया था तो परीक्षा की फीस कहाँ से जमा कराता। वह जानता था कि परीक्षा की फीस तो भरनी ही पड़ेगी, चाहे वह कहीं से भी उसका प्रबंध करे, किंतु कॉलेज की फीस माफ हो सकती थी। इतने लड़कों की फीस माफ होती थी। किसी की आधी, किसी की पूरी। क्या हरिदास की ही फीस माफ नहीं होगी।···हाँ! उसके अपने किए से तो कदाचित् नहीं ही होगी। वह करवा सकता तो अब तक, कब की माफ करवा चुका होता···यदि नरेन्द्र प्रयत्न करे तो···

पर यदि उसने नरेन्द्र को रुष्ट ही कर दिया तो वह उसका काम क्यों करेगा?···किंतु अपने स्वार्थ के कारण क्या वह अपने मित्र को उचित परामर्श भी नहीं देगा?···हरिदास अपने इस ऊहापोह में से निकलने का कोई मार्ग ही नहीं देख पा रहा था।

"आओ हरिदास।" नरेन्द्र ने उसका स्वागत किया।

नरेन्द्र की निर्मल मैत्री के सम्मुख हरिदास के मन में अपना स्वार्थ टिक नहीं सका। उसके लिए संभव नहीं था कि नरेन्द्र के प्रति मन में कपट रख सकता।

"उस दिन तुम दक्षिणेश्वर चले गए तो रात तक लौट तो नहीं पाए होगे?" उसने अपनी बात जिज्ञासा के छद्म में कह दी।

"नहीं।" नरेन्द्र हँसा, "रात तक तो मैं लौट आया था।"

हरिदास को लगा, उसकी बात निरर्थक जिज्ञासा होकर रह गई है। उसे अपना मंतव्य तो स्पष्ट करना ही होगा, अन्यथा न नरेन्द्र का ध्यान उसके संकेत की गंभीरता की ओर जाएगा और न ही हरिदास, मित्र के रूप में अपना कर्तव्य पूरा कर पाएगा। उसने नरेन्द्र पर एक गंभीर दृष्टि डाली, "एक बात कहूँ नरेन! बुरा तो नहीं मानोगे?"

नरेन्द्र के चेहरे पर निष्कलुष हास्य उदित हुआ, "तुम्हारे मन में ऐसी आशंका आने का कारण?"

हरिदास के मन में आया कि वह अपने मन की बात साफ-साफ उससे कह दे। किंतु उसके अपने ही आशंकित मन ने उसकी जिह्वा थाम ली। थोड़ी देर चुप रहा और फिर दुविधाग्रस्त वाणी में बोला, "भाई! धर्म के प्रति तुम्हारा जैसा अनुराग है, उससे जान पड़ता है कि निकट भविष्य में तुम कोई उत्कृष्ट गुरु प्राप्त करोगे।"

नरेन्द्र की प्रश्नवाचक दृष्टि हरिदास के चेहरे पर पड़ी और जैसे उसके मन का मर्म जान गई। उसने दक्षिणेश्वर जाने के हरिदास के प्रश्न तथा उत्कृष्ट गुरु मिलने की संभावना के मध्य का सूत्र पा लिया था। वह यह भी समझ गया था कि हरिदास अपना यह विरोध स्पष्ट और कठोर रूप में प्रकट नहीं करना चाहता था। नरेन्द्र का मन आहत हुआ। ठाकुर के विषय में इस प्रकार की बात कहना या सुनना उसके लिए असह्य था···किंतु वह हरिदास को क्या कहता। हरिदास के मन में कदाचित् ठाकुर के प्रति विरोध कम था, अपने मित्र के लिए सौहार्द ही अधिक था। वह अपने गुरु के विरोध में कुछ नहीं सुन सकता था, अपने मित्र के सौहार्द की भी अवमानना नहीं कर सकता था। यह हरिदास का दुर्भाग्य ही था कि वह नरेन्द्र के गुरु का महत्त्व नहीं समझता था और यदि वह ठाकुर को साक्षात् सामने देखकर, उनके वात्सल्य, उनकी भक्ति तथा उनकी भावावस्था का साक्षात्कार करके भी, उनका महत्त्व नहीं समझ पाया था, तो नरेन्द्र के समझाने मात्र से क्या वह उनका महत्त्व स्वीकार कर लेगा? और फिर यदि उसके लिए बी.ए. की परीक्षा की सफलता ठाकुर से भी अधिक महत्त्वपूर्ण है तो फिर उसे समझाने का क्या लाभ?

नरेन्द्र के मन में जैसे कोई मद लहराया और उसने प्रकट उल्लास के साथ कहा—

"यद्यपि मेरा गुरु कलवार घर जाए।
तथापि मेरा गुरु है नित्यानंदराय।"

हरिदास को जहाँ एक ओर अपने परामर्श के इस प्रकार हुए तिरस्कार से कुछ क्षोभ का अनुभव था, वहीं दूसरी ओर उसे कुछ संतोष भी हुआ कि उसने अपने मित्र के प्रति विश्वासघात नहीं किया था। उसे सच्चा तथा मैत्रीपूर्ण परामर्श दिया था, किंतु फिर भी उनकी मैत्री में कहीं कोई दरार दिखाई नहीं पड़ी थी।

हरिदास को दायित्व-पूर्ति का संतोष हुआ तो उसके मन में अपना स्वार्थ भी उभर आया। उसे लगा, यही एक उपयुक्त अवसर था, जब वह अपनी फीस की बात नरेन्द्र से कर सकता था।

"नरेन!" उसने यथासंभव मधुर स्वर में कहा, "अब बी.ए. की परीक्षा निकट आ गई है।"

"तो इसमें डरने की क्या बात है?" नरेन्द्र ने उसकी बात बीच में काट दी, "जमकर पढ़ाई करो। परीक्षाएँ होती ही इसलिए हैं कि व्यक्ति की क्षमताएँ उभरकर सामने आएँ। सक्षम लोग परीक्षाओं

से डरा नहीं करते।"

"हाँ, सक्षम लोग परीक्षाओं से नहीं डरते।" हरिदास ने निःश्वास छोड़ते हुए कहा, "किंतु मैं सक्षम ही तो नहीं हूँ।"

नरेन्द्र ने उसे आश्चर्य से देखा : हरिदास का स्वर सामान्य नहीं था। उसमें अवसाद ही नहीं, जैसे उसकी पीड़ा भी बोल रही थी।

"क्या हुआ तुम्हें?" नरेन्द्र ने पूछा, "तुम्हारी क्षमता को अचानक अक्षमता-रोग कैसे हो गया?

हरिदास उसी प्रकार अवसादपूर्ण स्वर में बोला, "मैं अपनी बौद्धिक क्षमता की नहीं, आर्थिक क्षमता की बात कर रहा हूँ।..."

"परीक्षा का आर्थिक क्षमता से क्या संबंध?" नरेन्द्र ने मुस्कराकर पूछा।

हरिदास भी हलके से मुस्कराया, एक शिथिल मुस्कान, "तुम्हारे लिए नहीं है, किंतु मेरे लिए है।"

"तुम स्पष्ट क्यों नहीं कहते?"

"भई! वर्ष-भर मैंने कॉलेज की फीस नहीं दी है," हरिदास ने धीरे से कहा, "कॉलेज वाले फीस न देने पर, पढ़ाई से नहीं रोकते, किंतु परीक्षा में बैठने से रोक देते हैं। शायद वे लोग वर्ष-भर इसी बात की प्रतीक्षा करते हैं कि परीक्षा आएगी तो वे लोग वर्ष-भर की फीस वसूल कर ही लेंगे। अब परीक्षा आ गई है और उन लोगों की बन आई है।"

"तुम नहीं दे सकते तो तुम्हारी फीस मैं दे दूँ?" नरेन्द्र ने पूछा, "मुझे तनिक भी कठिनाई नहीं होगी।"

"नहीं, उसकी आवश्यकता नहीं है," हरिदास ने कहा, "परीक्षा की फीस के लिए पैसे मैंने जमा कर लिए हैं। तुम यदि मेरी कॉलेज की फीस माफ करवा दो तो न तो तुम्हें मेरी फीस भरनी पड़ेगी और न मुझे कोई परीक्षा में बैठने से रोकेगा।"

"उसमें कोई कठिनाई नहीं होनी चाहिए।" नरेन्द्र बोला, "फीस माफ करने का अधिकार राजकुमार महाशय के पास है और उनसे मेरी अच्छी पटती है। कई बार तो वे ही मुझसे पूछते हैं कि कौन-कौन से अच्छे और योग्य लड़के हैं, जिनकी फीस माफ करना धर्म का काम होगा।"

"मैं जानता हूँ।" हरिदास ने उत्तर दिया, "इसलिए तो तुमसे कह रहा हूँ। नहीं तो कहने को तो मैं स्वयं भी राजकुमार महाशय से निवेदन कर सकता हूँ, किंतु संभव है कि वे मेरी बात न मानें?"

"क्यों, वे तुम्हें नहीं जानते?" नरेन्द्र ने पूछा।

"कह नहीं सकता। हो सकता है, जानते हों और यह भी संभव है कि न पहचानते हों।" हरिदास बोला, "मैंने सुना है कि इस बार फीस माफ करवाने के इच्छुक लड़कों की संख्या पिछली बार से कहीं अधिक है, इसलिए संभव है कि मेरे निवेदन का उन पर कोई प्रभाव न पड़े, किंतु तुम्हारी बात वे नहीं टालेंगे।"

"तुम निश्चिंत रहो।" नरेन्द्र बोला, "तुम्हारा यह काम तो मैं करवा ही दूँगा।"

राजकुमार महाशय अभी कार्यालय में आए नहीं थे, किंतु लड़कों की वहाँ पर्याप्त भीड़ थी। उनमें कुछ लड़के तो वे थे जो फीस जमा कराने आए थे, किंतु अधिकांश लड़के, फीस माफ करवाने के प्रार्थी ही थे। हरिदास ने ठीक ही बताया था कि उनकी संख्या सामान्य से कुछ अधिक ही थी।

थोड़ी देर में राजकुमार महाशय आ गए। उनके सिर के बाल और मूँछे गंगा-जमुनी हो चुकी थीं। चपकन और कुर्ते के बटन खुले थे, कंधे पर चादर को बटकर रस्से के आकार का बना दिया गया था। राजकुमार ने कंधे से उतार अपनी चादर को कुर्सी के हत्थे से बाँध लिया और उस पर जमकर बैठ गए।

उनके बैठने की देर थी कि लड़के चारों ओर से सिमट आए। फीस देने वाले लड़के तो निश्चिंत भाव से पीछे खड़े रह गए, जो उनके निकट आ गए थे, उनमें अधिकांशतः वे ही लोग थे, जो फीस माफ कराना चाहते थे। यह संयोग ही था कि कोई किसी के कह लेने की प्रतीक्षा में रुकने के लिए तैयार नहीं था। प्रत्येक व्यक्ति अपनी बात सबसे पहले मनवा लेने के लिए आतुर था।…

चारों ओर चख-चख मच गई और राजकुमार के चेहरे पर अधैर्य प्रकट होने लगा। सामान्यतः सहानुभूतिपूर्ण दिखनेवाला उनका चेहरा क्षुब्ध हो उठा और उन्होंने अकस्मात् ही घोषणा कर दी कि वे किसी की भी फीस माफ नहीं करेंगे। सबको पूरी फीस देनी होगी और जो लोग इस सप्ताह के अंत तक फीस नहीं देंगे, उनको वे किसी भी स्थिति में परीक्षा में बैठने की अनुमति नहीं देंगे। उन्होंने अपने आवेश में अपने जीवन के अनुभव का यह निष्कर्ष भी सुना दिया कि आजकल के लड़के विद्या-अर्जन के लिए तनिक भी तपस्या करने के लिए तैयार नहीं थे। और तो और, वे कॉलेज की फीस भी नहीं देना चाहते थे, जिससे अध्यापकों का वेतन दिया जाता है। ऐसे लड़कों को परीक्षा में बैठने का अधिकार नहीं था।

लड़कों के चेहरे उतर गए। हरिदास ने घबराकर नरेन्द्र की ओर देखा : अब क्या होगा।

नरेन्द्र ने मुस्कराकर उसे आश्वस्त किया, "घबराने की कोई बात नहीं है।"

वह राजकुमार के स्वभाव से परिचित था। कभी-कभी राजकुमार अपना ऐसा ही रौद्र रूप दिखाकर लड़कों को भयभीत कर दिया करता था; किंतु वह स्वभाव से कठोर नहीं था और न ही इतना क्रूर हो सकता था।

फीस-माफी के प्रत्याक्षी लड़कों का उत्साह शिथिल हो जाने के कारण फीस देने के इच्छुक लड़कों को राजकुमार तक पहुँचने में सुविधा हो गई थी। राजकुमार के निकट अब उतनी भीड़ भी नहीं रह गई थी, इसलिए वे लड़के खनाखन गिनकर फीस जमा करा रहे थे।

नरेन्द्र की इच्छा थी कि वह कुछ और प्रतीक्षा करे और अनुकूल स्थिति होने पर ही राजकुमार से बात करे; किंतु हरिदास की हताशा देखकर उसका धैर्य भी चुक गया; और वह भीड़ को एक तरह से चीरते हुए राजकुमार के पास पहुँच गया।

राजकुमार ने दृष्टि उठाकर उसकी ओर देखा। उसके चेहरे पर न तो नरेन्द्र के लिए कोई पहचान थी और न ही मृदुता का भाव। उसने कठोर स्वर में कहा, "कहिए, आपको ऐसा कौन-सा असाधारण काम आ पड़ा है कि पहले खड़े सारे लड़कों को धक्का मारकर आप सबसे आगे आकर खड़े हो गए हैं?"

नरेन्द्र को राजकुमार का यह सारा व्यवहार काफी अटपटा लग रहा था। वह समझ गया था कि किन्हीं कारणों से राजकुमार इस समय खीजा हुआ था। फिर भी अब जब वह यहाँ तक आ ही गया था तो चुपचाप लौट तो नहीं सकता था। बोला, "महाशय! देखिए, हरिदास चट्टोपाध्याय कॉलेज की मासिक फीस नहीं दे सकेगा। कृपया उसकी फीस माफ कर दीजिए। वह यदि परीक्षा में भेजा जाएगा तो अच्छे अंकों से पास हो जाएगा, और यदि नहीं भेजा गया तो उसका यह सारा परिश्रम और एक वर्ष का समय मिट्टी में मिल जाएगा।"

नरेन्द्र को आशा थी कि उसकी बात सुनकर राजकुमार का व्यवहार अवश्य बदलेगा और यदि वह फीस माफ करने की सहमति इस समय न भी दे, तो भी इस संबंध में कोई आश्वासन अवश्य दे देगा।...किंतु उसने आश्चर्य से देखा कि न तो राजकुमार के चेहरे का भाव ही बदला और न ही उसके स्वर में कोमलता और दया ही लौटी। उलटे उसने अपने चेहरे को कुछ और विकृत करते हुए कहा, "तुम्हें मुखिया बनकर सिफारिश करने की आवश्यकता नहीं है। तुम जाओ, अपना काम करो। हमारी बातों में मत उलझो। यदि हरिदास मासिक फीस नहीं देगा तो मैं उसे परीक्षा में नहीं भेजूँगा।"

नरेन्द्र के लिए यह सब सर्वथा अप्रत्याशित था। उसने कभी यह कल्पना भी नहीं की थी कि राजकुमार उसके साथ इस प्रकार का व्यवहार कर सकता है। पहले तो वह स्तब्ध खड़ा उसे देखता ही रह गया। किंतु फिर खिन्न होकर लौट पड़ा। इतने सारे लड़कों के बीच इस विषय को लेकर राजकुमार का इस भंगिमा में उससे बात करना, नरेन्द्र को उचित नहीं लगा। संभव है कि राजकुमार कुछ और हठ पकड़ जाए और इसे अपने सम्मान का प्रश्न बना ले। उस स्थिति में नरेन्द्र के लिए कठिन ही नहीं, अपमानजनक स्थिति भी उत्पन्न हो सकती थी। राजकुमार इस समय क्रोध में था या अन्य किसी कारण से झुँझलाया हुआ था, ऐसे में उसे चिढ़ाना उचित नहीं था।

हरिदास की सारी आशा नरेन्द्र पर ही टिकी हुई थी। उसे नरेन्द्र की क्षमता पर इतना अधिक विश्वास था, जितना शायद स्वयं नरेन्द्र को भी नहीं था। नरेन्द्र को इस प्रकार असफल तथा खिन्न होकर लौटते देख, हरिदास पर वज्रपात ही हो गया। यदि नरेन्द्र उसकी फीस माफ नहीं करवा सका तो इसका अर्थ था कि अब फीस माफ नहीं होगी और इतनी फीस हरिदास दे नहीं सकता था। तो क्या हरिदास कभी भी परीक्षा में नहीं बैठ सकेगा?...

वे दोनों चुपचाप सिर झुकाए अपनी कक्षा की ओर बढ़ते जा रहे थे। सहसा नरेन्द्र का ध्यान अपनी खिन्नता से हटकर, हरिदास की हताशा की ओर चला गया। वह अपने मित्र को इस प्रकार दुखी नहीं देख सकता था। उसे उसके लिए कुछ-न-कुछ करना ही होगा...उसका आत्मविश्वास लौटा और उसने अपनी खिन्नता को जैसे बलात् पीछे धकेल दिया। इतनी जल्दी हतोत्साहित हो जाना उसकी प्रकृति नहीं थी, और इस समय तो उसकी मनःस्थिति उस माता की-सी थी, जो अपनी संतान के लिए, अपनी सीमाओं से बाहर जाने का भी दुस्साहस करने का संकल्प कर लेती है। हरिदास उस पर आश्रित था, असहाय तथा असमर्थ था। उसका काम तो करना ही होगा।

"तू हताश क्यों होता है?" सहसा नरेन्द्र ने उसकी ओर पलटकर कहा, "वह बुड्ढा कभी-कभी इसी प्रकार टके-सा जवाब दे देता है। पर मैं तुम्हारे लिए कोई-न-कोई उपाय कर ही दूँगा। तुम निश्चिंत रहो।"

नरेन्द्र ने हरिदास पर दृष्टि डाली। हरिदास अब भी आश्वस्त नहीं लग रहा था। कदाचित् राजकुमार का व्यवहार देखकर, नरेन्द्र के प्रभाव तथा उसकी क्षमता के प्रति हरिदास का विश्वास भंग हो गया था। कहीं ऐसा तो नहीं कि वह नरेन्द्र को मात्र शेखीखोरा, अहंकारी लड़का मान रहा हो...नरेन्द्र ने अपने वचन का विश्वास दिलाने के लिए पुनः कहा, "जैसे भी होगा, मैं तुम्हारे लिए कोई-न-कोई उपाय अवश्य करूँगा। तुम परीक्षा में ही तो बैठना चाहते हो न? तो बस हो गया। तुम चिंता मत करो। मैं सच कहता हूँ कि तुम्हारे लिए कोई उपाय अवश्य करूँगा। इसे तुम मेरी प्रतिज्ञा समझो।"

हरिदास की हताशा किसी सीमा तक दूर हो गई। आशा की किरण पुनः जागी। राजकुमार

का व्यवहार देखकर नरेन्द्र पर से उसका विश्वास सचमुच उठ गया था। उसने यह मान लिया था कि न केवल राजकुमार पर नरेन्द्र का कोई प्रभाव नहीं है वरन् बहुत संभव है कि राजकुमार का नरेन्द्र से कोई विरोध ही हो। कहीं ऐसा न हो कि नरेन्द्र के कहने का उलटा ही प्रभाव पड़े और हरिदास का जो काम बन भी सकता है, वह भी न बने···किंतु अब नरेन्द्र, राजकुमार को मनाने की बात नहीं कह रहा था। वह बार-बार किसी-न-किसी उपाय के विषय में कह रहा था। संभव है उसके मन में कोई और उपाय हो···और उपाय? नरेन्द्र धनी पिता का पुत्र है। उसके पिता वकील हैं। वे उसे संगीत सिखाने के लिए भी वेतन देकर घर पर शिक्षक रखते हैं। नरेन्द्र के लिए इतनी-सी फीस जुटा देना, तनिक भी कठिन नहीं है। वस्तुतः हरिदास से आरंभ में ही भूल हो गई थी। जिस समय नरेन्द्र ने अपनी ओर से उसकी फीस जमा करा देने का प्रस्ताव किया था, उसे उसी समय स्वीकार कर लेना चाहिए था। जाने क्यों वह संकोच, शिष्टाचार तथा आत्मसम्मान इत्यादि के चक्कर में पड़ गया।···अब यदि नरेन्द्र उसी उपाय के विषय में सोच रहा है तो हरिदास उसे मना क्यों करे। नरेन्द्र ने प्रतिज्ञा की है, तो उसे पूर्ण करने के लिए वह कुछ-न-कुछ तो करेगा ही···हरिदास का मन शांत हो चला था।

घर आकर भी नरेन्द्र न तो कालेज में हुई घटना को भूल पाया, न राजकुमार के व्यवहार को, और न ही हरिदास को दिए गए अपने वचन को। पहले तो राजकुमार के व्यवहार ने जैसे उसकी कर्मशक्ति को ही पंगु कर दिया था। नरेन्द्र को लगने लगा था कि राजकुमार को अपनी इच्छानुसार निर्णय करने का पूर्ण नैतिक अधिकार था···ऐसी स्थिति में नरेन्द्र का उस पर दबाव डालना या राजकुमार को अपनी इच्छा के विरुद्ध कुछ करने के लिए बाध्य करने का प्रयत्न अनुचित ही नहीं, शायद अनैतिक भी था···किंतु जैसे-जैसे नरेन्द्र का मन उस घटना के प्रभाव से मुक्त होता गया और उसका चिंतन स्वतंत्र तथा उन्मुक्त होता गया, वह दूसरे ढंग से सोचने लगा था।···किस लड़के की फीस माफ हो और किसकी माफ न हो, इसका निर्णय किसी एक व्यक्ति विशेष की इच्छा, दया अथवा अनुकंपा पर नहीं छोड़ा जा सकता। यह राजकुमार का अधिकार नहीं था, यह उन निर्धन लड़कों का अधिकार था, जो परीक्षा में सफल होने में तो सक्षम थे, किंतु फीस की राशि जुटाने में असमर्थ थे। यह निर्णय तो विद्यार्थियों की योग्यता तथा निर्धनता के आधार पर होना चाहिए था। इसमें राजकुमार अथवा किसी भी अन्य अधिकारी की इच्छा के लिए अवकाश कहाँ था। राजकुमार का अहंकार यदि इस निर्णय में आड़े आ रहा था, तो यह अन्याय था। इस अन्याय को दूर करना ही उचित था···राजकुमार को उसकी इच्छा के विरुद्ध भी बाध्य किया जाना चाहिए कि वह हरिदास की फीस माफ कर दे···

नरेन्द्र के मन में अनेक युक्तियाँ और योजनाएँ जन्म ले रही थीं। नरेन्द्र इस बार केवल अपने प्रति राजकुमार के सद्भाव अथवा राजकुमार की अपनी सदाशयता के आधार पर मात्र निवेदन करना नहीं चाहता था। यदि उसने ऐसा ही किया तो बहुत संभव है कि अपनी हेकड़ी में राजकुमार उसे पुनः मना कर दे और अपने हठ पर और भी अधिक दृढ़तापूर्वक जम जाए। इस बार तो नरेन्द्र को अपनी क्षमता और राजकुमार महाशय की दुर्बलता के आधार पर ही व्यूह-रचना करनी है; और इस बार असफल होकर निराश मनःस्थिति में लौटना भी नहीं है···

नरेन्द्र अपने घर से निकलकर हेडो तालाब की ओर चला गया। उसके मन में अनेक योजनाएँ थीं, और आँखें किसी को खोज रही थीं। सामान्य दृष्टि से देखने पर वह भी तालाब के किनारे सैर करने वाले अन्य अनेक लोगों में से एक ही दिखाई देता था, किंतु उसके चेहरे पर प्रतीक्षा का एक अनाम भाव भी किसी-किसी क्षण प्रकट हो जाता था।

हेडो तालाब के किनारे सायास कुछ समय बिताकर, उसने घड़ी देखी और उसे लगा कि अब कर्म का समय आ गया है। वह घर की ओर लौट पड़ा···सिमुलिया बाजार के सम्मुख पहुँचकर, वह घर की ओर नहीं मुड़ा। बाजार में भी थोड़ा समय बिताने के लक्ष्य से कुछ देर तक यूँ ही टहलता रहा। बिना किसी विशिष्ट अभिप्राय के वह कुछ दुकानों के सम्मुख खड़ा हुआ, कुछ प्रदर्शित वस्तुओं पर यूँ ही दृष्टि डाली, आते-जाते लोगों को निरुद्देश्य ढंग से देखा, किंतु उसकी उत्सुक दृष्टि थोड़ी-थोड़ी देर में हेडो तालाब की दिशा में उठ जाती थी, जैसे वह किसी की प्रतीक्षा कर रहा हो।

झुटपुटा हो चला था, पर नरेन्द्र की प्रतीक्षा पूरी नहीं हुई। वह समझ नहीं पा रहा था कि अपनी उत्कंठा में वह समय से पूर्व ही आ गया है या सचमुच ही अभी समय नहीं हुआ है।···किंतु अब बाजार में और टहलना उचित नहीं था। उसे देखकर किसी को भी संदेह हो सकता था।

वह बाजार से पश्चिम की ओर चल पड़ा। कुछ दूर चलकर दक्षिण की ओर एक गली दिखाई दी। गली के मोड़ पर ही वह मकान था, जिसके ऊपर की मंजिल में अन्य घरों की अपेक्षा प्रकाश भी कुछ अधिक था, और कोलाहल भी। नरेन्द्र ने गली में खड़े होकर ऊपर की ओर देखा, किंतु यहाँ से तो उन कमरों के भीतर नहीं झाँका जा सकता था। यदि वह सचमुच ही देखना चाहता था कि उन कमरों में कौन-कौन है, तो उसे ऊपर ही जाना होगा···

नरेन्द्र अपने असमंजस में कोई निर्णय नहीं ले पा रहा था।···बहुत संभव है कि वह अभी आया ही न हो। यदि वह इधर आया होता तो नरेन्द्र की दृष्टि से कैसे बच सकता था। नरेन्द्र तो संध्या के आरंभ से ही उसके मार्ग में खड़ा था।···किंतु यह भी तो संभव है कि वह किसी अन्य दिशा से आकर ऊपर चला गया हो। अब यदि नरेन्द्र ऊपर जाकर उसे नहीं देखेगा, नीचे ही खड़ा उसकी प्रतीक्षा करता रहेगा, तो बहुत संभव है कि उसे आधी या पूरी रात यहीं प्रतीक्षा करनी पड़े। इस अनावश्यक थकान का क्या लाभ?···

किंतु नरेन्द्र के मन का संकोच उसके पगों को उठने नहीं दे रहा था···यह उसके किसी मित्र का घर नहीं था, वह तो नशेड़ियों का अड्डा था। नरेन्द्र ने सुन रखा था कि यहाँ मदिरा, गाँजा, अफीम, चरस और न जाने किस-किस चीज की बिक्री होती है। उसे किसी ने वहाँ देख लिया तो कोई क्या सोचेगा। कौन मानेगा कि वह केवल जिज्ञासावश वहाँ गया था, और ऐसे स्थान पर तो जिज्ञासावश जाना भी भले लोग अच्छा नहीं समझते···

किंतु नरेन्द्र के संकल्प ने जोर मारा···जो काम वह करने आया है, वह तो उसे करना ही है। अब व्यर्थ के ऊहापोह तथा अपवाद-भय से बाधित हो यहाँ खड़े रहने का भी क्या लाभ? ऊपर जाकर तो वह दो-चार क्षणों में ही लौट सकता है, और यहाँ रात-भर भी खड़े रहना पड़ सकता है।···और देखने वाले तो उसे यहाँ भी देख सकते हैं। नशे के अड्डे के नीचे देखा जाना भी उतने ही कलंक का कारण हो सकता है।···

नरेन्द्र ने अपने पग बढ़ा दिए। वह सीढ़ियाँ चढ़कर ऊपर आया। उसने दरवाजे की चौखट पर खड़े होकर एक दृष्टि कमरे में बैठे लोगों पर डाली।···वहाँ उसका कोई परिचित व्यक्ति नहीं था। वह तेजी से चलता हुआ उस व्यक्ति के पास पहुँचा जो ग्राहकों से पैसे ले रहा था और अपने हाव-भाव से इस सारे व्यापार का स्वामी अथवा संचालक प्रतीत होता था।

"आप राजकुमार महाशय को पहचानते हैं?" नरेन्द्र ने उससे पूछा।

"कौन-से राजकुमार?" उस व्यक्ति ने अपनी अन्यमनस्कता के बीच नरेन्द्र की ओर एक प्रश्न उछाल दिया।

"वे जो जैनेरल असैंबली इंस्टिट्यूशन के कार्यालय में बाबू हैं।" नरेन्द्र ने बताया, "सिर के बाल खिचड़ी। चपकन और कुर्ते के बटन खुले हुए...।" नरेन्द्र की दृष्टि उस व्यक्ति के चेहरे पर आने वाले प्रत्येक भाव को टटोल रही थी।

"हाँ...हाँ।" उस व्यक्ति के चेहरे पर परिचय के लक्षण प्रकट हुए, "वे तो आज नहीं आए हैं। आप उनके...।"

"वे रोज आते तो हैं?" नरेन्द्र ने कुछ त्वरित ढंग से पूछा, "मुझे उनसे मिलना है।"

"आते तो वे रोज हैं।" उस व्यक्ति ने उत्तर दिया, "पर आज अभी तक नहीं आए हैं। आप चाहें तो प्रतीक्षा कर लें।"

"नहीं। मैं उनसे मार्ग में या उनके घर पर ही मिल लूँगा।" नरेन्द्र ने कहा और शीघ्रतापूर्वक सीढ़ियाँ उतरकर गली में आ गया।

नरेन्द्र पहले तो हेडो तालाब की ओर बढ़ा, किंतु फिर कुछ सोचकर अगली गली में मुड़कर कुछ दूर जाकर खड़ा हो गया। उसे लगा कि हेडो तालाब के पास इस अँधेरे में प्रतीक्षा करना बहुत लाभदायक नहीं होगा। उससे तो अच्छा है कि वह यहीं प्रतीक्षा करे। इस गली से गुजरे बिना राजकुमार महाशय उस अड्डे तक किसी भी प्रकार पहुँच नहीं पाएँगे।

अँधेरा हो गया था और किसी भी व्यक्ति को सहज ही पहचान लेना सरल नहीं था। नरेन्द्र का मन एक ओर यह सोचकर आश्वस्त था कि उसका कोई परिचित उसे यहाँ खड़ा देखकर भी आसानी से उसे पहचान नहीं पाएगा, दूसरी ओर वह आशंकित भी था कि कहीं इसी अंधकार के कारण वह राजकुमार को पहचानने में चूक ही न जाए...

अकस्मात् ही उसकी दृष्टि गली में प्रवेश करते एक व्यक्ति पर पड़ी। नरेन्द्र ने उसे ध्यान से देखा : अंधकार होने पर भी वह उसकी चाल पहचान सकता था। यह राजकुमार ही होना चाहिए...

वह व्यक्ति धीरे-धीरे आगे बढ़ा और जब वह पर्याप्त निकट आ गया तो नरेन्द्र ने उस अंधकार में भी देख लिया कि उस व्यक्ति के चपकन तथा कुर्ते के बटन खुले हुए थे। अब नरेन्द्र को तनिक भी संदेह नहीं रह गया था।

नरेन्द्र ने आगे बढ़कर उसका रास्ता रोक लिया।

अपनी धुन में चलते हुए राजकुमार ने पहले तो यही मान लिया कि कोई व्यक्ति चलता हुआ आकस्मिक रूप से उसके सामने आ गया है, किंतु नरेन्द्र के हाव-भाव और खड़े होने का ढंग देखकर वह समझ गया कि उसका मार्ग जानबूझकर रोका गया है। उसने दृष्टि उठाकर ध्यान से अपने सामने खड़े व्यक्ति को देखा।...और नरेन्द्र को पहचानते ही राजकुमार के चेहरे का रंग उड़ गया। घबराहट से उसका मुँह सूख गया। प्रयत्नपूर्वक स्वयं को नियंत्रित करता हुआ बोला, "क्यों दत्त, यहाँ कैसे?"

नरेन्द्र का स्वर गंभीर होने के साथ-साथ, न केवल कठोर ही था, उसमें आदेशात्मक मुद्रा को भी पहचाना जा सकता था, "बस, आपके लिए ही खड़ा हूँ। इस अड्डे के साथ आपके संबंध के विषय में कॉलेज में सूचना प्रसारित करने से पहले सोचा, आपको एक चेतावनी तो दे दूँ।"

राजकुमार अवाक् खड़ा नरेन्द्र के चेहरे की ओर देखता रहा और फिर जैसे उसने अपना संपूर्ण आत्मबल संचित कर बहुत धीमे स्वर में पूछा, "क्या चाहते हो?"

"देखिए महाशय! मैं अच्छी तरह जानता हूँ कि हरिदास की आर्थिक स्थिति बहुत खराब है। वह कालेज की फीस किसी भी अवस्था में दे नहीं पाएगा। आपने जब इतने लड़कों की फीस

माफ की है तो हरिदास के साथ ही शत्रुता क्यों कर रहे हैं?"

राजकुमार ने नरेन्द्र की ओर सशंक दृष्टि से देखा और पूछा, "बस, इतना ही?"

"बस, इतना ही।"

राजकुमार ने स्नेह प्रदर्शित करने के लिए साहसपूर्वक नरेन्द्र के कंधे पर अपना हाथ रखा, "बाबा! क्रोध क्यों करते हो? तुम जो कहोगे, वही होगा, वही होगा। भला तुम कहो और मैं उसे न करूँ?"

नरेन्द्र ने शुष्क और उदासीन स्वर में कहा, "तो फिर सवेरे आपने मेरी बात को एकदम ही क्यों उड़ा दिया था?"

राजकुमार कुछ संकुचित हुआ, किंतु फिर लीपापोती करता-सा बोला, "अरे, भाई! वह सब तो नाटक था। तुम समझते नहीं हो। तुम्हारी देखा-देखी ही जब सब लड़के यही हठ करने लगते तो मैं किस-किसकी फीस माफ करता। मैं कितनी कठिन विपत्ति में पड़ जाता। ऐसी बात तो अलग से एकांत में कहनी चाहिए। अभी बच्चे हो, समझते नहीं हो कि कौन-सी बात कहाँ, कैसे और किसके सामने कहनी चाहिए।" उसने रुककर अपनी निरीह मुस्कान से नरेन्द्र का मन जीतने का प्रयत्न किया, "तुम निश्चिंत रहो, हरिदास की मासिक फीस के रुपए माफ हो जाएँगे, पर परीक्षा की फीस के रुपए माफ नहीं होंगे। उतनी राशि तो वह जुटा पाएगा न?"

"उतने का उपाय हो गया है।" नरेन्द्र बोला, "किंतु मासिक फीस का वह एक पैसा नहीं दे सकेगा।"

"अच्छा-अच्छा, वैसा ही होगा।" राजकुमार ने कुछ व्यग्रता से कहा, "तुम अब जाओ।"

नरेन्द्र समझ गया कि राजकुमार के मन में नशे की तलब तीव्रतर होती जा रही है। शायद आज पहले ही उसे काफी देर हो चुकी थी।

नरेन्द्र बिना कुछ कहे, वहाँ से चल पड़ा। गली के मोड़ पर आकर उसने पलटकर देखा कि राजकुमार स्फूर्तिपूर्वक अड्डे की ओर बढ़ गया था।

प्रातः अभी पूरी तरह से सूर्योदय भी नहीं हुआ था कि नरेन्द्र चोर-बागान में भुवनमोहन सरकार की गली में, हरिदास के डेरे पर जा पहुँचा। इसी डेरे में हरिदास चट्टोपाध्याय के साथ दाशरथि सान्याल भी रहा करता था।

नरेन्द्र ने उनके कपाट को खटखटाया और फिर उसे तबले के समान बजाना आरंभ कर दिया। साथ ही साथ कुछ बोल उच्चरित हुए—

अनुपम-महिमा पूर्ण ब्रह्म करो ध्यान,
निरमल पवित्र उषाकाले।
भानु नव तारं सेइ प्रेम मुख-छाया
देखो एइ उदयगिरि शुभ्र भाले।।
मधु समीरण बहिछे एइ जे शुभदिने,
तार गुणगान करि अमृत ढाले,
मिलिए, सब जाइ चलो भगवत-निकेतने
प्रेम उपहार लिए हृदय-थाले।।

हरिदास और दाशरथि अभी सो ही रहे थे। नरेन्द्र के गायन ने उन्हें जगाया।

उन्होंने उठकर दरवाजा खोला और चकित दृष्टि से नरेन्द्र की ओर देखा : यह इतनी सुबह-सुबह कैसे आ गया।

कपाट खुलते ही नरेन्द्र ने आँधी-तूफान के साथ कमरे में प्रवेश किया। वह जैसे आनंद-मद में विह्वल था। उल्लासपूर्वक नृत्य-सा करता हुआ बोला, "मौज कर, खुशी मना। तेरा काम सिद्ध हो गया। तुझे अब मासिक फीस नहीं देनी पड़ेगी।"

मित्र उसे आश्चर्य से देखते ही रहे और नरेन्द्र ने कल शाम की सारी घटना अभिनयपूर्वक सुनानी आरंभ की। उसने अपना और राजकुमार, दोनों का ही अभिनय पूरी तन्मयता से किया और उल्लासपूर्वक खिलखिलाते हुए उनके बिस्तर पर ऐसे बिखर गया जैसे सागर की कोई उन्मत्त लहर, सागर-वेला पर सहस्रों बुद्बुदों के रूप में खिलखिलाते हुए बिखर जाती है।

44

दक्षिणेश्वर में उत्सव का-सा वातावरण था। ठाकुर प्रसन्न दीख रहे थे और उनके आसपास उनके भक्त उल्लसित मन से बैठे थे और चर्चा चल रही थी।

"आ जा, नरेन्द्र! आ जा!" नरेन्द्र को देखते ही ठाकुर ने पुकारा, "यह देख! ढाका से केदार भी आया हुआ है, केदारनाथ चट्टोपाध्याय। बेचारे को घर-गृहस्थी से इतना समय ही नहीं मिलता कि अधिक समय यहाँ बिता सके। इसलिए कभी-कभी ही आ पाता है।"

नरेन्द्र आकर ठाकुर के सम्मुख बैठ गया।

"केदार बड़ा अच्छा तर्क करता है रे!" ठाकुर ने उसे बताया, "लोग बहुत सारे प्रश्न करते हैं न, वैसे! तो केदार उनको बड़ा अच्छा उत्तर देता है। केदार, क्या प्रश्न था वह?"

"वह प्रश्न था, 'यदि भगवान् वस्तुतः दयामय हैं, तो उनकी सृष्टि में इतने दुःख,कष्ट, अन्याय, अत्याचार आदि क्यों हैं?' " केदार ने बताया, " 'यथेष्ट अन्न उत्पन्न न होने से, समय-समय पर अकाल के कारण हजारों व्यक्ति क्यों मर जाते हैं?' "

"हाँ!" ठाकुर उल्लसित होकर बोले, "और तूने इसका क्या उत्तर दिया, जरा बता तो।"

"मैं क्या उत्तर देता महाराज! मैंने तो केवल इतना कहा," केदार ने बताया, "कि दयामय होने पर भी ईश्वर ने अपनी सृष्टि में दुःख, कष्ट, अल्पायु आदि रखने की बात जिस दिन निश्चित की थी, उस दिन की सभा में उन्होंने मुझे नहीं बुलाया था। अतः उस बात को मैं क्या समझूँ?"

"यही तो!" ठाकुर ने बच्चों के समान खिलखिलाते हुए ताली बजाई, "मनुष्य ईश्वर की प्रत्येक बात में टाँग कैसे अड़ा सकता है? प्रत्येक बात का कारण कैसे बता सकता है? ईश्वर क्या कोई इतनी छोटी-सी वस्तु है कि उनके प्रत्येक कार्य की व्याख्या मनुष्य कर सके?"

नरेन्द्र, ठाकुर की इस प्रसन्नता में उनका साथ नहीं दे सका। उसकी समझ में नहीं आ रहा था कि केदारनाथ चट्टोपाध्याय ने ऐसी कौन-सी बात कह दी थी, जिसके कारण ठाकुर इतने प्रसन्न थे। प्रश्न की अवज्ञा कर उसका उत्तर न देना तो मानव-मन की जिज्ञासाओं का समाधान नहीं कर सकता। फिर ठाकुर किस बात के लिए केदारनाथ चट्टोपाध्याय की इस प्रकार पीठ ठोक रहे हैं।

"तू तर्क करेगा केदार से?" ठाकुर ने उससे पूछा, "अच्छा! तू थोड़ी देर केदार से तर्क कर,

मैं सुनूँगा। देखूँ तो तुममें से कौन अधिक तर्क-प्रवीण है।''

अब नरेन्द्र स्वयं को रोक नहीं पाया। बोला, ''महाराज! किसी का अज्ञान तो उसका तर्क नहीं हो सकता। जब दक्षिणेश्वर का मंदिर बन रहा था, तो मैं यहाँ नहीं था। तो क्या मेरा यह कहना कि रानी रासमणि ने मंदिर बनवाते समय मुझे नहीं बुलवाया था, मंदिर के निर्माण के इतिहास और कारणों संबंधी प्रत्येक जिज्ञासा और आपत्ति का उत्तर हो सकता है। तर्क से भागना तो अपने-आपमें कोई तर्क नहीं है।''

''क्या अभिप्राय है आपका?'' केदार ने पूछा।

''आपने अपने उत्तर से प्रश्नकर्ता के प्रश्न का उत्तर नहीं दिया, अपने अज्ञान को गौरवान्वित कर जिज्ञासा और शोध के सारे द्वार बंद कर दिए।'' नरेन्द्र बोला, ''यदि मुझसे कोई पूछे कि भगवान् बुद्ध ने धर्म के विषय में क्या कहा है और मैं उत्तर दूँ कि जब वे अपने धर्म का प्रचार कर रहे थे तो मैं वहाँ नहीं था, तो क्या मैं लोगों को बौद्ध धर्म और दर्शन पढ़ा सकूँगा? क्या मानव का इतिहास और विज्ञान इस प्रकार के तर्कों पर ही खड़ा है?''

केदार अवाक् होकर नरेन्द्र को देखता रहा। उसने कोई उत्तर नहीं दिया।

ठाकुर ने भी इसे लक्ष्य किया और बोले, ''तूने तो इसे एकदम निरस्त ही कर दिया। तेरा तर्क कुछ अधिक ही प्रखर हो गया है। चल फिर एक गीत गा।''

नरेन्द्र का मन और भी बहुत-कुछ कह देने के लिए अकुला रहा था। उसे लगा, अच्छा हुआ, ठाकुर ने ठीक समय से उसे रोक दिया, अन्यथा वह कुछ कठोर तथा कटु बातें अवश्य ही कह देता।...और पहली ही भेंट में एक सद्यः परिचित व्यक्ति से इतना कुछ सुनना केदार को अच्छा नहीं लगता।

नरेन्द्र के गीत से वातावरण की सारी कटुता और कठोरता घुल गई । आनंद का वातावरण छा गया।...नरेन्द्र की दृष्टि घूमकर केदार पर भी रुकी। उसने देखा, केदार भावावेश की स्थिति में था। उसके नेत्रों से अश्रु-धारा बह रही थी।...

उस दिन केदार अधिक देर तक नहीं रुका। उसे अपने काम से कहीं जाना था, इसलिए नरेन्द्र के तीन-चार भजन सुनकर, अपनी आँखें पोंछते हुए ठाकुर को प्रणाम करके चला गया।

उसे विदा कर ठाकुर ने नरेन्द्र की ओर देखा, ''क्यों रे, कैसा देखा? कैसी भक्ति है। भगवान् के नाम से एकदम रो पड़ता है। हरि का नाम लेते ही जिसकी आँखों से अश्रुधारा बह चलती है, वह तो जीवन्मुक्त है। केदार अच्छा आदमी है न?''

नरेन्द्र न केदार की प्रशंसा कर सका, न ठाकुर का अनुमोदन। पुरुष शरीर में नारीसुलभ भाव उसे तनिक भी आकृष्ट नहीं करते थे। पुरुष का पौरुष उसकी कठोरता और दृढ़ता में था। दृढ़ संकल्प, कठोर तपस्या और विकट उद्यम किए बिना पुरुष रो-धोकर भगवान् को प्राप्त करने का प्रयत्न करे—यह नरेन्द्र की रुचि के तनिक भी अनुकूल नहीं था। यह तो पौरुष का अपमान था। ईश्वर पूर्ण है, हमें उस पर भी निर्भर रहना है, उसके सम्मुख आत्म-समर्पण करना है, किंतु पुरुष तो आत्म-समर्पण भी पुरुष के ही समान करेगा न!...

''महाराज! मैं कैसे जानूँ।'' नरेन्द्र बोला, ''आप लोक-चरित्र समझते हैं। अतः आप ही बता सकते हैं। नहीं तो किसी का रुदन देखकर उसके चरित्र के विषय में क्या कहा जा सकता है।''

''क्यों? क्यों नहीं कहा जा सकता?'' ठाकुर ने प्रतिवाद किया, ''जैसे बच्चे का स्मरण होने

पर प्रेम के कारण माँ की आँखें भर आती हैं, वैसे ही ईश्वर का नाम सुनते ही उसके विरह की पीड़ा से भक्त की आँखों में अश्रु भर लाना क्या उसके प्रेम का ही प्रमाण नहीं है?''

नरेन्द्र का तर्क जैसे फूत्कार कर उठा, ''सूर्य की ओर ताकने से भी आँखों में पानी आ जाता है, किसी एक स्थान की ओर एकटक देखते रहने से भी आँखों में अश्रु आ जाते हैं। राधा के विरह-सूचक कीर्तन आदि सुनकर रोने वाले प्रायः अपनी पत्नी के विरह को याद कर अथवा स्वयं पर वैसी मनःस्थिति का आरोपण कर रोने लगते हैं। इसमें कोई संदेह नहीं। ऐसी अवस्था से मैं पूर्णतया अपरिचित हूँ, अतः वृंदावन छोड़कर मथुरा चले जाने पर श्रीकृष्ण के विरह में राधा आदि गोपियों का रुदन-संबंधी कीर्तन सुनने पर भी मुझे दूसरों के समान रुलाई नहीं आएगी।''

''तेरी बात और है।'' ठाकुर बोले, ''प्रत्येक व्यक्ति में पृथक्-पृथक् भाव होता है। तेरा भाव पुरुष का-सा है। सब लोगों में यही भाव नहीं होता।''

नरेन्द्र उठकर टहलने के लिए बगीचे की ओर निकल गया।

''लरेन! ओ लरेन!'

नरेन्द्र को समझने में तनिक भी कठिनाई नहीं हुई कि हाजरा उसे पुकार रहा था।

नरेन्द्र के बैठने से पहले ही हाजरा ने उसके हाथ में अभी-अभी तैयार किया हुआ हुक्का थमा दिया, ''लो, दो-एक कश लो। थकान उतर जाएगी।''

नरेन्द्र ने हुक्का थाम लिया और बैठ गया।

''पियो! पियो!! संकोच मत करो।'' हाजरा बोला, ''यह संकोच भी तो वस्तुतः अहंकार का ही एक रूप है। इसे तोड़ने का प्रयत्न न किया तो फिर साधना कैसे आगे बढ़ेगी।''

नरेन्द्र ने इस विषय में कभी सोचा नहीं था और न ही उसे इस समय यह लग रहा था कि अहंकार और संकोच एक ही भाव की विभिन्न स्थितियाँ हैं। अहंकार में तनिक भी शालीनता नहीं थी, जबकि संकोच में विनम्रता तथा शालीनता का कुछ-न-कुछ मिश्रण अवश्य था। फिर भी बहुत संभव है कि मनोविज्ञान के किसी शोध से कदाचित् यह सिद्ध हो सके कि संकोच के मूल में कहीं अहंकार का ही कोई तत्त्व है।

''गदाधर का कीर्तन चल रहा है?'' हाजरा ने मुस्कराकर पूछा।

नरेन्द्र को समझते देर नहीं लगी कि उसकी वाणी में कीर्तन के प्रति पर्याप्त व्यंग्य था। वह कीर्तन में कम ही सम्मिलित होता था।

''आपको कीर्तन से कोई विरोध है क्या?'' नरेन्द्र पूछे बिना नहीं रह सका, ''मुझे तो उसमें कोई बुराई दिखाई नहीं देती।''

''नहीं! बुराई क्या है।'' हाजरा कुछ उदासीन स्वर में बोला, ''पर गाने-बजाने और रोने-धोने से तो ब्रह्म को प्राप्त नहीं किया जा सकता न।'' हाजरा का स्वर अवसाद मिश्रित हो गया, ''लड़के आते हैं, मिठाई और फल खाते हैं, गाते-बजाते हैं। उनका समय अच्छा व्यतीत होता है, किंतु उससे उपलब्धि क्या हुई?'' उसने नरेन्द्र की ओर देखा, ''ईश्वर अनादि और अनंत है। उसका ऐश्वर्य अनंत है। वह मिठाई और केले खाने के लिए यहाँ आएगा; या अपनी प्रशंसा में गाए गए गीतों को सुनकर प्रसन्न होगा? ईश्वर को इस तुच्छ रूप में देखना और समझना मूर्खता है।'' उसने नरेन्द्र की ओर देखा, ''मैंने तो गदाधर से कहा था कि यदि मुक्ति चाहिए तो यह सब छोड़ो और जाप करो?''

नरेन्द्र को थोड़ा-सा आश्चर्य इस बात का था कि यह व्यक्ति ठाकुर को उनके शैशव के नाम से पुकारता है, और फिर ईश्वर-प्राप्ति के क्षेत्र में वह उन्हें परामर्श देने का साहस रखता है।

"ईश्वर को पाने के लिए कुछ पुरुषार्थ करना पड़ता है। हमारे पुराणों में तपस्या के कठोर रूप का विशद वर्णन है।" हाजरा बोला, "किंतु गदाधर अभी भी स्त्रियों के समान नाच-गाकर ईश्वर को रिझाने में विश्वास रखता है। लड़कों को भी वही सब सिखा रहा है।" हाजरा रुका, "गदाधर की तो कोई बात नहीं, किंतु मुझे इन लड़कों पर दया आती है, जो उसके चंगुल में फँस गए हैं।"

"अच्छा! अब मैं चलता हूँ।" नरेन्द्र ने हुक्का रख दिया, "मुझे कलकत्ता लौटना है, इसलिए अधिक रुक नहीं सकता।"

"कोई बात नहीं!" हाजरा ने प्रसन्नवदन उत्तर दिया, "जब कभी इधर आओ, समय मिले तो थोड़ा तंबाकू पीने के लिए इधर चले आना।"

"आऊँगा!" नरेन्द्र ने कहा और नमस्कार की मुद्रा में हाथ जोड़कर उसने पग बढ़ाए।

"मुझे चेले पालने का शौक नहीं है।" चलते-चलते हाजरा बोला, "इसलिए मुझे किसी का गुरु बनने में कोई रुचि नहीं है। तुम खुले मन से मेरे साथ ईश्वर तथा धर्म संबंधी चर्चा कर सकते हो।"

नरेन्द्र चल पड़ा। उसका मन हाजरा के विषय में सोचता रहा : यह व्यक्ति अवश्य ही ठाकुर से भिन्न है। उसकी तर्क-पद्धति भी और उपासना-पद्धति। वह ठाकुर की आलोचना करता है, किंतु किसी की आलोचना करना तो कोई अपराध नहीं है। न ही आलोचना कर कोई किसी का शत्रु हो जाता है···नरेन्द्र ने भी तो केदारनाथ चट्टोपाध्याय की आलोचना की है।···कभी-कभी ठाकुर की भी आलोचना करता है, पर इसका कहीं यह अर्थ नहीं है कि वह ठाकुर का विरोधी है···

रात को खाना खाने के लिए नरेन्द्र घर पहुँचा तो विश्वनाथ से भेंट हो गई। विश्वनाथ कुछ दुर्बल भी हो गए थे और थके हुए-से भी लग रहे थे। यात्राओं के दौरान उन्हें मूत्राशय संबंधी कोई संक्रामक रोग हो गया था। न तो वे ठीक से अपना उपचार ही करवा रहे थे, न आराम ही कर पा रहे थे···

···नरेन्द्र जब खाना खाने घर आता था तो आवश्यक नहीं था कि विश्वनाथ घर पर ही हों। यदि वे नगर में भी होते थे तो कार्यवश कहीं बाहर गए हुए हो सकते थे। यदि वे घर पर होते तो वे दोनों प्रायः साथ ही भोजन करते थे, किंतु यदि घर पर नहीं होते तो नरेन्द्र उनकी प्रतीक्षा नहीं करता था। भुवनेश्वरी ने भी कभी इस प्रकार का कोई आग्रह नहीं किया था।···नरेन्द्र खाना खाकर नानी के घर चला गया था। उसे पढ़ना होता था, रात को समय से दरवाजा बंद कर ध्यान के लिए बैठ जाना होता था।···

"मैंने सुना है नरेन!" भोजन करते हुए विश्वनाथ बोले, "कि आजकल तुम रात को कुछ अधिक ही घर से बाहर रहने लगे हो।"

नरेन्द्र ने प्रतिवाद नहीं किया। वह चुपचाप भोजन करता रहा।

"कहाँ जाते हो तुम?" विश्वनाथ पुनः बोले, "मित्रों के घर रह जाते हो?"

"मित्रों के घर भी रह जाता हूँ, किंतु अधिकांशतः दक्षिणेश्वर के काली मंदिर में ही रुकता हूँ।" नरेन्द्र धीरे से बोला, "क्या इसमें कुछ अनुचित है?"

"उचित-अनुचित की बात नहीं कर रहा।" विश्वनाथ बोले, "किंतु इससे, तुम्हारा ध्यान किधर

है, इसका अनुमान तो होता ही है।" विश्वनाथ ने नरेन्द्र की ओर देखा, "मेरी इच्छा थी कि तुम कानून की पढ़ाई कर एटर्नी बनते, घर की ओर ध्यान देते, अपने छोटे भाइयों को देखते। किंतु देख रहा हूँ कि तुम्हारा ध्यान और सारा समय ब्राह्म समाज तथा दक्षिणेश्वर के काली मंदिर में व्यतीत हो रहा है।"

"क्या ये भले लोगों के जाने के स्थान नहीं हैं?" नरेन्द्र ने कुछ प्रखर स्वर में पूछा, "क्या आपको लगता है कि वहाँ जाने में कोई हानि है? क्या मैं किसी अनुचित स्थान पर समय व्यतीत कर रहा हूँ?"

विश्वनाथ हँसे, "मेरी कठिनाई यही है कि वे स्थान ऐसे नहीं हैं जहाँ तुम्हारे जाने का मैं विरोध कर सकूँ। किंतु तुम्हारे और मेरे अनुपात में कुछ भेद अवश्य है। मैं चाहता हूँ कि तुम अपने घर, अपने कॉलेज तथा अपने समाज से बचे हुए समय को भगवान् को अर्पित करो और तुम हो कि भगवान् से बचे हुए समय को घर, कॉलेज और समाज को देना चाहते हो। वस्तुतः भगवान् की ओर अधिक कदम बढ़ाकर जिन लोगों ने सांसारिक सफलता पाई है, उन्होंने वह पाप और पाखंड के माध्यम से पाई है; और मैं नहीं चाहता कि तुम भी ऐसा करो।"

"किंतु मैं तो सांसारिक सफलता के लिए ब्राह्म समाज या काली मंदिर नहीं जाता।" नरेन्द्र बोला, "बाबा! मैं ईश्वर को खोजने के लिए वहाँ जाता हूँ।"

"जानता हूँ पुत्र!" विश्वनाथ बोले, "इसीलिए चाहता हूँ कि अभी तुम अपनी यह खोज कुछ समय के लिए स्थगित ही रखो। पहले अपने पारिवारिक और सामाजिक दायित्व पूरे कर लो, उसके पश्चात् अवकाश होने पर ईश्वर को खोजते रहना।"

"आपकी इच्छा क्या है?' नरन्द्र ने जैसे झल्लाकर पूछा। वह जानता था कि उसके पिता उसकी नौकरी और उसके विवाह की चर्चा करेंगे और वे भी यह जानते हैं कि उसका उत्तर क्या होगा।

"मैं चाहता हूँ कि तुम पूरा ध्यान लगाकर अपनी पढ़ाई करो। जितनी क्षमता तुममें है उससे विश्वविद्यालय में प्रथम आना तुम्हारे लिए तनिक भी कठिन नहीं है। तुम कानून पढ़ो। उच्च शिक्षा के लिए विलायत जाओ। देश में लौटकर अच्छी प्रैक्टिस करो। विवाह करो। भगवान् तुम्हें मुझसे कहीं अधिक सुख-समृद्धि दे···कोई पिता अपने पुत्र के लिए और क्या चाहेगा।" विश्वनाथ ने उसे देखा, "मैं नहीं चाहता कि तुम एक संन्यासी के बहकावे में आकर संन्यासी हो जाओ।"

"बहकावे में आकर?" नरेन्द्र का स्वर कुछ तीखा हुआ, "मैं कोई नन्हा बच्चा हूँ कि कोई मुझे मेरी इच्छा के विरुद्ध बहका लेगा।"

"नन्हे बच्चे तो तुम नहीं हो।" विश्वनाथ का स्वर भी कुछ प्रखर हुआ, "किंतु बहकाए जा सकते हो, तभी तो दक्षिणेश्वर का वह संन्यासी तुम्हारे कमरे में आकर तुम्हें ब्रह्मचर्य का उपदेश देता है।"

नरेन्द्र ने अपने पिता की ओर देखा, जैसे उनके मुख से कोई अत्यंत गोपनीय चर्चा सुनकर चकित रह गया हो, "आपके पास इसका क्या प्रमाण है?"

"तुम्हारी नानी ने स्वयं अपने कानों से सुना है।" विश्वनाथ बोले, "अब यह मत कह देना कि वे झूठ बोल रही हैं।"

"नहीं! वे झूठी नहीं हैं।" नरेन्द्र ने शांत स्वर में कहा, "किंतु ठाकुर मुझे बहका नहीं रहे, वे मुझे मार्ग दिखा रहे हैं। मुझे वह सब नहीं चाहिए, जिसका प्रबंध आप मेरे लिए कर रहे

हैं। मुझे न गृहस्थी की इच्छा है न धन-संपत्ति की।'' थाली खिसकाकर वह आसन से उठ खड़ा हुआ।

उसके हाथ धुलाते हुए भुवनेशवरी ने धीरे से कहा, ''मैंने सुन लिया है कि तुम्हें धन-संपत्ति की आवश्यकता नहीं है। तुम्हें यह बताने की कोई आवश्यकता नहीं कि तुम्हारे पिता भी कोई धन-पिशाच नहीं हैं। उन्होंने भी जीवन-भर धन का तनिक भी न लोभ किया है, न मोह ही रखा है।'' भुवनेश्वरी ने एक भरपूर दृष्टि नरेन्द्र पर डाली, ''फिर भी पुत्र! जिस पर परिवार का दायित्व होता है उसकी अनेक चिंताएँ होती हैं और धन की क्या आवश्यकता है यह वही समझता है।'' भुवनेश्वरी का स्वर आदेशात्मक हो गया, ''तुम्हारे बाबा ने निमाई चरण बोस, एटर्नी एट लॉ के अधीन तुम्हें प्रशिक्षणार्थी नियुक्त करवा दिया है। ईश्वरचन्द्र विद्यासागर महाशय के मैट्रोपोलिटन इंस्टिट्यूशन के विधि-संकाय में भी तुम्हारा नाम लिखवा दिया है, ताकि जब तक तुम बी.ए. पास करो, तब तक तुम्हारी कानून की शिक्षा भी हो जाए। बी.ए. के पश्चात् तुम्हें कानून की पढ़ाई में अधिक समय नहीं लगाना पड़ेगा।''

नरेन्द्र की आँखें ऊपर उठीं, ''और कुछ?''

''उनकी इच्छा है कि समय निकालकर तुम उनके तथा निमाई चरण काका के साथ कभी-कभी हाईकोर्ट भी चले जाया करो, ताकि तुम्हारा प्रशिक्षण हो सके।'' भुवनेश्वरी की मुद्रा बदली, ''तुम्हारे बाबा को डॉक्टर ने विश्राम करने के लिए कहा है।''

''क्या हुआ है उन्हें?'' नरेन्द्र ने पूछा।

''छाती में कभी-कभी दर्द होता है।''

''मेरा भी विचार है कि उन्हें विश्राम करना चाहिए।'' वह बोला, ''वे तो एक के पश्चात् एक दायित्व अपने ऊपर लेकर अपना बोझ बढ़ा रहे हैं। उन्हें मेरा भविष्य बनाने के लिए इतनी चिंता नहीं करनी चाहिए।...''

नरेन्द्र ने कुल्ला किया, हाथ पोंछे और नानी के घर की ओर चला गया।

विश्वनाथ जाते हुए नरेन्द्र को देखते रहे, ''मैं यह नहीं कहता कि उसे हमारी कोई चिंता नहीं है या वह 'उद्दंड' हो गया है, किंतु उसके मन में जो धुन समा गई है, वह उसे और किसी दिशा में देखने ही नहीं देती।''

'आप तो व्यर्थ की ही चिंता करते हैं।'' भुवनेश्वरी ने पुत्र का पक्ष लिया, ''इस अवस्था में सारे लड़के ऐसे ही होते हैं। किसी को भी माता-पिता और घर-परिवार की कोई चिंता नहीं होती। जब पत्नी आएगी, पैर में बेड़ी पड़ेगी तो अपने आप सब कुछ ठीक-ठीक सूझने लगेगा।''

''जो कुछ तुम कह रही हो वही सत्य होता तो मुझे चिंता ही क्या थी।'' विश्वनाथ बोले, ''औ... डके तो इस अवस्था में खाते-पीते और मौज करते हैं, मंदिरों और धर्म-सभाओं में जाकर गाते।'' उन्होंने भुवनेश्वरी की ओर देखा, ''तुम कहती हो कि पैर में बेड़ी पड़ेगी तो ...झ आ जाएगी, किंतु उसका कोई लक्षण दीखता भी है तुम्हें पैर में बेड़ी डलवाने वाला?'' ...-भर मौन रहे, ''मैं तो चाहता हूँ कि अब यह धर्म की ओर, और न ही बढ़े। मुझे तो इसका काली मंदिर के परमहंस से मिलना-जुलना भी हितकर नहीं लगता। यदि यह वहाँ जाता रहा तो हमारे काम का तो यह नहीं ही रहेगा।''

भुवनेश्वरी अपने पति के चिंतित चेहरे को देखती रही और फिर बोली, ''मैं तो यही जानती थी कि संतान का पाप-कर्म की ओर बढ़ना माता-पिता के लिए चिंता का विषय होता है। यह

तो आज ही जाना है कि संतान का धर्म की ओर बढ़ना भी माता-पिता को चिंता के सागर में निमज्जित कर देता है।"

"लो, तुम यह पुस्तक पढ़ो।" ठाकुर ने नरेन्द्र के हाथ में 'अष्टावक्र संहिता' पकड़ाते हुए कहा, "इसमें राजर्षि जनक और उनके गुरु ऋषि अष्टावक्र का संवाद है।"

नरेन्द्र ने पुस्तक ले ली। वह पिछले कुछ दिनों से देख रहा था कि ठाकुर सब लोगों को अलग-अलग पुस्तकों के अध्ययन और अलग-अलग पद्धतियों का पालन करने के लिए कहते हैं। राखाल की चर्चा करते हुए उन्होंने कहा था न कि वह साकार के घर का है और नरेन्द्र निराकार के घर का है।···

"जा! कहीं एकांत में बैठकर पढ़ और मनन कर।" ठाकुर ने स्नेहपूर्वक कहा।

नरेन्द्र पुस्तक लेकर गंगा के तट पर जा बैठा। उसने पुस्तक खोली···"जनक ने पूछा, 'ज्ञान कैसे प्राप्त किया जा सकता है? मुक्ति की उपलब्धि कैसे हो? मोक्ष किस प्रकार संभव है? हे प्रभु! मुझे बताएँ।' अष्टाव ने उत्तर दिया, 'पुत्र! यदि तुम्हें मुक्ति चाहिए तो इंदियों के भोग को विष के समान त्याग दो, और सरलता, नम्रता, क्षमा, संतोष तथा सत्य को अमृत के समान ग्रहण करो···।' "

नरेन्द्र पढ़ता चला गया।···अष्टावक्र ने उपदेश दिया। जनक ने उसे ग्रहण किया और फिर जनक ने आत्मा में स्थित होने के आनंद का वर्णन किया···

"मैं स्वयं ज्योतिस्वरूप हूँ। जब विश्व का प्रकाश होता है, तो उसमें मैं ही प्रकाशित होता हूँ। × × × जैसे कुंभ मिट्टी में, लहर जल में तथा आभूषण स्वर्ण में लय हो जाता है···"

नरेन्द्र से आगे पढ़ा नहीं गया। वह जैसे भड़ककर उठ खड़ा हुआ। द्वैत भाव से निराकार सगुण ब्रह्म की उपासना करने वाला नरेन्द्र इस प्रकार की उक्तियों को कैसे सहन कर सकता था।···यह तो ईश्वर का निषेध था।···नास्तिकता थी यह, घोर नास्तिकता···

वह ठाकुर के सम्मुख पड़ते ही जैसे अपने आवेश को रोक नहीं पाया। बोला, "जरा बताइए तो, नास्तिकता से यह किस प्रकार भिन्न है?" "मैं अद्भुत हूँ। मैं स्वयं को नमस्कार करता हूँ, जिसका कभी क्षय नहीं होता और जो ब्रह्मा से लेकर घास के तिनके तक के संसार के नष्ट हो जाने पर भी जीवित रखता है"···"संसार तुमसे उत्पन्न होता है, जैसे समुद्र से बुलबुले उत्पन्न होते हैं···" जीव अपने आपको स्रष्टा समझे—इससे बड़ा पाप और क्या हो सकता है? मैं ईश्वर हूँ, तुम ईश्वर हो, जन्म-मरणशील सारे पदार्थ ही ईश्वर हैं—इससे बड़ी युक्ति-विरोधी बात और क्या हो सकती है? ग्रंथकर्ता ऋषि-मुनियों का मस्तिष्क अवश्य ही विकारग्रस्त हो गया था, नहीं तो ऐसी बात कोई संतुलित बुद्धि से लिख सकता है?"

ठाकुर सहास नरेन्द्र को देखते रहे, जैसे कोई प्रौढ़ पुरुष किसी बालक के अकारण क्रोध को देखकर उसका आनंद लेता है। बोले, "तू इस समय उनकी बातें स्वीकार न करना चाहे तो न कर, पर ऋषियों को ब्रह्म-ज्ञान हुआ था। विषय-बुद्धि का लेशमात्र रहते हुए वह ब्रह्म-ज्ञान नहीं होता। ऋषि लोग इतना परिश्रम करते थे। सवेरे आश्रम से चले जाते थे। दिन भर अकेले ध्यान-चिंतन करते और रात को आश्रम में लौटकर कुछ फल-फूल खाते। देखना, सुनना, छूना इन सब विषयों से मन को अलग रखते थे। तब कहीं उन्हें ब्रह्म का बोध होता था। तू उन ऋषि-मुनियों की निंदा और ईश्वर के स्वरूप की इतिश्री क्यों करता है?"

"ईश्वर के स्वरूप की इतिश्री क्या?" नरेन्द्र झल्लाकर बोला, "कोई ईश्वर के किसी भी विचित्र रूप की कल्पना कर ले तो क्या मैं उसे ही स्वीकार कर लूँ?" नरेन्द्र के मुख का आक्रोश कह रहा था कि वह इस प्रकार के दमन को स्वीकार नहीं करेगा।

"ईश्वर के स्वरूप की इतिश्री ही तो है, जो तू यह मानता है कि ईश्वर के जिस स्वरूप में तूने निष्ठा स्थापित की है, वही उनका एकमात्र रूप है। क्या तू समझता है कि तू सर्वज्ञ है? तेरी बुद्धि के बाहर ज्ञान क्या है ही नहीं? जो तुझसे मतभेद रखते हैं, वे सब अज्ञानी और मूर्ख हैं?"

"मैं यह सब नहीं कहता और न इसमें विश्वास ही करता हूँ, क्योंकि यह अहंकार है।" नरेन्द्र बोला, "किंतु जिस किसी स्वरूप की भी कल्पना की जाए, वह मानव-बुद्धि को स्वीकार्य तो हो।"

ठाकुर हँसे, "मानव की बुद्धि जानती ही कितना है।" सहसा वे गंभीर हो गए, "तू सत्य-स्वरूप भगवान् को पुकारता चल। उसके पश्चात् वे जिस रूप में तेरे सामने प्रकट होंगे, उसी पर विश्वास कर लेना।"

किंतु नरेन्द्र का विश्वास अद्वैत-सिद्धांत पर तनिक भी नहीं जम रहा था। ठाकुर के समझाने का उस पर तनिक भी प्रभाव नहीं हो रहा था। ठाकुर का क्या है, वे तो नित्यप्रति प्रतिमाओं के सामने मस्तक फोड़ते रहते हैं। उनके कहने से ही नरेन्द्र स्वीकार करने वाला होता, तो अब तक वह भी मंदिर में प्रतिमाओं के सम्मुख साष्टांग करता दिखाई देता···

ठाकुर के कमरे से निकलकर नरेन्द्र टहलता हुआ हाजरा के कमरे की ओर चला गया··· शायद हुक्के के दो-एक कश लेने से मस्तिष्क का धुआँ कुछ साफ हो और उसका मन कुछ स्थिर हों सके। कभी-कभी तो ठाकुर उसे एकदम विचलित ही कर देते हैं।

हाजरा उसके स्वागत के लिए तैयार ही था। उसने नरेन्द्र को हुक्का थमाकर कहा, "कुछ परेशान-से दिखाई पड़ते हो। क्या गदाधर से कुछ कहा-सुनी हो गई?"

नरेन्द्र को जैसे मन का बोझ हलका करने का एक अवसर मिल गया। नाक से धुआँ छोड़ते हुए बोला, "ठाकुर ने आज कुछ अद्‌भुत बातें बताई हैं और वे चाहते हैं कि मैं भी उन पर विश्वास कर लूँ।"

हाजरा ने उसे उकसाया, "ऐसी कौन-सी अद्‌भुत बातें हैं? वैसे मैं तो यह सोच-सोचकर चकित होता ही रहता हूँ कि ऐसा कौन-सा दिन है, जिस दिन गदाधर कुछ अद्‌भुत बातें नहीं कहता। गाँवों के अनपढ़ किसानों के लिए तो वह सब ठीक है, क्योंकि उन बेचारों ने कभी कुछ पढ़ा नहीं, सोचा नहीं, जाना नहीं। पर तुम सब कॉलेज के लड़के गदाधर की विचित्र बातों पर कैसे विश्वास कर लेते हो?" हाजरा हँसा, "वह कहता है कि मनुष्य की बाँह को तौलकर वह उसकी आत्मा तक को परख लेता है। भला यह सब भी कोई विश्वास योग्य बातें हैं।" उसने रुककर नरेन्द्र की ओर देखा, "पर आज क्या कह दिया गदाधर ने?"

"अद्वैत वेदांत।' नरेन्द्र हँसा, "पहले एक दिन ठाकुर ने एक कहानी सुनाई थी कि एक उन्मत्त हाथी को भी ईश्वर समझकर एक ब्रह्मचारी उसके सामने से नहीं हटा, यद्यपि महावत चिल्लाता ही रहा कि हाथी पागल है, समाने से हट जाओ। तब तक तो बात थी कि प्रत्येक जीव में ईश्वरीय तत्त्व है। वह तो फिर मेरी समझ में आता है कि प्रत्येक प्राणी में जैसे थोड़ा-बहुत जल-तत्त्व होता है, वैसे ही ईश्वरीय तत्त्व भी होता है···किंतु आज तो···" वह हँसा, "संसार में जो कुछ भी है सब

कुछ ईश्वर है। ईश्वर के अतिरिक्त यहाँ और कुछ भी नहीं है, तथा जो कुछ भी दिखाई पड़ रहा है वह सब भी ईश्वर है। हम सब भी ईश्वर हैं।…" नरेन्द्र ने हाजरा की ओर हाथ बढ़ाया, "लाइए, ईश्वर मोशाय! यह हुक्के के रूप में जो ईश्वर आपके हाथरूपी ईश्वर ने थाम रखा है, इसे मेरे हाथरूपी ईश्वर को थमा दीजिए। आज मैं तंबाकूरूपी ईश्वर का अच्छी तरह आनंद लूँ।"

हाजरा और नरेन्द्र ने मिलकर मुक्त कंठ से अट्टहास किया।

"यह गदाधर भी कभी-कभी…"

हाजरा कुछ कहने ही जा रहा था कि उन दोनों ने देखा, लड़खड़ाती-सी अवस्था में ठाकुर हाजरा के कमरे में प्रवेश कर रहे हैं।

नरेन्द्र तत्काल उठकर खड़ा हो गया : निश्चित रूप से ठाकुर प्रकृतिस्थ नहीं थे। वे शायद अर्धबाह्य अवस्था में थे।…उनकी आँखें सामने के दृश्य को देखते हुए भी जैसे नहीं देख रही थीं और उनके पग डगमगा रहे थे। उन्होंने किसी बालक के समान अपनी धोती लपेटकर बगल में दबा रखी थी।

'तुम लोग क्या कह रहे हो?" उन्होंने हँसते हुए कहा और अपना पग आगे बढ़ाया।

नरेन्द्र झपटकर उनकी सहायता के लिए आगे बढ़ा : ऐसा न हो कि वे लड़खड़ाकर गिर जाएँ…

उन्होंने भी जैसे सँभलने के लिए नरेन्द्र को थाम लिया और उसी क्षण पूर्णतः समाधिस्थ हो गए। उनकी सारी चेतना अंतर्मुखी हो गई। आँखें निश्चल हो गईं और शरीर स्पंदनशून्य हो गया।…

नरेन्द्र को लगा कि ठाकुर के स्पर्शमात्र से उसके भीतर जैसे अनेक बवंडर एक साथ उठ खड़े हुए हैं। उसके भीतर कुछ भी स्थिर नहीं रह गया था। वह एक विचित्र प्रकार के परिवर्तन का अनुभव कर रहा था…वह स्तंभित खड़ा था। उसके चारों ओर के वैविध्यपूर्ण रूपाकार जैसे अपना-अपना आकार छोड़कर उसके निराकार में ही समा गए थे। सब ओर ईश्वर ही ईश्वर था…और कुछ था ही नहीं।…

नरेन्द्र हँसकर हाजरा से कहने जा रहा था, 'देखो! एक ईश्वर तो गिरने वाला है और दूसरा ईश्वर उसको थामने लगा है।' किंतु उसके शब्द उसके अधरों पर ही जम गए।…उसने देखा कि जो गिर रहा था, वह भी ईश्वर ही था, और जिसने बाँहें फैलाकर उसे थामा था वह भी ईश्वर ही था।…ऐसा भी नहीं था कि एक ईश्वर दूसरे ईश्वर से मिल रहा था…वहाँ तो दोनों में कोई भेद ही नहीं था, जैसे एक मेघ दूसरे मेघ में मिल जाए अथवा हवा का एक झोंका, दूसरे झोंके के साथ मिलकर एक हो जाए…

नरेन्द्र मुख से कुछ नहीं बोला : न उसने आश्चर्य प्रकट किया, न स्वीकार किया, न अस्वीकार…उसका तर्क अभी भी एक ओर तटस्थ खड़ा था और सोच रहा था कि देखूँ तो यह भाव कब तक रहता है…

नरेन्द्र घर लौट आया, किंतु उसका भाव परिवर्तित नहीं हुआ। जहाँ तक उसकी दृष्टि जा रही थी, जो कुछ उसकी दृष्टि देखती थी…वह सब ईश्वरीय तत्त्व ही था…और कुछ भी नहीं।

भुवनेश्वरी ने खाना परोसकर उसे पुकारा।

अपनी उसी स्तब्धावस्था में वह उठकर आया और आसन पर बैठ गया। दृष्टि उठाकर देखा तो…अन्न, थाली, माँ, वह स्वयं…सब ईश्वर ही थे। सिवाय ईश्वर के और कुछ भी नहीं था।…

अभ्यासवश हाथ आगे बढ़ा। उसने दो-एक कौर खाए और हाथ रोककर बैठ गया।··· कहीं अन्न दिखता तो वह खाता। ईश्वर को खाने का क्या अर्थ? क्या स्वाद।···

"बैठा क्यों है? खाता क्यों नहीं?" भुवनेश्वरी ने आश्चर्य से उसे देखा, "तुझे हो क्या गया है? पत्थर की प्रतिमा बनकर बैठ गया है।"

"कुछ नहीं हुआ माँ!" वह किसी प्रकार बोला।

"तो फिर खाता क्यों नहीं?" भुवनेश्वरी ने डाँटा, "खाना स्वादिष्ट नहीं बना? कहीं से कुछ खा आया है? या तेरा स्वास्थ्य ठीक नहीं है?"

"नहीं, सब ठीक है माँ।" नरेन्द्र ने कहा। वह अपना पूरा प्रयत्न कर, स्वयं को सजग बनाए हुए था, कहीं ऐसा न हो कि वह 'माँ' को भी 'ईश्वर' कहकर संबोधित करने लगे।

"तो फिर खाता क्यों नहीं?" भुवनेश्वरी बोली, "स्वस्थ मनुष्य क्या इस प्रकार व्यवहार करता है कि घिसट-घिसटकर दो कौर खाए और फिर हाथ रोककर बैठ गए?"

नरेन्द्र माँ को कैसे बताता कि उसे क्या हुआ है? बताता भी तो शायद माँ समझ नहीं पाती।

"तो यही समझ लो माँ! कि इस समय मेरा मन कुछ अटपटा गया है।" नरेन्द्र धीरे से बोला, "ठीक से भोजन कर नहीं पा रहा···किंतु चिंता की कोई बात नहीं है।"

किसी प्रकार थोड़ा-सा भोजन कर नरेन्द्र उठ आया।···माँ के निकट रहने से वे और ढेर सारे प्रश्न पूछेंगी और वह उनको बता नहीं पाएगा। वे चिंतित भी होंगी और दुखी भी···।

नरेन्द्र कॉलेज जाने के लिए सड़क पर आया, तो भी उसका भाव परिवर्तित नहीं हुआ। उसे अब भी चारों ओर ईश्वर ही ईश्वर दिखाई दे रहा था···सामने से गाड़ियाँ आ रही थीं, किंतु उसके मन में तनिक-सा भी यह विचार नहीं आया कि गाड़ियाँ उसके ऊपर चढ़ सकती हैं, उसे चोट लग सकती हैं, इसलिए उसे मार्ग में से हट जाना चाहिए···ईश्वर के मन में भय कैसा? और ईश्वर से भय कैसा?···

किंतु आती-जाती गाड़ियों के चालक जब झपट-झपटकर उसे डाँटने लगे और मार्ग चलते दो-एक लोगों ने उसकी बाँह पकड़कर उसे किनारे खींच लिया, तो उसकी समझ में आ गया कि उसे तो चारों ओर प्रत्येक पदार्थ में ईश्वर दिखाई पड़ रहा है, किंतु अन्य लोगों पर अभी ठाकुर की कृपा नहीं हुई है। वे ठीक से देख नहीं पा रहे हैं। उन्हें अपनी गाड़ी, गाड़ी ही दिखाई दे रही है और वह हाड़-मांस का एक मनुष्य···

कॉलेज में भी उसकी वही स्थिति रही। अध्यापकों और लड़कों में तो कोई भेद लगता ही नही था। बेंचों और लड़कों में भी कोई भेद दिखाई नहीं पड़ता था।···बड़ा विचित्र-सा लग रहा था···जो कुछ अध्यापक थे, वही तो लड़के भी थे। फिर जाने क्यों अध्यापक लगातार उन्हें कुछ-न-कुछ पढ़ाने का, बताने का प्रयत्न करते जा रहे थे।···फिर भी किसी प्रकार नरेन्द्र स्वयं को रोक रहा था···कहीं ऐसा न हो कि अपने इस भाव के कारण वह कुछ ऐसा कर बैठे, जो कुछ बहुत असाधारण अथवा किसी के लिए अपमानजनक हो···

अगले दिन भी उसकी वही स्थिति रही। उसे लग रहा था कि उसके हाथ-पैर एकदम सुन्न हो गए हैं···और फिर उसे लगा कि भोजन तो कर रहा है, किंतु उससे उसे किसी भी प्रकार की तृप्ति नहीं हो रही है···शायद वह भोजन कर ही नहीं रहा। भोजन करने वाला व्यक्ति कोई और ही है।

भुवनेश्वरी खाना परोसकर किसी और काम के कारण, वहाँ से हट गई। नरेन्द्र खाना खाता

जा रहा था···उसने देखा कि आसपास कोई नहीं है···वह खाना छोड़कर उठा और पास ही लेट गया।···सहसा माँ के आने की आहट पाई तो पुनः खाने बैठ गया।

अपनी ओर से नरेन्द्र अपनी स्थिति को बहुत छिपाए हुए था, किंतु वह नहीं जानता था कि भुवनेश्वरी उसके विचित्र व्यवहार से सशंकित होकर, उस पर पूरी तरह दृष्टि रखे हुए थी। उसका सारा व्यवहार इतना विचित्र था कि भुवनेश्वरी की चिंता गंभीर होती जा रही थी।···उसने आकर देखा कि नरेन्द्र वैसे ही बैठा खा रहा है, जैसे वह उसे छोड़कर गई थी।···कल नरेन्द्र ने बहुत थोड़ा खाया था और आज वह खाए जा रहा था। भुवनेश्वरी को लगा कि इस लड़के की बुद्धि ने जैसे काम करना एकदम बंद कर दिया है। वह किसी मंद-बुद्धि बालक के समान हो गया है, जिसे न यह पता लगता है कि उसे भूख लगी है और न उसे यह पता लगता है कि उसका पेट भर गया है।···या तो खाता ही नहीं, और खाता है तो खाता ही चला जाता है···

"देखती हूँ, तुझे कुछ हो गया है।" भुवनेश्वरी ने नरेन्द्र को कहा, "किंतु उसके बाद के अपने विचार वह प्रकट नहीं कर पाई।···क्या कहे वह? और क्या करे? बच्चा रोग-ग्रस्त हो, तो उसे वह वैद्य अथवा डॉक्टर को दिखाए, किंतु इस लड़के का रोग भी कौन समझेगा?···यह जाने किन-किन मंदिरों और मठों में जाता है, किन-किन साधु-संतों के साथ बैठता-उठता और खाता-पीता है, किस-किस प्रकार की साधना और तपस्या करता है···जाने इसका रोग क्या है।···और विश्वनाथ भी कलकत्ता में नहीं थे।

वह बैठी चिंतित दृष्टि से नरेन्द्र को देख रही थी : उसे लगा कि नरेन्द्र में चेतना का लोप ही हो गया है और वह क्रमशः जड़ होता जा रहा है।

'अब यह बचेगा नहीं।' भुवनेश्वरी ने अपने आपसे कहा और अपने माथे पर हाथ रखकर बैठ गई।

नरेन्द्र के मन में क्षण-भर के लिए इच्छा कौंधी कि माँ को समझाए कि वह चिंता न करे, उसे कुछ भी नहीं हुआ है।···यह तो ठाकुर उसे मात्र इतना ही समझा रहे हैं कि अद्वैत भाव क्या होता है।···किंतु अगले ही क्षण जैसे अद्वैत भाव ही सघन हो उठा···वह और उसकी माँ तो एक ही थे उनमें भेद ही क्या था कि वह उनको समझाता। यहाँ कौन किसको समझाता···कोई भेद हो तो समझाने की बात उठे···

संध्या-समय तक आच्छन्न-भाव की सघनता कुछ कम हुई : नरेन्द्र को लगा कि वह कुछ सहज और प्रकृतिस्थ हो रहा है···किंतु तब उसने अनुभव किया कि यहाँ कुछ भी यथार्थ नहीं था, जैसे सारा कुछ स्वप्न के समान था। जो कुछ घटित हो रहा था, वस्तुतः वह घटित नहीं हो रहा था। सब कुछ यथावत् ही था। सब कुछ मिथ्या था, स्वप्नवत्···

उसने स्वयं को झँझोड़कर जगाया।···वह कब तक इस प्रकार के विचित्र भावों का बंदी रहेगा। उसे इससे निकलना होगा। उसे निश्चय करना होगा कि वह सब स्वप्न है या यथार्थ?···यह संसार सत्य है या माया?···

वह उठा और घर से बाहर निकल गया। गली पार कर सड़क पर आया और फिर हेडो तालाब की ओर निकल गया।···वह चल तो रहा था, किंतु जिस प्रकार उसके हाथ-पैर सुन्न होते जा रहे थे, उससे उसके मन में एक भय अंकुरित हो रहा था···कहीं यह पक्षाघात का रोग तो नहीं है, जिसे वह आच्छन्न भाव समझ रहा है···पर नहीं, यदि यह पक्षाघात का रोग होता, तो उसके हाथ-पैर, या फिर शरीर को कोई अंग पूर्णतः निर्जीव हो गया होता।···उसके साथ ऐसा नहीं हुआ

है।...यह तो एक स्वप्न जैसा है, जिसमें व्यक्ति चलना चाहता है, तो उसके पैर नहीं उठते, हिलना चाहता है तो शरीर उसकी आज्ञा का पालन नहीं करता, वह चीखना चाहता है, पर उसके कंठ से ध्वनि नहीं फूटती, वह किसी ऊँचाई से नीचे गिरता है और गिरता ही चला जाता है, किंतु कभी भी तल पर नहीं पहुँचता, कोई चोट नहीं लगती...

वह चलता-चलता हेडो तालाब तक पहुँच गया था।...सहसा उसके मन में एक विचार आया...उसने रुककर थोड़ी देर तक सोचा, हाँ! यह ठीक था।...उसने तालाब के किनारे-किनारे, रोक के लिए लगी हुई लोहे की छड़ों को पकड़ लिया। एक क्षण के लिए उन्हें देखा और फिर अपना माथा उन पर ठोक दिया...अभी पता लग जाएगा कि यह संसार सत्य था या स्वप्न...

वह समझ नहीं पाया कि उसके शरीर में अब इतनी शक्ति ही नहीं रह गई थी कि वह बलपूर्वक अपना माथा छड़ों पर दे मारता, या छड़ें ही कुछ कोमल हो गई थीं...या फिर छड़ें भी वही थीं, जो वह स्वयं था।...किसी को किसी से चोट नहीं लगी थी, किसी की हानि नहीं हुई थी।...

वह मुड़ा और घर की ओर चल पड़ा।

आच्छन्न-भाव क्रमशः क्षीण होता गया और उसके पश्चात् उसने स्वयं अनुभव किया कि वह प्रकृतिस्थ हो गया है।...प्रकृतिस्थ होते ही उसके मन में पहला प्रश्न उठा कि यह सब क्या था? उसे क्या हुआ था? यह संसार बदल गया था या उसकी अपनी ज्ञानेंद्रियाँ भ्रमित हो गई थीं?...स्पष्ट था कि संसार तो वही का वही था, परिवर्तन तो उसकी अपनी ज्ञानेंद्रियों की क्रियाशीलता में आया था। जैसे किसी को आँखों में कम सूझने लगे या कानों से ऊँचा सुनाई पड़ने लगे, वैसे ही यह भी तो संभव है कि किसी को अपनी आँखों की अक्षमता के कारण कुछ का कुछ दिखाई देने लगे।...उसके साथ भी वही हो गया था। जैसे पीलिया के रोगी को संसार की प्रत्येक वस्तु पीली दिखाई पड़ती है, वैसे ही उसे भी संसार की प्रत्येक वस्तु एक ही पदार्थ के रूप में दिखाई पड़ने लगी थी।...किंतु अब सब कुछ ठीक हो गया है, इसका अर्थ है कि उसकी इंद्रियों में कोई विकार नहीं आया था, किसी कारण से वे थोड़े समय के लिए दूषित अवश्य हो गई थीं।...पर वह कारण क्या था?

और नरेन्द्र को लगा कि यह ठाकुर की सम्मोहिनी शक्ति ही थी, जिससे उन्होंने उसे इतने दिनों तक पागल-सा बना रखा था।...यह कोई पहला अवसर तो नहीं था...इससे पहले भी उन्होंने अपने स्पर्श से उसके मस्तिष्क को प्रभावित किया था। और ऐसा क्यों किया था उन्होंने? क्योंकि नरेन्द्र उनकी धारणाओं को स्वीकार नहीं कर रहा था। वह हाजरा के साथ मिलकर उनकी उन धारणाओं का परिहास कर रहा था।...उन्हें उसका आचरण अच्छा नहीं लगा होगा। संभव है, उन्होंने स्वयं को अपमानित अनुभव किया हो। उन्होंने उसे दंड देना चाहा हो। उससे प्रतिशोध लेना चाहा हो।...उनके पास शक्ति है तो वे उस शक्ति का प्रयोग क्यों न करते।...किंतु क्या उसका अपराध इतना बड़ा था कि इन्होंने उसे इतने दिन पागल बनाए रखा?...वे अपना विरोध करने वालों को इस प्रकार दंडित करेंगे?...

नरेन्द्र को लगा कि उसके मन में ठाकुर के प्रति विरोध बढ़ रहा है।...

किंतु तभी नरेन्द्र का विवेक जागा।...उनके पास शक्ति है।...और हाजरा न केवल उनकी बात नहीं मानता, वरन्! उनके निकट रहकर उनका परिहास करता है और सबसे बढ़कर उनका विरोध करता है। उनके शिष्यों को उनके विरुद्ध भड़काता है...विद्रोह करने के लिए उकसाता

है···उन्होंने उसे तो कभी दंडित नहीं किया। उससे तो कभी प्रतिशोध नहीं लिया···

तो फिर नरेन्द्र के साथ ही ऐसा क्यों किया?···क्या किया नरेन्द्र के साथ?···उसके सम्मुख वह सारा कुछ प्रत्यक्ष कर दिया, जो वेदांत के ग्रंथों में लिखा है। उसे वह सब दिखाया जो 'अष्टावक्र संहिता' में वर्णित है।···उसे सम्मोहित नहीं किया, उसे उन ग्रंथों का सत्य दिखाया। जो कुछ वह स्वयं अपनी इंदियों के माध्यम से नहीं देख सकता, उसे वह सब कुछ दिखाया।···ऋषियों ने जो कुछ अपनी विकट तपस्या और दीर्घ साधना से प्राप्त किया था, वह सब ठाकुर ने उसे सहज ही एक स्पर्श से दे डाला···

नरेन्द्र के मन में ठाकुर का प्रेम स्पष्ट हो रहा था···नरेन्द्र उनकी बात नहीं मानता, तो न माने। उनकी क्या क्षति है उसमें। किंतु नहीं। वे उसका प्रत्येक विरोध हँसकर सह रहे हैं। उसे समझा रहे हैं, दिखा रहे हैं, बता रहे हैं, शिक्षा दे रहे हैं।···ऋषियों ने अपनी साधना के बल पर देखा होगा, अनुभव किया होगा। नरेन्द्र को सीखना होगा कि वह दूसरों की तपस्या का लाभ उठाए। अपनी आँखों से देखे अवश्य, किंतु स्वयं से अधिक अनुभवी लोगों में आस्था तो रखे।···ठाकुर तो अहैतुक कृपा निधान हैं। कोई और व्यक्ति होता तो अपने पास आए हुए, अपना विरोध करने वाले मूर्ख को इतना बड़ा वरदान कभी न देता···

नरेन्द्र को लगा, उसका हृदय ठाकुर के प्रति एक असाधारण और आभार से आप्लावित हो उठा है।···वह ठाकुर का प्रेम तो समझता था, किंतु उसे ठाकुर का महत्त्व भी समझना चाहिए···महान् ऋषियों द्वारा अपनी तपस्या के माध्यम से साक्षात् किए गए आध्यात्मिक सत्यों का साक्षात्कार न केवल ठाकुर ने स्वयं किया है, वरन् अपनी इच्छामात्र से वह किसी को भी उसका साक्षात्कार करा सकते हैं···

नरेन्द्र का मन दक्षिणेश्वर में ठाकुर से अपनी पहली भेंट की ओर बहक गया···उन्होंने कहा था कि उन्होंने ईश्वर को न केवल देखा है, वरन् वे उसे भी दिखा सकते हैं···दूसरी भेंट में उसके शरीर पर अपना चरण स्थापित कर क्या वे उसे ईश्वर-दर्शन की ओर ही अग्रसर कर रहे थे?···भयभीत होकर स्वयं नरेन्द्र ने ही उन्हें बाधित कर दिया था···अन्यथा उनकी ओर से तो कृपा की कोई कमी नहीं थी···

45

नरेन्द्र के मन में अरुचि नहीं थी, जिज्ञासा थी। जिज्ञासा के बोझ तले दबकर उसकी आतुरता की तीव्रता भी मंद हो गई थी। उसकी गति भी चिंता के कारण कुछ मंथर थी, जैसे पैर चल न रहे हों, घिसट रहे हों···फिर भी वह दक्षिणेश्वर तो पहुँच ही गया था।···अब देखना था कि आज ठाकुर उसका कैसा स्वागत करते हैं···

प्रायः महीना-भर पहले जब वह ठाकुर के पास गया था, तब उसे हलका-सा आभास हुआ था कि उनके व्यवहार में वह प्रसन्नता और आह्लाद नहीं है, जो प्रायः हुआ करता था। उस दिन वे उससे टूटकर नहीं मिले थे, जैसे कि प्रायः मिला करते थे। न उन्होंने उसका कोई विशेष सत्कार करने का प्रयत्न किया था। उसके प्रश्नों के उत्तर भी संक्षिप्त-से 'हाँ' अथवा 'ना' में देकर जैसे उसे टाल दिया था।···

नरेन्द्र को आश्चर्य हुआ था। फिर भी उसने मान लिया था कि किन्हीं कारणों से ठाकुर का स्वभाव बोझिल था। संभवतः उनका स्वास्थ्य ठीक नहीं था···या संभव है कि वे थके हुए हों···किसी कारण चिंतित हों।···उसके मन में आया भी कि वह उनसे पूछे कि बात क्या है? किंतु उस दिन वे कुछ इतने आत्मलीन थे कि नरेन्द्र को पूछने का कोई उचित अवसर ही नहीं मिला।···यह भी संभव है कि वे अस्वस्थ न हों, अन्यमनस्क हों या भावस्थ हों। किसी प्रकार की कोई साधना कर रहे हों···जैसे समाधि के पश्चात् प्रकृतिस्थ हो जाते हैं, वैसे ही समय के साथ अब भी हो जाएँगे···वह उनके कमरे से बाहर निकल आया और हाजरा के पास बैठा बातें करता रहा।···उसने सुना ठाकुर किसी अन्य व्यक्ति से बातें कर रहे थे। वे प्रकृतिस्थ हो चुके होंगे। वह पुनः उनके पास आकर बैठ गया। किंतु इस बार भी उन्होंने उससे कोई बात नहीं की। वे दूसरी ओर मुँह किए, शैया पर लेटे रहे। सारा दिन बीत गया। संध्या तक ठाकुर का भावांतर नहीं हुआ। नरेन्द्र उन्हें प्रणाम कर कलकत्ता लौट आया···

अगले सप्ताह जब नरेन्द्र पुनः उनके सामने पहुँचा तो उन्होंने उसके प्रति स्पष्ट अरुचि दिखाई थी। उसे देखते ही वे उसकी ओर पीठ करके बैठ गए थे, जैसे उसका मुँह भी न देखना चाहते हों। उस दिन उसकी निश्चित धारणा बन गई थी कि वे किसी-न-किसी कारण से उससे रुष्ट हैं। पर रोष का कोई कारण उसके मन में स्पष्ट नहीं था···वैसे तो वह कुछ-न-कुछ ऐसा करता ही रहता था; जिससे ठाकुर बुरा मान जाएँ, किंतु वे बुरा मानते नहीं थे···नरेन्द्र को एक के पश्चात् एक, अनेक घटनाएँ याद आ रही थीं···

उन दिनों वह ठाकुर के सम्मुख ही उनकी आराध्या महाकाली के विरुद्ध, जो भी मन में आता था, कह देता था। ठाकुर हँसकर टाल दिया करते थे। किंतु एक दिन वे क्षुब्ध होकर उसे डाँट बैठे, 'मूर्ख! ऐसी बातें करनी हैं, तो यहाँ मत आया कर।'

नरेन्द्र मुस्कराकर उनके सामने से हट गया था और उनके कमरे में ही उनके छोटे-मोटे काम करता रहा था। और जब थोड़ी देर के पश्चात् चिलम बनाकर वह उनके सम्मुख आ खड़ा हुआ, तो उन्होंने न केवल मुस्कराकर उसके हाथ से चिलम पकड़ ली थी, वरन् अपना संतोष व्यक्त करते हुए कहा था, 'जो मेरे आदमी हैं, वे अवश्य आएँगे। डाँट सुनकर भी आएँगे।'

इसी प्रकार जब एक बार विवाद में अनेक कठोर बातें कहकर भी, वह उनको सहमत नहीं कर पाया तो उनके सम्मुख ही बहरा बनकर बैठ गया था। वे उसे धीरे-धीरे स्नेहपूर्वक समझाते रहे थे और वह उनके सम्मुख ऐसा कठोर तथा उपेक्षापूर्ण चेहरा बनाकर बैठा रहा जैसे उनकी प्रत्येक बात से उसका विकट विरोध हो। वह उनकी बात सुन ही न रहा हो, और सुन भी रहा हो तो उसको विचार करने योग्य भी न मानता हो···

अंत में ठाकुर ने भड़ककर पूछा था, 'जब तुझे मेरी कोई बात माननी ही नहीं है, तो फिर यहाँ करने क्या आता है?'

'मैं यहाँ आपका उपदेश सुनने नहीं आता, न आपसे आदेश लेने आता हूँ।' नरेन्द्र ने भी मुँह फुलाकर कहा था।

'तो फिर क्या करने आता है?'

'आपसे प्रेम करता हूँ, इसलिए आपके पास आता हूँ।' नरेन्द्र ने कहा था और ठाकुर क्षण-भर में अपना क्रोध भूल पुनः ममतामय हो गए थे।···

एक बार तो नरेन्द्र से भूल ही हो गई थी···

तुलसीदास के एक पद के संदर्भ में ठाकुर ने कहा था कि चातक सिवाय मेघों से बरसते जल के, अन्य कोई जल नहीं पीता। नरेन्द्र ने उनका विरोध किया था और कहा था कि उसने स्वयं अपनी आँखों से चातक को गंगा-जल पीते हुए देखा है। ठाकुर का विश्वास कुछ डोल गया। बोले, 'यदि नरेन्द्र कह रहा है तो ठीक ही होगा, क्योंकि नरेन्द्र कभी मिथ्या-भाषण नहीं करता। चातक के संबंध में यह विश्वास कवि-प्रौढ़ोक्ति हो सकती है, जिसे सामान्य जन सत्य मान बैठा है।'···इस घटना के कुछ ही दिनों के पश्चात् ठाकुर के कमरे में एक पक्षी को देखकर नरेन्द्र ने उसे 'चातक' कहा, तो ठाकुर चौंक पड़े। बोले, 'मूर्ख! यह तो चमगादड़ है, तू इसे चातक समझता है। तूने इसे ही गंगा-जल पीते देखा होगा। अपनी मूर्खता से तूने मुझे भी भ्रमित कर दिया। जा, अब मैं तेरी कोई भी बात नहीं मानूँगा···अपनी ही आँखों पर विश्वास करूँगा···।'

किंतु महिमाचरण चक्रवर्ती के विषय में उन्होंने उसका विश्वास किया था। सत्य तो यह है कि कहकर भी उन्होंने कभी उसकी बुद्धि अथवा वाणी के प्रति अविश्वास नहीं किया··· महिमाचरण चक्रवर्ती ठाकुर के पास बहुत पहले से आया करता था। वह सदा ही अपनी साधना और विद्वत्ता की डींगें मारा करता था। उसने ठाकुर को यह भी बताया था कि उसके पास एक विशाल पुस्तकालय है और उसने वे सारी पुस्तकें इस प्रकार पढ़ रखी हैं कि कोई चाहे तो उसकी परीक्षा करके देख ले।

नरेन्द्र को उस पर तनिक भी विश्वास नहीं था, इसलिए वह सत्य की खोज में महिमाचरण के घर जा पहुँचा। उसने देखा कि पुस्तकों के संबंध में वह झूठ नहीं कह रहा था। सचमुच ही उसके पास एक बड़ा पुस्तकालय था···किंतु क्या उसने वे सारी पुस्तकें पढ़ भी रखी हैं?···नरेन्द्र ने महिमाचरण की पुस्तकें उलटनी-पलटनी आरंभ कीं। पुस्तकें इतनी नई थीं कि लगता ही नहीं था कि कभी किसी ने उन्हें हाथ भी लगाया हो, पढ़ने की बात तो बहुत दूर थी।

'पढ़ते हुए इन पुस्तकों में आपने कभी कोई निशान नहीं लगाया।' नरेन्द्र ने कहा, 'लगता है कि आप पुस्तकें बहुत सँभालकर रखते हैं।'

'हाँ! हाँ!!' महिमाचरण ने कृत्रिम अट्टहास किया, 'मुझे पुस्तकों से इतना प्रेम है कि मैं निशान लगाकर अथवा पृष्ठों को मोड़-माड़कर उन्हें नष्ट नहीं करना चाहता। वैसे पढ़ता मैं बहुत ध्यान से हूँ।'

तब तक नरेन्द्र के हाथ एक और पुस्तक लग गई। जिल्दसाज की असावधानी से उसके अनेक पृष्ठ कटने से रह गए थे। नरेन्द्र ने अच्छी तरह देख लिया था कि उसके बीसियों पृष्ठ अभी जुड़े थे, जिन्हें काटे बिना पुस्तक पढ़ना संभव ही नहीं था।

'यह पुस्तक भी पढ़ ली आपने?'

'हाँ! हाँ!! इसे तो दो बार पढ़ चुका हूँ।' महिमाचरण ने दुगुने उत्साह से कहा।

नरेन्द्र ने वे जुड़े पृष्ठ उसके सम्मुख कर दिए, "लगता है कि ऊपर के पृष्ठ से ही आप भीतर के पृष्ठ पढ़ने में भी समर्थ हैं।"

उनके पुराने मित्र की इस प्रकार सायास पोल खोलने पर भी ठाकुर उससे रुष्ट नहीं हुए थे···ये तो छोटी-छोटी बातें थीं। नरेन्द्र ने तो स्वयं ठाकुर पर भी अविश्वास किया था।···ठाकुर के विषय में कहा जाता था कि वे कंचन तथा कामिनी को इस सीमा तक त्याग चुके थे कि यदि उनके शरीर से कोई सिक्का छू जाए अथवा हलके चरित्र की कोई स्त्री उनके चरणस्पर्श कर ले तो उनके सारे शरीर में पीड़ा की लहर दौड़ जाती है, जैसे उन्हें बिजली का झटका लगा हो···नरेन्द्र

का मन बिना प्रमाण के इस बात को मानने के लिए तैयार नहीं था। प्रमाण पाने का एक ही मार्ग था–परीक्षण!...एक दिन जब ठाकुर दक्षिणेश्वर में नहीं थे, तो उसने अवसर का लाभ उठाया और उनके बिस्तर में चादर के नीचे छिपाकर एक रुपए का सिक्का रख आया।

ठाकुर बाहर से आए, तो थोड़ा विश्राम करने के लिए वे अपने बिस्तर पर लेटे, किंतु लेटना क्या था। वे पीड़ा से चीत्कार कर, उठ बैठे। रामलाल ने तत्काल उनका बिस्तर झाड़ा और रुपया निकाल लिया।...तब तक नरेन्द्र भी कमरे में आ चुका था। उसने सब कुछ देखा और सत्य को समझा।...किंतु वह ठाकुर को पीड़ा पहुँचाने का अपराधी था।...क्षमा माँगने का भी अवसर नहीं था। चुपचाप कमरे से बाहर चला गया।...ठाकुर ने उसे इस प्रकार बाहर जाते देखा, तो वे भी समझ गए कि यह सारी योजना नरेन्द्र की ही रही होगी...

ठाकुर तब भी उससे रुष्ट नहीं हुए...और अब? अब क्या हो गया था कि पिछले महीने-भर से वे उसकी उपेक्षा ही नहीं, निरादर भी कर रहे थे। वह जाता था और उनके कमरे में चुपचाप बैठा रहता था। न वे उसकी ओर देखते थे और न कोई बात करते थे।...वह उठकर बाहर चला जाता था। बगीचे में टहलता था। मंदिर के आसपास मँडराता था। हाजरा से थोड़ी-सी गप्पबाजी करता था, हुक्का पीता था और घर चला आता था...दिन-भर सोचता रहता था कि आखिर हुआ क्या है?...वह यह भी जानता था कि ठाकुर अकारण ही उससे रुष्ट नहीं हो सकते। कोई-न-कोई कारण तो होगा ही...ठाकुर की निर्णय-बुद्धि अबोध नहीं थी कि निर्दोष नरेन्द्र से वे रुष्ट रहें। तो?...इस 'तो?' का उत्तर उसको मिल नहीं रहा था।

आज फिर वह इसी आशा से आया था कि या तो ठाकुर का भाव परिवर्तित हो गया होगा, या फिर क्रोध में ही सही, चाहे डाँटकर ही उसे बता देंगे कि उससे क्या दोष हुआ है। वे नरेन्द्र से इतना प्रेम करते हैं, सदा उसकी प्रशंसा करते हैं, उससे कभी चरण-सेवा भी नहीं करवाते। उनका कहना था कि यह आध्यात्मिकता अनुशासन का एक अंग था...और नरेन्द्र को उसकी आवश्यकता नहीं थी...वे उसे अकारण दंडित कैसे कर सकते हैं?"

वह ठाकुर के कमरे के द्वार पर आया। वे अपनी चौकी पर बैठे हुए थे।...ध्यान नहीं कर रहे थे, शायद किसी की प्रतीक्षा कर रहे थे। वह द्वार पर खड़ा रहा।...ठाकुर ने उसके आने का लक्ष्य तो किया, किंतु कोई प्रतिक्रिया प्रकट नहीं की।...तो क्या ठाकुर अब भी रुष्ट हैं। आज भी उसे इधर-उधर भटककर, हाजरा से बातें कर, उसका हुक्का पीकर लौट जाना पड़ेगा?...

किंतु आज ठाकुर ने उसे देखकर अपना मुँह नहीं फेरा। आज उन्होंने उसकी ओर पीठ नहीं की थी...

उसमें उत्साह का संचार हुआ। वह ठाकुर के निकट आया। उसने भूमिष्ठ हो प्रणाम किया। सिर उठाया और ठाकुर की ओर देखा।

ठाकुर के चेहरे पर रोष था, "मैं अब तुझसे बात भी नहीं करता, तो क्यों आता है यहाँ?"

"आप समझते हैं, मैं आपकी बातें सुनने आता हूँ?" नरेन्द्र ने स्थिर स्वर में उत्तर दिया, "नहीं, मैं आपसे मिलने आता हूँ। आपको देखने आता हूँ।"

"पर क्यों आता है तू?" ठाकुर का स्वर कठोर हो गया था।

"क्योंकि मैं आपसे प्रेम करता हूँ।" नरेन्द्र शांत स्वर में बोला।

ठाकुर का भाव तत्काल बदल गया। वे प्रसन्न होकर बोले, "मैं तेरी परीक्षा ले रहा था, कि आदर-सत्कार न पाने पर तू भाग जाता है या नहीं। तेरे जैसे आधार में ही इतनी अवज्ञा और

उदासीनता सहन हो सकती है। कोई दूसरा होता तो कब का भाग गया होता और फिर इधर झाँकता भी नहीं।"

46

परीक्षा में एक महीना रह गया था। नरेन्द्र उस ढंग से तनिक भी प्रयत्न नहीं कर रहा था, जिस प्रकार से उसके मित्र उसे आवश्यक समझते थे। परस्पर सहमति से उन लोगों ने तय किया कि वे सब एक साथ मिलकर पढ़ेंगे, ताकि नियमपूर्वक पढ़ सकें और एक-दूसरे की सहायता भी कर सकें। हरिदास चट्टोपाध्याय और दाशरथि सान्याल पूर्ण गंभीरता से पढ़ना चाहते थे और वे यह भी जानते थे कि नरेन्द्र के साथ पढ़ने पर उन्हें लाभ ही होगा। उसकी बुद्धि की कुशाग्रता, उनकी अनेक समस्याएँ चुटकी बजाते ही हल कर देगी, किंतु सप्ताह-भर साथ पढ़कर भी उन्होंने देखा कि उनका अध्ययन कुछ विशेष आगे नहीं बढ़ पाया था। उनका सारा समय परस्पर वार्तालाप और गीत-संगीत में ही व्यतीत हो रहा था।

"ऐसे कैसे चलेगा?" हरिदास ने कहा, "यदि अच्छे अंक नहीं आए तो फीस माफ करवाकर भी क्या होगा।"

"मैं भी यही सोचता हूँ।" दाशरथि ने धीरे से कहा, "मेरी तो कुछ पुस्तकें पूरी तरह पढ़ी भी नहीं गई हैं।" सहसा वह नरेन्द्र की ओर मुड़ा, 'नरेन! तुमने ग्रीन की 'हिस्ट्री ऑफ इंग्लैंड' पढ़ ली है?"

नरेन्द्र मुस्कराया, "अरे, मैं तो उसे पूरी तरह भूले ही बैठा हूँ। मैंने तो उसको पढ़ना आरंभ ही नहीं किया है।"

"तो फिर जल्दी पढ़।" दाशरथि बोला, "मुझे उसमें से तुमसे कुछ प्रश्न पूछने हैं।"

"अच्छी बात है।" नरेन्द्र बोला, "अब पढ़कर आऊँगा।"

अगले दिन नरेन्द्र नहीं आया। मित्रों ने दिन-भर प्रतीक्षा की। नरेन्द्र की ओर से कोई संदेश भी नहीं आया था। जाने क्या कारण था। नरेन्द्र अकारण तो रुक ही नहीं सकता था। अवश्य ही कोई बहुत ही विशेष बात होगी।

संध्या-समय हरिदास, दाशरथि और प्रियनाथ नरेन्द्र की खोज में उसकी नानी के घर पहुँचे। उन्होंने गली में से ही पुकारा, "नरेन!"

"आ जाओ।" नरेन्द्र का उत्तर आया।

मित्र लोग ऊपर जा पहुँचे। किंतु नरेन्द्र अपने कमरे में नहीं था। उन्होंने कमरे के आसपास भी देख लिया, किंतु नरेन्द्र न तो कमरे में था और न ही किसी दूसरे कमरे से निकलकर उनके पास आ ही रहा था। मित्रों को आश्चर्य हुआ : नरेन्द्र जानता है कि वे लोग आए हैं। उसने उन्हें ऊपर आ जाने के लिए भी कहा है तो फिर वह उनकी अगवानी के लिए आ क्यों नहीं रहा? क्या यह भी कोई बच्चों का खेल है कि उन्हें आने के लिए कहकर कहीं छिप गया है। उन्होंने पुनः पुकारा, "नरेन!"

"मैं यहाँ हूँ।" नरेन्द्र ने उत्तर दिया।

इस बार मित्र लोग उसे खोज पाने में सफल हो गए। जिस छोटे कमरे में नरेन्द्र रहता था,

उसके उत्तर में दूसरी मंजिल पर एक बड़ा कमरा था। इस कमरे के भीतर से उसमें प्रवेश करने का एक दरवाजा था। दरवाजा क्या था, छोटी-से-छोटी खिड़की से भी संकीर्ण एक मार्ग था। वह इतना छोटा था कि उसमें प्रवेश करने के लिए फर्श पर पेट के बल रेंगना पड़ता था। हाँ, उसमें बाहर की ओर एक खिड़की अवश्य थी, जिससे हवा और प्रकाश का प्रवेश होता था।

मित्र लोग उस बिलनुमा द्वार तक आ गए तो भी नरेन्द्र बाहर नहीं निकला। उसने भीतर से ही कहा, "मैं इस चोर-कोठरी के भीतर हूँ।"

"वहाँ क्या कर रहे हो?" दाशरथि ने पूछा, "बाहर क्यों नहीं निकलते। क्या चाहते हो कि हम भी फर्श पर रेंगते हुए भीतर आएँ?"

"नहीं।" नरेन्द्र ने उत्तर दिया, "भीतर मत आओ। मैं भी बाहर नहीं आऊँगा। जो बात करनी हैं, ऐसे ही कर लेते हैं।"

"पर यह क्या लीला है तुम्हारी?" हरिदास ने पूछा।

"मैं ग्रीन की 'हिस्ट्री ऑफ इंग्लैंड' पढ़ रहा हूँ।" नरेन्द्र ने उत्तर दिया, "संकल्प करके बैठा हूँ कि एक ही बैठक में इंग्लैंड का इतिहास समाप्त करके ही कोठरी से बाहर निकलूँगा। इसीलिए इस चोर-कोठरी में स्वयं को बंद कर लिया है।"

"एक ही बैठक में।" मित्र चकित थे, "एक ही बैठक में इतना बड़ा ग्रंथ कैसे पढ़ा जा सकता है?"

"कैसे का तो मुझे पता नहीं। अब तो इसे हृदयंगम करके ही कोठरी से बाहर निकलूँगा।"

मित्र लोग अवाक् खड़े रहे : जाने यह कैसा संकल्प था। इस ग्रंथ को पढ़ने में कई सप्ताह लग सकते थे। नरेन्द्र क्या उतने काल तक स्वयं को इस कोठरी में बंदी रखेगा? और फिर सोते-जागते उसके पृष्ठ पलटता भी जाएगा तो उससे अध्ययन का लक्ष्य तो पूरा नहीं होगा। पाठ मात्र का क्या लाभ, यदि व्यक्ति उसे समझ न पाए और स्मरण न रख सके। नरेन्द्र जिस प्रकार हठपूर्वक उसका पाठ कर रहा था, क्या उससे उसे कोई लाभ होगा?

"अच्छा, हम चलते हैं।" अंततः प्रियनाथ ने कहा, "जब अपना संकल्प पूरा कर लो और इस चोर-कोठरी से निकल जाओ तब आ जाना।"

"ठीक है।" नरेन्द्र ने उसके कथन को गंभीरतापूर्वक स्वीकार किया, जैसे उसमें परिहास का कोई अंश भी न हो।

तीन दिनों के पश्चात् नरेन्द्र चोर-बागान में उनके डेरे पर आया।

"अरे! तुम अपना संकल्प पूरा किए बिना ही, उस कोठरी से निकल आए क्या देवव्रत?" दाशरथि ने मुखर कटाक्ष किया।

किंतु नरेन्द्र गंभीर ही रहा, "नहीं, मैंने अपने संकल्पानुसार ही किया है।"

"पुस्तक समाप्त हो गई?" हरिदास की आँखें आश्चर्य से फैल गईं।

"पुस्तक तो समाप्त हो गई।" दाशरथि ने कहा, "किंतु कुछ समझ में भी आया।"

नरेन्द्र अभी भी गंभीर ही रहा, "मैंने पुस्तक का अध्ययन कर लिया है। तुम्हारी जो समस्याएँ हैं, उनके विषय में बातचीत कर लेते हैं।"

दाशरथि की दृढ़ धारणा थी कि तीन दिनों में दिन-रात लगकर भी कोई व्यक्ति उस पुस्तक का एक पाठ भी पूरा नहीं कर सकता। उसकी अपनी समस्याएँ उसके मन में कहीं पिछड़ गई थीं। मुख्य हो गई थी—नरेन्द्र की परीक्षा। और परीक्षा के लिए आवश्यक था कि वह उससे वह सब

पूछे जो वह स्वयं जानता था।

उस दिन न गीत-संगीत हुआ और न वार्तालाप। प्रश्नों की ऐसी शृंखला चली कि सारा समय उसी में बीत गया।

नरेन्द्र चला गया तो मित्रों ने अनुभव किया कि उन्होंने आज तक अपने पाठ्यक्रम की पुस्तकों के विषय में इतनी सघन और गंभीर चर्चा कभी नहीं की थी। आज सारा समय उन लोगों ने केवल इंग्लैंड के इतिहास की ही चर्चा की थी। प्रश्न पूछे थे, आपत्तियाँ की थीं, जिज्ञासाओं का समाधान चाहा था और विरोधी तर्कों का दंगल किया था। नरेन्द्र ने एक बार भी यह नहीं कहा कि उसने यह पढ़ा नहीं अथवा उसे याद नहीं या वह समझ नहीं पाया।

"नरेन्द्र को तो इंग्लैंड का इतिहास पूरी तरह याद हो गया लगता है।" दाशरथि के स्वर में पिछड़ जाने की अनुभूति थी।

"मुझे तो यह लड़का ही कभी समझ में नहीं आया।" हरिदास ने उत्तर दिया।

परीक्षा का पहला दिन था। नरेन्द्र ने सूर्योदय से पहले ही बिस्तर छोड़ दिया था। उसने स्नान कर कपड़े बदले और सोचा कि अब इस समय घर में अकेले पढ़ने का क्या लाभ! वहीं मित्रों के पास चलते हैं। थोड़ा-बहुत पढ़ लेंगे और परीक्षा के लिए चले जाएँगे।

नरेन्द्र ने पुस्तक हाथ में ली और टहलते-टहलते चोर-बागान जा पहुँचा। हरिदास और दाशरथि के मकान का दरवाजा अभी बंद था। इसका अर्थ था कि वे अभी सोए हुए हैं। नरेन्द्र तो यह समझकर आया था कि संभव है कि वे लोग आधी रात से ही उठकर पढ़ने बैठ गए हों।...उन्हें अब जगा देना चाहिए, नरेन्द्र ने सोचा...किंतु जगाने की पद्धति कौन-सी हो? दरवाजा पीट-पीटकर किसी को जगाना, नरेन्द्र को पसंद नहीं था। नाम पुकार-पुकारकर जगाने की भी इस समय उसकी इच्छा नहीं थी। यह तो भोर का समय था, संगीत और भक्ति से ओत-प्रोत। नरेन्द्र के मन में एक गीत की पंक्तियाँ गूँज रही थीं...हाँ, वे उपयुक्त पंक्तियाँ थीं। वही तो याचक बनकर उनके दर्शन करने, उनके द्वार पर आया है, जैसे कोई भक्त भगवान् के दर्शनों के लिए आता है। नरेन्द्र रुक नहीं सका। उसने उच्च स्वर में गाना आरंभ किया—

महासिंहासने बसि शुनिछो हे विश्वपतिः,
तोमारि रचित छंद महान् विश्वेर गीत।
मर्त्येर मृत्तिका होये, क्षुद्र एइ कण्ठ लिए,
आमियो दुआरे तब होयेछि हे उपनीत।
किछु नाहि चाहि देव, केवल दर्शन मागि,
तोमारे शुनाबो गीत, ऐसेछि ताहारि लागि,
गाहे यथा रवि शशी, सेइ सभामाझे बसि,
एकान्ते गाहिते चाहे एइ भक्तेर चित।

दाशरथि की नींद टूटी। उसने स्वर पहचाना। स्वर नरेन्द्र का ही है। वह अचकचाकर उठ बैठा। उसने हरिदास को भी उठाया, "अरे, उठो। नरेन्द्र आ भी गया है।"

दाशरथि ने कपाट खोला। सामने प्रसन्न मुख नरेन्द्र हाथ में एक पुस्तक लिए खड़ा गीत गा रहा था। दाशरथि ने कुछ कहा नहीं, बस, एक ओर हटकर नरेन्द्र को भीतर आने का मार्ग

भी दिया और संकेत भी किया।

नरेन्द्र भीतर आ गया, किंतु न तो उसका गीत ही रुका और न ही उसका भावोच्छ्वास ही विलुप्त हुआ।

साथ के कमरे से निकलकर प्रियनाथ भी आ गया। वह तन्मयता से नरेन्द्र का गीत सुनता रहा, किंतु गीत के समाप्त होते ही उसे परीक्षा की याद आ गई। दस बजे से परीक्षा थी और ये लड़के यहाँ बैठे भजन गा रहे थे। वह उठ खड़ा हुआ, "नरेन्! आज से परीक्षा आरंभ है भाई। आज पढ़ाई कर लो। गाने के लिए तो बहुत समय मिलेगा।"

नरेन्द्र ने प्रियनाथ की ओर देखा और मुस्करा-भर दिया। उसका मन संगीत के प्रवाह में इस प्रकार निमज्जित था कि उससे वियुक्त होने का भाव उसके मन में अंकुरित भी नहीं हुआ। परीक्षा जैसे बहुत दूर की कोई महत्त्वहीन वस्तु थी और संगीत उसके अपने हृदय में वर्तमान था। संगीत के केंद्र में भक्ति थी। नरेन्द्र स्वयं को किसी अलौकिक सत्ता के बहुत निकट पा रहा था। निकट ही नहीं, कदाचित् वह उसके अस्तित्व में पूरी तरह घिरा हुआ था, जैसे वह कोई ऊनी चादर हो, जिसने नरेन्द्र के शरीर को लपेट रखा हो। नरेन्द्र उस आवरण को हटा नहीं सकता। उसे हटाया तो यह ऊष्मा, यह सुख, यह आह्लाद—सब कुछ समाप्त हो जाएगा और उसका शरीर प्राकृतिक वायु के शीतल स्पर्श से ठिठुर-ठिठुरकर रह जाएगा।

उसने गाया, "अचल धन गहन गुण गाओ ताहारि…।"

प्रियनाथ उन्हें छोड़कर अपने कमरे की ओर चला गया।

दाशरथि ने कुछ चकित भाव से कहा, "नरेन्द्र, परीक्षा के दिन कहीं तो एक-आध कठिन विषय, जो अच्छी तरह तैयार न हो, ठीक कर लेना चाहिए। परंतु देखता हूँ, तुम्हारा तो सब कुछ ही विचित्र है। तुम तो बड़ी मौज में हो।"

नरेन्द्र ने अगला गीत गाया :

"आज के इस प्रभात काल में सूर्य की किरणें
प्राणों के भीतर कैसे प्रवेश कर गईं?
गुहा के अंधकार में प्रभात पक्षी का गान कैसे समा गया?
न जाने इतने दिनों बाद प्राण क्योंकर जाग उठे हैं?
प्राण जाग उठे हैं,
अरे! पानी उछलकर उमड़ पड़ा है।
अरे! प्राणों की वेदना, प्राणों के आवेग को
रोक रखना संभव नहीं है अब!…"

"यह किसका गीत है? यह तो पहले सुना नहीं।" दाशरथि बोला।

"यह एक नए कवि रवीन्द्रनाथ ठाकुर का रचा हुआ है।" नरेन्द्र हँसा, "रवीन्द्र ने रचा औ नरेन्द्र ने गाया।"

"तुम जानते हो उन्हें?"

"हाँ! वे महर्षि देवेन्द्रनाथ ठाकुर के सुपुत्र हैं।" नरेन्द्र बोला, "उनका एक गीत मैंने राजनारायण बोस बाबू की पुत्री लीला के विवाह में भी गाया था। उसकी तो संगीत-रचना भी स्वयं रवीन्द्रनाथ ने ही की थी।"

"अब तुम्हारा गीत ही चलेगा या परीक्षा की तैयारी भी होगी?" हरिदास का स्वर अत्यंत चिंतित था।

नरेन्द्र ने अपना गीत रोककर कहा, "वही तो कर रहा हूँ। मस्तिष्क को जरा विश्राम देना चाहिए, नहीं तो इन दो घंटों में हम जो कुछ अपने दिमाग में ठूँसने का प्रयत्न करेंगे, वह पिछले किए-कराए पर भी पानी फेर देगा।" उसके अधरों पर उसका उज्ज्वल हास्य लौट आया, "इतने दिनों तक पढ़-पढ़कर जो नहीं हुआ, वह क्या अब एक-दो घंटे में हो जाएगा? हो नहीं सकता। परीक्षा के दिन प्रातःकाल केवल मौज करनी चाहिए। मौज करके शरीर और मन को जरा शांति देनी चाहिए। घोड़ा जब लौटकर अपने स्थान पर आता है तो मालिश आदि करके उसे ताजा करना होता है। दिमाग को भी ठीक उसी प्रकार ताजा करना पड़ता है।" उसने पुनः नया गीत उठाया, "आमराजे शिशु-अति…"

47

"तुम लोगों के कहने पर साथ चल तो रहा हूँ।" शशि ने कहा, "किंतु इसका अर्थ यह नहीं है कि जो कुछ तुम लोग कहोगे, सब कुछ मान लूँगा। जिसके द्वार बाँधना चाहोगे, बँध जाऊँगा।"

"सब कुछ मान लेने का क्या अर्थ?" शरत् ने उसका समर्थन किया, "हम लोग तो देखने जा रहे हैं कि केशवचंद्र सेन महाशय ने दक्षिणेश्वर के काली मंदिर के पुजारी के विषय में जो कुछ लिखा है, वह कितना सत्य है।"

"हाँ! यही बात है।" कालीप्रसाद चक्रवर्ती बोला।

"वैसे एक बार मैं अपने मुहल्ले की समिति के वार्षिकोत्सव के संबंध में दक्षिणेश्वर के काली मंदिर गया था।" शरत् ने बताया, "तब संयोग से मंदिर के पुजारी के दर्शन भी हो गए थे, किंतु मुझे तो उनमें कोई विशिष्टता दिखाई नहीं दी, इसलिए मैंने उसके पश्चात् कोई विशेष ध्यान भी नहीं दिया।"

"अब विशेष तो मैं भी कुछ नहीं जानता।" काली चक्रवर्ती बोला, "मैंने तो तुम लोगों को वही बताया है, जो 'इंडियन मिरर' में प्रकाशित हुआ है।"

"अरे, तो इसमें परेशान होने की क्या बात है।" शरत् ने कहा, "एक नए व्यक्ति को मिलने और उसे देखने-परखने में क्या हर्ज है।"

वे लोग ठाकुर के कमरे के द्वार पर पहुँचे ही थे कि ठाकुर ने इस प्रकार कहा, जैसे वे उनकी प्रतीक्षा ही कर रहे हों, "आ जाओ! आ जाओ! बड़े अच्छे समय से आए हो।"

तीनों भीतर जाकर, प्रणाम कर उनके सम्मुख बैठ गए तो ठाकुर ने पूछा, "कॉलेज में पढ़ते हो?"

"जी!"

"कुछ भगवान् से भी नाता है या कॉलेज की अंग्रेजी पढ़ाई ही सब कुछ है?" ठाकुर मुस्कराए।

"हम लोग केशव बाबू के ब्राह्म समाज में जाते हैं।" काली चक्रवर्ती ने अपना बचाव किया।

"यह तो बड़ी अच्छी बात है। केशव बाबू तक पहुँचकर ही यहाँ आए हो।" ठाकुर हँस पड़े, "अच्छा, बताओ तो कि तुम साकार पसंद करते हो या निराकार?"

वे उन तीनों की ओर देख रहे थे : देखें कौन उत्तर देता है।

''अभी तो यही मालूम नहीं कि ईश्वर है भी या नहीं—फिर साकार और निराकार कैसा?'' शशि ने सरल तथा निर्भीक उत्तर दिया।

ठाकुर प्रसन्न हो गए। लड़के खरे हैं। तनिक भी दुराव नहीं किया इस लड़के ने।

''और तुम?'' उन्होंने शरत् से पूछा।

''मैं तो प्रत्येक प्राणी में ईश्वर को देखना चाहूँगा।'' शरत् ने उत्तर दिया।

''किंतु वह तो साधना का अंतिम सोपान है।'' ठाकुर ने उसे विस्मय से देखा, ''मनुष्य आरंभ में ही यह क्षमता प्राप्त नहीं कर सकता।''

''मैं इससे कम में संतुष्ट नहीं हो सकता।'' शरत् बोला, ''मैं तब तक चलता ही जाऊँगा, जब तक मुझे मेरा लक्ष्य नहीं मिल जाता।''

''अच्छा है, अच्छा है।'' ठाकुर प्रसन्न मन से हँसे, ''आजकल के माँ-बाप लड़कों का छोटी अवस्था में ही विवाह कर देते हैं। स्कूल-कॉलेज से निकलते-निकलते, वे बहुत-से बाल-बच्चों के बाप बन जाते हैं। और फिर वे परिवार के भरण-पोषण के निमित्त नौकरी की खोज में दौड़-धूप करने लगते हैं।...ईंटों और खपरे को मार्का लगाने के पश्चात् पकाया जाए तो उन पर अंत तक मार्का बना रहता है। उसी प्रकार मनुष्य को भी संसार में प्रवेश करने से पहले ही भगवान् के नाम से चिह्नित कर देना चाहिए। ऐसे में वह संसार में लिप्त नहीं होगा।''

''तो क्या विवाह करना अनुचित है महाराज?'' शरत् ने पूछा, ''क्या यह कार्य ईश्वर की इच्छा के विरुद्ध है?''

ठाकुर ने उसके प्रश्न का तत्काल उत्तर नहीं दिया। बोले, ''वहाँ एक पुस्तक पड़ी है, उठा लाओ।''

शरत् ने उनके इंगित की दिशा में रखी पुस्तक देखी और उठा लाया। पुस्तक के विषय में मन में उत्कट जिज्ञासा थी, इसलिए खोलकर नाम पढ़ा। यह बाइबल की प्रति थी।

ठाकुर ने उसके हाथ से पुस्तक लेकर खोली और फिर उसे लौटाते हुए बोले, ''इसका यह चिह्नित अंश पढ़ो।''

शरत् ने पढ़ा, ''अविवाहितों तथा विधवाओं से मैं कहता हूँ कि विवाह न करना ही अच्छा है—जैसाकि मैं स्वयं अविवाहित रह रहा हूँ। परंतु वे यदि संयम का निर्वाह न कर सकें, तो फिर विवाह कर लेना ही उचित है, क्योंकि वासना की आग में सुलगते रहने की अपेक्षा विवाह कर लेना ही श्रेयस्कर है।''

शरत् ने बाइबल बंद करते हुए ठाकुर की ओर देखा।

''विवाह ही सारे बंधनों का मूल है।'' ठाकुर बोले।

''विवाह के बिना सृष्टि कैसे चलेगी?'' काली चक्रवर्ती ने कुछ उत्तेजित स्वर में प्रश्न किया।

''उसकी चिंता तुम्हें नहीं करनी है।'' ठाकुर खुलकर हँस पड़े, ''जो विवाह करना चाहते हैं, वे अवश्य करें। यह तो हम लोगों में ऐसे ही एक बात हो गई। मुझे जो कुछ कहना था, कह दिया, तुम सिर-दुम छोड़कर शेष ले लो।''

''सिर-दुम छोड़कर?'' शशि उनकी बात समझ नहीं पाया था।

''अरे, मछली खाते हो न? पूरी मछली में से सिर और दुम छोड़ देते हो या नहीं।'' ठाकुर बोले, ''वैसे ही बात का सार ग्रहण कर लेना चाहिए, सिर-दुम छोड़ देना चाहिए।''

कुछ लोगों को उठते देख, वे भी उठे।

''जा रहे हो?'' ठाकुर ने पूछा।

''जी!''

''अच्छा! फिर आना, पर अकेले ही।'' ठाकुर ने जैसे अपनी बात रेखांकित की, ''धर्म की साधना गोपनीय चीज है।''

वे लोग प्रणाम करके मुड़े ही थे कि ठाकुर ने पुकारा, ''कलकत्ता जा रहे हो?''

''हाँ, महाराज!''

''नरेन्द्र को जानते हो?''

''नहीं, महाराज!''

''तुम लोग अच्छे लड़के हो। डेढ़ परीक्षा पास कर ली है। शिष्ट और शांत हो, किंतु नरेन्द्र-सा एक भी लड़का मुझे दिखाई नहीं दिया। जैसा गाने-बजाने में, वैसा पढ़ने-लिखने में, वैसा ही बातचीत में और फिर धर्म-विषय में भी। वह रात-भर ध्यान करता है, ध्यान करते-करते भोर हो जाता है, होश में नहीं रहता। मेरे नरेन्द्र के भीतर थोड़ी भी कृत्रिमता नहीं है। बजाकर देखो तो ठन-ठन शब्द होता है। दूसरे लड़कों को देखता हूँ, मानो आँख-कान दबाकर किसी तरह दो-तीन परीक्षाओं को पास कर लिया है, बस वहीं तक—उतना करते ही मानो उनकी सारी शक्ति निकल गई है। परंतु नरेन्द्र वैसा नहीं है, हँसते-खेलते सब काम करता है, पास करना कोई बात ही नहीं है। वह ब्राह्म समाज में भी जाता है, वहाँ भजन गाता है, परंतु दूसरे ब्राह्मों के समान नहीं है—वह यथार्थ ब्रह्म-ज्ञानी है। ध्यान करने के लिए बैठते ही उसे ज्योति-दर्शन होता है, उसे मैं यों ही प्यार नहीं करता।''

शरत् मुग्ध हो उठा···ऐसा कौन व्यक्ति है, जिसकी ठाकुर इतनी प्रशंसा कर रहे हैं···

''नरेन्द्र कहाँ रहते हैं महाराज?'' उसने पूछ लिया।

''विश्वनाथ दत्त का पुत्र है नरेन्द्र। घर सिमुलिया मुहल्ले में है।'' ठाकुर ने कहा, ''उससे अवश्य मिलना।''

''अवश्य मिलेंगे महाराज!''

अगले ही दिन शरत् और शशि ने जाकर नरेन्द्र के घर के कपाट खटखटाए।

जिस व्यक्ति ने कपाट खोले, उसे देखकर शरत् और शशि दोनों ही स्तंभित रह गए : यह तो वही लड़का था, जिसे उन्होंने धीरेन्द्र पाल के घर गाना गाते तथा साहित्य संबंधी चर्चा करते सुना था। यह वही लड़का था, जिसके विषय में उनके मित्र ने कहा था कि वह अत्यंत घमंडी लड़का है···

''हमें नरेन्द्रनाथ दत्त से मिलना है।'' शरत् ने कहा।

''मैं ही हूँ। आइए।'' नरेन्द्र बोला।

'इस लड़के ने उस दिन भी कहा था कि वह दक्षिणेश्वर के परमहंस देव के प्रति श्रद्धा रखता है।' शरत् सोच रहा था, 'और ठाकुर भी उसकी इतनी प्रशंसा कर रहे थे।···तो फिर भूल कहाँ थी? उसकी अपनी आँखों का देखा असत्य था क्या?···क्या फिर नरेन्द्र का घमंड और औद्धत्य उसकी अंतर्निहित असाधारण मानसिक शक्तियों के फलस्वरूप प्रचंड आत्मविश्वास से उत्पन्न था? उसका निरंकुश स्वाधीन आचरण अपने स्वाभाविक आत्मसंयम का परिचायक था? और उसकी लोकमान्यता के प्रति उदासीनता अपने पवित्र स्वभाव के आत्मप्रसाद से ही उत्पन्न हुई थी?···'

"मैं योग सीखना चाहता हूँ ज्ञानेश्वर!" कालीप्रसाद चन्द्र ने अपने मित्र से कहा, "मैं घर में पद्मासन लगाकर दिखाता हूँ तो मेरे माता-पिता, भाई-बहन, सब हँसते हैं।"

"तो क्या हो गया, तुम अभ्यास करते चलो।" ज्ञानेश्वर बोला, "किसी के हँसने से कोई अपना मार्ग तो नहीं छोड़ देता!"

"पर कोई गुरु तो मिले।" काली बोला, "बिना गुरु के..."

"सुनो! दक्षिणेश्वर में रानी रासमणि के काली मंदिर में एक परमहंस योगी रहते हैं।" ज्ञानेश्वर ने कहा, "वहाँ न पाखंड है, न आडंबर। वे वास्तविक योगी हैं। बहुत सारे सम्मानित और संभ्रांत लोग उनके पास जाते हैं और वे भी कभी-कभी कलकत्ता आया करते हैं। शायद वे तुम्हें योग सिखा सकें।"

काली प्रसन्न हो उठा। उसने उसी समय परमहंस से मिलने का दृढ़ निश्चय कर लिया।...

घर लौटकर उसे ध्यान आया कि अपने उल्लास के मद में उसने ज्ञानेश्वर से यह तो पूछा ही नहीं था कि रानी रासमणि का मंदिर था कहाँ? वहाँ तक पहुँचने का उपाय क्या होगा?...तो क्या वह ज्ञानेश्वर के घर जाए? वह जानता था कि ज्ञानेश्वर बाग बाजार में रहता है, किंतु उसके घर की संख्या?...वह भी उसे मालूम नहीं थी? तो?...

"माँ! तुम जानती हो दक्षिणेश्वर में रानी रासमणि का मंदिर कहाँ है?" उसने पूछा।

"क्यों?"

"वहाँ जाने की मेरी बड़ी उत्कट इच्छा है।" काली बोला, "क्या तुम मुझे मार्ग बता सकती हो?"

"मैं नहीं जानती।"

काली की इच्छा सागर की लहरों के समान उसके वक्ष पर थपेड़े मारती रही।...उसे लग रहा था कि इस विषय में जितना ही विलंब होता जा रहा था, उसकी इच्छा प्रबल से प्रबलतर होती जा रही थी। सारा दिन और सारी रात यह प्रश्न, बवंडर के समान उसकी आत्मा को घेरे हुए था कि वह परमहंस तक कैसे पहुँच सकता था?

प्रातः वह सैर करने के लिए निकला तो सहसा उसके मन में आया कि इधर-उधर चक्कर काटने के बदले वह दक्षिणेश्वर की ओर ही क्यों न चल पड़े? चलना तो था ही...सैर की सैर हो जाएगी और परमहंस के दर्शन भी हो जाएँगे।

बाग बाजार में रामकान्त की गली में पहुँचकर उसने ज्ञानेश्वर के विषय में पूछना आरंभ किया, किंतु कितने आश्चर्य की बात थी कि वहाँ कोई ज्ञानेश्वर को जानता ही नहीं था।

"या तो उसके मकान की संख्या बताओ।" अन्ततः एक भले आदमी ने कहा, "या फिर उसके मकान के स्वामी का नाम। केवल ज्ञानेश्वर कहने से तो मकान नहीं मिल सकता।"

काली समझ गया कि वह भद्र पुरुष ठीक ही कह रहे थे। यह उसकी ही मूर्खता थी कि वह बिना पर्याप्त सूचनाओं के उसे खोजने के लिए चल पड़ा था।...

अब?...

यहाँ तक आकर घर लौट जाने का कोई अर्थ नहीं था। फिर जाने यह निश्चय रहे-न-रहे, कोई उसे आने दे या न आने दे...उसे अपने पगों पर ही चलना है तो मार्ग भी स्वयं ही ढूँढ़ना होगा...यदि ज्ञानेश्वर उसे नहीं मिलेगा, तो क्या वह परमहंस के दर्शन ही नहीं करेगा?...

अंततः वह दक्षिणेश्वर की ओर ही चल पड़ा। रास्ते में कुछ लोगों से मार्ग पूछा। बाग बाजार

नहर का पुल पार किया और बिना रुके बैरेकपुर ट्रंक रोड की ओर चल पड़ा।···आगे?···

'भाई! दक्षिणेश्वर में रानी रासमणि का मंदिर किस ओर है?'' काली ने एक व्यक्ति से पूछा।

''वह इस ओर नहीं है।'' उस व्यक्ति ने कहा, ''वह तो गंगा के तट पर है। तुम शायद मार्ग भूल गए हो।''

''ओह!'' काली को लगा कि भगवान् उसकी परीक्षा ले रहे हैं। ये बाधाएँ शायद उसका संकल्प परखने के लिए ही थीं।

उसने उस व्यक्ति के बताए मार्ग पर चलना आरंभ किया। एक लंबा चक्कर लगा कर, आर्यादह ग्राम से होता हुआ वह मंदिर के उत्तरी द्वार पर पहुँचा। बेलताल और पंचवटी को पार कर वह मंदिर-परिसर में आया···अब?···

उसने दृष्टि उठाकर देखा : किससे पूछे?

निकट से गुजरते हुए एक व्यक्ति को उसने रोका, ''क्यों भाई! तुम काली मंदिर में रहने वाले परमहंस देव को जानते हो?''

''जानता हूँ।'' वह व्यक्ति हँसा, ''मैं तो इसी मंदिर में काम करता हूँ। ठाकुर उधर रहते हैं, काली मंदिर के साथ वाले कमरे में! पर इस समय वे कमरे में नहीं हैं।''

''कहाँ गए हैं?''

''आज वे कलकत्ता गए हुए हैं।'' उस व्यक्ति ने बताया, ''उनके कमरे में ताला लगा है।''

काली का दिल धक् रह गया! वह भोर होते ही घर से चल पड़ा था और इस समय दिन के ग्यारह बज रहे थे। इस धूप में सुबह से अब तक नंगे पाँव चलते हुए वह बेहद थक गया था।···और इतने कष्ट के पश्चात् उनके दर्शन भी नहीं होंगे?···

''वे कब तक लौटेंगे?'' उसने किसी प्रकार का आश्वासन पाने का अंतिम प्रयत्न किया।

''कुछ कहा नहीं जा सकता।'' वह व्यक्ति बोला, ''यह तो उनकी इच्छा पर निर्भर है। किसी के चाकर तो हैं नहीं कि बताकर जाएँ या बँधे समय से लौटें।''

काली का मस्तक एक बार घूम ही गया···कोई समय नहीं है।···कहीं ऐसा तो नहीं कि वह आज न ही लौटें, या रात को बहुत देर से लौटें···वह हताश-सा सीढ़ियों पर बैठ गया। मस्तक को सँभालने के लिए उसे अपनी हथेली का सहारा लेना पड़ा।···ऐसी स्थिति में वह कलकत्ता कैसे लौट सकेगा? उसमें वापस कलकत्ता तक चलने की क्षमता अब एकदम नहीं थी।···जेब में एक पैसा भी नहीं था कि वह किसी प्रकार की कोई सवारी ले लेने की बात सोचता।

वह भूखा-प्यासा और थका हुआ था। घर से चलते हुए किसी की अनुमति लेना तो दूर, उसने किसी को बताया भी नहीं था। दक्षिणेश्वर में वह किसी को जानता नहीं था···उसका मन भर आया। इच्छा हुई कि एक बार जी भरकर रो ले।···पर यहाँ, एक सार्वजनिक स्थान पर बैठकर रो भी नहीं सकता था···बस! बैठा-बैठा इधर-उधर किसी दयालु व्यक्ति की खोज में टुकुर-टुकुर ताक सकता था।···

उसकी दृष्टि बगीचे के फाटक पर टँगी हुई थी। मस्तिष्क एकदम काम नहीं कर रहा था। हाथ-पैर सुन्न हो रहे थे।···

हाथ में छतरी पकड़े हुए एक युवक ने आकर उसी से पूछा, ''ठाकुर हैं क्या?''

''नहीं। वे कलकत्ता गए हैं।'' काली उसे सूचना नहीं दे रहा था, अपने मन की पीड़ा प्रकट कर रहा था।

उस युवक के चेहरे पर थोड़ी-सी निराशा झलकी, किंतु वह अधिक परेशान नहीं हुआ। छतरी बंद कर वह काली के पास ही सीढ़ियों पर बैठ गया, "मैं भी कलकत्ता से ही आ रहा हूँ। पता होता तो वहीं उनसे मिल लेता।"

काली ने अब खुलकर उसे अपनी व्यथा-कथा सुनाई और अंत में पूछा, "अब बताइए, मैं तत्काल वापस कलकत्ता कैसे लौट सकता हूँ।"

"पर तत्काल वापस कलकत्ता लौटने की आवश्यकता ही क्या है?" उस युवक ने कहा, "अभी तो आप गंगा में स्नान कीजिए। माँ का प्रसाद पाइए और विश्राम कीजिए। तरोताजा होकर शाम को कलकत्ता लौट जाइएगा।"

"मैं घर पर किसी को बताकर नहीं आया।" काली ने कहा, "वे सब लोग चिंता कर रहे होंगे।...जैसे-जैसे देर होती जाएगी, उनकी चिंता बढ़ती जाएगी।"

"मैं भी घर में बिना किसी को बताए, कलकत्ता से यहाँ तक पैदल आया हूँ।" उस युवक ने कहा, "यदि माता-पिता थोड़ी देर चिंता कर लेंगे, तो कौन-सा आसमान फट पड़ेगा। आओ, गंगा में स्नान कर लें।"

काली झिझका, "मेरे पास न बदलने के लिए कपड़े हैं, न नहाने के लिए गमछा।"

"यहाँ कुछ-न-कुछ मिल जाएगा।" युवक ने कहा।

"कैसे?" काली चकित था, "क्या आप यहाँ किसी को जानते हैं?"

"हाँ! मैं दो-तीन बार यहाँ आ चुका हूँ।" युवक बोला, "ठाकुर से भेंट हो चुकी है और उनके भतीजे रामलाल दादा तथा अन्य पुजारियों से परिचय है मेरा।"

काली को लगा कि उसे भरोसे का एक व्यक्ति मिल गया है। अब वह उतना अकेला और असहाय नहीं है। वह उसके साथ चल पड़ा।

उसे नहाने और भोजन पाने में कोई कठिनाई नहीं हुई। खाने के पश्चात् जब वे विश्राम करने के लिए लेटे तो काली ने पूछा, "आपका नाम क्या है?"

"शशिभूषण चक्रवर्ती?" युवक ने बताया।

"क्या करते हैं?"

"मैट्रोपोलिटन कॉलेज में बी॰ए॰ का छात्र हूँ।"

काली की थकान मिट गई थी। भूख और प्यास का भी शमन हो चुका था।...उसके मन में पुनः घर और माता-पिता संबंधी चिंता जाग रही थी।...

"मैं धूप ढलते ही कलकत्ता लौट जाऊँगा।" वह बोला।

"ठाकुर के दर्शन किए बिना तुम्हें कलकत्ता नहीं लौटना चाहिए।" शशि ने कहा, "क्या पता भविष्य में कभी तुम्हें यह अवसर मिले या न मिले। जब इतना कष्ट उठाकर यहाँ तक आ ही गए हो, तो उनसे मिलकर ही जाना चाहिए।"

"तुम समझते हो कि ठाकुर आज लौट आएँगे?" काली ने पूछा, "और यदि आज वे नहीं लौटे तो?"

"वे निश्चित रूप से संध्या तक लौट आएँगे।" शशि ने उसे आश्वासन दिया, "वे कलकत्ता में कभी किसी के घर, रात्रि-निवास नहीं करते।"

काली की चिंतन-प्रक्रिया फिर चल पड़ी : वह इस प्रकार घर में बताए बिना, कभी नहीं

गया। घर पर वे लोग चिंतित भी होंगे और उसे खोज भी रहे होंगे। उसका पता नहीं मिलने पर हो सकता है, माँ रो रही हो। बाबा कहाँ-कहाँ दौड़ रहे होंगे। संभव है कि मुहल्ले के अन्य लोग भी उसकी खोज में निकल पड़े हों। उसने सारा दिन यहाँ बिता दिया है।···वह प्रतीक्षा करता रहा और ठाकुर रात को भी नहीं लौटे या रात को काफी देर से लौटे तो उसे रात भी यहीं व्यतीत करनी होगी। रात-भर में माँ पर जाने क्या बीतेगी। हो सकता है कि वह पीड़ा के मारे दीवार पर अपना सिर दे मारे···यह तो अत्याचार होगा···

किंतु वह एक गुरु की खोज में निकला था। इतनी दूर आकर, इतना समय लगाकर, यदि वह ठाकुर से मिले बिना लौट गया, तो जाने फिर कभी यहाँ तक आने का साहस कर पाए या न कर पाए।···तब उसे योगी-गुरु कहाँ मिलेगा?···सारा जीवन वह गुरु की खोज में ही भटकता रहेगा? आज इतनी बाधाएँ आई हैं। संभव है, भविष्य में बाधाएँ और भी बढ़ जाएँ। जितना विलंब होता जाएगा, उतना ही वह संसार से बँधता जाएगा। संसार से बँधकर फिर छूटना सरल है क्या?···बिना कष्ट के तो कभी कोई उपलब्धि हो नहीं सकती।···उसे माता-पिता को चिंता-मुक्त करने के लिए घर लौट जाना चाहिए···या ठाकुर से मिलने के लिए रात-भर यहीं रुकना चाहिए?···

···उसे तो दोनों की ही आवश्यकता थी···माता-पिता को भी चिंता-मुक्त करना था और ठाकुर से मिलना भी था···किंतु दोनों बातें कैसे संभव थीं?···काली कुछ भी निश्चय नहीं कर पा रहा था।

"इतनी चिंता किस बात की कर रहे हो भाई?" अंततः शशि ने कहा, "मैं भी माता-पिता को बताए बिना आया हूँ। आज रात को मैं यहीं रहूँगा। तुम्हारी और मेरी स्थिति एक ही समान है। माता-पिता थोड़ी चिंता करेंगे, कुछ समय परेशान होंगे, और जब तुम उनके पास लौट जाओगे, वे फिर से प्रसन्न हो जाएँगे। जब तुमने सारा दिन ठाकुर की प्रतीक्षा में बिता ही दिया है, तो थोड़ी देर और सही। आज रात यहाँ रुककर कल प्रातः अपने घर लौट जाना। तीर्थस्थान जैसे इस पवित्र स्थल पर आज रात मेरे साथ रहो।"

शशि की बात में कुछ ऐसा बल था कि काली की चिंता क्रमशः क्षीण होती चली गयी।···सचमुच, ऐसा सुयोग फिर मिले-न-मिले।···सारा पर्वत वह चढ़ आया था, अब जब शिखर सामने दिखाई दे रहा था, पैर आगे बढ़ाने के स्थान पर पीछे हटाने का क्या अर्थ?···ठाकुर किसी भी क्षण लौट सकते हैं। संभव है कि उनके दर्शनमात्र से ही काली की, जीवन की सबसे महत्त्वपूर्ण अभिलाषा पूर्ण हो जाए। उसे प्रतीक्षा करनी चाहिए।···प्रत्येक उपलब्धि का कोई-न-कोई मूल्य होता है। यदि इस उपलब्धि का मूल्य, उसके माता-पिता की थोड़ी-सी परेशानी ही है, तो हो। यह मूल्य भी उसे चुकाना ही पड़ेगा···

सूर्य अस्त हो गया। अंधकार बढ़ने लगा। विभिन्न देवी-देवताओं के मंदिरों में आरती की घंटियाँ बजने लगीं।

"आओ! तुम्हें काली मंदिर में माँ भवतारिणी की आरती दिखा लाऊँ।"

शशि ने काली के उत्तर की प्रतीक्षा नहीं की। उसने काली की कलाई थाम ली और बढ़ चला।

काली को लगा, अब उसके मन में भी कोई चिंता नहीं थी। शायद यह शशि की संगति का प्रभाव था।···काली मंदिर की विभिन्न गतिविधियों के साथ उसका तादात्म्य होने लगा था।···माँ काली की प्रतिमा कितनी जीवंत थी, जैसे देवी स्वयं साक्षात् वहाँ खड़ी हों···और उनकी आरती, जैसे आत्मा में आनंद की स्रोतस्विनी बनकर बहने लगी थी···

आरती समाप्त हुई तो काली ने अनायास ही माँ को साष्टांग दंडवत् प्रणाम किया और शशि के साथ-साथ ठाकुर के कमरे के द्वार तक आया। वे दोनों वहाँ बैठ गए, जैसे ठाकुर के दर्शनों के लिए धरना दे रहे हों।

शशि के पास बातों की कमी नहीं थी। वह लगातार कुछ-न-कुछ बताता ही जा रहा था—ठाकुर के विषय में, मंदिर के विषय में, दक्षिणेश्वर के विषय में, अपने विषय में…

"मेरे एक और मित्र का नाम भी कालीप्रसाद है।" शशि बोला, "किंतु वह कालीप्रसाद चक्रवर्ती है।"

"मेरा नाम कालीप्रसाद चन्द्र है।"

"हाँ!" शशि ने अधिक ध्यान नहीं दिया, "मैं, शरत् और काली चक्रवर्ती यहाँ एक साथ ही आए थे, पर लगता है कि अब अलग-अलग आते हैं। ठाकुर कहते हैं, 'अकेले आओ। धर्म-साधना एकांत की वस्तु है।' वैसे भी वे हम लोगों को मंगल और शनिवार को आने के लिए कहते हैं। रविवार के दिन तो यहाँ गृहस्थजनों की इतनी भीड़ होती है कि साधारण धर्मोपदेश के अतिरिक्त, साधना की कोई बात हो ही नहीं सकती। ठाकुर कहते हैं कि हम लोगों को यदि साधना में प्रगति करनी है तो उस दिन नहीं आना चाहिए, जब गृहस्थों की भीड़ होती है। वे रात को रुकने का आग्रह भी इसीलिए करते हैं कि साधना-संबंधी शिक्षा दे सकें। प्रातः तीन ही बजे जगा देते हैं। कहते हैं, 'उठो। यहाँ क्या सोने के लिए आते हो। जाओ! पंचवटी में बैठकर ध्यान करो…' "

रामलाल उनके लिए प्रसाद ले आया था। एक-एक लुचुई और थोड़ी-सी खाँड देकर बोला, "यह रात का भोजन समझकर खा लो।"

लुचुई खाकर दोनों ने पानी पिया और बरामदे में ही लेट गए। काली को अब जैसे स्मरण भी नहीं रह गया था कि कलकत्ता में उसका एक घर भी है, जहाँ उसके माता-पिता हैं…और घर से निकले हुए उसे सत्तरह-अट्ठारह घंटे हो चुके हैं…

काली कल्पना कर रहा था कि ठाकुर आएँगे। उन्होंने भगवा धारण कर रखा होगा, सिर पर जटाजूट होगा, शरीर पर भभूत रमाई होगी, हाथ में चिमटा होगा जिस पर भभूत का रंग चढ़ा होगा…पर कहीं ऐसा न हो कि उसकी किसी बात से रुष्ट होकर वे अपने चिमटे से उस पर प्रहार कर दें।…यदि उन्होंने किसी भी कारण से उसे भगा दिया तो उसकी दिन-भर की यह सारी प्रतीक्षा व्यर्थ जाएगी…पर क्यों भगा देंगे वे उसे? वह उनकी इच्छी के विरुद्ध कुछ करेगा ही नहीं…पर सब कुछ अपनी ही इच्छा से तो नहीं होता…

तभी दूर से गाड़ी के पहियों की आवाज सुनाई दी।

रामलाल तथा शशि ने प्रायः एकसाथ ही कहा, "ठाकुर आ रहे हैं। वे कलकत्ता में किसी गृहस्थ के घर कभी भी रात व्यतीत नहीं करते।"

उन्होंने गाड़ी को रुकते देखा। वे तीनों खड़े हो गए। वे उनके गाड़ी से उतरकर कमरे की ओर आने की प्रतीक्षा कर रहे थे।

काली का हृदय अधिक गतिशील हो गया था। वह एक ऐसे मूढ़-सा खड़ा था, जिसे यह पता ही न चल रहा हो कि उसके आसपास क्या हो रहा है।…

ठाकुर उत्तरी बरामदे की सीढ़ियों के पास गाड़ी से उतरे और दक्षिणी बरामदे की ओर मुड़ गए।

"काली, काली, काली।" उन्होंने अपनी गंभीर आवाज में तीन बार उच्चारण किया। कमरे

में प्रवेश कर वे छोटी चौकी पर बैठ गए। उनके पीछे-पीछे लाटू महाराज ने कमरे में प्रवेश किया। लाटू महाराज के पास ठाकुर की आवश्यकता की छोटी-मोटी चीजें थीं।

रामलाल तथा शशि ने भी कमरे में प्रवेश कर ठाकुर को साष्टांग प्रणाम किया और उन्हें सूचना दी कि कालीप्रसाद चन्द्र नाम का एक युवक उनसे मिलने के लिए कलकत्ता से आया है, और प्रातः से ही उनकी प्रतीक्षा कर रहा है।

काली बाहर बरामदे में भय और श्रद्धा से स्तंभित चुपचाप खड़ा था। उस समय उसका मस्तिष्क पूर्णतः स्तब्ध हो गया था। वह कुछ नहीं सोच रहा था। उसके मन में कोई प्रश्न नहीं था।

रामलाल ने उसके निकट आकर कहा, "ठाकुर तुम्हें बुला रहे हैं।"

अत्यंत भीरु पगों से चलता हुआ काली कमरे में आया और साष्टांग की मुद्रा में लेटते हुए उसने अपना माथा ठाकुर के चरणों पर रख दिया। उसे लगा कि उसकी सारी शारीरिक थकान लुप्त हो गई है, मन का संताप शांत हो गया है, और शरीर में एक प्रकार का आनंद लहराने लगा है।

ठाकुर ने स्नेह-भरे स्वर में उसे चटाई पर बैठने के लिए कहा और पूछा, "क्या नाम है तुम्हारा?"

"कालीप्रसाद चन्द्र।"

"कहाँ रहते हो?"

"कलकत्ता में।"

"तुम्हारे पिता क्या करते हैं?"

"शिक्षक हैं। बच्चों को शिक्षा देते हैं।"

ठाकुर ने रुककर जैसे निहारा, "यहाँ तक आने का कष्ट क्यों उठाया? कोई अभिलाषा लेकर आए हो?"

काली ने स्वीकृति में सिर हिला दिया।

"क्या?"

काली ने भर्राए हुए स्वर में कहा, "मेरे मन में योग सीखने की तीव्र इच्छा है। आप मुझे योगाभ्यास कराएँगे क्या?"

ठाकुर कुछ क्षणों तक मौन रहकर बोले, "यह तो बहुत ही अच्छा लक्षण है कि तुम इतनी कम अवस्था में योग सीखना चाहते हो। अपने पूर्व जन्म में तुम एक योगी ही थे। तुम्हारी साधना का कुछ भाग अधूरा रह गया था, उसे ही पूरा करने आए हो। यह तुम्हारा अंतिम जन्म है।" ठाकुर ने उसे देखा, "आज रात विश्राम करो। कल सुबह आना, मैं तुम्हें योगाभ्यास कराऊँगा।"

काली पूर्णकाम हो उठा। उसने गद्‌गद होकर बार-बार ठाकुर के चरणों में प्रणाम किया और धीरे-धीरे कमरे से बाहर बरामदे में आ गया।

शशि भी ठाकुर को प्रणाम कर बाहर आ गया और रामलाल तथा काली के ही साथ बरामदे में बिछी चटाई पर लेट गया।

काली को नींद नहीं आई। वह चुपचाप लेटा रहा। चारों ओर सन्नाटा था, किंतु उसके मन में विचारों के बवंडर चल रहे थे।...जो कुछ घटित हुआ, यह कैसे हुआ? किसकी इच्छा से हुआ?...क्या उसने सचमुच ही अपना इच्छित गुरु पा लिया है? वह योग में पारंगत हो जाएगा?...

पक्षियों के कूजन से वह सजग हुआ। भोर हो चुका था। दक्षिणेश्वर में चारों ओर जीवन की गतिविधि आरंभ हो गई थी।

स्नान-ध्यान के पश्चात् ब्राह्ममुहूर्त में रामलाल ने आकर कहा, "जाओ, ठाकुर तुम्हें बुला रहे हैं।"

काली ने कमरे में प्रवेश कर ठाकुर को प्रणाम किया और उनकी आज्ञा पाकर चटाई पर बैठ गया।

ठाकुर ने एक भरपूर दृष्टि काली पर डाली और पूछा, "कहाँ तक शिक्षा पाई है?"

"मैं प्रवेशिका में पढ़ रहा हूँ।"...काली का मन भयभीत हो उठा, कहीं ऐसा न हो कि ठाकुर उसे छोटा बच्चा समझकर लौटा दें।

"संस्कृत जानते हो?" ठाकुर ने पूछा।

"जी।"

"कौन-कौन से ग्रंथ पढ़े हैं?"

"महाराज, मैंने रघुवंश, कुमारसंभव इत्यादि काव्य पढ़े हैं। भगवत्गीता, पातंजलि-दर्शन तथा शिव-संहिता इत्यादि ग्रंथ पढ़े हैं।"

"अच्छा है।"

ठाकुर उठ खड़े हुए। वे काली को लेकर अपने कमरे के उत्तरी बरामदे में आए। वहाँ एक तख्त पड़ा था।

"बैठो।" ठाकुर ने कहा।

काली पद्मासन में बैठ गया।

"अपनी जिह्वा बाहर निकालो।"

काली ने जिह्वा बाहर निकाली तो ठाकुर ने अपने दाएँ हाथ की मध्यमा से उस पर बीज-मंत्र लिखा। उन्होंने अपना हाथ काली के वक्ष पर रखा और कहा, "ध्यान करो।"

काली का ध्यान एकाग्र होता गया और वह ध्यानस्थ हो मूर्ति के समान निस्पंद बैठ गया। थोड़ी देर तक ठाकुर उसका निरीक्षण करते रहे और तब उन्होंने पुनः उसके वक्ष पर हाथ रखा। काली का ध्यान भंग हो गया। उसने आँखें खोलीं।

"तुमने क्या अनुभव किया?" ठाकुर ने कहा।

"आपके स्पर्श करते ही मुझे लगा कि मेरे भीतर एक अलौकिक ऊर्जा भरती जा रही है, जो अत्यंत आनंददायक है। ऐसा ध्यान मैंने कभी नहीं किया। ऐसी आत्मलीनता और एकाग्रता का मुझे पहले कभी अनुभव नहीं हुआ।"

ठाकुर ने मुस्कराकर उसकी ओर देखा, "तुम्हारा विवाह कब हो रहा है?"

"विवाह करने की मेरी कोई इच्छा नहीं है।"

"विवाह मत करना।" ठाकुर ने कहा, "जब तुम दिव्य घर में शुचि और अशुचि के साथ शयन करोगे, जब तुम्हारी ये दो सपत्नियाँ परस्पर सहयोग करने लगेंगी तो तुम माँ श्यामा के दर्शन करोगे।" ठाकुर रुके और पुनः बोले, "प्रतिदिन ब्राह्ममुहूर्त में तथा रात को सोने से पहले ध्यान करना। अब जाओ, माँ काली के मंदिर में बैठकर ध्यान करो।"

ध्यान के पश्चात् कलेवा हुआ और ठाकुर ने उसे विदा करते हुए कहा, "फिर आना। या तो नाव में आना या किराए की गाड़ी ले लेना। किराया तो मालूम है न?"

संकोच में काली क्षणभर मौन रहा, फिर बोला, "यदि मेरे पास किराया न हो तो?"

"तो तुम्हारा दोनों ओर का किराया यहाँ से दे दिया जाएगा।" ठाकुर ने कहा, "और देखो,

अभी एक भक्त कलकत्ता से किराए की गाड़ी में आया है। तुम उसी गाड़ी में कलकत्ता लौट जाओ। उसे किराया दे दिया गया है।''

तारकनाथ नाव से उतरकर अपनी योजनानुसार दक्षिणेश्वरवासी अपने एक मित्र के मकान पर गया और उससे ही मार्ग पूछकर काली मंदिर पहुँचा।

सूर्यास्त हो रहा था। ठाकुर पश्चिम के गोल बरामदे में खड़े गंगा की ओर ताकते हुए मानो किसी की प्रतीक्षा कर रहे थे। तारक के लिए यह अच्छा अवसर था। आसपास कोई नहीं था। वह ठाकुर से एकांत में मिल सकता था और उन्हें अपने मन की बात बता सकता था।

''क्या तुमने मुझे पहले भी कहीं देखा है?'' ठाकुर ने उससे पूछा।

''मैं रामचन्द्र दत्त के मकान के निकट ही रहता हूँ। आप उनके घर आए थे तो मैं भी आपके दर्शन करने के लिए उपस्थित हुआ था। उस दिन संकोचवश भेंट नहीं कर सका, किंतु पुनः आपके दर्शन करने की उत्कंठा मन में तभी उत्पन्न हो गई थी। राम बाबू से ही आपका पता पूछकर आज आया हूँ।''

''आओ।'' ठाकुर तारक को लेकर कमरे में आए और अपने छोटे तख्त पर बैठ गए।

''तुम साकार को मानते हो या निराकार को?''

''मुझे निराकार ही अच्छा लगता है।''

''शक्ति को मानना चाहिए।'' ठाकुर ने धीरे से कहा और अपने स्थान से उठ खड़े हुए।

तारक समझ नहीं पाया कि यह क्या हुआ। क्या यह उसको चले जाने का आदेश था?···किंतु ठाकुर ने उससे तो कुछ भी नहीं कहा था।

वे धीरे-धीरे काली मंदिर की ओर जा रहे थे। क्या उनकी इच्छा थी कि वह भी उनके साथ चले? वे उसका मार्गदर्शन कर रहे थे या उससे पीछा छुड़ा रहे थे?···कुछ भी कहना कठिन था।···तो फिर वह भी उनके पीछे-पीछे क्यों न चले?

मंदिर में पहुँचकर ठाकुर ने भरपूर भक्ति से माँ काली को प्रणाम किया।

अब?

तारक के मन में तत्काल उसका ब्राह्म संस्कार जागा : वह मूर्ति-पूजक नहीं है। वह प्रतिमा को प्रणाम नहीं करेगा···पर तभी उसके मस्तिष्क ने तर्क प्रस्तुत किया, 'ब्रह्म यदि सर्वव्यापी है, तो वह इस प्रतिमा में भी होगा···वह इस प्रतिमा के माध्यम से भी, उस सर्वव्यापी ब्रह्म को ही प्रणाम कर रहा है···'

तारक ने पूर्ण श्रद्धा से माँ की प्रतिमा को प्रणाम किया। अब ब्राह्म मान्यताएँ उसके लिए बाधा नहीं रह गई थीं।

ठाकुर ने एक दृष्टि प्रणाम करते हुए तारक पर डाली और अपने कमरे की ओर लौट पड़े। वे मानो यही देखने के लिए तारक को यहाँ लाए थे कि वह माँ की प्रतिमा को प्रणाम करता है या नहीं।

कमरे में लौटकर ठाकुर बैठ गए। तारक ने उन्हें पुनः प्रणाम किया, ''इस समय अनुमति दीजिए। फिर आपके दर्शन करूँगा।''

''रात को यहीं रुक जाओ।'' ठाकुर बोले, ''साधना का विकास होगा···और वैसे भी रात को इस समय कहाँ जाओगे।''

"आज रुक नहीं सकता।" तारक विनम्र स्वर में बोला, "आज रात अपने मित्र के घर ठहरूँगा–यहीं, दक्षिणेश्वर में! ऐसी व्यवस्था हो चुकी है। मैं उन्हें वचन दे चुका हूँ।"

ठाकुर प्रसन्न हो गए, "वचन का पालन करना चाहिए। सत्य वचन कलिकाल की तपस्या है।" वे कुछ रुककर बोले, "ठीक है! कल आना।"

तारक का मन अब अपने मित्र के घर जाने का नहीं था, किंतु वे लोग प्रतीक्षा कर रहे होंगे। किसी को वचन देकर न जाना और उससे व्यर्थ प्रतीक्षा करवाना, भले व्यक्ति का काम नहीं है। अभी-अभी तो ठाकुर ने भी कहा था, 'सत्य वचन कलिकाल की तपस्या है।'

अगले दिन संध्या से पूर्व ही तारक ठाकुर के पास आ गया। उसे देख ठाकुर ने स्पष्ट रूप से अपनी प्रसन्नता व्यक्त की, "आओ! बैठो। आज रात को रुकोगे?"

"जी!" तारक ने कहा, "यदि आपको कोई असुविधा न हो।"

"मुझे क्या असुविधा है रे?" ठाकुर हँसे, "पुत्र को निकट आया देखकर माँ को प्रसन्नता होती है या असुविधा?"

तारक चौंका : ठाकुर ने स्वयं को पिता नहीं, माँ कहा था।...कल जब तारक यहाँ आया था, तो न जाने क्यों ठाकुर को देखते ही तारक के मन में एक माँ का ही बिंब जागा था...ठाकुर पुरुष थे। फिर भी जाने क्यों वे देखने वाले के मन में पिता का नहीं, माँ का आभास ही जगाते हैं। तारक का कितना मन हुआ था कि वह उनकी गोद में अपना सिर रखकर वैसे ही लेट जाए, जैसे कभी अपनी माँ की गोद में सिर रखकर लेट जाया करता था।...

रात को ठाकुर ने अत्यंत ममतापूर्वक तारक को प्रसाद की पूरियाँ खिलाईं और फिर दक्षिण के बरामदे में सोने की व्यवस्था कर दी।

ठाकुर की इस अनपेक्षित कृपा से तारक का मन हर्षातिरेक में कुछ ऐसा बावरा हुआ कि उसे नींद ही नहीं आई।...या शायद नया स्थान और अपरिचित परिवेश होने के कारण वह सो नहीं पाया। नींद न आने के कारण उसे कोई असुविधा नहीं लग रही थी। इस परिवेश में लिया गया प्रत्येक श्वास जैसे उसे एक उपलब्धि जैसा लग रहा था।

आधी रात के लगभग उसने देखा कि ठाकुर भी अपने कमरे से बाहर निकल आए हैं।...वे पूर्णतः भाव-विभोर स्थिति में थे और दिगंबर ही टहल रहे थे। अपने होंठों ही होंठो में कुछ कह रहे थे, जैसे किसी से बातें कर रहे हों।...

तारक अभी सोच ही रहा था कि वह उठकर उनके निकट जाए या न जाए कि वे उसके निकट आ गए और अस्पष्ट-सी वाणी में बोले, "अजी, सो गए क्या?"

तारक तत्काल उठ बैठा, "नहीं, महाराज! सोया नहीं हूँ।"

"तो उठो। थोड़ा राम-नाम सुनाओ।" ठाकुर ने आदेश दिया।

तारक के लिए इससे सुखद आदेश और क्या हो सकता था।

तारक गाने लगा। पहले तो कभी वह संगीत में इस प्रकार लीन नहीं हुआ था...न ही कभी उसने इससे पहले यह अनुभव किया था कि भक्ति और संगीत–दोनों ही रस हैं, मात्र रस...जिसमें बहने के आनंद से पृथ्वी के किसी सुख की तुलना नहीं की जा सकती। यह तो दिव्य था, अलौकिक...

इसी दिव्य आवेश में सारी रात बीत गई। प्रातः जब तारक विदा होने लगा, तो ठाकुर ने कहा, "फिर आना–अकेले।"

अगली बार जब तारक ठाकुर के पास आया, तो ठाकुर उसे एकांत में ले गए।

"बैठ जाओ।"

तारक सुखासन में बैठ गया।···जाने ठाकुर उससे क्या कहने वाले थे। वे तो किसी बड़े समारोह की तैयारी में लगते थे।···

और सहसा ठाकुर ने अपना चरण, तारक के वक्ष पर स्थापित कर दिया।···तारक को वह स्पर्श अत्यंत प्रिय लगा। उसकी ब्राह्य चेतना जैसे लुप्त हो गई और वह इंद्रियातीत अनुभूति के राज्य में पहुँच गया था। जो कुछ वह देख रहा था, उसे आँखों से नहीं देखा जा सकता था, जो वह अनुभव कर रहा था, वह किसी भी अनुभूति से भिन्न था।···उसकी तुलना किसी से नहीं हो सकती थी···

उसकी चेतना लौटी तो उसने देखा कि ठाकुर उसके सिर पर स्नेहपूर्वक अपनी हथेली फिरा रहे थे और कह रहे थे, "माँ! उतर आओ, उतर आओ माँ।"···

तारक को लगा कि वह अपना वास्तविक स्वरूप पहचान रहा है···वह, यह शरीर नहीं था, जैसा कि वह आज तक समझता आया था···वह तो शुद्ध, शाश्वत, चिरमुक्त आत्मा था···आज तक वह किस भ्रम में पड़ा हुआ था?···

और ठाकुर भी वह नहीं थे, जो वे दिखाई पड़ते थे···

48

विश्वनाथ को घर लौटते हुए बहुत देर हो गई थी। भुवनेश्वरी चिंता कर रही थी : सामान्यतः इतनी देर तो वे कभी नहीं करते। लौटकर विश्वनाथ ने बताया कि उन्हें उनका एक मुवक्किल कुछ कानूनी कागज दिखाने के लिए अलीपुर ले गया था। आने-जाने में बहुत समय लग गया और थकान अलग हो गई थी।

"तो तुम इतना काम लेते ही क्यों हो?" भुवनेश्वरी ने कहा, "अब तुम्हारी अवस्था इतना श्रम करने की नहीं रह गई है।"

विश्वनाथ एक कुर्सी पर बैठते हुए धीरे से बोले, "श्रम नहीं करूँगा तो परिवार कैसे चलेगा।" उन्होंने अपनी छाती पर हाथ रखा, "पता नहीं क्या हो गया है। छाती में दर्द भी हो रहा है।"

"डॉक्टर बुलाऊँ क्या?" भुवनेश्वरी के स्वर में घबराहट थी।

"नहीं, डॉक्टर की आवश्यकता नहीं है।" विश्वनाथ बोले, "थकान से ही हो रहा होगा। विश्राम करने से ठीक हो जाएगा।···नरेन्द्र घर में नहीं है क्या?"

"नहीं, वह तो दोपहर से ही बाहर गया हुआ है।" भुवनेश्वरी बोली, "कोई दवा मल दूँ?"

"नहीं, किसी दवा की आवश्यकता नहीं है। थोड़ा आराम कर लूँ। फिर कुछ खाऊँगा। संभव है, यह थकान और भूख का ही परिणाम हो।" विश्वनाथ ने भुवनेश्वरी की ओर देखा, "नरेन को मैंने इतनी स्वतंत्रता दे रखी है, कहीं वह उसका अहित ही न करे।" वह बी.एल. की पढ़ाई में भी बहुत गंभीर नहीं है और एटर्नी के काम में तो उसका मन ही नहीं लगता। उसका ध्यान तो बस दक्षिणेश्वर के उस वृद्ध की ओर है, या फिर ईश्वर की ओर।"

"स्वतंत्रता दे रखी है तो ऐसे कह रहे हो जैसे न देना चाहो तो वह तुम्हारी बात मान ही जाएगा।" भुवनेश्वरी बोली, "आरंभ से ही उसका शासन करते तो शायद वह कोई बंधन मानता

भी।अब तो वह पूर्ण स्वतंत्र है। उसका विवाह भी तो नहीं किया तुमने। नहीं तो शायद कुछ सुधार होता। हमारी न मानता तो बहू की तो मानता।''

''तुम तो ऐसे कह रही हो जैसे मैंने प्रयत्न ही न किया हो।'' विश्वनाथ बोले, ''मैंने तो हर प्रकार से प्रयत्न करके देख लिया है। हर बार कोई-न-कोई अड़चन आ जाती है। पता नहीं, भगवान् की क्या इच्छा है।''

''अपने आलस्य को भगवान् पर इस प्रकार मत थोपो।'' भुवनेश्वरी बोली, ''तुम्हें कानून-कचहरी से अवकाश हो तो उसके विवाह के विषय में भी कुछ सोचो। भगवान् की दया है कि लड़कियों के विवाह हो गए।''

विश्वनाथ ने हँसने का प्रयत्न किया, ''तुम भी विचित्र हो। लड़कियों के विवाह तो अपने आप हो गए, और लड़के का विवाह मैं नहीं करवा रहा। जो काम हो गया उसका श्रेय भगवान् को, और जो नहीं हुआ उसका दोष मुझ पर। यह तो तुम्हारा विचित्र न्याय है। पत्नियाँ शायद इसी प्रकार का न्याय करती हैं।''

''करने न करने वाले तुम दो ही तो हो,'' भुवनेश्वरी बोली, ''एक भगवान् और दूसरे तुम। अब इस झंझट को छोड़ो और लड़के के विवाह के लिए कोई जुगाड़ करो।''

विश्वनाथ पूरी तरह से गंभीर हो गए, ''कल दो स्थानों पर जा रहा हूँ। अब जैसे भी होगा कल एक बहू चुन ही लूँगा और फिर देखूँगा, नरेन उससे विवाह कैसे नहीं करता।'' विश्वनाथ ने भुवनेश्वरी की ओर देखा, ''अब तो प्रसन्न हो, या कुछ और?''

''और क्या? बस, जरा इधर ध्यान दो। लड़के का विवाह लड़कियों के विवाह से कुछ अधिक कठिन नहीं है।'' भुवनेश्वरी ने क्षण-भर रुककर पूछा, ''व्यथा कुछ कम हुई हो तो खाना परोसूँ?''

''नरेन नहीं आएगा?'' विश्वनाथ ने पूछा, ''कुछ कह गया है क्या?''

''वह कभी कहकर भी जाता है।'' भुवनेश्वरी बोली, ''कह गया है कि मित्रों के साथ जा रहा हूँ, देर भी हो सकती है। वैसे यदि भोजन के लिए आना होता तो अब तक आ गया होता। अब जहाँ होगा वहीं भोजन कर लेगा।'' भुवनेश्वरी विश्वनाथ के निकट आई, ''तुम खा लो, दिन-भर के भूखे हो। जल्दी खा लोगे तो कुछ आराम भी कर पाओगे।''

''अच्छा, तुम थाली लगाओ, मैं आता हूँ।'' विश्वनाथ बोले।

विश्वनाथ ने धीरे-धीरे भोजन तो किया, किंतु वे अनुभव कर रहे थे कि उनकी छाती की पीड़ा शांत नहीं हो रही है। उससे छुटकारा पाने के लिए कोई दवा मलनी ही होगी। भुवनेश्वरी पूछ रही थी···संभव है, उसके पास कोई दवा हो।

भुवनेश्वरी के मन में भी वही ऊहापोह चल रहा था। वह विश्वनाथ के चेहरे से पढ़ सकती थी कि वे अभी भी कष्ट में हैं।

''दवा मल दूँ क्या?'' भुवनेश्वरी ने पुनः पूछा।

इस बार विश्वनाथ ने हलके से सिर हिलाकर अपनी स्वीकृति दे दी।

विश्वनाथ लेट गए और भुवनेश्वरी ने उनकी छाती पर अच्छी तरह दवा मली। उसके हाथ दवा मल रहे थे और आँखें विश्वनाथ के चेहरे से उनका हाल पढ़ने का प्रयत्न कर रही थीं।

''बस, अब ठीक है।'' विश्वनाथ उठ बैठे, ''तुम मुझे हुक्का दे दो। मैं कुछ काम करूँगा।''

''काम। अभी भी काम।'' भुवनेश्वरी बोली, ''आज दिन भर के लिए काफी नहीं हो गया क्या?''

"तुम स्त्रियाँ कभी नहीं समझोगी।" विश्वनाथ बोले, "कल के केस की तैयारी नहीं करूँगा तो कैसे काम चलेगा। तुम हुक्का ले आओ। कुछ कागजों को पढ़ने से मेरी पीड़ा बढ़ नहीं जाएगी।" विश्वनाथ हुक्का पीते हुए कागज लेकर लिखने बैठ गए। वक्ष की पीड़ा बार-बार उनका ध्यान अपनी ओर आकृष्ट कर रही थी, किंतु वे उसे भूलकर अपनी कलम चलाते ही रहे।

नौ बजे उन्हें लगा कि पीड़ा में कुछ वृद्धि हुई है। और सहसा उन्हें उलटी होने का-सा अहसास हुआ।

'भुवनेश्वरी!" उन्होंने आवाज दी। वे अपने स्थान से उठ खड़े हुए। बहुत फुर्ती करने पर भी नाली तक आते-आते उन्हें उलटी हो ही गई।

भुवनेश्वरी दौड़ती हुई आ गई। दूसरे कमरे से झपटकर महेन्द्र भी निकल आया। नन्हा भूपेन्द्र माँ के पीछे-पीछे डरा-डरा-सा आकर खड़ा हो गया। भुवनेश्वरी ने महेन्द्र की सहायता से विश्वनाथ को थामकर चारपाई पर लिटाया और बोली, "जा, तू डॉक्टर को बुला ला। यदि बिलेह का कोई मित्र मिले तो जहाँ कहीं वह हो, उसे भी खबर भिजवा दे।"

"अरे, डॉक्टर की क्या आवश्यकता है!" विश्वनाथ मंद स्वर में बोले, "शरीर में कष्ट था। मुझे भोजन नहीं करना चाहिए था। खा लिया तो उलटी हो गई। अब रात को इस समय डॉक्टर की क्या आवश्यकता है!'

भुवनेश्वरी ने विश्वनाथ से तो कुछ नहीं कहा, किंतु आँखों के संकेत से महेन्द्र को कहा, "तू जा।"

महेन्द्र चला गया, और विश्वनाथ पूरी बात समझकर और भी दुर्बल स्वर में बोले, "अब लड़के को इतनी रात को कहाँ भेज रही हो!"

नरेन्द्र को भवनाथ अपने घर वराहनगर ले गया था। दाशरथि सान्याल का घर भी पास ही था। भवनाथ के पड़ोसी सातकड़ी लाहिड़ी से भी नरेन्द्र का अच्छा परिचय हो चुका था। नरेन्द्र को आया देख वह भी भवनाथ के घर आ गया था।

भोजन के पश्चात् वे लोग भजन-कीर्तन में लग गए थे और यह पता ही नहीं लगा था कि कब रात के ग्यारह बज गए।

"चलो भाई! अब सोएँ।" सातकड़ी ने कहा, "सुबह जल्दी उठना है।"

"सो तो जाएँ, पर कोई सोने तो दे।" दाशरथि बोला, "न तुम लोगों की बातें समाप्त होती हैं, न नरेन्द्र का संगीत से मन भरता है। सोओगे कब?"

भवनाथ लेट गया, "ऐसा कुछ नहीं है। जब नींद आती है तो व्यक्ति सो ही जाता है, चाहे उसके कान के पास ढोल बजते रहें।" उसने एक सिरहाना खींचा, "मैं तो पिछले कई दिनों से सोच रहा था कि नरेन्द्र ऐसी कुशाग्र बुद्धि का स्वामी है, उसकी स्मरणशक्ति अद्भुत है···और भूत के समान वह पढ़ता है। ऐसा कौन-सा विषय है, जिसका नरेन्द्र को पूरा ज्ञान नहीं है···"

"पर यह सब तुम क्यों सोच रहे हो?" नरेन्द्र ने उसे टोका, "मेरी प्रशस्ति गाने की तुम्हें क्या आवश्यकता पड़ गई?"

"सोच मैं यह रहा हूँ," भवनाथ बोला, "कि इस पर भी तुम परीक्षा में सबसे अधिक अंक क्यों नहीं पाते? तुम विश्वविद्यालय में प्रथम क्यों नहीं आते?"

"मैंने कभी इस विषय पर विचार ही नहीं किया।" नरेन्द्र बोला, "यह क्या महत्त्वपूर्ण प्रश्न

है कि जिस पर रात के ग्यारह बजे विचार किया जाए? भगवान् का कीर्तन बंद कर नरेन्द्र का कीर्तन किया जाए।'' वह जोर से हँसा।

''मैं भवनाथ से सहमत हूँ।'' दाशरथि ने कहा, ''तुम्हारी प्रशंसा के लिए नहीं कह रहा, किंतु विश्वविद्यालय की परीक्षा-प्रणाली को समझने के लिए तो इस पर विचार करना ही चाहिए।''

''तो तुम चाहते हो कि विश्वविद्यालय की भर्त्सना की जाए कि वह नरेन्द्रनाथ दत्त को उसकी योग्यता के लिए स्वर्ण-पदक क्यों नहीं देता?'' नरेन्द्र बोला, ''भगवान् का नाम नहीं लेना, तो सो जाओ।''

''नहीं! विश्वविद्यालय की भर्त्सना की बात नहीं कर रहा,'' दाशरथि बोला, ''मैं तो परीक्षा-पद्धति की बात कर रहा हूँ। पहली बात तो यह है कि तुम्हारा सारा अध्ययन अपने ज्ञान तथा रुचि के लिए है। तुमने कभी यह चिंता नहीं की कि परीक्षा की दृष्टि से क्या महत्त्वपूर्ण है और क्या नहीं। किस विषय में अधिक अंक आते हैं और कौन-सी पुस्तक इस दृष्टि से अधिक उपयोगी है···।''

''लो, और सुनो।'' नरेन्द्र पुनः हँसा, ''यह परीक्षा-पद्धति का नहीं, मेरी अध्ययन-शैली का ही विश्लेषण होने लगा।''

''तुम जरा चुप रहो।'' भवनाथ बोला, ''तुम्हें संकुचित होने की आवश्यकता नहीं है। हम तुम्हारी चाटुकारिता नहीं कर रहे हैं, एक तथ्य को समझने का प्रयत्न कर रहे हैं।''

''नरेन्द्र परीक्षा के लिए वर्ष-भर नहीं पढ़ता। परीक्षा सिर पर आ जाए तो दो-एक महीने पढ़ लेता है।'' दाशरथि बोला, ''और जिस विषय के पीछे पड़ जाए, उसकी तह तक पहुँचने का प्रयत्न करता है, इसलिए पाठ्यक्रम की सीमाओं को लाँघकर फिर वही पढ़ता है, जो परीक्षा के लिए उपयोगी नहीं है।···'' उसने क्षण-भर रुककर पुनः कहा, ''जो लोग विश्वविद्यालय से गोल्ड-मैडल लेते हैं, वे सिवाय पढ़ाई के और कुछ नहीं करते, वे नरेन्द्र के समान खेल, समाज-सुधार, ईश्वर-लाभ तथा ऐसे ही अन्य विषयों में रुचि नहीं रखते···।''

''अच्छा! अब बस करो।'' नरेन्द्र बोला, ''मेरे लिए इस प्रकार की चर्चा बहुत असुविधाजनक है···।''

''चलो, अब सो जाते हैं।'' सातकड़ी बोला और उसने एक लंबी और जोरदार उबासी ली, ''न तुम लोगों को समय का ध्यान है और न ही तुम लोगों के पास बातों की कोई कमी है···।''

नरेन्द्र को लगा कि आँख अभी लगी ही थी कि किसी ने दरवाजा पीटना आरंभ कर दिया। चारों ओर सन्नाटा होने पर भी दरवाजा सायास इतनी जोर से पीटा जा रहा था कि सोने वाले लोग जाग जाएँ।···कदाचित् यह उन्हें जगाने के लिए ही था। कोई भवनाथ का नाम लेकर पुकार भी रहा था।

नरेन्द्र ने अपनी कलाई-घड़ी देखी : रात के दो बज रहे थे। इस समय जाने कौन चिल्ला रहा था।···तत्काल वे लोग सशंक होकर उठ बैठे। साधारण स्थिति में कोई इस प्रकार रात को न दरवाजा पीटेगा न चिल्ला-चिल्लाकर पुकारेगा।···

कपाट खोलते ही नरेन्द्र की दृष्टि सामने खड़े अपने मित्र हेमाली पर पड़ी।

हेमाली इस समय यहाँ? सिमुलिया से वराहनगर इतनी निकट तो नहीं था कि कोई व्यक्ति सहज ही चला आए···

हेमाली का चेहरा देखकर कोई भी जान सकता था कि कुछ अशुभ घटित हो गया है। उसके चेहरे पर शोक और घबराहट के साथ-साथ थकान के लक्षण भी स्पष्ट थे। शायद वह बहुत तेजी से चलकर या फिर दौड़कर यहाँ तक आया था।

"क्या बात है हेमाली?"

"नरेन! तू जल्दी घर चल।" हेमाली इससे अधिक कुछ नहीं बोला।

"अभी? इस समय?" नरेन्द्र ने आश्चर्य से पूछा और तत्काल उसके स्वर में चिंता का मिश्रण हो गया, "क्यों, घर पर सब ठीक तो हैं न?"

"तू चल तो।" हेमाली कुछ जल्दी मचाता हुआ-सा बोला।

नरेन्द्र ने अपने मित्रों पर एक दृष्टि डाली और फिर हेमाली की ओर मुड़ा, "चल तो रहा हूँ, पर तू कारण भी तो बता।"

"तेरे बाबा की हृदय-गति रुक गई है। वे अब इस संसार में नहीं हैं।" हेमाली ने सुबकते हुए कहा, "अब जल्दी चल। वहाँ सब लोग तेरी प्रतीक्षा कर रहे हैं।"

लौटते हुए नरेन्द्र के मन में पश्चात्ताप-ही-पश्चात्ताप था। वह क्या जानता था कि बाबा का जीवन बस इतना ही था, नहीं तो वह उनकी आज्ञाओं की इस प्रकार अवज्ञा न करता। उसने कितनी उपेक्षा की है उनकी। सदा अपनी बात पर अड़ा रहा। कभी उनकी इच्छाओं की ओर ध्यान नहीं दिया। कितना मन दुखाया होगा उनका···

व्यक्ति के न रहने से स्थितियाँ कितनी बदल जाती हैं। उसने यह तो कभी सोचा ही नहीं था। जब तक वे जीवित थे, वह अपनी बात से जौ-भर भी टलने को तैयार नहीं था, उनकी इच्छा को वह अपना दमन मानता था। और आज उसकी इच्छा थी कि बाबा को जीवन के कुछ दिन और मिल जाते तो वह उनकी छोटी-से-छोटी इच्छा को पूरा करने के लिए अपने प्राण दे देता···

49

भुवनेश्वरी ने नरेन्द्र को इस प्रकार से गंभीर कभी नहीं देखा था। उसकी यह गंभीरता तो भुवनेश्वरी के लिए भयावह थी।···वह जानती थी कि स्वभावतः नरेन्द्र चिंतनशील लड़का है। वार्तालाप में कभी-कभार वह कुछ हलका हो भी जाए तो क्या, किंतु जीवन के प्रति उसका दृष्टिकोण···और अपने कर्म में तो वह कभी भी अगंभीर हो ही नहीं सकता था। पर आज की गंभीरता···वह गंभीरता थी, चिंता थी या भय था?···

"तुमने मुझे पहले कभी यह सब क्यों नहीं बताया माँ?" नरेन्द्र ने माँ की ओर देखा, "मैं अब इतना छोटा तो नहीं था कि मुझसे घर की स्थिति इस प्रकार छिपाई जाती।"

"तुझसे किसी ने कुछ भी नहीं छिपाया।" भुवनेश्वरी बोली, "हाँ! सामने बैठाकर कभी किसी ने तुझे कुछ समझाया नहीं। सच तो यह है कि उस प्रकार तो तेरे बाबा ने मुझे भी कभी कुछ नहीं बताया, किंतु इतनी बात तो मैं स्वयं ही समझ सकती थी कि हमने अपना घर छोड़कर यह मकान किराए पर क्यों लिया? और जब किराए पर लेने ही लगे थे तो इससे बड़ा मकान क्यों नहीं लिया? बग्घी और कोचवान क्यों नहीं रखे गए? तेरे बचपन में केवल तुझे पालने के लिए मेरे पास दो-दो नौकरानियाँ थीं, किंतु आज तुम सबके लिए एक भी नौकर क्यों नहीं है? तुम्हारे

बाबा अब वैसी बड़ी-बड़ी दावतें क्यों नहीं करते थे? इन सबमें बताने को क्या था? यह सब तो देखकर ही समझना था न पुत्र।"

"किंतु यह सब मैंने क्यों नहीं देखा, क्यों नहीं समझा?" नरेन्द्र बोला, "आखिर मैं भी तो इसी घर में रहता था।"

"तू इस घर में कब रहता था।" भुवनेश्वरी बोली, "तू तो किसी और संसार में रहता था। तेरा ध्यान कभी इन बातों की ओर नहीं जा सकता था, क्योंकि तेरा ध्यान तो ईश्वर, ब्राह्म समाज और दक्षिणेश्वर के उस ठाकुर की ओर था। जिस ओर ध्यान न हो, वह आँखों के सामने होते हुए भी दिखाई नहीं पड़ता, पुत्र। कौन जानता है कि ईश्वर ने तेरे बाबा का जीवन इसीलिए लौटा लिया हो कि तेरी आँखें आकाश से उतरकर पाँव तले की धरती को देखें।"

भुवनेश्वरी चुप हो गई। जैसे किसी सोच में पड़ गई हो।...जाने उसे यह सब कहना भी चाहिए था अथवा नहीं। पति की आकस्मिक मृत्यु से क्या वह इतनी विचलित हो गई है कि उसे इसका भी ध्यान नहीं रहता कि उसे किसके प्रति कितना कठोर होना है...यदि उस पर ईश्वर ने इतना कठोर आघात किया था तो क्या यह पीड़ा उसके बच्चों की नहीं थी? उसका पति छिना था तो क्या बच्चों से उनका पिता नहीं छिना था?...ईश्वर की कठोरता का प्रतिशोध आखिर वह अपने पुत्र से क्यों ले रही हैं?...नरेन्द्र का इसमें क्या दोष था?...उसे आरंभ से ही घर की समस्याओं की ओर से इतना असंपृक्त और निश्चित रखा गया था कि उनकी ओर कभी उसका ध्यान ही नहीं गया।

उसके बाबा ने अपने जीते-जी एक दिन भी तो उसे अपने पास बैठाकर यह नहीं समझाया कि जीवन का दायित्व क्या होता है। उन्होंने कभी भी तो उसके सम्मुख अपनी कोई कठिनाई नहीं रखी।...उन्होंने कभी उसे साधारण लोगों की दैनंदिन चिंताओं से ग्रस्त होने नहीं दिया।...जब वह आरंभ से ही असाधारण व्यक्ति के समान भावना और चिंतन के संसार में ही जीता रहा तो साधारण भौतिक आवश्यकताओं की ओर उसका ध्यान ही कैसे जाता?

नरेन्द्र थोड़ी देर सिर झुकाए बैठा रहा। उसकी गरदन कुछ इतनी झुक गई थी, जैसे अपने घुटनों में सिर को छुपा लेना चाहता हो। फिर सहसा उसने सिर उठाकर माँ की ओर देखा। भुवनेश्वरी चकित रह गई। नरेन्द्र की आँखों में न वह चिंता थी, न अवसाद। उसने अपनी तेजस्वी वाणी में सहज ओज के साथ पूछा, "पर यह कैसे संभव है माँ? जो व्यक्ति इतना कमाता था, इतना खर्च करता था, जो इतना संपन्न रहा हो, उसकी मृत्यु के तत्काल पश्चात्, ऐसी स्थिति कैसे आ सकती है? अभी तो अशौच का काल भी समाप्त नहीं हुआ कि हमारी यह स्थिति हो गई? अकस्मात् इतना बड़ा परिवर्तन कैसे हो सकता है?"

भुवनेश्वरी को लगा कि यह प्रश्न नरेन्द्र का ही नहीं था। यह प्रश्न तो प्रत्येक व्यक्ति पूछेगा। बहुत संभव है कि लोग उसका विश्वास भी न करें..."अकस्मात् कुछ भी नहीं हुआ पुत्र! हाँ! उसका उद्घाटन अब हुआ है। इस स्थिति के कारण तो बहुत पहले से ही उत्पन्न हो गए थे। तुम्हारे पिता ने जितना कमाया, उतना ही खर्च किया। उन्होंने देखा था कि पैतृक संपत्ति पाकर कालीचरण काका सर्वथा अकर्मण्य हो गए थे। काली काका ने जीवन-भर कभी कुछ नहीं कमाया। अपने पूर्वजों की संपत्ति को ही बेच-बेचकर जीवन-यापन किया, या तुम्हारे बाबा की कमाई पर अधिकार जताया। दूसरी ओर तुम्हारे बाबा के पास कोई सम्पत्ति नहीं थी इसलिए वे स्वयं को एक निर्धन संन्यासी का पुत्र मानते थे। उन्होंने यही माना कि निर्धन का पुत्र अर्जित करता है और और धनी का पुत्र बैठकर खाता है। वे नहीं चाहते थे कि वे अपने पीछे इतनी संपत्ति छोड़ जाएँ कि उनके पुत्र काली

काका के समान अकर्मण्य हो जाएँ।'' भुवनेश्वरी ने नरेन्द्र की ओर देखा, ''यह मत समझना पुत्र, कि तुम्हारे बाबा व्यर्थ धन उड़ाने वाले, व्यसनी अथवा विलासी थे। हाँ, शाहखर्च अवश्य थे। उनका हृदय बहुत बड़ा था पुत्र! जानते हो कि अपने समाज में वे 'दाता' के रूप में जाने जाते थे।''

''किंतु माँ! कोई व्यक्ति कितना भी खुला खर्च करे, यदि वह अपनी आय से अधिक खर्च नहीं करता तो उसके पास कुछ तो जमा-पूँजी होती ही है। यदि वह वर्ष-दो वर्ष न भी कमाए तो भी उसकी गृहस्थी उसकी जमा-पूँजी के आधार पर चल सकती है।'' नरेन्द्र ने कहा, ''हाथी मरे भी तो सवा लाख का।''

''तुम्हारे बाबा ने बचत की बात को बहुत गंभीरता से कभी नहीं सोचा। हाँ, कठिन समय के लिए कुछ सँजो रखने का प्रयत्न अवश्य किया था, किंतु उनके पास व्यावहारिक व्यापार बुद्धि नहीं थी।'' भुवनेश्वरी बोली।

''जब बाबा के काली काका कुछ नहीं कमाते थे तो बाबा उनको अपनी सारी कमाई क्यों दे दिया करते थे? बाबा को कुछ तो सोचना चाहिए था।'' नरेन्द्र के स्वर में जिज्ञासा भी थी और क्षोभ भी।

भुवनेश्वरी ने उसे वक्र दृष्टि से देखा, ''इसका अर्थ है कि तू न अपने बाबा को जानता है और न उनके काका को। प्रश्न यह नहीं है कि तुम्हारे बाबा अपनी सारी आय उनको देते थे अथवा नहीं। उनके काका स्वयं को इस परिवार का मुखिया मानते थे, इसलिए परिवार के किसी भी सदस्य की सारी आय को खर्च करने का सारा सामाजिक और नैतिक अधिकार केवल उनका ही था। तुम्हारे बाबा भला इसमें क्या कर सकते थे। इस सर्वस्व-हरण से बचने के लिए तुम्हारे बाबा ने कुछ धन बचाकर तुम्हारे नाम से थोड़ी संपत्ति खरीद ली थी। उस भूमि का नाम तुम्हारे नाम पर रखा था—वीरेश्वराबाद। किंतु उसकी भनक किसी प्रकार काली काका को मिल गई थी। एक दिन जब तुम्हारे बाबा घर पर नहीं थे तो काका ने यह कहकर कि किसी कानूनी कार्यवाही के लिए संपत्ति के उस दस्तावेज की आवश्यकता है, मुझसे कागज ले लिए। एक तो मैं उनके सम्मुख कुछ बोल ही नहीं सकती थी, दूसरे मैं मूर्खा क्या जानती थी कि वे इस प्रकार हमारे साथ छल करेंगे। उन्होंने वे कागज ले जाकर महाजन के पास बंधक रख दिए, जहाँ से वे कभी नहीं लौटे।'' भुवनेश्वरी क्षण-भर रुकी, ''इसी प्रकार तुम्हारे बाबा ने मेरे नाम से भी कुछ संपत्ति खरीदी थी। उस भूमि पर खेती करने वाले किसान अनावृष्टि के दिनों में उनके पास अपना लगान माफ करवाने के लिए आए थे। वे इतने कठोर नहीं हो सकते थे कि किसानों को कष्ट के समय मना कर देते—यह वे पहले से ही जानते थे। इसीलिए उन्होंने वह संपत्ति मेरे नाम से खरीदी थी, ताकि किसानों को कह सकें कि उस संपत्ति का लगान माफ करने का उन्हें कोई अधिकार ही नहीं है। किंतु वे क्या जानते थे कि मैं उनसे भी अधिक दुर्बल हो जाऊँगी। जब किसान मेरे पास आए तो उनका कष्ट मुझसे देखा नहीं गया और मैंने उनका लगान माफ कर दिया। एक वर्ष का लगान क्या माफ किया कि उन्होंने कभी लगान दिया ही नहीं। मैं और तुम्हारे बाबा दोनों ही ऐसे थे कि हमने उसकी कभी चिंता भी नहीं की। परिणामतः उस भूमि पर उन किसानों का ही कानूनी कब्जा हो गया।''

भुवनेश्वरी ने चुप होकर नरेन्द्र की ओर देखा : क्या उसको संतोष हुआ?...नरेन्द्र जैसे अब भी संतुष्ट नहीं था। उसकी अतृप्ति उसकी आँखों से झाँक रही थी, ''पर माँ!''

''तेरे बाबा विभिन्न मुकदमों के संबंध में कलकत्ता से बाहर-ही-बाहर रहे। बाहर रहकर वे अपने व्यवसाय की पूर्णरूपेण देखभाल नहीं कर सकते थे, इसलिए उन्होंने उसका दायित्व अपने

सहयोगियों पर छोड़ रखा था। वे क्या जानते थे कि उनके अपने विश्वसनीय सहयोगी ही विश्वासघात करेंगे। जब हम रायपुर में थे तो उनके सहयोगियों ने फर्म की ओर से तुम्हारे बाबा के नाम पर बहुत सारा ऋण लिया था, किंतु उसे चुकाने का दायित्व तुम्हारे बाबा पर छोड़ गए।"

"तो क्या बाबा इसका प्रतिकार नहीं कर सकते थे?" नरेन्द्र कुछ आवेश में बोला, "आखिर वे भी एटर्नी थे।"

"प्रतिकार का प्रयत्न ही तो कर रहे थे।" भुवनेश्वरी बोली, "पैतृक मकान के लिए काकी द्वारा चलाया मुकदमा झेल रहे थे और इधर यह सब···।"

नरेन्द्र ने सिर झुका लिया। वह अब माँ से और क्या पूछता। यहाँ तो जैसे विधाता स्वयं कमर कसकर खड़ा था कि विश्वनाथ दत्त के परिवार के पास वह कुछ भी नहीं छोड़ेगा।···सहसा उसके मन में आशा की एक किरण जागी, "पर माँ! बाबा ने इतने लोगों की सहायता की थी। इस कठिन समय में क्या वे हमारी कुछ भी सहायता नहीं करेंगे?"

"जिनकी सहायता हमने की थी, उनसे हम यह तो नहीं कह सकते कि वे हमारी सहायता लौटा दें।" भुवनेश्वरी तमककर बोली, "और न ही मैं उनसे किसी प्रकार की भिक्षा लेकर अपने पति को अपमानित करूँगी।"

"नहीं, मैं यह नहीं कह रहा था।" नरेन्द्र के स्वर में हलका-सा पश्चात्ताप था, "मेरा अभिप्राय तो केवल इतना था कि बाबा से भी तो कुछ लोगों ने ऋण लिया होगा। कुछ लोग बाबा के भी तो देनदार होंगे···।"

"तुम इस संसार को नहीं जानते बिलेह!" माँ ने बहुत दिनों के पश्चात् नरेन्द्र को उसके शैशव के नाम से पुकारा था, "जो देनदार है, वह हमारे निकट भी नहीं फटकेगा और जो लेनदार है, वह हमारी चौखट नहीं छोड़ेगा।"

नरेन्द्र के मन में प्रश्न तो अब भी अनेक थे, किंतु अब माँ से क्या पूछना। वस्तु-स्थिति उसके सामने थी, शेष तो उसको स्वयं ही समझना था।

जो प्रश्न उसने पूछे थे, अब वे उसे व्यर्थ ही लग रहे थे।···प्रातः जब ऋणदाता लोग लेनदार बनकर उनकी चौखट पर आ बैठे थे। और माँ ने चुपचाप अपने गहने तक निकालकर उनके सम्मुख रख दिए थे, नरेन्द्र को तभी सब कुछ समझ जाना चाहिए था। माँ के पास कहीं और कुछ होता तो वह अपने आभूषण निकालकर क्यों दे देती। कोई स्त्री अपने आभूषण दे दे तो उसकी स्थिति का अनुमान लगाने के लिए किसी तर्क अथवा प्रमाण की आवश्यकता नहीं होती···

नरेन्द्र को यह अच्छा नहीं लगा था। उसने माँ से कहा भी था···लेनदारों को टाला जा सकता था, उनसे थोड़ी-सी मोहलत माँगी जा सकती थी।···किंतु माँ का विश्वास था कि वह ऐसा कोई काम नहीं करेगी, जिससे बाबा की मृत्यु के पश्चात् उनका सम्मान तनिक भी कम हो···वह 'दाता' की पत्नी थी, 'याचक' नहीं बन सकती···

"तुम चिंता मत करो माँ!" नरेन्द्र धीरे से बोला, "अब तुम सबका दायित्व मुझ पर है। मैं कल से ही कोई काम खोजने निकलूँगा। देखता हूँ कि मैं क्या कर सकता हूँ।" वह रुका, "विश्वास करो माँ! तुम्हारा पुत्र इतना असमर्थ नहीं है।"

आज पहली बार नरेन्द्र का मन बार-बार इस प्रश्न से टकरा रहा था कि वह ऐसा कौन-सा काम कर सकता था कि जिससे उसे धन की प्राप्ति हो सके?···पिता का व्यवसाय वह सँभाल नहीं सकता

था। अभी उसकी कानून की पढ़ाई पूरी नहीं हुई थी।...कानून का उसे जितना ज्ञान था, धनोपार्जन के लिए उसका प्रयोग वह कर नहीं सकता था...वह अभी एटर्नी नहीं बना था। अभी उसे प्रायः दो वर्ष और पढ़ना था...निमाई चरण बोस की फर्म में वह जो काम कर रहा था, उसके लिए उसे वेतन नहीं मिल सकता था। वहाँ तो वह प्रशिक्षणार्थी था। बाबा ने निमाई बाबू के साथ जाने क्या समझौता किया था। बहुत संभव है कि वे प्रशिक्षण की इस सुविधा के लिए निमाई बाबू को कुछ फीस भी देते हों...हाँ! वह बच्चों को पढ़ा सकता था। किसी विद्यालय में संगीत भी सिखा सकता था।...कुछ लिखने-पढ़ने का काम भी कर सकता था...

सहसा नरेन्द्र को धीरेन्द्र पाल की याद आई। उसका अपना प्रेस था। वह पत्रिकाएँ प्रकाशित करता था। पिछले दिनों शायद उसने कुछ पुस्तकें भी प्रकाशित की थीं।...उसके पास नरेन्द्र के लिए कोई काम हो सकता है। लिखने का, या संपादन का...या फिर प्रेस का ही कोई काम।...

प्रातः उठकर उसने स्नान-ध्यान किया और जाप करने बैठ गया। जाप करके उठा ही था कि भुवनेश्वरी ने आकर पूछा, "कहीं जा रहा है क्या नरेन?"

"हाँ, माँ! अपने एक पुराने परिचित के पास जा रहा हूँ—काम खोजने।" नरेन्द्र बोला, "मुझे आशा है कि मुझे कोई-न-कोई काम अवश्य मिल जाएगा।"

""इसकी तो मुझे भी पूर्ण आशा है कि तुझे अनेक काम मिल जाएँगे, किंतु पुत्र अपनी दृष्टि धन पर रखना।" भुवनेश्वरी बोली, "याद रखना कि तुम काम खोजने नहीं, धन कमाने जा रहे हो।"

अपनी उस अवसन्न मन-स्थिति में भी नरेन्द्र को आश्चर्य हुआ : आज तक माँ ने कभी धन को इस प्रकार महत्त्व नहीं दिया था...किंतु अब शायद अपनी असुरक्षा की भावना से उनकी दृष्टि सर्वथा एकांगी हो गई थी...किंतु उनकी बात सर्वथा सत्य थी...उसने अपने जीवन में कभी काम को धन से नहीं जोड़ा था। काम को काम के ही रूप में देखा था, धनार्जन के माध्यम के रूप में नहीं।...माँ ने ठीक समय पर ही चेतावनी दी थी... कहीं यह न हो कि वह काम और धन का संबंध फिर भूल जाए।

"ठीक है माँ!" नरेन्द्र ने सहज होने का प्रयत्न किया, "स्मरण रखूँगा। अच्छा, अब चलता हूँ।"

"कुछ खाएगा नहीं? भूखा ही चला जाएगा।"

"अपने एक परिचित के पास जा रहा हूँ। वह कुछ-न-कुछ सत्कार तो करेगा ही।" नरेन्द्र बोला, "घर से खाकर गया, तो पुनः खाना पड़ेगा। जानती ही हो कि किसी के घर जाएँ तो वह बिना सत्कार किए मानता नहीं।"

"ठीक है पुत्र!" भुवनेश्वरी बोली, "किंतु यह तो मानते हैं न कि घर से खाकर चलो, तो अगले घर में भी पूछ होती है। घर से भूखे जाओ तो अतिथि-सत्कार भी नहीं मिलता।"

"यह अंधविश्वास है माँ!"

नरेन्द्र घर से बाहर निकला तो उसे अहसास था कि उसकी जेब में इतने पैसे नहीं हैं कि वह कोई सवारी ले सके। उसे पैदल ही जाना था।...घर से निकलते हुए वह जान-बूझकर अपनी जेब के पैसे निकालकर रख आया था...जब आय का कोई साधन नहीं था, तो बचे हुए पैसों को सोच-समझकर ही खर्च करना चाहिए।...उसकी अपनी ही बात होती तो शायद वह अपने बचे-खुचे पैसे भी उसी लापरवाही से खर्च कर देता; किंतु ये पैसे तो उसकी माँ और भाइयों के भी थे। वह

उनके प्रति असावधान नहीं हो सकता था।···जब तक वह उनके लिए कुछ उपयुक्त व्यवस्था नहीं कर लेता, तब तक उसे अपनी सुख-सुविधा के लिए कुछ भी खर्च करने का कोई अधिकार नहीं है।···और फिर पैदल चलने में उसे कष्ट ही क्या था। वह स्वस्थ ही नहीं, हृष्ट-पुष्ट युवक था। चलना तो उसका व्यायाम भी था और मनोरंजन भी। आज तो वह उसकी आवश्यकता भी थी।

नरेन्द्र के पग सड़क पर चलते रहे और उसका मन अपने विचारों की पगडंडियों पर दौड़ता रहा···उसने अनेक बार अपने भावी जीवन में स्वयं को संन्यासी रूप में देखा था···वह संन्यासी, जो अपने चरणों से सारी पृथ्वी नाप लेता है।···उसने तपस्या का स्वप्न देखा था।···तपस्या धन से प्राप्त सुख-सुविधाओं के साथ तो नहीं हो सकती।···तो अब समय आया है कि वह स्वैच्छिक न सही, परिस्थितिजन्य तपस्या कर ले।···और पैदल चलना तो कोई बड़ी तपस्या भी नहीं है।

धीरेन्द्र पाल के घर पहुँचकर उसने कपाट खटखटाए तो धीरेन्द्र स्वयं ही निकल आया।

"अरे, नरेन्द्र! तुम! इस समय यहाँ?"

"क्यों? इसमें आश्चर्य की क्या बात है?" नरेन्द्र ने पूछा, "मैं क्या पहले कभी तुम्हारे घर नहीं आया?"

"नहीं, यह बात नहीं है।···" लगा कि धीरेन्द्र मुँह में आई बात को टाल गया है, किंतु फिर कुछ सोचकर उसने कह ही दिया, "अभी तुम्हारे बाबा के देहांत को अधिक समय नहीं बीता न। मेरा विचार है कि अभी तो अशौच काल भी पूरा नहीं हुआ है।"

"हाँ, वह तो पूरा नहीं हुआ है।"

नरेन्द्र देख रहा था कि धीरेन्द्र ने न तो उसे एक बार भी घर के भीतर आने के लिए कहा था, और न ही उसके भीतर जाने का मार्ग ही छोड़ा था।···स्वयं वह कहीं बाहर जाने के लिए तैयार हुआ लग रहा था।···क्या वह इसीलिए उसे घर के भीतर आने के लिए नहीं कह रहा था कि कहीं उसे देर न हो जाए या···या···अशौच काल के विचार से वह उसे अपने घर में ले जाना नहीं चाहता था?···

"कहीं जा रहे हो क्या?" नरेन्द्र ने पूछा।

"हाँ, ऑफिस जा रहा हूँ।" धीरेन्द्र ने उत्तर दिया।

"अपने छापेखाने में जा रहे हो?"

"हाँ।"

"अच्छा! अब तुम अपने छापेखाने को ऑफिस कहते हो?" किसी और समय तो नरेन्द्र शायद खिलखिलाकर हँस पड़ता, किंतु आज वह हलके से मुस्करा भी नहीं पाया।

"काम करने के स्थान को अंग्रेजी में ऑफिस कहते हैं।" धीरेन्द्र कुछ कटुता से बोला।

"जानता हूँ।" नरेन्द्र शांत स्वर में बोला, "वैसे तो काम करने के स्थान को वर्कशॉप भी कहते हैं, कार्य की प्रवृत्ति के अनुसार उसे स्कूल, कॉलेज, अस्पताल, बैंक इत्यादि कुछ भी कह सकते हैं, पर हम छापाखाना को छापाखाना ही क्यों न कहें?"

"अच्छा! तुम यहीं ठहरो।" धीरेन्द्र बोला, "मैं अपना सामान ले आऊँ, फिर ऑफिस चलते हैं, मेरा तात्पर्य है—प्रेस!"

नरेन्द्र समझ गया कि धीरेन्द्र नहीं चाहता कि वह उसके घर के भीतर प्रवेश करे। इसका और क्या कारण हो सकता है, सिवाए इसके कि वह अशौच की स्थिति के कारण उसे अस्पृश्य मान रहा है।···माँ ने ठीक ही कहा था कि घर से खाकर ही चलना चाहिए···

धीरेन्द्र कुछ कागज इत्यादि लेकर बाहर आ गया, "चलो।"

वे दोनों चल पड़े। गली के बाहर आकर धीरेन्द्र ने पूछा, "तुम क्या कह रहे थे, अशौच काल समाप्त होने से पहले तुम्हें घर से क्यों निकलना पड़ा?"

नरेन्द्र ने तत्काल कोई उत्तर नहीं दिया। अपनी बाध्यता को इस प्रकार राह चलते वह उसके नग्न रूप में धीरेन्द्र के सामने प्रस्तुत नहीं करना चाहता था।···बताना तो पड़ेगा, बताएगा नहीं तो काम किस प्रकार पाएगा। किंतु बताने का भी कोई ढंग होना चाहिए।···

"तुमने बताया नहीं।" नरेन्द्र को चुप देखकर धीरेन्द्र ने कहा।

"बाबा रहे नहीं। अब परिवार के पालन-पोषण का दायित्व मेरा है।" नरेन्द्र ने कहा, "मैं कोई काम करना चाहता हूँ।"···माँ के शब्द नरेन्द्र के मस्तिष्क में नगाड़े-से बज रहे थे, किंतु 'मैं धन कमाना चाहता हूँ' जैसे शब्द उसकी जिह्वा उच्चरित कर ही नहीं सकी।

"काम···अर्थात् कुछ धन कमाना चाहते हो।" धीरेन्द्र के शब्द नरेन्द्र को अत्यंत क्रूर लगे, "पर इतनी आतुरता क्या है?"

"आतुरता नहीं, आवश्यकता है।" नरेन्द्र बलपूर्वक बोला, "आवश्यकता न होती, तो मुझे इस प्रकार अशौच काल में ही घर से क्यों निकलना पड़ता।"

धीरेन्द्र जैसे सहमकर मौन हो गया। यह स्थिति तो उसकी समझ में वैसे ही आ जानी चाहिए थी···किंतु एटर्नी विश्वनाथ दत्त का परिवार···

धीरेन्द्र थोड़ी देर चुपचाप चलता रहा। शायद अपनी मूर्खता से उड़ी धूल के बैठ जाने की प्रतीक्षा कर रहा था।

"किस प्रकार का काम चाहते हो?" उसने पूछा।

"तुम किस प्रकार का काम दे सकते हो या सुझा सकते हो?" नरेन्द्र ने उससे प्रश्न किया।

"नौकरी चाहते हो या···"

"नौकरी भी कर सकता हूँ।" नरेन्द्र बोला, "और पारिश्रमिक पर कोई काम भी कर सकता हूँ। व्यापार नहीं करूँगा।"

वे लोग छापेखाने में पहुँचे तो कर्मचारियों को निर्देश देने के लिए धीरेन्द्र भीतर चला गया। नरेन्द्र बाहर बैठा, उसकी प्रतीक्षा करता रहा।···धीरेन्द्र ने आज उसे अपने घर के भीतर पाँव भी नहीं रखने दिया था।···उसकी बात पर उसने अपनी ओर से तनिक-सा भी उत्साह नहीं दिखाया था।···यह सब क्या था?···

तभी धीरेन्द्र बाहर आया।

"हाँ! तुम काम के विषय में कह रहे थे।" धीरेन्द्र बोला, "मेरे अपने मन में भी कुछ योजनाएँ हैं। मैं सोच ही रहा था कि कोई अच्छा साथी मिल जाए तो कोई नया काम आरंभ करूँ।"

"कैसी योजना है?" नरेन्द्र ने पूछा।

"मेरे पास तो एक प्रेस ही है," धीरेन्द्र बोला, "मेरी सारी योजनाएँ इसी के आसपास मँडराती हैं।"

उसने रुककर नरेन्द्र की ओर देखा, किंतु नरेन्द्र कुछ बोला नहीं।

"सोचता हूँ कि कुछ ऐसा काम करें कि मौज-मस्ती भी रहे और कुछ पैसा भी कमा लें।" धीरेन्द्र बोला।

नरेन्द्र अभी भी कुछ नहीं बोला।

"तुम मेरे लिए दो-चार पुस्तकें लिख सकते हो?" धीरेन्द्र ने पूछा, "अच्छे पैसे दूँगा।"

"लिख सकूँगा तो अवश्य लिखूँगा।" नरेन्द्र बोला, "पर लिखना क्या है?"

इस बार धीरेन्द्र कुछ नहीं बोला। उसने मेज की दराज में से निकाल-निकालकर कुछ पुस्तकें मेज के ऊपर रखनी आरंभ कर दीं।

"यह क्या है?" नरेन्द्र ने पूछा।

"यह मसाला है।" धीरेन्द्र हँसा, "इनको ले जाओ और इनके आधार पर ऐसी चीज तैयार करो कि दो शब्द पढ़ते ही पुरुष का खून खौलने लगे और नारी की बोटी-बोटी थिरकने लगे। चित्र हम जुटा देंगे।"

नरेन्द्र ने पुस्तक को देखा, दो-चार पृष्ठ उलटे-पलटे और पुस्तकें परे धकेल दीं। वे नारी-पुरुष के शरीर संबंधों के विषय में लिखी गई उत्तेजक और घटिया पुस्तकें थीं।

"मैं यह सब नहीं लिख सकता।" नरेन्द्र का स्वर प्रायः सहज ही था, किंतु उसका मन जैसे आक्रोश से तिलमिला रहा था, "मैं किसी प्रकार की कोई घटिया पुस्तक नहीं लिखूँगा।"

"तो मैं कब कह रहा हूँ कि घटिया पुस्तक लिखो। यह प्रस्ताव तुम्हारे सामने इसीलिए तो रखा है कि तुम बढ़िया पुस्तक लिखोगे।"

"मैं कोई अनैतिक कर्म नहीं करूँगा।" शांत रहने के लिए नरेन्द्र को पर्याप्त आत्म-दमन करना पड़ रहा था।

"क्यों, माँ ने मना किया है?"

नरेन्द्र की आँखों में आक्रोश उभरा, किंतु धीरेन्द्र ने उसकी ओर देखा ही नहीं था। वह अपने प्रवाह में बोलता चला गया, "उसने कहा है कि अच्छे बच्चे ऐसा काम नहीं करते?"

"बको मत!" नरेन्द्र बोला। वह यदि इतने दुःख की स्थिति में न होता तो शायद धीरेन्द्र को चाँटा ही मार देता।

धीरेन्द्र ने सिर उठाकर नरेन्द्र को देखा। उसे समझते देर नहीं लगी कि नरेन्द्र सचमुच ही बहुत क्रोध में था।

"तो फिर क्या लिखोगे?" धीरेन्द्र ने उसकी ओर देखा, "विदेशी लेखकों की पुस्तकें चोरी कर बंगला में अपने नाम से छपवाओगे?"

"मैं अधर्म का कोई काम नहीं करूँगा।" नरेन्द्र अत्यंत स्पष्ट वाणी में आवेशपूर्वक बोला।

"तो या तो तुम धर्म ही कमा लो या फिर पैसा ही बना लो। नोट कमाने हैं तो धर्म-अधर्म कुछ नहीं देखना होगा।" धीरेन्द्र बोला, "जीवन सुधारना है तो इन सब चक्करों में मत पड़ो, और चुपचाप पैसा बनाओ।"

"नहीं चाहिए मुझे पैसा। अधर्म से मुझे कुछ नहीं चाहिए।" नरेन्द्र बोला, "धर्मपूर्वक धन कमाओगे तो तुम्हें धर्म भी मिलेगा, धन भी और उसका भोग भी; किंतु अधर्म से धर्म तो मिलेगा ही नहीं, जो धन भी मिलेगा, उसका भोग तुम नहीं कर पाओगे।"

धीरेन्द्र थोड़ी देर तक चुपचाप नरेन्द्र को देखता रहा। वह उसकी बात पर मनन नहीं कर रहा था। उसकी बात उसने सुनी तो थी, किंतु ग्रहण नहीं की थी। वह तो सोच रहा था कि अपने इस तिरस्कार के लिए वह नरेन्द्र को किस प्रकार दंडित करे।

"तो फिर तुम काम खोजने की यह पद्धति छोड़ो।" सहसा धीरेन्द्र बोला, "एक प्रार्थना-पत्र लिखो और उसे लिए-लिए विभिन्न दफ्तरों में नौकरी माँगते फिरो। शायद कहीं धर्म हो और तुम्हें

वहीं स्थान मिल जाएगा।"

नरेन्द्र उठ खड़ा हुआ। वह समझ गया था कि उसके अस्वीकार को धीरेन्द्र ने अपना तिरस्कार माना था, और अब वह किसी प्रकार से उसे अपमानित करने का प्रयत्न कर रहा था। उसके पास बैठने का कोई लाभ नहीं था। नरेन्द्र उसके पास आया था कि कुछ धन प्राप्त कर सकेगा, किंतु वह तो उसका धर्म भी छीन लेना चाहता था।...

"अच्छा, चलता हूँ।"

"कहाँ जाओगे?" धीरेन्द्र ने पूछा।

"श्रीचरण के पास आ रहा हूँ।" नरेन्द्र बोला, "खाली हूँ, थोड़ा समय उसके साथ बिताऊँगा।"

"तो यहीं क्यों नहीं बैठ जाते?"

"नहीं! यह तुम्हारा ऑफिस है। तुम काम करो।"

नरेन्द्र श्रीचरण के घर पहुँचा तो बेहद थक चुका था। वह जानता था कि यह शारीरिक थकान नहीं थी, यह उसके मन का अवसाद था। फिर भी उसकी इच्छा हो रही थी कि कहीं कोई एकांत मिल जाए तो वह या तो जी भरकर रो ले या फिर कई घंटों की लंबी नींद सो ले।

श्रीचरण ने कपाट खोलकर उसे देखा, "क्या बात है? इतने हताश क्यों दिखाई दे रहे हो?"

"कुछ नहीं। थक गया हूँ।" नरेन्द्र बोला।

"आ जा! भीतर आ जा।" उसने मार्ग छोड़ दिया।

नरेन्द्र को अच्छा लगा : श्रीचरण ने धीरेन्द्र पाल के समान व्यवहार नहीं किया था। न उसने अशौच काल के कारण उसे अस्पृश्य समझा था।

भीतर आकर नरेन्द्र कुर्सी पर बैठ गया तो श्रीचरण बोला, "क्या बात है, बोलो। तुम केवल थके हुए नहीं हो। मुझे तो तुम हताश, उदास, चिंतित और जाने क्या-क्या लग रहे हो।"

"हाँ, कुछ चिंतित भी हूँ।" नरेन्द्र बोला।

"क्या चिंता है?"

"मेरी चिंता?" नरेन्द्र ने हँसने का प्रयत्न किया, "मेरी चिंता है कि पैसा ही सब कुछ है, भगवान् कुछ भी नहीं है?"

"चिंता तो तुम्हारी बहुत महत्त्वपूर्ण है।" श्रीचरण बोला, "पर इसका समाधान तो प्रत्येक व्यक्ति अपने-अपने ढंग से ही करेगा।"

"अपने-अपने ढंग से क्यों?" नरेन्द्र बोला, "सत्य तो एक ही होना चाहिए।"

"एक जैसे लोगों के लिए सत्य एक ही होता है।" श्रीचरण बोला, "पैसा तो यथार्थ है और भगवान् कल्पना...।"

"भगवान् कल्पना नहीं है..." नरेन्द्र ने प्रतिवाद किया।

"मैं विवाद नहीं करता।" श्रीचरण बोला, "यदि भगवान् सत्य है, तो बहुत दूर का सत्य है, जैसे आसमान के पार का स्वर्ग। वहाँ तक हम जैसे लोगों का पहुँचना कठिन है। और यदि वहाँ पहुँचना ही है तो उसका माध्यम है एक बोतल मदिरा। एक बोतल पी लो तो या तो आसमान नीचे आ जाता है या मनुष्य ऊपर पहुँच जाता है।"

"तुम जानते हो, मैं मदिरा नहीं पीता।" नरेन्द्र बोला, "चाहे स्वर्ग मिले तब भी नहीं पीता।"

"नहीं भी पीते तो आज पी लो। तुम्हारी सारी चिंताएँ दूर हो जाएँगी।" श्रीचरण बोला, "उसके पश्चात् भोजन करेंगे। मदिरा के बाद भोजन का आनंद ही कुछ और होता है।"

"जानता हूँ, मदिरा के बाद भोजन का आनंद।" नरेन्द्र का स्वर कुछ तीखा हो गया, "उस समय न तुम्हें थाली और फर्श का भेद सूझता है, और न मुँह और नाक का।···और दिन के समय भी तुम पीने लगे हो, यह मुझे मालूम नहीं था।"

"तुम तो अकारण ही रुष्ट हुए जा रहे हो।" श्रीचरण बोला, "मैं तो यह सारा आयोजन केवल तुम्हारी सहानुभूति में कर रहा हूँ, अन्यथा इस समय मुझे मदिरा की कोई आवश्यकता नहीं है।"

"तो मुझ पर तुम इतनी कृपा मत ही करो।" नरेन्द्र बोला, "मैं अपनी चिंताओं से अपने आप निबट लूँगा।' वह उठकर खड़ा हो गया।

श्रीचरण ने उसे आश्चर्य से देखा और बोला, "मदिरा नहीं पीते तो मत पीओ; पर इस प्रकार भागने की क्या आवश्यकता है? बैठो! मेरे साथ भोजन करो और मुझे बताओ कि जो वस्तु किसी के सुख को दुगुना और दुःख को समाप्त कर देती है, उससे तुम इस प्रकार रुष्ट क्यों रहते हो।"

नरेन्द्र बैठा नहीं। खड़े-खड़े ही बोला, "भोजन नहीं करूँगा। वैसे अपने रोष का कारण बता देता हूँ।" वह श्रीचरण के निकट आ गया और बोला, "जो पदार्थ मनुष्य की वृत्ति को विकृत करता है, उसे स्वाभाविक ढंग से काम नहीं करने देता, वह मनुष्य के शरीर और बुद्धि दोनों के लिए विष है; और विष का सेवन मुझे स्वीकार्य नहीं है, चाहे उससे किसी को कितना ही क्षणिक लाभ क्यों न दिखाई देता हो।"

इस बार श्रीचरण ने नरेन्द्र को नहीं रोका। नरेन्द्र स्थिर पगों से चलता हुआ उसके घर से बाहर निकल गया।

50

नरेन्द्र के मन में ठाकुर से मिलने की इच्छा बहुत प्रबल हो आई थी। इतने दिनों से उनसे भेंट नहीं हुई थी। वे व्याकुलता से उसकी प्रतीक्षा कर रहे होंगे। वैसे उसकी विपत्ति की सूचना तो उन्हें मिल ही गई होगी···राम दादा, सुरेश बाबू···या और किसी-न-किसी ने तो बता ही दिया होगा···

अगले ही क्षण उसके ध्यान में आया कि उसके पास गाड़ी के किराए के पैसे भी नहीं थे। पैदल जाना होगा, या फिर सुरेश बाबू की गाड़ी···किंतु तत्काल ही उसने मन में से यह विचार निकाल दिया···वह किसी और की गाड़ी पर निर्भर नहीं रहेगा। उससे तो अच्छा है कि वह पैदल ही चला जाए।···अब ईश्वर ने जिस स्थिति में डाल दिया है, स्वयं को उसी के अनुरूप ढालना होगा···मार्च महीने का आरंभ था। आज दूसरी ही तो तारीख थी। अभी गरमी प्रचंड नहीं हुई थी। इतनी दूर तो वह मजे में चला जाएगा।

दक्षिणेश्वर पहुँचकर उसने देखा कि ठाकुर अपनी छोटी चौकी पर बैठे गायन सुन रहे थे। त्रैलोक्यनाथ सान्याल गा रहे थे और ठाकुर स्वयं न गाते हुए भी जैसे उनका साथ दे रहे थे। सुरेश बाबू तथा महेन्द्र गुप्त भी आए हुए थे।···पर ठाकुर के हाथ में यह पट्टी कैसी बँधी है?···वह किसी से पूछता कैसे, संगीत में बाधा न पड़ती?···

नरेन्द्र का मन जैसे बुझ गया : यहाँ सब कुछ वैसा ही चल रहा है। किसी को इससे कोई फर्क नहीं पड़ता कि उसके साथ क्या बीत रही है···उसे देखकर भी तो किसी के व्यवहार में कोई

अंतर नहीं आया। त्रैलोक्यनाथ पहले के समान ही आत्म-मुग्धावस्था में गाने में तल्लीन हैं, ठाकुर ने एक क्षण के लिए भी उसकी ओर ध्यान नहीं दिया।···गायन बंद होना तो दूर, उसमें क्षण-भर के लिए भी व्यतिक्रम नहीं हुआ।···क्या संसार इतना ही कठोर है?

निकट जाकर ठाकुर को प्रणाम कर नरेन्द्र उनके सम्मुख भूमि पर बैठ गया। उसने प्रयत्न करना आरंभ किया कि वह भी त्रैलोक्यनाथ के गायन में उसी प्रकार तल्लीन हो जाए, जैसे अन्य सब लोग हुए बैठे हैं।···किंतु उसका मन था कि मुड़-मुड़कर अपने परिवार की ओर लौट जाता था···इस भजन-गायन का क्या अर्थ, यदि उसकी माँ और भाई घर में कष्ट में बैठे हों?···क्या ठाकुर को कुछ नहीं मालूम?···पर यह कैसे संभव है? किसी ने न भी बताया हो, तो उसका यह अशौच का वेश···क्या उसके चेहरे से कुछ भी प्रकट नहीं होता?···

गायन समाप्त हुआ और त्रैलोक्यनाथ ने ठाकुर को हाथ जोड़कर प्रणाम किया।

ठाकुर अब भी नरेन्द्र से संबोधित नहीं हुए। वे त्रैलोक्यनाथ सान्याल तथा अन्य भक्तों से ही बोले, "हरि ही सेव्य हैं और हरि ही सेवक हैं···यह भाव पूर्ण ज्ञान का लक्षण है। पहले नेति-नेति करने पर, ईश्वर ही सत्य हैं और सब मिथ्या है—यह बोध होता है। इसके बाद वह देखता है, ईश्वर ही सब कुछ हुए हैं—ईश्वर ही माया, जीव, जगत् यह सब हुए हैं। अनुलोम हो जाने पर फिर विलोम होता है। यह पुराणों का मत है। जैसे एक बेल में गूदा, बीज और खोपड़ा है। खोपड़ा और बीज निकाल देने पर गूदा रह जाता है, परंतु यदि बेल का वजन जानने की इच्छा हो तो खोपड़ा और बीज निकाल देने से काम नहीं बनेगा। इसी तरह से जीव-जगत् को छोड़कर, पहले सच्चिदानन्द में जाया जाता है। उन्हें प्राप्त कर लेने के पश्चात् मनुष्य देखता है—यह सब जीव-जगत् भी वे ही हुए हैं। जिस वस्तु से गूदा बना है, उसी से खोपड़ा और बीज भी बने हैं, जैसे मट्ठे का मक्खन और मक्खन का मट्ठा।···परंतु कोई यह भी कह सकता है कि सच्चिदानन्द इतने कड़े क्यों हो गए—इस पृथ्वी को दबाने से वह बड़ी कठिन जान पड़ती है। इसका उत्तर यह है कि शोणित और शुक्र तो इतना तरल पदार्थ है, परंतु उन्हीं से इतने मनुष्य, बड़े-बड़े जीव तैयार हो रहे हैं। ईश्वर से सब कुछ हो सकता है। एक बार अखंड सच्चिदानन्द तक पहुँचकर, फिर वहाँ से उतरकर यह सब देखो।···वे ही सब कुछ हुए हैं। संसार उनसे अलग नहीं है। गुरु के पास वेद पढ़कर, श्रीरामचंद्र को वैराग्य हो गया। उन्होंने कहा, संसार यदि स्वप्नवत् है तो इसका त्याग करना ही उचित है। इससे दशरथ डर गए। राम को समझाने के लिए उन्होंने गुरु वसिष्ठ को भेज दिया। वसिष्ठ ने कहा, 'राम, हमने सुना है—तुम संसार छोड़ना चाहते हो। तुम हमें समझा दो कि संसार, ईश्वर से अलग एक वस्तु है। यदि तुम समझा सको कि ईश्वर से संसार नहीं हुआ, तो तुम इसे छोड़ सकते हो।'. राम चुप रह गए। उन्होंने कोई उत्तर नहीं दिया।" ठाकुर बिना रुके बोलते गए, "सब तत्त्व अंत में आकाश तत्त्व में लीन हो जाते हैं। सृष्टि के समय आकाश तत्त्व से महत् तत्त्व, महत् तत्त्व से अहंकार—ये सब क्रमशः तैयार हुए हैं। अनुलोम और विलोम। भक्त इन सबको मानते हैं। भक्त अखंड सच्चिदानन्द को भी मानते हैं और जीव-जगत् को भी। परंतु योगी का मार्ग अलग है। वह परमात्मा में पहुँचकर, फिर वहाँ से नहीं लौटता। उसी परमात्मा से युक्त हो जाता है।···थोड़े के भीतर, जो ईश्वर को देखता है, उसे खंड-ज्ञानी कहते हैं। वह सोचता है, उसके परे और उसकी सत्ता नहीं है। भक्त तीन श्रेणी के होते हैं अधम, मध्यम और उत्तम। अधम भक्त कहता है, वे हैं ईश्वर, और ऐसा कहकर आकाश की ओर अंगुली उठा देता है। मध्यम भक्त कहता है, वे हृदय में अंतर्यामी के रूप में विराजमान हैं। उत्तम भक्त कहता है, वे ही सब कुछ हुए हैं—जो कुछ मैं देख रहा हूँ, सब उन्हीं के रूप हैं।"

नरेन्द्र पहले मजाक करके कहता था, 'यदि वे ही सब कुछ हुए हैं, तो ईश्वर लोटा भी है और थाली भी।'

ठाकुर ने अभी तक नरेन्द्र से सीधे कोई बात नहीं कही थी। अंततः नरेन्द्र ने ही पूछा, "यह आपके हाथ को क्या हुआ?"

"रेलिंग के पास से गिर पड़े।" सुरेश बाबू ने उसकी बात का उत्तर दिया।

"देह के साथ सुख-दुःख तो लगा ही रहता है।" ठाकुर ने कहा, किंतु उनकी दृष्टि अब भी त्रैलोक्यनाथ की ओर ही थी, "देखो न! नरेन्द्र के पिता का देहांत हो गया···"

नरेन्द्र के कान खड़े हो गए : ठाकुर सब कुछ जानते हैं, किंतु उससे कुछ नहीं कह रहे। कह रहे हैं त्रैलोक्यनाथ सान्याल को···

"उसके घरवाले बड़ा कष्ट पा रहे हैं, परंतु कोई उपाय नहीं हो रहा है।" ठाकुर कह रहे थे, "वे कभी सुख में रहते हैं, कभी दुःख में···।"

"जी, क्या नरेन्द्र पर ईश्वर की दया होगी?" त्रैलोक्यनाथ ने पूछा।

त्रैलोक्यनाथ ने नरेन्द्र के मन का प्रश्न पूछ लिया था। वह भी कब से यही पूछना चाह रहा था, किंतु उसका अभिमान जैसे उसका मुँह ही नहीं खुलने दे रहा था।

"और कब होगी!" ठाकुर हँस पड़े।

नरेन्द्र ठाकुर की ओर देखता रह गया : क्या कह रहे हैं ठाकुर? इसका क्या अर्थ है—'और कब होगी!'···अर्थात् इन परिस्थितियों में भी ईश्वर की कृपा नहीं हुई तो और कब होगी।···तो नहीं होगी! या ठाकुर कहना चाह रहे हैं कि इन्हीं दिनों होगी?···

"काशी में अन्नपूर्णा के मंदिर में कोई भूखा नहीं रहता," ठाकुर ने अपनी बात आगे बढ़ाई, "किंतु किसी-किसी को शाम तक बैठा रहना पड़ता है।···"

ओह!···नरेन्द्र के मन में लगातार ठाकुर की बात की प्रतिक्रिया चल रही थी···तो उसे भी शाम तक बैठे रहना होगा। ईश्वर सबको देते हैं, उसे भी देंगे, किंतु सबके पश्चात्। शाम तक उसे भूखा ही रहना होगा···

'यह न्याय नहीं है।' नरेन्द्र का मन कह रहा था, 'उसने या उसके परिवार वालों ने ऐसा क्या किया है कि ईश्वर उनकी ओर सबसे अंत में देखेंगे?···

ठाकुर पुनः हँसे, जैसे उनके मन में कोई बहुत उत्फुल्ल कर देने वाली बात उठी हो, "हृदय ने शंभू मल्लिक से कहा था, 'मुझे कुछ रुपए दो।' शंभू मल्लिक अंग्रेजी मत का आदमी है। उसने कहा, 'तुम्हें क्यों रुपए दूँ? तुम मेहनत करके उपार्जन कर सकते हो। तुम कुछ रोजगार तो करते ही हो। हाँ! कोई बहुत गरीब व्यक्ति हो तो उसकी बात और है। अथवा अंधे, लँगड़े, लूले को कुछ देना तो ठीक भी है।' तब हृदय ने कहा, 'महाशय! बस यह बात न कहिएगा। मुझे रुपयों की जरूरत नहीं। ईश्वर करे, मुझे आपके रुपए लेने के लिए अंधा, लँगड़ा, लूला या दरिद्र न ही होना पड़े। न अब आपके देने का काम है और न मेरे लेने का।' "

नरेन्द्र का मन लगातार दौड़ रहा था···इस कथा का प्रयोजन क्या था? कोई और समय होता तो शायद वह ठाकुर से पूछ ही लेता, किंतु आज उसका मन जैसे विरोध और अभिमान से भरा हुआ था। वह क्यों पूछे? वह स्वयं ही उसका अर्थ समझेगा···क्या इसका अर्थ है कि वह अभी इतना दीन-हीन और असमर्थ नहीं है कि ईश्वर उस पर कृपा करे···या उसके मन में ठाकुर के भांजे हृदयराम के ही समान अभिमान भरा हुआ है, जिसके कारण वह दया के लिए अपात्र हो

गया है?···और उसे लगा कि ठाकुर का अभिप्राय कुछ भी हो···पर यदि ईश्वर यह चाहता है कि उसका भक्त दीन-हीन, असहाय और असमर्थ होकर उसका बड़प्पन मानकर उससे दया की भीख माँगे, तो उस ईश्वर के प्रति नरेन्द्र की कोई बहुत अच्छी धारणा नहीं रहेगी···

तभी ठाकुर ने नरेन्द्र की ओर देखा : उनकी आँखों में लबालब स्नेह भरा था। उस स्नेह से नरेन्द्र अप्रभावित नहीं रहा। उसका हृदय कुछ द्रवित हुआ।···वह ठाकुर से बातें करने आया था।···उसे ठाकुर से सांत्वना की आशा थी···ठाकुर उसकी ओर प्रेम से अवश्य देख रहे थे, किंतु नरेन्द्र का मन अभी भी कुछ-कुछ कठिन बना हुआ था।

"मैं आजकल नास्तिक दार्शनिकों के विचारों का अध्ययन कर रहा हूँ।" नरेन्द्र को स्वयं ही लगा कि वह ठाकुर के माध्यम से जैसे ईश्वर को चेतावनी दे रहा हो।

नरेन्द्र की बात सुनकर ठाकुर तनिक भी नहीं चौंके। वे अपने स्वाभाविक रूप में नरेन्द्र को समझाते हुए बोले, "दो मार्ग हैं। एक 'अस्ति', दूसरा 'नास्ति'। तुम 'अस्ति' मार्ग को ही ग्रहण क्यों नहीं करते?"

सुरेश बाबू को लगा कि वार्तालाप नरेन्द्र की दशा से हटकर आस्तिकता और नास्तिकता पर चला जाएगा। वे जैसे उसे पुनः मोड़कर वहीं ले आए, "ईश्वर तो बड़े न्यायी हैं। क्या वे अपने भक्त की देख-भाल नहीं करेंगे?"

"शास्त्रों में लिखा है कि पूर्वजन्म में जिन लोगों ने दान इत्यादि किया हो, धन उन्हीं को मिलता है।" ठाकुर हँसे। शिशुओं जैसी शुभ्र हँसी, "किंतु बात यह है कि संसार तो ईश्वर की माया है। माया के राज्य में बड़ा गोल-माल है, कुछ समझ में नहीं आता।···"

'यह कोई तर्क हुआ···' नरेन्द्र सोच रहा था···'पहले स्वयं एक नियम का निर्धारण किया और फिर माया के बहाने, उस पर आवरण डाल दिया···'

"ईश्वर का काम कुछ समझा नहीं जाता।" ठाकुर ने हँसते हुए नरेन्द्र को सांत्वना दी, "भीष्मदेव शर-शय्या पर लेटे हुए थे। पांडव उनसे मिलने गए। साथ में श्रीकृष्ण भी थे। थोड़ी देर बाद उन्होंने देखा, भीष्म रो रहे हैं। पांडवों ने श्रीकृष्ण से कहा, 'कृष्ण! बड़े आश्चर्य की बात है। पितामह अष्ट वस्तुओं में एक हैं। उनकी तरह ज्ञानी संसार में दिखाई नहीं पड़ते।···किंतु ये भी मृत्यु के समय माया में पड़कर रो रहे हैं।' श्रीकृष्ण ने कहा, 'भीष्म इसलिए नहीं रो रहे। रोने का कारण उन्हीं से पूछो।' पूछने पर भीष्म ने कहा, 'कृष्ण! मैं ईश्वर के कार्य कुछ समझ नहीं सका। रो मैं इसलिए रहा हूँ कि जिनके साथ-साथ साक्षात् नारायण घूम रहे हैं, उन पाण्डवों की भी विपत्ति का अंत नहीं होता। यह बात जब मैं सोचता हूँ तब इसी निष्कर्ष पर पहुँचता हूँ कि उनके कार्यों को समझना असंभव हैं।" ठाकुर ने रुककर नरेन्द्र की ओर देखा, "मुझे उन्होंने दिखलाया था, जिन्हें वेदों में शुद्धात्मा कहा है, एक वही परमात्मा अटल सुमेरुवत् निर्लिप्त तथा सुख और दुःख से निरपेक्ष हैं। उनकी माया के कार्यों में बड़ी जटिलता है। किसके बाद क्या होगा, कुछ कहा नहीं जा सकता।"

नरेन्द्र समझ रहा था कि ठाकुर उसे सांत्वना देने का प्रयत्न कर रहे हैं। वे स्वीकार कर रहे हैं कि ईश्वर नरेन्द्र के प्रति कठोर हो गया है, किंतु उसका कोई कारण नहीं बता पा रहे। अर्थात् नरेन्द्र और उसके परिवार को अकारण ही कष्ट दिया जा रहा है···किंतु ठाकुर के मन में उसे ईश्वरीय सत्ता के प्रति कोई शिकायत नहीं है, जैसे कि नरेन्द्र के मन में हैं। नरेन्द्र के साथ अत्याचार हो रहा है, किंतु उसके लिए वे ईश्वर से रुष्ट नहीं हैं। ईश्वर का ही पक्ष ले रहे हैं। नरेन्द्र को समझा रहे हैं कि वह इस कठोरता को भी ईश्वर की कृपा ही के रूप में ग्रहण करे···।

"पूर्व जन्म में दान करने से यदि इस जन्म में धन मिलता है, तो हमें इस जन्म में दान इत्यादि करना चाहिए, ताकि अगले जन्म में···।" सुरेश बाबू परिहास की मुद्रा में थे।

नरेन्द्र का मन उचट गया···नरेन्द्र की व्यथा इन लोगों के लिए कोई महत्त्व नहीं रखती···हाँ, उनके मनोरंजन का कारण बन सकती है···ह्यूम, वेन, मिल और कार्ट के सिद्धांत जैसे फिर-फिर जीवंत होकर नरेन्द्र की चेतना पर प्रहार कर रहे थे।···

51

नरेन्द्र को बाहर जाने के लिए तैयार देखकर भुवनेश्वरी ने पूछा, "भोजन नहीं करेगा क्या?"

"नहीं, माँ! निमंत्रण है। घर से ही खाकर गया तो वहाँ क्या खाऊँगा?"

"तू दिन-प्रतिदिन इतना दुबला होता जा रहा है कि मुझे चिंता होती है।" भुवनेश्वरी बोली, "तू सचमुच कहीं खाता भी है या केवल मुझे बहका देता है?"

"तुम बहुत भोली हो माँ।" नरेन्द्र बोला, "जिस लड़के को सारा शहर मोटा कहता है, तुम्हें अपना वह बेटा दुबला दिखाई देता है!" नरेन्द्र सायास मुस्कराया, "और माँ, यदि मैं कुछ दुबला हो जाऊँ तो वह मेरे लिए हितकर ही होगा। मोटा होने में तो कुछ लगता ही नहीं है। खाओ और सो जाओ। व्यक्ति मोटा नहीं होगा, तो क्या होगा, किंतु दुबला होने के लिए बहुत श्रम करना पड़ता है माँ···!"

"देख! यह सब तू दूसरे लोगों के लिए रहने दे।" भुवनेश्वरी बोली, "मुझे तो सत्य बता कि यह सब क्या हो रहा है।"

"सच तो यह है माँ! कि दिन-भर मैं काफी चलता हूँ। चलने में व्यर्थ का मोटापा छँटेगा ही। मैं पहले से अधिक पुष्ट हुआ हूँ, दुर्बल नहीं।" नरेन्द्र बोला, "और फिर चिंताओं से कोई मोटा तो होता नहीं।"

"तो फिर तू मेरी बात क्यों नहीं मान लेता!" भुवनेश्वरी बोली, "तेरे पिता ने अपने इस आकस्मिक देहांत से पहले एक अच्छे परिवार में तेरा संबंध तय किया था। वे लोग दहेज के रूप में एक बड़ी राशि देने की बात कह रहे थे। तेरी पढ़ाई का खर्च भी देंगे। तुझे बैरिस्टर बनाने के लिए विलायत भी भेजेंगे। लड़की भी सुंदर और सुशील है। बस, तू एक बार हाँ कर दे।"

"पर मैंने तो सुना है कि बाबा के देहांत के पश्चात् वे लोग अपनी बात से पीछे हट गए हैं। विश्वनाथ दत्त के परिवार की संभ्रांतता की पोल खुल जाने के बाद वे लोग यह संबंध करना नहीं चाहते।" नरेन्द्र बोला।

"नहीं, ऐसी तो कोई बात नहीं है।" भुवनेश्वरी बोली, "एक तो यह शोक की घड़ी है, इसमें विवाह इत्यादि की बात करने का किसी का साहस नहीं हो सकता, इसलिए वे लोग शांत हो गए हैं। दूसरी ओर वे लोग यह जानते हैं कि तेरी इच्छा तब भी नहीं थी, अब भी नहीं है। यह सब कुछ तेरे बाबा के दबाव के कारण हो रहा था। अब, जब तुम्हारे बाबा नहीं रहे तब तुम पर कौन दबाव डालेगा, यह सोचकर भी वे लोग हतोत्साहित हो गए हैं। मुझे तेरी ओर से आश्वासन मिले तो मैं उनको संदेश भेजूँ। जब तू ही हाँ नहीं करता तो मैं उनसे किस मुँह से कुछ भी पूछूँ।"

नरेन्द्र थोड़ी देर मौन खड़ा रहा और फिर धीरे से बोला, "माँ, क्या तुम्हें नहीं लगता कि

पहले ही मुझ पर अनेक दायित्व हैं जिनका निर्वाह मैं कर नहीं पा रहा। ऐसे में किसी और का दायित्व अपने सिर पर ले लूँ तो मेरी कठिनाई कम होगी या बढ़ेगी?"

"बहू के घर आते ही तेरी सारी आर्थिक चिंताएँ मिट जाएँगी पुत्र?…"

"वह धन जीवन-भर तो नहीं चलेगा माँ!" नरेन्द्र बोला, "अंततः तो हमें अपने पैरों पर ही खड़ा होना है। क्या तुम चाहोगी कि एक अस्थायी समाधान के लिए मैं अपने पैरों में स्थायी बेड़ियाँ डाल लूँ?"

"तेरे समर्थ होने तक, तेरे बैरिस्टर बन जाने तक का खर्च वे लोग देंगे बिलेह। फिर तू कमाने ही लगेगा। यह अस्थायी समाधान नहीं है पुत्र!" भुवनेश्वरी बोली, "हमें जीवन-भर उनका धन चाहिए भी नहीं। यह कठिनाई तो तब तक की ही है जब तक तेरी पढ़ाई पूरी नहीं हो जाती। नाव की आवश्यकता तब तक ही होती है जब तक हम घाट पर नहीं जा लगते।" भुवनेश्वरी ने नरेन्द्र की ओर देखा, "और बात केवल पैसों की ही नहीं है। बहू घर में आएगी तो तू सूखी होगा, तेरी चिंताएँ मिटेंगी। तुम लोगों का सुख देखकर मेरे जीवन में भी कुछ रस आएगा।"

नरेन्द्र जैसे स्तब्ध खड़ा रह गया : माँ ने उसके लिए कैसे-कैसे स्वप्न पाल रखे हैं…कैसी-कैसी योजनाएँ बना रखी हैं। पता नहीं, सारे माता-पिता यह सब क्यों करते हैं।…यह उनकी अपनी आवश्यकता होती है जिसे वे लोग संतान के सिर मढ़ते हैं, या सचमुच ही वे यह मानते हैं कि यह उनकी संतान की आवश्यकता है?…

"तुम मुझे क्यों डुबोना चाहती हो माँ!" नरेन्द्र को लगा कि उसके कहे बिना ही ये शब्द उसके मुख से निकल गए हैं, "तुम जिसे नाव समझ रही हो, वह तो मुझे भवसागर के मध्य डुबो देने की माया है।"

नरेन्द्र माँ की प्रतिक्रिया देखने के लिए भी नहीं रुका। कहने को वह कह गया था, किंतु वह जानता था कि माँ को यह सब अच्छा नहीं लगा होगा। वह माँ के प्रति तनिक भी कठोर नहीं होना चाहता था, और बाबा की अनुपस्थिति में तो एकदम ही नहीं।…किंतु वह क्या करता। वह तनिक भी ढीला पड़ता तो ये सब लोग मिलकर उसके हाथ-पैर बाँधकर उसे भवसागर के भँवर को सौंप देते।…

वह अन्नदा गुहा के घर पहुँचा तो बहुत सारे अतिथि आ चुके थे। चारों ओर खासी चहल-पहल थी, जैसे कोई बड़ा उत्सव हो।…अन्नदा के घर ऐसे उत्सव होते ही रहते थे। कभी किसी कारण से और कभी अकारण ही…या उसका कारण अन्नदा ही जानता था। नरेन्द्र ने तो अब उससे पूछना भी बंद कर दिया था। उसके लिए इतना ही पर्याप्त था कि उसे उत्सव में सम्मिलित होना है, शेष बातों से उसे क्या लेना-देना…

अन्नदा ने उत्साहपूर्वक बढ़कर उसका स्वागत किया, "कब से तेरी प्रतीक्षा कर रहा हूँ। सब लोग आ चुके हैं और तेरे गायन की उत्सुकतापूर्वक प्रतीक्षा कर रहे हैं।"

नरेन्द्र ने कुछ कहा नहीं। चुपचाप उसके साथ हो लिया। वस्तुतः आज वह स्वयं को इस उत्सव का अंग मान ही नहीं पा रहा था। जिसके मन में इतने झंझावात चल रहे हों, वह उन सबको भूलकर बाहर की मस्ती में कैसे रम सकता था।

"तू इतना ढीला क्यों है भाई?" अन्नदा बोला, "ऐसा तो तू कभी नहीं था।" उसने नरेन्द्र को भुजाओं की दूरी पर रखकर परखा, "आज तेरे वस्त्र भी कुछ मैले लग रहे हैं। कहाँ से आ

रहा है तू? क्या सीधा घर से नहीं आ रहा?"

नरेन्द्र ने कुछ भी उत्तर नहीं दिया। इन सारे प्रश्नों का उत्तर वह क्या देता! ये सब क्या पूछने वाली बातें थीं! शब्दों में बताए बिना उसके ये मित्र क्या कुछ भी नहीं समझ सकते? या वे अपने सुख में इतनी आत्मलीन हैं कि उन्हें दूसरे का दुःख दिखाई ही नहीं देता?...

"पर तू आ गया, यही बहुत है।" अन्नदा बोला, "अब तू जरा दो-चार बढ़िया से गीत सुना दे कि लोगों की तबीयत फड़क जाए। फिर देखना, मैं तुझे ऐसी-ऐसी सुंदरियों से मिलवाऊँगा कि तेरा यह सारा विषाद दो क्षण को भी ठहर नहीं पाएगा।"

कुछ तो नरेन्द्र ही अधिक बोलने की मनःस्थिति में नहीं था और कुछ अन्नदा उसे बोलने का अवसर नहीं दे रहा था। उसने यथाशीघ्र नरेन्द्र को धकियाकर वहाँ पहुँचा दिया जहाँ वाद्य-यंत्र रखे थे और तबला तथा तानपूरा लिए हुए दो व्यक्ति बैठे हुए थे। हारमोनियम नरेन्द्र की प्रतीक्षा कर रहा था।

नरेन्द्र हारमोनियम पर बैठ तो गया, किंतु उसे लगा कि वह अभी गाने के लिए प्रस्तुत नहीं था। उसे कुछ दुर्बलता और थकान का अनुभव हो रहा था। जाने यह भूख थी या चिंता! अन्नदा ने न तो उसे तनिक-सा विश्राम करने दिया था, न ही जलपान इत्यादि के लिए पूछा था। संभव है कि उनकी व्यवस्था ही ऐसी हो : गायन के पश्चात् भोजन की व्यवस्था हो। नरेन्द्र को कुछ समय तक तो स्वयं को नियंत्रण में रखना ही होगा।

"एक गिलास पानी भिजवा देना।" उसने अन्नदा की ओर देखा।

"ओह, मैं तो भूल ही गया, तुम इतनी दूर से आए हो, तुम्हें पानी तक नहीं पूछा।" अन्नदा बोला, "चलो! अब तो गलती हो ही गई, गायन के बाद तुम्हें तृप्त कर दूँगा।" उसने नौकर को पानी लाने का संकेत किया।

नरेन्द्र की अंगुलियाँ चलीं और हारमोनियम से विभिन्न स्वर निकलने लगे। उसके कंठ ने उन स्वरों का साथ दिया।...आरंभ में उसे कुछ प्रयत्न करना पड़ा, किंतु क्रमशः तन्मयता उस पर छाती गई और वह संगीत में डूबता गया। उसे न अपनी भूख याद रही, न थकान, न चिंताएँ, न विषाद। संगीत तो वह माध्यम था, जो उसे अपने सांसारिक परिवेश को भुलाकर, सीधे अपनी आराध्य तक पहुँचा देता था। शायद उस निराकार ब्रह्म का ही शरीर था, यह संगीत...

अन्नदा नरेन्द्र का गायन आरंभ करवाकर कुछ सहज हुआ और उसने जैसे तटस्थ होकर पहली बार नरेन्द्र को देखा : नरेन्द्र सचमुच ही थका हुआ और दुर्बल लग रहा था। केवल इतना ही नहीं, वह तो बेहद अस्त-व्यस्त भी था। न उसके वस्त्र पहले जैसे थे, न उसका वह सदा दमकता हुआ चेहरा, न उसकी वह चंचला वक्रवाणी!...यह नरेन्द्र तो उस दीप्तिमान नरेन्द्र की मलिन छाया मात्र है...धीरेन्द्र पाल ने चर्चा की थी कि पिता का सूतक समाप्त होने से भी पहले नरेन्द्र उसके पास काम की खोज में पहुँचा था, क्योंकि उसे पैसों की जरूरत थी...तो अन्नदा कैसे भूल गया कि नरेन्द्र की न तो आर्थिक स्थिति वह रह गई थी और न ही वह अपने परिवार की ओर से निश्चिंत था।...उसके सिर पर तो जैसे आसमान फट पड़ा था।...अन्नदा ने नरेन्द्र के साथ ज्यादती की थी। उसने केवल अपना प्रयोजन सिद्ध किया था, उसके शरीर की थकान और मन का विषाद मिटाने के लिए कुछ भी नहीं किया था।...

अन्नदा ने इधर-उधर दृष्टि घुमाई : सामने ही उसका चचेरा भाई तुषार खड़ा था। तुषार नरेन्द्र से खूब परिचित था। अन्नदा ने उसे निकट बुलाया, "देख, इन दिनों नरेन्द्र बहुत दुखी है।

उसका विषाद कैसे मिटे, कुछ समझ में नहीं आता।" वह रुका, "अभी तो मैंने उसे गाने पर बैठा दिया है। जब गा चुके तो जरा उसकी देखभाल ठीक से करना। मैं कुछ और कामों में व्यस्त हूँ!"

"अच्छा, दादा!"

"देख, कोई प्रमाद न हो।"

"नहीं, दादा! आप निश्‍चिंत रहें।"

नरेन्द्र सब कुछ भूलकर अपने गायन में पूर्णतः लीन हो गया। वह दूसरा भजन समाप्त कर तीसरा आरंभ कर चुका था।

अन्नदा के जाने के पश्चात् तुषार ने अपनी खोज आरंभ की।

उसकी दृष्टि जाकर कांतिमोहिनी पर टिक गई : हाँ, यही ठीक रहेगी। अभी नई आई है, इसे कोई जानता भी नहीं। नरेन्द्र तो कल्पना भी नहीं कर सकेगा कि वह वेश्या है। अपने रूप-रंग, हाव-भाव अथवा वेशभूषा—किसी से भी तो वह रूपजीवा नहीं लगती…वह मदिरा भी नहीं पीती, नहीं तो अब तक दो-एक पात्र पी ही चुकी होती और नरेन्द्र तत्काल भाँप जाता कि वह भले घर की लड़की नहीं है।…

तुषार ने उसे संकेत से अपने पास बुलाया। वह आई तो तुषार उसे लोगों की भीड़ से कुछ दूर हटा ले गया।

"इस गायक को देख रही हो," तुषार बोला, "इसका नाम है, नरेन्द्रनाथ दत्त!"

कांतिमोहिनी ने अपनी दृष्टि नरेन्द्र पर डाली, किंतु बोली कुछ नहीं।

"कैसा है?" तुषार ने पूछा।

"सुदर्शन है।" कांतिमोहिनी ने उत्तर दिया, "कंठ भी बहुत मधुर है।"

"यह हमारा मित्र है। आजकल बहुत परेशान है। जानते-बूझते स्वेच्छा से न कभी वह सुरा के निकट फटकेगा न सुंदरी के।" तुषार बोला, "अब तुम अपना चमत्कार दिखाओ। अपने रूप और चातुर्य से उसे ऐसा लुब्ध करो कि वह समाज और बदनामी को भूलकर अपना मस्तक तुम्हारे चरणों में नहीं तो गोद में अवश्य रख दे। उसे खिलाओ-पिलाओ। उसे इतना काम-सुख दो कि वह अपना प्रत्येक दुःख भूल जाए। याद रखना कि तुम दुःख के एक रोगी का उपचार कर रही हो। वैद्य के समान व्यवहार करना, वेश्या के समान नहीं, और न ही उस पर मुग्ध होकर उसकी प्रेमिका अथवा पत्नी बनने का स्वप्न देखना।" तुषार हँसा, "उससे मेरा हृदय टूक-टूक हो जाएगा।"

"आप तो विचित्र हैं तुषार बाबू!" कांतिमोहिनी मुस्कराई, "जल में कूदने का आदेश भी दे रहे हैं और डूबने और तैरने दोनों का एक साथ निषेध भी कर रहे हैं।"

"तो नहीं कर पाओगी?"

"इसमें कठिनाई ही क्या है!" कांतिमोहिनी इठलाई, "अपने चरणों पर क्या, कहिए तो उसे लाकर आपके चरणों पर डाल दूँ।"

"मजा तो तब है जब वह अपने सारे आदर्शों को भूलकर, अपने दुःख की औषधि के रूप में तुम्हें ढूँढ़ने के लिए मेरी चौखट पर सिर पटक-पटककर तुम्हारा पता पूछे।"

"आप देखते चलिए।" कांतिमोहिनी बोली, "एकदम ऐसा ही होगा।"

"उसका गायन हो जाए," तुषार ने कहा, "मैं उसे विश्राम करने के बहाने, किसी एकांत कक्ष में भेज दूँगा।"

"फिर कठिनाई ही क्या है!" कांतिमोहिनी के मुख पर सफलता की मुस्कान थी, "एकांत

कक्ष में तो पुरुष के निकट नारी का पहुँच जाना ही पर्याप्त होता है।"

"तुम्हारे इन्हीं गुणों पर तो मेरे प्राण न्योछावर हैं।" तुषार ने उसे अपनी भुजाओं में भर लिया।

पाँचवाँ भजन गा चुकने पर सहसा नरेन्द्र को अहसास हुआ कि वह अपने उन्माद में गाता जा रहा था, किंतु उसका शरीर उसका साथ नहीं दे रहा था। सहसा ही उसे लगने लगा था कि वह बेहद थका हुआ है और इस समय वह किसी एकांत स्थान में जाकर चुपचाप एक लंबी नींद लेना चाहता है···

भजन समाप्त कर, उसने अपनी अंगुलियाँ रोक लीं और हारमोनियम बंद कर दिया।

चारों ओर से विरोध के स्वर उठे। लोग अभी उसे और सुनना चाहते थे।··· किंतु नरेन्द्र को लगा कि वह उनके अनुरोध की रक्षा नहीं कर सकेगा। कौन जानता था कि वह इतना थका हुआ है कि उसके लिए बैठना भी कठिन हो रहा है···किसी को उसकी पीड़ा से क्या। उन्हें तो उसका संगीत चाहिए।···किंतु ऐसे शरीर और इस मानसिक स्थिति से संगीत नहीं सध सकता।

वह उठ खड़ा हुआ।

तुषार ने आगे बढ़कर उसका हाथ थाम लिया, "बहुत बढ़िया। आज तो तुमने चमत्कार ही कर दिया। ऐसी तन्मयता तो मैंने बड़े-बड़े उस्तादों में नहीं देखी। दो-चार गीत और··· ।"

"नहीं, तुषार! मैं बहुत थक गया हूँ।" नरेन्द्र धीरे से बोला।

"देख रहा हूँ।" तुषार का स्वर एकदम बदल गया, "मैंने तो पहले ही कहा था कि तुम बहुत थके हुए ही नहीं, हताश भी लग रहे हो।" उसने रुककर नरेन्द्र की ओर देखा, "मेरी मानो तो तुम भोजन से पहले थोड़ा विश्राम कर लो।"

"यहाँ! इस परिवेश में कहीं विश्राम हो सकता है?"

"क्यों नहीं।" तुषार बोला, "मैं तुम्हें किसी एकांत कक्ष में बंद कर आता हूँ।···नहीं तो कोई तुम्हें शांति से खाने-पीने भी नहीं देगा।"

"यह ठीक है।" नरेन्द्र प्रसन्न था कि तुषार ने उसकी आवश्यकता समझ ली थी।

उसे कमरे में छोड़ किवाड़ भिड़ाकर तुषार चला गया तो नरेन्द्र ने देखा : कमरे में दो-तीन बड़ी आरामदेह कुर्सियाँ थीं, लिखने की एक मेज थी तथा उससे लगा हुआ एक पलंग भी पड़ा था। पलंग पर साफ-सुथरा बिस्तर था। वह अन्नदा का कमरा तो नहीं था। जाने वह उसे किसके कमरे में छोड़ गया था।···संभव है कि यह उनका अतिथि-कक्ष ही हो।···

नरेन्द्र पहले तो एक कुर्सी पर बैठा, किंतु सामने बिछा पलंग उसे कुछ इस प्रकार लुभा रहा था कि वह अधिक देर तक कुर्सी पर बैठा नहीं रह सका। वह पलंग पर जा लेटा। लेटते ही उसके मन में विरोध जागा : वह एक उत्सव में सम्मिलित होने आया है। वह रोगी नहीं है। ऐसे में उसका पलंग पर लेट जाना···पर तुषार तो उसे विश्राम करने के लिए इस कमरे में छोड़ गया था; और वह थका हुआ भी था···तो लेटने में क्या दोष था?···

तभी किसी ने कपाट को बहुत कोमल हाथों में खटखटाया।

"कौन है? आ जाओ।" नरेन्द्र उठकर बैठ गया···संभव है अन्नदा ही आया हो, या उसने किसी अन्य मित्र को भेजा हो।

कपाट खुले तो एक अपरिचित तरुणी को सामने देखकर नरेन्द्र चौंका : यह यहाँ क्या करने आई है?

"आप?"

"क्षमा कीजिएगा, आपके विश्राम में बाधा डाल रही हूँ।" वह भीतर आकर अपने पीछे कपाट भिड़ाती हुई बोली, "आप मुझे नहीं जानते। मैं कांतिमोहिनी हूँ।"

"आप किसे खोज रही हैं?" नरेन्द्र ने आश्चर्य से पूछा।

"मैं आपसे ही मिलने आई हूँ।" कांतिमोहिनी बोली, "आप नरेन्द्रनाथ दत्त हैं और अभी-अभी बाहर मधुर संगीत की सरिता बहा रहे थे।"

नरेन्द्र कुछ नहीं बोला। बोलने को था भी क्या। यदि वह कह रही थी कि वह उससे मिलने के लिए आई थी, तो वह उसका तिरस्कार कर उसे भगा तो नहीं सकता था।

"बैठिए।"

"आपकी उपस्थिति में बैठने का अपराध नहीं करूँगी।" कांतिमोहिनी निकट आ गई, "अपने स्वार्थ से आपके विश्राम में बाधा बनकर आ गई हूँ—क्या इतना दोष ही पर्याप्त नहीं है?"

"नहीं, इसमें दोष की बात नहीं।" नरेन्द्र ने स्वयं को सँभाला : कहीं ऐसा न हो कि उसके चेहरे से कोई असुविधा प्रकट होकर इस भद्र महिला को लज्जित करे।

"वस्तुतः संगीत में मेरे प्राण बसते हैं।" वह बोली, "इसलिए आप जैसे संगीतकार को इतने निकट पाकर मैं अपने लोभ का संवरण न कर सकी।"

"आप अपना उद्देश्य कहिए।" नरेन्द्र ने उसे टोका···ऐसे तो यह घंटा-भर उसकी प्रशंसा ही करती जाएगी और उसे विश्राम का तनिक भी समय नहीं मिलेगा।

"पास ही के एक जिले में हमारी छोटी-मोटी एक जमींदारी है।" कांतिमोहिनी बोली, "मैं गाँव में ही जन्मी और बड़ी हुई हूँ। मेरे व्यवहार में यदि आपको कोई दोष दिखाई दे तो कृपया आप मुझे गँवार समझ क्षमा कर देंगे।" उसने अकस्मात् ही बढ़कर नरेन्द्र के पैर पकड़ लिए।

"अरे, यह आप क्या कर रही हैं!" नरेन्द्र ने अपने पैर समेट लिए, "आप तो मुझे ही अपराधी बना देंगी। अपना अभिप्राय कहिए।"

"मैंने कहा न कि संगीत में मेरे प्राण बसते हैं।" वह बोली, "गाँव में थोड़ा-बहुत अभ्यास भी किया है। मैं किसी अच्छे संगीतकार से संगीत-शिक्षा पा सकूँ—इसलिए बाबा मुझे अपने साथ कलकत्ता ले आए थे। कलकत्ता में मेरे एक काका हैं। संपन्न हैं। जमीन-जायदाद काफी है। वे मेरे बाबा के सगे भाई नहीं हैं। बाबा की मौसी के बेटे हैं।" कांतिमोहिनी मौन हो गई, जैसे कुछ कहने का आत्मबल संचित कर रही हो, "कलकत्ता आने के कुछ दिनों पश्चात् ही जाने क्या हुआ कि बाबा ने चार-पाँच उल्टियाँ कीं और प्राण त्याग दिए। मैं आज तक यह जान नहीं सकी कि बाबा की मृत्यु प्राकृतिक मृत्यु थी, या उन्हें विष दिया गया था।···"

नरेन्द्र की छाती पर जैसे घूँसा लगा। यदि कांतिमोहिनी के स्थान पर कोई पुरुष होता तो नरेन्द्र अवश्य ही उसे भुजाओं में भर अपने वक्ष में लगा लेता और कहता, "मैं तुम्हारा कष्ट समझता हूँ।" पर इस तरुणी को वह क्या कहता। बोला, "आपका दुःख साधारण नहीं है। मैं आज तक समझ नहीं पाया कि ईश्वर इतनी क्रूर क्रीड़ा क्यों करता है।"

कांतिमोहिनी ने पल्लू से अपनी आँखें पोंछीं और अपने विषाद को जैसे सायास गटक लिया, "इसे तो मैंने ईश्वर की इच्छा मानकर स्वीकार कर लिया। स्वयं को स्वस्थ किया और प्रयत्न किया कि चाहे बाबा जीवन का सुख नहीं देख पाए, तो भी मैं अपना और उनका लक्ष्य पूरा करने का तो प्रयत्न करूँ, जिसके लिए हम कलकत्ता आए थे। संगीत का थोड़ा ज्ञान तो प्राप्त करूँ, किसी

अच्छे गुरु की संगति में कुछ अभ्यास तो करूँ। ईश्वर की क्रूर क्रीड़ा तो जो थी वह थी, किंतु मेरे लिए उससे अधिक कष्टदायक थी मानवी क्रूरता।''

कांतिमोहिनी चुप हो गई। नरेन्द्र ने प्रतीक्षा की, किंतु जब वह आगे नहीं बोली तो उसने पूछा, ''फिर क्या हुआ?''

''बाबा के पास जो कुछ था, वह काका ने सँभाल लिया।'' कांतिमोहिनी बोली, ''मैंने गाँव वापस जाना चाहा तो जाने नहीं दिया। मुझे बताया गया कि बाबा की संपत्ति भी अब मेरी नहीं रही है। कानून की दृष्टि से बाबा की संपत्ति के उत्तराधिकारी काका ही हैं।'' कांतिमोहिनी ने रुककर नरेन्द्र पर एक दृष्टि डाली, ''मैंने इसे भी स्वीकार कर लिया और चाहा कि हमारा जो कुछ भी है, वह काका ले लें, किंतु बाबा की संतान को भी तो अपनी संतान के रूप में ग्रहण करें। मेरे संगीत-शिक्षण की कोई तो व्यवस्था कर दें।''

''तो वे क्या कहते है?'' नरेन्द्र पूछा।

''पहले तो उन्होंने यह कहकर अस्वीकार कर दिया कि किसी अच्छे गुरु से संगीत-शिक्षा लेने पर बहुत खर्च आएगा और वे उतना धन खर्च करने की स्थिति में नहीं हैं। मैंने जब बहुत आग्रह किया तो उन्होंने मुझे एक विचित्र-से व्यक्ति के हाथों सौंप दिया, जिसे संगीत का थोड़ा-बहुत ज्ञान था। मैंने उसे भी स्वीकार कर लिया, किंतु दो-चार दिनों में ही मुझे ज्ञात हो गया कि…''

''क्या ज्ञात हुआ?''

''कि मुझे संगीत-शिक्षा नहीं दी जा रही, बल्कि वेश्यावृत्ति के लिए प्रशिक्षित किया जा रहा है।'' कांतिमोहिनी बोली।

''क्या?'' नरेन्द्र के मुख से अनायास ही निकल गया।

''मैं नहीं जानती कि काका ने उनसे मेरा मूल्य ले भी लिया था, या अभी भाव-ताव चल रहा था।'' कांतिमोहिनी बोली, ''मैंने विरोध किया तो उस संगीताचार्य का हमारे घर आना-जाना बंद हो गया, किंतु इस बीच काका अब मेरे विवाह की चर्चा कर रहे हैं।…''

''यह तो ठीक है न?''

''ठीक!'' वह बोली, ''मुझे भय है कि वे मुझे किसी के हाथों बेचने की तैयारी कर रहे हैं। स्वयं सीधे-सीधे मुझे कोठे पर नहीं पहुँचा सके, तो अब किसी अन्य के माध्यम से यह काम करना चाहते हैं।''

नरेन्द्र का मन सिहर उठा।…वह तो स्वयं को ही बहुत दुखी समझ रहा था, क्योंकि उसके पिता का आकस्मिक निधन हो गया था।…और उसके सामने एक ऐसी लड़की खड़ी थी, जो एक ऐसे जाल में फँस गई थी कि उसका निस्तार ही संभव नहीं दिखता था। जिसे उसकी रक्षा करनी चाहिए थी, वही उसे बेचने पर तुला हुआ था।…

''आपको ऐसा क्यों लगता है?'' अंततः नरेन्द्र बोला, ''हो सकता है कि यह आपके आशंकित मन की कल्पना ही हो।''

''नहीं, यह मेरी कल्पना नहीं है।'' वह बोली, ''घर पर मेरे साथ जो व्यवहार हो रहा है, वह इसका पर्याप्त प्रमाण है। घर में मेरी स्थिति एक दासी की-सी है, जो काम नहीं करती तो पीटी जाती है।'' उसने कुछ और निकट आकर अपने शरीर से वस्त्र इस प्रकार हटाया कि नरेन्द्र ने तत्काल अपना मुँह फेर लिया, ''देखिए, इस प्रकार पीटा जाता है मुझे।''

नरेन्द्र का मन उसके लिए पूरी तरह द्रवित हो चुका था। अपनी मुसीबत के इन दिनों में

भी वह उसकी कोई भी सहायता करने को तैयार था···। किंतु उसका मन अब बार-बार वितृष्णा से मुँह भी फेर रहा था···जिस प्रकार कांतिमोहिनी ने अपना शरीर उघाड़कर उसे दिखाने का प्रयत्न किया था, वैसे तो कोई शालीन युवती वैद्य को भी नहीं दिखाएगी।···पर उसने पहले ही कह दिया था कि नरेन्द्र को यदि उसके व्यवहार में कुछ अटपटा लगे तो वह उसे गँवार मानकर क्षमा कर दे···यह गँवारपन ही तो था, अभद्र···किंतु स्त्री की लज्जा तो ग्राम और नगर नहीं देखती···गाँव की स्त्री का व्यवहार भिन्न हो सकता है, किंतु वह निर्लज्ज और अभद्र तो नहीं होती···

"आपके काका को भय नहीं है कि आपकी पिटाई होने पर आप घर छोड़कर भाग सकती हैं?" नरेन्द्र ने अपने मन को कुछ संयत करने के लिए पूछा।

"बंदिनी हूँ मैं घर की।" वह बोली, "खिड़की से बाहर झाँक भी नहीं सकती। किसी से मिल भी नहीं सकती।"

"तो फिर यहाँ कैसे चली आईं?" नरेन्द्र ने पूछा।

"मैं स्वयं चकित हूँ कि काका अपने साथ मुझे यहाँ कैसे ले आए। उन्होंने मुझे गुहा बाबू से मिलाया और स्वयं बैठकर मदिरा पीने लगे।" वह बोली, "मुझे भय है कि वे मुझे यहाँ भी अपने किसी प्रयोजन से ही लाए हैं। संभव है कि उन्होंने किसी से मेरा मूल्य ले लिया हो और मुझे यहीं छोड़ जाएँ।'

"आपका संदेह निर्मूल भी तो हो सकता है।" नरेन्द्र बोला।

"नहीं, नरेन्द्र बाबू, नहीं।" उसने आतुरता से कहा, "आप मेरी रक्षा करें।"

वह बाँहें फैलाए इस प्रकार नरेन्द्र की ओर बढ़ी, जैसे उसे अपने आलिंगनपाश में बाँध लेगी।

नरेन्द्र अब तक सतर्क हो चुका था : इस युवती ने अपनी करुण कथा अवश्य सुनाई थी, नरेन्द्र का मन द्रवित भी हो गया था, किंतु उस कथा में प्रामाणिकता नहीं लग रही थी। उसकी आँखों में वह त्रास नहीं था, जिसकी वह चर्चा कर रही थी। उसके हाव-भाव में वह मर्यादा नहीं थी, जो उस स्थिति की स्त्री में होनी चाहिए थी।···और उसका वह व्यवहार···वस्त्रों के प्रति उदासीनता···शरीर को उघाड़ने की आतुरता···स्पर्श की वह व्याकुलता···यह अबोधता नहीं थी, यह उसका अपना शरीर-बोध था। वह नारी-शरीर के प्रति पुरुष की दुर्बलता को जानती थी और उसे ही उकसाने का प्रयत्न कर रही थी। वह मुग्ध होकर भी नहीं आई थी, लुब्ध करने आई थी।···

नरेन्द्र ने उसे बाँहों की दूरी पर ही रोक दिया, "मैं आपकी रक्षा कैसे कर सकता हूँ?"

"मेरे काका से मुझे बचा लें। मुझे आश्रय दें।" वह बोली, "मैं आपकी दासी बनकर रहूँगी। अपना सर्वस्व आपके चरणों में समर्पित कर दूँगी। मुझे ग्रहण करें नरेन्द्र बाबू! आपको मैं त्रिलोक का सुख दूँगी। आपको जीवन का कोई दुःख याद नहीं रहेगा।"···वह नरेन्द्र की ओर बढ़ी।

"रुको!" नरेन्द्र के स्वर में ऐसा आदेश था, जिसकी अवहेलना करना कांतिमोहिनी के वश में नहीं था।

"देखो, बच्ची!" नरेन्द्र का स्वर आवेश-शून्य ही नहीं, कुछ स्निग्ध भी हो उठा था, "इस मिट्टी के शरीर के सुख के लिए तुमने अब तक जाने क्या-क्या किया है। अब तो मृत्यु सामने है। उस पार जाने का क्या कुछ संबल भी संग्रह किया है? हीन बुद्धि छोड़ो और भगवान् को पुकारो।"

कांतिमोहिनी स्तंभित खड़ी रह गई।

"और देखो।" नरेन्द्र पुनः बोला, "ऐसा पाखंड मत करो, जिससे कभी कोई पुरुष किसी भली और दीन-दुखी महिला का विश्वास ही न करे।"

उसे वहीं स्तब्ध खड़ी छोड़ नरेन्द्र कपाट खोलकर बाहर निकल गया।

कांतिमोहिनी को सहज होने में कुछ समय लगा : ऐसा पुरुष तो उसने पहले कभी नहीं देखा था, जो नारी-शरीर के समर्पण का इस प्रकार तिरस्कार करे। उसका तो किसी के निकट जाकर खड़ी हो जाना ही पर्याप्त होता था···पुरुष के मुख से अपने आप ही लार टपकने लगती थी···

उसने वस्त्र ठीक किए और पीछे लौटती हुई पराजित सेना के समान तुषार के पास आई, "आपने मेरे साथ अच्छा परिहास किया तुषार बाबू। एक साधु को लुब्ध करने के लिए भेज दिया।"

"उसने तुम्हारे सम्मुख आत्मसमर्पण नहीं किया?"

"मैं मेनका तो हूँ नहीं, जो आपने मुझे विश्वामित्र को जीतने के लिए भेज दिया।" वह रुष्ट स्वर में बोली।

"मन छोटा मत करो रानी।" तुषार बोला, "तुम मेनका भी हो और उर्वशी भी, किंतु कभी-कभी उर्वशी को अर्जुन जैसा तपस्वी भी मिल ही जाता है।"

52

प्रातः आँख खुलने के पश्चात् से ही भुवनेश्वरी नरेन्द्र से कुछ कहने की चेष्टा में थी, किंतु नरेन्द्र स्नान-ध्यान से निबटा तो जाप करने बैठ गया था। भुवनेश्वरी को कभी-कभी अपने इस पुत्र पर आश्चर्य होता था···इन विपदाओं का उसकी अपनी दिनचर्या पर कोई विशेष प्रभाव नहीं पड़ा था। वह पहले के ही समान ध्यान करने बैठ जाता था, वैसे ही ईश्वर का गुणगान करते हुए भजन गाता था, और उसी प्रकार नाम का जाप करता था। उसके मन में ईश्वर के प्रति न तनिक-सी शिकायत थी, न विरोध और न रोष। क्या उसने कभी सोचा ही नहीं कि ये विपदाएँ और कष्ट भी उसके उस ईश्वर की ही इच्छा का परिणाम हैं?···इतने दुःख पाकर तो कोई भी व्यक्ति भगवान् से रुष्ट हो जाएगा।···भुवनेश्वरी की अपनी आस्था तो उसी दिन डोल रही थी, जिस दिन अच्छे-भले विश्वनाथ अकस्मात् ही चल बसे थे।···और यह तो ऐसा है जैसे दशरथ-पुत्र राम ही हो—न राज्य मिलने का आनंद और न वन जाने के आदेश का दुःख।···

नरेन्द्र जाप करके उठा तो भुवनेश्वरी ने पूछा, "कहीं जा रहा है क्या?"

"हाँ, माँ!" नरेन्द्र ने मुस्कराने का प्रयत्न किया, "यदि जाऊँगा नहीं तो काम कैसे मिलेगा!"

"ठीक है। पर काम ही खोजने जा रहा है या कहीं और जा रहा है?" भुवनेश्वरी के स्वर में चेतावनी थी।

"नहीं, माँ! दक्षिणेश्वर नहीं ज़ा रहा।" नरेन्द्र ने माँ को आश्वस्त किया, "घर में भोजन की व्यवस्था न हो और मैं दक्षिणेश्वर जाकर भजन करता रहा—ऐसी मूर्खता नहीं करूँगा।"

"दक्षिणेश्वर की बात नहीं कर रही हूँ।" भुवनेश्वरी के स्वर में कुछ कठोरता आई, "तू दक्षिणेश्वर ही जाता है, और कहीं नहीं जाता क्या?"

नरेन्द्र ने कुछ चकित होकर माँ की ओर देखा : उनकी वाणी में आरोप की गंध थी। क्या वे समझती हैं कि वह जाता कहीं और है और बताता कुछ और है?

"जाता तो मैं अनेक स्थानों पर हूँ," नरेन्द्र बोला, "किंतु इसमें तुम्हारे रोष का क्या कारण है? ऐसा कौन व्यक्ति है कलकत्ता में जो अपने काम से दस जगह नहीं जाता? और मैं तो इन

दिनों नौकरी खोजने के लिए उन जगहों पर भी जाता हूँ—जहाँ जाने के विषय में कभी सोचा भी नहीं था।''

''बहुत भोला मत बन।'' भुवनेश्वरी का स्वर कठोर था, ''मैं जानती हूँ कि तू कहाँ जाता है।''

''जानती हो तो बहुत अच्छा है।'' नरेन्द्र बोला, ''किंतु तुम जानती हो कि तुम्हारा विलेह झूठ नहीं बोलता।''

''परसों संध्या-समय कहाँ गया था तू?'' भुवनेश्वरी ने पूछा।

''अन्नदा गुहा के घर!'' नरेन्द्र बोला, ''उसके घर उत्सव था। अनेक लोग आमंत्रित थे।''

भुवनेश्वरी ने जैसे नरेन्द्र का कहा सुना ही नहीं। वह अपने आवेश में बोली, ''तू जानता है कि हमारे पड़ोसी क्या कहते हैं तेरे विषय में?''

''नहीं जानता मैं। इन दिनों मेरी किसी से भेंट नहीं होती।'' नरेन्द्र शांत स्वर में बोला, ''क्या कहते हैं वे?''

''वे तुझे अच्छा लड़का नहीं समझते। वे कहते हैं, नरेन कुसंगति में पड़ गया है।''...भुवनेश्वरी का स्वर पीड़ा से ओतप्रोत था।

नरेन्द्र मुस्कराकर रह गया। उसकी मुस्कान में एक प्रकार की तिक्तता थी, ''तुम जानती हो माँ, पड़ोसियों ने मुझे कभी भी अच्छा लड़का नहीं समझा। वे लोग सदा ही मुझसे अप्रसन्न रहे हैं। उस समय से, जब मैंने एक बालक के रूप में नाट्य-मंडली बनाई थी, या व्यायाम-मंडली का गठन किया था।'' वह रुका, ''किंतु इससे मैं उनकी इच्छाओं का पालन तो नहीं कर सकता न। यदि इस समय मुझे अपने लिए कोई काम खोजना है, तो पड़ोसियों की इच्छा के अनुसार न तो अपने घर बैठा रह सकता हूँ, न उनके घर।''

''उनका कहना है कि अन्नदा गुहा के घर अच्छे लोग नहीं जाते।'' भुवनेश्वरी बोली, ''उसके मित्र अनैतिक ढंग से धन कमाते हैं और वहाँ सुरा-सुंदरी का प्रचलन है।''

''होगा।'' नरेन्द्र बोला, ''पर मेरा तो उन वस्तुओं से कोई वास्ता नहीं है।''

''तो फिर तू उसके घर क्या करने जाता है? उसके साथ क्यों घूमता है?'' भुवनेश्वरी का आवेश बढ़ गया, ''तू यदि उसके इन व्यसनों का साथी नहीं है, तो उसके साथ क्यों रहता है? उसके साथ तेरी मित्रता ही कैसी है?''

''हम तारापद घोष के घर ब्राह्म समाज की पूजा करते हैं। हमारी संगीत में रुचि है। साथ रहने के लिए एक-आध समानता भी पर्याप्त होती है माँ!'' नरेन्द्र बोला, ''उसके लिए जन्म-कुंडलियाँ नहीं मिलानी पड़तीं।''

''वे लोग मदिरा नहीं पीते?'' भुवनेश्वरी ने उसे घूरा।

नरेन्द्र ने जैसे असहायता में अपने हाथ झटके : आखिर माँ उसकी बात क्यों नहीं मानतीं?

''बोल!''

''पीते हैं, किंतु मेरा उससे कोई संबंध नहीं है।'' नरेन्द्र बोला, ''पता नहीं, तुम्हें याद है कि नहीं माँ! किंतु हमारे अच्छे दिनों में, हमारे अपने घर में, बाबा के पैसों से हमारे अपने संबंधी मदिरा पिया करते थे।...याद है तुम्हें?''

''हाँ, याद है।''

''मैंने एक बार बाबा से पूछा था कि वे ऐसे लोगों को उनके दुर्व्यसनों के लिए धन क्यों

देते हैं, तो जानती हो, बाबा ने क्या कहा था?'' नरेन्द्र ने माँ की ओर देखा।

भुवनेश्वरी कुछ नहीं बोली।

''उन्होंने कहा था कि जब तुम जान जाओगे कि संसार में कितना दुःख है और उस दुःख को भुलाने के लिए मनुष्य कैसे-कैसे प्रयत्न और व्यसन करता है तो तुम समझोगे कि मैं किस प्रकार की करुणा के कारण उन्हें मदिरा पीने के लिए भी धन दे देता हूँ।''

''आजकल तू भी परेशान है, इसलिए तेरे मन में भी उनके लिए करुणा जागी है। आज उनके लिए करुणा दिखाएगा और कल तू भी मदिरापान करेगा?'' भुवनेश्वरी का आक्रोश छिपाए नहीं छिप रहा था।

''मैंने मदिरा छुई भी नहीं है माँ!'' नरेन्द्र बोला, ''मेरा विश्वास करो।''

''करती हूँ तेरा विश्वास।'' भुवनेश्वरी का स्वर कुछ शांत हुआ, ''तूने मदिरा नहीं छुई, किंतु तूने मदिरा पिलाने वाली तो छुई।'' इस बार भुवनेश्वरी पूछ नहीं रही थी, नरेन्द्र को बता रही थी।

नरेन्द्र ने माँ की ओर देखा : क्या वे परसों की घटना के विषय में सब कुछ जानती हैं?

''बोलता क्यों नहीं? कौन थी तेरे साथ? एकांत कक्ष में क्या प्रणय-निवेदन कर रही थी तुझसे?'' भुवनेश्वरी पुनः अपनी पिछली मुद्रा में आ गई थी।

''तुम सब कुछ जानती हो माँ?''

''हाँ, सब कुछ जानती हूँ।'' भुवनेश्वरी ने स्वीकार किया, ''अब तू यह पूछेगा कि मुझे किसने बताया।''

''नहीं पूछूँगा माँ!'' नरेन्द्र बोला, ''किंतु जिसने इतना कुछ बताया, उसने यह भी बताया होगा कि मैंने क्या कहा या क्या किया। मेरा कितना दोष था उसमें! मेरी कितनी इच्छा थी!''

भुवनेश्वरी का स्वर कोमल हो गया, ''यह भी जानती हूँ कि तुझे वहाँ खाने को कुछ नहीं मिला और घर आकर भी तूने कुछ नहीं खाया। किंतु बिलेह! संसार केवल बाहर की घटनाएँ देखता है पुत्र! मन की बात कोई नहीं जानता। तू उसके साथ उस एकांत कक्ष में था, यह बात हजार लोग जानते हैं। तू उसके लोभ को ठुकराकर चला आया, यह बात तो दो-चार लोगों को ही मालूम है।'' भुवनेश्वरी का स्वर द्रवित हो गया, ''तू नहीं जानता पुत्र, कि लोग तेरे विषय में क्या-क्या कहते हैं। तेरे विषय में कैसा-कैसा प्रचार होता है।''

''तुम उस प्रचार का विश्वास मत करो माँ। अपने पुत्र पर विश्वास रखो।'' उसने रुककर भुवनेश्वरी को देखा, ''अब चलूँ माँ!''

''अभी ठहर!'' भुवनेश्वरी ने उसकी बाँह पकड़कर उसे बैठा लिया, ''एक बार फिर कह रही हूँ पुत्र! मेरी बात मान जा।''

''मैं तुम्हारी कौन-सी बात नहीं मानता माँ?''

''तू बहुत चतुर हो गया है। माँ का आज्ञाकारी भी बना रहता है और जो मानने वाली बात है, वह मानता भी नहीं है।''

नरेन्द्र ने माँ पर अपनी दृष्टि जमाई, ''तुम फिर से मेरे विवाह की बात तो नहीं कर रही हो?''

''वही कह रही हूँ बिलेह!'' भुवनेश्वरी बोली, ''जब से मैंने परसों की घटना के विषय में सुना है, मेरा मन काँप रहा है।''

''परसों की घटना का मेरे विवाह से क्या संबंध है माँ?'' नरेन्द्र हँसा, ''तुम मुझे व्यसनों

से दूर रखना चाहती हो, और बहुत संभव है कि मेरा विवाह मुझे भोग के निकट ले जाए।"

"भोग से दूर रहना मनुष्य के लिए बहुत कठिन होता है बिलेह!" भुवनेश्वरी ने उसे वैसे ही समझाया जैसे वह उसे उसके बचपन में समझाती थी, "इसलिए मनुष्य के लिए धर्म-संगत जीवन का विधान किया गया, जिसमें भोग का भी अपना युक्तियुक्त अंश है। यदि मनुष्य को बहुत भूख न लगी हो तो वह अखाद्य को नहीं खाता, किंतु यदि उसे बहुत समय तक भूखा रहना पड़े तो जब उसका संयम टूटता है तो वह न खाद्य-अखाद्य का भेद करता है और न ही उसे मात्रा का ध्यान रहता है। समझता है, क्या कह रही हूँ?"

"हाँ, माँ!" नरेन्द्र ने सिर हिलाया।

"एक बार तू कांतिमोहिनी के प्रलोभन का तिरस्कार कर चला आया···"

नरेन्द्र ने चौंककर माँ की ओर देखा, "तुम्हें उसका नाम भी मालूम है?"

"मुझे उसके विषय में वह भी मालूम है," भुवनेश्वरी ने कहा, "जो शायद तुझे आज तक नहीं मालूम।"

"क्या?"

"वह कलकत्ता में नई आई वेश्या है। तू उसे नहीं पहचानता, किंतु उसे पहचानने वाले और बहुत लोग हैं।" भुवनेश्वरी ने पुनः अपनी बात का सूत्र पकड़ा, "एक बार तू उसके प्रलोभन का तिरस्कार करके चला आया तो इसका अर्थ यह नहीं है कि तू काम-दहन करने वाला भगवान् शंकर हो गया। संसार में तो पग-पग पर प्रलोभन बिखरे पड़े हैं। जिस किसी क्षण तू तनिक भी दुर्बल पड़ा, यह तमोगुणी भोग का संसार तुझे निगल जाएगा।"

क्षण-भर के लिए भुवनेश्वरी रुकी, "मैं कौन सदा बैठी रहूँगी, तेरी देखभाल करने के लिए। तूने कवच नहीं बाँधा तो संसार के प्रलोभनों के इस रण-क्षेत्र में कभी तो तू हताहत होगा ही··· ।"

"कवच?"

"हाँ! प्रलोभनों के इस संसार में पत्नी ही पति का कवच होती है पुत्र।" भुवनेश्वरी बोली, "एक बार तू गृहस्थ बन जाएगा तो न तेरे मन में किसी कांतिमोहिनी का लोभ जागेगा और न उसे ही साहस होगा कि वह तेरे निकट आए। तुझे अकेला देखकर कोई-न-कोई तो जाल फेंकती ही रहेगी। तू किस-किसका तिरस्कार कर उनसे शत्रुता मोल लेता रहेगा?"

नरेन्द्र कुछ नहीं बोला। वह मौन बैठा रहा।

भुवनेश्वरी उसके निकट आ गई। उसने नरेन्द्र के कंधे पर हाथ रखा, "तू समाज में रहकर संसार में मुक्त नहीं रह सकता पुत्र! और समाज में तुझे रहना होगा। यदि तूने अपनी गृहस्थी का मोह त्याग भी दिया तो अपने कंधों पर आ पड़ी, पिता की गृहस्थी तो चलाएगा न? हमें छोड़कर तू कहाँ जाएगा? मुझे भूखी मरने के लिए छोड़ जाएगा, या अपने भाइयों को गली-गली भीख माँगते देख, उनकी ओर हाथ नहीं बढ़ाएगा?···"

"नहीं, माँ! नहीं!"

"तो जब गृहस्थी के मध्य रहना ही है, समाज की उपेक्षा की नहीं जा सकती, तो फिर संसार की अवमानना कैसे कर पाएगा? भीष्म के समान क्यों जीता है, युधिष्ठिर के समान जी। दायित्व को स्वीकार किया है तो संसार को भी स्वीकार कर।"

नरेन्द्र समझ नहीं पा रहा था कि उसके मन में माँ के प्रति भय जाग रहा था या उसकी श्रद्धा गहरा रही थी : कैसे घेर रही थी माँ। अपनी माँ को इतनी तर्कशील तो नरेन्द्र ने पहले कभी

नहीं देखा। इस माँ से पार पाना तो उसके लिए बहुत कठिन था।

"युधिष्ठिर ने ही क्या सुख पाया माँ?" वह बोला, "अथवा परिवार को ही उसने क्या दिया—कष्ट-ही-कष्ट तो?"

"तो भीष्म ने ही क्या दिया परिवार को—अपमान, घृणा, अधर्म और युद्ध!" भुवनेश्वरी बोली, "भीष्म बाणों की शय्या पर लेटे रहे और युधिष्ठिर सदेह स्वर्ग गया। और कौन गया है अपनी इस देह के साथ वहाँ?" भुवनेश्वरी ने पुनः नरेन्द्र की ओर देखा, "और यदि वैसी इच्छा न हो तो श्रीकृष्ण के समान जी! अपने दायित्वों का पालन कर, गृहस्थ जीवन को स्वीकार कर, सांसारिक भोगों का अनासक्त भोग कर।..."

"मेरी तो कुछ समझ में नहीं आता।" नरेन्द्र उठ खड़ा हुआ।

"तो माँ की इच्छा को अपना धर्म मान।"

नरेन्द्र थोड़ी देर चुपचाप खड़ा रहा और फिर जैसे किसी स्वप्न से जागकर बोला, "अच्छा, मैं चलता हूँ माँ!"

"मैं संबंधियों के घर संदेश भिजवा रही हूँ," भुवनेश्वरी ने जैसे नरेन्द्र की बात सुनी ही नहीं, "कि नरेन ने स्वीकृति दे दी है, वे विवाह की तैयारी करें।"

नरेन्द्र क्षण-भर के लिए द्वार पर ठिठका और फिर बोला, "जो तुम्हारे मन में आए करती रहो। तुम्हें कौन रोक सकता है!" और वह बाहर निकल गया।

किसी ने जोर-जोर से कपाट खटखटाए और पुकारकर पूछा, "अरे, घर में कोई है?"

नरेन्द्र को पुकारने के इस ढंग पर थोड़ा आश्चर्य हुआ। घर में मिलने-जुलने जो लोग आते थे, वे प्रायः कपाट तथा साँकल ही बजाते थे और किसी के बाहर निकलने की प्रतीक्षा करते थे। यदि कोई धैर्यहीन व्यक्ति पुकारता भी था तो किसी का नाम लेकर पुकारता था। यह कौन आया था, जो इस प्रकार पुकार रहा था, जैसे घर में किसी को जानता ही न हो।

नरेन्द्र ने कपाट खोले और बाहर निकला। द्वार के सामने, गली में एक गाड़ी खड़ी थी और ठीक द्वार पर एक अपरिचित व्यक्ति। कदाचित् उसी ने कपाट खटखटाकर पुकार मचाई थी।

"किससे मिलना है?" नरेन्द्र ने पूछा।

"मुझे नहीं मिलना है।" वह बोला, "मैं तो गाड़ी चलाने वाला हूँ। गाड़ी में एक भद्र पुरुष बैठे हैं, जो नरेन बाबू से मिलना चाहते हैं।"

"मैं ही हूँ नरेन। चलो देखता हूँ।" नरेन्द्र गाड़ी की ओर बढ़ गया।

उसने देखा कि उसका स्वर सुनकर कोई गाड़ी से उतर रहा है, किंतु उस अंधकार में पहचानना कुछ कठिन ही था। जब तक वह निकट पहुँचा, वह व्यक्ति भी गाड़ी से उतर आया था।

"अरे, ठाकुर आप!" नरेन्द्र स्तब्ध रह गया।

ठाकुर ने कुछ कहे बिना दोनों हाथ बढ़ा दिए, जैसे उसे अपनी बाँहों में भर लेंगे।

नरेन्द्र ने लपककर उनके चरण छूकर प्रणाम किया, "आप कैसे चले आए ठाकुर?" और फिर वह जैसे चैतन्य हुआ, "आइए! आइए! घर के भीतर आइए!"

"नहीं, भीतर नहीं आऊँगा।" ठाकुर बोले, "अंधकार हो गया है और मुझे वापस दक्षिणेश्वर जाना है।"

"दक्षिणेश्वर से ही आ रहे हैं?"

"हाँ! समाचार सुना तो रुक नहीं सका। गाड़ी किराए पर ली और सीधा चला आया।" ठाकुर बोले।

नरेन्द्र जानता था कि यह सब असाधारण था। रात को ठाकुर दक्षिणेश्वर से बाहर नहीं रहते थे, इसलिए इतनी देर से वे प्रायः नहीं निकला करते थे। और ऐसा भी नहीं है कि वे कलकत्ता में कहीं आए हुए हों, और वहाँ से इधर आ गए हों। वे कह रहे थे कि वे दक्षिणेश्वर से सीधे यहीं आए थे।

"कैसा समाचार महाराज?" नरेन्द्र पूछे बिना नहीं रह सका।

ठाकुर ने आगे बढ़कर स्नेहपूर्वक उसका हाथ पकड़कर कहा, "मैंने सुना है कि तेरा विवाह निश्चित हो गया है। क्या यह सच है रे?"

'ओ! तो इस समाचार ने ठाकुर को विचलित कर दिया है।'…नरेन्द्र ने सोचा। वह जानता था, ठाकुर उसके विवाह के पक्ष में नहीं थे।

"हाँ, महाराज! तय तो हो गया है।" नरेन्द्र जैसे अपनी असहायता और अनिच्छा, दोनों ही प्रकट कर रहा था।

"तूने भी सहमति दे दी है?" ठाकुर ने पूछा, "या तेरी माँ ने ही तय किया है?"

"तय तो बाबा ने ही कर दिया था," नरेन्द्र बोला, "अब माँ ने अपनी स्वीकृति भिजवा दी है।"

"तूने अपनी सहमति दे दी क्या?" ठाकुर ने आग्रहपूर्वक पूछा।

"इन परिस्थितियों में मैं माँ का विरोध नहीं कर सकता महाराज।" नरेन्द्र धीरे से बोला।

"विरोध कर नहीं सकता या करना नहीं चाहता?" ठाकुर ने जैसे जिरह की।

"मैं माँ का दिल नहीं दुखाना चाहता।" नरेन्द्र बोला, "वे चाहती हैं कि मैं विवाह कर लूँ, ताकि वे आश्वस्त हो जाएँ कि मैं समाज में रहूँगा और माँ तथा भाइयों का पालन-पोषण करूँगा।"

'पालन-पोषण तू करेगा?" ठाकुर के अधरों पर विचित्र-सी मुस्कान थी, "संसार को पालना तेरा काम है क्या?"

नरेन्द्र स्तब्ध रह गया।…ठाकुर ठीक कह रहे थे। कोई किसी का पालन करता है क्या?…यह तो अहंकार है…सचमुच, यदि मनुष्य के ही वश में होता, किसी का पालन-पोषण करना, तो बाबा उन लोगों को क्यों छोड़ जाते?…

ठाकुर ने नरेन्द्र की बाँह को स्नेह से सहलाया और उसकी कोई एक नाड़ी दबाई।

नरेन्द्र समझ नहीं पा रहा था कि ठाकुर क्या कर रहे हैं। वह जिज्ञासापूर्वक उनकी ओर देख रहा था।

"तेरा विवाह कभी नहीं होगा।" और उन्होंने उसकी बाँह छोड़ दी।

नरेन्द्र अवाक् खड़ा ठाकुर को देखता रहा और ठाकुर मुड़कर गाड़ी की ओर चले गए। वे गाड़ी में जा बैठे और कोचवान से बोले, "चल! जल्दी चल।"

जब तक नरेन्द्र सँभलता, ठाकुर की गाड़ी जा चुकी थी।

नरेन्द्र पैर घिसटता हुआ घर के भीतर आया…यह ठाकुर की भविष्यवाणी थी या यह उनकी इच्छा थी…या यह उनका प्रयत्न था?…

"कौन आया था नरेन?" भुवनेश्वरी ने पूछा।

"मेरे एक परिचित थे माँ।"

53

रात-भर भुवनेश्वरी को नींद नहीं आई थी। कल संध्या-समय ही उसे सूचना मिल गई थी कि जिन्हें वह अपना समधी माने बैठी थी, उन्होंने अपनी पुत्री का नरेन्द्र के साथ संबंध करना अस्वीकार कर दिया था। नरेन्द्र के बाबा के देहांत के पश्चात् उनकी इसमें कोई रुचि नहीं रह गई थी।···वह रात-भर अपमान की पीड़ा और निराशा के अंधकार से जूझती रही थी···इससे तो अच्छा था कि उसने संदेश ही न भिजवाया होता···नरेन्द्र को इतना कुछ न कहा-सुना होता···।

और फिर यही तो उसका अंतिम सहारा था।···वह यह समझे बैठी थी कि नरेन्द्र के सहमत होते ही यह विवाह हो जाएगा। बहू आकर घर सँभाल लेगी और नरेन्द्र अपनी पढ़ाई में लग जाएगा। नरेन्द्र एक बार अपनी पढ़ाई पूरी कर लेता, कुछ भी बन जाता, तो अपने भाइयों का भविष्य वह सुधार ही देता···किंतु विधाता तो जैसे हाथ धोकर उसके पीछे पड़ा हुआ था। जो कमा रहा था, उसे उसने अपने पास बुला लिया, जो कमा सकता है, उसे कोई काम नहीं मिल रहा। ···उसके नरेन को, जिसकी बुद्धि और ज्ञान पर उसके प्रत्येक परिचित ने गर्व किया है, उस नरेन को कहीं कोई नौकरी नहीं मिल रही। साधारण-से-साधारण व्यक्ति भी कोई-न-कोई काम पा जाता है और नरेन को कोई काम नहीं मिल रहा···और आशा का जो एक बिंदु था, वह भी लुप्त हो गया···नरेन का संबंध···

वह देख रही थी कि पौ फट चुकी थी। उसे अब उठ जाना चाहिए था, किंतु क्या करती वह उठकर?···उसे कोई काम तो था नहीं। कोई गृहिणी प्रातः उठकर नहा-धोकर पूजा-पाठ करती है, भगवान् का नाम लेती है, पर उसे क्या करना था! भगवान् ने पहले ही उसका हर ओर से विनाश कर रखा था, अब उसी भगवान् को और याद करके क्या होगा?···किसी गृहिणी को पति तथा बच्चों को दफ्तर और पाठशाला भेजना होता है, इसलिए उठकर चक्की-चूल्हे से लगना होता है।···वह किसे भेजेगी कहीं?···और पकाएगी क्या? घर में कुछ हो तो पकाए···

साथ के कमरे में नरेन्द्र जागा था।···आँखें खोलते ही वह किसी-न-किसी स्तोत्र का पाठ आरंभ कर देता था। न हो तो उसका नाम-जाप ही आरंभ हो जाता था।···इतने दुख-कष्ट से भी उसकी आस्तिकता अब भी पहले के ही समान बनी हुई थी। ईश्वर की मंगलमयता के विषय में भी उसके मन में रत्ती-भर भी संशय पैदा नहीं हुआ था। बिस्तर से उठता था तो ईश्वर का नाम लेकर, घर से निकलता था तो ईश्वर का नाम लेकर। आज तक वह कितना आशावान और आस्थावान था।···उसके शैशव में स्वयं भुवनेश्वरी ने ही उसे ये संस्कार दिए थे, किंतु बड़े होकर अपनी आँखों से उसने दुनिया क्यों नहीं देखी? अपने अनुभव से कुछ भी क्यों नहीं सीखा? जो कुछ उनके साथ घटित हुआ है और हो रहा है—वह सब देखने के पश्चात् भी वह ईश्वर का नाम लेता है।

तभी नरेन्द्र का स्वर आया, "हे भगवान्! तेरी कृपा बनी रहे।"

भुवनेश्वरी स्वयं को रोक नहीं पाई। तड़पकर बोली, "चुप भी रह। बचपन से ही तो भगवान्-भगवान् करता आया है। भगवान् ने ही तो सब किया है।"

माँ की डाँट सुनकर नरेन्द्र अवाक् बैठा रह गया, जैसे किसी ने वक्ष पर वज्र-प्रहार कर दिया हो।···ठीक ही तो कह रही थीं माँ।···यदि भगवान् है तो वह सर्व-शक्तिमान ही होगा, अन्यथा भगवान् कैसा?···और यदि वह सर्वशक्तिमान है, तो संसार में जो कुछ भी हो रहा है, सब उसी की इच्छा से हो रहा होगा।···उसके पिता का देहांत, उनकी गिरती हुई आर्थिक स्थिति, अन्न और वस्त्र का

यह अभाव, मकान संबंधी यह मुकदमा, लोगों का ऐसा व्यवहार···यह सब कुछ तो उसी की इच्छा से हो रहा होगा···तो क्या भगवान् नहीं है? क्योंकि यदि वे होते तो उनका इतना स्मरण करने पर भी इस परिवार की यह स्थिति क्यों होती?···तो क्या भगवान् नहीं हैं?···या हैं तो, किंतु मनुष्य की करुण प्रार्थना वे सुनते नहीं? उन्हें मनुष्य के साथ इस प्रकार का चूहे-बिल्ली का खेल खेलना अच्छा लगता है?···

नरेन्द्र का ध्यान अपनी ओर चला गया···वह तो अपने शैशव से ही भक्ति करता आया है, कभी साकार की, कभी निराकार की। उसकी आस्था कभी नहीं डोली। उसने ईश्वर की ओर से कभी मुँह नहीं मोड़ा।···इतनी प्रार्थनाएँ की हैं उसने तो फिर उनका कोई उत्तर क्यों मिलता? शिव के इस संसार में इतना अशिव तत्त्व कहाँ से आया?···ईश्वर यदि मंगलमय अस्तित्व है, तो उसके संसार में इतना अमंगल क्यों है? कारण से ही कार्य की उत्पत्ति होती है। यदि कार्य में इतना अशिव और अमंगल है तो कारण में भी यह सब विद्यमान होगा···तो फिर ईश्वर सर्वमंगलमय कहाँ हुआ?···ईश्वरचंद्र विद्यासागर ने भी दूसरों के दुःख से कातर होकर एक बार कहा था, 'यदि भगवान् दयामय और मंगलमय हैं तो अकाल पड़ने पर लाखों लोग अन्न के अभाव में मर क्यों जाते हैं?··· ठीक ही तो कहा था, विद्यासागर ने···कहीं ऐसा भी होता है कि माँ संतान को जन्म देकर, स्वयं समर्थ होते हुए भी उसे भूख से तड़प-तड़पकर मरने दे? यदि मनुष्य दूसरों द्वारा किए गए भगवान् के गुणगान को एक ओर रख दे और अपनी आँखों से देखी हुई दुनिया के माध्यम से भगवान् का चित्र बनाना चाहे, तो कैसा चित्र बनेगा भगवान् का? अपनी बुद्धि से विश्लेषण कर मनुष्य एक ही निर्णय पर पहुँच सकता है कि या तो भगवान् है ही नहीं, या फिर वह कोई अत्यंत क्रूर अस्तित्व है, जिसे दूसरों की पीड़ा देखकर सुख मिलता है। विकृत मस्तिष्क का कोई रोगी है वह, परपीड़नरति के रोग से ग्रस्त···सुख का एक क्षणिक भ्रम उत्पन्न करता है और उसके पश्चात् लोगों को दुःख के अथाह सागर में डुबो देता है···ऐसे ईश्वर को मानने, उसकी उपासना, प्रतिष्ठा तथा पूजा करने से तो अच्छा है कि मनुष्य नास्तिक होकर रहे। नास्तिक होकर वह अधिक ईमानदारी से जी सकता है।···नास्तिक जानता है कि ईश्वर नहीं है, सृष्टि के पीछे कोई न्यायी तथा दयालु कारण नहीं है। इसीलिए मनुष्य इतना स्वार्थी और क्रूर है। प्रत्येक व्यक्ति अपने स्वार्थ के लिए ही किसी से सहानुभूति दिखाता है···ईश्वर के अस्तित्व को मानकर उसके कार्यों से पीड़ित होने, उस पर प्रश्नचिह्न लगाने तथा उसे कोसते रहने अथवा उससे दया की भीख माँगते रहने से तो कहीं अच्छा है कि मनुष्य ईश्वर के अस्तित्व से ही इनकार कर दे···

देर तक नरेन्द्र का स्वर सुनाई नहीं दिया तो भुवनेश्वरी उठ बैठी। नरेन्द्र कहीं चला तो नहीं गया? अपने आक्रोश में भुवनेश्वरी ने उसके भगवान् को जो कुछ कह दिया था, वह उसे अच्छा नहीं लगा होगा।

वह उठकर दूसरे कमरे में आई।···देखा, नरेन्द्र बैठा था। अभी वह चारपाई से उठा ही नहीं था। अपने हाथों में सिर पकड़कर इस प्रकार बैठा था, जैसे जड़ हो गया हो।

"क्या है रे।" भुवनेश्वरी बोली, "आज उठना नहीं है? इस प्रकार क्यों बैठा है?"

नरेन्द्र ने मुख उठाकर माँ की ओर देखा। उसका चेहरा चिंता तथा चिंतन से जैसे निष्प्राण हो रहा था।

भुवनेश्वरी का मन द्रवित हो उठा। उसने निकट जाकर नरेन्द्र के बालों में हाथ फेरा, "क्या सोच रहा है सुबह-ही-सुबह?"

"तुम्हारी ही बात पर विचार कर रहा था माँ।" नरेन्द्र बोला, "ईश्वर संबंधी समस्या पर। क्या सचमुच ईश्वर नहीं है?"

भुवनेश्वरी का संस्कारी मन नरेन्द्र के प्रश्न की गंभीरता से जैसे काँप गया। उसने तो केवल अपने मन की खीज प्रकट की थी, किंतु बिलेह का यह प्रश्न…

"अच्छा! उठ अब तू। आज कहीं जाना है क्या?" भुवनेश्वरी ने नरेन्द्र का ध्यान पलटने के लिए पूछ लिया।

"जाना तो है माँ। दो-एक दफ्तरों से कुछ आश्वासन मिले हैं। संभव है, कहीं काम मिल जाए।"

भुवनेश्वरी बाहर की ओर गई तो नरेन्द्र रसोई में चला गया।…उसने चावलों वाला पीपा खोलकर देखा : सेर-भर चावल भी नहीं बचे थे। आज दोनों समय घर के सारे सदस्य भरपेट भोजन करना चाहें, तो नहीं कर सकेंगे।…नरेन्द्र की जेब में एक भी पैसा नहीं था। वह जानता था, माँ के पास भी कुछ नहीं था। वह चाहेगी भी, तो बाजार से कुछ नहीं मँगवा सकती।…इसका अर्थ है कि आज उसे कहीं-न-कहीं से कुछ रुपयों का प्रबंध करना ही पड़ेगा…अन्यथा कल सारे लोगों को भूखे रहना पड़ेगा।…और आज!…नरेन्द्र ने सोचा…आज भी यदि वह घर पर भोजन न करे, तो उसके भाग के चावल बच जाएँगे। ऐसी स्थिति में उसकी माँ और भाई भरपेट भोजन कर सकेंगे…।

समय से बहुत पहले ही नरेन्द्र तैयार होकर घर से निकलने को हुआ तो भुवनेश्वरी ने पुकारकर कहा, "भात बना रही हूँ। खाकर जाना।"

नरेन्द्र क्षण-भर के लिए ठिठका और फिर सहज होने का प्रयत्न करता हुआ बोला, "माँ! मेरा तो एक मित्र के घर निमंत्रण है। तुम लोग खा लेना।"

उसके पश्चात् वह वहाँ रुक नहीं पाया। जितनी जल्दी हो सका, वह घर से ही नहीं, गली से भी बाहर निकल गया। जहाँ तक उसकी स्मरण-शक्ति काम करती थी, आज वह पहली बार झूठ बोला था…उसका मन अपराध-बोध से कैसा तो स्तब्ध-सा हुआ बैठा था?…किंतु अगले ही क्षण उसका तर्क-बोध जागा।…इसमें संकुचित होने की क्या बात थी?…यह कैसा झूठ था? अपनी माँ तथा भाइयों को भूख से बचाने के लिए यदि उसने काल्पनिक निमंत्रण की एक कहानी गढ़ ली थी तो उसने कौन-सा अपराध कर दिया था।…इसमें संकुचित होने की क्या बात थी?…उसने किसी की कोई हानि नहीं की थी।…वह किसी का अपराधी नहीं था। सत्यनिष्ठा का क्या अर्थ था?…और मिथ्या-भाषण यदि धर्म की दृष्टि से दोष था भी, तो वह किसका दोषी थी? भगवान् का? किस भगवान् का? जो है ही नहीं? या उस भगवान् का जो है तो सही, किन्तु अत्यंत निष्ठुर और परपीड़क है?…वह किस धर्म की बात सोच रहा है?…मानव-धर्म तो यह ही है कि वह स्वयं कष्ट सहकर भी अन्य लोगों को सुख दे।…उसने वही किया है। किसी मिथ्या ईश्वर के मिथ्या भय के कारण, वह अपनी माता और भाइयों को भूख से तड़पते नहीं देख सकता…।

भवनाथ और दाशरथि को साथ लेकर दफ्तर तक पहुँचने में नरेन्द्र को काफी समय लग गया था। प्रायः दोपहर होने को आई थी। सूर्य सिर के ऊपर चढ़ आया था। नरेन्द्र को एक ओर भूख सता रही थी और दूसरी ओर धूप असह्य होती जा रही थी। सिर पर तो धूप लग रही थी, पैर का जूता भी चेतावनी दे रहा था। वह बहुत अधिक चलने वाला नहीं था। बहुत संभव था कि उसे आज ही त्यागना पड़े और नंगे पाँव इन सड़कों पर थके-थके घिसटना पड़े…

नरेन्द्र के अधरों पर एक विषाक्त मुस्कान उभरी : वह तो जैसे राजा हरिश्चंद्र हो रहा था।…वह

प्रायः सोचा करता था कि एक धनी आदमी निर्धन भी होगा तो कितना? बड़े मकान से छोटे मकान में आ जाएगा। चार सब्जियों के स्थान पर एक सब्जी के साथ खाना खा लेगा। बहुत मूल्यवान वस्त्रों के स्थान पर साधारण कपड़े पहन लेगा···किंतु पुराणकार तो राजा हरिश्चंद्र के पीछे ऐसा पड़ा कि उन्हें अपनी पत्नी और पुत्र के साथ-साथ स्वयं अपने आपको भी बेचना पड़ा। चांडाल की नौकरी करनी पड़ी। पुत्र को बिना उपचार के मरते देखना पड़ा।···और उसी पुत्र के शव को जलाने की सुविधा देने के बदले अपनी ही पत्नी से उसे आधा वस्त्र माँगना पड़ा।···आज नरेन्द्र समझ सकता है कि पुराणकार पीछे नहीं पड़ा था राजा हरिश्चंद्र के, और न ही वह मात्र कल्पना ही थी। जब विधाता किसी के पीछे पड़ता है, तो उसकी ऐसी ही दुर्गति कर डालता है···फिर विधाता! उसने सोचा। जब विधाता का कोई अस्तित्व ही नहीं है, तो फिर उसके विषय में सोचना ही क्यों···विधाता हो या न हो, नरेन्द्र की स्थिति भी हरिश्चंद्र जैसी ही हो रही है···निराहार, इस टूटे जूते के साथ प्रायः नंगे पाँव इस धूप में वह भटक रहा है।···आज ये दो मित्र, सहानुभूतिवश उसके साथ हैं। कल शायद ये भी न हों।···

दफ्तर पहुँचकर मालूम हुआ कि साहब अभी नहीं आए हैं। आएँगे भी नहीं, यह किसी को मालूम नहीं है। वहाँ बैठा बाबू बहुत भला आदमी था। उसने नरेन्द्र से बहुत शालीन व्यवहार किया था और उसका प्रार्थना-पत्र लेकर रख लिया था कि साहब के आने पर उन्हें दिखा देगा।···

वे लोग दफ्तर से बाहर निकल आए।

"अब?" भवनाथ ने पूछा।

"दूसरे दफ्तर चलते हैं।" दाशरथि बोला, "कल दो जगह जाने की बात हुई थी।"

नरेन्द्र जानता था कि दूसरे दफ्तर में भी यही होना है और शायद उसके मित्र भी इस बात को समझते थे, फिर भी उसका मन रखने के लिए, वे लोग उसके साथ भटक रहे थे।

"तुम्हारे बाबा के इतने ढेर सारे मित्र थे नरेन्द्र!" दाशरथि बोला, "हम उनमें से किसी के पास क्यों नहीं चलते! तुम्हारे जैसे योग्य लड़के को कोई छोटा-मोटा काम देना, उनके लिए कोई ऐसा कठिन तो नहीं होगा।"

"यह प्रथम अवसर है, जब मैं संसार के साथ विशेष रूप से परिचित हो रहा हूँ। स्वार्थरहित सहानुभूति यहाँ बहुत ही विरल है।" नरेन्द्र का मुँह कैसा तो कसैला हो गया था, "यहाँ दुर्बल और दुखी के लिए कोई स्थान नहीं है।···" नरेन्द्र ने रुककर अपने मित्रों को देखा, "दो दिन पहले, जो लोग मुझे कुछ भी सहायता देने का मौका पाने पर स्वयं को धन्य मानते थे, इस समय मुझे देखते ही मुँह फेर लेते हैं। सामर्थ्य रहते हुए भी, मुझे नगण्य-सी सहायता भी नहीं देना चाहते। देख-सुनकर कभी-कभी ऐसा लगता है कि यह संसार दानवों का बनाया हुआ है।"

सहसा नरेन्द्र के पैर में जोर की टीस उठी। वह जहाँ था, वहीं खड़ा हो गया।

"क्या हुआ?" भवनाथ ने पूछा।

"पैर में बड़ी पीड़ा है। देखता हूँ।" नरेन्द्र बोला और मैदान में एक वृक्ष की छाया में बैठ गया। उसने अपना जूता देखा : उसके तले में छेद हो गया था। नरेन्द्र ने तत्काल जूता उतारकर परे फेंक दिया। ऐसे जूते से तो नंगे पैर चलना ही ठीक है···

पैर के तलुवे में छाला पड़ गया था। शायद उसी से कुछ छू गया था, किंतु कुशल यही था कि छाला अभी फटा नहीं था, नहीं तो शायद एक पग चलना भी कठिन हो जाता।

भवनाथ और दाशरथि—दोनों ही नरेन्द्र के मन की दशा समझ रहे थे। जो लड़का बग्घी

से उतरकर कभी पैदल न चला हो, उसे इस प्रकार धूप में नंगे पाँव भटकना पड़े और चलते-चलते पाँव में छाले पड़ जाएँ, तो उसकी मनःस्थिति क्या होगी। यह तो वैसा ही था, जैसे कहानियों में किसी राजकुमार को वनवास मिल जाता है, या स्वयं श्रीराम अयोध्या का राज्य छोड़कर वन-वन भटक रहे हैं।···

नरेन्द्र से कुछ कहने का दोनों में से किसी का साहस ही नहीं हो रहा था। सांत्वना भी दें, तो किन शब्दों में?···

तभी भवनाथ ने धीरे-धीरे गुनगुनाना आरंभ किया, ''बहिछे कृपाधन ब्रह्म निःश्वास पवने।···''

पहले तो वह धीरे-धीरे गुनगुनाता रहा, किंतु फिर उसने स्पष्ट रूप से गाना आरंभ किया। उसका विश्वास था कि इन शब्दों को सुनकर नरेन्द्र को कुछ सांत्वना अवश्य मिलेगी।···

गीत का एक-एक शब्द नरेन्द्र के मस्तक पर जैसे व्रजाघात कर रहा था।···कवि कह रहा था कि ब्रह्म का निःश्वास घनीभूत कृपा के रूप में प्रवाहित हो रहा है।···और नरेन्द्र के सम्मुख अपनी माता और भाइयों के सूखे और उदास चेहरे फिर रहे थे···अच्छी कृपा कर रहा था यह ब्रह्म।···पिता का देहांत हो गया, ऋणदाता अपना धन वसूल करने के लिए द्वार खटखटा रहे हैं।···मकान का मुकदमा चल रहा है, घर में एक दिन के भोजन के योग्य चावल नहीं हैं, जेब में एक पैसा नहीं है, फटा हुआ जूता उतारकर नरेन्द्र ने अभी-अभी फेंका है। संभव है कि सप्ताह-भर में शरीर के वस्त्र भी मैले होकर फट जाएँ और उन्हें भी इसी प्रकार उतारकर फेंक देना पड़े···और यह गीत ब्रह्म की घनीभूत कृपा की बात कर रहा है। इस असत्य को तो नरेन्द्र किसी रूप में भी स्वीकार नहीं कर सकता।···

दुःख, निराशा और ग्लानि के मिश्रित भावों ने जैसे नरेन्द्र के रोम-रोम को शूल बना दिया। वह तड़पकर बोला, ''चुप रह। जिन्हें भूख की ज्वाला से पीड़ित परिजनों का कष्ट नहीं सहना पड़ता, जिन्हें अन्न और वस्त्र का अभाव कभी नहीं सताता, पंखे की हवा का आनंद लेते हुए, उन्हें ही ब्रह्म के निःश्वास की कल्पना सुखकर प्रतीत हो सकती है। कुछ दिन पहले तक मुझे भी प्रतीत होती थी, किंतु कठोर सत्य के सम्मुख वह सब अब विकृत परिहास मालूम पड़ता है।''

भवनाथ स्तब्ध रह गया। उसने तो नरेन्द्र की मनोवृत्ति जानते हुए उसे सांत्वना देने के लिए ही वह गीत गाया था। अभी कल तक तो नरेन्द्र ढेरों-ढेर ऐसे ही गीत इतने आनंद और मस्ती के साथ गाया करता था।···उसे थोड़ा-बहुत यह आभास तो था कि नरेन्द्र की मनोवृत्ति कुछ बदली है, किंतु ब्रह्म की कृपा के संबंध में वह ऐसी प्रतिक्रिया व्यक्त करेगा, यह तो उसने सोचा भी नहीं था···

''भवनाथ! तुम्हें शायद मेरी बात से दुःख हुआ हो, किंतु तुम कैसे समझोगे कि निर्धनता से किस सीमा तक पिसकर मेरे मुख से यह बात निकली है···।'' नरेन्द्र ने भवनाथ की अपेक्षा स्वयं से अधिक कहा।

''कोई बात नहीं।'' भवनाथ ने उसे स्नेह से थपक दिया।

संध्या-समय नरेन्द्र बुरी तरह से थककर घर पहुँचा।

''कोई काम बना?'' भुवनेश्वरी ने पूछा।

''नहीं।''

भुवनेश्वरी ने लाकर पानी का गिलास नरेन्द्र को पकड़ाया। वह दो-चार घूँट पी चुका तो

उसने पूछा, "तेरे जूते कहाँ हैं?"

"फट गए थे माँ! फेंक दिए हैं।"

"सारा दिन नंगे पैर ही घूमता रहा है?"

"जूते फेंक देने के पश्चात् तो नंगे पैर ही घूमना था माँ!" नरेन्द्र बोला।

भुवनेश्वरी को जैसे काठ मार गया। वह अवाक् बैठी, मुखर आँखों से नरेन्द्र को देखती रही : उसका यह राजकुमारों जैसा पुत्र अब इस स्थिति को आ पहुँचा है...

थोड़ी देर में उसने स्वयं को सँभाला और बोली, "आज एक विचित्र बात हुई है।"

"क्या कोई और नया लेनदार निकल आया है?" नरेन्द्र ने मुस्कराने का अभिनय किया, किंतु उसका मन बुरी तरह आशंकित था।

"नहीं। लेनदार तो नहीं है। शायद देनदार हो।" भुवनेश्वरी ने कहा, "किंतु उसने यह कहा नहीं है।"

"क्या मतलब?"

"दोपहर को एक लिफाफे में एक अनाम पत्र आया है। उस व्यक्ति ने लिखा है कि वह तुम्हारा मित्र है और कष्ट के इन दिनों में तुम्हारी कुछ अकिंचन सहायता करना चाहता है, अतः कुछ रुपए भेज रहा है।"

"माँ! मुझे वह लिफाफा दिखाओ।"

भुवनेश्वरी ने लिफाफा लाकर उसे पकड़ा दिया। नरेन्द्र ने उसे बहुत उलटा-पलटा, किंतु जो कुछ लिखा था, वह उससे अधिक कुछ भी जान नहीं पाया।...अभ्यासवश मन में आया कि कहे कि 'माँ! इसे भगवान् की कृपा समझकर स्वीकार करो।' किंतु ये शब्द मुख से निकले नहीं। उस अनस्तित्व की कृपा का क्या अर्थ?...

"क्या करूँ इन पैसों का?" भुवनेश्वरी नरेन्द्र को देख रही थी।

"किसी अज्ञात मित्र की सहायता समझ, स्वीकार करने के अतिरिक्त और हम कर ही क्या सकते हैं!" नरेन्द्र बोला, "दाता विश्वनाथ का परिवार अब दूसरों से ग्रहण करके ही जीवित रह सकता है।"

बाहर का साँकल खटका। महेन्द्र ने जाकर दरवाजा खोला और नरेन्द्र ने देखा कि राम दादा और सुरेश बाबू आए थे।

राम ने हाथ में पकड़ा थैला भुवनेश्वरी की ओर बढ़ा दिया, "लो, दीदी! रास्ते में अच्छे आम दीख गए। बच्चों के लिए कुछ लेता आया।" और उन्होंने नरेन्द्र की ओर देखा, "बहुत दिनों से ठाकुर से मिलने नहीं गए।"

"हाँ।" नरेन्द्र बहुत मंद स्वर में बोला, "जा नहीं सका दादा। वैसे ही दिन-भर इतने जूते घिसने पड़ते हैं..." नरेन्द्र की दृष्टि अपने पैरों पर चली गई...जाने अब ये कब जूते पहनेंगे...

"कोई काम नहीं मिला?" सुरेश बाबू ने पूछा।

"अभी तक तो कुछ नहीं मिला।"

नरेन्द्र के स्वर की पीड़ा किसी से छिपी नहीं थी। ऐसी स्थिति में उससे कुछ कहने में भी भय लगता था। ऐसा न हो कि मरहम लगने के स्थान पर घाव और भी छिल जाएँ।

"भगवान् पर भरोसा रखो।" अंततः राम ने कहा, "समय सदा एक-सा नहीं रहता। ये दिन

सदा नहीं रहेंगे। ईश्वर से प्रार्थना करो कि ये दिन शीघ्र कट जाएँ।...''

राम ने कल्पना भी नहीं की थी कि उसके सांत्वना के इन कोमल शब्दों की प्रतिक्रिया इतनी कठोर होगी...नरेन्द्र का चेहरा जैसे क्रोध में विकृत हो गया था। उसकी आँखों से स्फुलिंग-से झड़ रहे थे, ''किससे प्रार्थना करूँ, जिसका कोई अस्तित्व ही नहीं है।...और यदि है भी तो उसे पुकारने की कोई आवश्यकता नहीं है, क्योंकि उससे किसी फल की प्राप्ति नहीं होती।''

राम चकित रह गया। उसने इधर सुना बहुत-कुछ था, किंतु उसे विश्वास नहीं हुआ था। बोला, ''तुम्हें यह सब नहीं कहना चाहिए नरेन!''

''मैं अपने आपको छिपाता नहीं हूँ...न कर्मों को, न विचारों को। आप जानते हैं दादा! बचपन से मेरा यही स्वभाव है।''

''तुम्हारा स्वभाव मैं अच्छी तरह जानता हूँ,'' राम ने कहा, ''किन्तु तुम जानते हो कि चारों ओर तुम्हारे विषय में क्या चर्चा है? क्या कहते हैं लोग?''

''क्या कहते हैं? यही तो कि मैं नास्तिक हो गया हूँ और दुष्ट लोगों के साथ मिलकर मदिरापान आदि दुराचरण करने लगा हूँ।'' नरेन्द्र बोला।

''हाँ।''

नरेन्द्र को लगा कि उसके मन में जैसे ज्वालामुखी फूटा है। उसका विद्रोह इतना प्रचंड होकर जागा कि वह स्वयं को रोक नहीं सका। बोला, ''कोई अपने दुःख-कष्टों को कुछ समय तक भूल जाने के लिए मदिरा पीता है अथवा दिल बहलाने के लिए वेश्यागृह जाता है तो उसमें मैं कोई आपत्ति नहीं करूँगा; और यदि मैं भी वैसे उपायों को अपनाने से अपने दुःख तथा कष्टों को भूल सकूँगा...यह बात जिस दिन मेरी समझ में आ जाएगी, उस दिन से मैं भी वैसे काम करने में पीछे नहीं रहूँगा।''

राम फटी-फटी आँखों से नरेन्द्र को देखता रहा : यह नरेन्द्र तो उसने पहली बार ही देखा था।

''और जो मैंने यह सुना है कि तुम कहते हो कि ईश्वर है ही नहीं तथा उसके न होने के प्रमाण-स्वरूप तुम मिल, वेन, कांट तथा ह्यूम इत्यादि पाश्चात्य दार्शनिकों के तर्क उद्‌धृत ही नहीं करते, उनके साथ प्रचंड युक्ति-तर्कों की अवतारणा भी करने लगे हो।'' राम ने कहा, ''तुम यह क्यों नहीं सोचते कि लोग तुम्हारी इन बातों से और भी रुष्ट होंगे, और पूर्ण निष्ठा से मान बैठेंगे कि तुम एकदम पतित हो गए हो।''

''मुझे लोगों का भय नहीं है।'' नरेन्द्र को लगा कि लोगों की ऐसी धारणाओं की चर्चा से उसका अंतःकरण और भी कठोर हो गया, ''जनमत के कारण मैं सत्य को छिपाकर पाखंड नहीं कर सकता।''

''मनुष्यों से नहीं तो ईश्वरीय दंड का तो कुछ भय करो।''

नरेन्द्र तड़प उठा, ''दंड पाने के भय से ईश्वर पर विश्वास करना चरम दुर्बलता का लक्षण है दादा! मैंने जब तक ईश्वर पर विश्वास किया है, उससे प्रेम किया है। मेरे मन में ईश्वर का भय नहीं है।''

''तुम जानते हो कि तुम्हारे विषय में ये सारी बातें दक्षिणेश्वर में ठाकुर तक भी पहुँच रही हैं। कलकत्ता में ठाकुर के इतने भक्त हैं। उन सब तक ये बातें पहुँचने में तनिक भी विलंब नहीं होता। वे सब लोग जानना चाहते हैं कि इन बातों में कुछ सच्चाई है या नहीं।...और तुम!...''

राम के स्वर में आवेश भर आया, "तुम उनका प्रतिकार करने के स्थान पर अपने मुख से उनकी पुष्टि कर रहे हो। क्या तुम चाहते हो कि ठाकुर भी तुमसे रुष्ट हो जाएँ और जो लोग तुम्हारी सहायता करना चाहते हैं, वे भी कुछ न कर सकें!"

नरेन्द्र थोड़ी देर तक जैसे अपने आक्रोश को दबाए बैठा रहा, किंतु उसे अपने आपको रोकना कठिन हो गया, "पहले आप भय दिखा रहे थे राम दादा। अब आप मुझे लोभ दे रहे हैं।" और फिर वह तमककर बोला, "कौन क्या सोचेगा और कौन क्या करेगा···यह सोचकर तो मैं सत्य बोलने से विरत नहीं हो सकता।"

राम भी आवेश में कुछ और कहने जा रहा था कि कुछ सोचकर उसने स्वयं को रोक लिया।···वह न तो नरेन्द्र से लड़ने के लिए आया था, न उसे धमकाने।···अपनी पीड़ा के कारण इस समय नरेन्द्र इतनी उद्धत स्थिति में था कि उसे जितना भी समझाने का प्रयत्न किया जाएगा, वह उतना ही कठोर होता जाएगा। अच्छा है कि राम इस समय उसे और न ही चिढ़ाए।

"तुम इधर बहुत दिनों से दक्षिणेश्वर नहीं गए?"

"नहीं।"

"कब जाओगे?"

"कह नहीं सकता।" नरेन्द्र बोला, "दिन-भर नौकरी के लिए इधर-उधर भागना पड़ता है। संध्या-समय कानून की पढ़ाई के लिए जाता हूँ···"

"अच्छा! समय निकालकर आना।" राम ने उठते हुए कहा, "ठाकुर को तुमसे मिलकर प्रसन्नता होगी।"

वे लोग चले गए और नरेन्द्र अपने स्थान पर बैठा, विचारों के ज्वार-भाटा से खेलता रहा। अवश्य ही राम दादा ने विश्वास कर लिया होगा कि नरेन पूर्णतः पतित हो गया है।···नरेन्द्र के मन में एक टीस उठी···क्या वे यह भी नहीं सोचेंगे कि उस सारे दुराचार के लिए धन की आवश्यकता होती है, और नरेन्द्र के पास तो विष खाने के लिए भी कानी कौड़ी नहीं है?···नहीं! वे यह सब नहीं सोचेंगे···वे जानते हैं कि उसके अनेक धनी मित्र हैं। वे मान लेंगे कि उसे ये सारे साधन उसके धनी मित्र उपलब्ध कराते होंगे···वे जाकर ठाकुर से कहेंगे और ठाकुर भी इस पर विश्वास कर लेंगे···नरेन्द्र के मन में टीस उठी जिसके साथ गहरी हताशा जुड़ी थी।···किंतु तत्काल ही नरेन्द्र का विद्रोह जागा···वे जो चाहें समझें और मानें···एक मनुष्य के मतामत का महत्त्व ही क्या है?···उसके विषय में वे कैसी भी धारणा बना लें···उसकी उससे क्या हानि हो जाएगी? जिस स्थिति में से वह गुजर रहा था, इससे भी निकृष्ट स्थिति हो सकती है क्या?

राम तथा सुरेश बाबू को विदा करने के लिए भुवनेश्वरी बाहर तक आई।

जाते-जाते राम रुक गया, "दीदी! एक बात कहूँ, बुरा तो न मानोगी?"

भुवनेश्वरी ने मुस्कराने का प्रयत्न किया, "तू ऐसी बात कहेगा ही क्यों, जो मुझे बुरी लगे।"

"मुझे लगता है दीदी! कि चिंताओं और कष्टों से नरेन्द्र इस समय विक्षिप्त-सा हो गया है।" राम ने कहा, "इस कम अवस्था में उसे धक्का भी तो बहुत बड़ा लगा है।···हमें उसके लिए कुछ करना चाहिए दीदी! जिससे उसे जीवन में कुछ सुख भी मिले···।"

"मैं इस समय ऐसा क्या कर सकती हूँ रे, जिससे नरेन को कोई सुख मिले? बता तो?"

"उसका विवाह कर दो दीदी!"

"सोचा था कि शायद हमारे लिए एकमात्र वही मार्ग है।" भुवनेश्वरी बोली, "नरेन जीवन का कुछ सुख भी भोगता और हमारी आर्थिक स्थिति भी कुछ सुधरती। नरेन को कैसे राजी किया था, वह तो मैं ही जानती हूँ···किंतु उन लोगों ने ही मना कर दिया। धनी परिवार है, वे लोग दरिद्र परिवार के लड़के से विवाह क्यों करेंगे भला···?"

राम थोड़ी देर चुपचाप खड़ा, अपना बल तौलता रहा और फिर जैसे सारा आत्मबल एकत्रित करके बोला, "संबंध एक वहीं तो नहीं हो सकता दीदी! कन्याएँ तो और भी हैं। मुझे तो बलराम बसु कब से अपनी कन्या के विषय में कह रहे हैं···बस. मेरी अपनी जिह्वा ही नहीं हिली।"

"बलराम बसु!" भुवनेश्वरी ने कुछ स्मरण करने का प्रयत्न किया, "नरेन भी उन्हें जानता है शायद। कभी-कभी उनका नाम लेता है।···"

"हाँ। नरेन जानता है उन्हें।" राम बोला, "वे ठाकुर के भक्त हैं। नरेन को उनका परिवार अवश्य पसंद आएगा।"

"मैं पूछती हूँ उससे!" भुवनेश्वरी ने कहा, "वैसे कन्या कैसी है?"

"कन्या आपको पसंद आएगी।" राम ने उत्तर दिया, "आप एक बार उससे पूछ लें, शेष सब कुछ मैं कर दूँगा।"

"अच्छा।"

उन्हें विदा कर भुवनेश्वरी लौटी तो देखा, नरेन्द्र हथेली पर माथा धरे वैसे ही बैठा है!···भुवनेश्वरी ने उसके सिर पर हाथ रखा और बालों को सहलाया।

नरेन्द्र ने दृष्टि उठाकर माँ को देखा : माँ से इस प्रकार का प्यार पाने के दिन तो बहुत पीछे छूट गए थे।

"राम तुम्हारे लिए एक संबंध का संदेश लाया था : तुम्हारे परिचित बलराम बसु की कन्या है···।"

"नहीं, माँ।" नरेन्द्र के स्वर में दिल दहला देने वाली दृढ़ता थी, "अब कभी मेरे विवाह की चर्चा मत करना, कन्या चाहे किसी की भी हो।"

"क्यों रे! ऐसी क्या बात हो गई?" भुवनेश्वरी ने वातावरण हलका करने के लिए चुहल करते हुए पूछा, "एक स्थान पर संबंध नहीं हुआ, तो तू अब कभी विवाह ही नहीं करेगा! बड़ा एकनिष्ठ प्रेमी है तू। उस कन्या को कभी देखा भी था, या अपने बाबा के मुख से उसके गुण सुन-सुनकर वैसे ही मुग्ध हो गया था!"

"वैसा कुछ नहीं है माँ।" नरेन्द्र की गंभीरता में कोई अन्तर नहीं आया, "प्रथम दिन से विवाह न करने का मेरा अटल निर्णय था, किंतु बीच में मैं कुछ दुर्बल हो गया था या यह कहो कि लोभ के सम्मुख हार गया था।···"

"लोभ! लोभ कैसा?" भुवनेश्वरी चकित थी।

"वे लोग पढ़ाई के लिए मुझे विलायत भेजने की बात कर रहे थे। मेरे मन की महत्त्वाकांक्षा ने मुझे लोभी बना दिया था। इतनी ऊँची डिग्री और अपनी आँखों से यूरोप देखने का अवसर। फिर मैं बाबा को प्रसन्न भी करना चाहता था।···" नरेन्द्र बोला, "बाबा नहीं रहे तो जब तुमने बाध्य किया तो सोचा, 'चलो परिवार का सुख ही सही'···किंतु अब नहीं माँ! मैंने सुखी जीवन तथा सुंदर पत्नी का विचार एकदम ही त्याग दिया है।"

"क्यों? अब क्या है?" भुवनेश्वरी ने उसका पीछा नहीं छोड़ा, "अब तो तू नास्तिक हो

गया है। ईश्वर को मानता ही नहीं, तो अब ब्रह्मचर्य का पालन किसलिए?''

''राम नहीं मिले तो जाकर ताड़का की संगति में रहने लगूँ?'' नरेन्द्र ने आक्रामक ढंग से कहा, ''ईश्वर के दर्शन नहीं हुए तो विवाह कर बच्चे पैदा करने में लग जाऊँ?'' नरेन्द्र ने माँ की ओर देखा, ''और राम दादा तो यहाँ से निश्चित रूप से यह धारणा लेकर गए हैं कि अवश्य ही मेरा पूर्ण पतन हो चुका है।''

महेन्द्रनाथ गुप्त ने सुबह-सुबह ही आ नरेन्द्र के घर का साँकल खटखटाया। ठाकुर के मंडल में से एक वही था, जो कभी-कभी नरेन्द्र से मिलने के लिए आ जाया करता था। नरेन्द्र के विषय में इधर-उधर प्रचारित होने वाली बातों से महेन्द्र गुप्त के व्यवहार में कोई अंतर नहीं आया था। वह उनकी चर्चा भी नहीं करता था।

नरेन्द्र ने द्वार खोलकर महेन्द्र गुप्त को बैठाया तो उसने पसीना पोंछते हुए कहा, ''आजकल इतनी सुबह भी इतनी गरमी हो जाती है कि दस कदम चलना भी कठिन हो जाता है।''

''हाँ। अब वर्षा हो तो इस गरमी से पिंड छूटे।'' नरेन्द्र बोला।

''तो आजकल क्या हो रहा है?'' महेन्द्र गुप्त ने पूछा, ''कुछ लिख रहे हो क्या?''

''लिखना क्या है!'' नरेन्द्र बोला, ''हाँ! 'गीत गोविंद' का बांगला में अनुवाद अवश्य किया है।''

'' 'गीत गोविंद' का क्यों किया, 'मेघदूत' का करते तो कम-से-कम कुछ वर्षा तो होती।'' महेन्द्र गुप्त ने कहा।

नरेन्द्र हलके से मुस्कराया, ''आप कहते हैं, तो अब 'मेघदूत' का ही कर देता हूँ, किंतु मेरा मन ईश्वर से उचट जाने के बावजूद श्रृंगार में रमता ही नहीं।''

''तो कुछ गाकर सुनाओ।'' महेन्द्र गुप्त बोला, ''देखें! बांगला में गाया गया 'गीत गोविंद' कैसा लगता है।''

नरेन्द्र ने थोड़ी देर अपनी हथेली से चारपाई को ठोककर ताल दिया। सहसा रुककर बोला, ''बांगला में नहीं, अभी संस्कृत में ही सुनिए :

ललित लवंग लता परिशीलन कोमल मलय समीरे
मधुकर निकर करंवित कोकिल कूजित कुंज कुटीरे।...''

थोड़ी ही देर में महेन्द्र गुप्त ने भी उसके साथ गाना आरंभ कर दिया। नरेन्द्र को यद्यपि महेन्द्र गुप्त के साथ गाने में थोड़ी कठिनाई हो रही थी, फिर भी उसने उसे प्रोत्साहित ही किया।... कुछ क्षणों के पश्चात् वे दोनों मस्ती में 'गीत गोविंद' की पंक्तियाँ इस प्रकार गा रहे थे, जैसे नरेन्द्र के जीवन में कभी कोई कष्ट आया ही न हो।

संगीत का ज्वार उतरा तो दोनों कुछ सहज हुए।

''ठाकुर मुझसे पूछ रहे थे कि इधर मैं तुमसे मिला हूँ या नहीं।'' महेन्द्र गुप्त ने कहा।

''तो आपने क्या कहा?''

''कहना क्या था, कह दिया कि इधर कुछ दिनों से भेंट नहीं हुई है, किंतु नरेन्द्र के पास जाने का मेरा विचार है।''

''तो क्या कहा उन्होंने?'' नरेन्द्र ने पूछा।

"बोले कि उसे दक्षिणेश्वर ले आओ।"

"क्यों, मुझसे रुष्ट नहीं हैं वे?" नरेन्द्र चकित स्वर में बोला।

"रुष्ट क्यों होंगे?" महेन्द्र गुप्त ने भी आश्चर्य से पूछा।

"मैं नास्तिक हो गया हूँ। मेरा पतन हो गया है। मैं बुरे लोगों से मिलता हूँ। मदिरापान करता हूँ। वेश्यागृह जाता हूँ...यह सब नहीं सुना उन्होंने?" नरेन्द्र के स्वर में उसकी व्यथा मुखर हो आई थी।

"ओह! वह सब।" महेन्द्र गुप्त हँसा, "वह सब सुन रखा है उन्होंने।"

"फिर भी रुष्ट नहीं हैं?" नरेन्द्र ने पूछा।

"मुझे तो कभी ऐसा नहीं लगा।" महेन्द्र गुप्त ने कहा, "मैं तो यह जानता हूँ कि किसी-न-किसी बहाने तुम्हें स्मरण करते रहते हैं। जब डॉ॰ रामचन्द्र दत्त ने कहा कि मित्र मोशाय की कन्या के साथ नरेन्द्र का विवाह ठीक हो रहा है, बहुत धन देने को कहा है, तो बोले कि इसी तरह किसी दल का नेता बन जाएगा। वह जिस ओर प्रवृत्त होगा, उसी ओर बड़ा व्यक्ति होकर यश पाएगा।" महेन्द्र गुप्त रुका, "कभी कहते हैं, नरेन्द्र अद्वैत का मजाक उड़ाने के लिए कहता था, थाली ब्रह्म, लोटा ब्रह्म।...किसी-न-किसी बहाने तुम्हें याद करते ही रहते हैं। 15 जून को तुम सुरेश बाबू के बगीचे में होने वाले उत्सव में भी नहीं आए। तुम्हें पूछ रहे थे।..."

"मेरी इतनी निंदा सुनने के बाद भी?" नरेन्द्र सहज ही स्वीकार नहीं कर पा रहा था।

"आरंभ में तो कोई तुम्हारे विरुद्ध कुछ कहता था तो उसे सुनकर बढ़-चढ़कर तुम्हारी प्रशंसा करने लगते थे। उससे निंदा करने वाला अपने आप ही चुप हो जाता था। फिर जब कुछ लोगों ने बलपूर्वक कहा कि उसका पतन हो गया है, तो बोले, मुझे मालूम है, और उससे भी अधिक बहुत कुछ मालूम है।" महेन्द्र गुप्त ने कहा, "एक दिन कुछ लोगों ने कहा कि उन्होंने स्वयं अपनी आँखों से तुम्हें कुसंगति में देखा है, तो एक शब्द नहीं बोले। बस, अपना मुँह फेर लिया, जैसे यह सब सुनना ही न चाहते हों। अंततः जब भवनाथ ने रोते हुए कहा कि 'महाराज! नरेन्द्र की ऐसी दुर्गति होगी यह तो स्वप्न में भी नहीं सोचा था।' तो एकदम भड़क उठे। उसे डाँटकर बोले, 'चुप रह, मूर्ख। माँ ने कहा है, कि वह कभी वैसा नहीं हो सकता। यदि फिर कभी ऐसी बात कही, तो तेरा मुँह नहीं देखूँगा।' "

नरेन्द्र जैसे आकाश से गिरा : उसने तो जाने क्या-क्या सोच रखा था। मान ही लिया था कि ठाकुर उससे रुष्ट होंगे, उसकी निंदा करते और सुनते होंगे। उससे घृणा करते होंगे...जब सारा नगर कर रहा है तो वे क्यों नहीं करेंगे?...पर कितना जानता है वह अपने ठाकुर को? अपने गुरु को...और वे कितना जानते हैं उसे? वे उसको उससे भी अधिक जानते हैं शायद!...कैसा अटल विश्वास है उनका। सब कुछ सुनकर उसके अपने मुख से पुष्ट किए गए प्रमाणों को जानकर भी, वे यह सब मानने से इनकार करते हैं।...नरेन्द्र ऐसा हो सकता...

"तो कब आओगे दक्षिणेश्वर?" महेन्द्र गुप्त ने पूछा।

"दक्षिणेश्वर!..." नरेन्द्र का मन संकोच से जकड़ा पड़ा था...कैसे जाएगा वह दक्षिणेश्वर...इतना कुछ सोचकर, इतना कुछ कहकर...

महेन्द्र गुप्त ने उसके संकोच को पहचाना, "तुन दक्षिणेश्वर न आना चाहो, न सही। ठाकुर परसों ईशानचन्द्र मुकर्जी के घर आ रहे हैं। वहाँ आ जाना। ठाकुर ने तुम्हें अवश्य आने के लिए कहा है। मुझे भी बुलाया है। मैं तुम्हें वहीं मिलूँगा। आओगे न?..."

"प्रयत्न करूँगा।" नरेन्द्र अब भी वचनबद्ध होना नहीं चाहता था।

महेन्द्र गुप्त ने जैसे उसका कहा सुना ही नहीं था। वह अपनी ही रौ में बोला, "अवश्य आना। मैं प्रतीक्षा करूँगा।…"

महेन्द्र गुप्त के जाने के पश्चात् नरेन्द्र को लगा कि उसका कठिन मन बहुत दिनों के पश्चात् कुछ द्रवित हुआ है, जैसे किसी ने कठोर धरती की पत्थर जैसी परत की गुड़ाई कर दी है। अब उसके ऊपर पत्थर जैसा आवरण नहीं है। कठोर ढेले भी नहीं हैं। मिट्टी भुरभुरा गई है और अब हवा और पानी दोनों ही सरलता से उसमें प्रवेश कर, उसकी तह तक जा सकते हैं।…उसमें कुछ नए अंकुर भी फूटे हैं…

उसका मन जैसे बार-बार पलटकर अपने आपसे पूछ रहा था : क्या सचमुच पिछले दिनों वह सत्य की खोज में ही उन तर्कों तक पहुँचा था, जो ईश्वर के अस्तित्व का निषेध करते थे?…या वह ईश्वर के विरुद्ध उसका रोषमात्र था?…क्या वह उसका अहंकार था, जिसके माध्यम से वह नास्तिकता का पोषण कर रहा था? बचपन से उसके जीवन में कुछ असाधारण अनुभूतियाँ हुई थीं। भगवान् बुद्ध उसके पास आए थे और वह अपनी मूर्खता में कमरे से उठकर भाग गया था।…ईश्वर ने उसे कितने ही लोगों से बढ़कर क्षमताएँ दी थीं, कितना सुख और ऐश्वर्य दिया था… और अब एक जरा-सी विपत्ति आई तो ईश्वर के अस्तित्व को ही अस्वीकार करने लगा।…वह अपने शैशव से संन्यासियों की ओर आकृष्ट होता आया था। वह स्वयं संन्यासी बनने का स्वप्न देखता था।…ईश्वर ने संन्यासी के जीवन का आभास मात्र दिया, तो वह ईश्वर से रुष्ट हो गया।…संन्यास ग्रहण करने पर क्या उसे समय से परोसा हुआ थाल मिल जाएगा? क्या भूखे रहने की संभावना नहीं हो सकती? संन्यासी के रूप में क्या वह कड़ी धूप में नंगे पाँवों अजाने मार्गों पर नहीं भटकेगा?…नरेन्द्र चकित रह गया। उसकी आँखें मुँद गईं। क्या सचमुच ईश्वर ने उसे संन्यासी जीवन का पूर्वाभास दिया था?…ठाकुर से भेंट के पश्चात् तो चारों ओर ईश्वर ही ईश्वर था। तो अब वह अपनी मूर्खता में ठाकुर से भी भाग रहा है।…वे, जो उससे इतना प्रेम करते हैं, जो उस पर इतना विश्वास करते हैं, जो उसकी इतनी चिंता करते हैं, उन ठाकुर को भी वह छोड़कर यहाँ बैठा है।…ठाकुर ने उसे ईश्वरानुभूति का कौन-सा प्रमाण नहीं दिया?…और वह ईश्वर से भी भागता रहा और ठाकुर से भी। वह उनके प्रति अपने मन में रोष लिए बैठा था कि वे इतने कठोर क्यों हैं? और वे कितने दयालु थे…ईश्वर भी और ठाकुर भी! दूर से उसकी निगरानी कर रहे हैं। जैसे माँ अपने रूठे बच्चे को मनाती है, वैसे मना रहे हैं, उसे बुला रहे हैं, लुभा रहे हैं…

क्या अब भी वह ईश्वर के अस्तित्व को अस्वीकार करेगा?…ठाकुर के साथ भेंट होने के बाद उसके जीवन में जो अद्भुत अनुभूतियाँ प्रस्फुटित हुई थीं, वे सब एक-एक कर उज्ज्वल अक्षरों के समान हृदय में उदित हो रही थीं।…वह सचमुच भटक गया था।…ईश्वर अवश्य ही है…ईश्वर नहीं है तो इस संसार में जीवित रहने का प्रयोजन ही क्या है?…

54

बुधवार को प्रातः आँखें खुलते ही नरेन्द्र को याद आया कि आज पच्चीस तारीख थी, पच्चीस जून! आज ईशानचन्द्र मुकर्जी के घर ठाकुर आ रहे हैं। उन्होंने उसे बुलाया है।…उनके मन में तनिक

भी अभिमान नहीं है। वे बड़े हैं, उसके गुरु हैं। फिर भी वे ही उसे बुलाते हैं। आवश्यकता पड़ने पर दौड़कर उसके घर भी आ जाते हैं। इन दिनों यदि नहीं आए तो शायद इसलिए कि वे उसकी पीड़ा देख नहीं पाते। विचलित हो जाते। इसका कारण उनकी उपेक्षा नहीं है···

जैसे-जैसे दिन चढ़ता गया, नरेन्द्र का मन ईशान के घर जाने की ओर प्रवृत्त होता चला गया। थोड़े समय के पश्चात् तो उसे यह याद भी नहीं रहा कि ईशान के घर जाने के निर्णय को लेकर वह अभी द्वंद्व में था···

नरेन्द्र जब ईशान के घर पहुँचा तो ठाकुर वहाँ आ चुके थे। वे लोग नीचे वाली बैठक में बैठे हुए थे। ठाकुर के साथ दक्षिणेश्वर से हाजरा भी आया हुआ था, किंतु इस समय उसके व्यवहार में कहीं भी ठाकुर के प्रति प्रतिस्पर्धा या विरोध का भाव प्रकट नहीं हो रहा था। अनुगत की भाँति वह शांत मुद्रा में सिर झुकाए बैठा हुआ था। ईशान के परिचित भाटपाड़ा के दो ब्राह्मण भी आए बैठे थे।

नरेन्द्र और महेन्द्र गुप्त प्रायः साथ-साथ ही वहाँ पहुँचे थे। दोनों ने ठाकुर को प्रणाम किया और उनके निकट ही बैठ गए। ठाकुर ने कोई प्रतिक्रिया व्यक्त नहीं की, जैसे वे निर्णय न कर पाए हों कि उन्हें नरेन्द्र से किस प्रकार संबोधित होना है।···नरेन्द्र को लगा कि शायद वे उसे देखकर इतने विचलित हो गए हैं कि उन्हें स्वयं को सँभालने में कुछ समय लग रहा है। इसीलिए वे सीधे उससे बात न कर कुछ इधर-उधर की चर्चा करने लगते हैं।

तभी एक अपरिचित भक्त ने कमरे में प्रवेश किया। वे शक्ति के भक्त लगते थे। उनके माथे पर बड़ा-सा सिंदूर का टीका लगा हुआ था।

ठाकुर हँसे, "इनके माथे पर तो मार्का ही लगा हुआ है।" वे महेन्द्र गुप्त की ओर मुड़े, "आज स्कूल नहीं गए?"

"जी! आज रथ-यात्रा के उत्सव की छुट्टी है न!"

ठाकुर ने बात आगे नहीं बढ़ाई। वे नरेन्द्र की ओर घूमे और बिना किसी भूमिका के बोले, "मैंने तेरी चाकरी के लिए ईशान से कहा है। ईशान एक दिन दक्षिणेश्वर में रहा था, तभी मैंने उससे तेरी बात की थी। बहुतों के साथ उसका परिचय है।"

नरेन्द्र को कुछ आश्चर्य हुआ। वह नहीं जानता था कि ठाकुर उसके लिए नौकरी के प्रबंध में लगे हैं। वे तो नौकरी के निपट शत्रु थे। उसे याद है कि एक बार उन्होंने राखाल से कहा था कि वे यह सुनने से, कि उसने कोई नौकरी कर ली है और किसी का नौकर हो गया है, यह सुनना अधिक पसंद करेंगे कि उसने ईश्वर के लिए गंगा में कूदकर आत्महत्या कर ली है।···निरंजन के नौकरी आरंभ करने पर भी उन्होंने अपनी नाराजगी जताई थी···'मुझे उसकी मृत्यु का समाचार भी इससे अधिक पीड़ा नहीं देता।'···किंतु बाद में निरंजन की जिम्मेदारियों के विषय में सुनकर अपनी राय बदल दी थी। निरंजन पर अपनी बूढ़ी माँ के पालन-पोषण का दायित्व था। बहुत संभव है कि ठाकुर ने उसके भी परिवार की आवश्यकताओं को देखते हुए, उसके लिए नौकरी जरूरी समझी हो···नरेन्द्र जानता था कि ईशान कंट्रोलर जनरल के दफ्तर में एक विभाग के अध्यक्ष थे। वे प्रयत्न करेंगे तो अवश्य ही कोई-न-कोई काम बन जाएगा···

गायन की व्यवस्था हो रही थी। पखावज, तबलों तथा तानपूरे का प्रबंध किया जा रहा था। एक व्यक्ति पखावज में लगाने के लिए थोड़ा मैदा दे गया था।

···तभी ईशान आए, "नरेन, कुछ गाओ भाई। ठाकुर के आनंद के लिए गाओ।"

ऐसे अवसरों पर भजन गाना नरेन्द्र के लिए कुछ भी नया नहीं था। संगीत तो जैसे उसका प्राण ही था। ठाकुर के आनंद के लिए वह सदा ही गाता आया था⋯किंतु तभी नरेन्द्र के मन में यह आया कि उससे गाने का अनुरोध करने वाला यह व्यक्ति ईशानचन्द्र चटर्जी है, जो कंट्रोलर जनरल के दफ्तर में एक विभाग का अध्यक्ष है। वह उसकी नौकरी का प्रबंध कर रहा है। नरेन्द्र को उसे प्रसन्न रखना चाहिए⋯।

ठाकुर ने ईशान की ओर देखा और बोले, "इस समय मैदा! तो अभी भोजन को तो बहुत देर होगी।"

ईशान हँस पड़ा, "जी नहीं। ऐसी कोई देर भी नहीं है।"

ईशान के परिचित पंडितों में से एक कह रहे थे, "दर्शन आदि शास्त्रों से काव्य अधिक मनोहर है। जब काव्य का पाठ होता है तो वेदांत, सांख्य, न्याय, इत्यादि सब रूखे जान पड़ते हैं। काव्य की अपेक्षा गीत मनोहर है। संगीत को सुनकर पाषाण हृदयों का भी हृदय द्रवित हो जाता है। यद्यपि गीतों में इतना आकर्षण होता है तथापि सुंदर स्त्री की तुलना में वह कम है। यदि एक सुंदर स्त्री यहाँ से निकलकर जाए तो न किसी का मन काव्य में लगेगा, न कोई गीत ही सुनेगा। सब-के-सब उस स्त्री को देखने लगेंगे, और जब भूख लगती है तब काव्य, गीत, नारी, कुछ भी अच्छा नहीं लगता। अन्नचिंता चमत्कारा।"

ठाकुर कुछ मुखर ढंग से हँसे, "पंडित जी महान् रसिक प्रतीत होते हैं।"

पखावज बँध गया था। नरेन्द्र ने गाना आरंभ कर दिया था।

ठाकुर ने नरेन्द्र के मुख की ओर देखा और उसके स्वरों में तन्मय होने का प्रयत्न किया।⋯सहसा ईशान की ओर मुड़े और नरेन्द्र के गायन में अवरोध न करते हुए अत्यंत मंद स्वर में बोले, "मैं विश्राम करूँगा।"

ईशान और उनका पुत्र शिरीश, ठाकुर को बाँह पकड़कर सहारा देते हुए उठा ले गए। महेन्द्र गुप्त भी उनके साथ चला गया।

ऊपर पहुँचकर महेन्द्र गुप्त ने शिरीश का ठाकुर से परिचय कराया, "महाराज! ये चटर्जी मोशाय के पुत्र हैं शिरीश। पंडित हैं और प्रकृति के बड़े शांत हैं। बचपन से ही ये मेरे साथ पढ़ते आए हैं। आजकल वकालत करते हैं।"

ठाकुर ने कुछ चकित दृष्टि से शिरीश की ओर देखा, "इस तरह के आदमी भी वकालत करते हैं!"

"भूल से इस मार्ग पर चले आए हैं।" महेन्द्र गुप्त ने कहा।

ठाकुर ने सहज भाव से सिर हिलाया, "ईशान का संसार अच्छा है, नहीं तो अगर लड़के वेश्यागामी, गँजेड़ी, शराबी और उद्दंड होते, तो फिर कष्ट-ही-कष्ट है। सबका मन ईश्वर पर है। ऐसा अकसर देखने को नहीं मिलता। ईशान जैसे ही दो-चार घर हों तो हों, नहीं तो बस मलगड़ा, तू-तू मैं-मैं, हिंसा और फिर रोग, शोक, दारिद्रय। यही देखकर कहा, माँ! मेरे मन को संसार से फेरकर ईश्वर की ओर मोड़ दो।" जैसे उन्हें कुछ याद आ गया, "अब नरेन्द्र को देखो, कैसी विपत्ति में पड़ गया है। पिता का देहांत हो गया। परिवार वालों के पास भोजन की भी व्यवस्था नहीं है। वह नौकरी पाने के लिए दिन-रात भाग-दौड़ कर रहा है, किंतु अभी तक कोई भी प्रबंध नहीं हुआ है। देखो, उसका मन कितना अस्थिर है।" और फिर उनका ध्यान महेन्द्र गुप्त पर आ अटका, "तुम पहले दक्षिणेश्वर इतना अधिक आते थे, अब क्यों नहीं आते? पत्नी-प्रेम बहुत बढ़ गया है

क्या?'' वे हँसे, ''अच्छा है। दोष ही क्या है। चारों ओर कामिनी-कंचन है। इसीलिए माँ से कहता हूँ कि फिर कभी शरीर धारण करना पड़े तो संसारी मत बना देना माँ।''

भाटपाड़ा के ब्राह्मण ने उन्हें टोका, ''यह आपने कैसे कह दिया? शास्त्रों में गृहस्थ आश्रम की तो बहुत प्रशंसा की गई है।''

''हाँ! है तो, परंतु है बड़ा कठिन।''

ठाकुर का मन ब्राह्मण की बात में नहीं लग रहा था। कुछ विचलित स्थिति में उन्होंने महेन्द्र गुप्त की ओर देखा, ''हम लोगों ने कैसा अन्याय किया। नरेन्द्र गा रहा है और हम लोग उठकर चले आए।''

नरेन्द्र ने देखा था कि इधर उसने गाना आरंभ किया और उधर ठाकुर उठकर ऊपर विश्राम करने चले गए⋯इतनी वितृष्णा हो गई है उनको उससे? तो फिर संदेश भेज-भेजकर उसको बुलवाया क्यों?⋯नहीं। शायद उससे उनको वितृष्णा नहीं है।⋯वितृष्णा है उसके संगीत से⋯उससे तो वे सहज स्नेहपूर्वक बातचीत कर ही रहे थे। उसकी नौकरी की चिंता भी कर रहे थे।⋯उसका गाना नहीं सुन सके⋯इसीलिए तो उठ गए।⋯पर वे तो इतने आग्रहपूर्वक उसका गायन सुना करते थे। अब क्या हो गया है उसके गायन को?⋯

नरेन्द्र का मन बुझ गया। जिसके लिए वह गा रहा था, जब वह ही सुनने के लिए नहीं ठहरा, तो अब गाकर क्या होगा?⋯ठाकुर भी विचित्र हैं⋯पहले भी उन्होंने एक बार ऐसा ही किया था।⋯रो-रोकर संदेश भेजा करते थे कि नरेन्द्र दक्षिणेश्वर क्यों नहीं आता। और जब वह जाने लगा तो मुँह फेरकर बैठ जाते थे।⋯और अंत में जब उन्होंने डाँटकर पूछा था, 'जब मैं तुझसे बात नहीं करता, तो फिर तू यहाँ क्या करने आता है?'⋯वैसे ही आज किया है उन्होंने। स्वयं महेन्द्र गुप्त के माध्यम से यहाँ आने का निमंत्रण भिजवाया⋯और अब उसे गाने में उलझा, स्वयं ऊपर जा बैठे हैं।⋯उसका मन हुआ कि वह इसी क्षण यह सब छोड़-छाड़कर खड़ा हो जाए।⋯एक ऐसी ठोकर तबले को लगाए कि उसका पेट फट जाए और तानपूरे की सारी तारें मरोड़ डाले⋯।

तभी वह ठिठक गया।⋯वह ईशान बाबू के घर में उन्हीं के आग्रह पर गा रहा था।⋯वे कंट्रोलर जनरल के दफ्तर में एक विभाग के अध्यक्ष थे और उसके लिए नौकरी का प्रबंध करने वाले थे। वह उनके घर में ऐसा व्यवहार नहीं कर सकता, चाहे कुछ हो जाए।⋯ठाकुर ने उसकी उपेक्षा की तो की, वह ईशान बाबू को रुष्ट नहीं कर सकता⋯

और फिर जैसे उसके मन ने स्वयं गुरु बनकर उसे सँभाल लिया⋯वह गाता है तो एक अपने लिए और एक ईश्वर के लिए। क्या वह एकांत में नहीं गाया करता है? क्या वह ऐसे किसी स्थान पर नहीं गाता, जहाँ ठाकुर नहीं होते?⋯और यदि वह ठाकुर के लिए भी गा रहा था तो उसे अपनी भावना देखनी चाहिए, ठाकुर का व्यवहार नहीं। वह अपने लिए जिम्मेदार है, किसी और के लिए नहीं। भगवान् की इतनी उपासना और पूजा-अर्चना की जाती है, क्या भगवान् हर समय प्रकट होते हैं या वरदान देते हैं?⋯तो वह यह क्यों चाहता है कि ठाकुर प्रतिदान दें, तभी वह उनके लिए गाएगा⋯

नरेन्द्र को लगा : उसे एक नया ही मार्ग सूझ रहा है।⋯उसकी सारी साधना अपने मन तथा कर्म को साधने की है, दूसरों के व्यवहार को बाँधने की नहीं।⋯

चार बजे के आसपास ठाकुर ईशान के घर से विदा हुए। यहाँ से उन्हें शशधर पंडित जी से मिलने जाना था। ठनठनिया से कॉलेज स्ट्रीट अधिक दूर नहीं थी, फिर भी ठाकुर के लिए गाड़ी आई थी। उन्हें पैदल चलने का अभ्यास नहीं है···और वैसे भी मार्ग में भाव-समाधि हो जाए तो कठिनाई होती है। कोई भक्त जोखिम नहीं उठाना चाहता···इसलिए ईशान ने भी गाड़ी का प्रबंध कर दिया था···

"नरेन्द्र से कहो, मेरे साथ ही शशधर पंडित के घर चलेगा।" ठाकुर बोले, "कहीं अपने घर न चला जाए।"

"आप चलिए। मैं पंडित जी के घर पहुँच रहा हूँ।" नरेन्द्र बोला, "गाड़ी में आपके साथ हाजरा मोशाय हैं न।"

गाड़ी चली गई तो नरेन्द्र के मन में जैसे किसी रूठे हुए बालक का अवरुद्ध स्वर फूटा : 'जब मैं गा रहा था तो ऊपर जाकर सोए रहे और अब प्यार जता रहे हैं।···किंतु तत्काल ही उसके विवेक ने उसे सँभाला···'प्यार जता रहे हैं, यही बहुत है। न भी जताते तो?'···और फिर उसने तो स्वयं को साधने का संकल्प किया था, अब फिर से क्यों दूसरों के व्यवहार को आँकने लगा?···

शशधर पंडित के घर में राखाल और रामचन्द्र दत्त भी आए हुए थे।

नरेन्द्र को देखते ही राम ने पूछा, "कैसे हो नरेन?"

"ठीक ही हूँ दादा!"

···किंतु तभी शशधर पंडित को देखकर ठाकुर को भावावेश होने लगा। वे हँसते हुए पंडित जी की ओर देख रहे थे और कह रहे थे, "बहुत अच्छा। बहुत अच्छा।" और फिर जैसे निरीक्षण के पश्चात् उन्होंने शशधर पंडित को वार्तालाप के योग्य समझा, "तुम कैसे लेक्चर देते हो?"

"महाराज! मैं लोगों को शास्त्रों के उपदेश समझाने का प्रयत्न करता हूँ।" शशधर पंडित बहुत विनीत भाव से बोले।

"कलिकाल के लिए बस नारदीय भक्ति है, शास्त्रों में जिन कर्मों की बात है, उनके साधन के लिए अब समय कहाँ है?" ठाकुर हँसकर बोले, "आजकल के बुखार में दशमूल पाचन की व्यवस्था ठीक नहीं। दशमूल पाचन देने से रोग नियंत्रित होने से पहले रोगी ऐंठ जाता है। आजकल तो बस फीवर मिक्सचर! कर्म करने के लिए यदि कहते हो तो केवल सार की बात कह दिया करो।" वे कुछ रुके और फिर जैसे अपने किसी प्रिय व्यक्ति को उचित परामर्श दे रहे हों बोले, "भैया! कुछ और फल बढ़ाओ। कुछ दिन और साधन-भजन करो। पेड़ पर अभी चढ़े नहीं और अभी से फल की आकांक्षा।" ठाकुर पुनः अपनी मौज में आ गए, "ऐरे-गैरे के लेक्चर से कुछ नहीं होगा। ईश्वर का आदेश न हो तो लोक-शिक्षा नहीं होती। जो लोक-शिक्षा देगा, उसमें बड़ी शक्ति चाहिए। चैतन्य देव अवतार थे। वे जो कुछ कर गए, कहो भला, उसका अब कितना बचा हुआ है? और जिसने आदेश ही नहीं पाया, उसके लेक्चर से क्या उपकार होगा? इसीलिए कहता हूँ, ईश्वर के पादपद्मों में मग्न हो जाओ।"

और ठाकुर ने गाना आरंभ किया, "ऐ मेरे मन! तू रूप के सागर में डूब जा। जब तू तलातल और पाताल खोजेगा, तभी तुझे प्रेम-रत्न-धन प्राप्त होगा। इस समुद्र में डूबने से कोई मरता नहीं, यह अमृत का समुद्र है।···"

नरेन्द्र को लगा, ठाकुर कुछ बहकने लगे हैं शायद! वे एकदम ही भूल गए हैं कि वे शशधर पंडित के घर आए हैं और शशधर पंडित अपने ढंग से उनसे चर्चा भी करना चाहते हैं।···वह चौंका,

ठाकुर उसी के विषय में कुछ कह रहे थे···

"मैंने नरेन्द्र से कहा था, 'ईश्वर रस के सागर हैं, तू इस सागर में डुबकी लगाएगा या नहीं, बोल? अच्छा सोच, एक खप्पर में रस है, और तू मक्खी बन गया है, तो तू कहाँ बैठकर रस पिएगा? बोल।' तो नरेन्द्र ने कहा, 'मैं खप्पर के किनारे बैठकर मुँह बढ़ाकर पीऊँगा, क्योंकि अधिक बढ़ने से डूब जाऊँगा।···' "

नरेन्द्र के भीतर एक अनाम-सी खोज पनप रही थी।···उनके तथा ठाकुर के मध्य जो वार्तालाप हुआ था, वह सब शशधर पंडित को सुनाने का क्या लाभ?···ठाकुर भी बस!

"तब मैंने कहा," ठाकुर कह रहे थे, "भैया! यह सच्चिदानन्द सागर है, इसमें मृत्यु का भय नहीं है। यह सागर अमृत का सागर है। केवल अज्ञानी ही कहते हैं कि भक्ति और प्रेम का अतिरेक अच्छा नहीं है। कहीं भक्ति और प्रेम का भी अतिरेक होता है। इसीलिए कहता हूँ कि सच्चिदानन्द सागर में मग्न हो जाओ। ईश्वर-लाभ हो जाने पर फिर क्या चिंता है? तब आदेश भी होगा और लोक-शिक्षा भी होगी।"

सहसा नरेन्द्र को लगा कि ठाकुर बहक नहीं रहे हैं। वे जानते हैं कि वे क्या कह रहे हैं···और वे यह भी जानते हैं कि कब क्या कहना है।···वे शशधर पंडित से तो कुछ कह ही नहीं रहे। वे तो सब कुछ नरेन्द्र से कह रहे हैं।···यह नरेन्द्र ही है, जो बार-बार उस सच्चिदानन्द सागर के तट पर जाकर, मृत्यु के भय से प्यासा ही लौट आता है। जब वह उनके पास दूसरी बार दक्षिणेश्वर गया था और उन्होंने उसके शरीर पर अपना पैर स्थापित कर दिया था, तब भी तो वह भय से चीख उठा था और उन्होंने कहा था···चलो रहने दो। समय आने पर सब होगा।···इस बार फिर जब वह उस सागर के तट पर पहुँच गया था। ठाकुर उसे डूब जाने का आदेश देते रहे और वह मृत्यु के भय से नास्तिकों के तर्क दुहराता रहा।···अब भी तो ठाकुर उसी से कह रहे थे—'डूब जा···डूब जा!'···और वह है कि उसे ईश्वर का भरोसा ही नहीं हो रहा है।···

"एक दिन दक्षिणेश्वर में कुछ सिख सिपाही आए थे।" ठाकुर ने एक और कथा आरंभ कर दी थी, "माँ काली के मंदिर के सामने, उनसे मेरी भेंट हुई। उनमें से एक ने कहा, 'ईश्वर दयामय हैं।' मैंने कहा, 'अच्छा! सच कहते हो? तुम्हें कैसे मालूम हुआ?' उन लोगों ने कहा, 'ईश्वर हमें खिलाते-पिलाते हैं। हमारा पालन-पोषण करते हैं। हमारी रक्षा करते हैं।' मैंने कहा, 'तो इसमें आश्चर्य क्या है? ईश्वर सबके पिता हैं। अपने पुत्रों की देखभाल पिता नहीं करेगा तो और कौन करेगा? क्या पड़ोसी उनका पालन-पोषण करेंगे?' "

नरेन्द्र को लगा, ठाकुर उसी को समझा रहे हैं कि वह ईश्वर के वात्सल्य में संदेह न करे।···यहाँ और कोई अविश्वासी है ही कहाँ? उसी ने तो ईश्वर से विद्रोह किया था। उन्हें अपना पिता मानने से इनकार किया था···वे उसे बता रहे हैं कि वह दया करता भी है तो हम पर कोई कृपा नहीं करता। वह हमारा पिता है। अपने वात्सल्य के हाथों वह अपनी सन्तान से प्रेम करने को बाध्य है···

"तो फिर उसे दयामय न कहें?" नरेन्द्र ने पूछा।

"मैं क्या मना करता हूँ।" ठाकुर बोले, 'मैं तो केवल इतना कहता हूँ कि ईश्वर तो हमारे अपने आत्मीय हैं, कोई ग़ैर नहीं हैं कि वे हम पर दया करें और हम उनका आभार मानें।···प्रेम में इतनी दूरी उचित नहीं···!"

नरेन्द्र का मन अपने आपको ही धिक्कार रहा था—'मैंने ही ईश्वर को पराया माना। उसके

प्रेम को संदेह की दृष्टि से देखा।···उसे अपना विरोधी समझा···'

"आपकी बात तो अमूल्य है।" शशधर पंडित बोले।

किंतु ठाकुर को उनकी बात में कोई रुचि नहीं थी। वे नरेन्द्र से ही बोले, "तेरा गाना मैं सुन रहा था, पर अच्छा न लगा, इसलिए चला आया। कहा, अभी इसका मन नौकरी के लिए गा रहा है, ईश्वर के लिए नहीं। इसलिए गाना सर्वथा अलोना हो गया था—एकदम फीका।"

नरेन्द्र का मुख लज्जा से लाल हो गया···ठीक ही तो कह रहे हैं ठाकुर। वह उस समय ईश्वर को प्रसन्न करने के लिए नहीं, ईशान को प्रसन्न करने के लिए गा रहा था।···तो उसमें ईश्वर-भक्ति कहाँ से होती? वह तो एक प्राकृत पुरुष द्वारा दूसरे प्राकृत पुरुष की चाटुकारिता थी, उसमें ईश्वर-भक्ति का उदात्त रस कहाँ से आता···

ठाकुर सब जानते हैं।···वे नरेन्द्र के मन के आर-पार देख रहे हैं।···अच्छा ही हुआ कि तब ठाकुर उठकर चले गए, नहीं तो जाने वे नरेन्द्र के मन के कितने हीन पक्षों से परिचित होते और दुखी होते···

55

नरेन्द्र को पिछले घंटे-भर से लग रहा था कि वह बुरी तरह थक चुका है। नंगे पाँव चलते-चलते, पाँवों और टाँगों की बुरी दशा हो रही थी। सारा-का-सारा शरीर चाहता था कि कहीं कोई उपयुक्त स्थान मिल जाए और वह घंटे-दो घंटे लेटकर इस चूर-चूर हो चुके शरीर को थोड़ा विश्राम दे ले।···तभी उसे ध्यान आया कि यह सारी थकान केवल श्रम की ही नहीं, यह भूख की क्लांति भी है। पिछले दो-तीन दिनों से उसने एक समय भी भरपेट नहीं खाया था, और आज तो सुबह से वह निराहार ही था···उस पर दिन-भर चलने का श्रम तथा विफलता का अवसाद···शरीर ही नहीं, मन भी थक चुका था नरेन्द्र का···

सहसा उसके पाँव ठिठक गए।···जहाँ वह खड़ा था, यदि यहाँ से बाईं ओर मुड़कर सौ डग भी चलने का श्रम वह कर सके, तो वह श्यामाचरण घोषाल के घर पहुँच जाएगा। बस, एक बार कपाट खटखटाने की बात है, फिर वह स्वयं ही उसे भीतर ले जाएगा। सम्मानपूर्वक बैठाएगा और खूब सत्कार करेगा। नरेन्द्र भरपेट स्वादिष्ट भोजन कर सकेगा···

उसके पग लालसापूर्वक बढ़े किंतु मन सहमकर खड़ा हो गया : वह यहाँ श्यामाचरण घोषाल के घर, भरपेट स्वादिष्ट भोजन करेगा और उसकी माता तथा भाई घर में भूखे बैठे उसकी प्रतीक्षा कर रहे होंगे।···जब वह घर पहुँचेगा तो माँ सूखे मुख से कहेगी, 'बिलेह! आज भी कोई काम नहीं हुआ रे?' तो क्या वह उत्तर देगा, 'माँ! काम तो बन ही गया। मैंने भरपेट खा लिया है। तुम लोग आज भूखे ही सो जाओ?···'

उसके पग रुक गए। उसे यह ही करना था तो इतने सारे दिन इतने अधिक कष्ट में बिताने की क्या आवश्यकता थी? अपना पेट तो वह रोज ही भर सकता था।···और तब उसकी दृष्टि अपनी वेशभूषा पर पड़ी···यह स्थिति भले लोगों के घर जाने की नहीं है···मैले वस्त्र···धूल-धूसरित नंगे पाँव···सूखा-उदास चेहरा, हतोत्साहित मन···अवसन्न आत्मा···

बादलों का गर्जन सुन नरेन्द्र ने सिर उठाकर आकाश की ओर देखा : अँधेरा घिर आया

था और काले बादल दिखाई नहीं पड़ रहे थे।···आधा अगस्त बीत चुका था···वर्षा तो होनी ही थी। अब बादल यह विचार तो नहीं करेंगे कि नरेन्द्रनाथ दत्त के पास छतरी नहीं है। उसके वस्त्र भीगने से उसे असुविधा होगी।···वैसे भी वह दिन-भर का थका हुआ है, भीगकर कहीं अस्वस्थ हो गया तो माँ के लिए और भी समस्या खड़ी हो जाएगी···

मेघ थमे नहीं रहे। पहले कुछ हलकी बूँदें पड़ीं और फिर धारासार बरसने लगे। ···अब ऐसे में कहीं रुककर प्रतीक्षा करने का कोई अर्थ नहीं था···भीग तो वह चुका ही था। जितनी जल्दी घर पहुँचेगा, उतना ही अच्छा है। माँ उसकी प्रतीक्षा कर रही होगी···और अब तक परेशान भी काफी हो चुकी होगी···

नरेन्द्र के पग कुछ जल्दी-जल्दी उठने लगे, किंतु उसका मन, उनसे कहीं अधिक वेग से चल रहा था···किस पाप का दंड दे रहा है भगवान् उसे? संसार में एक-से-एक नीच और पापी लोग हैं, उन्हें तो कोई भी दंड नहीं देता। न समाज, न सरकार और न भगवान्। उलटे उन्हें इतनी सुख-सुविधाएँ दे रखी हैं···वैभव और ऐश्वर्य दे रखा है।···तो उसे ही क्यों यह सब झेलना पड़ रहा है?···दुःख···दारिद्र्य···अपमान···पीड़ा···। केवल इसलिए, क्योंकि उसके मन में ईश्वर के प्रति आस्था है? भक्ति है?···ठाकुर भी उसकी इतनी प्रशंसा करते हैं।···इतना प्रेम करते हैं उससे···अपने सारे शिष्यों में से उसे ही सर्वश्रेष्ठ मानते हैं···किंतु फिर भी उसे ही सबसे अधिक कठिन परीक्षा देनी पड़ रही है।···यह तो कोई न्याय नहीं हुआ भगवान्।···

सहसा उसका अपना ही विवेक उस पर झपट पड़ा—'क्या तुझे सुख-सुविधाएँ नहीं दी थीं? पहले ही दिन जब तू काम खोजने निकला था तो धीरेन्द्र पाल ने तेरे सामने कई योजनाएँ रखी थीं। कोई और होता तो झपटकर उसके साथ हो लेता। तूने उसका साथ क्यों नहीं दिया? तब तो तुझे याद आ गया कि वह सब अनैतिक था···तुझे धन नहीं मिला, क्योंकि तुझे नीति और धर्म चाहिए था, धन नहीं।···तुझे चंद्रकला का संदेश नहीं मिला क्या? उसने तेरे चरणों में अपने समस्त धन के साथ आत्म समर्पण करने का प्रस्ताव रखा था। तेरे स्थान पर धीरेन्द्र पाल होता, तुषार होता या कोई भी दूसरा व्यक्ति होता तो उसने चंद्रकला के इस प्रस्ताव को तत्काल स्वीकार कर उसे कंठ से लगा लिया होता और आज वह कलकत्ता का एक धनी व्यक्ति बन उस अनुपम रमणी-रत्न का सुख उठा रहा होता। तूने वह धन, ऐश्वर्य, सुख, संपत्ति, भोग···सब कुछ स्वयं अपनी इच्छा से ठुकराया अभागे! और अब अपनी मूर्खता के परिणामस्वरूप प्राप्त अपने सारे दुःखों-कष्टों-अभावों के लिए भगवान् को दोषी ठहराता है।···

नरेन्द्र ने जैसे लड़ने को कमर कसी···वह अधर्म था, अनीति थी। मैं पाप और अधर्म की कमाई कैसे ग्रहण करता? चंद्रकला किस प्रकार की स्त्री है, कौन नहीं जानता? किसे ज्ञात नहीं है कि उसने वह धन कैसे अर्जित किया है?···मैं, जो नारी-सुख को अवांछनीय मानता हूँ···ग्रहण भी करता तो उस नारी को···और उस पापिष्ठा के धन को···

'जिसे सुख चाहिए, वह यह नहीं देखता कि सुख किस माध्यम से प्राप्त हो रहा है।···जिसे धन चाहिए, वह यह नहीं देखता कि धन का स्रोत क्या है···' नरेन्द्र के अपने भीतर से ही जैसे किसी ने कहा, 'मूर्ख! पहले यह तो निश्चय कर, तुझे चाहिए क्या? धन चाहिए या नहीं चाहिए? ऐश्वर्य चाहिए या नहीं चाहिए? भोग चाहिए या नहीं चाहिए?···'

'चाहिए, किंतु धर्म के मार्ग से।'

'धर्म के मार्ग से ईश्वर मिलता है, ऐश्वर्य नहीं। तुझे ईश्वर चाहिए या ऐश्वर्य?'

'मुझे ईश्वर चाहिए।'

'तो ऐश्वर्य की याचना मत कर। ईश्वर तो संसार में से होकर नहीं मिलता। संसार त्यागकर मिलता है।' किसी ने उसे डाँटा, 'जो कर्म तू करेगा, उसी का तो फल पाएगा। तूने ईश्वर-प्राप्ति के लिए कर्म किया है, तो उसे ही प्राप्त कर। किंतु ईश्वर सुख, भोग, धन और संपत्ति के मार्ग पर नहीं मिलता।···ईश्वर तो मिलता है तपस्या से, साधना से, त्याग से, वैराग्य से··· यदि ईश्वर ने तुझे एक सुंदर पत्नी दे दी होती, उसके पिता के धन से तू विलायत से बैरिस्टर बनकर आ गया होता और बड़े-बड़े अपराधियों को उनके अपराधों के दंड से बचाने के लिए उनके मुकदमे लड़ने के लिए उनसे हजारों रुपए फीस ले रहा होता, तो अपने सामने खड़े ईश्वर को पहचान भी लेता क्या?···'

नरेन्द्र का मन जैसे स्तब्ध खड़ा था : यही सत्य था। उसे तो मानो ईश्वर ने एक सुरक्षा-कवच पहना दिया था। वह चाहकर भी अपने लक्ष्य से भटक नहीं सकता था···ईश्वर ने उसे वह सब कभी दिया ही नहीं, जिससे उसके पाँव डगमगा जाते···

सहसा नरेन्द्र को लगा कि अब तक जैसे वह किसी उन्माद की स्थिति में चलता आया था, किंतु अब उसके पग सचमुच डगमगा रहे थे। अब वह कितना ही चाहे, किंतु चलना तो दूर, वह खड़ा भी नहीं रह सकता है···खड़ा रहने का हठ करेगा तो गिर पड़ेगा···

उसने गिरने से बचने के लिए सहारे की खोज में हाथ बढ़ाया···किंतु वहाँ कुछ नहीं था।···रात काफी हो गई थी···सड़क खाली पड़ी थी।···नरेन्द्र किसी निर्जीव वस्तु के समान पास वाले एक मकान के चबूतरे पर लेट गया।

···वह अपनी स्थिति को समझ नहीं पा रहा था।···वह चैतन्य था, यह कहना उसके लिए कठिन था, किंतु पूर्णतः अचेत भी वह नहीं हुआ था। यह कैसी विचित्र स्थिति थी।···मन में रंग-बिरंगे चित्रों तथा विचारों का उदय और लय होता जा रहा था। उस प्रक्रिया को रोक, किसी विषय पर विचार करने की क्षमता उसके मन में ही नहीं थी। उसका आत्म-नियंत्रण जैसे समाप्त हो गया था।

फिर अकस्मात् ही उसे लगा कि उसकी आत्मा पर लिपटी धुंध की परतें क्षीण होती जा रही हैं, जैसे किसी दिव्य प्रकाश को ढँकने वाली यवनिकाएँ हटती जा रही थीं···धुँधलके साफ होते जा रहे थे···अंधकार छँटता जा रहा था और उसके मन में अनेक विषय स्पष्ट होते जा रहे थे···न कोई उसे बता रहा था, न समझा रहा था, न दिखा रहा था, यह तो अनुभव था···दृश्यहीन, शब्दहीन, अतींद्रिय···वह जान रहा था कि शिव के इस संसार में अशिव क्यों है। ईश्वर की कठोरता और न्यायपरकता में भी कैसे अनन्य करुणा समाहित है। उसके संदेह मिटते जा रहे थे, द्वंद्व विलीन हो रहे थे, जिन समस्याओं की व्याख्या उससे हो नहीं पाई थी, उनकी निश्चित मीमांसा अंतर के गहन प्रदेश में दिखाई पड़ने लगी थी···और उसने देखा, चारों ओर आनंद ही आनंद है।···नरेन्द्र का मन उत्फुल्लता से भर आया···

किसी की प्रशंसा का कोई अर्थ नहीं है, क्योंकि वह अहंकार को ही पोषित करती है।···किसी की निंदा का कोई अर्थ नहीं है, क्योंकि उसका लक्ष्य ही अहंकार को ही आहत करना है···अहंकार न हो तो व्यक्ति के लिए निंदा और प्रशंसा दोनों ही अर्थशून्य हो जाती हैं···निंदा···प्रशंसा···यश···प्रसिद्धि···सम्मान···अधिकार···इन सबकी उत्पत्ति का स्रोत है अहंकार। अहंकार न हो तो इन

सबका कोई अस्तित्व ही नहीं है···

···'नरेन्द्र! तू किन बंधनों में बँधा है?' उसकी आत्मा में बैठा कोई कह रहा था, 'कर्म कर। निंदा और प्रशंसा की चिंता छोड़ दे!···हे विभु! धर्म और अधर्म, सुख और दुःख—सब मन के हैं, तुम्हारे नहीं। तुम न कर्ता हो, न भोक्ता···तुम तो सदा मुक्त हो।···तुम सर्वस्व के एकमात्र दृष्टा हो और सत्य ही सर्वदा मुक्त हो। तुम्हारा बंधन यही है कि तुम स्वयं को दृष्टा न मान कुछ और मान बैठे हो···क्या तुम्हें अहंकाररूपी काल-भुजंग ने काट लिया है, जो तुम मान बैठे हो कि तुम कर्ता हो···तुम कर्ता नहीं हो, इस आस्था का अमृत पियो और सदा सुखी रहो।'

नरेन्द्र की चेतना लौटी। अब जैसे वह पूर्णतः स्वस्थ था। शरीर में तनिक भी थकान नहीं थी, न मन ही क्लांत था। शरीर में असीम बल भर आया था और मन शांति से परिपूर्ण था···उसके मस्तिष्क में बार-बार जैसे कोई सुरीली तान गूँज रही थी···शरीर सत्य नहीं था, सत्य तो आत्मा थी···यह संसार तो भ्रम-जाल था···सत्य केवल ईश्वर था···तुम पृथ्वी नहीं हो, तुम जल नहीं हो, तुम अग्नि नहीं हो, तुम वायु नहीं हो और न ही तुम द्यौ हो···मुक्ति प्राप्त करने के लिए आत्मा को, चेतना को, साक्षी तथा चित् रूप में जानो···अज्ञान के वन को निश्चय की अग्नि से जला दो कि 'मैं विशुद्ध बोध हूँ' और वीतशोक एवं सुखी हो जाओ···"

नरेन्द्र घर पहुँचा तो रात्रि थोड़ी ही शेष बची थी।

माँ ने द्वार खोला, "तू? इस समय! यदि रात को किसी के घर रुक ही गया था तो पुत्र! सवेरा तो हो लेने देता।"

"मैं रात को किसी के घर रुका नहीं था माँ! नहीं तो सवेरे ही आता।"

भुवनेश्वरी देख रही थी कि नरेन्द्र पूर्णतः शांत और प्रसन्न दिखाई पड़ रहा था। इतना शांत तो वह पिछले कई महीनों से दिखाई नहीं दिया था। कल प्रातः ही वह घर से निकल गया था, पता नहीं, कहीं कुछ खाया भी था या नहीं। कह रहा था कि कहीं विश्राम भी नहीं किया।···किंतु···

"रात-भर चलता ही रहा तू?" भुवनेश्वरी ने पूछा।

"नहीं! थककर एक स्थान पर बैठ भी गया था माँ!" नरेन्द्र बोला, "अब तुम चिंता नहीं करो। जाओ, जाकर सो जाओ। मेरे कारण तुम पूरी नींद भी नहीं ले पाती हो।"

"कुछ खाएगा?"

"नहीं, माँ! मुझे किसी वस्तु की आवश्यकता नहीं है।" नरेन्द्र ने उसे अपनी भुजा में थामकर बिस्तर तक पहुँचाया, "तुम सो जाओ।"

नरेन्द्र स्वयं आकर अपने बिस्तर पर लेटा तो उसकी आँखों में तनिक-सी भी नींद नहीं थी। उसे तो लग रहा था, जैसे वह एक लंबी नींद के पश्चात् जागा है।···अब तक उसने जीवन को समझा ही क्या था।···सत्य कहा था ठाकुर ने···यह संसार तो मायाजाल है।···इस भ्रमजाल में फँस जाओ तो संसार कुछ और ही दिखाई देता है।···किंतु क्या अर्थ है इस संसार की निंदा और प्रशंसा का?···यह सब तो केवल उन लोगों के लिए है, जिन्हें संसार की लीक पर चलते हुए, उसकी प्रशंसा और निंदा से परिचालित होना है।···किंतु नरेन्द्र के लिए इस निंदा और प्रशंसा का अब कोई अर्थ नहीं था। यहाँ की सफलता और असफलता निरर्थक थीं।···नरेन्द्र को इसके मोह में नहीं फँसना है। वह अहंकार से मुक्त हो जाएगा तो इनके बंधन उसे तनिक भी बाँध नहीं पाएँगे···उसे साधारण लोगों के समान धनोपार्जन नहीं करना है। परिवार के पालन-पोषण और सुख-भोग में समय व्यतीत

करने के लिए उसका जन्म नहीं हुआ है।···यह संसार उसका प्राप्य नहीं है।···यह उसका लक्ष्य नहीं है।···उसे इसके पार जाना है। माया की यवनिका से पार जाकर उस मायापति का साक्षात्कार करना है···उसका माध्यम गृह-पालन नहीं, गृह-त्याग ही था। उसे भी अपने पितामह के समान गृह-त्याग करना होगा। वह संन्यासी होकर तपस्या करेगा···

किंतु माँ? छोटे भाई? उनका पालन कौन करेगा?···सहसा उसका विवेक जागा···'अपने अहंकार से सावधान रह नरेन्द्र।···संसार का पालनकर्ता जो है, वही उसकी माता और भाइयों का पालन कर रहा है, वही उनका पालन आगे भी करेगा।···ये ही तो वे सारे मोह हैं, जिनसे माया ने मनुष्य को बाँध रखा है, और वह अहंकार का पुतला, भ्रम को ही सत्य मानकर उसमें विश्वास करता रहता है।···'

नरेन्द्र को नींद नहीं आ रही थी। वह उठ बैठा। उसे इस परिवार के लिए जो कुछ करना है; जाने से पहले कर लेना चाहिए। बाबा को अपने जाने का पता नहीं था, फिर भी उन्होंने अपने कुछ कागज-पत्र माँ के पास सँभलवा दिए थे। माँ ने वे उसे सौंप दिए थे। उसने आज तक उन्हें खोलकर भी नहीं देखा था।···इस समय सब लोग सो रहे थे, वह उन्हें निबटा दे।

नरेन्द्र ने धीरे से उठकर, बिना कोई शब्द किए वे कागज निकाले। जाने कैसे-कैसे कागज थे। इन्हें तो समझने में भी काफी समय लगेगा···

सहसा वह रुक गया : यह क्या? तो शायद बाबा ने उसी की जन्म-कुंडली बनाई थी। कुछ पंक्तियाँ रेखांकित की थीं। नरेन्द्र की आँखें उन्हीं पर टिक गईं···'यह जातक पृथ्वी के तल पर घूमते हुए परिव्राजक का जीवन व्यतीत करेगा···' ओह! तो इसलिए बाबा उसका विवाह करना चाहते थे···और भगवान् ने बाबा को ही मार्ग से हटा दिया···

नरेन्द्र अब सब ओर से मुक्त था। वह तपस्या के लिए गृह-त्याग करेगा। वह यही भाग्य लेकर आया है···उसे उसी मार्ग पर चलना होगा···

नरेन्द्र की आँखों में नींद उतर आई और वह गहरी नींद सो गया।

ठाकुर आज सुरेन्द्रनाथ मित्र के घर आ रहे थे।

नरेन्द्र की आँखों के सामने अपना पिछला सारा जीवन घूम रहा था।···आरंभिक शैशव से ही संन्यासियों के प्रति उसका मोह और अपने दादा के संन्यासी होने का गर्व!···उसकी मूल प्रकृति उसे संन्यासी ही बनाना चाहती थी···और फिर उसके साईस मित्र द्वारा विवाह तथा वैवाहिक जीवन के प्रति उसके मन में विरोध का अंकुर बोना।···उसने अपने सहपाठी मित्रों के समान नारी-शरीर तथा नारी-सौंदर्य के प्रति कभी आकर्षण का अनुभव नहीं किया।···जब कभी माता-पिता ने उसके विवाह की चर्चा चलाई, उसके मन में कभी हलका-सा रोमांच भी नहीं जागा। उसे कभी विवाह की आवश्यकता ही समझ में नहीं आई।···और फिर ठाकुर ने पहले दिन से ही ईश्वर-लाभ के लिए ब्रह्मचर्य को सदा अनिवार्य बताया था। वे सदा ही सतर्क रहे कि कहीं वह गृहस्थ जीवन के प्रति आकृष्ट न हो। इसीलिए तो जब उन्होंने सुना कि उसका विवाह तय हो रहा है, वे दौड़ते हुए उसके घर आ गए और उसे कह गए कि उसका विवाह कभी नहीं होगा।'···एक दिन तो वे 'तंग' में आकर उसे ब्रह्मचर्य की महिमा समझा रहे थे कि ओट में से किसी प्रकार नानी ने उनकी बात सुन ली थी। नानी ने माँ को बताया कि दक्षिणेश्वर का वह साधु नरेन को ब्रह्मचर्य का उपदेश दे रहा था।···कैसा बवंडर मचा था घर में। माँ ने क्षुब्ध होकर कहा था, 'यह लड़का उस साधु

के साथ मिलकर साधु ही हो जाएगा।'...शायद उसी दिन से बाबा ने उसके विवाह के लिए भाग-दौड़ और भी तेज कर दी थी।...पर उसके विवाह की बातचीत सदा ही छोटे-छोटे मतभेदों से टूटती रही।...

नरेन्द्र आज सोचता है तो उसे लगता है कि उसका संन्यासी बनना तो उसके जन्म से ही निश्चित था, तभी तो उसे कभी सांसारिक सफलता नहीं मिली।...ज्ञान में उससे कहीं कम लोग विश्वविद्यालय की परीक्षाओं में प्रथम आते रहे। यद्यपि उसके प्रिंसिपल प्रो. हैस्टी ने कहा था कि उन्होंने नरेन्द्र जैसा मेधावी छात्र जर्मन विश्वविद्यालयों में भी नहीं देखा, फिर भी नरेन्द्र कभी कलकत्ता विश्वविद्यालय का रिकार्ड-होल्डर या गोल्ड मैडेलिस्ट नहीं रहा।...विश्वविद्यालय की परीक्षाएँ तो अलग, वह जीवन की परीक्षा में भी सफल नहीं रहा। उससे कहीं कम पढ़े-लिखे अथवा अक्षम लोग निश्चिंत होकर अपनी आजीविका कमा रहे हैं, और अपने परिवार का पालन-पोषण कर रहे हैं, किंतु उसे एक साधारण-सा भी काम नहीं मिला कि वह अपने परिवार के पालनकर्ता होने का भ्रम पाल सके।...

और अब तो वह जान ही गया है कि न यह संसार उसके लिए है और न वह इस संसार के लिए है। भगवान् ने उसके लिए जो पथ बनाया है, उसे उसी पर चलना होगा। उसकी इच्छा के सम्मुख ही सिर झुकाना होगा...उसकी यही नियति है।...

'उसे अपनी नियति स्वीकार है, किंतु क्या कर्म कुछ नहीं है?...' नरेन्द्र का चिंतन रुक गया।...'तो फिर कर्म की स्वतंत्रता का क्या अर्थ हुआ?...'

'मनुष्य का कर्म उसकी उस सीमित परिधि में ही तो होगा, जिसकी क्षमता उसे दी गई है।'...उसका विवेक बोला, 'वह अपने प्रयत्न से, भोजन के नियंत्रण से, आरोग्य के नियमों का पालन कर, अपने जीवन को लंबा कर सकता है, किंतु कितना? उसका यह शरीर हजारों वर्षों तक तो नहीं चल सकता।...वह शारीरिक व्यायाम तथा भोजन से लंबा हो सकता है, किंतु ताड़ के पेड़ के बराबर तो नहीं हो सकता...जो तत्त्व उसकी प्रवृत्ति में है ही नहीं, उसके लिए कर्म का लाभ?...उसकी नियति ही उसे संन्यास की ओर ले जा रही थी।...'

उसने अपने संकल्प के विषय में आज तक माँ को नहीं बताया था। माँ उसे रोक लेंगी, ऐसा भय उसे नहीं था...किंतु वे दुखी रहेंगी।...जाने के पहले के ये सारे दिन रोते-धोते व्यतीत होंगे।...क्या लाभ?...उसके जाने के पश्चात् तो उन्हें दुखी होना ही था।...किंतु वह सब देखने के लिए वह घर पर नहीं होगा...

यह तो अच्छा ही हुआ कि आज सुरेश बाबू के घर पर ठाकुर आ रहे हैं, ठीक उसी दिन, जिस दिन उसने गृह-त्याग का संकल्प किया है।...क्या ठाकुर भी उसे रोकेंगे? क्यों रोकेंगे? उनके मन में संन्यासियों के प्रति इतना सम्मान है। वे ब्रह्मचर्य और संन्यास को इतना गौरवपूर्ण मानते हैं।...उनका आशीर्वाद लेकर वह गृह-त्याग करेगा। गुरु का आशीर्वाद अत्यंत महत्त्वपूर्ण है...वे स्वयं ही उसे आशीर्वाद देने के लिए उसके घर के इतने निकट आ रहे हैं...सुरेश बाबू के मकान पर...वह गुरु-दर्शन करके सदैव के लिए घर छोड़कर चला जाएगा।

नरेन्द्र ने भूमिष्ठ हो ठाकुर को प्रणाम किया।

ठाकुर ने उसे उठकर ढंग से बैठने भी नहीं दिया। उसकी बाँह पकड़कर बोले, "आज तुझे मेरे साथ दक्षिणेश्वर चलना होगा।"

नरेन्द्र निष्क्रिय-सा बैठा रह गया...उसकी योजना में यह तो कहीं था ही नहीं।...अब यदि

वह ठाकुर के साथ दक्षिणेश्वर चला गया तो उसकी सारी योजना ध्वस्त हो जाएगी।···आज तो वह नहीं ही जा सकेगा···बहुत संभव है, ठाकुर उसे रात को रुकने के लिए भी कहें।···नरेन्द्र के मन में फिर से मोह उत्पन्न हो गया तो···

''आज नहीं जा पाऊँगा महाराज।'' वह अपने भीतर के आवेग को रोककर बोला।

''क्यों? क्यों नहीं जा पाएगा भला?''

''आज किन्हीं कारणों से घर पर रहना आवश्यक है।'' नरेन्द्र ने बहाना सोचना आरंभ किया।

''ऐसे क्या कारण हैं रे?'' ठाकुर हँसे, ''आज रात क्या तेरे घर में कोई सेंध लगने वाली है?''

''नहीं। कुछ लोग मुझसे मिलने आने वाले हैं।''

''तेरे भावी ससुराल से?'' ठाकुर हँस पड़े।

नरेन्द्र को समझते देर नहीं लगी कि ठाकुर जानते हैं कि वह उन्हें टाल रहा है। बोला, ''नहीं। ससुराल वाली तो कोई बात नहीं है। पर वे आएँगे और मैं नहीं मिलूँगा, तो उन्हें निराशा होगी।''

''तू नहीं चलेगा तो मुझे निराशा नहीं होगी क्या?''

''पर दक्षिणेश्वर तो बहुत दूर है। जाने-आने में बहुत समय लग जाएगा,'' नरेन्द्र बोला, ''और माँ घर पर अकेली रह जाएँगी।'

''यह तो कोई ऐसी बात नहीं है, जिसका तेरे परिवार को अभ्यास न हो।''

''मुझे कुछ काम भी करना है।''

''कल कर लेना।''

''मुझे पास में ही एक व्यक्ति से मिलने भी जाना है।'' नरेन्द्र बोला, ''मैं शीघ्र ही आऊँगा।''

ठाकुर की मुद्रा स्पष्ट कह रही थी कि वे किसी प्रकार भी नहीं मानेंगे। नरेन्द्र के प्रत्येक बहाने को इसी प्रकार निरस्त करते जाएँगे। बोले, ''नहीं। तुझे आज ही चलना होगा। आज मैं तुझे किसी प्रकार नहीं छोड़ूगा।''

''अब आपके हठ के सामने किसी और की चलती है क्या।'' नरेन्द्र बोला, ''पर मैं जल्दी लौट आऊँगा।''

''हाँ, हाँ, जल्दी लौट आना।'' ठाकुर हँसे, ''पहले चलेगा या पहले लौटेगा?''

गाड़ी में ठाकुर और नरेन्द्र साथ-साथ बैठे थे, किंतु ठाकुर कुछ अधिक बातें करने की मुद्रा में नहीं थे। अधिकांशतः वे आत्मलीन ही रहे। कभी-कभी इधर-उधर की कोई साधारण-सी बात कर लेते थे।···नरेन्द्र को लग रहा था कि उनकी मुद्रा आज कुछ अधिक गंभीर थी। सामान्यतः यदि वे भावस्थ न हों तो उनकी मुद्रा एक अत्यंत निर्दोष बालक की-सी होती थी। वयस्क व्यक्ति की गंभीरता की मुद्रा उनकी सामान्यतः नहीं होती थी। आज वे काफी गंभीर लग रहे थे। कभी-कभी तो नरेन्द्र को लगता कि वे चिंतित और आशंकित हैं। पहले के समान नहीं, जो अबोध बालक के समान हाथ बढ़ाकर कहते थे, 'देख तो, मुझे कहीं कोई रोग तो नहीं हो गया है।'···आज तो वे वयस्क व्यक्ति के समान आशंकित थे, जिसका कोई खेल बिगड़ रहा हो, कोई योजना ध्वस्त हो रही हो···

दक्षिणेश्वर पहुँचकर भी कुछ अन्यमयनस्क-से रहे। नरेन्द्र अन्य बहुत सारे लोगों के साथ उनके कमरे में फर्श पर बैठ गया था। ठाकुर अपने तख्त पर बैठे हुए कुछ सोच रहे थे। उनके मुख से ईश्वर-चर्चा सुनने के लोभ में आए दर्शनार्थी निराश होने लगे थे। वे कोई चर्चा आरंभ ही

नहीं कर रहे थे। कुछ लोगों ने चर्चा आरंभ कराने के लिए प्रश्न पूछे भी तो ठाकुर 'हाँ', 'ना' में टाल गए या मौन ही रह गए।

सहसा ठाकुर को भावावेश हुआ। वे अपने स्थान से उठ खड़े हुए और डगमगाते पैरों से चले। लोगों ने मार्ग दिया, जाने ठाकुर कहाँ जाना चाहते हैं।...

वे नरेन्द्र के पास आए और वहीं बैठकर अत्यंत स्नेह से उन्होंने उसका हाथ पकड़ लिया। तभी उनकी आँखें डबडबा आईं। गालों पर अश्रु ढुलक पड़े और उन्होंने गाया :

"कथा कहिते डेराई,
न कहिते ओ डेराई
(आमार) मने सन्दहय
बुझि तोमाय हाराई, हा-राई।"

नरेन्द्र के मन में सब कुछ स्पष्ट हो गया : ठाकुर जान गए थे कि वह गृह-त्याग कर रहा है। उन्हें उसके संकल्प का राई-रत्ती ज्ञान था। तभी तो वे ठीक उसी दिन सुरेश बाबू के घर जाकर उसे यहाँ पकड़ लाए थे।...नरेन्द्र को खोने की ही उन्हें चिंता और आशंका थी।...अब कैसे विह्वल होकर यहाँ बैठे रो रहे हैं...'बुझि तोमाय हाराई, हा-राई।'...इतना निःस्वार्थ प्रेम और किसे है नरेन्द्र से? किसे इतनी चिंता है उसकी?...

नरेन्द्र से अपने मन का वेग सँभाला नहीं गया। उसकी आँखों से भी अश्रु टप-टप गिरने लगे थे।...किंतु उसके मन में कोई द्वंद्व नहीं था, कोई संकोच नहीं था...इन आँसुओं को बहाने में कितना आनंद था...!

कमरे में बैठे परिचित और अपरिचित लोग अवाक् थे। क्या हो गया ठाकुर को? और नरेन्द्र को? भावस्थ होकर ठाकुर भगवान् के लिए बहुधा रोया करते थे।...किंतु आज तो वे नरेन्द्र को पकड़े हुए रो रहे थे, और नरेन्द्र भी अश्रु बहा रहा था...

वे प्रकृतिस्थ हुए तो भवनाथ ने चकित होकर पूछा, "क्या हुआ महाराज?"

"कुछ नहीं रे।" आँसू पोंछकर ठाकुर निर्दोष भाव से हँस पड़े, "हम दोनों के मध्य, वैसा ही कुछ हो गया था।"

अंधकार हो गया था। एक-एक कर लोग चले गए। नरेन्द्र अभी असमंजस में बैठा था कि उसे क्या करना है...आज का दिन उसने गृह-त्याग के लिए निश्चित किया था। किंतु गृह-त्याग कर दक्षिणेश्वर में रहना तो उसके लिए संभव नहीं था।...तो फिर...उसके संकल्प का क्या होगा?...

"इधर तो आ रे।" ठाकुर ने उसे अपने पास बुलाया।

नरेन्द्र ठाकुर के निकट पहुँचा।

"तू गृह-त्याग का संकल्प कर चुका है?"

नरेन्द्र ने सिर झुका दिया, कुछ कहा नहीं।

"तेरी माता और भाइयों का पालन कौन करेगा?"

नरेन्द्र इसी प्रश्न से डर रहा था। उसका अपना मन भी बार-बार उससे यही प्रश्न कर रहा था।...

"महाराज! मैंने यह अहंकार त्याग दिया है कि उनका पालन-कर्ता मैं हूँ।" नरेन्द्र धीरे से बोला, "जो संसार का पालन करता है, वही उनका पालन भी करेगा।"

"किंतु यह दायित्व तो तुझे सौंपा गया है।" ठाकुर बोले, "तू उससे भाग रहा है?"

"यह दायित्व मुझे सौंपा गया होता, तो उसके साधन भी मुझे दिए गए होते।" नरेन्द्र का स्वर अब भी धीमा और एकसार था, "मेरे पास कोई साधन नहीं है। प्रयत्न करने पर भी मैं उनके लिए कुछ नहीं कर सका हूँ।···इसका अर्थ क्या यह नहीं है कि भगवान् यह काम मेरे हाथों नहीं करवाना चाहता?"

ठाकुर क्षण-भर मौन रहे और फिर उन्होंने पहले के ही समान स्नेह से उसका हाथ पकड़ लिया।

"जानता हूँ, तू माँ के काम के लिए संसार में आया है। संसार में तू कभी नहीं रहेगा।" उनकी आँखें पुनः डबडबा आईं, "परन्तु जब तक मैं हूँ, तक तक मेरे लिए रह।"

ठाकुर पुनः अत्यंत विह्वल हो उठे थे। उनका स्वर भी भर्रा आया था, और आँखों से अश्रुओं की धारा भी बह चली थी। वे कातर नयनों से नरेन्द्र की ओर आग्रहपूर्वक देख रहे थे, जैसे कह रहे हों, 'मुझे वचन दे। बोल। वचन दे।'

नरेन्द्र कुछ क्षणों तक स्थिर-सा ठाकुर को देखता रहा और जब उसके भी आँसू न रुक सके तो उसने स्वीकृति में सिर हिला दिया।

56

ठाकुर को दिए गए वचन के अनुसार नरेन्द्र ने गृह-त्याग का विचार छोड़ दिया; किंतु संसार का होकर रहना उसके लिए बहुत कठिन हो गया था। अपने घर की आर्थिक स्थिति उसके सामने थी। अपनी माँ और भाइयों की कठिनाइयाँ वह देख रहा था, किंतु वह यह भी देख रहा था, कि उसके मन में कभी-कभी अपने भावी जीवन का जो एक स्वप्न उभरा करता था, वह अब पूर्णतः नष्ट हो चुका था। अब उसे एक सुंदर पत्नी, विपुल धन-संपत्ति, नौकर-चाकर, यश, सम्मान तथा अधिकार लुभाते नहीं थे। धन कमाने के लिए अपना समय और श्रम बेचना जैसे अपमानजनक लगने लगा था।···धन तो उसे कमाना ही था, क्योंकि उसे अपने परिवार का पालन करना था, किंतु उसके प्रति तनिक भी ललक उसके मन में नही रह गई थी।

नरेन्द्र में एक परिवर्तन और आया था। वह यथासंभव अपनी माँ के सम्मुख भगवान् का नाम नहीं लेता था।···वह समझ रहा था कि उसकी माँ नास्तिक नहीं है। वह यह भी समझता था कि उस दिन माँ ने जो कुछ भी कहा था, वह अपनी पीड़ा के हाथों बाध्य होकर, प्रबल आवेग में ही कहा था···फिर भी उसके मन में यह धारणा बन गई थी कि अपनी पीड़ा और दुःख के इन दिनों में शायद माँ को भगवान् का गुणगान अच्छा नहीं लगेगा।···सुख में मनुष्य ईश्वर को स्मरण करता है तो उसकी प्रशंसा करता है।···यह उसका लोभ होता है। उसके मन में कहीं यह आशा होती है कि भगवान् उसे और धन देगा।···अनिष्ट होने की आशंका से वह जब उसे स्मरण करता है, तो उसके मन में भय होता है।···वह चाहता है कि भगवान् उस पर दया कर किसी भी प्रकार उस पर आए संकट को टाल दे और संभावित क्षति से वह किसी भी प्रकार बच जाए।···दुःख के दिनों में वह भगवान् को विरोध-भाव से, उसे कोसने के लिए याद करता है। वह अपने मन का आक्रोश प्रकट करता है, उपालंभ देता है, भगवान् को उसकी भल बताकर उसकी करुणा जगाता

है···किंतु अपने प्रेम के कारण उसे याद करना, इन तीनों से ही भिन्न है।···नरेन्द्र तो अपने प्रेम के कारण उसका ध्यान करना चाहता है।

महेन्द्र गुप्त मिलने के लिए आया तो नरेन्द्र को लगा, जैसे सीलन-भरी बंद कोठरी में ताजी हवा का झोंका आया है। उसे और भी अच्छा लगा, जब महेन्द्र गुप्त ने बताया कि ठाकुर उसे याद कर रहे थे···

"मुझे!" नरेन्द्र बोला, "क्या कह रहे थे?"

"हाजरा ने बताया कि तुम फिर किसी मुकदमे में पड़ गए हो···।" महेन्द्र गुप्त ने उसकी ओर देखा, "कोई नया मुकदमा है क्या?"

"नया नहीं है।" नरेन्द्र ने उत्तर दिया, "है तो वही पुराना ही। मकान वाला मुकदमा। वह तो बाबा के समय से ही चल रहा है, हाजरा को अब मालूम हुआ होगा।" नरेन्द्र ने उसकी ओर देखा, "ठाकुर क्या कह रहे थे?"

"ठाकुर ने कहा, 'शक्ति को, जगदंबा को नहीं मानता। देह धारण करके शक्ति को मानना चाहिए।' हाजरा ने बताया, 'नरेन्द्र कहता है, मैं मानूँगा, तो फिर सभी लोग मानने लेंगे, इसीलिए मैं नहीं मान सकता।' ठाकुर ने कहा, 'किंतु शक्ति को अस्वीकार करने में उसका इस सीमा तक जाना अच्छा नहीं। अब तो शक्ति के ही अधिकार-क्षेत्र में आया है। जज साहब भी जब गवाही देते हैं, तो अपने आसन से उठकर उन्हें गवाह के कटघरे में खड़ा होना पड़ता है।' फिर उन्होंने मुझसे पूछा, 'क्या तुमसे नरेन्द्र की भेंट नहीं हुई?' मैंने बताया कि इधर नहीं हुई है, तो बोले, 'एक बार मिलना और गाड़ी में बैठकर यहाँ ले आना।' "

नरेन्द्र का मन कुछ उदास हो गया : ठाकुर उसे कितना याद करते हैं···इच्छा होती है कि एक बार सारे बंधन तोड़-ताड़कर, बस, उनके चरणों में ही जा रहे।···किंतु अपने परिवार की यह बाधा···ठाकुर कहते हैं कि जगदंबा का इतना विरोध अच्छा नहीं।···किंतु विरोध है क्या? वह अपने मन को टटोलता है तो उसे कहीं विरोध दिखाई नहीं देता।···माँ से कैसा विरोध?···बस, वह उनके संपर्क में नहीं आया, वह उन्हें जानता नहीं।···प्रतिमा के रूप में बचपन में उसने भगवान् की बहुत पूजा की है, किंतु बड़े होने पर उसकी बुद्धि मनुष्य के द्वारा मिट्टी की बनाई हुई मूर्ति को यदि भगवान् का गौरव देने को तैयार नहीं, तो उसमें जगदंबा का विरोध कहाँ है?···

"आज दक्षिणेश्वर चलोगे?" महेन्द्र गुप्त ने पूछा।

"नहीं। आज नहीं।" नरेन्द्र बोला, "मुझे आज बैरिस्टर के पास जाना है, मुकदमे की अगली तारीख के लिए।"

महेन्द्र गुप्त मौन हो गया : यह तो नरेन्द्र की दुखती रग थी, पता नहीं, इस विषय में कुछ पूछना अच्छा भी लगेगा या नहीं। किंतु जब उससे रहा नहीं गया तो बोला, "इस आर्थिक स्थिति में तुम मुकदमा कैसे लड़ रहे हो?"

नरेन्द्र के अधरों पर एक अवसन्न मुस्कान आई, "बैरिस्टर मेरे बाबा के मित्र हैं। वे हमारी सहायता कर रहे हैं।···और कुछ घर का सामान बिक रहा है···।"

महेन्द्र गुप्त ने पूछ तो लिया था, किंतु अब जैसे इस विषय से भाग जाना चाहता था। बोला, "ठाकुर शनिवार को अधरचंद्र सेन के घर आ रहे हैं। वहीं आ जाओ।"

'शनिवार को!" नरेन्द्र ने जैसे कुछ हिसाब किया, "ठीक है, शनिवार को आने का प्रयत्न करूँगा···शनिवार अर्थात् 6 सितंबर।"

"हाँ! 6 सितंबर 1884 ।" महेन्द्र गुप्त उठते हुए हँसा, "तिथि के साथ सन्-संवत् भी तो बोला करो।"

शनिवार को अधरचंद्र सेन के घर पहुँचकर नरेन्द्र ने देखा कि वहाँ तो पूरा जमघट लगा था। महेन्द्र गुप्त के साथ ही भवनाथ, चुन्नीलाल और हाजरा इत्यादि लोग बैठे थे।

ठाकुर ने उसका अत्यंत स्नेहपूर्वक स्वागत किया। यह प्रणाम कर उनके निकट बैठा तो बोले, "बहुत दिनों से तुम्हारा गायन नहीं सुना। आज कुछ अच्छे गीत सुना।"

"आपको क्या कमी है," नरेन्द्र हँसा, "आपके आसपास तो गायक ही गायक हैं।"

"संसार में गायक तो बहुत हैं," ठाकुर बोले, "पर किसी के पास कला है तो स्वर नहीं है, किसी के पास स्वर है तो भक्ति नहीं है। तू गा।"

नरेन्द्र को भी लगा कि जैसे एक लंबे अंतराल के पश्चात् वह अपने समाज में लौटा है और ठीक मनःस्थिति में है। ईशान के घर गाना आरंभ किया था, तो ठाकुर वह स्थान छोड़कर ही चले गए थे…आज वैसा नहीं होना चाहिए। आज वह भगवान् के लिए ही गाएगा। संभव हुआ तो एक-आध गीत जगदंबा के लिए भी गाएगा…शायद ठाकुर की शिकायत दूर हो सके…

नरेन्द्र के गायन की बात सुनकर सब ओर भगदड़ मच गई, जैसे किसी बहुत बड़े आयोजन के लिए प्रबंध हो रहा हो।…नरेन्द्र मन-ही-मन हँसा…दो-चार वाद्य-यंत्रों को लाने के लिए इतना बंदोबस्त!…

नरेन्द्र ने तानपूरा हाथ में लिया। उसे बाँधने का प्रयत्न किया तो उसका तार ही टूट गया।

"अरे, यह क्या किया?" ठाकुर ने उसे चिढ़ाया।

नरेन्द्र ने कोई उत्तर नहीं दिया और अपना तबला ठीक करने लगा।…किंतु पिछली बात का उत्तर न मिलने पर ठाकुर हतोत्साहित नहीं हुए थे। फिर से बोले, "अरे, धीरे कर, धीरे। तू तबला ठोक रहा है और मुझे लग रहा है कोई मेरी कनपटी पर चपत मार रहा है।"

नरेन्द्र मुस्कराकर रह गया। वह ठाकुर की छेड़छाड़ को समझ रहा था। ठाकुर प्रसन्न थे। नरेन्द्र से बातें भी करना चाहते थे। उसे उकसा रहे थे…

"नरेन! कीर्तन होगा या…" भवनाथ ने पूछा।

"क्यों, कीर्तन क्यों? कीर्तन में ऐसा कौन-सा गुण है?" नरेन्द्र बोला।

"लोग उसे पसंद करते हैं।" भवनाथ ने उत्तर दिया।

"उसमें कोई ताल-वाल तो होता नहीं, इसीलिए लोकप्रिय है।" नरेन्द्र बोला, "नियम-कानून न हो तो लोगों का काम सरल हो जाता है।"

"फिर मूर्खता की बात।" ठाकुर बोले, "लोग उसे पसंद करते हैं, क्योंकि वह कोमल और मधुर है। उसमें करुणा का सामंजस्य है।"

नरेन्द्र पुनः मुस्कराया : ठाकुर ने फिर से उसका विरोध किया था, ताकि वह भड़क उठे…किंतु इस समय वह किसी विवाद में पड़ना नहीं चाहता था। वह तो गाने की मुद्रा में था। जानता था कि एक बार गाने लगेगा तो ठाकुर उसके संगीत में बह जाएँगे, तब उनकी ये टिप्पणियाँ नहीं होंगी।…

उसने गाया—

"हे दीन बंधु! कितना मधुर तुम्हारा नाम।
अमृत की बूँदों-सा टपके कानों पर अविराम
कर्म-बंदी, तापित मन को दे अपूर्व विश्राम।"

गीत पूरा होते-होते नरेन्द्र जैसे अपने वेग में आ गया था। उसने दूसरा गीत आरंभ किया, "क्या मेरे दिन व्यर्थ ही चले जाएँगे?"

ठाकुर ने अपने निकट बैठे हाजरा के कान में टिप्पणी की, "इसने पहली भेंट के समय भी यही गाना गाया था।"

नरेन्द्र ने देख लिया था। निमिष-भर के लिए उसे लगा कि वह ठाकुर को तन्मय नहीं कर पा रहा है···किंतु फिर मन में आया कि प्रसन्न मुद्रा में बैठे तो हैं। ईशान के घर तो उठकर ही चले गए थे।

नरेन्द्र ने दो-एक गीत और गाए और उठ गया। वह देख रहा था कि अन्य गायक भी उपस्थित थे और कीर्तन-मंडली भी आई बैठी थी। शायद अधिक लोग उसकी प्रतीक्षा कर रहे थे।···उसका अनुमान ठीक ही निकला। उसके पश्चात् वैष्णवचरण ने एक गीत गाया और कीर्तन आरंभ हो गया।

कदाचित् ठाकुर का मन भी कीर्तन में ही रमने को व्याकुल था। कीर्तन आरंभ ही हुआ था कि वे प्रेमोन्मत्त हो गए और अपने स्थान से उठकर नृत्य करने लगे।···यह नृत्य जैसे अन्य लोगों के लिए संकेत था। नरेन्द्र और भवनाथ भी उठ खड़े हुए। अनेक और लोग भी आ जुटे और ठाकुर के साथ नृत्य करने लगे···

'बौद्धिक विवादों और बड़े-बड़े सिद्धांतों के विश्लेषण में भी बहुत रस था'···नरेन्द्र सोच रहा था, किंतु इस प्रेमोन्माद में जो रस-धारा बहती है, वह उनमें कहाँ।'···उसका मन गरमी के ताप से परेशान बालक के समान जैसे धारासार वर्षा में नहा रहा था···

ठाकुर की गति धीमी हुई और उन्होंने आसन ग्रहण कर लिया, किंतु उनका भावावेश अभी पूर्णतः समाप्त नहीं हुआ था। उसी अवस्था में धीरे से नरेन्द्र से बोले, "वही गाना गा, 'माँ मुझे पागल कर दे।' "

ठाकुर उसे जगदंबा का गीत गाने के लिए कह रहे थे। नरेन्द्र ने तत्काल गाया—

"ओ माँ! मुझे अपने प्रेम में पागल कर दे।
इस तर्क और ज्ञान का क्या करना है।"

नरेन्द्र ने दूसरा गीत आरंभ कर दिया—

"चिदानन्द सिंधु में प्रेमानन्द की तरंगें उठ रही हैं।
वह महाभाव है। उस रासलीला की माधुरी का मैं
क्या वर्णन करूँ। महायोग में सब कुछ एकाकार हो गया।
देश-काल की सीमा, भेदाभेद, सब दूर हो गए।
अब आनंद में मस्त होकर बाहुओं को उठा, मेरे मन।
उसके नाम का कीर्तन कर।"

नरेन्द्र ने पुनः उनकी ओर देखा : जैसे आज उनकी तृप्ति करके ही उठेगा।

ठाकुर बोले, "और वह चिदाकाश' वाला?···नहीं। रहने दे। वह बड़ा लंबा है न। अच्छा धीरे-धीरे सही।···"

नरेन्द्र ने गाया, "विवेक के सागर में प्रेम का पूर्ण चंद्र उदित हो रहा है। प्रेम का ज्वार,

उत्ताल तरंगों के रूप में आगे बढ़ रहा है। हे प्रभु! तुम आनंद-धाम हो। तुम्हारी जय हो प्रभु। जय हो।"

आवेश कुछ मंद पड़ा तो सब विश्राम की मुद्रा में बैठ गए। नरेन्द्र ने धीरे से ठाकुर को कहा, "आप जरा वह गाना गाएँगे?"

ठाकुर ने बिना यह जाने हुए कि नरेन्द्र कौन-सा गाना कह रहा है, कहा, "मेरा गला बैठा हुआ है।"

नरेन्द्र चुप रह गया। वैसे उसे स्वयं ही सोचना चाहिए था कि अब तक ठाकुर काफी थक चुके होंगे। वह तो अनुरोध करने-कराने की झोंक में ही कह गया था...

तभी ठाकुर उसकी ओर मुड़े, "कौन-सा गाना कह रहे थे तुम?"

नरेन्द्र का मन भीतर-ही-भीतर कहीं मुग्ध-सा ठिठका खड़ा रह गया।...ठाकुर ने उसे मना कर तो दिया था, किंतु उससे अशांत हो गए होंगे।...अब वह अपना अनुरोध लौटा लेगा, तो भी वे व्याकुल ही रहेंगे।

"वह, 'गौर, जिसका सौंदर्य संसार का सुख है।' " नरेन्द्र ने कहा।

ठाकुर ने एक क्षण भी रुके बिना गाना आरंभ किया :

"गौर को नदिया में कौन लाया,
गौर, जिसका सौंदर्य संसार का सुख है।
केशों के कुंडलों से ढँका है उनका मुखचंद्र
मेघों में चपला-सा चमकता है।..."

यह गीत समाप्त कर ठाकुर ने गोपी की विरह-वेदना का एक और गीत आरंभ कर दिया—

"हे सखि! मुझे कान्हा नहीं मिला।
मेरे तो घर का सारा उल्लास चला गया..."

संगीत का कार्यक्रम समाप्त हो गया। ठाकुर अपने स्थान पर बैठ गए। नरेन्द्र तथा भवनाथ इत्यादि भी उनके निकट ही बैठे थे।

ठाकुर का मन जैसे पूर्णतः तृप्त था। ऐसा समारोह तो कभी-कभी ही होता था।

"क्या हाजरा ने भी नृत्य किया?" ठाकुर ने मुस्कराकर पूछा।

नरेन्द्र समझ गया कि ठाकुर सघन भक्ति के धरातल से अब हलकी चुहल के स्तर पर आ गए हैं। हाजरा तो सबके ही मनोरंजन का माध्यम था।

"हाँ! थोड़ा-सा।" नरेन्द्र ने उत्तर दिया।

"थोड़ा-सा?" ठाकुर जैसे समझ नहीं पाए।

"हाँ! और थोड़ा-सा उसकी तोंद भी नाची।" नरेन्द्र बोला।

हाजरा ने सुना, किंतु वह क्या उत्तर देता। न तो वह उनके परिहास में सम्मिलित होना चाहता था और न उनके परिहास को इस प्रकार स्वीकार कर सकता था। बात टालने के लिए बोला, "पंडित शशधर जिनके घर ठहरे हैं, वे आपको अपने घर पर आमंत्रित करना चाहते हैं।"

"मैंने सुना है कि वह व्यक्ति भला आदमी नहीं है।" ठाकुर बोले, "वह तो लुच्चा है।"

"तभी आपने उस दिन उसका छुआ पानी नहीं पिया।" नरेन्द्र बोला, "पर आपको कैसे

मालूम हुआ कि वह लुच्चा है?'

ठाकुर हँसे, "हाजरा एक घटना जानता है। वह उस देश में–सिहोड़ में–हृदय के घर में हुई थी।"

"हाँ। वह एक वैष्णव था। मेरे साथ तुम्हारे दर्शन करने आया था।" हाजरा बोला, "वह आकर ज्यों ही बैठा, तुम उसकी ओर पीठ फेरकर बैठ गए।"

"हाँ। बाद में पता चला–व्याभिचारी था।" ठाकुर ने नरेन्द्र की ओर देखा, "तुम कहा करते थे न कि ये सब मेरे अपने मन के विभ्रम हैं।"

"तब मुझे क्या पता था।" नरेन्द्र बोला, "अब पता चला कि आपकी धारणा सदा ही सत्य होती है।"

तभी अधर ने आकर उन्हें भोजन के लिए पधारने का अनुरोध किया। सब लोग भोजन के लिए उठे। किंतु महेन्द्र मुखर्जी तथा उसके भाई प्रियनाथ मुखर्जी ने विदा के लिए हाथ जोड़े, "अच्छा, हम चलें।"

"क्या?" ठाकुर ने चकित होकर पूछा, "तुम लोग भोजन नहीं करोगे?"

"नहीं। हमें तो क्षमा करें।" दोनों ने अत्यंत विनीत भाव से कहा।

"पर क्यों?" ठाकुर बोले, "तुम लोग शेष तो सब कुछ कर रहे हो। तो फिर भोजन करने में ही यह संकोच कैसा?"

ठाकुर उनसे उनके संकोच के विषय में पूछ रहे थे; किंतु वे जानते थे कि मुखर्जी बंधु अपनी उच्च जाति के कारण अधर के घर भोजन करने से संकोच कर रहे थे। अधर जाति का स्वर्ण वणिक था। उनके उत्तर से पहले ही बोले, "एक स्त्री के जेठों के नाम हरि और कृष्ण थे। उसे हरि-नाम तो लेना ही था, किंतु 'हरे कृष्ण' कहने से जेठों के नामोच्चारण का दोष लगता था, अतः बोली, "फरे फृष्ट, फरे फृष्ट, फृष्ट-फृष्ट फरे-फरे।' समझे?" ठाकुर ने उनकी ओर देखा, "मैं तो अधर के घर भोजन करूँगा और मेरे साथ मेरा यह शिष्य समुदाय भी।"

मुखर्जी बंधु भौचक रह गए। ठाकुर जैसा श्रेष्ठ ब्राह्मण और सिद्ध पुरुष जिसके घर भोजन कर रहा था–उसकी जाति पूछने का अर्थ? उन्होंने यह भी सुन लिया था कि ठाकुर दुश्चरित्र व्यक्ति का छुआ भी नहीं खाते थे, चाहे वह कितनी ही उच्च जाति का क्यों न हो।···

"जाति बड़ी है या चरित्र?" नरेन्द्र ने उनसे पूछा।

"आओ, हम भी खा ही लेते हैं।"प्रियनाथ उनके साथ चल पड़ा।

"कल रविवार है। दक्षिणेश्वर में कीर्तन है।" ठाकुर बोले, "नरेन्द्र, भवनाथ। तुम लोग आना। स्नान-भोजन भी वहीं करना।"

"प्रयत्न करूँगा।" नरेन्द्र बोला।

किंतु अगले दिन नरेन्द्र दक्षिणेश्वर नहीं पहुँच सका। उसे दक्षिणेश्वर पहुँचने में एक पूरा सप्ताह और लग गया। घर के झंझट इतने अधिक थे कि सप्ताह-भर का कुछ पता ही नहीं चला।···वह लगातार अनुभव कर रहा था कि उसकी स्थिति लगभग वैसी ही थी, जैसी पानी के जंतु को हवा में, या हवा के जंतु को पानी में छोड़ने से होती है। वह इस संसार का व्यक्ति नहीं था।···उसे अपने स्वार्थ के लिए दूसरों से लड़ना अपमानजनक लगता था।···जिन पदार्थों के लिए इतनी आपाधापी मची हुई थी, उनको प्राप्त करने के लिए इस प्रकार एक-दूसरे का गला काटना, उसे कूड़े के ढेर पर पड़े मल को प्राप्त करने के लिए कुत्तों अथवा सूअरों की लड़ाई के समान लगता था। पशु

के पास तो बुद्धि नहीं थी, ज्ञान नहीं था, सामर्थ्य नहीं था, इसलिए अपनी प्रवृत्ति से बाध्य होकर वे उस प्रकार का व्यवहार करते थे, किंतु मनुष्य तो विवेकी और ज्ञानी था, फिर भी उसके व्यवहार में काम-क्रोध, लोभ-मोह, मद-मात्सर्य, घृणा-द्वेष, भय-त्रास तथा हिंसा और अहंकार का साम्राज्य क्यों था?...और दक्षिणेश्वर में कैसी सात्विकता थी...इस भव-आतप में ठाकुर एक विशाल वटवृक्ष के समान थे। वहाँ केवल करुणा थी, प्रेम था, त्याग था, शांति थी तथा ज्ञान और भक्ति का प्रामुख्य था...

नरेन्द्र प्रातः ही दक्षिणेश्वर में आ गया था। भवनाथ भी आया हुआ था। मुखर्जी बंधु, महेन्द्र गुप्त तथा अधरचंद्र सेन भी थे। कुछ अन्य भक्त और संगीतकार भी आए हुए थे। भवनाथ ने उसे बताया कि ठाकुर उसे पहले से ही स्मरण कर रहे थे। पिछले रविवार को वह आ नहीं पाया था, किंतु ठाकुर ने जैसे ईशान से कहा था, वैसे ही अधरचंद्र सेन से भी उसके लिए नौकरी खोजने के लिए कह रहे थे।

"तो अधर ने क्या कहा?" नरेन्द्र ने जिज्ञासा की।

"अधर पूछ रहा था कि क्या नरेन्द्र सौ रुपयों की नौकरी करेगा? तो ठाकुर ने कहा, "अवश्य करेगा। उसे अपने परिवार का पालन करना है।" भवनाथ ने बताया।

"ठाकुर को भी मेरे कारण किस-किससे प्रार्थना करनी पड़ती है।" नरेन्द्र बोला, "उन्होंने अपने लिए तो कभी किसी से कुछ माँगा नहीं, अब मेरे लिए जिस-तिस से प्रार्थना कर रहे हैं।"

वे लोग ठाकुर के कमरे में आए। ठाकुर के पास सदा के समान जमघट था। भूमिष्ठ हो प्रणाम कर नरेन्द्र बैठ गया।

'तुम्हारी पढ़ाई का क्या हाल है?" ठाकुर हँस रहे थे।

"कानून की पढ़ाई?" नरेन्द्र बोला, "चल रही है।"

"ईश्वर और उसकी भक्ति को भुलाकर अपराधों और अपराधियों के विषय में ज्ञान बढ़ा रहा है।" ठाकुर पुनः हँसे।

नरेन्द्र ने उनकी ओर देखा : ठाकुर उसकी इस शिक्षा से प्रसन्न नहीं थे? प्रसन्न होते भी कैसे। वह लोक ही और है। ठीक कह रहे हैं वे कि वह अपराधों और अपराधियों के विषय में अपना ज्ञान बढ़ा रहा है।...क्या मिलेगा उससे? धन। और उस धन के लिए वह आजीवन चोर, पुलिस, मजिस्ट्रेट और कचहरी के संसार का बंदी हो जाएगा।...वह भी समझता है इस बात को।...पता नहीं वकील बनकर वह किसी को न्याय दिला पाएगा या लोगों को दंडित ही करवाता रहेगा।...उसके पिता की महत्त्वाकांक्षा थी यह, कि वह विलायत जाकर कानून पढ़े और बैरिस्टर बनकर लौटे...उन्होंने सदा जीवन इसी सिद्धांत पर व्यतीत किया था कि खूब कमाओ, खूब खर्च करो, उदारतापूर्वक दान दो और कष्ट में पड़े लोगों की सहायता करो...पता नहीं यह कैसे विचित्र संयोग है...संन्यासी के पुत्र होकर भी उनकी सांसारिक भोग में इतनी आसक्ति थी, और उनका पुत्र होकर भी नरेन्द्र को भोग विष-सा लगता है...दो संन्यासियों के मध्य वह संसारी जीवन कैसे आ गया था?...

"क्यों जी! यह अकस्मात् ज्ञानोदय कैसे हो गया?"

ठाकुर का स्वर सुनकर उसने दृष्टि उठाकर देखा : ज्ञान बाबू आए थे। कुछ पढ़े-लिखे थे और सरकारी नौकरी करते थे। ठाकुर उनके नाम को लेकर शब्द-क्रीड़ा कर रहे थे।

"जी, बड़े भाग्य से ज्ञानोदय होता है।" ज्ञान बाबू ने परिहास को आगे बढ़ाया।

"तुम ज्ञानी होकर भी अज्ञानी क्यों हो?" ठाकुर वहीं तक रुके नहीं। "हाँ! मैं समझा, जहाँ

ज्ञान है, वहीं अज्ञान है। वसिष्ठ देव इतने ज्ञानी थे, परंतु लड़कों के शोक से वे भी रोए थे। अतएव, तुम ज्ञान और अज्ञान के पार हो जाओ। पैरों में अज्ञान का काँटा चुभ गया है, उसे निकालने के लिए ज्ञान रूपी शूल की आवश्यकता है। निकल जाने पर दोनों चीजें फेंक देना।'' ठाकुर क्षण-भर रुककर बोले, ''ज्ञान कहता है, यह संसार धोखे की टट्टी है, और जो ज्ञान एवं अज्ञान से पार चले गए हैं, वे कहते हैं, यह आनंद की कुटिया है। वे देखते हैं कि ईश्वर ने ही जीव, जगत् और चौबीसों तत्त्वों का रूप धारण किया है। उन्हें पा लेने पर फिर संसार में रहा जा सकता है। तब आदमी निर्लिप्त हो सकता है।'' ठाकुर अपनी तरंग में आ गए थे, ''उस देश में बढ़ई की औरतों को मैंने देखा है, ढेंकी में चूड़ा कूटती हैं। एक हाथ से धान चलाती हैं, दूसरे से बच्चे को दूध पिलाती हैं। साथ ही ग्राहकों से बातचीत भी करती चलती हैं। कहती हैं, 'तुम पर दो आने उधार हैं, दे जाना।' परंतु उनका बारह आना मन हाथ पर रहता है कि कहीं ढेंकी न गिर जाए। बारह आना ईश्वर पर रखकर चार आने काम करना चाहिए।''

मुखर्जी मुँह बाए ठाकुर को देखता रहा। वह ठाकुर के ज्ञान और साधना से जैसे स्तंभित हो गया था। कितना अच्छा होता कि वह भी अन्य लोगों के समान ठाकुर के पास पहले आया होता। जो पहले आए, उन्होंने तो अब तक कितना ही ज्ञान-लाभ कर लिया होगा।...

''आपने तो इनसे बहुत-कुछ सीखा होगा।'' उसने अपने निकट बैठे हाजरा से कहा।

हाजरा के कुछ कहने से पहले ही ठाकुर बोले, ''नहीं। ये तो बचपन से ही ज्ञानी हैं।''

स्पष्टतः ठाकुर ने मुखर्जी की बात सुन ली थी।

ठाकुर अपने कमरे में बैठे थे। दोपहर के भोजन के पश्चात् विश्राम कर वे अभी उठे ही थे।

बाहर बरामदे में से नरेन्द्र का स्वर आ रहा था। आज फिर से उसका स्वर अत्यंत सहज और ओजस्वी हो गया था। वह हाजरा के साथ किसी बात पर तर्क कर रहा था। हाजरा के प्रति उसके व्यवहार में अब काफी अंतर आ गया था। पहले वह उसका समर्थन कर ठाकुर की किसी-न-किसी बात का परिहास किया करता था, किंतु अब वह हाजरा का समर्थन कम करता है, उससे उलझता ज्यादा है। अभी भी वह समझाने के बहाने हाजरा को डाँट पिला रहा था।...

''खूब बातूनी है यह नरेन्द्र।'' ठाकुर ने महेन्द्र गुप्त की ओर देखा। उनकी वाणी में उस पिता का गर्व था, जिसका पुत्र युवा हो गया हो तथा समर्थ हो, ''बस! इस समय घर की चिंता में पड़ कुछ ढीला पड़ गया है।''

''जी, हाँ।'' महेन्द्र गुप्त ने अपनी सहमति प्रकट कर दी।

''एक बार नरेन्द्र ने कहा था न कि वह विपत्ति को अपना सौभाग्य समझेगा। है न?'' ठाकुर ने कहा।

''जी, हाँ। कहा तो था।'' महेन्द्र गुप्त बोला, ''अद्भुत मनोबल है उसमें।''

''कम क्या है।'' ठाकुर के कुछ कहने से पहले बड़े काली ने जोड़ दिया।

''जाओ, उसे भीतर बुला लाओ।'' ठाकुर स्निग्ध भाव से बोले, ''हाजरा से सिर मारने से तो अच्छा है कि यहाँ आकर कुछ गाए।''

महेन्द्र गुप्त, नरेन्द्र को बुलाने के लिए चला गया और ठाकुर उठकर अपने आसन पर बैठ गए। वे चर्चा के लिए तैयार थे।

''महाराज! उपाय क्या है?''

ठाकुर ने प्रश्नकर्ता की ओर देखा : यह कोई साधक था, जिसके विषय में उन्हें बताया गया था कि वह कोन्नगर से उनके दर्शन करने आया था।

"गुरु पर विश्वास करो। उनके आदेश के अनुसार चलने पर ईश्वर के दर्शन हो सकते हैं।" ठाकुर बोले, "डोर यदि ठिकाने से बँधी हो, तो उसे पकड़कर चलने से पते पर पहुँचा जा सकता है।"

"क्या उनके दर्शन होते हैं?" साधक ने पूछा।

"विषय-बुद्धि रहते वे नहीं मिलते। कामिनी और कांचन का लेशमात्र रहते उनके दर्शन नहीं हो सकते।" ठाकुर ने उत्तर दिया, "वे शुद्ध मन और शुद्ध बुद्धि से गोचर होते हैं···।"

"किंतु शास्त्र तो कहता है कि वे मन और बुद्धि से परे हैं।" साधक बोला, "यतो वाचो निवर्तन्ते अप्राप्य मनसा सह···।"

"साधना किए बिना शास्त्रों का अर्थ समझ में नहीं आता।" ठाकुर बोले, "पंडित जितने हैं, बस सर्राटे के साथ श्लोकों की आवृत्ति करते हैं, परंतु उससे क्या होता है? चाहे कितना ही 'भंग-भंग' चिल्लाओ, चाहे देह पर जितनी भी लगा लो। नशा लाने के लिए तो भंग पीनी ही चाहिए।" ठाकुर ने उस पर एक दृष्टि डाली, "दूध में मक्खन है। दूध में मक्खन है।" चिल्लाते रहने से क्या होता है? दूध जमाओ, दही बनाओ, मथो, तब मक्खन निकलेगा।"

"ये सब भी तो शास्त्र की बातें हैं।" साधक बोला, "मक्खन बनाना इत्यादि।"

"शास्त्र की बातें कहने या सुनने से क्या होता है।" ठाकुर बोले, "उसकी धारणा होनी चाहिए। पंचांग में लिखा है, वर्षा पूरी होगी, परंतु पंचांग दबाओ तो कहीं बूँद-भर भी पानी नहीं निकलता।"

"मक्खन निकालना बताते हैं," साधक ने जैसे ठाकुर पर प्रहार किया, "आपने निकाला है मक्खन?"

ठाकुर को नरेन्द्र की याद आ गई। उसने भी पहले ही दिन यह प्रश्न किया था, 'आपने ईश्वर को देखा है?'···किंतु नरेन्द्र का भाव कुछ और था, इस साधक का कुछ और। बोले, "मैंने क्या किया है और क्या नहीं किया—ये बातें रहने दो। वैसे भी ये बातें समझानी बहुत मुश्किल हैं। कोई यदि पूछे कि घी का स्वाद कैसा है तो कहना पड़ता है, जैसा है—वैसा ही है।" वे रुके, "यह सब समझना हो तो साधुओं का संग करना चाहिए। कौन-सी नाड़ी कफ की है, कौन-सी पित्त की और कौन-सी वायु की—यदि यह जानना हो तो वैद्य के साथ रहना चाहिए।"

"कुछ लोग दूसरों के साथ रहने में आपत्ति करते हैं।" साधक ने कहा।

"वह ज्ञान के बाद—ईश्वर-प्राप्ति के बाद की अवस्था है। पहले तो सत्संग चाहिए ही न।"

महेन्द्र गुप्त, नरेन्द्र को बुला लाया था। उसे बता दिया गया था कि ठाकुर गायन सुनना चाहते हैं।

"पखावज तो अभी तक कोई लाया ही नहीं।" नरेन्द्र बोला।

"महिमाचरण बाबू के पास है।" छोटे गोपाल ने कहा।

"नहीं। उसकी कोई चीज लाने की आवश्यकता नहीं।" ठाकुर ने मना कर दिया।

नरेन्द्र ने तानपूरे के साथ गाना आरंभ किया, "हे दीनबंधु! तुम्हारा नाम बड़ा ही मधुर है। उसमें अमृत की धारा बह रही है। हे प्राणों में रमण करने वाले! उससे मेरे श्रवण शीतल हो जाते हैं। जब कभी तुम्हारे नाम की सुधा कानों का स्पर्श करती है तो समस्त विषाद राशि का एक ही

क्षण में नाश हो जाता है। हे हृदय के स्वामी! चिदानन्दधन। तुम्हारे नामों को गाते हुए हृदय अमृतमय हो जाता है।''

गीत समाप्त होते-होते ठाकुर समाधिस्थ हो गए। समाधि के आरंभ में उनकी अंगुलियाँ, विशेषकर उनका अँगूठा काँप रहा था।···

नरेन्द्र ने दूसरा गीत आरंभ किया। ठाकुर अपने भावावेश में, तख्त से नीचे उतरकर नरेन्द्र के पास जमीन पर बैठ गए। नरेन्द्र गाता रहा। ठाकुर का आवेश कुछ कम हुआ तो उसने गीत समाप्त किया और तानपूरा यथास्थान रख दिया।

ठाकुर का भावावेश पूर्णतः समाप्त नहीं हुआ था। वे उसी रूप में कह रहे थे, ''यह भला कैसी बात है माँ! मक्खन निकालकर मुख के सामने रखो। न तालाब में चारा छोड़ेगा, न बंसी लेकर बैठेगा, बस, मछली पकड़कर उसके हाथ में रख दो। कैसा उत्पात है माँ! तर्क-विचार अब न सुनूँगा। कैसा उत्पात है। अब मैं फटकार दूँगा।'' उन्होंने नरेन्द्र की ओर देखा, ''वे वेद-विधि के पार हैं। क्या वेद, वेदांत और शास्त्रों को पढ़कर, कोई उन्हें प्राप्त कर सकता है? समझा? वेदों में तो आभास-मात्र है।''

नरेन्द्र ने पुनः तानपूरा उठाया और गाया, ''ओ माँ! मुझे अपने प्रेम में पागल कर दे। इस तर्क और ज्ञान का क्या करना है!···''

ठाकुर ने उसके स्वर में अपना स्वर मिलाया, ''ओ माँ! मुझे अपने प्रेम में पागल कर दे।''

तीसरा पहर ढल गया। अनेक लोग विदा हो गए थे। शेष जाने की तैयारी में थे।

ठाकुर उत्तर दिशा के बरामदे में टहल रहे थे। उनके साथ-साथ हाजरा चल रहा था।

''नरेन्द्र चला गया क्या?'' ठाकुर ने पूछा।

''नहीं। उधर गंगा-तट पर बैठा है।'' हाजरा ने कहा।

''उसके साथ कौन है?''

''भवनाथ है।''

''कोई बात नहीं।'' ठाकुर बोले, ''आजकल भी गुहों के बड़े लड़के अन्नदा के पास जाता है क्या?''

''हाँ। जाता तो है।'' हाजरा बोला, ''पर मैंने तो सुना है कि गुहों का लड़का आजकल कठोर साधना कर रहा है। भोजन भी थोड़ा-सा ही करता है। चार दिनों के पश्चात् अन्न खाता है।''

''और उसी अन्नदा के पास जाने के लिए तुम लोगों ने नरेन्द्र को कलंकित किया था।'' ठाकुर ने जैसे उसे डपट दिया, ''कौन कहे, किस वेश में नारायण मिल जाएँ।'' सहसा वे पलटे, ''वहाँ गंगा-तट पर नरेन्द्र क्या कर रहा है?''

हाजरा ठाकुर की व्याकुलता समझ गया। वे खीझ रहे होंगे कि नरेन्द्र दक्षिणेश्वर में होते हुए भी उनसे दूर क्यों है।···

''वह आगुमनी गीत गा रहा है।''

ठाकुर ने चौंककर हाजरा की ओर देखा, ''नरेश आगुमनी गीत गा रहा है? जगदंबा के स्वागत का गीत?'' वे उत्फुल्ल हो उठे, ''इस लड़के का मानस बदल रहा है। माँ की उस पर कृपा हो रही है। नहीं तो यह ब्राह्म समाज के गीत छोड़कर और कोई गीत गाता ही नहीं था।'' वे रुके, ''जाओ! बुलाओ उसे।''

हाजरा चला गया और ठाकुर स्वयं नरेन्द्र से जल्दी मिलने की आतुरता में पश्चिम वाले गोल बरामदे तक आ गए। यहाँ गंगा के जल से धुली गीली हवा खुले रूप में आती थी। शरत् काल के कारण संध्या तक ऋतु वैसे भी कुछ ठंडी हो जाती थी। इसीलिए ठाकुर ने आज गेरुए रंग का फलालैन का कुर्ता पहन रखा था···

नरेन्द्र को देखते ही आतुरता से बोले, "तू माँ के आगमन का स्वागत-गीत गा रहा था?"

नरेन्द्र ने स्वीकृति में सिर हिला दिया।

गोल बरामदे से उतरकर ठाकुर गंगा के बाँध की ओर आए, "सुना। मुझे भी सुना। मैंने तो तेरे मुख से कभी जगदम्बा का गीत सुना ही नहीं।"

नरेन्द्र ने गाया :

"माँ, मुझे बताओ उस अपरिचित घर में तुम्हारे साथ कैसा व्यवहार हुआ।
लोग हमारी इतनी निंदा करते हैं। हाय मैं लज्जा से मर जाऊँगी।
मेरा जामाता अपने शरीर पर चिताओं की भस्म मलता है।
और प्रसन्न होकर घूमता है।
तुम भी उसके साथ अपनी सुनहरी त्वचा को राख से ढक लेती हो।
वह भिक्षा माँगकर भोजन करता है। तुम्हारी माँ होकर मैं यह कैसे सहन करूँगी।
इस बार जब वह तुम्हें लेने आएगा, मैं उससे कह दूँगी।
मेरी बेटी उमा घर पर नहीं है।···"

ठाकुर गीत सुनते-सुनते ही समाधिस्थ हो गए।

दिन अभी कुछ शेष था। सूर्य अस्त होने की स्थिति में था। ठाकुर अपने भाव में डूबे खड़े थे। गंगा उत्तर की ओर बह रही थी। थोड़ी देर पहले ही ज्वार आना शुरू हुआ था। पीछे फुलवारी थी, दाहिनी ओर नौबतखाना और पंचवटी दिखाई दे रहे थे।

नरेन्द्र अब भी गा रहा था। ठाकुर की इच्छा थी कि नरेन्द्र गाता रहे। नरेन्द्र जगदंबा के विषय में भक्तिपूर्ण गीत गा रहा था···यह विलक्षण था। ठाकुर के लिए यह एक महत्त्वपूर्ण संकेत था। उन्हें जैसे अपना लक्ष्य अत्यंत निकट दिखाई दे रहा था···नरेन्द्र पर जगदंबा की कृपा होने वाली थी।···

57

दक्षिणेश्वर पहुँचकर नरेन्द्र सीधे ठाकुर के कमरे में पहुँचा। संयोग ही था कि ठाकुर अपने कमरे में अकेले बैठे थे और सहजावस्था में हलके-हलके कोई गीत गुनगुना रहे थे।

नरेन्द्र ने भूमिष्ठ हो उन्हें प्रणाम करने के बदले, सीधे उनके चरण पकड़ लिए।

ठाकुर ने उसकी ओर देखा : वे समझ रहे थे कि यह प्रणाम की मुद्रा नहीं थी, यह तो याचना की भंगिमा थी।

"क्या है रे? आज यह सब क्या हो रहा है?" ठाकुर हँस रहे थे, जैसे वे जानते हों कि यह सब क्या है, फिर भी वे उसके मुख से कहलवाना चाहते हों।

"आपने कहा था कि अपनी माँ और भाइयों के पालन का दायित्व मुझे सौंपा गया है।"

"हाँ। कहा तो था।" ठाकुर बोले, "यदि माँ की यह इच्छा न होती तो तेरे पिता का देहांत क्यों होता?"

"मैं उस दायित्व को पूर्ण करने में सर्वथा असमर्थ रहा हूँ, इसलिए जिसका दायित्व है उसे ही लौटा रहा हूँ।"

"तो मेरे पाँव क्यों पकड़े हुए हैं?"

"आप जगदंबा से कहें कि अपना काम अपने हाथ से करे, मुझे इस दायित्व से मुक्त करे।" नरेन्द्र बोला।

"तू मुझसे क्या चाहता है भाई?" ठाकुर बोले, "आज तुझे हो क्या गया है? तेरा पौरुष आज इतना दीन क्यों हो रहा है?"

"क्योंकि अपने पौरुष का भ्रम मिट गया है।" नरेन्द्र बोला, "मेरी माँ और भाइयों का कष्ट दूर करने के लिए आपको जगदंबा से प्रार्थना करनी होगी।"

ठाकुर जैसे छिटककर अलग हो गए, "मैं ऐसी सांसारिक बातें माँ से नहीं कहता। उसकी माया है, वह स्वयं चलाए, जैसे उसका मन चाहे। मैं टाँग अड़ाने वाला कौन!"

"जब संसार उसका है, तो सांसारिक बातें भी तो उसी से कही जाएँगी।" नरेन्द्र हठ पकड़े बैठा था।

"तू कहाँ मानता है कि संसार उसका है?" ठाकुर ने पूछा, "मानता है क्या? माँ को तू नहीं मानता, इसीलिए तुझे कष्ट है।"

आज नरेन्द्र पहले के समान नहीं कह सका कि उसका साकार ईश्वर में विश्वास नहीं है। उसके मन की सारी उद्दंडता जाने कहाँ विलीन हो गई थी। अत्यंत विनीत भाव से बोला, "यह सत्य नहीं है कि माँ को मानता नहीं, सत्य यह है कि मैं माँ को जानता नहीं।"

"तो फिर तू उससे क्यों कहलवाना चाहता है, जिसे तू जानता ही नहीं?" ठाकुर बोले, "उससे ही क्यों नहीं कहता, जिसे तू जानता है?"

"उसी से तो कह रहा हूँ।" नरेन्द्र की आँखें गीली हो आईं, "मैं तो केवल आपको ही जानता हूँ। आप माँ को जानते हैं, तो मेरे लिए आप ही उनसे कहिए।"

"अरे, मैंने तो कितनी ही बार कहा है, 'माँ! नरेन्द्र का दुख-कष्ट दूर कर दो।' " ठाकुर ने उत्तर दिया, "पर तू माँ को मानता नहीं, इसलिए माँ सुनती ही नहीं।"

"आप फिर कहिए! मेरी ओर से कहिए!" नरेन्द्र ने हठपूर्वक कहा, "जब तक न मानें, तब तक कहिए! नहीं तो मैं आपके चरण नहीं छोड़ूँगा!..."

"तू तो बहुत हठी है रे!" ठाकुर उसे देखते रहे, "अच्छा। तू स्वयं माँ से कह! तू माँ को जानता नहीं है, तो जान-पहचान कर...।"

नरेन्द्र को लगा, सचमुच ही वह व्यर्थ का हठ कर रहा था। जान-पहचान करने से ही तो परिचय होगा—ठाकुर ठीक कह रहे हैं।

"अपना मार्ग स्वयं अपने पैरों पर चलना होता है रे।" ठाकुर ने कहा, "किसी के कंधे पर चढ़कर कितनी यात्रा हो सकती है?"

"माँ मेरी बात सुनेंगी?" नरेन्द्र जैसे अपने आपसे पूछ रहा था।

"क्यों नहीं सुनेंगी।" ठाकुर बोले, "जगदंबा हैं वे। सबकी माँ। पुत्र की प्रार्थना पर ध्यान

नहीं देंगी क्या!"

'ठाकुर आश्वासन दे रहे हैं।'...नरेन्द्र सोच रहा था।

"आज मंगलवार है। मैं कहता हूँ, आज रात काली मंदिर में जाकर, माँ को प्रणाम करके, तू जो कुछ माँगेगा, माँ तुझे वही देंगी।" ठाकुर के स्वर में आश्वासन का नहीं, वचन का-सा भाव था, "मेरी माँ चिन्मयी ब्रह्मशक्ति हैं, उन्होंने अपनी इच्छा से इस संसार का प्रसव किया है। वे चाहें तो क्या नहीं कर सकतीं।"

नरेन्द्र ने ठाकुर के मुख की ओर देखा : वे उसे बहला नहीं रहे थे। वे उसे वचन दे रहे थे : वह जो कुछ भी माँगेगा, माँ उसे देंगी।...नरेन्द्र के मन में दृढ़ विश्वास जन्मा : जब ठाकुर ने कहा, तो अवश्य ही वैसा होगा।...उसके परिवार का कष्ट दूर हो जाएगा...उसका मन शांत हो जाएगा और वह निर्विघ्न अपनी साधना में लग जाएगा...

नरेन्द्र को लगा जैसे उसके सिर से टनों बोझ हट गया। वह उसकी मूर्खता थी कि वह इतने समय तक अमृत-सरोवर के तट पर प्यासा बैठा रहा।...उसने पहले ही ठाकुर से निवेदन क्यों नहीं किया?...व्यर्थ ही इतने दिनों तक कष्ट सहता रहा और अपनी माँ तथा भाइयों को पीड़ित करता रहा।

नरेन्द्र के हाथ शिथिल हो गए। ठाकुर ने अपने पैर खिसका लिए, तो वह उठ बैठा।

"जा! मन की उद्विग्नता शांत कर। चिंता, विरोध और अहंकार को गंगा में तिरोहित कर आ।" ठाकुर ने कहा, "मन में सतोगुण की वृद्धि कर। माँ का ध्यान कर।"

नरेन्द्र उन्हें हाथ जोड़कर गंगा-तट पर जा बैठा।...आज उसे एक विचित्र-से उल्लास का अनुभव हो रहा था...अपने मस्तक और वक्ष से असंख्य चिंताओं और आशंकाओं के हट जाने का उल्लास, किसी खोई हुई वस्तु के अकस्मात् मिल जाने का उल्लास, किसी बहुत ही नए और आत्मीय परिचय का उल्लास...एक लंबी खोज के पश्चात् अपने चिर-प्रतीक्षित गंतव्य के मिल जाने का उल्लास...

पर इस सारे उल्लास के साथ एक उत्कंठित प्रतीक्षा थी...रात होने की प्रतीक्षा... ठाकुर ने रात को मंदिर में जाने के लिए कहा है।...उन्होंने उसी समय मंदिर में जाकर माँ से याचना करने को क्यों नहीं कहा?...कोई कारण रहा होगा...तब तक नरेन्द्र गंगा के जल में पाँव लटकाए बैठा रहेगा। गंगा भी तो माँ का ही रूप है...अपने स्पर्श से ही तन, मन और आत्मा को शीतल कर जाती है...

रात का एक प्रहर बीत गया तो ठाकुर ने नरेन्द्र को मंदिर में जाने के लिए कहा।

नरेन्द्र उठा।...उसे दक्षिणेश्वर आते हुए प्रायः तीन वर्ष हो गए थे, किंतु वह कभी भी जगदंबा के दर्शनों के लिए मंदिर के भीतर नहीं गया था।...यह मात्र संयोग ही नहीं था।...उसने अपने मन में एक प्रकार का विरोध पाल रखा था। वह किसी भी प्रतिमा को पुत्तलिका कहता था...राखाल को डाँटा था उसने कि वह क्यों मंदिर में जाकर प्रतिमाओं को प्रणाम करता है...

किंतु आज वह माँ के पास जा रहा था। माँ यह सब याद नहीं रखती। माँ अपने पुत्र को नहीं जानती क्या! माँ अंतर्यामिनी है।...वह सब कुछ जानती है। उसे समझाना नहीं होगा, स्पष्टीकरण नहीं देना होगा, उससे क्षमा नहीं माँगनी होगी...

नरेन्द्र का मन जैसे किसी मद में डूबता जा रहा था। उसके पैर डगमगा रहे थे। किसी असाधारण ऊँचाई पर चढ़ते-चढ़ते उसके पग जैसे बहुत थक गए थे और अब चोटी पर से उसने देखा था कि उसकी माँ चोटी पर नहीं, ढाल के नीचे खड़ी उसकी प्रतीक्षा कर रही है। अपनी उत्कंठा में

वह उस ढाल पर दौड़ता चला जा रहा था। उसके पैर न उसके उठाए उठ रहे थे, न उसके सँभाले सँभल रहे थे। वे तो जैसे अपने वेग में ही दौड़ता जा रहा था···या फिर यह माँ की आकर्षण शक्ति थी, जो उसे खींचती जा रही थी।···किसी चिर तृषित बालक के समान माँ के आँचल में छिप जाने के लिए वह दौड़ता जा रहा था।···सचमुच माँ वहाँ होगी···अपने जीवंत अस्तित्व के साथ···वे उससे बातें करेंगी। वह उनके मुख की वाणी सुनेगा।···मन का विश्वास सघन होता गया और वह शेष सब कुछ भूलकर माँ के प्रेम में तन्मय होता गया। माँ जैसे सरोवर के जल के समान उसके चारों ओर थीं, जिसमें वह तैर रहा था। माँ वायुमंडल के समान दसों दिशाओं में थीं, जिसमें वह साँस ले रहा था। उसका सारा अस्तित्व माँ के आलिंगन की विभिन्न परतों में लिपटा हुआ था।···पर यह तो माँ की अनुभूति थी···किंतु माँ का साक्षात् दर्शन।···साक्षात् दर्शन।···

नरेन्द्र ने मंदिर में प्रवेश किया···वह मंदिर कोई साधारण मंदिर नहीं था, वह तो जैसे किसी अनंत दिव्य ऐश्वर्य के लोक में प्रवेश कर गया था।···माँ यथार्थ में ही चिन्मयी, अनंत प्रेम तथा सौंदर्य की आधाररूपिणी जीवंत प्रतिमा के रूप में वहाँ विद्यमान थीं।···नरेन्द्र समझ ही नहीं पाया कि कैसे उसका हृदय भक्ति और प्रेम से उछलने लगा। नाभि से जैसे कोई तरंग ऊपर उठी और सारे वक्ष में छा गई। अत्यंत विह्वल बालक के समान कंठ में से एक सिसकारी उभरी, आँखों में अश्रु आ गए, उसके हाथ जुड़ गए और मुख से निकला, "माँ!"

उसकी आत्मा में जैसे वर्षों तक माँ के वियोग में जीने वाला कोई बालक आ बैठा था, जिसका आज अकस्मात् ही माँ के साथ साक्षात्कार हो गया था। उसका सारा अस्तित्व माँ के प्रेम से परिपूर्ण हो रहा था और उसकी एकमात्र इच्छा थी कि यदि वह माँ के वक्ष से नहीं लग सकता, तो वह माँ के चरणों से लिपटकर ही, जी भरकर रो ले।

नरेन्द्र ने भूमिष्ठ हो माँ को बार-बार प्रणाम किया। न उसके मन में कुछ था, न उसकी जिह्वा पर। बस, एक ही शब्द बार-बार उसके वक्ष से उभरकर उसकी जिह्वा तक आता था···"माँ!"

बड़ी देर के पश्चात् उसके मुख से प्रस्फुटित हुआ, "माँ! मुझे भक्ति दो, वैराग्य दो, विवेक दो माँ! ताकि मैं तुम्हारे अबाध दर्शन प्राप्त कर सकूँ।"

उसकी चेतना जैसे शांति-सागर में किसी शांत द्वीप पर आत्मलीन होकर बैठ गई थी। संसार-प्रपंच उसके आसपास कहीं था ही नहीं। कहीं कुछ नहीं था, बस, माँ ही माँ थीं···

नरेन्द्र लौटकर ठाकुर के पास आया तो ठाकुर ने बहुत सांसारिक ढंग से पूछा, "क्यों रे, माँ से गृहस्थी का अभाव दूर करने की प्रार्थना की है न?"

नरेन्द्र चौंका। ठाकुर ने उससे यह नहीं पूछा कि माँ से साक्षात्कार हुआ या नहीं? ठाकुर ने यह नहीं पूछा कि वहाँ क्या हुआ?···वह तो इस ढंग से पूछ रहे हैं, जैसे बाहर बैठा बाबू जानता ही है कि भीतर साहब बैठे हैं, और जिसे भी वह भीतर भेजेगा, उससे साहब बात करेंगे ही।···इतना विश्वास!···

और दूसरी ओर वह स्वयं अपने आप पर चकित था : जिस काम के लिए वह गया था, वह तो उसने किया ही नहीं। उसे स्मरण ही नहीं रहा कि वह माँ के पास क्या माँगने गया था···।

"नहीं, महाराज! मैं तो भूल ही गया।" नरेन्द्र संकुचित भाव से बोला।

"उनका उद्धार कैसे होगा, जिन्हें समय पर अपने हित-अहित का भी ध्यान नहीं रहता।" ठाकुर ने जैसे उसे ताड़ना दी, "मैं तो तेरे लिए ईशान जैसे छोटे-छोटे अधिकारियों से भी याचना

करता रहता हूँ, और तू है कि माँ के सामने से भी खाली हाथ लौट आया।"

'खाली हाथ तो नहीं लौटा।' नरेन्द्र ने मन-ही-मन कहा, 'याचना तो मैंने की थी। किंतु···।'

"अब क्या करूँ?" उसने ठाकुर से पूछा।

"जा-जा! फिर जाकर प्रार्थना कर। अभी कुछ नहीं बिगड़ा है।" ठाकुर ने उसे मंदिर की ओर धकेला।

नरेन्द्र ने मंदिर की ओर अभी मुख ही फेरा था कि जैसे उसका रोम-रोम कंटकित हो उठा।···माँ! माँ···उसके अपने वश में कुछ भी नहीं रह गया था। उसकी धमनियों में बहने वाले रक्त की एक-एक बूँद चिल्ला रही थी, 'माँ! माँ!'···वह मंदिर में इस प्रकार प्रविष्ट हुआ, जैसे एक-आध घूँट पीने के पश्चात् ही कुएँ से परे धकिया दिए गए किसी व्यक्ति को पुनः कुएँ के पास जाने का मार्ग मिल गया हो···वह नहीं जानता था कि वह उन्माद की स्थिति थी या परम शांति की। वह तो तृष्णा और तृप्ति को एक साथ ही अनुभव कर रहा था। उसने आज तक मनुष्यों को अपने साथ बाहर अपने सामने खड़े हुए अपनी आँखों से देखा और हाथों से छुआ था···किंतु माँ का साक्षात्कार कितना भिन्न था।···वह माँ का अनुभव कर रहा था···दसों दिशाओं में और फिर अपनी आत्मा में।···उसका अपना अस्तित्व तो कहीं था ही नहीं।···वह न पृथक् था, न उसका शरीर था, न उसका अस्तित्व था। बस, माँ थीं।···

"माँ! मुझे भक्ति दो माँ! वैराग्य दो। विवेक दो।···ताकि मैं तुम्हारा अबाध साक्षात्कार करता रहूँ। माँ! माँ!···"

वह लौटा तो ठाकुर अपने प्रश्न के साथ तैयार बैठे थे, "क्यों रे! अब की बार तो कह आया न?"

नरेन्द्र चौंककर अपनी तल्लीनता से बाहर आया···अपनी माँ और भाइयों के लिए तो उसने इस बार भी कुछ नहीं माँगा···उसकी भक्ति और वैराग्य से उनका पेट कैसे भरेगा···वह तो उनका कष्ट दूर करने की प्रार्थना करने गया था, और माँ के सम्मुख पहुँचते ही, फिर से स्वार्थी हो गया। केवल अपने हित की ही बात याद रही, उनका क्या होगा—यह सोचा ही नहीं।

"नहीं, महाराज!"

"तो फिर क्या कर आया?"

"मैं तो अपने वश में ही नहीं रह पाता महाराज! माँ को देखते ही, उनके प्रभाव से संसार की सारी बातें भूलकर केवल ज्ञान-भक्ति-लाभ की बात ही कह पाता हूँ।"

"यह क्या रे!" ठाकुर बोले, "स्वयं को सँभालकर, वैसी प्रार्थना क्यों नहीं करता? हो सके तो और एक बार जाकर, उन बातों को कह आ। जल्दी जा।"

ठाकुर जैसे उसे भीतर धकेल रहे थे कि कहीं विलंब न हो जाए। नरेन्द्र भी जाने को उत्सुक था···किंतु इस बार मंदिर में प्रवेश करने पर होने वाला अनुभव कुछ भिन्न था।···इस बार उसे आत्म-विस्मरण नहीं हुआ।···उसे लगा कि माँ साक्षात् सामने खड़ी तो हैं, किंतु इस बार नरेन्द्र का अपना अस्तित्व भी विलीन नहीं हुआ था। उसे स्मरण था कि वह यहाँ क्या माँगने आया है। माँ की दृष्टि उस पर थी : कैसी स्नेहभरी दृष्टि से देख रही थीं, जैसे वह कह रही हों, 'माँग! क्या माँगना है तुझे!'

लज्जा के मारे जैसे नरेन्द्र के पाँव जड़ हो गए। जिह्वा निस्पंद हो गई। उसका सारा अस्तित्व जैसे आत्मग्लानि में डूब गया।···वह जगदंबा से क्या माँगने आया है? तुच्छता की भी कोई सीमा

होती है। सागर से कभी कोई रेत-कण माँगता है क्या? ठाकुर शायद इसी को कहा करते थे। 'राजा की प्रसन्नता प्राप्त करके उससे कद्दू, कोंहड़ा माँगना'। यह भी वैसी ही मूर्खता की बात हुई। उसे लगा, जगदंबा के सम्मुख उपस्थित हो, उनकी दया-दृष्टि प्राप्त कर, उनसे वह माँगना जो उसे साधारण-सा व्यापारी या छोटा-मोटा अधिकारी भी दे सकता है···कैसी मूढ़ता है!···यहाँ तक आया ही है, सौभाग्य से यह क्षण मिला है, तो कोई बड़ी चीज माँगे, कोई अमूल्य पदार्थ माँगे, कोई असाधारण उपलब्धि··· जो जगन्माता से ही प्राप्त हो सकती है···

"मैं और कुछ नहीं माँगता माँ! केवल ज्ञान और भक्ति दो।" नरेन्द्र का द्वंद्व मिट गया था···मन एकाग्र हो गया था, चेतना जैसे आनंद के सरोवर में केलि कर रही थी, "केवल ज्ञान और भक्ति दो माँ! ज्ञान और भक्ति···।"

'इस माँ को मैं पराया समझ उससे कुछ माँगने आया था,' नरेन्द्र ने सोचा, 'जैसे उसे मेरा ध्यान ही न हो। माँ को अपने बच्चों की चिंता नहीं होगी, तो किसे होगी!···माँ ने यदि अपने बच्चे के मुख से दूध का कटोरा हटा लिया है, तो उसका कोई-न-कोई कारण होगा···बालक को कोई रोग होगा, जिसमें दूध पीना उसके लिए हानिकारक होगा···यह क्यों माना जाए, कि माँ के पास दूध नहीं है, या माँ को याद ही नहीं है कि उसका बच्चा भूखा है···या माँ अपने बच्चे को दूध पिलाना ही नहीं चाहती···ऐसा अविश्वास पाप है···माँ के प्रति अविश्वास क्यों···' नरेन्द्र ने कहा, "माँ! मुझे भक्ति और ज्ञान दो माँ! और कुछ नहीं। केवल भक्ति और ज्ञान।···माँ!···माँ!"

नरेन्द्र मंदिर से बाहर निकला तो जैसे बिजली के समान उसके मस्तिष्क में एक बात कौंधी···यह सब कहीं ठाकुर की ही तो लीला नहीं···वह तीन-तीन बार माँ के सम्मुख गया और कुछ माँगना तो दूर, वह माँ से भी नहीं कह सका कि उसका परिवार कष्ट में है···ठाकुर ही ने यह सारा भ्रम-जाल फैला रखा है।···वे ही नहीं चाहते कि वह सिवाय भक्ति और ज्ञान के, कुछ भी और माँगे।···

उसे देखते ही ठाकुर ने पुनः पूछा, "क्यों रे, माँग लाया माँ से धन-दौलत?"

नरेन्द्र को लगा कि जैसे वे उसे चिढ़ा रहे हैं—'क्यों रे! माँग लाया माँ से कद्दू-कोंहड़ा?'

नरेन्द्र के मन में अपने गुरु के लिए भक्ति की एक तीव्र और शक्तिशाली लहर उठी। उसने अपने मुख से एक शब्द भी नहीं कहा। सीधे उनके चरणों पर ही जा गिरा, "आपने ही मुझे विस्मृति में डाल दिया। मेरा यह मति-भ्रम आपका ही दिया हुआ है।···अब आपको ही कहना होगा, जिससे मेरे परिजनों को अन्न-वस्त्र का कष्ट न हो।"

ठाकुर ने अबोध बालक के समान अपनी असमर्थता जता दी, "अरे, मैं तो वैसी प्रार्थना किसी के लिए भी नहीं कर सका। मेरे मुख से तो वैसी कोई सांसारिक याचना निकलती ही नहीं।"

"तो मैं अब किसके पास जाऊँ?" नरेन्द्र ने उनके चरण नहीं छोड़े, "मैं किससे याचना करूँ?"

"तुझे कह दिया कि माँ से जो कुछ माँगेगा, वही पाएगा।" ठाकुर बोले, "तो अब और क्या चाहिए तुझे?"

"पर मैं माँग तो नहीं सका न।"

"तू माँग नहीं सका, तो तेरे भाग्य में सांसारिक सुख ही नहीं है।" ठाकुर तनिक भी रुष्ट प्रतीत नहीं हो रहे थे, "अब बता मैं क्या करूँ?"

"माँ से नहीं कहना चाहते, तो आप स्वयं ही वरदान दीजिए कि मेरे परिजनों के कष्ट दूर हों।" नरेन्द्र बोला, "मुझे दृढ़ विश्वास है कि आपके एक बार कह देने से ही उनके सारे अभावों

की पूर्ति हो जाएगी।''

''तुझे दृढ़ विश्वास है?'' ठाकुर ने जैसे पुनः उसे चिढ़ाया।

''हाँ। मुझे दृढ़ विश्वास है।''

ठाकुर उसे देखते रहे, जैसे सचमुच परखना चाहते हों कि उसकी दृढ़ता में कितना बल है···नरेन्द्र था कि उनके चरणों पर अपनी पकड़ तनिक भी ढीली नहीं कर रहा था।···

''अच्छा जा! उनको मोटे अन्न और वस्त्रों का कोई अभाव नहीं रहेगा।'' अंततः ठाकुर बोले।

नरेन्द्र ने उनके चरण छोड़ दिए, किंतु अपनी आँखों में आभार भरे उनकी ओर देखता रहा।···उसका विह्वल मन बार-बार कह रहा था कि वह अपना मस्तक ही उनके चरणों पर रख दे।···

अगले दिन प्रायः दोपहर के समय बैकुंठनाथ सान्याल दक्षिणेश्वर पहुँचा। वह ठाकुर के कमरे तक गया। बाहर बरामदे में एक ओर लेटा एक युवक सो रहा था। ठाकुर अपने कमरे में अकेले ही थे, किंतु न तो वे ध्यानमग्न थे, न नाम-जप इत्यादि कर रहे थे। वे तो उत्फुल्लित-से बैठे जैसे किसी की प्रतीक्षा कर रहे थे। उनके भीतर की प्रसन्नता उनके मुख-मंडल से मुखर रूप में प्रकट हो रही थी।

बैकुंठनाथ ने निकट जाकर प्रणाम किया तो ठाकुर तत्काल बोले, ''देख! यह लड़का बड़ा अच्छा है। इसका नाम नरेन्द्र है···।''

बैकुंठनाथ को तत्काल याद आ गया : उसके ही दफ्तर में तारापद घोष काम करता था, उससे नरेन्द्रनाथ दत्त की विशेष मित्रता थी। वह प्रायः उसकी चर्चा करता था और कहता था, 'श्रीरामकृष्ण देव नरेन्द्र को बहुत प्यार करते हैं।'···

''नरेन्द्र पहले माँ को नहीं मानता था।'' ठाकुर बता रहे थे, कल रात मान गया। कष्ट में है, इस कारण माँ से रुपया-पैसा माँगने के लिए कह दिया था, परंतु नहीं माँग सका। कहता था, लज्जा आती है। मंदिर से लौटकर मुझसे बोला, 'मुझे माँ का गाना सिखा दीजिए।' मैंने भी सिखा दिया :

माँ त्वं हि तारा
तुमित त्रिंगुणधार परात्परा।
तोरे जानी माँ ओ दीन दयामयी
तुमि दुर्गमेते दुःख हरा।।

हाँ! यही गाना सिखा दिया। कल रात-भर यही गाना गाता रहा। इसी कारण से अब सो रहा है।'' ठाकुर जैसे अपनी प्रसन्नता के अतिरेक से हँसे, ''नरेन्द्र ने काली को मान लिया। बहुत अच्छा हुआ न?''

''हाँ, महाराज! बहुत अच्छा हुआ।'' बैकुंठनाथ ने कहा।

ठाकुर ने जैसे बैकुंठनाथ की बात ही नहीं सुनी। अपनी ही रौ में खिलखिलाकर हँसते हुए बोले, ''नरेन्द्र ने माँ को मान लिया। बहुत अच्छा हुआ! क्यों?'' ठाकुर मग्न थे···आत्मविस्मृत।···किंतु कितने प्रसन्न थे, जैसे किसी बालक को कोई चिर आकांक्षित खिलौना मिल गया हो और आज वह सारे संसार को बता देना चाहता हो कि उसे पाकर वह कितना प्रसन्न है···

चार बजे के लगभग नरेन्द्र की नींद टूटी। क्षण-भर में ही उसकी आँखों के सम्मुख कल रात की सारी घटनाएँ घूम गईं। उसने आँखें मलीं और उठकर ठाकुर के कमरे में आया।

"आ! आ! यहाँ आकर बैठ।" ठाकुर ने उसे अपने निकट बैठने का संकेत किया।

'अब कलकत्ता लौट चलना चाहिए।' बैकुंठनाथ सोच रहा था, 'नरेन्द्र जाग गया है, तो अब यह भी ठाकुर से विदा लेकर, कलकत्ता लौटेगा ही...'

नरेन्द्र आकर ठाकुर के निकट ही बैठ गया।

ठाकुर ने स्नेहभरी एक दृष्टि नरेन्द्र पर डाली और उसके साथ ही वे भावाविष्ट हो गए। उसी भावावेश में वे नरेन्द्र से इतने सटकर बैठे, जैसे उसकी गोद में ही जा बैठे हों।

उन्होंने असाधारण रूप से प्रसन्न बालक के समान उसकी ओर देखा और अपनी अंगुली से क्रमशः पहले अपने शरीर और फिर नरेन्द्र के शरीर को दिखाते हुए बोले, "देखता हूँ कि यह मैं हूँ और फिर वह भी मैं ही हूँ। सच कहता हूँ—कुछ भी भेद नहीं देख पा रहा हूँ। जैसे गंगा के जल में एक छड़ी का आधा भाग डुबो देने से, उसके दो भाग दिखाई पड़ते हैं, पर वस्तुतः दो भाग होते नहीं हैं। वे एक ही हैं। समझा?...माँ के समान यहाँ और है ही क्या!" और वे गाने लगे :

"तुमि जले, तुम्हीं स्थले,
तुमि आद्यमूले गो माँ,
आओ सर्वघटे, अक्षपुटे
साकार आकार निराकार।।
तुमि संध्या, तुमि गायत्री,
तुमिइ जगद्धात्री गो माँ,
तुमिइ अकुलेर बाणकर्त्री
सदा शिवेर मनोहरा।।
माँ! त्वं हि तारा
तुमि त्रिगुणधरा परात्परा।
तोरे जानी माँ ओ दीनदयामयी
तुमि दुर्गमिते दुःख हरा।।"

उन्होंने स्नेहमयी दृष्टि नरेन्द्र पर डाली और फिर बैकुंठनाथ की ओर देखकर निपट बालक के समान बोले, "तम्बाकू पियूँगा।"

बैकुंठनाथ इस विचित्र स्थिति को देखकर अटपटा गया था। फिर भी किसी प्रकार स्वयं को सँभालकर उठा और उसने जल्दी से चिलम में तंबाकू लगाकर ठाकुर का हुक्का उनके हाथ में दे दिया।

उन्होंने हुक्का पकड़ लिया। ताबड़तोड़ दो-तीन कश लिए और उन्होंने हुक्का बैकुंठ को लौटा दिया।

चकित होकर बैकुंठ ने उनकी ओर देखा : उनके मुख पर वितृष्णा के भाव थे, "चिलम मैं पियूँगा।"

इससे पहले कि बैकुंठ चिलम उतारकर उनके हाथ में देता, उन्होंने स्वयं ही चिलम उतार

ली और पूर्ण तृप्ति से उन्होंने तीन-चार कश लिए। फिर उन्होंने चिलम को नरेन्द्र के मुख के पास ले जाकर कहा, "पी! मेरे हाथ से पी।"

हतप्रभ बैकुंठ चुपचाप खड़ा देखता का देखता रह गया...

नरेन्द्र संकुचित हो गया। ठाकुर की चिलम को ठाकुर के ही हाथ से पीने का अर्थ था, उनकी चिलम और हथेली—दोनों को ही उच्छिष्ट करना। इतना दुस्साहस वह नहीं कर सकता था...

"तेरी बुद्धि तो बहुत छोटी है रे!" ठाकुर ने उसे डपट दिया, "क्या तू और मैं भिन्न हैं? यह भी मैं हूँ, वह भी मैं हूँ।" ठाकुर ने अपनी तथा नरेन्द्र की ओर संकेत किया।

नरेन्द्र को चिलम पिलाने के लिए उन्होंने पुनः अपना हाथ बढ़ाया।

"लाइए। मुझे दे दीजिए। मैं स्वयं पी लूँगा।" नरेन्द्र ने कुछ अचकचाकर कहा।

"नहीं! मेरे ही हाथ से पी!" उन्होंने अपना हाथ, प्रायः उसके मुँह से सटा दिया।

नरेन्द्र को याद आया, जब वह नया-नया यहाँ आने लगा था, तो भी वे इसी प्रकार अपने हाथों से उसको मिठाई खिलाने का हठ करते थे।

बाध्य होकर नरेन्द्र ने ठाकुर के हाथ में मुख लगाकर दो-तीन कश खींचे और पीछे हट गया।

उसे मुख हटाते देख, ठाकुर स्वयं उसी चिलम से तंबाकू पीने लगे।

नरेन्द्र परेशानी में जैसे चीख उठा, "महाराज! हाथ धोकर तंबाकू पीजिए।"

परंतु ठाकुर ने उसकी तनिक भी चिंता नहीं की। उलटे उसे डपट दिया, "धत् मूर्ख! तुझमें तो भारी भेद-बुद्धि है।" और वे उसी प्रकार तंबाकू पीते रहे, जैसे आज उसका आनंद ही कुछ और था।

बैकुंठ जानता था कि किसी भी खाद्य पदार्थ में से यदि कोई अंश पहले ही किसी को दे दिया जाए, तो शेष अंश को जूठा मानकर, ठाकुर उसमें से खा नहीं सकते थे, किंतु नरेन्द्र के संदर्भ में आज उन्होंने वह नियम तोड़ दिया था। वे अपने शब्दों और व्यवहार से उसके सम्मुख निरंतर यह प्रमाणित करने का प्रयत्न कर रहे थे कि उनमें और नरेन्द्र में कोई भेद नहीं है। वे दोनों एक ही हैं।...

रात के आठ बजे नरेन्द्र और बैकुंठ ठाकुर से विदा होकर कलकत्ता की ओर चले। नरेन्द्र की जेब में आज भी गाड़ी के लिए पैसे नहीं थे, किंतु उसे उसकी तनिक भी चिंता नहीं थी।

"आप किराए की गाड़ी या नाव से जाना चाहें तो जाएँ," उसने बैकुंठ से कहा, "मैं तो पैदल ही जाऊँगा।"

बैकुंठ के मन में क्षण-भर के लिए द्वंद्व उभरा। यदि वह नरेन्द्र को छोड़कर स्वयं गाड़ी में चला जाएगा तो अशिष्टता होगी, और यदि वह अपने पैसों से नरेन्द्र को ले जाने का प्रयत्न करेगा तो संभव है कि नरेन्द्र का स्वाभिमान आहत हो। उसने तत्काल निर्णय कर लिया, "नहीं। मैं भी पैदल ही चलूँगा। आपका संग है, तो फिर क्या चिंता?"

"थक तो नहीं जाएँगे?"

"नहीं थकूँगा।" बैकुंठ बोला, "आपके साथ वार्तालाप में थकान का पता भी नहीं चलेगा।"

"मेरी बातचीत में ऐसा क्या गुण है?" नरेन्द्र उत्फुल्ल मन से हँसा।

"तारापद कहता है..." बैकुंठ झिझका, "आपका मित्र है न, वह तारापद घोष। वह मेरे साथ मेरे ही दफ्तर में काम करता है। बहुधा आपकी चर्चा किया करता है। कहता है कि आपके समान

रोचक और ज्ञानवर्धक बातें करने वाला व्यक्ति उसने नहीं देखा। वह आपसे बहुत प्यार करता है···'' वह रुका, ''वह कहता है, आप भी उससे बहुत प्रेम करते हैं।''

''प्रेम!'' नरेन्द्र जैसे अपने आपसे कह रहा था, ''संसार में केवल ठाकुर ही प्रेम करना जानते हैं और कर सकते हैं। दूसरे लोग केवल अपने स्वार्थ-साधन के लिए प्रेम का मात्र बहाना करते हैं।'' उसने रुककर बैकुंठ को देखा, ''आप मेरा विश्वास करेंगे···अकेले ठाकुर ही प्रथम दिन की भेंट से आज तक हर समय, समान भाव से मुझ पर विश्वास करते आए हैं। अन्य कोई नहीं···अपने सगे माँ और भाई भी नहीं। उनके इस प्रकार के विश्वास और प्रेम ने ही मुझे जन्म-भर के लिए बाँध लिया है।···मैं उनका ऋणी हूँ···दास हूँ उनका, क्रीत-दास···।''

नरेन्द्र के आनन पर अपूर्व आह्लाद था।

□□